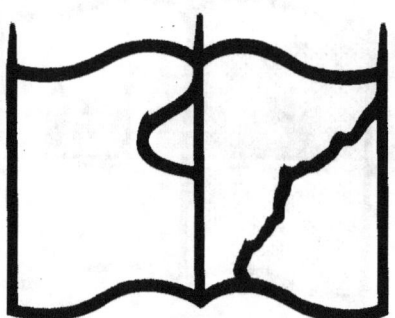

Texte détérioré — reliure défectueuse
NF Z 43-120-11

Humbert Mallet

Meximieux

— ain —

LE MASQUE DE FER

Vous le haïssez donc bien ? fit-il.

Qu'il y avait longtemps déjà de celà !

Les années s'étaient suivies longues, désespérantes pour lui !...

Les douleurs, les amertumes, les désillusions, s'étaient amoncelées sur sa tête...

Le corps plein de jeunesse, de vigueur, le cœur débordant d'amour et d'espérance, il était parti de là !... et maintenant, il y revenait, les membres brisés par la fatigue et la lutte, les cheveux presque blanchis par l'âge, et l'âme seule, désolée, en deuil de ces deux femmes dont l'amour l'avait consolé, encouragé, soutenu, défendu sans cesse et dont l'une, jetée en victime aux honteuses caresses d'un cynique géôlier, dormait, / bercée par les vagues bleues, son dernier sommeil, tandis que l'autre, héroïque et sublime enfant, avait disparu en luttant jusques au bout pour l'arracher aux griffes de cet infâme et lâche persécuteur, dont la haine n'était pas assouvie, après tant d'années, par tant de souffrances, de tortures, de sang et de morts !...

Et alors, éprouvant une âpre jouissance à revivre de cette vie de jadis, il voulut en revoir tous les témoins et remonter chaque degré du douloureux calvaire qu'il avait gravi, depuis le château du comte de Brévannes jusqu'à la chambre triste et froide du Palais-Royal où il avait reçu le premier baiser de sa mère agonisante comme aussi le premier outrage de son frère...

Sous l'empire de ces idées et impatient de les satisfaire, il se retourna vers le pasteur Raymond, qui jusque là, s'était tenu à cheval près de lui...

A son grand étonnement, il avait disparu...

La troupe qui les suivait tous deux venait elle-même de s'arrêter brusquement. :

— Que signifie cela? demanda-t-il au cavalier le plus rapproché de lui, je n'ai point donné l'ordre de faire halte, et je vous commande, au contraire, de prendre le galop...

— C'est que, Monseigneur, répondit l'homme d'un ton hésitant, embarrassé, M. le pasteur nous a donné l'ordre contraire...

— Ah ! c'est M. Raymond qui... mais où est-il donc ?

— Il a tourné bride, Monseigneur...

— Comment ! sans me prévenir, il est revenu sur ses pas...

— C'est-à-dire, Monseigneur ! qu'après s'être arrêté un instant sur le bord de la route et nous avoir fait signe de garder le plus profond silence, il est descendu de cheval, a collé son oreille contre terre et, après être remonté d'un bond en selle, s'est élancé par là-bas, où il a disparu au tournant du chemin...

Le front de Monseigneur Louis s'assombrit et il murmura :

— Raymond est certainement incapable de me trahir, mais pourquoi cette subite disparition ?

— Du reste, Monseigneur, reprit l'homme en désignant sur la route un point noir qui se rapprochait rapidement, voici M. le pasteur qui revient vers nous, bride abattue..

D'un mouvement brusque, Monseigneur Louis enfonça ses éperons dans le ventre de sa monture et bondit à la rencontre du chef huguenot...

Dès qu'il fut à assez courte distance pour distinguer les traits de ce dernier, il arrêta net son cheval...

La physionomie du pasteur était, en effet, empreinte d'une telle altération, d'une expression si profondément enxieuse, terrifiée, que le Masque de Fer comprit, au premier coup d'œil, qu'un nouvel évènement, plein de surprise et de danger, venait encore de surgir, jetant de nouvelles menaces entre ses rêves de liberté, d'avenir et leur réalisation...

— Qu'y a-t-il, Raymond? demanda-t-il, dès que l'autre fut à portée de sa voix.

Sans presque rallentir l'allure de sa bête, dont les flancs étaient couverts d'écume, le protestant répliqua :

— Fuyons! fuyons, Sire! dans quelques instants, il serait trop tard pour avoir quelque chance de leur échapper...

— Nous sommes poursuivis? reprit froidement Monseigneur Louis qui, ne tenant aucun compte des alarmantes paroles du pasteur, obligea ce dernier à s'arrêter près de lui...

— Oui! Sire! répondit-il, et je supplie Votre Majesté...

— Par... *lui* ?

— Oui, Sire! répliqua Raymond, et il faut que ce damné roi Louis XIV ait, de son vivant, passé un pacte avec le diable pour avoir retrouvé si facilement nos traces et nous harceler presque l'épée dans les reins.

— Eh bien! Raymond, puisque Dieu veut que nous nous rencontrions encore, que ce soit face à face, et poitrine contre poitrine !

— Toute pensée de résistance serait de pure folie, Sire !

— Parceque?

— Louis XIV est escorté d'une troupe nombreuse de dragons, recrutés sans doute, tant à Lyon qu'à Mâcon... il y a là presque un régiment, Sire...

— Comment le savez-vous?

— Il y a une demi-heure à peine, Sire, ayant été obligé de mettre pied à terre pour resserrer la sangle de ma selle, je me laissai distancer par nos gens, en sorte que le bruit de leurs chevaux et de leurs armes ne m'assourdissant plus les oreilles, je perçus nettement en arrière de nous, un roulement sourd, lointain, prolongé, continu comme celui que produit une nombreuse troupe lancée au galop, la situation dans laquelle nous nous trouvons est trop épineuse pour que le moindre effet ne suffise pas à éveiller notre attention, je résolus donc d'éclaircir celui-là sur l'heure et, afin de ne point vous alarmer peut-être à tort, je remontai à cheval et, après avoir simplement prévenu mes hommes, je retournai au galop sur nos pas... Or, à cinq cents mètres à peine d'ici, derrière un repli de la route, je découvris le fort détachement de dragons dont j'ai parlé à Votre Majesté... En tête, je reconnus distinctement Louis XIV... donc, aucun doute n'est possible, Sire, nos ennemis sont sur nos talons, il faut fuir, fuir au plus vite !...

— Ou combattre...

— Impossible, Sire !

— N'avons-nous pas, nous aussi, une escorte de gens braves, dévoués...

— Ils sont une dizaine, à peine.

— Qu'importe le nombre !

— Sire ! ils se feraient tuer, sans nul doute, jusqu'au dernier, mais moi, leur chef, leur pasteur, je n'ai pas le droit de disposer de la vie de ces hommes pour une lutte sans espoir comme sans utilité...

Monseigneur Louis eut un froncement de sourcils... il répugnait à sa nature loyale, chevaleresque, courageuse, de se dérober ainsi, sans cesse, devant celui-là qu'il regardait comme un vil imposteur, un lâche bourreau...

Il lui semblait qu'en fuyant ainsi devant ce bâtard du cardinal de Mazarin, il cédait, chaque fois, honteusement, une partie de ses prérogatives, de ses droits...

Mais le sentiment d'humanité auquel, pour le convaincre faisait appel le chef protestant, trouvait un écho en son âme avide de justice et de mansuétude...

Non! pas plus que le pasteur Raymond, il n'avait le droit de sacrifier inutilement le sang de ces hommes qui le lui avaient offert si généreusement...

Résigné, il baissa la tête, tourna bride et, d'une voix sourde, murmura :

— Vous avez raison! l'heure de la lutte n'est pas encore sonnée... fuyons donc...

Ils rejoignirent au galop la petite troupe de leurs gens qui les attendaient immobiles sur la route et qui, sur un geste de leur chef, se remirent à les suivre...

— Mais, Sire, fit tout-à-coup le pasteur Raymond en ralentissant l'allure de son cheval, s'il me souvient bien de ce que Votre Majesté m'a conté jadis sur sa jeunesse, son enfance, c'est. dans ces parages, qu'elle a été élevée...

— Oui! mon cher Raymond, répondit mélancoliquement Monseigneur Louis, chacun de ces lieux devant lesquels je repasse aujourd'hui en fugitif me rappellent un souvenir de ce temps où j'y vivais heureux, puisque j'y vivais dans l'ignorance des hommes et des choses... Et, désignant la maison élevée sur le bord de la route et qui maintenant paraissait déserte, abandonnée :

— C'est dans cette auberge, reprit-il, que j'appris ce que valent les uns et ce que durent les autres... c'est, de là, que ma triste destinée m'arracha à la solitude de ma vie, au calme de mon esprit, au doux repos de mon âme...

— Alors, Sire, demanda le protestant, nous ne sommes pas éloignés du château du comte de Brévannes...

— Ce chemin creux qui bifurque là, sur notre droite, conduit à la rive de l'Armançon au-delà de laquelle, sur la colline qui lui fait face s'élève le vieux manoir...

— Quelqu'un l'habite-t-il encore?

— Je ne le crois pas car, depuis la disparition de leur seigneur, les gens du château que la mort a épargnés, ont du quitter cette demeure dont autrefois même, on ne s'approchait qu'avec une crainte superstitieuse.

— Mais alors, Sire, fit le pasteur Raymond en arrêtant brusquement son cheval, ce qui, pour les autres, est un lieu de terreur, serait pour nous un excellent refuge.

— En effet, et, au besoin, ces vieilles murailles seraient encore assez solides pour servir à nous défendre.

— Et surtout à nous y cacher jusqu'au moment où, le rival de Votre Majesté ayant perdu nos traces, nous pourrons reprendre librement notre voyage.

— De toute façon, votre conseil est bon, suivons-le.

Et Monseigneur Louis allait, le premier, s'engager dans le chemin encaissé qui aboutissait à la rive de l'Armançon, lorsque le chef protestant le devança, en lui disant :

— Permettez-moi, Sire, d'aller moi-même, tout d'abord, savoir si, de ce côté nous n'avons rien à craindre.

Et se tournant vers les gens de leur escorte :

— Que deux d'entre vous, ajouta-t-il, s'assurent, en parcourant la grand'route, qu'en cas où nous serions obligés de la reprendre, elle est encore libre... deux autres resteront près de cette auberge, surveilleront attentivement l'autre extrémité de la route et par deux coups de sifflet nous signalerons, la présence d'une troupe nombreuse de cavalerie qui arrive par là, dès qu'elle sera en vue.

Et tandis que les hommes désignés exécutaient ses ordres, le pasteur Raymond reprit en s'adressant à Monseigneur Louis :

— Sire, que Votre Majesté daigne prendre patience... **dans quelques minutes**, je serai de retour...

Et, sans attendre de réponse, il piqua des deux et disparut laissant Monseigneur Louis fort surpris de ce luxe de précautions que ne paraissaient pas nécessiter les circonstances dans lesquelles ils se trouvaient...

Car, en somme, à part la menaçante poursuite de son frère, il n'entrevoyait pas à quelle difficulté pouvait se heurter l'exécution du plan, conçu par le chef protestant.

Aussi, ne se préoccupant pas plus longtemps d'une manière d'agir qu'il attribuait simplement à un excès de zèle et de prudence de la part du pasteur Raymond, il descendit de cheval, et s'assit sur le rebord de la route, laissant, dans une longue rêverie, ses regards errer sur le paysage qui l'entourait et dont chaque coin lui rappelait un souvenir de sa jeunesse...

Brusquement, il fut tiré de sa profonde et muette contemplation par le bruit d'un coup de feu s'élevant du côté de la rive de l'Armançon vers laquelle s'était dirigé le chef huguenot.

D'un bond, il fut sur pied et s'élançant dans le chemin creux comme s'il eut voulu courir au-devant du danger inconnu qui lui était ainsi annoncé :

— Que se passe-t-il donc par là? murmura-t-il avec un accent empreinté de la plus vive anxiété...

Il avait à peine fait quelques pas, lorsque du fond de l'étroit sentier déboucha un cavalier qui, pâle, tête nue, les cheveux au vent, accourait à toutes brides de son côté...

C'était le pasteur Raymond qui, en quelques élans de sa monture, eut rejoint Monseigneur Louis :

— Pour Dieu! lui dit vivement celui-ci, qu'est-il donc arrivé, Raymond... seriez-vous...

— A cheval! à cheval! Sire! interrompit l'autre, et fasse le ciel que la route soit encore libre du côté qui nous reste pour échapper à l'odieuse embuscade dans laquelle nous avons donné, tête baissée...

Monseigneur Louis sauta en selle...

Mais presqu'au même moment, les deux hommes chargés d'explorer la partie de la route par laquelle le pasteur protestant espérait encore pouvoir battre en retraite, revenaient vers eux de toute la vitesse de leurs chevaux.

— Monsieur le pasteur! leur cria l'un d'eux d'une voix haletante, un fort groupe de cavaliers occupe la route et, de tous côtés, dans les champs, des vedettes surveillent attentivement, chaque débouché, chaque sentier... nous sommes cernés!...

— Mordieu! gronda le chef huguenot... que faire?

— Mais, intervint Monseigneur Louis, quels sont ces gens? êtes-vous certains que nous avons en eux des ennemis.

— Oh! Monseigneur! répondit un des hommes, il ne peut y avoir le moindre doute à cet égard ; car, comme nous nous avancions vers eux, plusieurs ont dirigé leurs mousquets sur nous en nous criant : « Au large, les hérétiques »...

— Faribole aurait-il donc échoué dans sa dangereuse tentative! murmura le pasteur en courbant la tête et en crispant sa main sur la garde de son épée, en ce cas, nous serions perdus!...

Deux coups de sifflet prolongés, déchirant l'air, vinrent augmenter l'appréhension, l'angoisse dans laquelle il se débattait, cherchant en vain une issue à leur terrible situation...

Monseigneur Louis, en présence du péril imminent dont l'attitude du huguenot lui laissait entrevoir toute la gravité, avait conservé tout son calme, tout son sang-froid...

Un éclair de joie illuminait, au contraire, son regard et un sourire de radieuse satisfaction entr'ouvrait ses lèvres...

— En résumé. dit-il, en s'adressant à Raymond, nous sommes tombés, n'est-il pas vrai, dans un guet-apens, habilement ourdi, longuement préparé, dont il vous semble difficile, sinon impossible, de nous tirer sains et saufs...

— Il est vrai, Sire!... répondit l'autre d'un ton consterné...

— Le passage de l'Armançon nous est coupé...

— Oui, Sire!... le pont qui relie les deux rives est occupé par un détachement auquel je me suis heurté en débouchant de ce chemin creux...

— Ces gens appartiennent-ils aux troupes royales?

— Non, Sire! mais ils sont commandés par un ennemi particulier de Votre Majesté...

— Cet ennemi...

— S'appelle Barbezieux!

— Barbezieux!...

— Oui, Sire! et c'est lui-même qui, m'ayant aperçu le premier, s'est élancé à ma rencontre et m'a envoyé un coup de pistolet, au moment où l'ayant moi-même reconnu, je tournais bride pour accourir ici...

— Barbezieux! fit Monseigneur Louis à mi-voix; il a donc deviné ou surpris le terrible secret qui fait deux ennemis irréconciliables, de moi et de Louis XIV.

— Et, Monseigneur, en habile courtisan qu'il est, devinant qu'il y aurait pour lui plus de faveurs à espérer avec un ancien maître qui lui serait redevable de sa couronne qu'avec un nouveau roi dont il ignore le caractère, les habitudes, et dont il craint l'esprit de droiture, de justice qu'il a été à même d'apprécier pendant quelques jours, il n'a pas hésité à abandonner votre cause pour servir utilement celle du bâtard...

— Il a eu tort, Raymond, car si, ainsi que vous le dites, je possède ces qualités, sans lesquelles un roi n'est plus qu'un tyran, je veux lui prouver que je possède encore cette autre sans laquelle un homme quel qu'il soit est un lâche...

— Que veut dire Votre Majesté?

— Que je veux prouver à tous que le fils de Louis XIII et d'Anne d'Autriche sait se battre comme un soldat et saura mourir en vrai fils de roi...

Et, avant que le pasteur Raymond ait eu le temps de lui répondre, il ajouta :

— Refugions-nous dans cette auberge dont nous barricaderons portes et fenêtres et où nous lutterons jusqu'au dernier...

— Mais, Sire, l'existence de Votre Majesté...

— Eh! mon cher Raymond, croyez-vous donc que, pour moi, la mort n'est point préférable à l'existence lamentable que je traînerais encore entre les quatre murs d'une prison, si je retombais vivant entre les mains de ces bourreaux... je pourrai du moins rendre mon dernier soupir, en plein air, en pleine liberté, à visage découvert...

Et, donnant l'exemple, il s'élança le premier vers l'auberge de la Couronne en criant à ceux qui le suivaient :

Quelques-uns gisaient la gorge ouverte.

— Haut les épées, haut les cœurs, mes vaillants compagnons! montrons à nos ennemis ce que vaut une poignée de braves gens et, de notre dernier cri, souffletons ce lâche qui accourt là-bas de cette acclamation qui en s'adressant à lui, n'est plus qu'un blasphème : « Vive le roi! »

— Vive le roi! répétèrent furieusement les protestants en se précipitant vers la maison isolée au carrefour de la route, où Monseigneur Louis allait, à leur tête, vendant chèrement sa vie, prouver à son rival

la valeur de son illustre origine à l'endroit même où, jadis, il en avait
appris le secret.

Ils n'avaient pas encore dépassé le seuil de l'auberge, lorsque, ainsi
qu'un écho à leurs cris de bravade enthousiaste, du tourbillon de poussière roulant comme une avalanche sur la route et au milieu duquel
brillaient, comme des éclairs, les reflets des lames d'épées et des canons
de mousquets, s'éleva, rugissante, menaçante, la même clameur de
« Vive le roi ! »...

En effet, quelques instants même avant que les huguenots eussent,
par leur exclamation, affirmé leurs personnalités, leurs croyances, et
révélé leurs desseins, leur troupe avait été déjà reconnue de loin par
Guiafon qui, courbé sur l'encolure de son cheval, la bouche grimaçante
dans un affreux rictus, l'œil injecté de sang, s'était écrié en les
apercevant :

— Les voilà !... ce sont eux !... nous les tenons ! Dieu me damne ! pas
un ne pourra nous échapper...

Et, à cette sinistre évocation de mort qui aiguillonnait encore sa
haine, Louis XIV avait enfoncé les éperons dans les flancs de sa monture
et, cheveux au vent, les sourcils froncés, la main crispée à la garde de
son épée, il s'était rué, avide de ressaisir sa victime morte ou vivante,
vers ceux dont la folle et audacieuse provocation le flagellait, en plein
visage, comme une suprême injure...

Derrière lui, au nombre d'une centaine, les dragons ne comprenant
qu'une chose : c'est qu'ils allaient pouvoir satisfaire sur les hérétiques,
leur soif de massacre et de ravage, avaient brandi leurs armes, et, avec
un hurrah formidable, s'étaient précipités en avant, tête baissée.

Ils n'étaient plus qu'à une vingtaine de mètres de l'auberge, lorsque
Rosarges qui, sans mot dire, s'était tenu au côté de Louis XIV, se pencha,
saisit la monture de ce dernier par la bride, l'entraîna à l'écart et, d'une
voix formidable, commanda, en même temps aux soldats qui chargeaient.

— Halte !...

Malgré la surprise de cet ordre, la troupe parvint à l'exécuter en
faisant cabrer ses chevaux; seul, deux ou trois dragons ne réussirent
pas à maîtriser leurs bêtes qui les emportèrent dans un galop effréné.
Ils n'allèrent pas loin.

Comme ils passaient devant l'auberge où les protestants s'étaient barri-
cadés, des coups de feu, tirés par les fenêtres presque à bout portant,
enlevèrent de leur selle les malheureux cavaliers dont les cadavres
sanglants restèrent étendus sur le pavé de la route...

— Par la mort-dieu, Monsieur ! s'était écrié Louis XIV, que l'inso-
lente manœuvre du major avait rendu blème de colère, par la mort-dieu,
que signifie une telle audace !... vous osez...

— Sire ! repartit tranquillement Rosarges, que Votre Majesté daigne
me pardonner, mais si je n'avais point agi ainsi, beaucoup d'entre nous
tiendraient, là-bas, compagnie à ces trois maladroits qui, pour la dernière
fois, viennent de prendre une si belle leçon d'équitation...

— Où voulez-vous en venir? demanda rageusement le roi.

— A ceci, Sire, que je crois la cavalerie peu faite pour donner
assaut, ventre à terre, à une maison dont les murailles sont hérissées de
mousquets.

— Alors ?...

— Alors, Sire, j'ai pensé que Votre Majesté, dont la vie est trop
précieuse et trop chère à ses sujets, pour l'exposer inutilement, consentirait à ce que ces braves gens, rassurés sur le sort de Votre auguste
personne, puissent, tout à leur aise, lui donner des preuves de leur
courage, de leur bravoure...

— Soit ! que décidez-vous ?

— Ce que Votre Majesté ordonnerait certainement en pareil cas... le
plus grand nombre de ces dragons mettra pied à terre, et, tandis que
quelques-uns se faufilant dans les fossés de la route, exécuteront sur
l'auberge un feu soutenu de mousqueterie, les autres, masqués par la
fumée de ces nombreuses décharges, se masseront un peu en arrière,
prêts à tenter l'assaut au premier signal. Ceux qui resteront à cheval, se
porteront sur les derrières de la maison, de façon à l'envelopper de
toutes parts et couper la retraite aux damnés huguenots qui tenteraient
de s'enfuir de ce côté.

— C'est bien !

— En outre, Sire ! comme Votre Majesté ne peut demeurer sans
escorte, qu'Elle me permette d'attacher à sa personne quelques cavaliers...

— Soit ! interrompit Louis XIV avec impatience, mais c'est assez
discourir... agissez vite...

Et, tandis que Rosarges s'éloignait pour faire exécuter cette manœuvre,
qui, en réalité, était habilement conçue, le roi se retourna vers Gniafon
resté près de lui, et dont le silence semblait être une approbation du plan
du major...

— Comment se fait-il, lui demanda le roi, que le marquis de

Barbezieux ne soit pas présent au rendez-vous que nous lui avons
donné?

— Je l'ignore, Sire !

— Cependant, vous lui avez, sans doute, indiqué la route qu'il avait
à suivre, et l'endroit où il devait nous attendre avec des détails assez précis
pour qu'il n'ait pu commettre aucune erreur...

— Oui, Sire !... il a du cantonner sa troupe dans un village bâti, à
deux portées de mousquet d'ici, sur le bord de l'Armançon, occuper le
pont qui en relie les deux rives, et je m'étonne de ne point apercevoir les
vedettes qui, de ce côté, devaient surveiller la route.

— Cette absence m'inquiète et...

Une furieuse décharge de mousqueterie lui coupa la parole... Sous la
direction de Rosarges, les dragons commençaient l'attaque de l'auberge
où les protestants s'étaient retranchés et d'où ils se mirent à riposter de
telle sorte qu'en une seconde un épais nuage de fumée blanche entoura,
enveloppa les combattants...

C'était le moment attendu impatiemment par le major.

Sur son ordre, les hommes réservés pour l'assaut, s'étaient munis, les
uns de haches, d'autres de torches prêtes à être allumées, plusieurs
enfin de fagots ou de branches sèches pour le cas où, si les premiers
étaient impuissants à renverser les obstacles dressés devant eux, il
devenait nécessaire d'avoir recours au feu, à l'incendie, pour vaincre
toute résistance...

Rosarges avait présidé à tous ces apprêts avec un sang-froid, une
intelligence qui décuplait en lui l'âpre et hideux désir, non pas
seulement de se venger de Monseigneur Louis, mais encore et surtout de
reprendre sa proie pour se réjouir, se repaître des nouvelles et plus
cruelles souffrances qui étaient réservées à son prisonnier...

Et, soudain, levant son épée, il se dressa, debout, sur le bord de la
route, et, avec un cri de joie féroce, hurla :

— En avant! en avant !...

Les dragons, énivrés par l'odeur de la poudre, bondirent, se ruèrent
vers l'auberge...

Accueillis par une fusillade nourrie, désespérée, les premiers rangs
furent décimés, s'abattant sous la terrible faux de la mort...

Mais, avant que les mousquets fussent rechargés, cette masse humaine,
dans une formidable poussée, heurta les murailles, se suspendit en
grappes aux fenêtres, aux moindres saillies...

Le heurt violent des haches s'abattit, sur les volets, sur les portes, tranchant les bois, brisant les ferrures, tandis qu'au milieu des plaintes des blessés, des râles des mourants, à la lueur fulgurante des coups de feu, les soldats de Louis XIV, avec des hurlements de démons, se jetaient à corps perdu, dans cette sinistre et aveugle ivresse de sang et de tuerie...

Une nouvelle et formidable détonation retentit encore...

De nouveaux cadavres s'entassèrent sur les autres cadavres encore chauds du sang qui les baignait... des agonies hoquetèrent encore plus nombreuses dans la fumée âcre de la poudre...

— Le feu ! le feu ! cria la voix de Rosarges...

Des hommes, dont plusieurs couverts de sang, titubaient comme des gens ivres, amoncelèrent les fagots contre la grande porte de l'auberge.

D'autres se baissèrent, fouaillant de la flamme des torches, cet amas de bois mort qui, sous les morsures du feu, crépita, se tordit...

— Sire ! Sire ! disait en même temps Gniafon en montrant du doigt au roi une troupe de cavaliers qui débouchait au galop du chemin creux, voici les gens de Monseigneur le marquis de Barbezieux...

— Enfin ! fit Louis XIV, que non-seulement la résistance acharnée des protestants exaspérait, mais qui, au souvenir de la prédiction contenue dans le coffret d'Anne d'Autriche, pâlissait à la pensée que, dans cette lutte impitoyable, son rival, dont il croyait la destinée liée à la sienne, pouvait trouver la mort.

Et rapidement, il ajouta :

— Courez au-devant du marquis, enjoignez-lui, en mon nom, de cerner plus étroitement cette maison maudite, de faire cesser le combat et de sommer les huguenots, sous promesse de vie sauve, de mettre bas les armes... s'ils s'y refusent, on se contentera de les tenir assiégés dans cette bicoque... la faim nous les livrera plus sûrement et à meilleur compte que la force... allez !

Gniafon fit sauter son cheval sur la route pas assez rapidement cependant, pour que Louis XIV n'entendit point le ricanement sarcastique qui s'échappa de ses lèvres et scanda ces paroles de menaces qui sifflaient entre ses dents aiguës :

— Oui ! oui ! je te comprends, beau Sire ! pour une raison que j'ignore tu voudrais épargner ton frère ! mort de mon âme ! ce ne sont point là, sentiments que je comprends ! Monseigneur Louis mourra parce que telle est ma volonté !

Et se cramponnant à la crinière de son cheval, il se lança à travers les

tourbillons blanchâtres que hachaient les éclairs des coups de feu, que
déchiraient les balles des mousquets et, aplati, accroupi, recroquevillé
sur le dos de sa bête affolée, il passa au milieu des morts, meurtrissant,
écrasant les cadavres, s'éclaboussant d'une boue rouge de chairs pante-
lantes, et il bondit, ricanant encore, hideux, sinistre, comme l'horrible et
lugubre génie présidant à cette scène de massacre et de carnage.

En quelques bonds furieux, son cheval l'emporta au-delà du nuage
d'épaisse fumée qui les enveloppait, et, par les déchirures de ce voile
aminci, le nain distingua, à quelques mètres de lui, les cavaliers qui
galopaient en tête de la troupe recrutée à Lyon par le marquis de
Barbezieux.

Il allait s'élancer à leur rencontre, lorsque soudain, avec une
vigueur de poignet extraordinaire, il ramena en arrière les brides de
son cheval, si brusquement, que celui-ci fléchit sur ses jambes de
devant.

La physionomie de Gniafon avait pris, en une seconde, une expression
de stupeur indicible... ses cheveux rudes semblaient s'être dressés sur sa
tête... son œil effroyablement dilaté avait la fixité hagarde d'un fou... sa
bouche restait grand'ouverte... et une paleur livide avait envahi ses joues
creuses...

— Oh! balbutia-t-il...

Mais, cette sorte de fascination qu'exerçait sur lui la vue des nouveaux
arrivants, n'eut que la durée d'une seconde...

Dans cette nature que l'instinct du mal avait si énergiquement
trempée, les sensations les plus contraires, les plus imprévues,
s'effaçaient, disparaissaient sous la dure enveloppe de cette volonté
presque farouche.

En une seconde et malgré l'invraisemblable réalité de l'apparition
qui se dressait devant lui, Gniafon avait reconquis sa présence d'esprit
et, en un clin-d'œil, deviné, jugé l'imminence du danger auquel
il se heurtait au moment même où il s'en croyait le plus sûrement à
l'abri.

Avec la légèreté et la souplesse d'un singe, il vida les arçons, se laissa
tomber plutôt que glisser à terre, rampa sur le sol, se releva, courut, se
replongea dans la dangereuse et sombre tourmente du combat, en traversa
le terrain en courant, sans même entendre les balles qui sifflaient à ses
oreilles, arriva essoufflé, haletant, blême, sur le rebord de la route, en
franchit le fossé d'un bond de panthère, et retombant de l'autre côté,
presque en face de Louis XIV, soudain apeuré par la brusque apparition

de cet être difforme à qui l'épouvante, la terreur, donnaient encore une expression de plus effrayante et hideuse étrangeté :

— Sire ! Sire ! s'écria Gniafon, en tendant ses doigts crochus et tremblants vers l'endroit d'où arrivait la troupe de cavaliers, Sire ! fuyez !… tout est perdu !…

Et, arrêtant un cheval qui passait près de lui, sans cavalier, il le saisit à la crinière, s'y crispa et sauta en selle.

. . . .

— Eh ! troun de l'air ! disait au même moment l'homme qui, la moustache hérissée, la rapière au poing, devançait de toute la longueur de son cheval la troupe qui chargeait derrière lui, eh ! troun de l'air, je n'ai pas la berlue et cependant, foi de Faribole, il me semble avoir vu là, devant moi, apparaître la mâchoire de caïman appartenant à cet intéressant bipède dénommé : Gniafon.

— Si cela est ainsi, Dieu veuille que nous n'ayons pas trop attendu pour secourir Monseigneur Louis ! fit la voix douce d'un cavalier qui venait de se mettre côte à côte avec l'ancien maître d'armes…

— Jésus-Marie ! ajouta un autre accourant sur la même ligne, je crois qu'il était temps, car ses mécréants mettent le feu à cette bonne auberge de la Couronne où jadis il y avait de si excellente eau-de-vie.

— Tranquilisez-vous, demoiselle Yvonne ! répliqua le maître d'armes, nous allons entrer dans ce tas de ferrailleurs comme un couteau dans une motte de beurre et, bagasse, avant que les flammes du feu qu'ils allument aient eu le temps de dessécher les meilleures bouteilles de cognac !

Et, haut sur sa selle, dressé sur ses étriers, l'épée à bout de bras, se retournant vers ceux qui le suivaient :

— Camarades ! cria Faribole d'une voix qui domina le fracas du galop des chevaux… voici l'ennemi !… en avant pour Dieu et pour notre Roi !… Vive Monseigneur Louis !… En avant ! chargez !… tue !… tue !…

— Vive Monseigneur Louis !

— Tue ! tue !…

Et tout à coup, aux formidables acclamations qui répondaient au chaleureux et vibrant appel de Faribole, un silence profond, solennel, s'établit dans les rangs de la petite troupe, puis, brusquement, rhythmé par le galop des chevaux, le cliquetis des armes, les détonations des armes à feu, le fracas de la lutte, un chant religieux, grave, aux mystiques paroles, grandit, gronda, couvrit de ses immenses et majestueuses sonorités le tumulte, le vacarme du combat.

Les voix de ces quarante hommes qui se préparaient et couraient à la mort, entonnaient ce psaume guerrier :

> Cent mille hommes de front
> Craindre ne me feront,
> Encore qu'ils l'entreprissent
> Et que pour m'estonner,
> Clore et environner
> De tous côtés ne vinssent...

Et, comme la foudre, la troupe fanatique tomba sur les dragons royaux, surpris, épouvantés, terrifiés par cette subite avalanche d'hommes et de chevaux..

Et, soudain, la fusillade que, sans interruption, avait jusqu'alors soutenue les défenseurs de Monseigneur Louis, enfermés dans l'auberge, cessa subitement et, à l'intérieur de la maison, retentit le second verset du psaume, vociféré par les protestants comme un chant de triomphe :

> Viens donc, déclare-toi,
> Pour moi, mon Dieu, mon Roi,
> Qui de buffes renverses
> Mes ennemis mordants
> Et qui leurs romps les dents
> En leurs gueules perverses.

Mais, dominant le fracas de la lutte, les clameurs, les vociférations des combattants, les éclatantes psalmodies des huguenots, un cri perçant, aigu, rendu étrangement puissant par sa violence d'une inexprimable allégresse, d'une délirante joie, s'éleva de l'intérieur de l'auberge.

Sans souci des balles qui, autour de lui, s'aplatissaient sur la muraille, donnant à ses compagnons un merveilleux exemple de souverain mépris pour la mort, Monseigneur Louis, le buste à découvert, à demi penché au-dehors d'une fenêtre du rez-de-chaussée ripostait, coup pour coup, au feu meurtrier de ses adversaires...

Et cependant, près de lui, aussi bien dans la salle du bas que dans les chambres du premier étage, malgré les objets de toutes sortes qu'ils avaient amoncelés devant les croisées et les portes pour se protéger, le nombre de ses fidèles partisans diminuait avec une effrayante rapidité...

L'acharnement des soldats du roi qui, par les interstices même que s'étaient ménagés les protestants pour tirer, tiraient à leur tour à bout

Permettez-moi, Sire, d'aller moi-même tout d'abord.

portant sur les défenseurs de Monseigneur Louis, avait semé de blessés et de mourants les étroites chambres de l'auberge.

Par un hasard providentiel, le Masque de Fer n'avait encore reçu aucune atteinte lorsque, à quelques pas de lui, se démenant comme des démons dans cette ardente fournaise, lui étaient apparus les cavaliers parmi lesquels, au premier rang, levant et abaissant leurs épées rouges de sang, il avait aperçu et reconnu les vaillants compagnons et l'héroïque jeune femme dont la disparition lui avait causé tant de douleur, de regrets et de larmes.

Alors, d'un vigoureux coup d'épaule, renversant les planches et les matelas qui en obstruaient l'ouverture, il avait escaladé le rebord de la fenêtre et, l'épée pendue au poignet, un pistolet dans chaque main, s'inquiétant peu d'être suivi ou non par les hommes du pasteur Raymond, il avait sauté, bondi au-dehors, en s'écriant :

— Yvonne ! Yvonne ! Yvonne !

Et de la double décharge de ses pistolets, il avait fracassé le crâne de deux dragons qui, l'épée haute, s'étaient jetés sur lui.

Elle aussi, avant même que cet appel passionné vint doucement lui caresser l'âme, avait vu et reconnu, dans les tourbillons de la fumée noire de l'incendie qui se mêlaient aux blancs flocons produits par les détonations des mousquets, l'homme, l'être adoré vers lequel l'attiraient tous les élans de son indomptable courage, toutes les aspirations de son cœur débordant de tendresse et d'amour.

Affolant son cheval de furieux coups d'éperons, faisant le vide autour d'elle sous le tournoiement terrible de son épée sanglante, sublime d'indifférence pour le danger, de bravoure, d'énergie, un éclair de folle ivresse dans les yeux, un rayonnement de divin bonheur au front, Yvonne se ruait au plus épais de la mêlée.

Elle avait hâte, en effet, d'être près de celui dont le salut lui importait plus que sa vie et, en le voyant s'élancer seul au milieu de leurs ennemis, elle faisait, toute blême et apeurée pour lui, des prodiges d'audace pour s'en approcher, lui porter aide et secours et plongeant, de droite et de gauche, son arme dans la poitrine de ceux qui lui barraient le passage, elle ne cessait de crier avec une sorte de rage :

— En avant ! tue ! tue !… vive le roi !…

Du reste, près d'elle, Faribole, Mistouflet et frère Chrysostome, dont l'attention avait été attirée du même côté par l'appel de Monseigneur Louis, avaient eu la même pensée que celle de la jeune femme, et se démenaient comme des possédés.

-- Troun de l'air! s'écriait le maître d'armes, tout en maniant sa longue rapière avec son habituelle rectitude, se jeter tête baissée sur ces pitchouns de malheur, en voilà une imprudence!... bagasse, de la poigne! du nerf, mordious! sans demander, toutefois, trop brutalement la permission de les tuer à ces imbéciles qui furent autrefois nos camarades de régiment... c'est cela !... parfait! bravo, Monsieur Mistouflet...

Cette exclamation admirative était arrachée à Faribole par le singulier exercice auquel se livrait son meilleur élève...

Ce dernier, ayant, sans doute, brisé son épée sur la tête de quelque dragon, était, en effet, contraint, pour se débarrasser de ses adversaires, d'employer un moyen original qui consistait à cueillir un soldat à bout de bras, à l'enlever de terre, le prendre par les jambes, s'en servir comme une massue, pour assommer ses camarades et, lorsque celui-là n'était plus qu'une forme pantelante, brisée, le lancer à la volée sur les survivants et parmi ceux-là, en prendre un autre qu'il employait au même usage...

— Ah ! Jésus-Marie ! soupirait-il au fur et à mesure qu'il reconnaissait celui dont le cadavre lui servait à assommer les autres, c'est ce pauvre Mathias !... c'est ce bon Poitevin !... Dieu ait pitié de leurs âmes, mais, doux Seigneur, je n'aurais jamais cru qu'ils avaient la tête aussi dure...

Et, frère Chrysostome, émerveillé d'un pareil tour de force, avait voulu imiter la manœuvre du colosse pour lequel il témoignait une admiration et une affection des plus vives, mais, sa prétentieuse ambition lui avait valu un bon coup d'épée dans le bras qui l'avait obligé de renoncer à poursuivre plus longtemps sa malheureuse expérience et à reprendre une arme dont le maniement lui était plus familier...

Ils n'étaient plus qu'à quelques mètres de Monseigneur Louis qui, bravement adossé à la muraille de la maison, tenait en respect au bout de son épée les quelques assaillants qui le pressaient encore...

Car, la témérité, l'élan, la force de ces trois hommes et de cette femme étaient tels que la plupart des autres dragons, stupéfaits, en outre, de voir les leurs tués par des gens qui, comme eux, criaient « Vive le Roi » ! avaient commencé à lâcher pied et reculaient en désordre, fuyant même, éperdus, à l'approche de ces impitoyables faucheurs de la mort.

Soudain, une sonnerie de trompette éclata brève, stridente, impérieuse.

Les fuyards s'arrêtèrent net, et poussant des vociférations de triomphe, firent rapidement volte-face.

Au même moment, frère Chrysostome qui, moins préoccupé que ses compagnons, s'était aussitôt rendu compte de ce qui se passait, se mit à crier à pleins poumons :

— Demoiselle Yvonne ! faites face de ce côté !... Attention, messire Faribole ! prenez garde à vous, Monsieur Mistouflet !

Soit qu'ils n'entendissent pas cet avertissement, soit qu'ils dédaignassent de s'en préoccuper, Yvonne et Mistouflet, impatients de rejoindre Monseigneur Louis dont la situation devenait de plus en plus critique et dangereuse, continuèrent leur lugubre besogne, mais Faribole avait tourné la tête, s'était dressé sur ses étriers, d'un coup-d'œil rapide, perçant, avait scruté la partie de la route s'étendant au-delà du lieu du combat et aussitôt avait grondé entre ses épaisses moustaches :

— Encore des dragons ! mais il en pleut donc aujourd'hui, bagasse !

Et, agitant en l'air son épée, ramenant son cheval un peu en arrière afin de lui donner assez d'espace pour qu'il pût prendre un nouvel élan :

— A nous, Messieurs les huguenots !... rassemblez-vous pour charger ! voici l'ennemi !

Les protestants qui, en tombant à l'improviste sur les soldats démontés, embarrassés par les longs fourreaux de leurs sabres, alourdis par leurs pesantes bottes, les avaient en partie écrasés dès leur premier choc et se croyaient déjà sûrs de tenir la victoire, obéirent avec une promptitude remarquable au commandement de Faribole et, exaltés par leur succès, brandissant leurs armes rouges de sang, reprirent en chœur leur lugubre psaume :

> Cent mille hommes de front
> Craindre ne me feront,
> Encore qu'ils l'entreprincent
> Et que pour m'estonner
> Clore et environner
> De tous côtés ne vincent !

Voici ce qui était arrivé :

Rosarges, s'acharnant à l'incendie de l'auberge, n'avait, tout d'abord, prêté aucune attention au remous qui s'était produit dans les rangs de ses soldats...

Il était si loin de songer à une pareille intervention !...

Mais les clameurs, l'affolement de sa troupe, le chant des huguenots et surtout le cri poussé par Monseigneur Louis l'avaient brusquement arraché à sa sinistre besogne !

— Yvonne ! avait-il répété machinalement...

Et, se rejetant en arrière, il avait assisté, avec une stupeur qui le clouait sur place, à l'énergique et victorieuse charge des protestants en tête desquels il avait immédiatement reconnu, les adversaires auxquels il devait sans cesse ses défaites, ses insuccès.

Sans chercher à deviner par quel extraordinaire miracle, ces trois hommes et cette femme qu'il croyait pour toujours disparus, réapparaissaient ainsi, soudain, plus terribles et plus forts que jamais, le major, avait poussé un hurlement de rage !...

— Trahison ! trahison ! s'était-il écrié ...

Et montrant le poing à ses ennemis dans un geste d'inutile menace :

— Ah! sandis ! avait-il ajouté, nous allons rire, maudits suppôts de l'enfer... je vous tiens !... je ne vous lâcherai pas !...

Et, avisant un dragon qui, sa trompette passée en bandoulière, faisait tranquillement le coup de feu près de lui, il le saisit par le bras, et l'entraînant à toutes jambes à sa suite :

— Viens ! viens ! lui dit-il...

Et dès qu'ils furent sur la partie de la route inoccupée par les combattants :

— Sonne le ralliement ! ordonna-t-il...

Le soldat lui obéit...

A cet appel, les cavaliers qui, selon les ordres reçus, étaient disséminés dans les champs voisins pour surveiller les derrières de la maison et couper la retraite aux huguenots, accoururent à toutes brides et se réunirent autour de Rosarges...

Ils étaient une trentaine au plus...

Le major s'était élancé sur le dos d'un cheval, errant sans cavalier :

— Soldats ! ordonna-t-il, ces damnés hérétiques mettent des formes pour retourner dans l'enfer d'où ils sortent !... Je veux que, vous comme vos camarades, vous ayez le plaisir de leur rendre politesse pour politesse... sabre en main, sandis !... en avant ! chargez !...

Et, comme une trombe, la petite troupe s'était ruée sur le lieu de combat...

De leur côté, les protestants avaient lancé leur chevaux à la rencontre de leurs nouveaux ennemis...

Le choc fut effroyable !...

Au même moment, les huguenots, obéissant aux ordres du pasteur Raymond, sautant par les portes et par les fenêtres, bondirent à leur tour hors de l'auberge, et, la baïonnette au bout du mousquet ou le poignard à la main, s'enfoncèrent dans les rangs pressés de leurs adversaires...

Alors la mêlée devint horrible...

Les hommes s'enlaçaient dans d'effrayants corps à corps, et, grimaçants, hurlants, mordants, s'étranglants, luttaient avec l'énergie du désespoir, et la férocité que mettait en leur cœur la haine de leur religion différente...

D'autres se glissaient sous les chevaux, leur coupaient les jarrets, et enfonçaient leur couteau dans la gorge des cavaliers abattus...

C'est à peine si quelques rares détonations d'armes à feu mêlaient leur lugubre voix, aux appels, aux vociférations, aux injures des combattants, aux cris, aux plaintes, aux gémissements des mourants et des blessés qui, dans les derniers spasmes de leur agonie, trouvaient encore assez de force pour s'accrocher à un ennemi et l'étrangler entre leurs doigts raidis par la mort...

Resté en dehors du théâtre de cette lutte acharnée, sauvage, Louis XIV impatient de la voir finir, s'étonnait qu'elle se prolongeât de la sorte... de sa main tremblante, il froissait, machinalement les dentelles de son jabot et quand il avait vu s'exécuter la manœuvre commandée par Rosarges, il avait murmuré d'une voix sourde et anxieuse :

— Çà ! est-il donc besoin de renfort pour mettre ces hérétiques à la raison !...

Puis, se tournant vers les dragons de son escorte, il avait ajouté :

— Approchons-nous, Messieurs ; je suis curieux de voir comment vos braves camarades traitent ces maudits huguenots...

Et, il allait lancer son cheval sur la route, mais c'est alors qu'une forme humaine, bondi au-dessus du fossé, avait franchi d'un saut formidable et avait retombée presque aux pieds de la monture du roi... et que celui-ci, effrayé de cette soudaine apparition, avait rassemblé les rênes dans un mouvement si brusque qu'il avait fait cabrer son cheval... mais, il avait déjà reconnu l'homme qui, couvert de poussière, les vêtements déchirés, le visage hideusement convulsé, s'était ainsi précipité vers lui :

— Gniafon ! s'écria-t-il...

Et, pris d'une angoisse inexprimable, il lui demanda vivement ?

— Qu'y a-t-il ? qu'arrive-t-il ?

— Sire ! fit le nain d'un ton bas et précipité... la partie est perdue... il faut fuir...

— Fuir ? s'écria Louis XIV blémissant...

— Sire ! reprit Gniafon, Votre Majesté a été trahie.

— Trahie? par qui donc?

— Par le fils du marquis de Louvois!

— Barbezieux! impossible!

— Sire! vous souvient-il qu'à Lyon, le marquis avait recruté une bande de spadassins...

— Oui!... après... après?...

— Il devait, à la tête de cette troupe, couper le passage aux partisans de votre rival et s'emparer de ce dernier, grâce à cette embuscade...

— Eh! bien?

— Sire! les gens choisis par M. de Barbezieux ne sont autres que des protestants...

— Mordieu...

— Et, à leur tête, j'ai reconnu cette demoiselle Yvonne et ces trois aventuriers dont le dévouement pour Monseigneur Louis est, sans cesse la cause des échecs que Votre Majesté éprouve...

— C'est incroyable!...

— Et, en ce moment, Sire, les dragons de Votre Majesté, surpris par cette attaque furieuse, sont décimés et, malgré leur opiniâtre résistance et leur résolution de se faire tuer jusqu'au dernier, ne tiendront plus longtemps...

— Mais Rosarges...

— A commis une folie!... il eut été préférable de garder à Votre Majesté ces vaillants soldats que le major a sacrifiés inutilement...

— Alors?

— Alors, Sire, il faut que Votre Majesté profite de ce que, dans l'ardeur de la lutte, aucun ne songe à votre personne... il faut fuir, Sire, tandis qu'il en est temps encore... fuir à travers champs... nous reprendrons la route à une lieue d'ici...

— Mais, c'est une lâcheté...

— C'est une nécessité, Sire! et, plus encore, ce combat doit avoir pour Votre Majesté la conséquence heureuse d'atteindre plus rapidement Versailles et de reprendre le pouvoir qui lui permettra de poursuivre sans relâche et de resaisir, à coup sûr, son mortel ennemi.

— Sans doute! mais, d'ici là, n'usera-t-il pas de sa liberté pour soulever une guerre civile qui, en déchirant mon royaume, peut ébranler ma puissance! non! non! il me le faut à tout prix, et, quoiqu'il en advienne pour moi, je le veux vivant ou mort.

— Sire! croyez-moi, je vous en supplie; dans le combat qui se livre, en ce moment, le vainqueur, je l'affirme à Votre Majesté, sera Monseigneur Louis... préférez-vous donc, Sire, vous exposer, en restant ici, à tomber entre ses mains, c'est-à-dire à reprendre (et cette fois pour toujours), sa place dans le cachot de l'île Sainte-Marguerite, et, au lieu de la couronne de France, sentir peser sur votre tête le masque de fer dont le front de Votre Majesté porte encore les rudes empreintes...

Au souvenir du martyre, ou plutôt de la profonde humiliation que son orgueil avait subie, cependant, que pendant quelques heures, une rougeur de honte colora le visage de Louis XIV et un éclair de vengeance et de haine passa, sinistre, dans ses yeux :

— Vous avez raison! répondit-il brusquement, je me dois, avant toutes choses, au bonheur de mon peuple et à la sécurité de mon trône... mais, malheur à tous ceux qui, possesseurs de ce secret d'Etat, voudront s'en servir pour attaquer mes droits, car, j'en jure Dieu ! je les exterminerai jusqu'au dernier !

— Par tous les diables ! c'est bien ainsi que je l'entends et l'espère ! murmura le nain avec un rictus de bête fauve, tandis que le roi se retournant vers les hommes de son escorte, commandait :

— Au galop, Messieurs !...

Et lui-même allait lancer son cheval à cette allure, lorsqu'il s'aperçut qu'au lieu de s'apprêter à les suivre, Gniafon restait immobile à la même place...

— Çà ! lui dit-il, ne nous accompagnez-vous pas pour nous servir de guide.

— Oh ! non ! répondit le nain, car j'ai mieux à faire, il me semble, en ne quittant pas d'ici...

— Qu'est-ce à dire ? fit Louis XIV d'un ton empreint d'une hauteur dédaigneuse.

— Que j'ai réfléchi à deux choses fort simples : la première est que Votre Majesté n'a qu'à contourner l'endroit où ses gens bataillent pour rejoindre la grande route qui la mènera droit, soit à Paris, soit à Versailles...

Et se rapprochant du roi au point de le toucher presque, il ajouta d'une voix basse et rapide :

— En second lieu, Votre Majesté a besoin d'un homme qui, heure par heure, minute par minute, surveillera ce Monseigneur Louis, s'attachera à lui, pas à pas, dans l'ombre, épiera chacun de ses gestes, surprendra chacune de ses paroles et qui, au moment voulu, vous le livrera, Sire, pieds et poings liés..... que Votre Majesté me permette de remplir ce rôle d'espion.. où nul ne saurait mieux la servir que moi...

Se cramponnant à la crinière de son cheval, il se lança à travers les tourbillons de fumée

Louis XIV réfléchit pendant une seconde :

— Tu hais donc bien cet homme ? demanda-t-il au nain.

— De toutes les forces de mon corps et de mon âme...

— Pourquoi ?...

— Demandez-le à Mme la marquise de Maintenon, Sire !...

Et, sur cette brusque et prompte répartie, Gniafon sauta, d'un bond, dans le fossé de la route où il disparut et s'évanouit avec la rapidité d'une ombre.

Louis XIV, tout d'abord stupéfait, autant de cette disparition, qu'interdit de cette réponse, haussa les épaules puis, se lançant à la tête de son escorte, à travers champs...

— Quelle insanité ! Pourquoi diantre ! ma femme s'occuperait-elle de l'existence de ce monstre, de cet avorton ?

. . . .

CHAPITRE XI

AMOUR ET DEVOIR

Au moment même, où sans plus de scrupules ni de remords, Louis XIV abandonnait les vaillants soldats qui, dans l'aveugle et sublime conscience de leur devoir et de leur honneur, se faisaient héroïquement mais inutilement tuer, la prédiction de Gniafon se réalisait.

L'idée de Rosarges avait été funeste, non seulement aux cavaliers que le major avait entraînés à sa suite, mais encore et surtout, à leurs camarades démontés, dont les rangs avaient subi le premier choc et arrêté le premier élan de cette charge furieuse...

Assaillis, fusillés presque à bout portant, de face et en flanc par les hommes du pasteur Raymond, les dragons qui combattaient à pied avaient été, par derrière, renversés, piétinés, dispersés par leurs braves compagnons d'arme, qui durent passer sur leurs corps avant d'atteindre les huguenots ; en sorte que, lorsque affolés, essayant en vain de maîtriser leurs montures pour éviter cet écrasement des leurs, les malheureux soldats s'étaient enfin trouvés face à face, avec leurs ennemis, ceux-ci ayant le champ libre devant eux, s'étaient élancés dans un galop frénétique sur leurs adversaires presque immobiles et qui, fatalement, devaient être broyés sous cette irrésistible et impétueuse poussée d'hommes et de chevaux.

Par une chance incroyable, Rosarges seul avait pu résister à cette mortelle avalanche...

Nu-tête, les cheveux au vent, une écume de rage aux lèvres, les yeux dilatés par la fureur et la haine, comme hypnotisé par la vue de Monseigneur Louis et d'Yvonne qui, débarrassés de leurs adversaires, réunis, enlacés l'un à l'autre, s'oubliant au milieu de cette lutte dans leur bonheur, le major, courbé sur l'encolure de son cheval, avait traversé, comme un boulet, la ligne des cavaliers huguenots...

Alors, d'un bond, avec le hurlement d'une bête fauve s'abattant sur sa proie, il s'était rué sur ces deux être en qui se résumaient pour lui toutes les amertumes, les rancœurs qu'il avaient subies, et la passion, l'ivresse de la vengeance qui bouillonnaient en son âme avide de les assouvir...

Le hasard du combat les lui livrait presque sans défense...

Etroitement serrés l'un contre l'autre, souriants à leur liberté rendue, à leur amour plein de délicieuses promesses pour l'avenir, et poitrine contre poitrine, les yeux, dans les yeux, ils ne voyaient plus l'horrible mort qui planait sur tout ce champ de carnage et, sinistre, hideuse, allait fondre sur eux...

Sans arrêter l'élan de son cheval, Rosarges passa devant eux... son bras se détendit avec la rapidité de la foudre... l'éclair de son arme brilla, terrible, foudroyant...

— Sandis ! ricana cyniquement le major en réponse au cri de douleur, au râle d'agonie qui avaient immédiatement suivi sa lâche agression, sandis ! ces beaux tourtereaux ne pouvaient être mieux placés et mon épée a dû être assez longue pour les embrocher tous deux !...

Et, courant droit devant lui, il enfonça les éperons dans le ventre de sa bête...

Mais, soudain, un juron formidable arriva jusqu'à lui :

— Troun de l'air ! hurlait la voix de Faribole, c'est ce démon de Rosarges... feu sur lui ! mordious ! ah ! bagasse !... il va nous échapper !

Une décharge de mousqueterie retentit, furieuse...

Les balles sifflèrent aux oreilles du major... aucune ne l'avait atteint. Il tourna la tête, partit d'un grand éclat de rire et cria :

— Au revoir, maître Faribole ! et souvenez-vous de la façon dont je me venge !...

Presque aussitôt, il sentit son cheval trembler, faiblir sous lui...

— Sandis ! jura Rosarges, il est touché à mort... il va s'abattre et, par tous les diables, si ces enragés me poursuivent, je suis perdu...

Il achevait à peine lorsque sa monture manqua des quatre fers à la fois, tomba, s'effondra à terre où, masse inerte, sanglante, elle resta étendue, le poitrail entr'ouvert par vingt blessures béantes...

Cette brusque chute avait envoyé le major rouler à deux mètres de là...

Quoique étourdi par la violence du choc, mais obéissant instinctivement à l'idée de se soustraire et à la poursuite et aux recherches de ses ennemis, il se traîna, se glissa, s'étendit dans le fossé de la route...

Une seconde de cette immobilité, de ce repos suffit à lui rendre sa présence d'esprit, son sang-froid...

— Si je reste plus longtemps ici, murmura-t-il, ils ne tarderont pas à me découvrir... et mon affaire est claire...

Et, se tâtant par tout le corps...

— Bon ! ajouta-t-il, je n'ai rien de cassé... et mes jambes sont assez solides pour courir encore longtemps... c'est le moment d'en profiter, sandis !

Il se mit à ramper dans le fond du fossé pendant une centaine de mètres et se risqua, seulement alors, à lever la tête pour examiner ce qui se passait autour de lui.

De l'endroit, où s'élevait l'auberge de la Couronne, lui arrivait encore, comme un écho de plus en plus faible, le bruit du combat où les clameurs des combattants et le fracas des détonations se faisaient de plus en plus rares.

La lutte touchait à sa fin.

Les dragons achevaient de mourir.

— Parfait ! pensa-t-il, tandis qu'un sourire féroce crispait ses lèvres ; ces damnés huguenots et cet imbécile de Faribole sont tellement ébaubis de la petite plaisanterie dont j'ai agrémenté mes adieux, qu'aucun d'eux ne se préoccupe de ma précieuse personne ! alors, sandis ! c'est bien le moins que j'y songe, moi ! donc, comme je ne tiens nullement à assister à un enterrement auquel répugne ma nature sensible et délicate, il est inutile de demeurer plus longtemps en contemplation devant ce touchant spectacle .. Décampons d'ici et vivement.

Un petit bois bordait le côté de la route où il se trouvait.

— A merveille ! ricana-t-il encore, voilà mon affaire ! un moelleux tapis de gazon, au milieu de fourrés impénétrables et d'arbres touffus me siéra fort pour me reposer pendant quelques heures, en réfléchissant au meilleur moyen de profiter des ombres de la nuit et de son mystère pour regagner le bon chemin.

Il se hissa lentement, prudemment, sur le talus du fossé, l'escalada d'un bond et, en un clin d'œil, disparut derrière les épais buissons qui formaient la lisière du bois.

L'isolement, la solitude de ce lieu retiré, en achevant de le rassurer, lui rendirent tout son calme, toute sa tranquillité d'esprit...

Il se dirigeait vers le centre de ces hautes futaies, lorsque, subitement il s'arrêta, pâlit affreusement, s'adossa à un arbre et passant une main sur son front...

— Ah ! sandis de sangdious ! balbutia-t-il, je suis un homme perdu !... nos soldats sont exterminés, et je n'ai plus pensé au danger que courait Sa Majesté Louis XIV que j'ai laissée...

Un petit rire sarcastique lui coupa la parole...

Il eut un violent haut le corps, fit un saut de côté, et se couvrant de son épée qu'il n'avait pas lâchée :

— Qui va là ?... bégaya-t-il.

Mais, presque aussitôt, il réprima le mouvement de terreur qui avait brutalement secoué tout son être...

Près de lui, à demi-étendu au pied de l'arbre auquel il s'était lui-même adossé, il avait aperçu une forme humaine dont, du premier coup d'œil, il reconnut l'étrange et inoubliable structure...

— Gniafon, s'écria-t-il en abaissant son arme...

— Lui-même ! répliqua le nain qui se mit prestement debout...

Et, comme Rosarges, stupéfait de cette rencontre bien inattendue, restait interloqué, se demandant si cette apparition n'était pas due à un prodige, à une sorcellerie de l'enfer, Gniafon reprit, d'un ton railleur :

— Eh ! eh ! messire Rosarges ! vous vous étonnez que le petit homme vit encore et a échappé au massacre dont, parole d'honneur, j'ignore comment, vous-mêmes, vous avez pu sortir ?... Pardieu ! avant que vous me renseigniez à ce sujet, je veux bien vous apprendre comment je m'en suis tiré.

— Hum ! fit le major revenu de sa surprise, on dit qu'un bossu est malin comme le diable en personne et...

— Mon cher Monsieur ! interrompit le nain, il serait à souhaiter que beaucoup eussent, comme moi, une bosse dans laquelle je renferme une qualité qui s'appelle : la prudence !...

— Sandis !... vous moquez-vous ?...

— Prudence qui m'a évité la faute grave que vous avez commise..... car, mon pauvre messire Rosarges, sans moi, vous couriez fort le risque d'être pendu haut et court, si vous étiez retombé entre les mains du roi.....

— Le roi ! balbutia Rosarges repris de frayeur à ce seul mot...

— Eh ! oui !...

— Savez-vous donc ce qu'il est devenu ?...

— Venez ! je vous le montrerai...

Et, entraînant le major par la main, Gniafon le conduisit jusqu'au bord de la route, le força à se pencher en avant et, lui désignant du doigt sur la route, un point noir qui allait disparaître à l'horizon :

— Le voilà ! dit-il...

— Sauvé ! s'écria Rosarges en poussant un soupir de soulagement, ah ! sandis ! j'ai un rude poids de moins sur la poitrine...

— Oui ! oui ! respirez tout à votre aise, major, car, vous n'avez plus à craindre d'avoir la corde au cou...

Puis, après l'avoir ramené à l'endroit même où ils s'étaient si fortuitement rencontrés...

— Ce n'est pas tout ! reprit le nain, car puisque, parce qu'il vous sait, sans doute, un de ses meilleurs suppôts sur la terre, le diable dont vous parlez n'a pas jugé à propos de vous rappeler aujourd'hui près de lui, je tiens à compléter son œuvre.

— Ce qui veut dire, Monsieur Gniafon ?

— Qu'après vous avoir évité la potence, je veux non seulement arracher votre estimable personne aux dangers qu'elle court, mais encore, vous offrir le moyen de rentrer en grâce et faveur près de Sa Majesté Louis XIV...

— Vraiment ! Monsieur Gniafon, je ne sais...

— A l'autre extrémité de ce bois, dans une petite clairière, j'ai caché un cheval, une excellente bête dont je m'étais réservé les bons offices pour le cas où l'air de ce pays deviendrait malsain pour ma santé..... je vous l'offre...

— Mais...

— Et, sans attendre la nuit, en contournant ce bois, en coupant par les champs, vous pouvez, en deux heures, avoir rejoint le roi qui se dirige sur Fontainebleau...

Et, comme le major esquissait un geste vague de reconnaissance.

— Mon cher messire Rosarges, ajouta l'autre, vous ne me devez aucun remerciement... venez !... vous n'avez pas un instant à perdre...

Mais, au lieu de le suivre immédiatement, et bien qu'il comprît, lui-même, l'urgence de mettre à profit le moyen de salut qui lui était offert, Rosarges réfléchit pendant quelques secondes, puis, brusquement, relevant la tête et fixant son interlocuteur dans les yeux :

— Mon bon ami, lui dit-il, vous me sauvez la vie... je ne vous en dois aucune reconnaissance... c'est entendu ! mais serait-il trop indiscret de vous demander en quoi j'ai mérité l'affectueux intérêt dont vous me donnez une preuve que je n'oublierai jamais...

— Eh ! mon cher major ! répliqua le nain avec son ricanement sinistre, mon attachement pour vous n'est que le résultat d'un calcul.

— Hein ? fit Rosarges avec une grimace de désappointement...

— Et, continua tranquillement Gniafon, ce calcul repose sur ceci : je me suis dit : — « Cet excellent major, qui, aussi bien à Paris, qu'à Piquerol, à Sainte-Marguerite, à Forcalquier et ici même, doit une foule de mésaventures au prisonnier dont il a la garde et risque, à chaque incartade de ce dernier, de se balancer gentiment, au bout d'une solide corde de chanvre, soit aux créneaux d'une tour, soit aux branches d'un arbre quelconque, cet excellent major doit avoir voué une rancune sans égale à l'auteur de ces transes continuelles...

— Ah ! sandis ! interrompit le major avec un grincement de dents, vous ne vous êtes pas trompé... je hais de toute mon âme ce maudit Monseigneur Louis.

— Je ne le déteste pas moins que vous, reprit le nain ! or, comme il vaut mieux, ne sachant jamais ce que nous réserve l'avenir, être deux pour que cette même haine soit, un jour, assouvie plus sûrement, j'ai conclu, de ce calcul, que j'avais le plus grand intérêt à ce que votre vie se prolongeât... jusqu'à ce jour de vengeance...

Sans paraître remarquer l'intérêt relatif que Gniafon apportait ainsi à la suite de son existence, Rosarges eut tout-à-coup un bruyant accès d'hilarité et, d'un regard moqueur, dévisagea le nain surpris de ce brusque revirement d'allure et de manières...

— Çà ! fit Gniafon, fronçant le sourcil, à mon tour, de vous demander : vous moquez-vous ?

— Eh ! non ! sandis ! répliqua le major, riant de plus belle, car je serais un ingrat digne des malédictions de tout le genre humain, si je reconnaissais par la plus petite raillerie le noble dévouement qui vous pousse à m'offrir votre cheval ! mais, cher Monsieur, c'est qu'il me vient à l'idée que la satisfaction de la haine que vous avez vouée à ce Monseigneur Louis, n'est pas la seule solution de votre habile calcul.

— Je ne vous comprends pas, messire Rosarges ?...

— Mon bon ami ! la haine n'est enfantée souvent que par une autre passion !

Gniafon se mordit les lèvres...

— Et cette passion n'est autre que l'amour!... ah! sandis! mon frère avait bien raison de me dire jadis que la vie n'est qu'un composé de contrastes... ainsi, mon cher Monsieur, vous haïssez le frère de Louis XIV tout simplement parce que vous aimez Mlle Yvonne qui a le mauvais goût de vous préférer votre rival...

Le nain garda encore le silence... mais, de dépit et de colère de se sentir ainsi deviné, il enfonçait ses ongles dans la paume de ses mains...

— Eh! bien! reprit le major, toujours goguenard, il est heureux pour moi, qu'avant de m'avoir laissé le temps de vous apprendre comment j'ai échappé aux griffes des huguenots, vous m'ayez offert l'excellente bête, grâce à laquelle j'ai quelque chance de garder mon estimable existence, car, autrement, pardieu! en suivant les raisonnements et déductions de votre calcul, j'eusse fort risqué de laisser mes os ici, aujourd'hui ou demain au plus tard...

— Que voulez-vous dire? s'écria Gniafon dont l'œil étincela d'une lueur fauve...

— Et! sandis! ce que vous m'avez fait comprendre vous-même...

— C'est-à-dire...

— Que l'intérêt que vous portez à ma précieuse vie ne se prolonge pas au-delà du jour où votre désir de vengeance sera satisfait...

— Eh! bien! fit le nain haletant...

— Eh! bien, mon cher Monsieur Gniafon, votre désir a été rempli, il y a à peine une demi-heure...

D'un bond, Gniafon s'accrocha au bras de Rosarges et, le visage livide, le regard fou, angoissé d'une joie farouche :

— Monseigneur Louis... est mort!... haleta-t-il...

— Il y a grande chance, du moins, pour qu'il en soit ainsi! car, le coup que je lui ai porté, me fut jadis enseigné par Messire Faribole, mon ancien maître, dont les bottes secrètes avaient une juste réputation d'infaillibilité...

— Oh! fit Gniafon, affolé, contez-moi les détails de cette rencontre, car vous me payez ainsi largement le léger service que je vous rends...

— Et dont, si vous le voulez bien, je profiterai sans plus de retard... nous causerons en marchant jusqu'à la clairière où vous avez caché votre cheval.

— Soit! allons!

Rosarges, entra dans les détails les plus circonstanciés sur le combat qui s'était livré entre les troupes du roi et les protestants jusqu'au

Fuir ! s'écria Louis XIV blémissant.

moment où il avait pris lui-même, une part active en conduisant la dernière charge des dragons...

Ce luxe, cette minutie d'explications qui provoquaient, chez Gniafon, un énervement, une impatience indescriptibles qu'il n'osait cependant manifester trop ouvertement dans la crainte de prolonger encore le récit du major, avaient duré à tel point que le nain ignorait encore ce qui lui importait surtout à apprendre, lorsque Rosarges ayant détaché le cheval de Gniafon fut sur le point de mettre le pied à l'étrier.

— Mais enfin! s'écria, le nain furieux, où et comment avez-vous frappé Monseigneur Louis...

— Où?... mon cher Monsieur, mais en plein dans le dos entre les deux épaules au moment où j'arrivais sur lui à toutes brides...

Gniafon eut une exclamation de contentement.

— Comment? reprit Rosarges en sautant en selle et ramassant entre sa main gauche les rênes du cheval, mais, mon bon ami, tout simplement avec l'arme que voici et qui est encore teinte de son sang jusqu'à la garde...

— Jour de Dieu! hurla le nain dont le visage refléta la hideuse expression de la joie féroce que lui causait cette nouvelle...

— Et, sandis! continua le major prêt à lancer sa bête au galop, je comprends votre bonheur, mon joli amoureux! car, maintenant, il vous est permis d'espérer que, tôt ou tard, vous pourrez épouser sa veuve! seulement...

— Seulement? répéta Gniafon, la gorge étreinte d'une subite angoisse.

— Il y a un petit détail que j'omettais de vous révéler...

— Parlez! parlez!...

— Je vous ai dit, je crois, que j'avais frappé Monseigneur dans le dos, entre les deux épaules.

— Oui! oui!...

— Or, mon épée est d'une longueur démesurée et, Dieu me damne, je suis certain, qu'après l'avoir transpercé de part en part, cette maudite rapière ressortait de l'autre côté, d'au moins la moitié de sa longueur...

— Eh! bien? après?... je ne comprends pas...

— Mon excellent ami! comment s'appelle la partie de l'homme diamétralement contraire du dos?

Et comme le nain, abasourdi par une pareille question, le regardait, ahuri, sans répondre, il ajouta:

— C'est la poitrine, n'est-ce pas? par conséquent, c'est donc, hors de cette dernière partie, que ma satanée colichemarde, est ressortie d'au moins un pied!...

— Je... je' ne comprends pas!... balbutia Gniafon, ayant déjà un pressentiment de l'affreuse vérité...

— Le petit détail que j'omettais vous y aidera... mon cher Monsieur et ami, au moment où ce pénible accident arrivait à Monseigneur Louis, ce digne gentilhomme pressait entre ses bras cette gentille demoiselle Yvonne pour qui vous soupirez si fort... ils étaient poitrine, contre poitrine... concluez, mon généreux sauveur, concluez!... au revoir! bon courage!... et... merci!...

Et, avant que Gniafon fut revenu de l'épouvantable stupeur dans laquelle le plongeait le cynique récit de cet odieux exploit, Rosarges, en prononçant ses paroles d'adieu, avait vivement éperonné son cheval et disparaissait au galop dans les profondeurs du bois...

Pendant quelques minutes, le nain, comme frappé d'un coup de foudre, resta, immobile à la même place, anéanti, hébété, ne se rendant pas encore compte de la sinistre révélation qu'il venait de lui être faite si brutalement...

Puis, défaillant sur ses jambes torses, l'œil démesurément ouvert, la bouche béante, les bras pendant, inertes, le long du corps, il se laissa rudement tomber sur les genoux et, d'une voix rauque, presque inarticulée, il bégaya...

— Yvonne... il a tué Yvonne!... Yvonne est morte!... morte!...

Et, soudain, comme si ce dernier mot l'eut galvanisé, il se dressa, se raidit répéta encore ce cri lugubre :

— Morte! morte!...

Puis, brusquement, se lançant, à travers les taillis, dans une course folle, échevelée, sans but, se déchirant le visage aux épines des buissons, se meurtrissant, s'ensanglant le corps dans des heurts terribles contre les arbres, il s'enfuit, hagard, en délire, criant, hurlant, avec une sorte de fureur délirante ;

— Yvonne! Yvonne! morte! morte!

.   .   .   .

Une heure après, une dizaine d'hommes, noirs de poudre, éclaboussés de larges taches sanglantes, descendaient le chemin creux qui aboutissait au pont jeté sur l'Armançon, en face de la colline au sommet de laquelle s'élevait le château, presque en ruine, du feu comte de Brévannes...

C'était là tout ce qui restait des deux troupes de protestants dont l'une avait accompagné le pasteur Raymond et Monseigneur Louis et dont l'autre, à l'instigation et sous les ordres de Faribole, s'était substituée à la bande de sacripants recrutée, à Lyon, par les soins du marquis de Barbezieux...

Ils avaient tous vaillamment lutté avec ce fanatisme aveugle que leur inspiraient les principes de la religion qu'ils avaient à défendre contre le despotisme de Louis XIV.

La meilleure preuve en était dans l'amoncellement de cadavres qui, devant l'auberge de la Couronne, étaient couchés les uns sur les autres parmi les débris d'armes et les corps éventrés de leurs chevaux.

Eux aussi avec un même fanatisme qu'ils avaient contrairement puisé dans leur dévouement à la personne de leur roi, les dragons avaient combattu et, sans lâcher pied, étaient morts, face à l'ennemi, jusqu'au dernier...

La terrible lutte que devait engager l'inévitable rivalité des deux fils d'Anne d'Autriche, venait de s'ouvrir pour se perpétuer pendant de longues années, au milieu de nouvelles et sanglantes scènes de combats, de massacre, de persécution...

Quand tout avait été fini, le pasteur Raymond avait rallié ses hommes autour de lui, et, pour éviter toute surprise, s'était décidé à chercher, derrière les murailles du château de Brévannes, un refuge où ses gens trouveraient, pour quelques jours au moins, un repos nécessaire après de si rudes fatigues...

Les huguenots défilaient, dans le plus profond silence, quatre par quatre...

Malgré leur triomphe, ces hommes, qui avaient, pour la plupart, à pleurer quelques parents, quelques amis, sentaient encore planer, au-dessus d'eux, la grave majesté de cette mort à laquelle ils avaient échappé et ils se taisaient, s'absorbant dans leurs mélancoliques et douloureuses pensées.

Du reste, alors même, que cette rêverie, cette tristesse n'eussent point été le résultat de leur propre deuil, un sentiment de respect, de commisération les leur eut inspirées...,

Au milieu d'eux, une sorte de litière, fermée par des rideaux pris sans doute, à un lit de l'auberge, était portée par deux huguenots...

De chaque côté, marchaient deux hommes qui, le visage triste, le front baissé, des larmes dans les yeux, la main rageusement crispée sur le pommeau de leur épée, semblaient accablés sous le poids d'une immense douleur.

L'un était Faribole.

L'autre, était Mistouflet...

Ce fut dans cet ordre et dans ce même sombre mutisme, que cette troupe, ressemblant plus à un cortège de deuil, traversa le pont et le village de l'Armançon, gravit la colline, atteignit la métairie où, autrefois, dame Jeanne, vivait, heureuse de la vie de son enfant, de son Yvonne, et enfin pénétra dans l'intérieur du vieux manoir dont les couloirs, à demi effondrés et les chambres ravagées par le temps n'offraient plus qu'un asile peu sûr...

A ce moment, le pasteur Raymond s'approcha de Faribole :

— De quel côté, devons-nous nous diriger? lui demanda-t-il...

— Venez! répondit le maître d'armes...

Et, se tournant vers les porteurs de la litière...

— Attendez-nous ici! leur recommanda-t-il, il est inutile de descendre avec nous dans les souterrains du château... — Mistouflet, ajouta-t-il en lançant à son compagnon un regard douloureux, restez près d'eux...

Puis, se mettant à la tête des huguenots, il les guida, par un escalier s'enfonçant, en spirales, sous terre, vers les caves et les galeries souterraines du château dont les voûtes solides et épaisses avaient résisté à la ruine...

Des torches fixées à des anneaux scellés dans la muraille, éclairaient, ces longs couloirs où, çà et là, avaient été pratiqués des caveaux ou plutôt des cellules dont les portes lourdes et massives leur donnaient l'aspect de cachots, d'oubliettes.

En passant devant l'une d'elle, Faribole la désigna au pasteur Raymond :

— C'est là-dedans, dit-il, que j'ai enfermé ensemble le marquis de Barbezieux et cet autre courtisan de Louis XIV qui ne se doutaient guère d'être à la tête de huguenots, si mal convertis par moi au catholicisme... J'espère bien, troun de l'air, qu'on leur donnera à réfléchir sur les dangers de tendre d'aussi sournoises embuscades, en leur logeant quelques grammes de plomb dans la cervelle !

— Ils seront exécutés demain, au lever du soleil, répondit froidement le chef protestant, car, sans votre heureux et habile stratagème, ces deux traîtres nous eussent fait exterminer jusqu'au dernier...

— Sans sourciller, bagasse ! mais, si vous le permettez, mon cher Monsieur, je vous quitterai ici; à l'extrémité de ce couloir, est un escalier, d'une vingtaine de marches, qui aboutit à une vaste salle carrée, éclairée par d'étroits soupiraux, et où vos hommes trouveront un abri, sinon très confortable, du moins fort tranquille... j'ai hâte de remonter près de ce malheureux...

— Allez, messire Faribole !... du reste, dès que j'aurai installé mes gens et préparé les secours nécessaires à nos blessés qu'on ira recueillir là-bas, je vous rejoindrai...

Le maître d'armes pirouetta sur ses talons et reprit vivement le chemin de la salle où avait été déposée la civière près de laquelle était restée Mistouflet.

En passant dans le corridor qui partageait en deux parties le rez-de-chaussée du château, il s'arrêta soudain sur le seuil d'une chambre, aux meubles délabrés, aux murs crevassés à l'un desquels était suspendu encore un grand tableau où, malgré la couche de moisissure blanchâtre dont le temps l'avait couvert, on distinguait les principales lignes, de la figure et du corps d'un homme, vêtu d'un riche costume de cour...

Cette chambre était l'ancien cabinet du comte de Brévannes.

Cette peinture représentait le roi de France : Louis XIII.

En face de ce portrait, inclinés dans une même attitude respectueuse, un homme, et une femme, se tenaient, immobiles l'un près de l'autre, comme si, dans une même communion d'idées, dans la douleur d'une même rêverie, ils voulaient unir leur corps comme ils unissaient leurs âmes...

Faribole les contempla d'un regard, empreint d'une profonde tendresse, d'une affectueuse sollicitude, puis, s'éloignant sur la pointe des pieds afin de ne point troubler cette pieuse et mélancolique méditation :

— C'est égal ! murmura-t-il, ils l'ont échappé belle !... et moi qui ai failli les laisser écharper ! ah ! troun de l'air ! si pareil malheur leur était arrivé, je n'aurais pas donné cher de ma maudite carcasse !...

Les deux êtres qui, comme en un saint pélérinage, priaient devant une image vénérée, étaient Monseigneur Louis et Yvonne.

Après la lutte terminée à l'avantage des huguenots, ils avaient suivi, lentement, pas à pas, serrés l'un contre l'autre, la troupe commandée par le pasteur Raymond et, sans rompre le silence où renaissaient leurs souvenirs, ils avaient regagné, ensemble, le manoir, berceau de leurs premières joies comme aussi de leurs premières tristesses....

A cette heure où les nuages noirs qui avaient assombri leur passé semblaient disparaître pour toujours, le rayon ensoleillé de leur avenir, mettait cependant un sourire à leurs lèvres et un éclat de bonheur à leur front...

Mais ce sourire radieux et cette pure expression de joie se fussent vite éteints en leur cœur et sur leur visage, si, lorsqu'ils longeaient la lisière du bois qui bordait le chemin creux, ils eussent été moins absorbés par l'extase de leurs pensées.

La tête hideuse de Gniafon, souillée d'éclaboussures sanglantes et de boue, s'était glissée entre les branches d'un épais buisson et le regard haineux du nain s'était rivé sur le groupe des huguenots au milieu desquels passait la lugubre civière...

— Oh ! avait-il murmuré, avec un inexprimable accent de féroce joie... ce sont eux !... ce sont leurs cadavres... Rosarges ne m'avait pas menti...

Mais, soudain, ses traits s'étaient contractés sous l'impression d'une épouvantable stupeur...

Son œil s'était dilaté effroyablement... et sa bouche convulsée eut peine à retenir le cri rauque, le râle de rage prêts à s'échapper de son gosier étreints d'une sauvage angoisse...

A un pas de lui, frôlant presque la broussaille derrière laquelle il était tapi, Monseigneur Louis et Yvonne passaient, les mains enlacées l'une à l'autre, les yeux étincelants, perdus dans les rêves entrevus !...

Ils étaient loin déjà que Gniafon, raidi dans le stupide accroupissement de la bête fauve à laquelle sa proie échappe, restait cloué à sa place, suivant, hagard, affolé, l'œil sillonné de stries sanguinolentes, les deux victimes que cette providence qu'il niait, arrachait sans cesse à sa fureur, à sa vengeance.

Puis, tout à coup, il s'était redressé, menaçant, horrible de colère, sur le rebord de la route et, dans un geste sinistre, tendant son poing vers ceux qui s'éloignaient :

— Ah ! maudits ! hurla-t-il, votre bonheur ne sera pas de longue durée... car, moi, qui vous poursuis et vous harcèle comme un démon, je suis près de vous... je vous guette et, un jour, je serai plus fort que le ciel qui vous protège !...

Et, d'un bond, il s'était rejeté dans l'épaisseur des fourrés...

C'est ainsi que l'éternelle haine de ce monstre, planait, encore, à leur insu, sur Monseigneur Louis et Yvonne, alors que, tous deux, en parcourant chaque coin du château, y retrouvaient une joie de leur jeunesse et, étayaient, sur chacune de ces ruines, l'échafaudage d'une vie nouvelle, de meilleures destinées...

Car, en face du portrait de son père, Monseigneur Louis avait senti et compris combien étaient puériles les leurres de l'ambition et combien vaine, stérile et mensongère était cette existence d'un roi qui, flatté, adulé chaque jour, maître absolu de ses sujets, souverain devant lequel tous se courbaient, n'avait pas assez de puissance pour protéger, défendre. sauver son enfant ni assez de fermeté de cœur, d'énergie d'âme pour l'aimer devant tous...

Que lui importait désormais cette lourde couronne sous laquelle les fronts se ridaient ! Que lui importait le manteau royal dont les plis n'abritaient qu'impostures, infamies et lâchetés...

Dans le bleu du ciel tout étincelant d'étoiles, la liberté ne lui avait-elle pas taillé un diadème mille fois plus précieux !

Et, sur l'humble pourpoint qui couvrait sa mâle poitrine, un cœur plein de loyauté, de franchise, d'abnégation, ne venait-il pas, au premier appel, se reposer et y bégayer ses chansons d'amour !...

Et, sous l'impression de ces pensées qui changeaient le but de sa vie, en lui faisant entrevoir le bonheur calme, les joies tranquilles d'une existence cachée, obscure, mais rendue toute resplendissante de tendresses et d'amour par cette jeune femme qu'il adorait. par cet enfant qui allait bientôt lui naître, par ces deux êtres enfin en qui, pour lui, se résumaient le monde, l'avenir, Monseigneur Louis, s'arrachant à la contemplation du portrait de cet homme, de ce roi qui l'avait repoussé, renié et qu'il reniait à son tour pour ancêtre, entraîna doucement Yvonne, vers une chambre voisine, épargnée par la ruine et encore presque habitable.

Il la força à prendre place sur une chaise longue. s'assit près d'elle et attirant sa tête contre sa poitrine :

— Yvonne ! ma bonne et chère Yvonne, lui dit-il d'une voix caressante, je viens d'avoir un rêve que je veux te dire. car, il ne dépend plus que de toi qu'il se change en une bienheureuse réalité.

— Ne savez-vous pas, Monseigneur, répondit-elle, que vos volontés sont les miennes et que mon plus beau rêve à moi est de vous voir heureux selon vos désirs...

— C'est que, Yvonne, mes désirs ne sont plus les mêmes, et que je n'ambitionne plus ce bonheur auquel tu songes peut-être encore, toi !...

— Que voulez-vous dire, Monseigneur ?

— Qu'en cette fatalité qui sans cesse, se dresse devant moi pour me barrer la route au bout de laquelle j'aurais trouvé la toute-puissance, la fortune, le trône royal enfin, je vois, moi, la volonté de celui qui tient en sa main les destinées les plus hautes et les dirige à son gré ; et par une mystérieuse force des choses, ramené aussi pauvre en ce château que j'en étais sorti, il m'a semblé en rentrant, entendre une voix, la voix de Dieu, me dire : « Tu n'iras pas plus loin !... »

Des torches fixées dans des anneaux scellées dans la muraille, éclairaient ces longs couloirs.

Yvonne s'était redressée à demi et plongeait ses regards ardents dans les yeux de Monseigneur Louis qui reprit :

— En obéissant à cet indéfinissable pressentiment de la volonté d'en-haut, n'exaucerai-je pas, en outre, le vœu de ma mère, de cette martyre, auguste et vénérée, dont les dernières paroles ont été des prières, afin d'amener l'apaisement de toute haine, l'oubli de toutes les injures entre mon frère et moi et surtout d'éviter, au peuple, placé sous notre garde et innocent de nos fautes, les souffrances, les misères, les blessures d'une guerre impie dont le déchireraient nos dissensions et nos colères.

— Ainsi, si je vous comprends bien, Monseigneur, fit Yvonne en scandant chacune de ses paroles, vous abandonneriez vos espérances, vous abdiqueriez vos droits et, vous, l'héritier légitime de la couronne de France, vous consentiriez à ce que ce peuple, dont le salut vous incombe, soit la proie d'un usurpateur et, vous, l'innocente victime des lâches ambitions d'un Mazarin, vous pardonneriez à vos bourreaux l'agonie de la reine Anne d'Autriche, la mort de vos amis, de vos plus fidèles serviteurs, enfin vous oublieriez vos propres tortures et le martyre de toute notre jeunesse étreinte entre les quatre murs d'une sombre citadelle...

— Yvonne, ma chère Yvonne, interrompit doucement Monseigneur Louis, me reprocherais-tu de vouloir être heureux ?

— Que voulez-vous dire, Monseigneur ? demanda à son tour la jeune femme profondément troublée par cette simple question.

— Qu'à toutes les vengeances autrefois tant désirées, qu'aux ambitions jadis rêvées, à la possession d'une puissance bien vaine et bien stérile, oui, je préfère aujourd'hui le pardon des injures, l'apaisement de mes haines, la renonciation de mes droits, l'oubli de mes titres, de ma naissance, et cela parce que, désormais, tes seules caresses sont mes rêves, que ton seul amour est mon unique ambition et que mon avenir est tout entier en cet enfant qui tressaille dans ton sein...

— Oh ! Monseigneur ! s'écria Yvonne, serait-il vrai que pour moi et... pour lui, vous consentiez à vivre dans le calme, la solitude d'une retraite ignorée de tous, et qu'aux splendeurs d'un trône, à l'espérance d'une union illustre, vous estimiez davantage la misère d'une cabane isolée et les tendresses d'une pauvre paysanne comme moi...

— Eh ! qui suis-je, moi-même, sinon un enfant abandonné, un malheureux, sans feu ni lieu, un vagabond de la vie ?... Je t'aime, Yvonne ! ce mot ne suffit-il pas pour désirer unir nos destinées obscures et en former une existence commune où sur cette terre, réside le vrai bien, la seule fortune, la plus belle ambition : être heureux !... je t'aime !...

ce mot ne me donne-t-il pas le droit d'oublier et de renier tous les autres !...

— Non ! Sire ! fit une voix d'un ton grave, non ! ce droit n'appartient plus à votre Majesté.

D'un même mouvement, Yvonne et Monseigneur Louis qui, serrés l'un contre l'autre, cœur contre cœur, s'abandonnaient tout entiers à la délicieuse ivresse d'un pareil rêve, se dressèrent surpris, affolés, leurs regards, atterrés, se portèrent sur un groupe de quatre hommes qui se tenaient, découverts, inclinés respectueusement sur le seuil de la porte et, un même cri de stupeur leur échappa :

— Vous ! vous ! ici ! firent-ils...

Ceux dont la présence venait ainsi jeter une troublante menace au milieu de leurs espérances de bonheur, étaient le pasteur Raymond, l'alchimiste Exili, le marquis d'Effiat et le chevalier de Lorraine...

Celui-ci, dont les vêtements, comme ceux de ses deux compagnons étaient couverts de poussière et de boue, s'était avancé lentement vers Monseigneur Louis et, saluant plus bas, encore, avait ajouté :

— Sire ! il y a trois semaines, nous quittions Amsterdam, sur l'ordre de Monseigneur Guillaume d'Orange, prince de Nassau, stathouder de Hollande, pour joindre nos efforts à ceux des braves gens qui exposaient leur vie pour arracher votre Majesté au sombre cachot dans lequel Elle était enfermée aux îles Sainte-Marguerite... à mi-chemin, nous rencontrâmes messire Exili qui, nous ayant précédés en Provence, eut l'honneur de vous voir, Sire, à Toulon, quelques heures après votre heureuse évasion, il nous apprit le résultat de son entretien avec votre Majesté et voulut alors, à toutes forces, nous accompagner pour nous guider dans l'itinéraire que votre Majesté suivait... Il n'était nullement besoin de ses renseignements, Sire, car, presque à chaque pas, des cadavres jalonnaient la route par laquelle vous gagniez Versailles... A Forcalquier, ainsi qu'à Grenoble, puis à Lyon, ces cadavres nous disaient assez à quelles difficultés vous vous heurtiez, et quelles luttes vous aviez à engager, Sire, pour vous frayer un passage... Ce fut, dans cette dernière ville, que nous apprîmes la poursuite ardente dont vous étiez l'objet de la part de vos ennemis et surtout de Louis XIV, plus acharné que jamais par sa haine et son aveugle désir de vengeance... Cette nouvelle, en redoublant nos craintes à votre égard, nous lança plus impétueusement encore, sur les traces de votre Majesté..., nuit et jour, sans perdre un instant de repos, nous avons galopé... aujourd'hui enfin, il y a une heure à peine, en nous heurtant au monceau de morts qui barrait la grande route, nous comprîmes que nous étions sur le point de rejoindre votre Majesté... quelques hommes du pasteur Raymond, relevant là-bas leurs blessés, nous apprirent où était votre refuge... Nous savons, Sire, que votre rival vous a précédé sur le chemin de Versailles, nous avons entendu, du seuil de cette porte, les paroles désespérées, comme les doux projets de votre Majesté... nous n'ignorons pas certes que la lutte sera, pour vous, d'autant plus rude et difficile que non seulement Louis XIV aura, dans quelques jours, recon- quis toute sa puissance, mais encore que cette lutte même anéantit tous vos desseins de repos, de paix et de solitude, mais, Sire, nous sommes là pour vous redire encore : « Non, Sire, vous n'avez pas de droit de cesser cette lutte ! »...

Monseigneur Louis, revenu rapidement de la surprise qu'il avait tout d'abord éprouvée, gravement, sans chercher à interrompre, avait écouté le chevalier de Lorraine, mais quand celui-ci eut terminé par cette phrase qui de face heurtait sa volonté, il redressa la tête, et le front hautain, l'œil sévère :

— Monsieur de Lorraine, répondit-il, vous fûtes, jadis, un des pre- miers à me reconnaître pour le fils, le seul héritier de feu Sa Majesté Louis XIII..., n'est-il pas vrai, chevalier ?

— Oui, Sire !

— Alors, pourquoi donc, aujourd'hui, vous permettez-vous de vous opposer à ce que désire, à ce que veut celui que vous considérez comme votre roi ?...

— Pourquoi, Sire ? fit le chevalier de Lorraine en se redressant à son tour pour fixer hardiment son interlocuteur.

— Sans doute ! ne suis-je plus, vis-à-vis de vous, le maître de mes actes.

— Encore une fois : « Non, Sire ! »... et voici l'explication simple de ma réponse... Si, jadis, dans le hasard de cette première rencontre dont votre Majesté daigne se souvenir, vous aviez manifesté ce désir d'abdi- quer vos prétentions, de chercher votre bonheur, dans l'ombre, l'isole- ment de votre existence, je n'aurais point hésité, moi-même, à approuver cette légitime volonté de votre cœur et, j'aurais mis, à la réalisation de ce rêve, toutes les forces, toute l'énergie de mon âme comme aussi le peu d'influence que me donnait mon rang à la cour... mais, hélas, Sire, pour servir votre juste ambition, beaucoup ont souffert, beaucoup sont morts !

A ces reproches qui, brutalement, voulaient lui imposer des remords Monseigneur Louis se dégagea doucement de l'étreinte d'Yvonne, et avec un tremblement dans la voix, interrompit le chevalier, en lui disant :

— Vous avez raison, Monsieur, mais, c'est précisément parce que je porterai en mon âme le deuil éternel des malheureux compagnons tombés victimes de leur simple dévouement, de leur pure affection pour moi, que je me refuse à en augmenter le nombre.

— Sire, reprit M. de Lorraine en s'inclinant, j'admire et respecte les regrets dont votre Majesté honore la mémoire de ceux qui, comme M. le comte de Brévanne, sa fille et le sire de la Barre, ont veillé sur Elle, depuis son enfance et depuis son enfance, ont appris, en l'aimant, à se dévouer pour Elle, corps et âme, mais, Sire, il en est d'autres qui, simplement, pour réparer l'ignominieuse forfaiture qui vous avait chassé du trône, pour prendre la défense de vos droits, pour vous nommer roi de France, sans pour cela, qu'aucun espoir de récompense, qu'aucun rêve d'ambition personnelle, dirigeât leurs actes, il en est d'autres, Sire, qui ont cruellement expié leur enthousiaste désintéressement et le sang de ceux-là, non seulement crie vengeance, mais encore a scellé entre eux et vous, Sire, un pacte, une alliance et des devoirs dont vous n'êtes plus maître, à cette heure, de vous dégager par un simple renoncement à toute lutte, par l'abandon de vos légitimes revendications.

Et avant que Monseigneur Louis, dont le visage pâle s'était soudain altéré plus encore, ait pu lui répondre, le chevalier ajouta :

— Sire, M. le chevalier de Rohan et Mme de Villers ont été décapités sur un échafaud dressé contre les murs de la Bastille, tandis que, près d'eux, au bout d'une potence, se balançait le corps de Van den Eden, l'ambassadeur de Monseigneur le prince d'Orange.

— Sire, fit le marquis d'Effiat sur le même ton, Mme la marquise de Montespan a été frappée d'une telle disgrâce que, son rang, sa fortune à la cour, ne lui seront jamais rendus... la misère la plus cruelle, l'oubli le plus profond sont maintenant les réalités de sa vie... Quant à Mme la comtesse de Soissons, elle a dû fuir, se sauver au plus vite pour échapper au coup mortel qui a atteint ceux dont vous a parlé M. de Lorraine et, misérable, désespérée, errante, de pays en pays, elle attend que la mort vienne, loin des siens, loin de ceux qu'elle a aimés, lui creuser une tombe dans la terre d'exil.

— Et ce que vous ne dites pas, Messieurs, ajouta Exili, c'est que, vous-mêmes, pour avoir châtié justement l'ennemie la plus acharnée de Monseigneur Louis, vous avez dû vous cacher comme des criminels jusqu'au jour où, en Hollande, vous avez trouvé un asile, un refuge que, au péril de votre vie, vous n'avez pas hésité à quitter pour reprendre la tâche dangereuse, mais généreuse que votre grandeur d'âme vous a imposée...

— Sire, fit enfin le pasteur Raymond, c'est sur ma seule promesse, sur les seuls serments que je leur ai faits, d'être bientôt débarrassés du despote qui les opprime, que mes coreligionnaires m'ont suivi et ont vaillamment combattu pour une cause dont ils ne connaissent même pas l'origine.

« Votre Majesté n'ignore pas non plus que, depuis son entrevue avec MM. de Lorraine et d'Effiat, à Dunkerque, son Altesse Monseigneur Guillaume d'Orange est pour Elle plus qu'un allié ; c'est un ami qui a juré de vous placer sur le trône de France, Sire, non pas seulement parce que, comme stathouder de Hollande et, depuis peu, comme roi d'Angleterre, il est le représentant et le défenseur du protestantisme dans tous les États, mais encore par la raison que sa haine, contre Louis XIV s'est accrue au récit du long martyre que vous avez subi, vous, l'enfant, l'héritier légitime de sa Majesté Louis XIII.

« Donc, Sire, je vous le dis tout net, abandonner ainsi toute une partie de votre peuple serait une injustice... une déloyauté ! négliger la protection, l'alliance, l'amitié d'un prince qui vous couvre de ses armes, serait renier, vous-même, vos droits, votre naissance, c'est-à-dire votre père, sa Majesté Louis XIII; votre mère, auguste et vénérée Anne-d'Autriche !...

Une ride avait creusé le front de Monseigneur Louis, un pli amer avait crispé ses lèvres...

Car, il songeait, avec une pénible tristesse, que ceux-là, qui l'invitaient si ardemment, à revendiquer, au prix de son bonheur, une illusoire puissance, n'étaient, eux-mêmes, inspirés en cela, les uns comme les autres, que par leur ambition personnelle et l'espoir de reconquérir, près d'un nouveau roi, le rang, les faveurs, que de perfides intrigues, de honteuses bassesses leur avaient fait perdre près de l'autre...

MM. de Lorraine, d'Effiat, et même Exili voulaient avant tout, le prix de leurs crimes, de la trahison pour lesquels de Rohan était monté sur l'échafaud...

L'exil de Mme de Montespan, de Mme de Soissons, n'était-il pas le résultat des mêmes forfaitures...

Enfin si certaines provinces de France étaient opprimées, persécutées, ravagées, n'en étaient-ils pas d'autres qui, déchirées par les guerres du dehors, réclamaient aussi bien la paix des haines intestines que la cessation d'hostilités soigneusement conseillées et entretenues par des ennemis et même des alliés désireux de l'affaiblissement de la France.

D'après ce que Yvonne et même Faribole et Mistouflet lui en avaient confié, il ne pouvait donc se faire illusion sur la sincérité des sentiments exprimés par les uns et les autres...

Peu leur importait à eux que le trône de France fût entouré de cadavres, de victimes, pourvu que, même les pieds dans le sang, ils fussent les plus proches de ce trône !

Que leur importait Monseigneur Louis ! ils ne voyaient en lui que le roi dont ils seraient les maîtres !...

Que leur importaient ses tendresses, son amour, son bonheur, son repos ! ils n'entrevoyaient, eux que la réalisation de leurs rêves, la satisfaction de leurs appétits, c'est-à-dire, la fortune, les dignités, les honneurs et surtout leurs vengeances !

Un flot de dégoût, de mépris, lui monta au cœur !...

Ainsi, quels que fussent les hommes qui, aux diverses époques de sa lamentable destinée, s'étaient trouvés sur son chemin, il se heurtait aux mêmes sécheresses de cœur, aux mêmes calculs d'égoïsme, aux mêmes sentiments de convoitise, de cupidité !

Et sur son visage assombri se reflétèrent si nettement les intimes pensées, les profondes rancunes de son âme que tous les acteurs de cette scène prévirent, en toute certitude, la réponse de Monseigneur Louis à chacune de leurs exhortations intéressées.

Alors, rapidement, le chevalier de Lorraine s'approcha de lui et lui glissa à l'oreille :

— Sire ! avant de nous donner une réponse d'où dépendent votre avenir et le nôtre, songez aussi à celui de cet enfant qui, d'ici peu, vous naîtra et dont votre refus ou votre acceptation fera soit un pauvre paria de la vie, soit un roi !...

Monseigneur Louis eut un tressaillement de tout son être ; il blêmit affreusement et ses lèvres balbutièrent :

— C'est vrai !... mon enfant ne peut-être, par ma faute, un misérable, un vagabond, un déshérité comme moi !

Et son regard se rencontra avec celui d'Yvonne qui, pâle, et en apparence, indifférente à ces débats, en attendait silencieusement l'issue, mais dont il devina les espérances, les aspirations que, pour leur enfant, entretient le cœur de toutes les mères...

Alors, ses hésitations, ses scrupules, ses craintes, ses dédains disparurent, s'effacèrent instantanément de son esprit.

Sa physionomie se transfigura ; un rayon de joie indicible illumina son front ; ses yeux brillèrent d'un éclat extraordinaire comme si, dans un mirage magique, lui fut apparu l'avenir radieux qu'il rêvait maintenant pour son fils...

Il alla vers ses partisans, les deux mains tendues et, d'une voix, mâle, ferme, vibrante :

— Messieurs ! leur dit-il, je ne faillirai ni aux devoirs ni à la tâche qui m'incombent ; dites au prince Guillaume d'Orange, roi d'Angleterre, que je suis prêt à unir mes efforts aux siens pour renverser Louis XIV du trône qui m'appartient, que, dès maintenant, sa cause est la mienne, et que son amitié trouve en mon cœur un puissant écho ; quant à vous, Messieurs, soyez assurés que vous garderez près de moi la place que vous n'avez pas abandonnée en mes jours de malheur !

L'un après l'autre, sans songer à dissimuler l'orgueilleuse satisfaction de sa vanité, baisa respectueusement cette main qu'il obligeait à verser du sang pour la cause de son ambition :

Puis, Monseigneur Louis se redressa, le front haut, impérieux, dans cette attitude de naturelle distinction, de superbe noblesse qui décélait sa royale origine et, s'adressant au pasteur Raymond :

— Vos hommes, m'avez-vous dit, fit-il, se sont emparés du marquis de Barbezieux et du comte Dangeau de Saint-Aignan... veuillez nous amener ici vos prisonniers...

Quelques minutes après, ils entraient dans le salon, escortés de quatre huguenots qui, l'épée nue à la main, les surveillaient soigneusement, bien qu'ils fussent étroitement ligottés...

Le fils du marquis de Louvois n'avait rien perdu de son altière assurance... il promena son regard hautain, méprisant, sur ceux qui l'entouraient, le fixa dédaigneusement sur Monseigneur Louis et s'adressant à son compagnon dont la mine piteuse, effarée, contrastait étrangement avec l'aplomb plein de défi, de son inséparable ami :

— Dangeau, mon ami ! dit-il d'un ton railleur, tu te plaignais que les cordes, dont tu es ligotté, t'entraient trop profondément dans les chairs... patiente un peu encore !... dans un instant, tu ne souffriras plus... Ces Messieurs daignent nous assassiner !

— Déliez les prisonniers ! ordonna simplement Monseigneur Louis...

Et quand son ordre fut exécuté...

— Messieurs ! leur dit-il ; le hasard des combats vous a fait tomber entre mes mains et je m'en félicite, car il me permet de vous remercier du dévouement, de l'attachement que, dans un laps de temps trop court

Sauvé ! s'écria Rosarges en poussant un soupir de soulagement.

malheureusement, vous m'avez témoignés et dans lesquels vous eussiez persévéré (je n'en doute pas) ! si, dans cette lutte, j'eusse été le plus fort !... je ne puis mieux vous en prouver ma reconnaissance qu'en vous disant : « Marquis de Barbezieux, comte Dangeau de Saint-Aignan, vous êtes libres !... »

Un murmure de stupeur et de désapprobation accueillit, de la part de ses partisans, les généreuses paroles de Monseigneur Louis...

Liv. 151. — Fayard frères, éditeurs.

Mais celui-ci, d'un regard sévère, imposa sa volonté et, d'un ton bref, autoritaire :

— Je veux, dit-il, agir encore, en simple gentilhomme, avant de punir en roi...

Et se retournant vers Barbezieux, resté impassible, et Dangeau qui n'avait pas été maître de retenir un cri de joie :

— Messieurs! reprit-il, je n'ignore rien de la trahison que vous aviez tramée contre moi pour me faire retomber entre les mains de votre maître... vous avez agi en courtisans, en serviteurs aveugles, je puis donc vous pardonner... mais je vous accorde aussi votre liberté afin que vous puissiez aller répéter mes paroles à celui-là qui, sans remords, sans pitié, eut rejeté mon corps dans l'ombre d'une prison et mon âme dans les ténèbres du désespoir, s'il avait pu me ressaisir... Mes paroles comme mes desseins, les voici : A celui qui ne sait que haïr, je répondrai par la haine; à ses violences, j'opposerai la force de mon droit; à côté de sa couronne, je poserai le masque de fer dont il avait couvert son visage... contre ses armées, je lutterai avec des légions de ces soldats dont vous devez reconnaître la vaillance, l'intrépidité aussi bien que l'ardente foi, et le sublime héroïsme... S'il a pour lui des courtisans comme vous, j'aurai pour moi Dieu et mon peuple... Avant de mourir, ma sainte mère, Anne d'Autriche, nous avait unis, dans un même enlacement, pour la paix et l'union de tous, lui, veut la guerre civile! soit! que le sang versé retombe sur sa tête!...

« Répétez-lui tout ceci, Messieurs!... maintenant, vous pouvez vous retirer! »

Dangeau s'inclina profondément et fila rapidement vers la porte, tandis que Barbezieux, après avoir salué et remis son feutre sur sa tête, disait à Monseigneur Louis :

— Monsieur! je désire que mon épée me soit rendue!

— Il sera fait, selon votre désir, Monsieur, dès que vous aurez passé le seuil de ce château...

— Je la désire, Monsieur, afin de la tourner contre vous.

— Vous avez raison, Monsieur; car l'épée d'un courtisan débauché tel que vous, l'épée d'un marquis de Barbezieux ne peut servir que la cause d'un bâtard...

Les yeux du marquis lancèrent un terrible éclair de colère... puis, brusquement, le fils de Louvois eut un haussement d'épaule :

— Monsieur! dit-il ; prenez garde! car, toujours, la force prime le droit...

Et, tournant sur ses talons, il sortit à son tour, accompagné, jusqu'à la porte du château par les quatre hommes de son escorte...

Dès qu'il eut disparu, Monseigneur Louis demanda au pasteur Raymond :

— Dans combien de temps, disposerez-vous de troupes suffisantes pour combattre les soldats du maréchal Montrevel?

— Je demande trois mois à Votre Majesté! répondit-il.

— Et en ce qui concerne Guillaume d'Orange? interrogea le frère de Louis XIV en se tournant vers le chevalier de Lorraine et le marquis d'Effiat.

— Sire! répliqua le premier, le roi d'Angleterre s'est formellement engagé à fournir à Votre Majesté des secours en hommes et en vaisseaux... dès qu'il connaîtra votre réponse par notre intermédiaire, il rassemblera les uns et équipera les autres... mais ces préparatifs seront d'assez longue durée et le débarquement projeté sur les côtes de France, pour amener une diversion utile, ne pourra avoir lieu avant le terme que vous fixe le pasteur Raymond... quant aux subsides...

— Que ceci ne vous inquiète point, interrompit Exili; d'ici là, j'aurai fabriqué autant d'or qu'il en sera nécessaire...

— Eh! bien! Messieurs! fit Monseigneur Louis, mon seul vœu est de passer ces trois mois dans la solitude et le repos de ce château, j'espère qu'aucun obstacle ne s'oppose à la réalisation de ce désir formel.

— Mais, Sire! répondit le pasteur protestant, j'emmène mes hommes avec moi et, en notre absence, ne craignez-vous quelque surprise de nos ennemis...

En ce moment, Faribole et Mistouflet apparurent, tristes, presque affaissés sur eux-mêmes, au seuil de la chambre!

— Sire! firent-ils ensemble d'une voix basse et rauque.

— Voici ma réponse, Messieurs! fit Monseigneur Louis en les désignant à ses interlocuteurs, voici les hommes en qui je me repose pour me défendre... craignez-vous encore quelque péril pour moi?

Les autres s'inclinèrent profondément :

— Alors, Sire! fit le pasteur Raymond en prenant congé, quand, dans trois mois, tout sera prêt, j'enverrai à Votre Majesté, un émissaire...

— Qui me trouvera prêt à le suivre!...

— Pour se faire reconnaître, il usera des mots de passe dont se servait le chevalier de Rohan.

— Bien!... Messieurs! Dieu vous garde!...

Ils saluèrent une dernière fois, et disparurent...

Yvonne s'était déjà élancée vers Faribole et Mistouflet avec lesquels elle avait échangé quelques mots rapides...

Elle revint alors à Monseigneur Louis et, l'entraînant par la main :

— Sire! lui dit-elle; il vous reste encore un devoir à remplir et celui-là est sacré!...

.   .   .   .

Au rez-de-chaussée du manoir, dans une salle délabrée, sur la civière où les huguenots l'avaient transporté, frère Chrysostome agonisait et, à chaque effort de son râle, sa poitrine ensanglantée, laissait, par une plaie béante, échapper un nouveau flot de sang...

C'est lui que l'épée de Rosarges avait frappé...

Tandis que les autres s'absorbaient dans l'ivresse de leur triomphe et de leur bonheur, lui seul avait aperçu le *major*, chargeant sur eux avec la rapidité de la foudre...

Il avait compris, à son hideux sourire, la pensée infernale de ce lâche assassin et, d'un bond, au moment où le cheval de Rosarges arrivait sur eux, à l'instant même où l'arme de ce démon se levait pour frapper, il s'était précipité entre lui et les victimes qu'il avait choisies; il avait couvert ces dernières de son corps, de sa poitrine et il avait reçu, sans une plainte, le coup d'épée qui, sans son dévouement héroïque, eut été mortel pour Monseigneur Louis et Yvonne...

Il s'était lancé, au-devant de ce sacrifice, non seulement sans hésitation mais encore avec la joie de mourir pour ceux qui étaient tant aimés par son patron Faribole, son maître Mistouflet et que, lui-même, adorait en secret, depuis qu'à l'auberge de Toulon, la main de Monseigneur Louis, en touchant la sienne, avait effacé les fautes de son passé.

Et, maintenant, il râlait et, cependant, malgré l'affreuse douleur dont frissonnait tout son être, il gardait ses yeux fixés vers la porte de la chambre.

Quand il vit celle-ci s'entr'ouvrir et Monseigneur Louis paraître sur le seuil, un sourire radieux monta à ses lèvres...

Yvonne s'était déjà précipitée, et, agenouillée près de lui, lui soutenait la tête dont la face se couvrait déjà des teintes livides de la mort!...

Monseigneur Louis s'avança à son tour, près du moribond, lui prit la main et la gardant dans la sienne :

— Mon pauvre ami! dit-il avec des sanglots dans la voix, Yvonne et moi, nous vous devons la vie... dites! parlez!... votre dernier vœu, votre dernière prière seront sacrés pour nous et pour remplir l'un ou pour exaucer l'autre, je ne reculerai devant aucun obstacle, aucun sacrifice:...

Frère Chrysostome fit un signe à Faribole et à Mistouflet, qui, tout pâles, les joues creuses, le front ridé, les paupières rougies, contemplaient, en un silence poignant, l'agonie de ce malheureux qui, peu à peu, était entré si avant dans leur existence, qu'ils ne pouvaient songer, sans un morne désespoir, à en être séparés pour toujours.

Ils s'approchèrent presque tremblants...

— Soulevez-moi! je vous prie, maîtres! fit-il d'une voix éteinte...

Ils lui obéirent...

Frère Chrysostome eut un râle, un spasme contre lequel il se raidit énergiquement; du reste, depuis que Monseigneur Louis et Yvonne étaient près de lui, il semblait que leur présence eut suffi à suspendre cette agonie, à retenir, pour quelques minutes encore, cette pauvre âme prête à s'envoler dans l'Infini, dans l'Inconnu !...

Une vive rougeur colora ses joues et ce fut, d'un ton presque ferme qu'il dit à Monseigneur Louis :

— Oui, Sire! j'ai une prière à vous adresser... un vœu à vous confier...

— Parlez!... parlez!...

— Si vous ne m'en jugez pas indigne, Sire; je désirerais reposer dans un coin quelconque de ce parc où parfois vous errez en compagnie de dame Yvonne... il me semble que là où vous passerez, je dormirai en terre sainte, moi, pauvre gueux, qui n'ose espérer le pardon de Dieu!

— Oui! oui! je vous le promets, fit Monseigneur Louis profondément ému par la simplicité et, en même temps la naïve grandeur de cette prière... mais que votre conscience se rassure, Dieu ne refusera pas, le pardon, l'oubli, le bienheureux et éternel repos de son paradis à votre âme qui, ici-bas, a tant souffert et a racheté ses fautes, ses erreurs par le plus noble des sacrifices...

— Oh! merci! merci! Sire! bégaya-t-il, merci de cette espérance comme de cette grâce que j'ai si peu méritées... car, j'ai... un crime... à... expier...

— Un crime! se récria Monseigneur Louis...

On eut dit que cet aveu avait enlevé au blessé ses dernières forces, avait tari les suprêmes sources où il puisait cette énergie presque farouche avec laquelle il luttait contre la mort...

Sa tête se pencha sur son épaule : un long frisson lui raidit les membres et une écume sanglante lui monta aux lèvres avec un râle...

Mais, soudain, ses paupières s'entr'ouvrirent; son œil déjà vitreux se ranima et, parvenant à se redresser entre les bras de ceux qui le sou tenaient :

— Sire ! Sire ! fit-il ; il y a vingt ans de cela... j'aimais une femme...
elle me trahit... alors... fou de colère... je lui enlevai... son enfant...
mon... fils... et... pour me venger... de la trahison... j'abandonnai...
l'enfant... en passant... dans un village... des Cévennes... Je me repens...
oh : si je pouvais... le revoir... l'embrasser à cette heure... il s'appelle :
Jean... Jean... souvenez-vous, Sire...

— Oui ! oui... après...

— Le village se nomme : Anduze... je l'ai laissé... à la porte d'une
boulangerie... il doit avoir aujourd'hui vingt et un ans... c'est mon fils...

— Je me souviendrai, mon ami...

— Sire !... si vous le retrouvez... ne lui parlez jamais... de son père...
un misérable ! mais, protégez-le !... Messire Faribole... messire Mistouflet... aimez-le... il doit être beau... vaillant... mon... mon enfant...
promettez-moi...

— Nous jurons de l'aimer comme notre fils ! fit Faribole en étendant
la main au-dessus du moribond ! meurs tranquille, frère Chrysostome...
car, ton crime est une faute qui se répare...

— Oui ! ... j'étais... malheureux ! ah ! la misère !... ne pouvoir... lui
donner du pain !...

— Endors-toi sans crainte, ami ! fit Monseigneur Louis, car, sur mon
âme, je te promets, quoiqu'il arrive, de le protéger... de l'aimer... comme
mon propre enfant...

— Ah ! Jésus-Marie !... moi aussi ! sanglota Mistouflet...

— Merci ! merci... n'oubliez pas... Jean... village d'Auduze... une
boulangerie... ah !... Sire ! je meurs... heureux... M. Faribole... M. Mistouflet !... adieu ! adieu !... c'est bon... de... mourir... ainsi, au milieu...
de ceux... qu'on aime... a... adieu... je... je... merci !..

Et, tout à coup, son corps se raidit dans une violente secousse... un
rauque soupir s'échappa de sa poitrine... ses yeux se refermèrent... et il
ne bougea plus...

Frère Chrysostome était mort, ayant un sourire de bonheur aux lèvres...

. . . .

Depuis trois semaines déjà, dans les allées du parc, Yvonne pâle,
amaigrie, mais robuste néanmoins, transformée, radieuse, se promenait
chaque jour avec Monseigneur Louis qui, avec une tendresse infinie, une
sollicitude attentive, veillait à chacun de ses pas...

Ah ! c'est qu'elle portait, entre ses bras, un léger et cher fardeau !

Un enfant leur était né !... un fils !...

Et, soudain, leur solitude s'était peuplée des vagissements de ce petitêtre qui, issu de sang royal, n'avait eu, pour abriter son berceau, que les ruines d'un vieux manoir !...

Mais, si retirée, si humble, si obscure que fut leur vie, ils n'avaient jamais rêvé une existence plus heureuse, plus calme.

Leur joie la plus pure était de rester ensemble, côte à côte près du berceau, souriant à leur enfant endormi, puis, enlacés l'un à l'autre, de demeurer pendant de longues heures, perdus dans l'extase de leurs tendresses, de leur félicité...

Ils oubliaient ainsi, l'un et l'autre, les menaces terribles, de l'heure présente, qui planaient sans cesse au-dessus d'eux...

Leur passé n'existait plus... lui, fils de roi, elle fille de paysans, n'étaient plus que deux êtres dont l'amour avait égalisé les conditions, les fortunes, les rêves et qui, d'une même âme, enveloppant leur blond chérubin, bornaient leurs espérances, leur ambition, leur avenir au sourire de leur enfant...

Du reste, Faribole et Mistouflet, comme deux chiens fidèles et jaloux, s'attachaient aux pas de leurs maîtres, vivant de leur vie, de leur amour, de leurs tendresses paternelles... un oiseau, réveillant, d'un battement d'ailes, le sommeil de l'enfant, mettait le maître d'armes dans des colères folles et Mistouflet n'avait plus qu'un rêve : tenir, un jour, ne fut-ce qu'une seconde, entre ses larges mains, le fils d'Yvonne et de Monseigneur Louis...

Leurs rapières se rouillaient aux clous où il les avaient pendus !...

Un matin, alors qu'assis tous deux sur un banc de bois adossé à l'ancienne métairie de dame Jeanne, ils méditaient sournoisement, l'un sur la façon de détruire, d'un tour de main, toute la gente volatile, l'autre, sur le moment le plus propice pour rendre indispensable son aide à porter le fardeau qu'il rêvait, un violent coup de cloche retentit à la porte de la ferme...

Faribole et Mistouflet se levèrent dans un mouvement de mauvaise humeur :

— Troun de l'air ! fit le premier en roulant des yeux terribles, quel est l'imbécile qui sonne d'une façon si brutale que le petit pitchoun s'en réveillera sûrement...

— Et juste au moment où je ne suis pas là pour le prendre et le consoler... Seigneur, pourvu que ce mécréant ne sonne pas un autre coup...

— Ah ! bagasse ! j'aimerais mieux l'étrangler...

Et, d'un bond, Faribole sauta sur la porte, l'ouvrit, et d'un ton peu rassurant, demanda à un tout jeune garçon qui, en effet, se préparait à renouveler son appel :

— Qu'est-ce que vous voulez ? capededious ! lâchez tout d'abord la corde de la cloche...

— Je désire parler à Monseigneur Louis, répondit l'importun.

— Monseigneur ! Monseigneur Louis ! vous pourriez dire Sa Majesté ! grogna Mistouflet...

— Soit ! mais il faut que je le voie, sur-le-champ !

— Eh ! bagasse ! il n'est pas visible... non ! mais... ce petit vaurien s'imagine...

— Qu'y a-t-il donc ? fit une voix...

Les deux aventuriers se retournèrent, Monseigneur Louis, Yvonne, étaient près d'eux :

— Il y a... il y a, Sire... que ce... malandrin désirerait vous parler... mais, je lui ai répondu que vous n'étiez pas là !...

— Qui demandez-vous ? fit Monseigneur Louis en s'avançant, qui êtes-vous ?

— La Trinité ! répondit l'autre.

Monseigneur Louis blêmit, Yvonne chancela, et, pour ne pas tomber, s'accrocha au bras de Faribole, qui lâcha un « troun de l'air » énergique tandis que Mistouflet murmurait un « Jésus-Seigneur » désespéré.

— Son nom ? reprit Monseigneur Louis d'une voix altérée.

— Le fer ! l'or et le poison.

— Qui es-tu ?

— L'épée, la fortune ou la mort !...

Le doute n'était plus possible ! ces mots étaient les mots de passe, donnés jadis par le chevalier de Rohan...

Le « petit malandrin » était le messsager du chef des huguenots...

— Tu viens de la part du pasteur Raymond, n'est-ce pas ? lui demanda encore l'infortuné gentilhomme.

— Oui, Monseigneur ! et je dois repartir sur-le-champ en votre compagnie et vous guider à travers les montagnes des Cévennes jusqu'à l'endroit où notre pasteur vous attend...

— Comment t'appelles-tu, mon ami ?

— Georges Dorfeuil, Monseigneur !

— Mon pauvre enfant, fit Monseigneur Louis, en hochant tristement la tête, tu es bien jeune pour que l'on t'ait choisi commme messager de malheur.

— Sire ! intervint Faribole, voulez-vous que je lui rompe les os ?

— Ou que je l'étrangle net ! ajouta doucement Mistouflet.

Neuf têtes ensanglantées étaient exposées au milieu du pont.

— Mes amis ! leur répondit Monseigneur Louis, j'ai engagé ma parole d'honnête homme, je ne puis y mentir !

Et s'adressant au jeune protestant :

— Entre, mon ami, lui dit-il amicalement, tu parais fatigué... quand tu auras pris quelques heures de repos, nous nous mettrons en route..

Et tous, silencieux, baissant la tête sous le poids de la tristesse qui s'appesantissait sur eux, ils regagnèrent à pas lents, le château où, dans son berceau, reposait tranquillement le fils d'Yvonne et du « Masque de Fer »...

A la nuit tombante, une petite troupe de cavaliers quittait le vieux manoir du comte de Brévannes...

Une femme, portant un enfant entre ses bras, chevauchait au milieu d'eux...

Des larmes s'échappaient, malgré elle, de ses yeux.

Yvonne pleurait son beau rêve envolé, son bonheur perdu !...

CHAPITRE XII

NEUF TÊTES COUPÉES !

Le soleil, très bas à l'horizon, apparaissait comme un immense globe de feu presque au niveau du sol.

Dans la plaine, sur les rives du *Gardon*, petite rivière qui arrose le département du Gard, l'ombre des grands peupliers s'allongeait démesurément.

Seul, le front penché dans une attitude méditative, un bâton à la main, un voyageur gravissait lentement, par un chemin pierreux, le flanc d'une colline. Arrivé sur le sommet, avant de descendre l'autre versant, il inspecta l'horizon aux dernières lueurs du soleil mourant.

Tout à coup il pâlit, un frémissement nerveux agita son corps.

Ses yeux venaient de tomber et de se fixer sur deux colonnes de fumée que traversaient, par instants, d'immenses langues de feu et qui, là-bas, dans la plaine, de l'autre côté du *Gardon*, s'élançaient dans les airs.

En regardant ce spectacle effrayant il murmura d'une voix sourde ;

— Le village d'Anduze brûle !

Puis, aussi rapidement que le permettait l'état du chemin, il se précipita dans la direction des terribles incendies.

Ce voyageur, c'était le pasteur Raymond.

En moins d'une demi-heure, il franchit la distance qui le séparait du village, sinistrement illuminé par la clarté que projetaient au loin plusieurs maisons en flammes.

Il n'avait plus que la rivière à traverser. Déjà il s'était engagé sur le pont, quand, soudain, il se rejeta en arrière, laissant échapper de sa poitrine un cri d'horreur.

Fixées après un poteau, neuf têtes ensanglantées étaient exposées au milieu du pont.

Le pasteur Raymond attacha son regard sur ces affreux trophées d'une troupe catholique et, tremblant d'indignation, il murmura :

— Neuf nouveaux frères martyrs !... Mais *lui* n'y est pas !...

Puis il pénétra dans le village terrorisé.

Quelques lignes suffiront pour raconter les évènements qui venaient de se dérouler avec une rapidité vertigineuse.

Le maréchal de Montrevel avait été chargé, par Louis XIV, de réprimer la révolte des protestants des Cévennes, révolte amenée par la révocation de l'Edit de Nantes et qui grandissait de jour en jour.

Mis dans une fureur insensée par la longue et énergique résistance des révoltés et par les défaites successives infligées à ses lieutenants, le maréchal avait donné l'ordre de brûler toutes les maisons dont les habitants auraient donné asile aux insurgés.

Ce jour-là, le capitaine Poul, soldat expérimenté, mais impitoyable, entra, une heure avant la nuit, dans le village d'Anduze à la tête de cent dragons. Presque aussitôt il commanda à un officier d'aller arrêter sur le champ un jeune boulanger nommé Jean Cavalier, qui lui avait été signalé comme étant un dangereux calviniste.

L'officier, suivi de cinq hommes, se rendit immédiatement à la demeure de Jean Cavalier. Une toute jeune fille se trouvait dans la boulangerie lorsque les dragons s'arrêtèrent devant la porte. En les voyant mettre pied à terre, elle eut le pressentiment de ce qu'ils venaient faire. Alors, sans plus réfléchir aux conséquences de son acte, elle se dirigea en courant vers le fond de la boutique, ouvrit une porte et s'écria :

— Jean ! Jean ! sauvez-vous !... sauvez-vous !...

Une main brutale la tira violemment en arrière, en même temps qu'une voix sévère lui criait :

— Pas si haut, ma belle enfant !... Et éloignez-vous de là !

Mais la jeune fille essaya de résister ; avec plus de force elle cria encore :

— Jean, sauvez-vous !

Brusquement l'officier la repoussa au milieu de la boulangerie, puis s'adressant à deux dragons qui entraient :

— Jetez-moi cette jeune fille dehors ! commanda-t-il.

Les deux soldats allaient obéir, lorsque, tout à coup une voix vibrante de colère leur dit :

— Je vous défends de toucher à cette enfant !

Un jeune homme, petit de taille, fort, musculeux, aux larges épaules, les yeux grands et pleins d'intelligence, mais à ce moment chargés d'éclairs de fureur, apparut à la porte du fond et se précipitant sur les dragons qui allaient s'emparer de la jeune fille, les repoussa violemment.

— Ne craignez rien, Marie ! dit-il d'une voix pleine de tendresse mais toute vibrante.

— Oh ! Jean, pourquoi n'avez-vous pas fui ? murmura la jeune fille.

Revenu du court instant de surprise provoquée par l'apparition audacieuse de celui qu'il venait arrêter, l'officier de dragons fit un pas vers le défenseur de la jeune Marie et avec un sourire narquois :

— Vous êtes, bien certainement, Jean Cavalier ? demanda-t-il.

— Oui !... Que me voulez-vous ?

— Moi ?... Rien... personnellement... C'est le capitaine Poul, mon chef, qui ayant le plus vif désir de s'entretenir avec vous m'a prié de venir vous chercher...

— Jean, Jean, n'y allez pas ! murmura la jeune fille en se pressant apeurée contre le bras de son défenseur.

— Mais j'espère bien, ma belle enfant, que vous nous accompagnerez, reprit l'officier toujours souriant.

En ce moment, un grand, fort et beau garçon, nommé Doron, qui, avec trois amis, était entré dans la boulangerie derrière Jean Cavalier, dit d'une voix sonore :

— A ta place, Jean, j'aurais déjà jeté dehors Monsieur et ses compagnons...

L'officier se retourna, toisa une seconde celui qui venait de parler ainsi, puis faisant un geste à ses hommes :

— Arrêtez tout le monde ! ordonna-t-il.

Mais Doron, s'adressant cette fois à ses amis, s'écria :

— Camarades ! nous sommes cinq contre cinq... faites comme moi !

Et, bondissant furieux, il se précipita sur l'officier qu'il enserra dans ses bras puissants sans que celui-ci pût faire le moindre geste pour se défendre ; en un clin d'œil il était jeté par terre et désarmé.

Entraînés par l'exemple, Jean Cavalier et ses trois autres amis, quoique sans armes, s'élancèrent bravement sur les dragons. L'un de ces derniers eut le temps de décharger son pistolet sur son adversaire. La balle alla s'aplatir contre la muraille sans blesser personne ; mais ce coup de feu fut comme le signal d'une bataille générale.

En effet, parmi les curieux qui s'étaient amassés dans la rue devant la porte de la boulangerie se trouvaient une dizaine de protestants qui, voyant leurs camarades aux prises avec les soldats, n'hésitèrent pas à venir à leur aide.

Les uns se jetèrent sur le dragon auquel avait été confiée la garde des chevaux, les autres, sur les adversaires de Jean Cavalier, qui, aux trois quarts assommés, furent roulés jusque dans la rue.

Dans un angle de la boulangerie, Doron, surexcité, exalté, aussi bien par la lutte que par la haine qu'il avait vouée aux catholiques, tenait renversé sous ses deux genoux l'officier de dragons :

— Enfin ! criait-il d'une voix terrible, enfin ! je vais donc pouvoir venger ma mère étranglée dans son cachot !... Venger mon père de toutes les tortures qu'on lui a infligées !...

Et, dirigeant vers la poitrine de l'officier l'épée qu'il lui avait arrachée, il ajouta :

— Bourreau de mes frères, exécuteur des ordres cruels d'un roi maudit, tu vas mourir...

Soudain une clameur s'éleva dans la rue :

— Les dragons ! les dragons !

Le capitaine Poul et cinquante cavaliers arrivaient au galop balayant tout sur leur passage.

— Les dragons ! répéta Doron à demi-voix. Ils arriveront trop tard !...

Et froidement il perça de part en part la poitrine de l'officier.

— Oh ! le malheureux ! murmura Marie toute frissonnante d'effroi.

Mais Doron s'était relevé. De sa voix retentissante il cria à ses coréligionnaires qui se pressaient dans la boulangerie :

— Que ceux qui comme moi trouvent plus glorieux de périr en combattant pour venger nos frères que de mourir par la main du bourreau. suivent mon exemple... Les autres peuvent fuir par la porte du jardin, il en est temps encore.

Montrant l'épée et les pistolets enlevés à l'officier, il ajouta en refermant la porte de la rue contre laquelle il s'appuya fortement :

— Moi je veux combattre ici !

D'une seule voix tous les protestants lui répondirent :

— Des armes !... nous combattrons avec toi !

Jean Cavalier s'avança :

— Vous voulez des armes ! dit-il. Suivez-moi.

— Reste, Jean ! cria Doron. Huré connaît la cachette, il va y conduire une partie de nos frères. Les autres m'aideront à barricader cette porte.

Pendant que Huré et cinq compagnons couraient déterrer au fond d'une cave, une demi-douzaine de piques, des poignards, quelques pistolets et deux vieux mousquets, Doron et les calvinistes restés auprès de lui, traînaient, poussaient, contre la porte massive de la rue un énorme bahut :

Tout en se barricadant, Doron disait à son ami Cavalier :

— Toi, Jean, pars, va conduire ta fiancée en sureté.

— Moi ! fuir quand vous allez vous battre !... s'écria impétueusement le jeune boulanger.

— Ton tour viendra ! répliqua Doron. Aujourd'hui tu ne t'appartiens pas. Souviens-toi que tu as juré au pasteur Raymond de te trouver cette nuit au mas de Gafarel.

— C'est vrai !... Il y aura une assemblée extraordinaire.

— Le pasteur te présentera à celui qui doit devenir le défenseur de nos frères. De votre entente dépend le succès de notre cause !

Et conduisant son ami vers la petite porte restée ouverte :

— Emmène ta fiancée ; hâte-toi, continua-t-il, car les voici !...

Dans la rue on entendait le piétinement de plusieurs cavaliers arrêtés levant la boulangerie :

Jean serra énergiquement la main de son ami.

— Au revoir ! lui dit-il.

— Ou adieu ! répliqua Doron.

Puis Jean Cavalier entraîna rapidement Marie, sa fiancée.

Au même moment des coups violents, frappés avec le pommeau d'un sabre, retentissaient contre la porte de la rue.

— Ouvrez !... Rendez-vous ! cria la voix du capitaine Poul.

Personne ne répondit.

— Ouvrez ?... où je fais enfoncer la porte !

Même silence... Les protestants enfermés dans la boulangerie chargeaient leurs armes.

La voix furieuse du capitaine Poul cria de nouveau :

— Enfoncez cette porte ! puis tuez-moi tous ces brigands !

Bien que la porte de la boutique fut solide, elle ne pouvait résister longtemps aux poussées formidables des dragons

— Du sang-froid, pas de précipitation, mais visez bien ! dit Doron aux calvinistes armés de pistolets.

Soudain la porte arrachée de ses gonds s'écroula à demi-brisée dans l'intérieur de la chambre.

— Feu ! cria une voix.

— Feu ! répondit comme un écho la voix du capitaine Poul.

Dix coups de pistolets éclatèrent. Deux dragons tombèrent pour ne plus se relever.

Du côté des protestants un seul homme fut blessé grièvement à l'épaule.

Le combat continua acharné. Les assiégés n'étaient plus que douze en état de se défendre, mais ils avaient pour eux l'avantage de la position. Placés derrière et de chaque côté de leur petite barricade, ils abattaient à coups de piques ou d'armes à feu tous les dragons qui osaient s'aventurer dans l'embrasure de la porte.

Le capitaine Poul entra dans une rage folle. Brusquement il jeta un ordre à cinq ou six cavaliers. Ceux-ci s'éloignèrent pour revenir bientôt chargés de bottes de paille auxquelles ils mirent le feu, et qu'ils poussèrent de la pointe de leurs sabres contre la barricade des vaillants protestants.

En quelques minutes le meuble derrière lequel ces derniers s'abritaient fut en flammes. De plus, une épaisse fumée commençait à remplir la boulangerie.

La résistance allait devenir impossible. Doron dit à ses compagnons :

— Attention mes amis. Ouvrez la porte du fond. Nous allons courir au jardin où nous pourrons combattre encore.

Rapidement les assiégés abandonnèrent l'intérieur de la boulangerie dans laquelle les soldats du capitaine Poul se précipitèrent en poussant des cris de triomphe. Déjà ils se croyaient vainqueurs, mais de nouveaux coups de feu qui tuèrent encore deux dragons, vinrent leur démontrer leur erreur.

La porte qui faisait communiquer l'arrière-boutique avec le jardin était très étroite : un seul homme pouvait y passer à la fois, aussi les assiégés purent-ils se défendre avec avantage.

Malheureusement le capitaine Poul, apprenant qu'un jardin existait derrière la maison, ordonna à la moitié de ces hommes de passer par les habitations voisines et d'aller attaquer par derrière les courageux protestants.

Les dragons obéirent. Moins de cinq minutes après ils cernaient le jardin, appliquaient des échelles contre les murs, y grimpaient, puis fusillaient tout à leur aise leurs adversaires dont le petit nombre se mit à diminuer à chaque décharge de mousqueterie.

Attaqués par quatre côtés à la fois, les calvinistes, presque tous des jeunes gens, se firent tuer jusqu'au dernier, car ils ne voulurent pas se rendre, préférant, comme l'avait dit le brave Doron, mourir glorieux les armes à la main que pendus par le bourreau.

La victoire du capitaine Poul lui coûta cher : quinze hommes tués, dont un officier, et plus de trente blessés, témoignèrent de la valeureuse défense des protestants.

Poul, ivre de rage se rendit dans le jardin pour contempler les nouvelles victimes de la plus longue guerre civile que l'histoire ait enregistrée.

Après avoir fait déposer sur un même rang les neuf calvinistes qui lui parurent ne pas avoir dépasser trente ans, il dit à un sous-officier :

— Amenez-moi ici un habitant des maisons voisines, catholique ou protestant, peu importe ; mais faites-vite !

Le sous-officier s'éloigna.

Un instant après il revenait, poussant devant lui un homme déjà d'un certain âge, qui, bien qu'il fut catholique, ne put s'empêcher de frémir d'horreur à la vue des neuf cadavres alignés.

— Regarde ! lui dit brutalement le capitaine Poul. Reconnais-tu parmi eux le nommé Jean Cavalier ?

— Non... je ne le vois pas... murmura en tremblant le vieillard.

— C'est bien..... Va-t'en !... lui cria Poul qui, s'adressant à ses dragons :

— Vous couperez les têtes de ces brigands et vous irez les exposer sur le pont du *Gardon*, commanda-t-il.

Puis cet ordre barbare donné il sortit du jardin. Au moment de remonter à cheval il dit encore à un jeune officier.

— Vous ferez incendier cette maison dès que vos hommes l'auront quittée.

Mais la vengeance du capitaine ne fut pas suffisamment satisfaite. Il

Sire ! il y a trois semaines, nous quittions Amsterdam.

fit arrêter, au hasard, seize personnes de la religion reformée, et ordonna de piller, puis de brûler leurs habitations.

Ces ordres étaient exécutés depuis une demi-heure à peine lorsque le le pasteur Raymond entra dans le village d'Anduze. Adroitement il s'informa. En apprenant que Jean Cavalier avait eu le temps de s'enfuir il murmura à lui-même :

— La protection du Seigneur est sur lui... Jean Cavalier vengera nos frères persécutés !...

Et sans s'arrêter à Anduze il prit, malgré la nuit, par des chemins détournés, la direction du Mas de Gafarel.

. . . .　　. . . . .

A peu près à la même heure où le pasteur Raymond, pâle d'horreur et frémissant d'indignation, passait devant le honteux poteau planté sur le pont du *Gardon,* quatre voyageurs suivaient, deux par deux, au pas de leurs montures, la route qui, à cette époque, conduisait de Nimes à Alais.

L'un des deux premiers, le regard perdu devant lui, marchait silencieux. A son côté, respectant son silence, allait un jeune paysan, Georges Dorfeuil, l'émissaire fidèle du pasteur Raymond, monté sur un petit, mais ardent cheval de la Camargue.

Les deux autres cavaliers échangeaient de temps en temps à voix basse leurs impressions.

Soudain, le plus grand de ces derniers s'écria :

— Troun de l'air ! voilà une promenade nocturne plus agréable que celle que nous fîmes jadis dans la forêt de Fontainebleau. N'est-il pas vrai, Monsieur Mistouflet?

— Oui, patron ! répondit doucement l'interpellé. Au moins ici on ne fait pas de mauvaise rencontre.

— Bagasse ! vous avez raison. Les voleurs de grand chemin sont inconnus dans ce pays... Et troun de...

Il n'acheva pas son juron. Une détonation, immédiatement suivie de cris d'appel, qui retentit à une courte distance, lui coupa la parole.

— A l'aide ! ... au secours ! criait une voix effrayée.

Celui qui semblait être le chef des quatre voyageurs, mit son cheval au galop...

— En avant, Faribole ! dit-il en même temps.

— Je vous suis, Monseigneur !

Et, piquant de l'éperon, Faribole partit comme le vent.

Sur ses traces, Georges Dorfeuil et Mistouflet s'élancèrent aussitôt.

Au milieu de la route un lourd carrosse se trouvait en détresse...

Un homme était devant les chevaux qu'il maîtrisait ; deux autres, armés de pistolets, tenaient en respect les deux laquais qui se trouvaient sur le siège. Enfin, un quatrième personnage, son feutre à la main, venait d'ouvrir la portière et disait à une vieille dame au visage anguleux et à une jeune fille :

— Mademoiselle, Madame, ne vous effrayez pas. Il ne vous sera fait aucun mal si vous voulez bien nous remettre l'argent et les bijoux que bien certainement vous transportez dans cette voiture.

Tout apeurée la jeune fille répondit :

— Oui... oui... Monsieur... Et s'adressant à sa compagne...

— Désirée, donne à... Monsieur... ce qu'il demande...

— Bien, bien, Mademoiselle Jeanne, répondit celle qui venait d'être appelée du nom de Désirée.

Mais, au lieu d'obéir, elle se pencha à la portière opposée et lança le même cri d'appel que quelques secondes avant avait poussé un des laquais :

— Au secours !... au secours !...

Malgré son âge, Désirée avait l'oreille fine et elle avait perçu le bruit de plusieurs chevaux.

— Vieille folle ! te tairas-tu ! dit l'aventurier qui mettait déjà le pied dans le carrosse...

Mais subitement, il se rejeta en arrière et fixa son regard sur la route.

— Tonnerre !... des cavaliers ! Exclama-t-il. Et en deux bonds il fut dans le fossé qui longeait la route.

Les deux coquins qui menaçaient les laquais, et celui qui retenait les chevaux du carrosse s'éclipsèrent à leur tour.

Le cavalier désigné sous le nom de Monseigneur, et qui n'était autre que Monseigneur Louis, arriva le premier auprès de la lourde voiture.

L'obscurité de la nuit ne lui permit pas de voir le visage des personnes qui en occupaient l'intérieur, mais à l'exclamation de joie que poussa la compagne de dame Désirée il devina une jeune femme.

Faribole arriva presque en même temps que Monseigneur Louis, d'un regard rapide il examina autour de lui.

— Bagasse ! dit-il avec un vif étonnement et un peu de dépit, bagasse ! les oiseaux se sont déjà envolés.

Deux détonations et une balle qui siffla à son oreille lui démontrèrent qu'il se trompait.

Il allait se porter vers le fossé d'où étaient partis les deux coups de feu, quand trois cris d'effroi poussés, l'un par Mistouflet lui-même, les autres par la jeune fille et sa compagne, le firent se retourner brusquement.

Ce qu'il vit le glaça d'épouvante.

Il pâlit affreusement et faillit tomber de son cheval.

Au second coup de pistolet tiré par un aventurier, Monseigneur Louis et sa monture avaient roulés sur le sol.

Le saisissement que Faribole éprouva en apercevant étendu par terre, blessé, mort peut-être, celui pour lequel il aurait donné sa vie sans hésiter, n'eut que la durée d'un éclair. D'un bond il se précipita vers Monseigneur Louis près duquel Mistouflet venait de s'agenouiller.

— Sire !... murmura d'une voix basse et tremblante le compagnon de Faribole.

— Rassurez-vous, mes amis, je n'ai rien, dit Monseigneur Louis... Mais aidez-moi à me dégager.

Faribole et Mistouflet, aidés de leur jeune compagnon, soulevèrent le cheval qui avait été tué sur le coup, et Monseigneur Louis fut promptement sur pied. Au moment où il se relevait les quatre coquins qui avaient eu le temps de se concerter, s'élancèrent ensemble du fossé où ils s'étaient cachés.

En les voyant, Faribole eut une exclamation joyeuse :

— Hé ! troun de l'air ! les voilà tout de même !...

Et sans s'inquiéter s'il était soutenu ou non par Mistouflet il se jeta, l'épée à la main, sur les quatre malandrins.

Ceux-ci l'attaquèrent en criant :

— A mort ! chargeons !...

— Bagasse ! chargeons, Capededious ! dit l'ancien maître d'armes qui soutint l'assaut sans rompre d'une semelle.

— Hé ! bagasse ! ajouta-t-il, Faribole va vous faire payer la frayeur que vous lui avez causée.

Des milliers d'étincelles jaillissaient du froissement de l'acier.

Soudain son bras se détendit comme un ressort, un de ses adversaires poussa un gémissent, lâcha sa rapière et tomba mort aux pieds de ses compagnons.

A ce moment, Mistouflet vint se placer à son côté.

— Me voilà, patron ! dit-il de sa voix douce.

Et il chargea les trois aventuriers qui durent rompre. Presque aussitôt un nouveau coquin tomba mortellement atteint. Les deux autres ne trouvant plus la partie égale sautèrent en arrière, franchirent le fossé et s'enfuirent à travers les champs.

En moins d'une seconde ils avaient disparu.

Le combat avait été si court que Monseigneur Louis n'avait eu que bien juste le temps de saluer et de remercier dame Désirée et sa jeune compagne, qui avaient voulu descendre de carrosse pour venir s'informer près de leur sauveur inconnu, s'il ne s'était pas blessé en tombant avec sa monture.

Faribole ayant annoncé que l'ennemi était en fuite, on songea de part et d'autre, à se remettre en route. La jeune voyageuse se fit connaître. Elle se nommait Jeanne de Vrignès ; elle se rendait, en compagnie de sa vieille mère nourrice, au château de Servas, auprès d'un oncle qui était toute sa famille, car, depuis un an, elle était orpheline.

Le château de Servas se trouvait éloigné de deux bonnes lieues de l'endroit où elles étaient en ce moment, aussi les voyageuses avouèrent franchement que ce n'était pas sans inquiétude qu'elles allaient reprendre leur route.

— Mademoiselle, dit Monseigneur Louis en souriant à Mlle Jeanne de Vrignès, je vais vous soumettre une proposition qui, je le crois, nous arrangera tous.

— D'avance nous l'acceptons, s'empressa de dire dame Désirée.

— Eh bien, voici ce que nous allons faire : pour vous accompagner jusqu'au terme de votre voyage je vais vous donner un valeureux compagnon qui saura vous protéger et vous défendre si une nouvelle agression était dirigée contre vous. Puis, comme nous suivons deux directions diamétralement opposées, je prendrai le cheval du compagnon que je vous donne pour remplacer celui que les brigands m'ont tué.

— Monsieur, dit Jeanne de Vrignès en tendant la main à Monseigneur Louis, nous ne savons comment vous témoigner notre reconnaissance. Mais ne nous direz-vous pas votre nom afin de connaître celui que nous devons remercier ?

Monseigneur Louis eut une seconde d'hésitation, puis il répondit simplement :

— Un ami, Mademoiselle.

Faisant signe à Faribole de s'approcher, il ajouta vivement :

— Mademoiselle, voici le compagnon que je vous donne. Il se nomme Faribole.

Montrant d'un geste gracieux l'intérieur du carrosse, Mlle de Vrignès dit gentiment :

— Monsieur Faribole, vous voudrez bien nous faire l'honneur de prendre place à côté de nous.

— Bagasse ! en vérité, Mademoiselle, je ne sais...

— Accepte mon ami, interrompit Monseigneur Louis.

— Très bien ! bagasse !... Montez d'abord Mademoiselle.

Monseigneur Louis offrit galamment sa main à la jeune fille pour lui aider à monter en voiture. Puis, quand il eut recommandé à Faribole de rentrer directement au Mas de Couriac en sortant du château de Servas, et qu'on eut attaché la selle de l'animal tué sur les caissons de la lourde machine, celle-ci s'ébranla et s'éloigna au trot de ses deux forts chevaux.

Monseigneur Louis, Mistouflet et le jeune paysan montèrent à cheval et continuèrent leur route si dramatiquement interrompue. Après quelques minutes d'un train assez rapide, Monseigneur Louis demanda à son guide :

— Sommes-nous encore loin du lieu où tu me conduis?

— Non Monseigneur. Une lieue au plus. Mais nous allons bientôt abandonner cette route pour prendre un bien mauvais chemin dans lequel nos montures ne pourrons aller vite.

Cinq cents pas plus loin le jeune paysan s'arrêta.

— Monseigneur, c'est ici que nous quittons le grand chemin. Permettez-moi de passer le premier.

Et le fils Dorfeuil fit entrer son petit cheval dans un sentier qu'on eût plutôt pris pour un torrent desséché tant il était creux et rempli de pierres. Il longeait, sur une distance encore assez longue, la base d'une colline.

Monseigneur Louis et Mistouflet allaient l'un derrière l'autre, suivant leur guide lorsque, soudain, au moment où ils entraient dans la plaine, une exclamation de celui-ci les fit tressaillir.

— Qu'y a-t-il, mon ami? demanda Monseigneur Louis.

— Voyez, Monseigneur! Et Georges Dorfeuil désigna de la main les dernières lueurs de plusieurs incendies.

— Jésus-Marie! fit Mistouflet, on dirait cinq ou six maisons qui achèvent de brûler.

— Ce sont les troupes royales qui ont voulu, sans doute, marquer leur passage dans le village d'Anduze, dit gravement Dorfeuil.

— N'est-ce pas dans ce village qu'habite Jean Cavalier? demanda Monseigneur Louis.

— Oui, Monseigneur. Et sa maison serait du nombre de celles que l'incendie est en train de détruire, que cela ne m'étonnerait pas.

— Il y a quelques jours le pasteur Raymond ne t'avait-il pas chargé d'avertir Jean Cavalier de se tenir sur ses gardes?

— Oui Monseigneur. Je lui ai également porté l'ordre de cesser momentanément les allocutions qu'il prononçait le soir dans les réunions organisées par nos frères.

Pendant un instant Monseigneur Louis et ses compagnons continuèrent leur chemin silencieusement. Parfois, autour d'eux, des ombres apparaissaient, s'arrêtaient, puis repartaient fugitives. Chose étrange, toutes semblaient prendre la direction d'une hauteur boisée.

Au moment de s'engager dans le chemin qui conduisait au sommet, Georges Dorfeuil se tourna sur sa selle.

— Monseigneur, dit-il, dans cinq minutes vous serez au Mas de Gafarel.

— Où je dois trouver Jean Cavalier, répliqua Monseigneur Louis.

Puis, se parlant à lui-même, d'une voix si basse que nul ne put l'entendre, le fils d'Anne d'Autriche murmura :

— Là-haut mon sort va se décider. De là-haut je ne descendrai que pour prendre à jamais le chemin de l'exil... ou pour suivre de victoire en victoire la route qui me conduira au trône de France !

CHAPITRE XIII

CE QUI SE PASSA A L'ASSEMBLÉE DU MAS DE GAFAREL

Un chemin étroit, d'une pente assez rapide, et deux sentiers serpentant à travers un épais taillis, conduisait au Mas de Gafarel, perché tout au haut de la colline, entre une vingtaine de superbes châtaigniers.

Le Mas était composé de deux corps de bâtiment : l'habitation, n'ayant qu'un rez-de-chaussée divisé en trois parties inégales, et, à dix pas plus loin, une vaste grange de forme rectangulaire.

La porte de cette dernière était entr'ouverte, mais un homme de haute stature, enveloppé dans un manteau sombre, en gardait l'entrée.

Une lanterne accrochée au mur, un peu au-dessus de la tête du gardien, servait à la fois à diriger vers le Mas les visiteurs nocturnes, qui, d'instant en instant arrivaient plus nombreux, et à permettre de voir le visage de ceux qui s'y présentaient.

Chaque nouvel arrivant était salué par ces mots du gardien :

— Salut frère !

— Salut frère !

— Loué soit le Seigneur !

— Espoir !... Vengeance !... Liberté !... répondait d'une voix grave l'arrivant en posant lentement la main sur sa poitrine.

L'homme au manteau sombre s'écartait, et tendant le bras vers l'intérieur de la grange :

— Passe frère ! disait-il.

Et le visiteur nocturne passait.

Dans la plus belle chambre de l'habitation qu'éclairait une lampe fumeuse, autour d'une table sur laquelle étaient étalés des feuillets de parchemins couverts d'écriture, deux personnages s'entretenaient :

— Frère Raymond, disait un jeune homme, petit de taille, mais fort et musculeux, il doit être plus de dix heures, celui que nous attendons n'arrive pas ?

— Il viendra !

— Même s'il rencontrait les dragons du capitaine Poul ?

— Même s'il les rencontrait !

— La crainte d'être arrêté, emprisonné, torturé, ne...

Ici le jeune homme fut vivement interrompu par son compagnon :

— Jean Cavalier, le cœur de celui que nous attendons est inaccessible à la crainte... c'est le pasteur Raymond qui te l'affirme.

— Frère, je vous crois. Mais permettez-moi une dernière question.

— Parle Jean !

— Cet homme est riche puisqu'il nous donnera de l'or, il est puissant puisqu'il nous enverra des armes et des troupes d'Angleterre... Qu'espère-t-il donc obtenir de nos frères révoltés ?

Lentement, à voix très basse le pasteur répondit :

— La couronne de France !

Et comme son jeune compagnon laissait échapper un geste de stupéfaction.

— Oui, la couronne de France ! continua-t-il. Ce gentilhomme a du sang royal dans les veines. Il pourrait être roi aujourd'hui ! S'il ne l'est pas c'est que le Seigneur, notre maître à tous, voulait s'en servir pour être le vengeur de nos frères persécutés et faire triompher notre cause !

— Votre parole, frère Raymond, a chassé les dernières hésitations de mon cœur... qu'il vienne donc : je lui appartiendrai corps et âme !

— Jean, écoute... entends-tu ce bruit ?

Le jeune homme prêta l'oreille.

— C'est celui de plusieurs chevaux, dit-il.

Le pasteur se leva et avec un léger tremblement dans la voix :

— L'heure de la justice approche... les envoyés de nos frères vont élire dans un instant celui qui doit être leur chef... Ce chef ce sera toi...

Au second coup de pistolet Monseigneur Louis et sa monture avaient roulé sur le sol.

tout ce que tu as déjà fait pour notre religion va recevoir sa récompense !

Tandis que le pasteur parlait ainsi, trois cavaliers mettaient pied à terre à quelques pas de la grange.

C'étaient Monseigneur Louis, Georges Dorfeuil et Mistouflet.

Le gardien au manteau sombre alla au devant d'eux.

— Qui s'avance ? demanda-t-il.

— Des frères ! répondit Dorfeuil en se rapprochant, puis baissant la voix :

— Espoir !... Vengeance !... Liberté ! ajouta-t-il.

— Bien frère ; tu peux entrer.

— Tout à l'heure... J'amène celui que le pasteur Raymond attend.

De la main le gardien indiqua le rez-de-chaussée de la maisonnette.

— Là-bas, dit-il.

Au même instant la porte de la chaumière s'ouvrit et la silhouette du pasteur se montra dans l'embrasure.

Monseigneur Louis se dirigea vers le Ministre protestant qui le salua profondément en disant :

— Que Dieu soit avec vous, Monseigneur !

— Que le seigneur vous garde, frère Raymond.

Monseigneur Louis tendit sa main au pasteur, puis il pénétra dans la chaumière.

La porte se referma. Georges Dorfeuil rejoignit Mistouflet qui venait de conduire les trois montures sous un arbre au tronc duquel il les attacha.

Le Ministre protestant introduisit le gentilhomme dans la chambre, où, un peu pâle, attendait le fils de défunt frère Chrysostome.

Durant une seconde, les grands yeux, pleins de rayonnements et d'intelligence de Jean Cavalier, restèrent fixés sur les regards brillant d'un insoutenable rire de Monseigneur Louis.

Une mutuelle sympathie allait-elle rapprocher le jeune boulanger d'Anduze et le rival d'un roi, ou tous deux ne seraient-ils unis dans la guerre qu'ils devaient diriger que par le désir de punir un frère usurpateur et par l'ambition de sauver une religion persécutée.

Telles étaient les pensées qui passèrent comme des éclairs dans l'esprit du pasteur Raymond.

La voix douce et grave, il dit, en inclinant légèrement la tête, tout en désignant Monseigneur Louis.

— Jean Cavalier, je vous présente Monseigneur, notre chef...

— Dont le désir est d'être appelé simplement : le capitaine Louis interrompit doucement le fils d'Anne d'Autriche.

Le pasteur s'inclina de nouveau et continua :

— De votre union, de votre entente dans l'œuvre si grande que vous allez entreprendre, dépend le triomphe de notre religion...

Et regardant Monseigneur Louis il acheva en souriant :

— Et le bonheur de plusieurs millions de Français devenus vos sujets !

D'une voix chaude que l'émotion faisait vibrer, Jean Cavalier prononça lentement ces paroles :

— Je fais le serment de consacrer mes forces, de verser s'il le faut jusqu'à la dernière goutte de mon sang, pour atteindre le double but que tous deux nous allons poursuivre !

Monseigneur Louis tendit la main au jeune calviniste.

— Je suis heureux de voir que nos âmes sauront sympathiser. Notre accord, notre courage et notre volonté doivent faire réussir nos projets.

Le visage austère du pasteur Raymond s'illumina de joie.

— J'en ai la conviction, Monseigneur !... murmura-t-il.

En ce moment deux coups légers retentirent à la porte de la chambre.

— C'est le signal qui nous avertit que tous nos frères convoqués ici sont arrivés... Vous plaît-il, Monseigneur, d'aller les rejoindre maintenant ?

— Montrez-moi le chemin, frère Raymond.

Le Ministre protestant, suivi de Monseigneur Louis et de Jean Cavalier, sortit de la petite maisonnette et se dirigea vers la grange. Après y avoir introduit ses deux compagnons, il dit au gardien :

— Frère Fauviaux, veille bien, à ce que nul ne nous dérange.

Puis il entra à son tour.

Le fidèle Fauviaux se drapa dans son sombre manteau et se plaça immobile devant la porte.

L'arrivée de Jean Cavalier et de Monseigneur Louis provoqua un vif mouvement de curiosité parmi les délégués protestants.

Ceux-ci étaient au nombre de trente, représentant ainsi trente villages calvinistes prêts à prendre les armes au premier commandement. Presque tous avaient entendu parler de Jean Cavalier qui, durant plusieurs mois, dans les nombreuses assemblées qui s'étaient tenues dans une partie du Languedoc, avait pris la parole en faveur des malheureux réformés jetés en prison et torturés. Cinq ou six délégués étaient devenus de sincères amis du jeune prédicant.

Jean Cavalier allait de l'un à l'autre, serrant la main de celui-ci, remerciant celui-là, quand, brusquement, il eut comme un mouvement de recul.

Un grand garçon de vingt-deux ans, aux regards fuyants, sournois, s'avançait vers lui la main tendue.

— Salars !... toi, ici ! exclama Jean Cavalier qui, après une seconde d'hésitation, prit cependant la main qu'on lui présentait.

— Oui, frère Jean. Je représente, à la place de Marmin, tombé malade, le hameau de Vernage.

— Ah !... bien !... dit Cavalier en fixant le jeune homme qui ne put soutenir son regard limpide et franc.

Salars et Jean Cavalier avaient été assez longtemps rivaux. Tous les deux aimaient une jeune et charmante fille, Marie Monin. Celle-ci ayant promis sa main à Cavalier, Salars avait semblé prendre son parti de cet échec, mais au fond du cœur il entretenait contre le fiancé de Marie un ferment d'une haine, d'autant plus dangereuse, qu'elle était mieux cachée.

Il eut un regard chargé de méchanceté quand Jean s'éloigna pour aller vers le pasteur Raymond qui l'appelait d'un signe.

— Frères, écoutez bien tous dit le Ministre protestant.

Un profond silence se fit aussitôt.

— Frères, poursuivit le pasteur, l'heure de choisir un chef, qui saura défendre notre sainte cause par la parole et par les armes, vient de sonner. Chacun de vous va donc passer devant cette table, écrire, ou me faire écrire un nom sur un carré de carton qu'il déposera lui-même dans ce sac.

Et le pasteur montrait aux délégués protestants un petit sac en soie bleue. Après une légère pause il reprit :

— Frères, j'avais promis de vous annoncer une nouvelle qui devait remplir vos cœurs de joie... Ecoutez-donc...

Le pasteur désigna Monseigneur Louis debout à côté de Jean Cavalier avec lequel il s'entretenait affectueusement...

— Le capitaine Louis est venu offrir au chef que vous allez nommer, plusieurs milliers de pistoles, des armes, des munitions, et lui annoncer que Guillaume d'Orange, roi d'Angleterre, un des plus puissants protecteurs de notre religion, mettrait à sa disposition, cinq ou six régiments d'excellentes troupes.... Notre succès est donc certain !

Un joyeux murmure d'approbations salua les dernières paroles du Ministre protestant.

Les délégués procédèrent ensuite à l'élection du chef de toutes les troupes calvinistes. Ils vinrent, à tour de rôle, s'arrêter devant la table, à l'extrémité de laquelle se tenaient Monseigneur Louis et le pasteur Raymond, qui, par différentes fois, à la demande des votants ne sachant pas écrire, dût tracer le nom de Cavalier sur les carrés de cartons préparés pour cet usage.

Lorsque le trente-et-unième et dernier bulletin de vote eut été déposé dans le petit sac, le dépouillement commença, il ne fut ni long ni difficile.

A l'unanimité, moins deux voix Jean Cavalier fut nommé chef du parti protestant.

Un délégué appelé Roland, brave et beau garçon, obtint une voix : celle de son ami Cavalier.

Un nommé Pierre Brau eut également une voix : celle de Salsars qui s'était bien gardé de voter pour son ancien rival.

En proclamant le nom de l'élu, le pasteur Raymond dit aux délégués :

— Vous ne pouvez faire un meilleur choix, Jean Cavalier est digne d'occuper le poste auquel vous venez de l'élever.

Puis, s'adressant au nouvel élu :

— Jean Cavalier, acceptes-tu d'être le chef suprême de toutes les troupes que t'amèneront nos frères ?

D'une voix forte, Jean répondit :

— Oui, j'accepte, mais j'y mets une condition !

— Laquelle ?... Parle ! s'écrièrent vingt délégués.

— C'est que j'aurai droit de vie ou de mort aussi bien sur ceux que vous me donnerez pour lieutenants que sur le plus humble de mes soldats... M'accordez-vous ce droit?

— Oui, oui, nous te l'accordons ! répondirent sans hésiter tous les protestants.

Salsars cria lui aussi : « oui, oui ! » mais presque aussitôt il grommela en lançant un mauvais regard à Cavalier :

— Va, réjouis-toi, triomphe... ta joie et ton succès n'auront eu qu'une courte durée !

Jean Cavalier ayant fait signe qu'il voulait parler, tous les délégués firent silence.

— Frères, commença le jeune chef, je vous remercie du plus profond de mon cœur de l'honneur que vous avez daigné me faire. Je ne faillirai pas à la tâche que vous m'imposez. Je n'entreprendrai rien au hasard. Toujours je ferai mon devoir, je saurai profiter de l'avantage des lieux, soit pour attaquer nos ennemis, soit pour me rallier, soit pour me retirer en bon ordre.

Cette courte allocution impressionna vivement les délégués. Pendant que Roland et ses amis félicitaient leur nouveau chef. En dehors de la grange, le gardien Fauviaux, discutait avec un jeune paysan, presque un enfant, qui, tout essoufflé, tellement il avait couru pour venir au Mas de Gafarel, disait avec impatience :

— Puisque je vous répète qu'il faut que je parle à l'instant au pasteur Raymond...

— Impossible ! te dis-je encore. Il ne veut pas être dérangé.

— Votre entêtement sera cause d'un grand malheur !

— Hein ! d'un malheur dis-tu ? fit le gardien en saisissant le bras du jeune paysan.

— Ne me serrez pas si fort, vous me faites mal, dit ce dernier.

Fauviaux desserra ses doigts ; le paysan en profita pour reculer d'un pas, et conserva prudemment cette distance.

— Quel malheur, parle vite ?

— Les dragons du capitaine Poul arrivent derrière moi... Si la nuit n'était pas si noire ils seraient déjà ici...

Mais le fidèle gardien ne l'écoutait déjà plus. Le cas était grave ; il pouvait enfreindre la consigne du pasteur Raymond.

Vivement il ouvrit la porte, fit un pas à l'intérieur, puis s'arrêta tenant ses deux poings élevés au-dessus de sa tête.

Le ministre protestant vit entrer Fauviaux et aperçut son geste. Se penchant à l'oreille de Monseigneur Louis il murmura :

— Le propriétaire du Mas de Gafarel m'avertit qu'un incendie, grave sans doute, se passe au dehors. Venez Monseigneur.

— Tous deux rejoignirent le gardien, qui en les voyant venir vers lui, était sorti de la grange.

— Frère, que se passe-t-il ? demanda le pasteur.

Fauviaux lui montra de la main le jeune garçon qui, apercevant le prédicant, s'approcha vivement et, avant même d'être interrogé, dit tout d'une haleine :

— Gaucher, mon grand-père, m'envoie vous prévenir que le capitaine Poul et ses dragons doivent se rendre cette nuit au Mas pour vous surprendre.

— Tu ne t'es pas arrêté en chemin ?

— Oh ! non ! répondit le jeune paysan. J'ai couru tout le temps afin d'arriver avant le capitaine Poul.

— Merci Lucien, tu es un brave garçon '... Reste un instant.

S'adressant à Monseigneur Louis, le pasteur Raymond poursuivit :

— Seuls les délégués présents ici, et trois ou quatre de nos frères d'Anduze, connaissaient le lieu de notre assemblée. Je ne vois pas qui a pu nous trahir ?...

— Nous chercherons le coupable plus tard, répliqua Monseigneur Louis, il nous faut d'abord sauver tous les braves gens qui ont répondu à votre appel.

— Comment faire ?

— Attendez !... dit le gentilhomme.

Puis il appela deux fois :

— Mistouflet! Mistouflet !

Celui-ci, qui s'était nonchalamment étendu sur l'herbe à quelques pas de ses chevaux, se releva d'un bond et de suite accourut. Monseigneur Louis le mit rapidement au courant de ce qui arrivait.

— Jésus-Marie ! murmura l'élève de Faribole. La situation est peu agréable... et, se mordant le pouce, il chercha une inspiration.

— Faire fuir nos amis et nos frères, me paraît difficile, dit le pasteur protestant.

— Oui, car le capitaine Poul, en chef habile, fera cerner la colline, peut-être est-ce déjà fait ! ajouta Monseigneur Louis.

Frère Raymond reprit :

— Les cacher tous ici me semble dangereux, sinon impossible !

— Pardon, pardon ! dit vivement Mistouflet. Cacher tout le monde ici-même, je ne vois que ça...

— Mais où trouverez-vous des cachettes sûres pour plus de trente personnes ?

— J'en cacherais le double, le triple ! répliqua en riant Mistouflet. Ce ne sont pas les cachettes qui manquent... Voyez plutôt !

Et du doigt il désigna successivement cinq gros châtaigniers.

Le ministre protestant sourit malgré lui.

— Bien trouvé ! dit-il. Maintenant hâtons-nous d'avertir nos frères du danger qu'ils courent, et de leur indiquer le moyen de s'y soustraire.

— Je ne demanderai qu'une ou deux échelles, fit encore Mistouflet

Le pasteur donna un ordre à Fauviaux qui passa en courant derrière la maison et revint presque aussitôt porteur de deux échelles grossières, mais solides, qu'il présenta à Mistouflet.

Au moment de pénétrer dans la grange, Monseigneur Louis dit au ministre protestant :

— Laissez à Jean Cavalier le mérite d'avoir trouvé le moyen de sauver ses coreligionnaires; cela augmentera la confiance que les délégués ont en lui.

Le pasteur acquiesça d'un signe, puis il entra.

— Frères, dit-il, en se dirigeant vers Jean Cavalier, frères, nous sommes trahis !

Un long frémissement parcourut les groupes formés par les calvinistes. Frère Raymond continua :

— Le capitaine Poul marche sur le Mas de Gafarel avec l'espoir de nous faire massacrer sans pitié.

Salsars pâlit horriblement : il se mit à trembler. Sa frayeur était si apparente que le brave Rolland, qui se tenait près de lui, s'en aperçut et, un peu ironique, lui demanda :

— Aurais-tu peur Salsars ?

— Non... non... mais... mais...

— Tu voudrais bien être loin d'ici ! acheva Rolland avec mépris, et il lui tourna le dos.

Pendant que s'échangeaient ces paroles, le pasteur Raymond murmurait à voix basse quelques mots à Jean Cavalier, qui, sur le même ton, lui répondit :

— Vous remercierez pour moi le capitaine Louis !

Il s'élança sur la petite table et s'écria :

— Frères ! écoutez ?... Le ciel veille sur nous ! Pour nous mettre à l'abri des coups des méchants, il a entouré notre lieu de réunion de gros arbres touffus dans les branchages desquels nous trouverons un refuge... Allons, frères, sortons... Après le départ de nos ennemis nous reviendrons ici.

Sautant par terre, il marcha vers la porte accompagné du ministre protestant.

Rolland vint à eux. A mi-voix il leur dit :

— Soupçonnez-vous le faux frère qui nous a trahi ?

— Non !... le connais-tu ? s'écria Cavalier en s'arrêtant.

— Je n'affirme rien, reprit Rolland, mais mes soupçons me portent à croire que c'est Salsars.

— Oh ! tu dois avoir raison ! Tout à l'heure, en l'apercevant ici, j'ai éprouvé comme un pressentiment de malheur... Ne le quitte pas une seconde !

— Ne crains rien, frère Jean !

Rolland courut rejoindre l'ancien rival de son ami, s'empara simplement de son bras et lui dit :

— Frère Salsars, si tu veux, nous grimperons tous deux dans le même arbre ?

Ils arrivaient précisément devant un énorme châtaignier contre le tronc duquel Mistouflet appuyait une échelle en disant :

— Huit personnes seront à leur aise dans celui-ci... Montez... hâtez-vous !

Gaucher, le petit paysan, s'approcha de lui :

— Et moi aussi, je peux y grimper ? demanda-t-il.

De sa voix douce et grave il dit.....

— Certainement mon garçon. Là-haut tu seras non seulement à l'abri des regards indiscrets mais aussi de l'averse qui ne peut manquer de tomber.

En effet, dans le ciel si pur trois heures auparavant, couraient maintenant d'immenses nuages noirs, signes précurseurs d'un orage prochain.

Pendant que les délégués protestants s'installaient de leur mieux, et sans effroi, gaiement même, dans leurs cachettes sombres et feuillues, le pasteur Raymond et Jean Cavalier entretenaient Monseigneur Louis des soupçons de Rolland, et lui désignaient Salsars attendant son tour de grimper sur le châtaignier.

— Cet homme n'est peut-être pas coupable, répondit le fils d'Anne d'Autriche, mais la prudence nous commande de nous assurer de sa personne.

Et se dirigeant vers l'arbre il dit au pasteur :

— Donnez l'ordre d'éteindre toutes les lumières ; vous chercherez ensuite un refuge dans le feuillage, car il se pourrait que vous fussiez connu par un de ceux qui, avec le capitaine Poul, perquisitionneront tout à l'heure ici.

Moins d'une minute après le Mas de Gafarel était plongé dans une obscurité complète.

— Mistouflet, écoute ? murmura Monseigneur Louis à l'oreille de son fidèle compagon... Tu distingues ce jeune homme, là, à ta droite ?

— Oui monseigneur.

— Eh bien, avec l'aide de celui qui lui serre le bras, tu vas le bâillonner et le ligotter, puis le transporter dans quelque coin où le capitaine Poul ne le découvrira pas.

— Doux Seigneur ! serait-ce lui qui...

— On le croit. Dans tous les cas souviens-toi que si les dragons venaient à entendre un de ses cris, ou surprendre un seul de ses mouvements, nous serions tous perdus.

— Ah ! mon doux Jésus ! il sera mort avant d'avoir pu crier ou bouger !... Je me charge de lui !

A ce moment Rolland disait à Salsars de moins en moins rassuré :

— Frère, à ton tour, grimpe... moi je te suis.

L'ancien rival de Jean Cavalier mettait déjà le pied sur le premier échelon lorsque Mistouflet lui posa la main sur l'épaule :

— Seigneur-Jésus ! inutile de monter, j'ai une meilleure cachette pour vous...

Puis il jeta ces deux mots à Rolland :

— Aidez-moi !

Et avec une dextérité merveilleuse, il fixa solidement un épais mouchoir sur la bouche de Salsars avant que celui-ci eut le temps de faire le plus léger mouvement pour s'y opposer.

— Maintenez-le bien ! dit-il ensuite à Rolland.

— Je le tiens, faites ! répondit ce dernier.

Mistouflet courut vers sa monture, prit une longue corde accrochée à la selle, revint et ligotta solidement Salsars plus mort que vif.

Cette scène s'était déroulée si rapidement et avec si peu de bruit que, sauf le pasteur Raymond, Jean Cavalier et Georges Dorfeuil, qui étaient encore au pied du châtaignier, aucun des calvinistes déjà cachés ne s'aperçut de l'action de Mistouflet.

L'élève de Faribole prit dans ses bras le corps ficelé de Salsars, et, avec autant de facilité qu'un enfant l'eût fait d'une plume, il le transporta dans un coin de la grange après avoir demandé à Fauviaux qui s'était approché, une botte de foin ou de paille.

Le maître du Mas de Gafarel apporta l'un et l'autre. Mistouflet en couvrit le corps de son prisonnier en murmurant :

— Jésus-Marie, comme il sera bien au chaud là-dessous !

Il retourna ensuite prendre les trois chevaux, les introduisit dans la grange et enleva leur selle tandis que le fidèle Fauviaux s'empressait d'aller cacher ses deux échelles.

Après avoir vu Jean Cavalier et le pasteur Raymond disparaître sous le feuillage d'un gros arbre, Monseigneur Louis se porta vers Mistouflet.

— N'oublie pas, lui dit-il, que tu es ici depuis hier soir, avec ton maître, le comte Louis, venu pour visiter le Mas de Gafarel qu'il désire acheter.

— Bien Monseigneur.

— Inutile de parler du Mas de Couriac... Nous venons de Rodez.

— Compris Monseigneur !

Guidé par Fauviaux, Monseigneur Louis regagna l'intérieur de la chaumière, entra dans une chambre dont il défit un peu le lit, puis ayant détaché à demi son pourpoint, il s'assit sur un siège et, prêtant l'oreille au moindre bruit, il attendit patiemment.

Debout à la porte de la grange entr'ouverte, Mistouflet soupirait :

— Doux Seigneur ! il est certain que je vais encore passer une nuit blanche !... Quand je dis blanche, c'est pour employer l'expression

consacrée... mais, vraiment, je trouve cette nuit abominablement noire...
Je n'y vois goutte...

Soudain un léger bruit se fit entendre.

On aurait dit le froissement de feuilles sèches foulées par plusieurs
animaux.

— Jésus-Marie! voilà le gibier qui fuit!... Les hommes du capitaine
Poul battent les taillis!

Et, sa tête seule passant par l'entrebâillement de la porte de la grange,
l'élève de Faribole riva ses regards dans la direction du chemin du
Mas.

Tout à coup, à vingt-cinq pas de la chaumière, une ombre géante
surgit.

Après elle, une seconde, tout aussi grande, apparut. Puis une autre...
encore une autre... Mistouflet en compta dix. Et il en arrivait toujours!

— Ah! mon doux Jésus! comment tout cela finira-t-il!

Les ombres approchaient. Maintenant on pouvait distinguer leurs
formes.

— Jésus-Marie! ce sont eux!... je les vois!... Vite allons dormir!...

Et le brave Mistouflet, laissant sa porte entr'ouverte, alla vivement
s'étendre sur la paille à côté de Salars ligotté.

Il était certes, à ce moment, moins ému que le jour où Faribole lui
avait donné sa première leçon d'escrime.

Soudain un bruit infernal se fit entendre.

Dix crosses de mousquets frappaient à la fois contre la porte de la
chaumière.

Des torches brillèrent et Jean Cavalier put voir à travers les branchages qui le cachaient, le capitaine Poul et trente dragons.

. . . .

C'est par un billet très explicite quoique laconique, et coupé d'une
façon bizarre, que le terrible officier de dragons apprit qu'une réunion de
protestants devait se tenir au Mas de Gafarel.

Il venait de se mettre à table, tout furieux encore des pertes que les
amis de Cavalier avaient infligées à ses hommes quand un mendiant se
présenta devant lui, lui remit un pli cacheté, annonça qu'il n'y avait pas
de réponse et rapidement s'éclipsa.

Le capitaine brisa le cachet, tira de l'enveloppe un morceau de
papier en forme de croissant ou de demi-lune et chercha la signature.

Celle-ci était absente; quatre mots la remplaçaient.

Le commandant des dragons eut à peine jeté les yeux sur le billet anonyme qu'il poussa une exclamation joyeuse !

— Ah !... je l'aurai donc !

Deux lieutenants qui soupaient avec lui le regardèrent un peu surpris. A leurs interrogations muettes le capitaine répondit :

— Qui ?... Mais Jean Cavalier parbleu !... Ce jeune boulanger dont la parole chaude et entraînante pousse à la révolte des milliers de réformés.

— Alors, commandant, ce billet vous indique son refuge ?

— Son refuge, non ! mais il m'apprend où je le trouverai... Ecoutez :

Et le capitaine lut ce qui suit :

« Cette nuit, onze heures, au Mas de Gafarel, assemblée des réformés, « Cavalier y sera.

« Celui qui écrit ces lignes s'y trouvera également. Il se fera recon- « naître en montrant la partie enlevée à ce billet. »

                    « Un qui se venge ! »

— Je connais parfaitement le Mas de Gafarel, dit un lieutenant à son chef.

— Très bien ! monsieur d'Héramond, vous serez notre guide. Combien nous faudra-t-il de temps pour nous y rendre d'Anduze ?

— Une bonne heure, commandant, car les chemins sont en piteux état.

— Il est la demie de huit heures. Nous avons le temps de souper. Seulement, monsieur de Livry, faites avertir nos hommes de se tenir prêts à monter à cheval dans une heure.

Le lieutenant de Livry sortit pour aller porter l'ordre de son chef. A la porte de la rue il rencontra un de ses sous-officiers.

— Lafleur, prévenez l'officier de service qu'on sonnera le boute-selle à neuf heures et demie. Nous irons coucher au Mas de Gafarel.

A ce moment un bon vieillard passait devant le lieutenant ; il entendit ses dernières paroles et tressaillit violemment.

— Au Mas de Gafarel ! murmura-t-il. Ils savent donc qu'une assemblée doit s'y tenir.

Alors, rebroussant chemin, le vieillard rentra à la hâte chez lui. Un jeune garçon de seize ans s'y trouvait.

— Lucien, tu aimes le pasteur Raymond ? demanda le vieillard à voix basse.

— Vous n'en doutez pas grand-père.

— Eh bien, il court un grand danger. Veux-tu le sauver ?

— Parlez ! que faut-il faire ? s'écria vivement le jeune garçon.

— Pas si haut Lucien... Ecoute. Tu vas courir au Mas de Gafarel, tu demanderas le pasteur Raymond. Il y sera...

Ici le vieillard s'interrompit, et regarda autour de lui comme s'il eût craint que quelqu'un pût l'entendre. Enfin baissant encore la voix, il ajouta :

— Lucien, tu lui diras : le capitaine Poul doit se rendre cette nuit au Mas de Gafarel pour vous surprendre.

— Grand-père, je pars de suite, dit le jeune garçon qui prit un bâton et se dirigea vers la porte.

Le vieillard l'accompagna jusqu'à la rue.

— Va, mon cher enfant, dit-il encore. Que Dieu te garde !

Une seconde après son petit-fils avait disparu.

A neuf heures et demie précises les deux cents dragons de Poul montèrent à cheval, sortirent du village d'Anduze et s'élancèrent au trot dans la direction du Mas de Gafarel Au bout d'une heure ils arrivaient au pied de la colline boisée. Poul établit un cordon de sentinelles tout autour du monticule. Si les protestants cherchaient à fuir, pas un ne pourraient passer, pensait le capitaine. Puis, précédé de Guy d'Héramond, son lieutenant et suivi par trente dragons, il s'engagea dans le chemin pierreux qui montait au Mas.

Quand ils furent parvenus au sommet de la colline, Poul donna à voix basse l'ordre de faire halte.

Une chose l'étonnait, l'inquiétait même : pas une lumière ne brillait, pas une voix ne se faisait entendre, seul le bruit de quelques bêtes effrayées, fuyant à travers les broussailles, troublait le silence de la nuit.

Poul se disait :

— M'aurait-on trompé... ou ces suppôts de Satan se seraient-ils déjà envolés ?... C'est impossible !

Non, ceux que le terrible capitaine pourchassait avec tant d'acharnement n'auraient pu s'envoler, mais ils avaient pu se percher dans les arbres tout comme les oiseaux !

— Allumez deux torches, et avancez avec prudence, ordonna le capitaine.

Les torches allumées les dragons reprirent leur marche interrompue. A vingt pas de la chaumière Poul dit au lieutenant :

— Prenez quatre hommes et fouillez ce bâtiment tandis que moi je visiterai l'habitation.

Puis il poussa son cheval vers l'humble maisonnette.

— Frappez à cette porte, et frappez fort ! dit-il à ses hommes.

Dix crosses de mousquets, frappant en même temps, produisirent un vacarme épouvantable.

Le lieutenant d'Héramond et ses quatre dragons mirent pied à terre à a porte de la grange.

Mistouflet les entendit, il vit la lueur projetée par une torche. Alors se penchant à l'oreille du délégué enfoui sous la paille, il murmura si bas que seul celui à qui il s'adressait pouvait l'entendre :

— Mon ami, si vous avez le malheur de faire volontairement ou involontairement le plus léger mouvement, je vous tue d'un coup de poignard...

Soudain, d'un bond, il se dressa sur ses jambes et tira son épée :

Guy d'Héramond entrait suivi de ses hommes.

— Palsambleu ! s'écria-t-il, en voyant le mouvement défensif de Mistouflet, voilà un gaillard qui n'aime point à être arraché trop brusquement au sommeil !

— Qui êtes-vous ?... et que me voulez-vous ? demanda l'élève de Faribole en affectant d'être fort en colère.

— Calmons-nous, calmons-nous ! dit en riant le lieutenant. Vous n'avez pas, je le suppose, la prétention de résister à cinq dragons du capitaine Poul ?

Mistouflet releva son épée et le ton radouci il répliqua :

— Je vous prie de m'excuser Messieurs, j'aurais dû m'apercevoir de suite que vous étiez des soldats de sa Majesté et que par conséquent je n'avais rien à redouter de vous.

— Ma foi, mon gaillard vous me plaisez, et si vous n'êtes pas huguenot...

— Ne m'insultez pas ! monsieur, ou je ne réponds de rien !...

Et avec une indignation admirablement simulée il ajouta comme se parlant à lui-même :

— Osez me prendre pour un infâme disciple de Calvin, moi ! un ardent catholique !... Oh ! doux Jésus !...

— Allons, je vois que vous êtes des nôtres... et j'en suis bien aise car votre air crâne m'a plu tout de suite. Aussi je vais répondre à votre seconde question...

— Je prie monsieur l'officier d'oublier la façon un peu... mais dame ! un homme réveillé en sursaut... Vous comprenez ?...

— Je vous comprends parfaitement, et à votre place je me serais conduit de même... Mais voici ce que je voulais faire... par exemple, je crois que c'est bien inutile... Je voulais visiter avec mes hommes tout ce bâtiment.

— Votre visite sera vite faite, dit Mistouflet en souriant, car cette grange et une petite écurie dans laquelle je n'ai pas voulu mettre nos chevaux, c'est bien tout ce qu'il y a à voir.

— Permettez-moi une seule question. Y a-t-il longtemps que vous êtes arrivé au Mas de Gafarel ?

— Je suis arrivé avec le comte Louis, mon maître, hier soir un peu avant la fin du jour.

— Et vous n'avez pas aperçu des huguenots allez et venir...

— Jésus-Marie ! que me dites-vous là ! Les huguenots seraient reçus dans cette habitation que mon maître a le désir d'acquérir !

— Un avis adressé au capitaine Poul affirmait qu'une assemblée devait avoir lieu ici.

— Elle a peut-être eu lieu la nuit dernière...

L'élève de Faribole s'interrompit subitement puis se frappant le front :

— Attendez donc !... je me souviens d'une chose, monsieur l'officier, et je crois que votre commandant ne sera pas fâché d'avoir ce renseignement.

— Que voulez-vous dire ?... De quel renseignement parlez-vous ?

Très sérieusement Mistouflet poursuivit :

— Hier soir, en venant ici, j'ai fait remarquer au comte Louis, mon maître, que sur la route d'Alais on rencontrait une foule de gens ; je n'ai même croisé que des hommes, qui m'avaient bien l'air de huguenots se rendant au prêche.

— Vraiment !... Et vous ne sauriez pas m'indiquer où ils allaient ?

— Seigneur ! non !... sans cela... Tout ce que je puis dire c'est que ce n'est pas au Mas Gafarel qu'ils se rendaient.

Tout en causant Mistouflet et le lieutenant s'étaient insensiblement rapprochés de la porte, mouvement qui avait obligé les quatre dragons à reculer peu à peu hors de la grange.

— Doux Jésus ! que de monde vous avez amené... Et quel vilain quart d'heure les réformés auraient passé si vous les aviez surpris ici.

— Peut-être n'est-il pas encore trop tard pour dénicher dans quelque

Jésus Maria! comme il sera bien au chaud là-dessous.

autre endroit les protestants assemblés. Je vais faire part au commandant du renseignement que vous venez de me donner.

Et le lieutenant d'Héramond, après avoir dit à ses hommes de rallier le détachement alla frapper à la porte de la chaumière.

Mistouflet eut un imperceptible sourire en regardant s'éloigner les dragons, à lui-même il murmura :

— Jésus-Marie! mon doux Seigneur, les choses marchent cent fois mieux que je ne l'aurais cru... Mais ne bougeons pas d'ici, examinons attentivement ce qui va se passer.

Aux coups de crosses frappés par les soldats du capitaine Poul, une voix avait crié de l'intérieur de la maisonnette :

— Eloignez-vous manants ! si vous ne voulez pas que je vous brûle la cervelle !

— Oh ! oh ! fit le capitaine qui venait de sauter à bas de son cheval, voilà une façon de parler qui sent son gentilhomme d'une lieue.

Et frappant lui-même il cria :

— Ouvrez :... Ordre du roi !

Une demie-minute s'écoula, puis la porte de la chaumière s'ouvrit laissant voir Fauviaux, à demi vêtu, tenant une lampe à la main et, auprès de lui, Monseigneur Louis qui boutonnait précipitamment et ostensiblement son pourpoint.

Le capitaine Poul fit signe à ses hommes de l'attendre à la porte puis il pénétra seul dans la maisonnette.

— Monsieur, lui dit Monseigneur Louis avec courtoisie, mais aussi avec fermeté, je vous ai fait ouvrir cette porte parce que vous avez prononcé le nom du roi. Veuillez maintenant me dire ce que vous désirez ?

Poul, entre autres qualités, possédait celle de fin observateur. Du premier coup d'œil, il vit qu'il était en présence d'un gentilhomme de race ; aussi ce fut presque sans brusquerie qu'il répondit :

— Monsieur, j'irai droit au but. Les calvinistes devaient se réunir cette nuit même ici. Je suis venu pour les arrêter !

— Désirez-vous visiter cette demeure ? demanda Monseigneur Louis légèrement railleur.

— Immédiatement !

— Venez donc, monsieur.

Précédés de Fauviaux qui les éclairait, Monseigneur Louis et le capitaine Poul parcoururent toute la chaumière. En traversant une chambre, l'officier de dragons eut comme la velléité de regarder sous le lit. Son mouvement n'échappa pas à son compagnon qui lui dit aussitôt :

— Une réunion est naturellement composée de plusieurs personnes. Croyez-vous, monsieur, que dans cette chambre on aurait réussi à cacher quinze ou vingt protestants ?

Le capitaine ne répliqua pas, il revint dans la salle commune où il dit :

— J'ai été trompé ; mais plus d'un, à ma place, s'y serait laissé prendre... Tenez, monsieur, lisez cet avis.

Et le capitaine plaça sous les yeux de Monseigneur Louis le billet que lui avait remis le mendiant d'Anduze.

Après avoir lu, le gentilhomme dit avec un léger sourire :

— Ces lignes sont l'œuvre d'un mauvais plaisant ou d'un calviniste adroit qui vous a envoyé chercher ses confrères dans un lieu opposé peut-être à celui où, en ce moment, ils sont assemblés.

Un énergique juron s'échappa des lèvres de l'officier. De rage il froissa entre ses doigts le billet qu'il venait de faire lire et le jeta à terre.

— Par les cornes du diable ! ajouta-t-il, il faut que je trouve tous ces misérables chanteurs de spaumes !

Et se dirigeant vers la porte il allait sortir quand son lieutenant se présenta et le saluant :

— Commandant... voulut-il dire, mais son chef l'interrompit aussitôt.

— Rien ! absolument rien ! pas un huguenot ici !

— C'est vrai, commandant, mais un renseignement que je viens d'obtenir me donne à croire que c'est plutôt dans les environs d'Anduze qu'il nous faut faire des recherches.

— Eh bien ! repartons...

En ce moment un éclair sillonna les noires nuées puis le tonnerre gronda.

— Mais tout est donc contre moi aujourd'hui ! cria le capitaine furieux. L'orage va certainement retarder notre marche !

Et, ayant d'un geste brusque, salué Monseigneur Louis, il marcha rapidement vers sa monture et sauta en selle.

Tous ses hommes l'imitèrent.

De leur observatoire de verdure, le pasteur Raymond et Jean Cavalier suivaient tous les mouvements de leurs ennemis. A la clarté des torches ils virent Poul entrer dans la chaumière dans laquelle il resta à peine dix minutes ; ils le virent remonter à cheval ; à ses gestes, à sa voix ils devinèrent sa rage.

— Tout va bien ! murmura le ministre protestant. Les deux porteurs de torches se placent en tête. Les dragons vont partir !

Mais soudain les branches du gros châtaignier s'agitèrent. Jean et le pasteur levèrent la tête, regardèrent et faillirent laisser échapper un cri d'effroi.

Au-dessus d'eux un délégué qui, pour mieux voir ce qui se passait, s'était aventuré sur une branche trop faible pour supporter le poids de son corps, faisait plier puis casser son point d'appui avec un bruit assez fort pour être entendu des cavaliers qui n'étaient qu'à une dizaine de pas, et enfin perdait l'équilibre.

Sans Rolland qui, placé juste au-dessus de l'imprudent, vit le danger et eu le temps de lui saisir une main pour le retenir, ce dernier se fut probablement tué.

Mais si l'ami de Cavalier réussit à sauver son coreligionnaire, il lui fut malheureusement impossible d'empêcher le craquement que fit le branchage en se cassant.

— Il nous perd tous ! murmura le pasteur Raymond.

Le capitaine Poul ouvrait la bouche pour commander « en avant » quand la branche du châtaignier se brisa.

Au même instant l'officier bondit avec sa monture.

Vingt dragons tressaillirent sur leurs bêtes qui se cabraient.

Un coup de tonnerre épouvantable ébranlait les airs en même temps qu'un éclair éblouissant illuminait le Mas de Gafarel.

Le fracas du ciel, en empêchant le bruit de la branche qui se cassait d'être entendu des dragons, sauva les protestants.

Quelques secondes s'écoulèrent, Poul se tourna vers ses hommes redevenus maîtres de leurs montures, puis d'une voix forte commanda :

— En avant !

Les cavaliers se portèrent vers le petit chemin. Une minute après tous avaient disparu.

Monseigneur Louis qui ne les avait pas quittés des yeux revint alors vers le milieu de la salle de la chaumière, se baissa vivement et ramassa le papier jeté par le capitaine Poul. En le passant entre la paume de ses mains pour le défroisser il dit à Fauviaux qui le regardait :

— Si le traître qui a écrit ces lignes est parmi nous, il s'est lui-même condamné à mort !

Moins d'un quart d'heure après tous les protestants quittaient leurs cachettes et se réunissaient de nouveau dans la grange.

Jean Cavalier et le pasteur Raymond, descendus les premiers de leur arbre, s'étaient rendus immédiatement auprès de Monseigneur Louis, qui leur tendant le feuillet de papier coupé en forme de croissant :

— Reconnaissez-vous cette écriture? demanda-t-il.

— Non Monseigneur, répondit le ministre protestant après une seconde d'examen.

Jean Cavalier lisait le billet en se disant :

— Mes pressentiments ne m'ont pas trompé... Il me hait mortellement !...

A haute voix, le ton affirmatif, il reprit :

— Ces lignes ont été tracées par la main de Salars : je reconnais l'écriture!... Oh! le misérable!...

— Il sera facile de nous assurer s'il est coupable. Il suffira de le fouiller, dit Monseigneur Louis. Veuillez donner l'ordre de l'amener ici.

Jean Cavalier alla lui-même trouver Mistouflet qui venait justement d'enlever le baillon de son prisonnier.

— Déliez-lui les jambes et conduisez-le à Monseigneur, dit-il.

— Jésus-Marie! j'aurai plutôt fait de le lui porter!

Et chargeant délicatement sur son épaule Salsars, qui devait être assez lourd pourtant, il le porta dans la chaumière et le déposa, debout, devant son maître.

— Que me veut-on?... Pourquoi me traiter de la sorte? dit le prisonnier de Mistouflet essayant de payer d'audace.

Pour toute réponse Cavalier mit devant ses yeux le billet du capitaine Poul.

— Lis!... prononça simplement le jeune chef des réformés.

Salsars pâlit horriblement. Son front et ses joues se couvrirent d'une sueur froide.

Il se vit perdu. Tout tremblant il balbutia :

— Grâce! grâce!

— Nos frères que tu voulais faire massacrer prononceront sur ton sort.

Puis s'adressant à Mistouflet :

— Lorsque vous l'aurez détaché, vous le ramènerez au milieu de nous... Mais ne le laissez pas échapper.

— Seigneur-Jésus! pour prendre la poudre d'escampette il lui faudrait un peu plus de courage qu'il n'en paraît posséder!

Monseigneur Louis, Jean Cavalier et le pasteur Raymond allèrent rejoindre les délégués protestants lesquels causaient de ce qui s'était passé avec une animation facile à comprendre.

— Frères! leur dit le jeune chef, en traversant leurs rangs, le misérable qui a trahi le secret de notre assemblée est arrêté...

— Où est-il? où est-il? demandèrent de nombreuses voix.

— Le voici! répondit Jean Cavalier en désignant de la main Salsars que le fidèle Mistouflet amenait.

— Mort au traître!... A mort! à mort! crièrent tous les délégués.

— Jésus-Marie! il l'est déjà aux trois quarts, murmura l'élève de Faribole en soutenant son prisonnier dont les jambes flageolaient d'épouvante.

Au dehors, le vent soufflait avec violence, l'eau tombait par torrents, les éclairs et les coups de tonnerre se succédaient rapidement.

Le pasteur Raymond et Monseigneur Louis s'assirent côte à côte sur les sièges que Dorfeuil et Fauviaux venaient d'apporter, Jean Cavalier se hissa sur la table et, montrant le billet rédigé par Salsars :

— Frères! dit-il, écoutez la lecture de ce lâche écrit!

Et il lut lentement. Une tempête de cris de colère s'éleva quand il eut prononcé les mots qui remplaçaient la signature.

Le jeune chef des protestants poursuivit :

— Fouillez ce faux frère. Vous trouverez sur lui la preuve de sa trahison!

Une quinzaine de délégués se précipitèrent pour exécuter l'ordre de Jean Cavalier.

— Mon doux Jésus! soupira Mistouflet, mais ils vont le mettre en lambeaux!

— Oh! voici un papier! s'écria Roland, en retirant sa main qu'il avait promenée sur la poitrine de Salsars.

— Frère, donne-le-moi? dit Jean Cavalier.

Roland remit à son ami le papier qu'il avait découvert, Jean le rapprocha du billet envoyé au capitaine Poul, et tous purent de leurs yeux, constater que les deux objets ainsi réunis se complétaient.

Salsars se voyait condamner par lui-même; le morceau de papier qu'il avait conservé pour le montrer aux dragons et s'en servir comme talisman, devenait un terrible accusateur.

— Frères, demanda Jean Cavalier, devons-nous appliquer à Salsars la peine réservée aux traîtres?

— Oui! oui!... la mort!

— Y a-t-il unanimité? Qu'on lève les mains?

Tous les délégués, sans exception, levèrent la main. Geste qui fit dire à Mistouflet :

— Seigneur, Jésus! mon prisonnier n'a plus longtemps à vivre.

— Frère Roland, bande les yeux du traître.

L'ami du jeune chef obéit.

A ce moment, Salsars, tremblant de terreur tenta vainement d'échapper à l'étreinte de l'élève de Faribole.

— Grâce!... Pitié! dit-il en tombant à genoux.

— Est-ce que le capitaine Poul nous aurait fait grâce? Est-ce qu'il aurait eu pitié de nous? répondit Jean Cavalier en s'avançant un pistolet à la main vers son ancien et lâche rival.

S'adressant aux protestants qui l'entouraient il reprit :

— Frères, vous m'avez accordé droit de vie et de mort, j'en use pour punir un misérable!

Il y eut une seconde de silence effrayant que troublèrent seuls les grondements du tonnerre. Puis une détonation retentit : Salsars roula sur le sol le crâne fracassé.

Un peu pâle, debout devant le cadavre du traître, Jean Cavalier dit d'une voix ferme.

— Frères! comme moi, êtes-vous prêts à vous armer pour venger les martyrs de notre religion?

— Oui, nous sommes prêts!... Tous! tous!

— Etes-vous prêts à secouer le joug d'un roi qui a brûlé nos temples, proscrit nos ministres?

— Nous sommes prêts!... Oui tous!

— Prêts à vaincre?

— Oui, tous!

— Prêts à mourir?

— Tous! tous!

— Eh bien! frères! sur ce cadavre encore chaud, jurons de venger nos martyrs tombés sous la main du bourreau. Jurons de combattre et de mourir pour l'Eglise persécutée. Jurons aussi de punir les traîtres qui se glisseraient parmi nous!...

Et étendant la main, le jeune chef ajouta la voix vibrante :

— Frères! moi je le jure!

Trente mains l'imitèrent, trente voix dirent avec fermeté :

— Nous le jurons!

Monseigneur Louis et le pasteur Raymond, qui avaient écouté debout, se regardèrent vivement impressionnés.

Mistouflet, qui s'était retiré dans le fond de la grange après l'exécution de son prisonnier, dit tout bas avec une réelle émotion :

— Ah! doux Jésus! avec quatre ou cinq mille hommes comme ceux-là nous serions à Paris avant la fin de l'année!

On emporta le corps de Salsars qui fut déposé au pied d'un arbre où Fauviaux dans la nuit même creusa une tombe.

A la demande de ceux qui l'avaient élu pour leur chef Jean Cavalier prit de nouveau la parole.

— Frères, dit-il, je sais que la mort ne vous effraye point. Vous volerez pleins de courage au combat, car il s'agit de la cause de Dieu Dans huit jours nous irons opérer notre jonction avec nos frères des montagnes. Là-haut nous trouverons des bois et des cavernes pour nous retirer, des hameaux et des maisons pour nous nourrir. Ne soyez en souci de rien! Lorsque nos troupes se seront réunies, nous descendrons nous mesurer avec les armées royales et nous les vaincrons. Nous demanderons alors le rétablissement de nos privilèges et la liberté qui nous a été ravie avec tant d'injustice...

De vifs applaudissements interrompirent le jeune chef. Puis il continua :

— Pour nous reconnaître, n'ayant pas d'uniformes comme les soldats du roi, nous passerons sur nos vêtements une *camiso* (1), comme le faisait la troupe de Séguier qui, trahie, s'est laissée surprendre dans la plaine de Font-Morte...

— Il nous faudra venger nos frères morts glorieusement! s'écria Roland.

— Oui, frère, nous saurons les venger. Nous serons aussi les libérateurs des malheureux qu'on persécute avec tant de fureur et de rage! Je termine, frères, en vous recommandant de vous rendre accompagner de tous vos hommes armés, à l'assemblée qui se tiendra dans huit jours à Aigues-Vives.

— Nous y serons tous! répondirent les délégués protestants.

Au moment où ils allaient se séparer, Monseigneur Louis prononça une courte allocution.

— Mes frères, employez les huit jours qui vont s'écouler avant la prochaine assemblée à recruter de nouveaux soldats parmi la jeunesse protestante. Il faut que dès le lendemain de la réunion d'Aigues-Vives Jean Cavalier puisse entrer en campagne. En attendant les renforts promis par le roi d'Angleterre, nous nous battrons dans les Cévennes; nous métamorphoserons chaque rocher en citadelle, chaque grotte en arsenal, chaque gorge en camp retranché; enfin nous harcèlerons sans répit nos ennemis. Je pourrai équiper cent cinquante à deux cents cavaliers. Ceux qui sont aptes à combattre à cheval n'auront qu'à me le faire savoir par l'entremise de leur chef.

Au nom des calvinistes Jean Cavalier remercia le « capitaine » Louis et l'assemblée se dispersa.

La pluie avait cessé, le tonnerre ne grondait plus.

Un à un les délégués protestants s'engagèrent dans les sentiers conduisant à la plaine; arrivés en bas de la colline ils prirent la direction de leur hameau ou de leur bourgade.

Monseigneur Louis, Jean Cavalier et le pasteur Raymond se rendirent

---

(1) Une chemise. Ce qui fit donner aux révoltés des Cévennes le nom de camisards.

— Oser me prendre pour un infâme disciple de Calvin !

dans une chambre de la chaumière où ils s'entretinrent encore quelques instants.

Ils convinrent de ne jamais entreprendre d'affaire grave sans s'être au préalable concertés tous les trois. Jean Cavalier indiqua le refuge qu'il avait choisi en attendant le jour où il se mettrait à la tête de la petite armée calviniste.

Le pasteur recommanda à son jeune ami d'être prudent pendant la semaine qui allait s'écouler, puis Monseigneur Louis se leva et sortit de la maisonnette.

En prenant congé du ministre protestant le gentilhomme dit en souriant :

— Frère Raymond, n'oubliez pas que dans trois jours on vous attendra au Mas de Couriac, pour procéder au mariage de deux catholiques!

— Ce sera bien certainement la première fois qu'un pasteur calviniste aura béni l'union de deux époux de cette religion!

Mistouflet et Georges Dorfeuil avaient amené les montures devant la porte. Le jour commençait à poindre; l'orage était loin, le ciel était redevenu bleu.

Après avoir serré la main de son jeune allié Monseigneur Louis se mit en selle.

A ce moment Jean Cavalier lui demanda :

— Voulez-vous choisir les prochains mots de reconnaissance?

— Victoire et liberté! répondit le fils d'Anne d'Autriche.

Cinq minutes plus tard Monseigneur Louis, Mistouflet et Dorfeuil avaient quitté le Mas de Gafarel..

CHAPITRE XIV

OU FARIBOLE QUITTE LE CHATEAU DE SERVAS PORTEUR D'UN MESSAGE D'AMOUR ET CE QUI S'EN SUIVIT.

Tandis que Mistouflet murmurait des « doux Jésus » en assistant à l'exécution du traître Salsars, l'heureux Faribole s'allongeait voluptueusement dans un grand lit moelleux, mais il pensait à son élève et ami, et il se disait :

— Hé! troun de l'air! comme vous voudriez bien être à ma place, monsieur Mistouflet!... De satisfaction, de plaisir, de délices, vous devideriez onctueusement votre chapelet de litanies.

Et enfonçant la tête dans le duvet de l'oreiller :

— Bagasse! ajouta-t-il, que je vais donc bien dormir dans ce vieux château!

Puis il ferma les yeux.

L'ancien maître d'armes était en effet couché dans une chambre du château de Servas.

Il avait fait en carrosse une promenade charmante ayant pour vis-à-vis une toute jeune fille, mignonne, gracieuse, et une vieille dame toute ratatinée, mais très aimable et pleine de bon sens.

Sans avoir eu besoin d'adresser à ses compagnes la plus petite question indiscrète, il avait appris de la bouche même de Mlle Jeanne de Vrignès, qui elles étaient, d'où elles venaient, et ce qu'elles allaient faire au château de Servas.

Il sut ainsi que la jeune fille était depuis onze mois orpheline de père et de mère, que la vieille dame nommée Désirée, qui n'avait que cinquante ans bien qu'elle parut en avoir plus de soixante, était la mère-nourrice de Mlle Jeanne et lui servait à présent de femme de chambre et de gouvernante très peu autoritaire.

Elles se rendaient à la demeure du comte de Servas, oncle et tuteur de Mlle de Vrignès, près duquel elles allaient vivre désormais.

Oui, jusqu'au jour où vous vous marierez; mignonne! avait dit avec vivacité dame Désirée.

La jeune fille avait rougi légèrement et répondu :

— Hélas! ce ne sera peut-être pas de sitôt!

— Pourquoi, s'il vous plaît!... Vous avez seize ans et... *il* vous aime!... Et d'ailleurs je vous préviens que la vie ne sera pas drôle pour nous au château de votre tuteur!

— Je sais que mon oncle est d'une humeur un peu brusque et qu'il n'aime guère le monde.

— Allez! vous pouvez dire que c'est un ours!...

— Oh! Désirée?

— Oui, oui, un ours!... auquel il ne fait pas bon résister. C'est un maître qui, s'il ne sait pas se faire aimer, sait se faire craindre.

— Bagasse! avait alors murmuré Faribole, c'est tout le contraire du mien!

Bien vite, Mlle de Vrignès dit qu'en effet le comte Louis devait être un gentilhomme aimé des siens; sa bonté se lisait sur son visage. Ensuite, curieuse comme toutes les filles d'Eve, elle demanda s'il était marié, s'il habitait la contrée.

Faribole répondit que Monseigneur Louis était l'époux d'une adorable jeune femme, qu'il était père d'un gros garçon ; enfin qu'ils vivaient tous heureux en pleine campagne, au Mas de Couriac.

— Couriac ? je connais ce nom, fit dame Désirée.

— Il a certainement pu être prononcé devant vous, dit Faribole. Le Mas de Couriac et le château de Servas, séparés il est vrai par une série de collines, ne sont guère éloignés que de quatre lieues.

Enfin tout en parlant des beautés du pays et un peu des évènements qui se passaient dans les montagnes où s'étaient réfugiés les révoltés protestants, ils étaient arrivés au château de Servas.

Après cinq minutes de pourparlers le carrosse avait pu franchir le pont-levis et pénétrer dans une immense cour où le comte de Servas entouré de valets portant des flambeaux avait reçu sa nièce. Il commença par manifester son étonnement à la vue d'un inconnu, puis, quand on lui eut expliqué ce qui s'était passé sur la route il grommela :

— Ma nièce, si vous aviez pris vos mesures pour arriver ici à une heure plus convenable, vous n'auriez pas eu à subir une attaque nocturne.

— Ce n'est pas ma faute, mon oncle, répliqua timidement Jeanne de Vrignès.

— Ni la mienne ! s'écria d'un ton bourru le comte qui, pourtant, conduisit les voyageuses dans une salle du château, et s'informa si elles désiraient souper.

— Non, mon oncle, nous n'avons besoin que d'un peu de repos.

Puis, en souriant à Faribole :

— Vous voudrez bien accorder, cette nuit, l'hospitalité à notre vaillant défenseur et demain faire mettre un cheval à sa disposition pour aller jusqu'au Mas de Couriac.

En descendant de voiture, l'ancien maître d'armes avait voulu prendre congé de ses compagnes, mais celles-ci s'y étaient vivement opposé.

— La nuit est avancée, lui dirent-elles ; voyez, il commence à pleuvoir. Restez ici jusqu'à demain.

Et comme elles avaient insisté, de plus ayant réfléchi que s'il rentrait au Mas de Couriac au milieu de la nuit il dérangerait, inquiéterait même tout le monde, il avait accepté de passer la nuit au château.

Pendant qu'un laquais le guidait vers la chambre mise à sa disposition, pendant que dame Désirée faisait porter dans celle de sa jeune maîtresse, une foule d'objets enlevés des caissons de leur carosse, le comte onduisait sa nièce dans un petit salon, au milieu duquel se trouvait un homme qui paraissait avoir de soixante à soixante-cinq ans, mais était robuste encore et se tenait droit comme un peuplier.

C'était le duc de La Tour du Roc, l'ami intime, le seul, sans doute, du comte de Servas.

Il s'inclina avec assez de grâce devant Mlle de Vrignès lorsque son ami lui dit :

— Duc, je vous présente ma nièce, que vous et moi ne comptions voir que demain.

Et s'adressant à la jeune fille :

— Ma nièce, M. le duc de La Tour du Roc, comte de Cessieux et du Passage, baron de Monte-Carras et autres lieux, qui attend avec une vive impatience l'heureux jour où il lui sera permis de vous donner sa fortune et son nom !

A ces paroles, Mlle de Vrignès éprouva au cœur comme une douleur lancinante, un léger tremblement l'agita.

— Mais cela ne se peut pas ! s'écria-t-elle sans réfléchir à ce qu'avait d'incorrect son impétueuse exclamation.

— Pourquoi ? demanda le comte.

Jeanne de Vrignès eut voulu crier à son oncle que le duc était déjà un vieillard !... qu'elle avait donné son cœur !... mais en devinant, au froncement de sourcils du comte, la colère qui envahissait ce dernier, elle eut peur, et, courbant le front, elle balbutia :

— Parce que... parce que...

D'un ton impératif le propriétaire du château de Servas interrompit une explication qui ne venait pas :

— Le duc de La Tour du Roc deviendra votre époux parce que c'est ma volonté !,..

Un peu plus doucement, il ajouta :

— Et parce que c'était aussi celle de votre mère, de ma sœur.

Le duc s'avança d'un pas et dit en s'inclinant :

— Je vous jure, Mademoiselle, que depuis plus d'un an je nourris l'espoir d'être un jour votre époux...

— Notre espoir ne sera pas déçu mon cher ami, fit vivement le comte. Ma nièce comprendra qu'elle ne peut refuser l'honneur que vous lui faites... Dans un mois, et dans la chapelle du château, on célèbrera votre mariage.

S'apercevant de l'altération subite des traits de la jeune fille, il lui dit :

— Vous êtes fatiguée, ma nièce, je vais donner l'ordre de vous conduire à votre chambre.

Il frappa sur un timbre, un laquais accourut.

— Conduisez Mademoiselle aux appartements qui lui ont été réservés

Jeanne de Vrignès salua son tuteur et le vieux duc, et, toute chancelante, suivit le valet qui la guida jusque chez elle.

Dame Désirée achevait de ranger les objets de toilette de la jeune fille quand celle-ci entra.

En voyant sa pâleur, elle poussa une longue exclamation

— Ah! Grand Dieu! que vous est-il arrivé?

Mlle de Vrignès se jeta dans les bras de sa mère nourricière, et la voix pleine de sanglots, elle murmura :

— Désirée! ma bonne Désirée! que je suis malheureuse !

— Chère Jeanne, expliquez-vous ?... Qu'a bien pu vous dire votre oncle et tuteur ?

— Il m'a dit que dans un mois je deviendrais la femme du duc !

— Hein ?... Quoi !... la femme du duc! s'écria Désirée complètement interloquée par une nouvelle aussi inattendue... Mais de quel duc?

— Du duc de la Tour du Roc, que mon oncle vient de me présenter à l'instant.

— Est-il jeune ?

— Oh! non !... il est au contraire, très vieux !

— Ah !... Et... tout naturellement, il est vilain?

— Oh! oui !... fit ingénuement Mlle de Vrignès.

Et, appuyant sa petite tête sur l'épaule de dame Désirée, elle ajouta tout bas en rougissant :

— Si ce mariage se fait, Paul se tuera de désespoir, et moi j'en mourrai !

— Ta, ta, ta! on ne meurt pas de désespoir si vite que ça... et les hommes encore moins que les femmes !... Et d'ailleurs rien n'est perdu ; nous avons un mois devant nous.

— Ah ! que faire, ma bonne Désirée?

— La première chose c'est d'avertir M. de Chadefaux... Il faut qu'il vienne immédiatement demander votre main à M. le comte votre tuteur.

— Mon oncle la lui refusera !

— On ne sait pas! qu'il adresse d'abord sa demande.

— Par qui le feras-tu avertir?

— Par le brave garçon que la Providence a mis sur notre chemin.

Laissez-moi faire... Je vais le retrouver, peut-être n'est-il pas encore au lit.

Et dame Désirée sortit rapidement.

Une minute après elle s'arrêtait devant la porte de la chambre occupée par Faribole.

C'était juste au moment où celui-ci fermait les yeux après avoir murmuré :

— Que je vais donc bien dormir !

Il se trompait.

Quatre coups secs, rapides, frappés à la porte, le firent se dresser sur son séant.

— Bagasse ! j'ai parlé trop vite ! pensa-t-il.

Puis il demanda :

— Qui va là !... qui frappe ?

— Moi... dame Désirée. Ouvrez vite?

— Bagasse ! c'est la voix de la vieille. Que me veut-elle ?

Il sauta à bas de son lit et tout en passant ses vêtements :

— Une minute, je vous prie... car je suis dans un costume qui pourrait vous effaroucher.

Quand il fut à peu près vêtu il ouvrit sa porte, dame Désirée se faufila dans la chambre.

— Hé ! bagasse ! dit aussitôt l'ancien maître d'armes. Que se passe-t-il donc?

— Je viens pour Mlle Jeanne... Son oncle veut la marier...

— Troun de l'air ! il ne perd pas de temps... Dès le premier soir !

— Mais non, Monsieur Faribole. Le mariage ne doit se faire que dans un mois.

— Bon, je crois que je devine, bagasse ! La demoiselle ne veut pas?

— C'est bien ça !... son cœur n'est plus libre !

— Ma foi, Madame Désirée, je ne vois pas en quoi je pourrais...

Tout en agitant la main la brave vieille l'interrompit :

— Si, si ! vous seul pourrez être utile à la pauvre enfant.

— Bagasse ! je ne demande pas mieux !

— Il faudrait, monsieur Faribole, que M. Paul de Chadefaux vînt de suite demander la main de Mlle Jeanne ; il faudrait qu'il fît comprendre au duc... son rival... qu'une union entre un vieillard... car le duc est très vieux !... qu'une union entre un vieillard et une enfant de seize ans à peine serait une monstruosité !

— Bagasse ! vous avez raison. Alors, dame Désirée, vous voulez que j'aille prévenir l'amoureux, lequel certainement ne se doute de rien, qu'on veut marier malgré elle celle qu'il aime ?

— Oui, monsieur Faribole. Vous parti, nous allons rester seules ici, sans un ami, sans un serviteur de confiance. Voilà pourquoi je m'adresse à vous !

— Je suis prêt à me charger de votre commission... Seulement, où trouverai-je M. de Chadefaux ?

— Je ne sais pas trop !

— Té, bagasse ! fit en riant Faribole, retrouver l'amoureux ne sera pas chose facile !

— Vous irez à Nîmes...

— Troun de l'air ! c'est qu'il y a pas mal d'habitants à Nîmes... surtout en ce moment... il y a bien cinq mille soldats !

— M. de Chadefaux est justement soldat. Il a le grade de lieutenant, enfin c'est un des protégés du maréchal de Montrevel.

— Hé ! bagasse ! voilà un bon renseignement. Mais l'affaire est pressante, n'est-ce pas ?

— M. le comte a parlé de faire le mariage dans un mois.

— Eh bien, madame Désirée, il faut que Mlle de Vrignès écrive deux mots pour celui qu'elle aime, de cette façon, si je ne peux pas aller moi-même porter son billet, bagasse ! j'enverrai à ma place un jeune homme qui a toute ma confiance.

— M. Faribole, remettez-vous au lit, mais laissez votre porte entr'ouverte. Dans un quart d'heure je reviendrai déposer sur votre table la lettre de mademoiselle.

Et la vieille dame Désirée quitta la chambre en marchant sur la pointe des pieds. Faribole suivit son conseil et s'empressa de se recoucher.

Bien que la prudente gouvernante n'eut pas fait plus de bruit qu'une souris qui trottine pour aller de la chambre de Faribole à celle de Mlle de Vrignès, elle fut, sinon aperçue, du moins entendue par une personne qui se préparait à entrer dans une pièce située à l'extrémité du corridor.

— Oh ! oh ! fit tout bas cette personne. Quelqu'un vient de se glisser de la chambre donnée à l'étranger dans l'appartement de mademoiselle

Apercevant le filet de lumière qui fuyait par l'entre-bâillement de la porte, non complètement refermée par l'ancien maître d'armes, elle ajouta :

Frères! comme moi, vous êtes prêts à vous armer pour venger les martyrs de notre religion.

— Tiens, tiens!... ou c'est l'étranger qui vient de sortir ou il attend qu'on revienne chez lui... Observons ce qui se passe!...

Et se tenant aux aguets elle se cacha dans l'embrasure d'une porte.

Dame Désirée, en rejoignant sa jeune maîtresse qui l'interrogea aussitôt du regard, commença par placer sur un guéridon du papier, une plume et de l'encre, puis elle dit :

— Vite, mettez-vous là, et écrivez à M. de Chadefaux d'accourir au château de Servas. Notre compagnon lui fera parvenir votre lettre.

Jeanne de Vrignès traça rapidement ces quatre lignes :

« Mon cher Paul, mon bien aimé ! Notre bonheur est menacé... Le
« comte de Servas, mon oncle, veut que j'épouse un de ses amis que je
« ne connaissais pas hier et que je hais aujourd'hui !... Si vous m'aimez
« comme je vous aime, accourez au reçu de mon appel, au château de
« Servas où vous trouverez votre

« JEANNE. »

— Mais c'est très bien, mademoiselle Jeanne, dit dame Désirée après
avoir entendu la lecture de cette courte lettre de détresse et d'amour.
Vite, cachetez votre missive que je la porte à M. Faribole.

La jeune fille écrivit encore la suscription, puis donna le billet à sa
vieille gouvernante qui, avec les mêmes précautions que pour son
premier voyage, alla doucement jusqu'à la chambre de l'ami de Mistouflet,
poussa la porte et dit à demi-voix en entrant :

— Monsieur Faribole, voici la lettre de Mlle Jeanne. Nous comptons
sur vous pour la faire parvenir à destination et empêcher le mariage
imposé par M. le comte.

— La lettre sera remise, je vous en donne ma parole !

— Recevez, dès à présent nos sincères remerciements, car il nous
sera peut-être impossible de vous revoir avant votre départ.

Puis dame Désirée se retira sans bruit et sans avoir remarqué une
forme humaine qui se tenait immobile à une dizaine de pas de la porte de
la chambre.

Dès que la gouvernante eut regagné l'appartement de Mlle de Vrignès,
la forme humaine quitta sa cachette, traversa le corridor, tourna à droite et
se dirigea vers une porte qu'elle ouvrit après y avoir gratté légèrement.

Alors d'un grand lit à colonnes et à baldaquin une voix s'éleva :

— Est-ce toi Firmin ?

— Oui Monseigneur.

Firmin était le valet de confiance du duc de La Tour-du-Roc.

— Que me veux-tu ? reprit la voix du duc.

— Monseigneur, il se trame contre vos projets d'union avec Mlle de
Vrignès, contre votre vie peut-être, un complot dans ce cachot même.

— Deviens-tu fou, Firmin ?

— Je prie Monseigneur de m'écouter, il verra que j'ai bien toute ma
raison.

— Allons parle, mais soit bref... Je sens mes paupières se fermer de sommeil.

Firmin expliqua à son maître ce qu'il avait vu à la porte de l'étranger arrivé avec Mlle de Vrignès; il dit qu'il s'était assez approché pour entendre dame Désirée recommander une lettre qui devait empêcher le mariage de monsieur le duc et de Mlle Jeanne.

Quand il eut achevé, le duc lui demanda :

— Tu n'as pas rêvé, tu es bien sûr d'avoir entendu les paroles que tu me rapportes ?

— Aussi sûr que je suis dans cette chambre !

— C'est bien. Pas un mot à personne. Demain j'aviserai. Tu m'éveilleras à la pointe du jour.

— Bien Monseigneur.

Firmin s'éloigna.

Le lendemain, à quatre heures du matin, il venait réveiller son maître.

Celui-ci, tout en se faisant habiller, dit à son valet :

— Hier soir, j'ai entendu le comte donner l'ordre de tenir prêt, dès six heures du matin, un cheval pour celui que tu dis se nommer Faribole. Tu vas aller prendre tes pistolets, et tu m'accompagneras jusqu'à la route d'Allais ; là-bas, en nous promenant, je te mettrai au courant de ce que tu devras faire.

Une demi-heure plus tard le duc de La Tour-du-Roc et son laquais s'éloignèrent à petits pas du château.

A six heures précises, Faribole se dirigeait vers les écuries en compagnie d'un jeune garçon qui lui désignait la monture mise à sa disposition.

— Monsieur, j'ai reçu l'ordre de vous accompagner au Mas de Couriac... Est-ce loin?

— Deux heures de chemin au petit trot. Mais il est probable que je te rendrai le cheval de M. le comte une demi-lieue avant d'arriver au Mas.

Quelques minutes après, l'ancien maître d'armes se mettait en selle. En traversant la cour, avant de s'éloigner du château de Servas où sans doute il ne reviendrait jamais, il tourna ses regards vers les fenêtres de l'appartement de Mlle de Vrignès. Il entrevit entre deux rideaux relevés le gracieux visage de la jeune fille. Il la salua en soulevant son feutre, puis piqua des deux.

Il passa fièrement sur le pont-levis devant une dizaine de valets et s'élança vers le petit chemin du château suivi à cinq ou six pas du jeune laquais, ce qui lui fit dire en pensant à son ancien élève :

— Troun de l'air ! cher monsieur Mistouflet, si vous pouviez me voir en ce moment, et si vous saviez ce que je cache dans mon pourpoint, vous me prendriez pour un grand seigneur s'en allant porter un message d'amour.

Il dut mettre sa monture au pas pour descendre le chemin très rapide qui aboutissait à la route.

Un peu avant d'atteindre celle-ci, il aperçut un gentilhomme d'un certain âge, qui se promenait de long en large et semblait attendre quelque personne.

— Hé ! bagasse ! serait-ce moi la personne qu'il attend ?

Il arrêta son cheval et, de la main, fit signe au jeune laquais de s'approcher.

— Connais-tu ce vieux gentilhomme ? lui demanda-t-il.

— C'est Monseigneur le duc de La Tour-du-Roc.

— Tiens, bagasse ! j'avais deviné !

Et il reprit sa marche en sifflotant un petit air guilleret.

Au moment où il allait croiser le vieux duc, ce dernier lui dit assez courtoisement :

— Vous plairait-il, Monsieur, que nous nous entretenions un instant en marchant côte à côte ?

— Mais certainement, monsieur !

Il sauta lestement à bas de sa monture dont il remit les rênes au valet qui le suivait, et, se plaçant à la droite du gentilhomme, il l'observa du coin de l'œil.

— Hé ! bagasse ! pensait-il, il aura surpris mon entretien avec dame Désirée, et il veut sans doute, quelque explication... Ah ! troun de l'air ! quelle superbe occasion de ramener la joie dans le cœur de la gentille demoiselle de Vrignès...

Silencieux, le duc fit trois ou quatre pas du côté de l'ancien maître d'armes, puis s'arrêtant :

— Monsieur, dit-il, j'ignore qui vous êtes ?...

— Maître Faribole, monsieur ! interrompit vivement l'ami de Mistouflet.

Et le ton légèrement moqueur il ajouta :

— A qui ai-je l'honneur de parler ?

— Au duc de La Tour-du-Roc !...

— Enchanté, monseigneur ! dit Faribole en s'inclinant cérémonieusement.

— Mon nom vous fait deviner ce que je veux dire, Monsieur Faribole?

— Bagasse ! deviner quoi ? s'écria ce dernier en simulant un vif étonnement.

— Monsieur Faribole, vous êtes porteur d'une lettre de Mlle de Vrignès?

— Hé ! bagasse ! comment le savez-vous ?...

Puis, se frappant le front, il continua d'un ton moitié railleur, moitié bonhomme qui devait atteindre son but :

— Bagasse! je devine : Monsieur le duc s'est transformé en espion !... Fi ! que c'est vilain cela !

Un frémissement de colère secoua le vieux gentilhomme. Il allait porter la main à son épée, mais il se contint :

— Monsieur Faribole, dit-il, le comte de Servas, tuteur naturel de sa nièce, m'a choisi pour être l'époux de Mlle de Vrignès, j'ai donc le droit...

— Hé ! troun de l'air ! vous n'avez pas, que je sache, échangé avec Mlle de Vrignès l'anneau de fiançailles ? interrompit l'ami de Mistouflet.

— Non, monsieur, mais dans huit jours ce sera fait !

— Eh bien ! bagasse ! dans huit jours nous recauserons du billet que je porte ; mais aujourd'hui vous ne saurez rien !

— Erreur, monsieur ! dit le duc en se plaçant devant Faribole qui faisait mine de vouloir rejoindre sa monture... Vous allez me remettre la lettre de Mlle de Vrignès.

— Hé ! bagasse ! je crois que vous plaisantez, Monseigneur !

— Monsieur Faribole, je veux cette lettre... et je l'aurai !...

Et d'un mouvement rapide le duc tira son épée.

Un sourire vint aux lèvres de l'ancien maître d'armes : il imita le mouvement du gentilhomme en disant :

— Dans ce cas, Monseigneur, vous viendrez la prendre !

— Je la prendrai, monsieur !

— Bagasse ! je vous en défie !

Et les deux adversaires tombèrent en garde.

Ils se trouvaient à quelques mètres seulement de la route d'Alais ; à cet endroit le terrain n'avait plus qu'une pente légère. Le duc avait l'avantage de la position, Faribole était placé le dos tourné à la haie qui bordait d'un côté le chemin montant au château de Servas.

Derrière la haie, un homme se tenait à demi accroupi.

C'était Firmin le valet de confiance du duc ; il s'était caché là sur l'ordre de son maître.

Le vieux gentilhomme commença l'attaque avec une vigueur que Faribole ne soupçonnait certes pas.

L'ancien maître d'armes soutint l'assaut sans broncher.

Tout en parant les coups furieux que lui portait son adversaire, il lui dit en riant :

— Monseigneur, je ne vous apprendrai rien en vous disant que Mlle de Vrignès ne vous aime pas et ne vous aimera jamais...

Un violent coup d'épée que lui envoya le duc l'interrompit.

Faribole para vivement :

— Bagasse !... très mauvais, Monseigneur, vous venez de montrer un jour par lequel je pouvais aller vous toucher droit au cœur.

La colère envahissait le duc.

— Permettez que je continue, reprit l'ancien maître d'armes : donc, Mlle de Vrignès ne voudra jamais... et elle aura raison ! d'un mariage dont les époux seraient si mal assortis. Il serait facile de rendre ce mariage à jamais impossible...

Voyant que son adversaire avançait, reculait, perdant son sang-froid, il lui donna ce conseil :

— Je vous en prie, Monseigneur, ne vous impatientez pas ainsi... D'ailleurs, je n'ai plus que deux mots à vous dire.

Et, très calme, il reprit :

— N'ayant personnellement contre vous aucun sujet d'animosité, et m'apercevant que vous n'êtes pas de force à vous mesurer avec moi, je ne vous tuerai pas, ce serait un meurtre !... je vais me contenter de vous procurer quelques semaines de réflexion.

Et en souriant il demanda :

— Voyons, Monseigneur, en gardant le lit ou la chambre, deux mois vous suffiront-ils ?

— Tiens ! voici ma réponse ! s'écria le duc en lui lançant un formidable coup de pointe.

Faribole para encore une fois, puis répliqua :

— Bagasse ! comme vous y allez ! Mais, c'est bien entendu, nous avons dit deux mois... à moins que votre chirurgien ne soit qu'un âne !...

Et, avec une aisance surprenante, il dégagea son épée, tendit le bras et se fendit...

A cette seconde même, une détonation retentit derrière le buisson.

Les deux adversaires roulèrent dans la poussière du petit chemin.

Le duc s'était lourdement affaissé, atteint entre la quatrième et cinquième côte, juste à l'endroit choisi par l'ancien maître d'armes.

Celui-ci était tombé sur le côté, serrant toujours dans ses doigts crispés sa terrible rapière. Il n'avait pas poussé un seul cri.

Ayant à la main un pistolet fumant encore, Firmin franchit la haie et sauta dans le chemin.

Se pressant contre l'un des chevaux qu'il tenait, le jeune domestique du château de Servas restait muet et immobile de terreur.

Firmin s'agenouilla devant son maître qui faisait quelques mouvements.

— Monseigneur, murmura-t-il, je vous ai vengé, j'ai tué votre assassin !...

— Assassin toi-même, bandit ! cria une voix vibrante de colère.

Et Faribole, qui s'était relevé d'un bond, le saisit à la gorge et le maintint de son poignet de fer.

Au moment où il se fendit pour toucher son adversaire, son pied avait glissé sur un caillou arrondi. D'une main il aurait pu se retenir et ne pas tomber complètement par terre, mais avec la rapidité d'un éclair une réflexion traversa son cerveau :

— Bagasse ! se dit-il, la balle qui vient de siffler à mon oreille, me prouve que j'ai par derrière un autre adversaire. Faisons le mort, et il n'échappera pas au châtiment qu'il mérite...

Sa ruse avait réussi ; maintenant il tenait solidement celui qui croyait bien l'avoir tué. Il allait le punir.

Firmin ne tenta point d'échapper à la main puissante qui le secouait.

— Oui, assassin toi-même ! redit Faribole tout vibrant de fureur. Tu vas mourir.

Et lui appuyant sur la poitrine la pointe de son épée, il le traversa de part en part.

L'ancien maître d'armes s'approcha du vieux duc, se pencha sur lui et, examinant sa blessure :

— Ce ne sera rien ! murmura-t-il. Trois semaines au lit et un mois de chambre. J'aurai le temps d'avertir l'amoureux de Mlle de Vrignès !

Il marcha ensuite vers sa monture. En sautant en selle il dit au jeune laquais qui tremblait encore :

— Mon ami, écoute bien. Tu vas remonter au château, tu diras à dame Désirée qu'on a essayé de m'assassiner... et tu feras apporter une civière pour le duc... Ne sois pas en peine du cheval de M. le comte ; on le ramènera dans la journée...

Puis il s'élança sur la route de Nîmes à Alais.

A neuf heures du matin il arrivait au Mas de Couriac.

CHAPITRE XV

POUR TIRER D'EMBARRAS MONSEIGNEUR LOUIS, MISTOUFLET VA SE MARIER
DANS UNE PAROISSE VOISINE

Au milieu d'une riante vallée, entre les hautes collines couvertes de grands sapins, dans un site pittoresque et charmant, se cachait le Mas de Couriac.

Le Mas comprenait une petite maisonnette couverte de chaume n'ayant qu'un étage bâti sur un rez-de-chaussée.

Derrière l'habitation s'élevaient un hangar, une écurie et une grange.

Un moulin, qui était la construction la plus proche du Mas de Couriac, en était éloigné d'une lieue.

Au Mas, habitait depuis longtemps déjà une bonne et brave paysanne veuve depuis dix ans ; elle se nommait Dorfeuil et elle était la mère du jeune garçon si dévoué au pasteur Raymond.

C'est sur le conseil de ce dernier que Monseigneur Louis était venu s'installer dans cet endroit isolé pour y attendre et surveiller les évènements qui devaient se dérouler dans les Cévennes.

Yvonne, l'adorable compagne du fils d'Anne d'Autriche, y vivait, depuis deux mois, heureuse comme elle ne l'avait jamais été, si ce n'est sur les rives de l'Armançon, dans la métairie appartenant au comté de Brévannes.

Elle avait auprès d'elle son enfant qui devenait superbe, grâce aux soins dont il était entouré et à l'air pur et vivifiant de la montagne.

Il pouvait être sept heures du matin, lorsque un gros chien, qui répondait au nom bizarre de Médus, poussa trois aboiements joyeux et, par la porte entre-baillée, s'élança dans la cour qui s'étendait devant l'humble maisonnette.

Une minute après, Monseigneur Louis, Mistouflet et Georges Dorfeuil mettaient pied à terre devant la porte de l'habitation sur le seuil de laquelle la brave paysanne apparaissait. Elle salua respectueusement le gentilhomme qui lui demanda affectueusement :

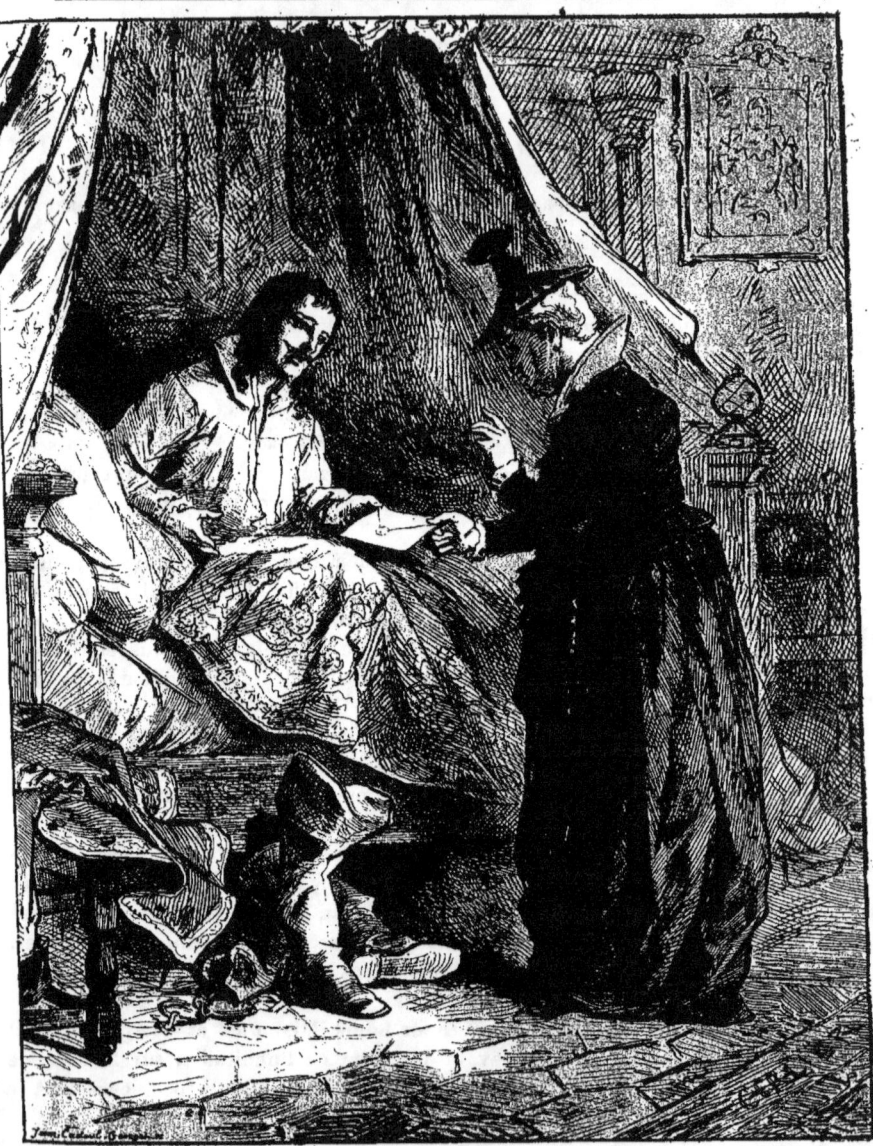

Cette lettre sera remise, je vous en donne ma parole.

— Madame Dorfeuil, rien n'a troublé votre tranquillité pendant mon absence ?

— Absolument rien, Monseigneur !

Puis, en le précédant jusqu'au pied d'un escalier en bois :

— Mme Yvonne est levée et vous attend dans sa chambre, Monseigneur, ajouta-t-elle.

L'allié de Jean Cavalier gravit rapidement les quinze ou vingt marches qui conduisaient à l'unique étage, frappa deux coups légers à une étroite porte, l'ouvrit, et presque aussitôt se trouva dans les bras de sa charmante compagne.

— Chère Yvonne, dit-il, en la pressant sur son cœur et en l'embrassant tendrement.

— Monseigneur Louis !... Sire ! murmura avec un doux sourire la jeune femme qui lui rendit deux fois son baiser et le regarda un instant avec ses beaux yeux brillant de bonheur.

Tous deux, tenant leurs mains entrelacées, s'approchèrent sans bruit d'un berceau. Yvonne écarta les blancs rideaux et dit à mi-voix :

— Il dort !

A moitié perdu dans un fouillis de dentelles, un charmant bébé dormait profondément. Il faisait sans doute un beau rêve, car ses petites lèvres roses souriaient gentiment. Monseigneur Louis se courba sur le berceau, mit bien doucement un baiser sur le front du joli enfant, puis se retira à l'autre extrémité de la chambre où, à voix basse, il raconta à sa chère compagne les nombreux incidents de la nuit.

— Alors, mon cher Sire, dit Yvonne, quand Monseigneur Louis eut achevé son récit, dans huit jours, le soulèvement des calvinistes sera général?

— Oui. Les amis du pasteur Raymond se rallieront autour de Jean Cavalier qui, lorsqu'il aura fait sa jonction avec les bandes qui se battent déjà dans les Cévennes, se trouvera à la tête de deux mille hommes au moins. J'ai promis de lui équiper deux cents cavaliers.

Yvonne poussa un profond soupir et murmura avec un peu de tristesse :

— Allons, je vais connaître de nouveau les heures d'alarmes et d'inquiétude... Je me résigne puisqu'il le faut !..

— C'est au grand jour que je lutterai contre mon frère... c'est à armes égales que je vais pouvoir le combattre !...

— Hélas ! Monseigneur, il disposera, lui, de nombreuses troupes...

— Mais moi, j'aurai le droit !... interrompit vivement le gentilhomme.

Et si Dieu est juste, avec l'aide de mes braves compagnons d'armes je détrônerai et punirai l'usurpateur !...

Et d'un ton plus doux :

— Ma chère Yvonne, reprit-il, en attendant que sonne l'heure de mon triomphe, qui sera aussi celle de notre suprême bonheur, je vais pouvoir tenir la promesse que je t'ai faite le jour où tu fus toute à moi... Après-demain viendra le pasteur Raymond qui procèdera légalement à notre union.

La jolie tête d'Yvonne glissa tendrement sur l'épaule de Monseigneur Louis ; douce comme un soupir, sa voix murmura :

— Oh ! Monseigneur, que vous êtes bon et généreux... et que je vous aime !

Dix minutes plus tard ils rejoignaient dans la salle du rez-de-chaussée, dame Dorfeuil qui venait de disposer pour eux sur une petite table recouverte d'une nappe de toile, deux grandes tasses pleines de lait tout récemment tiré.

— Je ne vois pas Faribole ; n'est-il donc pas de retour ? demanda au bout d'un moment Monseigneur Louis.

— Non, Monseigneur, pas encore, répondit la vieille paysanne.

Soudain Médus, allongé près de la porte, dressa les deux oreilles, et presque aussitôt se leva.

Le bruit des sabots d'un cheval frappant le sol se faisait attendre.

Bientôt Faribole parut. Au moment où il mit pied à terre Mistouflet lui dit en souriant :

— Jésus-Marie ! d'où venez-vous donc, monsieur Faribole ? Nous commencions à désespérer de vous revoir jamais !

— Hé ! bagasse ! cher Monsieur Mistouflet, peu s'en est fallu que vous ne revissiez que mon cadavre !

— Que veux-tu dire, mon ami ? demanda Monseigeur Louis en apparaissant dans l'embrasure de la porte.

— Je veux dire, Monseigneur, que j'ai failli être assassiné.

— Ah ! Seigneur ! exclama à mi-voix Mistouflet.

Rapidement Faribole expliqua à Monseigneur Louis ce qui lui était arrivé au château de Servas, sa rencontre avec le duc de La Tour-du-Roc qui avait posté derrière une baie un de ses laquais avec mission de lui envoyer une balle dans la tête. En terminant, il montra le pli cacheté que lui avait remis la mère-nourrice de Mlle Jeanne de Vrignès.

— Avec votre permission, Monseigneur, dit-il, je me rendrai à Nîmes, afin de remettre cette lettre à M. de Chadefaux ou, en son absence, à M. le maréchal de Montrevel qui la lui fera parvenir.

— Mon cher Faribole, répliqua Monseigneur Louis, ce billet de Mlle de Vrignès nous sera d'une grande utilité ; il va nous permettre de connaître exactement l'effectif des troupes qui seront envoyées contre Jean Cavalier.

— Hé ! bagasse ! voilà une chose dont je ne me doutais pas !

— Tu ne te rendras à Nîmes que le surlendemain de la grande assemblée qui doit se tenir à Aigues-Vives.

— Bien, Monseigneur.

— Tu t'adresseras directement au maréchal de Montrevel. Tu as un bon prétexte pour lui demander une audience. Peut-être sera-t-il encore en proie à la colère que ne peuvent manquer de lui causer les nouvelles qu'il recevra d'Aigues-Vives, cela t'aidera à obtenir les renseignements que je désire et que je t'indiquerai.

— Hé ! troun de l'air ! Monseigneur sera satisfait des renseignements que je lui rapporterai !

— De Nîmes, tu descendras à Montpellier, où je serai avec Mistouflet. De cette ville nous nous rendrons sur le bord de la mer, dans les environs de Cette, pour y surveiller l'arrivée d'un brick anglais.

— Jésus-Marie ! fit l'élève de Faribole, serait-ce le *Fundy* qui doit vous apporter, Monseigneur, plusieurs sacs de pistoles ?

— Oui, Monsieur Mistouflet, c'est bien le *Fundy* qui, sauf un retard provoqué par des vents contraires, croisera dans les parages fixés d'avance, à la fin de la semaine prochaine.

Sans incident d'aucune sorte deux journées s'écoulèrent. Vers le soir du deuxième jour un voyageur extraordinairement barbu, coiffé d'un feutre à large bord et armé d'un solide gourdin, se présenta au Mas de Couriac demandant l'hospitalité.

La vieille paysanne, le fit entrer dans la salle commune où se trouvaient son fils Georges, Faribole et Mistouflet. Ceux-ci qui étaient en train de souper se levèrent pour lui faire une place à leur table.

— Merci ! murmura l'inconnu. Je vois que je peux aller partout sans crainte...

Et d'un mouvement rapide il enleva la longue barbe dont il s'était affublé.

Une quadruple exclamation de surprise se fit entendre :

— Oh !... le pasteur Raymond !

— Lui-même, mes amis !

— Vous êtes absolument méconnaissable ! dit en souriant le fils Dorfeuil.

— Il le faut, car les dragons du capitaine Poul battent toute la contrée, je dois visiter nos frères avant l'assemblée d'Aigues-Vives.

Quelques minutes après, le pasteur Raymond rejoignait dans la chambre du premierr étage, Monseigneur Louis et Yvonne, et leur disait :

— Tout marche à souhait du côté des calvinistes qui se réuniront nombreux autour de Jean Gavalier ; malheureusement, je vous apporte une fâcheuse nouvelle qui vous obligera d'ajourner un de vos projets les plus chers.

— Voulez-vous parler de mon mariage avec ma chère Yvonne ?

— Oui, Monseigneur. Aujourd'hui, toute union faite par moi est nulle de par la volonté du fils de Mazarin.

Et mettant sous les yeux de Monseigneur Louis et d'Yvonne, un carré de papier rempli par six lignes d'une grosse écriture :

— Voici une copie du dernier décret du roi de France. Lisez !...

A voix basse le gentilhomme lut :

« ... Tout mariage qui n'aura pas été consacré par l'Eglise catholique est nul ; l'homme et la femme seront considérés comme vivant en concubinage et leurs enfants seront déclarés bâtards... »

Le front de Monseigneur Louis s'assombrit soudain, un éclair de colère passa dans ses regards.

— Et c'est lui, lui, usurpateur et bâtard !... qui a signé un décret aussi monstrueux ! s'écria-t-il.

— Ecoutez-moi, mon cher Sire ! fit doucement Yvonne.

Elle prit dans ses petites mains la main frémissante de son amant, puis continua :

— C'eut été pour moi une grande joie que de devenir votre épouse légitime, eh bien, j'y renonce sans regret puisque...

— Non, non ! ma chère Yvonne, interrompit Monseigneur Louis, puisqu'il faut, pour que notre union soit légale, pour que notre fils ait un état civil, que notre mariage soit consacré par un ministre catholique nous irons dès demain trouver le curé de la paroisse la plus voisine...

— Vous ne commettrez pas une pareille imprudence, mon cher Seigneur. Faire connaître à un étranger que vous êtes le fils de Louis XIII, mais ce serait vous perdre !

— Avec de l'or nous achèterons son silence !

— Non, non, Monseigneur !... Un secret comme le vôtre ne peut-être dévoilé que le jour où votre ennemi, vaincu, vous cèdera sa place sur le trône qu'il déshonore !

— Madame Yvonne a sagement parlé, Monseigneur, dit alors le pasteur Raymond. Vous ne pouvez confier le secret de votre naissance à un prêtre inconnu, et encore moins au feuillet de parchemin qui devra demeurer dans le registre de sa paroisse.

Monseigneur Louis dut se rendre aux raisons de sa compagne et du ministre protestant et ajourner le doux projet qu'il avait formé. Il en éprouva un sentiment de tristesse qui n'échappa, ni à Faribole, ni à Mistouflet, quand, accompagné du pasteur, il descendit dans la salle commune.

Le lendemain matin, l'ancien maître d'armes et son élève, s'adressèrent au frère Raymond pour tâcher de connaître la cause de la mélancolie de celui qu'ils adoraient. Le pasteur la leur apprit.

— Hé! bagasse! s'écria Faribole en tordant sa moustache de rage; dire qu'en cette affaire je ne puis rien pour Monseigneur!

— Mon doux Jésus! je crois que si!... murmura son compagnon en relevant la tête qu'il avait courbée durant une minute de profonde méditation.

— Ah! troun de l'air! parlez vite, Monsieur Mistouflet.

Mais au lieu de lui répondre ce dernier s'adressa au ministre protestant.

— Ainsi, pour que le mariage de Monseigneur et de Mme Yvonne soit légal, il faut qu'il soit consigné sur deux parchemins revêtus du sceau d'une paroisse et portant la signature du desservant de celle-ci?

— Oui, Monsieur Mistouflet. L'un des parchemins reste dans les archives de la paroisse, l'autre est remis aux nouveaux époux.

— Ah çà! capededious! s'écria l'ancien maître d'armes que ces questions agaçaient, est-ce que vous songeriez à vous marier, Monsieur Mistouflet?

— Vous l'avez dit, Monsieur Faribole.

— Bagasse! ce n'est pas sérieux?

— Seigneur-Jésus! rien n'est plus sérieux au contraire! Et je compte sur votre amitié pour m'assister dans cette grave circonstance.

— Oui, monsieur Mistouflet, oui je vous assisterai! répondit Faribole qui, un peu ahuri, murmura à mi-voix, se parlant à lui-même:

Ah! bagasse! serait-il devenu fou!

— C'est donc convenu, je compte sur vous, ainsi que sur notre ami Dorfeuil, reprit Mistouflet en se tournant vers le jeune paysan qui venait de s'approcher du pasteur Raymond.

— Je suis tout à votre disposition...

— C'est bien! répliqua vivement l'élève de Faribole. Ce soir, à la nuit tombante vous viendrez tous deux me rejoindre au village qui s'étend au pied du coteau de Servas.

— Bagasse ! ton mariage est donc pour cette nuit ?

— Oui, maître. Je vous attendrai à l'auberge du *Cheval blanc*.

— Bagasse ! comme tu es pressé...

— Vous savez bien, messire Faribole, qu'il ne faut jamais renvoyer au lendemain ce que l'on peut faire la veille !

— Je ne discute plus, monsieur Mistouflet, car je vous sais plus entêté qu'une mule !... Vous comptez vous rendre dans l'après-midi auprès de votre charmante future ?

— Oui, afin de préparer tout ce qui pourra nous être nécessaire.

— Dans ce cas, je vous prierai d'emmener jusqu'au village, la monture qui m'a été prêtée par le comte de Servas.

— Je ferai mieux : je chargerai un valet de l'auberge du *Cheval blanc* de la conduire au château.

En disant ces paroles, Mistouflet se leva pour suivre le jeune Dorfeuil qui sortait de la chaumière.

— Hé ! bagasse ! vous êtes très aimable mon ami... Un dernier mot !...

Mistouflet qui était déjà sur le pas de la porte s'arrêta et se retourna.

Faribole reprit avec un sourire quelque peu moqueur :

— Que pensez-vous faire de votre femme ?

— Oh ! mon doux Jésus ! ce que je pense faire de... Mais tout simplement la ramener ici ! répondit le futur époux qui s'empressa d'aller retrouver le fils Dorfeuil.

Toute la matinée on ne s'entretint au Mas de Couriac que du prochain mariage, qui, à peine annoncé, allait être célébré. Monseigneur Louis ne voulut pas y croire.

— Il nous cache quelque chose ! pensait-il.

Aussi, quand, après le dîner, qui était toujours servi entre midi et une heure, Mistouflet vint près de lui, il lui dit en souriant :

— Voyons, mon ami, que vas-tu faire ?

— Mais... me marier devant le curé de la paroisse la plus voisine !... C'est pour cela, Monseigneur, que je viens réclamer de votre bonté la petite somme de dix pistoles.

— Je vais t'en donner le double... Mais sois prudent, mon ami. Tu sais que dans quelques jours j'aurai besoin de toi !

— Soyez sans inquiétude, Monseigneur. Cette nuit même je reviendrai près de vous !

Une demi-heure plus tard, riche de vingt-cinq pistoles, vêtu de ses plus beaux effets et tenant à la main le cheval prêté par le comte de Servas, Mistouflet s'éloignait rapidement du Mas de Couriac.

Il atteignit bientôt la route d'Alais qu'il suivit un instant. Puis, subitement il la quitta et s'engagea dans un sentier qui allait dans une direction opposée au village de Servas.

Après trois quarts d'heure de marche à travers champs il s'arrêta devant une ferme de pauvre apparence.

Au bruit que firent les chevaux, une jeune fille de dix-neuf ans, aux joues rebondies, mais fraîches et roses, accourut sur le seuil de la porte.

De roses ses joues devinrent écarlates en reconnaissant le cavalier, lequel, après avoir mis pied à terre, attacha ses deux bêtes aux barreaux de fer qui protégeaient une fenêtre.

— Père, père ! venez vite ! cria la jeune fille à un homme occupé au fond de la modeste habitation.

Mistouflet pénétrait dans celle-ci au moment où le père de la grosse fille arrivait presque en courant. A la vue de son visiteur il poussa une légère exclamation de surprise :

— Tiens !... c'est vous ! vrai je suis bien aise de vous revoir chez nous !

Et le fermier, ayant tiré son bonnet, se mit à l'agiter vivement, geste qui chez lui dénotait un réel contentement.

— Tout va comme vous le voulez cette fois, Monsieur Batardy ? demanda en riant Mistouflet.

— Oui mon bon Monsieur Mistou tout va bien maintenant. Vous voyez ma fille Charlotte...

— Belle fille, de plus en plus fraîche ! interrompit l'élève de Faribole.

— Mais c'est ma femme qui sera marrie quand elle apprendra que vous êtes venu chez nous ; elle voulait tant vous voir...

Ah ! c'est que, ni l'un ni l'autre, nous n'avons oublié combien vous avez été charitable pour nous...

— J'avais sur moi de quoi ramener la joie dans votre maison, j'y ai réussi ; tout est donc pour le mieux. Aujourd'hui je viens à mon tour vous réclamer un petit service.

— Parlez ! toute la maisonnée, fera ce que vous voudrez ! N'est-ce pas Charlotte ?

Et lui appuyant sur la poitrine la pointe de son épée.....

— C'est vrai père ! répondit la grosse fille en tortillant, intimidée, le coin de son tablier.

— J'en étais certain, aussi, suis-je venu droit chez vous ! dit Mistouflet qui expliqua alors au fermier et à sa fille ce qu'il attendait d'eux.

Il ajouta en terminant :

— Il y aura deux pistoles pour demoiselle Charlotte

A ces mots, cette dernière rougit de plaisir et de joie.

Liv. 160. — Fayard frères, éditeurs.   160

— Ah! mon bon monsieur Mistou, ma fille vous aurait bien donné pour rien tout ça que vous nous demandez.

Un instant après le fermier remettait un papier soigneusement roulé à son visiteur, la grosse Charlotte lui apportait un paquet qu'elle était allée chercher dans sa chambre, et Mistouflet reprenait tout doucement la direction du petit village de Servas.

Il n'était pas loin de sept heures quand il arriva à l'auberge du *Cheval blanc.* Il fit mettre sa monture à l'écurie, chargea ensuite un valet de conduire son autre bête au château de Servas, perché au sommet de la hauteur, à un quart de lieue du village, puis il monta dans une chambre après avoir recommandé de préparer à souper pour trois personnes.

La nuit approchait à grands pas lorsque Faribole et le jeune Dorfeuil descendirent de cheval à la porte de l'auberge. Un quart d'heure après ils étaient à table dans la chambre de Mistouflet.

Tout en découpant une superbe volaille, qui répandait un parfum exquis, l'ancien maître d'armes demanda à son ex-élève :

— Pardon, monsieur Mistouflet, mais vous m'aviez promis, je crois, de me faire souper en compagnie de votre future épouse?

— Un peu de patience, messire Faribole. Tout ce que je promets je le tiens !

— Bagasse! Il me tarde de la voir... Est-elle jolie au moins?

— Mon Dieu... dans son genre elle est très bien!... Elle est bonne, aimable, prévenante, courageuse, très adroite et n'a peur de rien !

— Hé! troun de l'air! c'est un phénix que vous allez épouser. Je voudrais bien le connaître !

— Vous le connaissez!... Mais pressons-nous un peu mes amis... Je me marie dans une heure!

Aussitôt le souper achevé, Mistouflet pria son ancien professeur d'aller s'assurer que leurs montures avaient reçu leur provende et de les faire seller. Faribole se leva et sortit.

A peine eut-il refermé la porte que le futur époux s'écria gaiement :

— A nous deux, ami Dorfeuil !...

Et, détachant rapidement le paquet que lui avait donné la grosse Charlotte il étala sur le lit des vêtements de femme.

— Allons, ma future, ajouta-t-il en riant, permettez-moi de vous aider à revêtir votre costume de mariée.

Le jeune Dorfeuil était grand, plutôt mince que gros, son visage était

imberbe, ses cheveux assez longs et bouclés; aussi, Mistouflet qui était
habile, n'eut-il pas beaucoup de mal à le transformer en une belle et solide
gaillarde.

Le travestissement était opéré quand Faribole vint retrouver
ses compagnons. Au moment où il franchit le seuil de la porte son ancien
élève lui dit :

— Cher monsieur Faribole, j'ai le plaisir de vous présenter ma
future !

— Ah! troun de l'air ! tu as choisi une belle femme mon ami!

Et tirant son feutre il s'inclina galamment devant celle dont il n'apercevait que vaguement les traits, car la chambre n'était éclairée que par
un seul flambeau :

— Capededious! mademoiselle, je comprends, en vous voyant, que
vous soyez parvenue à subjuguer le cœur de mon vieux compagnon !
Aussi j'ai l'honneur de vous...

Un bruyant éclat de rire l'interrompit soudain.

Une seconde, il resta interdit, puis d'un geste brusque il jeta son
feutre sur sa tête, prit le bras de la rieuse et l'attira en pleine lumière.
A son tour il se mit à rire :

— Te! bagasse! j'aurais dû m'en douter! s'écria-t-il. C'est un nouveau
tour inventé par M. Mistouflet.

Georges Dorfeuil fit un petit paquet des quelques effets qu'il avait dû
quitter, Mistouflet descendit régler la note que l'aubergiste avait remise
à Faribole et quelques minutes après tous les trois montaient à cheval
dans la cour de l'auberge.

Au moment où l'ancien maître d'armes, qui se trouvait en tête, allait
s'engager sous la porte cochère, un carrosse s'engouffrait, pour ainsi dire,
sous celle-ci et le forçait à reculer précipitamment.

— Capededious! cria-t-il en s'adressant au cocher, un jour ou
l'autre tu te feras couper les oreilles !

Puis, maugréant encore, il s'éloigna suivi de ses compagnons. Au juron
poussé par Faribole un personnage, qui occupait seul l'intérieur du
carrosse, passa sa tête énorme par l'ouverture de la portière.

Il reconnut sans doute le cavalier qui menaçait du doigt le cocher, car
il se rejeta tout à coup en arrière en murmurant :

— Lui!... lui!... Mais c'est le diable, mon patron, qui m'a conduit
ici !

Les lèvres écartées par un rictus de joie sauvage, il attendit que le dernier cavalier eut franchi la porte cochère, puis il sauta d'un bond sur le sable de la cour.

Alors, à la lueur du flambeau que tenait l'hôtelier qui venait de se précipiter au-devant du nouveau voyageur, on put voir un nain difforme, borgne, aux bras d'une longueur démesurée, au nez aplati, horrible en un mot.

Bien que son costume, fait de fine étoffe, indiquât une certaine situation de fortune, l'empressement que l'hôtelier commençait à manifester à l'égard de l'arrivant tomba brusquement; en le voyant, il recula même d'un pas, tellement le regard de son œil unique était méchant.

— Avez-vous deux montures à me prêter? lui cria le nain d'un ton autoritaire.

— Non... pas un... un seul! balbutia le propriétaire du *Cheval blanc* qui n'avait pas eu le temps de se remettre de sa frayeur et de sa surprise, car il était loin de s'attendre à une apparition aussi affreuse.

Le nain s'était tourné vers son cocher.

— Dételez sur-le-champ! commanda-t-il.

Et comme on n'exécutait pas son ordre assez vite, il se mit à détacher lui-même les traits des chevaux. Quand ils furent dételés il sauta sur l'un d'eux et s'élança hors de la cour en criant :

— Marquet, suis-moi !

Ce laquais, petit, barbu, presque aussi vilain que son maître, fit une grimace, car il n'aimait guère galoper sur une bête sans selle; il obéit pourtant et à son tour partit comme le vent.

L'hôtelier demeura un long moment immobile, l'air hébété; il passa la main sur son front et, regardant la lourde voiture :

— Sans ce carrosse qui est là devant mes yeux, murmura-t-il, je croirais que je viens de faire un mauvais rêve !

Si vivement qu'eussent été dételés les chevaux de l'affreux nain, quand celui-ci se précipita à la poursuite de Faribole et de ses deux compagnons, ces derniers avaient déjà disparu à la faveur de l'obscurité. Force fut au petit bonhomme difforme de s'arrêter.

— Oh! il faut que je le retrouve! dit-il avec rage, par cet aventurier je pourrai découvrir la retraite d'*elle* et de lui !

Les oreilles tendues il écouta :

— Rien!... pas le plus léger bruit!... Ils ne peuvent être loin pourtant?...

Grinçant les dents, il dit au laquais arrêté à deux pas :

— Marquet, pousse jusqu'à la première habitation et informe toi si on n'a pas vu ou entendu passer des gens à cheval. Moi je cours explorer la route.

Le maître et le valet se séparèrent. Dix minutes après, Marquet accourait retrouver le nain auquel il disait :

— Monsieur Gniafon, aucun cavalier n'a passé, depuis qu'il fait nuit, devant les premières maisons du village...

— Par Satan! ces deux hommes et cette femme ne se sont pas envolés !

Avec un sourire narquois qui n'indiquait pas précisément une grande affection pour son maître, le valet Marquet reprit :

— Oh! monsieur ne se trompe pas! Tous trois ne se sont assurément pas envolés... mais ils ont pu, en quittant ce chemin, prendre à travers la prairie qui se trouve là, à quelques pas, sur notre droite.

— Tu as raison!... sur l'herbe les sabots des chevaux ne produisaient aucun bruit. Viens !

Et Gniafon, l'affreux nain, le perfide ennemi de Monseigneur Louis et d'Yvonne, s'élança vers la prairie coupée par un étroit sentier montant doucement jusqu'à un pâtée de maisonnettes qu'il atteignit en moins de cinq minutes.

Mais là il y avait un chemin. Devait-il prendre à droite ou devait-il tourner à gauche?

Gniafon poussa son cheval devant la porte de la demeure la plus proche, frappa très fort trois coups et attendit.

Son attente fut courte.

La porte s'ouvrit et un jeune homme apparut.

Tandis que Gniafon interrogeait ce dernier, Faribole, Mistouflet et Dorfeuil déguisé en femme, ne se doutant nullement de la poursuite dont ils étaient l'objet, pénétraient dans le presbytère de Servas et demandaient à parler au curé.

Celui-ci, reçut immédiatement ses visiteurs. La physionomie de ce prêtre, qui avait déjà un certain âge, était sympathique; aussi Mistouflet se pencha près de l'oreille de Dorfeuil en lui disant :

— Nous avons de la chance : nous tombons justement sur un brave homme.

Puis à haute voix, il répondit au vieux curé qui demandait ce que tous trois désiraient :

— Monsieur le curé, je vous apporte vingt pistoles.

— Vous m'apportez vingt... vingt pistoles!... pour moi? fit le prêtre avec stupéfaction.

— Parfaitement... les voici!

Et Mistouflet aligna sur le coin d'un meuble vingt pièces d'or.

Puis prenant la main du jeune Dorfeuil :

— Monsieur le curé, ajouta-t-il, il faut que dans cinq minutes nous soyons mariés!

Le curé sursauta :

— Vous voulez, mon fils, que dans cinq minutes...

— Je sois légalement uni à cette jeune personne! interrompit l'élève de Faribole.

D'une voix, à la fois suppliante et persuasive et qui de plus, semblait trembler d'émotion, il ajouta vivement.

— Ah! ne nous refusez pas, monsieur le curé!... L'honneur, la vie de deux bons catholiques ne tient qu'à un fil... Et ce fil se brisera si vous répondez par un refus à notre demande.

— O ciel! cela est-il possible!

— Hélas!... J'ajouterai, monsieur le curé, que si vous nous refusez, nous nous tuerons tous deux, là, sous vos yeux, avec mon épée!

— Malheureux! s'écria le vieux prêtre effrayé, le suicide est un grand crime qui vous conduirait aux enfers!

— Eh bien! vous viendrez nous y rejoindre un jour Monsieur le curé, car c'est vous qui nous aurez poussés à nous détruire!

— Oh! mon fils, ne dites pas cela... Je préfère vous marier cent fois! s'écria le curé complètement troublé.

— Doux Jésus! une fois me suffira! dit à mi-voix Mistouflet.

Mais le prêtre ne l'entendit pas. Il avait ouvert un placard pratiqué dans le mur, sorti un livre épais, deux feuillets de parchemins revêtus à l'avance du sceau de la paroisse, une plume et de l'encre, et déposé tous ces objets sur une table.

— Approchez, mon fils, dit-il à Mistouflet. Avez-vous apporté un certificat constatant que vous êtes baptisé?

— Ah! Monsieur le curé, j'ai cherché et recherché le précieux écrit sans pouvoir le trouver. Mais je vous jure que j'ai reçu le baptême!

— Et moi je le certifie bagasse! J'y étais! s'écria Faribole qui mentalement ajouta : Nous avons été blessés par le même biscaïen!

— La future a-t-elle au moins le sien? demanda le curé.

— Voici mon certificat, monsieur, répondit la pseudo-jeune fille qui jusqu'à ce moment était demeurée les yeux pudiquement baissés.

— Très bien mon enfant... Maintenant vous allez me dire vos noms, prénoms ainsi que ceux de vos père et mère.

Et le curé s'assit devant la table, prit les deux feuillets de parchemin, et se prépara à écrire.

— Doux-Seigneur! Voilà l'instant difficile, soupira Mistouflet.

Et il dicta lentement au vieux prêtre :

— Mistouflet, Clodomir, fils unique de Clodomir Mistouflet et de dame Clodomir Mistouflet épouse de Mistouflet Clodomir...

— Mais mon fils, dit doucement le curé en cessant d'écrire au mot épouse ; voilà bien des Clodomir?...

A ce moment le bruit de plusieurs chevaux lancés au galop se fit entendre.

— Ciel! on nous poursuit! s'écria le marié avec effroi.

Gesticulant, perdant la tête, il s'empara du feuillet de parchemin sur lequel rien n'avait été écrit encore.

— Vite, vite! Monsieur le curé, dit-il en se démenant, votre signature sur ce parchemin... je le remplirai pendant que vous terminerez l'autre!...

— Nous sommes perdus!... ils vont nous tuer! criait en même temps la mariée, qui tombait à demi-morte de peur dans les bras de Faribole.

De son côté, ce dernier, d'une voix caverneuse, disait en brandissant furieusement sa longue rapière :

— Qu'ils viennent!... Je les attends ici même, et je les tuerai tous!...

Ahuri, abasourdi, apeuré, éperdu, le pauvre vieux curé ne sachant plus très bien ce qu'il faisait, apposa sa signature sur les deux parchemins ; puis s'apercevant qu'il n'avait pas inscrit les noms de la mariée :

— Calmez-vous, mon fils... et dictez-moi les noms de votre future?

— Batardy Charlotte!... répondit Mistouflet qui déjà roulait soigneusement le certificat de sa future et le précieux parchemin si ardemment convoité.

— Les noms du père? dit le curé en continuant d'écrire.

— Père inconnu!

Et l'élève de Faribole fit signe à la fausse Charlotte qu'elle s'était suffisamment trouvée mal.

— Le nom de la mère? demanda encore le vieux curé.

— Elle n'en a pas eu!... répondit distraitement Mistouflet en poussant dehors ses deux compagnons.

En entendant la porte se refermer le prêtre se retourna sur son siège.

— Déjà partis! murmura-t-il. Pauvres enfants! je n'ai peut-être pas procédé très régulièrement à leur mariage... Enfin, personne ne le saura!...

Il se leva et constatant la présence des vingt pistoles :

— L'époux a été généreux comme un grand seigneur, continua-t-il. Je dirai deux messes, afin que tous ses projets réussissent!...

Plusieurs coups frappés violemment à sa porte interrompirent son monologue.

— Serait-ce encore un nouveau couple?... Non, c'est impossible!

Ayant serré les vingt pièces d'or, il alla ouvrir lui-même.

Soudain, il recula de frayeur à la vue du nain qui se précipitait dans le presbytère. Rapidement il se signa : il avait cru entrevoir le diable!

— Que venaient faire ici les trois personnes que j'ai vues sortir? demanda brusquement Gniafon, d'un ton qui froissa le bon vieux curé.

— Oh! pensa celui-ci, ce petit être aussi méchant qu'il est vilain, est sans doute l'ennemi tant redouté de la jeune mariée. Gagnons du temps. Cela permettra aux époux de fuir...

— Ne m'avez-vous pas entendu? reprit le nain avec colère.

Très doucement et sans s'émouvoir le prêtre répliqua :

— Si monsieur, j'ai parfaitement entendu votre question. Mais ne vous reconnaissant pas le droit de me la poser, je juge inutile de vous répondre.

Gniafon écumait de rage.

— Vous devez connaître le domicile de l'une ou l'autre des personnes que vous venez de recevoir?... Quel est-il?

— Ma foi, monsieur, je l'ignore. D'ailleurs je le saurais que je ne vous le dirais pas!

Gniafon, voyant qu'il n'obtiendrait aucun des renseignements qu'il espérait avoir se précipita vers la porte en criant :

— S'ils m'échappent encore... je me souviendrai de vous !

Et bondissant comme un possédé il s'élança sur son cheval.

Mistouflet, Faribole et Dorfeuil, en s'éloignant du presbytère, n'avaient pas retraversé la prairie ; arrivés au pâté de maisons ils avaient continué à suivre le chemin qui, après avoir décrit une courbe, aboutissait à la route d'Alais.

Il était un peu plus de dix heures quand ils atteignirent le Mas de Couriac.

— Nous sommes attendus, dit Faribole, en désignant la maisonnette dont le rez-de-chaussée était encore éclairé.

Pendant que Dorfeuil dessellait les trois montures et que Faribole les rentrait à l'écurie, Mistouflet se présentait devant Monseigneur Louis et le pasteur Raymond.

— Eh bien ! es-tu marié ? lui demanda en souriant le gentilhomme.

— A moitié seulement, Monseigneur !

Parlez ! toute la maison, bêtes et gens feront ce que vous voudrez.

Et lui tendant le feuillet de parchemin portant le sceau de la paroisse de Servas et au bas du recto la signature du vieux curé :

— Ce parchemin n'a pas été rempli... Si Monseigneur le veut bien, il y inscrira son nom et celui de Mme Yvonne au lieu et place de celui de ma femme et du mien.

Monseigneur Louis mit le feuillet de parchemin sous les yeux du ministre protestant qui lui dit :

— C'est parfait, rien n'y manque. Grâce à l'ingéniosité de Mistouflet le mariage de Monseigneur ne pourra jamais être déclaré nul.

A ce moment, Faribole et le fils Dorfeuil entraient. Mistouflet demanda à Monseigneur Louis la permission de lui présenter son épouse, puis il conta à ses auditeurs égayés la visite faite au vieux curé de Servas.

— Mon cher Mistouflet, dit Monseigneur Louis en riant, quoique sans femme te voilà bel et bien marié !

— Pour quelque temps seulement, Monseigneur... Je sais en quel endroit se trouvent les archives de la paroisse de Servas, je compte les aller examiner attentivement un de ces jours.

— Monsieur Mistouflet, dit alors le pasteur Raymond, vous êtes un homme précieux : vous prévoyez tout, sans jamais oublier la plus petite chose.

Le lendemain matin eut lieu dans l'intimité, le mariage de Monseigneur Louis et de sa douce compagne Yvonne. Mistouflet et Faribole, qui avaient été seuls témoins dans la chambre des époux, signèrent en qualité de témoins sur le feuillet de parchemin rempli par le fils d'Anne d'Autriche lui-même.

— Ah ! Seigneur Jésus ! murmura Mistouflet à l'oreille de son ami, nous sommes les témoins du fils d'un roi et d'une future reine ?

— Hé ! bagasse !... Si nous avons été à la peine, nous voilà maintenant à l'honneur ?

Et se redressant fièrement, Faribole ajouta :

— Hé ! troun de l'air ! j'ai joliment bien fait de reprendre le droit chemin ! me voilà presque devenu gentilhomme !

A midi, le pasteur Raymond affublé de nouveau de sa longue barbe et armé d'un solide bâton, quitta le Mas de Couriac.

Durant trois jours, Monseigneur Louis, accompagné du jeune Dorfeuil, et Faribole, escorté de son élève Mistouflet, parcoururent les bourgades et les hameaux, s'informant des endroits où se trouvaient des chevaux à vendre. Pendant ce temps, sous le toit de chaume du Mas de Couriac, Yvonne, souriant à son enfant, continuait à vivre tranquille et heureuse.

Ah! combien elle était loin de se douter que Gniafon, son horrible et cruel ennemi, qui au moment de son retour à Versailles où il était retourné pour informer Louis XIV de la solitude dans laquelle vivait son père, avait été cloué au lit pendant quelques mois, par une fièvre intense résultant des violentes émotions qu'il avait éprouvées, n'était qu'à quelques lieues seulement, allant et venant comme un tigre à la recherche de sa poie!

CHAPITRE XVI

OU FARIBOLE, COUCHÉ SUR LE LIT D'UNE JOLIE FILLE, APPREND DES CHOSES INTÉRESSANTES

Le dernier coup de dix heures du matin sonnait à la vieille horloge de Saint-André-du-Mont, qui existait à cette époque dans le faubourg des Carmes, à Nîmes, lorsqu'un cavalier bien armé et bien équipé, fit son entrée dans cette ville.

Une grande animation règnait dans la rue assez large que suivait le cavalier. Des détachements de soldats d'infanterie allaient et venaient un peu dans tous les sens. Debout, devant la porte de leurs maisons, les habitants s'interrogeaient réciproquement, ne s'interrompant que lorsqu'une estafette passait au grand galop devant leur groupe. Enfin, dans le lointain, on entendait des trompettes sonner le boute-selle.

— Hé! bagasse! quel remue-ménage par ici! se dit à lui-même le cavalier qui n'était autre que le vaillant Faribole.

Avisant un grand et gros bourgeois, qui sortait de la boutique d'un drapier, en faisant de terribles efforts pour parvenir à accrocher par-dessus son ventre obèse, les deux extrémités d'un ceinturon, il lui demanda :

— Pourriez-vous m'indiquer, monsieur, la demeure du maréchal de Montrevel ?

Le bon bourgeois regarda son interlocuteur et, le prenant pour un gentilhomme :

— Suivez-moi, Monseigneur. Je me rends justement auprès de M. le Maréchal qui vient de me faire appeler, car je suis le capitaine Galope, commandant de la milice bourgeoise.

Faribole escorta le capitaine qui, en dépit de son nom, marchait si lentement que son compagnon dut arrêter plus de vingt fois sa monture dont l'allure n'était cependant rien moins que rapide.

Au bout d'un quart d'heure de marche, le capitaine Galope s'arrêta devant un superbe hôtel dont on apercevait, dépassant un mur d'une certaine hauteur, une quinzaine d'arbres magnifiques.

— Monseigneur, c'est ici ! dit-il, en désignant une immense porte cochère sous la voûte de laquelle causaient plusieurs soldats.

— Je vous remercie, monsieur le capitaine, fit l'ancien maître d'armes en descendant de cheval.

En face de l'hôtel du maréchal, de l'autre côté de la rue, un groupe de cinq ou six gamins examinait curieusement les officiers qui à chaque instant arrivaient où s'éloignaient de la superbe demeure. D'un geste, Faribole appela un garçon qui paraissait avoir une douzaine d'années.

— Garde un instant mon cheval, lui dit-il ; je te récompenserai.

Puis il s'engagea sous le porche, traversa une cour et gravit rapidement les marches d'un large perron. Un laquais le fit entrer dans une vaste antichambre en lui disant :

— Que Monseigneur veuille bien attendre ici, car en ce moment, M. le Maréchal est fort occupé avec ses officiers.

— La ville m'a semblé être toute sens dessus dessous. Hé ! bagasse ! est-ce que ces maudits protestants auraient commis quelques nouveaux méfaits ? demanda Faribole le plus naïvement du monde.

— Quoi ! monseigneur ignore donc ce qui vient de se passer à Aigues-Vives ?

— Capededious ! vous m'obligeriez fort en me le disant :

Alors, le laquais, tout fier de s'entretenir avec un gentilhomme dont le caractère était si aimable, apprit à Faribole, qui le savait déjà, que les réformés avaient élu un général, un nommé Jean Cavalier, ainsi que deux lieutenants, lesquels allaient entrer en campagne à la tête d'une véritable armée. Et qui sait, avant quinze jours, ils seraient peut-être sous les murs de Nîmes.

— Mais, bagasse ! s'écria l'ancien maître d'armes. M. le Maréchal a bien des troupes pour barrer le chemin à ces brigands de calvinistes !

— Oh ! certainement, Monseigneur !

Et le laquais énuméra toutes les forces dont pouvait disposer le maréchal de Montrevel.

Soudain, Faribole qui l'écoutait et se gardait bien de l'interrompre, tressaillit violemment.

Une voix, qu'il reconnut aussitôt, car il l'avait souvent entendue, disait sur le seuil de la porte, ouvrant sur le perron :

— Monsieur de Chadefaux, je vais prendre les derniers ordres de

M. le maréchal. Dans une heure nous quitterons Nîmes nous rendant à Cette.

— Capededious ! comment m'échapper ? se dit l'ami de Mistouflet en promenant rapidement ses regards autour de lui.

Deux portes seulement ouvraient sur l'antichambre : l'une donnait accès aux appartements du maréchal de Montrevel, l'autre sur le perron. La première était hermétiquement close ; la seconde était au contraire grand'ouverte, dans l'embrasure apparaissait le corps allongé d'un officier de dragons.

A peine celui-ci eut-il fait trois pas dans l'antichambre que deux exclamations retentirent presque en même temps :

— Faribole ! s'écria l'officier.

— Rosarges ! fit l'ancien maître d'armes en simulant admirablement la surprise.

Puis avec un grand salut :

— Hé ! bagasse ! reprit-il. Recevez mes compliments M. Rosarges... Hé ! troun de l'air ! capitaine de dragons !...

— Oui, Monsieur Faribole, capitaine depuis un mois. Cela vous étonne ? interrompit l'officier.

— Mais, bagasse ! pas du tout mon illustre ami !

En lui-même le compagnon de Mistouflet ajouta :

— Bagasse ! est-ce qu'il va rester planté devant la porte ?

L'ancien major se tenait en effet immobile, une main sur la garde de son épée, barrant le passage à son ex-ami qui aurait bien voulu s'esquiver.

— Pardon, Monsieur Faribole, dit sans changer de position et d'un ton railleur le capitaine Rosarges, nous avons tous les deux un vieux compte à régler il me semble ?

— Hé ! bagasse ! je le sais bien ! Mais ce sera pour une autre fois ; aujourd'hui j'ai affaire avec M. le Maréchal.

— Très bien, mais très bien, Monsieur Faribole... Etes-vous connu de M. le Maréchal ?

— Hé ! non, bagasse !

— Dans ce cas, mon cher et vieil ami, j'aurai le plaisir de vous présenter.

— Toi, bagasse ! mâchonna Faribole, tu es trop aimable, et je me méfie de ta complaisance.

A ce moment la porte conduisant aux appartements du maréchal de Montrevel s'ouvrit pour laisser passer le gros capitaine Galope.

Celui-ci, en apercevant le cavalier qu'il l'avait accompagné jusqu'à la porte de l'hôtel de Montrevel, dit à demi-voix :

— Si votre affaire n'est pas pressante, comme vous m'avez appris que vous aviez une demande à adresser à M. le Maréchal, écoutez mon conseil : revenez demain !

— Pourquoi donc, Monsieur le capitaine ? répliqua l'ancien maître d'armes en posant amicalement et à dessein sa main sur l'épaule du chef de la milice bourgeoise.

— Pourquoi, Monseigneur ?... parce que M. le maréchal est en proie à une rage, à une fureur insensée. Il croyait la révolte des protestants réprimée et il n'en était rien !

Laissant toujours sa main posée sur l'épaule du capitaine Galope, Faribole dit à Rosarges :

— Hé ! bagasse ! j'ai presque envie de suivre le conseil de Monsieur !

Le major s'avança lentement vers son ancien camarade.

Il avait déjà fait quatre pas, qui l'éloignèrent d'autant de la porte, lorsque Faribole, avec une vigueur que décuplait son désir de se sauver, donna une poussée formidable au capitaine Galope qui, projectile d'un nouveau genre, alla frapper en plein corps le capitaine Rosarges.

Le major chancela sous le choc. S'il ne tomba, c'est qu'il eut le temps de s'accrocher aux deux bras du commandant de la milice bourgeoise.

Bien que cette scène n'eût duré que cinq ou six secondes, l'ancien maître d'armes était déjà au bas du perron lorsque son ex-compagnon d'aventures, revenu de sa stupeur, se précipita à sa poursuite en criant :

— Arrêtez-le !... Cornes du diables ! Arrêtez-le !

En trois enjambées Faribole atteignit son cheval, d'un bond il sauta en selle, sans toucher à l'étrier et s'élança bride abattue dans la direction de la porte qu'il avait franchie une heure auparavant pour entrer dans la ville de Nîmes.

Quand il fut arrivé en rase campagne, ne se voyant pas poursuivi, il mit sa monture au pas.

— Capededious ! dit-il presque à haute voix, je l'ai échappé belle ! Maintenant, bagasse ! rassemblons un peu nos idées.

Il jeta d'abord sur le chemin, derrière lui, un regard scrutateur, puis il reprit son monologue :

— Dans mon pourpoint j'ai toujours la lettre de la gentille demoiselle de Vrignès. Si, je n'ai pu la remettre au maréchal de Montrevel, j'ai du moins appris par cet importun de Rosarges que M. de Chadefaux devait aller à Cette... Et, bagasse ! moi aussi je me rends dans cette ville. Malgré le major, je trouverai bien le moyen de faire parvenir mon billet à celui auquel il est adressé.

Puis après une minute de réflexion :

— Qu'est-ce que ce maudit Rosarges et ses dragons peuvent bien aller faire sur le bord de la mer, dans un moment où leur présence serait très utile par ici ?... Hé ! bagasse de bagasse ! est-ce que, eux aussi, iraient attendre l'arrivée d'un brick anglais !...

Et, en matière de péroraison, il ajouta :

— Bagasse ! si cela est, je pourrai dire que le billet de Mlle de Vrignès m'aura été utile ! Grâce à lui nous voilà tous sur nos gardes... Et puisqu'un homme averti en vaut d'eux, et que nous sommes trois, nous valons donc autant que six... Oui, mais, bagasse ! six contre combien ?...

En se posant cette interrogation, et en se livrant à une foule de calculs, il mit sa monture au grand trot. Quatre heures plus tard il arrivait à Montpellier bien avant Monseigneur Louis et Mistouflet.

Ceux-ci furent étonnés quand, en descendant de cheval à la porte de l'auberge du *Cygne blanc*, ils aperçurent l'ancien maître d'armes guettant leur arrivée, mais leur étonnement fut autrement grand, lorsque leur compagnon les eut mis au courant de ce qui lui était advenu à l'hôtel du maréchal de Montrevel.

— Nous devrons redoubler de prudence, dit Monseigneur Louis, quand Faribole eut fini de parler. Au lieu de nous rendre à Cette par la route directe, nous ferons un détour.

Ils firent ainsi qu'il avait été convenu.

Ce fut à la nuit tombante qu'ils entrèrent dans la ville de Cette qui était loin d'avoir, à cette époque, l'importance qu'elle a aujourd'hui.

Mistouflet, qui était allé aux informations, apprit qu'un détachement de cinquante dragons commandés par deux officiers était entré en ville dans la matinée.

Les hommes avaient été logés en cinq auberges différentes ; les deux officiers avaient choisi l'hôtellerie du *Faisan-d'Or*.

— Demain matin je m'y rendrai, fit Faribole. Pour ne pas attirer l'attention sur moi je m'habillerai en matelot.

Les cinquante dragons arrivés le matin étaient bien sous le commandement du capitaine Rosarges. Celui-ci avait pendant un quart d'heure poursuivi Faribole fuyant à toute bride de Nîmes. Mais, outre que son ancien compagnon, avait déjà pris une certaine avance, il lui était impossible de s'éloigner beaucoup, car le maréchal de Montrevel devait lui donner ses derniers ordres avant le départ du détachement, et ce départ avait été fixé à midi. A la porte de la ville il avait donc abandonné la poursuite, et jurant, sacrant, était revenu à l'hôtel du maréchal.

Le lendemain de son arrivée à Cette, Faribole alla dès le matin flâner sur le port. Il s'y promenait depuis une demi-heure déjà quand il aperçut un jeune matelot venant de son côté.

— Bagasse! fit-il, cette fois voilà mon affaire : il est tout jeune et à peu près de ma taille.

Le matelot, qui, le nez en l'air, flânait lui aussi, arrivait sur lui, un pas encore et un choc allait avoir lieu.

— Hé! troun de l'air! gare l'abordage! dit Faribole en riant.

Le jeune matelot s'arrêta brusquement, fixa une seconde l'obstacle vivant qui se dressait devant lui, puis, riant à son tour :

— Hé! troun de l'air! s'écria-t-il, j'aurais embrassé un compatriote!

— Ah! bagasse! serais-tu de Marseille? demanda l'ancien maître d'armes en tutoyant amicalement le matelot.

— Oui, mon bon, je suis un enfant de Marseille! répondit ce dernier.

— Troun de l'air! que je suis enchanté de la rencontre, reprit Faribole en passant le bras de son compatriote sous le sien.

Tous deux causèrent un moment sur le port ; puis, se tenant toujours par le bras, se dirigèrent rapidement vers une petite auberge d'où, moins d'un quart d'heure après, Faribole en sortait vêtu en matelot. Et ma foi, sous ce nouveau costume, il n'avait pas mauvaise mine.

Il se disait, tout en revenant à l'hôtellerie dans laquelle il était descendu avec Monseigneur Louis et Mistouflet.

— Hé bagasse! l'ami Rosarges aura de bons yeux s'il me reconnaît aujourd'hui.

Au moment où il longeait un marché, il entendit un cri d'effroi poussé par une voix jeune et bien timbrée.

Il tourna la tête et vit une fillette de seize ans, brune et fort jolie qui, bien qu'elle eût les deux mains embarrassées par des paniers pleins de provisions, repoussait énergiquement deux dragons qui voulaient l'embrasser.

— Voyons, la belle enfant, disait l'un d'eux, accordez-moi un baiser, ce sera un bon souvenir de mon passage dans cette ville.

Et entourant de ses deux mains la taille de la jolie fillette, il approchait ses moustaches d'une joue fraîche, et rouge de colère, quand il se sentit tout à coup violemment tiré en arrière. En même temps une voix lui cria :

Le jeune Dorfeuil était grand et plutôt mince.

— Bagasse! n'y revenez pas ou je vous administre une correction dont vous garderez longtemps le souvenir!

Le dragons devint blême de fureur.

— Maudit matelot! s'écria-t-il. Moi je ne te promettrai pas une correction ; je vais te l'administrer !

Et d'un seul mouvement il tira son sabre.

Impassible, un sourire légèrement moqueur sur les lèvres, Faribole le regardait immobile.

Un rassemblement d'une dizaine de curieux s'était déjà formé autour d'eux. Un combat était sur le point de s'engager et le sang allait sans doute couler.

Le soldat furieux levait déjà son sabre, lorsque son compagnon lui dit rapidement à mi-voix :

— Voilà le commandant et son lieutenant, décampons !

A ces mots, comme par enchantement, la fureur du dragon tomba ; il pirouetta sur ses talons et imita son compagnon qui filait déjà.

C'est que le soldat savait ce qu'il en coûtait de désobéir aux ordres du capitaine Rosarges. Celui-ci, au moment de quitter la ville de Nîmes, avait dit à ses cavaliers assemblés :

— M. le maréchal m'a donné cinquante hommes pour remplir une mission qui peut devenir difficile et dangereuse. C'est une centaine d'hommes qu'il me faudrait ; aussi désirant avoir mon détachement au complet lorsque j'en aurai besoin, je défends formellement tout combat entre vous ou avec qui que ce soit !

Aussitôt qu'elle se vit débarrassée des deux insolents militaires, la jeune fille se tourna vers Faribole et lui dit avec un séduisant sourire :

— Je vous remercie mille fois, monsieur le matelot, de votre généreuse intervention.

— Hé ! bagasse ! ce n'est pas la peine... Au revoir, répliqua l'ancien maître d'armes, qui s'éloigna si rapidement que la jeune fillette en demeura muette de stupéfaction.

Faribole avait entendu les paroles prononcées par l'un des dragons ; il avait alors tourné son regard du côté où se promenait Rosarges, et ne tenant nullement à se trouver nez à nez avec lui en ce moment, il s'était empressé de s'éloigner dans la direction opposée.

Une demi-heure plus tard il était auprès de Mistouflet.

— Ah ! doux Jésus ! fit celui-ci de sa voix fluette, en moins d'une matinée, vous avez rajeuni de dix ans, monsieur Faribole.

Immédiatement après avoir dîné, l'ancien maître d'arme se rendit à l'hôtel du *Faisan-d'Or*. Très peu de monde se trouvait dans la salle commune. S'adressant à une servante, il lui demanda :

— Ne pourrais-je point parler à l'hôtelier ?

— Maître Peschaud est absent et ne reviendra pas avant ce soir.

— Bagasse ! que c'est donc fâcheux !

— Mais si vous voulez vous adresser à sa fille Suzette, je peux vous conduire vers elle, s'empressa d'ajouter la servante.

— Hé! troun de l'air! ça me fera plaisir! répliqua bien vite Faribole.

Guidé par la servante, il monta par un étroit escalier en colimaçon dans une salle du premier étage.

Au même moment, sortant d'une petite chambre voisine, une jeune fille s'avança dans la salle.

Alors une vive exclamation retentit :

— Oh! je ne me trompe pas ; c'est mon matelot!

— Capededious !... c'est vous mademoiselle Suzette?

— Oui, monsieur, Suzette Peschaud, qui aurait bien voulu vous remercier ce matin de ce que vous avez fait pour elle, mais qui en a été empêché par votre... votre...

— Hé! bagasse! par ma fuite, dites-le donc! car c'est presque vrai !...

Et baissant la voix :

— Mais, bagasse! excusez-moi, reprit-il; vous avez ici deux officiers de dragons, n'est-ce pas?

— Depuis hier, oui, monsieur le matelot.

— Eh bien! je voudrais dire deux mots au plus jeune, au lieutenant, sans que son capitaine, un grand maigre, se doute que je suis venu le demander.

Avec un sourire gracieux et caressant, la gentille Suzette, qui semblait éprouver un certain plaisir à causer avec celui qu'elle prenait pour un matelot, désigna à ce dernier une chambre à droite de la salle.

— Entrez-là, lui dit-elle. Dès que les deux officiers, qui dînent dans l'appartement du capitaine, auront fini leur repas, je ferai signe au lieutenant de venir me rejoindre et je vous l'amènerai.

— Troun de l'air! vous êtes, mademoiselle Suzon, aussi aimable que jolie! Et, bagasse! vous l'êtes gentiment.

Faribole se dirigeait, précédé de Suzette, vers la chambre indiquée, quand un grand bruit se fit dans la salle d'en bas. Et presque aussitôt la servante accourut et dit assez effrayée :

— Mademoiselle! Mademoiselle! c'est le chef de la milice qui arrive avec une dizaine d'hommes pour arrêter un matelot.

— O ciel! s'écria Suzette en s'emparant du bras de Faribole. C'est vous que l'on cherche... c'est sans doute une vengeance des deux dragons!

— Bagasse! ce n'est pas possible.

— Vite, monsieur le matelot, suivez-moi, je vais vous conduire dans un endroit où l'on ira pas vous chercher.

— Vraiment bagasse !

— Mais oui ! Je vais vous cacher dans ma chambre...

Et, tout en parlant, la jeune fille entraîna son compagnon de l'autre côté de la salle, ouvrit une porte et le poussa dans une petite chambre, très coquette, au fond de laquelle on apercevait une alcôve à demi masquée par des rideaux blancs accrochés au ciel de lit.

— Surtout, monsieur le matelot, ne faites pas de bruit. Ce n'est pas moi qui vous livrerai au capitaine de la milice qui est un homme terrible et très méchant !

Puis la jolie Suzette referma la porte, mit la clef dans sa poche et s'éloigna.

Il était temps. Le chef de la milice bourgeoise apparaissait au sommet de l'escalier en criant d'une voix redoutable :

— Quatre homme vont se poster ici, et ne laisseront passer personne.

— Mon Dieu, monsieur le capitaine, qu'y a-t-il donc? fit avec un sourire, quoique fort peu rassurée, la jeune Suzette.

— Ce qu'il y a, belle Suzon, il y a que je cherche un matelot voleur et déserteur, pour le conduire en prison d'où il ne sortira que pour être pendu !

— Voleur et déserteur ? Vous devez vous tromper ! s'écria la jeune fille qui se disait en elle-même :

— Non, non, mon défenseur de ce matin ne peut pas être un voleur...

D'un ton un peu brusque le capitaine de la milice répliqua :

— Que je me trompe ou non, cela n'est pas ton affaire, ma belle ! Allez, accompagne-nous, que nous visitions toutes les chambres de l'hôtellerie.

Les unes après les autres, la jeune fille, toute tremblante, et le terrible capitaine, suivi de six miliciens, visitèrent toutes les pièces de l'hôtellerie du *Faisan-d'Or*.

— Inutile d'entrer ici, dit Suzette en passant sans s'arrêter devant l'appartement du major Rosarges.

— Et pourquoi cela? demanda le capitaine en la retenant par le bras. Moi je veux visiter ce logement ?

— Mais c'est celui de l'officier commandant les dragons qui, vous ne l'ignorez pas, sont arrivés hier dans notre ville.

— Permets que je m'en assure !

Et le chef de la milice bourgeoise ouvrit la porte de l'appartement et entra.

Mais une voix impérieuse l'arrêta net dès le premier pas :

— Qui donc a eu l'audace d'entrer ici sans que je l'aie fait appeler? cria Rosarges dont la morgue s'était encore augmentée depuis qu'il était à la tête d'une compagnie de dragons.

Le capitaine de la milice bourgeoise devint aussi humble qu'il était arrogant une minute auparavant, et, son feutre à la main :

— Veuillez m'excuser, monsieur le commandant. Je suis à la recherche d'un déserteur.

— Hé! triple idiot! interrompit Rosarges, crois-tu donc que c'est chez moi qu'il aurait trouvé un refuge.

La tête basse le capitaine recula, sortit et referma la porte.

— Vous n'avez pas voulu m'écouter? dit doucement Suzette.

— Tais-toi! fit le chef de la milice rendu furieux autant par l'épithète que le major lui avait jetée au nez que par l'insuccès de ses recherches.

— Voulez-vous maintenant descendre visiter les caves? dit Suzette en se dirigeant vers l'escalier.

— Un instant! Pourquoi ne nous montres-tu pas cette chambre?

Et du doigt le capitaine désignait la petite porte derrière laquelle Faribole devait être caché.

— Mais cette chambre est la mienne, capitaine!... Pourtant si vous le désirez, en voici la clef...

— C'est bon! interrompit l'officier. Allons visiter les caves !

Les miliciens et leur chef descendirent dans la salle commune.

— Paulin, dit la jeune Suzette à un valet, conduis ces Messieurs partout où il leur plaira d'aller.

Puis, tandis que le capitaine et ses hommes exploraient minutieusement les caves, elle grimpa rapidement dans sa chambre.

Une exclamation de surprise lui échappa :

— Parti ! murmura-t-elle en n'apercevant nulle part le matelot.

Mais presque aussitôt elle sourit.

Les rideaux blancs s'écartaient légèrement et, sortant de l'alcôve, une voix lui disait :

— Chut! charmante Suzette, ne faites point de bruit... Si vous saviez comme je suis bien ici !

— Dame! je n'en doute pas, monsieur, vous êtes couché dans mon propre lit.

Et le sourire sur les lèvres, les yeux brillants de gaîté, la gentille Suzette se rapprocha de Faribole.

— Monsieur le matelot, ajouta-t-elle, pensez-vous que me voilà quitte ?

— Ah ! bagasse ! dit vivement l'ancien maître d'armes en se glissant hors du lit et saisissant dans les siennes les mains de la jeune fille. Ah ! bagasse ! le service que je vous ai rendu ce matin n'est rien en comparaison de celui que vous venez de me rendre.

Et mentalement il ajouta :

— Oui, bagasse ! elle ne se doute pas des choses intéressantes que j'ai apprises étant dans son petit lit.

En effet, Faribole venait de surprendre une conversation qui l'avait fort intéressé.

De tout temps, les chambres d'auberge ont présenté pour les voyageurs de nombreux inconvénients. Destinées souvent à communiquer ensemble, elles ne sont guère séparées l'une de l'autre que par une mince cloison percée d'une porte qui, en général, ferme si mal, ou montre de telles solutions de continuité, qu'il est facile de tout entendre d'une pièce ce qui se dit dans l'autre.

Or, la chambre de Suzette Peschaud n'était isolée de l'appartement occupé par le major Rosarges que par une étroite porte fermée au verrou et contre laquelle se trouvait appuyé le lit de la jolie fillette.

Faribole qui, l'oreille tendue se tenait debout au milieu de la chambrette au moment où Rosarges traita d'idiot le chef de la milice bourgeoise, Faribole entendit et reconnut de suite la voix de son ancien camarade.

— Bagasse ! pensa-t-il, mon vieil ami n'est pas loin de moi. Ne pourrai-je pas écouter un peu ce qu'il conte à son lieutenant.

Et doucement il se dirigea vers le lit sur lequel il se hissa avec mille précautions ; puis, afin d'éviter tout bruit provoqué par quelque mouvement involontaire et surtout pour pouvoir entendre plus facilement, il se coucha à plat ventre et colla son oreille sur l'interstice qui existait entre la porte et la mince cloison.

Les premiers mots qu'il put surprendre le firent tressaillir.

Le major Rosarges disait à son lieutenant :

— Je reprends mon récit interrompu par cet imbécile... Ce qui me fait croire que le gentilhomme, dont je dois, jusqu'à nouvel ordre, vous taire le nom, est un des instigateurs de la révolte des réformés et qu'il est peut-être déjà à la tête d'une de ces bandes de camisards qui bataillent dans les Cévennes, c'est que les deux officiers qui le connaissent le mieux ont reçu l'ordre de venir sur le théâtre de l'insurrection pour le découvrir ou l'arrêter.

— L'un des deux officiers chargés de cette mission, c'est vous, Commandant.

— Oui, monsieur de Chadefaux, c'est moi, Rosarges. L'autre officier se nomme M. de Saint-Mars, gouverneur de l'île Ste-Marguerite.

— Si le gentilhomme dont vous me parlez est dans les Cévennes que venons-nous faire sur les bords de la mer?

— Un brick anglais transporte, m'a-t-on dit, des armes et des munitions pour les révoltés; le débarquement doit se faire dans ces parages, et entre les mains de deux diables d'hommes que je suis chargé de surveiller pendant que M. de Saint-Mars explorera tout le pays compris entre Alais, Uzès et Nimes, pour tâcher de surprendre leur maître.

— Et pour surveiller et arrêter deux hommes il faudra cinquante dragons? dit avec un sourire le lieutenant de Chadefaux.

— Je ne sais même pas si ce nombre suffira! répliqua Rosarges.

Et voyant le geste d'incrédulité qui échappait à son subordonné :

— Ah! c'est que vous ne les connaissez pas! ajouta-t-il. Mais moi qui les ai vus à...

Juste à ce moment Suzette revenait dans sa chambre et empêchait Faribole d'entendre le reste de la phrase.

Celui-ci serrant toujours dans ses mains les petites mains que lui abandonnait avec plaisir la jeune fille, lui souriait et la remerciait encore, quand pour la seconde fois on entendit un bruit de voix s'élever dans l'escalier.

Le capitaine de la milice bourgeoise criait :

— Tonnerre! s'il est vrai qu'un matelot est entré ici, je saurai bien le découvrir mort ou vif.

Alors, apeurée, la gentille Suzette poussa Faribole vers l'alcove.

— Vite, vite! lui dit-elle, cachez-vous dans le lit!

Le pseudo-matelot obéit et disparut derrière les rideaux que la jeune fille ferma entièrement.

La porte de la chambre était restée entr'ouverte; aussi pouvait-on entendre distinctement craquer l'escalier sous les lourdes bottes du terrible capitaine qui remontait.

Autant pour se donner une contenance que pour dissimuler l'émotion qui l'envahissait, Suzette Peschaud fit semblant de ranger du linge dans une armoire.

Le capitaine approchait. D'un coup de poing il ouvrit toute grande la porte.

— Aïe!... s'écria Suzette en sursautant comme si elle avait eu réellement peur.

— C'est encore moi, la belle !... J'ai réfléchi : je veux aussi visiter ta chambre.

— Croyez-vous donc que j'y cache le matelot déserteur?

Et elle affecta de rire. Mais elle commençait à trembler : la frayeur la gagnait.

— Je me méfie de toutes les femmes, surtout quand elles sont jolies ! répliqua brutalement le capitaine.

Il marcha vers l'alcôve, s'arrêta à un pas du lit et, là, s'agenouilla en disant :

— Voyons sous ce lit!... Cornes du diable! on n'y distingue rien!

— Désirez-vous de la lumière? fit Suzon d'une voix railleuse et tremblante à la fois.

— Inutile!... j'ai ce qu'il me faut!

Et le chef de la milice bourgeoise tira son épée du fourreau, la passa sous le lit et l'agita dans tous les sens.

— Rien, rien! dit-il en piquant de la pointe de son épée la cloison.

Rageur il se releva et d'un geste brusque ouvrit entièrement un des rideaux.

Suzette pâlit.

— Cornes du diables! cria le capitaine, s'il se cache dans ta couche, il n'en sortira pas tout seul!

Et furieux il leva sa rapière.

La jeune Suzette frémit d'épouvante, se cramponna à un meuble pour ne pas tomber, et ferma les yeux en murmurant :

— O mon Dieu !... Il l'a tué!

Le terrible capitaine avait par deux fois enfoncé son arme dans le lit.

— Mille tonnerres ! cria-t-il encore.

Puis il sortit sans jeter un regard sur la pauvre Suzette qui toute défaillante, la main crispée sur le bord d'une table ne se tenait debout que par un puissant effort de sa volonté.

Mais bientôt elle chancela et, avec un bruit mat, tomba à la renverse sur le plancher.

Quand dix minutes plus tard elle reprit ses sens, elle se vit assise sur une chaise basse, et, courbée sur elle, lui frappant encore dans les mains, elle reconnut sa servante Françoise.

Le Major chancela sous le choc.

Liv. 163. — FAYARD frères, éditeurs.

— Oh! c'est horrible! murmura-t-elle.

S'adressant à sa servante elle reprit d'une voix tremblante :

— Françoise, le malheureux matelot... dis, est-il mort?

— Hé! non, bagasse! pas encore!

Et devant la jeune fille stupéfaite se planta Faribole.

— Ah! que je suis contente! laissa échapper Suzette.

A peine eut-elle prononcé ces mots que son joli visage se teinta de rose. Dans son trouble, sa bouche n'avait pu retenir la secrète pensée de son cœur.

Il fallut que Faribole lui expliqua de suite comment il avait fait pour échapper aux deux coups d'épée du capitaine.

— Bagasse! le plus facilement du monde, dit l'ancien maître d'armes. Vous voyez cette planche presque sous le ciel de lit? Eh bien, prévoyant que le capitaine allait tout bouleverser je me suis coulé sur la planche; et là-haut, parmi les toiles d'araignées je n'avais pas grand'chose à craindre.

Maintenant tout à fait remise, Suzette se leva en disant :

— Françoise, regarde donc si les officiers de dragons sont sortis?

La servante s'éloigna. Une minute après elle revenait.

— Tous les deux sont encore dans leur chambre, dit-elle; mais le jeune lieutenant vient de donner l'ordre de seller son cheval.

— Bagasse! il faut que je le guette, se dit Faribole en faisant un pas vers la porte.

— Vous partez ?... Vous reverrai-je? demanda timidement Suzette.

Et, en disant ces mots, elle jeta sur son compagnon un regard d'intérêt si tendre que celui-ci devina ce qui se passait dans le cœur de la fillette et en fut ému profondément.

— Mademoiselle Suzette, dit-il doucement avec un sentiment de tristesse, je pars ce soir et peut-être ne reviendrai-je jamais dans cette ville. Il me faut donc vous dire non pas au revoir, mais adieu...

— Pour toujours! fit Suzette d'une voix si basse que Faribole l'entendit à peine.

— Oui, bonne et généreuse Suzette, pour toujours!

Et, le ton très doux, il ajouta :

— Je pars en emportant d'ici le premier souvenir qui soit réellement cher à mon cœur... et je ne vous oublierai jamais!

Il pressa tendrement la main de la jeune fille dont les beaux yeux devenaient humides de larmes :

— Mademoiselle Suzette, dit-il encore, me permettrez-vous de prendre à une amie... le baiser du départ?

Tout émue Suzette lui tendit franchement sa joue fraîche, rose et rebondie qu'il effleura tendrement de ses lèvres.

— Ami, votre nom? demanda tout bas la jeune fille.

— Je me nomme Faribole... Mais ne prononcez jamais ce nom devant un étranger, devant un inconnu, cela vous causerait de cruels ennuis peut-être.

A ce moment Françoise revint vers sa jeune maîtresse.

— Le lieutenant de dragons monte à cheval, dit-elle en entrant dans la chambre.

— Adieu, charmante Suzette! s'écria l'ancien maître d'armes en serrant vivement une dernière fois la main de la gentille jeune fille.

Puis il s'élança vers l'escalier en colimaçon qu'il descendit quatre à quatre, et traversa en courant la salle commune vide de voyageurs.

Quand il arriva sur le seuil de la porte le lieutenant de Chadefaux disparaissait au tournant d'une rue.

— Hé! bagasse! je commence à croire que je ne pourrai pas remettre moi-même à l'officier de dragons la lettre de la demoiselle du château de Servas, fit-il.

Rapidement il s'éloigna de l'hôtellerie du *Faisan-d'Or* et se rendit à l'auberge où l'attendait son compatriote, le matelot marseillais.

Sur le port il se croisa avec une troupe de miliciens qui ramenaient à bord de son navire un matelot déserteur.

Une heure après, il rejoignait Monseigneur Louis qui lui annonçait qu'ils allaient se remettre en route le soir même pour se rendre à Palas, petit port de pêche, à trois lieues de Cette.

Le brick anglais y jetterait sans doute l'ancre vers le milieu de la nuit.

Trois fanaux accrochés au grand mât devaient signaler sa présence.

CHAPITRE XVII

OU GNIAFON ET DE SAINT-MARS SE RENCONTRENT ET FONT UN PACTE INDIGNE

Il était huit heures du soir.

Monsieur le maréchal de Montrevel venait à peine de passer dans sa salle à manger et de prier ses invités, MM. de Broglie, de Julien et de

Tournon de prendre place autour d'une table sur laquelle quatre couverts étaient dressés, lorsqu'un laquais se présenta en disant :

— Monseigneur, un gentilhomme qui n'est arrivé à Nîmes que depuis une demi-heure, désirerait, malgré qu'il soit tard, être reçu par Monseigneur.

— Au diable l'importun! fit le maréchal qui n'aimait pas à être dérangé au moment des repas. Que ce gentilhomme revienne dans une heure... ou demain matin.

— Bien, Monseigneur.

Et le laquais ouvrit la porte et sortit pour aller porter la réponse du maréchal.

Il s'éloignait déjà quand celui-ci, se ravisant, le fit rappeler.

— Monseigneur à un autre ordre à me donner? demanda humblement le laquais en reparaissant.

— Le gentilhomme a-t-il dit son nom?

— Oui Monseigneur. Il se nomme M. de Saint-Mars.

— Tu as dit de Saint-Mars? fit le maréchal qui se leva et jeta sa serviette sur la table.

— Oui Monseigneur.

— Oh! dans ce cas, introduis immédiatement ici ce gentilhomme.

Le laquais sortit rapidement.

Une minute après, le Gouverneur de l'île Sainte-Marguerite, l'ex-geôlier de Monseigneur Louis, s'inclinait devant le maréchal de Montrevel.

Aussitôt les présentations et les salutations d'usage faites le maréchal demanda à Saint-Mars :

— Avant de se rendre ici, Monsieur le Gouverneur a-t-il pris le temps de souper?

— Non, Monsieur le maréchal, car je tenais absolument à vous voir dès ce soir.

— Eh bien, Monsieur le Gouverneur, vous allez nous faire l'honneur de souper avec nous.

Et s'adressant à un valet :

— Ajoutez un couvert, ordonna-t-il.

— Qu'est-ce donc que ce Jean Cavalier, dont, dans la seule journée d'hier, j'ai entendu prononcer plus de vingt fois le nom? demanda Saint-Mars, lorsque, après les politesses d'usage, la conversation eut repris son cours.

Avec un sourire de mépris le maréchal répondit :

— C'est un ancien boulanger que les protestants, ou plutôt les différentes bandes de camisards ont choisi comme général.

— Mais ne vient-il pas de... comment dirai-je?... d'infliger un échec à un détachement catholique?

— Cela est vrai, fit le maréchal qui ajouta presque aussitôt en baissant un peu la voix :

— Et même, entre nous, je dirai que cet échec est une véritable défaite. Mais une chose qui m'étonne, c'est qu'un jeune homme, qui pétrissait encore de la farine il y a quinze jours, ait su disposer ses troupes d'une façon aussi habile qu'heureuse.

— Êtes-vous certain, Monsieur le maréchal, que ce Jean Cavalier commande et dirige seul les calvinistes révoltés?

— Je ne saisis pas très bien, Monsieur de Saint-Mars...

— Je m'explique : N'y aurait-il pas auprès de ce jeune chef, une autre personne, par exemple un gentilhomme instruit, connaissant les choses de la guerre, qui, tout en restant au second plan, guiderait, conseillerait, indiquerait aux troupes révoltées ce qu'elles doivent faire?

— Je ne crois pas, répondit sincèrement le maréchal.

Puis s'adressant à MM. de Broglie, de Julien et de Tournon :

— Et vous messieurs, quelle est votre opinion?

— Notre opinion est conforme à la vôtre, répondirent les trois officiers.

— Moi, j'ajouterai, continua le comte de Broglie, que je ne crois pas que des bandes de paysans ignorants et grossiers puissent résister longtemps à nos soldats disciplinés et bien armés.

— En outre que les camisards ne trouveront que difficilement des armes et des munitions, car pour se les procurer il faudrait qu'ils eussent d'abord de l'argent, dit M. de Saint-Julien.

Un imperceptible sourire d'ironie glissa sur les lèvres pâles du Gouverneur de l'île Sainte-Marguerite; puis d'un ton grave et affirmatif :

— Messieurs, dit-il, votre erreur est complète : Les révoltés viennent de recevoir de l'argent; ils se procureront des armes et dirigés par un homme qui commande lui-même à Jean Cavalier, par un homme qui hait le roi de France autant que l'on peut haïr ici-bas, ils battront de nouveau les troupes catholiques, et vainqueurs marcheront sur la capitale.

— Mais cela ne se peut pas, Monsieur! s'écria le maréchal.

— Si, cela se peut. A moins que...

— A moins que? répétèrent les quatre officiers.

— A moins que je ne parvienne à mettre la main sur le véritable chef des révoltés, acheva M. de Saint-Mars.

Devenu soudain pensif le maréchal de Montrevel dit après un court moment de réflexion :

— Monsieur le Gouverneur, j'ai reçu de Monseigneur le ministre de la guerre l'ordre de mettre à votre disposition toutes les troupes que vous me demanderez, et surtout, de vous tenir prêts cent cavaliers d'élite...

— Et de plus d'exécuter, sans une seconde de retard, les ordres que je pourrais moi-même vous envoyer! ajouta M. de Saint-Mars.

— Vous avez raison. Monsieur le Gouverneur, dit lentement le maréchal en regardant celui qui lui arrivait muni d'un pouvoir qui surpassait le sien.

— Vous devez avoir des espions, qui vous renseignent sur les mouvements des insurgés?

— En effet, Monsieur, nous en avons quelques-uns, répondit le maréchal.

— Sur quel point est signalé Jean Cavalier?

— Du côté des bois de Vaquières. Aujourd'hui même j'ai envoyé contre lui deux compagnies commandées par M. de Bimard et le capitaine Montarnaud.

— Bien. Dès demain j'irai explorer les environs des bois de Vaquières.

— J'ai appris, Monsieur le maréchal, qu'ici, à Nîmes, les esprits sont assez surexcités.

— Oui Monsieur. Catholiques et protestants nourrissent les uns contre les autres une haine terrible qui n'attend que l'occasion d'éclater.

— Eh bien, Monsieur le maréchal, dit Saint-Mars en se levant, si cette occasion éclate, tàchez que le résultat soit une petite « Saint-Barthélemy ».

Et l'ex-geôlier de Monseigneur Louis prit congé du maréchal et de ses trois officiers.

En entendant les derniers mots prononcés par de Saint-Mars, M. de Montrevel avait frémi ; et pourtant, par ses ordonnances et arrêtés, il était le premier auteur des enlèvements, des emprisonnements et des supplices employés pour amener la conversion des malheureux calvinistes.

Le lendemain matin, entre neuf et dix heures, M. de Saint-Mars sortait de la ville de Nîmes en carrosse pour s'éviter toute fatigue, et précédé d'une compagnie de cent hommes pour se préserver de tout danger.

M. de Saint-Mars, obéissant aux ordres de Louvois, voulait certes faire l'impossible, user de tous les moyens, même des moins avouables, pour s'emparer de Monseigneur Louis, mais il ne tenait nullement à tomber entre les mains des protestants révoltés.

Aussi la voiture qui le transportait de Nîmes à Alais avait-elle soin de se tenir constamment à une centaine de pas derrière les soldats que commandait le capitaine de Grès de Sec-Lenoisy.

Pour faire la grande halte de la seconde étape, celui-ci avait choisi le petit village de Servas. L'auberge du *Cheval blanc* étant la seule qui s'y trouvât, M. de Saint-Mars donna à son cocher l'ordre de l'y conduire.

Au moment où son carrosse allait s'engager sous la voûte de la porte cochère, il entendit un mendiant, qui se tenait appuyé contre une borne, lui demander l'aumône d'une voix larmoyante. Le mari, ou plutôt le bourreau de l'infortunée Suzanne de Brévannes pour laquelle la mort avait été une délivrance, était loin d'avoir le cœur sensible ; en toute autre circonstance il n'eût même pas accordé un regard à celui qui réclamait la charité, mais, ce jour-là, il se fit cette réflexion :

— Un mendiant qui parcourt les villages et les hameaux doit pouvoir me fournir quelques renseignements ; et qui sait ? peut-être me devenir utile...

Et avant que la lourde voiture eut tourné l'angle de la haute porte il allongeait le bras et jetait sur le sol une pièce de monnaie en disant au mendiant.

— Mon ami, voici pour toi, mais ne t'éloigne pas !

Pour prononcer ces paroles il avait approché son visage de la portière, et, si son carrosse ne l'avait pas immédiatement conduit dans la cour, il aurait eu le temps de voir le geste de surprise qui échappa soudain au mendiant, et il aurait pu entre cette exclamation :

— Oh! lui ici !... Monsieur de Saint-Mars !

Une demi-heure plus tard le gouverneur de l'île Sainte-Marguerite était à table. Voulant tout en dînant, afin de ne pas perdre une minute, interroger le mendiant, il chargea de son hôte de le faire amener en sa présence.

— Je vous obéis de suite, Monseigneur, dit l'hôtelier respectueusement, mais laissez-moi vous avertir que ce mendiant n'est qu'un... faux mendiant.

— Ah ça ! vous moquez-vous de moi ? fit de Saint-Mars surpris.

— Je n'oserais jamais agir ainsi à l'égard de Monseigneur.

— Expliquez-vous ?

— Eh bien, Monseigneur, il y a une douzaine de jours que ce personnage étrange est arrivé ici richement vêtu et dans un bon carrosse...

— Richement vêtu et dans un carrosse ! répéta tout bas de Saint-Mars.

— Oui, Monseigneur. Mais dès le lendemain il renvoyait son carrosse et se déguisait en mendiant, puis s'en allait parcourir tous les environs. Ce matin la lubie lui a pris de s'installer sous la voûte de ma porte cochère.

— Vous paye-t-il les dépenses qu'il fait.

— Oui, Monseigneur, les siennes et celles de son laquais.

— Il a un laquais ! fit à mi-voix de Saint-Mars en réfléchissant.

— Oui, un vilain homme presque aussi méchant que son maître.

— Ce dernier vous a-t-il dit son nom ?

— Non Monseigneur. Je ne sais que celui du laquais qui se nomme Marquet.

— Amenez-moi quand même ce faux mendiant.

— Bien, Monseigneur.

L'hôtelier s'empressa d'aller lui-même chercher son étrange locataire.

— Venez vite, lui dit-il en l'abordant ; le gentilhomme qui vient d'arriver désire vous parler.

— C'est bien, répliqua le mendiant. Dites à ce gentilhomme que je serai à lui dans cinq minutes.

L'hôtelier revint seul près de M. de Saint-Mars.

— Comment ! s'écria celui-ci, il ose se permettre de me faire attendre.

— Avant de se présenter devant vous, Monseigneur, il aura sans doute voulu changer d'habits.

Le propriétaire de l'auberge du *Cheval blanc* ne se trompait pas. Les cinq minutes demandées par le faux mendiant étaient à peine écoulées que ce dernier se présenta vêtu très convenablement.

En entrant il salua et dit humblement :

— J'ai l'honneur de saluer Monsieur de Saint-Mars.

Le gouverneur de l'île Sainte-Marguerite grandement étonné regarda pendant un instant celui qui entrait.

— Messire Gniafon !... Vous ici ! dit-il enfin.

Puis, d'un ton impérieux, s'adressant à l'hôtelier :

— Que personne, vous entendez, que personne ne nous dérange. Sortez maintenant !

Surpris, troublé et même inquiet, l'hôtelier se retira en murmurant :

— Il se passe ici des choses point naturelles. Depuis l'arrivée de ce maudit nain, je ne vis plus tranquille. Je ne sais pas pourquoi, mais j'ai peur...

Assis en face de M. de Saint-Mars, Gniafon, après avoir regardé autour de lui, dit à voix basse :

— C'est « lui » que vous recherchez ?

Maudit matelot! s'écria-t-il.

— Oui... Mais vous aussi je le suppose !...

— Non ! interrompit le nain dont le regard brillait d'une lueur fauve.

— Non, distes-vous ? reprit de Saint-Mars avec un léger mouvement de surprise.

— C'est « elle » que je cherche moi... Elle, Yvonne !... Elle ne peut habiter loin d'ici...

Et les narines de l'affreux Gniafon se dilatèrent; on eût dit, en lui voyant tourner la tête à droite et à gauche, une bête féroce flairant sa proie.

Plus bas il reprit :

— Par Yvonne, vous saurez où trouver Monseigneur Louis. Vous devez donc, Monsieur de Saint-Mars, m'aider à découvrir le lieu où elle se cache.

— Je ne demande pas mieux.

— Si vous le voulez, dès ce soir vous connaîtrez sans doute son refuge.

— Comment cela !

— Le jour même où le hasard m'a conduit ici, un des deux aventuriers qui se sont faits les défenseurs de Monseigneur Louis, a renvoyé au château de Servas un cheval qui lui avait été prêté.

— Le château de Servas est certainement celui qu'on aperçoit de la route, à une courte distance, sur la hauteur ?

— Oui Monseigneur. J'ai essayé de me lier avec les laquais du château mais mes tentatives sont demeurées infructueuses.

— Il est certain, dit M. de Saint-Mars, que le maître ou l'intendant du château, devait connaître le nom et probablement savoir où se rendait celui à qui il confiait une monture.

— Eh bien, Monseigneur, ce que je n'ai pas pu obtenir par les serviteurs, vous l'obtiendrez par leur maître. Il vous faut aller aujourd'hui même visiter M. le comte de Servas.

Le gouverneur de l'île Sainte-Marguerite resta quelques secondes sans répondre : il réfléchissait.

— vous avez raison, messire Gniafon, dit-il en relevant la tête. Le château de Servas me paraît admirablement situé. Il est à peu près à égale distance des trois villes que je dois surveiller : Alais, Uzès et Nîmes. Je vais donc m'y installer avec une compagnie de soldats d'infanterie.

— Le comte de Servas qui, m'a-t-on dit, n'aime guère à recevoir des étrangers, s'y opposera peut-être.

— Non, car il n'osera pas désobéir à un ordre signé du roi. Aussi....

Il fut brusquement interrompu par le bruit de plusieurs coups de feu partant de la route.

Au même instant, s'éleva une clameur qui les fit tressaillir tous deux.

— Aux armes ! aux armes !.. Les camisards !

Saint-Mars et Gniafon se précipitèrent vers une fenêtre ouverte.

A moins de cent pas de l'hôtellerie, ils purent voir, à gauche du grand **chemin**, bondissant à travers les champs, une bande de révoltés reconnaissables à la courte chemise qu'ils portaient par dessus leurs habits de paysans.

— Serait-ce Jean Cavalier ? murmura à lui-même le gouverneur de l'île Sainte-Marguerite.

Et son regard suivait les mouvements d'un beau garçon qui courait en avant de ses compagnons et les excitait de la voix et du geste, agitant d'une main son mousquet.

— Enfants de Dieu, criait-t-il, en avant ! Vengeons nos frères !

Ce jeune chef d'une troupe de réformés, c'était Roland, l'ami de Jean Cavalier. Il conduisait à celui-ci quarante hommes assez bien armés quand, à une lieue du château de Servas, il apprit qu'une compagnie de soldats catholiques venait de faire halte à l'entrée du village que domine le château.

— Frères, dit-il à ses hommes, nos ennemis sont tout proche ; leur nombre est le double du nôtre, mais ils ne nous attendent pas... Allons les surprendre¹

— Oui, oui, marchons ! répondirent les calvinistes.

Et, au pas de course, ils avaient pris la direction du village de Servas.

Ils n'étaient plus qu'à une centaine de pas du détachement catholique lorsqu'une sentinelle, postée en avant sur la route, remarqua plusieurs hommes qui s'approchaient rapidement en se dissimulant dans l'ombre des haies, elle déchargea alors son mousquet en l'air.

Comprenant qu'ils étaient découverts, les protestants s'élancèrent à travers champs, pour tomber en ligne droite sur leurs ennemis. Il y eut parmi les catholiques qui étaient loin de s'attendre à une attaque aussi audacieuse, une minute de profonde confusion. A peine une quinzaine d'entre eux avaient-ils eu le temps de faire usage de leurs armes, que Roland et ses compagnons, bondissaient sur la route et se précipitaient sur leurs adversaires.

Le sang-froid du capitaine Grès, qui réussit à rallier rapidement ses soldats, sauva ces derniers d'un désastre à peu près certain.

L'impétuosité avec laquelle les protestants s'étaient précipités sur leurs ennemis les avaient refoulés jusque sous les fenêtres de l'hôtellerie. Dix soldats avaient été tués, le double, au moins, était blessé. Mais les catholiques étaient encore deux fois plus nombreux que leurs adversaires ; ils manœuvrèrent pour les envelopper. Roland s'en aperçut. De sa voix retentissante, il cria à ses compagnons :

— En retraite frères !... C'est assez pour une première rencontre !

Il allait s'élancer sur le bord de la route quand, d'une fenêtre du premier étage de l'hôtellerie, une voix dit d'un ton de commandement :

— Arrêtez le chef de ces brigands ! Prenez-le vivant !

Roland leva les yeux sur la fenêtre dans l'embrasure de laquelle se voyaient M. de Saint-Mars qui, le bras allongé, le désignait du doigt, et à son côté, le frôlant presque, la tête hideuse de Gniafon.

Le capitaine Grès voulut lui-même exécuter l'ordre que criait le gouverneur de l'île Sainte-Marguerite, il s'avança pour couper la retraite de Roland.

— Charge-toi de cet officier, dit brièvement le jeune chef à un protestant armé d'une pique, moi je vais répondre à l'autre !

En prononçant ses paroles, il arma un pistolet qu'il avait gardé à la main et visa de Saint-Mars.

Il pressa la détente, une détonation retentit.

Alors deux cris se firent entendre.

Le premier était poussé par le capitaine Grès qui, frappé d'un coup de pique, tombait entre les bras de deux soldats.

Le second cri avait échappé à M. de Saint-Mars, au visage duquel, un paquet de cheveux roux et un lambeau de chair ensanglantée venaient de sauter.

Et, au même moment, l'ancien geôlier de Monseigneur Louis voyait son voisin porter une main à sa tête monstrueuse, puis faire un tour sur lui-même et tomber comme une masse.

Dans sa précipitation, Roland avait mal visé. Il voulait tuer le gentilhomme et c'est l'affreux nain que sa balle avait atteint.

Une minute avait suffi pour que se déroulât cette dernière scène de combat.

Son coup de pistolet lâché, Roland avait en quelques bonds, rejoint ses compagnons qui, courbés derrière les haies et les buissons, filaient dans la direction des bois de Vaquières.

Les protestants n'avaient perdu aucun des leurs ; seul, parmi les douze ou quinze blessés, un paysan avait été atteint dangereusement.

Pendant que les soldats catholiques entouraient, puis transportaient leur commandant dans la salle basse de l'auberge du *Cheval Blanc*, M. de Saint-Mars se courbait sur le corps étendu, inerte, sans mouvement, de Gniafon.

La face bestiale de l'affreux nain, déjà si hideuse, semblait l'être devenue plus encore. La pupille de son œil était comme retournée, ses joues avaient une couleur cadavéreuse, dans une contorsion de douleur ou d'épouvante, ses lèvres épaisses grimaçaient d'une façon horrible.

Aussi, en le regardant, M. de Saint-Mars éprouva malgré lui un mouvement de répulsion.

— Oh ! cet être me fait peur ! murmura-t-il.

Et il appela le propriétaire de l'auberge.

Celui-ci, tout tremblant encore d'effroi, accourut avec Marquet.

Tous deux s'agenouillèrent près de Gniafon.

— Est-il mort ? demanda sans la moindre émotion le gouverneur de l'île Sainte-Marguerite.

Le domestique du nain appuya son oreille sur la poitrine de l'ennemi d'Yvonne.

— Son cœur bat toujours, répondit-il.

— Eh bien, transportez-le de suite sur un lit ; je vais faire appeler M. Castinel, le chirurgien de la compagnie, pour qu'il lui donne les soins nécessaires.

L'hôtelier et Marquet enlevèrent le corps de Gniafon et le portèrent dans sa chambre. Pendant ce temps, M. de Saint-Mars descendait chercher le chirurgien qui, à ce moment accourait auprès du capitaine Grès et de cinq autres blessés qui se trouvaient dans la salle commune de l'auberge.

La blessure du capitaine était grave mais pas mortelle.

— Dans une quinzaine de jours vous serez debout, dit M. Castinel au blessé.

Ce dernier, trop faible pour parler, ne répondit que par un regard qui signifiait clairement, qu'aussitôt rétabli, il saurait prendre sur les camisards une terrible et éclatante revanche.

Le brave capitaine était loin de se douter que sa blessure, qui allait le tenir deux semaines dans un lit, le préserverait d'un grand danger : lui sauverait la vie !

Lorsque le chirurgien monta dans la chambre de Gniafon, le nain venait de reprendre connaissance. Il examina la blessure qui était sur le sommet de la tête et s'étendait sur une longueur de trois pouces environ.

Puis, répondant à une interrogation de M. de Saint-Mars :

— Ce ne sera rien ! dit-il. La balle qui a frappé cet homme ne l'a touché que par ricochet ; la direction de la blessure qui va de haut en bas le prouve.

Le chirurgien ne se trompait pas. La balle destinée au gouverneur de l'île Sainte-Marguerite avait d'abord touché la partie supérieure de la fenêtre appelée claveau, puis, légèrement aplatie, avait rebondi et frappé comme un marteau sur le crâne de Gniafon, lui enlevant un lambeau de peau à laquelle adhéraient quelques cheveux roux.

De tous ceux qui furent blessés par la petite troupe calviniste qui, emportant comme trophées deux fusils et un pistolet, réussit à rejoindre sans encombre Jean Cavalier, Gniafon fut celui dont la blessure était la plus légère. En effet, le lendemain du combat il pouvait sans danger quitter sa chambre.

La tête entourée de bandelettes il alla, aussitôt après le dîner, trouver de M. de Saint-Mars qui lui avait fait dire qu'il monterait dans l'après-midi au château de Servas.

— Monseigneur, lui dit-il en saluant, si vous me donnez à votre retour le nom du village où habite le cavalier à qui le comte de Servas a prêté un cheval pour rentrer chez lui, moi, je vous le promets, je me mettrai dès demain matin à la recherche de Monseigneur Louis et d'*elle*... Yvonne !

— Vous haïssez donc bien cette jeune femme?

L'œil de Gniafon brilla d'une lueur fauve, ses dents grincèrent de rage, il se rapprocha de M. de Saint-Mars et d'une voix si sourde qu'à peine on l'entendit :

— Oui je la hais ! répondit-il. Et ma joie, lorsque je la tiendrai en ma puissance, égalera celle du roi quand il saura que... son frère est pour jamais enfermé dans un cachot de la Bastille !

— Bien. Aujourd'hui même, messire Gniafon, je vous aurai le renseignement qu'il vous faut pour vous mettre en campagne.

— Et moi, demain, je saurai où s'est réfugiée Yvonne !

— Mais vous me ferez une promesse? dit après une seconde de réflexion M. de Saint-Mars.

— Laquelle, Monseigneur ?

— Si, même avant d'avoir pu vous emparer de la jeune femme, vous trouvez une occasion favorable pour surprendre et faire arrêter Monseigneur Louis, vous le ferez ?

— Sans hésiter, je le ferai !

— Lors même que cette arrestation nuirait à vos projets?

L'affreux nain hésita.

— Eh bien, oui, répondit-il soudain, oui, lors même que cela nuirait à mes projets.

— Allons, c'est bien, je vais...

— Mais de votre côté, Monseigneur, interrompit Gniafon avec une certaine audace, vous mettrez à ma disposition les hommes et les chevaux dont je pourrai avoir besoin?

— Vous y tenez absolument?

— J'y tiens Monseigneur.

— C'est bien. Troc pour troc, messire Gniafon. Donnez-moi Monseigneur Louis, moi je vous donnerai Yvonne.

— Avant un mois j'aurai l'un ou l'autre, Monseigneur, où c'est que je serai mort !

Moins d'une heure après qu'eut été fait ce pacte entre l'ancien geôlier de Monseigneur Louis et le perfide ennemi de sa douce Yvonne, M. de Saint-Mars, suivi d'une escorte de dix hommes, franchissait le pont-levis du château de Servas.

Le comte vint sur son perron pour recevoir le gouverneur de l'île Sainte-Marguerite. Il le fit ensuite pénétrer dans un salon somptueusement meublé.

— Monsieur le comte, dit M. de Saint-Mars en s'asseyant en face de son hôte, vous n'êtes pas sans avoir appris les progrès que fait chaque jour la révolte des calvinistes qui, hier, ont poussé l'audace jusqu'à venir attaquer les troupes de sa Majesté sous les murs de votre château.

— On m'a en effet appris, hier soir, ce qui s'était passé à l'entrée du village.

— Votre forteresse, Monsieur le comte, car votre château est une véritable forteresse, commande par sa situation la route d'Alais à Nîmes et le grand chemin d'Alais à Uzès. Aussi, pour barrer le passage aux bandes de Jean Cavalier, M. le maréchal de Montrevel vous envoie une compagnie qui tiendra garnison ici jusqu'à la fin de l'insurrection.

— Je suis prêt à recevoir la compagnie de M. le maréchal, et à faire le meilleur accueil à son commandant.

— Le commandant, ce sera vous, M. le comte, dit de Saint-Mars en souriant.

— Moi? s'écria le comte un peu surpris.

— Mon Dieu oui... à moins que vous ne décliniez cet honneur, reprit toujours souriant M. de Saint-Mars.

— J'accepte avec empressement au contraire !

— Bien, Monsieur le comte. Dans une heure vous recevrez votre compagnie. Je viendrai, je le pense du moins, vous visiter très souvent.

— Je serai enchanté des visites de Monseigneur, et même si j'osais...

— Osez, Monsieur le comte, je vous le permets.

— Eh bien, je vous demanderais d'assister à la bénédiction nuptiale qui sera donnée à ma nièce dans la chapelle du château.

— A quelle époque ?

— La cérémonie avait été fixée à un mois, mais je l'ai avancée d'une dizaine de jours; elle aura donc lieu après-demain, à moins que le fiancé, le duc de La Tour-du-Roc, mon ami, ne soit pas suffisamment rétabli.

— Aurait-il par hasard été blessé dans quelque combat contre les bandes de camisards?

— Non, il a été frappé d'un coup d'épée, à une courte distance du château par un individu auquel j'ai été assez bon pour prêter une bête de mes écuries après lui avoir accordé une nuit d'hospitalité.

— C'était une façon peu courtoise de vous témoigner sa reconnaissance, dit M. de Saint-Mars.

Puis après une légère pause et avec une certaine simplicité :

— Mais ajouta-t-il, vous connaissiez sans doute ce personnage mal élevé? Ou tout au moins vous saviez en quel lieu il allait avec la monture que vous lui prêtiez?

— Oui, Monseigneur, je savais qu'il se rendait au Mas de Couriac, à cinq lieues du château de Servas; mais son nom je ne l'ai appris que quelques jours après par le duc de La Tour-du-Roc.

— Bien que cela ne m'intéresse guère, je vous demanderai son nom, simplement par curiosité?

— Eh bien, l'adversaire de mon ami s'appelle : Faribole.

En entendant ce nom, M. de Saint-Mars eut un imperceptible tressaillement.

— Faribole, Faribole... voilà ma foi un drôle de nom...

Et tout en disant ces mots au comte de Servas, il pensait en lui-même :

— Gniafon sera satisfait; il pourra se rendre bientôt au Mas de Couriac. Mais s'il tombe sous la main du sieur Faribole il est fort probable qu'il ne reverra plus l'auberge du *Cheval blanc*.

Un instant après, le gouverneur de l'île Sainte-Marguerite prenait congé du comte de Servas auquel il promettait de revenir le lendemain, puis se hâtait d'aller retrouver Gniafon.

Le regard du nain se mit à briller d'une joie féroce quand M. de Saint-Mars lui indiqua le lieu où se rendait Faribole en quittant le château de Servas.

— Je le devine, je le sens, dit-il, c'est au Mas de Couriac qu'*elle* se cache avec son enfant. J'irai demain !

— Si j'ai un conseil à vous donner, messire Gniafon, c'est de bien éviter de vous rencontrer avec Faribole.

— Laissez-moi faire, Monseigneur. Quand je me serai rendu maître de l'enfant, il me sera facile de m'emparer de la mère. C'est un moyen qui réussit toujours !

Le terrible capitaine avait par deux fois enfoncé son arme dans le lit.

Poussé par la haine qui emplissait son cœur, Gniafon ne voulut pas attendre le lendemain pour aller rôder aux alentours du Mas de Couriac. Un peu avant la nuit il se hissa sur un cheval, et suivi de son digne valet Marquet, il partit dans la direction de l'humble maisonnette appartenant à la vieille paysanne Dorfeuil.

En voyant les deux hommes s'éloigner, l'hôtelier, qui près du nain ressentait une terreur secrète, dit à voix basse à sa femme :

— Ne les prendrait-on pas pour deux coquins partant faire un mauvais coup !

Lorsque Gniafon jugea qu'il n'était plus qu'à une lieue du refuge où il devinait que se trouvait Yvonne, il mit pied à terre et dit à Marquet de conduire les deux montures sous un bouquet d'arbres qu'il apercevait à une petite distance au bas d'un côteau, puis, seul, il continua son chemin vers le Mas de Couriac.

La nuit était calme, la température douce. La lune, qui par moment disparaissait derrière les rares nuages courant dans le ciel, éclairait toute la campagne.

Le nain, qui depuis quelques minutes marchait avec toute la rapidité que lui permettaient ses jambes courtes, s'arrêta soudain.

Encore assez loin devant lui, son regard perçant venait d'apercevoir des ombres gigantesques qui s'approchaient rapidement.

A ce moment il se trouvait en pleine prairie ; autour de lui pas un arbre, pas un buisson derrière lesquels il aurait pu se cacher.

Et les ombres grandissaient toujours ; maintenant il distinguait parfaitement les formes de huit chevaux. De nouveau son œil de bête fauve scruta autour de lui. Tout à coup il poussa un grognement.

A dix pas du chemin, il voyait un tertre étroit et dépassant à peine la surface unie de la prairie ; cela ressemblait à un monceau de terre élevé par quelque taupe en fouillant sous l'herbe.

Brusquement il se jeta à plat ventre, et rampant comme un affreux serpent, il atteignit le tertre et se glissa derrière.

Une minute s'écoula ; puis il entendit le murmure de deux voix. Redressant un peu sa tête monstrueuse, il fixa son regard sur le chemin.

Alors il put voir deux jeunes gens conduisant chacun quatre chevaux attachés l'un derrière l'autre.

— Dis donc, Dorfeuil, disait un des jeunes gens, neuf hier, huit ce matin et autant cette nuit, cela fait vingt-cinq bêtes que nous conduisons à Jean Cavalier.

— En effet, Piolet, et la nuit prochaine nous en aurons d'autres à lui conduire. Le capitaine Louis veut que deux cents cavaliers soient équipés d'ici la fin de la semaine.

En échangeant ces paroles, Dorfeuil et Piolet passaient au pas de leurs montures devant l'étroite cachette de Gniafon. Dès que le bruit de leur conversation se fut perdu dans le lointain, l'ennemi d'Yvonne se releva d'un bond :

— Le capitaine Louis, murmura-t-il, c'est son amant... c'est Monseigneur....

Et une imprécation sur les lèvres, l'œil fixé devant lui, il s'élança en courant sur l'herbe le long du chemin qui devait le conduire au Mas de Couriac.

Au bout d'un quart d'heure il s'arrêta pour respirer; mais, presque aussitôt, il repartit en bondissant : il venait d'entrevoir à une courte distance, entre l'ombre projetée par deux hauts châtaigniers, un toit de chaume qui miroitait sous les clairs rayons de la lune.

A cinquante pas de la chaumière il s'arrêta de nouveau.

D'une fenêtre de l'unique étage, un filet de lumière passait par la légère ouverture existant entre les volets qui n'avaient pas été entièrement fermés.

— C'est là ! fit-il.

Son œil rivé sur l'étroite ouverture, frémissant de passion inassouvie, il demeurait immobile, comme fasciné.

La lumière était depuis longtemps éteinte qu'il regardait encore les volets de la fenêtre. Enfin il s'arracha à cette contemplation, et marchant avec précaution il fit le tour de la maisonnette.

Insensiblement il s'était rapproché de celle-ci.

Mais soudain, au moment où il passait à quinze pas de la porte, il tressaillit violemment.

A l'intérieur de l'habitation un chien, gardien fidèle, venait d'aboyer deux fois d'une façon inquiétante.

Prestement Gniafon alla se poster sous un arbre qui était à une centaine de pas. Longtemps, très longtemps il resta là, ne pouvant se décider à s'éloigner. A mi-voix il se disait :

— Yvonne est dans cette demeure... quelque chose en moi me le dit... Comment parviendrai-je jusqu'à elle ?...

Un instant il demeura rêveur. Puis il reprit :

— Cette maisonnette est isolée.. des prairies l'entourent de tous côtés... Je ne vois aucun endroit propice pour y établir un poste de surveillance...

Et il réfléchissait encore.

L'aube allait bientôt blanchir le sommet des plus hautes collines, lorsqu'il jeta un dernier regard sur la chaumière où la femme bien aimée de Monseigneur Louis reposait heureux.

— Yvonne, dit l'affreux nain en s'éloignant, Yvonne, oui! je te hais maintenant autant que je t'ai aimée jadis, mais!... j'ai juré que tu serais à moi!... Je te veux, et je t'aurai toute!...

. . . .

A six heures du matin, Gniafon et son domestique étaient de retour à l'auberge du *Cheval blanc.*

— Marquet, tu m'as compris, dit le nain en mettant pied à terre. Tu vas te reposer jusqu'à midi, puis tu te rendras au Mas de Couriac déguisé en mendiant.

— Et j'aurai deux pistoles quand je vous apporterai les renseignements?

— Oui; et peut-être t'en donnerai-je une troisième pour mieux te récompenser.

Presque à la même heure où le nain et son valet échangeaient ces paroles, le pasteur Raymond quittait le Mas de Couriac où il avait passé la nuit, et, monté sur le petit cheval du fils Dorfeuil, prenait à une allure rapide la direction des bois de Vaquières.

Il courait rejoindre Jean Cavalier qui y bivouaquait avec quatre cents hommes. Il y arrivait vers onze heures.

— Halte! On ne passe pas! lui cria soudain un paysan qui se tenait caché à l'angle d'un chemin creux conduisant dans le bois.

— Frère, je suis le pasteur Raymond.

La sentinelle s'avança d'un pas puis en saluant respectueusement:

— Excusez-moi, frère, dit-elle, je ne vous avais pas reconnu.

— Bien, frère. Que le Seigneur te garde! fit le ministre protestant qui poussa sa monture en avant et pénétra dans le bois.

Dans une clairière, il trouva Jean Cavalier en train de causer avec Roland, un de ses lieutenants, et une grande et belle jeune fille de dix-sept ans, appelée Lucrèce Guignon.

— Jean Cavalier, disait cette dernière d'une voix que la colère et la douleur faisaient vibrer, les misérables ont tué ma mère, mon jeune frère et ma petite sœur, je reste seule; je veux les venger!

— Sœur, laisse-nous faire: ceux que tu aimais seront vengés!

— Je veux combattre avec vous! Ne me refusez pas des armes!

A ce moment apparut le pasteur Raymond. Lucrèce Guignon courut vers lui et, éclatant en sanglots trop longtemps contenus, elle s'écria avec un accent déchirant :

— Ils les ont tués... tous !... tous !...

— Je le sais, ma pauvre enfant !... Ton malheur est grand,... irréparable, murmura le pasteur profondément ému.

Soudain la jeune fille redressa la tête, ses regards prirent une expression farouche, d'un geste brusque elle sécha ses larmes et de nouveau cria au chef des protestants révoltés :

— Je veux des armes ! Je veux me battre comme vous !

Le pasteur fit un signe à Jean Cavalier.

Celui-ci dit alors doucement à la jeune fille :

— Lucrèce, l'heure de combattre n'a pas encore sonné. Je te ferai prévenir. Mais en attendant va rejoindre tes compagnes... Va Lucrèce.

La jeune fille s'éloigna lentement.

— Jean Cavalier, dit aussitôt le pasteur Raymond, trois compagnies marchent sur les bois de Vaquières avec l'intention de t'envelopper.

— Qu'elles viennent donc, nous sommes prêts à les recevoir. La tranquilité qui semble régner ici cache un piège, frère Raymond !

— Il faut que nos frères soient vainqueurs aujourd'hui encore.

— Ils le seront ! répondit avec assurance le chef des protestants. Catinat et sa troupe occupent la partie supérieure du bois, Emmanuel et cent vingt hommes se cachent dans les fourrés du côté sud, Espérandieu garde la partie du nord ; Roland et moi à la tête de cinquante hommes seulement, résisteront à l'attaque des trois compagnies.

— Sois prudent frère. Un échec contrarierait le... capitaine Louis.

— C'est précisément pour lui montrer moi, qu'il peut avoir confiance, pour lui prouver que mes hommes sont braves, que je veux une victoire complète. Tandis que, tout en reculant lentement dans le bois, je résisterai aux trois compagnies royales, Catinat, Emmanuel et Espérandieu se glisseront le long de la lisière, formeront un cercle et nos ennemis cernés de toutes parts seront bien obligés de se rendre.

— Ton plan est parfaitement combiné, dit le pasteur Raymond en souriant.

— Et avec de l'adresse et du courage, il réussira ! répliqua vivement Jean Cavalier.

A ce moment un jeune garçon d'une quinzaine d'années s'approcha en courant.

— Qu'y a t-il, Lamarque ? demanda le chef des camisards.

— Frère Espérandieu m envoie vous avertir qu'une compagnie de catholiques s'avance par la route d'Uzès.

— Bien Lamarque. Maintenant va rejoindre les femmes.

A peine achevait-il qu'un vieillard, très robuste malgré ses cheveux blancs, arriva par la droite de la clairière.

— Jean Cavalier, dit-il, une compagnie de miliciens est signalée traversant les champs et se dirigeant vers les fourrés.

— Merci, Bâtit. Dis au frère Emmanuel de rester caché.

Au même instant un troisième messager apparut, bondissant avec une surprenante légèreté.

— Eh bien! frère Protat, lui cria Jean Cavalier dès qu'il l'eût aperçu.

— Une compagnie de soldat de Montrevel s'avance par le chemin de Saint-Christol. Catinat demande ce qu'il doit faire?

Le chef des protestants réfléchit une minute. Ses ennemis, arrivant par trois côtés différents, dérangeaient son plan de bataille.

— Frère Protat, demanda-t-il, la compagnie signalée est-elle encore loin du bois?

— A dix minutes peut-être.

— Alors, il faut se hâter. Dis à Catinat de faire replier la moitié de ses hommes sur Espérandieu et l'autre moitié sur Emmanuel. Va!...

Protat repartit avec la rapidité d'une flèche.

— Frère Raymond, veuillez dire à Espérandieu qu'il m'envoie immédiatement une vingtaine de ses meilleurs tireurs. Je descends jusque sur la route.

Les deux hommes se serrèrent la main et se séparèrent.

Jean Cavalier eut bientôt rejoint ses cinquantes compagnons qui attendaient, couchés sur la mousse, mais ayant leurs armes toutes prêtes sous la main.

— Frères, nous allons nous déployer en tirailleurs depuis le bord de la route jusqu'à la lisière du bois. Vous ne reculerez que lorsque je vous en donnerai le signal.

Moins de trois minutes après, les hommes de Jean Cavalier, auxquels vinrent se joindre les vingt tireurs d'Espérandieu, occupaient une surface assez étendue entre le bois et la route d'Uzès.

Par deux côtés différents arrivaient en bon ordre le capitaine Montarnaud avec cent dix hommes et M. de Bismard à la tête d'une compagnie bourgeoise.

Ils n'étaient plus qu'à cinq cents mètres quand Jean Cavaliers cria d'une voix retantissante :

— Frères, attention !... Visez bien. . Feu !

Soixante dix coups de mousquets partirent à la fois. Plus de cinquante soldats du roi tombèrent tués ou blessés.

Il y eut comme un mouvement d'hésitation dans les premiers rangs de la milice bourgeoise.

— Rechargez vivement, mes amis, puis feu à volonté ! dit Jean Cavalier en se hâtant de glisser une balle dans le canon de son mousquet.

Au même instant on entendit le capitaine Montarnaud crier à ses soldats :

— En avant !

Et suivi de sa compagnie il s'élança tout courant sur les protestants :

Mais une seconde décharge de ceux-ci brisa leur élan. D'une balle en pleine poitrine le capitaine Montarnaud venait de tomber en brave.

Pendant quelques minutes on entendit que le crépitement de la mousqueterie. Les camisards s'abritant de leur mieux tiraient sans se presser, les uns à genoux, les autres à demi couchés.

Tout à coup des cris retentirent sur la droite du bois.

C'étaient les soldats de la troisième compagnie qui dévalaient du haut du côteau et accouraient à l'aide de leurs camarades.

— Frères ! tout va bien ! cria le jeune chef des protestants.

Puis il donna le signal de la retraite qui, ainsi qu'il l'avait dit au pasteur Raymond, n'était qu'une ruse pour attirer l'ennemi sur un même point du bois.

Jean Cavalier et ses compagnons se replièrent lentement sur la lisière du bois, continuant à charger et à décharger leurs armes.

Cinq minutes après ils se trouvaient tous rabattus dans la futaie ayant sur leurs talons les trois compagnies catholiques.

Les hommes commandés par Espérandieu, Catinat et Emmanuel ne donnaient pas signe de vie, mais leurs sentinelles, cachées à tous les regards, suivaient pas à pas les mouvements de leurs ennemis.

A peine les derniers soldats catholiques eurent-ils pénétrés dans le bois, que, sur la gauche et la droite, trois cents camisards surgirent des nombreux fourrés et se montrant tout à coup, se précipitèrent sur les troupes royales.

— Enfants de Dieu ! en avant ! crièrent-ils ensemble.

Troublés par les clameurs de leurs adversaires, assaillis de tous côtés, les soldats envoyés par le maréchal de Montrevel cherchèrent à fuir. Quelques-uns tentèrent de s'échapper par un petit ravin.

Mais, au même moment, Lucrèce Guignon s'élança sur eux armée d'une pique et d'un pistolet :

— Vengeance !.. A mort !... Vive l'épée de l'Eternel ! criait-elle.

Et, de sa main, elle tua trois fuyards et en blessa deux autres.

Des trois cents hommes que comptaient les trois compagnies catholiques, quatre-vingt furent tués, cent vingt-cinq furent faits prisonniers. Parmi ceux qui eurent la chance de pouvoir s'échapper, beaucoup étaient blessés.

Les protestants perdirent une quinzaine des leurs ; ils eurent aussi quarante blessés dont un seul mourut des suites de ses blessures.

Aussitôt le combat terminé, ils remercièrent Dieu du nouveau succès que venaient de remporter leurs armes ; puis le pasteur Raymond les félicita, et leur dit qu'après un semblable exploit, il n'était rien qu'on ne pût attendre de leur vaillance.

Ce brillant fait d'armes fit proclamer partout Jean Cavalier prophète et libérateur des Cévennes. En moins de quinze jours sa petite armée s'augmenta de six cents hommes.

Lorsque le ministre protestant eut prononcé sa harangue, le jeune chef fit creuser, avec l'aide des prisonniers, une longue tranchée pour y ensevelir les morts. Pendant que les combattants piochaient la terre et transformaient un coin des bois de Vaquières en une immense tombe, Jean Cavalier dit à son ami Roland :

— Frère, parmi les dépouilles de nos ennemis, tu vas choisir une trentaine d'uniformes complets. Nous allons en avoir besoin.

— Aurais-tu l'intention de nous changer en soldats de Montrevel ? demanda Roland en souriant.

— Tu l'as dit... J'ai déjà donné l'ordre de me mettre de côté les vêtements du capitaine Montarnaud qui a été tué à la tête de sa compagnie. Demain je deviendrai pour quelques heures officier du roi de France. Trente de nos frères marcheront sous mes ordres.

— Jean, interrompit Roland, tu me prendras avec toi ; je veux être de l'expédition.

— Tu en seras, et tu ne le regretteras pas. C'est, chargés d'armes, de vivres et d'un riche butin, que nous reviendrons auprès de nos frères.

— Où donc nous conduiras-tu ?

Le chef des camisards se pencha près de l'oreille de son ami et à voix basse répondit :

— Hé! troun de l'air! gare à l'abordage, dit Faribole en riant.

— Au château de Servas!

— Oh! fit Roland sur le même ton. Je pourrai alors m'informer si le coup de pistolet que j'ai tiré sur l'officier qui désirait me faire prendre vivant a été heureux.

Sur la tranchée où venaient d'être descendus les protestants et les catholiques tombés pendant le combat, le pasteur Raymond récita la prière des morts; puis la tranchée fut comblée, et sur la terre à demi nivelée deux croix de bois furent plantées.

Jean Cavalier et ses hommes passèrent tranquillement la nuit au bivouac établi dans le bois. Le lendemain, dès le lever du soleil, trente camisards revêtirent les uniformes enlevés aux soldats des troupes régulières.

Lorsque le pasteur Raymond, avant de remonter sur son petit cheval pour aller à travers la campagne recueillir des renseignements utiles à ses coréligionnaires, vint prendre congé du chef des protestants, il trouva celui-ci habillé en officier d'infanterie royale.

— Frère Jean, que veux-tu donc faire costumé ainsi ? demanda-t-il en l'abordant.

Jean Cavalier sourit avec un petit air mystérieux.

— J'ai formé un projet hardi qui sera couronné de succès, répondit-il, mais il faut que j'use d'un audacieux stratagème !

— Et ce projet quel est-il?

— Frère Raymond, permettez-moi de ne pas vous répondre... Je voudrais vous ménager une surprise.

— Bien, frère Jean. Mais je te rappelle encore : sois prudent !

— Je le serai.

— Allons, au revoir et que Dieu te garde ! dit le pasteur.

Un quart d'heure après, il suivait au trot de sa monture le chemin de Saint-Christol.

Jean Cavalier rassembla autour de lui tous ses compagnons :

— Frères, leur dit-il, j'ai besoin de six d'entre vous pour les faire attacher et les conduire prisonniers aux soldats du maréchal de Montrevel.

Les camisards regardèrent leur chef avec de grands yeux étonnés ; puis, le premier moment de stupeur passé, et le voyant sourire, une vingtaine d'hommes s'avancèrent :

— Frère Jean, nous sommes à tes ordres! dirent-ils.

— Six seulement ! répliqua Cavalier, frère Roland fera le septième prisonnier, et, quand l'heure sera venue, indiquera aux autres ce qu'ils auront à faire.

Quelques instants plus tard on pouvait voir, sortant des bois de Vaquières, un détachement de trente soldats réguliers ayant à leur tête un jeune officier, et traînant avec eux sept camisards attachés par une même corde. Les nœuds de celle-ci n'étaient peut-être pas très serrés, mais aucun des sept captifs ne semblait avoir des velléités de fuir.

Au bout d'un quart d'heure de marche à travers les champs, la petite troupe atteignit la route d'Uzès à Alais et prit la direction du château de Servas. Arrivée à une lieue environ de celui-ci, elle fit halte. Les soldats attaquèrent les provisions dont ils s'étaient munis et les partagèrent fraternellement, non seulement avec les officiers mais avec leurs prisonniers.

Après une heure de repos, ils reformèrent les rangs.

— Frères, leur dit le jeune commandant, je vous conduis au château de Servas occupé actuellement par une compagnie avec laquelle le frère Roland a déjà fait connaissance. Il faut que cette nuit même le château tombe entre nos mains. Nous ne pouvons laisser debout une pareille forteresse qui, un jour, nous gênerait beaucoup trop. Nous brûlerons donc entièrement le château après avoir enlevé les armes, les munitions et toutes les provisions.

— Frère, dit une voix, que ferons-nous de la garnison?

— Je vous l'abandonne. Cette fois pas de quartier... pas de prisonniers; nous ne saurions qu'en faire.

— Quand faudra-t-il l'attaquer?

— Dès que vous m'entendrez crier : Vive de Montrevel !

Jean Cavalier ayant donné ses instructions, la petite troupe de camisards continua sa route. Vers cinq heures de l'après-midi, elle arriva au pied du côteau au sommet duquel se dressait le château de Servas. Le jeune chef commanda une nouvelle halte et, accompagné par un seul sous-officier, s'engagea dans le chemin qui montait au château.

Presque à la même heure, dans une chambre de celui-ci, Mlle de Vrignès, se jetait, tout en larmes, dans les bras de sa mère-nourrice.

— Désirée, c'est fini, je n'ai plus d'espoir... Mon oncle a décidé que mon mariage avec le duc aurait lieu ce soir !

En serrant les points de rage impuissante, dame Désirée dit entre ses dents :

— Ah ! gredin ! homme sans entrailles !... misérable tuteur !

A mi-voix, s'adressant à la jeune fille éplorée, elle ajouta :

— Je n'ai jamais souhaité le moindre mal à autrui, eh bien ! en ce moment j'éprouverais une réelle joie si on m'annonçait que votre oncle vient de tomber et de se briser le crâne !

— Ah! ma bonne Désirée, c'est le duc de La Tour du Roc que je hais le plus !... C'est lui qui a voulu que mon oncle avance l'époque primitivement fixée pour notre union.

— Il est vraiment malheureux que M. Faribole n'ait pas tué le duc...

Je sais bien que ce que je dis est mal... Mais un bon coup d'épée nous débarrasserait d'un prétendant détesté.

— Et aucune nouvelle de M. de Chadefaux... Voilà pourtant seize jours que M. Faribole est parti en emportant ma lettre.

— Chère Jeanne, peut-être n'a-t-il pas pu trouver immédiatement celui que vous aimez... Et puis votre mariage ne devait se faire qu'au bout d'un mois.

— Désirée, quand M. de Chadefaux viendra, il sera trop tard : je serai la femme d'un autre!...

Et entre deux sanglots la mignonne jeune fille s'écria :

— Oh! cet homme!... ce duc, que je le hais!...

— Chère Jeanne, je veux tenter une dernière démarche auprès de votre oncle.

— A quoi bon! fit Mlle de Vrignès. Ni mes prières, ni mes larmes n'ont pu émouvoir son âme... A chacune de mes supplications, il répondait : «J'ai donné ma parole au duc!... » Va, je suis condamnée, rien ne pourra empêcher mon mariage... Je voudrais mourir!...

— Ne dites pas cela, Jeanne... Dieu vous enverra un sauveur...

— Ah! qu'il vienne, qu'il vienne vite! interrompit la jeune fille. Ce soir il ne sera plus temps!

Soudain toutes deux tressaillirent.

Un coup de cloche annonçant qu'un étranger était autorisé à franchir le pont-levis se faisait entendre.

Elles se précipitèrent vers une fenêtre ouvrant sur la cour principale et regardèrent tremblantes d'émoi.

Un jeune officier, petit de taille, mais fort et large d'épaules, se dirigeait vers le perron guidé par un valet du château.

C'était Jean Cavalier qui, le sourire aux lèvres, l'allure décidée, se faisait conduire au comte de Servas.

Celui-ci reçut le chef des camisards, qu'il prenait pour un vrai capitaine de l'armée régulière, en présence du duc de La Tour-du-Roc.

— Que désirez-vous, Monsieur le capitaine? demanda le comte en rendant son salut au jeune officier.

— Monsieur le comte, répondit Jean Cavalier avec aplomb, mais sans forfanterie, à une lieue d'ici, sur la route d'Uzès, j'ai rencontré, et j'ai été assez heureux, pour battre une bande de protestants révoltés...

— Tous mes compliments, Monsieur le capitaine, interrompit le comte de Servas.

Jean Cavalier s'inclina correctement.

— J'ai réussi, reprit-il, à leur faire sept prisonniers sans avoir eu plus de deux hommes blessés...

— A mon tour de vous féliciter, Monsieur ! dit le duc de La Tour-du-Roc.

Le pseudo capitaine s'inclina une seconde fois :

— Ma foi, messieurs, j'avoue que j'ai eu du bonheur dans le dernier combat que j'ai livré.

Et en prononçant cette phrase, le sourire qu'il avait gardé sur ses lèvres, devint légèrement ironique.

S'adressant au maître du château de Servas, il reprit :

— J'ai laissé, au bas du côteau, mes sept prisonniers... Mais ne disposant que de trente hommes, et ayant entendu dire que Jean Cavalier, à la tête de nombreuses baudes, parcourait les environs, comme il pourrait fort bien m'attaquer pendant la nuit...

— Cela n'est pas impossible, dit vivement le comte de Servas ; il n'y a pas quarante-huit heures que les camisards ont eu l'audace de venir dans notre village en plein jour !

— J'ai donc résolu de monter vous demander l'autorisation de faire coucher mes prisonniers dans les prisons du château. Demain matin je les reprendrai et les conduirai à Alais.

— Votre résolution est prudente et sage, Monsieur le capitaine, répliqua le comte, je vais donner l'ordre d'envoyer chercher et vos hommes et vos captifs.

— Monsieur le comte, je vais y aller moi-même ; car je voudrais sans tarder m'informer près des paysans s'ils ont entendu dire que Jean Cavalier avait, hier, remporté une victoire sur nos troupes.

— Allez, Monsieur le capitaine, je ne vous retiens plus, dit le comte en se levant.

Puis il accompagna le chef des camisards jusque dans l'antichambre.

— Monsieur le capitaine, ajouta-t-il tout en marchant, j'ai omis de vous demander votre nom ?

Sans hésitation, Jean Cavalier répondit :

— Jean Saint-Julien de Saint-Geoire.

— Eh bien, Monsieur Saint-Julien de Saint-Geoire, puisqu'un heureux hasard vous a conduit au château de Servas, aujourd'hui, j'ai le plaisir de vous inviter au mariage de ma nièce ainsi qu'au repas qui suivra la bénédiction nuptiale.

— Vous êtes, en vérité, trop aimable, Monsieur le comte.

Puis, après ces mots, Jean Cavalier salua, et se dirigea vers le perron qu'il descendit lentement.

A peine eut-il fait dix pas dans la cour, qu'il s'arrêta brusquement et se retourna.

Une vieille femme courait derrière lui en disant d'une voix joyeuse :

— Seigneur Jésus ! est-ce bien possible !... C'est vous que je retrouve ici... Dieu, que je suis contente...

Le chef des camisards l'interrompit avec douceur :

— Vous devez vous tromper ! lui dit-il.

Puis, mentalement et avec surprise :

— Oh ! il se passe quelque chose ici !

Dame Désirée, car c'est elle qui avait interrompu la marche du faux officier, dame Désirée venait de lui glisser un billet dans la main.

— Ah ! mille pardons, Monsieur l'officier !... mais votre ressemblance. Je vous en prie, excusez-moi !... dit-elle en le regardant.

Et, tout en se confondant en salutations, elle fit quelques pas à reculons, puis, tourna sur ses talons et disparut bientôt avec une légèreté dont on ne l'aurait jamais cru susceptible.

Jean Cavalier traversa la cour, arriva au pont-levis où il retrouva son sous-officier, et reprit le petit chemin descendant vers la route sur les côtés de laquelle attendaient tranquillement ses compagnons.

A vingt pas du château, il ouvrit la main qui serrait le billet de dame Désirée, le déplia et lut :

« Cette nuit, on doit unir un vieillard à une jeune fille... C'est la mort
« pour celle-ci... Elle serait sauvée si le mariage pouvait être ajourné de
« huit jours... Qui que vous soyez, faites l'impossible pour obtenir cet
« ajournement... on vous le demande au nom de ce que vous avez de plus
« cher !...
« Le vieillard se nomme le duc de La Tou...

Mlle de Vrignès, qui avait écrit ces lignes sous la dictée de sa mère-nourrice, n'avait pas eu le temps de tracer entièrement le nom du duc de La Tour-du-Roc, car, à ce moment, on entendait le comte de Servas parler au jeune officier qu'il reconduisait, et dame Désirée, craignant de ne pouvoir rejoindre à temps ce dernier, s'était emparé du billet qu'elle avait plié tout en courant.

— Le mariage doit avoir lieu cette nuit, se dit à lui-même Jean Cavalier après avoir lu. Le duc, dont on ne veut pas pour époux, est certainement le gentilhomme que j'ai vu auprès du comte de Servas...

Il ralentit le pas et un instant demeura rêveur. Puis, à demi-voix, comme répondant à sa dernière pensée :

— Le duc est naturellement l'ami du comte... Prendre parti contre lui ce serait compromettre le succès de mon expédition... Je le regrette, mais je ne puis rien pour la jeune nièce du comte.

Et il déchira le billet en menus morceaux qu'il sema le long du chemin.

Dix minutes après, il rejoignit ses hommes.

— Faites passer les prisonniers ! commanda-t-il.

Les sept prisonniers furent placés en tête de la petite colonne qui, sur un nouveau commandement de Jean Cavalier, s'ébranla et se dirigea vers le chemin de Servas. Au moment où elle allait s'engager dans celui-ci, elle dut s'arrêter un instant.

Un gentilhomme à cheval, suivi d'un laquais également monté, arrivait en même temps que le premier rang des soldats, à l'entrée du chemin. Eux aussi se rendaient au château.

Les prisonniers durent se serrer contre une haie pour permettre à M. de Saint-Mars, car c'était lui, et à son valet de passer.

De la tête, Roland fit signe à Jean Cavalier de s'approcher, et, à voix basse, lui dit :

— Ce gentilhomme qui monte au château est celui que je voulais tuer de mon dernier coup de pistolet... Je vois que je l'ai malheureusement manqué.

— Tu seras plus heureux cette nuit ! répliqua le chef des camisards en souriant.

Sept heures sonnaient à l'horloge du château quand le détachement de Jean Cavalier franchit le pont-levis. Un vaste hangar sur le sol duquel on jeta de la paille fut désigné pour servir d'abri aux trente nouveaux soldats. Les prisonniers furent détachés et enfermés dans une sorte de réduit tout noir, sans aucune fenêtre, dont l'étroite porte ouvrait dans l'intérieur du hangar.

Lorsque Jean Cavalier eut achevé d'installer ses hommes il se dirigea vers le perron. A ce moment les rideaux d'une fenêtre du premier étage s'écartèrent légèrement, et le pâle, mais gracieux visage de Jeanne de

Vrignès apparut. Il ne vit pas le regard suppliant quelle lui jeta. Il monta lentement les marches du perron et pénétra résolument dans le château de Servas.

CHAPITRE XVIII

OU ROSARGES AVAIT RAISON QUAND IL DISAIT QUE CINQUANTE DRAGONS NE LUI SUFFIRAIENT PAS

A une lieue environ du village de Vias existait, autrefois, sur la mer Méditerranée, un joli petit port de pêche, nommé Palas. Au pied d'une colline peu élevée, couverte d'oliviers et de caroubiers, se voyaient quatre misérables cabanes que venaient parfois caresser de hautes vagues frangées d'écume d'une éblouissante blancheur.

Ces cabanes étaient habitées par plusieurs familles de pêcheurs.

Par une nuit délicieuse, sous une voûte azurée, toute constellée d'étoiles, trois cavaliers suivaient un sentier qui longeait le bord de la mer sur laquelle se reflétaient en tremblotant les rayons argentés de la lune.

Les trois voyageurs nocturnes avaient mis leur monture au pas et, tout en marchant, ils exploraient du regard et la surface unie de la mer et la campagne superbement illuminée.

Ils causaient à haute voix, ne craignant pas que leur conversation fut surprise par des oreilles indiscrètes.

Ces trois cavaliers qui cheminaient si paisiblement étaient Monseigneur Louis, Faribole et Mistouflet.

— Mes chers compagnons, dit l'époux d'Yvonne, si le brick *le Fundy* ne vient pas jeter l'ancre cette nuit dans le petit port de Palas, nous ne pourrons pas, ainsi que nous en avions l'intention, nous cacher dans une cabane de pêcheurs pour attendre la nuit prochaine.

— C'est vrai, bagasse ! les dragons de Rosarges nous auraient vite découverts.

— Ah ! Seigneur Jésus ! fit Mistouflet, je ne me soucie pas de tomber entre leurs mains.

— C'est pourtant ce qui nous serait sans doute arrivé, mes amis, si

Roland leva les yeux sur la fenêtre.

Faribole n'avait pas eu le bonheur de surprendre l'entretien du capitaine avec son lieutenant.

— Hé ! bagasse ! sans ce bout de lettre de la gentille demoiselle de Vrignès, je ne serais pas allé à l'hôtellerie du *Faisan d'Or*.

Tout en causant, les trois cavaliers étaient arrivés au pied de la colline.

— Montons jusqu'au sommet. Nous serons, là-haut, admirablement placés pour surveiller la mer.

— Mon doux Jésus, moi je compte bien surveiller aussi la terre !

En dix minutes, ils eurent atteint le plus haut point de la hauteur.

Pendant un temps assez long ils restèrent immobiles et silencieux, leurs regards fixés sur la plaine liquide, qui ressemblait à un immense miroir d'argent.

— Hé ! troun de l'air ! c'est bien joli la mer éclairée par la lune, mais j'ai beau écarquiller mes yeux, je ne vois pas, bagasse ! le plus petit navire !

— Mon cher Faribole, dit Monseigneur Louis en consultant une petite montre de poche, il n'est pas encore une heure du matin, nous avons encore trois heures à attendre.

— Eh bien ! Monseigneur, je vais m'asseoir un peu sur l'herbe... pour reposer mon cheval.

Et l'ancien maître d'armes sauta à bas de sa monture, passa la bride à son bras et s'assit sur l'herbe épaisse.

— Oui, bagasse ! ce ne sera pas cette nuit que j'allumerai ma torche pour répondre au signal du brick anglais, ajouta-t-il au bout d'un instant.

A cinq ou six pas de lui, Monseigneur Louis, resté à cheval, était devenu tout rêveur.

Mistouflet, fatigué de toujours regarder la mer, s'était mis à examiner la campagne.

Faribole laissa un instant encore errer ses regards sur l'eau où se reflétaient les pâles rayons de la lune, puis il dit à mi-voix :

— Anne, ma sœur Anne, ne vois-tu rien venir ?

— Si, mon doux Jésus, je vois là-bas, tout là-bas, comme un nuage qui poudroie et des... casques qui miroitent.

— Hein ! quoi ?... bagasse ! s'écria Faribole, en se relevant d'un bond.

Tiré brusquement de sa rêverie, Monseigneur Louis demanda :

— Qu'y a-t-il mon ami ?

— Bagasse ! Monseigneur, regardez...

Et l'ancien maître d'armes, imitant le geste que venait de faire à l'instant son élève, allongea le bras dans la direction du village de Vias.

— Voyez, ajouta-t-il, cette longue masse noire qui d'ici semble se mouvoir lentement ?

— Oui, j'aperçois une espèce de caravane, avec quelques points qui brillent.

— Hé ! bagasse ! c'est Rosarges et ses dragons !

— Jésus-Marie ! ne restons pas là ! dit doucement Mistouflet.

— Venez, mes amis, descendons l'autre versant de la colline, nous aurons le temps d'aller nous poster à une lieue plus loin sans perdre de vue la mer.

Monseigneur Louis poussa sa monture vers la pente de la colline opposée à la Méditerranée. Faribole, qui avait prestement sauté en selle, et son ami Mistouflet, le suivirent à deux pas.

Au bas de la descente ils prirent le galop et se rapprochèrent de la mer. Au bout de dix minutes ils s'arrêtaient près d'un petit massif de citronniers.

— Nous serons fort bien ici, dit Monseigneur Louis. L'ombre de nos montures se confondra avec celle de ces arbres.

Du point où tous trois s'étaient placés ils apercevaient facilement le sommet de la colline qu'ils venaient de quitter.

Bientôt, sur ce sommet, une ombre apparut, puis une deuxième, puis une vingtaine encore.

Et deux heures durant, ressemblant à d'étranges monolithes sombres, le capitaine Rosarges et une partie de ses cavaliers demeurèrent immobiles sur la cime de la colline.

Peu à peu, du côté de l'orient, le ciel prit une teinte opaline, qui se changea bientôt en une belle couleur rosée, laquelle devint à son tour couleur d'or.

Le soleil allait paraître à l'horizon.

— Eloignons-nous encore, dit alors Monseigneur Louis à ses compagnons. Nous découvrirons bien dans les environs un refuge pour y passer ce nouveau jour.

Tous trois s'éloignèrent lentement, longeant toujours la mer. Après une bonne heure de marche, ils atteignirent un hameau et décidèrent de s'y arrêter.

Au moment où Mistouflet allait pour frapper à la porte d'une maisonnette, Monseigneur Louis dit vivement, à voix basse :

— Afin de ne point nous laisser surprendre, chacun de nous veillera à tour de rôle aux alentours de cette habitation, pendant que les deux autres se reposeront trois heures.

— Bien, Monseigneur, dirent Faribole et son ancien élève.

Puis, le premier ajouta :

— C'est moi, bagasse! qui vais d'abord être de garde.

— Non, mon ami, ce sera moi, dit doucement Monseigneur Louis Maintenant, Mistouflet, tu peux frapper, ajouta-t-il.

Mistouflet obéit.

Une minute s'écoula, un léger bruit se fit entendre à l'intérieur de la maisonnette, puis la porte tourna lentement sur ses gonds et une femme d'une trentaine d'années apparut.

— Que désirez-vous, mes bons seigneurs? demanda-t-elle.

— La permission de nous reposer dans votre demeure jusqu'à ce soir, car nous venons de loin et tombons de fatigue, répondit Monseigneur Louis.

— Entrez et reposez-vous à votre aise, reprit la jeune femme. Mais nous sommes si pauvres que c'est tout ce que mon mari et moi nous pourrons faire pour vous.

Monseigneur Louis et ses fidèles compagnons descendirent de cheval. Pendant que Mistouflet attachait sa monture à une pièce de bois qui se trouvait près du mur de la maisonnette, l'époux d'Yvonne remit trois pièces d'argent à Faribole en lui disant.

— Donne-les à notre brave hôtesse; ce sera pour se procurer des provisions.

Après avoir attaché sa monture et celle de son maître à côté du cheval de Mistouflet, l'ancien professeur d'escrime entra dans la chaumière. Monseigneur Louis s'éloigna d'une vingtaine de pas, et, tout en surveillant le chemin qui longeait la mer, se promena lentement.

— Votre compagnon ne vient donc pas? dit la jeune femme quand les deux vieux amis se furent assis sur les escabeaux qu'elle leur présenta.

— Il viendra tout à l'heure, répliqua Faribole. Il guette un... ancien camarade qui pourrait bien se montrer par ici.

Puis lui mettant trois écus dans la main :

— Voici pour nous acheter de quoi dîner et aussi, bagasse! de quoi souper, continua-t-il.

En contemplant l'argent déposé dans sa main, le visage mélancolique de la jeune femme s'illumina de joie :

— Jamais je ne dépenserai tout çà! dit-elle

— Ce qui restera sera pour vous, et même, bagasse! nous vous donnerons encore deux écus d'argent pour vous remercier de tout ce que vous aurez fait pour nous.

— Vous êtes généreux, mes bons seigneurs. C'est mon mari qui sera content quand il rentrera de la pêche.

— Seigneur Jésus, votre mari est donc pêcheur? demanda Mistouflet.

— Hélas! oui. Chaque soir il va au large jeter son filet et il ne rentre qu'après le lever du soleil.

En ce moment plusieurs cris légers se firent entendre dans une chambre qui, avec la petite pièce commune, composait tout le logement de la chaumière.

— Excusez-moi, reprit la femme du pêcheur, mais voilà mes deux enfants qui crient afin que je les lève...

Resté seul avec son ami Faribole, Mistouflet dit presque à voix basse :

— Il m'est venu une idée!

— Tiens, bagasse! à moi aussi.

— En ce cas voyons d'abord la vôtre, maître?

— Eh bien! Monsieur Mistouflet, j'ai envie de vous prier, si le mari de notre hôtesse y consent, d'aller faire pour moi une petite promenade en bateau.

— Jusqu'à Palas, n'est-ce pas, messire?

— Hé! troun de l'air! comme vous avez bien deviné ma pensée... Ainsi vous acceptez, Monsieur Mistouflet?

— Mais certainement. Seulement vous me permettrez bien d'essayer de dormir une heure ou deux?

Et en parlant Mistouflet s'installait dans un coin où était une table et cherchait la posture la plus satisfaisante pour pouvoir dormir.

— Monsieur Mistouflet, je suis généreux : je vous accorde trois heures de repos et je veillerai dans le chemin à votre place.

L'élève de Faribole était depuis une heure déjà plongé dans le sommeil quand le mari de l'hôtesse rentra de la pêche.

— Eh bien, Jacques, as-tu été heureux? demanda la jeune femme qui, traînant accroché à son jupon un bambin de quatre ans et portant dans ses bras un gros bébé joufflu, s'avança vivement vers le pêcheur.

Celui-ci embrassa d'abord ses deux enfants, puis répondit avec un sombre découragement :

— Non ; la pêche de cette nuit est plus mauvaise encore que celle de la nuit dernière.

Et tombant plutôt qu'il ne s'assit sur un escabeau :

— C'est fini, dit-il; le poisson déserte notre rivage, il me faudra pousser maintenant jusque sur les côtes d'Espagne!

— Eh bien, bagasse! dit soudain Faribole, moi je peux vous faire gagner autant d'argent que vous en rapporteraient vos pêches d'une semaine. Combien mettriez-vous de temps pour aller avec votre barque d'ici au petit port de Palas?

— Au moins deux heures; car la brise souffle à peine ce matin, répondit le pêcheur.

— Alors bon! Si vous voulez faire le voyage vous aurez une pistole pour aller et autant pour revenir.

Le pêcheur se leva comme mu par un ressort et, avec un mélange de joie et de surprise, il s'écria :

— Vrai! bien vrai!... vous me donneriez deux pistoles?

— Hein! qu'y a-t-il? demanda Mistouflet réveillé en sursaut par le cri joyeux du marin.

— Il y a, bagasse! que notre hôte est prêt à vous conduire à Palas, cher Monsieur Mistouflet.

— Aurais-je déjà dormi mes trois heures?

— Non, mon cher ami, reprenez votre somme; dans deux heures je vous appellerai.

Mistouflet replaça sa tête sur son bras droit appuyé sur la table, la releva pour la poser sur son bras gauche, se tourna ensuite dans un autre sens. Mais le sommeil avait fui bien loin.

— Jésus-Marie! murmura-t-il, j'étais en train de faire un si beau rêve : vous veniez me chercher pour dîner à la table du roi de France!

Après avoir causé avec son mari la femme du pêcheur dit à Faribole :

— Je vais me hâter de préparer le repas de mon mari et dans moins d'heure il pourra repartir.

— Préparez le mien aussi, fit Mistouflet en se levant; je suis à jeun depuis hier au soir.

— Mais, bagasse! si nous allions voir un peu ce que fait notre compagnon, dit Faribole en marchant vers la porte tout en lançant un regard à son élève.

Un instant après les deux amis s'entretenaient au milieu du chemin avec Monseigneur Louis.

L'ancien maître d'armes expliqua l'idée qui lui était venue en apprenant que leur hôte disposait d'un bateau pour aller à la pêche. Il remettrait à Mistouflet la lettre écrite par Mlle de Vrignès; Mistouflet, conduit par le pêcheur, se rendrait à Palas, et sa physionomie étant moins connue que celle de Faribole, il pourrait plus facilement que ce dernier rejoindre le lieutenant de Chadefaux.

Monseigneur Louis approuva ce projet. Toutefois, il conseilla à Mistouflet d'emprunter des vêtements à leur hôte.

Après avoir partagé le repas du pêcheur, qui s'était empressé de lui offrir les effets qu'il ne revêtait que deux ou trois fois par an, aux jours de grandes fêtes, après avoir reçu les instructions de Faribole, Mistouflet tenant cachés dans sa ceinture une lettre et un pistolet s'embarqua pour retourner à Palas.

Bien que la brise ne gonflât que très légèrement la voile du pêcheur Jacques, celui-ci put déposer son passager avant midi sur la rive du petit port.

Mistouflet n'avait pas fait une dizaine de pas sur le sable qu'il se mit à devider tout son chapelet de litanies :

— Ah! doux Jésus!... Seigneur mon Dieu!... Saints anges du ciel!... vous ne pouviez pas m'amener ici en un moment plus propice!

Et les regards joyeux fixés sur un même point, il marcha rapidement vers un jeune officier de dragons qui se promenait seul et tout rêveur sur le rivage.

— Pardon, Monsieur l'officier, dit Mistouflet en s'arrêtant à un pas de lui.

L'officier se retourna brusquement.

— Pardon, excuse, Monsieur l'officier, reprit l'envoyé de Faribole; mais est-ce bien vous qui vous appelez M. de Chadefaux?

— C'est bien moi! répondit le jeune dragon en souriant.

— Cela vous ferait-il plaisir de lire quelques lignes écrites par une belle demoiselle que vous aimez sans doute?

Et tout en parlant Mistouflet tirait de sa ceinture un papier.

— Ciel! que voulez-vous dire, mon ami, s'écria M. de Chadefaux avec une émotion visible. M'apporteriez-vous une lettre de Mlle de Vrignès?

L'élève de Faribole sourit, puis de sa petite voix fluette :

— Jésus-Marie! je puis sans faire erreur vous remettre ce billet : vous êtes bien celui à qui il est adressé.

D'une main qu'un léger tremblement nerveux agitait, l'officier de dragons prit la lettre et en brisa le cachet.

Subitement il devint tout pâle.

— Combien y a-t-il de jours que Mlle de Vrignès vous a donné cettre lettre? demanda-t-il d'une voix anxieuse.

— Il y a aujourd'hui quatorze jours qu'elle a été confiée à celui qui m'envoie vers vous.

Tout frémissant M. de Chadefaux calculait à demi-voix :

— Quatorze jours déjà !... En sacrifiant deux montures, il me faudrait deux journées pour arriver au château de Servas... Mais combien de jours encore serai-je obligé de rester ici?...

— Un ou deux, je pense ! fit mentalement Mistouflet.

Puis à haute voix :

— Je crois que Monsieur le lieutenant se tourmente un peu trop d'avance.

— Que faire?... Le capitaine Rosarges est retourné au village de Vias ; quand il reviendra ce soir il me refusera certainement l'autorisation d'aller à Nîmes demander un congé de quelques jours... Jamais je n'arriverai à temps pour empêcher le mariage de ma chère Jeanne.

— Mais si, Monsieur l'officier ! dit Mistouflet.

Rapidement il regarda autour de lui pour s'assurer que nulle oreille ne pouvait l'entendre, et baissant la voix :

— Si, Monsieur, vous arriverez à temps au château de Servas ; seulement il vous faudra avoir soin de vous tenir constamment sur le bord du chemin, à la gauche de votre détachement.

M. de Chadefaux regarda son interlocuteur avec un réel étonnement.

— Que voulez-vous dire? fit-il.

— En suivant le conseil que je suis chargé de vous donner, vous pourrez vous garder d'une balle de pistolet.

L'étonnement de l'officier se changea en stupeur.

— Quoi! vous savez donc...

— Oui, je sais, interrompit Mistouflet, je sais que le capitaine Rosarges, un misérable aventurier entre parenthèse, fera l'impossible pour s'emparer d'un adversaire de... Monsieur de Louvois.

— Ah! Ce serait d'après un ordre du ministre, et non pas du roi?...

— Le roi aurait-il la cruauté de s'acharner après un brave gentilhomme? fit Mistouflet en évitant par cette question une réponse qui l'embarrassait.

Le jeune lieutenant plongea ses regards dans ceux de son interlocuteur.

— Mais qui êtes-vous donc? dit-il tout à coup.

— Un des fidèles compagnons d'un malheureux gentilhomme.

— Messire Faribole?

— Non, Monsieur, son élève seulement; et qui, au conseil qu'il vous a donné de sa part, se permet d'ajouter ceci : N'ajoutez jamais foi aux paroles d'un bandit qui n'est pas digne de vous commander...

Brusquement, il se jeta à plat ventre.

— Mais alors je...

— Vous pourrez sans crainte vous lancer à la poursuite de ceux qui ont déjà eu l'occasion de protéger celle que vous aimez; ils vous conduiront à une ou deux lieues du château de Servas. Ma mission est remplie. Adieu, ou plutôt au revoir, Monsieur le lieutenant!

Et tournant sur ses talons, Mistouflet regagna rapidement la barque du pêcheur Jacques.

Un instant M. de Chadefaux demeura immobile, regardant le bateau qui s'éloignait avec ses deux passagers, puis il murmura :

— Ainsi cet homme qui vient de me parler serait un aventurier, un spadassin à la solde d'un ennemi du roi !... C'est impossible ! le capitaine Rosarges s'est trompé, ou il m'a trompé !

Il fit quelques pas en réfléchissant, puis il se dit à lui-même :

— Je ne suis point soldat de la maréchaussée. Que mon commandant ne compte donc pas sur moi pour lui aider à arrêter des hommes en lesquels ma chère Jeanne a trouvé des protecteurs.

La journée s'écoula lentement.

Empourprant à la fois le ciel et la mer de larges bandes de feu, le soleil se coucha à l'horizon.

Avec la nuit, le capitaine Rosarges et les vingt dragons qui l'avaient accompagné revinrent à Palas. Le major reprit son poste sur la colline.

A mesure que les heures s'écoulaient, l'air devenait plus vif. Le vent s'était levé, et maintenant dans le ciel couraient de gros nuages interceptant les rayons de la lune.

— Cornes du diables ! fit le capitaine, encore une maudite nuit où nous aurons croqué le marmot !

Et de méchante humeur il se mit à se promener de long en large.

Tout à coup il s'arrêta net, et poussa un juron.

— Tonnerre ! je vois quelque chose au large !

Ce que le major voyait c'était une triple lumière qui semblait glisser sur les vagues en se haussant et s'abaissant à intervalles à peu près réguliers.

Du doigt il la montra à son lieutenant.

— Ne dirait-on pas, fit-il, trois fanaux qui se balancent sur l'eau ?

— En effet, Monsieur, répondit simplement le jeune officier.

Les yeux fixés dans la direction du navire qu'il devinait mais qu'il n'apercevait pas encore, Rosarges ne prêta aucune attention à une lueur qui venait soudain de briller sur le bord de la mer à une lieue environ de la colline.

Puis, subitement, les trois fanaux s'éteignirent. Une minute après la lueur fit de même. Et sur terre comme sur mer tout redevint noir.

— Cornes du diables ! je ne vois plus rien ! s'écria Rosarges.

Levant les yeux vers le ciel il ajouta en grommelant :

— Trop de nuages là-haut ! La lune ne nous aidera pas cette nuit.

Jusqu'à l'aube il resta au sommet de la hauteur allant et venant furieux.

La triple lumière qui pendant un moment s'était balancée à une certaine distance du rivage était le signal par lequel le brick anglais, le *Fundy*, annonçait sa présence.

Dès que Monseigneur Louis vit briller les trois fanaux il donna l'ordre à Faribole d'allumer une torche tenue toute prête pour indiquer au commandant du brick qu'il pouvait débarquer.

Mais ce ne fut qu'au moment où l'aube allait poindre que celui-ci descendit dans un canot pour se faire conduire à terre. Il lui fallut une demi-heure pour parvenir à l'endroit où Monseigneur Louis et ses deux compagnons attendaient frémissants d'impatience.

Le canot monté par le commandant et quatre matelots dût s'arrêter à cinq ou six brasses de la terre ferme.

Au moment même où les matelots relevèrent leurs rames, Mistouflet, placé en observation sur un petit tertre, poussa un cri d'alarme.

— Alerte! les dragons!

Les instants étaient précieux ; les cavaliers de Rosarges arrivaient au galop. Encore cinq minutes et Monseigneur Louis, ses deux fidèles compagnons et les marins anglais allaient être pris.

— Au canot, Faribole! cria l'époux d'Yvonne en poussant son cheval au milieu des vagues.

L'ancien maître d'armes l'imita.

Rapidement mais avec une sérénité extraordinaire en un pareil instant, le commandant du brick dit en saluant :

— France, Hollande et Angleterre !

— Guillaume d'Orange ! répliqua Monseigneur Louis.

L'officier anglais lui tendit un large pli cacheté.

— De la part de Sa Majesté Guillaume III.

Puis s'adressant à ses matelots :

— Passez les sacs ! dit-il.

A cette minute on entendit une voix crier dans le lointain :

— Cornes du Diable ! Nous les tenons !

Faribole venait de recevoir des mains des matelots anglais deux sacs de pistoles. Six autres sacs semblables restaient dans le canot. Mais il n'eut pas le temps de les prendre, Monseigneur Louis, voyant le danger que tous couraient, criait au commandant du brick :

— Au large, Monsieur, je vous donne congé !

L'officier anglais salua, et toujours impassible :

— Nagez ! commanda-t-il à ses matelots.

Les quatre rames tombèrent ensemble à la mer, ne frappant, pour ainsi dire, qu'un seul coup, et le canot sembla voler au-dessus des vagues.

Les dragons s'avançaient bride abattue, le capitaine Rosarges en tête. Ils n'étaient plus qu'à trois cents pas.

Monseigneur Louis, qui en deux bonds avait ramené sa monture sur la terre ferme, dit à ses compagnons :

— En avant, mes amis ! en avant !

Et donnant de l'éperon ils s'élancèrent sur le chemin de Pézenas.

En une demi-heure ils eurent atteint cette petite ville qu'ils traversèrent comme un ouragan.

Derrière eux galopaient toujours Rosarges et ses dragons ; mais ceux-ci commençaient à jalonner le chemin de chevaux fourbus.

Un peu avant midi, Monseigneur Louis, Faribole et Mistouflet entraient dans le village de Paulhan, et s'y arrêtèrent cinq minutes, le temps de se rafraîchir sans quitter la selle.

Mieux montés que les cavaliers de Rosarges, ils avaient déjà pris sur ces derniers un bon quart d'heure d'avance.

A midi les dragons arrivaient à leur tour à Paulhan. Rosarges dit alors à son lieutenant :

— Nous ne pouvons pas continuer de ce train-là. Nous allons laisser reposer nos chevaux jusqu'à quatre heures. Nous repartirons ensuite.

— Bien, monsieur

Monseigneur Louis ne voyant pas sortir du village ceux qui les poursuivaient, en conclut qu'ils s'étaient décidés à faire halte.

— Au pas, mes amis. Les dragons nous accordent quelques instants de répit, dit-il.

A un quart de lieue plus loin, ils rencontrèrent un hameau. Ils mirent pied à terre devant une modeste auberge, et, tandis que sous leurs yeux deux garçons pansaient, puis donnaient à manger à leurs montures, ils se firent servir un repas froid sur une table, devant la porte.

Après une heure et demie de repos, ils remontèrent à cheval, et au grand trot continuèrent leur route.

A une courte distance du hameau, Monseigneur Louis mit de nouveau sa monture au pas, puis regarda autour de lui.

La route était absolument déserte. Alors, il tira de son pourpoint le pli que lui avait donné l'officier anglais et dit en s'arrètant :

— Un instant, mes amis. Placez-vous à mes côtés.

Faribole poussa son cheval à gauche de Monseigneur Louis, Mistouflet se rapprocha à droite.

Vivement le fils d'Anne d'Autriche fit sauter le cachet du parchemin qu'il tenait entre ses doigts qu'agitait un imperceptible tremblement :

Le parchemin portait le sceau du roi d'Angleterre.

— Amis, reprit doucement l'allié de Jean Cavalier, je n'ai pas de secret pour vous... Ecoutez.

Et il lut d'une voix si basse que personne autre que Faribole et Mistouflet n'aurait pu l'entendre :

« Sire,

« Dans un mois vous recevrez les troupes que je vous ai promises.
« Mais, peut-être, n'en aurez-vous nullement besoin.
« En effet, de toutes parts s'élèvent des plaintes contre l'ambition du
« roi de France. Jamais circonstances furent plus favorables. Faites-moi
« parvenir les preuves écrites que vous êtes le fils du roi Louis Treizième
« et d'Anne d'Autriche, et l'Europe presque entière marchera pour
« détrôner le bâtard usurpateur.

« GUILLAUME DE NASSAU. »

Monseigneur Louis replia le parchemin signé du roi d'Angleterre, et tous trois repartirent au pas.

Pendant quelques minutes ils marchèrent silencieux. Puis soudain l'époux d'Yvonne dit à Faribole :

— Faribole, il te faudra aller à Paris !

— Quand vous voudrez, Monseigneur.

— Doux Jésus ! murmura Mistouflet, n'irai-je pas aussi, Monseigneur?

— Non, mon ami, car j'aurai sans doute besoin de toi.

— Quelle mission, monseigneur? demanda Faribole.

— Tu porteras la lettre que je viens de vous lire au marquis d'Effiat et au chevalier de Lorraine.

— Hé ! troun de l'air! je ne serais pas fâché de revoir ces deux gentilshommes.

— Et maintenant au trot, dit Monseigneur Louis en pressant les flancs de sa monture, une vaillante bête qui ne semblait point se ressentir de la rude étape faite dans la matinée.

Depuis une dizaine de minutes ils longeait la lisière d'un bois. A un endroit où le chemin qu'ils suivaient faisait un coude assez brusque, ils durent se placer en file indienne, car, par suite d'un affaissement du sol, le chemin était coupé par un trou qui tenait les trois quarts de sa largeur. Il restait, sur le côté gauche, juste le passage pour un cavalier.

— Ah ! bagasse ! dit Faribole en franchissant ce passage dangereux, voilà, Monseigneur, avec votre permission, une bonne petite place pour pouvoir causer un instant avec Rosarges et ses dragons.

— Je ne demande, moi, qu'à m'entretenir une seconde avec ce major.

Monseigneur Louis arrêta sa monture et en souriant :

— Vraiment, dit-il, vous auriez tous deux grand plaisir à vous entretenir avec votre ancien camarade.

Deux réponses, quoique de formes différentes, lui répondirent affirmativement :

— Troun de l'air ! oui vraiment !

— Oui, mon doux Jésus !

Presque aussitôt Mistouflet ajouta :

— Et puis, Monseigneur, moins nous aurons de cavaliers à nos trousses lorsque nous arriverons au Mas des Gardies...

— Dernier point où nous devons permettre aux dragons de continuer à nous escorter, interrompit Faribole.

Mistouflet s'inclina sur son cheval et reprit :

— Plus il nous sera facile de rester tranquillement au Mas de Couriac.

— Allons, c'est bien ; attendons ici les dragons que commande Rosarges. Seulement, je vous avertis que je compte prendre part à la conversation.

— Monseigneur, dit Mistouflet doucement, veuillez attendre une autre occasion. Mais cette fois ils seront encore si nombreux qu'ils vont faire un bruit de tous les diables.

— Ce bruit me distraira un peu, dit monseigneur Louis.

— En ce cas, c'est bien Monseigneur.

Puis Mistouflet descendit de cheval et rejoignit Faribole qui l'appelait de la voix et du geste.

Les deux amis pénétrèrent dans le taillis. Dix minutes après ils revenaient porteurs de deux fagots de bois mort.

Ils choisirent d'abord les morceaux les plus longs, et couvrirent dans sa largeur le trou barrant le chemin, et qui, à certains endroits, avait une profondeur de six pieds ; puis sous ses morceaux de bois posés en guise de solives, ils étendirent en travers les fagots, et sur ceux-ci, afin de masquer complètement l'excavation du sol, ils semèrent de la terre prise au pied du taillis.

Puis ils remontèrent à cheval, et tandis que Mistouflet restait en faction près du trou masqué pour empêcher de passer dessus, Faribole allait se poster au tournant du chemin, à vingt pas à peine.

Une heure, qui leur parut longue, s'écoula sans qu'un seul voyageur ou paysan passât dans le chemin, ce qui fit dire à Mistouflet :

— Seigneur Jésus ! mais ce chemin a été fait pour nous !

La nuit commençait à tomber, quand Faribole, dont on entendait parfois les jurons, arrachés par son impatience, tourna bride en criant :

— Hé ! troun de l'air ! les voilà tout de même !

Monseigneur Louis se plaça au milieu du chemin, à quatre pas du piège dans lequel les dragons venaient donner au grand galop.

Mistouflet se mit à sa droite et Faribole à sa gauche.

— Monseigneur, dit ce dernier en armant deux pistolets, si le jeune officier aimé par Mlle de Vrignès a tenu compte de mon avis, il occupera le côté gauche du chemin.

— Je t'ai compris, mon ami, répliqua Monseigneur Louis qui arma à son tour deux pistolets.

Maintenant on entendait distinctement le bruit sourd, cadencé, d'une nombreuse cavalerie lancée au galop.

— Attention, dit l'époux d'Yvonne en levant ses deux pistolets.

Ses deux hardis compagnons imitèrent son mouvement.

Au même instant six détonations retentirent ; six dragons chancelèrent et tombèrent à dix pas de l'excavation de l'autre côté de laquelle ceux qui avaient tiré demeuraient immobiles, semblables à trois statues équestres.

Rosarges, qui galopait sur le côté droit de son détachement, aperçut aussitôt ses anciens camarades ; alors, sans se soucier des hommes qui tombaient mortellement frappés, il cria d'une voix formidable :

— En avant !... Chargez ! chargez !

Mais soudain ceux qu'ils croyaient déjà tenir tournèrent bride en même temps.

— Au galop jusqu'au village de Rabieuf ! jeta Monseigneur Louis à ses compagnons.

Voyant sa proie sur le point de lui échapper, Rosarges furieux cria encore :

— En avant !.. en av...

Il n'acheva pas.

Un bruit effrayant produit par des morceaux de bois qui craquèrent, par les hennissements douloureux des chevaux, par les cris des blessés et des mourants, arrêtèrent dans sa gorge la fin de son commandement.

Il y eut un instant de terrible confusion.

Tout le premier rang des dragons s'était abîmé dans le large trou masqué par des menus branchages, les deux seconds rangs avaient monté sur le premier, tuant les dragons qui n'avaient été que blessés ; les autres rangs, emportés par leur élan, étaient venus s'écraser sur les hommes et les chevaux tombés au milieu du chemin.

La monture de Rosarges s'était à demie assommée contre une bête du deuxième rang, mais serrée par trois côtés à la fois, elle n'avait pas pu s'abattre. Sauf une légère contusion au genou, le capitaine n'eut aucun mal.

Le lieutenant de Chadefaux, qui marchait en serre-file, eut le temps de se jeter avec son cheval, dans le champ qui, du côté opposé au taillis, bordait le chemin.

Le tumulte, les gémissements et le désordre dura un grand quart d'heure. Mais le major Rosarges n'eut pas la patience d'attendre aussi longtemps. Il prit la monture d'un de ses cavaliers.

— Monsieur, dit-il à son lieutenant, occupez-vous des blessés, moi je continue la poursuite avec une vingtaine d'hommes.

Et se tournant vers les derniers rangs de son détachement :

— Vous autres, suivez-moi... Au galop ! cria-t-il avec une sorte de rage.

Suivi de vingt-cinq dragons il s'élança sur le chemin de Rabieuf. Il arriva dans ce village au moment où Monseigneur Louis, Faribole et Mistouflet en sortaient toujours au galop.

La nuit était venue, ses hommes étaient harrassés, force fut au capitaine Rosarges de s'arrêter.

Ce ne fut que bien avant dans la nuit que le lieutenant de Chadefaux rallia son chef avec ce qui restait du détachement.

Rosarges poussa un terrible juron quand il apprit le résultat de l'embuscade, dressée par ses adversaires.

— Comment! mille millions de diables! sur cinquante cavaliers il ne m'en reste que vingt-huit de valides! dit-il, en passant à lueur de plusieurs torches, l'inspection de ses hommes.

— Vous le voyez, monsieur, répliqua le lieutenant de Chadefaux. Cinq cavaliers sont restés en route pendant la première étape; cinq

Un coup de cloche, annonçant qu'un étranger était autorisé à franchir le pont-levis, se faisait entendre.

autres ont été tués par la décharge que nous avons essuyée, un même nombre se sont tués en tombant dans l'excavation du chemin ; enfin sept de nos hommes sont sérieusement blessés.

— Cornes du diables ! cela fait bien vingt-deux !... Quand je le disais que cinquante dragons ne me suffiraient pas pour arriver à m'emparer des trois bandits !

— Oh ! trois bandits ! pensa le jeune sous-lieutenant, qui, malgré lui, eut un sourire que Rosarges heureusement ne vit pas.

Monseigneur Louis et ses fidèles compagnons avaient fait halte à un quart de lieue du village de Rabieuf. Là, ils attendirent une vingtaine de minutes.

Les dragons ne paraissaient pas ; ils se dirent que Rosarges s'était décidé à passer la nuit dans le village. Alors Faribole manifesta le désir d'aller aux renseignements. Il brûlait de savoir ce qui était résulté du piège qu'il avait tendu aux dragons.

— Va mon ami, lui dit Monseigneur Louis, je t'accorde une demi-heure ; mais pas une minute de plus.

Faribole revint sur ses pas au galop, et mit pied à terre devant la dernière maison du village où il confia la garde de son cheval à un jeune garçon. Puis il continua son chemin jusqu'à l'entrée d'une petite place où il aperçut un rassemblement de curieux.

Rosarges et ses vingt-cinq cavaliers venaient d'arriver. A la faveur de l'obscurité il put s'avancer sans crainte jusqu'au dernier rang des curieux. Assez facilement il put compter le nombre des hommes qui avaient suivi l'ancien major.

— Hé ! bagasse ! se dit-il, il n'est pas possible qu'il ne lui reste que ça !

Il retourna prendre son cheval, donna une pièce de monnaie au jeune garçon enchanté de l'aubaine, et au grand trot se hâta de revenir près de Monseigneur Louis.

— Mon cher Faribole, dit alors celui-ci, nous aussi nous avons besoin de quelques heures de repos. Poussons donc jusqu'au plus proche village pour y passer le reste de la nuit.

Moins d'un quart d'heure après, ils atteignaient un petit bourg, et se faisaient indiquer une auberge dans laquelle ils purent se reposer jusqu'à l'aube.

Le soleil se levait au moment, où frais et dispos, ils sautèrent en selle.

Au grand trot ils prirent le chemin conduisant à Sommières où ils déjeunèrent sans descendre de cheval.

En sortant de cette petite ville ils changèrent tout à coup de direction. Ils abandonnèrent le chemin de Nîmes pour prendre celui de Quissac. Entre les bourgades de Fontanes et de Vic-le-Fesq, ils durent franchir un petit cours d'eau sur un pont étroit.

Soudain, Mistouflet demanda à Monseigneur Louis :

— Monseigneur, vous plaîrait-il, de vous reposer dans cet endroit qui me paraît charmant. Nous pourrions y attendre à l'ombre le major Rosarges...

— Et lui demander, troun de l'air! des nouvelles de la santé de ses hommes! N'est-ce pas, bagasse!

— Vos paroles, maître, traduisent exactement ma pensée! dit Mistouflet en souriant.

— Puis-je refuser quelque chose à deux compagnons si fidèles, si dévoués! dit affectueusement l'époux d'Yvonne.

Tous trois s'arrêtèrent et allèrent mettre pied à terre sur le bord de la petite rivière, entre deux hauts peupliers.

— Seigneur Jésus! nous avons bien trois ou quatre heures d'avance sur les dragons de M. le maréchal de Montrevel? fit Mistouflet qui, avec l'index de sa main droite, se mit à calculer sur le bout des doigts de sa main gauche.

— Euh!... euh! dit Faribole avec un air de doute. Je ne sais pas trop! Ce cher Rosarges nous aime tant qu'il a bien été capable d'éveiller ses hommes au beau milieu de la nuit, rien que pour nous faire la surprise de venir nous saluer au saut du lit.

— Je suis de l'opinion de Mistouflet, dit Monseigneur Louis. Après la rude étape que nous avons fait faire aux dragons, les chevaux de ceux-ci doivent avoir besoin de plusieurs heures de repos.

— C'est bien ce que je pense ; aussi j'aurai le temps...

— Bagasse! temps de faire quoi? dit l'ancien maître d'armes en interrompant son élève.

— Eh! mon Dieu, répliqua Mistouflet en désignant de la main une des grosses pierres rectangulaires qui soutenaient, sur les deux bords de la rivière, trois longues poutres formant la partie inférieure du pont, mon Dieu, j'aurai le temps d'aller me promener pendant que vous, Monsieur Faribole, vous creuserez avec la pointe de votre épée un trou large et profond sous cette pierre.

— Mais, bagasse! ne pourriez-vous pas renvoyer cet intéressant travail à un peu plus tard. Le soleil est chaud, et je voudrais bien me mettre un instant à l'ombre.

— Mais! où pourriez-vous trouver plus d'ombre et defraîcheur que sous ce pont, au milieu de l'eau!... Nulle part!

Et comme Faribole ne trouvait rien pour réfuter cette assertion, Mistouflet ajouta :

— C'est pour ménager une nouvelle surprise à notre ancien ami Rosarges, que je vous demande de me creuser bien vite un trou.

Puis, à son oreille, il murmura quelques mots.

— Hé! capededious! s'écria aussitôt Faribole rayonnant ; je me mets au travail de suite.

Vivement il jeta son feutre sur le bord de la rivière, descendit le cours de celle-ci sur une longueur de cinquante mètres, et parvenu à un point où la berge allait en pente douce, il poussa sa monture dans l'eau peu profonde et enfin revint sur ses pas pour se placer sous le pont.

Pendant qu'il opérait cette manœuvre, Mistouflet s'était approché de Monseigneur Louis et lui avait avoué qu'il ne possédait plus qu'une pistole.

— Tiens, mon ami, en voici douze, dit le gentilhomme en souriant. Et nous en avons deux sacs pleins !

Quelques minutes plus tard, Mistouflet galopait en plein soleil dans la direction de la petite ville de Sommières, et son vieil ami Faribole, à l'ombre et au frais, creusait une large excavation sous une pierre du pont.

Une heure ne s'était pas écoulée quand l'ancien maître d'armes termina son ouvrage en disant :

— Tiens, bagasse! c'est fait, M. Mistouflet sera content.

Juste comme il prononçait cette phrase, son ex-élève revenait chargé d'un sac qui semblait être bien lourd quoiqu'il fût de petite dimension.

Mistouflet sauta à bas de sa monture et, en entr'ouvrant le petit sac, il dit à Monseigneur Louis :

— Voici de la poudre de mine, et voici une mèche qui devra brûler cinq minutes.

— Si braves que nous soyons tous trois, espères-tu donc, mon ami, que nous pourrons tenir tête si longtemps que cela à une trentaine de dragons ? fit Monseigneur Louis en souriant.

— Mais oui, Monseigneur.... Vous verrez cela !

Puis Mistouflet introduisit un des bouts de la mèche dans le sac, rattacha l'ouverture de celui-ci et le donna à Faribole qui le déposa dans le trou qu'il avait creusé.

— Il s'agit maintenant de barricader le pont, mais de notre côté seulement, dit l'ancien maître d'armes en sortant de la rivière.

— Avec quoi pourrions-nous bien faire une bonne barricade? murmura Mistouflet en promenant ses regards autour de lui.

Soudain il poussa une exclamation joyeuse :

— Ah! Seigneur! j'ai trouvé!

Et tout courant il se précipita vers un paysan qui, à cinq ou six cents pas de la rivière, conduisait à travers une prairie une carriole chargée de luzerne.

— Hé! l'ami, arrêtez-vous! lui cria de loin Mistouflet.

Le paysan se retourna et, bien qu'un peu étonné, arrêta le bœuf qui composait son attelage.

— Mon ami, lui dit l'élève de Faribole, voulez-vous gagner deux pistoles toutes neuves?

— Mais avec ben du contentement!

— Tenez, les voici d'avance, et Mistouflet tendit au paysan deux belles pièces d'or. Vous allez conduire votre petite charrette à l'entrée du pont où, pendant deux heures au moins, il faudra la laisser pour barrer le passage à tout le monde.

— Hé! c'est pas ben malin à faire ça. Je m'en y vas tout de suite.

Le paysan piqua son bœuf de la pointe d'une gaule, et, précédé par Mistouflet, se dirigea vers le pont.

Tout en marchant l'élève de Faribole répétait :

— Jésus-Marie! que nous allons lentement!... Doux Seigneur! plus vite donc!

Enfin, au bout de cinq longues minutes, ils atteignirent tout de même le bord de la rivière.

La carriole semblait avoir été faite tout exprès pour barrer la largeur du pont tellement elle s'ajustait bien entre les deux garde-fous. Quand elle fut en place, Faribole conseilla au paysan d'aller se promener un instant en compagnie de son bœuf qui avait été prestement dételé.

Pressentant que quelques horions ne tarderaient pas à s'échanger, le paysan s'éloigna sagement.

Monseigneur Louis, Faribole et Mistouflet, après avoir chargé avec soin leurs pistolets, remontèrent à cheval et choisirent les places qu'ils devaient occuper pendant leur conversation avec Rosarges et ses dragons.

Ils décidèrent que Monseigneur Louis, sa montre à la main, se tiendrait immobile derrière la barricade improvisée et qu'aucune balle, même tirée à bout portant, n'était capable de traverser. Faribole et Mistouflet, armés chacun de trois pistolets, se tiendraient également derrière la carriole et garantis par l'épaisseur du chargement de celle-ci, abattraient les six premiers dragons qui oseraient s'aventurer sur le pont. La résistance devait durer quatre minutes.

Aussitôt que la quatrième minute se serait écoulée. Monseigneur Louis crierait : « En avant ! » et tous trois s'élanceraient bride abattue sur le chemin de Fontanes à Quissac.

— Hé ! bagasse ! Monsieur Mistouflet, si votre mèche dure plus de cinq minutes les dragons seront passés quand le pont sautera, car ils ne mettront pas plus d'une demi-minute pour renverser notre barricade.

— Le marchand qui me l'a vendue m'a affirmé qu'elle ne brûlerait que cinq minutes, répliqua Mistouflet.

En souriant, Monseigneur Louis dit aux deux amis :

— Mais si par hasard la mèche ne peut brûler que trois minutes... Vous devinez sans doute ce qui pourra nous advenir !

— Aie ! bagasse ! ce ne sera pas drôle !

— Doux Jésus !... Non vraiment, si nous recevons la moitié du pont dans la poitrine ! ajouta Mistouflet.

De l'endroit où Monseigneur Louis et ses compagnons s'étaient momentanément placés, on apercevait à près d'une demi-lieue de distance sur le chemin venant de Sommières.

Tout à coup ils virent s'élever dans le lointain un nuage de poussière.

— Bagasse ! les voilà ! fit Faribole qui lestement sauta à bas de sa monture, et, en deux enjambées, fut sur le bord de la rivière dans laquelle il s'élança.

Mistouflet avait lui aussi mis pied à terre, puis vivement allumé un morceau d'amadou qu'il passa à Faribole.

— C'est fait ! cria celui-ci en mettant le feu à la mèche de la mine.

Avec l'aide de son élève qui, resté sur le bord de la rivière, lui tendit les deux mains, l'ancien maître d'armes fut vite hors de l'eau.

Une demi-minute s'était écoulée quand tous deux sautèrent en selle et se saisirent de leurs pistolets posés sur la bâche qui couvrait la carriole.

Rendu prudent par l'aventure de la veille, Rosarges arrêta ses dragons à cinquante pas du pont. Puis donna un ordre en indiquant la rivière.

Aussitôt cinq cavaliers conduits par le lieutenant de Chadefaux s'élancèrent en amont de la rivière; cinq autres, guidés par un brigadier, s'élancèrent en aval cherchant un passage.

— Ilé ! bagasse ! pas trop bête le major ! dit Faribole.

Au même instant il entendit Rosarges crier au reste du détachement :

— A la barricade ! et vivement !

Le petit groupe de cavaliers s'avança hardiment sur l'obstacle qui barrait le pont.

Les trois premiers dragons qui voulurent s'y engager furent accueillis par trois coups de feu qui les blessèrent mortellement.

Leurs camarades hésitèrent un moment.

— Cornes du diables ! en avant ! commanda Rosarges.

Alors les autres cavaliers se précipitèrent en avant avec une fureur aveugle.

— Pour toi, Rosarges ! cria Faribole.

Trois nouveaux coups de feu retentirent. Le major poussa un rugissement de douleur.

En cet instant Monseigneur Louis dit à ses compagnons :

— Attention, mes amis, partons ensemble... En avant !

Faribole et Mistouflet firent volte-face et s'élancèrent derrière Monseigneur Louis.

Il était temps : les onze premiers dragons de Rosarges avaient réussi à franchir la rivière en amont et en aval et par deux côtés opposés arrivaient au galop en tirant des coups de pistolet.

Enfin, sur le pont, dix cavaliers après avoir mis pied à terre unissaient leurs efforts pour repousser la carriole.

Tout à coup une détonation épouvantable ébranla les airs.

Un nuage de fumée et de poussière s'éleva si épais qu'il fut tout d'abord impossible de rien distinguer.

Monseigneur Louis était déjà à deux cents pas du pont.

Soudain un cri terrible, cri de stupeur, d'effroi et de rage le fit non seulement tressaillir mais arrêter net sa monture.

Ce cri de détresse était poussé par Mistouflet.

Celui-ci, qui galopait à deux ou trois pas derrière son maître, ne voyant, ni n'entendant point Faribole courir à son côté, se tourna sur sa selle pour regarder du côté du pont.

Et ce qu'il vit lui fit jeter le cri qui venait d'arrêter Monseigneur Louis.

A son tour le mari d'Yvonne tourna la tête, et à son tour il poussa un cri en pâlissant horriblement.

A soixante ou quatre-vingts pas du pont, il aperçut Faribole étendu sans mouvement sous son cheval qui l'écrasait de tout son poids.

Par deux côtés à la fois arrivaient les dragons qui, si le malheureux n'était que blessé, allaient sûrement l'achever.

Non seulement le fils d'Anne d'Autriche était brave, mais c'était un cœur d'or. Il ne se dit pas que ses pistolets étant déchargés qu'il n'avait que son épée pour se défendre ; il ne songea pas que, s'il était repris par ses ennemis, c'était pour lui la captivité perpétuelle ; non ! il ne vit qu'une chose : c'est que son cher Faribole, le fidèle et vaillant compagnon qui vingt fois avait risqué sa vie pour l'arracher à ses cruels persécuteurs, était en danger de mort.

Aussi il n'hésita pas une seconde ; il fit volte-face en murmurant :

— Ami, je te sauverai à mon tour !

Puis il enfonça ses éperons dans le ventre de sa monture qui fit un bond formidable, et, tirant son épée, il se précipita sur le peloton de dragons qui, le premier, allait atteindre Faribole.

— A vous, Monsieur ! cria-t-il en chargeant un des cavaliers qui venait de se séparer de ses cinq compagnons et accourait sur lui le sabre à la main.

Le cavalier était le lieutenant de Chadefaux.

Les paroles que Mistouflet lui avait dites à Palas au sujet de la haine que Rosarges, exécuteur des ordres secrets de Louvois, montrait à l'égard du gentilhomme qu'il poursuivait avec acharnement, ces paroles l'avaient d'abord fait réfléchir, puis, peu à peu, lui avaient inspiré un commencement de sympathie pour cet inconnu et ses deux compagnons qui se défendaient si courageusement.

A la vue de Mistouflet, puis de Monseigneur Louis, qui faisaient demi-tour pour voler au secours de leur camarade, il éprouva comme un serrement de cœur et murmura :

— Oh ! les malheureux !... ils viennent se faire tuer !... Peut-être en pourrai-je sauver un !

Et se tournant vers ses hommes :

— Piquez droit vers le pont ; moi je me charge de celui qui s'avance vers nous !

Les cinq dragons s'élancèrent vers Mistouflet qui, à ce moment, sautait à bas de son cheval à deux pas de Faribole étendu sur le chemin.

Tête baissée, Monseigneur Louis fondit sur le jeune lieutenant.

Celui-ci soutint bravement le choc, para le coup d'épée du gentilhomme, puis aussitôt lui cria :

Tout en causant, les trois cavaliers étaient arrivés au pied de la colline.

— Servas !... de Vrignès !

Ces mots arrêtèrent comme par enchantement le terrible coup de pointe que le fils d'Anne-d'Autriche allait porter à son adversaire.

De nouveau celui-ci lui criait :

— Tournez bride... courez vers vos deux compagnons... sous prétexte de vous poursuivre je vais lancer mon cheval au milieu de mes hommes... vous pourrez fuir... Partez !

Mais déjà Monseigneur Louis n'écoutait plus le jeune officier.

Il venait de voir Mistouflet et Faribole debout, dos à dos, prêts à résister aux dragons qui s'avançaient par deux côtés à la fois.

Comme un coup de vent, Mistouflet était arrivé près de son ami pris sous sa monture qu'une balle de mousquet avait abattue non loin de la barricade ; d'un bond il avait sauté à terre en poussant une exclamation de joie.

Faribole venait de faire un mouvement, et lui disait :

— Soulève le poids qui m'écrase, bagasse !

Il saisit dans ses mains nerveuses les jambes du cheval mort et, d'un seul mouvement, grâce à sa force herculéenne, il dégagea son vieux compagnon.

Faribole se releva et aspira fortement et longuement l'air qui manquait à ses poumons.

— Ouf !... ça va mieux !...

— Doux Jésus ! en garde ! lui dit au même instant Mistouflet, qui avait vivement ramassé son épée jetée sur le sol une minute auparavant.

L'ancien maître d'armes agita sa jambe quelque peu froissée et tira sa rapière en regardant autour de lui.

— Bagasse ! dit-il, jamais nous ne nous en irons de là ! Tâchons au moins d'en tuer le plus possible...

Il ne put en dire davantage :

Un dragon, le corps porté en avant, le sabre haut, la bride entre les dents, lui envoyait à bout portant un coup de pistolet.

La balle lui enleva son feutre.

Prompt comme l'éclair, Faribole porta un foudroyant coup d'épée à son adversaire qui chancela sur sa selle, desserra les dents et vida les arçons.

D'une main Faribole s'était cramponné à la courroie de l'étrier, et le corps du dragon touchait à peine la poussière du chemin, qu'il occupait sa place sur son cheval et s'écriait :

— Capededious ! Rosarges ne me tient pas encore !

Puis il se porta au secours de Mistouflet qui, attaqué par trois dragons, n'avait pas eu le temps de sauter en selle.

Vers eux, Monseigneur Louis accourait au galop. Mais du côté opposé six ennemis arrivaient aussi bride abattue.

Trois contre onze, la partie n'était pas égale. D'un violent coup d'épée l'époux d'Yvonne blessa un dragon, Mistouflet en blessa un autre. Au même instant le lieutenant de Chadefaux, comme s'il n'eût pas été maître de sa monture, vint donner dans le cercle qui se formait autour de ceux que Rosarges désirait tant arrêter.

Il y eut alors un quart de minute de confusion parmi les dragons ; ce fut suffisant pour permettre à Mistouflet de sauter sur sa monture en criant à Faribole :

— Ça y est !...

Comme un trait, Monseigneur Louis et ses compagnons passèrent entre leurs adversaires et s'élancèrent sur le chemin conduisant au village de Quissac.

Derrière eux, ils entendirent le lieutenant de Chadefaux crier aux huit cavaliers qui lui restaient :

— En avant ! en avant ! Ils nous les faut tous trois !

Et la poursuite recommença rapide, ardente, acharnée.

De l'autre côté de la rivière, le major Rosarges, ivre de rage et de fureur, essayait de remonter à cheval avec l'aide d'un dragon légèrement blessé à la tête.

Rosarges avait été atteint à la cuisse par le coup de pistolet que lui avait tiré Faribole une minute avant l'explosion de la mine qui fit sauter la moitié du pont. Un horrible spectacle frappa ses regards quand le nuage de poussière et de fumée qui s'était élevé se fut dissipé.

Les dix dragons qui se trouvaient sur le pont lorsque celui-ci s'écroula, s'étaient abîmés dans la rivière où, tous plus ou moins gravement blessés, se débattaient en poussant des cris désespérés. Heureusement pour eux l'eau était peu profonde et ils purent, avec l'aide de quelques paysans attirés par le bruit de l'explosion, sortir de la rivière. Mais quatre seulement eurent la force de remonter à cheval.

Pendant une minute, Rosarges regarda avec effroi ses hommes dont un seul était sain et sauf ; six cavaliers seulement étaient en état de continuer leur route.

— Mordieu ! jura-t-il en donnant de l'éperon à sa monture qui se cabra, ce qui amena sur ses lèvres une affreuse grimace, car sa blessure, sans être dangereuse, lui causait une vive douleur, mordieu ! Je les retrouverai tous les trois quand je devrais les poursuivre au bout du monde.

Le pont étant coupé, il dut descendre un moment le cours de la rivière avant de trouver un endroit favorable pour passer sur l'autre bord.

Le paysan qui avait prêté sa carriole pour barricader le pont avait suivi de loin les phases du combat. Quand celui-ci fut terminé il retourna, en poussant des soupirs capables d'effrayer son bœuf dételé, vers son chargement de luzerne qu'il apercevait renversé au milieu du chemin.

Tout à coup il cessa de soupirer, ses yeux s'ouvrirent d'une façon démesurée, ses pieds restèrent cloués au sol. Il était ébloui.

Là, devant lui, près d'un cheval mort, des centaines de pièces d'or s'échappaient d'un sac éventré.

Le cheval était celui de Faribole, et le sac un de ceux que les matelots anglais avaient remis à l'ancien maître d'armes.

Revenu de sa stupeur, le paysan se baissa, ramassa le sac, le couvrit d'un mouchoir, le cacha sous bras et, piquant son bœuf, il prit la direction de sa demeure en murmurant à part lui :

— Allons cacher ce trésor : un autre pourrait le prendre et l'emporter, tandis qu'on n'emportera pas ma carriole, ben sûr !

Monseigneur Louis, Faribole et Mistouflet, toujours poursuivis par le lieutenant de Chadefaux et huit dragons, traversèrent le village de Quissac sans s'y arrêter. Trois lieues plus loin ils atteignirent le petit bourg de Lezan. Là, s'apercevant qu'ils avaient gagné au moins une demi heure d'avance sur leurs ennemis, ils descendirent de cheval et firent un léger repas.

Dix minutes après ils se remettaient en selle. Deux chemins partaient de la petite place où ils avaient fait halte : celui de droite allait rejoindre la route d'Alais à Nîmes tout près du Mas des Gardies, celui de gauche conduisait directement à Anduze.

Ce fut le premier qu'ils prirent à une allure modérée.

Faribole ne cessait de maugréer. Plus on approchait du terme de leur rapide voyage plus il semblait furieux.

— Mais, doux Jésus ! qu'avez-vous, Messire Faribole?... Est-ce la perte de votre feutre resté sur le champ de bataille qui vous rend d'une humeur qui commence à devenir tout à fait agréable pour vos voisins?

— Bagasse de bagasse ! répliqua Faribole. Deux choses contribuent à me mettre hors de moi.

— Lesquelles donc, mon ami ? demanda doucement Monseigneur Louis.

— Hé ! bagasse ! C'est primo : la perte d'un sac de pistoles... Combien pouvait-il en contenir?... des milliers!...

— Console-toi, mon ami, dit affectueusement le gentilhomme. Nos deux sacs de pièces d'or seraient demeurés au pouvoir de nos adversaires, que je ne les regretterais pas puisque, toi, tu as pu te tirer sain et sauf d'entre leurs mains.

— Hé ! Monseigneur, je vous remercie de ces bonnes paroles... mais ça n'empêche pas que je suis furieux.

— Bien, mon doux Seigneur! Nous connaissons la première raison, mais qu'elle est la seconde?

— La seconde, bagasse! c'est que je vais être obligé de rentrer au Mas de Couriac en fuyant devant une poignée de soldats du roi!

— Je devine, ce que tu voudrais, mon cher Faribole, dit Monseigneur Louis en souriant; tu voudrais attendre ici ce qui reste des dragons de Monsieur le maréchal de Montrevel.

— Tout bonnement, Monseigneur!

— Je veux bien te le permettre, mais à une condition.

— Hé! bagasse! je l'accepte d'avance!

— C'est que pour arrêter ceux qui nous poursuivent tu ne frapperas que leurs chevaux. Je fais grâce aux cavaliers.

En ce moment ils traversaient une étroite plaine où l'on ne voyait que des champs et des prairies, mais pas le plus petit monticule.

— Ah! Monseigneur, que nous serions bien ici! Et si vous vouliez nous aider, je suis sûr qu'il ne resterait à M. de Chadefaux qu'un seul dragon pour lui servir d'escorte.

Et Faribole expliqua le plan qui venait de germer dans son esprit.

— Mon ami, dit Monseigneur Louis quand il eut fini de parler, nous ferons ainsi que tu le demandes. Mais la nuit approche rapidement, si nos adversaires tardent encore, ton beau projet ne pourra pas être exécuté.

— Hé! Monseigneur, je crois que si... Voyez!

Et Faribole, tout joyeux maintenant, désignait de la main neuf cavaliers qui s'avançaient au galop.

Monseigneur Louis et ses deux fidèles compagnons reprirent leur route au pas. Ils allaient si tranquillement que le lieutenant de Chadefaux, qui galopait en tête de son faible peloton, se dit plein d'étonnement :

— Est-il possible qu'ils ne nous entendent pas!

Et voyant que ceux qu'il poursuivait continuaient de cheminer le plus paisiblement du monde, il tira son sabre et cria d'une voix que bien certainement on dut entendre à l'autre bout de la plaine :

— Chargez, chargez! nous les tenons cette fois!

Alors une chose extraordinaire se produisit.

Les trois cavaliers poursuivis partirent au triple galop, mais tandis qu'un seul continuait droit devant lui, les deux autres s'échappèrent l'un dans les prairies qui étaient à gauche du chemin, l'autre dans les champs qui s'étendaient à droite.

Sur un geste du lieutenant, trois dragons s'élancèrent sur les traces de Faribole qui bondissait à travers les champs, trois autres donnèrent la chasse à Mistouflet; enfin deux cavaliers suivirent leur jeune officier qui se mit à la poursuite de Monseigneur Louis.

Peu à peu chacun des cavaliers poursuivis ralentit son allure; les dragons accentuèrent la leur au contraire, mais en se séparant de plus en plus. Soudain l'on vit Faribole faire volte-face, puis se précipiter sur le dragon le plus rapproché et décharger un de ses pistolets sur sa monture qui s'abattit presque aussitôt, puis s'élancer vers le second dragon et enfin vers le troisième, qui l'un après l'autre tombèrent avec leurs montures.

Mistouflet avait opéré la même manœuvre, mais ne possédant que deux pistolets il n'avait pu démonter que deux cavaliers. Pour éviter le troisième il décrivit une ligne courbe, galopa une minute encore et pour la seconde fois fit volte-face.

Faribole accourait. Le troisième dragon se trouva pris entre deux feux. Il se rendit sans résistance quand il entendit l'ancien maître d'armes lui crier :

— Je ne veux ni te tuer ni te faire prisonnier, mais donne-moi ton cheval de suite !

Le pauvre diable, heureux d'en être quitte à si bon compte, donna sa monture et ses pistolets.

Faribole prit les armes qui étaient chargées, Mistouflet prit en main le cheval du dragon, puis ils s'élancèrent au galop au-devant de Monseigneur Louis qui, aussitôt que retentirent les premiers coups de feu, avait abandonné le chemin pour se rabattre du côté de Mistouflet.

Maintenant ils étaient trois contre trois. L'époux d'Yvonne choisit pour lui le lieutenant de Chadefaux, et ses deux compagnons se précipitèrent sur les deux dragons qui, émus et même suffisamment effrayés, tirèrent un peu au hasard deux coups de pistolets.

L'ancien maître d'armes et son élève firent feu à leur tour; leurs deux adversaires roulèrent dans l'herbe sans trop de mal : leurs montures seules avaient été atteintes.

Monseigneur Louis et le jeune lieutenant échangèrent quatre balles. Mais ils tirèrent en l'air.

Puis, toujours au galop, Monseigneur Louis, ses deux compagnons et M. de Chadefaux reprirent le chemin du Mas des Gardies. L'officier de dragons suivait ses généreux adversaires — car ce n'était plus une poursuite — à une quinzaine de pas de distance.

Tous ces évènements s'étaient succédé en moins de dix minutes.

Faribole était satisfait : pour remplacer le feutre qu'il avait laissé sur le champ de bataille près de la petite rivière, il avait conquis un cheval et des armes. Maintenant il riait en disant :

— Ah! troun de l'air! si Rosarges n'est pas mort, je voudrais bien voir le nez qu'il fera quand il se présentera devant le maréchal de Montrevel.

La nuit était complètement venue quand ils s'arrêtèrent devant la première maison du Mas des Gardies dont ils connaissaient le propriétaire. Les bêtes, aussi bien que leurs cavaliers, avaient besoin de quelques heures de repos.

— Mes amis, nous allons souper ici, dit Monseigneur Louis. Il est huit heures; à onze heures nous repartirons de façon à arriver au Mas de Couriac au lever du soleil.

En voyant ceux qui le précédaient mettre pied à terre, le lieutenant de Chadefaux s'arrêta. Deux minutes après il alla frapper à la porte d'une auberge de modeste apparence. Il demanda à quelle distance il était encore du château de Servas. L'aubergiste lui dit qu'il avait quatre bonnes lieues à faire et que voyager la nuit n'était pas très prudent.

Alors le jeune officier se décida à se reposer jusqu'à minuit. En arrivant vers six heures du matin dans les environs de Servas, il aurait tout le temps nécessaire pour demander des renseignements aux habitants du village avant de monter au château.

A onze heures et demie, par un beau clair de lune qui permettait de distinguer au loin dans la campagne, Monseigneur Louis, Mistouflet et Faribole prirent doucement, au pas de leurs montures, la route de Nîmes à Alais à gauche de laquelle ils devaient trouver le chemin du Mas de Couriac.

A minuit précis, M. de Chadefaux enfourcha son cheval, se fit indiquer par son hôte le chemin qu'il devait suivre pour aller rejoindre la route d'Alais à Uzès, et souriant aux étoiles, heureux de quelques heures de liberté qu'il s'octroyait lui-même, il s'achemina lentement vers le château où celle qu'il aimait l'attendait, sans doute, dans une vive anxiété.

— Chère Jeanne, je me rends à votre appel, se disait tout en marchant le jeune officier. Chassez votre inquiétude, j'arriverai à temps pour empêcher la monstrueuse union qui ferait votre malheur et nous plongerait tous deux dans le désespoir.

Soudain il arrêta sa monture, et, sans bien savoir pourquoi, il sentit une angoisse profonde lui étreindre le cœur... Dans le lointain, il apercevait une immense lueur qui embrasait le ciel.

— Un violent incendie sur quelque colline! murmura-t-il. Mais cela est étrange... je me sens tout bouleversé... comme à l'approche d'un malheur irréparable...

Et donnant de l'éperon à sa monture il partit au grand trot.

. . . .

Sur la route de Nîmes à Alais, Faribole, le cœur joyeux, égayait ses deux compagnons en leur chantonnant, d'une voix abominablement fausse, un air assez original qu'il avait appris dans sa jeunesse.

Tout à coup, au milieu du troisième couplet, il s'interrompit brusquement et poussa un son rauque; puis il bondit sur sa selle en lançant un cri d'épouvante.

— Ciel! qu'y a-t-il? dirent ensemble Monseigneur Louis et Mistouflet qui tressaillirent violemment.

Le bras allongé sur sa droite, la voix frémissante, Faribole s'écria:

— Là-bas!... cet incendie sur la hauteur..... C'est le château de Servas qui brûle!

— Tu dois te tromper, mon ami?

— Non, monseigneur, non! je ne me trompe pas, répliqua l'ancien maître d'armes. Permettez-moi d'aller au secours de Mlle de Vrignès!

— Va, mon cher Faribole... Et, tiens! prends ma monture, car ton cheval de dragon n'est pas une fameuse bête.

— Ah! merci, monseigneur!

Une minute après il galopait, droit sur le château de Servas, à travers les prairies et les champs.

Presque au même instant où il atteignait le chemin montant au château, le lieutenant de Chadefaux s'engageait sur la route d'Alais où il croisait des hommes, des femmes et des enfants qui fuyaient de tous côté.

— Que se passe-t-il? pourquoi cette panique? demanda le jeune officier en arrêtant un paysan au passage.

Tremblant encore d'effroi celui-ci répondit:

— Jean Cavalier et ses camisards se sont emparés du château de Servas; ils y ont mis le feu après avoir tout tué, tout massacré.... Ils vont en faire autant du village.

M. de Chadefaux n'entendit pas la fin de cette sinistre nouvelle. Labourant de ses éperons les flancs de sa monture, il volait, bondissait

— C'est fini, dit-il, le poisson déserte notre rivage.

sur la route en répétant, éperdu, terrifié, et tout pâle de douleur et d'angoisse :

— Jeanne!... ma Jeanne!... ma bien-aimée!...

. . . .

CHAPITRE XIX

OU LA COMTESSE DE SOISSONS CHOISIT UN CHEMIN FERTILE EN RENCONTRES ET EN SURPRISES

Une semaine avant les événements qui se sont succédé dans les deux précédents chapitres, au moment où le premier coup de neuf heures retentissait à l'horloge du Louvre, Mme de Maintenon, épouse de Sa Majesté Louis XIV, congédiait ses femmes et passait dans une chambre spacieuse, entièrement tendue de damas à grands ramages et défendue des bruits de dehors par de lourdes tapisseries.

Mais à peine y avait-elle pénétré qu'une petite porte, perdue dans la tenture, s'ouvrit vivement et une toute jeune femme parut.

— Eh bien! qu'y a-t-il, Germaine? demanda Mme de Maintenon.

— Madame, c'est un courrier belge qui apporte plusieurs dépêches.

— Qu'il te les remette à l'instant.

— Bien madame.

La jeune femme s'inclina et sortit. Une minute après elle reparaissait et remettait à l'ancienne gouvernante des bâtards de la Montespan deux plis qui étaient pour le roi de France. Mais comme tout le monde savait que Louis XIV avait abdiqué toute puissance, qu'il n'entreprenait plus rien, qu'il ne donnait plus aucun ordre sans avoir pris conseil de sa femme, il en résultait que tous ceux, ou à peu près, qui auraient dû adresser leur dépêches directement au roi ou au ministre, les faisait tout bonnement remettre à Mme de Maintenon, la seule et véritable souveraine.

Après avoir parcouru rapidement le premier pli, elle le mit de côté en murmurant avec un sourire de dédain :

— Sa Majesté, Guillaume, roi d'Angleterre, ne nous effraye nullement.

Puis elle brisa le cachet du second pli. Dès la lecture des premières lignes, elle fronça les sourcils, et un observateur attentif aurait pu voir passer sur son front un nuage de vague inquiétude.

— La comtesse de Soissons a quitté Bruxelles pour aller secrètement à Paris... ceci est plus grave, dit-elle en réfléchissant.

A ce moment Germaine vint annoncer une deuxième fois.

— Madame, c'est un autre courrier qui arrive des Cévennes.

L'épouse du roi se leva soudainement :

— Des Cévennes, dit-elle !... Amenez-le moi ! ajouta-t-elle en se rasseyant troublée.

Le courrier, tout couvert de poussière, fut introduit par la jeune femme.

— Maintenant, laissez-nous, Germaine, ordonna Mme de Maintenon.

Et s'adressant au courrier qui, debout, dans une attitude respectueuse, attendait qu'on l'interrogeât :

— De la part de messire Gniafon ?

— Oui, Madame, répondit le courrier en présentant un petit paquet cacheté à la mère de l'affreux nain.

— Il ne vous a chargé d'aucune commission verbale ?

— Non, Madame !

— C'est bien... Vous repartirez demain quand je vous aurai remis des ordres pour messire Gniafon.

Le courrier s'inclina jusqu'à terre puis se retira.

Restée seule, la compagne de Louis XIV lut rapidement les nombreuses notes que lui envoyait son fils, puis à mi-voix elle murmura :

— Le soulèvement des calvinistes prend de l'extension... Heureusement que Gniafon est sur les traces de Monseigneur Louis.

La tête penchée sur sa poitrine elle resta un moment rêveuse.

— Ah ! reprit-elle soudain, quelle folie j'ai faite en me liant aux... autres par un fatal serment... Chaque fois que j'y songe je tremble d'effroi... Je ne vivrai tranquille que lorsque le chevalier de Lorraine, le marquis d'Effiat et la comtesse de Soissons ne seront plus... les morts seuls ne sont plus à craindre.

Puis elle prit les deux plis apportés par le premier courrier, ouvrit une petite porte de communication et s'engagea dans un corridor qui conduisait de chez elle au cabinet du roi.

Quand elle entra chez son royal époux, celui-ci était plongé dans une profonde méditation. Son front courbé, ses regards mornes indiquaient que ses pensées n'étaient rien moins que gaies.

— Mon Dieu, cher Sire, que vous semblez mélancolique ce soir ? dit Mme de Maintenon en s'avançant vers le roi.

— C'est vrai, Madame, dit Louis XIV en se levant ; mais mes sombres pensées vont s'enfuir à l'instant puisque vous voici.

Mme de Maintenon prit place dans un fauteuil à côté de celui de son époux, puis d'un ton ferme, affirmatif :

— Sire, on vous trompe !

Louis XIV sursauta.

— On me trompe... Qui donc oserait, Madame ?

— M. de Louvois, Sire.

Un éclair de colère passa dans les yeux du roi. Puis, s'asseyant près de son épouse, il demanda à voix basse :

— Vous m'affirmez, Madame, que M. de Louvois me trompe ?

— Oui, Sire, quand il vous dit que les ordres qu'il a donnés de mettre tout à feu et à sang dans les Cévennes ont eu raison des protestants révoltés ; il vous trompe, Sire, quand il vous dit que c'est par milliers que les réformés se convertissent à la religion catholique.

— Mais qui donc me dira la vérité ? s'écria Louis XIV.

— Moi, cher Sire !... Ecoutez : depuis le dernier rapport de M. de Montrevel, le nombre des insurgés a décuplé. Les calvinistes, menacés, persécutés, vont chaque jour grossir les rangs du chef qu'ils ont élu...

— Et ce chef ? interrompit le roi.

— C'est un nommé Jean Cavalier.

— Jean Cavalier !

— Mais ce n'est pas lui qui est à craindre !

— Les réformés ont donc un autre chef ?

— Oui, Sire, un autre chef qui compte sur un soulèvement général de tous les calvinistes de France et sur l'aide du roi d'Angleterre pour... occuper sur le trône la place à laquelle il prétend avoir des droits...

Louis XIV promena autour de lui des regards effrayés, et d'une voix si sourde que sa compagne l'entendit à peine :

— Lui... encore lui... toujours lui ! murmura-t-il.

— Oui, Sire, toujours lui !

Et avec ce sourire qui déjà, dix ans auparavant, avait ensorcellé le roi.

— Mais moi je veille ! ajouta-t-elle.

— Vous êtes mon bon génie, Madame... Veuillez me dicter ce que je dois faire ?

— La première chose, Sire, ce serait de rappeler le maréchal de Montrevel.

— Le maréchal avait été choisi par Louvois.

— En effet, Sire, mais moi... ou plutôt, nous le remplaçons par M. le maréchal de Villars.

— Soit ! Nous rappelons M. de Montrevel et nous envoyons à sa place M. de Villars... Ensuite, Madame ?

— Nous lui ordonnons d'adoucir les mesures de rigueur qui ont amené l'insurrection des Cévennes.

— Et vous croyez, Madame...

— Oui, Sire, interrompit vivement Mme de Maintenon, oui je crois que peu à peu les révoltés mettrons bas les armes.

— Malgré... *lui*? fit très bas le roi.

— Oui, Sire !... Mais ce n'est pas tout, reprit Mme de Maintenon d'un ton grave.

— Ciel ! qu'y a-t-il encore ? s'écria Louis XIV.

— La comtesse de Soissons a quitté secrètement la Belgique... Elle viendra à Paris si elle n'y est déjà !

— Je vais donner l'ordre de la faire arrêter et reconduire à la frontière, dit le roi qui se leva pour aller prendre une sonnette d'argent sur sa table de travail.

— Nous verrons plus tard, Sire. Donnez des ordres pour qu'elle soit surveillée nuit et jour. Il faut que nous sachions ce qu'elle vient faire ici... Un dernier mot, cher Sire, ne dites pas à M. de Louvois que c'est moi qui demande le rappel du maréchal de Montrevel.

— Ne craignez rien, Madame.

— Tenez, Sire, voici deux dépêches de notre agent secret installé à Bruxelles. Et Mme de Maintenon, en se levant, tendit à son royal époux les deux plis apportés par le courrier belge.

Le roi la reconduisit jusqu'à la porte de ses appartements et ne la quitta qu'après avoir déposé sur sa main un baiser aussi tendre que respectueux.

Deux minutes après, revenu dans son cabinet, il donnait l'ordre de mettre en campagne les agents les plus habiles, afin de retrouver la comtesse de Soissons et de le tenir au courant de ses faits et gestes.

A la même heure où Louis XIV donnait cet ordre, celle qui en était l'objet, la belle comtesse de Soissons, rendue méconnaissable par une voilette noire et très épaisse, pénétrait dans le salon d'un petit hôtel bâti au fond de la rue du Figuier.

À son entrée deux hommes se levèrent pour la saluer.

— Vous voyez, comtesse, nous vous attendions! dit l'un d'eux en souriant.

— Et avec une impatience qui ne peut être comparée qu'à celle d'une âme du purgatoire qui attend l'heure de monter au ciel !

— Votre âme, Monsieur le marquis d'Effiat, pas plus que la vôtre Monsieur le chevalier de Lorraine, ne connaîtront cette impatience-là.

— Et pourquoi donc, comtesse? dirent ensemble le chevalier et le marquis.

— Parce que vos âmes iront droit aux enfers, vous le savez bien !

— Je vous crois, madame, puisque vous me l'assurez ! répliqua avec un sourire ironique le marquis d'Effiat.

Après avoir fait asseoir la comtesse de Soissons, le chevalier de Lorraine lui demanda :

— Comtesse, est-ce pour nous dire des amabilités que vous nous avez fait prévenir de vous attendre cette nuit et de tenir un carrosse prêt à partir au premier signal.

— Non, messieurs, non. C'est pour vous entretenir de choses plus sérieuses, vous n'en doutez pas.

— Nous vous écoutons, chère comtesse.

— Je crois, messieurs, que l'heure de notre triomphe est proche : un avis qui m'est parvenu de la cour d'Angleterre m'a appris que Guillaume III doit envoyer sous peu à Monseigneur Louis des armes et des troupes qui débarqueront dans les environs de Cette.

— Alors vous voulez, comtesse, que nous allions avertir Monseigneur Louis, dit le chevalier de Lorraine.

— Oui, d'abord. Puis vous irez recevoir les troupes à leur débarquement et vous mettre à leur tête.

— Ma foi, cela me sourit assez! fit le marquis d'Effiat.

— En ce cas, messieurs, partez le plus tôt possible et, surtout, voyagez incognito.

— Et vous, comtesse, que comptez-vous faire? demanda le chevalier.

— Je vais retourner à Bruxelles, bien que cela ne me plaise guère.

— Eh bien, j'ai une idée.

— Bonne, Monsieur le chevalier ?

— Très bonne, comme toujours !... Nous vous emmenons avec nous, chère comtesse.

— Pour être arrêtée dans la première ville que nous traverserons !

— Du tout, du tout, cette éventualité n'est pas à craindre. Nous voyagerons sous la protection de Louis XIV.

— Quand je vous le disais, messieurs ! Dans un carrosse cadenacé, avec, à chaque portière, des gardes à cheval ayant le pistolet au poing, je serais en effet fort bien protégée.

Le chevalier de Lorraine prit dans un tiroir un petit parchemin et le mit sous les yeux de la comtesse :

— Ne plaisantez plus, lui dit-il, et lisez ceci.

— Oui, lisez, comtesse, répéta le marquis.

— Oh ! une mission secrète ! fit la comtesse de Soissons avec un vif étonnement.

— Parfaitement, comtesse, dit le chevalier. Le marquis et moi nous allons devenir deux bons bourgeois. Eh bien, qui m'empêche d'emmener une femme... la mienne ? L'ordre ne s'y oppose pas. Allons, décidez-vous, comtesse ; vous verrez quel voyage charmant nous ferons tous les trois !... Nous vous laisserons à Alais !

— Ma foi, messieurs, j'ai bien envie d'accepter. Mais il faut que j'envoie chercher du linge, des effets...

— Pas la peine, comtesse. Nous avons de l'or en quantité. Dans chaque ville que nous traverserons vous nous direz ce que vous désirez.

— Eh bien, messieurs, en route. Partons dès cette nuit.

Une heure plus tard un carrosse attelé de deux forts chevaux s'éloignait lentement de la rue du Figuier, passait devant la Bastille et se dirigeait vers la barrière Saint-Antoine.

— Quand nous serons à trois ou quatre lieues de Paris, nous irons rejoindre la route de Lyon, dit le chevalier de Lorraine à la comtesse qui, enveloppée dans un large manteau, s'était installée commodément dans un coin de la lourde voiture.

Leur voyage se fit assez rapidement et sans incident. Une seule fois, dans la petite ville de Saint-Étienne, qui n'était pas ce qu'elle est aujourd'hui, un capitaine de la milice émit des doutes, non pas sur l'authenticité du parchemin portant le sceau de Sa Majesté, mais sur la légitimité des liens qui unissaient la jolie voyageuse au sieur « Morange » qui était le nom d'emprunt du chevalier de Lorraine.

Un soir, vers huit heures, ils s'arrêtèrent dans un pauvre village éloigné de six ou sept lieues de la ville d'Alais. Ils dinèrent tant bien que mal, plutôt mal que bien dans une petite auberge ; et tout en dînant ils délibérèrent s'ils y passeraient la nuit.

— Cette auberge est bien vilaine, dit la comtesse de Soissons

— Tandis que la nuit est superbe ! s'écria le marquis d'Effiat.

— C'est vrai, ajouta le chevalier. Sous le ciel qui resplendit d'étoiles, nous terminerons, si vous le voulez, comtesse, délicieusement notre voyage ?

— Je ne demande pas mieux, Messieurs !

Ils remontèrent en carrosse et continuèrent leur route. Mais arrivés devant une croix de bois plantée à un angle formé par deux chemins, le cocher arrêta sa lourde machine.

— Eh bien, Rémy? dit le chevalier en passant la tête par l'ouverture de la portière.

— Monseigneur, je suis embarrassé : le chemin forme ici une sorte de fourche. Faut-il obliquer à gauche ou à droite ?

— Diable !... c'est que je n'en sais rien !

Au pied de la croix, le chemin que suivait le carrosse se divisait en effet en deux chemins aussi étroits l'un que l'autre. L'un conduisait à la route d'Alais à Uzès, l'autre allait aboutir à la route d'Alais à Nîmes. Mais les voyageurs l'ignoraient, et leur embarras ressemblait beaucoup à celui de leur cocher.

— Rémy, fit le marquis d'Effiat, n'apercevez-vous pas quelque maison où vous pourriez vous renseigner ?

— Non, Monseigneur; les maisons, par ici, sont aussi rares que les passants sur notre chemin. Depuis une heure je n'ai pas rencontré un chat.

— Ma foi, comtesse, dit le chevalier, c'est vous qui allez choisir le chemin que vous préférez prendre.

— Mais je n'ai aucune préférence, chevalier.

— A moins de rester ici, peut-être jusqu'au jour, il faut se décider pour le côté droit ou pour le côté gauche.

— Eh bien, au hasard, je choisis le côté droit. Seulement, Messieurs, vous ne m'adresserez aucun reproche si nous n'arrivons à Alais que dans huit jours.

— Ce sera la faute du hasard, chère comtesse, répliqua le chevalier. Et se penchant à la portière :

— Rémy, prenez la droite, dit-il; mais, je vous prie, évitez les fourches, mon ami, évitez les fourches.

Enfin, après un bon quart d'heure d'arrêt, le carrosse s'engagea dans

Il y eut un instant de terrible confusion.

le chemin conduisant à la route d'Uzès. Au moment où il atteignit celle-ci, le chevalier tira sa montre et, à la brillante clarté de la lune, il regarda l'heure.

— Encore cinq minutes, et il sera minuit, dit-il.

— L'heure de tous les crimes : vol, meurtre, pillage et incendie !

— Taisez-vous, marquis, s'écria la comtesse. Vous allez me gâter tout le plaisir de mon voyage nocturne.

La lourde voiture roula encore une demi-heure, puis le cocher dit soudain :

— Monseigneur, si dans l'autre chemin on n'y voyait aucun passant, en revanche, sur cette route, on en rencontre trop !

Rémy avait raison : la route était presque encombrée par des gens qui, les uns en carriole, les autres à pied, paraissaient fuir devant un danger imminent.

En croisant le carrosse un vieux paysan dit au cocher :

— Si ceux que tu conduis sont catholiques, tourne bride, mon garçon ; il n'est que temps !

— Mais voyez donc ce qui se passe ? dit la comtesse au marquis d'Effiat.

Celui-ci allait d'un geste appeler quelque fuyard pour l'interroger, quand un groupe qui passait en courant lui évita cette peine.

Ce groupe criait :

— Les camisards !... voilà les camisards !

— Comtesse, je suis renseigné, dit le marquis... Vous avez entendu nous allons au-devant des insurgés.

— Nous ne courons aucun danger, je l'espère ?

— Non, comtesse, ne craignez rien, dit le chevalier. Cependant, par prudence, veuillez cacher sur vous ce petit parchemin signé du roi et du ministre Louvois...

— Donnez vite, chevalier, s'écria la comtesse ; cet objet serait une mauvaise recommandation auprès des protestants révoltés.

— Maintenant, si on nous arrête, je demande à être conduit vers Jean Cavalier ou vers le « capitaine Louis. »

Le carrosse roulait, lentement c'est vrai, mais il roulait toujours. Soudain la comtesse fit sur les coussins un violent soubresaut ; le chevalier et le marquis ne furent pas maîtres d'un léger mouvement de frayeur. Rémy leur criait :

— Le feu ! le feu !... là-bas, sur une colline !

En effet, on apercevait, sur une hauteur encore assez éloignée, la sinistre lueur d'un vaste incendie.

— Ah ! l'animal !... Je crois que Rémy vous a fait peur, comtesse ? dit en souriant le chevalier de Lorraine.

— Je l'avoue .. Mais est-ce une maison qui brûle ? dit Mme de Soissons s'adressant au marquis dont la moitié du buste sortait du carrosse.

— Non, comtesse ; c'est un château.

— Sans doute un nouvel exploit de Jean Cavalier, dit M. de Lorraine.

Soudain, une brusque secousse produite par l'arrêt subit de la voiture secoua les deux voyageurs et la jolie voyageuse.

— Allons bon ! une nouvelle fourche à ce chemin ! fit le chevalier.

— Monseigneur, monseigneur ! s'écria le cocher en sautant à bas de son siège.

— Ah ça ! est-ce que Rémy serait devenu fou ! reprit le gentilhomme qui ajouta aussitôt : Veux-tu bien te taire, Rémy ; je t'avais défendu de m'appeler monseigneur.

— Excusez-moi, monsei... non, monsieur ; mais la route est barrée par un cheval qui, sans doute, n'est pas mort, car il bouge un peu, et par un homme qui doit l'être, lui, car il ne fait aucun mouvement.

Le marquis d'Effiat ouvrit la portière et mit pied à terre en disant :

— Restez, comtesse, je reviens à l'instant.

Puis il suivit le cocher qui s'avançait vers un homme étendu sur le bord de la route, tout près d'un arbre, et à cinq ou six pas d'un cheval abattu.

— Mais c'est un officier de dragons ! s'écria le marquis en reconnaissant l'uniforme du cavalier sur lequel il se pencha pour voir s'il était mort.

— Monseigneur, son cœur bat toujours ! dit Rémy qui venait de coller son oreille sur la poitrine de l'officier.

Poussée par la curiosité, le moindre défaut des femmes, la comtesse, accompagnée du chevalier de Lorraine, eut bientôt rejoint le marquis.

— Ah ! mon Dieu ! mais c'est un tout jeune homme ! s'écria-t-elle en voyant la tête horriblement pâle du lieutenant de Chadefaux, car c'était lui, hélas !

La blanche clarté de la lune frappant en plein sur son visage, lui donnait une teinte cadavéreuse.

— Il a dû s'assommer en tombant de cheval, dit le marquis d'Effiat ; car je ne découvre aucune blessure. Le sang que je vois aux deux mains provient de légères écorchures.

— Tenez ! marquis, faites-lui vite respirer ceci !

Et en parlant la comtesse tendit à son compagnon un petit flacon de sels.

Deux longues minutes s'écoulèrent. Le jeune officier ne reprenait nullement connaissance.

— Messieurs, dit alors la comtesse, nous ne pouvons pas laisser mourir sur le bord d'une route ce malheureux garçon. Portez-le sur une banquette du carrosse, et nous le conduirons jusqu'à l'habitation la plus proche.

Le marquis, le chevalier et le cocher soulevèrent doucement l'officier et le portèrent dans le carrosse.

Au moment où ils déposaient sur des coussins le corps toujours inanimé, quatre cavaliers, dont l'un conduisait en main un cinquième cheval, arrivaient au grand trot. Ils furent obligés de s'arrêter un instant derrière la lourde voiture.

— Ces cavaliers vont peut-être pouvoir nous indiquer une auberge, dit le chevalier à la comtesse que le marquis faisait monter en voiture.

Et vivement il s'approcha des nouveaux arrivants.

— Messieurs, dit-il, seriez-vous assez...

Une exclamation de surprise lui coupa la parole.

— Hé quoi!... Vous ici!... à cette heure! fit l'un des cavaliers.

Si la surprise de celui-ci était grande, celle du chevalier ne fut pas moindre en reconnaissant, au clair de lune, le cavalier qui lui parlait.

— Dieu! quelle rencontre! répliqua-t-il en s'avançant la main tendue.

— Je ne comptais point vous revoir ici, monsieur le capitaine Louis.

Le marquis entendit ces paroles; parlant très bas il dit à la comtesse de Soissons :

— C'est Monseigneur Louis...

Vous avez vraiment choisi le bon chemin !

Puis il alla à son tour serrer la main du fils d'Anne d'Autriche.

— Monsieur le *capitaine*, dit-il en appuyant sur ce dernier mot, nous venons de ramasser sur la route un pauvre garçon que nous voudrions bien transporter dans une maison quelconque.

— A un quart de lieue à peine, vous trouverez le petit village de Servas. L'auberge du *Cheval Blanc* en est la première maison.

— Fort bien ! dit le chevalier, qui ajouta aussitôt : En route, Rémy !

— Connaissez-vous celui que vous venez de secourir? demanda Monseigneur Louis.

— Non, répondit le chevalier. Nous savons seulement que c'est un jeune officier de dragons...

— Officier de dragons, dites-vous ! s'écria l'époux d'Yvonne en s'élançant à bas de sa monture et courant vers le marquis qui remontait en carrosse.

Il salua vivement la comtesse de Soissons, puis fixa ses regards sur le visage du pauvre lieutenant de dragons.

— C'est bien lui ! dit-il.

— Quoi ! vous connaissez cet officier? fit le chevalier qui s'était approché.

— Oui, messieurs. Vingt fois, depuis deux jours, Faribole ou Mistouflet auraient pu le tuer... ils ne l'ont pas fait, car l'amour le protégeait.. Mais je vous conterai cela plus tard, partons d'abord...

Et Monseigneur Louis referma lui-même la portière du carrosse. Le chevalier de Lorraine sauta sur la selle de la monture tenue en main par Mistouflet, et le cortège s'ébranla lentement. Tout en marchant à côté du fils d'Anne d'Autriche, le chevalier se disait :

— Si pendant cette nuit je n'ai pu marcher vite, en compensation j'aurai marché de surprise en surprise.

Ce n'était pas un effet du hasard, si Monseigneur Louis se trouvait à deux heures du matin sur la route d'Uzès alors que Faribole l'avait laissé se dirigeant vers le Mas de Couriac. Il s'entretenait avec Mistouflet quand, dans l'étroit chemin qu'ils suivaient tous deux, ils rencontrèrent Georges Dorfeuil et son camarade Piolet qui revenaient de conduire à un endroit convenu, les derniers chevaux achetés pour former la cavalerie du chef des camisards. Les deux jeunes gens dirent à Monseigneur Louis qu'un paysan venait à l'instant de leur apprendre que le château de Servas flambait.

Ils allaient donc s'en assurer :

— Jésus-Marie ! j'irais bien aussi, murmura Mistouflet

Le mari d'Yvonne entendit le souhait formulé par son compagnon. Alors il tourna bride en disant :

— Eh bien, mon ami, allons ensemble jusqu'au village de Servas.

Et ils s'étaient dirigés vers la route d'Alais à Uzès. Mais Monseigneur Louis était loin de se douter qu'il devait y rencontrer le chevalier de Lorraine.

Lorsque le lourd carrosse s'arrêta devant la porte cochère de l'auberge du *Cheval Blanc*, porte qu'on n'avait pas fermée, ce fut le chevalier qui, le premier, pénétra dans la cour et alla frapper à la porte de la salle commune.

— Holà ! l'hôtelier, dit-il, holà ! hâtez-vous d'ouvrir !

Presque aussitôt la porte tourna sur ses gonds et le compagnon de la comtesse de Soissons éprouva une nouvelle surprise. Il s'attendait à voir ou l'hôtelier ou un de ses valets; or, le personnage qui lui apparut tenant d'une main une lampe fumeuse, portait l'uniforme de chirurgien de l'armée royale. C'était M. Castinel.

— Pardon, monsieur, dit le chevalier de Lorraine en saluant le chirurgien; je demandais l'hôtelier afin qu'il me désignât une chambre pour y transporter un ouvrier blessé.

— L'hôtelier doit être loin à cette heure, mais le chirurgien est prêt à remplir son devoir, dit simplement M. Castinel.

Avec de nombreuses précautions, le lieutenant de Chadefaux fut transporté dans une chambre du rez-de-chaussée et déposé sur un lit. Le chirurgien l'examina quelques minutes à peine, puis il ouvrit sa trousse.

— Dans un quart d'heure ce jeune officier sera hors de danger, dit-il.

— Tant mieux, doux...

D'un geste, le chirurgien interrompit Mistouflet, et reprit :

— Où il ne sortira que mort de cette chambre !

Et avec autant de promptitude que d'habileté, il ouvrit une veine d'où s'écoula en abondance le sang du jeune lieutenant.

Au bout de cinq minutes ses lèvres s'entr'ouvrirent d'une façon presque imperceptible; au bout de cinq autres minutes un soupir s'en échappa; après la quinzième minute il ouvrit les yeux. Le chirurgien arrêta le sang : le jeune officier était sauvé. Mais il était si faible qu'un instant après il s'évanouissait de nouveau.

— Ceci n'est rien, messieurs, dit le chirurgien, vous pouvez maintenant vous retirer. Demain votre ami sera debout.

Monseigneur Louis, le marquis d'Effiat et le chevalier de Lorraine retournèrent dans la salle commune où les attendait la comtesse, à laquelle le chevalier proposa de rester un jour ou deux à l'auberge du *Cheval Blanc*.

— Ici nous n'avons à redouter ni les catholiques, ni les protestants : nous possédons un écrit qui démontre que nous sommes les amis des premiers, et le capitaine Louis nous en donnera un autre qui prouvera que nous sommes les alliés de Jean Cavalier.

— Et ma foi, comtesse, ajouta le marquis d'Effiat, je crois que nous serons fort bien dans cette auberge.

Le marquis n'aurait pas osé parler ainsi s'il avait pu voir l'œil qui, à l'extérieur de l'auberge, entre le léger écartement de deux volets, brillait d'une joie sauvage en regardant le groupe formé par Monseigneur Louis et ses compagnons.

Cet œil était celui de Gniafon.

L'affreux nain revenait du château de Servas, à l'incendie duquel il avait assisté sans avoir pu porter secours à M. de Saint-Mars qui avait eu la funeste idée de se rendre à l'invitation du comte, quand il reconnut Monseigneur Louis et le chevalier de Lorraine marchant derrière un carrosse.

Gniafon n'avait eu que le temps de se jeter dans l'ombre d'une haie en étouffant le cri que l'étonnement tirait de sa gorge. Il avait vu la voiture et les cavaliers entrer dans la cour de l'auberge. Profitant d'un moment opportun, il était venu coller son œil contre les volets d'une fenêtre de la salle commune.

Lorsque la comtesse précédée d'un valet se leva pour gagner au premier étage la chambre mise à sa disposition, lorsqu'il vit tous les gentilshommes la suivre, il comprit que quelque conciliabule grave allait être tenu à l'auberge du *Cheval Blanc.*

— Il faut absolument que j'entende leur conversation, se dit-il.

Alors il s'éloigna de la fenêtre, pénétra sans bruit dans la salle commune, quitta ses chaussures et sur la pointe des pieds monta à l'étage supérieur, prêtant l'oreille afin de savoir quelle chambre était donnée à la comtesse.

Il eut comme un grognement joyeux quand il sut que cette chambre occupait un angle de l'auberge et qu'elle était précisément au-dessous de la sienne.

— Il m'est impossible de me glisser dans la pièce qui est à côté de la chambre de la comtesse, pensa-t-il, mais si sa fenêtre est entr'ouverte je trouverai une place où je serai cent fois mieux pour tout entendre.

Il redescendit à pas de loup, sortit de l'auberge, en fit le tour et constata avec joie que la première fenêtre de la chambre occupée par la comtesse était presque entièrement ouverte. Il revint dans la salle commune; et deux minutes après il entrait dans sa propre chambre.

— Marquet m'aurait été utile... Mais je saurai m'arranger de façon à faire sans son aide, dit-il.

A ce moment, Mistouflet, Dorfeuil et Piolet, sortaient sans bruit de la chambre où maintenant reposait le lieutenant de Chadefaux.

Celui-ci, en revenant de son deuxième évanouissement, avait voulu se dresser sur son séant et demander où il était, et depuis combien de temps il était dans ce lit. Mais M. Castinel lui avait imposé silence, lui affirmant que s'il l'écoutait, dans vingt-quatre heures il serait rétabli. Puis Mistouflet s'était approché, et devinant l'inquiétude qui devait torturer le cœur du jeune officier, il n'hésita pas à commettre un pieux mensonge :

— Guérissez-vous vite... pour être heureux... un jour ! dit-il tout bas en souriant.

Le pauvre amoureux sourit à son tour ; il tendit une main à Mistouflet en disant doucement :

— Merci, merci... à tous !

A l'étage au-dessus, dans la chambre assez spacieuse donnée à Mme de Soissons, le marquis d'Effiat, qui était sorti un instant, revint auprès du chevalier et de Monseigneur Louis assis en face de la comtesse à deux pas de la fenêtre ouverte. Trois cires posées sur un meuble éclairaient la chambre. A mi-voix le marquis dit à l'époux d'Yvonne :

— Monseigneur, vous pouvez parler sans crainte. Ici, à droite, se trouve une chambre occupée par un capitaine blessé par les camisards. De son lit il ne pourra pas entendre notre conversation. Ici à gauche, c'est la muraille, et de l'autre côté, le vide.

— Je vous remercie, monsieur le marquis... Écoutez tous, ajouta Monseigneur Louis en tirant de son pourpoint le parchemin envoyé par Guillaume III, roi d'Angleterre.

A la minute même où il dépliait la lettre du roi, une corde descendait en frôlant extérieurement le mur de l'auberge, puis Gniafon, au risque de se casser le cou, se laissait glisser le long de cette corde et, se tenant suspendu d'une main et s'accrochant de l'autre à l'extrémité de l'appui de la fenêtre de la chambre de la comtesse, il put se maintenir immobile, l'oreille aux aguets et dépassant à peine le bord de l'embrasure.

Il ne pouvait, ni apercevoir ni être aperçu par ceux qu'il épiait, mais il pouvait tout entendre ce qu'ils disaient. Il écouta, avec un tressaillement de surprise, la lecture de la lettre du roi d'Angleterre. Puis il entendit le chevalier de Lorraine demander à Monseigneur Louis :

— Sans l'aide du prince d'Orange, les calvinistes révoltés pourront-ils vaincre les troupes de Louis XIV?

— Non, chevalier, répondit Monseigneur Louis. J'ajouterai qu'il me serait même impossible de rester avec Jean Cavalier, car je lui ai promis l'aide du prince.

— C'est bien. Guillaume III aura les preuves que vous êtes le fils du roi Louis et de la reine Anne d'Autriche.

Faribole tomba sous son cheval.

— Chevalier, dit le marquis d'Effiat, le roi d'Angleterre demande des preuves écrites?

— Des preuves écrites on les lui donnera! répliqua le gentilhomme avec une assurance qui fit tressaillir de rage l'affreux Gniafon aux écoutes, mais remplit de joie et d'espoir Monseigneur Louis, la comtesse et le marquis d'Effiat.

— Vous les possédez, chevalier? demandèrent ces derniers avec vivacité.

— Non... mais avant huit jours je les aurai!

Bien que cette réponse du chevalier eut été faite à mi-voix le nain l'entendit, et avec un sourire mauvais il ricana tout bas :

— Chevalier de Lorraine je crois bien que c'est votre arrêt de mort que vous signez-là!

— Ainsi vous savez où se trouvent des preuves écrites? dit la comtesse encore toute frémissante.

— Oui, comtesse. Elles sont en sûreté dans un adorable petit coffret dont la clé ne quitte jamais celle qui a reçu le précieux dépôt.

— Connaissons-nous cette personne? dirent la comtesse et le marquis.

— Vous la connaissez, comtesse... et vous, marquis, vous lui avez plus d'une fois parlé.

— Son nom, son nom, chevalier?...

A ce moment Gniafon se souleva brusquement en tirant des deux mains sur sa corde, serra entre ses genoux l'encoignure extérieure de la fenêtre, et, pour être plus près encore, pencha son buste en avant.

— Le nom de celle qui détient le coffret?... le voici :

Le chevalier fit une pause d'une seconde à peine et lentement ajouta :

— La marquise de Montespan!

Il n'avait pas fini de prononcer ces quatre mots qu'un bruit mat, comme celui d'un corps tombant sur le sol, les fit tous tressaillir.

— Oh! s'écria le marquis en se levant d'un bond, quelqu'un nous épiait du dehors!

Et il se précipita vers la fenêtre.

Ce bruit était produit par la chute de Gniafon. Il avait donné, bien involontairement, une secousse trop brusque à sa corde; celle-ci, qu'il n'avait pu que difficilement attacher car elle était un peu courte et surtout trop neuve, celle-ci s'était donc dénouée, et le méchant nain, manquant de point d'appui, était allé lourdement s'affaisser au pied de la muraille de l'auberge.

Derrière le marquis d'Effiat, le chevalier et Monseigneur Louis s'élancèrent vers la fenêtre ouverte. Ensemble ils plongèrent au dehors leurs regards avides, et une même exclamation échappa à tous les trois,

CHAPITRE XX.

OU LES LÈVRES D'UN VIEUX DUC, D'UNE JEUNE FILLE ET D'UN VAILLANT GARÇON RÉPÈTENT CES MOTS : « TROP TARD! »

Nous avons laissé Jean Cavalier au moment où, portant l'uniforme de capitaine de l'armée royale, il pénétrait résolument dans la sombre mais somptueuse demeure du comte de Servas.

Le jeune chef des protestants insurgés fut introduit dans un vaste salon où il put, pendant une heure entière, entendre dire et dire lui-même beaucoup de mal et pas une seule fois du bien de Jean Cavalier, en l'aimable compagnie de l'oncle de Mlle de Vrignès, du duc de la Tour-du-Roc, futur époux de la malheureuse jeune fille, de M. de Saint-Mars, gouverneur de l'île Sainte-Marguerite, et de deux autres gentilshommes amis du vieux duc.

On venait d'allumer les cires qui garnissaient deux hauts candélabres lorsqu'un valet entra dans le salon et dit en s'inclinant :

— Mademoiselle Jeanne de Vrignès fait demander à Monsieur le duc de vouloir bien lui accorder quelques minutes d'entretien.

— Et pourquoi cela? demanda vivement le comte de Servas.

Le valet allait répondre qu'il l'ignorait, mais le vieux duc ne lui en donna pas le temps.

— Permettez, mon cher ami, dit-il vivement au comte, puisque Mlle de Vrignès me fait appeler, permettez que je me rende immédiatement au désir de celle qui dans une heure sera ma femme.

Et le vieux duc souriant suivit aussitôt le valet jusqu'à l'appartement de sa jeune future.

Celle-ci était seule, toute triste et rêveuse. Elle quitta l'immense fauteuil sur lequel elle était assise à la vue du duc de la Tour-du-Roc qui entrait.

Jeanne de Vrignès était de taille moyenne, plutôt petite, et toute mignonne. Ses cheveux blonds et soyeux retombaient sur ses épaules encore frêles en boucles épaisses et nombreuses. Ses grands yeux bleus étaient frangés de longs cils bruns.

En ce moment elle ne pleurait pas, mais ses yeux étaient humides de larmes qu'elle ne retenait qu'avec peine. Son visage était tout pâle, et les vêtements de deuil qu'elle portait le faisait paraître plus pâle encore.

— Monsieur le duc, dit-elle en se levant, j'ai voulu avoir avec vous un dernier entretien.

— Vous le voyez, Mademoiselle, je me suis empressé de me rendre à votre appel.

— Votre résolution est inébranlable : vous voulez que je sois votre femme?

— C'est mon plus cher désir! dit le duc en s'inclinant devant la jeune fille.

— Vous savez que je ne vous aimerai jamais!

— Oui, vous me l'avez dit... Mais j'ose espérer que...

— Je ne vous aimerai jamais, interrompit avec une certaine énergie Mlle de Vrignès, non jamais... parce que j'en aime un autre!

Le sourire qui errait sur les lèvres du vieux duc disparut et fut aussitôt remplacé par un air d'inquiétude.

— Vous en aimez un autre?...

— Oui, Monsieur le duc, un officier, jeune, bon, beau, vaillant et généreux!

Une grimace, que ne put complètement réprimer le vieux gentilhomme, vint s'ajouter à son air d'inquiétude.

La jeune fille poursuivit nettement :

— Vous allez abuser de ma situation, car je suis, hélas! sans parents, sans amis pour me secourir, vous voulez m'imposer un mariage odieux... Eh bien! ne vous en prenez qu'à vous, à vous seul! Si votre vie... et la mienne deviennent un enfer.

— Vous exagérez sans doute...

— Non, Monsieur le duc. J'ai voulu une dernière fois protester contre la violence qui m'est faite. Quoi que vous fassiez plus tard pour moi, je ne vous pardonnerai jamais, vous entendez bien, Monsieur, jamais d'avoir fait de moi votre femme!...

— Même si je me montre le plus tendre, le plus empressé, le plus soumis des époux?

— Ni votre tendresse qui me ferait horreur, ni votre empressement et votre soumission, qui tous deux seraient faux, ne parviendront à toucher mon cœur. N'y comptez jamais, jamais!

Ces paroles étaient si catégoriques que le vieux duc comprit qu'il devait abandonner tout espoir. Ne trouvant rien à répondre il s'inclina et sortit.

En s'éloignant humilié, honteux et furieux, il murmura :

— Peut-être ai-je tort de l'épouser... Mais non! ajouta-t-il presque aussitôt, elle est si jeune... elle réfléchira, surtout quand elle n'aura plus auprès d'elle cette maudite dame Désirée qui la pousse à la résistance... patience, patience!... En attendant Mlle de Vrignès fera une adorable duchesse.

Et le vieux duc revint dans le vaste salon, le sourire sur les lèvres comme quand il en était sorti.

Huit heures venaient de sonner à l'horloge du château lorsque deux laquais en livrée de gala ouvrirent à deux battants les portes de la chapelle dans laquelle allait être bénie l'union d'un vieux gentilhomme et d'une malheureuse enfant.

Jeanne de Vrignès, toute vêtue de noir, car elle avait voulu garder ses habits de deuil, marcha vers l'autel au bras du comte de Servas, son tuteur. Une trentaine de cires, ce qui était un grand luxe pour l'époque, illuminait la chapelle. En l'absence du chapelain du château, on avait fait venir, pour consacrer le mariage, le bon vieux curé de Servas, qui, chaque fois qu'il était obligé de consulter son registre, pensait malgré lui au généreux Mistouflet Clodomir.

Derrière les deux époux avaient pris place le comte de Servas et les quatre témoins dont faisait partie Jean Cavalier. Dans la chapelle se trouvaient disséminés cinq servantes et une douzaine de valets endimanchés. Cachée derrière un pilier, la pauvre dame Désirée pleurait de douleur et de rage.

Jean Cavalier, quand il vit Jeanne de Vrignès si jeune, si jolie et si triste, eut pitié de la malheureuse enfant.

A la demande du bon vieux curé s'il acceptait Mlle Jeanne de Vrignès pour épouse, le duc de la Tour-du-Roc répondit d'une voix sonore : toutes ses inquiétudes s'étaient envolées. Il pensait bien au bel officier aimé de la jeune mariée mais il se disait :

— Qu'il vienne ce bel amoureux!... Il arrivera trop tard!

Le « oui » de Mlle de Vrignès, si toutefois elle répondit oui au vieux curé, fut prononcé d'une voix si basse que personne ne l'entendit. Elle signa d'une main tremblante sur les deux parchemins qui lui furent présentés. Elle ignorait les noms de ses deux témoins, mais quand elle reconnut dans Jean Cavalier qui s'avançait le jeune officier auquel dame Désirée avait remis le billet qui était son dernier espoir, elle lui adressa un si douloureux regard que le chef des camisards en fut ému jusqu'au fond du cœur.

Profitant d'une seconde où le comte et le duc étaient occupés avec le curé, le jeune homme s'approcha vivement de la nouvelle mariée et, en s'inclinant devant elle, comme pour la complimenter, il murmura très bas :

— Quoique vous entendiez ne vous effrayez pas... Dans une heure le lien qui vous unit à votre époux sera brisé !...

— Trop tard ! répondit avec tristesse et découragement la pauvre Jeanne de Vrignès.

En sortant de la chapelle, le comte, le nouvel époux et les quatre témoins, passèrent dans une salle au milieu de laquelle était une table richement décorée et chargée de mets les plus divers. Le maître d'hôtel s'était surpassé.

La jeune mariée n'assista pas au repas de noces. Prétextant une vive émotion et un peu de fatigue, elle avait obtenu de rentrer dans ses appartements.

La place réservée au vieux curé de Servas resta également inoccupée. Le brave prêtre avait une mourante à aller administrer.

Il avait promptement quitté le château, emportant sous son bras un gros registre dans lequel il avait soigneusement attaché le second parchemin relatant le mariage qu'il venait de célébrer.

Malgré les vins exquis que le comte faisait verser à ses invités, la gaieté de ceux-ci était loin d'être exubérante. Un malaise vague, mais général, régnait dans la salle. Chacun éprouvait comme le pressentiment d'un malheur prochain.

— Brr ! fit en lui-même M. de Saint-Mars qu'un léger frisson venait d'agiter. Au diable les mariages nocturnes... On ne m'y reprendra pas de sitôt.

Puis, afin de chasser des idées peu agréables, il demanda à Jean Cavalier :

— Monsieur le capitaine, vous nous avez dit tantôt que vous connaissiez parfaitement le nommé Jean Cavalier ?

— Mais oui, Monsieur ; j'ajouterai même que pas un seul officier de M. le maréchal de Montrevel ne peut le connaître mieux que moi.

— Il y a sans doute longtemps que vous le connaissez? dit le comte de Servas.

— Oui, Monsieur le comte... Depuis sa plus tendre enfance.

Avec un sourire énigmatique Jean Cavalier ajouta :

— Enfant je l'ai entendu plus d'une fois se chamailler avec ses frères. Plus tard j'ai vu ses mains confectionner d'énormes pains et de toutes petites pâtisseries qui, je vous l'assure, n'étaient pas trop mauvaises.

— Alors vous êtes de ce pays? fit l'époux de Mlle de Vrignès.

— Oui, Monsieur le duc.

— Voudriez-vous nous dire, là, franchement, ce que vous pensez de ce maudit camisard?

A ce moment le sous-officier qui dans l'après-midi avait accompagné jusqu'au pont-levis du château le chef des calvinistes apparut à l'entrée de la salle à manger et dit après avoir fait un salut, qui ressemblait quelque peu à un signal convenu :

— Mon capitaine, les sentinelles viennent d'être placées aux endroits indiqués. Avez-vous de nouveaux ordres pour la nuit?

Avant de répondre le pseudo-officier du roi se tourna vers le comte de Servas :

— Monsieur le comte, dit-il, vous seul commandez ici. Quels sont vos ordres?

— Mes ordres sont : aux hommes de garde de bien veiller, et à tous les autres de bien dormir! fit le comte en souriant.

— Vous avez entendu? dit Jean Cavalier à son sous-officier.

— Oui, mon capitaine.

— Bien, allez... Ah! une recommandation : Surveillez les prisonniers!

— Je viens de les visiter à l'instant.

Et le sous-officier salua militairement et sortit.

Il retourna au vaste hangar qui abritait les camisards déguisés en soldats d'infanterie, entra et referma la porte avec soin, puis dit à voix basse :

— Ils peuvent tous venir!

Alors à la faible clarté d'une lanterne, on put voir Roland, un des lieutenants de Jean Cavalier, sortir du noir réduit où il était enfermé et, suivi des six autres faux prisonniers, venir s'asseoir sur la paille qui formait un tapis sur le sol du hangar.

— Frère Roland, tout est prêt, lui dit le sous-officier.

— Les dix sentinelles du château?

— Toutes ont été remplacées par nos frères. Je t'assure que les soldats ont été enchantés de la gracieuseté que, pour cette nuit, leur faisait notre capitaine.

— Que tous s'endorment le plus profondément possible, ça simplifiera notre terrible besogne, dit tout bas Roland. Puis s'adressant aux camisards transformés en soldats :

— Trois d'entre vous se joindront à nos frères délivrés de leurs liens. Nous serons ainsi dix pour nous débarrasser du comte et de ses amis et nous rendre maîtres de la valetaille.

— Et nous, pendant ce temps, nous nous occuperons des quatre-vingt et quelques soldats endormis, dit le sous-officier.

— Et maintenant plus un mot. Attendons le signal de notre chef, reprit à mi-voix Roland.

Sur son ordre tous les camisards ôtèrent leurs chaussures, puis préparèrent leurs poignards et s'accroupirent sur la paille serrant entre leurs doigts leurs baïonnettes. Défense avait été faite de se servir d'armes à feu.

Roland enleva la courte chemise qu'il portait sur ses vêtements, fit éteindre la lanterne, puis ouvrir toute grande la porte du hangar et rampa jusqu'à un coin de la cour d'où il pouvait observer les fenêtres entr'ouvertes de la salle du festin.

Celui-ci touchait à sa fin. Les convives ne causant pas très haut on n'entendait que vaguement leurs paroles.

Tout à coup un profond silence régna à l'intérieur comme à l'extérieur du sombre château.

A cette heure, ce silence subit avait quelque chose d'effrayant.

Puis la voix ferme et sonore de Jean Cavalier se fit entendre :

— Messieurs, dit le jeune chef des camisards, je vous demanderai l'autorisation de porter deux toasts avant de nous séparer.

Le comte de Servas et ses invités inclinèrent la tête en signe d'assentiment.

Au même instant, troublant le nouveau silence qui se produisait, le cri lugubre du hibou traversa la nuit.

Le comte et ses amis frissonnèrent malgré eux.

Mais presque aussitôt Jean Cavalier s'écria :

— Messieurs, je bois aux succès de toutes nos entreprises... et je bois au chef de l'armée royale. Messieurs dites avec moi : *Vive le maréchal de Montrevel!*

Avec un élan d'enthousiasme, le premier depuis le commencement du festin, les convives répétèrent ensemble.

Le paysan trouva un sac de pistoles.

— Vive le maréchal de Montrevel!

Ils ne purent en dire davantage.

Les portes de la salle cédaient sous une poussée formidable et dix hommes, dix démons, bondissaient sur eux en rugissant.

Trente secondes suffirent pour renverser, percés de coups de poignards, le comte de Servas, le vieux duc et les témoins de ce dernier.

Si M. de Saint-Mars ne subit pas le même sort c'est que Roland s'était jeté sur lui en criant :

— Pour moi, celui-ci!... Il me voulait vivant... Eh bien, j'éprouve le même désir à son égard.

Et au moyen d'une corde dont il s'était muni, il le ligotta avec une adresse étonnante.

Jean Cavalier était demeuré debout, regardant impassible les convives qui, surpris, et d'ailleurs sans armes, tombaient avant même d'avoir pu opposer la plus légère résistance.

Aussitôt qu'il eut lié solidement son prisonnier, Roland se précipita derrière ses compagnons qui couraient déjà à travers les corridors du château.

A son tour le chef des camisards quitta la salle à manger et s'élança vers une chambre où il entendait crier des valets.

A ce moment retentissaient de toutes parts des cris déchirants, des jurons effroyables, étouffant les gémissements de ceux qui tombaient mortellement frappés.

Ce fut pendant un quart d'heure, dans l'immense château de Servas, un désordre impossible à décrire, une boucherie impitoyable, un spectacle terrifiant.

Jean Cavalier s'était élancé vers les valets que deux camisards étaient en train d'enfermer dans une chambre.

— Attendez! attendez! cria-t-il à ses hommes. Puis s'adressant à un valet :

— Toi, conduis-moi aux appartements de Mlle de Vrignès !

Plus mort que vif, le domestique guida le chef des insurgés jusque dans un long corridor du premier étage déjà plein de camisards ouvrant ou enfonçant toutes les portes.

Défendant énergiquement l'entrée d'une chambre, dame Désirée, pâle et tremblante de colère criait aux camisards :

— Lâches!... brigands!... miserables! vous ne passerez pas !...

— Prends garde, la vieille ! lui dit un faux soldat en lui saisissant le bras.

— Frères, frères ! épargnez les femmes ! cria Jean Cavalier en accourant.

Les camisards lâchèrent la brave mère-nourrice de Mlle de Vrignès.

— Oh! lui... l'officier!... murmura dame Désirée en voyant s'avancer le jeune chef des insurgés. Brusquement elle étendit un bras vers celui-ci et ouvrit la bouche pour lui adresser une prière ou, peut-être lui jeter une malédiction. Mais aucun son ne sortit de sa gorge.

Son visage parcheminé devint soudain très rouge, ses veines se gonflèrent, ses deux bras battirent dans le vide, puis elle tomba à la renverse.

— Portez-là sur un lit, dit le jeune chef qui enjamba le corps de la vieille femme et pénétra dans l'appartement de Mlle de Vrignès.

Il trouva celle-ci agenouillée sur un prie-Dieu s'attendant à périr elle aussi. A cette heure la mort ne l'effrayait pas : le bonheur qu'elle avait rêvé s'était par son mariage, enfui pour jamais :

Le jeune homme la salua avec respect, puis doucement lui dit :

— Madame, j'ai voulu venir moi-même vous annoncer que depuis cinq minutes vous êtes veuve !...

— Veuve !... veuve ! répéta la nouvelle mariée en se relevant.

Toute tremblante, elle ajouta :

— Ainsi, monsieur le duc ?...

— Est mort sous mes yeux... tué par un de mes hommes.

— Qui êtes-vous donc, monsieur ?

— Jean Cavalier, répondit simplement le jeune chef.

Jeanne de Vrignès le regarda une seconde, puis :

— Le comte de Servas, mon oncle ? dit-elle d'une voix anxieuse.

— Le comte est mort !

— Lui aussi... Ah ! c'est terrible ! murmura tout bas, comme se parlant à elle-même, la jeune veuve.

Jean Cavalier l'entendit et également tout bas :

— Ce sont les lois cruelles de la guerre ! dit-il.

A ce moment, deux camisards entrèrent portant le corps inanimé de dame Désirée.

— Oh ! ma pauvre amie !... Ils l'ont tuée ! s'écria Jeanne de Vrignès en se précipitant vers le lit où les camisards déposaient la vieille femme.

— Sur l'honneur, je vous jure que non ! dit d'une voix grave le chef des protestants.

— Désirée, ma bonne Désirée... réponds-moi ! fit avec un accent déchirant la malheureuse jeune fille.

— Ô mon Dieu !... elle est morte ! reprit-elle en saisissant dans ses mains tremblante la tête de sa mère-nourrice, et en couvrant de baisers son front glacé... Morte ! morte ! ma dernière, ma seule amie !...

Soudain elle chancela, poussa un grand cri, et roula sur le parquet de la chambre.

Jean Cavalier se précipita pour la relever.

— Vite, trouvez-moi quelque suivante ? dit-il à ses compagnons.

Ceux-ci sortirent en courant. Une minute après, l'un deux revenait amenant, ou plutôt portant presque une femme de chambre à demi morte de peur.

— Donnez des soins à votre jeune maîtresse, lui dit Jean Cavalier.

Impressionné, le front assombri, le chef des camisards s'éloigna suivi de son compagnon auquel il dit :

— Frère, veille devant cette porte. Que personne n'entre dans cet appartement. Je prends sous ma protection la malheureuse jeune fille.

Un instant plus tard il parcourait, accompagné de Roland, le rez-de-chaussée du château. Partout des morts, presque point de blessés. Les camisards avaient tout tué.

Une quinzaine de soldats seulement avaient pu s'enfuir en s'élançant vers le pont-levis qu'ils avaient eu le temps d'abaisser. Mais tous leurs autres compagnons, surpris dans leur premier sommeil, furent en quelques minutes massacrés.

Sur l'ordre du jeune chef, un tambour fit entendre un bref roulement. A cet appel, les camisards vinrent se ranger en bon ordre dans la cour éclairée par une dizaine de torches.

— Frères, leur dit Jean Cavalier, Dieu a protégé ses enfants : le succès de notre entreprise est complet !... Vous allez vous hâter d'empiler dans toutes les voitures du château les armes, les munitions et les provisions que vous trouverez. Nous ne saurions que faire du reste !... Allez !

Pendant que les calvinistes, maîtres du château, s'empressaient d'exécuter les ordres de leur chef, celui-ci retournait auprès de Jeanne de Vrignès. La jeune fille avait repris connaissance. Maintenant elle pleurait au chevet de sa mère-nourrice foudroyée sans doute par une rupture d'anévrisme provoquée par l'immense colère, plutôt que par la frayeur qu'elle avait éprouvée.

— Madame, lui dit Jean Cavalier avec une grande douceur, la nécessité m'oblige à brûler entièrement ce château, car je ne peux songer à le faire occuper par mes hommes. Aussi veuillez m'indiquer où il vous plairait d'être conduite. Je ferai l'impossible pour vous obéir.

Jeanne de Vrignès répondit avec une profonde tristesse :

— Je suis orpheline, monsieur, et je n'ai plus, ni parents, ni amis.

— Quoi ! dans toute notre contrée, vous ne connaissez pas une demeure où l'on vous offrira l'hospitalité ?

La nièce du comte de Servas réfléchit quelques secondes, puis elle demanda :

— Pourriez-vous me faire conduire au Mas de Couriac?

— Au Mas de Couriac! répéta Jean Cavalier en laissant échapper un geste de surprise.

Jeanne vit ce geste et se méprenant :

— Ciel! le comte Louis aurait-il été tué !... et sa maison brûlée aussi !

— Non, non, rassurez-vous !... Et vraiment vous ne pourriez trouver nulle part un abri plus sûr.

— Je connais déjà le comte Louis, et par un de ses fidèles compagnons, je sais que je trouverai au Mas de Couriac une jeune femme qui me permettra de vivre quelques jours auprès d'elle.

— Mais les moments s'écoulent, madame, prenez avec vous ce que vous possédez de plus précieux, et venez!

Jeanne de Vrignès chercha des yeux la femme de chambre : celle-ci avait fui en entendant dire que le château allait être incendié. Elle alla prendre une petite cassette contenant des bijoux et des papiers de famille et revint vers Jean Cavalier.

— Monsieur, dit-elle, je voudrais vous adresser une prière : Ne pourriez vous faire transporter hors du château le corps de ma pauvre mère-nourrice, afin que je puisse le faire enterrer dans le cimetière du village ?

— Je vais donner des ordres pour qu'il soit fait selon votre désir. Mais je vous en prie, venez jusqu'à la chambre du gardien du pont-levis.

Jeanne de Vrignès embrassa une dernière fois la vieille amie qu'elle ne devait plus revoir et suivit le chef des camisards. Lorsque celui-ci eut fait entrer sa protégée dans une petite chambre dont l'unique fenêtre ouvrait sur les fossés, il choisit deux hommes pour aller enlever le corps de dame Désirée et en même temps dit à Roland :

— Puisque tu vas dans la salle à manger chercher ton prisonnier, prends avec toi quatre de nos frères. Tu les prieras de transporter à l'autre extrémité de la cour les corps du comte et de ses trois amis.

Roland fit ce que Jean lui commandait. En transportant dans la cour les gentilshommes tombés dans la salle du festin, les camisards s'aperçurent que l'un d'eux respirait encore.

— Lequel? demanda Roland très occupé à consolider les liens qui attachaient les bras de M. de Saint-Mars, son prisonnier.

— C'est un des deux vieux, répondirent les camisards qui ne connaissaient ni le comte de Servas, ni le duc de la Tour-du-Roc.

— Mettez-le avec les autres, nous n'avons pas le temps de nous occuper de lui.

En effet, un nouveau roulement de tambour se faisait entendre, puis une voix criait :

— Tout le monde hors du château !

Dix minutes après le feu était mis à tous les étages de la vaste demeure du comte de Servas.

A la clarté de l'immense incendie, qui permettait de voir les objets aussi bien qu'en plein jour, les camisards achevèrent d'empiler dans trois voitures les armes et les provisions qu'il voulaient emporter. Ils s'étaient emparés d'une centaine de mousquets, de cent cinquante pistolets et de seize chevaux.

Seule dans la petite chambre du gardien du pont-levis, Mlle de Vrignès, veuve une heure après avoir reçu l'anneau de mariage, priait pour les deux malheureux : le comte et le duc, auxquels elle pardonnait toutes les tortures morales qu'ils lui avaient fait endurer. Et dans son ciel bien sombre encore, il lui semblait voir se lever une blanche étoile où scintillait le doux nom d'Espérance !

. . . .

Sur la route d'Uzès, deux cavaliers couraient bride abattue, ou plutôt volaient vers le même but : tous deux se rendaient au château de Servas.

Le premier était Faribole qui, tout en filant comme le vent, trouvait que sa vaillante monture n'allait pas assez vite.

— Ah ! bagasse ! Dieu veuille que je n'arrive pas trop tard!

Le second cavalier était le lieutenant de Chadefaux.

Bien que le chemin montant au château fut en pente assez rapide Faribole le gravit au galop. Arrivé devant le pont-levis qui était relevé il fut obligé de s'arrêter. à la vue du château tout entouré de flammes il éprouva un douloureux battement de cœur :

— Hélas ! trop tard! murmura-t-il.

Puis se dressant sur ses étriers il se mit à crier :

— Jean Cavalier, Jean Cavalier !... Ordre du capitaine Louis !

Mais soudain tout son être tressaillit de joie : une voix de femme venait de jeter ce nom :

— Faribole !

Le pont-levis fut abaissé. Une minute après il serrait dans ses mains celles de Jeanne de Vrignès.

— Ah ! monsieur Faribole ! c'est vous… vous qui accourez à mon secours !

— Oui, mademoiselle !… mais je ne viens pas seul… Un jeune officier de ma connaissance me suit…..

— O mon Dieu !… lui?

— Oui, lui, le lieutenant de Chadefaux, qui sûrement vous adore !…

— Monsieur Faribole, monsieur…

— Ah ! bagasse ! qu'avez-vous ! s'écria l'ancien maître d'armes en soutenant dans ses bras la jeune fille qui chancelait.

— Oh ! c'est passé… l'émotion… la joie…..

— Ah bagasse ! vous m'avez fait une peur ! avoua naïvement le brave garçon.

Un doux sourire erra sur les lèvres de la mignonne enfant :

— Bon monsieur Faribole, je vous remercie… Ah ! tenez… baissez-vous… que je vous embrasse.

— Oh !… mademoiselle !…

Et Faribole, l'ancien aventurier devenu par son courage, sa vaillance, sa fidélité, l'ami du fils d'un roi, Faribole dont le cœur n'aurait pas battu plus vite devant un canon chargé à mitraille, sentit une douce et étrange émotion l'envahir sous le chaste baiser de Jeanne de Vrignès.

A ce moment Jean Cavalier se présenta.

— Cher monsieur Faribole, dit-il en souriant, je vais vous dire au revoir… Je vous laisse le plaisir de conduire au Mas de Couriac madame la duchesse.

— Hein !… quoi !… bagasse ! fit l'ancien maître d'armes en sursautant ahuri. Vous avez dit madame la duchesse ?

— J'ai été contrainte d'épouser le duc…

— Oh ! est-il possible !… Ainsi, vous êtes la femme de…

— Non, monsieur Faribole…

— Alors, je ne comprends plus !

— Vous allez comprendre, dit vivement Jean Cavalier… A neuf heures mademoiselle épousait le duc… à dix heures madame était veuve.

— Ah !… bagasse !… Il me semble que j'ai un poids de moins sur la poitrine… Et pour moi, et pour un autre, vous êtes toujours la gentille demoiselle de Vrignès.

Le jeune chef des camisards serra la main de Faribole, puis dit-il saluant la nièce du comte de Servas :

— J'ai fait seller un cheval pour vous, mademoiselle; et cinq ou six de mes compagnons vont aller trouver le vieux curé de Servas afin que dès ce matin, il fasse enterrer votre vieille amie.

— Dame Désirée est morte?

— Hélas! oui, monsieur Faribole.

Jean Cavalier allait sortir quand l'ancien maître d'armes lui dit vivement à voix basse :

— Vous m'éviterez une jolie course, si vous vouliez ordonner aux hommes que vous envoyez chez le curé de Servas, de rapporter du presbytère un gros registre...

— Dans lequel il serre ses actes de mariages?

— Justement, bagasse ! Ils le dénicheront dans un grand placard qui est à gauche en entrant dans le salon du vieux curé.

— Vous l'aurez demain, monsieur Faribole.

Puis Jean Cavalier rejoignit ses hommes qui l'attendaient pour partir avec leur butin.

Cinq minutes après le départ des camisards, Faribole et Jeanne de Vrignès s'éloignaient du château de Servas dont les murs calcinés commençaient à s'effondrer avec fracas.

Si tous deux étaient restés un quart d'heure de plus, soit dans la loge du gardien du pont-levis, soit dans le chemin du château, ils auraient rencontré sur leur route le carrosse dans lequel le lieutenant de Chadefaux était étendu sans connaissance.

A travers la campagne, suivant des sentiers à peine tracés, Jean Cavalier et ses camisards retournaient joyeux au bivouac des bois de Vaquières. Attaché à l'arrière d'une charrette, un homme marchait frémissant de rage et d'humiliation.

Cet homme c'était M. de Saint-Mars, l'ancien geôlier et l'un des bourreaux de Monseigneur Louis.

La route était encombrée de gens.

CHAPITRE XXI

OU LE MAJOR ROSARGES PASSE UN VILAIN MOMENT ET SON LIEUTENANT UN INSTANT BIEN DOUX

Penchés sur l'appui de leur fenêtre, fouillant de leurs regards avides les abords de l'auberge du *Cheval-Blanc*, le chevalier de Lorraine, le marquis d'Effiat et Monseigneur Louis dirent ensemble :

— Rien!... personne!

— Et cependant je suis certain d'avoir entendu un bruit semblable à celui que fait un corps lourd qui tombe par terre, murmura le marquis.

— Je l'ai entendu comme vous, dit Monseigneur Louis.

— Et moi aussi, Messieurs, dit la comtesse de Soissons, qui ajouta s'adressant à M. de Lorraine resté à la fenêtre :

— L'obscurité vous empêche peut-être de distinguer les objets, chevalier?

— Les premières lueurs de l'aube les éclairent suffisamment, comtesse; et j'ai beau regarder, je ne vois absolument rien de suspect.

Le chevalier ferma entièrement la fenêtre et revint s'asseoir près de Mme de Soissons qui disait en souriant :

— Alors, Messieurs, ce bruit n'en était pas un, ou je me serai trompée.

— Nous nous serions donc trompés tous les quatre, dit le marquis d'Effiat. C'est bien difficile à admettre... Aussi parlons très bas.

Non certes ils ne s'étaient pas trompés, et les trois gentilshommes et leur belle compagne auraient frémi de terreur, un froid glacial se serait glissé dans leurs veines, s'ils avaient pu voir le regard de joie farouche que l'infâme Gniafon jeta sur la fenêtre, quand, s'étant relevé de sa chute, il s'enfuit en disant :

— Cette fois, vous mourrez tous!...

L'affreux nain ne s'était fait aucun mal en tombant de la hauteur du premier étage, peu élevé d'ailleurs; avec la souplesse d'un singe, il avait rebondi sur ses jambes courtes, et, tirant après lui sa corde, avait en un clin d'œil disparu derrière la muraille de l'auberge.

Sans reprendre haleine il s'élança à travers champs et rejoignit bientôt

la route d'Alais à Nîmes. Onze lieues le séparaient de cette dernière ville.
Il se disait, tout en marchant d'un pas rapide :

— Monseigneur Louis va nécessairement offrir l'hospitalité au chevalier
et au marquis... Je ne veux pas qu'un seul m'échappe !

Et il allait toujours, ne s'arrêtant que pour frapper aux portes des
rares maisons qu'il rencontrait et demander si l'on pouvait lui vendre
une monture quelconque. Mais partout il reçut une réponse négative.

— Par tous les diables! fit-il. S'il le faut j'irai à pied... mais j'arriverai !

Il marchait depuis deux heures déjà quand il croisa un paysan monté
sur un petit âne qui trottait réellement bien.

A brûle-pourpoint il cria au paysan qui s'arrêta plein d'effroi :

— Je vous offre cinq pistoles de votre âne!

Croyant avoir mal entendu, l'autre regarda son interlocuteur en
ouvrant de grands yeux étonnés.

— Oui, j'ai dit cinq pistoles, et les voici !

Et le nain fit briller cinq pièces d'or entre ses doigts.

Sur le coup l'effroi du paysan disparut, d'un saut il fut sur pied et
tendant sa main :

— Donnez!... Voilà ma bête ! dit-il.

Gniafon lui glissa l'or dans la main, enfourcha le petit âne, lui fit faire
demi-tour et s'élança dans la direction de Nîmes.

Si le nain se montrait satisfait de son acquisition et le manifestait
par des grognements joyeux, il est plus que probable que le petit âne,
s'il avait pu parler, n'en aurait pas dit autant. Il n'avait pas fait une demi-
lieue avec son nouveau maître qu'il dut amèrement regretter l'ancien.
En effet, trouvant que sa monture n'allait pas assez vite, Gniafon se mit
à faire pleuvoir sur elle une grêle de coups; puis, quand l'animal fatigué
ralentit un peu son allure, il tira son couteau, l'ouvrit et, avec sa cruauté
habituelle, il le piqua et le repiqua vingt fois de la pointe de la lame
aiguë.

A cinq cents pas de Nîmes la pauvre bête exténuée, fourbue et couverte
de sang, s'abattit sans pouvoir se relever.

— Crève si tu veux! s'écria l'horrible nain. Mais moi je suis arrivé!

Et il pénétra en courant dans la ville.

A onze heures et demie il montait le perron de l'hôtel de M. de Montrevel. A midi il le descendait accompagné jusqu'à la marche supérieure
par le maréchal, ce qui parut un événement extraordinaire aux officiers

et aux laquais qui le virent ; puis il sautait sur un cheval mis à sa disposition par M. de Montrevel et s'élançait au galop sur la route de Paris.

Tandis qu'il courait vers la capitale pour prévenir sa mère du nouveau danger qui allait menacer le trône de Louis XIV, Monseigneur Louis, suivi de Mistouflet et du jeune Dorfeuil, arrivait au Mas de Couriac où une vive surprise l'attendait.

Assise près d'Yvonne, jouant avec le gros garçon de celle-ci, Jeanne de Vrignès souriait à la mère et à l'enfant.

Lorsque Monseigneur Louis eut tendrement embrassé sa douce compagne, lorsqu'il eut mis deux baisers sur les joues de son fils, il dit à la nouvelle amie d'Yvonne :

— Ce matin, au village de Servas, j'ai eu le plaisir de serrer la main de Monsieur de Chadefaux.

Toute rougissante, la mignonne duchesse, car légalement elle l'était, dit à celui qu'elle connaissait sous le nom du comte Louis :

— Vous lui avez parlé... Sait-il que j'ai pu sortir saine et sauve du château de mon oncle?

— Il s'en doute, car moi-même je lui ai répété ce que je venais d'entendre dire, que Jean Cavalier avait épargné toutes les femmes, et qu'une seule, déjà d'un certain âge, avait été trouvée morte mais sans aucune blessure.

Alors Jeanne de Vrignès apprit à Monseigneur Louis que la morte était sa mère-nourrice. Elle lui raconta ensuite les évènements qui s'étaient passés au château durant la nuit terrible. Quand elle eut terminé son récit, l'époux d'Yvonne lui apprit à son tour que celui qu'elle aimait avait dû, à la suite d'une chute de cheval, s'arrêter à l'auberge du *Cheval-Blanc*, puis, la voyant pâlir, il s'empressa d'ajouter :

— Cette chute est si peu grave qu'il viendra, j'en suis sûr, au Mas de Couriac demain matin, car je vais dès ce soir lui faire connaître votre retraite.

— Vous êtes bon, Monsieur le comte. Et je vous remercie sincèrement de tout ce que vous faites pour moi.

Dans l'après-midi de ce jour, presque à la même heure où la mignonne orpheline se faisait raconter par son nouvel ami Faribole toutes les péripéties de son voyage, depuis Nîmes jusqu'à Palas, et de ce petit port, jusqu'au Mas des Gardies, le lieutenant de Chadefaux quittait l'auberge du *Cheval-Blanc* et, aussi rapidement que le lui permettait sa faiblesse encore assez grande, montait au presbytère du village.

On venait à l'instant de lui apprendre que le curé de Servas était en train de procéder à l'enterrement de la vieille dame morte de frayeur au château.

— Ah! Monsieur l'officier, quels effroyables événements! dit le vieux curé en introduisant chez lui le jeune lieutenant.

Celui-ci, d'une voix anxieuse demanda aussitôt :

— De grâce, Monsieur, savez-vous si une jeune fille, la nièce du comte de Servas, a pu échapper au massacre?

— On le dit, Monsieur l'officier. Mais nul ne sait ce qu'elle est devenue.

— Peut-être, les misérables qui ont incendié le château, l'ont-ils emmenée comme otage! murmura douloureusement le jeune lieutenant de dragons.

— Je ne sais, Monsieur... Avec compassion le vieux prêtre poursuivit :

— Pauvre jeune fille!... Son mariage s'est fait sous de tristes auspices!

Soudain il vit l'officier se lever comme poussé par un ressort, puis le regarder d'un œil hagard en se cramponnant au dossier de sa chaise pour ne pas tomber.

— O ciel!... Qu'avez-vous?

Pâle comme la mort, pouvant à peine articuler les mots tant son émotion était forte, le lieutenant demanda :

— Vous avez... cette nuit... célébré le... le mariage... de la nièce du comte de Servas?

— Oui Monsieur, répondit le curé.

Le jeune officier s'affaissa sur son siège : ses jambes tremblantes se dérobaient sous lui; puis, du fond de sa poitrine oppressée, sortit un long sanglot :

— Jeanne, Jeanne! bégaya-t-il, vous êtes bien perdue pour moi!

Le vieux curé lut tant de douleur sur le visage du jeune lieutenant qu'il en fut profondément ému.

— Mon fils, dit-il d'une voix douce et grave, ne vous laissez pas abattre par le malheur... Et qui sait!...

Se raidissant contre la douleur, le jeune officier redevint homme.

— Ah! quelle torture a dû endurer ma pauvre Jeanne avant de consentir à l'union odieuse qu'un misérable tuteur lui a imposée!

— Si ce que vous dites est vrai, mon enfant, la punition du tuteur, et aussi de l'époux, a été prompte et terrible.

— Que voulez-vous dire? murmura le lieutenant troublé.

— Une heure après son mariage l'épouse était veuve.

— Veuve!... veuve!... En êtes-vous bien sûr, Monsieur?

— Si elle ne l'est pas, elle le sera bientôt : je sais qu'un prisonnier, un homme d'un certain âge, a été emmené par les camisards : c'est la mort qui l'attend.

— Ah! il faudra que je sache le nom de ce prisonnier!... Je vous laisse, Monsieur, mais promettez-moi, si jamais vous apprenez ce qu'est devenue la nièce du comte de Servas, de me le faire savoir

— Je vous le promets, mon enfant.

Le lieutenant Henri de Chadefaux donna son adresse au bon vieux curé, puis s'éloigna rapidement.

En rentrant à l'auberge du *Cheval-Blanc* il dit au valet qui remplaçait l'hôte dont on n'avait toujours pas de nouvelles :

— Je voudrais me rendre ce soir à Nîmes. Pouvez-vous me louer un cheval?

— Non, monsieur l'officier. Il n'y a à l'écurie que les chevaux du carrosse de ces deux messieurs.

Et le valet désignait le chevalier et le marquis assis dans la grande salle.

Mais M. de Lorraine avait entendu la demande du lieutenant. Il se leva et souriant :

— Pardon, Monsieur le lieutenant; nous-mêmes irons à Nîmes ce soir; or, comme vous êtes un ami de nos amis, nous vous offrons une place dans notre carrosse.

— Merci, messieurs, j'accepte avec reconnaissance. A quelle heure comptez-vous partir?

— Je devine que vous êtes pressé, fit le chevalier toujours souriant. Nous avancerons donc notre départ d'une heure, de façon à arriver à Nîmes vers huit heures du soir.

Moins d'une heure après Henri de Chadefaux s'asseyait à côté de la comtesse de Soissons, et le carrosse tiré, par deux vigoureux animaux sortait de la cour de l'auberge du *Cheval-Blanc*.

A peine la lourde machine s'était-elle ébranlée que la comtesse dit au jeune officier :

— Je vais vous confier, Monsieur, mais sous le sceau du secret, que les honnêtes bourgeois qui nous font vis à vis se nomment : le chevalier de Lorraine et le marquis d'Effiat.

Le lieutenant rendit leur salut à chacun des deux gentilshommes, puis il dit à son tour :

— Permettez-moi de me présenter moi-même : Henri de Chadefaux. comte de Bos...

— Ami du capitaine Louis et de deux gaillards aussi généreux que braves! dit en souriant le chevalier de Lorraine.

— Je les ai vus à l'œuvre, répliqua le jeune officier. Mais je ne connais que le nom d'un seul : Faribole!

— Son compagnon s'appelle Mistouflet, dit le marquis d'Effiat.

— Messieurs, fit gravement le lieutenant, si vous revoyez mes deux généreux adversaires, veuillez leur dire que si jamais je puis leur être utile, ce sera pour moi un grand bonheur.

A sept heures trois quarts le carrosse entrait dans Nîmes. Un quart d'heure plus tard le lieutenant de dragons mettait pied à terre devant l'hôtel de M. de Montrevel.

Depuis cinq minutes le maréchal était en tête à tête avec un officier qui, blessé à la cuisse, ne se tenait qu'avec difficulté debout et immobile devant son chef.

Celui-ci, les bras croisés sur sa poitrine, disait très haut et furieux :

— Mes compliments, Monsieur Rosarges!... Vous avez admirablement rempli la mission dont vous étiez chargé.

Puis après un court silence :

— Combien me ramenez-vous de cavaliers en état de remonter cette nuit à cheval?

Rosarges baissa la tête et répondit l'air piteux :

— Monsieur le maréchal sait que j'ai eu douze hommes tués...

— Vous me l'avez dit. Mais vous aviez cinquante cavaliers... Vous en reste-t-il trente?

— Hélas non!

— Vingt?

— Moins Monsieur...

— Moins?... Ventrebleu! Est-ce que vous ne m'en ramèneriez que dix?

— Encore moins.

Pendant plusieurs secondes M. de Montrevel resta sans voix : il était comme suffoqué.

— En avez-vous cinq? s'écria-t-il.

— Non, Monsieur le maréchal, répondit Rosarges qui aurait voulu être à mille lieues sous terre.

— Mais alors il ne vous en reste pas!

— Si, Monsieur le maréchal, si... je vous l'assure!

Au même moment la porte s'ouvrit et le lieutenant de Chadefaux entra dans le cabinet de M. de Montrevel.

— Ah! vous voyez, Monsieur, dit vivement Rosarges ; en voici un!...

Le maréchal resta une minute silencieux, regardant les deux officiers; puis avec une colère contenue :

— Ainsi, de mes cinquante-deux dragons, j'en retrouve un, un seul en état de monter immédiatement à cheval.

Puis éclatant soudain :

— Et c'est par cinq adversaires que vous vous êtes fait battre !

Un imperceptible sourire passa sur les lèvres du jeune lieutenant :

— Pardon, Monsieur le maréchal, dit-il, nos adversaires n'étaient que trois !

— C'est impossible, monsieur !

Sans se déconcerter le lieutenant continua :

— Je dis bien trois... Mais trois qui en valent cent cinquante !

— Oui, oui, cent cinquante ! répéta le major qui sembla renaître.

Le maréchal de Montrevel devint soudain rêveur. Les paroles de M. de Saint-Mars lui revinrent à la mémoire, et à mi-voix il murmura :

— Si les camisards ont dans leurs rangs cent hommes pareils, avant six mois ils seront sous les murs de Paris.

Puis, le ton radouci, il dit au lieutenant, son protégé :

— Mais, d'où venez-vous donc, Monsieur?

— Du village de Servas, Monsieur le maréchal, où de braves gens m'avaient transporté à demi assommé.

— Vous sentez-vous la force de faire cette nuit huit ou dix lieues à cheval.

— Oui, Monsieur le maréchal.

— Bien... Vous, Monsieur Rosarges, vous pouvez vous retirer. Hâtez-vous de vous guérir : vous aurez à venger un de vos amis, je crois... M. de Saint-Mars.

— Quoi! Monsieur de Saint-Mars a été tué !

— Oui, par les camisards, dit le maréchal en congédiant du geste l'ancien major, qui sortit lentement en boitant.

Resté seul avec le jeune lieutenant, M. de Montrevel se dirigea vers une table sur laquelle une grande carte était étalée, puis il dit :

— Monsieur de Chadefaux, vous monterez à cheval à minuit; vous serez dans les environs du Mas de Couriac entre six et sept heures demain matin.

— Bien Monsieur le maréchal.

— N'ayant pas de cavalerie disponible; j'ai envoyé l'ordre au capitaine Poul d'aller cerner le Mas de Couriac où doivent se trouver vos trois adversaires, plus deux gentilshommes très dangereux. Si demain soir

Chevalier de Lorraine, je crois bien que c'est votre arrêt de mort que vous signez-là.

vous m'amenez ces cinq hommes prisonniers, je vous remettrai un brevet de capitaine signé de M. de Louvois.

— Le capitaine Poul aura combien d'hommes avec lui?

— Cent vingt dragons d'élite... Vous êtes chargé de faire connaître à Monsieur Poul celui de vos adversaires appelé le capitaine Louis.

— Bien, monsieur le maréchal.

Le jeune officier allait s'éloigner quand la porte s'ouvrit soudain et un laquais annonça :

— Un courrier de monseigneur de Louvois !

Un jeune homme botté, éperonné et tout poudreux, entra, salua et remit un pli au maréchal, puis salua de nouveau et sortit.

— Voyons ce que nous dit notre cher ministre, fit en souriant M. de Montrevel.

Il brisa le cachet, lut quelques lignes et pâlit affreusement.

— Monsieur de Chadefaux, dit-il par mots heurtés, saccadés, il faut, vous entendez, il faut que j'aie ici, demain soir, morts ou vifs, les trois hommes dont voici les noms.

Et sur un carré de papier il écrivit : « Monseigneur Louis, Chevalier de Lorraine, marquis d'Effiat. »

— Et c'est au Mas de Couriac que je trouverai ces trois gentilshommes ? dit le lieutenant de Chadefaux.

— Oui, car ils doivent y être à cette heure. J'ai été prévenu par un petit homme aussi vilain que bien renseigné.

Le jeune officier salua son chef et se retira. Comme il logeait en face de l'hôtel du maréchal il fut en quelques minutes chez lui. Il se mit à arpenter sa chambre en faisant à mi-voix ses réflexions :

— La guerre des camisards n'a rien à voir avec les arrestations dont on veut me charger... Le ministre use sans doute de sa puissance pour satisfaire quelque vengeance personnelle... Je veux avertir le gentilhomme nommé monseigneur Louis... et puis, il faut que je sache qui est ce prisonnier fait par les camisards... Est-ce le comte de Servas, est-ce le duc... ou tout autre... Et se prenant le front dans ses mains il ajouta :

— Ce doute m'obsède, me tue... Je veux savoir !

Et, bien qu'il fût à peine neuf heures, il descendit aux écuries du maréchal et fit seller un cheval.

. . . .

Ce même soir, presque à la même heure, les hôtes habituels du Mas de Couriac, augmentés depuis le matin d'une nouvelle personne bien charmante malgré sa tristesse, s'empressaient autour de Faribole et du fils Dorfeuil qui arrivaient : le premier, du village de Servas, le second, des bois de Vaquières.

— Eh bien, mon cher Faribole, que t'a chargé de nous dire M. de Chadefaux ? demanda monseigneur Louis, avec un bon sourire à l'adresse de Jeanne de Vrignès.

— Hélas ! bagasse ! quand je suis arrivé à l'auberge du *Cheval-Blanc*, le lieutenant en était parti depuis une heure déjà !

— Parti ! murmura Jeanne tristement.

— Oh! mais bagasse! je sais où le retrouver : il est retourné à Nîmes.

— Ma chère mignonne, dit gentiment Yvonne à sa nouvelle amie, je vous promets de lui écrire... Et si son service le lui permet nous le verrons bientôt, ce bel officier!

— Et toi! mon ami, dit monseigneur Louis à Dorfeuil, que nous apportes-tu là?

Et du doigt il désignait un gros registre que le jeune homme venait de remettre à Faribole.

— Monseigneur, c'est le registre de la paroisse de Servas, que Jean Cavalier envoie à monsieur Faribole.

Celui-ci, allant au-devant de l'interrogation du gentilhomme, dit vivement :

— Monseigneur, j'avais prié Jean Cavalier de m'avoir ce registre, pour faire disparaître les traces du mariage de Mistouflet.

Et, en disant ces paroles, l'ancien maître d'armes donna le gros livre à son ancien élève.

— Ah! Jésus-Marie! que vous êtes donc aimable, messire, d'avoir pensé à moi fit celui-ci.

Et Mistouflet posa le registre sur ses genoux et se mit à le feuilleter.

— Oh! dit-il en faisant des lèvres un si drôle mouvement de surprise que ses voisins sourirent. Voilà qui est fort curieux, et qui pourra vous servir, monseigneur... Tenez!

Et délicatement Mistouflet détacha le cordonnet qui reliait au gros registre les deux feuillets d'un parchemin.

— Fort curieux, en effet! dit l'époux d'Yvonne. C'est un acte de mariage qui date d'une année. Écoutez :

« Louis-Jean Saintin : voilà les prénoms et nom du marié... La mariée était une demoiselle : Yvonnette-Gabrielle Melun. »

— Ah! doux Seigneur! Il vous faudra, madame Yvonne, conserver ce parchemin pour le montrer aux officiers de M. de Montrevel. Il prouvera que vous êtes catholique.

— Hé! oui, bagasse! ça préservera le Mas de Couriac de la démolition ou de l'incendie.

— Messire Faribole, dit en riant Mistouflet, puisque vous parlez d'incendie, soyez assez bon pour détruire par le feu l'acte de mariage du sieur Clodomir Mistouflet.

— De suite, Monsieur Mistouflet. Mais vraiment, troun de l'air! je trouve que s'il est parfois difficile de se marier, il n'en est pas de même pour se démarier.

Et Faribole mit le feu à l'acte de mariage de son ex-élève.

— Mademoiselle, dit Mistouflet en souriant à Jeanne de Vrignès... donc, mademoiselle, voulez-vous anéantir les traces de votre union avec un vieux duc?

— Ah!... si cela était possible!...

— Comment, bagasse! Vous allez voir! s'écria l'ancien maître d'armes en s'emparant du parchemin que détachait Mistouflet.

— Mais, j'y pense, vous aviez pour témoin Jean Cavalier... Aurait-il signé de son vrai nom... Voyons!

Et du doigt et des yeux il chercha les signatures des témoins.

Tout à coup, tous les hôtes de la chaumière sursautèrent d'effroi.

Faribole, oubliant son juron favori, venait de pousser un grand cri :

— Tonnerre!... C'est impossible! ajouta-t-il frémissant.

— Que t'arrive-t-il?... pourquoi cette émotion?

— Ah! monseigneur... C'est ce nom... que je viens de lire...

— Mais quel nom?

— Celui du premier témoin de mademoiselle... Bagasse! j'en ai froid!...

— Faribole, Faribole, vous nous faites peur, s'écria Yvonne intriguée.

— Écoutez, j'ai lu le nom de... Saint-Mars!

Surprise, et vraiment apeurée en voyant la pâleur soudaine de ses protecteurs, Jeanne de Vrignès s'écria :

— O mon Dieu! qu'avez-vous? qu'a donc de si effrayant ce nom de Saint-Mars?

Alors, monseigneur Louis, à voix basse et le ton grave :

— Chère enfant, répondit-il lentement, il n'y a peut-être pas sur notre terre un homme plus cruel, un bourreau plus impitoyable...

— Ah! Seigneur! fit soudain Mistouflet, mais, puisqu'il était au château de Servas, il n'est plus à craindre!

— Tiens! bagasse! c'est vrai : les camisards n'ont fait aucun quartier!

— Pardon, messire Faribole, Jean Cavalier a fait prisonnier un officier.

— Un officier?

— Oui, qui, paraît-il, a été gouverneur de l'île Sainte-Marguerite.

— C'est lui ! dirent ensemble Monseigneur Louis et Yvonne.

— Eh bien ! capededioùs ! moi j'aime mieux ça ! s'écria Faribole.

Il prit ses pistolets et se dirigea vers la porte.

— Où vas-tu, mon ami ?

— Monseigneur, je vais seller mon cheval, courir au bois de Vaquières, réclamer Saint-Mars et l'abattre comme on le fait d'une bête enragée.

— Patiente un peu, mon ami... Il recevra le châtiment qu'il mérite, dit monseigneur Louis.

Puis s'adressant au jeune Dorfeuil :

— Combien de temps as-tu mis pour revenir des bois de Vaquières ?

— Environ une heure et demie.

— Eh bien, mes fidèles compagnons, dit le fils d'Anne d'Autriche à l'ancien maître d'armes et à son élève, demain, une heure avant le lever du soleil nous monterons à cheval pour aller rejoindre Jean Cavalier.

— Bien Monseigneur.

Cinq minutes après, Faribole et Mistouflet faisaient flamber dans la cheminée le gros registre du curé de Servas ; puis chacun allait prendre quelques heures de repos.

Pendant qu'au Mas de Couriac tout semblait sommeiller, le lieutenant de Chadefaux s'éloignait de Nîmes et reprenait, au pas de sa monture, la route que deux heures auparavant il avait parcouru en carrosse.

— Je suis bien certain de ne pas rencontrer au Mas de Couriac deux de ceux qu'on m'y envoie chercher, se disait-il ; et j'aurai le temps de prévenir mes adversaires ou plutôt mes nouveaux amis.

Mais il comptait sans la haine que le capitaine Poul avait vouée à ses ennemis : les calvinistes révoltés.

Afin de pouvoir, à la pointe du jour, surprendre les habitants du Mas de Couriac, le terrible capitaine de dragons avait fait sonner le boute-selle vers minuit et s'était aussitôt dirigé vers la route d'Alais à laquelle aboutissait le chemin du Mas.

Aussi l'étonnement du lieutenant de Chadefaux fut-il grand quand, dans ce dernier chemin, il distingua aux premières lueurs de l'aube un détachement de dragons cheminant silencieux et au pas.

Il donna de l'éperon à son cheval et, en cinq minutes, se trouva au côté du capitaine Poul auquel il remit les noms des trois gentilshommes qu'il devait arrêter.

— Vous arrivez bien, lieutenant, nous allons prendre les oiseaux dans leur nid ; ensuite nous y mettrons le feu.

— Vous voulez brûler le Mas de Couriac ?

— C'est l'ordre; l'ignorez-vous donc? Toute demeure, chaumière ou château qui donne asile à des rebelles doit être détruite... Or, le moyen le plus expéditif, c'est encore le feu !

Marchant côte à côte, les deux officiers firent un quart de lieue. Puis brusquement le capitaine s'écria :

— Mordieu! nous n'arrivons pas !... et dans un instant il fera grand jour !

A six ou sept cents pas, sur la gauche du chemin, s'élevait une petite éminence, Poul la montra au jeune officier en disant :

— Continuez au pas. Moi je galope jusque là-haut pour examiner les environs.

Et il s'élança vers le monticule.

M. de Chadefaux vit le capitaine atteindre le sommet, s'y arrêter deux minutes à peine et revenir toujours au galop.

A vingt pas de ses cavaliers Poul leva la main et commanda :

— Escadron, halte !

Les cent vingt cavaliers s'arrêtèrent. Le capitaine les divisa en trois détachements, puis il dit à M. de Chadefaux et à son lieutenant :

— Messieurs, le Mas de Couriac est droit devant nous à une demi-lieue. Chacun de vous va prendre le commandement d'un détachement avec lequel il se portera à travers les prairies, vous, monsieur de Chadefaux, à trois cents pas à droite du Mas; vous, lieutenant à égale distance à droite. Ensuite vous marcherez sur la maisonnette en déployant vos hommes; moi, j'exécuterai la même manœuvre..... Allez, messieurs !

Les deux lieutenants, suivis chacun de quarante hommes, s'élancèrent au trot à travers les prairies.

Dix minutes ne s'étaient pas écoulées que le Mas de Couriac était cerné.

En ce moment le fils Dorfeuil ouvrait la porte de la maisonnette et, précédé de son fidèle ami Médus, se dirigeait un pot de grès à la main, vers l'étable.

Il n'était pas arrivé au milieu de la cour que le gros chien se mit à grogner d'une façon menaçante.

— Voyons, Médus, voyons, dit le jeune homme en s'arrêtant pour jeter un regard autour de lui.

Presque aussitôt une vive exclamation lui échappa.

— Oh !... des cavaliers !... des dragons !...

Vivement il revint à la porte de la chaumière et, du seuil, dit à haute voix :

— Mère, mère, les dragons viennent ici. Préviens madame Yvonne... Rien à craindre ; toutes les précautions sont prises.

Puis il ferma la porte et alla tranquillement traire une de leurs vaches.

Au bout de cinq minutes il entendit Médus aboyer. Alors, les manches de sa chemise retroussées jusqu'au coude, les pieds enfouis dans de gros sabots, il sortit de l'étable.

Le capitaine Poul, le lieutenant de Chadefaux et dix dragons s'avançaient dans la cour.

— Que désirez-vous, messieurs ? demanda Dorfeuil avec simplicité.

— Visiter à l'instant cette bicoque ! répondit brusquement le capitaine.

Et se tournant vers son escorte :

— Quatre hommes à ma suite ! dit-il en sautant à bas de son cheval.

Plus doucement il ajouta en s'adressant à M. de Chadefaux :

— Venez lieutenant.

Les deux officiers pénétrèrent dans la maisonnette.

— Vous cachez ici trois gentilhommes... des huguenots maudits... Il me les faut ! Où sont-ils ? dit le capitaine Poul à dame Dorfeuil.

Celle-ci, ainsi que son fils debout auprès d'elle, regardèrent l'officier avec un air d'étonnement admirablement simulé.

— Me répondrez-vous la vieille ? cria Poul.

Georges Dorfeuil fit un pas vers lui :

— Pardon mon officier dit-il, cette vieille est ma mère... Et cette bicoque appartient à un homme trop bon catholique pour donner asile à trois huguenots maudits... fussent-ils gentilshommes !

Ces paroles, prononcées d'un ton ferme, surprirent quelque peu le terrible capitaine. Il dit, le ton fort radouci :

— C'est ce dont je veux m'assurer mon garçon. Nous allons visiter tous les coins et recoins de cette maison.

— Mère, dit alors Dorfeuil, conduis Messieurs les officiers vers notre bonne maîtresse.

Précédés de dame Dorfeuil, le capitaine et le jeune lieutenant gravirent l'escalier conduisant au premier étage.

A la porte de la chambre d'Yvonne la vieille paysanne s'arrêta en disant :

— Attendez une minute, Messieurs les soldats; ma maîtresse et la jeune fille qui habite avec elle, ne sont peut être pas levées.

— Qu'elles se hâtent.

Comme le capitaine achevait ces mots, la porte s'ouvrit et Yvonne parut, un peu émue malgré que dame Dorfeuil lui eût dit, en l'avertissant de l'arrivée des dragons, qu'elle n'avait rien à redouter de leur visite.

— Qu'y a-t-il donc? demanda-t-elle en ouvrant sa porte.

— Madame, excusez-moi, dit Poul avec un léger salut; mais j'ai reçu l'ordre de visiter de fond en comble cette habitation.

— Faites, monsieur, je ne m'y oppose nullement, dit Yvonne en rentrant dans sa chambre.

Les deux officiers la suivirent.

— Mignonne, ajouta la compagne de monseigneur Louis, s'adressant à Jeanne de Vrignès qui, toute tremblante, se tenait près de la fenêtre, mignonne, ouvrez entièrement les rideaux.

La jeune duchesse obéit, un étincelant rayon de soleil jaillit jusqu'au milieu de la petite chambre, deux cris vibrants retentirent et le terrible capitaine sursauta brusquement.

— Jeanne!... ma Jeanne!

— Monsieur Henri! Vous... vous

Et Poul, absolument interloqué, stupéfait, ahuri, vit le lieutenant, tout palpitant d'émoi, serrer dans ses bras une blonde et mignonne enfant.

— Que diable signifie tout cela? finit-il par dire.

Serrant toujours les deux mains de celle qu'il adorait, M. de Chadefaux répondit vivement :

— Cela signifie, Monsieur le capitaine, que Mademoiselle est l'ami d'un protégé du maréchal de Montrevel, qu'elle est la nièce du comte de Servas, dont le château a été brûlé par Jean Cavalier, et que ce n'est pas chez des ennemis, qu'elle serait venue chercher un refuge.

— C'est vrai, c'est vrai! répéta le capitaine en mordillant son épaisse moustache : ce qui était, chez lui, un signe de grande perplexité. Mais je ne connais que mon devoir, continua-t-il. Je dois visiter toute cette maison.

— A tout à l'heure, ma chère Jeanne! murmura l'amoureux lieutenant.

Puis il salua profondément Yvonne et suivit le capitaine qui perquisitionna minutieusement dans la maison entière.

Vous savez que je ne vous aimerai jamais !

Après avoir visité la cave, la grange, l'étable et l'écurie, le terrible ennemi des camisards dit, l'air très mécontent :

— Monsieur de Chadefaux, vous direz à M. le maréchal que je viens de faire quatre longues lieus bien inutilement, et que pour obéir à ses ordres, j'ai dû abandonner la poursuite d'une bande d'insurgés que j'étais sur le point d'atteindre.

— Monsieur le capitaine, je rapporterai textuellement vos paroles. Mais je vous demanderai une heure pour laisser reposer ma monture.....

— Bien, bien... je connais cela: moi aussi j'ai eu vingt ans !... Laissez donc reposer votre cheval pendant que vous irez passer un doux moment auprès de la jeune fille blonde.

— C'est ma... fiancée, capitaine.

— Mes compliments : elle est vraiment jolie... Mais, dites donc, monsieur le lieutenant, je m'aperçois que je suis à jeun depuis hier soir cinq heures ; ne pourriez m'obtenir la moindre des choses pour déjeuner. Nous allons faire halte une heure.

— Monsieur le capitaine, dit Dorfeuil qui avait entendu, je peux vous offrir du pain bis, du lait et du beurre.

— Mais c'est parfait, mon garçon ! s'écria le capitaine en souriant.

— Au revoir, monsieur, dit le jeune lieutenant qui pénétra vivement dans la modeste maisonnette.

Georges Dorfeuil plaça une petite table dans la cour, puis s'empressa d'apporter du lait, du pain et du beurre au chef des dragons.

— Arrangez-vous maintenant comme vous l'entendrez, dit-il au capitaine Poul ; je vais être obligé de vous laisser pour aller jusqu'au moulin.

— Va, mon garçon et ne fais pas de mauvaise rencontre.

— Il ne vient jamais de camisards par ici, répliqua le jeune homme avec un sourire ironique.

— Ils ne sont cependant pas loin, repartit le capitaine.

— Vraiment, vous croyez ?

— On me les a signalés dans les bois de Vaquières. Je vais y aller faire un tour tout à l'heure.

Tandis que le terrible capitaine savourait du bon beurre frais, le jeune lieutenant s'assayait entre sa mignonne Jeanne et la douce compagne de Monseigneur Louis. D'une voix pleine d'émotion il disait à celle qu'il aimait :

— Ma chère Jeanne, mon bonheur est grand de vous retrouver ici, et cependant... Il hésita.

— Allons, achevez mon ami, dit gentiment Jeanne de Vrignès.

— Et cependant mon âme est triste... Ah! pourquoi n'ai-je pu arriver à Servas un jour plus tôt!

— Allons, je vois que vous avez appris mon mariage... On ne vous a donc pas dit que...

— Le duc, votre époux, avait été tué! fit vivement le jeune officier. Si, si, ma chère Jeanne. Mais si cela n'était pas!

— Ciel! que voulez-vous dire?

— Jean Cavalier a fait un homme prisonnier au château de Servas. Si cet homme était le duc...

— M. de Chadefaux, dit Yvonne avec son charmant sourire, d'un mot je peux rendre votre cœur joyeux: le prisonnier fait par Jean Cavalier s'appelle de Saint-Mars.

Le visage du lieutenant s'illumina de bonheur; il déposa plus de vingt baisers sur les petites mains qu'on lui abandonnait et les yeux dans les beaux yeux de son aimée, il murmura:

— Je pourrai donc un jour vous nommer ma femme!

En ce moment du bruit se fit dans le chemin; Yvonne se leva et s'approcha de la fenêtre. Elle vit des dragons qui se roulaient sur l'herbe en jouant et en riant.

Soudain elle pâlit et porta ses deux mains à sa poitrine.

— O mon Dieu! Monseigneur Louis est perdu! s'écria-t-elle.

Et comme une folle elle traversa la chambre en courant, ouvrit la porte et appela:

— Madame Dorfeuil! Ah! venez, venez vite!

La vieille paysanne accourut toute bouleversée.

— Madame Yvonne! mon Dieu, qu'avez-vous? dit-elle en refermant la porte avec soin.

— Les dragons ne partent pas... et Monseigneur Louis va revenir!...

— Non, madame Yvonne, ne craignez rien pour Monseigneur, le *petit* est allé au-devant de lui.

— Oh! le brave garçon! murmura Yvonne en s'asseyant toute pâle encore de la frayeur que venait de lui causer la pensée que son époux allait peut-être, à son retour, tomber entre les mains de ses ennemis.

Monseigneur Louis et ses fidèles compagnons, Faribole et Mistouflet, étaient partis du Mas de Couriac une heure et demie avant le lever du soleil. Le chemin qu'ils prirent pour aller rejoindre Jean Cavalier dans les bois de Vaquières étant assez éloigné de celui que suivaient Poul et ses dragons, ils ne pouvaient donc pas se douter que ceux-ci venaient perquisitionner dans leur humble maisonnette.

Leur chevauchée ayant été signalée bien avant qu'ils eussent atteint le bois, ils trouvèrent, sur la lisière de celui-ci, Jean Cavalier et Roland qui les attendaient. Monseigneur Louis s'informa d'abord du pasteur Raymond. Puis Faribole, qui avait amené le cheval pris deux jours auparavant à un dragon, l'offrit au chef des camisards en disant :

— Oui, bagasse ! cette bête, avec sa selle, serait trop compromettante dans notre écurie ; elle sera bien mieux dans votre camp.

— Mon cher général, dit Monseigneur Louis en donnant pour la première fois ce titre à son allié, nous arrivons de si grand matin pour faire justice d'un misérable.

— Dieu ! fit le chef des camisards avec étonnement. Serait-ce d'un de nos frères ?

— Non ; mais d'un ennemi que vous avez surpris au château de Servas.

— Ah ! je respire ! dit Jean Cavalier... Le prisonnier appartient à notre frère Roland.

Celui-ci dit vivement à Monseigneur Louis :

— Si cela peut vous faire plaisir je vous l'abandonne volontiers. Je l'ai enfermé dans une cabane de bûcheron. Venez, je vais vous le remettre.

Tout en marchant il ajouta :

— Je conservais le personnage avec l'intention de l'échanger contre le premier des nôtres qui tomberait aux mains de nos ennemis, ou bien de le pendre tout bonnement.

— Bagasse ! le pendre ... Ce serait une mort trop douce pour lui...

J'ai réfléchi : je veux le faire rôtir tout doucement... N'est-ce pas aussi votre avis, messire Mistouflet?

— Oui, répondit celui-ci, mais le plus doucement possible !

— Nous voici arrivés, dit Roland en montrant une hutte appuyée contre un gros arbre.

Du pied il poussa la porte, se baissa et entra dans la cabane.

Mais soudain il jeta un cri de rage.

La cabane était vide... le prisonnier avait disparu.

Accablés sous le coup de cette cruelle déception, Monseigneur Louis, Faribole et Mistouflet courbèrent la tête, et, durant une longue minute, restèrent silencieux.

— Peut-être l'évadé est-il encore dans le bois, dit Jean Cavalier.

— Vous avez raison, s'écria le mari d'Yvonne. Vite, ordonnez une battue..... Je donnerais dix ans de ma vie pour rattraper cet homme !

Moins d'un quart d'heure après, cinq cents camisards sillonnaient le bois dans tous les sens, fouillant dans tous les fourrés, scrutant tous les arbres. Malheureusement les recherches furent vaines : le prisonnier n'était plus dans le bois de Vaquières. Il avait eu le temps de s'enfuir.

C'était vrai. Pendant qu'on le cherchait à travers les taillis, M. de Saint-Mars courait sur la route de Nîmes aussi vite que le lui permettaient ses jambes endolories par les cordes qui, durant plusieurs heures, les avaient tenues prisonnières.

Mais comment, aussi solidement ligotté qu'il l'avait été par Roland lui-même, avant d'être enfermé dans la hutte, comment avait-il pu s'évader ?

Le gouverneur de l'île Sainte-Marguerite devait sa liberté à la puissance de l'or et à la basse cupidité d'un camisard appelé Becker.

Durant le trajet humiliant que fit de Saint-Mars du château de Servas au bois de Vaquières, il entendit Becker avouer à un autre camisard que la prise du château était pour lui une déception : il avait espéré y trouver beaucoup d'argent, et il ne rapportait qu'un mousquet et quatre pistolets. C'était vraiment peu !

Lorsque M. de Saint-Mars eut été enfermé dans la cabane d'un bûcheron par Roland, celui-ci chargea Becker de veiller sur le prisonnier et de lui apporter à manger deux fois par jour. Dès le premier soir, d'une voix larmoyante, le gouverneur de l'île Sainte-Marguerite dit à son gardien.

— Mon ami, pour obtenir ma liberté, pour retourner près de ma femme mourante et de mes enfants, je suis prêt à payer une forte rançon. Veux-tu aller dire cela à Jean Cavalier ?

Au mot de rançon les yeux de Becker avaient brillé de convoitise.

— Combien lui offrez-vous ? demanda-t-il en baissant la voix.

— Cinquante doubles pistoles en détachant mes liens, et pareille somme à celui qui sera chargé de m'accompagner jusqu'à Nîmes.

Deux mille livres, c'était une fortune pour Becker. Il se pencha près de l'oreille du prisonnier et à voix basse :

— Et si, moi, je vous conduisais à Nîmes, me donneriez-vous la même somme ? murmura-t-il.

— Si tu fais cela, pour te prouver ma reconnaissance, j'ajouterai encore dix pistoles.

— Cette nuit vous serez libre, repartit le camisard d'une voix qui tremblait légèrement.

Un sourire de triomphe passa sur les lèvres pâles de Saint-Mars :

— Fouille dans mon pourpoint, dit-il à son cupide gardien ; tu trouveras les cinquante doubles pistoles.

Une minute après Becker serrait dans ses doigts frémissants une petite bourse et s'éloignait en disant au prisonnier :

— Quand tout dormira au campement, je reviendrai.

A mesure que les heures s'écoulaient, M. de Saint-Mars sentait accroître son anxiété. Enfin, entre minuit et une heure, il entendit un léger bruit : la porte de la hutte s'ouvrait. Il poussa un long soupir de soulagement. Becker coupa ses liens puis lui dit à voix très basse :

— Du côté de Saint-Christol les sentinelles sont très espacées ; nous réussirons à passer entre elles... Puis j'ai le mot de reconnaissance.

Sans bruit, marchant avec la prudence des Peaux-Rouges, le prisonnier et son guide traversèrent le bois de Vaquières. A la pointe du jour ils atteignirent la route de Nîmes : de Saint-Mars était sauvé. Ils mirent près de huit heures pour arriver jusqu'à la demeure du maréchal de Montrevel.

— Mon ami, dit doucement de Saint-Mars au camisard, veillez attendre dans cette cour ; je vais vous chercher la somme promise.

Puis il gravit les larges degrés du perron et entra chez le maréchal.

Moins de quatre minutes après, quatre hommes s'emparaient de Becker, l'entraînaient à la prison de la ville, le dépouillaient de l'or qu'il avait reçu, puis le poussaient dans un cachot où, une heure plus tard, le bourreau lui appliquait la torture des *ceps*. Voilà comment M. de Saint-Mars témoigna sa reconnaissance au malheureux qui l'avait fait évader.

Dans le bois de Vaquières, Monseigneur Louis ayant perdu tout espoir de retrouver son ancien geôlier, dit tristement à ses fidèles amis, Faribole et Mistouflet :

— Je ne sais ce que j'éprouve : j'ai comme un pressentiment que je vais retomber au pouvoir du misérable qui m'a tant fait souffrir.

— Chassez vite cette idée, Monseigneur, dit tout bas Faribole. Saint-Mars nous échappe aujourd'hui ; nous le rattraperons quelque jour. Et alors, bagasse !...

Un geste terrible expliqua la pensée de l'ancien maître d'armes.

Tous trois reprirent lentement le chemin du Mas de Couriac. Au moment où ils sortaient du bois par la partie inférieure, le jeune Dorfeuil, tout essoufflé par sa course, y entrait par le sentier du haut et demandait à parler à Jean Cavalier. Un bon quart d'heure s'écoula avant qu'il eut pu rejoindre le chef des camisards.

— Où est donc le capitaine Louis ? demanda-t-il aussitôt.

— Il est reparti pour le Mas de Couriac.

— Grand Dieu ! Il va de lui-même se jeter dans les mains du capitaine Poul.

— Que dis-tu, frère ! s'écria Jean Cavalier. Poul serait au Mas du Couriac ?

— Il y était encore quand j'en suis parti. Mais il m'a dit qu'après avoir accordé une heure de repos à ses dragons il les conduirait au bois de Vaquières.

— Frère, voilà un avis précieux, dit vivement le chef des insurgés. Tiens, continua-t-il en désignant un cheval à Dorfeuil, prends cette monture. Tu pourras, je l'espère, rejoindre assez tôt le capitaine Louis et ses compagnons.

Tandis que le jeune homme s'élançait à la recherche du mari d'Yvonne, Jean Cavalier choisissait deux cents camisards pour aller tendre une embuscade au mortel ennemi des protestants révoltés.

Monseigneur Louis, Faribole et Mistouflet venaient à peine de s'engager dans un chemin creux, long de plus d'une demi-lieue, lorsque le capitaine Poul, précédé de deux éclaireurs, s'y engageait à son tour par le côté opposé. Le fils d'Anne d'Autriche et ses deux compagnons s'acheminaient lentement ne soupçonnant aucunement le danger vers lequel ils marchaient.

Chaque minute qui s'écoulait les rapprochait du redoutable capitaine des dragons.

Bientôt les cavaliers catholiques ne furent plus qu'à sept ou huit cents pas. Malheureusement, un coude que faisait le chemin, ne permettait pas à Monseigneur Louis d'apercevoir ses adversaires qui s'avançaient toujours.

Soudain le brave Faribole tendit l'oreille, puis s'arrêta pour mieux écouter.

Ses compagnons l'imitèrent.

Un bruit sourd, cadencé, devenant de plus en plus distinct, parvint jusqu'à eux.

— C'est le galop d'un cheval, dit Faribole.

Il n'avait pas achevé qu'un cavalier arrivant derrière eux bride abattue se mit à crier :

— Arrêtez ! arrêtez !

— Ah ! doux Jésus ! c'est la voix du jeune Dorfeuil, fit Mistouflet.

C'était lui en effet. A vingt pas il cria encore :

— Volte-face !... les dragons doivent être dans ce chemin !... Ciel ! les voilà !

Au moment même les deux éclaireurs qui précédaient le capitaine Poul apparaissaient au coude du chemin

— Bagasse ! au bois de Vaquières, vite, vite ! dit Faribole en éperonnant son cheval.

Poul, en rejoignant ses éclaireurs qui, surpris et inquiets, s'étaient arrêtés, aperçut bien quatre cavaliers qui fuyaient, mais il ne put les reconnaître ; il se tourna vers ses hommes et commanda :

— Escadron, au galop !

Les cent vingt dragons galopaient depuis un quart d'heure quand, tout à coup, l'air fut ébranlé par une détonation épouvantable, produite par deux cents mousquets partant à la fois ; une quinzaine de cavaliers vidèrent les arçons ; les autres en proie à une panique soudaine se débandirent aussitôt et s'élancèrent dans les champs qui, à gauche, bordaient le chemin.

Au bruit de la mousqueterie Monseigneur Louis et ses compagnons s'arrêtèrent étonnés. En se retournant ils virent Jean Cavalier et ses hommes qui franchissaient une haie derrière laquelle ils s'étaient embusqués et s'élançaient bravement sur leurs ennemis.

Et presque au même instant de grands cris retentirent sur la lisière du bois. C'était Roland qui amenait en bondissant une nouvelle bande de camisards.

— Hé ! troun de l'air ! s'écria joyeusement Faribole. Si vous le permettez, Monseigneur, nous allons montrer à nos alliés que nous sommes bons à quelque chose !

Le gentilhomme sourit et dit en armant ses pistolets :

— Nous allons charger ensemble ; mais pas de folle témérité !

— Mon doux Jésus ! je suis prêt ! murmura Mistouflet en se plaçant à la droite de Monseigneur Louis.

— Eh bien ! en avant, mes amis !

Jurant, sacrant, et le pistolet menaçant au poing, le capitaine Poul était parvenu à reformer son escadron. Et crânement, ma foi, car si le

Jeanne de Vrignèis embrassa une dernière fois la vieille amie qu'elle ne devait plus revoir.

capitaine était inhumain il était aussi très brave, il fit face aux camisards qui accouraient en poussant de terribles vociférations.

Monseigneur Louis et ses deux compagnons n'étaient plus qu'à trente pas de Poul quand ils l'entendirent crier d'une voix retentissante :

— Feu !... et en avant !... Chargez !

Le mari d'Yvonne et Faribole levèrent leurs pistolets ; mais ils n'eurent pas le temps de presser la détente.

Vingt coups de feu éclataient à la fois ; le gentilhomme tomba et Faribole roula sur lui.

— Monseigneur !... Faribole ! cria Mistouflet dont le front se couvrit d'une sueur froide.

Les dragons arrivaient au galop.

Ils étaient à dix pas maintenant.

— Yvonne !... murmura Monseigneur Louis.

Ce fut tout... Il ferma instinctivement les yeux...

Et, comme un ouragan, les chevaux des dragons passèrent sur les corps du malheureux fils d'Anne d'Autriche et de son tant dévoué Faribole.

. . . .

CHAPITRE XXII

POURQUOI LE CHEVALIER DE LORRAINE ET LE MARQUIS D'EFFIAT SE DIRENT : NOUS SOMMES PERDUS ! »

Sept heures du matin allaient sonner à l'horloge du Louvre.

Mme de Maintenon était encore couchée ; elle ne dormait pas, et cependant elle rêvait.

Le rêve qu'elle faisait tout éveillée devait être charmant : car elle souriait.

Mais, soudain, rêve et sourire s'envolèrent : trois coups précipités retentissaient à une petite porte perdue dans la tenture.

Puis la porte s'entr'ouvrit et Germaine se glissa légère dans la chambre.

— Qu'y a-t-il ? pourquoi, malgré ma défense, viens-tu me déranger de si grand matin ? dit, le ton sévère, la compagne de Sa Majesté Louis XIV.

— Madame... c'est un courrier... qui a voulu absolument...

— Qu'il attende ! interrompit Mme de Maintenon fort mécontente. Je ne reçois pas en ce moment.

— C'est bien ce que je lui ai répondu. Mais il a insisté... Il m'a dit : allez m'annoncer... vous verrez que l'on me recevra.

— Ah ! vraiment... et son nom ?

— Messire Gniafon!

D'un bond l'épouse du grand roi fut sur son séant.

— Gniafon! s'écria-t-elle. Vite, aide-moi à passer un peignoir!..

Et pendant que sa fille de chambre l'enveloppait dans une robe très large, elle ajouta mentalement :

— Que peut bien avoir à m'apprendre mon fils?

Puis à haute voix :

— Fais entrer, Germaine... et retiens bien que je n'y suis plus pour personne... même pour Sa Majesté.

La fille de chambre s'inclina et sortit.

Deux minutes après le misérable nain était en présence de sa mère, qui, baissant la voix :

— Gniafon, dit-elle vivement, il faut qu'il se passe des choses graves pour que vous veniez me les annoncer vous-même?

— Ma chère maman...

— Plus bas, malheureux! interrompit la compagne de Louis XIV, en regardant avec effroi autour d'elle.

— C'est juste, j'oubliais... mais vous voudrez bien excuser un cavalier qui vient de faire 196 lieues en soixante-quinze heures.

— Alors je renouvelle ma question : c'est donc bien grave?

— Jugez en : Guillaume III, roi d'Angleterre a fait demander, pour les montrer aux chefs de toutes les puissances ennemies de la France, des preuves...

Le nain s'interrompit pour regarder autour de lui comme l'avait fait sa mère, puis il reprit d'une voix si basse qu'à peine on l'entendit :

— Des preuves écrites constatant que Monseigneur Louis est bien le fils du roi Louis et de son épouse Anne d'Autriche.

Mme de Maintenon avait subitement pâli, mais elle se remit bien vite.

— Des preuves écrites, fit-elle en souriant, mais il n'en existe plus!

— Erreur, ces preuves existent.

La veuve du poète Scarron eut un soubresaut de surprise, elle pâlit de nouveau et la voix vibrante d'angoisse :

— Si ces preuves existent, si elles parviennent à Guillaume III, le règne du roi Louis Quatorzième est fini...

— Et le vôtre en même temps! fit Gniafon avec son sourire hideux. Aussi ai-je tenu, en fils dévoué, à venir sur le champ vous avertir du danger que courre la couronne de... mon beau-père, parbleu!

— Et ces preuves où sont-elles?... Qui en a reçu le dépôt?...

— Permettez-moi, ma chère maman, de commencer mon récit par le commencement.

— Bien, mais veuillez-vous asseoir, dit Mme de Maintenon en prenant place sur un large fauteuil.

— Merci! Je viens de vous dire que j'ai fait près de deux cents lieues à cheval! dit avec un rire cynique le vilain nain qui préféra demeurer debout.

Puis à mi-voix il poursuivit :

— Ecoutez, ce ne sera pas long : c'était en pleine nuit, dans une auberge, au pied des Cévennes; quatre personnes causaient : le chevalier de Lorraine, le marquis d'Effiat, la comtesse de Soissons...

— La comtesse de Soissons était...

— Puisque je vous le dis, belle maman. Je reprends : la comtesse de Soissons et... Monseigneur Louis. Enfin un...

— Ah! quelque nouveau complot...

— Pardon, chère maman, dit Gniafon en coupant brutalement la parole à Mme de Maintenon, si vous m'interrompez à chaque instant mon récit ne finira jamais.

— Continuez, je vous écoute.

— Enfin, un cinquième personnage, suspendu par une corde, épiait la conversation des quatre autres personnes. Après la lecture d'une épître adressée par le roi d'Angleterre à son cher *Sire*, le chevalier de Lorraine affirma qu'il savait où trouver les preuves réclamées par le prince d'Orange.

— Le chevalier sait où elles sont!

— Oui, belle maman, dans un petit coffret...

— Et ce coffret entre les mains de qui est-il?

— Voilà ce que je ne sais pas... La corde, qui avait l'honneur de tenir votre fils suspendu, s'étant soudain détachée, j'allais m'aplatir sur le sol au moment où le chevalier prononçait le nom de la dépositaire du coffret.

— Quel malheur que votre corde ne vous ait pas soutenu une minute de plus, murmura Mme de Maintenon.

— Il fallait venir me la tenir, ma chère maman... Mais nous savons que Messieurs de Lorraine et d'Effiat connaissent le nom de la dépositaire du coffret; il suffira de les faire arrêter tous deux, de les envoyer dans une forteresse où on leur donnera à choisir entre le nom qu'il vous faut et la liberté.

— Je connais le chevalier : il ne parlera pas!

— Et la torture ordinaire et extraordinaire?... A quoi diable peut-elle bien servir, si ce n'est pour délier les langues récalcitrantes !

— Vous avez raison, dit Mme de Maintenon en se levant. Je vais à l'instant chez le roi faire signer l'ordre d'arrêter et de conduire dans une forteresse deux alliés des camisards.

— Bon, vous avez trouvé le prétexte... mais dans quelle prison les ferez-vous conduire.

— A la Bastille...

— Cent quatre-vingt-seize lieues ! C'est trop loin du village où ils sont. Envoyez-les plutôt au château d'If. Ils y seront très bien, et surtout c'est à deux pas du pays d'Uzès.

— Soit, on les enfermera dans les cachots du château d'If... Tandis que je serai avec Sa Majesté, voulez-vous que je vous fasse servir une collation.

— Ça, c'est très aimable, je vois que vous êtes une bonne mère... je n'en ai pas toujours pensé autant. Faites-moi donc servir des choses solides et liquides, car je meurs d'inanition.

Mme de Maintenon sonna Germaine, lui donna ses ordres, puis sortit de sa chambre pour passer chez son époux Louis XIV.

Au bout de vingt minutes elle revenait avec un ordre d'arrestation portant, non seulement les noms du chevalier et du marquis, mais aussi celui de la belle comtesse de Soissons.

Une heure après Gniafon sortait du Louvre, remontait à cheval et s'éloignait au galop.

Restée seule, Mme de Maintenon demeura un long instant rêveuse le regard perdu dans le vide.

— Ma sûreté personnelle l'exige, dit-elle en passant sa main sur son front. Monsieur de Lorraine, s'il est pris, n'aurait qu'à s'évader. Alors qui sait?...

Et elle appela sa jolie fille de chambre.

— Germaine, sais-tu où demeure ce grand garçon auquel j'ai déjà confié une mission secrète? C'est toi qui me l'avais indiqué.

La jolie fille rougit et répondit :

— Il ne demeure pas très loin; et si Madame a besoin de lui, avant une demi-heure il sera aux ordres de Madame.

— Va me le chercher. Et préviens-le que je veux l'envoyer dans le midi de la France. Qu'il s'équipe en conséquence.

— Oh! il ne sera pas long Madame, répliqua Germaine en disparaissant.

Madame de Maintenon alla s'asseoir devant une petite table, et, après avoir mûrement pesé les termes qu'elle devait employer, elle écrivit rapidement quelques lignes. Elle ne signa pas son billet, mais sur le cachet de cire elle appuya le chaton d'une bague.

La demi-heure demandée par Germaine n'était pas écoulée que la jolie soubrette revenait escortée d'un grand jeune homme à la physionomie mobile et intelligente.

La compagne de Louis XIV, en lui remettant sa lettre et une bourse bien garnie, lui expliqua ce qu'il devait faire. Deux fois elle lui répéta la même recommandation :

— Vous ne donnerez ce billet que lorsque l'arrestation sera opérée. Souvenez-vous que vous avez quitté Paris hier ; et que vous avez perdu plusieurs heures à chercher M. de Lorraine et M. d'Effiat.

— Vos recommandations sont soigneusement rangées dans une case de ma mémoire, répondit le grand jeune homme.

Sur un signe de sa maîtresse, Germaine reconduisit le messager particulier. Arrivé à l'extrémité d'un corridor, le grand jeune homme réclama un baiser que la jolie fille accorda en rougissant de plaisir, et l'heureux amant, grâce à ses longues jambes, disparut en un rien de temps.

Une demi-heure plus tard il galopait à franc-étrier sur la même route que Gniafon.

Trois jours après, à quelques heures d'intervalle, tous les deux arrivaient à Nîmes.

Gniafon se rendit tout droit à l'hôtel de M. de Montrevel. Il allait pénétrer dans l'antichambre du maréchal, dont la porte venait d'être ouverte par un laquais, quand, soudain, il poussa une brève exclamation et fit un pas en arrière.

Devant lui il croyait voir un revenant.

— Monsieur de Saint-Mars ! s'écria-t-il avec un vif étonnement.

— Ah ! maître Gniafon, fit le gouverneur de l'île Sainte-Marguerite ; le laquais que vous avez laissé à Servas vous croit mort !

— J'ai été obligé de partir de l'auberge un peu précipitamment.

— Et qu'êtes-vous devenu depuis six jours ? demanda le gentilhomme.

— J'arrive de Paris, répondit Gniafon. Mais veuillez rentrer avec moi chez Monsieur le maréchal ; il aura besoin de votre concours.

Une minute après tous deux étaient en présence de M. de Montrevel.

Celui-ci, après avoir lu l'ordre que lui remit le nain, et écouté ses recommandations verbales, dit avec une certaine humilité :

— Je vous prie de me seconder, messieurs, afin de **pouvoir obéir à** l'ordre de Sa Majesté. Je puis mettre à votre disposition une vingtaine d'espions habiles.

— Ce ne sera peut-être pas suffisant, grommela Gniafon.

— Je vais aussi envoyer à tous mes officiers l'ordre d'arrêter les voyageurs dont le signalement aura quelque ressemblance à celui que vous venez de me donner. Et avant peu j'espère que M. de Lorraine, M. d'Effiat et leur compagne seront entre nos mains.

M. le maréchal de Montrevel était loin de se douter que ceux dont il parlait était en ce moment, à Nîmes, en train de discuter quel serait le moyen le plus sûr pour pousser les protestants fort nombreux dans la ville à se soulever contre l'autorité du maréchal.

— Laissez-moi opérer à ma guise, disait la comtesse de Soissons à ses deux compagnons qui inclinèrent la tête en signe d'assentiment.

En souriant la belle intrigante continua :

— J'espère y arriver avec l'aide de quelques gracieuses personnes de mon sexe. Pendant que je manœuvrerai ici, vous irez, messieurs, savoir ce que devient Monseigneur Louis qui nous laisse totalement manquer de nouvelles.

— Aujourd'hui même, chère comtesse, le marquis et moi nous nous mettrons en route pour aller voir ce qui se passe au Mas de Couriac, dit le chevalier de Lorraine en se levant pour donner ses ordres à Rémy.

Dans l'après-midi les deux gentilshommes, déguisés en honnêtes bourgeois, remontaient dans leur lourde voiture de voyage et sortaient bientôt de Nîmes. A six cents pas environs de la ville un mendiant s'approcha du carrosse et demanda une petite aumône. Le marquis lui jeta une pièce de monnaie. A un quart de lieue plus loin un nouveau mendiant apparut, qui, tout en courant et en se tenant avec obstination à la hauteur de la portière, répéta d'une voix lamentable :

— La charité, mes bons seigneurs!... Je suis père d'une douzaine d'enfants!

M. de Lorraine lui jeta deux pièces blanches. Le père d'une nombreuse progéniture s'arrêta, tourna le dos au carrosse et, chose vraiment étonnante de la part d'un mendiant, il prit ses jambes à son cou et s'élança dans la direction de la ville sans même donner un regard aux deux pièces d'argent, qui attendaient à demi enfouies dans une couche de poussière.

— Trop de mendiants sur cette route, dit le chevalier à son compagnon. Nous ferions sans doute bien de prendre par les chemins de traverse. Qu'en pensez-vous marquis?

— Je suis de votre avis, chevalier. Tenez, voici justement un étroit chemin qui, s'il est vrai que tous les chemins mènent à Rome, finira bien par nous conduire au Mas de Couriac.

Sur l'ordre de son maître, Rémy dirigea ses deux postiers vers l'étroit chemin qui allait aboutir à la route d'Uzès.

Le lourd carrosse roulait depuis une heure et demie lorsque le marquis crut entendre un bruit ressemblant au galop de plusieurs chevaux.

Il ne se trompait pas. Cinq cavaliers envoyés par M. de Montrevel à la poursuite des gentilshommes accouraient derrière eux. A ce moment le carrosse atteignait l'entrée d'un petit bois que le chemin partageait en deux parties presque égales.

— Diantre! serait-ce nous que l'on poursuit? murmura le chevalier.

Et se penchant vivement à la portière :

— Rémy, cria-t-il, un temps de galop!

Mais au moment où le cocher enveloppait son attelage d'un maître coup de fouet trois détonations, immédiatement suivies de grands cris, retentirent soudain, et une trentaine d'hommes s'élancèrent du bois en bondissant. Pendant que huit ou dix agresseurs arrêtaient le carrosse, les autres se précipitèrent sur les cinq cavaliers de Montrevel.

Ceux-ci ne songèrent même pas à résister; voyant le chemin barré par la grosse voiture, ils firent demi-tour et furent assez heureux pour s'échapper.

Le chef des agresseurs, un vrai colosse, portant par-dessus ses vêtements une sorte de longue blouse blanche, ouvrit la portière du carrosse en disant avec une politesse affectée :

— Je vous demande pardon, messieurs, d'interrompre aussi brusquement votre voyage... Dites-moi : êtes-vous catholiques ou huguenots?

— Nous sommes deux alliés du parti protestant. Or, comme je vois que nous avons affaire à de braves calvinistes, je vous prierai de nous conduire à Jean Cavalier.

Après avoir prononcé cette phrase, le chevalier ajouta tout bas :

— Marquis, ce sont des camisards! Voyez leur costume.

Le colosse à la longue blouse blanche répondit :

— Mille regrets!... Mais il m'est impossible de vous satisfaire.

— Pourquoi? fit vivement le chevalier de Lorraine.

— Parce que nous ne reconnaissons pas l'autorité de Jean Cavalier. Nous faisons bande à part. Aujourd'hui nous sommes entrés en compagne pour la première fois... Et vous êtes, messieurs, notre premier...

— Mais enfin, interrompit le marquis, êtes-vous contre les catholiques ou bien contre les protestants?

O ciel ! qu'avez-vous ?

— Je viens de vous dire que nous faisions bande à part. Aussi quand nos adversaires sont catholiques et qu'ils sont moins fort que nous, nous devenons camisards... camisards blancs, par exemple !...

Et le colosse désigna du doigt les blouses blanches que portaient la plupart de ses hommes ; puis il continua :

— Quand sur notre chemin se trouve quelque habitation appartenant à des protestants, nous éprouvons alors ce beau zèle dont brûle tout bon catholique, et ma foi, nous exigons de nos adversaires toutes les choses dont nous pensons avoir besoin.

— Bien, bien, dit le chevalier en souriant, je vois à qui nous avons affaire... Que diriez-vous, monsieur le chef des camisards blancs, si mon ami et moi nous vous offrions chacun cent pistoles ?

— Je vous dirais que c'est bien peu pour la rançon de deux gentils-hommes.

— Nous doublerons la somme. Cela vous convient-il ? reprit le chevalier de Lorraine.

— A merveille, Monseigneur ! répliqua le colosse en saluant.

— Je n'ai sur moi que vingt doubles pistoles et quelques écus, dit le marquis d'Effiat ; il vous faudra envoyer à Nîmes pour obtenir le reste de la somme.

— Nous allons justement de ce côté, nous ferons route ensemble, répliqua le chef de la bande. Mais comme la nuit approche, et que vous pourriez faire de mauvaise rencontre, nous veillerons étroitement sur vous.

Les deux gentilshommes firent une grimace, mais il leur fallut se rendre à la raison du plus fort. M. de Lorraine se pencha à la portière et dit :

— Rémy, nous retournons à Nîmes !

— Votre cocher ne vous entend pas mon gentilhomme, dit un camisard blanc. Le pauvre garçon est mort !

En effet, du premier coup de pistolet qui avait été tiré, le malheureux Rémy avait été tué net d'une balle en plein front.

— Nous avons eu une fâcheuse idée en nous engageant dans ce chemin, dit le chevalier au marquis quand le carrosse se fut remis en marche, conduit par un camisard qui, avant de revêtir la blouse blanche, avait porté la livrée de cocher.

— Alerte ! cria soudain une voix.

Une petite troupe de soldats d'infanterie s'avançait à travers champ. Elle ne comptait pas plus d'une vingtaine d'hommes. Aussi le colosse et ses trente compagnons ne semblèrent pas trop inquiets. Ils pressèrent seulement le pas. Mais au bout d'un quart d'heure ils entendirent l'officier commandant le détachement leur crier de s'arrêter.

— Ils veulent la bataille ; tant pis pour eux, dit le chef des camisards blancs. Attention camarades, feu tous ensemble.

Les compagnons du colosse tirèrent sur les soldats ; ceux-ci ripostèrent, puis les troupes s'élancèrent l'une sur l'autre.

Au même moment un détachement de vingt-cinq dragons arriva au galop. Les camisards blancs s'apercevant qu'ils allaient être pris par deux côtés s'enfuirent dans la direction du bois qu'ils occupaient une demi-heure auparavant, et abandonnèrent le lourd carrosse au milieu du chemin.

— Marquis, je crois que nous pouvons nous montrer, dit le chevalier en mettant pied à terre.

En tête des dragons se trouvaient les cinq cavaliers de la maréchaussée que les camisards blancs avaient mis en fuite. Le jeune officier qui les commandait s'approcha du carrosse et dit simplement :

— Messieurs, je vous arrête !

— Il y a certainement erreur, monsieur, s'écria le chevalier. Nous explorons ce pays par ordre du roi.

— Et il voulut mettre sous les yeux du jeune officier le parchemin qui portait le sceau de Louis VIV.

— Inutile, Messieurs. J'ai reçu l'ordre de vous arrêter et de vous conduire à monsieur le maréchal de Montrevel.

Les deux pseudo-bourgeois remontèrent dans leur carrosse qui, pour troisième cocher, eut un homme portant le casque de dragon, et la lourde machine reprit sa marche si souvent interrompue.

— Décidément ce chemin ne valait rien pour nous ! murmura M. de Lorraine avec mélancolie.

— Vous avez raison, répartit le marquis. Notre escorte est changée, mais notre situation est toujours la même.

— Ayons de l'audace en présence du maréchal, dit encore très bas le chevalier de Lorraine.

Il était nuit noire lorsque le carrosse franchit la grande porte de Nîmes. L'officier de la maréchaussée expédia devant lui un de ses cavaliers pour avertir M. de Montrevel.

Le maréchal était seul, assis derrière sa table de travail, quand les deux prisonniers lui furent amenés. Le chevalier et le marquis soutinrent mordius qu'ils n'étaient pas autre chose que deux honnêtes bourgeois de Paris. Alors M. de Montrevel sonna et dit au laquais qui vint prendre ses ordres :

— Faites entrer le gentilhomme qui attend dans le salon.

Il y eut deux minutes de profond silence. Envahis par une vague inquiétude, le chevalier et le marquis tenaient leurs regards rivés sur la porte par laquelle devait entrer celui qui d'un mot allait les faire libres ou captifs pour toujours peut-être.

Soudain un tressaillement les agita tous deux.

La porte venait de s'ouvrir et un homme enveloppé dans son manteau, le chapeau rabattu sur ses yeux, s'avançait lentement.

Il fit trois pas dans le cabinet du maréchal, écarta son manteau, porta la main à son feutre, l'enleva et saluant :

— Bonsoir Messieurs! dit-il.

— Ciel! monsieur de Saint-Mars! murmurèrent les deux gentils-hommes en pâlissant.

Le gouverneur de l'île Sainte-Marguerite fit encore trois pas, puis avec une froide ironie :

— Enchanté de vous revoir monsieur de Lorraine, et vous aussi monsieur d'Effiat... Mais je ne vois pas Mme de Soissons... Votre belle compagne de voyage serait-elle souffrante?

Le chevalier et le marquis échangèrent un rapide regard qui disait :

— Cette fois nous sommes pris !

— Si je m'informe de la santé de la charmante comtesse, c'est que je suis persuadé qu'elle n'a pas l'habitude de passer ses nuits à causer dans une froide chambre d'auberge, surtout en laissant la fenêtre ouverte, et dans un pays aussi malsain que le village de Servas.

Pour la seconde fois, le chevalier et le marquis échangèrent un regard; et cette fois il signifiait clairement :

— Il sait tout... Nous sommes perdus !

M. de Lorraine recouvra le premier la parole :

— Monsieur de Saint-Mars, dit-il, est-ce par ordre du roi que vous nous avez fait arrêter ?

Ce fut le maréchal qui répondit :

— Voici l'ordre, messieurs; il est signé de Sa Majesté.

— Et que devez-vous faire de nous ?

— Demain, à la pointe du jour, vous partirez pour Cette où vous trouverez un petit bâtiment qui vous transportera au château d'If.

Ayant dit ces mots, M. de Montrevel agita une sonnette d'argent.

Un laquais entra.

— Appelez quatre gardes, fit le maréchal.

Souriant aux deux gentilshommes M. de Saint-Mars dit :

— J'aurais été heureux, Messieurs, de vous accompagner jusqu'à votre nouvelle demeure, malheureusement cela m'est impossible.

Puis, s'adressant à M. de Montrevel :

— Monsieur le maréchal, ces Messieurs sont gens de qualité, ils ont droit à une double escorte, à la tête de laquelle vous devrez mettre un officier brave... et sûr, ajouta-t-il tout bas.

Les quatre gardes du maréchal étaient entrés sans bruit, amenés par le laquais. Sur l'ordre de leur chef, deux d'entre eux se placèrent à droite et à gauche du chevalier, puis le conduisirent dans une chambre où ils s'enfermèrent avec lui. Les deux autres gardes firent absolument la même chose avec le marquis d'Effiat.

Le lendemain à cinq heures du matin, le carrosse du chevalier de Lorraine, conduit cette fois par un cocher du maréchal, vint se ranger près du perron. Quelques minutes plus tard, quinze dragons placés sous le commandement du lieutenant de Chadefaux, s'arrêtèrent devant l'hôtel de M. de Montrevel. Le jeune officier, qui depuis la veille connaissait la nouvelle mission qui allait lui être confiée, pénétra seul dans la cour et se plaça debout près de la portière du carrosse.

Un instant après les deux prisonniers et deux gardes montaient dans la lourde voiture pendant que deux autres gardiens se hissaient près du cocher.

Avant de faire refermer la portière, le lieutenant de Chadefaux dit aux deux gentilshommes.

— Si vous tenez, Messieurs, à ce que ce soit moi qui commande votre escorte, il faut me donner votre parole d'honneur de ne point chercher à vous évader ?

— Foi de gentilhomme, nous vous la donnons, monsieur, répondirent le chevalier et le marquis.

— Merci Messieurs; ma mission sera facile à remplir, dit le jeune officier en saluant ses prisonniers.

Moins d'un quart d'heure après, le carrosse, précédé et suivi par des dragons, roulait rapidement sur la route de Montpellier au milieu d'un nuage de poussière.

A huit heures du matin, le lieutenant commandait de faire halte pour laisser souffler les chevaux et reposer un peu ses hommes. A midi et demi, seconde halte à l'auberge de l'*Écu-de-France*, pour y dîner. Suivis de leurs quatre gardiens et du jeune lieutenant, le chevalier et le marquis entrèrent dans l'auberge.

A peine eurent-ils mis les pieds dans la salle commune qu'ils faillirent laisser échapper un cri de surprise.

Un vieux médecin, entouré de la femme de l'aubergiste et de deux servantes, achevait de panser une large blessure qu'un enfant de dix ans s'était faite au front en tombant d'une échelle sur laquelle il avait voulu grimper.

Et dans ce vieux médecin, qui leva les yeux quand les nouveaux arrivants entrèrent, le chevalier et le marquis venaient de reconnaître l'habile alchimiste Exiii. Celui-ci devina aisément, en voyant l'escorte arrêtée à la porte de l'auberge et les gardes qui suivaient les deux gentilshommes, que ces derniers étaient prisonniers. Mais son visage resta impassible et tranquillement il acheva son pansement en adressant d'amicales gronderies au jeune blessé.

— Là, j'ai fini, lui dit-il. Et ce ne sera rien ; mais ne va pas recommencer, car le hasard ne t'amènera pas toujours un médecin juste à point pour te porter secours.

En prononçant les derniers mots de sa recommandation, Exili se tourna avec indifférence du côté des prisonniers assis entre deux gardes, puis lança un regard rapide que saisit le chevalier de Lorraine.

Bien que le dîner servi par l'aubergiste ne laissât rien à désirer, le chevalier n'y toucha pas. Le lieutenant s'en aperçut et courtoisement lui demanda :

— Vous sentez-vous indisposé, monsieur le chevalier ?

— Oui, monsieur. J'éprouve un malaise général... Déjà en voiture je ne me sentais pas bien.

— Eh bien, mon cher ami, dit vivement le marquis devinant l'idée de son compagnon, profitez du hasard qui a conduit ici un brave médecin.

— Marquis, vous n'y pensez pas ! répliqua le chevalier en prenant un air dédaigneux... M'adresser à un médecin de campagne !

— Eh ! mon cher, il y en a plus d'un qui vaut les docteurs de nos grandes villes. A votre place je n'hésiterais pas à le consulter.

Le chevalier se rendit au conseil du marquis. Escorté de ses deux gardes, il passa par une petite chambre habitée depuis la veille par Exili. Le médecin interrogea le malade avec une certaine bonhomie.

— Monsieur, lui répondit avec abattement le chevalier, c'est moralement que je souffre le plus... Hier on m'a arrêté, et aujourd'hui, comme un grand criminel, on me conduit au château d'If.

Exili était renseigné. Il indiqua verbalement au prisonnier ce qu'il devrait faire pour chasser son malaise, puis il se leva.

— Je vous remercie, monsieur, dit alors le chevalier. Je ne puis vous payer votre consultation, car on ne m'a pas laissé une pistole; mais si vous allez à Nîmes, vous me rendriez encore un grand service : ma malheureuse compagne ignore mon arrestation, veuillez vous adresser rue Marie, n° 12, et l'on vous paiera.

— Mais le nom de votre compagne ? demanda Exili.

— Soissons !... Adieu, monsieur, et encore merci !

En disant ce dernier mot le chevalier salua le médecin et, toujours escorté de ses gardiens qui avaient assisté à la consultation, retourna dans la salle commune. A peine avait-il repris sa place en face du marquis qu'un courrier couvert de poussière entra dans l'auberge et à haute voix demanda M. le Chevalier de Lorraine.

— C'est moi, mon ami, que me voulez-vous ?

— Je vous apporte une lettre de Paris, dit le courrier en tendant un papier au chevalier.

— Monsieur le lieutenant, dit alors celui-ci, m'est-il défendu de la prendre.

— Je n'ai reçu aucun ordre à l'égard des lettres que vous pourriez recevoir, répondit le jeune officier.

M. de Lorraine prit le papier, et du premier coup d'œil reconnut le cachet de Mme de Maintenon. Celle-ci prévenait charitablement ou plutôt hypocritement, les deux gentilshommes du danger qu'ils couraient.

Après avoir lu il dit simplement au courrier :

— Vous direz à la personne qui vous envoie que je la remercie, mais que son avertissement est arrivé trop tard.

Un instant après M. de Chadefaux se mettait à la tête de ses cavaliers, et les prisonniers et leur escorte s'éloignaient rapidement de l'auberge de l'*Écu-de-France*.

A dix heures du soir ils arrivaient à Cette.

Le lendemain matin, le chevalier et le marquis toujours escortés par les mêmes gardiens, étaient embarqués à bord d'un petit bâtiment affrété exprès pour les conduire au château d'If. Puis, le lieutenant de Chadefaux et ses dragons reprenaient la route de Nîmes.

A peu près à la même heure où les deux alliés de Monseigneur Louis voyaient disparaître momentanément à leurs yeux les rivages de France, Exili entrait dans le logement de la comtesse de Soissons.

— Maître Exili, dit la comtesse, quand celui-ci eut achevé son court récit, est-il possible de s'évader du château d'If?

— Oui comtesse, avec le concours d'un batelier.

— Nous le trouverons, ou plutôt il est trouvé... maître Exili partons !

Trois jours après, l'alchimiste et l'intrigante comtesse étaient à Marseille. Le soir même de leur arrivée, enveloppés tous deux dans de larges manteaux, ils parcouraient une ruelle noire et écartée, en examinant toutes les maisons.

— C'est ici ! dit à voix basse la comtesse en s'arrêtant devant une petite boutique d'herboriste à l'intérieur de laquelle brillait une faible lueur.

Exili entra le premier dans la boutique, et tandis que la comtesse qui le suivait refermait la porte, il demanda à une jeune femme assise derrière un comptoir sur lequel se voyaient toutes sortes d'herbes :

— Je voudrais parler à messire Morel?

— Mon mari est dans l'arrière-boutique; je vais l'appeler, dit la jeune femme en se levant.

Comme elle prononçait ces paroles, la porte du fond s'ouvrit et l'ancien officier de bouche que Louis XIV avait chassé de France la nuit même ou *Madame* mourut empoisonnée, se montra sur le seuil de la porte. La comtesse fit trois pas vers lui, le regarda une seconde et dit simplement ces trois mots :

— Morel, c'est moi !...

Morel pensa jeter un cri d'étonnement. Mais il se remit promptement et s'effaçant pour laisser passer ses visiteurs :

— Veuillez entrer, leur dit-il. Puis s'adressant à sa femme :

— Tu peux fermer, Pauline; la pratique ne viendra plus maintenant.

— Morel, personne ne peut nous entendre? dit à voix basse la comtesse quand tous trois se furent enfermés dans une pièce si petite qu'ils doivent se serrer pour y tenir.

— Personne, madame, sauf ma femme... mais si voulez...

— Non, qu'elle reste dans sa boutique, peut-être aurons-nous besoin d'elle, dit rapidement la comtesse. Morel, continua-t-elle après une légère pause, vous n'avez pas oublié le service que je vous ai rendu à Bruxelles.

— Non madame. Et je n'oublierai jamais que c'est à vous que je dois cette herboristerie qui nous aide à vivre ma femme et moi; et qu'avec

Serrant toujours les deux mains de celle qu'il adorait.

votre argent que j'ai acheté la barque qui me sert à promener chaque dimanche ouvriers et bourgeois.

— Bien, mon ami... maintenant écoutez : le chevalier de Lorraine et le marquis d'Effiat viennent d'être internés au château d'If... Il y a mille livres pour vous : cinq cents avant et cinq cents après... vous me comprenez, cher Morel?

— Admirablement, madame.. Puis, en souriant et avec un ton

d'assurance qui intrigua la comtesse et Exili, l'ancien officier de bouche ajouta :

— Avant huit jours Messieurs de Lorraine et d'Effiat seront en liberté.

— Mon cher Morel, dit la comtesse, je vous donnerai tout l'argent dont vous aurez besoin.

— Je pense que cinq cents livres suffiront pour acheter un des porte-clefs du château d'If.

— Offrez lui en six cents; voici justement soixante pistoles. Et la comtesse mit dans la main de l'herboriste-batelier une bourse pleine de pièces d'or.

— Avec des arguments de cette nature, joints à ceux que je compte employer, le succès est certain, dit Morel. J'aurais peut-être besoin du concours de Monsieur...

— Il vous est entièrement acquis, mon ami, répliqua de suite Exili.

— Voici mon projet, reprit l'ancien officier de bouche. J'ai fait la connaissance, il y a trois mois environ, d'un porte-clefs nommé Poireau qui, aujourd'hui, est un des meilleurs clients de ma maison; je veux dire que tous les deux jours il vient acheter des fleurs sèches et des herbages pour un prisonnier.

— Je commence à croire que le ciel est avec nous! murmura la comtesse.

— Poireau n'est pas venu aujourd'hui, donc il viendra demain matin, reprit Morel. Dès qu'il sera dans la boutique je l'invite à entrer ici pour prendre un verre de vin qu'il aime, je ferme soigneusement la porte, et Monsieur et moi nous lui appuyons sur la gorge la pointe de deux poignards...

— Bien, je vous comprends, dit Exili : nous lui donnons à choisir entre une bourse pleine d'or et deux bons coups de poignard dont il ne pourra jamais se plaindre.

— Il n'hésitera pas : il choisira la bourse car il aime l'or autant qu'il a peur des coups, quels qu'ils soient!... Il servira d'intermédiaire entre les prisonniers et nous; il leur fera connaître notre plan d'évasion, et avec un peu de chance celle-ci réussira.

— Je l'espère, mon ami, dit Exili. A quelle heure dois-je venir demain matin?

— Le porte-clefs ne vient jamais que vers les neuf heures. Soyez ici une demi-heure avant lui.

— C'est une chose entendue... A demain donc! dit l'alchimiste en s'enveloppant dans son manteau.

Un instant après la comtesse s'appuyant sur le bras de son compagnon regagnait l'hôtel où tous deux étaient descendus.

. . . .

Au sud-ouest de Marseille, à trois kilomètres environ, existe un îlot bien connu des touristes méditerranéens.

A l'extrémité est de cet îlot s'élève encore aujourd'hui un château fort que fit, dit-on, bâtir François Iᵉʳ pour servir de prison d'État : c'est le château d'If.

Un chemin de ronde, large de quelques mètres seulement, sépare le côté est de la forteresse, de la mer qui bat constamment de ses vagues, tantôt plaintives, tantôt mugissantes, le roc qui presque partout est à pic.

Le chevalier de Lorraine et le marquis d'Effiat avaient été enfermés au deuxième étage du château-fort. Ils occupaient chacun un cachot différent. Ils ne pouvaient se voir et se parler qu'une fois par jour : à l'heure de la promenade qu'ils faisaient en compagnie de sept autres prisonniers.

Ils étaient depuis trois jours pensionnaires de l'État, car ayant donné jusqu'à leur dernière pistole aux camisards blancs il leur était impossible de faire venir leurs repas du dehors, lorsqu'un peu avant la nuit le gouverneur du château entra seul dans le cachot du chevalier de Lorraine.

— Monsieur le chevalier, dit-il, comment vous trouvez-vous dans ce petit logis?

— Très à l'étroit, Monsieur, répondit le prisonnier.

— Vraiment, Monsieur le chevalier. Eh bien, il ne tient qu'à vous de pouvoir aller, et dès ce soir, vous loger plus au large.

— Que faut-il faire pour cela?

— Une chose bien facile, Monsieur le chevalier. Prononcer deux mots, deux pauvres petits mots, et même à demi-voix.

— En effet, Monsieur le gouverneur, la chose est bien facile. Voici donc vos deux mots :

Et souriant le chevalier ajouta :

— Ouvrez-moi!

Le gouverneur regarda un instant son prisonnier, puis prenant un air imposant :

— Ne plaisantez pas, Monsieur, dit-il. On vous répondrez à ma question ou vous ne sortirez pas vivant de cette prison d'état.

Il tira un papier de sa poche, y jeta les yeux et reprit :

— Voulez-vous me dire le nom de la personne qui détient certain petit coffret?

— Certain petit coffret? dit avec un naïf étonnement le chevalier de Lorraine. De quel coffret voulez-vous parler.

— Je n'en sais rien! répliqua assez vivement le gouverneur. Mais si j'ai reçu l'ordre écrit de vous poser cette unique question, c'est que bien certainement vous savez, vous, de quel coffret il s'agit.

— Monsieur le gouverneur, lorsque vous m'aurez fait la description du dit coffret, je vous promets, foi de gentilhomme, de vous répondre.

Et en lui-même le chevalier pensait :

— Ils ignorent, là-bas à Paris, que c'est Mme de Montespan qui cache chez elle le précieux petit coffre. Ils n'en enverront donc pas de sitôt la description... Gagnons du temps.

— Ainsi, Monsieur le chevalier, vous refusez de me répondre, demanda le gouverneur qui semblait fort contrarié.

— Je ne vous ai jamais dit que je refusais, Monsieur!

— C'est bien. Je reviendrai demain matin. Au revoir, Monsieur le chevalier, dit le gouverneur en saluant légèrement.

Puis il sortit pour aller se faire ouvrir le cachot voisin.

Le marquis d'Effiat était assis triste et pensif, quand le gouverneur entra dans son cachot et lui adressa immédiatement la question que cinq minutes auparavant il avait posée au chevalier.

— Oh! pensa le marquis. Celui qui nous épiait au village de Servas n'a donc surpris que la moitié du secret du chevalier... Ne répondons rien.

Et il fit le muet.

— Ne m'avez-vous donc pas entendu, Monsieur le marquis?

De la tête celui-ci indiqua qu'il avait parfaitement entendu ; mais il n'ouvrit pas la bouche.

— Je vois, Monsieur, reprit le gouverneur, qu'il est inutile que je vous interroge davantage. Mais rappelez-vous que vous ne sortirez du château d'If que lorsque vous m'aurez fait connaître le nom de la personne que vous savez... Au revoir, Monsieur. La nuit porte conseil : je reviendrai demain.

Et sur ces mots le gouverneur se retira furieux de son double insuccès.

Le lendemain matin, entre dix et onze heures, le chevalier de Lorraine vit entrer le gardien qui lui apportait son maigre repas.

Après avoir déposé dans un angle du cachot le pain, l'eau et les légumes qui composaient le menu du dîner offert par le gouvernement du roi, le porte-clefs, contrairement à son habitude, au lieu de s'éloigner immédiatement, s'approcha de son prisonnier.

Rien que se simple mouvement étonna le chevalier. Son étonnement tripla quand il vit son gardien porter un doigt à ses lèvres comme pour lui recommander le silence.

— Pour vous! dit à voix basse le porte-clefs en lui tendant un minuscule billet.

Puis il sortit du cachot.

D'un geste fébrile le prisonnier déplia le billet. Il ne contenait qu'une ligne :

« Nous agissons. Le porte-clefs est à nous... Espoir! »

Le chevalier relut une seconde fois cette ligne dont il reconnaissait l'écriture. Puis il porta le billet à sa bouche, le déchiqueta et le réduisit en bouillie.

— On ne le retrouvera pas maintenant, murmura-t-il.

Puis il se mit à table, et, ce jour-là, son détestable repas ne lui parut pas aussi répugnant. Et il dut s'avouer que la joie peut faire trouver bonnes les choses les plus mauvaises. Il attendit avec impatience l'heure de la promenade. Quand il fut auprès du marquis, il profita d'un moment où les autres prisonniers ne pouvaient pas l'entendre pour murmurer bien vite :

— La comtesse est à Marseille ; elle travaille à notre délivrance!

A peu près à la même heure que la veille le gouverneur du château d'If monta rendre visite au chevalier et au marquis. Les réponses des deux prisonniers furent en tous points identiques à celles qu'ils lui avaient déjà faites : surtout celles du marquis qui ne répondit pas un mot.

Le lendemain le chevalier sentit son cœur accélérer ses battements quand il entendit la grosse clef de son gardien tourner dans la serrure et la porte de son cachot s'ouvrir en grinçant sur ses gonds.

Le porte-clefs Poireau se débarrassa d'abord du petit panier contenant le repas du prisonnier. Celui-ci ne lui voyant faire aucun signe d'intelligence ne put retenir plus longtemps la question qui lui brûlait les lèvres. A voix basse il demanda :

— Avez-vous un nouveau billet?

— Non! répondit Poireau sur le même ton.

Le chevalier eut un geste de découragement ou de déception.

— Non, reprit le gardien après avoir regardé autour de lui; mais j'ai mieux que ça!... Voici l'objet.

Le front du prisonnier se releva, ses regards brillèrent et sa main toute frémissante se tendit vivement vers celle du porte-clefs qui lui donna une lime triangulaire, petite et d'une extrême finesse.

Du doigt Poireau montra l'étroite fenêtre du cachot.

— Cette nuit vous couperez un barreau, la nuit prochaine vous limerez le second, pas entièrement bien entendu. De plus vous aurez soin de faire la coupure de l'un d'eux à trois pouces de la pierre où il est scellé de façon à pouvoir y accrocher une corde.

— Vos recommandations seront scrupuleusement suivies, dit le chevalier en cachant la bienheureuse lime dans son lit.

Le porte-clefs se hâta de sortir et passa chez le marquis d'Effiat.

— Dans trois jours vous dînerez mieux, murmura Poireau en posant sur le coin d'une table le maigre repas du marquis, dont le regard désolé allait de la cruche d'eau à l'assiette d'étain, dans laquelle nageaient au milieu d'une sauce horrible une poignée d'affreux haricots roux.

L'heure de la promenade sonna. Il fût impossible aux deux gentils-hommes prisonniers de s'isoler une seule seconde. Alors au moment où on allait les séparer le chevalier dit en riant :

— Je crois que je vais décidément me trouver bien dans mon cachot. Qui sait? encore trois ou quatre jours et je chanterai comme un pinson en liberté.

— Eh bien! nous chanterons ensemble! fit le marquis avec un regard indiquant à son compagnon qu'il avait compris

Aussitôt la nuit venue, le chevalier de Lorraine s'arma de sa petite lime et s'attaqua au premier barreau de son cachot avec une ardeur qui n'avait d'égale que son désir de s'évader.

Parfois il s'arrêtait en tressaillant: le pas d'une sentinelle était parvenu à son oreille.

Alors il tremblait malgré lui en pensant que le léger grincement de la lime sur le barreau pouvait être entendu du dehors.

De temps en temps il faisait glisser dans le creux de sa main la fine limaille tombée sur la pierre de la fenêtre, allongeait son bras dans le vide et, soufflant quatre ou cinq fois sur la poudre de fer l'envoyait se perdre dans l'air. Le jour commençait à poindre lorsque les bras rompus, les mains pleines d'ampoules, il alla s'étendre sur son grabat.

Le premier barreau était limé à deux endroits et ne tenait plus que par une épaisseur de métal si minime que le moindre effort devait le faire céder.

A onze heures du matin le porte-clefs entra dans le cachot et fixa ses regards sur l'étroite fenêtre.

Soudain le chevalier le vit pâlir, et laisser échapper un geste de terreur :

— Malheureux! s'écria Poireau d'une voix sourde. Vous voulez donc nous perdre tous!... Prenez un peu de mie de pain et masquez les deux entailles de vos barreaux...

Il parlait encore qu'une voix se fit entendre dans le corridor.

— Ah! Dieu! je suis perdu! ajouta-t-il en devenant livide.

A la porte du cachot le gouverneur criait :

— Poireau, ouvrez à l'instant!

— Mais ouvrez donc! dit vivement à voix basse le chevalier en poussant le pauvre gardien plus mort que vif.

Enfin Poireau ouvrit la porte et le gouverneur entra en lui disant d'un ton bref :

— Laissez-nous, mais ne vous éloignez pas!

Avec une grande présence d'esprit le chevalier avait reculé vers le fond du cachot la petite table sur laquelle était posé son dîner; puis il s'asseyait devant son morceau de pain, sa cruche d'eau et son assiette de haricots en se disant :

— Si, comme il est d'usage, le gouverneur me regarde en me parlant, il sera bien forcé de tourner le dos à mon étroite fenêtre.

Il s'inclina sans se lever de table quand le gouverneur du château lui dit :

— Monsieur le chevalier, je viens de recevoir de nouveaux ordres vous concernant.

Puis après une légère pause et avec un ironique sourire :

— L'on va vous appliquer la torture du chevalet... à moins que vous ne me disiez le nom de la personne qui garde le coffret que vous savez?

Et comme le prisonnier semblait réfléchir.

— Vous avez cinq minutes pour vous décider, ajouta-t-il encore.

Le chevalier sourit, cassa une parcelle de son morceau de pain et la porta à sa bouche. Mais avant que sa main eût pu arriver à ses lèvres elle retomba soudain sur la table; puis il se releva d'un bond, tout pâle d'effroi, regardant le gouverneur.

Celui-ci marchait vers l'unique fenêtre du cachot : ses yeux allaient voir le barreau coupé...

— Monsieur le gouverneur!... Ecoutez!... dit tout à coup le chevalier en essuyant d'une main les gouttes de sueur froide qui perlaient sur son front.

— Ah! ah! le mot de torture vous produit de l'effet! répliqua le gouverneur en revenant vers le prisonnier qui respira et se remit.

Monsieur, dit lentement et comme à regret le chevalier, le coffret qui renferme un secret d'état se trouve, ou plutôt se trouvait lorsque j'ai quitté Paris entre les mains d'une dame qui ignore complètement ce que contient le coffret.

— Bien, très bien. Mais le nom de cette dame? fit le gouverneur.

— C'est un nom bien vulgaire, répliqua le chevalier avec un insaisissable sourire : Mme Françoise Billard, laquelle tient un petit hôtel au numéro 40 de la rue Charlemagne.

Une minute après le gouverneur sortait du cachot en se frottant les mains.

Poireau, qui l'attendait pour cadenasser la porte, ouvrit de grands yeux étonnés quand il l'entendit lui dire tout joyeux :

— Ce soir, pour le second repas du prisonnier, tu remplaceras les légumes par la moitié d'un perdreau que tu viendras chercher à l'office.

Tandis que le gouverneur s'éloignait on ne peut plus satisfait, et prévoyait un avancement rapide, le chevalier, resté seul, souriait de la naïve crédulité de l'officier, qui assurément était au fond un brave homme mais aurait fait un bien mauvais diplomate.

— Je puis compter cinq jours pour envoyer un courrier à Paris, se disait le prisonnier, cinq jours pour le faire revenir, plus le temps que les agents de Louvois passeront à courir après l'introuvable Françoise Billard. Je serai donc déjà loin quand arrivera l'ordre de se défaire de moi.

Lorsque le porte-clefs revint le soir apportant une moitié de perdreau, toutes traces de la lime sur le barreau avaient disparu. Poireau adressa des compliments à l'habile chevalier.

— Mais ça ne fait rien, dit-il en se retirant, j'ai eu une belle peur ; plus grande encore que l'autre soir lorsqu'un de vos amis m'a sauté dessus armé d'un poignard.

Le chevalier employa la nuit à limer le deuxième barreau de sa fenêtre. Entre dix et onze heures du matin le porte-clefs entra l'air soucieux.

— Voici une corde, dit-il en tirant la corde de soie qu'il avait enroulée autour de lui sur sa chemise, malheureusement elle ne servira de rien. Ce soir vous coucherez dans une belle cellule d'en bas.

— Mais je refuse, dit vivement le chevalier.

Becker coupa les liens, puis il lui dit à voix très basse.....

— Ne faites pas cela ! Demandez à rester ici jusqu'à demain...

Et baissant la voix le porte-clefs ajouta :

— C'est pour cette nuit... Si vous couchez ici je ne fermerai à clef ni votre porte, ni celle de votre ami... Dans cette lettre se trouve expliqué ce que tous deux devrez faire. A ce soir, monsieur.

Poireau sortit du cachot, puis pénétra dans celui du marquis d'Effiat qu'il avertit de se tenir prêt pour la nuit même.

— Lorsque vous entendrez sonner dix heures, vous irez rejoindre M. le chevalier.

La journée s'écoula avec une lenteur désespérante pour les deux prisonniers. A la promenade ils échangèrent un long regard, mais ils n'osèrent pas se parler.

Un peu avant la nuit un gardien vint chercher le chevalier pour le conduire dans une chambre du premier étage.

— Mon ami, dit le prisonnier, vous remercierez de ma part M. le gouverneur. Mais je ne quitterai ce cachot que pour sortir du château d'H.

La nuit vint peu à peu. Huit heures sonnèrent lentement, puis neuf heures, puis dix heures. La porte du cachot de M. de Lorraine s'ouvrit poussée par une main invisible, une ombre apparut, referma la porte et une voix faible comme un souffle murmura dans l'obscurité :

— C'est moi, chevalier !...

— Venez près de cette fenêtre, marquis. Tout en guettant le signal qui doit nous être fait là-bas, sur la mer, je vous dirai mot pour mot les instructions contenues dans un billet de la comtesse de Soissons.

— J'écoute chevalier.

Comme si les lignes écrites par la comtesse eussent encore été devant ses yeux, M. de Louvois prononça très bas :

— « Cette nuit, tenez constamment vos regards fixés, droit devant vous, à la distance de cinq ou six cents pas de l'îlot. Dès que vous aurez aperçu la lueur du petit fanal qui brillera quelques minutes seulement à l'avant de notre bateau, laissez-vous glisser dans le chemin de ronde au moyen de la corde que je vous envoie. Agissez sans bruit, car une sentinelle veille sur votre gauche. Vous ferez environ cent pas en longeant la mer et en marchant vers le sud. Vous devez arriver en même temps que nous à un endroit où le sol de l'îlot n'est qu'à une hauteur d'homme de la surface de l'eau. Vous frapperez deux petits coups dans vos mains pour nous annoncer votre présence. »

— Et c'est tout marquis. Dans quelques heures nous serons libres, ajouta le chevalier:

— La mer est douce et tranquille ; nous ne serons pas secoués par les vagues, dit le marquis d'Effiat.

— Je préférais la mer moins tranquille et le ciel plus noir. J'ai peur qu'à la clarté des étoiles si nombreuses, la sentinelle ne nous aperçoive glissant le long de cette corde.

Soudain, troublant le silence de la nuit, l'horloge du château d'If sonna lentement onze heures.

Le dernier coup vibrait encore lorsque le marquis serra énergiquement le bras de son compagnon de captivité en disant :

— Ecoutez. Il se passe quelque évènement extraordinaire au château.

En effet, on entendait, venant du dehors, un bruit confus de voix, de cliquetis d'armes et de pas précipités. Puis plus rien. Le silence régna de nouveau.

Un quart d'heure environ s'écoula. Brusquement les deux prisonniers tressaillirent violemment.

Le même bruit de voix, de cliquetis et de pas se faisait entendre. Mais cette fois c'était dans l'intérieur de la sombre prison. Lentement il se rapprochait. Maintenant on distinguait nettement deux voix qui parlaient haut dans le long corridor conduisant aux cachots du chevalier et du marquis.

Celui-ci, d'une voix qui tremblait de crainte et d'émotion, dit à l'oreille de son compagnon presque aussi troublé que lui.

— C'est le gouverneur et plusieurs soldats... Le porte-clefs nous aura trahis... et l'on vient nous chercher pour nous jeter dans un cachot souterrain.

Au silence qui se fit soudain, les deux prisonniers devinèrent que le gouverneur et les soldats venaient de s'arrêter.

— Plutôt que d'être torturé par le bourreau, j'aime mieux me faire tuer par une sentinelle ou me jeter à la mer, dit vivement le chevalier.

Et empoignant un barreau dans chaque main, il donna une brusque secousse ; les deux barreaux cédèrent et le chemin aérien qu'il devait prendre pour s'évader se trouva libre.

D'un mouvement prompt comme l'éclair, il ramassa la corde qui avait glissé à ses pieds. Mais avant qu'il ait pu passer dans le morceau qui restait du barreau le nœud coulant préparé d'avance, le marquis lui arrêta le bras.

— Pas de précipitation chevalier, dit vivement M. d'Effiat. C'est dans le cachot qui suit le mien que le gouverneur vient d'entrer. C'est un nouveau prisonnier que compte le château d'If.

— Oui, vous avez raison... mais il y en aura bientôt deux de moins, fit le chevalier en reprenant son sang-froid.

Le marquis ne se trompait pas : c'était bien un prisonnier qui venait d'être enfermé. Et si un grand quart d'heure s'était écoulé entre le moment où le nouveau captif avait débarqué et pénétré dans le château et le moment où il s'était engagé dans le corridor du second étage, c'est qu'on avait dû courir de tous côtés pour tâcher de retrouver le porte-clefs Poireau. Celui-ci avait disparu et le gouverneur ne le revit jamais.

La demie de onze heures venait de sonner. Et rien, pas la plus petite lueur, ne brillait sur la mer.

— Allons, notre évasion est manquée... dit avec tristesse le chevalier. Et demain elle sera devenue impossible ! ajouta-t-il en repoussant du pied les deux barreaux arrachés de la fenêtre.

Mais tout à coup il sursauta ou plutôt il bondit.

— Sauvés ! sauvés ! disait soudain le marquis en allongeant la main pour montrer une lueur qui semblait avoir surgi des flots et s'avançait lentement vers l'îlot.

La lueur brilla deux minutes à peine, puis disparut. Pendant ces deux minutes le chevalier et le marquis sentirent leurs cœurs palpiter de joie et d'espoir.

Mais leur joie ne fut pas de longue durée.

Au moment où le chevalier se penchait sur le bord de l'étroite fenêtre pour faire glisser sa corde au dehors, il entendit, et le marquis aussi bien que lui, le pas de la sentinelle postée dans le chemin de ronde.

M. de Lorraine courut vers son méchant lit, prit la lime qui s'y trouvait cachée, et qui pouvait devenir une arme terrible, revint vers la fenêtre et dit d'un ton menaçant :

— S'il le faut, je tuerai la sentinelle !

Et il voulut s'élancer sur son escabeau pour monter sur la fenêtre.

— Chevalier, fit le marquis en le retenant, laissez-moi passer le premier, si la sentinelle m'aperçoit elle tirera sur moi ; vous aurez le temps de descendre et de fuir avant qu'elle est rechargé son arme.

— Non, marquis, laissez-moi, je veux passer le premier... Car la sentinelle peut très bien ne pas avoir le temps d'arrêter le premier qui descendra, mais ne pas manquer le second.

— Alors, chevalier, j'ai les mêmes droits que vous pour vouloir descendre le premier.

— Vraiment ! fit M. de Lorraine d'un ton moqueur. Est-ce donc vous qui avez coupé ces deux barreaux ? Est-ce avec votre argent que ceux qui nous donnent leur concours ont été achetés ?

— Qu'importe, chevalier, laissez-moi passer !

— Non, marquis ; vous ne passerez qu'après moi !... Lâchez-moi !

Mais le marquis serrait toujours le bras de son compagnon. Celui-ci voulut se dégager.

Alors entre les deux hommes eut lieu une lutte terrible. Se voyant sur le point de succomber, le chevalier leva son bras armé de sa lime et d'un geste plus rapide que l'éclair l'enfonça jusqu'au manche dans la gorge du marquis d'Effiat.

Ce dernier poussa un grand cri, tourna sur lui-même et s'abattit comme une masse sur le plancher du cachot.

Antoine de Ruzé, marquis d'Effiat, avait vécu !...

Sans plus s'inquiéter du meurtre qu'il venait de commettre et du cadavre qu'il laissait derrière lui, serrant entre ses dents la lime tachée du sang de son compagnon, le chevalier sauta sur le rebord de la fenêtre, glissa ses jambes en dehors, empoigna la corde et, par ce périlleux chemin, se mit à descendre avec précaution.

Le pas de la sentinelle ne se faisait plus entendre.

— Le ciel me protège !... je suis sauvé ! murmura le chevalier.

Soudain un éclair brilla dans le chemin de ronde, une détonation que répercuta l'écho se fit entendre, un cri d'épouvantable douleur retentit.

Ce cri était poussé par le prisonnier que venait d'atteindre une balle de mousquet.

Ses doigts lâchèrent la corde et il dégringola au pied de la muraille du château.

— Mon Dieu !... Il m'a tué !... murmurèrent ses lèvres couvertes de sang.

Il eut encore un ou deux mouvements, et ce fut tout : le chevalier de Lorraine était mort.

La sentinelle qui avait tiré se précipita vers lui.

L'attention de cette sentinelle avait été éveillée par la lueur du petit fanal qui avait brillé un instant au-dessus des vagues.

Deux minutes après avoir vu disparaître cette inquiétante lueur, le factionnaire entendit le cri perçant jeté par le marquis d'Effiat. Se tenant immobile, il leva les yeux.

A la pâle clarté des étoiles il avait aperçu distinctement un prisonnier qui se laissait glisser le long d'une corde. Alors il avait épaulé son mousquet, visa longuement et fit feu...

Cette détonation, éclatant soudain dans la nuit, fit tressaillir la comtesse de Soissons, Exili et le batelier Morel, qui à ce moment même arrêtait sa barque à l'endroit de l'îlot fixé au chevalier de Lorraine. Tous trois, anxieux, pleins d'angoisse, se tinrent debout, l'oreille aux aguets.

Bientôt ils perçurent le bruit de plusieurs hommes qui couraient, en même temps ils virent briller des torches dans le chemin de ronde.

— Madame la comtesse, dit Morel en saisissant vivement ses rames, vos amis ne viendront pas maintenant... S'ils avaient pu s'échapper ils seraient déjà là...

— Mais ce coup de feu... l'un d'eux a été aperçu... a été blessé, tué peut-être ! dit la comtesse apeurée et tremblante.

— Demain, j'irai aux renseignements, répliqua Morel tout en ramant vigoureusement.

Le lendemain, dans l'après-midi, il chargea son bateau de deux corbeilles de fruits et se rendit au château d'If.

Quand il revint chez lui, où Exili et la comtesse l'attendaient, ceux-ci, à la vue de son visage altéré, pressentirent une catastrophe.

— M. de Lorraine ? demanda brusquement la comtesse.

— Mort ! répondit très bas Morel.

— Ah !... Et le marquis d'Effiat ?

— Mort aussi !...

Et d'une voix où se devinait une réelle épouvante il ajouta :

— Il est mort assassiné par le chevalier.

La comtesse de Soissons frémit, puis entre ses lèvres tremblantes :

— Ah ! c'est horrible ! murmura-t-elle.

Pendant un instant un froid silence régna entre eux : tous trois étaient atterrés.

Mais soudain la comtesse releva la tête. Ses beaux regards étincelaient :

— Exili, dit-elle d'une voix sifflante, c'est M. de Louvois qui les a tués : moi, je les vengerai... Mais avant il faut que je retrouve les parchemins précieux que demande le roi d'Angleterre... Il faut que Monseigneur Louis soit placé sur le trône de France.

— Madame la comtesse, dit Exili, partez à la recherche du coffret dont vous m'avez parlé... et abandonnez-moi M. de Louvois.

— Exili, Louvois est notre plus redoutable ennemi... Il faut qu'il meure !

Le vieil alchimiste se pencha à l'oreille de sa compagne et, d'une voix si sourde qu'on l'entendit à peine, il répondit :

— N'est-ce pas moi qui ai composé le poison, versé jadis à Henriette d'Angleterre.

CHAPITRE XXIII

OU L'ARGENT DE GNIAFON FAIT COMMETTRE DE NOUVEAUX CRIMES

On se rappelle que Monseigneur Louis et le brave Faribole, à la suite d'une terrible décharge de mousqueterie, avaient roulés presque en même temps au milieu d'un champ, et que les chevaux des dragons du capitaine Poul avaient passé sur leurs corps comme un ouragan mortel.

Mistouflet en les voyant tomber avait poussé un cri de terreur.

Aussi prompt que l'éclair il avait en deux bonds amené sa monture derrière son maître et son vieil ami : les dragons étaient si près, qu'il n'aurait pas eu le temps de se placer devant pour les protéger.

Au moment où les cavaliers ennemis allaient passer sur Monseigneur Louis et sur Faribole, il déchargea droit devant lui ses deux pistolets : deux dragons tombèrent et leurs chevaux, avec cet instinct, on pourrait dire avec cette intelligence qui dirige ces nobles animaux, sautèrent pardessus les deux corps étendus l'un sur l'autre devant eux, et ne leur firent aucun mal.

Fort heureusement le capitaine Poul n'avait rangé son escadron que sur deux rangs.

Les deux cavaliers qui galopaient immédiatement derrière les dragons, sur lesquels Mistoufflet venait de tirer, obliquèrent légèrent l'un à droite et l'autre à gauche en voyant leurs camarades vider les arçons.

Toute cette scène s'était déroulée avec une rapidité foudroyante, et l'intrépide Mistoufflet, qui avait jeté ses pistolets devenus inutiles, n'avait pas eu le temps de tirer son épée du fourreau que les dragons se trouvaient déjà à quinze pas derrière lui, chargeant avec fureur les deux troupes de camisards conduites par Jean Cavalier et Roland.

Il allait sauter à bas de sa monture pour s'élancer vers Faribole et Monseigneur Louis, quand un juron lui fit faire un soubresaut sur sa selle.

— Mordious!... Quelle chance, bagasse! s'écriait l'ancien maître d'armes en se relevant d'un bond.

Puis, aidant le mari d'Yvonne à se mettre debout :

— Troun de l'air! Monseigneur, ajouta-t-il, nous l'avons échappé belle !... Mais vous n'êtes pas blessé au moins?

— Une simple contusion au bras en tombant, mais ce n'est rien.

Après avoir prononcé ces mots, le fils d'Anne d'Autriche fixa son regard si franc sur son brave compagon, et, lui tendant ses deux mains, il dit d'un ton grave et d'une émotion bien visible :

— Faribole, tu viens une fois de plus de risquer ta vie pour sauver la mienne... Faribole, de tout mon cœur, merci !

— Hé! bagasse! je n'ai fait que mon devoir, Monseigneur! répondit avec une simplicité charmante l'intrépide et dévoué garçon.

Lorsque Faribole avait vu celui qu'il s'était donné pour maître, rouler à bas de sa monture qu'une balle de mousquet avait foudroyée, il comprit, en apercevant les dragons qui s'avançaient au galop et n'étaient plus qu'à une dizaine de pas, que Monseigneur Louis, même en supposant qu'il ne fût pas blessé, n'aurait jamais le temps de se relever pour se défendre.

Il allait donc être foulé aux pieds des chevaux de ses adversaires.

Alors le brave garçon se jeta par terre, fit en se roulant deux tours sur lui-même, atteignit Monseigneur Louis étourdi de sa chute, et se couchant sur lui, lui faisant ainsi un rampart de son corps.

Il était temps : les dragons passaient sur eux avec un bruit ressemblant à un roulement de tonnerre.

Arrivé à l'extrémité d'un corridor, le grand jeune homme réclama un baiser.

En voyant ceux qu'il aimait, debout, sains et saufs, Mistouflet poussa de sa voix fluette un long cri de joie :

— Ah ! doux Jésus ! grand Dieu du ciel ! quel bonheur !

Puis il jeta un regard derrière lui, fit volter son cheval et s'élança vers les dragons qui distribuaient généreusement des coups de sabres aux camisards en échange de nombreux coups de baïonnette que leur envoyaient ces derniers.

Mais le brave Mistouflet n'alla pas jusqu'auprès des combattants.

Ce qu'il voulait, c'étaient deux montures; il n'eut pas grand peine à les trouver, et moins de trois minutes après avoir quitté Monseigneur Louis et Faribole, il revenait tirant par leurs brides deux chevaux abandonnés par les dragons.

Aussitôt qu'il fut en selle, Faribole dit à Monseigneur Louis :

— Mordious ! le meilleur moyen d'empêcher Poul de nous ennuyer continuellement, c'est de le tuer...

Et puis cela assurera la victoire de nos alliés.

Il ajouta vivement, s'adressant à Mistouflet auquel il recommanda d'un regard leur généreux maître :

— Mistouflet, veille à ton tour !

Puis il éperonna son cheval et se précipita l'épée à la main sur les dragons qui commençaient à faiblir devant les attaques réitérées des camisards, furieux de leur longue résistance.

— Poul ! Poul ! où est-tu, bagasse !... Poul, à moi ! cria Faribole en traversant les rangs des combattants.

Ce terrible capitaine n'était pas loin.

Il allait de l'un à l'autre de ses hommes, les ralliant, les encourageant.

Comme s'il eût été invulnérable, il n'avait pas reçu la plus légère blessure, alors qu'une quarantaine de ses cavaliers jonchaient la prairie, les uns déjà morts, les autres mourants.

Il s'entendit appeler, et bientôt il vit Faribole galoper aux premiers rangs de ses ennemis. Alors il cria d'une voix qui domina les clameurs des camisards :

— Par ici, toi qui demandes Poul !

Et, lançant son cheval au-devant de celui de son adversaire, il cria encore, mais cette fois aux combattants :

— Place ! place !... faites-nous place !

En quelques secondes, les deux anciens compagnons du régiment de Florac se trouvèrent en présence.

Comme si une suspension d'armes eut soudain été conclue, catholiques et protestants cessèrent de combattre pour comtempler les deux hardis lutteurs qui se portaient des coups furieux.

— Troun de l'air ! enchanté de te revoir, mon cher Poul ! dit Faribole en attaquant le premier.

— Mordieu ! c'est Faribole ! cria le terrible capitaine des dragons.

— Hé ! oui bagasse !... Tiens ! mon cher ami, voilà un cadeau !

Et Faribole porta un coup droit à son adversaire.

Ce dernier para avec rapidité, puis à son tour :

— Prends celui-ci mon cher Faribole !

L'ancien maître d'armes évita le coup et riposta :

— Bagasse ! que c'est mauvais !... Tiens !

Et profitant d'un moment propice, il leva son épée et asséna un coup formidable sur la tête du capitaine.

Celui-ci chancela à demi étourdi. Il était à la merci de son agile adversaire.

Soudain Faribole poussa un cri de rage, et Poul un long cri de joie.

L'épée de l'ancien maître d'armes s'était brisée à cinq pouces de la garde en fracassant le casque du capitaine des dragons.

Tout à coup on vit le sabre de Poul se lever sur la tête de Faribole, désarmé et retomber avec une force et une rapidité extrêmes.

Un immense cri d'épouvante poussé par cent camisards monta soudain vers le ciel.

Faribole, le brave et invincible Faribole était à terre.

C'était vrai...

Il était à terre, mais debout et non pas vaincu.

Et il le prouvait en disant railleur :

— Trop tard, mon bon !...

— Oh ! attends un peu bagasse !

En quatre sauts il fut près d'un dragon qui râlait, il se courba vers lui, s'empara de son sabre, se redressa et fit face à son ennemi, qui pour lui éviter la moitié du chemin accourait en bondissant.

L'ancien maître d'armes se rejeta de côté, et Poul, emporté par l'élan de son cheval, ne put s'arrêter qu'après l'avoir dépassé.

— Bagasse ! où vas-tu donc ? lui cria Faribole en riant.

Brusquement le capitaine sauta à bas de sa monture et marcha sur son ancien compagnon.

Et de nouveau les deux adversaires, de même force, de même taille, ayant les mêmes armes, s'attaquèrent avec fureur.

Mordant sa rude moustache, mais calme, le buste ferme, le capitaine Poul précipitaient ses attaques...

Bien campé sur ses hanches, la tête haute, gardant aux lèvres son sourire moqueur, l'ancien maître d'armes parait habilement les coups furieux de son adversaire.

Tout à coup, Poul, apercevant un jour pour arriver jusqu'à la poitrine de son ennemi, se fendit à fond avec une rapidité vraiment foudroyante.

Mais, plus vite que l'éclair, Faribole vint à la riposte, trompa le contre de quarte du capitaine et lui porta un terrible coup de pointe en pleine poitrine.

Le capitaine de dragons lâcha son sabre, battit l'air de ses deux bras et tomba à la renverse.

Un caillot de sang apparut entre ses lèvres, il eut encore un dernier mouvement nerveux, poussa un faible soupir, puis ses yeux se fermèrent...

Le capitaine Poul s'était endormi pour toujours !

Alors une double clameur retentit : cris de triomphe du côté des calvinistes insurgés, cris d'effroi du côté des cavaliers catholiques.

Le combat recommença. Mais malgré tous les efforts que fit le lieutenant d'Héramond, les dragons effrayés se débandèrent et cherchèrent leur salut dans la fuite. Une soixantaine seulement put atteindre la route de Nîmes ; le reste du brillant escadron fut tué ou blessé.

Aussitôt après le combat, Jean Cavalier félicita vivement Faribole, puis s'adressant à Monseigneur Louis, il lui dit que cette nouvelle victoire devait sans retard être mise à profit.

— Dès aujourd'hui, je vais me transporter dans les bois d'Euzet où se trouve une immense caverne qui deviendra notre magasin général. Nous y avons déjà déposé des armes, des munitions et de nombreuses provisions. J'espère que d'ici huit jours j'aurai des forces suffisantes pour marcher sur Nîmes et livrer une grande bataille à l'armée de M. de Montrevel.

— Comptez sur moi et sur mes compagnons, dit en souriant Monseigneur Louis, ce jour-là nous serons à vos côtés. Je me réserve le commandement de la cavalerie.

Le fils d'Anne d'Autriche serra la main de son allié, puis reprit en compagnie de Faribole, Mistouflet et Dorfeuil, le chemin du Mas de Couriac où la charmante Yvonne et la mignonne Jeanne de Vrignès attendaient son retour en proie à la plus vive anxiété.

. . . .

Dix journées s'étaient écoulées depuis le combat durant lequel le capitaine Poul avait été tué par Faribole.

Monseigneur Louis et ses deux fidèles compagnons étaient depuis cinq jours au camp de Jean Cavalier, qui avait été établi sur la lisière des bois d'Euzet, où ils achevaient d'organiser la petite armée des calvinistes révoltés.

Le fils d'Anne d'Autriche et Jean Cavalier, auxquels vint deux fois se joindre le pasteur Raymond, s'occupaient d'élaborer un plan de campagne embrassant les territoires de Nîmes, Alais, Uzès et du Vivarais.

Le grand Mistouflet et quatre lieutenants du chef camisard enseignaient le maniement de la baïonnette aux troupes à pied.

A Faribole et à Catinat, le cinquième lieutenant de Jean, avait été confié le soin d'apprendre à manœuvrer avec ensemble aux deux cent-cinquante jeunes hommes composant la cavalerie.

Lorsque arrivait la nuit, l'époux d'Yvonne reprenait avec ses dévoués amis le chemin du Mas de Couriac ; le trajet exigeait près de quatre heures, car le terrain était très accidenté et les sentiers en mauvais état.

Le soir de ce dixième jour, au moment où sur la lisière du bois Monseigneur Louis prenait congé de Jean Cavalier, le pasteur Raymond, absent depuis le matin, arriva porteur de graves nouvelles : le maréchal de Montrevel avait quitté Nîmes à la tête de six compagnies des régiments de Soissons, Charolais et Menon.

— L'effectif de la petite armée du maréchal est de deux mille cinq cents hommes, dit le pasteur en se tournant vers Monseigneur Louis.

— Nous pourrons lui opposer un nombre à peu près égal, dit le gentilhomme. Dès cette nuit nous allons envoyer une partie de nos troupes occuper une position admirable à une lieue environ des bois d'Euzet.

— Alors, bagasse ! dit Faribole quand Jean Cavalier se fut éloigné pour donner des ordres, nous n'irons pas coucher cette nuit au Mas de Couriac.

— Mistouflet et toi y retournerez seuls. Nous avions promis de rentrer une heure plus tôt que les autres fois ; aussi, en ne nous voyant pas arrivés, l'inquiétude, là-bas, serait grande.

— On pourrait envoyer à Mme Yvonne, un de nos cavaliers, proposa doucement Mistouflet.

— Non, car je les emmène tous, répliqua Monseigneur Louis. Mais j'ai songé à organiser un service de courriers entre le Mas et le lieu où nous nous trouverons. Les mots de reconnaissance ont déjà été arrêtés par Yvonne et sa jeune amie.

— Eh bien ! bagasse ! ils ne doivent pas ressembler à ceux usités dans notre camp !

— En effet, ils diffèrent quelque peu, reprit Monseigneur Louis avec son bon sourire.

« Les voici :

« Espoir et bonheur!... Amour et amitié !

Comme l'allié de Jean Cavalier prononçait ces mots, un camisard couché derrière un épais buisson, et qui jusqu'à ce moment avait paru dormir profondément, souleva légèrement sa tête afin de mieux entendre ce que disait le gentilhomme.

Ni Monseigneur Louis, ni ses deux fidèles compagnons, ni le pasteur Raymond, ne soupçonnèrent qu'à trois pas d'eux un espion du maréchal de Montrevel les écoutait depuis le début de leur entretien.

Il serait plus juste de dire que cet espion était à la solde de l'infâme Gniafon, et que depuis huit jours il renseignait beaucoup mieux le nain qu'il ne tenait le maréchal au courant de ce que faisaient les camisards.

Il se leva doucement, quand il eut vu celui qu'il était chargé de surveiller s'éloigner avec le pasteur protestant, tandis que Faribole et Mistouflet allaient rejoindre le sentier qui devait les conduire au Mas du Couriac.

Maintenant la nuit était venue.

L'espion sortit à son tour du bois, traversa tranquillement, sans aucune hâte, plusieurs champs et arriva bientôt à un chemin creux.

Alors, sûr de ne pas être aperçu, il se mit à courir avec la vitesse d'un chevreuil poursuivi par des chasseurs. Après une vingtaine de minutes de cette course rapide, il s'arrêta devant un énorme châtaignier qui se trouvait presque au bord du chemin.

Le faux camisard sortit un couteau de sa poche, s'agenouilla au pied du gros arbre, et, fouillant sous une couche épaisse de mousse, il découvrit l'ouverture d'une étroite cavité ayant environ deux pieds de profondeur. Il introduisit son bras dans cette cachette, en tira un feuillet de papier grossier et un morceau de charbon de bois taillé en pointe.

A la pâle lueur des étoiles il traça lentement trois ou quatre lignes sur le papier; il replaça ensuite les deux objets dans l'étroite cachette qu'il recouvrit soigneusement avec de la mousse; puis il reprit rapidement la direction du bois d'Euzet.

Vers le milieu de la nuit un jeune homme vêtu comme un paysan vint lui aussi s'agenouiller devant le gros châtaignier. Il s'empara du papier plié en carré par l'espion, le remplaça par un autre aussi grossier et simplement roulé, puis il partit tout courant.

Au bout de deux bonnes heures il atteignit une chaumière à moitié détruite, s'approcha de la porte et frappa plusieurs coups en criant :

— Marquet ! Marquet !

Presque aussitôt la porte s'ouvrit et le valet de Gniafon parut tenant à à la main une lampe fumeuse.

— Y a-t-il du nouveau ? demanda-t-il en faisant entrer le paysan.

Celui-ci allait répondre quand un personnage petit, difforme et hideux entra dans la pièce, et fit la même question que Marquet.

— Oui, messire Gniafon. J'ai trouvé le papier plié suivant la forme convenue ; donc il doit y avoir quelque chose d'écrit.

Tout en parlant le paysan remit au mortel ennemi de Monseigneur Louis le papier qu'il avait pris dans la cachette du gros châtaignier.

A peine Gniafon eut-il jeté les yeux sur les lignes tracées par l'espion, que son regard étincela d'une joie sauvage. Et riant sourdement, comme doit rire Satan lui-même, il répéta :

— Yvonne ! Yvonne ! Oh ! je touche au but... je n'aurai pas besoin d'aller à toi, non, car c'est toi qui viendras m'implorer à deux genoux !

Il replia le papier, puis tira de sa poche un écu qu'il donna au paysan :

— Tiens ! lui dit-il, cet écu n'est qu'une simple gratification ; mais tu vas me faire une autre course.

— Tant que vous voudrez, messire Gniafon. Où faut-il aller ?

— A l'auberge du *Cheval Blanc*, qui est à l'entrée du village de Servas.

— Je connais. Une petite lieue. Dans vingt-cinq minutes j'y serai...

— Il est inutile de courir, reprit Gniafon. A l'auberge du *Cheval Blanc* tu trouveras six bûcherons.

— Des vrais ? demanda le paysan avec un air de doute.

— Cela ne te regarde pas !... Tu leur diras simplement :

« Le maître va vous donner du travail. »

— Pas autre chose ?

— Pas autre chose. Tu reviendras avec eux. Soyez ici à huit heures. du matin.

— Nous y serons, messire Gniafon, répondit le paysan qui partit sur ces mots.

— Toi, Marquet, reprit le nain, tu retourneras cette nuit au Mas du Couriac

— Avec les six compagnons que vous avez engagés?

— Oui. Cette nuit je veux avoir l'enfant entre mes mains.

— Messire Gniafon, vous avez promis de me donner cinquante pistoles? dit Marquet avec un air d'inquiétude, qui montrait qu'il n'avait pas une confiance illimitée en la parole de son maître.

— Les cinq cents livres sont prêtes : tu les recevras en échange de l'enfant.

— Bien, Messire... Mais, et le valet se gratta le dessus de l'oreille; mais êtes-vous donc certain que Faribole et Mistouflet ne seront pas cette nuit au Mas de Couriac.

— Aurais-tu déjà peur, ami Marquet?

— Non Messire, Gniafon, non... Seulement je me permets de vous faire observer que si les deux pourfendeurs veillent là-bas, les six compagnons que je dois y conduire auront été expédiés dans un autre monde avant que j'aie pu apercevoir l'enfant.

— Rassure-toi, répliqua le nain avec son hideux sourire. Quatre mots me suffiront pour éloigner du Mas de Couriac ceux que tu crains et que je crains moi-même.

— Alors, Messire Gniafon, l'enlèvement d'Yvonne et de son fils réussira. Maintenant je vais reprendre mon somme interrompu.

Et le digne valet d'un infâme maître alla s'étendre sur une paillasse jetée dans un coin de la pièce.

Gniafon prit la lampe fumeuse et grimpa dans une chambre du premier étage où pour tout meuble se voyaient une table et un escabeau.

Les coudes appuyés sur la table, le menton dans ses mains, le mortel ennemi de la douce Yvonne repassa entièrement dans son cerveau le plan infernal d'un nouveau crime plus affreux que ceux qu'il avait déjà commis.

A huit heures du matin le jeune paysan envoyé à l'auberge de Servas, revint amenant avec lui six hommes ayant chacun une longue cognée pendue à une ceinture de corde.

Gniafon les fit monter dans la chambre et placer sur un seul rang devant la table sur laquelle il venait d'aligner sept piles d'écus de trois livres. Puis durant quelques secondes il observa ses sept complices.

Les six compagnons, qui se disaient bûcherons, avaient une figure sinistre, des regards durs et mauvais, qui, fixés en ce moment sur les piles d'argent, étincelaient de convoitise, en un mot leurs physionomies étaient bien celles de vrais bandits.

Le jeune paysan formait auprès d'eux un contraste étrange. Son visage encadré d'une barbiche blonde respirait ou semblait respirer la franchise.

—Les quatre gardes du maréchal étaient entrés sans bruit.

Mais ses yeux à demi clos brillaient de tant de cupidité que Gniafon vit
de suite qu'il pouvait compter sur lui comme sur les six autres.

Ce fut par lui que le nain commença la distribution de l'argent.
Lorsque la septième pile eut passé de dessus la table au fond de la poche
du dernier bûcheron, Gniafon dit à ses acolytes :

— Au retour de l'expédition que vous allez entreprendre cette nuit,
je vous donnerai une pareille somme.

Les six bandits se regardèrent en faisant glisser entre leurs doigts
frémissants de joie les écus qu'ils venaient de recevoir.

Gniafon reprit en s'adressant au paysan :

— Sais-tu où est situé le Mas de Couriac?

— Je connais ce nom-là, Messire Gniafon ; mais je ne pourrais pas
vous dire de quel côté le Mas se trouve.

— Cela ne fait rien ; un autre vous y conduira. En marchant d'un
bon pas il vous faudra au moins trois heures pour y arriver.

— Bien, maître. Que devrons-nous faire là-bas? dit un bûcheron.

— Je vais vous le dire. Et je ne crois pas que votre besogne soit difficile.

Et l'affreux nain expliqua minutieusement le projet qu'il avait conçu.
Quand il eut achevé il se leva en disant :

— Vous partirez deux heures avant la nuit. Jusque-là vous vous
tiendrez tous cachés dans cette chaumière où vous ne manquerez de rien.

Les six bûcherons et le paysan, auxquels vint se joindre le digne
Marquet, passèrent leur journée à boire et à jouer, mais tout en ayant
soin de ne parler qu'à voix basse.

Vers six heures du soir Gniafon donna ses dernières instructions à
son valet et au jeune paysan et la petite bande, guidée par Marquet, se
dirigea à grands pas du côté du Mas de Couriac.

A une lieue environ du Mas, Marquet arrêta ses compagnons. La nuit
était venue rapidement; de larges nuages sombres couraient dans le ciel
noir comme de l'encre. Par moment on entendait le vent passer en
sifflant dans les branches des arbres sous lesquels la bande s'était arrêtée.
On sentait qu'un orage était proche.

— Tant mieux, tant mieux, dit Marquet. Il couvrira les cris de
terreur des femmes, et activera les flammes qui doivent faire disparaître
leur habitation.

Il commanda aux six bûcherons de se coucher sous les arbres et de
l'attendre, puis il conduisit le paysan jusqu'à un petit chemin qui passait
à trois cent cinquante pas plus loin. En l'atteignant il dit à son compagnon :

— Ce chemin conduit directement au Mas de Couriac que tu trouveras de l'autre côté du versant de la colline que tu vas franchir.

— Alors pas moyen de m'égarer... Et les bois d'Euzet sont du côté opposé?

— Oui, mais loin, très loin. Tu te souviens bien de tout ce que tu dois dire ou faire?

— Je n'ai pas oublié un seul mot de ce que m'a dit messire Gniafon.

— Bien; va maintenant... Encore un mot : si quand tu reviendras par ce chemin tu ne me rencontres pas, c'est que j'aurai trouvé quelque bon endroit pour me cacher.

Le jeune paysan partit en courant vers le Mas de Couriac; Marquet se mit à marcher lentement dans le chemin, scrutant attentivement les deux bords. Au bout de cinq minutes il avait découvert ce qu'il cherchait. Il fit demi-tour et rejoignit les six bûcherons auxquels il recommanda le silence le plus absolu.

Quelques instants après il retournait vers le chemin et se couchait à plat ventre derrière un épais buisson où, même par un beau clair de lune, il aurait été impossible de l'apercevoir.

— Je serai très bien ici, pensa-t-il ; je pourrai voir passer Faribole et Mistouflet sans qu'ils se doutent seulement de ma présence.

Le valet de Gniafon ignorait une chose : c'est que ceux dont il guettait le passage étaient auprès de Monseigneur Louis, au milieu des camisards qui se hâtaient d'occuper tous les points fixés par leur chef en prévision d'une grande bataille.

. . . .

Dans la salle commune de l'humble maisonnette achetée par Monseigneur Louis, la charmante Yvonne, sa jeune amie Jeanne de Vrignès, dame Dorfeuil et son fils venaient de terminer le repas du soir.

Au moment où les deux amies se levaient pour aller porter dans sa couchette l'enfant d'Yvonne qui s'était endormi sur les genoux de sa mère, deux coups légers retentirent à la porte de la cour.

Le brave chien Médus, qui se reposait sous la grande cheminée, fut en une seconde debout sur ses quatre pattes; mais il se recoucha presque aussitôt : il avait deviné un ami dans le visiteur nocturne.

En effet, c'était Piolet, le camarade du fils Dorfeuil.

— Madame Yvonne, dit-il en entrant, excusez-moi de venir vous déranger à cette heure. Mais nous allons avoir de l'orage, et la commission dont m'a chargé le pasteur Raymond n'étant point très pressée, je viens vous demander un abri?

— Vous avez bien fait, mon ami, répondit en souriant Yvonne. Et puis vous n'ignorez pas que cette demeure s'ouvrira toujours pour recevoir nos amis et nos frères.

La compagne de Monseigneur Louis, précédée de Jeanne de Vrignès, monta dans sa chambre où dans une blanche couchette elle déposa son fils endormi.

Une demi-heure s'écoula.

Soudain les deux jeunes femmes tressaillirent.

On frappait à coups répétés contre la porte de la chaumière.

— Décidément c'est jour de visites! dit Dorfeuil en allant ouvrir.

Le jeune paysan envoyé par Gniafon entra tout essoufflé.

— Que désirez-vous, mon garçon? demanda le fils Dorfeuil.

Le paysan regarda autour de lui, comptant des yeux les personnes qui se trouvaient dans la chaumière et répondit :

— Suis-je bien au Mas de Couriac habité par Mme Yvonne?

— Oui, fit Dorfeuil avec un certain étonnement.

— J'arrive tout courant des bois d'Euzet.

— Alors, frère, tu nous apportes des nouvelles et des bonnes, j'espère?

— Hélas! non, très mauvaises au contraire.

— Hein! que dis-tu? s'écria Piolet en se levant si précipitamment qu'il renversa son escabeau.

En ce moment Yvonne descendait l'escalier de bois.

— Qu'arrive-t-il donc? demanda-t-elle doucement.

— Madame Yvonne, dit vivement Dorfeuil en désignant le nouveau venu, notre frère apporte de mauvaises nouvelles de là-bas.

— O mon Dieu! murmura la jeune femme en pâlissant.

Le fils Dorfeuil toucha légèrement le bras du paysan et le regarda bien en face.

— Pardon, frère, lui dit-il; en franchissant le seuil de cette porte, n'as-tu rien oublié?

— C'est vrai, mais je suis encore si troublé... En entrant j'aurais dû vous saluer et vous dire :

L'envoyé de Gniafon se tourna vers Yvonne et lentement ajouta :

— Espoir et bonheur!... Amour et amitié!

— Alors tu viens de la part de Monseigneur Louis? fit Yvonne d'une voix tremblante d'angoisse.

— Non, celui qui m'envoie est un homme âgé, grand et maigre.

— Le pasteur Raymond peut-être? fit Piolet.

— Oui, je crois que c'est ce nom-là qu'il a prononcé, répliqua le paysan qui entendait parler pour la première fois du ministre protestant.

S'adressant à Yvonne, il continua :

— Il n'y avait pas deux heures que j'étais dans les bois d'Euzet, où je suis allé pour m'enroler dans la troupe de Jean Cavalier, quand le pasteur Raymond s'approcha de moi en courant presque et me dit : « Tu es jeune et me paraîs vigoureux ; tu vas aller aussi vite que tu pourras au Mas de Couriac à quatre lieues d'ici. » Moi je lui ai répondu que je voulais bien ; alors il a ajouté : « Tu diras à Mme Yvonne qu'un malheur est arrivé à Monseigneur Louis. »

— Ciel ! fit la compagne du gentilhomme toute chancelante.

Dorfeuil et Piolet s'élancèrent vers elle et doucement la firent s'asseoir sur un siège.

L'émissaire de Gniafon, que l'argent seul avait fait s'attacher à l'affreux nain se sentit ému à la vue de la profonde douleur qui venait de se peindre sur le visage bouleversé de la jeune femme. Il lui dit alors avec vivacité :

— Oh ! Madame, la blessure de Monseigneur Louis n'est peut-être pas très grave...

— Comment... ce malheur est-il arrivé ? demanda Yvonne.

— Monseigneur Louis est tombé avec son cheval, et sa tête a porté sur une malheureuse pierre. Généralement ces blessures-là ne sont pas dangereuses, ajouta-t-il.

— Notre frère à raison, dit le fils Dorfeuil pour rassurer un peu la jeune femme.

Mais celle-ci se releva brusquement, chassa les larmes qui montaient à ses yeux, et reprenant toute son énergie elle dit au jeune Dorfeuil :

— Mon ami, vite, sellez votre vaillant petit cheval... Je veux aller vers Monseigneur Louis.

— Je vous accompagnerai, Madame Yvonne ; mon camarade Piolet veillera ici avec ma mère.

Tandis que Dorfeuil et son ami couraient à l'écurie, Yvonne remontait dans sa chambre et, tout en s'enveloppant dans un manteau de voyage, apprenait à Jeanne de Vrignès l'accident arrivé à Monseigneur Louis.

Cinq minutes plus tard le petit cheval de la Camargue était amené devant la porte.

— Jeanne, dit Yvonne à sa nouvelle amie, je vous confie mon enfant ; veillez bien sur lui !

Puis elle sauta légèrement en selle et partit au trot escortée par Dorfeuil et le jeune paysan qui tous deux couraient l'un à droite, l'autre à gauche de sa monture.

Quand ils furent entrés dans le chemin au bord duquel le valet Marquet se tenait caché, l'émissaire de Gniafon dit tout à coup :

— Madame, je ne peux aller plus loin... J'ai trop présumé de mes forces... Continuez sans moi.

Et il s'assit sur le talus du chemin où il resta comme harassé, exténué. Mais dès que le bruit des sabots du petit cheval heurtant le sol ne parvint plus à son oreille, il se leva d'un bond et, allant au pas cette fois, s'arrêtant souvent pour écouter, il reprit la direction du Mas de Couriac.

Quelques minutes seulement s'étaient écoulées quand il fut rejoint par Marquet et les faux bûcherons. Tout en marchant il leur apprit qu'un garçon d'une vingtaine d'années était seul demeuré au Mas. A cinq ou six cents pas de la chaumière tous s'arrêtèrent.

— Il est trop tôt! dit le valet de Gniafon en désignant de la main une prairie; nous allons attendre une demi-heure ici·

Et quand ils se furent assis dans l'herbe il poursuivit :

— Pendant que je mettrai le feu au toit de la grange vous irez vous poster à quelques pas devant la porte de la chaumière...

— Moi j'ai fait tout ce que messire Gniafon m'avait commandé, interrompit le paysan.

— Tu te tiendras à l'écart, lui dit Marquet. Il ajouta s'adressant aux six autres : Dès que vous verrez apparaître le jeune homme resté dans l'habitation, vous vous précipiterez tous ensemble sur lui et vous l'abattrez à coups de hache. C'est compris?

— Oui, oui, répondirent les six bandits.

La demi-heure écoulée, tous se levèrent et, marchant silencieux et avec précaution, s'avancèrent vers l'humble maisonnette.

Subitement, à cinquante pas de la grange et de l'écurie, Marquet arrêta la petite troupe.

— Ah! j'oubliais, dit-il à voix basse, oui j'oubliais un second adversaire qui, dame, sera assez dangereux.

— Le gros chien? fit le jeune paysan.

— Oui, le gros chien... Vous voilà prévenus : gardez-vous de ses crocs.

Les six bûcherons mirent leur hache à la main et toujours silencieux s'avancèrent jusqu'à une quinzaine de pas de la cour du Mas. Marquet attacha un paquet de chiffons enduits de résine au bout d'une longue branche de noisetier, battit le briquet et bientôt son espèce de torche fut allumée.

Alors il passa derrière la grange qui n'était séparée de l'habitation que par un petit hangar, et lentement, froidement, il promena sa torche incendiaire sous le toit de chaume. La paille était vieille et sèche, aussi en un rien de temps le feu fut aux quatre coins du bâtiment.

En ce moment, Piolet, à qui les grognements répétés de Médus ne présageaient rien de bon, s'approcha d'une fenêtre pour jeter un coup d'œil au dehors. Mais soudain il recula livide d'épouvante et étouffa un cri prêt à s'échapper de sa gorge.

Il venait de voir un jet de flammes jaillir du toit de la grange et de l'écurie et monter vers le ciel.

Il vit encore, aux lueurs sinistres qui mettaient déjà une affreuse traînée rougeâtre sur les larges nuages noirs, six hommes immobiles au milieu de la cour.

Alors il bondit au fond de la salle, où le mousquet de Dorfeuil se trouvait accroché, s'en empara et revint devant la fenêtre. Il ne prit pas la peine de l'ouvrir ; il visa un des six bûcherons et fit feu. Un carreau vola en éclats et un misérable tomba frappé à mort. Surpris, les autres reculèrent.

Piolet arma les deux pistolets qui ne le quittaient jamais, ouvrit la porte près de laquelle le gros chien attendait impatient et grondant de colère et s'élança dans la cour en criant.

— Sus aux bandits ! étrangle-les, Médus !

Il y eut alors dans la cour, à six pas de la porte de la maisonnette, un court, mais horrible combat, qu'éclairaient les flammes terrifiantes de l'incendie.

De son premier coup de pistolet le vaillant Piolet tua net un second agresseur ; il en blessa un troisième de son deuxième coup, puis il tira de sa ceinture où il se trouvait caché un couteau espagnol qui, dans une main habile, devient une arme terrible.

Malheureusement il n'eut pas le temps de se mettre sur la défensive : quatre haches se levaient ensemble sur sa tête en jetant des éclairs.

— Lâches ! cria Piolet.

Et il tomba la tête fendue en deux, l'épaule droite fracassée.

Au même instant une voix rauque, à peine distincte appela :

— A moi !... à moi !...

C'était le misérable Marquet à la gorge duquel le brave Médus avait bondi.

Sous le choc formidable du gros chien, le valet de Gniafon fut renversé sur le sable de la cour.

Vainement il tenta de se relever et de repousser l'attaque de la vaillante bête.

Il sentit les mâchoires de fer de son adversaire lui prendre le cou et le serrer comme dans un étau, il entendit ses vertèbres craquer. Il se vit dévorer vivant.

En faisant un effort suprême pour se dégager, il poussa un cri épouvantable.

Il eut une dernière crispation nerveuse, et ce fut fini : Il était mort étranglé, broyé, la gorge déchiquetée et dans des souffrances atroces.

Les quatre assassins de Piolet s'élancèrent au secours de Marquet. Le brave chien secoua encore une fois le cadavre pantelant qu'il tenait dans sa gueule, puis bondit sur l'agresseur le plus proche.

Mais aussitôt deux coups de hache l'abattirent.

La courageuse bête poussa un douloureux gémissement et roula sur le sable.

A une fenêtre du premier étage, en proie à une terreur indicible Jeanne de Vrignès venait d'apparaître.

— Au secours !... au secours ! criait-elle d'une voix déchirante.

Hélas ! ses ennemis seuls pouvaient entendre la pauvre enfant.

L'incendie avait rapidement atteint des proportions considérables.

Poussées par plusieurs coups de vent, les flammes de la grange s'étaient communiquées au toit de la maisonnette. Les assassins s'en aperçurent.

— Vite, enlevons l'enfant et la mère ! s'écria l'un d'eux. Tout à l'heure la chaumière entière flambera.

Les faux bûcherons se précipitèrent ensemble vers la porte restée ouverte. Mais ensemble aussi ils reculèrent brusquement.

Un énorme bahut barrait l'entrée de la maison en feu, et derrière l'obstacle, debout, serrant dans chaque main la crosse d'un pistolet, se tenait une vieille femme, pareille à un spectre vengeur.

Mais que pouvait l'héroïque dame Dorfeuil contre quatre hommes furieux, surexcités par la lutte. D'une voix toute vibrante de colère, elle leur cria :

— Il faudra me tuer avant de passer le seuil de cette porte !

— Eh bien ! meurs donc, vieille enragée ! cria un assassin qui, avec une force terrible, lança sa hache contre la paysanne.

Frappée en pleine poitrine, dame Dorfeuil tomba comme une masse sans avoir pu pousser un seul cri.

Parfois, il s'arrêtait en travaillant, le pas d'une sentinelle etait parvenu à son oreille.

Les quatre bandits sautèrent par-dessus le bahut, pénétrèrent dans la salle basse et se précipitèrent dans l'escalier.

En quelques secondes ils furent au premier étage. Guidés par les appels désespérés de Jeanne de Vrignès, ils eurent vite trouvé, malgré l'obscurité, la chambre dans laquelle elle se tenait, serrant entre ses bras l'enfant d'Yvonne et de Monseigneur Louis.

D'un formidable coup d'épaule, la porte de la chambre fut enfoncée.

A la clarté de l'incendie, les quatre misérables virent la jeune fille qui, pâle d'épouvante, reculait vers le lit de l'enfant. Ils se ruèrent sur elle pour lui arracher le fils d'Yvonne.

Avec la force, avec l'énergie que donne le désespoir, Jeanne se débattit et tenta de résister à ses agresseurs.

— A moi! au secours! sauvez l'enfant! s'écriait-elle encore!

— Te tairas-tu! dit un des bandits en lui appuyant sa longue main sur sa bouche.

L'enfant lui fut brutalement arraché. Puis, pendant que l'un des assassins la bâillonnait au moyen d'un mouchoir, deux autres lui liaient les jambes et les bras.

En ce moment de sinistres craquements se firent entendre.

— L'étage au-dessus flambe! Sauvons-nous, sauvons-nous! cria celui qui s'était emparé de l'enfant.

Deux misérables roulèrent Jeanne de Vrignès dans une couverture, l'enlevèrent dans leurs bras et s'élancèrent hors de la chambre.

Ils mettaient à peine les pieds dans la cour que la toiture de la maisonnette s'effondrait avec un bruit formidable en lançant vers le ciel noir des milliers d'étincelles.

Rapidement les cinq misérables s'éloignèrent du Mas de Couriac et prirent la direction de la chaumière où les attendait Guiason.

— La mère et l'enfant sont à nous! dit l'un d'eux.

— Et nous allons recevoir une jolie somme d'argent! dit celui qui était blessé.

— Et nous serons deux de moins pour nous la partager! ajouta un troisième.

. . . .

Yvonne et le jeune Dorfeuil avaient continué leur course rapide. De demi-lieue en demi-lieue la jeune femme mettait son petit cheval au pas; son compagnon s'essuyait alors le front moite de sueur, respirait quelques minutes, puis ils repartaient en courant.

Enfin, au bout de quatre heures, qui semblèrent des siècles à la pauvre Yvonne, que torturait une mortelle angoisse, ils atteignirent la lisière des bois d'Euzet.

Une cinquantaine d'hommes gardaient le chemin conduisant au souterrain qui servait d'entrepôt pour les munitions et pour les vivres et aussi d'hôpital.

— Le pasteur Raymond est-il encore ici? demanda vivement Dorfeuil à une sentinelle.

— Oui, frère; il est resté pour soigner les malades et les blessés.

Yvonne mit pied à terre ; puis guidés par un camisard, tous deux arrivèrent à l'entrée du souterrain, laquelle était admirablement cachée par des broussailles et des roches roulées.

Moins de cinq minutes après, le pasteur protestant accourait vers eux.

A la lumière de la torche que portait un camisard, il vit la pâleur du visage de la jeune femme.

— Madame Yvonne, qu'avez-vous? que se passe-t-il? demanda-t-il avec anxiété.

Ces deux interrogations surprirent tellement la compagne de Monseigneur Louis, que la voix lui manqua pour répondre immédiatement.

Enfin un peu de couleur revint à ses joues et tout bas elle dit :

— Mais... le capitaine Louis... n'a donc pas été blessé?

Ce fut autour du ministre protestant d'être étonné.

— Madame, que voulez-vous dire?... Le capitaine Louis.

— Vous n'avez pas envoyé un jeune paysan au Mas de Couriac?

— Aujourd'hui?... Non, Madame Yvonne.

— Et vous n'avez pas entendu dire que le capitaine Louis avait fait une chute de cheval?

— S'il a fait une chute il faut qu'elle ait été bien légère, car j'ai reçu dans la soirée une estafette du capitaine Louis qui, dans sa lettre, ne me dit pas un mot de cela.

Le front de la compagne de Monseigneur Louis se rasséréna. Mais une réflexion de frère Raymond la jeta de nouveau dans une mortelle inquiétude.

— Qui donc a bien pu vous faire porter cette fausse nouvelle? et dans quel but? murmura le pasteur devenu pensif.

— Ah! mon Dieu! non, cela n'est pas! s'écria Yvonne redevenant pâle.

Puis elle porta les mains à sa gorge comme pour chasser la terrible émotion qui l'étreignait et elle ajouta tremblante :

— Non, c'est impossible !... on n'oserait pas me voler mon enfant !...

— Chassez une idée semblable, madame, fit d'un ton grave le ministre protestant. Je ne peux croire que vos ennemis auraient le triste courage d'enlever un enfant à sa mère.

— Ah! frère Raymond, vous ne les connaissez pas! s'écria Yvonne.

Et serrant les bras du jeune Dorfeuil :

— Mon ami, je vous en prie, repartons, repartons de suite!

— Je vous accompagne, Madame, dit vivement le pasteur qui pensait en lui-même : Si un pareil malheur est arrivé à cette pauvre mère, mon devoir est de me trouver auprès d'elle.

Frère Raymond se fit amener deux montures, en désigna une à Dorfeuil, monta sur la selle de l'autre et, s'étant placé au côté d'Yvonne, tous trois prirent au grand trot la direction du Mas de Couriac.

Le vent, qui par instant soufflait en rafales, ralentit considérablement leur marche, que d'épaisses ténèbres rendaient déjà difficile.

L'aube blanchissait le sommet des collines quand ils atteignirent l'endroit du chemin où, la veille, l'émissaire de Gniafon, se disant exténué, avait laissé Yvonne et son compagnon continuer seuls leur route.

Dix minutes plus tard, à la faible clarté du crépuscule, ils purent vaguement distinguer les deux bâtiments du Mas de Couriac qui se trouvait à six ou sept cents pas devant eux.

— Madame Yvonne, dit doucement Dorfeuil, tout en continuant de trotter derrière la jeune femme, regardez, tout me paraît bien tranquille.

Il achevait à peine de parler que l'épouse de Monseigneur Louis arrêta brusquement son cheval et poussa un cri :

— Ah ! mon Dieu ! voyez ! voyez donc !...

Et les yeux hagards, le bras tendu et agité d'un tremblement nerveux, elle désigna deux colonnes de fumée qui semblaient sortir des deux bâtiments. Au même moment un coup de vent leur apporta une acre odeur d'herbe ou de paille brûlées.

— J'ai peur ! j'ai peur ! répéta Yvonne, qui avait le pressentiment d'un épouvantable malheur.

— Madame Yvonne, restez une minute avec notre frère Dorfeuil : je vais m'avancer seul jusqu'à votre demeure, dit le pasteur.

— Non, non, je veux aller avec vous ! s'écria la jeune femme.

Et, par un puissant effort de sa volonté, recouvrant soudain toute son énergie, elle s'élança au galop vers la chaumière où elle avait laissé son cher enfant endormi.

Yvonne, le pasteur et le jeune Dorfeuil arrivèrent ensemble à l'entrée de la cour.

Épouvantés ils s'arrêtèrent tous les trois.

De la maisonnette bien modeste, mais coquette pourtant, que douze heures auparavant le soleil dorait encore de ses rayons, il ne restait plus qu'un monceau de ruines affreusement noircies.

Dans la cour un spectacle plein d'horreur s'offrait à leurs yeux : le corps du malheureux Piolet était étendu dans une mare de sang entre les cadavres de deux inconnus. A quelques pas de la porte le brave chien Médus, gisait inanimé.

A cette vue la compagne de Monseigneur Louis chancela sur sa selle, et, elle serait tombée, sans le pasteur Raymond qui la retint dans ses bras et la déposa doucement à terre.

— Madame Yvonne... dit-il.

Brusquement la jeune femme se redressa et, se tordant les mains en d'affreuses crispations, elle marcha vers la porte de la chaumière en criant d'une voix étranglée :

— Mon enfant !... Mon enfant !...

Le pasteur Raymond la retint par le bras et ne trouvant aucun terme pour calmer la douleur de cette pauvre mère il murmura tout bas :

— Mon Dieu, comme elle doit souffrir !

En arrivant dans la cour, Georges Dorfeuil avait d'un bond sauté à bas de son cheval.

Affolé, il se précipita vers l'entrée de la chaumière. Mais sur le seuil de la porte il s'arrêta net, cloué sur place par une effroyable stupeur, une indicible épouvante.

Ses yeux, dilatés par la terreur, venaient de tomber sur le corps à demi carbonisé de sa mère.

La tête de dame Dorfeuil avait été à peine atteinte par les flammes, sa main droite, qui ne tenait plus que par quelques fibres à un bras décharné, serrait encore la crosse d'un pistolet.

Le malheureux garçon se jeta à genoux dans la cendre et, entre deux sanglots, murmura :

— Ma mère ! ma mère !...

Soudain il bondit : un gémissement, une plainte faible comme un soupir venait de s'élever près de lui.

Il tourna la tête. Alors il aperçut son ami Médus qui, ayant entendu sa voix, s'avançait en se traînant sur le ventre, et en le regardant avec des yeux qui semblaient implorer le pardon de n'avoir pu sauver sa vieille maîtresse.

Le pasteur Raymond, ému jusqu'au plus profond de l'âme, adressait de douces paroles à la pauvre mère si douloureusement frappée.

Tout à coup il la sentit violemment tressaillir, il vit son regard, devenu subitement farouche, se porter de tous côtés comme s'il cherchait quelqu'un !

Puis brusquement la jeune femme dégagea son bras que le ministre protestant avait passé sous le sien, et dans un cri effroyable, dans un cri qu'on n'aurait jamais cru poussé par une voix humaine, elle jeta ce seul mot :

— Gniafon !...

Puis elle fit entendre un éclat de rire strident.

Le pasteur Raymond devint affreusement pâle, ses cheveux se dressèrent sur sa tête et, se tournant vers Dorfeuil, il lui cria agité, éperdu :

— Frère ! frère ! prions Dieu... la malheureuse devient folle !...

. . . .

CHAPITRE XXIII

OÙ MONSEIGNEUR LOUIS EN REVOYANT YVONNE ÉPROUVE UNE DOULEUR EXTRÊME

— Minuit bientôt... et personne encore !

Ces paroles, qui faisaient supposer que celui qui les avait prononcées était en proie à une certaine impatience, sortaient de la bouche hideuse de messire Gniafon.

Il se trouvait dans la salle basse de la chaumière abandonnée où depuis une semaine il avait élu domicile.

Tout en consultant sa montre à chaque instant, il allait et venait comme une bête fauve dans sa cage.

Parfois il interrompait sa marche pour prêter l'oreille, puis il repartait en disant avec une impatience fébrile :

— Rien... encore rien !

Il venait de s'arrêter pour la dix ou douzième fois, quand soudain, son œil s'illumina d'une lueur étrange, ses narines se dilatèrent et dans un rictus affreux ses lèvres murmurèrent vivement :

— Enfin ! j'entends un bruit de pas... C'est Marquet !

Brusquement la porte s'ouvrit et l'un des bandits qui étaient à sa solde entra en s'écriant :

— Maître, voilà l'enfant demandé !

Et il tendit au nain le fils de Monseigneur Louis.

Gniafon le regarda à peine. De la main il désigna la paillasse sur laquelle couchait son valet.

— Jette-le là-dessus ! dit-il.

Le faux bûcheron, plus humain que l'infâme Gniafon, eut pitié du pauvre petit être. Il alla vers la paillasse et le coucha doucement.

— Mais la mère ? dit soudainement le nain déjà inquiet.

— Les camisards vous l'apportent.

Pour la seconde fois un éclair de bestiale sensualité brilla dans l'œil de Gniafon.

— Vous avez été bien long pour revenir ? dit-il.

— C'est que nous nous sommes égarés, messire. En campagne il fait noir comme dans un four.

— Comment mon valet a-t-il pu se tromper de chemin ?

— Oh ! il nous a bien conduits tout droit là-bas, seulement il y est resté.

— Marquet a été tué ? s'écria Gniafon grandement surpris, car il connaissait l'extrême prudence de son digne acolyte.

— Oui, messire, et c'est un chien qui l'a étranglé.

— Il est mort : tant pis pour lui !

— Messire, voici les camarades, dit le ravisseur du fils de Monseigneur Louis en ouvrant la porte à demi refermée.

Deux bandits entrèrent, puis un troisième portant un vivant fardeau sur son épaule.

— Messire, dit ce dernier, je vous apporte la petite femme.

Comme un léopard qui bondit sur sa proie, Gniafon s'élança vers le dernier arrivant. Et ivre de joie, tremblant d'émotion, il écarta lui-même de ses doigts frémissants la couverture qui enveloppait Jeanne de Vrignès.

Alors il fit brusquement deux pas en arrière.

— Ce n'est pas Yvonne !... s'écria-t-il.

Et dans sa rage il poussa une horrible imprécation en se labourant la poitrine de ses deux ongles crochus.

Les faux bûcherons regardaient le nain avec surprise, presque avec effroi, tant sa face convulsionnée était en ce moment hideuse.

— Misérables ! misérables ! leur cria Gniafon qui ne se possédait plus. Ce n'est point là la femme que je voulais !... Vous n'aurez rien, rien !

Les quatre bandits ressentirent un léger frémissement de colère et échangèrent un rapide regard.

A ce moment, l'enfant d'Yvonne fit entendre une plainte.

Gniafon se précipita sur lui, le prit dans ses bras et marcha vers la porte.

Mais les faux bûcherons lui barrèrent le chemin.

— Un instant, messire ! dirent-ils à l'unisson.

Le nain recula d'un pas.

— Une seule minute, compagnons, reprit celui qui tenait l'amie d'Yvonne plus morte que vive ; laissez-moi me débarrasser de la petite femme.

Il porta sur le grabat de Marquet, Jeanne de Vrignès, puis il fit glisser le mouchoir qui la bâillonnaient et qu'il avait déjà desserré, lui délia les bras et revint vivement près de Gniafon en disant :

— Vraiment, messire, vous refusez de nous payer la somme que vous nous avez promise ?

— Oui, je refuse ! répondit brusquement le nain, toujours plein de rage.

— Eh bien, moi, messire, je dis que vous allez nous donner de suite la part qui nous revient et de plus, celle des deux camarades qui sont restés là-bas.

— Non, je ne vous donnerai rien !

— Prenez garde, messire ! dirent ensemble les incendiaires du Mas de Couriac.

— Allons, misérables, faites-moi place !

En disant ces mots, Gniafon se porta en avant et leva son bras droit armé d'un poignard.

Mais il ne put aller loin. Un poing solide le repoussa et l'acier de quatre haches brilla soudain au-dessus de sa tête.

Il y eut une seconde d'effrayant silence, puis un grand cri retentit.

Ce cri sauva le fils de l'ex-madame Scarron et arrêtant les haches menaçantes qui allaient lui briser le crâne.

Il avait été poussé par Jeanne de Vrignès qui était parvenue à se dresser sur son séant, et avait vu le danger que courait l'enfant d'Yvonne que Gniafon serrait d'un bras sur sa poitrine.

— Grâce, grâce, pour l'enfant ! murmura-t-elle.

Le bandit qui avait pris la parole abaissa son arme.

— Pardon, messire, dit-il avec un peu d'ironie, est-ce que l'enfant n'est pas celui que vous teniez tant à avoir ?

Le nain ne répondit pas ; une pensée venait de traverser son esprit. Il s'élança vers Jeanne de Vrignès.

Ce dernier poussa un grand cri, tourna sur lui-même et s'abattit comme une masse sur le plancher du cachot.

— Cet enfant est-il à vous ? demanda-t-il brutalement.

— Non, non, répéta Jeanne tremblante.

La rage de Gniafon s'apaisa subitement : il pensait :

— Par l'enfant, j'aurai la mère !

Alors il tira de sa poche un sac rempli d'écus de trois livres et le jeta sur la table en disant :

— Voilà l'argent de tous. Partagez-le ! je garde le petit !

Et il marcha vers la porte.

Au moment où il mettait le pied dehors un faux bûcheron lui cria :

— Et la jeune femme ? que voulez-vous en faire ?

— Je vous la donne ! répliqua cyniquement Gniafon.

Puis il disparut dans l'obscurité emportant bien loin le fils d'Yvonne et de Monseigneur Louis.

Les quatre incendiaires du Mas de Couriac s'étaient précipités vers la table sur laquelle ils vidèrent le sac d'écus.

En lançant des cris, ou plutôt des jurons de joie, ils commencèrent le partage.

Deux des faux bûcherons étaient morts, le jeune paysan qui les accompagnait, et qui s'était enfui épouvanté en voyant assassiner Piolet, n'avait plus reparu ; ils avaient donc quarante-deux écus à se partager entre quatre. Chacun en prit dix et il en resta deux.

— Puisque nous ne pouvons pas diviser ces six livres, dit l'un des misérables, je propose de les jouer en deux coups de dés.

— Accepté ! crièrent les trois autres.

Ils refermèrent d'abord la porte, remontèrent la mèche de leur lampe de grès, et à tour de rôle jetèrent les dés.

Ce fut celui qui avait apporté l'enfant à Gniafon qui, de ses deux coups, amena le chiffre le plus fort.

— J'ai gagné ! dit-il. Et il empocha joyeusement les deux écus.

Juste à ce moment deux têtes s'approchèrent de la fenêtre fermée, et, du dehors, à travers les vitres, jetèrent un regard sur les quatre joueurs.

— Dites donc, compagnons, fit avec un gros rire celui qui le premier avait proposé de jouer ; messire Gniafon nous a- abandonné la jolie petite femme que voilà... Voulez-vous que nous la jouions ?

— Oui, oui, répondirent ses complices.

— Pour faire durer le plaisir plus longtemps, nous jouerons en cinq chacun ?

— Va pour cinq coups !

Une nouvelle partie commença. Au dehors deux paires d'yeux continuaient à observer ce qui se passait à l'intérieur de la chaumière.

Dans un coin, étendu sur la paillasse, Jeanne de Vrignès, toute tremblante de terreur, cachant son charmant visage sous ses deux mains, versait des larmes brûlantes et silencieuses.

Mais soudain elle tressaillit violemment.

— J'ai gagné, compagnons ! s'écriait un des joueurs.

Et il se leva, se tourna vers la malheureuse qui avait été l'enjeu de la partie, et lentement marcha vers elle.

C'était, des quatre bandits, celui qui avait les traits les plus durs, celui dont la physionomie portait l'empreinte de la plus grande férocité.

— Allez vous-en, compagnons, dit-il encore ; je veux causer seul avec la belle !

En le voyant s'avancer, Jeanne de Vrignès sentit tout son sang se figer dans ses veines ; elle parvint à se mettre à genoux sur le grabat et joignant les mains elle supplia :

— Ayez pitié de moi !... Je ne vous ai fait aucun mal... Grâce !

Le misérable s'arrêta et pendant un instant ses regards ardents contemplèrent la jeune fille.

— Tudieux ! qu'elle est donc jolie ! murmura-t-il.

Et riant tout bas il s'approcha d'elle tandis que ses trois compagnons grimpaient au premier étage avec l'espoir de s'y reposer.

Eperdue, en proie à une terreur indicible, Jeanne regarda autour d'elle en appelant au secours de toutes ses forces.

— Pas de bruit, ma belle, ou je vous remets votre bâillon, dit le bandit.

Et brutalement il saisit les deux bras de Jeanne de Vrignès.

A cet attouchement, la jeune fille trembla de tous ses membres ; elle se vit perdue.

Par un effort suprême elle repoussa le misérable qui approchait ses lèvres des siennes et poussa un cri déchirant.

Soudain, la moitié de la porte de la chaumière vola en éclats et deux hommes se précipitèrent dans la salle.

— Ah ! sauvez-moi ! s'écria l'amie d'Yvonne.

Elle était à bout de forces. Elle étendit les mains et glissa sur le grabat évanouie.

Le faux bûcheron avait lâché vivement la jeune fille et s'était brusquement retourné vers ceux qui entraient en faisant tant de bruit.

L'un était un géant, un vrai colosse ; il portait par-dessus ses vêtements la longue blouse des camisards blancs ; cet homme était le chef de la bande qui avait arrêté le carrosse du chevalier de Lorraine.

Son compagnon était une sorte de petit bonhomme, guère plus grand que Gniafon, mais quoiqu'il fût très vilain, à côté de ce dernier, il aurait sans doute paru beau. Ses petits yeux gris pétillaient de malice et, aussi de méchanceté. Ses cheveux étaient d'un roux éclatants.

— On violente donc les femmes ici ? dit d'une voix sonore le colosse en entrant dans la chaumière.

Le bandit ainsi interpellé sauta sur sa cognée qu'il avait posée le long de la muraille, puis répondit :

— Ce qui se passe ici ne te regarde pas. Tu vas sortir à l'instant.

Le chef des camisards blancs se mit à rire, et tandis que son petit compagnon s'éclipsait, il glissa entre ses jambes l'escabeau qui se trouvait devant la table, appuya ses coudes sur celle-ci et le ton moqueur :

— Ma foi, mon garçon, dit-il, si c'est ainsi que tu pratiques les devoirs de l'hospitalité, je ne te fais pas mes compliments.

En ce moment un bruit argentin, produit par une douzaine d'écus roulant les uns sur les autres, retentit dans l'escalier.

Un des ravisseurs de Jeanne de Vrignès, avant de suivre ses compagnons qui redescendaient dans la salle du rez-de-chaussée, avait voulu envelopper sa fortune dans son mouchoir et, dans l'obscurité, n'ayant pu lier les quatre coins, tous ses écus s'étaient échappés.

— Oh ! oh ! fit alors le colosse toujours assis, quel bruit agréable !

Puis, presque aussitôt, il ajouta sa large main sur le sac de Gniafon demeuré sur la table :

— Mordieux ! s'il était plein, c'est une jolie somme qu'on doit trouver ici.

— Pour la dernière fois, voulez-vous sortir ? cria le faux bûcheron près duquel ses trois acolytes vinrent se ranger.

Le chef des camisards se leva avec une extrême lenteur, et pour toute réponse porta un sifflet à sa bouche et en tira un son aigu.

A ce signal une quinzaine d'hommes bondirent dans la salle.

— Feu sur ses gredins ! commanda leur chef.

Quinze pistolets partirent à la fois, et les ravisseurs de l'enfant d'Yvonne tombèrent atteint par plusieurs balles.

Ils n'eurent pas le temps de jouir de l'argent du crime.

— Maintenant, camarades, videz toutes leurs poches !

Après avoir donné cet ordre, le géant se dirigea vers le grabat où Jeanne de Vrignès gisait sans connaissance.

— Nékao ! appela-t-il tout en marchant.

Le petit homme aux cheveux roux fut en cinq ou six bonds à son côté. Du doigt il lui montra la jeune fille.

— Bien maître ! fit Nékao qui tira de sa ceinture un poignard à lame courte.

Avec une dextérité merveilleuse il fit sauter les agrafes qui fermait le haut du corsage de Jeanne et comprimait sa gorge, puis délicatement lui releva la tête et posa à plat la lame de son poignard, d'abord sur la tempe gauche, puis sur la tempe droite.

Pendant ce temps, le chef des camirards blancs enlevait le lien qui attachait les jambes de la pauvre amie d'Yvonne.

Quelques minutes s'écoulèrent. Peu à peu la respiration de la jeune fille se fit plus régulière et plus forte, puis elle rouvrit les yeux.

Son regard, d'abord un peu terne, s'éclaira rapidement. A la vue de celui qu'elle avait vu entrer au moment où elle appelait au secours, un pâle sourire passa sur ses lèvres et d'une voix douce, faible comme un souffle, elle murmura :

— Ah ! merci, monsieur !

Mais soudain la pâleur de ses joues disparut et fut remplacée par une vive rougeur.

Elle venait de s'apercevoir que sa gorge était nue, et que la salle était pleine d'hommes.

Sur un geste de leur chef les camisards blancs sortirent de la chaumière. Nékao, qui s'était glissé derrière lui, le tira par sa blouse, l'emmena à trois pas du grabat et lui dit à voix basse :

— Maître, vous m'avez dit que vous ne prendriez jamais pour maîtresse ou pour femme qu'une jeunesse aussi fraîche que votre teint était hâlé par le soleil, aussi blonde que votre chevelure était noire, aussi frêle que vous étiez fort...

— C'est vrai, interrompit le colosse.

— Eh bien, reprit Nékao, le hasard en vous conduisant ici, vous a fait découvrir celle que vous désespériez de rencontrer.

Le chef ne répondit pas à son petit compagnon. Il revint pensif près de Jeanne de Vrignès. Après un instant de silence il lui dit :

— Le jour va bientôt paraître ; il faut que je m'éloigne.

— Je vous en prie, emmenez-moi... Ces hommes étendus-là me causent trop d'effroi, dit Jeanne à demi-voix.

Et de la main, mais sans tourner ses regards vers eux, elle désigna les quatre cadavres ensanglantés de ses ravisseurs.

Un sourire étrange, mystérieux, erra sur les lèvres du maître de Nékao.

— C'est elle qui a décidé de son sort ! dit-il mentalement.

Puis à haute voix il ajouta :

— Mon cheval est à la porte de cette chaumière. Venez !

Jeanne se mit debout, puis bien doucement, un peu inquiète :

— Où me conduisez-vous ? demanda-t-elle.

— Dans une demeure où vous serez en sûreté, où vos ennemis n'oseront jamais venir.

— Mais, mes amis... pourront-ils, eux, venir me chercher.

Il hésita avant de répondre, puis il dit :

— Vos amis pourront accourir près de vous... dès que je les aurais avertis.

Et en lui-même il fit cette restriction :

— Mais je ne les avertirai pas !

— Bien monsieur ; partons ! reprit Jeanne de Vrignès en se dirigeant vers la porte.

Arrivée au seuil, elle s'arrêta hésitante, craintive, peut-être aussi eut-elle un pressentiment de quelque malheur inconnu.

Alors le superbe colosse l'enleva dans ses bras puissants, et, aussi facilement qu'il eut fait d'une plume, il la porta jusqu'à sa monture sur laquelle il l'installa commodément.

Cinq minutes après Jeanne de Vrignès et la petite troupe de camisards blancs disparaissaient dans un léger brouillard qui enveloppait la campagne encore endormie.

.   .   .   .

Le jour paraissait à peine au moment où Monseigneur Louis et Jean Cavalier sortirent d'une sorte de tente dressée au milieu d'une prairie et sautèrent légèrement sur leurs montures que deux camisards tenaient par la bride.

Seuls, sans escorte, les deux alliés partaient visiter les lieux qu'ils avaient choisis pour livrer une grande bataille à l'armée des catholiques.

Ils atteignaient le sommet d'une hauteur au moment où le soleil, jaillissant de derrière la montagne, versait ses premiers rayons sur la campagne.

— Oh! ceci est grave! Voyez donc, monsieur Cavalier?.dit tout à coup Monseigneur Louis.

Et tout en parlant il désignait de la main un petit groupe de cavaliers ennemis qui montaient le versant d'une colline à une demi-lieue environ.

Jean Cavalier porta ses regards dans la direction indiquée et, presque aussitôt, laissa échapper une exclamation de surprise :

— Oh! dit-il, je ne me trompe pas : je distingue une, deux, trois, quatre pièces de canons!

— Mon cher général, ceci va nous obliger de faire un important changement à notre plan de combat.

Et rapidement le fils d'Anne d'Autriche expliqua à son allié ce qu'il fallait faire pour empêcher l'artillerie de M. de Montrevel de causer trop de ravages dans les rangs des protestants.

— Ah! si nous possédions seulement deux pièces semblables! dit-il avec un soupir de regret. Nous avons heureusement une bonne petite cavalerie.

— Qui exécutera parfaitement le mouvement que vous venez de m'indiquer, répliqua le chef des camisards.

Tous deux continuèrent, au galop, l'inspection de leurs positions.

Au bout d'une heure ils étaient de retour sous la tente de la prairie et, quelques instants après, tenaient conseil avec les cinq lieutenants de Jean Cavalier.

A l'issue de ce conseil, le capitaine Louis, ainsi que l'on appelait le mari d'Yvonne au camp des calvinistes, emmena le lieutenant Catinat, commandant de la cavalerie, sur la hauteur qui s'élevait en face de la colline sur laquelle le maréchal de Montrevel avait placé sa batterie, et là, il lui donna ses instructions.

Bientôt la plus grande animation régna dans les deux camps. Les camisards percevaient distinctement les sonneries des trompettes de dragons.

De leurs côtés les soldats du roi de France entendaient les roulements de tambours de leurs ennemis.

Vers neuf heures, Faribole qui avait été placé en observation à peu de distance du camp des catholiques, arriva à toute bride et dit en s'adressant plutôt à Monseigneur Louis qu'à Jean Cavalier :

— Hé! troun de l'air! Monsieur le maréchal se décide. Son infanterie s'avance sur trois colonnes.

Les deux chefs de l'armée calviniste s'élancèrent à cheval.

Au même moment, un garçon d'une quinzaine d'années, le même qui était arrivé assez à temps pour avertir les délégués protestants assemblés au Mas de Gafarel de la visite prochaine du capitaine Poul, couru vivement vers Monseigneur Louis et lui remit un papier.

En le prenant le gentilhomme regarda le jeune garçon.

— Mais il y a au moins une demi-heure que tu attends à une vingtaine de pas, lui dit-il; pourquoi ne m'as-tu pas remis de suite cette lettre?

— Le pasteur Raymond m'a bien recommandé de ne vous la donner que lorsqu'on serait sur le point de se battre.

Monseigneur Louis avait vivement décacheté la lettre. Il y jeta les yeux,

Soudain tous ses traits prirent une teinte livide; il chancela sur son cheval et lâcha la lettre.

Jean Cavalier et Faribole se précipitèrent vers lui et l'empêchèrent de tomber.

Le jeune garçon ramassa le papier et le tendit à l'ancien maître d'armes.

— Dieu! quelle douleur atroce! murmura le mari d'Yvonne en appuyant une main sur sa poitrine.

Mais sa défaillance ne dura qu'une minute à peine.

— La lettre? demanda-t-il.

— La voici... elle annonce donc un grand malheur? dit Faribole encore tremblant de la peur qu'il venait d'éprouver.

— Ah! mon ami, c'est le plus grand malheur qui puisse me frapper.

Et d'une voix étranglée par la douleur et l'émotion, il lut :

« Monseigneur,

« Soyez homme... Un double malheur vient de fondre sur vous... Le « Mas de Couriac a été incendié, Mlle de Vrignès a disparu... Votre « enfant a été enlevé avec elle... Votre compagne Yvonne est près de « moi au souterrain d'Euzet · Je vous attends après la bataille.

« FRÈRE RAYMOND. »

Le capitaine de dragons lâcha son sabre, battit l'air de ses deux bras et tomba à la renverse.

En écoutant la lecture de ces cinq lignes qui ne disaient qu'une partie des malheurs survenus la nuit précédente, le brave Faribole devint aussi pâle que l'était son maître.

L'enfant d'Yvonne pour laquelle il se serait fait hâcher, avait été enlevé, Jeanne de Vrignès, sa mignonne protégée, avait disparu. Il se demandait s'il ne faisait pas, tout éveillé, un songe affreux.

La voix grave de Monseigneur Louis vint soudain lui rappeler que l'ennemi, qu'il avait complètement oublié marchait contre les camisards.

— Ami, lui dit le gentilhomme, faisons notre devoir !

Moins d'un quart d'heure après retentissaient de terribles décharges de mousqueterie ; de tous côtés résonnait le bruit des tambours et des trompettes.

La bataille était commencée.

Tout à coup, semblable à un violent coup de tonnerre, se fait entendre une détonation épouvantable ; quelques camisards, qui voyaient le feu pour la première fois, frémissent, malgré eux, les chevaux se cabrent : ce sont les canons ennemis qui tirent à la fois.

On aperçoit, à travers la fumée, Monseigneur Louis et Jean Cavalier donner des ordres brefs à leurs lieutenants.

L'aile droite de la petite armée des protestants se replie lentement derrière une éminence où elle est momentanément à l'abri des boulets, les soldats s'arrêtent et attendent de nouveaux ordres.

Une demi-heure s'écoula.

Soudain, s'élève dans le lointain, comme une immense clameur. Faribole, qui avait accompagné sur la hauteur les deux chefs alliés, redescend au galop et se dirige vers deux compagnies, fortes de cent hommes chacune, placées sous le commandement de Mistouflet.

— En avant ! bagasse ! en avant ! cria aussitôt l'ancien maître d'armes a son ex-élève. En avant ! à l'aide de Catinat !

Il n'avait pas achevé que Mistouflet levait sa rapière et se tournant vers ses deux cents hommes.

— C'est le moment, s'écria-t-il. En avant ! au pas de course camisards.

Et il entraîna ses deux compagnies à l'assaut de l'artillerie de M. de Montrevel que Catinat, après avoir facilement exécuté son mouvement tournant, abordait par l'autre versant de la colline.

Lancés au pas gymnastique, bondissants comme de beaux diables, Mistouflet et ses camisards arrivèrent en moins de dix minutes à cinq cents pas des pièces de canons.

Mais là, un bataillon du régiment de Charolais, leur barra le passage.

Les deux troupes étaient à une portée de pistolet quand Mistouflet entendit le commandant catholique commander le feu.

— A plat ventre ! à plat ventre ! cria-t-il à l'instant.

Les camisards obéirent avec un ensemble parfait. Une effroyable décharge éclata devant eux, et une grêle de balles passa sur leurs têtes sans blesser un seul homme.

— A la baïonnette! hardi, à la baïonnette! commanda l'ami de Faribole.

Ses deux cents braves se relèvent d'un bond, s'élancent sur les catholiques, leur passent sur le corps, et tombent sur les artilleurs que Catinat et les siens avaient déjà abordés.

Le combat fut court. Les camisards s'emparèrent des pièces de canons qu'ils enclouèrent sur le champ, ainsi qu'ils en avaient reçu l'ordre ; puis Catinat se remit à la tête de ses cavaliers, Mistouflet reforma ses deux compagnies et, se protégeant mutuellement, les deux troupes attaquèrent par le flanc l'armée du maréchal de Montrevel.

Au moment où l'artillerie ennemie tombait au pouvoir des camisards, Monseigneur Louis marchait avec cinq cents fantassins sur le centre des catholiques, tandis que Jean Cavalier se portait au-devant de trois compagnies qui voulaient s'emparer de la hauteur occupée par les calvinistes. Sur tous les points, la lutte fut acharnée, sanglante. Des deux côtés on se battait avec un égal courage.

Ce fut au plus fort de la bataille que Monseigneur Louis et le lieutenant de Chadefaux s'aperçurent et s'élancèrent l'un sur l'autre, comme s'ils eussent été poussés par la même animosité qui divisait catholiques et protestants.

En voyant accourir l'amant de Jeanne de Vrignès l'époux d'Yvonne crie à ses hommes :

— Cet officier de dragons m'appartient! Défense de tirer dessus!

Puis il poussa son cheval vers son adversaire.

— Défendez-vous, lieutenant! fit-il bien haut en l'abordant.

Mais à demi-voix il ajouta :

Ecoutez-moi, j'ai une funeste nouvelle à vous annoncer.

— Vous me faites frémir, Monsieur! dit le jeune officier en parant les coups d'épée que lui portait Monseigneur Louis.

Celui-ci poursuivit rapidement :

— Des bandits ont brûlé le Mas de Couriac... mon fils m'a été enlevé!

— Grand Dieu! cela est-il possible!

— Ce n'est pas tout, lieutenant... Jeanne de Vrignès a disparu...

Henri de Chadefaux pâlit affreusement et chancela comme s'il avait reçu un coup de sabre.

— Gardez-vous, Monsieur? Gardez-vous! reprit Monseigneur Louis voyant que son adversaire se découvrait imprudemment.

— Que faire, Monsieur? Comment la sauver? dit le lieutenant d'une voix étranglée.

— Obtenez du maréchal l'autorisation de perquisitionner dans tous les villages que vous occupez. Moi je vais faire fouiller les endroits les plus reculés de nos campagnes et de nos montagnes.

— Ah! pourquoi sommes-nous dans deux camps ennemis!

— Nous sommes adversaires, c'est vrai, reprit Monseigneur Louis, mais non pas ennemis. Je vous jure de faire l'impossible pour retrouver celle que vous aimez!

— Moi, Monsieur, je vous donne ma parole de soldat, de remuer ciel et terre pour retrouver votre enfant!

A ce moment il se fit un brusque mouvement de retraite au centre de l'armée de M. de Montrevel qui voyait en même temps son aile gauche entamée par les cavaliers de Catinat et les fantassins de Mistouflet. Les cinq cents hommes que commandait Monseigneur Louis poussèrent de grands cris de triomphe, et en un clin d'œil gagnèrent plus de trois cents pas de terrain sur leurs ennemis, qui allaient être pris entre deux feux.

Par suite de ce mouvement opéré si rapidement, le lieutenant de Chadefaux se trouva enveloppé, enfermé dans les rangs des camisards avant d'avoir pu s'apercevoir de l'avantage de ces derniers. Quand il se retourna et chercha des yeux les catholiques, il était trop tard pour essayer de les rejoindre.

— La retraite m'est coupée! dit-il avec plus de surprise que d'inquiétude.

— C'est vrai, vous voici prisonnier, fit Monseigneur Louis. Mais qui sait? ajouta-t-il, peut-être est-ce un bonheur pour vous comme pour moi.

— Eh bien, je me rends à vous, capitaine Louis... Voici mon épée.

— Gardez-la, Monsieur... Après la bataille vous serez libre. Faribole va vous conduire jusqu'à ma tente.

Et Monseigneur Louis appela d'un geste l'ancien maître d'armes qui se tenait à quelques pas immobile sur son cheval.

Tandis que le jeune officier s'éloignait avec Faribole, le fils d'Anne d'Autriche rejoignait Jean Cavalier sur la hauteur au pied de laquelle les catholiques avaient été refoulés.

Le maréchal qui, ce jour-là, se conduisit en vaillant capitaine, courait partout où il y avait du danger et cherchait à ranimer le courage de ses officiers et de ses soldats.

Voyant ses troupes faiblir de plus en plus, il allait donner des ordres et prendre ses dispositions pour empêcher la retraite de tourner en déroute quand lui arriva un renfort de quatre cents miliciens.

Alors le combat recommence avec une nouvelle fureur. Monseigneur Louis dit quelques mots à son allié ; prompts comme la pensée tous deux s'élancent vers les camisards, forment rapidement derrière les premiers rangs qui les masquent, deux colonnes d'attaque, puis se mettent à leur tête et, pour la seconde fois se précipitent sur le centre de l'armée de Montrevel.

L'élan des camisards fut terrible, irrésistible. Les catholiques plièrent devant eux ; bientôt le désordre se mit dans leurs rangs. Moins d'une demi-heure après, leur déroute était complète.

Ce sanglant combat coûta aux troupes du maréchal de Montrevel vingt-huit officiers tués ou blessés ; plus de huit cents cavaliers ou fantassins restèrent sur le champ de bataille.

Jean Cavalier ne perdit que trois cents hommes ; mais le brave Espérandieu, un de ses meilleurs lieutenants, fut tué d'un coup de baïonnette à la gorge.

Les camisards firent un immense butin en fusils, épées, pistolets, argents, chevaux et valeurs de toute espèce.

Pendant que les calvinistes vainqueurs remerciaient Dieu en chantant des psaumes, Monseigneur Louis et Henri de Chadefaux, suivis par Faribole et Mistouflet, s'élançaient au galop dans la direction des bois d'Euzet.

Une heure après avoir quitté Jean Cavalier ils mettaient pied à terre à l'entrée du souterrain servant d'entrepôt général.

Le pasteur Raymond accourut au devant de Monseigneur Louis, et, pour le préparer à supporter un nouveau coup du cruel Destin, il lui dit d'une voix tremblante :

— Monseigneur Louis, votre malheur sera peut-être plus grand que...

— Ciel ! interrompit le gentilhomme, Yvonne, ma chère Yvonne est morte !

— Non, non, fit le pasteur en secouant légèrement la tête ; mais, hélas ! elle est malade, très malade...

Tout en parlant, le ministre protestant avait conduit Monseigneur

Louis et ses compagnons jusqu'à la porte d'une petite chambre ,construite en bois, sous la haute voûte du souterrain.

— Votre compagne repose ici, dit-il, en ouvrant doucement la porte.

Le fils d'Anne d'Autriche s'élança dans la chambre. Mais dès son troisième, pas il s'arrêta brusquement, pâle comme la mort; un glacial frisson agita tout son être; il voulu parler, crier un mot, mais aucun son ne put sortir de sa gorge contractée par l'épouvante.

Yvonne, sa chère femme Yvonne, accroupie dans un coin sur un petit escabeau, le regardait avec des yeux hagards, hébétés, et ne semblait point reconnaître l'époux qu'elle avait tant aimé.

Rappelant à lui tout son courage, Monseigneur Louis se précipita vers sa malheureuse compagne, tomba à ses genoux et couvrant ses mains de caresses, répéta éperdu :

— Yvonne, Yvonne! ma pauvre Yvonne!

Les regards ternes, l'air stupide, le corps courbé sous le poids d'une prostration extrême, la jeune femme le regardait toujours.

— Yvonne! c'est moi!... ne me reconnais-tu pas? s'écria le gentilhomme avec un accent déchirant.

Un éclair passa dans les beaux yeux de la victime de Gniafon, ses lèvres s'entr'ouvrirent pour parler... Mais l'éclair s'éteignit, ses lèvres restèrent muettes et lentement sa tête s'abaissa sur sa poitrine dans une attitude d'effrayante méditation.

Alors Monseigneur Louis cacha son front dans ses deux mains, et, succombant à sa douleur, se mit à sangloter comme un enfant.

A l'entrée de la petite chambre, debout, mais se soutenant à peine, Faribole et Mistouflet, aussi pâles que leur maître, émus comme jamais ils ne l'avaient été, ne pouvaient plus retenir les larmes de douleur, d'effroi et de rage qui s'échappaient de leurs yeux.

Monseigneur Louis, repassant dans sa pensée tous les maux qui le frappaient, lui, et ceux qu'il aimait ou avait aimés, s'écria entre deux sanglots avec un accent de désespoir indicible :

— Mon Dieu!... mais je suis donc maudit!... maudit!...

Soudain il tressaillit, releva le front et poussa un grand cri.

Mais ce fut, cette fois, un cri d'espérance et de joie.

A peine avait-il répété le dernier mot de sa terrible phrase, que sa malheureuse compagne se redressait brusquement, le regardait avec un étonnement qu'on ne peut exprimer et tout bas, bien bas murmurait :

— Monseigneur Louis?...

Le gentilhomme se releva d'un bond, vit le douloureux regard que fixait sur lui sa compagne, alors, la serrant dans ses bras, il s'écria :

— Yvonne ! Yvonne !... Reviens à toi !

Une seule seconde s'écoula mais elle parut dix siècles aux spectateurs de cette scène.

La jeune femme lia ses bras autour du cou de son mari, laissa aller sa petite tête sur son épaule et, d'une voix douce, plaintive, empreinte d'un navrant désespoir, elle murmura :

— Louis... monseigneur Louis... notre fils nous a été volé !...

Puis un torrent de larmes brûlantes jaillit soudain de ses yeux et ruissela sur ses joues.

— Sauvée !... elle est sauvée ! répéta le pasteur Raymond qui s'agenouilla dans un coin pour adresser une prière à Dieu.

— Yvonne, ma bien aimée, dit plein d'émoi le fils d'Anne d'Autriche, nous allons nous lancer à la recherche de notre enfant, et bientôt, j'en suis certain, nous l'aurons retrouvé.

Les larmes de Faribole et de Mistouflet s'étaient arrêtées, mais la colère qu'ils ressentaient contre les misérables incendiaires du Mas de Couriac était devenue terrible, aussi ce fut d'une voix qui vibrait furieusement que l'ancien maître d'armes dit à la jeune femme :

— Madame Yvonne, dès à présent je vais employer tout ce que je possède de force, de ruse et de courage pour retrouver votre enfant...

Et, étendant la main, il ajouta d'un ton d'effrayante fermeté :

— Je vous le rendrai, sur mon âme, je le jure !

— Madame Yvonne, je fais ici le même serment : nous vous rendrons votre fils ! dit Mistouflet en s'avançant à son tour.

La compagne de monseigneur Louis tourna vers ses deux amis, toujours si braves, toujours si dévoués, ses yeux humides de pleurs, puis vivement leur tendit ses petites mains, prononçant ce seul mot :

— Merci !

— Oui, chère Yvonne, dit monseigneur Louis, nous découvrirons, et nous saurons punir les ravisseurs de notre enfant et de la pauvre Jeanne le Vrignes.

Le lieutenant de Chadefaux qui, retiré dans un angle de la chambre avait assisté, profondément ému lui aussi, à la scène qui venait de se passer sous ses yeux, s'avança et d'une voix grave :

— Oui, madame, tous unis dans un même but de vengeance et de justice, nous saurons atteindre nos misérables ennemis.

— Ah ! doux Jésus ! quand je les tiendrai !... murmura Mistouflet en agitant ses poings d'hercule.

Puis s'adressant à monseigneur Louis :

— Monseigneur, ajouta-t-il, Faribole et moi, nous allons partir immédiatement pour le Mas de Couriac afin de découvrir quelques indices qui nous guideront dans nos recherches.

— Oh ! je connais, et vous connaissez le principal coupable, dit vivement Yvonne.

— Son nom ? son nom ?

— C'est Gniafon ! répondit la jeune femme, frissonnant d'effroi.

— Mordious ! je finirai bien par tuer ce misérable nain ! s'écria Faribole en serrant convulsivement la poignée de sa rapière.

— J'ai déjà procédé à quelques recherches, dit doucement le pasteur Raymond. J'ai trouvé cet objet qui pourra vous être utile.

En parlant le ministre protestant tira de sa poche un petit bonnet garni de dentelle et le remit à Yvonne.

— C'est celui de notre enfant ! dit cette dernière à Monseigneur Louis.

— Seigneur Jésus ! fit Mistouflet, madame Yvonne, veuillez nous confier ce bonnet et, dans vingt-quatre heures peut-être, grâce au chien Médus, nous saurons où l'on cache votre fils.

— Hélas ! mon ami, dit le pasteur, le brave chien ne sera pas en état de marcher avant deux semaines.

— Frère Raymond, demanda soudain l'époux d'Yvonne, que sont devenus dame Dorfeuil et son fils ?

— Notre frère est retourné au Mas de Couriac pour prendre et amener ici les restes de sa mère et le corps de son ami Piolet.

Puis à la demande de monseigneur Louis, le pasteur conta à ses auditeurs, frémissant d'horreur, ce qu'il avait vu au Mas de Couriac.

Le ministre protestant avait passé une heure terrible entre la douce Yvonne qui semblait avoir perdu la raison et le jeune Dorfeuil qui pleurait de douleur devant le cadavre à demi carbonisé de sa mère.

En ramenant la compagne de monseigneur Louis au souterrain d'Euzet, il avait aperçu au milieu du chemin, à une courte distance de la chaumière incendiée, un petit bonnet d'enfant qu'il avait aussitôt ramassé.

Arrivé au bois d'Euzet il avait fait atteler une charrette et envoyé à Dorfeuil resté au Mas de Couriac quatre jeunes gens munis de pelles et de pioches.

— Sais-tu où est situé le mas de Couriac ?

Le cadavre du malheureux Piolet ainsi que le corps de dame Dorfeuil avaient été pieusement déposés dans une toile blanche et transportés dans la charrette, puis les quatre jeunes gens avaient creusé une large fosse pour y enfouir les corps des incendiaires.

Pendant ce temps Dorfeuil lavait près du puits l'horrible blessure du chien Médus, qui, tout en poussant de faibles gémissements arrachés par la souffrance, regardait son maître avec des yeux pleins de reconnaissance.

Le lieutenant de Chadefaux demeura deux heures encore près de ses malheureux amis.

Lorsqu'il eut pris congé d'Yvonne, monseigneur Louis lui dit en l'accompagnant jusqu'à la sortie du souterrain :

— Monsieur le lieutenant, vos chefs vous demanderont sans doute d'aller reprendre votre place dans l'armée que nous combattons.

— C'est fort certain. monseigneur.

— Eh bien, vous leur répondrez que vous êtes prisonnier sur parole et que je vous ai accordé trente jours pour pouvoir rechercher les ravisseurs de votre fiancée.

— Je devine votre délicate pensée, Monseigneur, dit l'officier de dragons. Dans trente jours, plus que suffisants pour retrouver ma chère Jeanne, je reviendrai me constituer prisonnier.

Puis il serra la main que lui tendait le généreux allié de Jean Cavalier, et quitta rapidement les bois d'Euzet escorté par Faribole et Mistouflet chargés de lui faire traverser la campagne occupée par les camisards.

Il était près de sept heures du soir quand le jeune lieutenant arriva à Nimes où chacun s'entretenait à voix basse de la défaite essuyée par les catholiques.

En entrant dans le superbe hôtel de M. de Montrevel, il vit la consternation peinte sur tous les visages.

— Monsieur de Chadefaux, lui dit un laquais qui n'ignorait pas que son maître avait une grande amitié pour le jeune lieutenant, je doute que monsieur le maréchal consente à vous recevoir ce soir...

Il baissa brusquement la voix et ajouta rapidement :

— De graves et mauvaises nouvelles viennent d'arriver de Paris !

— Ah ! vraiment... Allez tout de même m'annoncer à Monsieur le maréchal, répliqua le jeune officier.

Le laquais s'éloigna. Deux minutes après il revenait.

— Vous pouvez entrer, Monsieur le lieutenant, dit-il aussitôt.

Et Henri de Chadefaux pénétra dans le cabinet de Monsieur de Montrevel.

CHAPITRE XXV

OU MISTOUFLET EXPLIQUE A FARIBOLE COMMENT LES CHOSES ONT DU SE PASSER

Courant comme un voleur et serrant dans ses bras l'enfant de monseigneur Louis et d'Yvonne, Gniafon, après avoir quitté ses misérables acolytes en train de vider le sac d'écus qu'il leur avait jeté, s'était engagé sur le chemin d'Uzès. Mais il n'alla pas jusqu'à cette ville.

Il s'arrêta dans un petit bourg fortifié nommé Lussan.

A trois cents pas environ des remparts, il entra dans une ruelle sale, infecte, bordée de maisons, ou plutôt d'affreuses bicoques dans lesquelles grouillaient des centaines d'indigents aussi sales que l'étaient leur ruelle et leurs maisons.

Gniafon, cachant son léger fardeau sous son manteau, parcourut les deux tiers de la ruelle et s'arrêta devant une habitation dont l'apparence était un peu moins misérable que celles qui l'entouraient.

L'œil des passants était même égayé par une petite caisse pleine de fleurs qui se trouvait attachée sous l'appui d'une fenêtre du premier étage, auquel on accédait au moyen d'un escalier extérieur, étroit et raide, qui grimpait le long de la muraille.

Par cette sorte d'échelle, le nain monta au premier étage et frappa à l'unique porte qu'on y voyait.

Un profond silence remplaça le bruit des voix qui se faisaient entendre à l'intérieur, puis une charmante jeune fille se montra sur le seuil.

A la vue de la hideuse tête du visiteur elle ne put retenir un léger cri de frayeur et recula d'un pas.

Gniafon en profita pour se glisser dans la pièce dont il referma la porte d'un violent coup de pied, ce qui contribua fort peu à diminuer la frayeur de la jeune fille autour de laquelle une demi-douzaine d'enfants vinrent se presser comme un troupeau apeuré.

— Quelle marmaille ! s'écria l'affreux nain.

— Eh bien ! eh bien ! qu'est-ce qu'il y a? fit une femme d'une quarantaine d'années en sortant d'une chambre qui composait, avec la pièce dans laquelle elle entrait, tout le logement de la famille.

— C'est moi, dame Rouquet, dit Gniafon se tournant vers elle.

— Ah ! je vous reconnais. C'est vous qui êtes venu un soir chercher mon mari pour le conduire chez monsieur de Montrevel.

— Et c'est encore de la part de monsieur de Montrevel que je viens, répliqua Gniafon qui savait fort bien qu'en employant ce mensonge il obtiendrait ce qu'il voulait de dame Rouquet.

Puis il écarta son manteau et montra le fils d'Yvonne.

— Je vous apporte cet enfant, ajouta-t-il.

— Mais c'est que j'en ai déjà six, hasarda la bonne femme.

Le nain l'interrompit brutalement :

— Celui-là vous en fera sept, voilà tout ! Vous devez obéissance à monsieur de Montrevel... Et d'ailleurs vous n'aurez pas à le regretter. Tenez ! Chaque mois vous en recevrez autant.

En disant ces derniers mots, il jeta cinq écus sur la table.

Quinze livres étaient une somme pour des pauvres gens.

Dame Rouquet prit donc l'enfant, assez satisfaite de l'aubaine.

— C'est bien, dit-elle, j'en aurai soin comme des miens... Mais comment s'appelle-t-il?

— Je n'en sais rien ! Vous lui donnerez le nom que vous voudrez !

— Dieu ! qu'il est beau et gentil ! fit la jeune fille en caressant le pauvre petit.

— Maintenant, écoutez bien ce que je vais dire ! reprit Gniafon qui du doigt désigna l'enfant volé. Vous ne devrez jamais, vous entendez, jamais le sortir autrement que le visage bien enveloppé.

— Ah ! dit dame Rouquet avec étonnement.

— Vous ne laisserez jamais pénétrer dans la chambre où vous le tiendrez enfermé, ni parents, ni voisins, ni étrangers. Si vous désobéissez à ces ordres un châtiment terrible vous attend.

— J'obéirai, Monsieur, et ma nièce aussi, dit dame Rouquet très effrayée.

— C'est bien !... Votre mari est-il à Nîmes?

— Je le pense, Monsieur ; voilà cinq jours que nous n'avons pas reçu de ses nouvelles.

Gniafon marcha vers la porte ; au moment de l'ouvrir il se retourna et dit encore :

— Peut-être reviendrais-je bientôt. Mais rappelez-vous que personne ne doit voir cet enfant.

Puis il s'en alla d'un pas rapide.

— Ma tante, est-ce que vous connaissez ce vilain personnage ? demanda la jeune fille dès que le nain se fut éloigné.

— Non, et je ne sais même pas son nom ; mais il paraît qu'il est riche et puissant, c'est ton oncle qui me l'a dit.

— Ma foi, s'il est aussi riche qu'il est laid, il doit...

— Silence ! malheureuse, interrompit dame Rouquet, regardant tout autour d'elle. Tu oublies donc, reprit-elle à voix basse, bien que nous soyons de nouveau convertis, mon mari, moi et les petits, nous sommes toujours des calvinistes aux yeux de nos voisins catholiques.

— C'est vrai, ma tante. Et parfois je tremble pour vous qui m'avez accordé l'hospitalité, quand je songe que quelqu'un pourrait reconnaître en moi l'ancienne fiancée de Jean Cavalier.

— J'espère bien, ma chère Marie, que tu ne penses plus au chef des camisards ?

La jeune fille poussa un soupir, puis répondit :

— Une pauvre orpheline, misérable comme moi ne peut espérer devenir la femme de Jean Cavalier... Je connais trop son ambition...

Et la nièce de dame Rouquet ne se trompait guère : le chef des camisards de pensait que bien rarement qu'il existait dans le pays une jeune fille à qui, dans sa boulangerie d'Anduze, il avait promis d'être un jour l'époux.

Vers le milieu de l'après-midi de ce même jour, Gniafon rentra à Nîmes et se rendit directement dans une hôtellerie sans s'arrêter chez M. de Montrevel. Il avait appris la déroute des catholiques et il se disait que ce n'était pas le moment opportun pour aller saluer le maréchal.

Dès qu'il fut arrivé à l'hôtellerie il s'enferma dans une chambre et se mit à écrire un billet qu'il recommença bien vingt fois car il n'était jamais satisfait des lignes qu'il avait tracées.

Puis il donna l'ordre à trois valets de lui aller chercher le nommé Rouquet.

Après avoir visité les différents endroits que leur avait indiqués le nain, les deux premiers valets revinrent seuls.

Le troisième fut plus heureux : il ramena celui que Gniafon avait demandé et qui était tout simplement un espion de M. de Montrevel.

L'ennemi d'Yvonne expliqua rapidement au mari de dame Rouquet ce qu'il attendait de lui et termina en lui promettant une double pistole de récompense.

— M'introduire dans le camp de Jean Cavalier ne me semble pas difficile, répondit l'espion ; m'informer où je trouverai la femme du chef que vous appelez le capitaine Louis, n'offre aucune difficulté.

— Ouis, mais il faut que cette lettre soit remise à elle, tu comprends bien, à elle seule.

— Oh! je vous comprends bien, seigneur Gniafon, mais si elle est gardée par deux ou trois hommes, comme vous êtes tenté de le croire, je ne sais trop comment je ferai.

— Fais comme tu voudras. Si dans deux jours tu m'apportes la réponse, je te donnerai une pistole de plus.

— J'espère la gagner, seigneur Gniafon.

Un instant plus tard, Rouquet s'éloignait de l'hôtellerie emportant, caché dans sa ceinture, un billet de trois lignes qui devait faire tomber la douce Yvonne au pouvoir de l'infâme Gniafon.

. . . .

Dans cette même journée, tandis que le pauvre enfant enlevé du Mas de Couriac était emporté du côté d'Uzès, la mignonne Jeanne de Vrignès était emmenée dans une direction diamétralement opposée par le chef des camisards blancs.

Plongée dans ses tristes pensées, la jeune fille oubliait sa propre situation pour songer à la douleur que son amie Yvonne et son généreux époux, monseigneur Louis, allaient éprouver en apprenant la disparition de leur fils adoré.

Elle ne remarquait pas avec quel soin, avec quelle persistance, ceux qui l'emmenaient, évitaient les chemins, même les mieux fréquentés.

Cependant, après trois heures de marche à travers les champs, elle demanda à son guide :

— Arriverons-nous bientôt, monsieur?

Le chef des camisards blancs allait répondre quand il se sentit vivement tiré par le bas de sa blouse blanche.

C'était Nékao.

— Maître, lui dit en même temps le petit homme roux, si vous aviez, vous aussi, une monture, nous serions bien vite rendus à notre destination.

— Bien malin serait celui qui en découvrirait une dans une campagne que catholiques et protestants sillonnent tour à tour.

— Eh bien, maître, reprit Nékao en riant, je serai ce malin qui vous montrera, non pas une, mais deux montures... Regardez?

Et il allongea, le plus qu'il lui fut possible, son petit bras dans la direction d'une ligne de peupliers que l'on voyait à quatre ou cinq cents pas.

— Bon! j'aperçois les grands arbres qui bordent d'un côté *le Gardon*.

— Regardez plus bas, dans le chemin qui suit la rivière.

— Tiens, tiens! je vois quelque chose qui ressemble à un carrosse!

— Eh bien! maître, dit Nékao avec son petit rire aigu, à moins de supposer qu'il roule poussé par le vent, deux chevaux au moins doivent le tirer.

— Tu as raison, Nékao. Pressons le pas afin d'arriver au pont avant eux.

Sur un ordre de leur chef les camisards blancs, laissant en arrière la jeune fille et Nékao, partirent au pas de course et en cinq minutes atteignirent un petit pont jeté sur *le Gardon*. Le carrosse était à plus de trois cents pas et s'avançait si lentement qu'on aurait pu le croire immobile.

— Puisqu'il ne vient pas à nous, allons à lui! dit le chef impatient.

Et suivi d'une dizaine d'hommes il marcha au-devant du carrosse. Il l'eut bientôt rejoint. Pendant que ses compagnons dételaient les deux chevaux, il ouvrit la portière de la lourde voiture dans laquelle se trouvaient deux voyageurs déjà d'un certain âge. Le plus vieux était couché sur la banquette du fond disposé en forme de lit, sa barbe était inculte, ses regards vitreux; il ressemblait à un moribond.

Son compagnon, tout de noir vêtu, occupait la banquette du devant. Ce fut à celui-ci que le chef des camisards blancs s'adressa :

— Mille pardons, Monsieur... mais je vois que vous transportez un homme bien malade.

— Cet homme, qui est mon ami, dit gravement le voyageur vêtu de noir, a reçu un coup de poignard dans la poitrine, un autre dans la gorge qui lui a perforé le larynx; si je parviens à le sauver je serai impuissant pour lui rendre la parole.

— Croyez à tous mes regrets; malheureusement je suis pressé...

— Que voulez-vous donc encore? interrompit l'ami du moribond. C'est votre chef et vos compagnons qui ont frappé cet homme au château de Servas que vous avez détruit... cela ne vous suffit-il pas?

Le colosse regarda d'abord le voyageur avec un réel étonnement puis, après un court instant de réflexion :

— Le château de Servas, attendez donc, dit-il ; en effet, il a été brûlé le mois dernier... Eh bien ! Monsieur, ajouta-t-il vivement, je n'étais pas de l'expédition des camisards noirs, car jamais je n'ai fait partie de la bande de Jean Cavalier.

— Que voulez-vous de moi?... De l'or?... Voici ma bourse! dit le voyageur avec une certaine hauteur.

Le chef des camisards blancs sourit, prit la bourse qu'on lui tendait, et répliqua avec bonhomie :

— Je la prends, mon gentilhomme, en paiement d'un cheval que je vous cède... Mon Dieu oui : les deux bêtes de votre carrosse sont devenues ma propriété ; j'en garde une et je vous cède l'autre.

— Comment voulez-vous que nous poursuivions notre voyage?

— Bah! répondit vivement le colosse, un cheval suffira pour vous conduire jusqu'à Anduze où vous en achèterez un autre. Le chemin est uni comme un miroir !

Le chef des camisards referma la portière, puis, n'emmenant qu'une seule bête, se hâta de rejoindre le reste de sa troupe au milieu de laquelle Jeanne de Vrignès arrivait à l'instant.

— Comment, maître, vous n'avez pas pris les deux chevaux? dit Nékao très étonné.

Le chef lui en donna la raison ; il parla du voyageur blessé mais ne prononça ni le nom de Jean Cavalier, ni celui de Servas. Il est certain que s'il avait dit à Jeanne de Vrignès que le moribond avait été frappé la nuit de l'incendie du château de son oncle, la jeune fille aurait voulu voir le blessé ; nul ne sait la tournure que les évènements auraient prise à la suite de cette rencontre amenée par le hasard.

Après avoir donné ses instructions au camisard qui lui servait de lieutenant, le chef sauta sur le dos de sa nouvelle monture, Nékao, agile comme un singe, sauta en croupe, le colosse prit la bride du cheval de Jeanne et ils s'élancèrent au grand trot sur le chemin d'Anduze. Ils contournèrent ce village, vinrent rejoindre le chemin qu'ils n'abandonnèrent qu'au bout d'une heure pour se diriger du côté de la montagne.

Enfin, vers deux heures de l'après-midi, ils arrivèrent au pied d'une hauteur couronnée par un château fort. Celui-ci avait appartenu au seigneur de Chomérac, fervent protestant ; aussi les catholiques s'étaient-ils empressés de brûler et le château et le propriétaire ; cependant le donjon, qui se trouvait être un peu isolé, n'avait pas trop souffert du feu, et les caves, formant de larges galeries souterraines, étaient demeurées intactes.

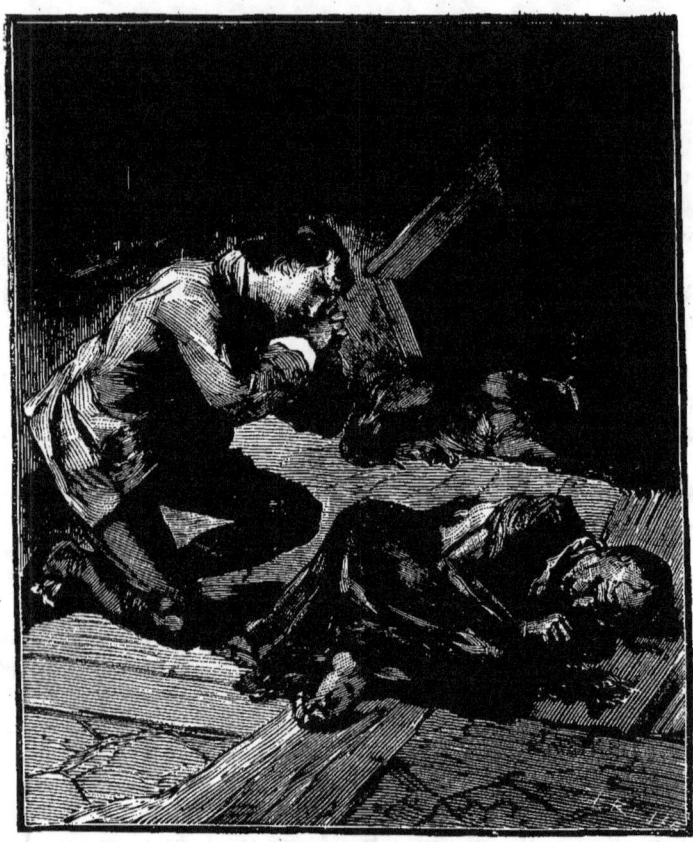

— Ma mère ! ma mère !

Cette antique demeure n'étant maintenant à personne, le chef des camisards blancs en avait fait son quartier général. Il avait gardé pour lui le donjon ; ses compagnons avaient élu domicile dans les galeries.

En pénétrant dans ce château aux murs noircis par les flammes, Jeanne de Vrignès frissonna d'inquiétude et d'effroi : il lui semblait entrer dans une sombre prison. Elle demanda au chef des camisards blancs :

— Ainsi vous avez jugé nécessaire de m'amener si loin et dans un lieu presque inaccessible?

— Oui, Mademoiselle. Vous m'avez appris que c'était à Nîmes que je devais envoyer chercher vos amis. Or, ils sont loin, et vous ne pourriez les attendre sans danger dans un petit village.

— Quel danger aurais-je eu à craindre?

— Celui d'être massacrée par une bande de camisards ou par une troupe de trop zélés catholiques. Ici vous êtes en sûreté. Dès que vous vous serez installée dans une chambre du donjon, vous écrirez une lettre pour avertir vos amis.

— Je vais l'écrire de suite, Monsieur, dit Jeanne qui, bien que très inquiète, ne soupçonnait pas qu'elle fût réellement prisonnière. Je vous supplie de la faire porter le plus vite possible.

— Demain matin, Nékao montera à cheval et ira rejoindre à deux lieues d'ici le chemin de Nîmes.

Pendant que la jeune fille et le colosse s'entretenaient dans une pièce voûtée au rez-de-chaussée du donjon, Nékao était allé rejoindre au premier étage une femme dont il était impossible de définir l'âge. Elle était grande, sèche, maigre, elle avait le visage anguleux et le nez crochu. . était la mère du petit bonhomme Nékao.

Elle était à la fois l'intendante, la surveillante, l'économe, la cuisinière des habitants du donjon de Chomérac. A ces multiples fonctions elle allait en ajouter d'autres : celles de geôlière de Jeanne de Vrignès.

Aidée par son fils, elle eut bientôt préparé, au deuxième étage, une chambre pour la jeune fille. Celle-ci, moins d'une heure après son arrivée au château de Chomérac, s'asseyait devant une table et, quoique brisée de fatigue et d'émotion, écrivait une longue lettre pour le lieutenant de Chadefaux qu'elle appelait son cher fiancé, son futur époux.

Un peu avant la nuit, dame Nékao lui apporta son repas du soir. Mais elle y toucha à peine. Elle passa l'inspection de sa chambre, puis poussa le verrou et s'étendit tout habillée sur son lit. Un instant après elle s'endormait d'un sommeil de plomb.

Il était grand jour quand elle s'éveilla. Elle promena d'abord autour d'elle des regards étonnés; puis la mémoire lui revint, et, en se voyant seule, pour ainsi dire perdue dans ce lieu désolé, elle se mit à pleurer.

Soudain elle tressaillit.

On frappait à la porte de sa chambre. Elle se laissa glisser sur le plancher et courut ouvrir.

— Mademoiselle. dit Nékao en entrant, si la lettre que vous deviez écrire est prête, je vais partir à l'instant pour me rendre à Nîmes.

— La voici, mon ami, dit Jeanne d'une voix bien douce. En vous adressant à Monsieur le maréchal de Montrevel, vous saurez de suite où trouver le lieutenant de Chadefaux.

— Très bien, Mademoiselle, fit le petit homme en prenant la lettre.

— Soyez certain, mon ami, reprit Jeanne de Vrignès, que vous recevrez une royale récompense.

— En ce cas, je vais faire diligence : ce soir je serai à Nîmes.

Et sur ce dernier mot Nékao sortit de la chambre.

Dix minutes après il quittait le donjon accompagné de son maître, et tous deux s'éloignaient, précédés d'un camisard blanc conduisant deux chevaux par les brides. Arrivés au pied des rochers ils sautèrent en selle et s'élancèrent à travers la campagne. De la fenêtre de sa chambre la prisonnière put les suivre un instant des yeux.

A une lieue du château de Chomérac, les deux cavaliers rencontrèrent une pauvre auberge, ils y entrèrent. Le chef des camisards blancs demanda deux choses : un bon dîner et une chambre. L'hôte lui donna la plus belle de sa maison où, depuis huit jours, pas un seul voyageu ne s'était arrêté, et promit qu'avant une demi-heure le dîner serait servi.

Dès qu'ils furent seuls Nékao remit à son maître la lettre de Jeanne de Vrignès. Le colosse l'ouvrit et la lut rapidement à demi-voix.

Il demeura un instant pensif puis s'adressant à son petit compagnon :

— Nékao, que faut-il faire? dit-il.

— Dame, maître, le plus simple ce serait de porter la lettre au lieutenant.

Tout en parlant le malin petit homme clignait de l'œil et regardait son maître avec un sourire légèrement narquois.

— Tais-toi, Nékao! répliqua vivement le chef des camisards blancs. C'est parce que je ne veux pas que tu portes cette lettre à Nîmes que je te dis : que faut-il faire?

— Je suis embarrassé, maître : vous me demandez de vous dire une chose et en même temps vous m'ordonner de me taire.

— Prends garde à toi, Nékao; si je me fâche, je te couperai les oreilles.

— Bien, bien! fit le petit homme sans s'émouvoir. Ecoutez donc maître :

Il prit la lettre, y jeta un regard, et continua :

— La demoiselle Jeanne... Jeanne de Vrignès d'après la signature, attendra sans doute une semaine sans trop d'impatience; ensuite elle s'étonnera de ne point voir venir son fiancé... vous avez lu que le lieutenant de dragons était son fiancé?

— Oui, dit le colosse d'une voix sourde.

— Donc elle s'étonnera de ne point le voir venir et de ne recevoir de lui aucune nouvelle... Et pourtant Nîmes n'est pas au bout du monde!

— Malheureusement! fit le chef avec un long soupir de regret.

Nékao allongea la main vers son maître comme s'il le désignait à un tiers et avec un sourire ironique :

— Voyez donc ce grand chef, dit-il; c'est un géant, c'est un colosse, et s'il ne m'avait pas, moi, pauvre pygmée, misérable ver de terre, neuf fois sur dix il ne trouverait rien pour se tirer d'un cas embarrassant.

— C'est vrai, Nékao.

— Je continue, maître, écoutez-moi bien : demoiselle Jeanne dit à son amoureux de quitter l'armée, où il risque d'être tué, pour accourir au château de Chomérac. Quoi de plus simple que de supposer que le lieutenant a disparu pendant un combat...

— En disant qu'il a été tué tout serait fini, interrompit le géant.

— Maître, maître, que vous êtes heureux de m'avoir près de vous! fit Nékao railleur. Si vous dites à la demoiselle que le lieutenant a été tué, elle écrira une seconde lettre à ce comte Louis ou à cette amie Yvonne dont parle la lettre... Et ceux-là ne sont pas morts.

— Tu as raison.

— J'ai toujours raison, maître!... Au contraire, en disant seulement qu'il a disparu, vous aurez une belle occasion de gagner les bonnes grâces de la jolie blonde en ordonnant et en faisant vous-même des recherches pour savoir ce que l'officier est devenu.

— Et lorsque j'aurai cherché pendant quinze jours, trois semaines ou un mois, j'annoncerai que le lieutenant a été fusillé par les camisards noirs qui l'avaient fait prisonnier.

— Tiens, tiens! savez-vous, maître, qu'à mon contact vous commencez à acquérir un peu d'esprit! fit Nékao avec audace et l'air narquois.

Mais son maître ne l'écoutait pas; il réfléchissait.

Alors le petit homme aux cheveux roux s'écria :

— Parions que vous êtes en train de vous demander par quel moyen vous pourrez vous faire aimer!... Voulez-vous que je vous en indique un bon, infaillible.

— Tais-toi, Nékao! Je devine ton moyen... je ne l'emploierai jamais!

— Vous avez raison maître. Cela d'ailleurs ne vous servirait de rien, je le vois maintenant... dans cette lettre.

Et comme le géant le regardait sans comprendre :

— Mais oui, continua-t-il ayant l'air de se parler à lui-même; la jolie poulette aime trop son beau lieutenant... elle l'adore... elle en raffole...

— Tais-toi, Nékao! dit le chef devenant pâle.

Mais comme le chat qui joue avec la souris il prit plaisir à jouer avec le cœur de son maître.

— Et ma foi, maître, fussiez-vous cent fois plus bel homme, jamais la demoiselle de Vrignès... une fille noble, maître, jamais elle ne vous appellera son bien-aimé, son cher fiancé, son époux, son seigneur adoré!

— Te tairas-tu, misérable! s'écria le chef des camisards blancs en allongeant brusquement les deux mains pour saisir et broyer son maudit compagnon.

Mais celui-ci se déroba en faisant un bond en arrière.

Au même moment l'aubergiste frappa à la porte, puis entra suivi de sa femme. Tous deux apportaient le dîner de leurs hôtes.

Vers la fin du repas le chef des camisards blancs dit tout à coup à Nékao :

— Nous irons tous deux à Nîmes!

— Hein! vous dites, maître? fit Nékao étonné.

— Je vais retourner à Chomérac; tu m'attendras ici où je te prendrai demain à la première heure.

— Bien maître. Moi je ne demande pas mieux, répliqua le petit homme aux cheveux roux.

Deux heures plus tard le chef des camisards blancs était de retour au donjon. Il monta dans la chambre de Jeanne et pour avoir le bonheur de rester quelques instants près d'elle, il lui dit qu'il avait résolu d'aller lui-même à Nîmes, se fit donner tous les renseignements qui devaient lui permettre de vite trouver le lieutenant et promit de le ramener.

Le lendemain, au lever du soleil, le chef des camisards blancs partit au galop, se rendit à l'auberge où l'attendait Nékao, et tous deux prirent la direction de Nîmes.

Il était une heure de l'après-midi quand ils arrivèrent à l'entrée du village de Nozières. La première maison qu'ils virent était l'auberge du *Lion Rouge*. Ils y entrèrent et se firent servir à dîner dans la salle commune.

A peine, y avait-il dix minutes qu'ils étaient attablés, quand deux cavaliers armés d'une façon formidable, ce qui ne paraissait point extra-ordinaire vu les troubles dont le pays était le théâtre, mirent pied à terre à la porte de l'auberge, puis pénétrèrent à leur tour dans la salle commune.

— Hé! bagasse! cria celui qui entra le premier. Hé! l'hôtelier servez-nous à dîner promptement.

— Oui, Seigneur Jésus! car nous n'avons pas de temps à perdre, ajouta le second, qui, après s'être commodément assis, dit à mi-voix à son compagnon :

— Je crois bien, messire Faribole, que nous suivons une fausse piste.

— J'en ai peur, bagasse! Mais je vais toujours questionner notre hôte.

D'un signe Faribole appela l'aubergiste et, à haute voix, de façon à être entendu des quatre coins de la salle, il demanda :

— Dites-moi, maître hôtelier, vous n'auriez pas vu passer devant votre porte, un groupe de quatre ou cinq hommes, je ne peux vous dire au juste le nombre...

— Dame! on voit pas mal passer de gens, en ce moment, dit l'aubergiste en souriant.

— Attendez-donc, bagasse! Les hommes dont je veux parler emportaient avec eux une jeune fille et un petit enfant.

En entendant ces paroles, le chef des camisards blancs ne put réprimer un léger tressaillement; il lança à Nékao un regard qui voulait dire : « Écoute attentivement. »

— Ma foi, Monseigneur, répondit l'aubergiste, je n'ai vu ni homme, ni groupe d'hommes emportant une jeune fille ou un enfant.

— Moi, Monseigneur, je puis vous fournir un renseignement, dit un homme d'une trentaine d'années, qui achevait de dîner à une table placée derrière Faribole.

Celui-ci se leva brusquement et se tournant vers son voisin :

— Ah! mon ami, s'écria-t-il, si vous pouvez me mettre sur la piste des misérables que je voudrais exterminer, vous me rendriez un service que je n'oublierai pas.

— Je ne sais malheureusement que peu de chose.

— Dites toujours, mon doux Jésus! fit Mistouflet vivement.

— Eh bien, voilà : hier matin, mon frère revenait d'Anduze où il avait passé la nuit quand, à une petite distance du chemin qu'il suivait, il aperçut traversant un champ, non pas quatre ou cinq hommes mais au moins une trentaine. Il a parfaitement reconnu des camisards blancs.

— Des camisards blancs ? hé! bagasse! je ne connaissais pas ça ! dit Faribole.

— Moi non plus, murmura Mistouflet.

— Oh! c'est une bande de pillards faciles à reconnaître : ils portent tous par-dessus leurs vêtements une blouse ou une chemise blanche.

— Ah! bagasse! si jamais j'en rencontre.... Mais continuez, mon ami dit l'ancien maître d'armes en se rassayant.

— Cette bande de camisards emmenait avec elle une femme assise sur un grand cheval qu'un homme conduisait par la bride. Mon frère a même fait cette réflexion : Voilà que, maintenant, les camisards blancs enlèvent les femmes.

— Mais cette bande n'emportait pas aussi un enfant?

— Ça Monseigneur, je ne sais pas. Mais si vous vouliez interroger vous-même mon frère, il travaille à quelques minutes d'ici. Je vous conduirai vers lui.

— J'accepte, bagasse !... Holà ! l'hôtelier, vite payez-vous! dit vivement Faribole en jetant sur la table un écu de six livres.

Deux minutes après il sortait de l'auberge avec Mistouflet et leur obligeant voisin.

— N'attendons pas leur retour, décampons tout de suite.

Le chef des camisards blancs régla leurs dépenses, puis tous deux se hâtèrent de rejoindre leurs montures et de s'éloigner. Ils passèrent au galop devant la maison où Faribole et Mistouflet avaient été conduits.

— Alors bagasse! dit l'ancien maître d'armes après avoir posé deux ou trois questions au frère de son voisin de table, alors vous n'avez pas vu si les brigands qui emmenaient une femme n'emportaient pas aussi un jeune enfant.

— Non Monseigneur. A l'abri derrière mon buisson, j'ai vu plusieurs camisards blancs chargés de paquets, mais ils ne portaient aucun enfant.

— Doux Jésus, dit Mistouflet à son ami, la personne qu'ils emmenaient n'était peut-être pas la demoiselle de Vrignès.

— Qui sait, qui sait, ami Mistouflet.

Puis s'adressant de nouveau à celui qui avait rencontré les camisards blancs.

— D'où venait la bande de brigands? demanda-t-il.

— Je ne sais pas. Je l'ai croisée entre Lezan et le Mas des Gardies. Je puis vous donner le signalement de deux camisards que vous pourrez facilement reconnaître si vous les rencontrez.

— Bagasse ! la chose peut nous être utile !

— L'un est taillé en hercule ; il a bien la tête de plus que Monseigneur.

Et l'interlocuteur des deux amis désignait Mistouflet.

— Mazette ! c'est un bel homme ! répliqua en riant Faribole. Et le second est-il pareil ? ajouta-t-il.

— Oh non ! Il est tout le contraire : c'est un nain bien *maigrillot*.

— Doux Jésus ! si c'était Gniafon ? dit à mi-voix Mistouflet.

— Ah ! bagasse ! ce nain n'a pas d'oreilles : nous les lui avons coupées !... mais il a dans le dos une grosse bosse ! L'avez-vous remarquée ? dit Faribole.

— Ma foi non, Monseigneur ; le petit homme ne m'a pas du tout paru bossu.

— Alors, bagasse ! je ne sais plus que penser. Et vous monsieur Mistouflet ?

— Mon Dieu, nous pourrions toujours chercher la piste des camisards blancs, et, si nous la retrouvons, la suivre en nous informant à droite et à gauche si la femme qu'ils emmenaient est jeune, blonde et mignonne.

— Vous avez raison, monsieur Mistouflet. Hâtons-nous ! dit alors l'ancien maître d'armes.

Dix minutes plus tard ils étaient de retour à l'auberge, sellaient eux-mêmes leurs montures, puis s'éloignaient rapidement dans la direction du Mas des Gardies.

Ils suivaient au trot, depuis une heure environ, un sentier tracé en pleine campagne, quand brusquement Mistouflet s'écria :

— Ah ! doux Seigneur ! je crois que nous brûlons !

Et de la main, il montrait à son compagnon un champ d'avoine qui paraissait avoir été récemment foulé par une troupe à pied.

— Mais oui, mordioux ! des hommes ont passé par-là !... De quel côté tirons-nous, monsieur Mistouflet ?

— A droite d'abord, si vous le voulez bien ? messire Faribole.

Au pas, tous deux entrèrent dans le champ d'avoine, le traversèrent lentement, puis atteignirent une prairie où les traces du passage des camisards blancs étaient complètement effacées.

— Mon doux Jésus ! continuons toujours en droite ligne.

— Continuons donc, bagasse !

Un peu plus loin les traces redevinrent visibles. Mistouflet le fit constater à son compagnon.

Ce cri sauva le fils de Madame Scarron.

— Cette piste, que nous remontons, semble vouloir conduire à cette maisonnette que j'entrevois tout là-bas devant nous.

— C'est bien possible, répliqua Faribole en se haussant sur ses étriers pour voir plus loin. Hé ! mais bagasse ! ajouta-t-il, nous ne sommes pas les seuls à nous diriger vers cette habitation !

— Tiens ! c'est vrai, mon doux Jésus ! j'aperçois un cavalier qui s'en approche.

— Mordious ! je suis impatient d'interroger les habitants de cette maisonnette. Au trot, Mistouflet.

A cinq cents pas devant eux, le cavalier qu'ils avaient aperçu, mettait pied à terre devant la porte d'une chaumière tombant en ruines ; il rejetait simplement les rênes sur le cou de sa monture, ce qui démontrait qu'il n'avait pas l'intention de faire une longue halte, puis pénétrait rapidement dans la pauvre demeure.

A peine en avait-il franchi le seuil qu'il reculait épouvanté.

Ses regards venaient de tomber sur quatre cadavres que se disputaient déjà sept ou huit gros corbeaux des Cévennes.

Ces cadavres étaient ceux des faux bûcherons qui avaient enlevé l'enfant d'Yvonne et la malheureuse Jeanne de Vrignès.

Et cet homme qui reculait épouvanté, c'était Gniafon, oui, l'infâme nain, qui revenait dans la chaumière abandonnée avec l'espoir de retrouver le jeune paysan qui servait d'intermédiaire entre lui et l'espion qu'il entretenait au camp de Jean Cavalier.

A demi suffoqué par l'horrible odeur qui se dégageait des corps en décomposition, il recula jusque sur le seuil de la porte.

Mais presque aussitôt il eut un soubresaut formidable et laissa échapper une exclamation de terreur.

A quarante pas à peine de la chaumière, deux cavaliers venaient de s'écrier d'une seule voix :

— Gniafon ! Gniafon !

En même temps, en effet, les deux vieux compagnons d'aventures, avaient reconnu leur ennemi dans le petit homme qui venait de se placer en plein soleil à l'entrée de la chaumière.

— Ah ! mordious ! je le tiens cette fois ! reprit Faribole en plantant ses éperons dans le ventre de sa monture qui fit un bond extraordinaire.

— Jésus-Marie ! je vais donc pouvoir tuer cette venimeuse bête ! s'écria Mistouflet.

Avec la rapidité d'une flèche tous deux s'élancèrent vers la chaumière où se montrait leur mortel ennemi.

Mais prompt comme l'éclair, Gniafon sauta sur son cheval et, avant que Faribole et Mistouflet eussent franchi la moitié de la distance qui les séparait, il s'élançait bride abattue vers le grand chemin d'Alais à Nîmes.

— Feu ! feu ! il ne faut pas qu'il nous échappe ! s'écria l'ancien maître d'armes au comble de la rage en voyant le nain leur glisser entre les mains.

Deux coups de pistolet, immédiatement suivis de deux autres, se firent aussitôt entendre.

Bien que Gniafon ne fût qu'à une trentaine de pas, il filait si vite, et Faribole et Mistouflet avaient tiré avec tant de précipitation qu'aucune des quatre balles ne l'atteignit.

Moins de cinq minutes après, tous les trois galopaient comme des insensés sur le chemin de Nîmes. Au bout d'un quart d'heure de poursuite, l'ancien maître d'armes poussa un long juron de rage !

— Mille millions de Dious ! dit Mistouflet navré. Il est inutile de tuer nos bêtes ! ajouta-t-il en arrêtant son cheval.

Faribole l'imita, jurant et montrant le poing à l'affreux nain qui réussit à s'enfuir, grâce à sa monture fraîche, alors que les leurs étaient déjà fatiguées par la longue traite fournie le matin.

— Retournons visiter la maisonnette, voulez-vous ? dit Mistouflet; peut-être apprendrons-nous ce qu'allait y faire Gniafon.

Lentement les deux fidèles compagnons de Monseigneur Louis revinrent sur leurs pas. Ils mirent une demi-heure pour refaire le trajet qu'ils venaient de parcourir. Enfin ils s'arrêtèrent, sautèrent à bas de leurs montures, les attachèrent à un volet puis pénétrèrent dans la chaumière abandonnée.

— Mordious ! que vois-je ! s'écria soudain Faribole.

— Doux Jésus ! soupira Mistouflet.

Et tous deux, pendant un instant, demeurèrent près de la porte, regardant avec une réelle stupeur les quatre cadavres étendus sur la terre qui remplaçait le plancher de la salle basse.

— Faisons un effort, dit Mistouflet en se bouchant le nez avec son mouchoir, et montons visiter l'étage supérieur.

Ils grimpèrent vivement au premier étage, mais redescendirent aussitôt, car la seule chambre habitable était entièrement vide. En traversant pour la seconde fois la pièce d'en bas, Faribole aperçut une couverture dont les rayures blanchès et bleues le frappèrent. Il s'en empara et courut rejoindre son compagnon sur le pas de la porte.

— Mistouflet, lui dit-il, cette couverture vient du Mas de Couriac.

— C'est vrai. Elle est de tout point semblable à celles que Dorfeuil et nous nous avions là-bas.

L'ex-élève de l'ancien maître d'armes réfléchit quelques instants, puis montrant du doigt les cadavres des faux bûcherons :

— Messire Faribole, reprit-il, que voyez-vous près de ces corps?

— Hé! bagasse! je vois quatre cognées pareilles à celles dont s'étaient armés les deux bandits tués par le brave Piolet.

— Eh bien, voulez-vous que je vous dise comment se sont passés tous les événements de la nuit de l'incendie?

— Je vous écoute, monsieur Mistouffet; mais si ça ne vous fait rien venez donc dehors.

— Remontons à cheval, Monsieur Faribole, et reprenons notre piste; tout en cheminant je vous ferai mon récit qui d'ailleurs sera court.

Ils se remirent en selle, Faribole roula la couverture qu'il plaça entre les fontes et ils s'éloignèrent de la chaumière en ruines.

— Je commence, dit alors Mistouflet : Gniafon envoie un jeune émissaire au Mas de Couriac afin d'en éloigner ses défenseurs pour une nuit, puis six bandits conduits par un septième, que Dorfeuil a positivement reconnu pour le mendiant qui passa un jour et une nuit hospitalisé au Mas.

— Bagasse! c'est à ce moment-là que Médus aurait dû l'étrangler.

— Les bandits mettent le feu à notre chaumière; Piolet voit l'incendie, sort et tue deux hommes pendant que le brave chien en étrangle un troisième. Les quatre qui restent enlèvent l'enfant de Monseigneur Louis et la demoiselle Jeanne.

— Pour les emporter à Gniafon qui probablement était demeuré dans la maison d'où nous venons.

— Absolument cela, maître. Mais Gniafon, en recevant une personne inconnue au lieu de Mme Yvonne, devient furieux, abandonne aux assassins de Piolet la pauvre demoiselle Jeanne et se sauve avec l'enfant à Nîmes ou dans les environs de cette ville.

— Nous irons, bagasse! faire un tour par là.

— Les quatre bandits sont sans doute en train de se demander ce qu'ils doivent faire de leur prisonnière, lorsque arrive une bande de camisards blancs. Le chef voit une jeune fille ravissante, il veut la délivrer ou plutôt s'en emparer. Une bataille s'engage, les camisards blancs tuent leurs adversaires, portent la demoiselle Jeanne sur le cheval de leur chef et l'emmènent, où?... c'est justement ce que nous cherchons.

— Hé ! bagasse ! cher monsieur Mistouflet, je suis sûr que les choses se sont passées comme vous venez de le raconter.

Il était près de cinq heures quand ils arrivèrent au petit pont jeté sur *le Gardou*. A une demie-lieue, en amont de la rivière, on apercevait les premières maisons du village. Faribole les montra à son compagnon :

— Demain, lui dit-il, je viendrai à Anduze, et tandis que je reprendrai la piste que nous allons abandonner ici, car il nous faut retourner auprès de Mme Yvonne, vous, ami Mistouflet, vous irez faire des recherches dans les environs de Nîmes.

— C'est entendu, messire Faribole.

Puis les deux hardis compagnons reprirent au grand trot la direction des bois d'Euzet.

CHAPITRE XXVI

COMMENT YVONNE, PAR DES MESSAGERS FORT DISSEMBLABLES, APPREND D'IMPORTANTES NOUVELLES

C'était vraiment une splendide journée d'automne.

Le soleil avait parcouru la moitié de sa carrière; deux ou trois petits nuages poussés par une légère brise, faisaient ressortir, par leur éblouissante blancheur, l'azur du ciel. Les grands arbres du superbe parc de Versailles secouaient majestueusement leurs hautes branches d'où s'échappaient les premières feuilles jaunies.

Dans un luxueux salon du château de Trianon, tout récemment bâti, Sa Majesté Louis XIV s'entrenenait avec sa compagne, Mme de Maintenon, toujours jeune et belle, mais toujours aussi fausse et hypocrite.

— Ah ! s'il ne connaissait pas le secret de... *mon frère!* murmura le roi d'une voix très basse.

— Que feriez-vous, mon cher Sire ? demanda Mme de Maintenon en posant doucement sa main sur l'épaule gauche du monarque.

— Je l'enverrais à la Bastille, Madame !

— Eh ! mais, répliqua en riant la compagne du roi, on y envoie des gens qui ne se moquent pas autant de vos ordres que M. de Louvois.

— Que voulez-vous dire, Madame ? répondit vivement l'ombrageux souverain.

— Il me semblait, Sire, que vous aviez signé l'ordre de remplacer, à la tête de l'armée des Cévennes, M. de Montrevel par M. de Villars.

— Il y a plus de dix jours qu'un courrier est parti porter mes ordres au maréchal de Montrevel.

— Eh bien, Sire, permettez-moi de vous dire que si ce courrier est sorti de Paris, ce dont je doute, il a dû tourner bride avant d'avoir atteint Fontainebleau.

— Ah ! si j'avais la preuve de cela ! s'écria Louis XIV avec un éclair de fureur dans les regards.

Un étrange sourire glissa sur les lèvres de Mme de Maintenon.

— Sire, reprit-elle, dans une heure, dans une demi-heure, moins peut-être, M. de Louvois vous apportera lui-même la preuve que vos ordres n'ont pas été exécutés.

— Vraiment, Madame, vous croyez qu'il aura l'audace...

— Le moyen de faire autrement, Sire ?... Il faut bien qu'il vous annonce que M. de Montrevel a livré, il y a trois jours, une grande bataille aux camisards.

Sa Majesté Louis XIV regarda sa belle compagne avec un air de profonde stupéfaction.

— Vos courriers, Madame, dit-il au bout d'un instant, sont plus rapides que les miens !

— Mes courriers sont ceux de M. de Louvois, Sire... Seulement, ils s'arrêtent chez moi avant de se rendre chez lui.

Louis XIV sourit. Il allait sans doute adresser un compliment à sa compagne quand M. de Louvois fit demander une audience au roi pour lui annoncer une grave nouvelle.

— Je me retire, Sire, fit vivement Mme de Maintenon en se levant. Et surtout, ajouta-t-elle, ne dites pas un mot à M. de Louvois de ce que je vous ai appris.

Puis elle sortit.

Une minute après M. de Louvois s'inclinait respectueusement devant son souverain.

— Quel est donc, Monsieur, cette grave nouvelle?

— Sire, répondit le ministre avec un imperceptible tremblement dans la voix, les troupes de Votre Majesté viennent de livrer une sanglante bataille aux bandes de Jean Cavalier.

— Et mes braves soldats ont été vainqueurs, je l'espère?

— Malheureusement non, Sire; mais...

D'un geste violent Louis XIV l'interrompit. Il s'était levé brusquement et regardait M. de Louvois avec des yeux dans lesquels se succédaient de terribles éclairs de colère.

Enfin il s'écria :

— Comment se fait-il que M. le maréchal de Villars, qui depuis dix jours au moins devrait être à Nîmes, soit encore à Paris?

— Sire, M. de Montrevel m'avait affirmé qu'avant une ou deux semaines la révolte des protestants serait réprimée.

— Elle le serait, Monsieur, dit Louis XIV en s'emportant, elle le serait si mes ordres avaient été exécutés, si l'on avait offert une amnistie à tous les rebelles.

— Sire, ils auraient repoussé vos offres de clémence. Votre Majesté n'ignore pas que leur véritable chef, c'est Monseigneur Louis.

Jamais le roi de France n'entendait prononcer le nom de son frère sans pâlir aussitôt.

Il devint donc tout pâle, et sa colère sembla avoir disparu.

Un instant il resta silencieux; puis il s'emporta de nouveau.

— Eh bien! moi, Monsieur, s'écria-t-il, moi je vous dis que si *lui* est aujourd'hui à la tête des révoltés des Cévennes, c'est votre faute ; si enfin, moi, votre maître, je ne vis plus que dans une inquiétude perpétuelle, c'est encore et toujours votre faute !

— Pourtant Sire...

— Taisez-vous, Monsieur!... Débarrassez-moi de votre présence ! Sortez ! sortez !

Et, en lançant ses derniers mots d'une voix vibrante de colère, Louis XIV tourna brusquement le dos à son ministre.

M. de Louvois, pâle comme un cadavre, s'inclina très bas et sortit lentement sans oser cette fois tenir tête à son maître.

Il rentra dans l'appartement qui lui était réservé au château de Trianon et se mit à méditer longuement.

— Jamais, non jamais je n'ai vu le roi en proie à une fureur aussi grande, se dit-il. Je le sens, je le devine, ma disgrâce est résolue.

Il réfléchit un instant encore, puis soudain il sonna son laquais qui bien vite accourut.

— Qu'on attelle mon carrosse immédiatement!

— Bien, Monseigneur.

Le laquais salua et sortit.

Dix minutes après il revenait annoncer que la voiture était prête. Le ministre glissa dans ses poches des papiers qu'il ne voulait point laisser à Trianon, et précédé de son valet descendit dans la cour où l'attendait son carrosse.

— A Paris, et rapidement, commanda-t-il.

En ce moment l'horloge du château sonnait cinq heures.

Tandis que M. de Louvois, faisant d'amères réflexions, roulait rondement vers la capitale, deux hommes causaient dans l'antichambre de son hôtel à Paris.

L'un, vêtu d'une courte veste de velours, tenant à la main un bâton à l'extrémité duquel était fixé un large pavé de cire jaunâtre et, pressant sous son bras une brosse à parquet, paraissait être âgé d'une quarantaine d'années ; mais un observateur attentif, en voyant les rides de son visage, en apercevant les cheveux gris que la teinture avait, par endroits, à peine brunis, lui aurait donné dix et même quinze ans de plus.

Ce frotteur, certainement avait une grave raison pour dissimuler ainsi son âge.

Le second personnage était un simple laquais.

Ce dernier disait au frotteur qui l'écoutait dans une attitude respectueuse, comme il convenait à un pauvre diable d'apparence chétive devant le valet d'un ministre débordant de santé :

— Alors c'est toi, mon ami, qui viendras chaque jour frotter les appartements de Monseigneur?

— Oui, du moins jusqu'à ce que mon collègue soit rétabli de la malheureuse chute qu'il a faite hier.

Le laquais conduisit le frotteur à l'extrémité d'un corridor en lui disant :

— Monseigneur est à Versailles pour plusieurs jours sans doute, toutes les pièces ayant été passées à la cire depuis son départ, tu n'auras donc que l'antichambre et les corridors à frotter aujourd'hui.

Puis il ajouta en ouvrant successivement plusieurs portes :

— Maintenant voici la chambre de Monseigneur, cette tapisserie cache l'entrée de son cabinet de travail ; ici est un petit salon ; c'est par lui que tu devras toujours commencer ton ouvrage.

Yvonne, sa chère Yvonne, accroupie dans un coin, sur un escabeau.

Quelques minutes après, le laquais s'éloignait laissant l'autre en train de frotter consciencieusement le parquet d'un corridor.

Au bout d'un instant l'étrange artisan interrompit son travail et tendit l'oreille... Un silence absolu régnait partout.

Sur la pointe du pied, il marcha vers l'antichambre où était revenu le laquais.

Celui-ci n'y était plus.

— Rien, pas le plus léger bruit... murmura-t-il... Profitant de l'absence du maître, les domestiques se promènent... Ne laissons pas échapper une occasion aussi favorable...

Rapidement il alla vers la porte de la chambre de M. de Louvois, l'ouvrit et, après un rapide regard jeté dans toute la longueur du corridor, se glissa dans la chambre.

Immédiatement il aperçut sur un guéridon un verre de pur cristal et une aiguière d'argent posés sur un plateau de même métal.

— Bien ! cette aiguière est vide... Hâtons-nous ! se dit-il.

Il écarta un côté de sa veste, saisit dans une de ses poches un flacon minuscule et le déboucha avec précaution...

Déjà il l'approchait de l'ouverture de l'aiguillère quand soudain il pâlit et se retourna en bondissant : la porte s'ouvrait.

— Dieu, quelle frayeur ! se dit-il tremblant encore.

Sous l'action d'un courant d'air qui s'était établi entre une fenêtre entrebaillée et la porte qu'il n'avait pas entièrement refermée, cette dernière s'était entr'ouverte en grinçant légèrement ; c'était ce bruit qui l'avait fait pâlir et trembler.

De nouveau il s'approcha du guéridon, pencha son minuscule flacon au-dessus de l'aiguière et versa cinq gouttes ; il le plaça ensuite au-dessus du verre et laissa tomber une seule goutte, qui se fixa au fond du cristal et se confondit avec lui, car le terrible poison était aussi limpide que l'eau de roche.

— C'est fait... tous nos amis seront vengés ! pensa l'alchimiste en se hâtant de sortir de la chambre.

Après avoir caché son dangereux flacon dans la poche de sa veste, il reprit sa brosse et se remit au travail.

Lorsque le laquais, après une absence d'une demi-heure, revint vers lui, tout le parquet du corridor avait été admirablement frotté.

— Me faudra-t-il venir demain ? demanda-t-il au valet.

— Non, c'est inutile. Ne reviens que dans deux jours... Mais amène-toi de bon matin.

— A sept heures je serai à la porte de l'hôtel de Monseigneur, dit l'homme en serrant sous son bras sa brosse et son bâton.

Puis il salua le laquais aussi profondément qu'il eût salué le ministre, son maître, et s'éloigna rapidement.

La demie de six heures venait de sonner, lorsque M. de Louvois pénétra dans sa superbe demeure où, sauf son valet particulier, aucun de ses gens ne l'attendait.

En tout autre circonstance, le ministre se serait emporté ; mais ce soir-là il ne dit rien. Son laquais remarqua qu'il avait l'air très abattu.

— Monseigneur n'a besoin de rien ? demanda humblement le laquais qui l'avait accompagné jusqu'à la porte de son cabinet de travail.

— Non, non... dit le ministre. Mais presque aussitôt il reprit :

— Vous me donnerez de l'eau et un peu de glace.

Cinq minutes plus tard, le laquais revenait, et, sur l'ordre de son maître allait prendre dans la chambre le plateau d'argent supportant le verre et l'aiguière, transvasait dans celle-ci l'eau qu'il avait apportée, mettait un morceau de glace et se retirait.

Dès que son valet fut sorti, M. de Louvois se leva, alla pousser le verrou et, certain de ne pas être dérangé, il tira de sa poche une petite clef qui ne le quittait jamais et s'en servit pour ouvrir un tiroir de son secrétaire.

Ce tiroir était à double fond. Il y prit une liasse de papiers et les étala devant lui en se disant :

— Je dois trouver là-dedans une note qui peut-être obligera cette perfide de Maintenon à plaider pour moi.

Mais avant de compulser ses papiers, il prit l'aiguière d'argent et versa de l'eau sur la glace qui était dans le verre jusqu'à ce que celui-ci fut aux trois-quarts rempli. Puis il s'assit sur un large fauteuil.

Sa main gauche posée sur la liasse de papiers, le ministre demeura un long moment rêveur. Il pensait :

— La coalition entre la France est sur le point de devenir générale, grâce à la haine du prince d'Orange, roi d'Angleterre... Qu'une guerre éclate et Louis XIV sera bien obligé de me garder près de lui... Oh ! l'ingrat souverain !.. Est-ce que, sans moi, ses soldats seraient si bien exercés ; ses armes, ses chevaux, ses places fortes en si bon état ; est-ce que ses armées seraient toujours prêtes à marcher à l'ennemi...

C'était vrai. Mais l'habileté de M. de Louvois n'avait servi qu'à ruiner la France. Et d'ailleurs, il était plus cruel qu'habile. Tandis que des milliers de Français se faisaient tuer en gagnant des batailles stériles, d'autres, plus nombreux encore, se traînaient sans pain sur la terre ravagée.

Aussi, à cette époque, M. de Louvois et la Maintenon se disputaient-ils l'exécration et le mépris de tout un peuple.

Les regards du ministre se tournèrent du côté de son verre dont la surface extérieure était maintenant couverte d'une légère buée, il le prit et lentement le porta à ses lèvres...

Et par petite gorgées, doucement, avec délices il but jusqu'à la dernière goutte cette eau glacée qui était sa boisson favorite.

Et rien, rien, aucun goût amer ou désagréable, ne pouvait lui faire soupçonner qu'il venait d'absorber un poison lent mais sûr!...

Ce ne fut qu'au bout d'une heure qu'il ressentit un premier frisson.

— J'ai eu tort de boire glacé! murmura-t-il.

Il s'était mis à écrire des notes. Il était depuis un quart d'heure à peine livré à ce travail qu'un second frisson, suivi bientôt d'un troisième, secoua tout son corps.

— Mais qu'ai-je donc?... La gorge me brûle!... dit-il.

Il saisit l'aiguière et rempli son verre; puis il le vida d'un trait. Mais loin de se calmer, la sensation de brûlure qu'il ressentait devint plus violente.

— Dieu, que j'ai soif! reprit-il en remplissant pour la seconde fois son verre.

Il le porta lentement à sa bouche : sa main tremblait; et de nouveau il but l'eau empoisonnée.

Les frissons se faisaient plus fréquents; il lui semblait que, de minute en minute, son sang se glaçait dans ses veines. Tout à coup il se releva en bondissant; ses yeux devinrent hagards, ses traits revêtirent une teinte livide : une terrifiante pensée venait de traverser son esprit.

— Oh! je suis empoisonné! s'écria-t-il.

Puis il chancela, retomba lourdement sur son fauteuil et demeura une longue minute sans connaissance; cette syncope passée il essaya de se lever, mais ses jambes raidies refusèrent de le porter. Alors il se traîna sur ses genoux jusqu'à la porte en criant d'une voix à peine distincte :

— A moi!... au secours!... à moi!...

Il fit un violent effort et parvint à tirer le verrou; puis il retomba de tout son long sur le parquet de son cabinet...

— Je meurs!... râla-t-il.

Son corps eut encore deux violents soubresauts, puis il ne bougea plus : M. de Louvois était mort.....

.   .   .   .

Vers les neuf heures du soir, le laquais qui avait reçu le ministre à son retour de Versailles, dit au cocher qui se trouvait avec lui à l'office :

— Bien que Monseigneur m'ait défendu de le déranger, j'ai presque envie d'aller jusque dans sa chambre. Je suis inquiet.

— Et pourquoi donc ? répliqua le cocher. Ce n'est pas la première fois que Monseigneur oublie l'heure du dîner.

— Sans doute. Mais aujourd'hui il m'a paru fatigué, malade... Décidément je vais dans la chambre de Monseigneur.

Le laquais se leva et se rendit à l'appartement de M. de Louvois. Cinq minutes après il appelait à l'aide et demandait de la lumière. En quelques instants, l'hôtel entier était sens dessus dessous, et ces paroles retentissaient partout comme un glas funèbre :

— Monseigneur est mort ! Monseigneur est mort !

Lorsque le lendemain, au château de Versailles, ces mêmes mots coururent de bouche en bouche, ils provoquèrent à la cour de Louis XIV une vive stupeur. Sa Majesté fit immédiatement appeler le marquis de Barbezieux et lui donna l'ordre d'aller lui chercher tous les papiers qu'il trouverait chez son père.

Le marquis obéit. Il paraît que l'on découvrit dans les cartons du ministre empoisonné des notes si compromettantes, pour de nombreux et hauts personnages, que le roi effrayé fit, sous ses yeux, brûler tous les papiers de M. de Louvois.

Le lendemain de la mort du ministre, un officier trouva dans un corridor du château de Trianon un large pli cacheté de noir et portant cette simple suscription écrite d'une main assurée : « *A Madame de Maintenon.* »

On ne sut jamais qui avait apporté là ou égaré cette lettre. L'officier la donna lui-même à Germaine, la fille de chambre de la compagne du roi, qui courut la remettre à sa maîtresse.

Mme de Maintenon brisa le cachet, jeta les yeux sur l'unique ligne que contenait le papier et pâlit affreusement en poussant un cri d'épouvante.

Ses yeux venaient de lire ces mots terribles qui semblaient cacher une menace :

« La mort des prisonniers du château d'If est vengée ! »

Un instant, la compagne de Louis XIV resta atterrée.

Quelques jours auparavant, en apprenant la mort des deux hommes qu'elle redoutait le plus, elle avait poussé un long soupir de soulagement ; et voici que de nouveaux adversaires du roi allaient marcher sur les traces du chevalier de Lorraine et comme lui se débarrasser de leurs ennemis en se servant du poison.

— La comtesse de Soissons est certainement l'instigatrice de l'empoisonnement de M. de Louvois... Il faut que cette femme soit désormais à nous... ou bien qu'elle meure!

Mme de Maintenon réfléchit encore quelques minutes, puis elle ajouta :

— J'ai trouvé. Allons chez le roi.

Moins d'un quart d'heure après l'ordonnance qui exilait la belle comtesse était rapportée et, par ordre de Mme de Maintenon, la nouvelle en était rapidement propagée.

Le soir de ce même jour, vers sept heures environ, un père dominicain pénétrait dans une petite maison de la rue Cloche-Perce, et se trouvait bientôt en présence d'une vieille femme à laquelle il dit en souriant :

— Tous mes compliments, madame la comtesse ; vous pourrez passer à côté du plus fin limier de police sans aucune crainte.

— Dites-moi, Exili, demanda vite Mme de Soissons, avez-vous pu faire porter la lettre pour la Maintenon et expédier un courrier à monseigneur Louis?

— Oui madame la comtesse. Et maintenant nous partirons quand vous voudrez pour Bourbon-l'Archambault où se trouve madame de Montespan.

Ils convinrent de quitter Paris dès le lendemain.

Mais une nouvelle qu'Exili apprit dans la matinée leur fit reculer leur départ.

— Assurons-nous d'abord de la véracité de votre nouvelle, dit la comtesse de Soissons. S'il est vrai que je sois autorisée à rentrer en France, notre projet subira une légère modification.

Ce ne fut que trois jours plus tard qu'ils quittèrent Paris.

A peu près à la même heure où tous deux roulaient en diligence sur la route de Fontainebleau, le courrier qu'ils avaient envoyé à monseigneur Louis arrivait à Alais et se rendait dans une auberge de modeste apparence dont le propriétaire était tout dévoué au pasteur Raymond.

Quand il eut échangé avec son hôte les mots de reconnaissance il lui dit qu'il venait de Paris et lui demanda le chemin qu'il devait suivre pour aller au Mas de Couriac.

— Le dernier avis que j'ai reçu, répondit l'aubergiste, m'a appris l'incendie de la demeure du capitaine Louis. Vous trouverez celui-ci près de Jean Cavalier.

— Et où se tient Jean Cavalier?

— On vous le dira au souterrain d'Euzet, ou, peut-être à la maison des *Deux Frères*, répondit l'hôte.

Il indiqua ensuite au messager de la comtesse le chemin qu'il devait prendre, et le moyen qu'il convenait d'employer pour traverser rapidement et sans encombre la campagne sillonnée, non seulement par les troupes de M. de Montrevel, mais par des bandes de pillards, qui attaquaient les catholiques aussi bien que les protestants.

A la tombée de la nuit, un pauvre homme, estropié des deux jambes, sortait de la cour de l'auberge, assis dans une espèce de caisse à roulettes que traînaient deux chiens de moyenne taille.

Quand il fut à une certaine distance de la ville, le malheureux arrêta son attelage, et comme la route allait en montant un peu, il sortit de son étrange véhicule, se dressa soudain sur ses deux jambes et, au grand plaisir des deux chiens, il se mit à marcher rapidement près d'eux en leur disant :

— Hardi, pressons le pas, compagnons !

Et en lui-même il ajouta : Voilà un genre de locomotion qui n'aura pas mes faveurs, et si je n'en avais pas eu d'autre pour venir de Paris, la lettre du seigneur Exili mettrait bien six mois pour arriver à destination.

Le jour commençait à poindre lorsqu'il atteignit le village de Lezan qu'il traversa assis dans sa caisse roulante.

A un quart de lieue du village, il aperçut sur la droite du chemin une maisonnette au-dessus de la porte de laquelle se balançait une enseigne portant ces trois mots : *aux Deux Frères*.

— C'est bien là ! se dit le faux cul-de-jatte. Je ne me suis donc pas trompé de chemin.

Il dirigea ses deux chiens près de la porte, puis frappa d'abord un coup assez fort, attendit quelques secondes et frappa encore trois coups très rapidement.

Aussitôt une fenêtre du rez-de-chaussée s'ouvrit et le visage d'un homme apparut derrière les barreaux de fer qui la protégeaient.

— Que demandez-vous ? dit la voix de l'homme.

— Trois choses, répondit le messager de la comtesse de Soissons.

— Parlez ! reprit à voix basse le propriétaire de la maisonnette.

— Je voudrais un siége pour me reposer, un peu d'eau pour faire boire mes bêtes, puis un renseignement pour continuer ma route.

— C'est bien, frère, dit l'homme qui s'empressa d'ouvrir la porte de sa demeure.

Le pseudo-estropié se traîna dans la maisonnette suivi de ses deux chiens, et quand la porte eut été refermée, se redressa vivement sur ses jambes sans que son hôte manifestât le moindre étonnement.

Quand il lui eut dit d'où il venait et où il allait, il ajouta :

— J'ai marché toute la nuit, je vais me reposer quelques heures ici et je repartirai pour les bois d'Euzet... Tiré par mes chiens je fais environ une lieue à l'heure.

— En ce cas il vous faudra un peu plus de quatre heures pour atteindre les bois. Maintenant suivez-moi.

Le faux infirme suivit son hôte qui le conduisit dans une petite chambre contiguë à la pièce où il était d'abord entré.

Un instant après il s'étendait avec délices sur un lit, et il ne tardait pas à s'endormir en rêvant qu'il n'avait plus de jambes.

Pendant qu'il faisait ce rêve peu agréable, un deuxième habitant de la maisonnette descendait de l'étage supérieur dans la salle basse.

Il portait une carnassière en bandoulière et tenait un fusil dans sa main.

Il se mit à rire en apercevant la caisse roulante du faux estropié.

— Dis donc, Célestin, voilà un genre de carrosse comme tu n'en as encore fabriqué?

— J'en conviens, Henri. Mais s'il est primitif il a un grand avantage : avec lui un voyageur peut verser sans se faire aucun mal...

— Je vais aller du côté du *Gardon*, dit celui qui s'appelait Henri. Si je ne suis pas de retour à midi c'est que j'aurai poussé jusqu'à Anduze pour savoir les nouvelles.

Il passa la courroie de son fusil sur son épaule, puis il s'éloigna à grands pas.

Les deux frères Lafond, fidèles protestants chargés par le pasteur Raymond de centraliser chez eux toutes les nouvelles et tous les renseignements qui pouvaient être utiles à la cause des insurgés, étaient à la fois charrons, bourreliers, maréchaux, vétérinaires, à moitié aubergistes, car, s'ils ne logeaient pas les voyageurs, ils leur vendaient de quoi boire et parfois de quoi manger, lorsque celui qui portait le nom d'Henri avait fait une bonne chasse.

Le braconnier était parti depuis près de quatre heures, et son frère

Je vous obéirai, Monsieur, et ma mère aussi.

Célestin tranquillement assis devant la porte de la maisonnette, était en train de tailler des lanières de cuir quand trois cavaliers s'arrêtèrent devant celle-ci.

Le plus âgé des trois dirigea la main vers l'enseigne en disant à son petit compagnon de gauche, auquel on aurait certainement pas donné dix-huit ans, car il était mince de corps et son joli visage était vraiment frais et rose.

— Hé ! bagasse ! nous y sommes, je reconnais l'enseigne.

— Que désirent ces gentilshomme ? demanda le bourrelier Célestin tout en regardant alternativement le jeune et gentil cavalier et son grand compagnon.

Ce fut celui-ci qui répondit à demi-voix :

— Trois choses, bagasse ! Des siéges pour nous reposer un instant, de l'eau pour faire boire nos bêtes et un renseignement pour continuer notre route.

— C'est bien, frères ; veuillez entrer, dit alors Célestin en ouvrant la porte de la maisonnette.

Les trois cavaliers mirent pied à terre, et tandis que ses deux grands compagnons attachaient les chevaux aux anneaux scellés dans la muraille, Yvonne, car c'était elle qui, pour se lancer à la recherche de son enfant et de son amie Jeanne, avait repris des vêtements d'homme, Yvonne entra dans la salle basse de la maisonnette.

Deux minutes après Faribole et Mistouflet y entraient à leur tour et refermaient soigneusement la porte.

Alors Yvonne dit à leur hôte :

— Le pasteur Raymond nous adresse à vous avec l'espoir que vous pourrez nous être utile.

— Je le souhaite sincèrement, mon jeune gentilhomme.

En prononçant ces derniers mots, Célestin sourit : il trouvait que son visiteur avait des mains bien petites, des yeux bien beaux et surtout des cils bien longs pour appartenir au sexe fort.

D'une voix douce et grave, Yvonne reprit :

— Il y a aujourd'hui dix jours qu'une bande de misérables ont incendié le Mas de Couriac, assassiné deux personnes et enlevé une jeune fille et un enfant... le mien !

Après une légère pause, Yvonne poursuivit :

— On a pu suivre jusqu'aux alentours d'Anduze les traces d'une bande de camisards blancs qui, le lendemain de l'incendie, emmenait avec elle une jeune fille qui certainement est mon amie.

— Et c'est après Anduze que les traces relevées disparaissent ? demanda Célestin.

— Oui, doux Jésus ! à une lieue environ du village, répondit Mistouflet.

— Je n'ai pas encore aperçu de camisards blancs, mais j'ai entendu dire qu'ils étaient nombreux du côté des montagnes ; découvrir leur refuge est une chose possible, mais les arrêter, dame ! je ne le crois pas.

— Si cinq cents hommes sont nécessaires, répliqua vivement la jeune femme, Jean Cavalier les mettra à la disposition du capitaine Louis, mon mari.

— Oh ! dans ce cas, leur arrestation devient possible : ils ne sont pas assez nombreux pour résister à cinq cents hommes bien armés.

A ce moment la porte de la chambre dans laquelle était allé se reposer le messager d'Exili, s'ouvrit doucement et le faux cul-de-jatte s'avança en se traînant.

— Frère, lui dit en riant Célestin, tu peux te relever. Bien mieux fais deux pas seulement et tu seras arrivé au terme de ton voyage.

Et l'aîné des Lafond ajouta en désignant Yvonne :

— Voici la femme du capitaine Louis.

Le messager qui, aux premières paroles de son hôte, s'était arrêté pour s'asseoir sur ses talons, laissa échapper une exclamation joyeuse et se releva d'un seul bond.

— Troun de l'air ! dit Faribole stupéfait, voilà un saut bien extraordinaire de la part d'un homme privé de l'usage de ses jambes.

— Si je me suis transformé ainsi, répliqua le messager, c'est d'après le conseil d'un hôtelier d'Alais.

Puis tendant un papier à Yvonne :

— Madame, ajouta-t-il, voici une lettre du seigneur Exili.

La jeune femme la décacheta d'une main tremblante, lut rapidement la première ligne et dit à demi-voix en s'adressant à Faribole et à Mistouflet :

— Monsieur de Louvois est mort !

— Capededious ! en voilà déjà un de moins ! s'écria l'ancien maître d'armes.

— Vierge Marie ! quelle agréable nouvelle, dit de son côté Mistouflet.

— Oh ! continua Yvonne, lisant rapidement ; M. de Lorraine et M. d'Effiat ont été tués au château d'If.

Faribole et Mistouflet se regardèrent, immobiles de stupeur.

— Doux Jésus ! murmura le compagnon de l'ancien maître d'armes, comme certains événements se succèdent vite !

La compagne de monseigneur Louis acheva la lecture de la lettre écrite par la comtesse de Soissons, puis la replia avec soin et la serra dans son pourpoint.

— Mon ami, dit-elle au messager, vous direz à maître Exili que les deux personnes dont il aura besoin bientôt iront le rejoindre dès que mon, fils qui m'a été enlevé, aura été retrouvé.

Elle n'avait pas achevé, que soudain, la porte de la maisonnette s'ouvrit et Henri Lafond entra le fusil en bandoulière, la carnassière absolument vide, mais tenant, dans sa main, un petit pigeon.

— Eh bien, Henri, c'est la toute ta chasse ? dit Célestin à son frère.

— Ne me plains pas ; ce pigeon vaut son pesant d'or. Malheureusement mon coup de fusil lui a brisé une aile.

— Je me charge de soigner cette gentille bête, répliqua Célestin ; toi, tu vas partir de suite pour Anduze...

— Est-ce donc si pressé, mon frère ?

— Oui, répondit l'aîné des Lafond ; car il s'agit de porter secours à une jeune fille enlevée par les camisards blancs.

— Hein ! tu as dit une jeune fille enlevée ? s'écria le braconnier en faisant un saut de surprise.

— Mon Dieu ! sauriez-vous ce qu'est devenue ma jeune amie ? demanda vivement Yvonne.

— Se nommait-elle Jeanne ? dit Henri Lafond avant de répondre à la question de la compagne de monseigneur Louis.

Celle-ci toute frémissante d'espoir, répondit aussitôt :

— Oui, Monsieur !... Vous l'avez vue, peut-être ; dans quel lieu l'a-t-on emmenée? ajouta-t-elle anxieuse.

En souriant, Henri Lafond, désigna le joli pigeon :

— Grâce à cette gentille bête, dit-il à Yvonne, votre amie va vous dire elle-même où les camisards l'ont enfermée. Lisez ce billet, madame. Je l'ai trouvé attaché au cou de cet oiseau.

Et le dernier des Lafond lui donna un papier roulé dans un large ruban bleu.

Yvonne s'empressa de dérouler le billet tout froissé à l'endroit où il

avait été serré par le nœud du ruban, le tendit légèrement et lut à
haute voix :

« Dix pistoles de récompense à celui qui se rendra à Nîmes et fera
» savoir au lieutenant de Chadefaux, qu'on trouvera chez M. le maré-
« chal de Montrevel, que sa fiancée est enfermée dans le donjon du
« château de Chomérac.

« Signé : JEANNE. »

— Pauvre amie ! murmura Yvonne après avoir lu ; comme elle doit
être malheureuse !... Puis s'adressant à l'ancien maître d'armes :
— Faribole, reprit-elle, donnez non pas dix, mais douze pistoles au
frère de notre hôte.

Faribole mit douze pièces d'or dans la main du braconnier qui, ainsi
qu'il le disait, n'avait jamais fait une plus heureuse chasse.

— Alors vous croyez, Monsieur, dit Yvonne à Célestin Lafond, que
cinq cents hommes suffiront pour délivrer ma pauvre amie?

— Mon frère va répondre, Madame, car il connaît parfaitement notre
malheureuse contrée.

Puis se tournant vers son frère :

— Henri, lui dit-il, peut-on s'emparer du château de Chomérac?

— Par la ruse, oui; mais de vive force non ! répondit le braconnier.

— Hé ! bagasse ! nous emploierons la ruse alors ! s'écria Faribole.

Souriant, Henri Lafond regarda successivement l'ancien maître
d'armes et son élève qui, physiquement, étaient loin de se ressembler :

— Messeigneurs, leur dit-il, je serai votre guide. Vous, que j'ai
entendu nommer Faribole, vous unirez votre dextérité à ma ruse, votre
compagnon nous prêtera l'appui de sa force musculaire ; et, à nous trois,
par un chemin que je crois connaître, nous délivrerons la prisonnière
de Chomérac.

Quelques minutes après Yvonne tendait sa petite main aux deux
frères Lafond et sortit de leur demeure suivie de Faribole et Mistouflet.

— J'irai cette nuit explorer les alentours de Chomérac, dit le
braconnier aux compagnons de la jeune femme ; revenez demain dans
l'après-midi.

Trois heures plus tard Yvonne et ses deux fidèles protecteurs s'arrêtaient devant une chaumière qui, depuis une semaine, était devenue le logis de la jeune femme et de ses trois amis Faribole, Mistouflet et Dorfeuil.

Les bois d'Euzet n'étaient qu'à une demie-lieue de distance. L'ancien maître d'armes partit au galop à la recherche de Monseigneur Louis.

En moins d'un quart d'heure, il fut arrivé au souterrain d'Euzet où il trouva son maître en train d'arrêter avec Jean Cavalier et le pasteur Raymond trois expéditions qui devaient être entreprises le même jour.

Pendant que Faribole galopait vers les bois d'Euzet, Yvonne montait dans sa chambre et écrivait un court billet pour le lieutenant de Chadefaux.

Mistouflet, resté seul avec Dorfeuil, était en train de conter au jeune homme comment par un affreux cul-de-jatte et un gentil pigeon, la compagne de Monseigneur Louis avait reçu deux lettres, lorsqu'un camisard apparut sur le seuil de la porte restée ouverte.

— Frères, dit-il, je voudrais parler de suite à Mme Yvonne.

La physionomie du nouveau venu ne plaisait guère à Mistouflet, aussi s'apprêtait-il à lui faire subir un véritable interrogatoire avant d'aller appeler la jeune femme quand celle-ci parut.

— Madame, dit le camisard, ce matin, j'ai reçu ceci pour vous le remettre.

Et en parlant il présentait un papier à la compagne de Monseigneur Louis.

Étonnée et un peu inquiète, Yvonne prit le billet que lui tendait l'inconnu. Elle l'ouvrit, y jeta les yeux et devint toute pâle.

— Qui vous a remis ce billet ? demanda-t-elle d'une voix anxieuse.

— Le geôlier de la prison de Lussan, répondit l'homme qui se disait camisard.

Puis il conta que pris par les catholiques, il se trouvait enfermé dans la prison de Lussan depuis quinze jours, quand le geôlier lui demanda s'il connaissait les bois d'Euzet. Sur sa réponse affirmative, il lui dit qu'il serait remis en liberté s'il voulait porter une lettre à la femme du capitaine Louis. Il accepta avec empressement; et le lendemain, en effet, le geôlier lui ouvrait les portes de sa prison.

Le récit de cet homme, qui n'était autre que l'espion Rouquet, était entièrement faux, sauf en un point cependant.

Un détachement de cavaliers de Montrevel l'avait fait prisonnier au moment où, dans une auberge, il buvait avec des camisards; il avait été emmené à Nîmes; et il eut beau affirmer qu'il était au maréchal, ce ne fut qu'au bout de quatre jours qu'on le relâcha. Alors il avait repris le chemin des bois d'Euzet où il perdit encore deux journées en cherchant de tous côtés Yvonne.

Celle-ci lui donna une pistole de gratification, puis le congédia.

Une demi-heure après, Monseigneur Louis et Faribole entraient dans la maisonnette. La jeune femme lui remit aussitôt la lettre de la comtesse de Soissons, mais ne lui dit pas un mot du billet apporté par l'espion de M. de Montrevel.

Dans la soirée Mistouflet prit à part Faribole et lui dit quelles craintes il éprouvait depuis la venue du camisard inconnu.

— Eh bien, bagasse! répliqua l'ancien maître d'armes, je retournerai seul chez les deux frères Lafond; toi, tu resteras pour veiller sur Mme Yvonne.

Avant de s'endormir, la compagne de Monseigneur Louis, se rappelant les termes de la lettre qu'elle avait reçue, eut à soutenir un vif combat avec une inquiétante pensée qui l'assaillait.

— Qu'ai-je à craindre? disait la jeune femme. Je dois me rendre seule au rendez-vous qui m'est assigné... cela est vrai... Mais ce rendez-vous aura lieu en plein jour, et dans une maison où les gens vont et viennent à chaque instant.

— Ne va pas où l'on t'appelle sans être accompagnée de tes dévoués amis, semblait lui répondre une voix intérieure.

Alors elle demeura un instant rêveuse, puis se décida soudain:

— Je veux revoir mon enfant, dit-elle. J'irai donc seule demain au village de Lussan !

CHAPITRE XXVII

OU GNIAFON EXIGE L'HONNEUR D'YVONNE

Il était huit heures du matin quand Monseigneur Louis monta à cheval pour retourner près de son allié Jean Cavalier.

— Mes braves compagnons, dit-il à voix basse à Faribole et à Mistouflet, je vous prie de nouveau de veiller sur ma chère Yvonne... je ne saurais vous expliquer pourquoi, mais je m'éloigne en proie à une vague inquiétude.

— Nous veillerons, Monseigneur! firent ensemble l'ancien maître d'armes et son élève.

Le gentilhomme leur serra la main et partit rapidement.

Mistouflet réfléchit un instant, puis se tournant vers son compagnon :

— Faribole, lui dit-il, moi aussi je suis inquiet.

— Toujours au sujet de ce billet apporté hier par un camisard?

— Oui. Et si vous vouliez m'écouter, vous partiriez bien vite pour vous rendre chez les frères Lafond, et vous en reviendrez plus vite encore.

— Hé! mais bagasse! que craignez-vous donc, monsieur Mistouflet?

— Mme Yvonne va m'envoyer à Nîmes... Elle m'a prévenu. Or, pendant que je serai à la recherche du lieutenant de Chadefaux, notre maîtresse se trouvera seule.

— Avec Dorfeuil, bagasse!... Enfin, je vais suivre votre conseil. Je pars et reviens sur-le-champ.

Un instant après Faribole s'éloignait au galop.

A midi précis, Yvonne, Mistouflet et Dorfeuil se mirent à table.

Le repas fut silencieux; la jeune femme dissimulait avec peine un commencement de trouble, d'énervement. Mistouflet s'en aperçut; aussi, quand il sortit pour aller seller sa monture, il adressa à son jeune compagnon un signe pour l'inviter à le suivre.

— Que vouliez-vous me dire, monsieur Mistouflet? demanda Dorfeuil quand tous deux furent hors de la chaumière.

Cette antique demeure n'était maintenant à personne, le chef des Camisards blancs
en ayant fait son quartier général.

— Un nouveau malheur menace la compagne de Monseigneur
Louis...

— Mais qui peut vous faire supposer cela?

— Hé! le sais-je, doux Jésus! je le sens, voilà tout. . Aussi, ami
Dorfeuil, pendant mon absence, et jusqu'au retour de Faribole, veille bien
sur Mme Yvonne.

— Partez sans crainte, répondit le jeune homme, je veillerai!

Mistouflet partit bientôt au galop. Dorfeuil rentra dans la maisonnette.

— Mon ami, connaissez-vous le village de Lussan? lui demanda soudain Yvonne.

— Oui, madame. C'est un gros bourg fortifié dont les habitants sont tous ou presque tous nos ennemis.

— Ah!... Je désirerais y aller cet après-midi. Voulez-vous m'y conduire?

— Je suis à vos ordres, madame Yvonne... Peut-être ferions-nous bien d'attendre le retour de M. Faribole.

— Non, mon ami, nous nous y rendrons seuls... Vous êtes brave : votre protection me suffira, ajouta Yvonne doucement.

Une demi-heure plus tard, la jeune femme en costume de cavalier, confiait la garde de la maisonnette à sa domestique et s'éloignait au grand trot accompagnée de Dorfeuil.

Mais celui-ci, avant de quitter la chaumière, avait eu le temps de murmurer à l'oreille de la servante :

— Aussitôt que M. Faribole arrivera, dites-lui que nous sommes allés à Lussan, tout près d'Uzès.

Mistouflet atteignait à ce moment la route de Nîmes. Il y avait une heure et demie qu'il avait quitté la compagne de Monseigneur Louis; plus de dix fois il fut sur le point de tourner bride pour revenir auprès d'elle.

— Ah ! Seigneur Jésus ! pensait-il en laissant sa monture aller au pas ; si j'avais seulement le plus petit des plus petits prétextes... seulement l'ombre d'une raison pour faire demi-tour.

Le front penché dans une attitude méditative, il murmura encore :

— Vierge Marie, saints anges du Ciel ! inspirez-moi !

Tout à coup, il fit sur le dos de sa monture un bond si violent qu'il faillit vider les arçons.

Il venait d'entendre une voix qui certes n'appartenait point à un nabitant du paradis.

— Cornes du diable ! je le reconnais ! criait un officier, à cheval près d'une quarantaine de soldats d'infanterie, qui avaient profité de dix minutes de halte pour s'asseoir dans l'herbe sur le bord de l. route.

— Ah ! Seigneur ! se dit Mistouflet, c'est Rosarges !... Mais c'est le bon Dieu qui me l'envoie !

Il fit rapidement volte-face et partit comme un trait dans la direction opposée à celle de son ancien compagnon d'aventures.

— Jésus-Marie ! disait-il en galopant, j'ai maintenant une raison, et même une bonne, pour revenir à la maisonnette de Monseigneur Louis.

Le major Rosarges, complètement guéri de sa blessure à la cuisse, poursuivit Mistouflet à une distance de cinq cents pas à peine, pour l'acquit de sa conscience, car d'avance il était certain que la monture de son adversaire était bien supérieure à la sienne. En jurant il rallia son détachement.

— Cinq cents cornes de mille diables ! comprendra-t-on jamais cela : on veut que je surprenne et arrête des gens à peu près insaisissables et l'on ne m'en donne pas les moyens.

Une autre cause aussi contribuait à ralentir l'ardeur du major Rosarges, qui avait pourtant juré à M. de Montrevel de s'emparer de Monseigneur Louis et de ses deux hardis compagnons : M. de Saint-Mars était venu lui annoncer dans la matinée une bien fâcheuse nouvelle :

— M. Rosarges, lui avait-il dit, un courrier vient d'arriver à l'hôtel de M. de Montrevel; il m'a appris la mort de M. de Louvois qui seul nous a donné les ordres que vous savez, et la disgrâce de M. le maréchal.

Aussi le major était perplexe. Jugeant qu'il avait conduit ses hommes assez loin ce jour-là, il leur fit reprendre la direction de Nîmes.

Lorsque Mistouflet revint à la nouvelle demeure de Monseigneur Louis, il ne trouva que la servante qui travaillait assise sur le seuil de la porte.

— Où donc est allé Mme Yvonne ? lui demanda-t-il anxieux.

— Au village de Lussan, tout près d'Uzès.

— Faribole et Dorfeuil l'accompagnent-ils ?

— Dorfeuil est parti avec madame, mais M. Faribole n'était pas encore revenu... Et mais, tenez! voilà votre ami !

Et la servante montra de la main l'ancien maître d'armes qui arrivait sans se presser.

Mistouflet leva son feutre au-dessus de sa tête et l'agita fortement pour faire comprendre à Faribole qu'il devait se hâter.

— Hé! bagasse ! qu'y a-t-il? dit l'ancien maître d'armes en arrêtant son cheval près de celui de son élève.

— Ce qu'il y a, doux Jésus !... Venez? je vous le dirai en chemin...

Et Mistouflet partit au grand trot; Faribole l'imita et l'eut bientôt rejoint.

— Alors, vous croyez, bagasse! que Mme Yvonne court quelque danger? dit Faribole quand son compagnon lui eut expliqué pourquoi il l'emmenait à Lussan.

— Oui, et pour la première fois peut-être j'ai été heureux de rencontrer Rosarges, répliqua Mistouflet.

Ils étaient encore à quatre bonnes lieues de Lussan au moment où Yvonne et Dorfeuil se présentèrent aux portes de ce village.

Gniafon se trouvait sur les remparts guettant l'arrivée de la jeune femme, et, bien que celle-ci portât des habits d'homme, il la reconnut aussitôt.

D'ailleurs, aux battements précipités de son cœur, il avait deviné l'arrivée de sa victime.

Depuis cinq jours, de huit heures du matin à sept heures du soir, l'affreux nain vivait sur les remparts, et, certainement, jamais le bourg de Lussan n'eut un guetteur plus vigilant.

Il poussa un cri de triomphe en voyant Yvonne qui s'avançait n'ayant pour escorte qu'un tout jeune homme.

— Ses deux démons ne l'accompagnent pas, se dit-il; ce soir elle sera à moi !

Et il s'élança vers l'officier qui commandait le poste chargé de garder la porte, et rapidement lui dit :

— Le plus petit des cavaliers que vous voyez s'avancer est une femme. Tous deux se rendent à l'hôtellerie du *Soleil-d'Or;* vous les ferez escorter, et à la porte de l'hôtellerie vos hommes s'empareront du compagnon de la jeune femme.

Puis Gniafon s'éloigna en courant, parfaitement sûr d'être obéi, car, dès son arrivée à Lussan il avait eu soin de montrer au gouverneur de la place les pouvoirs qu'il tenait de Mme de Maintenon, et tous les officiers avaient été prévenus d'avoir à exécuter les ordres que pourrait donner le nain.

Yvonne et Dorfeuil durent s'arrêter aussitôt après avoir franchi le pont-levis.

— Où allez vous ainsi, mon jeune gentilhomme? demanda l'officier à la compagne de Monseigneur Louis.

— A l'hôtellerie du *Soleil-d'Or*, répondit-elle.

— Je vous crois, reprit l'officier; mais je suis obligé de vous faire accompagner jusqu'à la porte par six de mes hommes. Passez !

La jeune femme et son compagnon continuèrent leur route au pas, suivis par cinq soldats et un sergent.

Au bout de quelques minutes ils arrivèrent devant la porte cochère au milieu d'une vaste cour où ils mirent pied à terre.

Sous la porte cochère le sergent arrêta ses hommes.

— Mon ami, dit Yvonne à son jeune compagnon, vous pouvez faire mettre nos montures à l'écurie mais sans les desseller.

Puis elle entra dans la salle commune de l'hôtellerie.

Au moment où Dorfeuil allait suivre le valet qui conduisait les deux chevaux à l'écurie, le sergent s'approchait de lui en disant :

— Pardon mon ami, maintenant que ton jeune maître n'a plus besoin de toi, tu vas m'accompagner chez le gouverneur.

— Moi?... Et pourquoi cela?

— Tu le verras. Si tu as la conscience nette, avant que ton maître se soit aperçu de ton absence, tu seras de retour ici.

Dorfeuil chargea un valet d'avertir son jeune maître, puis se tournant vers le sergent :

— Conduisez-moi chez le gouverneur, dit-il.

Et tout en marchant escorté par les soldats, il ajouta se parlant à lui-même :

— Je lui expliquerai que nous sommes à la recherche des ravisseurs de la fiancée d'un officier de M. de Montrevel.

Ce fut malheureusement dans la prison de la ville que les soldats le conduisirent.

A peine Yvonne eut-elle mit le pied dans la salle commune de l'hôtellerie du *Soleil-d'Or*, que l'hôte, souriant et gracieux, s'avança vivement au-devant d'elle.

— Est-ce vous, Monseigneur, dit-il en s'inclinant, qui portez le nom d'*Yvonne?*

— C'est moi.

— Bien, Monseigneur... Veuillez me suivre?

L'hôtelier conduisit la jeune femme dans une chambre du premier étage et lui avançant un siège :

— Madame, dit-il à voix basse et toujours souriant, veuillez attendre ici quelques secondes : je cours prévenir celui qui vous a donné rendez-vous.

Et l'hôtelier sortit.

Yvonne promena ses regards autour d'elle; rien dans la chambre ne lui parut suspect. Elle était certainement émue et son cœur battait plus fort à la pensée qu'elle allait peut-être revoir son enfant, mais elle n'était pas effrayée.

Soudain le grincement d'une porte tournant sur ses gonds se fit entendre dans un cabinet contigu à la chambre.

Au grincement de la porte succéda le bruit d'un pas qui semblait marcher avec précaution sur le plancher.

Brusquement Yvonne recula de deux pas, comme à la vue d'une horrible bête venimeuse, et instinctivement porta la main à la garde de son épée.

Pâle et frémissant de désirs inassouvis, l'œil étincelant d'une flamme étrange, Gniafon entrait dans la chambre.

Il y eut une longue seconde de silence : la victime et le bourreau se regardaient.

Puis, tout à coup, la voix vibrante, Yvonne s'écria :

— Gniafon... c'est toi qui m'a pris mon enfant?

— C'est moi ! fit le nain en s'avançant d'un pas.

— Ah ! misérable ! cria la jeune mère frémissante de colère.

Et d'un mouvement rapide elle porta pour la seconde fois la main à la garde de son épée.

Mais au moment où elle allait la tirer du fourreau, une pensée l'arrêta. Lentement elle passa la main sur son front :

— Non... plus tard !... murmura-t-elle.

On eût dit que le nain, qui couvait du regard la pauvre mère, devinait sa pensée ; en effet, il grogna en ricanant :

— Me tuer serait un mauvais moyen pour découvrir le lieu où l'on a caché votre fils !

Alors, surmontant le dégoût que lui inspirait le misérable, refoulant la colère qui grondait dans tout son être, Yvonne eut le courage de se faire suppliante :

— Gniafon, Gniafon... aie pitié de moi... rends-moi mon enfant?

Un sourire de joie passa sur les lèvres sensuelles du nain ; puis d'une voix rauque :

— Oui, je vous le rendrai, Yvonne... à une condition...

Malgré elle la jeune femme frémit, et faisant un effort :

— Parle... quelle est cette condition ? dit-elle.

La figure de Gniafon eut une contraction violente, ses bras se portèrent en avant comme pour s'emparer de celle qu'il désirait follement, et d'une voix vibrante de passion bestiale :

— Yvonne !... je te veux !... s'écria-t-il brutalement.

Dans l'espace d'une seconde le front d'Yvonne devint pourpre de honte, puis affreusement pâle.

Elle tressaillit sous l'insulte, mais elle eut la force de retenir le mot dont elle allait flageller la face de l'infâme nain.

— Gniafon, dit-elle doucement, si ton cœur renferme encore un sentiment de pitié, tu écouteras la prière d'une mère... Rends-moi mon fils... et je te pardonnerai tout ce que par toi j'ai souffert... Gniafon, je t'en supplie... rends-moi mon enfant !

Elle prononça ces derniers mots avec un accent si déchirant, empreint d'une douleur si vraie, si grande, qu'un tigre en eût été profondément ému.

Mais l'affreux nain ne tressaillit même pas ; la douloureuse supplication de sa victime augmenta sa joie : il se disait que la jeune femme pour avoir son enfant, arriverait peu à peu à subir son infâme condition.

— Yvonne, s'écria-t-il soudain, je vous aime !... je vous aime à commettre les plus grands crimes pour vous posséder un instant... Yvonne, soyez à moi... et je vous rends votre fils...

La jeune mère courba la tête et cacha son visage dans ses mains tremblantes. Gniafon fit un nouveau pas vers elle. Elle ne recula pas.

— Un dernier combat se livre en elle, pensa le nain en fermant à demi son œil, de peur de laisser voir la joie qu'il ressentait.

Puis il s'avança encore, tomba à genoux, et d'une voix très basse, mais décelant une si terrible assurance que la jeune femme sentit tout son être frémir, il dit lentement :

— Yvonne, je voulais vous parler en maître... et c'est humblement que je vous demande de m'écouter : Soyez à moi, et non seulement je vous rends votre fils, mais je renverse l'obstacle qui empêche Monseigneur Louis de devenir roi de France... Oui, je vole à Paris, je m'introduis dans la chambre de... *ma mère*... où Louis XIV soupe presque chaque soir... et dès le premier verre que Sa Majesté videra, Elle tombera foudroyée... comme *Madame*, sa belle-sœur...

Un instant d'effrayant silence suivi ces paroles épouvantables.

Enfin la compagne de Monseigneur Louis releva la tête ; tout son sang-froid lui était revenu ; elle avait pu réfléchir et prendre une décision.

— Gniafon, dit-elle d'un ton grave, en échange de mon honneur vous me rendrez mon enfant ?...

— Je vous en fais le serment ! s'écria vivement le misérable.

Un sourire aussi méprisant qu'il était triste glissa sur les lèvres de la pauvre mère.

— Un serment, dit-elle ; mais qui me prouve que vous le tiendrez quand j'aurai... accepté votre marché ?...

— Alors, qu'exigez-vous... avant ?

— J'exige, Gniafon, que mon enfant soit là, sous mes yeux...

Elle s'interrompit, hésitant à achever ; puis elle voila son front rougissant sous sa main qu'agitait un frémissement nerveux, et très bas :

— Son baiser, reprit-elle, me donnera le courage d'accomplir le sacrifice de mon honneur...

D'un bond Gniafon se redressa, et ivre de joie et d'espoir, s'élança vers la porte ; il allait l'ouvrir quand une réflexion arrêta brusquement sa main. Alors revenant vers la jeune femme :

— Yvonne, lui dit-il, écoutez et retenez bien mes paroles : Si votre intention est de me tromper, si vous espérez pouvoir m'arracher votre enfant, vous ne l'obtiendrez que mort... et si je peux emporter son petit cadavre, je le cacherai si bien que vous n'aurez même pas la consolation de prier sur sa tombe...

Et sans attendre une réponse de sa victime qui venait de se laisser tomber sur un siège, il ouvrit vivement la porte de la chambre et sortit :

Pendant cinq minutes, Yvonne demeura immobile dans une attitude triste et pensive.

— Oh ! l'infâme ! murmura-t-elle... La ruse ne me suffira pas... il me faudra toute mon énergie pour lui arracher mon fils...

Puis elle se leva, et, allant et venant, avec une impatience fébrile :

— Comment le misérable peut-il croire que je serai à lui, que je subirai ses ignobles caresses... J'aime mieux mourir après avoir embrassé une dernière fois mon enfant !...

En ce moment un valet passait devant la porte de la chambre que le nain n'avait pas entièrement refermée : Elle l'appela :

— Veuillez, lui dit Yvonne, m'envoyer immédiatement le jeune homme qui m'accompagnait.

— Est-ce vous, Monseigneur, qui êtes arrivé ici escorté d'une demi-douzaine de soldats ?

— Oui, c'est moi.

— Alors, reprit le valet, je ne puis vous envoyer votre compagnon, car les soldats l'ont emmené.

Il menaça ses gardiens.

— Où donc, mon ami? demanda vivement la jeune femme qui devint toute pâle.

— J'ai entendu dire qu'on l'avait conduit chez le gouverneur.

— Je vous remercie... Attendez. Donnez-moi du papier et de l'encre?

Le valet lui donna ce qu'elle demandait puis s'éloigna.

Rapidement la compagne de Monseigneur Louis écrivit les lignes suivantes :

« Si l'on me trouve morte ou mortellement blessée à côté d'un misé-
« rable que je vais tuer pour sauver l'enfant qu'il m'a volé, je supplie
« l'hôtelier de faire immédiatement avertir M. le lieutenant de Chade-
« faux, officier de la maison du maréchal de Montrevel. . Sur le front de
« notre fils, Monseigneur L... trouvera le dernier baiser de sa pauvre
« Yvonne...

« Pour se dédommager, l'hôtelier gardera tout l'or qu'il prendra dans
« la poche de mon pourpoint. »

La compagne de Monseigneur Louis plia son billet, le mit sur le coin d'un meuble et posa dessus un écu de trois livres, plutôt pour attirer l'attention que pour l'empêcher de s'envoler pendant le va et vient des gens qui n'allaient pas manquer d'accourir ; puis, plus calme et bien décidée à se jeter sur Gniafon pour lui arracher son cher enfant, elle s'assit et attendit.

Tout à coup elle se redressa d'un bond, son cœur cessa de battre : elle crut qu'elle allait mourir. Mais cette sensation dura une seconde à peine.

Elle se précipita vers la porte du cabinet dans l'encadrement de aquelle Gniafon apparaissait, et les bras tendus s'écria :

— Mon enfant !... mon enfant !

— Le voici ! dit simplement le nain.

Et il le présenta à Yvonne.

Celle-ci s'empara violemment de son fils, le serra contre son sein, et versant des larmes de bonheur le couvrit de caresses.

Pendant un long instant on n'entendit dans la chambre que le bruit des baisers de la jeune femme et des paroles d'amour maternel qu'elle adressait à son fils tant chéri.

Gniafon regardait cette scène sans éprouver la plus légère émotion ni le moindre attendrissement. Puis, quand il crut qu'elle avait assez duré, il dit de sa voix rauque :

— Yvonne... je vous ai rendu votre enfant?...

A ces paroles, qui lui rappelaient ce que le misérable voulait en échange, la compagne de Monseigneur Louis sentit passer dans ses veines un glacial frisson.

Ses larmes cessèrent brusquement de couler. Pendant une demi-minute elle tint son enfant élevé dans ses mains à la hauteur de ses yeux.

Elle voulait le contempler une dernière fois son fils. Lentement elle l'approcha de ses lèvres et sur son front mit un long, très long baiser, en se disant à elle-même :

— Pour mon bien-aimé... Pour Monseigneur Louis...

Puis elle alla coucher son enfant sur une espèce de chaise longue qui se trouvait devant une fenêtre ouvrant sur la rue. Enfin, elle se tourna vers Gniafon, qui, debout près de la porte du cabinet, attendait tout frémissant de désirs.

Yvonne leva son beau regard sur son mortel ennemi ; puis, soudain, elle éclata d'un rire strident et nerveux.

— Ainsi donc, s'écria-t-elle, tu as cru, Gniafon, que j'appartiendrais à un misérable tel que toi !

Gniafon poussa une imprécation de rage insensée, il comprit que sa victime l'avait joué.

Alors il se ramassa sur ses jambes et bondit vers la chaise longue afin de reprendre l'enfant.

Mais presque aussitôt il poussa un rugissement épouvantable et se rejetta en arrière.

Il avait senti sur sa poitrine la pointe de l'épée d'Yvonne.

Vivement il tira de sa poche un court poignard, se plia en deux, et bondit de nouveau vers sa proie.

Cette fois l'épée d'Yvonne ne l'atteignit pas.

Le nain, au lieu de chercher à enlever l'enfant, s'était jeté à genoux et, par l'élan acquis, avait glissé jusqu'aux pieds de la jeune femme.

Celle-ci ramena son bras et abaissa la pointe de son épée pour frapper Gniafon entre les deux épaules, mais elle n'en eut pas le temps.

D'un violent coup de tête dans le côté le nain la repoussait à deux pas de la chaise longue et de sa main gauche s'emparait de l'enfant.

Gniafon se mit debout en faisant entendre un grognement de bête fauve ; Yvonne y répondit par un cri d'épouvante.

Le nain venait de lever son poignard sur la gorge de l'enfant.

— Un seul pas, un seul geste, dit-il à la pauvre mère, et je lui enfonce cette lame jusqu'à la garde !

Pâle comme la mort, affolée, éperdue, Yvonne jeta sur son cruel ennemi un regard plein d'indicible terreur.

Puis, tout à coup, ses doigts lâchèrent son épée, elle étendit les mains comme pour chercher un appui, poussa un cri plaintif et tomba lourdement sur le plancher.

Un rictus hideux écarta les lèvres de l'horrible nain ; il reposa l'enfant sur la chaise longue et regardant Yvonne étendue évanouie :

— Cette fois, elle est bien à moi ! murmura-t-il.

Au même instant une formidable clameur monta de la rue. Parmi les cris d'effroi que poussaient des hommes et des femmes, qui tous fuyaient dans la même direction, on distinguait ces deux mots :

— Les camisards !... les camisards !

Gniafon se précipita vers la fenêtre, l'ouvrit et regarda dans la rue. Il recula brusquement.

— Malheur !... Eux ! toujours eux !... s'écria-t-il pâlissant de rage et de crainte.

Il cacha vivement son poignard dans sa poche, se saisit de l'enfant d'Yvonne, le couvrit d'un large foulard, enjamba le corps de sa victime et lui cria comme si elle pouvait l'entendre :

— Tôt ou tard tu seras à moi !

Et il s'élança dans le cabinet et disparut.

Environ dix minutes après, la compagne de Monseigneur Louis revint lentement à elle. Elle se releva d'abord sur ses genoux et du regard chercha son fils.

— O mon Dieu ! il est perdu !... perdu de nouveau ! s'écria-t-elle en éclatant en longs sanglots.

De la rue montaient toujours des cris d'effroi.

Soudain la porte de la chambre où se trouvait Yvonne s'ouvrit brusquement sous une violente poussée, et deux hommes, l'épée nue à la main, apparurent sur le seuil.

C'étaient Faribole et Mistouflet.

Derrière eux se montra Dorfeuil, et quelques minutes après le chef des camisards, Jean Cavalier se présenta à son tour.

Voici ce qui s'était passé.

L'ancien maître d'armes et son élève, après avoir demandé quatre ou cinq fois leur chemin, étaient arrivés sans encombre jusqu'à une demi-lieue de Lussan.

Là, ils avisèrent un homme et une femme qui, assis sur un banc devant une pauvre masure, tressaient des paniers. Faribole s'informa s'ils n'avaient pas vu passer deux jeunes cavaliers, et en même temps il donna leur signalement.

— Mais si, Monseigneur, répondit l'homme; j'ai même fait remarquer à ma femme, combien le plus petit avait bonne mine.

— Y a-t-il longtemps de cela?

— A peu près trois quarts d'heure, Monseigneur.

Faribole et Mistouflet continuèrent leur route, mais brusquement ce dernier arrêta sa monture et s'écria :

— Ah! mon doux Jésus! ou j'ai la berlue ou c'est une troupe de camisards que j'aperçois là-bas.

Et de la main il indiqua une colonne de fantassins qui s'amenaient par un petit chemin aboutissant à la route que les deux vieux amis suivaient.

— Bagasse! c'est ma foi vrai! répliqua Faribole. Attendons-les ici, Monsieur Mistouflet.

Cinq minutes après les camisards les rejoignaient.

— Jésus-Seigneur! c'est Jean Cavalier qui les commande.

De son côté le chef des révoltés avait reconnu les deux fidèles compagnons de son allié. Il accourut vers eux au galop.

— Enchanté de vous rencontrer, Messieurs, leur dit-il. Mais où alliez-vous donc?

— Hé! bagasse! là-bas, à Lussan.

— Ma foi, je sais de quelles prouesses vous êtes capables, reprit Jean Cavalier en riant; est-ce que, par hasard, vous auriez formé le projet de vous emparer de la ville à vous deux?

— Oui, mordious! si nous ne trouvons pas d'autre moyen pour y entrer, s'écria Faribole.

— Oui, doux Jésus! ajouta Mistouflet, car la femme du capitaine Louis y est en ce moment, et je suis persuadé qu'elle court un grand danger.

— En ce cas, Messieurs, répliqua Jean Cavalier, cessant de rire, j'ai cinq cents hommes que je mets à votre disposition.

Puis il leur expliqua son projet :

Dix camisards devaient s'introduire dans la place en se cachant dans une charrette chargée de paille, s'emparer du poste qui gardait une portes, et abaisser le pont-levis pour permettre au reste de la troupe d'entrer.

Alors Faribole et Mistouflet demandèrent à faire partie des dix hommes qui devaient les premiers pénétrer dans la place ; ce qui leur fut accordé.

— La ville est prise puisque vous combattez avec nous ! leur dit Jean Cavalier, pendant que tous deux se glissaient dans la charrette de paille amenée par les camisards.

Vingt minutes plus tard les deux hardis compagnons et les huits protestants enfouis avec eux dans la voiture, arrivaient au milieu du pont-levis de la porte principale de Lussan ; sur un signal de leur conducteur ils s'élançaient de leur cachette et attaquaient bravement les quarante soldats qui composaient le poste.

A eux seuls, Faribole et Mistouflet avaient déjà mis hors de combat une douzaine d'adversaires, lorsque Jean Cavalier et ses hommes accoururent en poussant des cris épouvantables. Les défenseurs des remparts crurent, sans doute, que les camisards étaient au moins un mille, car, pris d'une panique soudaine, irréfléchie, ils s'élancèrent à travers les rues de la petite ville semant sur leur passage le trouble et la confusion.

Sans beaucoup de mal les camisards se virent bientôt les maîtres de Lussan ; ils firent peu de soldats prisonniers ayant laissé la plupart de ceux-ci s'enfuir par la seconde porte de la place ; mais ils s'emparèrent de nombreuses armes, et de huit cents pistoles chez le gouverneur.

Dès que Jean Cavalier à la tête de sa troupe eut franchi la porte du bourg, Faribole et Mistouflet sautèrent sur leurs montures qu'un camisard leur amena, et se précipitèrent à la recherche d'Yvonne. Ils avaient dépassé de plusieurs centaines de pas l'hôtellerie du *Soleil-d'Or*, quand le dernier habitant qu'ils interrogèrent leur dit qu'il avait vu un jeune homme, dont le signalement répondait à un de ceux qui lui étaient donnés, conduit en prison par six miliciens.

— Hé ! bagasse ! c'est Dorfeuil, s'écria Faribole.

En deux minutes de galop l'ancien maître d'armes et son compagnon furent aux portes de la prison, et l'épée à la main s'élancèrent dans la loge du geôlier. Celui-ci, plus mort que vif, s'empressa de mettre en liberté, non seulement Dorfeuil, mais tous les prisonniers.

— Où est Madame Yvonne ? demandèrent ensemble à Dorfeuil Faribole et Mistouflet.

— Je l'ai laissée à l'auberge du *Soleil-d'Or*, répondit le jeune homme.

— Jésus-Marie! vite conduisez-nous, s'écria Mistouflet en sortant de la prison.

Ils se mirent promptement en selle, Dorfeuil sauta en croupe derrière l'ancien maître d'armes, et, au risque d'écraser tous ceux qui couraient en sens inverse, ils s'élancèrent bride abattue vers l'hôtellerie du *Soleil-d'Or*.

Yvonne poussa un cri de joie, et son cœur palpita d'espoir quand elle vit apparaître ses dévoués et hardis compagnons. Rapidement elle leur apprit ce qui venait de se passer.

Alors Mistouflet prit le bras de Faribole et l'entraînant :

— Courons, doux Jésus! courons! s'écria-t-il. Peut-être pourrons-nous nous emparer de Gniafon.

En ce moment Jean Cavalier arrivait pour saluer la compagne de son allié.

— Ah! mordious! lui dit Faribole, envoyez l'ordre de fouiller toutes les maisons de la ville!

Moins d'un quart d'heure après, trois cents camisards, divisés par groupes de quatre ou cinq hommes, couraient dans toutes les directions à la recherche de l'affreux nain. Malheureusement celui-ci avait eu le temps de s'échapper, mêlé aux soldats et aux habitants qui s'étaient enfuis loin de Lussan.

Tandis que Faribole fouillait les maisons, au centre de la petite ville, Mistouflet, accompagné de deux hommes seulement, visitait à une courte distance des remparts toutes les bicoques du quartier infect habité par la femme Rouquet et sa nièce Marie.

Ces deux dernières, aux jupes desquelles se pendaient six marmots apeurés, firent un sursaut de surprise lorsque Mistouflet apparut et d'un ton bref leur expliqua le but de sa visite.

— Ma tante, fit vivement la jeune fille en voyant l'effroi et l'hésitation de la grosse femme, permettez-moi de dire la vérité à Monseigneur l'officier.

— Jésus-Marie! je ne suis ni Monseigneur, ni officier, mais aussi vrai que Jean Cavalier est maître de la ville, si vous me trompez je vous fais tous pendre! s'écria Mistouflet en se donnant un air terrible sans trop y réussir pourtant.

La jeune fille, qui du premier regard avait jugé que le colosse était loin d'être aussi méchant qu'il voulait bien le paraître, lui dit avec un sourire un peu moqueur :

— Tous nous pendre!... Et les petits aussi?

Mistouflet promena ses yeux sur les six marmots, et sans grande conviction :

— Parfaitement! répondit-il. Et tous les six ensemble pour économiser des cordes!... Ainsi donc, doux Seigneur, hâtez-vous de parler!

La nièce de dame Rouquet referma d'abord soigneusement la porte, puis elle raconta qu'un nain très riche avait, la semaine précédente, apporté un petit garçon en recommandant de ne le laisser voir à personne. Elle dit ensuite que le nain était venu, dans l'après-midi, reprendre l'enfant, et qu'il était si pressé qu'il avait à peine donné le temps de lui mettre sa robe de flanelle blanche...

— Je n'ai même pu lui enfiler qu'un soulier, interrompit dame Rouquet; et tenez, voici l'autre, ajouta-t-elle en présentant une toute mignonne chaussure.

Mistouflet s'en empara et la glissa dans sa poche.

— C'est bien, je garde cela! dit-il. Mais l'enfant, qu'est-il devenu?

— Ça, Monseigneur, nous l'ignorons, car le nain n'est pas revenu.

Mistouflet ordonna aux deux camisards de visiter les chambres, puis s'adressant à la jolie jeune fille :

— Si vous m'avez trompé, si vous savez où l'enfant a été caché...

Vivement la nièce de dame Rouquet l'interrompit :

— Monseigneur, d'un mot je vais vous prouver que je vous ai dit toute la vérité; et bien mieux, si l'enfant venait à nous être rapporté, je peux m'engager à le faire savoir à Jean Cavalier...

— Vraiment, doux Jésus! murmura Mistouflet légèrement étonné.

— Oui, Monseigneur, continua la jeune fille; et lorsque vous lui répéterez mes paroles, il vous dira lui-même que son ancienne fiancée, Marie, saura tenir sa promesse.

La nuit approchait rapidement quand les cinq cents camisards de Jean Cavalier s'éloignèrent de Lussan, précédant d'une cinquantaine de pas la pauvre Yvonne désespérée, et ses trois compagnons, Faribole, Mistouflet et Dorfeuil.

A dix heures du soir ils arrivaient à leur chaumière où ils trouvaient une dépêche de Monseigneur Louis apportée par un cavalier. Le gentilhomme annonçait qu'il venait de remporter une nouvelle victoire, qu'il était sain et sauf, et qu'il ne fallait l'attendre que fort avant dans la nuit.

Lorsque tous eurent soupé, Faribole fit connaître à Yvonne le résultat de sa visite aux deux frères Lafond :

— Tous deux se sont rendus la nuit dernière jusqu'au bas de la hauteur sur laquelle est perché le donjon du château de Chomérac, seule-

C'est fait... Tous mes amis seront vengés.

ment, bagasse! le braconnier, celui qui porte le nom d'Henri, a éprouvé
une grande déception.

— Ma pauvre Jeanne est sans doute étroitement surveillée? dit tristement Yvonne.

— Hé non, bagasse! du moins le braconnier ne le pense pas, répliqua
Faribole.

— D'où provient sa déception?

— Voilà : il y a une dizaine d'années, alors que le jeune Lafond commençait à braconner, il parcourait un jour les alentours du château de Chomérac, quand, par le plus grand des hasards, il découvrit l'entrée d'une grotte masquée par des broussailles; il y pénétra hardiment.

— Et quelle autre découverte fit-il? demanda Yvonne.

— Au fond de la grotte se trouvait une étroite ouverture qui donnait accès à une sorte de long boyau souterrain; et, troun de l'air! comme le petit Lafond était curieux, il s'y engagea. Après avoir grimpé une pente assez raide qui peut avoir cinq ou six cents pas de longueur, il atteignit une porte basse, tout en chêne et très solide contre laquelle il se cassa inutilement le nez.

— Et la nuit dernière il aura essayé inutilement encore d'ouvrir la porte qui est dans le souterrain?

— Hélas! Madame Yvonne, répliqua Faribole presque aussi navré que si la mésaventure était arrivée à lui-même, hélas! bagasse! il n'a même pas pu essayer de l'ouvrir, car un éboulement, qui doit être déjà ancien, ne lui a pas permis d'arriver jusqu'à la porte.

— Alors, je comprends que sa déception ait été grande, dit Yvonne doucement. Mais, ajouta-t-elle, que compte-t-il faire maintenant?

— Il va cette nuit, et la nuit suivante s'il le faut, retourner au souterrain avec son frère Célestin, et tous deux à coups de pioche s'ouvriront un passage jusqu'à la porte.

— Allons, je vois que ce sont deux bons et braves garçons, dit la compagne de Monseigneur Louis. Aidés par eux, vous parviendrez, mes amis, à délivrer cette pauvre Jeanne de Vrignès.

Se tournant vers Dorfeuil elle ajouta :

— Demain matin vous irez à Nimes avec la lettre que Mistouflet n'a pu porter à M. de Chadefaux.

Vers la même heure où la douce Yvonne et ses dévoués compagnons s'entretenaient de la prisonnière des camisards blancs, celle-ci, accoudée sur la barre d'appui de la fenêtre de sa chambre, se tenait immobile et rêveuse, les regards perdus dans l'obscurité de la campagne.

Le silence de la nuit, que troublait par instant le murmure mélancolique du vent passant dans les ruines du château, semblait augmenter sa tristesse. Elle se demandait si le gentil messager ailé, qui avait emporté avec le billet son dernier espoir de salut, avait pu retourner à son pigeonnier; elle tremblait à la pensée qu'un oiseau de proie avait peut-être déchiqueté le joli pigeon déjà blessé d'un coup de bec.

En effet, la gentille bête qui, deux jours auparavant, était soudain venue, exténuée et les plumes tachées de sang, se réfugier dans la chambre de la prisonnière, avait été blessée par un gros tiercelet qui lui donnait la chasse depuis plus d'une heure.

Longtemps après que le pigeon égaré eut trouvé un asile protecteur, l'oiseau de proie continua à aller et venir devant le donjon; cette persistance lui fut fatale. Un camisard blanc l'ayant aperçu l'abattit d'un seul coup de fusil.

Jeanne lava plusieurs fois dans la journée la blessure heureusement peu grave du joli pigeon; elle lui donna de l'eau et quelques miettes de pain, mais très peu car une inspiration lui était tout à coup venue.

— C'est Dieu qui m'envoie ce gentil oiseau! pensait-elle en le caressant.

Et le lendemain matin dès la pointe du jour, elle écrivit le billet qu'Yvonne devait lire un peu plus tard, dans la demeure des frères Lafond, le lia au cou du pigeon au moyen d'un large ruban, ouvrit sans bruit sa fenêtre et lança l'oiseau au dehors.

Toute frémissante d'espoir elle vit son joli messager s'élever dans les airs, planer un instant en décrivant deux ou trois circonférences, puis soudain partir à tire-d'aile dans la direction de l'ouest.

On sait le reste.

Henri Lafond, chassait non loin du *Gardon* quand il vit le pigeon se reposer sur une branche d'arbre. Il avait tiré, et la pauvre bête était venue tomber à ses pieds l'aile brisée. La stupéfaction du braconnier égala sa joie en lisant les lignes écrites par la prisonnière; alors trouvant que sa chasse était suffisamment heureuse, il s'était hâté de rentrer à la maison.

Mais la malheureuse Jeanne ne pouvait pas se douter que son billet parviendrait aux mains de son amie Yvonne quelques heures seulement après l'avoir écrit. Elle calculait qu'il faudrait plusieurs jours pour découvrir l'endroit où se trouvait le lieutenant de Chadefaux, car le chef des camisards blancs et Nékao lui avaient affirmé que tout le monde, à Nîmes, ignorait ce qu'était devenu le jeune officier de dragons.

Aussi, cette nuit-là, malgré la lueur d'espoir qui brillait encore au fond de son cœur, la pauvre prisonnière était-elle bien triste.

Elle était depuis une demi-heure environ accoudée à sa fenêtre quand, soudain, un bruit de voix la fit tressaillir.

Deux hommes causaient dans le jardin, ou plutôt ce qui restait du jardin, qui occupait un espace encore assez vaste entre le pied du donjon et la muraille épaisse qui entourait tout le château fort de Chomérac.

Jeanne tendit l'oreille et reconnut la voix du chef des camisards et celle de son inséparable compagnon Nékao.

— Maître, disait le petit homme aux cheveux roux, aimez-vous oui ou non la jolie blonde qui dort là-haut?...

— Oui! répondit sourdement le chef.

— Voulez-vous qu'elle vous aime un jour?

— Comment peux-tu me demander cela, Nékao?

— Dame! maître, c'est que, à voir votre hésitation à faire ce qu'il faut pour obtenir cet heureux résultat, je commence à croire que vous renoncez à l'amour de la demoiselle.

— Jamais je n'y renoncerai, Nékao!

— Alors faites en vite votre maîtresse; vous verrez qu'elle vous aimera aussitôt après.

La prisonnière, en entendant ces paroles, sentit son visage se couvrir d'une sueur froide.

Il y eut un instant de silence : le chef des camisards réfléchissait. Enfin voyant que le colosse ne se décidait pas à répondre, Nékao reprit :

— Croyez-vous donc qu'elle vous repoussera?...

— J'en ai peur! fit très bas le chef des camisards.

— Non, maître, répliqua vivement Nékao, non, si vous savez-vous y prendre adroitement. Ah! ajouta-t-il d'une voix insinuante, si j'étais à votre place, si je tenais en mon pouvoir une jeune fille aussi adorablement jolie, pour avoir d'elle un baiser qui doit rendre ivre de bonheur, je n'attendrais pas à demain : j'irais le demander cette nuit même.

— Démon! démon! s'écria le colosse. Viens... suis-moi!

Cramponnée à la barre d'appui de sa fenêtre, sentant ses jambes se dérober sous elle, Jeanne de Vrignès vit les deux hommes se lever et se diriger vers la porte du donjon.

Le bruit de leur pas s'éteignit bientôt.

— Ils vont monter ici! murmura-t-elle en se dirigeant en chancelant vers la porte de sa chambre.

Pâle et frissonnante elle s'appuya contre la boiserie et écouta.

Un silence de mort régnait dans tout le donjon.

La jeune fille put entendre les battements désordonnés de son cœur.

— Rien!... personne ne monte!... murmura-t-elle.

Déjà elle se croyait sauvée... Mais soudain un léger bruit arriva jusqu'à son oreille... Tout son corps trembla... Elle distinguait un pas qui s'approchait doucement, lentement, avec mille précautions.

Une terreur indicible envahit la pauvre Jeanne; elle tomba à genoux et murmura éperdue :

— O mon Dieu! secourez-moi!... sauvez-moi!

Le bruit de pas se rapprochait toujours.

Un glacial frisson courut dans ses veines. Elle voulut crier, **mais sa** voix expira sur ses lèvres.

Soudain elle se releva d'un brusque mouvement; en deux bonds elle atteignit la fenêtre, et d'une voix vibrante murmura :

— Non!... Non!... pas cela!... plutôt mourir!...

. . . .

CHAPITRE XXVIII

OU LA COMPAGNE DE MONSEIGNEUR LOUIS RACONTE LE RÊVE TERRIFIANT QU'ELLE A FAIT

Un peu avant sept heures du matin, le lendemain de l'audacieuse expédition des camisards, qui s'étaient si rapidement emparé du bourg de Lussan, deux cavaliers s'éloignaient ensemble de l'humble maisonnette de Monseigneur Louis.

Ils parcouraient côte à côte environ sept cents pas et arrivèrent à l'intersection du chemin qu'ils suivaient et d'un étroit sentier. Là, ils arrêtèrent leurs montures.

— Hé! bagasse! dit le plus âgé des deux cavaliers, ne va pas faire de mauvaise rencontre, ami Dorfeuil.

— J'espère bien que non, monsieur Faribole, répondit le jeune homme en serrant la main que son compagnon lui tendait.

Puis ils se séparèrent :

Faribole partit au galop continuant à suivre le grand chemin ; Dorfeuil s'engagea dans le sentier qui était tracé à travers les champs.

Le premier se rendait à la demeure des frères Lafond, le second allait à Nîmes.

Mistouflet était resté pour veiller sur la compagne de Monseigneur Louis. L'ex-élève de l'ancien maître d'armes, après s'être assis sur un escabeau, regarda un instant le petit soulier d'enfant qu'il tenait dans ses doigts, et redressa la tête en appelant doucement :

— Médus, Médus?

Le gros chien qui se tenait sur le pas de la porte, voluptueusement allongé au soleil, fit entendre un léger murmure joyeux et, avec une certaine difficulté, se leva sur ses deux pattes de devant.

— Viens, mon bon Médus? dit Mistouflet accompagnant ses paroles d'un geste de la main.

Lentement et en sautillant, le brave chien qui n'avait que trois pattes de valides, posa sur sa cuisse sa grosse tête intelligente.

Mistouflet le caressa d'abord de la main, puis lui mit sous le museau le petit soulier ayant appartenu à l'enfant de Monseigneur Louis.

— Dis, mon bon Médus, reconnais-tu cet objet?

En guise de réponse, le brave chien agita vivement la queue et poussa trois ou quatre petits cris de joie.

— Bien, bien, je vois que non seulement tu m'as compris, mon bon Médus, mais que tu as reconnu cette mignonne chaussure.

Mistouflet riva ses regards sur ceux de l'intelligente bête et de nouveau lui demanda :

— Saurais-tu retrouver le pauvre petit dont le pied a chaussé ce joli soulier?

— Oah!... oah! répéta longuement l'animal.

Et en même temps il dressait son museau en l'air et le tournait dans plusieurs directions.

— Eh bien! que se passe-t-il donc? demanda soudain la compagne de Monseigneur Louis en paraissant au bas de l'escalier de bois.

— Madame Yvonne, dit Mistouflet en se levant, c'est Médus qui me répond que sous peu il nous aura mis sur les traces du ravisseur de votre fils.

— Attendez, mon ami! s'écria Yvonne. Et elle remonta vivement dans sa chambre.

Deux minutes après elle redescendait tenant dans sa main le petit bonnet de son enfant. Elle fit flairer la blanche coiffure à Médus et le brave animal renouvela sa pantomime et ses cris de joie.

— Ah! mon bon chien, mon chien! murmura Yvonne. Je mets en toi mon dernier espoir!...

Et saisissant la tête de Médus elle l'embrassa soudainement.

Il était midi et demie lorsque Faribole revint. Sur son visage était peinte une vague inquiétude.

— Vite, mon ami, prenez votre place à table, puis vous nous direz ce que vous avez appris ?

Et quand l'ancien maître d'armes se fut assis :

— Et d'abord, ajouta la jeune femme, les nouvelles sont-elles bonnes ou mauvaises ?

— Hélas ! bagasse ! répondit Faribole, elles ne sont peut-être pas très mauvaises, mais je ne les crois pas non plus très bonnes.

— Veuillez vous expliquer, mon cher Faribole, dit doucement Yvonne avec un pâle sourire.

— Eh bien, voici, bagasse ! reprit l'ancien maître d'armes : Les deux frères Lafond se sont rendus la nuit dernière dans le souterrain qui monte au Château de Chomérac ; pendant huit heures ils ont travaillé de leur mieux, malheureusement ils n'ont pu avancer beaucoup, et puis, bagasse ! ils ont bien peur que l'éboulement ne se continue jusqu'à la porte qui ferme le fond du souterrain.

— En ce cas, demanda Yvonne, combien leur faudra-t-il de jours pour atteindre cette porte ?

— Une dizaine de jours, ou plutôt une dizaine de nuits, répondit Faribole.

La compagne de Monseigneur Louis demeura un instant songeuse, puis elle dit en secouant tristement sa petite tête :

— Hélas ! mes amis, il est peut-être déjà trop tard pour sauver ma malheureuse amie.

— Doux Jésus ! murmura Mistouflet, qui peut vous faire supposer cela, madame Yvonne ?

— Cette nuit, j'ai fait un rêve qui m'a glacée de frayeur, dit la jeune femme frissonnante encore.

Puis voyant que ses deux compagnons la regardaient avec inquiétude et étonnement, elle poursuivit d'une voix triste et grave :

— Dans mon rêve, je voyais Mlle de Vrignès enfermée dans une misérable chambre du donjon de Chomérac. Elle était à genoux, priant Dieu, quand soudain, un géant, celui sans doute dont vous m'avez parlé, ouvrit sa porte et pénétra dans sa chambre...

— Ah ! mordious ! fit Faribole en serrant les deux poings.

Avec une visible émotion dans la voix, Yvonne continua :

— Jeanne se redressa d'un bond, et s'élança vers sa fenêtre ouverte.

— Seigneur Jésus ! vous me faites trembler ! s'écria Mistouflet.

— Puis ma pauvre amie se hissa sur le bord de sa fenêtre, adressa un suprême adieu à ceux qu'elle aimait, ferma les yeux et se précipita dans le vide... A ce moment je m'éveillai et tremblante d'effroi je poussai un cri.

— Ah ! bagasse ! j'en ai froid dans le dos, murmura Faribole. Heureusement ce n'est qu'un rêve que vous avez fait, madame Yvonne !

— C'est vrai, mon ami; aussi n'en parlez pas au lieutenant de Chadefaux. Le pauvre garçon est déjà assez malheureux, dit doucement la jeune femme en se levant de table.

— Les nouvelles que lui portent le camarade Dorfeuil, lui mettront un peu de joie au cœur, répliqua Mistouflet. Après avoir regardé l'heure à une grosse montre, il ajouta :

— Oui, Jésus-Marie ! si rien n'est arrivé à Dorfeuil il doit être à Nîmes maintenant.

Le jeune homme venait, en effet, d'entrer dans la ville pleine de troupes de toutes sortes d'armes ; et, renseigné par Faribole, se dirigeait directement vers la demeure du maréchal de Montrevel où il espérait trouver le lieutenant de Chadefaux.

Celui-ci était depuis quelques instants dans le cabinet de son chef, lequel venait de lui annoncer que M. de Villars était nommé au commandement de l'armée des Cévennes.

— Oui, mon cher lieutenant, dit le maréchal à son jeune officier, dans une dizaine de jours, je partirai par Montpellier. Mais avant je veux vous remettre votre brevet de capitaine. Désormais je ne pourrais plus faire grand chose pour vous ni pour vos amis.

— Croyez à ma plus profonde reconnaissance, monsieur le maréchal, je voudrais être libre pour vous accompagner...

— Cher monsieur de Chadefaux, interrompit le maréchal, vos paroles me rappellent que je ne vous ai point demandé si vous aviez été heureux dans vos recherches ?

— Hélas ! non, monsieur le Maréchal.

— Et vous êtes absolument persuadé que ce ne sont pas les camisards de Cavalier qui ont enlevé votre fiancée?

— Absolument, monsieur; car les misérables ont emmené avec elle le jeune enfant du capitaine Louis, qui combat dans les rangs des camisards.

M. de Montrevel resta un moment pensif, puis regardant bien en face le lieutenant :

— Monsieur de Chadefaux, dit-il, que savez-vous de cet adversaire

Que demandez-vous ? dit la voix de l'homme.

auprès duquel celle que vous aimez avait trouvé un refuge... Parlez sans
crainte, j'ai reçu l'ordre de ne plus rien tenter contre lui.

— Monsieur le maréchal, sur l'honneur, je vous jure que je ne sais
rien, ou plutôt que je ne sais qu'une chose : c'est que le capitaine Louis
est bien le plus brave, le plus loyal, le plus généreux gentilhomme que
j'aie jamais connu.

En ce moment la porte du cabinet s'ouvrit et un laquais entra tenant
un pli à la main.

— Monsieur le Maréchal, dit-il, un jeune homme vient d'apporter
cette lettre pour M. de Chadefaux, et il a insisté pour que je la lui remette
de suite.

Le laquais donna le pli à l'officier de dragons et se retira.

— Lisez, lisez, mon cher lieutenant, fit le maréchal; c'est peut-être
une heureuse nouvelle.

Henri de Chadefaux décacheta vivement la lettre, lut d'abord le
billet qui s'y trouvait épinglé et ne put retenir une exclamation de
joie...

— Vous avez deviné, monsieur le Maréchal, s'écria le jeune lieutenant : je sais maintenant où a été emmenée ma fiancée.

Et il tendit à son chef le billet écrit par Jeanne de Vrignès.

— Le château de Chomérac est du côté des montagnes, dit de Montrevel, en rendant le papier à son protégé. Voulez-vous, ajouta-t-il, que
je mette une centaine d'hommes à votre disposition ?

— Je vous remercie bien sincèrement, monsieur le Maréchal; mais
dans cette lettre on me dit que trois hommes suffiront pour délivrer ma
chère Jeanne.

Le maréchal se leva et souriant :

— Si, comme il est probable, parmi ces trois hommes se trouvent les
deux hardis cavaliers qui ont si bien arrangé les dragons placés sous vos
ordres et sous ceux du major Rosarges, vous êtes certain de revoir bientôt
votre jolie fiancée.

Puis lui tendant la main :

— Je ne vous retiens plus, monsieur de Chadefaux, ajouta le Maréchal; mais je serai heureux si, avant mon départ, vous venez m'apprendre
que vous avez sauvé votre future femme.

— Je ferai mieux, monsieur le maréchal, je vous la présenterai. De
plus, j'espère pouvoir vous suivre, car le capitaine Louis m'aura remis en
liberté.

— Vous croyez? fit finement M. de Montrevel. Eh bien, je vous permets de lui annoncer que ce matin, M. de Saint-Mars, gouverneur de l'île Sainte-Marguerite, a quitté Nîmes, se rendant à Paris, et que jusqu'à son retour on ne doit plus inquiéter le capitaine Louis.

Deux minutes après, le lieutenant des dragons rejoignait le jeune Dorfeuil, et tous deux quittaient bientôt l'hôtel de M. de Montrevel.

La nuit commençait à tomber quand ils descendirent de cheval devant la maisonnette de Monseigneur Louis. Le lieutenant y passa la nuit, et le lendemain matin, accompagné par Faribole, il partit pour se rendre chez les frères Lafond.

Une demi-heure plus tard, Yvonne, Mistouflet et Dorfeuil, suivis du brave Médus, sortaient à leur tour de l'humble maison.

Avant de sauter sur sa monture, Mistouflet enleva de terre le gros chien et le plaça sur le devant de la selle de Dorfeuil en disant :

— Voyons, reste-là tranquillement, mon bon chien ; nous avons un long trajet à faire, et sur trois pattes tu ne le pourrais pas.

Puis ils s'éloignèrent au pas se dirigeant vers Lussan.

Il était plus de midi quand ils se présentèrent à la porte de la petite ville.

Mistouflet ayant montré au commandant du poste l'écrit que le lieutenant de Chadefaux avait obtenu du Maréchal, lequel l'autorisait à perquisitionner dans toutes les maisons de la contrée, Yvonne et ses compagnons purent pénétrer dans le bourg sans difficulté.

Après avoir dîné rapidement dans la salle basse de l'hôtellerie du *Soleil-d'Or*, Yvonne et Mistouflet, ce dernier portant dans ses bras Médus, gravirent l'escalier un peu raide qui conduisait au premier étage.

Arrivés dans la chambre où l'enfant de Monseigneur Louis avait été apporté par Gniafon, Mistouflet posa le chien sur le plancher, puis lui mit sous le nez le petit bonnet et le soulier de l'enfant volé en disant :

— Cherche, mon bon Médus, cherche !

L'intelligente bête fit le tour de la chambre, passa ensuite dans le cabinet qui le précédait et, s'arrêtant devant une porte fermée, poussa plusieurs aboiements comme pour dire : « Ouvrez-moi ? »

La porte fut vivement ouverte, et, un instant après, Médus se trouvait dans la cour de l'hôtellerie, où il se retournait pour voir si chacun était décidé à le suivre.

Yvonne et Dorfeuil remontèrent à cheval, Mistouflet donna la bride de sa monture au jeune homme, puis s'adressant à Médus :

— Va, mon bon chien, va, montre-nous le chemin, lui dit-il.

Le gros chien poussa de nouveau quelques aboiements joyeux et sortit de la cour en clopinant.

Vingt minutes après, tous s'éloignaient de la ville par une porte opposée à celle par laquelle ils étaient entrés, et marchaient dans la direction d'Uzès. Mais au bout de cinq ou six cents pas le gros chien s'arrêta indécis. Il semblait hésiter. A droite et à gauche du chemin s'étendaient des prairies.

— Eh bien ! mon bon Médus, tu as perdu la piste ? dit doucement Mistouflet en caressant l'animal.

Celui-ci, après avoir flairé le sol à plusieurs reprises, se décida pour le côté droit du chemin.

A sa suite, Yvonne et ses compagnons entrèrent dans les prairies.

De temps en temps, lorsque leur guide s'arrêtait hésitant, Mistouflet lui disait pour l'encourager :

— Cherche, cherche toujours, bon Médus. Nous avons confiance en toi !

Et l'intelligente bête repartait.

Enfin, après avoir parcouru une lieue environ à travers la campagne, ils arrivèrent sur les bords d'un petit lac.

— Allons, Jésus-Marie ! allons, cherche encore ! dit Mistouflet.

Médus s'avança alors jusqu'au bord de l'eau puis se tourna vers Mistouflet en poussant un hurlement qui semblait dire :

— Je n'ose pas m'aventurer plus loin !

L'élève de Faribole comprit très bien la pensée de la brave bête. Il se sentit soudain envahit par un trouble étrange et un sombre pressentiment :

— Doux Seigneur ! pensa-t-il, le misérable nain aurait-il osé précipiter dans ce lac l'enfant d'Yvonne.

Il regarda la jeune femme et la vit horriblement pâle.

— Mistouflet, j'ai peur... dit toute tremblante la compagne de Monseigneur Louis. Le misérable m'avait menacé de faire disparaître le corps de mon fils, et de si bien le cacher que je ne pourrais jamais le découvrir...

— Madame Yvonne, dit Mistouflet qui, lui aussi commençait à redouter une catastrophe. Éloignez-vous sous la garde de Dorfeuil ; moi je continuerai seul les recherches.

— Non, non, répondit la malheureuse mère ; si mon enfant se trouve enseveli au fond de ce lac, je veux être là pour recevoir son pauvre petit corps quand vous l'aurez retrouvé.

Mistouflet marcha vers le gros chien en murmurant :

— Seigneur Jésus !... que va-t-il se passer !...

Puis donnant le petit soulier à flairer à Médus :

— Allons, va, cherche, cherche ! lui dit-il.

La brave bête leva le museau en l'air et poussa un hurlement prolongé et si lugubre, qu'Yvonne, se sentant défaillir, fut obligée de descendre de cheval.

Résolument Médus venait de se jeter à l'eau.

Nageant lentement, car l'intelligent animal ne pouvait guère se servir de sa patte blessée...

Parvenu à une quinzaine de pas de la rive il plongea tout à coup.

Une minute s'écoula.

Emus, frémissants d'anxiété, Yvonne, Mistouflet et Dorfeuil tenaient leurs regards rivés sur l'endroit où le brave chien avait disparu... Un long soupir de soulagement s'échappa de leur poitrine oppressée : Médus reparaissait sans avoir rien trouvé.

Mais la vaillante bête, au lieu de revenir vers le bord du lac se mit, en nageant, à décrire une demi-circonférence, puis soudain plongea de nouveau.

Mistouflet, qui sentait une sueur froide perler sur son front murmura d'une voix à peine distincte :

— Doux Jésus ! l'enfant est là... Médus l'a découvert.

Cette fois deux minutes s'écoulèrent : deux siècles pour Yvonne et ses compagnons ; puis l'animal reparut.

Alors un cri déchirant, un cri épouvantable se fit entendre, et la femme de Monseigneur Louis, plus pâle qu'une morte, s'affaissa dans les bras de Mistouflet et de Dorfeuil qui s'étaient précipités pour la retenir.

Médus nageait vers la rive. Dans sa gueule il tenait sa sinistre trouvaille, et un seul coup d'œil avait suffi à la pauvre mère pour reconnaître la robe de laine blanche de son enfant.

Le brave chien venait d'atteindre le bord, mais celui-ci était trop élevé pour qu'il put sortir seul de l'eau.

Dorfeuil se mit à plat ventre sur l'herbe, étendit les deux mains et retira du lac son vaillant Médus.

Tout tremblant, le jeune homme le débarrassa de son léger fardeau et le montra à Mistouflet.

Et tandis que l'intelligente bête poussait un long aboiement, Dorfeuil et Mistouflet laissait échapper un cri...

— Madame Yvonne! Madame Yvonne! fit l'élève de Faribole d'une voix vibrante ; ce n'est pas le cadavre de votre fils.

En effet, Médus avait simplement retiré du fond de l'eau la robe de l'enfant, laquelle enveloppait une grosse pierre.

Lorsque au bout d'une dizaine de minutes, Yvonne reprit connaissance, elle poussa un cri de joie cette fois, et faillit s'évanouir de nouveau en constatant que la robe ramenée par Médus ne revêtait pas le corps de son enfant.

— Croyez-moi, Madame Yvonne, dit Mistouflet à la jeune femme, si Gniafon avait voulu se défaire de votre fils, il n'aurait pas pris la peine d'attacher une pierre dans ce petit vêtement pour le lancer dans le lac.

— Alors, mon ami, tu crois que le misérable n'a pas tué mon enfant?

— J'en suis sûr, Madame Yvonne. Il le garde avec l'espoir de vous attirer dans un nouveau piège. Aussi soyez prudente... Si bien caché que soit votre fils nous le retrouverons.

La compagne de Monseigneur Louis, se sentant complètement remise, sauta en selle avec l'aide de Mistouflet, enferma dans une de ses fontes la robe de son enfant, Dorfeuil replaça devant lui le bon Médus, puis ils se hâtèrent de reprendre le chemin de leur demeure.

. . . .

Dans cette même journée, le lieutenant de Chadefaux, conduit par Faribole, s'était rendu chez les deux frères Lafond. L'aîné, Célestin, était en train de forger deux solides crampons, quand les deux cavaliers mirent pied à terre devant sa maisonnette.

En quatre mots l'ancien maître d'armes lui apprit que son compagnon était le fiancé de la prisonnière du donjon.

— Ces deux crochets que je fabrique, dit Célestin sans interrompre son travail, sont justement pour aider à délivrer la demoiselle.

— Mais, dites-nous, bagasse! demanda vite Faribole, êtes-vous arrivés à creuser un passage jusqu'à la porte du fond du souterrain?

— Oui, messire Faribole. Et nous avons été assez heureux pour ouvrir cette porte sans trop de difficulté.

— Alors, troun de l'air! nous allons pouvoir monter jusqu'aux ruines du château? fit l'ancien maître tout joyeux.

— Oh ! il ne faut pas y compter... du moins pas par le chemin que nous avons découvert, répondit l'aîné des Lafond.

— Et moi qui me voyais déjà à la porte du donjon ! murmura Faribole tout désappointé.

— Ne vous désolez pas, messire Faribole, dit Célestin en souriant ; si l'on ne peut pas monter pour aller vers demoiselle Jeanne, on pourra cependant la descendre par le couloir du souterrain.

Ses crampons étant achevés, il les posa à terre pour les laisser refroidir puis continua :

— Entrons dans la maison ; mon frère Henri vous expliquera le projet que nous avons formé pour délivrer la prisonnière.

Un instant après M. de Chadefaux et Faribole s'asseyaient en face des deux Lafond, et le braconnier disait à leurs hôtes :

— Mon frère Célestin vous a appris que nous avons réussi à ouvrir la porte qui se trouve au haut de la rampe du souterrain...

— Mais pourquoi donc bagasse ! interrompit l'ancien maître d'armes, puisque vous avez ouvert la porte, pourquoi donc ne peut-on pas monter jusqu'au château ?

— Simplement parce que nous n'avons pas des ailes ! répondit en riant Henri Lafond.

Puis en voyant la double interrogation qui se lisait dans les regards de leurs hôtes, le braconnier reprit :

— Je vais m'expliquer clairement : Après avoir réussi à ouvrir la porte, nous avons pu parcourir encore une dizaine de pas, puis il fallut nous arrêter ; le rocher était devant nous. Mais nous aperçûmes au-dessus de nos têtes une ouverture longue et étroite... Représentez-vous un puits dont l'endroit où nous étions serait le fond.

— Et vous pensez que la partie supérieure se trouve dans le château ? dit le lieutenant de Chadefaux.

— Oui, répondit le braconnier, et c'est dans une cave ou quelque casemate que doit être l'orifice de cette sorte de puits dans lequel on descendait autrefois au moyen d'une échelle.

— Et, bagasse ! quelle est la hauteur ou la profondeur de votre chemin souterrain ? demanda Faribole.

— Une trentaine de pieds environ. De l'endroit où mon frère et moi nous avons dû nous arrêter, nous avons entendu les paroles qu'échangeaient deux personnes, aussi distinctement que si nous eussions été à côté d'elles.

— Et je peux même vous assurer que la conversation que nous avons entendue n'était pas précisément gaie, dit en souriant Célestin.

— C'est vrai, ajouta le second des Lafond ; les gens qui causaient au-dessus de nous ne parlaient que de mort et d'enterrement.

Ces paroles rappelèrent à la mémoire de Faribole le rêve qu'Yvonne avait fait la veille ; il fut sur le point de prier les deux frères de lui répéter la conversation qu'ils avaient surprise, mais une réflexion l'arrêta :

— A quoi bon, pensa-t-il, alarmer d'avance le lieutenant. Si demoiselle Jeanne est morte, il l'apprendra toujours assez tôt.

— Je crois avoir deviné, dit M. de Chadefaux à Henri Lafond, une partie de votre projet. Vous allez vous introduire au château de Chomérac. Mais comment vous y prendrez-vous ?

— Le plus simplement du monde, répondit le braconnier.

— Il va s'engager dans la troupe des camisards blancs ! ajouta son frère en riant.

— Troun de l'air ! s'écria Faribole, ça c'est bien le meilleur moyen pour préparer tranquillement la fuite de demoiselle Jeanne.

— Une fois là-haut, à Chomérac, reprit le braconnier, je trouverai facilement l'ouverture du souterrain, au fond duquel, à partir de demain, il vous faudra veiller chaque nuit.

— Nous veillerons, dirent ensemble Faribole et l'officier de dragons.

— Sur le papier que je vous laisserai tomber, vous lirez ce que vous aurez à faire. Seulement je vous recommande le plus grand silence, car le moindre bruit venant de dessous terre pourrait donner l'éveil et em-pêcher notre entreprise de réussir.

— Vous ne voudriez pas, mon ami, emporter quelques lignes pour ma fiancée ? demanda le lieutenant au braconnier.

Celui-ci sembla hésiter avant de répondre, puis secouant la tête :

— Ce serait commettre une imprudence, dit-il. Les camisards blancs me fouilleront sans doute ; aussi je ne veux emporter que mon fusil, des balles que j'aurai enveloppées dans le papier, dont j'aurai besoin, et une mince ficelle que je ne chercherai point à cacher.

— Vous avez raison, dit alors le lieutenant ; je ne vous remettrai rien pour ma fiancée, mais dès que vous serez près d'elle vous lui répéterez ces mots qui vous feront reconnaître pour un ami.

— Je ne demande pas mieux, répliqua vivement le braconnier.

— Eh bien, reprit le lieutenant, vous prononcerez simplement : « Espoir et bonheur, amour et amitié ! »

Où allez-vous, mon jeune gentilhomme ?

— Bon! c'est gravé là-dedans, fit Henri en se frappant le front.
Comme cela si je ne puis causer que très peu de temps avec la demoiselle,
elle aura quand même confiance en moi tout de suite.

Une heure après cette conversation le lieutenant et Faribole remontaient à cheval pour revenir à la demeure de Monseigneur Louis, et Henri
Lafond, son fusil sur l'épaule, prenait à pas allongés la direction du
château de Choméřac.

Tout en marchant le braconnier se disait :

— Mes précautions sont, je crois, bien prises. Pourtant une chose m'embarrasse : comment diantre vais-je m'y prendre pour parvenir au château sans recevoir une balle de quelque guetteur?

Il était en ce moment à une bonne lieue encore du refuge des camisards blancs.

— Oh ! s'écria-t-il soudain, en apercevant sur sa droite, mais très loin encore, une troupe qui traversait la plaine; oh ! si ce sont des camisards, je n'aurai pas besoin de me mettre martel en tête.

La troupe se rapprochait rapidement.

Le braconnier manœuvra pour se trouver sur son passage. Au bout d'une dizaine de minutes, il put distinguer les longues chemises blanches dont étaient revêtus tous les bandits, qui marchaient en bon ordre derrière leur chef, un vrai géant, monté sur un superbe cheval.

— Mordieu ! voilà un homme avec lequel il ne me plairait guère d'avoir à lutter, murmura le braconnier.

Les camisards blancs n'étaient plus qu'à vingt pas ; il alla résolûment vers eux.

De son côté, le chef mit sa monture au trot et, suivi de Nékao, fit la moitié du chemin qui les séparait.

— Est-ce toi qui est Jean Cavalier ! demanda Lafond au géant.

— Non... Cavalier commande les camisards noirs ; moi je suis le chef des camisards blancs.

— Blancs ou noirs, qu'importe la couleur, s'écria le braconnier en donnant à sa physionomie un air farouche.

— Viendrais-tu pour t'enrôler parmi nous ? demanda le chef.

— Oui, si tu m'assures que je serai à l'abri des poursuites dont je suis l'objet.

— Et qui donc te poursuit?

— Les gendarmes du roi ! répondit le braconnier avec un aplomb imperturbable.

— Tiens, tiens ! fit le chef autour duquel ses trente hommes s'arrêtaient en chuchotant entre eux.

— Ma foi, compagnon, dit Nékao avec un malin sourire, tu me parais être pourtant un gaillard qui ne doit pas avoir grand'peur de la maréchaussée?

— Je ne dis pas le contraire ; mais j'ai peur de la corde !

— De la corde ! s'écria le géant ; qu'as-tu donc fait pour mériter la potence?

— Oh ! presque rien : j'ai tué deux personnes.

— Bigre ! tu trouves que cela n'est rien ! fit le chef égayé. Et où donc as-tu fait ce beau coup-là ?

— Chez moi... J'ai surpris ma femme avec le fils du seigneur du château.

— Bon, je comprends. Comme ils tenaient une conversation qui n'était pas de ton goût, tu y as mis fin un peu brutalement. Par ma foi, ajouta le géant, moi je trouve que tu as bien fait ; il est vrai que je ne suis pas gendarme du roi !

— Alors quelle est ta réponse ? demanda Lafond.

— Mordieu ! tu seras des nôtres, car tu me plais, s'écria le chef des camisards blancs. Par exemple, je dois te dire une chose...

— Laquelle ?

— Je ne te promets pas qu'avec nous tu n'auras rien à craindre de la maréchaussée, non, je te dirai même le contraire ; mais je puis t'affirmer que si l'on te poursuit et l'on t'attaque, tes camarades sauront te défendre.

— Apprends de suite que notre devise est : « Tous pour un. Un pour tous ! » dit Nékao.

— Votre devise me va ! répartit le braconnier.

— C'est bien ; place-toi près de moi ; en marchant tu me conteras ton histoire, dit le chef.

Puis s'adressant à ses hommes :

— En route, camarades !

La petite troupe s'ébranla. Une demi-heure plus tard elle arrivait au pied de la montagne que couronnait le château de Chomérac.

— Pardon, chef, dit Henri Lafond en simulant la surprise, est-ce donc là-haut que vous habitez ?

— Certainement. Et dès ce soir tu y habiteras toi-même, répondit le maître de Nékao.

— Alors mon rêve va se réaliser, fit le braconnier en riant. J'ai souvent souhaité d'avoir un château à moi !

— Eh bien ! tu en posséderas un, en communauté. Seulement tu le trouveras un peu détérioré par le feu.

Le soleil allait disparaître à l'horizon quand la bande des camisards blancs franchit le pont-levis de l'ancienne demeure du seigneur de Chomérac.

Lafond promena ostensiblement ses regards de tous les côtés. Il faisait tout haut ses réflexions, mais en lui-même il pensait :

— Je n'aperçois nulle part de personne blonde ayant quelque ressemblance avec le portrait qui m'a été fait de la prisonnière.

La nuit arriva rapidement. Il prit son repas du soir avec ses nouveaux compagnons, puis fut conduit par eux dans la galerie voûtée qui leur servait de dortoir.

Vers le milieu de la nuit, Lafond, qui n'avait pu s'endormir, crut entendre un léger bruit se produire près du matelas sur lequel il était couché.

Ses yeux s'étaient habitués à l'obscurité ; il les ferma à demi et regardant devant lui il vit une force humaine qui s'emparait de ses habits puis disparaissait aussi rapidement et silencieusement qu'une étoile filante.

C'était Nékao, qui, malin comme un singe et prudent comme un serpent, avait voulu s'assurer que le nouveau compagnon ne possédait rien qui pût le rendre suspect.

Moins d'un quart d'heure après il venait remettre où il les avait pris les vêtements du braconnier.

Si doucement qu'il eut marché Lafond l'entendit et mentalement murmura :

— Jusqu'à présent tout va bien ; espérons qu'il en sera de même pendant le jour et la nuit de demain.

Et, tranquille maintenant, il ferma les yeux et s'endormit.

Il était huit heures et demie, quand le lendemain, le chef des camisards annonça à ses hommes qu'ils pouvaient à leur choix ou se reposer ou se promener toute la journée ; puis il ajouta :

— Demain je compte vous emmener en expédition fort loin d'ici.

Aussitôt que les rangs eurent été rompus, le braconnier s'avança vers le superbe géant :

— Chef, lui dit-il, est-il permis de visiter en détail *notre* propriété ?

— Tu peux aller partout où il te plaira ; toutefois il est interdit de s'arrêter au deuxième étage du donjon.

— C'est compris, dit Lafond on obéira.

Puis il salua le chef et s'éloigna.

Mais il n'alla pas loin.

Avisant un camisard dont la physionomie ne dénotait pas précisément que son propriétaire fût professeur d'une intelligence excessive, il l'aborda en disant :

— Hé ! camarade, te plairait-il de vider en ma compagnie une bouteille de vin d'Espagne ?

— Cette bêtise ! répliqua le camisard avec un gros rire ; j'en viderais bien deux.

— Va pour deux. Nous les viderons demain dans la première auberge que nous rencontrerons.

— Pourquoi attendre à demain, compagnon ? Dame Nékao te vendra ici tout ce que tu voudras.

— Soit ! reprit Lafond, nous irons trouver dame Nékao. Seulement, ajouta-t-il, je veux que tu me rendes un service ?

— Lequel, compagnon ?

— Tu vas me faire les honneurs de notre propriété.

— Hein ! quoi ?... Je ne te comprends pas, fit le camisard, légèrement ahuri.

Le braconnier se mit à rire, puis lui prenant le bras :

— Si tu aimes mieux, lui dit-il, tu vas me faire visiter entièrement ce château ; le chef m'a donné à entendre que ce serait une promenade vraiment intéressante.

— Ma foi, compagnon, si te faire les honneurs veut dire de t'accompagner, je suis prêt ; allons !

Tout en marchant à côté du camisard qui le conduisait à travers les ruines du château, Lafond se disait :

— Je vais pouvoir chercher l'entrée du souterrain sans éveiller des soupçons par une démarche ou une question compromettantes.

Après avoir exploré les ruines ils se rendirent dans les galeries voûtées en traversant dans sa largeur ce que dame Nékao appelait son jardin.

Un imperceptible frémissement agita le braconnier en apercevant dans un angle de la dernière salle qu'ils visitèrent, un large trou béant.

Lafond éleva au-dessus de sa tête le morceau de torche qu'il avait allumée avant d'entrer dans la salle où le jour ne pénétrait pas, et demanda à son compagnon :

— Qu'est-ce que cela ?... Un puits ?

— Non. On croit que c'est une oubliette.

— Parfait ! pensa le braconnier en s'éloignant. Je vois que les camisards ignorent que par cette ouverture on descend dans un souterrain.

A haute voix il ajouta :

— Maintenant camarade, conduis-moi près de dame Nékao.

Un instant après, tous deux étaient attablés dans la galerie où la veille ils avaient soupé et vidaient gaiement deux bouteilles.

Entre midi et une heure le braconnier allait et venait un peu au hasard quand soudain il s'arrêta subitement et tressaillit.

Sortant du donjon, il apercevait une toute mignonne jeune fille, blonde comme les blés à l'époque de la moisson, qui s'avançait à pas lents et se dirigeait vers le jardin de dame Nékao.

— C'est la demoiselle que je dois délivrer, se dit-il.

Et il reprit sa promenade ayant soin d'aller du côté opposé à celui de la prisonnière.

La malheureuse jeune fille s'avança jusqu'aux deux tiers du jardin, et s'assit ou plutôt se laissa tomber un banc de pierre.

Son joli visage, pâle et amaigri, portait l'empreinte d'une profonde douleur, d'une vive inquiétude et d'une longue insomnie.

Depuis le soir où, croyant que le chef des camisards allait pénétrer dans sa chambre, elle s'était élancée vers sa fenêtre, prête à se jeter la tête la première de la hauteur du deuxième étage plutôt que de subir les violences du géant, elle ne se couchait plus la nuit.

Le matin elle s'étendait sur son lit et osait dormir une heure ou deux.

L'après-midi elle descendait dans le jardin et là, ayant moins peur, elle restait assoupie des heures entières.

Ce jour-là, après s'être laissée tomber avec accablement sur le banc du jardin, elle compta depuis combien de jours elle était prisonnière au château de Chomérac, puis elle murmura tristement :

— Ah! mes amis, vous que j'appelle chaque soir... venez, venez vite à mon secours... je meurs de chagrin et de frayeur...

Elle laissa glisser sa tête dans ses mains et deux ruisseaux de larmes silencieuses s'échappèrent de ses beaux yeux et coulèrent à travers ses doigts.

— O mon Dieu! murmura-t-elle encore, ne m'abandonnez pas!

Et comme si Dieu l'avait entendue :

— Espoir et bonheur!... Amour et amitié! dit tout bas une voix derrière elle.

La pauvre Jeanne se redressa comme poussée par un ressort; elle passa la main sur son front se croyant le jouet d'une hallucination.

Elle regarda autour d'elle.

Elle vit, s'éloignant lentement, un homme qui n'avait aucune ressemblance avec les deux amis sur lesquels elle comptait pour être sauvée : Faribole et Mistouflet.

Son amie Yvonne lui avait raconté des prouesses si extraordinaires exécutées par l'ancien maître d'armes et son élève, qu'elle se disait que ce serait l'un ou l'autre qui viendrait la tirer du donjon, si la Providence permettait que son billet arrivât aux mains du lieutenant de Chadefaux.

Un instant elle suivit des yeux celui qui venait de passer derrière elle, puis le voyant sortir du jardin tranquillement, sans s'être retourné une seule fois, elle retomba sur son siège de pierre.

— J'aurai rêvé !... murmura-t-elle Et pourtant, j'ai bien cru entendre ces mots : Espoir et bonheur, amour et amitié ! mots de reconnaissance que ma pauvre amie Yvonne et moi avions trouvés.

Elle demeura environ deux heures au jardin, puis se décida à rentrer au donjon.

A peine eut-elle parcouru une vingtaine de pas qu'elle tressaillit violemment.

L'homme du jardin se dirigeait vers la porte du donjon où tous deux allaient nécessairement se rencontrer.

A cette réflexion une grande joie fit battre plus vite son cœur.

— Ah! je n'ai donc pas rêvé, se dit-elle, ce camisard est devenu l'allié de nos amis.

Elle n'était plus qu'à dix pas de la porte du donjon quand elle vit Lafond, qu'elle croyait être un camisard blanc, atteindre le seuil, se retourner et poser un doigt sur sa bouche comme pour lui recommander le silence.

Derrière lui elle pénétra dans le donjon.

Au pied de l'escalier le braconnier s'était arrêté.

En trois secondes Jeanne se trouva près de lui.

— Prenez ! dit laconiquement et très bas Henri Lafond.

Et en même temps sa main se portait vivement vers celle de la prisonnière.

Jeanne referma sa petite main dans laquelle le braconnier venait de glisser un papier, et à voix basse murmura :

— Ah! merci !...

Subitement la jeune fille devint blanche comme un linge ; Lafond sentit un frisson lui passer par tout le corps.

Nékao était devant eux.

A cette apparition soudaine toute la joie de la prisonnière s'envola.

Le braconnier, fort heureusement, recouvra promptement sa présence d'esprit, et, tandis que l'amie d'Yvonne s'engageait dans l'escalier, inquiète et tremblante, il s'approchait du petit homme aux cheveux roux et clignant les yeux :

— Hé ! hé ! camarade, lui dit-il à mi-voix, je devine pourquoi le chef a défendu de s'arrêter au deuxième étage : c'est là que niche la colombe.

— Et je ne donnerai pas cher de la vie de celui qui voudrait entrer dans le colombier ! répliqua Nékao.

— Bon ! le chef ferait ce que j'ai fait chez moi ! repartit le braconnier

Puis affectant un air de bonhomie, il ajouta souriant :

— Comme je tiens à la vie, j'attendrai pour visiter le donjon que le chef veuille bien m'accompagner.

Nékao le regarda s'éloigner et les sourcils froncés il se dit :

— Je surveillerai cet homme, et malheur à lui s'il s'introduit ici pour nous enlever la demoiselle.

Jeanne de Vrignès avait rapidement gagné sa chambre.

Après avoir poussé le verrou elle déplia le papier que lui avait donné le braconnier et lut les lignes suivantes, grossièrement tracées avec un morceau de fusain carbonisé.

« Demain, aussitôt que les camisards seront partis en expédition, « descendez dans la galerie qui leur sert de dortoir ; vous traverserez « cette galerie ainsi que les deux autres qui lui font suite ; lorsque « vous serez au fond de la dernière, vous frapperez assez fort, trois « coups dans vos mains, puis vous attendrez. Un homme viendra ; ce « sera messire Mistouflet.

    « Celui qui a trouvé votre billet attaché au cou du pigeon. »

La prisonnière ne déchiffra que difficilement ces lignes, car l'orthographe de plusieurs mots les rendait presque incompréhensibles.

Après les avoir relues elle se dit :

— Voyons, j'aurai à traverser trois galeries... je les trouverai bien... Je frapperai trois coups et le bon Mistouflet viendra me délivrer... Mais quel chemin prendra-t-il ?... Je ne devine pas... Faribole sera sans doute avec lui ; aussi j'ai confiance : demain je reverrai mes amis.

Hélas ! la pauvre jeune fille aurait vu sa joie et son espoir vite disparaître si elle avait pu entendre les paroles qu'échangeaient à ce même moment le chef des camisards blancs et Nékao enfermés dans une chambre du premier étage.

Guia'on se mit debout en faisant entendre un grognement de bête fauve.

— Alors, maître, disait le petit homme, vous aussi vous l'avez vu le nouveau compagnon rôder autour de la jolie poulette?

— Oui ; quand demoiselle Jeanne est allée s'asseoir sur le banc du jardin, moi je me suis posté derrière cette fenêtre...

— Où vous restez des heures entières en contemplation, je sais cela, interrompit Nékao avec un sourire ironique. Mais c'est votre affaire, puisque vous ne voulez pas m'écouter... Ensuite maître?

— J'ai vu le compagnon Henri traverser le jardin, passer derrière demoiselle Jeanne qui s'est levée soudain comme effrayée ; puis elle s'est tournée vers le compagnon qui ne s'est pas une fois arrêté.

— Parbleu! c'est un malin. Il l'a simplement prévenue qu'il l'attendrait dans l'escalier du donjon.

— Mais toi, Nékao, tu n'as pas entendu ce qu'ils se sont dit?

— Non, maître, je me suis trop hâté de les suivre. Je les ai trouvés arrêtés en bas de l'escalier et c'est à peine s'ils sont restés une minute ensemble.

Ce jour-là, ce fut Nékao qui, à sept heures, monta le repas de la jeune fille.

Il lui dit en entrant :

— Demoiselle, mon maître voudrait vous entretenir un instant ce soir.

— Que me veut-il? demanda Jeanne, devenant inquiète.

— Je ne sais pas. Que lui répondrai-je?

— Que je l'attends... Qu'il vienne de suite, pendant qu'il est jour encore.

— Bien, bien, fit Nékao en s'éloignant.

Cinq minutes après, le superbe chef des camisards blancs, entrait dans la petite chambre de Jeanne de Vrignès.

Un léger tremblement agitait tout son corps, et il était presque aussi pâle que sa prisonnière, quand il s'arrêta devant elle.

— M'apportez-vous des nouvelles de mes amis? lui demanda Jeanne à qui la certitude d'être délivrée donnait du courage.

— Non, demoiselle, répondit le chef sourdement.

Il demeura un instant silencieux ; il semblait timide, craintif.

Enfin, faisant un effort, il dit d'une voix vibrante :

— Demoiselle Jeanne, je vous aime !... Ayez pitié de moi... Pour mériter votre amour je suis prêt à abandonner tous mes compagnons... Je vous emmènerai loin, bien loin où nul ne me connaîtra... Je me ferai soldat.. Mais laissez-moi espérer que vous m'aimerez un jour?

Jeanne ne répondit pas immédiatement ; elle réfléchissait.

Les paroles du colosse l'avaient d'abord fait pâlir et trembler, mais avec cette inconcevable mobilité qui caractérise la femme, elle passa de la frayeur à la joie, un peu de rose colora ses joues, puis levant sur le chef son beau regard dont elle connaissait à présent la puissance, elle dit de sa voix mélodieuse :

— Je n'ose promettre de vous aimer un jour... Mais je vous assure que si vous me reconduisez auprès de mon amie Yvonne, je vous en garderai une sincère reconnaissance.

Le maître de Nékao secoua sa tête de colosse :

— C'est votre amour que je veux, demoiselle Jeanne, fit-il très bas.

— Gagnons du temps... demain je serai libre !...

Alors à haute voix, et avec un ton qui semblait contenir une douce promesse :

— Eh bien, écoutez-moi, dit-elle : mon amie Yvonne est la femme d'un officier qui combat dans les rangs de Jean Cavalier ; conduisez-moi vers mon amie, enrôlez-vous dans l'armée des camisards... et peut-être... Mais, tenez, réfléchissez à ma proposition...

Et comme le chef ne répondait pas :

— Voulez-vous, continua-t-elle d'une voix plus douce encore, presque caressante, voulez-vous que je vous accorde deux jours pour réfléchir?

— Soit ! dans deux jours, je vous ferai connaître ma réponse, répliqua brusquement le colosse.

Puis il salua et sortit.

— Oh! se dit-il en redescendant chez lui, si par ses paroles elle a voulu endormir ma vigilance elle sera déçue.

Aussitôt qu'il eut regagné sa chambre il fit appeler dame Nékao.

Celle-ci accourue apportant le souper du chef.

— Me voilà maître, dit-elle ; je ne suis pas en retard ; c'est vous qui ce soir êtes en avance.

— Ce n'est pas pour vous adresser des reproches que je vous ai fait appeler.

— Alors, maître, c'est que vous avez quelque ordre à me donner?

— Oui, dame Nékao.

— J'attends, maître?

— Chaque soir, ainsi que chaque journée que je passerai loin du refuge, vous enfermerez demoiselle Jeanne à double tour et vous mettrez la clef dans votre poche...

— Bien, maître.

— Attendez, ce n'est pas tout... Chaque fois que je m'absenterai, à moins que Nékao ne reste ici en sentinelle, vous tiendrez toujours la porte du donjon fermée... Le donjon sera désormais interdit à tous mes hommes.

— Craignez-vous donc, maître, que quelqu'un cherche à vous enlever la demoiselle ?

— Oui, je le crains... Et n'oubliez pas que vous m'en répondez sur votre tête, dame Nékao.

Ces paroles du colosse étaient prononcées d'un ton si menaçant que la vieille femme en frissonna de terreur.

La nuit vint.

Les camisards soupèrent, puis allèrent se reposer, car le chef les avait prévenus qu'au point du jour ils devraient être debout, prêts à se mettre en route.

Vers le milieu de la nuit, Henri Lafond se dressa sur son séant et tendit avidement l'oreille.

— Ils dorment tous ! pensa-t-il. Messire Faribole et ses compagnons doivent m'attendre dans le souterrain, allons !

Il se leva sans bruit et pieds nus, marchant à pas de loup, il sortit du dortoir, traversa les autres galeries et arriva en quelques minutes devant l'ouverture du puits.

Il se mit à plat ventre, avança la tête sur l'orifice et se faisant un porte-voix de ses deux mains :

— Holà !... dit-il à demi-voix.

— Présents, doux Jésus ! répondit Mistouflet.

— Parlez bas ! reprit le braconnier toujours penché sur l'abîme. Vous allez m'envoyer la corde et les crampons.

Et lentement il déroula une mince ficelle, à l'extrémité de laquelle était attachée une balle de mousquet, qu'il descendit jusqu'à l'endroit où Faribole, Mistouflet, le lieutenant de Chadefaux et Célestin Lafond, attendaient depuis plus de deux heures.

Faribole passa les deux crochets de fer dans une boucle qu'il fit à la ficelle et dit à demi-voix :

— Hé ! bagasse ! enlevez !

Doucement le braconnier attira jusqu'à lui les deux crampons et une grosse corde qui s'y trouvait fixée, puis se penchant de nouveau au-dessus de l'ouverture du souterrain :

— Attention maintenant; je vous renvoie la ficelle.

— Pourquoi faire, doux Jésus? demanda Mistouflet.

— Vous vous en servirez pour lier solidement la barre de fer au bout de la corde, répliqua le braconnier.

Il jeta la ficelle à ceux d'en bas, et trois minutes après la voix de son frère lui disait :

— Hisse doucement... car nous sommes dessous!

Avec précaution Lafond monta une énorme barre de fer massif qui était plus longue que la largeur de l'orifice du puits.

Quand il eut détaché cette barre il la posa en travers de l'ouverture du puits, y fixa les deux crampons, et faisant redescendre la corde dans le souterrain :

— Holà! dit-il, messire Mistouflet est-il là?

— Oui, vierge Marie! Que me voulez-vous? fit l'élève de Faribole.

— Débarrassez-vous de votre épée, empoignez la corde et venez me rejoindre; le chemin est solide!

Le braconnier sentit la grosse corde se tendre; cinq minutes après il apercevait une ombre qui grimpait. Il dit alors tout bas :

— Prenez garde à la barre, messire Mistouflet.

L'avertissement arrivait à temps : quelques secondes de plus et le crâne du compagnon de Faribole allait ressentir un choc peu agréable.

Le braconnier le saisit par les poignets et lui aida à sortir du puits assez facilement.

Au même moment il entendit la voix de l'ancien maître d'armes :

— Hé! bagasse! je grimpe à mon tour?

— Non, non! messire Faribole, dit vivement le braconnier; il n'y a ici de la place que pour un seul.

— Mordious! alors c'est moi que vous auriez dû faire monter!

— Vous n'avez pas assez de patience, messire, dit en riant tout bas Lafond. Or, votre ami devra rester cinq ou six heures dans une caisse.

— Mais alors, troun de l'air! Quand est-ce que vous aurez besoin de nous?

— Pas avant demain matin. Reposez-vous jusque là. Messire Mistouflet vous appellera quand il sera l'heure... Silence!

Lafond entendit encore un juron de mauvaise humeur qui montait lu souterrain, puis tout redevint silencieux.

CHAPITRE XXIX

OÙ JEANNE DE VRIGNÈS RECOMMANDE SON AME A DIEU ET SE PRÉCIPITE DANS LE VIDE

— Et maintenant que faut-il faire? demanda Mistouflet à voix basse.

— Nous allons d'abord retirer la corde et la barre de fer, répondit Lafond en exécutant lui-même ce qu'il disait de faire.

Puis quand il eut enlevé les deux objets :

— Regardez bien où je vais cacher cela, ajouta-t-il.

— Doux Jésus! je n'y vois goutte... Il fait trop noir ici!

— C'est vrai, messire Mistouflet, aussi ne cherchez pas à voir, mais baissez-vous et touchez la place où je mets cette barre qui, au besoin, deviendrait une arme terrible.

— Je vous crois. bon Seigneur; sans frapper fort on assommerait un bœuf.

— Une recommandation, messire, dit le braconnier en posant sa main sur le bras de son compagnon.

— Je vous écoute, mon ami, murmura Mistouflet.

— Lorsque vous replacerez la barre au-dessus de l'ouverture du puits, assurez-vous que les deux extrémités appuient suffisamment sur le bord de l'orifice.

— Mais, Jésus Marie! vous ne viendrez donc pas lorsque j'aurai descendu la demoiselle Jeanne?

— Non, messire. Les camisards partiront en expédition dès le lever du soleil; je les accompagnerai pour ne pas éveiller des soupçons.

— Mais alors dites-moi où je pourrai trouver la mignonne protégée de Faribole?

— Ne vous inquiétez pas, messire. Demoiselle Jeanne viendra jusqu'à l'entrée de la galerie; elle frappera trois coups pour vous annoncer sa présence.

— C'est bien; mais, Vierge Marie! il faut tout prévoir. Si quelquefois elle ne venait pas?

— En ce cas il vous faudra aller la chercher dans le donjon. Sa chambre est au second étage et donne sur un jardin. Et à présent, messire, ajouta le braconnier, installez-vous de votre mieux dans cette caisse qu'on croirait avoir été mise ici pour servir de cachette.

— Combien de temps avez-vous dit que j'aurais à demeurer dans cette boîte?

— Peut-être bien sept ou huit heures, répondit Lafond.

— Doux Jésus! Vierge Marie! Saints anges du paradis!... huit heures!... Enfin, c'est pour demoiselle Jeanne... S'il le faut je resterai bien un jour pourvu que je puisse l'emmener ensuite.

— Adieu, messire, si vous ne me revoyez pas, c'est que les camisards blancs m'auront tué... Mais en ce cas je compte que vous me vengerez?

— Foi de Mistouflet, je vous le jure, mon ami!

— Merci! Maintenant plus un mot.

Le braconnier serra silencieusement la main de l'ancien aventurier, puis se hâta de regagner son lit.

— Allons! murmura-t-il en se recouchant, personne sans doute ne s'est aperçu de mon absence.

Il ferma les yeux et essaya de s'endormir; mais ce fut en vain. Malgré lui il se sentait envahi par une vague inquiétude.

Vers les quatre heures et demie du matin, une grosse cloche agitée fortement par dame Nékao, qui, on le sait, remplissait une quinzaine d'emplois en même temps, vint dire aux camisards blancs qu'il fallait se lever.

Nékao monta dans la chambre du chef.

— Maître, lui dit-il, au lieu d'emmener avec vous le compagnon Henri, vous le laisserez ici.

— Pourquoi cela, Nékao?

— Parce que si étroitement que je le surveillerai, il pourrait bien au milieu d'une bagarre vous envoyer dans la tête une balle de mousquet.

— C'est bien, je vais donner l'ordre de l'enfermer dans un cachot, dit le chef en sortant de sa chambre.

Une demi-heure plus tard, le braconnier, les poignets solidement attachés derrière le dos, était enfermé dans une cellule de la première galerie, puis les camisards blancs partaient en expédition.

Il ne restait au château de Chomérac que les deux jeunes garçons qui aidaient à dame Nékao à faire les gros ouvrages, et un vieux camisard chargé de veiller derrière le pont-levis.

Deux heures s'étaient écoulées depuis le départ des camisards, lorsque Jeanne de Vrignès, en observation près de sa fenêtre, se dit toute palpitante de joie :

— Mon ami Mistouflet doit être à son poste... dans quelques instants je serai entre les bras de mon fiancé...

Rougissante et le cœur plein d'un doux émoi à cette pensée que celui qu'elle aimait allait la combler de tendres caresses, elle marcha vivement vers la porte de sa chambre et tira le verrou.

Mais alors elle pâlit subitement et un cri de désespoir et de douleur lui échappa.

— Oh! mon Dieu... comment faire?... la porte a été fermée du dehors!...

En vain elle se meurtrit les doigts en cherchant à ouvrir l'étroite porte qui seule la séparait de la liberté... Elle s'affaissa anéantie sur un siège et éclata en sanglots.

Longtemps, bien longtemps elle versa de brûlantes larmes.

Il y avait maintenant plus de quatre heures que les camisards blancs étaient partis, et elle se disait que le bon Mistouflet, n'entendant pas le signal qu'elle devait aller lui donner au fond de la galerie, devait s'être éloigné pour ne revenir que la nuit suivante.

— Mon Dieu! s'écria-t-elle avec un accent de navrant désespoir, vous m'avez laissé entrevoir la délivrance et le bonheur!... et vous m'abandonnez!...

Tout à coup elle tressaillit, puis elle bondit vers sa croisée.

Du jardin une voix criait :

— Demoiselle Jeanne!... demoiselle Jeanne!... m'entendez-vous?

La prisonnière pencha la moitié de son corps sur l'appui peu élevé de la fenêtre et agitant son mouchoir d'une main :

— Monsieur Mistouflet!... à mon secours!... s'écria-t-elle.

C'était en effet l'élève de Faribole qui, grandement inquiet de ne point voir venir la jeune fille, s'était décidé à aller à sa recherche. Ne rencontrant absolument personne sur son chemin, n'entendant pas le plus léger bruit, il ne put s'empêcher de murmurer :

— Jésus-Marie! mais ça va marcher tout seul! Je vais tout bonnement appeler demoiselle Jeanne et je monterai la délivrer.

Parvenu au milieu du jardin il appela la prisonnière; mais au moment où celle-ci se montrait et lui répondait, trois personnes apparurent à l'entrée d'une petite galerie servant de cuisine.

— Tiens! doux Jésus! voilà deux enfants et une vieille sorcière! fit Mistouflet en les apercevant.

Et sans s'occuper autrement d'eux, il se dirigea vers la porte du donjon.

Du premier coup d'œil dame Nékao avait vu que celui qui appelait la

— O mon Dieu ! secourez-moi ! sauvez-moi !

prisonnière n'était pas un camisard blanc. Sans s'attarder à rechercher comment cet inconnu avait pu s'introduire dans leur refuge, elle poussa dehors ses deux compagnons en leur disant à voix basse :

— Cet homme ne pourra pas pénétrer dans le donjon, courez avertir le gardien du pont-levis et revenez tous trois le surprendre par derrière.

Les jeunes garçons filèrent comme deux chevreuils poursuivis par une meute. Dame Nékao, presque aussi légère qu'eux, contourna le donjon et disparut rapidement dans les ruines. Elle cacha dans un trou des murs noircis par le feu, la clé du donjon et celle de la chambre de la prisonnière, puis, à son tour, elle courut vers le pont-levis.

Pendant ce temps Mistouflet s'acharnait après la porte du donjon; enfin comprenant qu'il perdait un temps précieux, il se dit :

— Doux Seigneur! il me faut la clé, et seul je ne peux la trouver... aussi courons chercher du renfort...

Il traversa le jardin comme un coup de vent traverse l'espace, s'élança dans les galeries et fut en un instant sur le bord du puits donnant accès dans le souterrain.

Tout en plaçant la barre de fer au-dessus du trou béant et y introduisant la grosse corde il cria très fort :

— Vite, vite! allumez une torche!

— Ah! troun de l'air! je vous croyais mort, Monsieur Mistouflet! répondit aussitôt Faribole.

Mistouflet reprit :

— Attention, doux Jésus! que l'un de vous reste en bas pour aider tout à l'heure la descente, et que les deux autres viennent me rejoindre... Gardez vos armes! ajouta-t-il encore.

— Je monte, troun de l'air! je monte! cria joyeusement l'ancien maître d'armes!

Célestin Lafond voulait monter après lui, mais le lieutenant de Chadefaux lui dit :

— Restez, mon ami; il me serait impossible d'attendre ici, tandis que vous seriez tous en train de vous battre là-haut.

Et à son tour il grimpa vivement.

— Hé! bagasse! nous voilà, cher Monsieur Mistouflet.

— Suivez-moi, dit celui-ci en entraînant ses deux compagnons, nous allons donner la chasse à une sorcière et à ses petits.

A l'instant où tous trois sortaient en courant de la première galerie, dame Nékao, le gardien du pont-levis et les deux jeunes garçons tenaient conseil à dix pas de la porte du donjon.

— Messire Faribole, dit Mistouflet, emparez-vous de la vieille; le lieutenant et moi nous nous chargeons de l'homme... Par eux nous saurons où est la clé du donjon...

A la vue des trois adversaires qui accouraient le pistolet au poing, les deux aides de dame Nékao jugeant que toute résistance serait dangereuse sinon impossible, prirent une rapide décision : sans hésiter, avec un ensemble parfait, ils s'élancèrent dans la direction du pont-levis qu'ils abaissèrent, et coururent se cacher en bas de la montagne.

Plus brave, le camisard resté à côté de la mère de Nékao, épaula son mousquet et fit feu sur Mistouflet qui devançait ses compagnons.

Mais l'élève de Faribole avait vu s'abaisser l'arme, il se jeta rapidement de côté, puis sans s'arrêter arma un pistolet, ajusta son ennemi dont il n'était plus séparé que par une dizaine de pas, et lui fit sauter la cervelle.

Dame Nékao voulut alors s'enfuir, mais en quatre ou cinq bonds Faribole l'eut atteinte.

— Hé ! bagasse ! vous ne deviez pas mieux courir à vingt ans ! s'écria Faribole en s'emparant des deux bras de la vieille femme.

— Que me voulez-vous? demanda celle-ci qui, malgré toute son énergie, commençait à trembler.

— Ce que nous voulons, troun de l'air! c'est la clé du donjon, pas autre chose!

— Il nous la faut à l'instant? dit Mistouflet en s'avançant.

— Je ne l'ai pas! répondit rageusement dame Nékao.

— Nous n'avons pas le temps de discuter... Une dernière fois : la clé? demanda Mistouflet.

Et il appuyait la gueule de son pistolet sur le front de la vieille femme.

Celle-ci devint livide; elle sembla hésiter avant de répondre, puis elle dit :

— Je ne l'ai pas!... Vous pouvez me tuer...

— Mordious! interrompit Faribole, nous autres nous ne tuons pas les femmes!... pas même les vieilles sorcières!

Mistouflet la fouilla minutieusement.

— Je ne trouve rien, ami Faribole, dit-il.

— Alors, bagasse! enfonçons la porte!

— Ce sera difficile, doux Jésus... mais avant d'essayer aidez-moi à ligotter cette camisarde.

Au moyen d'un mouchoir et du tablier de dame Nékao, ils attachèrent les jambes et les poignets de cette dernière, puis Mistouflet la chargea sur son épaule et la porta dans la galerie la plus proche.

Le lieutenant de dragons s'était arrêté au milieu du jardin et, à travers l'espace, échangeait de douces paroles avec celle qu'il adorait.

Faribole et son élève se mirent à parcourir les galeries cherchant une pièce de bois dont ils pourraient se servir en guise de bélier. Ils couraient de tous côtés sans rien trouver lorsque soudain Mistouflet poussa une longue exclamation :

— Ah! Jésus!... Venez m'aider, messire Faribole... J'ai découvert quelque chose de mieux, Vierge-Marie!

— Quoi donc? bagasse! je ne vois ici que de méchants lits.

— Justement, Seigneur Jésus! vite, mettez-moi sur l'échine une demi-douzaine de ces matelas.

Et Mistouflet, tout en parlant, en empoignait un et le jetait moitié sur sa tête, moitié sur son dos.

— Ah! troun de l'air! s'écria Faribole en faisant ce que lui avait dit son ex-élève, quand ce n'est pas moi qui ai une bonne idée, c'est vous qui l'émettez, monsieur Mistouflet.

Les deux amis transportèrent huit matelas au pied du donjon et les disposèrent sur le sol d'après les indications de Mistouflet, puis celui-ci dit à l'officier de dragons :

— Monsieur le lieutenant, voudriez-vous expliquer à demoiselle Jeanne qu'elle va être obligée de faire un saut qui, à première vue, semble quelque peu terrible, et cependant peut s'exécuter le plus facilement du monde et sans aucun danger.

— Hum! le plus facilement du monde? dit entre ses dents l'ancien maître d'armes.

— Mais certainement, monsieur Faribole, reprit Mistouflet qui, s'il n'avait pas très bien entendu les paroles de son compagnon, avait compris le geste qui les accompagnait.

Puis tenant dans ses bras allongés horizontalement un petit matelas mis à dessein de côté, il reprit s'adressant au lieutenant :

— Demoiselle Jeanne va se laisser tomber là-dessus, et je vous promets que, sauf une légère secousse, elle n'éprouvera aucun mal.

— J'en suis persuadé, monsieur Mistouflet, répliqua le lieutenant de Chadefaux.

Et il se hâta d'expliquer à sa fiancée que le seul moyen de sortir de sa prison était de passer par la fenêtre.

— Eh! oui, doux Jésus! ajouta Mistouflet, c'est le chemin le plus direct et le plus court pour rejoindre vos amis.

— Je vous avoue, que j'ai bien peur, dit Jeanne; je suis si haut!...

— Ah! bagasse! combien je regrette de n'être pas sur le toit du donjon; pour vous donner l'exemple, demoiselle Jeanne; je me jetterais en bas sans hésiter.

— Sans doute, monsieur Faribole, mais vous, vous n'êtes pas une demoiselle! dit ingénuement en souriant la mignonne prisonnière.

Elle tira devant la fenêtre sa petite table, plaça près de celle-ci son escabeau, grimpa dessus et fut en une seconde debout sur la table...

— Bravo ! ma chère Jeanne, lui cria son amant ; un petit effort encore, et des bras herculéens de Mistouflet vous passerez dans les miens !

Tout à coup la jeune fille étendit la main vers la campagne et poussa un cri.

— Hé ! mordious ! qu'arrive-t-il ? demanda Faribole.

— Ah ! j'aperçois dans le lointain les camisards blancs qui reviennent, répondit la prisonnière.

— En ce cas, chère Jeanne, sautez vite, dit l'officier des dragons.

— Allons ! puisqu'il le faut, repartit l'amie d'Yvonne en posant les pieds près de la barre d'appui.

— Du courage, troun de l'air !... attention, monsieur Mistouflet.

— Mon Dieu, Mon Dieu ! murmura Jeanne.

Elle ferma les yeux, pencha son corps en avant, et dit encore à mi-voix :

— Protégez-moi, mon Dieu !

Puis elle s'élança dans le vide.

. . . .

Trois cris, qui n'en firent qu'un seul, car ils furent poussés en même temps, retentirent au pied du donjon.

La prisonnière venait de rebondir sur le petit matelas.

Mistouflet avec autant d'adresse que de force musculaire avait reçu sans broncher le choc du corps charmant de Jeanne de Vrignès tombant d'une hauteur de soixante pieds.

Celle-ci fut un peu étourdie d'une pareille chute, mais son nom répété par celui qu'elle aimait lui rendit soudain l'usage de ses sens.

— Jeanne, ma chère Jeanne !... vous m'êtes donc rendue ! s'écria M. de Chadefaux en serrant contre son cœur la mignonne jeune fille.

— En route, bagasse ! ne restons pas une minute de plus ici ! dit Faribole en marchant vers l'entrée des galeries.

Tous le suivirent. Quelques minutes après ils s'arrêtaient devant l'orifice du puits.

— Hé ! troun de l'air ! cria joyeusement l'ancien maître d'armes, messire Lafond, tendez la corde ?

— La demoiselle est avec vous ? demanda Célestin en maintenant la corde dans une position verticale.

— Oui, bagasse ! préparez-vous à la recevoir.

Le lieutenant se suspendit d'abord à la barre de fer, Mistouflet prit Jeanne par la taille et, aussi aisément qu'il eut fait d'un enfant, la porta vers l'officier ; la jeune fille forma de ses deux bras une douce chaîne autour du cou de son amant et dit en souriant :

— Merci, monsieur Mistouflet.

L'hercule lâcha sa mignonne protégée et le lieutenant descendit doucement son précieux fardeau jusqu'à l'endroit où se tenait Lafond.

Faribole vint ensuite, puis Mistouflet se suspendit à son tour après la corde. Un instant plus tard, tous se trouvaient réunis au fond du souterrain.

Lafond reprit sa torche qu'il avait posée entre deux pierres, et, marchant en tête de la petite troupe, la guida jusqu'à la grotte qui précédait l'entrée du souterrain et dans laquelle avaient été cachées quatre montures.

— Chère Jeanne, vous n'avez plus rien à craindre de vos ravisseurs, dit l'officier de dragons en enlevant sa fiancée pour l'asseoir sur sa selle... O ciel ! mais vous pleurez ! ajouta-t-il avec anxiété.

— Ami, ce sont des larmes de joie et de bonheur !

Et l'adorable jeune fille lui adressa à travers ses pleurs un délicieux sourire.

— Sautez en croupe, bagasse ! dit Faribole à Lafond qui seul n'avait pas de monture ; je vous conduirai jusqu'à une lieue de chez vous.

Célestin accepta et s'installa derrière l'ancien maître d'armes. Aussitôt celui-ci lança avec vigueur :

— En avant, troun de l'air !

— Un moment, doux Jésus !

Et, disant ces mots, Mistouflet, posa sa main sur le bras de son ancien patron.

— Qu'y a-t-il donc, bagasse ! demanda Faribole étonné.

— Voyez ! fit simplement l'hercule en désignant du doigt deux troupes d'hommes armés qui au pas de course s'approchaient de la hauteur.

Faribole et le lieutenant de dragons poussèrent une vive exclamation.

— Mordious ! quelle chance ! cria joyeusement le premier.

Le jeune officier s'avança vers Lafond :

— Mon ami ! lui dit-il, je vais vous confier pour quelques instants mon bien le plus cher : ma fiancée.

— Henri ! que voulez-vous faire ? s'écria Jeanne avec effroi en voyant son amant imiter ses deux compagnons qui tiraient leurs épées du fourreau.

Le lieutenant, de la pointe de son arme, montra les deux troupes qui se rapprochaient à vue d'œil.

Maintenant on distinguait parfaitement la bande des camisards blancs qui fuyaient en désordre poursuivis par une cinquantaine de soldats catholiques :

— Ma chère Jeanne, avant que vos ravisseurs aient pu gagner leur refuge, je veux faire payer à quelques-uns tout ce que vous avez souffert dans cet affreux château.

— Non, non, mon ami ; je vous en supplie, ne me quittez pas ! murmura la jeune fille pâlissant déjà.

Faribole, Mistoufflet et Lafond échangèrent quelques mots à mivoix...

— J'approuve votre projet, messire, dit Mistoufflet ; mais avant il faudrait avertir l'officier qui commande le détachement.

— J'y vole, bagasse ! Expliquez l'affaire au lieutenant.

Et l'ancien maître d'armes partit ventre à terre.

Tandis qu'il se dirigeait vers les soldats du roi de France, son ex-élève disait à M. de Chadefaux :

— Monsieur le lieutenant, laissez-nous le soin de châtier tous ces bandits ; je vous promets que ce sera consciencieusement fait.

Le jeune officier voulait absolument aller tuer quelques camisards, mais sa jolie fiancée le supplia tant de rester auprès d'elle qu'il dut se résigner à lui obéir :

— Puisque vous l'exigez, ma chère aimée, lui dit-il avec un soupir de regret, je demeurerais tranquille, mais cela me coûte gros je vous l'assure !

— Je vous tiendrai compte du sacrifice, répliqua Jeanne d'une voix douce et câline.

Rapidement Mistoufflet expliqua à l'officier le dessein de son ami Faribole ; il ajouta en terminant :

— Oui, Jésus-Marie ! j'y perdrai mon nom, monsieur le lieutenant, si un seul des brigands parvient à s'échapper.

L'ancien maître d'armes revenait au galop après avoir causé deux minutes avec le capitaine commandant le détachement catholique.

Les camisards blancs avaient mis à profit le court instant d'arrêt de leurs adversaires pour atteindre le sentier escarpé qui grimpait jusqu'à leur refuge.

Ils étaient partis joyeux à la suite de leur chef qui les conduisait du côté d'Alais, lorsque à trois lieues du château de Chomérac ils virent apparaître dans le lointain une troupe qui forcément était composée d'ennemis. Alors ils se dissimulèrent derrière les buissons.

— Nékao, dit soudain le chef, je crois distinguer les uniformes de l'infanterie royale.

— En effet, maître, ce sont des soldats catholiques qui arrivent.

— Ne dirait-on pas qu'ils se dirigent en droite ligne sur Chomérac, reprit le chef.

— J'en ai peur, maître, repartit Nékao qui debout suivait les mouvements des soldats.

— Ils viennent pour m'enlever demoiselle Jeanne... Faisons demi-tour, dit le colosse en quittant le buisson derrière lequel il se cachait.

En ce moment les soldats s'arrêtèrent pour faire leur première halte.

Les camisards blancs attendirent, continuant à les guetter.

Au bout d'une demi-heure le détachement royal reprit sa route; le chef commanda alors à ses hommes de rentrer au refuge, car ils n'étaient pas en force pour attaquer les soldats avec succès.

Ce n'était nullement au château de Chomérac que se rendait le détachement catholique.

Mais lorsque l'officier qui le commandait eut aperçu les camisards blancs il donna l'ordre de les poursuivre.

De part et d'autre on avait échangé une vingtaine de coups de feu, quand Faribole accourut près de la troupe royale.

Celle-ci s'engagea lentement et avec prudence dans le sentier de Chomérac à la suite des camisards blancs.

— Maître ! maître ! s'écria Nékao qui arriva le premier au pont-levis et le trouva abaissé ; pendant notre absence il s'est passé quelque chose au refuge.

Le chef donna un ordre à ses hommes, puis il se précipita derrière Nékao qui courait déjà vers le donjon.

En y arrivant le colosse poussa un terrible rugissement.

Les matelas rangés sur le sol, le gardien étendu mort à l'entrée du jardin, l'absence de dame Nékao, tout lui indiquait qu'on avait enlevé sa prisonnière.

— Saurais-tu retrouver le pauvre petit dont le pied a chaussé ce petit soulier ?

— Nékao, prépare une corde, cria-t-il. Et vous, allez me chercher le compagnon prisonnier! ajouta-t-il en s'adressant à deux de ses hommes qui l'avaient suivi.

Deux minutes après, une longue corde pendait accrochée à une pièce de bois qui dépassait le chaperon d'un mur, et le braconnier était amené au pied de ce mur.

D'un coup d'œil, le malheureux vit la corde toute préparée et comprit que sa dernière heure était venue ; et d'ailleurs s'il avait conservé le moindre doute à cet égard, les paroles du chef des camisards blancs se chargeaient de le faire disparaître.

— Compagnon, lui dit le colosse d'une voix railleuse, tu es venu ici dans l'espoir d'éviter la potence, eh bien! permets-moi de t'affirmer que c'est une bien mauvaise inspiration que tu as eue là !

Le braconnier resta impassible.

En s'introduisant dans le refuge des ravisseurs de l'amie d'Yvonne, il savait à quoi il s'exposait.

Mentalement il adressa un dernier adieu à son frère Célestin et attendit la mort sans effroi.

Il n'attendit pas longtemps; le chef fit un signe à Nékao et aux deux hommes qui tenaient les bras du prisonnier.

— Hâtons-nous! dit le chef. On attaque les camarades !

En effet, on entendait les coups de fusils que les soldats commençaient à échanger avec leurs adversaires.

Dix secondes suffirent à Nékao pour passer un nœud coulant au cou de l'infortuné braconnier.

— Allez, hisse !... commanda le méchant bonhomme en ricanant.

Les deux camisards tirèrent violemment la corde et le corps de Lafond s'éleva à trois pieds au-dessus du sol.

Au même instant un terrible cri de terreur et de rage retentit soudain.

Ce cri était poussé par Célestin, qui à ce moment sortait de la galerie accompagné de Faribole et de Mistouflet.

Ensemble ils se précipitèrent au secours du malheureux braconnier.

Par bonheur pour celui-ci, les deux bandits qui le tenaient pendu lâchèrent brusquement la corde pour sauter sur leurs mousquets, car ils croyaient fermement que les trois adversaires qui accouraient allaient être suivis de plusieurs autres.

Le pendu, à demi étouffé, roula sur le sol de toute sa longueur.

Tout en courant, Faribole s'écria :

— Nous arrivons à temps, baga...

Il n'acheva pas...

Quatre détonations éclataient à la fois ; et tandis qu'une balle lui enlevait son feutre en passant à un pouce de sa tête, une autre lui labourait légèrement le dessus de l'épaule.

En quelques bonds il fut sur les camisards blancs qui venaient de tirer sur lui.

Il abattit le premier d'un coup de pistolet et tua le second d'un furieux coup d'épée.

Alors il regarda autour de lui.

Il vit à dix pas sur sa droite Mistouflet chargeant sa rapière à la main le chef des camisards ; plus loin se tenait Nékao indécis, s'il devait fuir ou secourir son maître.

Sur sa gauche il aperçut Lafond qui s'agenouillait près du corps de son frère.

— Hé ! bagasse ! s'écria-t-il, sauvons d'abord le braconnier !

Et il s'élança vers les frères Lafond. Au moment où il les rejoignait, le pendu, rapidement débarrassé de son nœud coulant, ouvrait les yeux, puis aspirait avidement l'air vivifiant qui était sur le point de manquer à sa poitrine.

En reconnaissant ceux qui arrivaient si à propos pour le sauver, il sourit et les remercia du regard.

Pendant ce temps Mistouflet attaquait vigoureusement son adversaire qui, rompant toujours, allait se trouver acculé contre la muraille du donjon.

Subitement Nékao se décida à venir au secours de son maître.

Sournoisement, sans bruit, il s'avança derrière Mistouflet lequel, malheureusement, ne se doutait pas du danger dont il était menacé.

A deux pas de l'adversaire qu'il allait frapper traîtreusement, Nékao leva sa main droite dans laquelle étincela la lame d'un court poignard.

— Là, entre les deux épaules, se dit-il.

Puis il bondit sur Mistouflet en criant :

— Un de moins !...

Il dit vrai !... trois secondes plus tard il y eut un homme de moins, mais cet homme fut Nékao...

Au moment où, à deux pas de Mistouflet, il levait son poignard, Faribole aperçut son geste.

Prompt comme la pensée, l'ancien maître d'armes prit à sa ceinture le pistolet qui lui restait, visa un quart de seconde et pressa la détente.

Nékao hurla de douleur et laissa retomber son bras droit fracassé.

Au bruit de la détonation et au cri du blessé, Mistouflet étonné, fit un bond de côté ; quand il se retourna, il vit Faribole enfoncer son épée dans la poitrine de Nékao avec une telle vigueur que la moitié de la lame ressortit entre les deux épaules.

— Au pont-levis, bagasse ! au pont-levis ! cria l'ancien maître d'armes à son ex-élève.

Comme une trombe, les deux hardis compagnons franchirent l'espace qui les séparait du mur d'enceinte, tombèrent sur les douze ou quinze camisards blancs qui étaient devant eux ; et, avant que ceux-ci fussent revenus de la surprise que leur causait cette soudaine attaque par derrière, Mistouflet décrocha tout seul les chaînes qui retenaient le pont-levis, lequel s'abaissa avec bruit sur le fossé.

On entendit le commandant du détachement catholique crier un ordre, et en un clin d'œil tous ses hommes se trouvèrent dans le refuge des camisards blancs qui s'enfuirent du côté des ruines, sauf cinq ou six qui sautèrent par dessus le mur, à demi écroulé sur une longueur de deux pieds à peine, avec l'espoir de s'échapper à travers les roches de la montagne.

Mais Mistouflet, qui voulait que tous les bandits fussent tués ou pris, cria à Faribole de le suivre et tous deux se précipitèrent à la poursuite des fuyards.

Le chef des camisards, qui venait de se jurer à lui-même de tuer son premier adversaire, s'était élancé sur les pas de Mistouflet.

Enfin derrière le colosse accouraient le braconnier, complètement remis, et son frère Célestin.

Ceux-ci voulaient s'emparer du ravisseur de Jeanne afin de le pendre haut et court.

Alors pendant que, au milieu des ruines noircies du château, retentissaient les décharges des mousquets des soldats et les clameurs des camisards blancs, une double poursuite commença entre les roches et le long d'un précipice.

D'un coup de pistolet, Mistouflet, tout en courant, avait blessé mortellement un des fuyards ; Faribole plus vif, plus agile que son élève, avait bien avant celui-ci, rejoint les cinq autres.

Déjà trois étaient tombés sous les coups de sa terrible rapière, quand un cri retentit derrière lui.

Il était poussé par le chef des camisards qui venait de se ruer sur Mistouflet et le renverser.

Le maître de Nékao était plus grand et un peu plus gros que son adversaire, mais celui-ci était plus vigoureux.

Il y eut, durant une minute, à quelques pas du précipice, une lutte effrayante.

Les deux hercules, enlacés dans une formidable étreinte, confondus pour ainsi dire en une seule masse, se tordaient, s'allongeaient, se roulaient en cherchant à s'étouffer.

Leurs os craquaient, leurs haleines sifflaient, et d'efforts en efforts, de saccade en saccade, ils approchaient rapidement du bord de l'abîme qu'ils ne pouvaient pas apercevoir.

Mistouflet avait réussi à nouer ses doigts puissants autour du cou de son adversaire, il allait être vainqueur lorsqu'une dernière contraction du colosse les fit rouler jusqu'au gouffre.

Ils oscillèrent deux secondes, puis le terrain manqua sous eux.

D'un côté accourait Faribole, de l'autre les frères Lafond.

Ils arrivèrent trop tard.

Un cri d'horreur leur échappa : le brave Mistouflet et le chef des camisards blancs disparaissaient ensemble dans l'abîme.

Durant une minute, une indicible stupeur les tint comme rivés au sol ; puis, par un violent effort, ayant chassé les liens invisibles qui les paralysaient, ils se penchèrent sur le précipice et y plongèrent leurs regards avides.

Pâles comme des morts ils poussèrent tous trois une exclamation d'épouvante.

Au fond du gouffre, le maître de Nékao était étendu le crâne broyé.

A trente pieds au-dessus de lui le corps de Mistouflet se trouvait suspendu après un bouquet de ronces.

Mistouflet paraissait sain et sauf, mais son point d'appui était si fragile qu'il n'osait faire aucun mouvement, de peur d'aller lui aussi se broyer au fond du précipice.

Faribole appela :

— Mistouflet?... Mistouflet?...

— Je suis encore en vie !... répondit celui-ci, mais envoyez-moi vite une corde, sinon, doux Jésus! ce ne sera pas pour longtemps !

L'élève de Faribole n'avait pas achevé sa phrase que déjà Henri Lafond bondissait vers le mur d'enceinte, repassait par la brèche et s'élançait vers le donjon.

Dix minutes après il était de retour, couvert de sueur, hors d'haleine, mais rapportant la corde qui leur avait servi pour s'introduire au refuge des camisards blancs.

Rapidement Faribole en saisit une extrémité et envoya l'autre à son ami avec l'espoir de le sauver d'une mort affreuse.

Malédiction, la corde était trop courte d'une longueur de bras... Mistouflet étendit la main espérant la saisir, mais il ne put l'atteindre. Et le malheureux sentait que le bouquet de ronces qu'il tenait dans ses mains crispées cédait peu à peu.

Et rien, absolument rien, ne pouvait maintenant empêcher sa chute mortelle.

— Je tombe !... je tombe !... dit-il d'une voix vibrante d'angoisse.

En haut, Faribole et les frères Lafond frémirent de terreur.

— Adieu !... Faribole !... fit encore Mistouflet.

Alors l'ancien maître d'armes se jeta à plat ventre et se laissa glisser la tête la première dans le précipice en criant à ses compagnons :

— Retenez-moi par les pieds, mordious !

Puis s'adressant à son élève :

— Mistouflet... prends la corde, et tu es sauvé, bagasse !

Et ce fut vrai, grâce à la présence d'esprit de l'ancien maître d'armes.

Les frères Lafond maintenaient solidement Faribole qui, dans chaque main, serrait un des crampons de la corde après laquelle grimpait Mistouflet qui, pour diminuer le poids de son corps, avait soin de poser la pointe de ses bottes sur les nombreuses anfractuosités du rocher.

— Ah ! Jésus-Marie ! s'écria l'élève de Faribole en sentant le sol sous ses pieds ; vous m'avez sauvé la vie, mes amis ; je ne l'oublierai pas !...

Une larme perla au coin des paupières de Faribole ; avec une émotion qu'il cherchait vainement à dissimuler, il dit en serrant énergiquement les mains de son vieux compagnon et ami :

— Je crois bien, troun de l'air ! que j'ai eu plus grand peur que vous, cher Monsieur Mistouflet.

Lorsque celui-ci eut ramassé son épée tombée dans le sentier, ils se hâtèrent de retourner vers les soldats.

La fusillade avait cessé. Des trente-cinq hommes qui composaient la troupe des camisards blancs, dix-huit avaient été tués, quinze étaient prisonniers, deux seulement étaient parvenus à s'échapper. Dame

Nékao partagea le sort des quinze bandits qui furent conduits dans les prisons d'Alais.

Faribole, Mistouflet et les deux Lafond descendirent par le sentier de la montagne pour aller rejoindre le lieutenant de dragons et sa fiancée.

Au moment de se séparer des frères Lafond, Jeanne de Vrignès, qui avait longuement parlé d'eux avec son amant, leur tendit sa petite main et après les avoir une dernière fois remerciés :

— Une somme d'argent ne suffirait pas à reconnaître ce que vous avez fait pour moi, leur dit-elle avec son adorable sourire ; je vous demande quelques jours pour vous assurer une existence à jamais tranquille et heureuse.

Puis elle ajouta s'adressant au braconnier :

— En attendant vous recevrez de moi un souvenir qui, je crois, vous fera plaisir. Au jeune homme qui vous l'apportera je vous demande de vouloir bien remettre le joli pigeon qui, lui aussi, a contribué à ma délivrance.

La petite troupe se sépara.

Trois heures après, la mignonne Jeanne descendait de cheval et se jetait dans les bras de son amie Yvonne.

Dans la soirée, Monseigneur Louis arriva accompagné du pasteur Raymond.

— Madame Yvonne, dit ce dernier à la compagne du fils d'Anne d'Autriche, espérez en la miséricorde de notre Maître à tous. Il vous a rendu votre amie ; un jour, bientôt peut-être, il rendra à votre tendresse votre cher enfant.

Une douce gaîté remplaça ce soir-là la sombre tristesse qui régnait dans l'humble maisonnette depuis qu'y habitait Yvonne, c'est-à-dire depuis le lendemain de l'incendie du Mas de Couriac.

Soudain, au moment où Faribole achevait le récit de la prise du château de Chomérac par les soldats catholiques, trois coups furent frappés assez fortement contre la porte de la chaumière.

Tous tressaillirent malgré eux.

Dorfeuil alla ouvrir.

Un homme entra. C'était Roland, l'ami et l'un des lieutenants du chef des protestants insurgés.

Il apportait une dépêche pour Monseigneur Louis.

Le gentilhomme la décacheta vivement, la parcourut du regard et devint tout pâle.

Puis tendant le papier au pasteur :

— Lisez, frère Raymond, lisez! dit-il d'une voix frémissante.

Le ministre protestant prit la dépêche et lut à haute voix :

« Au capitaine Louis,

« Un officier envoyé en parlementaire par le maréchal de Montrevel
« m'arrive à l'instant.

« Au nom du roi on nous propose un armistice pendant lequel pour-
« ront être arrêtées les conditions d'un traité de paix honorable pour les
« deux partis.

« J'ai demandé quarante-huit heures pour consulter nos frères.

« Jean Cavalier. »

— Eh bien, frère Raymond, que pensez-vous de cette proposition de
nos ennemis? demanda Monseigneur Louis.

— Jean Cavalier ne doit poser les armes que si nos frères persécutés
et emprisonnés sont rendus à la liberté, et sur la promesse que nous
obtiendrons notre liberté de conscience.

— Les promesses ne coûtent guère à celui qui occupe le trône de
France, dit Monseigneur Louis ; moi je crois que Sa Majesté commence à
craindre pour sa couronne et qu'elle ne serait pas fâchée de jeter la
désunion parmi les calvinistes.

Puis s'adressant à Roland :

— Frère Roland, continua-t-il, vous direz à Jean Cavalier que
demain matin le pasteur Raymond et moi nous nous rendrons auprès de
lui.

— Bien, capitaine Louis, dit Roland.

Et il sortit, sauta à cheval, et s'éloigna au grand trot.

Le lendemain Monseigneur Louis et le pasteur protestant se rendaient
au camp des camisards.

Dans l'après-midi Jeanne de Vrignès et celui qu'elle considérait
comme son futur époux, prenaient congé d'Yvonne avant de partir pour
Nîmes.

— Mignonne, dit la jeune femme en embrassant son amie, si Mme la
maréchale de Montrevel veut vous garder quelques semaines auprès d'elle,
acceptez... Je vais moi-même quitter cette demeure pendant plusieurs
jours.

— Je compte, chère Yvonne, que dès votre retour, vous me rappellerez
près de vous? dit gentiment la fiancée de l'officier de dragons.

— Viendrais-tu pour t'enrôler parmi nous? demanda le chef.

— Je vous le promets, mignonne, repartit la femme de Monseigneur Louis.

Les deux amis s'embrassèrent tendrement une dernière fois, puis Jeanne et son beau lieutenant prirent rapidement le chemin de Nîmes.

Un quart d'heure après leur départ, Yvonne, Faribole et Mistouflet s'enfermaient dans la chambre de Monseigneur Louis.

— Mes amis, dit la jeune femme à voix basse, dans sa dernière lettre,

Mme de Soissons, vous réclame tous les deux pour vous confier une mission secrète et délicate.

— Nous partirons quand vous nous l'ordonnerez, Madame Yvonne, dirent les deux compagnons.

La jeune femme baissa encore la voix et reprit :

— Le roi d'Angleterre a fait demander les preuves écrites que Monseigneur Louis est bien le fils d'Anne d'Autriche, du roi Louis XIII. Ces preuves c'est vous qui les lui porterez.

— Hé ! bagasse ! c'est donc Mme la comtesse de Soissons qui les a ? fit tout bas Faribole.

— Si elle ne les a pas entre les mains elle les aura bientôt.

— Où devrons-nous aller rejoindre Mme la comtesse ? demanda Mistouflet.

— A Bourbon-l'Archambault. Demain l'un de vous deux partira le premier, et après demain, l'autre se mettra en route avec moi ; de cette façon nous attirerons moins l'attention de nos ennemis.

— Madame Yvonne, je réclame cette fois la faveur de vous accompagner, dit Mistouflet.

— Non, non ! troun de l'air ! ce sera moi ! s'écria Faribole.

— Vraiment, doux Jésus ! reprit vivement le premier, c'est bien mon tour de montrer à Mme Yvonne que moi aussi je suis capable de la protéger.

— Écoutez-moi, mes bons amis, dit alors Yvonne avec un pâle sourire. Personnellement je n'aurai rien à craindre ; tandis que vous, à partir de Bourbon-l'Archambault, jusqu'au moment où vous débarquerez dans un port anglais, vous pouvez être certain que de nombreux dangers naîtront à chaque instant sous vos pas ; tous les moyens seront bons à nos ennemis pour vous empêcher d'atteindre l'Angleterre.

— Ah ! bagasse ! malheur à ceux qui oseront nous barrer le passage !

— Oui, Jésus-Marie ! nous passerons Madame Yvonne.

— Mes amis, reprit Yvonne, je veux justement vous défendre de vous servir de vos armes, sauf le cas d'absolue nécessité. Lorsqu'on vous aura remis le précieux coffret, vous devrez vous défier de tout le monde, même de votre ombre ; si l'on vous attaque, il vous faudra fuir et toujours fuir.

— Ce sera dur, bagasse ! murmura Faribole mordant sa moustache.

— Et maintenant, mes braves compagnons, continua Yvonne, un dernier conseil : vous prendrez vos pourpoints de buffle comme si vous partiez en expédition.

Le lendemain matin, Faribole, après avoir échangé une cordiale poignée de main avec Monseigneur Louis, sautait légèrement en selle et s'éloignait rapidement.

Vingt-quatre heures plus tard Yvonne et Mistouflet partaient à leur tour.

Monseigneur Louis accompagna sa jeune femme jusqu'à la route d'Alais.

Une poignante émotion l'envahit quand, en lui disant adieu, il la pressa sur son cœur.

Sa vaillante jeune femme quitta son mari en répétant ces mots :

— Espoir !... espoir ! Monseigneur Louis !...

Pendant un instant, le fils d'Anne d'Autriche la suivit des yeux :

— Yvonne, Yvonne !... murmura-t-il bien bas, quelque chose me dit que je ne te reverrai peut-être plus...

Quelques minutes après la jeune femme et son dévoué compagnon disparaissaient, au tournant de la route, au milieu d'un nuage de poussière.

CHAPITRE XXX

COMMENT YVONNE PARVINT AU CHEVET DE LA MARQUISE DE MONTESPAN

Quatre heures de l'après-midi sonnaient à la vieille horloge du Louvre lorsque Germaine, la fille de chambre préférée de Mme de Maintenon, pénétra doucement dans le coquet boudoir où nonchalamment assise sur un large fauteuil, un livre à la main, se tenait sa belle maîtresse.

— Que me veux-tu? demanda la compagne de Louis XIV.

— Monsieur le marquis de Barbezieux voudrait voir Madame.

— Fais entrer.

Germaine introduisit le visiteur.

Le fils de M. de Louvois avait à cette époque vingt-trois ans. C'était un assez charmant cavalier, mais sur son visage on apercevait déjà de nombreuses rides tracées par le vice et la débauche. Malgré sa jeunesse,

Louis XIV, obéissant à Mme de Maintenon, l'avait nommé ministre dès le lendemain de la mort tragique de son père.

M. de Barbezieux en s'asseyant sur le siège que lui désignait la compagne du roi, dit à demi-voix :

— La comtesse de Soissons sort de mon hôtel...

— Vous a-t-elle appris où se trouvent les terribles preuves que vous savez? interrompit Mme de Maintenon avec un léger frémissement.

— Elle me l'a appris, dit simplement Barbezieux.

Deux éclairs de joie passèrent dans les yeux de la femme de Louis XIV.

— Où sont-elles?... Parlez, marquis, parlez? s'écria-t-elle.

— Au couvent de Notre-Dame de Recouvrance.

— Et ce couvent est situé?...

— Dans l'Allier... à Bourbon-l'Archambault.

— A Bourbon-l'Archambault... répéta Mme de Maintenon.

Puis soudain se frappant le front :

— Les preuves sont entre les mains de la marquise de Montespan ! ajouta-t-elle.

— Oui Madame, c'est la blonde marquise qui est dépositaire du coffret que nous désirons tant avoir, et que je vais aller chercher.

— Elle ne vous le donnera pas! dit la compagne du roi.

— A moi, c'est probable, répliqua Barbezieux avec un léger sourire; mais elle ne refusera pas de le confier à Madame de Soissons.

— Oui, c'est vrai, car la Montespan ne demandera pas mieux que de se venger de moi, qu'elle déteste, et du roi qu'elle n'a jamais aimé, dit Mme de Maintenon.

Le marquis de Barbezieux reprit :

— J'ai laissé croire à la comtesse de Soissons que c'est à moi qu'elle doit d'avoir été rappelée d'exil. Et comme j'ai su assez bien jouer mon rôle, elle est à peu près persuadée que je suis prêt à me vendre à celui qu'elle voudrait voir sur le trône de France.

Mme de Maintenon plongea ses regards dans ceux du jeune ministre :

— Combien la belle comtesse vous a-t-elle offert? lui demanda-t-elle

— Trois millions... de la part du roi d'Angleterre, et la promesse d'être toute ma vie le premier ministre de... Monseigneur Louis.

Il prononça ces deux derniers mots si bas qu'à peine si Mme de Maintenon les entendit.

Cependant elle sentit un vague frisson passer dans ses veines; un peu pâle et d'une voix sourde :

— Monsieur le marquis dit-elle, *il faut* que Madame de Soissons vous remette le coffret dès qu'elle l'aura reçu de la Montespan.

— Elle me le remettra, je vous le jure, Madame.

— Il *le faut*, dit Mme de Maintenon, appuyant pour la seconde fois sur ces mots, oui, la comtesse dut-elle périr de mort violente!

Toujours souriant Barbezieux répliqua :

— Ma foi, j'ai comme le pressentiment que Madame de Soissons ne mourra pas de sa mort naturelle.

— Ah! fit la compagne de Louis XIV, frissonnant malgré elle, ah! vous en avez le pressentiment!

— Et j'en ai un autre qui me dit que le coffret et les précieux parchemins que celui-ci renferme seront bientôt en notre possession, continua le jeune ministre.

Et se levant pour prendre congé :

— Ce soir-même, en compagnie de Madame de Soissons, je quitterai Paris.

— Monsieur le marquis, n'oubliez pas que c'est avec une bien vive impatience que j'attendrai votre retour.

— Je me ferai précéder d'un courrier qui, plusieurs heures avant moi, vous apportera une bonne nouvelle, dit Barbezieux en s'inclinant.

Puis au moment de sortir :

— A propos de nouvelle, reprit-il vivement, la comtesse m'en a appris une qui sans doute ne vous intéressera pas.

— Dites-la moi toujours? fit en souriant Mme de Maintenon.

— Monseigneur Louis a eu un fils d'une jeune femme...

— Nommée Yvonne, je le sais! interrompit la mère de Gniafon.

— Eh bien! ce fils lui a été enlevé, volé! continua le ministre en observant en dessous son interlocutrice.

Mais à la surprise qui se peignit sur les traits de la compagne du roi, il comprit que cette dernière n'était pour rien dans le rapt de l'enfant de Monseigneur Louis.

A peine la porte du boudoir se fut-elle refermée sur le marquis de Barbezieux que Mme de Maintenon appela sa fille de chambre.

La jolie soubrette accourut aussitôt.

— Germaine, lui dit-elle, tu m'as annoncé ce matin que ton mariage, reculé deux fois déjà, devait avoir lieu dans quatre jours?

— Oui, Madame, mon cousin l'a fixé à lundi prochain.

— Pour la troisième fois, ma pauvre Germaine, il va se trouver reculé, dit doucement Mme de Maintenon.

Le joli minois de la jeune fille s'assombrit et avec autant de tristesse que d'inquiétude, elle murmura :

— Mais alors, mon Dieu, notre mariage ne se fera jamais !

— Si, rassure-toi, reprit sa maîtresse. Pour compenser la peine qu'un retard d'une semaine va vous causer, je donnerai cent livres à ton futur, et à toi la permission de rester tout un mois, et peut-être davantage auprès de ton mari.

— Ah ! que vous êtes bonne, Madame ! s'écria Germaine redevenant joyeuse.

— Et maintenant va me chercher messire Gniafon, puis tu iras dire à ton fiancé que je l'attendrai ici dans une heure.

— Bien Madame.

Et Germaine sortit pour exécuter successivement ces deux ordres.

Cinq minutes après, l'affreux nain grattait à la porte de l'appartement, l'ouvrait et entrait chez sa mère.

— Vous voyez, chère maman, combien je suis obéissant, dit-il à voix basse. Il y a cinq jours vous m'envoyez l'ordre de revenir à Paris, je quitte Nîmes aussitôt et j'accours ; en arrivant ce matin, vous m'ordonnez de disparaître, car vous n'avez pas encore besoin de moi, je m'empresse d'aller me jeter sur mon lit ; vous me faites dire de venir vous trouver : moins de cinq minutes après je suis devant vous.

— Bien, c'est très bien ! dit Mme de Maintenon avec un commencement d'impatience. Écoutez-moi ?

— Je vous écoute religieusement, répliqua Gniafon en s'asseyant.

— Je vous ai fait revenir des Cévennes parce j'ai confiance en votre ruse, votre adresse, votre habileté.

— Oh ! oh ! vous me comblez... dit le nain avec ironie. Continuez, vous ne sauriez croire combien les compliments d'une mère chatouillent agréablement l'amour-propre d'un fils.

A la vue de l'attitude pleine de cynisme de Gniafon, Mme de Maintenon sentit s'accroître la répulsion, le dégoût que cet être difforme lui inspirait, mais qu'elle était obligée de dissimuler avec le plus grand soin.

— Gniafon, dit-elle, vous allez, dès ce soir, vous rendre à Bourbon-l'Archambault où vous vous rencontrerez avec le marquis de Barbezieux que vous surveillerez nuit et jour.

— Et c'est pour cela que vous m'avez fait faire plus de trois cents lieues ! s'écria le nain.

Mme de Maintenon continua sans paraître remarquer les gestes de mauvaise humeur de son fils :

— Le marquis accompagnera au couvent de Notre-Dame de Recouvrance la comtesse de Soissons, qui doit aller demander à la Montespan le coffret dont parlait le chevalier de Lorraine dans l'auberge d'un petit village.

— Oh ! fit le nain, c'est la marquise que vous avez si adroitement supplantée qui détient les preuves que vous n'espériez plus retrouver.

— On a offert trois millions à M. de Barbezieux pour qu'il trahisse Sa Majesté, poursuivit Mme de Maintenon.

— Trois millions à ce coureur de tripots... Ma foi, chère maman, vous avez parfaitement raison de vous défier de lui... Il pourrait bien laisser emporter le coffret.

— Oui, mais vous serez là, Gniafon, et d'avance vous êtes autorisé à employer tous les moyens que vous jugerez nécessaires pour empêcher le précieux coffret de passer en Angleterre.

— J'ai compris, belle maman, et pour vous tranquilliser je vous jure que ni Barbezieux, ni la comtesse de Soissons ne sortiront du beau pays de France.

— Avez-vous besoin d'argent? dit Mme de Maintenon en se levant.

— On a toujours besoin d'argent, ma chère maman, répliqua Gniafon. Il me reste un peu plus de trois cents pistoles; donnez-m'en encore deux cents et je pense que j'aurai assez pour parer à tous les évènements.

La compagne de Louis XIV alla prendre dans un petit meuble une bourse et la donnant à son fils :

— Voici sept cent cinquante livres, dit-elle. Partez et ne revenez qu'avec M. de Barbezieux et le coffret.

— Je ne vous affirme pas que je reviendrai avec le premier, mais je peux vous promettre de vous apporter le second... Est-ce tout ce que vous aviez à me dire chère maman?

— Mon Dieu, reprit Mme de Maintenon, j'aurais été curieuse de savoir ce que vous aviez fait de l'enfant de Monseigneur Louis?

Gniafon eut un soubresaut de surprise :

— Oh! chère maman, dit-il, vous avez une police, ou des agents, qui vous tiennent au courant même de ce que fait votre fils.

— Vous vous trompez Gniafon, répliqua l'ancienne veuve du poète Scarron.

— Là, franchement, vous ignorez en quel lieu j'ai caché l'enfant d'Yvonne? demanda le nain avec un sourire d'incrédulité.

— Oui, je l'ignore; et si c'est votre secret... je ne vous le demande pas.

— Eh bien, moi, je veux vous le dire, fit Gniafon; premièrement parce que je n'ai aucun secret pour vous, et secondement parce que si vous tenez à connaître l'endroit où j'ai mis l'enfant tôt ou tard vous saurez bien le découvrir.

Et regardant sa mère bien en face :

— Je l'ai laissé, continua-t-il, dans la petite ville de Saint-Germain des Fosses, à la garde d'une famille de pauvres diables chez lesquels m'a conduit le capitaine de la milice... Maintenant que vous voilà renseignée, ma chère maman, il me reste à ajouter que je vous défends formellement d'enlever l'enfant à sa nouvelle famille.

Et sur ces mots fort peu respectueux, Gniafon prit congé de sa mère qui dissimulait de son mieux un frémissement de colère.

Une demi-heure plus tard, Germaine introduisait auprès de sa maîtresse son cousin, toujours aussi mince et toujours aussi long.

— Madame, voici Jean-Marie, dit la jeune fille ouvrant la porte et désignant son futur qui se pliait en deux afin de pouvoir entrer.

— C'est bien, laisse-nous un instant.

Légère comme un oiseau Germaine s'esquiva.

Mme de Maintenon expliqua à Jean-Marie, qui on se le rappelle, avait déjà été chargé par elle de différentes missions, ce qu'elle voulait qu'il fît le plus rapidement possible.

— Votre mission, lui dit-elle, sera d'ailleurs facile à remplir grâce à un mot d'écrit que je vais vous donner.

En disant cela elle alla s'asseoir devant un secrétaire et traça quatre lignes sur un feuillet de parchemin portant le sceau de son royal époux. Elle les signa d'une signature à dessein illisible, replia le feuillet et le remit avec vingt-cinq pistoles au fiancée de Germaine.

— A votre retour, lui dit-elle, quand vous aurez conduit chez vous l'enfant que je vous envoie chercher, je vous donnerai, ainsi que je l'ai promis, cent livres de gratification.

Jean-Marie salua jusqu'à terre et sortit à reculons.

Restée seule, Mme de Maintenon, se prit à réfléchir. Au bout d'un instant elle murmura :

— Les preuves écrites anéanties, l'enfant en mon pouvoir... alors je pourrai dire : « Le roi Louis XIV n'a plus à craindre pour sa couronne ! »

. . . .

Quatre jours s'étaient écoulés depuis le départ d'Euzet d'Yvonne et de Mistouflet. La nuit commençait à tomber lorsque tous deux atteignirent les premières maisons de la petite ville de Saint-Germain des Fosses.

Mékao était devant eux.

Un instant ils durent s'arrêter, car la rue assez étroite qu'ils suivaient se trouvait obstruée par un rassemblement composé d'hommes, de femmes et d'enfants qui s'interrogeaient, parlaient haut, tous à la fois, faisaient en un mot un bruit assourdissant.

— Mon doux Jésus, qu'est-il donc arrivé? demanda Mistouflet à un homme d'un certain âge.

L'habitant interpellé étendit la main vers une misérable maisonnette devant laquelle s'était formé le rassemblement :

— Monseigneur, répondit-il, c'est un jeune enfant qu'on vient d'enlever à de pauvres gens.

Yvonne, toujours généreuse et charitable sentit son cœur se serrer en entendant ces paroles; elle connaissait l'épouvantable douleur qu'éprouve une mère à qui on enlève son enfant. Elle allait donc prier son compagnon de voir s'il était possible d'adoucir l'infortune des malheureux parents, quand Mistouflet demanda à l'homme âgé :

— Et c'est en plein jour qu'on a osé prendre un enfant à sa mère?

— Monseigneur, la femme à Glandière, le tailleur qui habite ici, n'était pas la mère du petit qui vient de lui être pris, d'après un ordre du roi, à ce qu'on dit.

Une soudaine émotion envahit Yvonne; d'une voix qui tremblait un peu elle demanda vivement :

— Depuis combien de temps la femme dont vous nous parlez avait-elle la garde de l'enfant?

— Depuis huit jours, Monseigneur, répondit le vieil habitant.

— Mistouflet, attendez-moi ici, je sens que je ne pourrai pas m'éloigner avant d'avoir interroger les pauvres gens qui demeurent dans cette habitation.

En disant ces mots la jeune femme mit pied à terre.

— Doux Jésus! je ne vous quitte pas, fit Mistouflet en l'imitant.

Il confia les chevaux à deux gamins fort heureux de cette aubaine, car ils savaient fort bien que les gentilshommes récompensaient généralement les services de curieux, s'avançait vers la porte de la masure. ce genre, puis il se hâta de rejoindre Yvonne qui, fendant le groupe des

A la vue du jeune et charmant cavalier franchissant le seuil suivi d'un compagnon imposant, non seulement par sa haute stature, mais aussi parce qu'il était armé comme s'il partait en guerre, les dix ou douze personnes qui remplissaient le rez-de-chaussée de la pauvre habitation cessèrent aussitôt de gesticuler et de causer.

Mistouflet voyant qu'il n'arriverait peut-être pas à introduire la moitié de son corps dans la chaumière, se recula en disant d'une voix forte :

— Braves gens, veuillez céder de suite la place à Monseigneur. Vous pourrez tous revenir dans un instant.

En un clin d'œil la chaudière se vida, et il ne resta plus dans ce misérable intérieur, que la femme de Monseigneur Louis, Mistouflet et la famille Glandière, composée du père, de la mère et de leurs trois enfants, dont l'aîné n'avait pas cinq ans.

Dans le fond de la pièce on apercevait un méchant lit dans lequel était couché le plus jeune des enfants; devant l'unique fenêtre était une grande table où, entre une-douzaine de boutons et une grosse paire de ciseaux, se trouvait déplié un parchemin revêtu du sceau de Sa Majesté Louis XIV.

Le regard d'Yvonne tomba immédiatement sur ce parchemin; elle le prit en demandant de sa voix douce la permission de le lire.

Pendant qu'elle lisait les lignes tracées par la main de Mme de Maintenon, le tailleur d'habits et sa femme regardaient avec plus d'étonnement que d'inquiétude le charmant profil du mignon visiteur.

— Mon ami, dit Yvonne à Glandière, par qui vous a été apporté l'enfant qui vient de vous être enlevé?

— Par un homme que nous n'avions jamais vu, répondit le tailleur.

— Pourriez-vous me dire comment cet homme était fait?

— Oui, Monseigneur, car il a une figure qu'on ne saurait oublier de sitôt.

— Quand il est entré chez nous, dit la femme de Glandière, il m'a fait peur tellement il est vilain.

Le cœur d'Yvonne précipita ses battements; elle jeta un regard à son fidèle compagnon, puis demanda au tailleur :

— Cet homme n'est-il pas de petite taille?... N'est-il pas bossu?

— Si, Monseigneur.

— Et puis, doux Jésus! il est bien certainement borgne, et ne possède plus qu'une moitié d'oreille? dit Mistouflet qui lui aussi pensait à Gniafon.

— En effet, répondit le tailleur. Messeigneurs connaissent donc cet homme?

— Que trop! Jésus-Marie! fit à demi-voix le compagnon d'Yvonne.

Celle-ci persuadée que c'était son fils qui avait été confié par Gniafon au tailleur et à sa femme, leur apprit qu'elle était la mère du petit garçon qui venait de leur être repris, puis elle les interrogea longuement, heureuse d'apprendre que son cher enfant était toujours beau et bien portant.

Gniafon avait, en effet, pris les plus grands soins de l'enfant d'Yvonne, non pas par compasion, mais parce qu'il avait besoin de lui pour atteindre le but infâme qu'il poursuivait.

Quand il se fut échappé du village de Lussan pris par les camisards, il s'était élancé à travers champs se dirigeant à Nîmes où il voulait cacher l'enfant volé.

En passant à une courte distance d'un petit lac, il eut l'idée, afin que rien ne put mettre sur les traces de l'enfant, de le dévêtir complètement, ne lui laissant que sa chemisette; puis il enveloppa une grosse pierre dans ses deux petites robes et jeta le tout au fond de l'eau.

Arrivé à Nîmes, il trouva dans son hôtel, un messager de Mme de Maintenon qui lui apportait l'ordre de revenir à Paris; on avait besoin de lui.

Gniafon loua un carrosse de voyage et partit emportant avec lui l'enfant d'Yvonne.

A Saint-Germain des Fossés, il jugea qu'il l'avait emmené assez loin de sa mère; il songea alors à s'en débarrasser afin de pouvoir continuer plus rapidement son voyage.

Dans l'auberge où il était descendu pour passer la nuit, il se rencontra avec le capitaine de la milice, qui était bien le plus brave homme, le plus tranquille et le plus pacifique capitaine qui existât dans tout le royaume.

Il entendit Gniafon demander à son hôte de lui découvrir quelque bonne femme qui, moyennant deux ou trois pistoles par mois, pourrait se charger d'élever un jeune enfant.

— Moi je puis vous indiquer la femme que vous cherchez, dit-il au nain. Je vous affirme que l'enfant serait bien soigné.

— C'est précisément ce que je veux, répliqua Gniafon. Cette personne demeure-t-elle loin, ajouta-t-il.

— A l'entrée du village, à cinq minutes d'ici, répondit le chef de la milice.

— Voudriez-vous m'y conduire, capitaine?

— Mais avec plaisir, dit ce dernier en se levant. Vos trois pistoles vont rendre heureux de pauvres gens tombés dans la misère.

Gniafon dit à la servante, à laquelle il avait remis l'enfant, de le suivre et, guidé par le capitaine, se rendit directement à la demeure de Glandière.

Le tailleur et sa femme étaient depuis un instant, sombres, mornes, silencieux; un long tressaillement les agitait lorsque du fond de la pièce, qu'éclairait à peine une lampe de grès, deux voix d'enfants disaient l'une après l'autre :

— Mère, moi j'ai faim !

— Mère, donne-moi un morceau de pain !

Deux grosses larmes jaillirent des yeux de la pauvre femme quand le plus âgé de ses enfants reprit :

— Mère, j'ai été bien sage !... pourquoi ne veux-tu pas me donner un morceau de pain ?

Et le pauvre petit se mit à pleurer.

La mère sentit son cœur se fendre : elle n'avait rien, absolument rien à donner à manger à ses enfants ; elle poussa un gémissement et s'écria :

— Mon Dieu ! mon Dieu ! qu'allons-nous devenir !

Pâle, frémissant, Glandière serrait ses deux poings en proie à une rage impuissante.

Soudain, le mari et la femme sursautèrent violemment.

Quelqu'un heurtait à leur porte.

— Ouvrez vite, Glandière, dit la voix du pacifique capitaine de la milice.

Le tailleur s'empressa d'obéir.

Gniafon entra le premier suivi de la servante portant dans ses bras l'enfant d'Yvonne.

A la vue de l'affreux nain la femme de Glandière eut un mouvement de frayeur.

— Glandière, dit le capitaine après avoir refermé la porte, je vous amène un étranger qui vous donnera trente livres chaque mois si vous voulez prendre soin de son enfant.

La femme du tailleur pâlit de joie : elle se dit que le petit être qu'on lui apportait allait sauver ses enfants à elle d'une mort horrible.

Vivement elle s'approcha de la servante d'auberge et tendant les mains :

— Donnez, donnez-le moi ! s'écria-t-elle; je vous promets d'en avoir soin comme si j'étais sa mère.

Le brave homme de capitaine se tourna vers Gniafon et le sourire sur des lèvres :

— Vous voyez, lui dit-il, que je ne vous ai pas trompé.

— Vous pouvez avoir confiance en nous, dit le tailleur à Gniafon. Le capitaine, qui nous connaît depuis longtemps, sait que si nous sommes pauvres nous sommes quand même d'honnêtes gens.

Le nain était pressé.

Il mit trois pistoles dans la main de Glandière en lui disant qu'il reviendrait d'ici à quelques jours, et se hâta de retourner à l'auberge.

Dès qu'il se fut éloigné avec le capitaine et la servante, le tailleur courut acheter du lait et du pain pour ses enfants.

Tandis que ceux-ci, joyeux maintenant, commençaient leur frugal repas, la femme du tailleur couchait l'enfant d'Yvonne dans un berceau d'osier.

Son mari, pensif, la regardait faire.

Tout à coup il lui dit :

— Femme, je ne croirai jamais que ce mignon petit est l'enfant du bossu qui nous l'a confié.

— Peut-être as-tu raison, Glandière ; mais qu'importe. Grâce à ce joli enfant les nôtres ne mourront pas de faim.

Une semaine s'écoula.

La femme de Glandière sentait augmenter chaque jour l'affection qu'elle éprouvait pour l'enfant dont elle ignorait encore le nom.

Mais une heure avant l'arrivée d'Yvonne à Saint-Germain des Fossés, un grand jeune homme s'était présenté, accompagné du capitaine de la milice, au domicile du tailleur.

On avait mis sous les yeux de celui-ci et de sa femme une lettre qui leur ordonnait de remettre l'enfant entre les mains de celui qui venait le réclamer ; ils avaient rendu le petit garçon, bien à contre cœur, mais le capitaine leur avait dit qu'il fallait obéir, car c'était ordre du roi.

— Dites-moi, doux Jésus ! fit Mistouflet quand la femme du tailleur eut répondu à la dernière question d'Yvonne, avez-vous demandé où l'on emportait l'enfant ?

— Je n'aurais pas osé, dit la femme Glandière ; mais j'ai entendu le jeune étranger annoncer au capitaine qu'il se rendait à Paris.

Yvonne s'informa encore pourquoi la misère était si grande dans la chaumière du tailleur.

Glandière le lui dit, puis il ajouta :

— L'hiver approche, et si j'avais eu un peu d'argent pour me procurer de l'étoffe, j'aurais fait des vêtements chauds que m'auraient achetés les ouvriers.

— Peut-être est-il encore temps, répliqua Yvonne. Combien vous faudrait-il pour acheter de quoi faire quatre ou cinq vêtements?

— Quarante livres au moins; une grosse somme que je ne possèderai jamais, répondit tristement le tailleur.

— Vous vous trompez, mon ami, fit Yvonne avec un bon sourire. Pour vous récompenser des soins que votre femme et vous avez donnés à mon enfant, voici, non pas quarante mais cent livres.

Et la jeune femme posa sur la table cinq doubles pistoles.

Puis elle s'éloigna avec Mistouflet, laissant le tailleur et sa femme pleurant de joie dans leur pauvre demeure d'où la misère allait être bannie pour toujours.

— Ami, dit Yvonne à son compagnon, il me semble que j'emporte un peu de la joie que nous laissons derrière nous.

Deux jours après ils arrivaient à Bourbon-l'Archambault et se rendaient dans une hôtellerie de modeste apparence où maître Exili les attendait en compagnie du brave Faribole.

Quand ils se furent enfermés dans une chambre où nulle oreille indiscrète ne pouvait les entendre, l'alchimiste dit très bas à Yvonne :

— Je viens d'apprendre que madame de Montespan est à toute extrémité.

— Maître Exili, où se trouve le couvent dans lequel se meurt la marquise? je veux à l'instant me rendre à son chevet, dit la compagne de Monseigneur Louis en se levant.

L'alchimiste secoua sa tête couverte de cheveux blancs :

— Vous ne le pourrez pas, madame. La comtesse de Soissons a tout fait pour parvenir jusqu'à elle ; mais elle a dû y renoncer en présence d'une consigne trop sévère. Et, cependant, j'avais acheté le jardinier du couvent.

Yvonne réfléchit quelques instants, puis elle demanda :

— Êtes-vous certain, maître Exili, que ce jardinier est prêt à vous seconder?

— Oui madame ; malheureusement il ne peut pas faire grand chose pour nous.

La compagne de Monseigneur Louis se tourna vers l'ancien maître d'armes :

— Faribole, lui dit-elle, procurez-moi à l'instant des vêtements de femme... prenez ce que vous trouverez.

Puis elle expliqua à Exili ce qu'elle comptait faire pour arriver jusqu'à la marquise de Montespan.

Comme elle achevait, Faribole revint apportant un costume complet prêté par la servante de l'auberge.

Au moment où Yvonne passait dans sa chambre pour changer de vêtements, un grand bruit se fit dans la cour sur laquelle donnaient les fenêtres des pièces retenues par Exili.

Un carrosse venait de s'arrêter.

L'alchimiste s'avança vers la fenêtre et regarda dans la cour.

Il étouffa un cri de joie en reconnaissant dans les voyageurs qui arrivaient, la comtesse de Soissons et le fils de Louvois.

— C'est madame de Soissons et le marquis de Barbézieux, dit-il.

Faribole allait vers Exili ; il se rejeta soudain en arrière et retint par le bras Mistouflet qui s'avançait aussi :

— Barbézieux ! murmura-t-il, hé ! bagasse ! ne nous montrons pas sinon tout est perdu.

— Erreur, messire Faribole, dit le vieil alchimiste, le marquis de Barbézieux est pour nous...

— Troun de l'air ! que me contez-vous là ?..... Barbézieux pour nous ?.....

— Oui, messire Faribole. Le roi d'Angleterre l'a acheté trois millions.

— Trois millions ! Vierge-Marie ! Il est loin de les valoir pourtant, fit à demi-voix Mistouflet.

En ce moment on frappa quatre coups à la porte de la chambre.

— Vous pouvez ouvrir, dit Exili. C'est madame de Soissons.

C'était, en effet, la belle comtesse.

Elle poussa une légère exclamation de contentement en apercevant les deux fidèles compagnons d'Yvonne.

— Tout va bien, puisque vous êtes là ! dit-elle. Je vais rapidement vous donner mes instructions, car je ne puis disposer que de quelques minutes.

Elle allait continuer quand elle entendit un bruit produit par un siège qu'avait remué Yvonne.

— Quelqu'un est dans cette chambre et nous épie, sans doute, dit-elle vivement.

— Rassurez-vous, cette chambre est occupée par la compagne de Monseigneur Louis, répliqua Exili.

Monsieur Mistoufflet, à mon secours ! s'écria-t-elle.

Il achevait à peine quand la porte s'ouvrit et Yvonne parut, charmante dans son costume de fille d'auberge.

En deux mots elle dit à la comtesse qu'elle s'était déguisée ainsi afin de s'introduire dans le couvent de N.-D. de Recouvrance.

— C'est bien, répliqua Mme de Soissons ; nous nous retrouverons peut-être chez Mme de Montespan où je serai dans une heure.

— La marquise est au plus bas, dit Exili ; aussi n'attendez pas une heure pour vous rendre auprès d'elle.

— Bien... Voici ce que vous devez faire, reprit la comtesse en s'adressant à Faribole et à Mistouflet : quoique j'ai confiance en monsieur de Barbézieux, je me suis bien gardée de lui dire que je vous ai choisis tous deux pour porter le coffret au roi d'Angleterre.

— Bagasse ! vous avez rudement bien fait ! murmura Faribole.

— Dans une heure, la nuit sera venue, continua Mme de Soissons ; vous irez vous poster dans le chemin, à cinq cents pas de la porte du couvent ; dès que je ferai arrêter le carrosse vous vous avancerez et je vous remettrai le coffret.

— C'est entendu, dirent à la fois les deux hardis compagnons.

— Vos montures, toutes sellées, devront vous attendre dans cette auberge. Vous irez cette nuit même rejoindre la route d'Orléans. Vous vous rendrez le plus rapidement possible à Saint-Malo. Dans la baie de ce village se trouve un bateau de pêche appelé *le Vigilant*, le patron est un homme à moi que j'ai fait venir exprès de Marseille...

— Troun de l'air ! c'est un compatriote ! interrompit Faribole.

— Il se nomme Morel, reprit la comtesse. Vous n'aurez qu'à lui dire vos noms. Le reste le regarde... Un dernier mot : Vous avez assez d'argent ?

— Nous ne le dépenserons jamais tout, répondit Mistouflet.

— Maintenant je vous laisse, dit la belle comtesse ; nous allons jouer une partie suprême. Pour ma part j'espère obtenir le coffret et vous le remettre ; à vous mes braves compagnons, le soin de le faire parvenir à destination.

— Il y arrivera, madame la comtesse ; ou nous nous ferons tuer ! dirent ensemble Faribole et Mistouflet.

— Gardez-vous en bien !..... J'aurai encore besoin de vous mes amis.

La comtesse de Soissons sortit sur ces mots.

Environ vingt minutes après, elle remontait en carrosse avec le marquis de Barbézieux et donnait l'ordre au cocher de les conduire au couvent de N.-D. de Recouvrance.

Aussitôt qu'Yvonne eut vu s'éloigner le carrosse, elle tendit ses deux mains à ses vaillants et dévoués amis en leur disant :

— Faribole, Mistouflet, vous allez de nouveau risquer votre vie pour la cause de Monseigneur Louis ; je ne vous reverrai peut-être pas avant votre retour d'Angleterre, aussi je veux vous dire d'avance : merci, merci ! et que Dieu vous garde !

Puis, accompagnée d'Exili, elle prit à son tour le chemin du couvent.

La nuit approchait, et d'autant plus vite que d'épais nuages obscurcissaient déjà le ciel.

A peine y avait-il dix minutes que tous deux étaient sortis de l'auberge qu'une pluie fine et glacée se mit à tomber. Ils hâtèrent le pas.

Le couvent de Notre-Dame de Recouvrance était bâti à mi-côte d'une colline au pied de laquelle coulent encore paresseusement les eaux teintées de vert du Burges.

Un immense parc clos de hautes murailles entouraient le couvent. Dans la partie la plus basse du parc, existaient, formant un angle, deux petits bâtiments occupés par la famille du gardien-portier et par le jardinier avec lequel Exili avait noué des relations.

Après vingt minutes de marche, Yvonne et son compagnon atteignirent l'angle des deux bâtiments.

Exili ramassa un petit caillou et le lança dans les vitres d'une étroite fenêtre.

— A cette heure, surtout par ce mauvais temps, le jardinier doit être dans sa chambre, dit-il à la jeune femme.

Il ne se trompait pas.

A peine le bruit sec du petit caillou se fut-il produit, qu'un homme apparut derrière la fenêtre, l'ouvrit et fit un geste pour indiquer à l'alchimiste qu'on l'avait reconnu.

Ce dernier adressa à son tour au jardinier un signe d'intelligence et lui désignant Yvonne qu'il soutenait d'un bras :

— Descendez... je vais sonner pour demander du secours, lui dit-il à demi-voix.

— Compris ! répondit le jardinier.

Il referma sa fenêtre et disparut.

Exili soutenant sa compagne qui semblait être sur le point de tomber en défaillance, tourna l'angle des bâtiments et, soulevant le marteau d'une porte, frappa avec force plusieurs fois.

Bientôt un bruit de pas et de voix se fit entendre, puis la porte s'ouvrit.

Exili s'écria :

— Vite, vite, secourez cette pauvre jeune fille !

— Vite, vite... et d'abord dites-moi ce qu'elle a? fit le garde-portier d'un ton bourru et en barrant toute la largeur de la porte de sa grosse et importante personne.

— Ce qu'elle a? je n'en sais rien, répliqua le vieil alchimiste ; mais je crois que si vous tardez longtemps à secourir cette pauvre enfant, elle va trépasser sous vos yeux.

Le portier, indécis, se tourna vers le jardinier qui venait d'arriver derrière lui.

— François, fit-il, on m'amène cette jeune fille... Dois-je la laisser entrer ?

— A mon avis il serait inhumain de la laisser mourir sans secours à cette porte.

— Mais les règlements ?... dit le portier en reculant un peu.

— Ils n'ont pas prévu le cas qui se présente, repartit le jardinier. A votre place je laisserais entrer.

— Et ce serait faire une bonne action ! s'écria Exili, mais, de grâce, hâtez-vous !

— Soit, dit le portier ; mais je ne peux recevoir que la jeune fille.

— Je ne vous demande que cela, répliqua Exili. Tenez, mon ami, soutenez-la, ajouta-t-il en poussant Yvonne vers le jardinier.

Ce dernier passa vivement son bras sous celui de la compagne de Monseigneur Louis en lui demandant :

— Pourrez-vous faire les trois cents pas qui nous séparent du couvent ?

— Oui, Monsieur, répondit Yvonne d'une voix faible comme un souffle.

— Mais vous, mon brave, allez-vous en, dit le gardien-portier au vieil alchimiste.

— C'est bon, c'est bon, je me retire, répliqua celui-ci.

Puis, lorsque la porte eût été brusquement refermée :

— Allons, se dit-il à lui-même, si la marquise de Montespan n'est pas morte, Mme Yvonne et Mme de Soissons sauront bien la décider à leur donner les précieux parchemins que réclame le prince d'Orange.

Yvonne, soutenue d'un côté par le jardinier, et de l'autre par le portier, s'achemina lentement à travers une large allée vers le sombre et vaste logis des religieuses.

— Vous êtes bons, et je vous remercie, murmura-t-elle bien doucement.

— Deux médecins sont en ce moment au couvent, dit le jardinier ; l'un des deux vous donnera les soins qu'exige votre état.

— Oh! je ne suis point malade, répliqua Yvonne; ma faiblesse disparaîtrait bien vite si l'on me faisait la charité d'un peu de nourriture.

Près d'un superbe perron qui s'étendait devant la porte principale du couvent stationnait le carrosse du marquis de Barbezieux.

Après avoir, au nom du roi, introduit la comtesse de Soissons dans la superbe demeure des religieuses, il était allé attendre sa compagne de voyage dans le luxueux salon de la supérieure.

Yvonne fut conduite dans le petit logement de la sœur tourière. Celle-ci était absente; pendant que le jardinier se mettait à sa recherche, le garde-portier sortait du couvent et retournait chez lui.

Au bout d'un instant le jardinier revint sans avoir pu trouver la sœur tourière :

— Le couvent a l'air d'être sens dessus dessous, dit-il à Yvonne, Mme la marquise de Montespan est sans doute morte.

La compagne de Monseigneur Louis quitta vivement le siège sur lequelle elle s'était assise et dit au jardinier :

— Les appartements de la marquise sont au premier étage, n'est-ce pas?

— Oui, à l'extrémité du bâtiment, les deux fenêtres d'où s'échappe une vague lueur sont celles de sa chambre.

— Je vous remercie, mon ami... Maintenant éloignez-vous bien vite.

Le jardinier s'empressa d'obéir.

A la pâle clarté du crépuscule, Yvonne avait aperçu un manteau et une coiffe de religieuse que la sœur tourière avait déposés sur un coffre. En un tour de main elle fixa la coiffe sur sa tête, s'enveloppa dans le manteau et s'élança hors de la loge en murmurant :

— Je réussirai puisque Dieu me vient en aide!

Cinq minutes après, grâce à l'obscurité qui régnait dans les corridors, elle parvint sans encombre jusqu'à l'appartement où se mourait la dernière des nombreuses favorites de Louis XIV.

Elle allait pousser la porte quand celle-ci s'ouvrit soudain, et les deux médecins de Mme de Montespan sortirent après que le plus âgé eut dit à une quinzaine de religieuses entassées dans une petite pièce :

— Dans une heure notre malade aura cessé de vivre!

A la suite des religieuses, Yvonne se faufila dans la chambre de la marquise mourante.

Profitant de l'inattention générale, elle s'avança jusqu'au lit près

duquel Mme de Soissons se tenait debout et immobile, puis tirant doucement la comtesse par le bras :

— Me voici, lui dit-elle à voix basse.

Presque à la même minute où Yvonne parvenait au chevet de Mme de
Montespan, Faribole et Mistouflet sortaient de leur auberge pour attendre,
dans le chemin du couvent, le carrosse du marquis de Barbezieux
et de la comtesse de Soissons.

Les deux vaillants compagnons cheminaient au pas en devisant
gaiement : les dangers pressentis par Yvonne ne les effrayaient pas. Leur
gaîté se serait certainement envolée en un instant, s'ils avaient pu voir
le hideux personnage occupant l'intérieur du carrosse qui, une minute
à peine après leur départ, entra dans la cour de l'auberge.

C'était leur ennemi mortel... c'était Gniafon.

CHAPITRE XXXI

OÙ BARBEZIEUX S'APERÇOIT QUE SES PRESSENTIMENTS NE L'ONT QU'A DEMI TROMPÉ

La belle marquise de Montespan, blanche comme le marbre, reposait
sur un grand lit à baldaquin d'où tombaient deux frais rideaux de
soie rose : nuance préférée de l'ancienne maîtresse du roi de France.

Sur ses épaules et sur les oreillers empilés derrière son dos roulaient
toujours des flots de cheveux blonds, mais ses yeux bleus, naguères si
ravissants, ne jetaient plus de flammes.

Après avoir été pendant quatorze années la maîtresse en titre de
Louis XIV, auquel elle donna huit bâtards dont la légitimation fut un
triomphe pour la favorite, après avoir été flattée, adulée, encensée par
toute la cour, après avoir pendant cinq ans présidé le conseil des
ministres, jeté un si vif rayonnement qu'elle éclipsa le roi lui-même, la
marquise de Montespan allait mourir délaissée, sans une personne amie
à son chevet.

Lorsqu'elle se fut aperçue que le roi, qu'elle n'avait jamais aimé, se
détachait d'elle, elle avait renoncée tout à coup à la vie mondaine, et

était venue s'enfermer au couvent de Notre-Dame de Recouvrance, croyant trouver l'oubli de son passé dans des pratiques religieuses.

Yvonne et la comtesse de Soissons regardaient avec compassion Mme de Montespan qui semblait dormir, lorsque celle-ci ouvrit les yeux.

La comtesse poussa un léger soupir de satisfaction, et se penchant sur le lit de la moribonde :

— Marquise, me reconnaissez-vous ? lui demanda-t-elle.

Un pâle sourire erra sur les lèvres décolorées de Mme de Montespan, et d'une voix intelligible murmura :

— Vous êtes la comtesse de Soissons.

Celle-ci se tourna vivement vers les religieuses qui se pressaient derrière elle et leur dit :

— Mes sœurs, veuillez me laisser seule avec Mme la marquise, toutefois, que l'une d'entre vous demeure auprès de moi, je puis avoir besoin d'elle.

Et regardant Yvonne :

— Ma sœur, ajouta-t-elle, voulez-vous rester et prier pour ma noble amie ?

Yvonne s'agenouilla au pied du lit et ne se releva que lorsque la dernière religieuse fut sortie de la chambre.

— Ah ! comtesse ! murmura Mme de Montespan, la dernière saignée que les médecins m'ont faite m'a tuée !...

En entendant ces paroles, une pensée plus rapide que l'éclair traversa l'esprit de la comtesse.

— Marquise, dit-elle presque à l'oreille de la malade, vos médecins vous ont tuée, cela n'est que trop vrai ; mais ils en avaient reçu l'ordre.

Mme de Montespan sursauta ; les forces semblèrent lui revenir, ses yeux grands ouverts étincelèrent un instant.

— O ciel ! et qui donc a donné cet ordre ? demanda-t-elle.

— La même personne qui a fait assassiner M. de Lorraine et M. d'Effiat.

— Quoi ! le chevalier de Lorraine n'est plus ?

— Il y a un mois qu'il a été tué dans sa prison.

Frémissante d'épouvante, la marquise resta une longue minute silencieuse, puis très bas, comme si elle parlait à elle-même.

— Mais pourquoi veut-on ma mort ? dit-elle.

— Parce que vous connaissez un secret qui, jour et nuit fait trembler d'effroi la Maintenon.

A ce nom détesté, un éclair de colère brilla dans les regards de la marquise de Montespan.

— Ah! cette femme! dit-elle frémissante; comme je voudrais avant de mourir me venger de tout le mal qu'elle m'a fait!

— Vous le pouvez, marquise, répondit vivement la comtesse dont la main serra le bras d'Yvonne comme pour lui dire : « Nous réussirons! »

Puis elle ajouta :

— Oui, vous le pouvez... Moi aussi j'ai à me venger. Si vous voulez m'aider, marquise, avant un mois, la Maintenon et son royal époux, seront ignominieusement chassés de France.

Le visage de la mourante s'illumina de joie farouche.

— Ah! me venger de tous les deux!... Comtesse, parlez, parlez! que puis-je faire? dit-elle d'une voix oppressée.

— Vous possédez un petit coffret dans lequel sont enfermés trois parchemins?... Un coffret, reprit rapidement la comtesse, dont la clé ne devait jamais vous quitter!

— Oui, oui, un petit coffret qui contient des parchemins écrits en latin, murmura la marquise.

Sa voix s'affaiblissait de plus en plus. La comtesse comprit qu'elle devait se hâter :

— Eh bien! dit-elle, ces parchemins que la Maintenon voudrait anéantir contiennent les preuves que Louis XIV n'est qu'un bâtard; l'Europe entière et la France aussi, n'attendent que ces preuves pour chasser de son trône l'usurpateur.

— Et la Maintenon tombera en même temps que lui? murmura l'ancienne maîtresse du roi.

— Marquise, demanda la comtesse dont la voix vibrante décelait la vive émotion, marquise, donnez-moi le coffret et je vous jure que vous serez terriblement vengée.

— Oui, oui, voici déjà la clé... dit Mme de Montespan en montrant une clé minuscule pendue à son cou par un étroit ruban rose.

— Bien! mais le coffret... le coffret, maintenant?

— Aidez... aidez-moi... à me tourner... de ce côté... dit la pauvre marquise dont la voix n'était déjà plus qu'un souffle.

Mme de Soisson et Yvonne soulevèrent légèrement le buste de la mourante, la tournant vers le côté gauche du lit que de la main elle leur indiquait :

Trois cris poussés en même temps retentirent au pied du donjon.

Liv. 263. — FAYARD frères, éditeurs.

— Madame Yvonne, fit rapidement la comtesse, maintenez-la dans cette position.

Et elle se glissa de l'autre côté du lit en disant :

— Marquise, montrez-moi du doigt l'endroit ou se trouve le coffret ?

Péniblement Mme de Montespan étendit la main :

— Il est là... sur... sur...

Elle ne put achever... elle étouffait ; ses yeux se fermèrent...

Yvonne et Mme de Soissons devinrent soudain toutes pâles.

La comtesse étouffa une exclamation de terreur et aussi de rage :

— Ah ! fit-elle, échouer au moment ou je touchais au but !..

— O mon Dieu ! murmura tout bas Yvonne, la fatalité s'acharnera donc toujours après Monseigneur Louis !

Mais soudain elle tressaillit, puis laissa échapper un cri de joie :

— Ah ! Madame de Montespan n'était que tombée en syncope, dit-elle.

En effet, l'ancienne maîtresse de Louis XIV rouvrait les yeux et les portait sur la comtesse.

— Chère marquise, demanda doucement celle-ci, vous alliez m'indiquer où se trouve placé le coffret dont voici la clé.

Mme de Montespan fit un mouvement de la tête pour dire qu'elle entendait, puis réunissant tout ce qui lui restait de forces, elle allongea le bras dans la direction d'un meuble en laque :

— Là... dedans... ouvrez... dit-elle haletante.

La comtesse de Soissons ouvrit le meuble et aperçut de suite un petit coffret très simple ; n'en voyant aucun autre elle le prit et le montra à Mme de Montespan.

— Oui... oui... fit la marquise si bas qu'à peine si la compagne de Monseigneur Louis entendit ce monosyllabe.

Voulant s'assurer qu'elle ne se trompait pas, Mme de Soissons posa le petit coffret sur le lit et introduisit la clé dans la serrure.

La clé ouvrait parfaitement.

— Comtesse... dit encore la mourante, vous... me... vengerez ?

— Par moi, ou par mes amis, vous serez vengée, je vous le jure !

La comtesse n'avait pas achevé qu'elle vit les yeux de l'ancienne maîtresse du roi se fermer de nouveau et sa tête glisser inerte sur l'oreiller.

Françoise-Athénaïs de Rochechouart, marquise de Montespan, venait de rendre le dernier soupir entre les bras d'Yvonne.

. . . .

A l'appel de Mme de Soissons, plusieurs religieuses accoururent dans la chambre de la marquise; puis la comtesse se hâta d'aller rejoindre M. de Barbezieux. La femme de Monseigneur Louis pria un instant au chevet de la morte; elle s'éloigna à son tour et se rendit dans la loge de la sœur tourière pour restituer le manteau et la coiffe qu'elle avait empruntés.

Le marquis de Barbezieux ne put s'empêcher de pousser un soupir de satisfaction en voyant revenir sa compagne de voyage.

— Enfin! vous voici! dit-il. Avez-vous le coffret?.

— Oui, Monsieur le marquis. Nous pouvons partir.

— Et la belle marquise? demanda le marquis en sortant du salon de l'abbesse.

— Tout est fini pour elle! répondit la comtesse.

Ils remontèrent en carrosse, et trois ou quatre minutes après sortaient de l'immense parc du couvent de Notre-Dame de Recouvrance.

Les deux battants de la porte s'étaient à peine refermés derrière la lourde voiture, que Barbezieux, jugeant inutile de feindre plus long-temps, dit à sa compagne :

— Comtesse, tandis que vous étiez auprès de la Montespan, j'ai eu le temps de faire de profondes réflexions.

— Vraiment, Monsieur le marquis?

— C'est comme je vous le dis, comtesse... Et le résultat de mes réflexions est que, sous bien des rapports, nous gagnerons plus à porter le coffret à Paris que de l'envoyer à Londres.

— A Paris? jamais! s'écria la comtesse avec fermeté.

— Je vois, Madame, reprit Barbezieux le ton railleur, qu'il sera difficile de nous entendre.

— Ce petit coffret sera porté au roi d'Angleterre; c'est moi qui vous l'affirme, Monsieur le marquis, s'écria Mme de Soissons.

— Je ne vous contredirai pas, chère comtesse; emportez donc le coffret... mais ce qu'il contient, moi je veux le porter au roi de France.

La comtesse de Soissons frémit; elle serra fortement dans sa main gauche l'objet convoité par le marquis et plongeant son regard dans l'obscurité du chemin :

— Les braves compagnons de Madame Yvonne ne peuvent être loin... ils m'entendront... se dit-elle.

Et d'un geste rapide elle ouvrit la portière du carrosse.

Mais Barbezieux la guettait.

Avant qu'elle ait pu avancer le pied pour sauter sur le chemin, le marquis la renversait brusquement sur les coussins de la voiture.

— Au premier mouvement pour fuir, lui dit-il, au premier cri que vous poussez, je vous tue!...

La comtesse n'essaya pas de se dégager, mais elle serra plus énergiquement encore le petit coffret puis cria de toutes ses forces :

— Au secours!... au secours!...

— Vous l'aurez voulu, comtesse! dit le marquis de **Barbezieux**. Et un poignard brilla dans sa main.

— Ah!... misérable!... râla Mme de **Soissons**.

Le fils de Louvois venait de lui enfoncer jusqu'à la garde son arme dans la poitrine.

Au même moment le carrosse s'arrêta brusquement produisant une forte secousse qui fit rouler la victime aux pieds de son assassin.

— Une minute, bagasse! cria Faribole au cocher tout en retenant les deux chevaux par la bride.

Mistouflet et Exili se présentèrent ensemble à la même portière.

— Nous voici, Madame la comtesse, dit le vieil alchimiste.

La nuit était si noire qu'il était impossible de voir dans le carrosse.

Barbezieux se baissa et, trempant ses mains dans un liquide tout chaud : le sang de la comtesse, il chercha à tâtons le coffret.

Il le trouva; mais il tenta en vain de l'arracher des doigts crispés de sa victime.

Celle-ci, au contact des mains de Barbezieux, sembla recouvrer ses forces; d'une voix mourante elle s'écria :

— Exili, au secours... le coffret!...

Le vieil alchimiste devina le drame qui venait de se dérouler et poussa une longue exclamation d'horreur.

Le marquis de Barbezieux voulut fuir par la portière non gardée ; il n'en eut pas le temps : la main puissante de Mistouflet s'abattit sur son épaule, l'attira en arrière, puis le sortit du carrosse.

— Que se passe-t-il? bagasse! s'écria Faribole toujours à la tête des chevaux.

— Barbezieux vient d'assassiner la comtesse de Soissons! lui répondit Mistouflet.

Et secouant le marquis que, maintenant, il serrait à la gorge :

— Toi, marquis, ajouta-t-il, si elle est morte, tu mourras aussi!

Faribole prit un pistolet à sa ceinture, abandonna les chevaux du carrosse et marcha vers le cocher.

— Je te donne une seconde pour sauter à terre! lui dit-il.

Le cocher ne sauta pas, il dégringola de son siège.

Faribole courut vers Exili qui relevait Mme de Soissons.

— Messire Faribole, dit l'alchimiste, aidez-moi à la coucher sur les coussins de la banquette.

— Doux Jésus! fit Mistouflet, les doigts me démangent. La comtesse est-elle morte?... Me faut-il étrangler son assassin?

— Oui, bagasse! Mais faites vite! s'écria l'ancien maître d'armes.

Mistouflet serra plus fort ses deux mains qu'il avait nouées autour du cou de Barbezieux. Celui-ci, à demi-étranglé déjà, poussa une sorte de râle, ses yeux agrandis par l'épouvante se fixèrent immobiles sur ceux du vengeur de la comtesse, son visage, de pâle qu'il était, devint soudain écarlate.

Puis l'hercule desserra sa terrible étreinte, recula d'un pas, et le marquis de Barbezieux s'affaissa lourdement dans la boue du chemin.

— C'est fait! dit simplement Mistouflet en s'approchant de Faribole.

— Exili... murmurait au même instant la comtesse de Soissons, avez-vous le coffret?...

— Je viens de le donner à messire Faribole, répondit le vieil alchimiste.

— Bien... Qu'il parte... de suite... de suite... articula péniblement la mourante.

Elle dit encore, mais si bas qu'Exili tourné vers ses deux compagnons ne l'entendit pas :

— Exili... adieu... il m'a tuée!...

Un faible soupir s'échappa de sa bouche, et ce fut tout. La comtesse de Soissons était morte!

— Messires, dit l'alchimiste à Faribole et à Mistouflet, mettez-vous en route sans tarder davantage.

— Mais, bagasse! nous ne pouvons pas abandonner ici, sans secours, Madame de Soissons, fit l'ancien maître d'armes.

— Tournez seulement les chevaux du carrosse vers le couvent. J'y conduirai bien seule la comtesse, et peut-être pourrai-je la sauver.

Faribole et Mistouflet firent immédiatement exécuter un demi-tour à la lourde voiture ne se doutant pas que dans celle-ci il n'y avait plus qu'un cadavre.

En ce moment un bruit de voix résonna du côté du couvent, et une lumière brilla tout en haut du chemin.

— Je vous remercie, messires, dit vivement Exili. Maintenant partez... on vient... Je vous reverrai un jour!

— Adieu donc, maître! répliquèrent à la fois les deux compagnons.

Et à longues enjambées ils reprirent la direction de leur auberge.

Comme ils arrivaient en bas de la colline ils entendirent devant eux le galop d'un cheval.

Se conformant aux instructions données par la compagne de Monseigneur Louis, ils s'arrêtèrent, puis, bien que l'obscurité fut complète, ils se jetèrent derrière le tronc d'un gros arbre.

Une demi-minute après, un cavalier passait rapidement à cinq pas d'eux sans les voir.

Ce cavalier, qui montait au couvent, n'était autre que Gniafon.

Heureusement pour lui, mais malheureusement pour Faribole et Mistouflet, ceux-ci ne reconnurent pas le misérable nain, sans cela, malgré la défense d'Yvonne, ils seraient revenus sur leurs pas pour faire usage de leurs épées ou de leurs pistolets.

Un quart d'heure plus tard ils entraient dans la salle commune de leur auberge.

Tout à coup le brave Faribole poussa une exclamation d'effroi.

A cette exclamation deux cris d'épouvante répondirent.

— Oh! oh! mordious! voyez donc Mistouflet! dit l'ancien maître d'armes montrant le coffret.

— Ciel! du sang!... vos mains en sont pleines! s'écrièrent l'aubergiste et sa servante.

En effet, non seulement le petit coffret mais les deux mains de Faribole étaient tachés du sang de la comtesse de Soissons.

— Une serviette et de l'eau? demanda d'un ton bref Faribole.

Toute tremblante la servante apporta les deux choses réclamées.

Dès qu'il se fut lavé les mains et qu'il eut essuyé le coffret, l'ancien maître d'armes attacha solidement celui-ci à son ceinturon et s'adressant à son élève :

— Maintenant, bagasse! partons, Monsieur Mistouflet!

Leurs montures étaient toutes sellées à l'écurie, ils les enfourchèrent lestement et sortirent au grand trot de la cour de l'auberge.

Immobile sur le seuil de sa porte l'aubergiste regarda les deux compagnons s'éloigner :

— Comme on se trompe! murmura-t-il; voilà deux cavaliers qui n'ont pas de mauvaises figures, qui ont payé toutes leurs dépenses, et pourtant ce sont deux assassins!

— Vous croyez, notre maître? dit la servante qui avait entendu les paroles de l'aubergiste.

— J'en suis sûr, répliqua ce dernier; le coffret qu'ils n'avaient pas quand ils sont sortis à la tombée de la nuit, le sang que tu as pu voir aussi bien que moi, et leur départ précipité, tout me le prouve.

Pendant que Faribole et Mistouflet, enveloppés dans leurs sombres manteaux qui les faisaient quelque peu ressembler à deux fantômes mais les garantissaient de la pluie glacée, tombant sans discontinuer, traversaient au trot les rues tristes et silencieuses de Bourbon-l'Archambault, Exili et le jardinier du couvent de Notre-Dame de Recouvrance, transportaient le corps de la comtesse de Soissons de l'intérieur du carrosse dans la loge du portier.

Dans cette même loge, le portier et le cocher du carrosse venaient de déposer sur un lit le marquis de Barbezieux.

— Mon Dieu! mon Dieu! répétait à part lui le jardinier effrayé; la jeune fille que j'ai laissée chez la sœur tourière n'est point partie... que va-t-il encore se passer!

— Ah! grand Saint-Pierre, mon patron! implorait le portier, protégez-nous, gardez-nous d'un nouveau malheur!

Exili s'était penché sur le corps de la comtesse et avait appuyé l'oreille sur son cœur pour tâcher de saisir le plus léger battement.

— Tout est fini... cette personne est morte! dit-il au bout d'un instant.

— Mais mon maître vit! s'écria le cocher. Voyez, il agite ses bras... il ouvre les yeux.

En ce moment on heurta violemment à la petite porte du parc.

C'était Gniafon qui, voyant le carrosse de Barbezieux sans cocher, sans laquais, les deux portières ouvertes, les coussins bouleversés, s'était dit que quelque évènement insolite avait dû se passer. Il ne put retenir un geste de frayeur en apercevant étendu à terre le cadavre ensanglanté de Mme de Soissons et, sur le lit, M. de Barbezieux.

Le marquis venait d'ouvrir les yeux et promenait autour de lui des regards étonnés :

— Où suis-je donc? murmura-t-il d'une voix faible.

— Dans la loge du portier! répondit le cocher.

Gniafon s'avança vivement vers le jeune ministre qui essayait de se mettre sur son séant.

— Que vous est-il arrivé, Monseigneur? lui demanda-t-il.

— Ah!... mersire Gniafon!... Vous ici? fit le marquis avec étonnement.

— Moi-même, Monseigneur, répliqua le nain. Mais dites-moi... — et Gniafon baissa subitement la voix — dites-moi : Avez-vous vu le coffret?

— J'ai fait plus que de le voir, répondit Barbezieux avec mélancolie, je l'ai touché, messire Gniafon.

— Et... où est-il? demanda ce dernier en cherchant du regard de tous côtés.

— Où il est, messire Gniafon, certainement en route pour l'Angleterre; et ce sont deux terribles hommes qui le portent au prince d'Orange.

Le nain poussa un affreux blasphème.

— Faribole et Mistouflet! s'écria-t-il écumant de rage.

— Parfaitement... Faribole et Mistouflet. Vous voyez qu'il est en de bonnes mains pour aller jusqu'à Londres.

Cette phrase prononcée avec le plus grand calme par le jeune ministre fit bondir Gniafon.

— Mais sacrebleu! Monseigneur, s'écria-t-il, il faut donner des ordres pour que les deux aventuriers soient arrêtés avant d'avoir pu quitter la France.

— Eh! mon Dieu! laissez-moi reprendre mes idées... Je reviens presque de l'autre monde! dit le marquis de Barbezieux.

Puis voyant que le nain trépignait d'impatience :

— Au fait? ajouta-t-il; donnez-vous même des ordres, Gniafon; prenez toutes les mesures que vous jugerez utiles... d'avance, j'approuve tout.

— Une seule question, Monseigneur : Madame de Soissons ne vous aurait pas dit dans quel port Faribole et Mistouflet devaient s'embarquer?

— Elle s'en est bien gardée... Elle a été plus habile que moi!

Pendant que le marquis et le nain échangeaient rapidement ces paroles, Exili ne se trouvant pas en sûreté si près des deux ennemis de Monseigneur Louis, sortait sans bruit de la loge du portier. Un instant après il s'élançait en courant à travers la campagne.

En ramenant son regard sur la comtesse de Soissons, Gniafon s'aperçut de la disparition du vieil alchimiste. Il s'informa de lui :

— Où donc est passé le vieillard que j'ai vu tout à l'heure? demanda-t-il au jardinier et au portier.

Ceux-ci répondirent qu'ils n'en savaient rien et ajoutèrent qu'ils ne le connaissaient pas.

— Monseigneur, dit alors Gniafon au fils de Louvois, il serait utile de rechercher cet homme qui, sans doute, ne peut être loin. Moi je vais me

Ils oscillèrent deux secondes puis le terrain manqua sous eux.

mettre à la poursuite de nos deux aventuriers..... Adieu, monseigneur.....

— Attendez, Gniafon.

En disant cela, M. de Barbezieux ouvrait son pourpoint et tirait d'une
poche un parchemin plié en deux.

Il le tendit au nain :

— Tenez, ajouta-t-il, prenez cet écrit que vous me rendrez à votre retour. Il vous permettra de vous faire obéir comme on obéirait à Sa Majesté ou à moi-même.

Gniafon prit le parchemin et partit.

Il revint au grand trot à l'auberge ; l'hôtelier ne pouvant ni lui fournir, ni lui indiquer où il pourrait se procurer une excellente monture, il fut obligé de se servir du carrosse qui l'avait amené à Bourbon-l'Archambault pour se faire conduire à Nevers où il espérait trouver un cheval de selle.

Après avoir roulé toute la nuit sur la route de Paris, il s'arrêta pour déjeuner dans une petite auberge.

Là il apprit que deux cavaliers, se dirigeant sur Nevers, avaient passé devant l'auberge juste au moment où les valets ouvraient celle-ci.

— Quelle heure est-il ? demanda Gniafon à l'hôtelier.

— Pas bien loin de six heures, monseigneur.

Bien que le nain fût affreusement laid, ses manières et son ton brusques, et surtout la fine étoffe de ses vêtements, lui faisaient donner, par tous ceux qui ne le connaissaient pas, le titre réservé à cette époque aux gentilshommes.

Gniafon demanda ensuite le signalement des deux cavaliers.

La description que lui en firent les valets lui prouva qu'il était bien sur la bonne piste.

— Ils n'ont sur moi que trois heures d'avance, se dit-il. Allez, allez ! messires Faribole et Mistouflet, je vous rattraperai !...

Il était six heures du soir quand il arriva à Nevers.

On lui dit que deux cavaliers, qui étaient probablement ceux qu'ils cherchaient, s'étaient arrêtés à l'hôtel du *Plat d'Argent*.

L'hôtel n'était qu'à trois cents pas.

Il s'y fit conduire au galop.

Faribole et Mistouflet avaient, en effet, dîné à l'hôtel indiqué ; mais depuis une heure ils en étaient partis.

Gniafon se mit en quête d'un bon cheval.

Il en trouva un, mais perdit une bonne heure.

Il donna ses ordres à son cocher afin que celui-ci ramenât le carrosse à Paris, puis, sans prendre ni repos, ni nourriture, il sauta en selle et se lança à la poursuite des deux compagnons qu'il comptait bien atteindre à Sancerre ou à Cosne, devrait-il pour cela crever son cheval.

De deux lieues en deux lieues il demandait si deux cavaliers le précédant de quelques heures seulement n'avaient pas été aperçus.

La première réponse qu'on lui fit, lui apprit que deux hommes fort bien montés et bien armés avaient passé deux heures auparavant.

La seconde réponse lui procura une douce joie : il avait déjà gagné plus de trente minutes sur eux.

— Bien, bien, se dit-il en repartant au galop. Mes deux aventuriers ne se doutent pas que je les suis de près ; ils ménagent leurs chevaux.

Lorsque pour la troisième fois il s'informa de ceux qui le précédaient, il était presque nuit et il venait d'atteindre les premières habitations d'une bourgade.

— Monseigneur, lui répondit un paysan à qui il s'était adressé, il y a un quart d'heure à peine que deux cavaliers sont passés devant ma maison. Je les ai vu descendre de cheval devant la porte de maître Nicolas.

— Maître Nicolas? répéta Gniafon.

— C'est vrai, vous n'êtes pas d'ici, reprit le paysan. Eh bien, maître Nicolas, c'est le propriétaire de l'auberge du *Rat-Blanc ;* faites encore cinquante pas et vous y serez.

Mais, au lieu de suivre ce conseil, Gniafon sauta à terre et plaça sa monture de façon à ce qu'il ne pût être vu de l'auberge si par hasard un regard curieux se tournait de son côté.

— Soyons prudent, pensa-t-il, s'ils m'aperçoivent, ils repartiront de suite, et dans ce petit village je n'ai personne pour m'aider à les arrêter.

Puis s'adressant au paysan :

— Il y a une pistole pour toi si tu fais adroitement ce que je vais te dire.

— Parlez, Monseigneur ; je suis prêt à vous obéir.

— Pendant que je me reposerai un moment dans ta demeure, tu te rendras à l'auberge du *Rat-Blanc,* tu feras causer maître Nicolas ou bien son valet, en l'invitant à boire avec toi.

— Et que demanderai-je à l'un ou à l'autre? dit le paysan à voix basse et avec un petit air de malice.

— Un simple renseignement, répliqua Gniafon. Je tiens beaucoup à savoir si les deux cavaliers passeront la nuit à l'auberge.

— C'est facile. Veuillez entrer chez moi, Monseigneur ; ma demeure n'est pas grande et encore moins belle, mais vous y serez tranquille. Permettez-moi d'abord d'attacher votre cheval aux barreaux de la fenêtre.

Une minute après, le nain s'asseyait sur un escabeau ; son hôte s'empressait d'allumer une méchante lampe qu'il posait sur une table, puis se rendait à l'auberge.

Au bout d'une demi-heure il revenait et annonçait à Gniafon que les deux cavaliers passeraient la nuit chez maître Nicolas.

— Y a-t-il une autre auberge dans le village ? demanda alors Gniafon.

— Non Monseigneur... Monseigneur voudrait certainement souper ? dit le paysan.

— Justement ! Je n'ai rien pris depuis ce matin dix heures.

— Si Monseigneur voulait manger une tranche de lard. J'en ai du très bon. J'irai lui acheter un flacon de vin chez maître Nicolas.

— Oui, mais dépêche-toi, dit Gniafon en jetant une pistole sur la table.

Il était plus de minuit quand il sortit de la maison du paysan et sauta en selle.

Son cheval qui avait bu et mangé et s'était reposé quatre heures, le conduisit d'une traite jusqu'à Sancerre.

Six heures du matin sonnaient comme il entrait dans la ville.

Son œil brilla de joie méchante en voyant dans la rue qu'il suivait de nombreux soldats qui tous se dirigeaient vers la place principale.

Gniafon mit sa monture au trot et les devança.

Une compagnie du régiment de Champagne, se rendant à Bourges, était arrivée la veille à Sancerre ; le départ avait été fixé à six heures et demie, aussi les soldats se hâtaient-ils d'accourir.

— J'arrive à temps ! murmura le nain à la vue du rassemblement qui se formait au milieu de la place.

Avisant un sergent il poussa vers lui son cheval :

— Pardon, lui dit-il en l'abordant ; je voudrais parler au commandant de votre compagnie.

Le soldat étendit la main et désignant une maison neuve bâtie entre deux rues à l'autre extrémité de la place :

— Vous trouverez le commandant là-bas, dans cette hôtellerie, dit-il.

Cinq minutes après Gniafon était en présence d'un officier de haute stature.

Celui-ci laissa tomber sur le nain un regard étonné, puis d'un ton peu engageant :

— Je suis pressé ! Qu'avez-vous à me demander ?

L'ennemi d'Yvonne sachant de quelle puissance il disposait redressa sa petite taille, leva sa tête horrible, et légèrement railleur :

— Avant de vous rien demander, répliqua-t-il, veuillez, monsieur, prendre la peine de lire ces quelques lignes.

Et il tendit au commandant le parchemain que lui avait prêté le marquis de Barbezieux.

— Je n'ai guère le temps, fit l'officier.

— Service du roi, monsieur ! dit Gniafon d'un ton brusque.

Le commandant prit le parchemin, le lut entièrement, et le rendant à son difforme interlocuteur :

— J'obéirai aux ordres de Sa Majesté, dit-il simplement.

Gniafon le conduisit près d'une fenêtre, et quand ils furent assez loin de toute oreille indiscrète :

— Vous allez mettre à ma disposition vos quatre meilleurs tireurs, lui dit-il.

— Je vais vous les envoyer...

— J'aurai besoin de six hommes encore, interrompit Gniafon.

— Est-ce tout ? demanda l'officier.

— C'est tout... Dans la soirée vos dix soldats rallieront leur compagnie, sauf empêchement grave.

Le commandant s'éloigna rapidement.

On aurait dit, ce qui était vrai d'ailleurs, qu'il avait hâte de fuir le misérable nain dont il semblait deviner les perfides et monstrueux desseins.

Dix soldats, amenés par un vieux sous-officier, vinrent se placer sur deux rangs dans la cour de l'hôtellerie.

Gniafon, après s'être fait donner une chambre, s'y rendit accompagné du chef du petit peloton.

Tous deux y restèrent environ un quart d'heure.

En rejoignant ses hommes le vieux sous-officier grommela entre les dents :

— Corbleu ! la besogne qu'on nous commande de faire, ressemble fort à un assassinat.

Deux heures plus tard, Gniafon conduisait la petite troupe à une lieue de la ville, sur le chemin que devaient suivre ceux dont il avait plus d'une fois juré la mort, ordonnait au sous-officier de se cacher avec six de ses compagnons derrière une haie, puis faisait poster, une cinquantaine de pas plus loin, les quatre adroits tireurs, et leur disait pendant qu'ils chargeaient avec soin leurs mousquets :

— Vous aurez cent livres à vous partager si vous débarrassez la terre de deux habiles brigands. Ainsi donc ne les manquez pas !

— Je manque rarement le but, dit un des quatre soldats ; seulement le brouillard qui nous enveloppe va nous gêner pour viser.

— C'est bien vrai ! appuyèrent les trois autres.

— Moi je trouve, au contraire, répliqua Gniafon, que ce brouillard va vous servir : il n'est pas assez épais pour vous empêcher d'apercevoir à quarante ou cinquante pas deux hommes à cheval, mais il est suffisant pour dérober à leurs yeux les canons de vos mousquets.

Le nain se planta au milieu du chemin :

— Dès que je verrai apparaître leur silhouette je vous avertirai, ajouta-t-il.

Et, avec la fixité attentive d'une bête féroce guettant sa proie, il riva son œil dans la direction par laquelle devaient s'amener Faribole et Mistouflet qu'il voulait faire assassiner.

— Cette fois, mes compagnons, pensait l'horrible nain, je vous tiens... et si vous vous tirez de cette embuscade, (il aurait dû dire guet-apens) c'est que vous avez fait un pacte avec le diable.

Une demi-heure s'écoula, puis une autre demi-heure, et les deux cavaliers attendus n'apparaissaient pas.

Le nain blémissait à la fois de rage et d'impatience.

— Jour de Dieu ! jurait-il à demi-voix, les misérables m'auraient-ils joué le mauvais tour de s'engager dans un autre chemin...

Et soudain, une pensée traversant son cerveau, il poussa une sourde exclamation :

— Oh ! auraient-ils pris la route de Tours ?... Alors ils ont été obligés de retourner sur leurs pas... C'est bien improbable...

Un peu tranquillisé par cette dernière réflexion, il se remit à guetter les rares voyageurs allant vers Sancerre.

Tout à coup il sursauta ou plutôt il bondit, puis se rejeta contre la haie du chemin.

Il venait d'apercevoir, arrivant à une allure modérée, deux cavaliers qui sortaient du brouillard.

Bien qu'ils fussent encore à plus de cent pas de distance, il distingua parfaitement la haute taille du cavalier tenant la gauche de la route.

— Les voici ! dit-il vivement aux soldats ; attendez pour faire feu qu'ils ne soient plus qu'à une trentaine de pas.

Puis Gniafon se glissa derrière la haie et courut rejoindre le vieux sous-officier et ses hommes auxquels il dit :

— Attention ! aussitôt que vos camarades auront déchargé leurs armes, vous vous élancerez tous à la fois sur le chemin.

A peine avait-il achevé que quatre détonations éclatèrent.

En trois bonds le nain et les sept soldats furent de l'autre côté de la haie.

Presque au même instant un cheval emporté passa devant eux.

Gniafon poussa un cri de triomphe : le cheval était sans cavalier ; et, au milieu du chemin, il voyait l'homme à la haute stature se débattre sous sa monture abattue.

Ivre de joie ignoble, il franchit en un clin d'œil les cinquante pas qui le séparaient de ses victimes ; il arriva sur elles presque en même temps que les quatre soldats qui avaient tiré.

Brusquement son visage se contracta, devint verdâtre, hideux, puis de sa bouche écumante de rage sortit une horrible imprécation.

Le plus grand des cavaliers était sain et sauf, l'autre était mort tué net par deux balles de mousquet.

Mais ces deux cavaliers lui étaient inconnus...

Il venait de commettre inutilement un nouveau crime : Faribole et Mistouflet étaient loin ; ils galopaient en ce moment sur la route de Nevers à Tours.

Que s'était-il donc passé? et pourquoi les deux hardis compagnons avaient-ils abandonné l'itinéraire que leur avait tracé la malheureuse comtesse de Soissons?

Ce changement était le résultat d'une judicieuse réflexion de M. Mistouflet.

En quittant Nevers, où les deux amis s'étaient arrêtés deux heures à l'hôtel du *Plat-d'Argent* pour y dîner et laisser se reposer leurs chevaux, ils avaient continué leur chemin avec l'intention de marcher toute la nuit, de façon à arriver à Sancerre au point du jour.

A Sancerre, ils devaient se reposer quatre heures et quitter la route de Paris pour s'engager sur le chemin d'Orléans.

Mais à peine étaient-ils à une lieue de Nevers qu'ils aperçurent deux gentilshommes descendant au petit trot de leur monture le chemin d'une éminence, au sommet de laquelle on voyait les tourelles d'un château.

Le chemin aboutissait à la route de Paris.

Après avoir suivi une minute des yeux les deux cavaliers qui allaient bientôt atteindre la route, Mistouflet arrêta brusquement son cheval en disant :

— Halte! s'il vous plaît, monsieur Faribole!

Celui-ci imita le mouvement de son compagnon, puis le regardant avec un air de profond étonnement :

— Hé! bagasse! qu'est-ce qui vous prend, monsieur Mistouflet! lui demanda-t-il aussitôt.

Au lieu de répondre, l'élève de l'ancien maître d'armes désigna du doigt les deux cavaliers qui, à une centaine de pas devant eux, débouchaient du petit chemin et prenaient la direction de Sancerre, puis il dit doucement :

— Et maintenant, au pas, si vous le voulez bien, doux Jésus!

— Hé! oui bagasse! je le veux bien! cria Faribole; mais vous allez me dire...

— Pas si haut, Jésus-Marie! interrompit Mistouflet... Dites-moi, monsieur Faribole, que voyez-vous devant nous?

— Ce que vous voyez-vous même, bagasse!... Deux cavaliers!

— Regardez bien ces deux cavaliers... Ne ressemblent-ils pas à deux personnes de notre connaissance?

— Ah! troun de l'air! s'écria l'ancien maître d'armes; comment à cette distance et en ne voyant que le dos des cavaliers qui nous précèdent pouvez-vous reconnaître...

— Pardon, doux Jésus! j'ai dit : ne ressemblent-il pas à deux personnes... qui nous sont chères.

— Qui nous sont chères, bagasse! répéta Faribole en regardant son grand compagnon avec un réel ahurissement.

— Mon Dieu, oui. Ainsi le cavalier placé à droite ressemble assez à mon meilleur ami, c'est-à-dire, à monsieur Faribole, et son compagnon, plus gros et beaucoup plus grand...

— Ressemble, troun de l'rir! à mon ami à moi qui s'appelle Mistouflet! s'écria en riant Faribole.

— Eh bien! Seigneur-Jésus! comprenez-vous pourquoi je vous ai dit d'aller au pas et que maintenant j'ajoute : Voici, sur notre gauche, un étroit chemin, vite prenons-le!

Et tout en parlant Mistouflet, immédiatement suivi de Faribole, abandonna la route de Paris pour s'engager dans un sentier tracé à travers champs.

— Je crois comprendre, bagasse! et même je comprends parfaitement que si nous suivons longtemps cette voie, nous ne serons jamais à Sancerre quand, demain, se lèvera le soleil.

On a offert trois millions à M. Barbezieux pour qu'il trahisse Sa Majesté.

— Cela est vrai, monsieur Faribole, mais nous ne serons sans doute pas loin de Bourges où nous trouverons la route de Tours.

— Ah ! troun de l'air ! j'y suis, s'écria joyeusement l'ancien maître d'armes. C'est-à-dire, reprit-il vivement, (car il ne voulait pas avouer qu'il avait été un peu long avant de saisir l'excellente idée de son élève); c'est-à-dire qu'il y a un bon moment que j'ai deviné votre pensée.

Mistouflet sourit et mit sa monture au trot.

— Oui, bagasse ! que j'ai deviné, continua Faribole en prenant la même allure. Vous vous êtes dit : on va certainement nous poursuivre ; or, un étrange hasard met sur notre route, et suivant la même direction que nous, deux cavaliers dont le signalement s'accorde assez avec le nôtre; il faut profiter de cette ressemblance. Pendant que l'on courra après eux, nous, nous continuerons tranquillement notre route... N'est-ce pas cela, monsieur Mistouflet ?

— Absolument, doux Jésus ! répliqua celui-ci. Nous arriverons aussi bien à Saint-Malo en passant par Tours qu'en allant chercher la route d'Orléans.

— Vous avez raison, bagasse ! Et si nous perdons quelques minutes en allongeant de trois ou quatre lieues, nous y gagnons en sécurité.

— Tout bonnement, Vierge-Marie ! murmura Mistouflet.

Et comme le jour baissait rapidement, ils pressèrent l'allure de leurs bêtes, afin d'atteindre le chemin de Bourges avant qu'il fît complètement nuit.

Mais combien ils étaient loin de se douter que leur changement d'itinéraire devait leur sauver la vie !

Quand ils furent sur la route, ils reprirent, tout en courant, leur conversation un instant interrompue.

Ils se disaient que la compagne de Monseigneur Louis, en apprenant la mort de Barbezieux, (car tous deux le croyaient bel et bien étranglé), même en supposant que la comtesse de Soissons fut morte et que maître Exili ne put la voir pour lui expliquer ce qui s'était passé, leur chère maîtresse devinerait vite que le précieux coffret était parvenu entre leurs mains.

A l'heure où ils parlaient de Barbezieux, celui-ci, à demi-couché dans son carrosse, roulait sur la route de Paris en faisant forces réflexions passablement mélancoliques.

— Et moi, pensait-il, moi qui ai dit à Mme de Maintenon que mes pressentiments ne me trompaient jamais... il est vrai qu'ils ne m'ont trompé qu'à moitié... La belle comtesse est bien morte de mort violente... mais moi je ne rapporte aucun coffret...

Puis en secouant la tête il se dit à mi-voix :

— Marquis de Barbezieux, mon ami, tu ne conserveras pas longtemps maintenant le portefeuille de premier ministre...

Et, comme on le verra plus loin, Barbezieux disait vrai ; seulement il était à cent lieues de prévoir de quelle façon il devait en être privé...

CHAPITRE XXXII

COMMENT FARIBOLE ET MISTOUFLET DEVINRENT POSSESSEURS DE HUIT PAIRES DE BOTTES

La nuit commençait à tomber.

Le soleil, d'un rouge vif, s'éteignait au couchant, enveloppant la campagne bretonne d'une vaste lueur d'incendie.

Debout sur la première des deux marches placées devant le seuil d'une modeste auberge située tout à l'entrée du joli village de la Selle, un homme d'une quarantaine d'années, tenait depuis un moment son regard scrutateur fixé sur le chemin sinueux conduisant de Laval à Fougères entre des centaines de rangées de superbes pommiers.

Cet homme s'appelait Jean Brisetout.

Il était le propriétaire de l'auberge du *Grand Duguesclin*, la seule qui existât alors dans tout le village.

Soudain son front rêveur s'illumina de joie : deux cavaliers, lancés au grand trot, venaient de tourner le dernier coude du chemin et s'avançaient rapidement.

Mais, chose étrange, à mesure que les cavaliers se rapprochaient, la joie de maître Brisetout semblait s'éloigner de son front.

Sur sa physionomie se peignit une vague inquiétude, ou un vague effroi, et peut-être même ces deux sentiments, quand il vit les deux cavaliers jeter un rapide coup d'œil sur l'enseigne qui se balançait au-dessus de sa porte, puis sauter lestement à bas de leurs montures.

A l'appel de l'hôtelier deux valets accoururent, prirent les chevaux par les brides et les conduisirent à l'écurie.

Le plus petit des deux voyageurs les suivit après avoir dit à son grand compagnon :

— Allez, bagasse! pendant que je surveillerai le pansage de nos bêtes, faites-nous préparer un bon souper.

— Doux Jésus! vous serez satisfait, messire Faribole.

Et Mistouflet entra dans la salle commune de l'auberge absolument vide de clients.

— Est-ce que mes deux seigneurs me feront l'honneur de passer la nuit ici? demanda l'hôte avec un sourire des plus aimables.

— Mais certainement, doux Jésus! répondit l'élève de Faribole.

— Alors je vais donner à mes gentilshommes mes deux plus belles chambres.

Et le sourire aux lèvres, maître Brisetout salua très bas et s'éloigna un instant.

— Euh! euh! se dit Mistouflet en hochant la tête; cet hôtelier me paraît trop aimable pour être honnête!

Une demi-heure plus tard les deux amis se mettaient à table.

Si l'un ou l'autre avaient eu à ce moment la pensée d'observer leur hôte, ils auraient pu voir la grimace que ses lèvres ébauchèrent quand il constata que ses voyageurs avaient posés sur la table, à portée de leurs mains, quatre pistolets tout armés.

Leur repas terminé, Faribole et Mistouflet, précédés de maître Brisetout, grimpèrent par un escalier en colimaçon à l'étage supérieur où se trouvaient leurs chambres. Celles-ci, par un malencontreux hasard, étaient situées à l'opposée l'une de l'autre.

Celle de l'ancien maître d'armes donnait sur la rue; celle de son ex-élève sur la cour. Faribole faillit se mettre en colère.

— Mordious! s'écria-t-il, toutes vos autres chambres sont donc retenues d'avance, notre hôte, car sauf mon compagnon et moi, je n'ai pas aperçu l'ombre d'un autre voyageur.

— Quelques-unes sont en effet retenues, monseigneur, répondit maître Brisetout peu rassuré; et les autres ne sont pas dignes de recevoir deux braves gentilhommes.

Faribole allait répliquer, mais son ami lui souffla à l'oreille :

— Acceptez... il le faut... **Mais ne** vous couchez pas.

L'ancien maître d'armes s'enferma dans sa chambre en maugréant.

L'hôte conduisit Mistouflet jusqu'à la porte de la sienne et le quitta en lui souhaitant une bonne nuit.

— Hé ! un mot, notre hôte ? dit Mistouflet en le rappelant.

— Que désire Monseigneur ?

— Que vous soyez assez aimable pour m'éveiller demain à trois heures du matin.

— A trois heures précises, je viendrai moi-même frapper à la porte de Monseigneur.

Mistouflet s'enferma à double tour dans sa chambre ou plutôt ne s'enferma même pas à un seul tour.

En effet, la clé tourna bien de droite à gauche d'abord, mais ensuite de gauche à droite, double mouvement qui fit dire à l'ami de Faribole :

— De cette façon, doux Jésus ! je pourrai ouvrir ma porte quand le moment sera venu et cela sans craindre de faire le plus léger bruit.

Une heure après tout semblait reposer dans l'intérieur de l'auberge du *Grand Duguesclin.*

Mais le calme qui régnait était aussi perfide que trompeur.

Soudain la porte de la chambre de Mistouflet s'entr'ouvrit doucement et une voix murmura :

— Très bien ! tout le monde dort !...

— Et à présent, doux Jésus, sainte Vierge-Marie, saints Anges du Paradis, et vous aussi saint Clodomir, mon bien heureux patron, que je n'implore jamais en vain, veillez sur nous, gardez-nous des méchants et délivrez-nous du mal... Ainsi soit-il.

Et cette courte prière achevée, Mistouflet sortit de sa chambre ; referma la porte à clef, mit celle-ci dans sa poche, puis portant ses bottes sous un bras, il se dirigea à pas de loup, en tâtonnant de sa main restée libre, jusqu'à la chambre de Faribole.

L'ancien maître d'armes ne s'était pas couché.

Quand il entendit gratter doucement à sa porte, il se hâta d'ouvrir.

Mistouflet entra.

En voyant ce que celui-ci apportait noué autour de son cou, Faribole ne put s'empêcher de rire et de demander à voix basse :

— Croyez-vous donc, bagasse ! que nous nous trouverons dans la nécessité de nous évader par la fenêtre ?

— Qui sait, doux Seigneur !... A tout hasard, je me suis précautionné de cette espèce de corde à nœuds.

Et Mistouflet enleva de son cou ce qu'il appelait une corde et qui était tout simplement deux draps de lit attachés bout à bout, et auxquels de distance en distance avaient été faits plusieurs nœuds.

— N'avez-vous pas remarqué, messire Faribole, que le sourire gracieux de notre hôte avait quelque chose de contraint?

— Oui, oui, bagasse! répondit l'ancien maître d'armes qui, probablement, n'avait rien remarqué du tout.

— Je crois, doux Jésus! que les dangers prévus par madame Yvonne vont commencer dès cette nuit. Heureusement que nous n'avons plus que quatorze ou quinze lieues pour être à Saint-Malo.

— Jusqu'ici nos ennemis nous ont laissés bien tranquilles; ils devraient, bagasse! agir de même une dizaine d'heures encore.

— N'y comptez pas, messire Faribole. Maintenant qu'on a retrouvé notre piste, nous pouvons nous attendre à plus d'une surprise désagréable.

Puis ils cessèrent de causer.

Faribole s'étendit sur le lit; Mistouflet, après avoir ouvert sans bruit la fenêtre et attaché l'extrémité d'un drap à la barre d'appui, plaça une large chaise à bras contre la porte et s'y installa commodément.

— Là, reposons-nous un peu tout en veillant, murmura-t-il.

Il pouvait être minuit lorsqu'il crut entendre comme un léger bruit de pas dans le corridor.

Puis un silence d'une minute environ, et il entendit qu'on essayait de crocheter la serrure.

Il se redressa et s'approchant du lit de Faribole:

— Patron, entendez-vous ce faible bruit? lui dit-il très bas.

— Oui, bagasse! répondit l'ancien maître d'armes sur le même ton. On dirait une souris en train de grignoter la serrure de la porte.

— Armez vos pistolets, tirez votre épée du fourreau et venez vous poster dans ce coin avec moi.

Faribole se laissa glisser sur le plancher le plus doucement qu'il put, prit ses armes et rejoignit son ami.

— Hé! troun de l'air! nous allons rire! pensa-t-il.

Il sentit la main de son ex-élève lui toucher le bras.

— Messire Faribole, abaissez vos regards à terre, fit Mistouflet à son oreille.

On apercevait un filet de lumière filtrant par-dessous la porte.

— Parfait, troun de l'air! parfait. Au moins nous y verrons clair pour expédier proprement nos adversaires dans un monde meilleur.

— Attention, doux Jésus ! Reculons un peu pour être mieux masqués par la porte.

Le pêne de celle-ci venait de jouer en produisant un léger grincement.

Un silence de mort suivit ce bruit.

Mistouflet murmura à l'oreille de son compagnon.

— Ils attendent... ils craignent de vous avoir éveillé...

Cinq minutes au moins s'écoulèrent : un chuchottement se fit entendre hors de la chambre, puis doucement, lentement, comme poussée par une force invisible, la porte s'ouvrit presque entièrement.

Puis quatre hommes armés de longues rapières entrèrent pieds nus et, tandis qu'un cinquième portant un flambeau s'arrêtait sur le seuil de la chambre, ils se précipitèrent ensemble vers le lit.

Mais pas un seul y arriva.

Les deux premiers tombèrent, ayant chacun une balle de pistolet dans la tête, les deux suivants roulèrent sur le plancher la poitrine traversée de part en part, avant d'avoir pu faire un mouvement pour se garder des terribles coups de rapière que leur envoyèrent Faribole et Mistouflet.

— En avant !... chargeons, bagasse ! cria l'ancien maître d'armes en s'élançant hors de la chambre.

Quatre autres spadassins attendaient dans le corridor l'épée à la main.

Ils reculèrent surpris en voyant deux adversaires alors qu'ils ne pensaient avoir affaire qu'à un seul chaque fois.

Mistouflet déchargea son deuxième pistolet; un homme tomba.

A ce moment celui qui portait le flambeau l'éteignit brusquement; l'obscurité fut complète.

Les trois coquins en profitèrent pour s'enfuir.

— Mordious de mordious ! jura Faribole.

Et il allait se précipiter à la poursuite des spadassins quand il se sentit tirer par derrière.

— Venez! lui dit Mistouflet; ils ne nous échapperons pas !

Les deux amis coururent vers la fenêtre, l'ouvrirent, firent glisser en dehors les draps de lits fixés d'avance à la barre d'appui, et, en deux minutes se trouvèrent sur les pavés de la rue.

Mistouflet se plaça d'un côté de la porte, Faribole se posta de l'autre côté et ils attendirent prêts à renouveler leur exploit précédant.

Ils n'attendirent pas longtemps.

La porte de la rue s'ouvrit et les trois spadassins s'avancèrent sans défiance, car ils ne pouvaient pas soupçonner que leurs terribles adversaires allaient leur barrer le passage.

Aussi, en l'espace de temps que met un éclair pour luire et s'éteindre, les trois coquins tombaient, l'un la tête fracassée d'un coup de pistolet et les deux autres grièvement blessés de deux furieux coups d'épées.

Faribole et Mistouflet, vainqueurs, entrèrent dans l'auberge.

Alors maître Brisetout et ses deux valets, tous trois tremblants de peur, se jetèrent aux genoux de ceux dont ils redoutaient le juste couroux et s'écrièrent à qui mieux mieux :

— Pardonnez-nous, mes bons seigneurs, nous ne sommes pas coupables; faites-nous grâce !

Comme ils parlaient tous à la fois, les deux amis ne comprirent guère que le mot grâce, mais la cacophonie produite par les voix des trembleurs et leur attitude étaient si drôles que Faribole partit d'un bruyant éclat de rire.

Sa fureur tomba : il était désarmé.

— Relevez-vous, drôles ! leur dit-il. Puis, fermez cette porte, et vivement, mille dious !

Avec une rapidité qui tenait du prodige ou qui, plus simplement, n'était que l'effet de la peur bleue qu'ils éprouvaient, les deux valets s'élancèrent vers la porte de la rue et la refermèrent avec tant de force que le *Grand Duguesclin* suspendu au dehors, sursauta avec un bruit de ferraille ressemblant assez au cliquetis d'une épée choquant une armure.

Maître Brisetout, lui aussi, s'était relevé d'un bond pour obéir à l'ordre de Faribole ; mais l'ancien maître d'armes le retint brusquement par le bras.

— Un instant, mordious !... Vous allez, notre hôte, répondre franchement à mes questions, sinon, bagasse ! je vous passe cette lame au travers du corps.

Et Faribole allongeait le bras armé de sa rapière pour bien montrer la longueur de celle-ci.

— Interrogez, monseigneur, balbutia l'hôtelier plus mort que vif ; je jure de vous dire tout ce que je sais.

L'ancien maître d'armes se tourna vers son élève :

— Monsieur Mistouflet, lui dit-il en désignant une petite lampe les éclairant à peine, veuillez me faire allumer un second lampion, car je tiens essentiellement à voir la gracieuse figure de notre hôte.

— Vous avez entendu, doux Jésus ! dit Mistouflet aux deux valets avec un geste qu'ils comprirent parfaitement.

Moi je puis vous indiquer la femme que vous cherchez.

Deux minutes après une seconde lampe éclairait la salle commune de l'auberge.

Faribole commença son interrogatoire :

— Et d'abord, bagasse ! dites-moi, notre hôte, combien on vous a offert pour nous laisser traîtreusement assassiner ?

— Absolument rien, Monseigneur !

— Jésus-Marie ! c'est bien peu, murmura Mistouflet.

— Capededious! c'est difficile à croire ! s'écria l'ancien maître d'armes.

Et regardant fixement maître Brisetout très effrayé :

— Si tu me trompes, prends garde à toi ! ajouta-t-il d'une voix terrible.

— Je ne vous trompe pas, Monseigneur... On ne m'a point offert de l'argent pour aider à votre... arrestation... car on ne devait que vous arrêter...

— Bagasse ! on vous avait dit cela, cher hôte?

— Je vous le jure, Mons...

— Ne jure pas, mille dious ! cria Faribole ; mais continue?

— Oui, Monseigneur... On m'a menacé de me jeter en prison et de faire fermer mon auberge, si je n'obéissais pas aux ordres qui m'étaient donnés au nom du roi.

— Au nom du roi, doux Jésus ! répéta Mistouflet.

— Oui, Monseigneur, au nom du roi... Aussi, moi, pauvre aubergiste, j'ai dû obéir, mais bien à contre cœur, je vous l'aff.....

— N'affirme rien ! capededious !... interrompit Faribole.

Il lança un coup d'œil à Mistouflet, et continua :

— Mais qui donc est venu organiser ici le guet-apens dans lequel nous aurions pu rester?

— Un petit homme, affreusement laid et bossu, répondit maître Brisetout.

— Gniafon !... dirent les deux hardis compagnons.

— Je n'ai pas entendu prononcer son nom, dit l'hôtelier. C'est lui qui m'a amené les huit coquins que vous avez si mal arrangés.

— Ces huits bandits étaient-ils déjà ici lorsque nous sommes arrivés? demanda Mistouflet.

— Non, Monseigneur... répondit maître Brisetout courbant la tête.

— Je comprends, bagasse ! dès que nous avons eu pris possession de nos chambres, tu as fait avertir le nain...

Brusquement il frappa du pommeau de sa rapière un coup si violent sur le coin d'une table que l'hôtelier bondit à un pied du sol.

— Mais alors, mordious ! s'écria-t-il, le misérable nain attend caché dans quelque maison de ce village!... Tu vas nous conduire immédiament vers lui.

— Volontiers, Monseigneur, dit maître Brisetout; mais comme votre ennemi a dû entendre le bruit de la bataille, car il vous guettait du coin de la troisième maison, et qu'il en a certainement deviné le résultat, il a eu le temps de s'enfuir.

— Notre hôte a raison, murmura Mistouflet. Faisons plutôt seller nos bêtes, allons chercher nos pistolets et nos manteaux et partons à l'instant.

Les deux valets coururent donner l'avoine aux chevaux avant de les amener tout sellés devant la porte de l'auberge.

Maître Brisetout prit une lampe et, précédant ses hôtes, se prépara à les conduire à leur chambre respective.

Mais au pied de l'escalier un formidable éclat de rire l'arrêta.

— Ah ! troun de l'air ! s'écra Faribole, voyez donc ça, monsieur Mistouflet.

Et de la main il désignait une rangée interminable de belles bottes, admirablement alignées, et disposées par ordre de grandeur avec tant de soin qu'on aurait dit que leurs propriétaires avaient pris plaisir à les placer ainsi.

Faribole et Mistouflet s'arrêtèrent un instant pour admirer la perspective originale que présentait cette longue file de chaussures.

L'ancien maître d'armes en compta seize.

— Nos adversaires les avaient quittées afin de ne pas troubler notre sommeil, dit en riant Mistouflet. Je voudrais bien en conserver une paire comme souvenir de notre victoire.

— Hé ! troun de l'air ! nous les conserverons toutes, s'écria Faribole. Ce sera notre trophée, bagasse !

Puis s'adressant à maître Brisetout :

— Vous entendez, notre hôte, vous nous garderez précieusement ces huit paires de bottes, et si à notre retour il y en manque seulement la moitié d'une, je vous perce d'autant de coups d'épée qu'il se sera écoulé de jours depuis le moment où je les confie à votre garde.

Juste en cet instant, l'horloge de l'église du village sonna lentement douze coups.

— Monseigneur, dit humblement l'hôtelier, je veillerai moi-même sur toutes ces bottes, mais, minuit sonne... dans combien de jours pensez-vous revenir les chercher ?

— Je n'en sais rien, bagasse !... Peut-être dans un mois, peut-être dans un an ! répondit Faribole.

Les deux amis montèrent prendre leurs armes et leurs manteaux, puis redescendirent dans la salle commune.

Un quart d'heure après ils s'éloignaient, au petit trot, de l'auberge du *Grand Duguesclin.*

Après avoir dépassé les dernières maisons du village, ils mirent leurs montures au pas.

Mistouflet dit à son compagnon :

— Quatorze ou quinze lieues nous séparent de Saint-Malo, mais si vous le voulez bien, messire Faribole, nous abandonnerons ce chemin pour nous lancer à travers champs, nous ferons un détour qui allongera un peu notre trajet, mais nous permettra d'éviter nombre d'embuscades...

— C'est la sagesse, qui parle par votre bouche, Monsieur Mistouflet, répliqua Faribole. Et je vous le dis, bagasse, si vous ne m'aviez pas devancé, j'allais moi-même vous faire cette prudente proposition.

Tant que dura la nuit, ils continuèrent à suivre le grand chemin; mais aussitôt que l'obscurité, chassée par les premières blancheurs de l'aube, eut commencé à disparaître, ils se jetèrent dans les sentiers de traverse.

Vers neuf heures du matin ils traversèrent un hameau.

Devant la porte d'un cabaret ils arrêtèrent leurs montures.

Tournant son bonnet entre ses doigt le cabaretier s'avança promptement.

— Dites-moi, bagasse ! lui demanda Faribole, sommes-nous encore loin de Saint-Malo?

— Oh! non, Monseigneur; il vous reste à peine une lieue à faire pour y arriver, répondit vivement le débitant breton.

— Nos bêtes sont fatiguées, dit l'ancien maître d'armes à son élève, nous allons nous arrêter ici une heure pour les laisser souffler.

— Je veux bien, doux Jésus ! répliqua Mistouflet.

Ils mirent pied à terre, mais ils gardèrent passée au bras, la bride de leurs chevaux.

— Messeigneurs, voudraient-ils goûter de mon cidre, dit le cabaretier. Je le fais moi-même et je vous assure qu'il est délicieux.

— Nous allons voir ça, troun de l'air! Apportez-nous un petit cruchon, dit Faribole.

Le débitant plaça dehors, tout près de la porte, une petite table, puis deux escabeaux, et, quand une servante eut apporté deux gobelets et un cruchon de cidre, il versa lui-même à boire à ses clients de passage.

Au moment où Faribole portait son gobelet à sa bouche, un geste de son compagnon l'arrêta soudain.

— Attendez, messire Faribole, lui dit Mistouflet, nous ne pouvons pas boire sans trinquer auparavant avec notre hôte.

Et en disant cela il adressait à son ami un regard qui signifiait :

« Soyons prudents; l'offre faite par cet homme cache peut-être un piège. »

— C'est juste, bagasse ! répliqua Faribole.

— Holà ! la servante, vite un troisième gobelet ? cria Mistouflet.

Le cabaretier eut un sourire ressemblant fort à une grimace.

— Vraiment, Messeigneurs, dit-il, vous me faites trop d'honneur... mais je ne suis pas digne... permettez-donc que je refuse.

— Ah ! mordious ! interrompit l'ancien maître d'armes, si vous refusez de trinquer avec nous, vous nous ferez là une mortelle injure !

— Et nous ne les pardonnons jamais, doux Jésus !... Voici pour les venger !

Et Mistouflet frappa sur la garde de son épée.

— En ce cas j'accepte, Messeigneurs... Puis il cria : Colinette, apporte-moi mon gobelet ?

Et quand sa servante lui eut remis l'objet demandé :

— Versez, Monseigneur, dit-il à Mistouflet, je boirai avec plaisir à la conservation ou à la continuation de votre superbe et florissante santé.

— Merci, cher hôte... A la vôtre !...

Le cabaretier vida d'un trait son vase de fer blanc.

Les deux amis qui le regardaient du coin de l'œil l'imitèrent alors, en ayant la même pensée :

— Nous pouvons boire sans crainte d'être empoisonnés, car, à moins d'admettre que notre hôte ait fait le sacrifice de sa vie, il n'aurait pas vidé si rapidement son gobelet.

— Eh bien ! Messeigneurs, comment trouvez-vous mon cidre?

— Pas trop mauvais, bagasse ! Aussi apportez-m'en un autre cruchon, répliqua Faribole.

— Que nous boirons tous trois !... se hâta d'ajouter Mistouflet.

Le cabaretier s'éloigna.

Un instant après il revenait tenant d'une main un vase plein de cidre et de l'autre une assiette contenant une trentaine de petites galettes bretonnes.

— Connaissez-vous ce genre de gâteaux ? dit-il en posant l'assiette sur la table.

— Ma foi non, bagasse !... Est-ce bon ?

— Cela dépend des goûts, Monseigneur. Moi je les aime beaucoup, dit le cabaretier en prenant deux galettes.

A ce moment la voix de Colinette appela :

— Notre maître, notre maître ? venez vite !

Le débitant rentra dans sa maison.

L'ancien maître d'armes prit plusieurs gâteaux et les mit dans sa poche.

— Ma foi, monsieur Mistouflet, dit-il, je suis maintenant comme vous : tout me semble suspect. Je n'avalerai un de ces gâteaux que lorsque notre homme en aura mangé au moins deux sous mes yeux.

Au bout de cinq minutes le cabaretier revint; du premier coup d'œil il vit que le nombre des galettes avait diminué.

— Comment trouvez-vous les galettes de mon pays ? demanda-t-il.

— Ni bonnes, ni mauvaises, bagasse ! répondit Faribole.

Puis en prenant une et la présentant à l'hôte :

— Il me semble qu'elles ont un petit goût d'amertume... Tenez, vous me direz si c'est moi qui me trompe ?

Le cabaretier pâlit soudain ; il prit le gâteau que lui tendait Faribole, mais celui-ci remarqua que sa main tremblait légèrement.

Après une seconde d'hésitation, il porta la pâtisserie à sa bouche et la partagea en deux avec les dents.

— Dieu ! vous avez raison, Monseigneur, dit-il après avoir craché les deux morceaux; ces galettes ont un goût désagréable. Permettez que je les enlève.

— Attendez, Seigneur-Jésus ! s'écria Mistouflet. Voilà une gentille bête qui ne paraît pas en faire fi.

En effet, un jeune chien basset était en train de dévorer à belles dents les morceaux de la galette rejetée par son maître.

— Tiens ! mange encore celles-là, dit Mistouflet en donnant au basset deux nouvelles galettes.

Puis tendant son gobelet au cabaretier :

— Doux Jésus ! versez-nous donc à boire? lui dit-il.

L'hôte obéit.

Sa main tremblait en versant.

— Qu'avez-vous donc, troun de l'air ! demanda Faribole.

— Je... je ne sais !... balbutia le débitant breton.

— Eh bien ! moi je vais vous le dire ! fit Mistouflet en se levant.

Et laissant sa main puissante tomber lourdement sur l'épaule de l'homme qui chancela :

— Et d'abord, doux Jésus ! regardez-donc ce qu'à votre chien ? ajouta-t-il froidement.

Le pauvre basset se tordait sur le sol en poussant des gémissements de douleur.

Après une dernière et violente convulsion il demeura inerte, sans mouvement.

Le jeune chien était mort empoisonné.

L'ancien maître d'armes jeta sur le cabaretier un regard si terrible que le malheureux débitant trembla de tous ses membres et fut obligé de s'adosser à la muraille pour ne pas tomber.

Puis son œil effaré se remplit d'épouvante, ses deux mâchoires claquèrent l'une contre l'autre, quand il vit Faribole laisser aller la bride de son cheval, et tirer entièrement sa longue rapière du fourreau.

Et quand il sentit la pointe de l'arme toucher sa poitrine, il essaya de crier, de demander grâce, mais ce fut un râle confus qui sortit de sa bouche.

Puis ses jambes fléchirent, et comme une masse il roula à terre sans connaissance.

Deux jours après il mourait de la frayeur qu'il avait éprouvée.

Le malheureux expiait cruellement le concours qu'il avait prêté à l'infâme Gniafou.

Faribole ne pouvait frapper un homme à demi-mort de peur.

Il remit son épée au fourreau, reprit la bride de sa monture et dit à son ami.

— A cheval, monsieur Mistouflet ; et filons à fond de train jusqu'à Saint-Malo.

Lestement ils sautèrent en selle et partirent au triple galop.

En vingt-cinq minutes ils atteignirent une des portes de la petite cité bretonne.

Une hôtellerie était devant eux ; ils y laissèrent leur chevaux blancs d'écume, puis continuèrent leur route jusque sur le port, où régnait une animation extraordinaire.

Une trentaine de barques de différentes dimensions se balançaient sur les flots.

De nombreux pêcheurs allaient et venaient sur le rivage, et tous semblaient être fort mécontents.

Faribole et Mistouflet s'étaient avancés jusqu'au cordon d'écume argentée formé par les vagues, cherchant à lire le nom de chaque bateau, lorsqu'un homme qu'ils n'avaient ni aperçu, ni entendu venir, s'arrêta à un pas d'eux et les saluant :

— Leurs Excellences, dit-il, cherche peut-être le *Vigilant* ?

Les deux amis regardèrent un instant celui qui les interpellait, lequel était vêtu comme la plupart des pêcheurs bretons ; puis l'ancien maître d'armes lui demanda rapidement.

— Quel est votre nom ? bagasse !

— Morel.

— N'attendez-vous personne ? reprit Faribole.

— Si fait, deux cavaliers !

— Leurs noms, troun de l'air ?

— Faribole et Mistouflet, répondit Morel.

— Savez-vous qui les envoie vers vous ?

Le pêcheur promena ses regards autour de lui, puis baissant la voix :

— Mme la comtesse de Soissons, répondit-il.

— Allons, bagasse ! je vois que c'est bien vous à qui nous avons affaire, repartit Faribole.

Une seconde il se gratta le côté de l'oreille ; il était aisé de deviner qu'il avait encore une question à poser.

Il se décida tout à coup :

— Maître Morel, dit-il, pour un de mes compatriotes, bagasse ! vous n'avez guère l'accent marsaillais ?... Et là, vrai, troun de l'air ! j'en suis tout chiffonné, désapointé.

— J'habite Marseille, mais je n'y suis pas né, messire Faribole, répliqua Morel en souriant.

— Maintenant, doux Jésus ! dit à son tour Mistouflet, il serait sans doute prudent de vite nous embarquer.

— C'est juste, bagasse ! nous ne serons en sûreté que lorsque nous voguerons en pleine mer.

— Vos ennemis, messires, vous ont malheureusement devancés, murmura tout bas Morel.

— Oh ! que voulez-vous dire ? fit Mistouflet. Se serait-on emparé de votre bateau ?

— Non, messire ; le *Vigilant* est à l'ancre à une demi-encablure,

Là !... dedans !... ouvrez !... dit-elle haletante.

malheureusement il devra attendre la nuit pour s'échapper de la
baie...

— Il est donc prisonnier? demanda l'ancien maître d'armes.

— Oui et non, répondit Morel. Ce matin, à huit heures, défense a
été faite à tous les bateaux de sortir du port sans une autorisation signée
du gouverneur. Tant que l'embargo n'aura pas été levé on ne pourra
mettre à la voile que clandestinement.

— Qu'allons-nous faire? mille dious? dit Faribole.

Morel baissa de nouveau la voix et répondit :

— Aussitôt la nuit venue je remonterai *la Rance* en canot; vous,
messires, vous irez m'attendre sur la rive droite de la rivière. Je ne vous
conduirai à bord du bateau loué par Mme de Soissons que juste au moment
de lever l'ancre.

— Doux Jésus! murmura Mistouflet, je crois, monsieur Faribole,
que jusqu'à la nuit nous ferons bien de nous promener en pleine
campagne.

— Je le crois aussi, dit Morel. Je vois déjà roder autour de nous
plusieurs visages suspects... séparons-nous, messires.

— Alors, bagasse! à ce soir, répliqua Faribole.

Les trois hommes se séparèrent.

Morel alla rejoindre un groupe de pêcheurs, l'ancien maître d'armes
et son élève reprirent à petits pas la direction de l'hôtellerie devant
laquelle ils s'étaient arrêtés en arrivant à Saint-Malo.

Ils marchaient depuis quelques minutes quand, tout à coup, au
moment où ils traversaient une place, Mistouflet sursauta brusquement.

— Eh bien! bagasse! que vous arrive-t-il? lui demanda Faribole un
peu étonné.

— L'ennemi nous guette, doux Jésus!... Ne tournez pas la tête et
hâtons le pas, dit rapidement Mistouflet.

Il venait d'apercevoir l'infâme Gniafon sortant d'une maison faisant
l'angle de la place.

Un quart d'heure après ils pénétraient dans leur hôtel et demandaient
une chambre ayant vue sur la rue.

L'hôtelier les conduisit au premier étage, et leur ouvrant la porte
d'une pièce assez vaste :

— Messeigneurs seront parfaitement ici, leur dit-il... onze heures
vont bientôt sonner, Messeigneurs veulent-ils dîner dans leur chambre.

— Non, répondit Faribole, nous sommes invités dans un château voisin. Faites atteler nos chevaux, bagasse !

L'hôtellier s'inclina et sortit de la chambre.

— Oui, mordious ! reprit alors Faribole, j'aime mieux, monsieur Mistouflet, suivre votre conseil que de me faire empoisonner ici.

— Vous verrez, doux Jésus ! que nous ferons en plein air un bon petit repas. Mais avant nous avons à accomplir quelque chose de plus sérieux et de plus urgent.

— Et vraiment, Monsieur Mistouflet, vous pensez que...

— Tout ira pour le mieux, et nous serons tranquille... mais hâtez-vous, messire Faribole, car j'aperçois déjà un groupe de soldats arrêtés là-bas, au bout de la rue.

Penché sur l'appui de la fenêtre, Mistouflet examina un moment ce qui se passait vers le haut de la rue, puis il eut l'idée de regarder dans la direction opposée.

Alors une vive exclamation lui échappa, et il s'éloigna précipitamment de son poste d'observation.

— Qu'y a-t-il ? bagasse ! s'écria l'ancien maître d'armes en voyant ce mouvement de retraite.

— Il y a, Seigneur-Jésus ! que nous allons être cernés par les deux côtés de la rue... Si vous êtes prêts, partons sans tarder.

— Eh bien ! partons, dit Faribole en se levant. Et puis, mordious ! je serai peut-être assez heureux pour rencontrer Gniafon au bout de mon pistolet !

— J'en doute, Jésus-Marie ! j'en doute ! murmura Mistouflet tout en descendant l'escalier de l'hôtel.

Deux minutes après ils enfourchaient leurs montures et reprenaient au pas la direction du port.

Un petit détachement composé d'une vingtaine de soldats semblait venir à leur rencontre.

— Monsieur Mistouflet, dit à mi-voix Faribole, vous n'aurez pas le temps d'acheter vos provisions de bouche avant la bataille.

— Je ferai mes emplettes après la victoire !

Le détachement n'était plus qu'à cinquante pas.

— Messire Faribole, reprit Mistouflet, nous allons partir ventre à terre pour ne nous arrêter que sur la petite place où j'ai aperçu Gniafon.

— C'est convenu, bagasse ! et comme la rue est étroite c'est moi qui passe le premier.

Il s'assura que la poignée de sa rapière n'était pas embarrassée dans les courroies qui la soutenaient, rassembla les rênes et ajouta :

— Attention !... Y êtes-vous, bagasse !

— Quand vous voudrez, doux Jésus ! répondit Mistouflet.

Faribole planta brusquement ses deux éperons dans les flancs de sa monture qui fit un bond formidable et partit comme une flèche, Mistouflet le suivit à deux longueurs de cheval.

Au moment même où l'ancien maître d'armes enlevait sa monture, le jeune officier qui commandait le détachement s'arrêtait au milieu de la rue et étendant le bras criait aux deux cavaliers :

— Halte !... au nom du roi !

Mais à peine avait-il prononcé le dernier mot qu'il ressentit un grand choc en pleine poitrine et s'en allait tomber sur le premier rang de ses hommes.

Quand il se releva tout contusionné du terrible coup de poing que Mistouflet lui avait envoyé en guise de réponse, les deux cavaliers étaient déjà à l'extrémité de la rue. Il entraîna son détachement à leur poursuite.

Les deux amis modérèrent leur allure en atteignant l'étroite place dans l'angle de laquelle se trouvait l'auberge où était descendu Gniafon. Faribole s'arrêta à cinq ou six pas de l'auberge ; Mistouflet poussa son cheval jusqu'à la porte cochère contre laquelle il frappa en criant :

— Holà ! l'hôtelier, dépêchons-nous un peu, doux Jésus !

Fort peu rassuré l'hôtelier arriva au bout d'un court instant :

— Qu'y a-t-il pour le service de Monseigneur? demanda-t-il aussitôt.

— Vous logez chez vous un nain hideux, bossu, borgne, plus méchant encore qu'il n'est affreux ; un assassin traître et lâche...

— Mais Monseigneur...

— Silence ! je suis pressé, doux Jésus ! continua Mistouflet. Eh bien ! vous allez le prévenir que j'ai juré de lui arracher la langue, de lui crever l'œil qui lui reste, enfin, de le faire rôtir à petit feu...

Un frisson passa dans le dos de l'hôtelier. A ce moment la voix de Faribole retentit :

— Attention ! troun de l'air ! nous allons être chargés !

En effet, les soldats arrivaient au pas de course.

Un rassemblement s'était déjà formé autour de Faribole, mais à la vue du détachement qui accourait, les curieux se dispersèrent en un clein d'œil.

Faribole avait tiré son épée.

Au milieu de la place les soldats venaient de s'arrêter et armaient leurs mousquets.

Soudain un commandement se fit entendre et avec un ensemble parfait les soldats épaulèrent leurs armes.

Tout à coup, à l'entrée de la place, vingt cris d'effroi retentirent.

Prompts comme l'éclair, Faribole et Mistouflet, en voyant les fusils tomber en joue, avaient fait bondir leurs bêtes, et ils se trouvaient au milieu des premiers rangs des curieux dont quelques-uns furent un peu bousculés, avant que les soldats eussent pu faire usage de leurs armes.

Soudain une fenêtre de l'auberge s'ouvrit brusquement, une tête monstrueuse parut et une voix rauque cria aux soldats :

— Feu !... feu donc ! je vous l'ordonne !

Cette voix, tremblante de rage était celle de Gniafon.

Le jeune officier hésita à transmettre cet ordre à ses hommes : Tirer : c'était sûrement tuer des hommes, des femmes ou des enfants.

Son embarras ne dura guère plus d'une demi-minute. Au cri de « feu donc » poussé par le nain, tous les curieux entassés à l'entrée de la rue s'enfuirent comme une volée de moineaux.

Alors l'officier leva son épée et à haute voix :

— Feu !... commanda-t-il.

Une formidable détonation retentit, vingt balles de mousquets s'aplatirent contre le mur d'une maison ; mais ni l'ancien maître d'armes, ni son élève ne furent atteints : ils avaient eu grandement le temps de se porter contre l'habitation faisant face à celle qui fut comme mitraillée.

Le crépitement des balles avait à peine cessé que Faribole et Mistouflet bondissaient sur la place, lançaient leurs chevaux sur le détachement, le traversaient comme une bombe en renversant cinq ou six soldats et disparaissaient au coin de la rue étroite par laquelle ils étaient venus avant même que les militaires renversés se fussent remis sur pieds.

Un cri de rage insensée échappa à Gniafon.

Mais dix secondes après il poussait une exclamation qui fut entendue à l'autre bout de la place.

Au risque de tomber et de se tuer, il pencha la moitié de son corps

sur le rebord de la croisée et, les deux mains tendues vers le commandant du détachement :

— Le coffret !... le... coffret !... le... le coffret ! dit-il haletant de
surprise, de satisfaction et de joie.

La joie de Gniafon pouvait être grande en effet.

Il venait de voir le jeune officier se baisser soudain et ramasser le
précieux coffret qui s'était détaché du ceinturon de Faribole au moment
où ce dernier bondissait sur les soldats.

— Monsieur ! cria-t-il à l'officier, venez, venez !...

Puis il quitta la fenêtre, traversa sa chambre en courant, descendit
l'escalier en quatre bonds et arriva à la porte de la salle du rez-de-chaussée
en même temps que le chef du détachement.

— Donnez, Monsieur, donnez ! cria Gniafon en arrachant plutôt qu'il
ne prit le coffret des mains de l'officier.

Celui-ci, absolument stupéfait, regarda le nain qui, sautant et riant,
avait l'air d'un fou.

— Yvonne... Yvonne... disait-il entre deux éclats de rire, cette fois
tu seras à moi... de ton plein gré... ou par ordre du roi...

Mais soudain il pâlit, et toute sa joie disparut :

— Oh ! murmura-t-il, Faribole et Mistouflet vont revenir dès
qu'ils se seront aperçus de la perte du coffret... Ils vont me le
reprendre...

Et se tournant brusquement vers l'officier qui s'était éloigné de lui
avec dégoût.

— Monsieur, amenez ici vos hommes, et prenez vos mesures pour
soutenir un siège... je vais demander du renfort.

— Quoi ! vous croyez que deux cavaliers seuls... dit le soldat
étonné.

Le nain lui coupa brutalement la parole :

— Faites ce que je vous ordonne, Monsieur... lui cria-t-il.

L'officier fit demi-tour et rejoignit ses soldats.

Gniafon réfléchit un instant.

Il aurait voulu s'en aller immédiatement de l'auberge, emporter bien
loin le précieux coffret, mais, sachant de quoi étaient capables Faribole
et Mistouflet, il se disait qu'il ne pourrait s'éloigner de la ville qu'en se
faisant escorter par une partie de la garnison.

Il allait envoyer chez le gouverneur lorsque celui-ci entra dans
l'auberge.

Un de ses gardes lui avait appris qu'on se battait sur la place, et, à la tête d'une petite escorte, il venait voir ce qui s'y passait. Lorsque Gniafon lui eut fait part de son intention et de ses craintes, il lui dit simplement :

— A votre place je m'embarquerais à l'instant ; et en trois ou quatre heures je serais à Granville.

— Bonne idée, Monsieur le gouverneur, répondit vivement Gniafon ; vite, faites-moi escorter jusqu'au bateau.

Moins d'une demi-heure plus tard, il arrivait sur le port accompagné du gouverneur et de quarante soldats.

Au moment où il s'embarquait dans le canot qui devait le conduire à bord d'un brick, le gouverneur lui demanda :

— Me sera-t-il permis de lever l'embargo mis sur tous les bateaux, lorsque vous serez sorti du port !

— Parfaitement... c'est-à-dire non, dans trois heures seulement, je craindrais qu'on ne se mît à ma poursuite.

Et serrant contre sa poitrine son précieux coffret, il se fit conduire à bord du petit navire dont les deux mâts se couvrirent de voiles, puis s'éloigna rapidement de la baie de Saint-Malo.

Il était près de six heures du soir lorsque Gniafon débarqua à Granville.

— Nous arrivons à temps, messire, lui dit le capitaine du brick, le grain que je vous ai annoncé commence à se faire sentir.

Effectivement, la barque dans laquelle était descendu Gniafon pour se rendre à terre, dansait sur les vagues comme une simple coquille de noix.

L'affreux nain avait décidé de ne rester à Granville que juste le temps de faire un léger repas ; il comptait louer une voiture et voyager toute la nuit.

Mais il était si impatient de prendre connaissance des parchemins renfermés dans le coffret que, en sortant de table, il demanda à être conduit chez un serrurier.

Il n'eut pas à aller bien loin : un serrurier demeurait de l'autre côté de la rue. Il essayait vainement d'ouvrir le petit coffre. Et comme le nain maugréait :

— Messire, lui dit-il, pour l'ouvrir je ne vois qu'un moyen : c'est de le briser !

— Eh bien ! brisez-le, cornes du diable !... mais faites vite.

Le serrurier croyait faire sauter aisément le couvercle du coffret ; il reconnut de suite son erreur.

— Oh ! oh ! dit-il, l'intérieur est doublé de fer.

Les deux premiers coups de marteaux brisèrent le bois, le troisième coup faussa le couvercle, le quatrième coup permit d'enlever celui-ci.

D'un geste brusque, rapide, Gniafon se saisit du coffret, de son œil avide et de ses doigts crochus il fouilla dans l'intérieur.

Mais alors il poussa une horrible imprécation, sa main laissa échapper l'objet tant convoité, puis il demeura un long instant immobile comme un homme foudroyé.

Le coffret était vide...

Son visage prit une expression si effrayante, si hideuse, que le serrurier recula épouvanté.

Tout à coup le nain se baissa, ramassa le coffret à demi brisé, et s'élança dehors en écumant, en bavant de rage.

. . . .

CHAPITRE XXXIII

OU IL EST UTILE DE CONNAITRE CE QUI SE PASSAIT AU PIED DES CÉVENNES

Dans un coquet salon de la superbe demeure de M. de Montrevel qu'éclairaient deux candélabres chargés de cires, trois personnes étaient assises.

Ces trois personnes étaient : Mme la maréchale de Montrevel, la toute mignonne Jeanne de Vrignès et le lieutenant Henri de Chadefaux, son fiancé.

Bien que la charmante jeune fille n'habitât l'hôtel du maréchal que depuis une semaine à peine, elle avait entièrement conquis l'affection de Mme de Montrevel, personne de cinquante ans, à la physionomie sévère, mais au cœur bon et généreux.

— C'est vous, ma chère Jeanne qui allez fixer l'époque de votre mariage ?

Tout est fini..... Cette personne est morte.

A ces paroles de la maréchale une adorable teinte rosée colora les joues de la jeune fille.

Et comme celle-ci tout émue hésitait avant de répondre Mme de Montrevel reprit avec son bon sourire :

— Voyons, mignonne ; Monsieur le maréchal nous a prévenues que d'ici à trois semaines nous serions installées dans la propriété qu'il possède à un quart de lieue de Montpellier. Eh bien, voulez-vous que nous fixions votre mariage au 15 novembre, c'est-à-dire dans un mois?

— Oui... murmura bien bas Jeanne dont les beaux yeux brillaient de bonheur.

Puis s'emparant de la main de la maréchale, dans un élan de sincère reconnaissance :

— Ah! Madame, ajouta-t-elle, que vous êtes bonne et aimable de vous occuper ainsi de moi!

Mme de Montrevel sourit, et désignant du regard le jeune officier de dragons :

— Mais n'est-ce pas tout naturel, ma chère enfant, dit-elle. Notre beau lieutenant, ou plutôt notre beau capitaine, nous amène un jour une charmante jeune fille en nous disant : Voici ma fiancée, elle est seule au monde; parents, famille, amis, elle a tout perdu... Soyez sa protectrice jusqu'au jour où elle deviendra ma femme... Eh bien, je fais le plus simplement du monde ce que ferait une parente, une tutrice qui s'occupe du mariage de sa pupille.

Sans quitter son siège M. de Chadefaux étendit la main vers celle qu'il aimait, Jeanne fit de son côté un mouvement semblable, et ce fut dans cette attitude charmante, les mains unies, que le lieutenant dit d'une voix vibrante d'émotion.

— Je savais, Madame la maréchale, que vous étiez la plus généreuse des femmes... Laissez-moi, dès aujourd'hui, vous exprimer au nom de ma chère Jeanne et au mien, combien nous sommes heureux et combien nous vous sommes reconnaissants de tout ce que vous avez fait et faites encore pour nous.

Mme de Montrevel contempla quelques secondes les deux beaux amoureux.

L'officier, brun, fort, éloquent, un peu sentimental, les regards pleins de mâle fierté; la jeune fille, blonde, mignonne, vive, spirituelle, les yeux pleins de douceur, formaient un de ces contrastes délicieux que la maréchale n'avait que bien rarement rencontré.

— Mon cher lieutenant, dit-elle doucement, ne parlons plus de cela. Vous savez que les équipages de Monsieur de Montrevel quitteront Nîmes demain matin.

— Et après-demain, hélas! je devrais à mon tour m'éloigner de vous, dit le lieutenant avec un soupir de regret.

— Notre séparation ne sera pas de bien longue durée, fit doucement Jeanne de Vrignès.

— Et puis, mon cher lieutenant, dit Mme de Montrevel, il ne tient qu'à vous d'abréger cette durée : hâtez-vous de mettre en état de nous recevoir le petit château de Monsieur le maréchal.

— Oh ! je vous promets que pas une minute ne sera perdue, Madame, dit vivement l'officier.

— Je n'en doute pas ! repartit en souriant la maréchale. Mais revenons aux choses présentes, ajouta-t-elle. Avant de vous rendre à Montpellier vous aurez à vous entendre avec le tabellion qui, au château de Servas, avait déjà dressé un contrat de mariage...

Voyant le nuage de tristesse que ces paroles amenaient sur le front de la jeune fille, la bonne dame reprit doucement :

— Ma chère enfant, plus d'une fois on sera obligé de vous parler des vilains jours que vous avez passés au château de votre oncle, mais dites-vous bien qu'ils ne reviendront plus.

— Demain matin j'irai visiter les tabellions de Nîmes, dit M. de Chadefaux, et quoique ma chère Jeanne ignore le nom de celui qu'elle a vu au château de Servas, j'espère promptement le découvrir.

— C'est fait depuis vingt-quatre heures, répliqua la maréchale. Il se nomme maître Basoche, et c'est, paraît-il, un homme habile.

Le lieutenant prit l'adresse du notaire, causa un instant encore avec Mme de Montrevel et sa jolie fiancée, puis après avoir respectueusement et galamment baisé la main que lui tendit la première, appuyé chastement ses lèvres sur le front rougissant de la seconde, il sortit du salon et rentra chez lui.

Le lendemain, à dix heures précises du matin, un petit clerc à la mine futée l'introduisit dans le cabinet de maître Basoche.

Le notaire prévenu accourut aussitôt.

En quelques mots le lieutenant expliqua l'objet de sa visite.

Le tabellion nîmois était petit de taille ; mais si ses jambes étaient un peu courtes, son ventre, en revanche, avait une rotondité triomphante.

Bien qu'il eût doublé le cap de la cinquantaine il était vif et actif.

— Je suis enchanté, Monsieur, de faire votre connaissance, dit-il au lieutenant de Chadefaux.

Celui-ci s'inclina légèrement en souriant.

Maître Basoche alla prendre dans un carton plusieurs parchemins, les étala devant lui et regardant son visiteur :

— J'avais mis ces titres de côté, car je vous attendais, lui dit-il.

— Vous m'attendiez? repartit l'officier étonné.

— Mais oui, Monsieur. Hier, dans l'après-midi, on m'a apporté un billet timbré aux armes de Monsieur le maréchal ; ce billet m'annonçait la visite du lieutenant Henri de Chadefaux, fiancé de Mlle Jeanne de Vrignès, nièce et pupille du malheureux comte de Servas.

— Ne pouvant, maître Basoche, m'occuper des affaires de celle qui sera bientôt ma femme, je viens en son nom vous demander de vous en charger.

— Je suis aux ordres de Mlle de Vrignès, répliqua le tabellion.

— Peut-être, maître Basoche, serez-vous obligé de faire plusieurs voyages à Servas et dans quelques autres endroits où le comte défunt possédait des propriétés.

— Je ferai autant de voyages qu'il sera nécessaire, car par ce temps de troubles les affaires sont loin d'être nombreuses ; mais une chose m'inquiète...

— Je la devine, maître Basoche, dit vivement l'officier de dragons ; vous craignez de ne pouvoir voyager en sécurité dans notre contrée?

— Vous avouerez, Monsieur de Chadefaux, que mes craintes sont fondées.

— En effet, maître Basoche, mais vous allez les voir disparaître.

Et tendant un large papier au notaire :

— Voici, ajouta-t-il, un écrit du maréchal de Montrevel qui vous permettra d'aller et venir sans être inquiété.

Le tabellion prit la lettre, y jeta les yeux, puis caressant plusieurs fois l'extrémité de son nez entre le pouce et l'index :

— Très bien, dit-il ; avec ceci je ne crains pas d'être arrêté par les troupes catholiques... mais ce serait une bien mauvaise recommandation si je tombais entre les mains des bandes de Jean Cavalier. Or, je viens justement de voir que le comte de Servas possédait un immense terrain boisé entre Anduze et les montagnes.

— Le cas est prévu, dit le lieutenant en souriant. Voici un sauf-conduit avec lequel vous pourrez aller où bon vous semblera, et de plus voici une lettre pour le capitaine Louis, dont vous ferez usage si vous le jugez utile.

Maître Basoche prit les deux papiers, puis après avoir lu la signature du sauf-conduit :

— Parfait, parfait! dit-il visiblement satisfait ; ces lignes sont signées par Jean Cavalier lui-même, je pourrai voyager sans inquiétude.

Il mit le sauf-conduit de côté et prit un des parchemins qu'il avait posés sur sa table.

— Abordons, dit-il au lieutenant, le sujet de mon voyage au château de Servas... Mlle de Vrignès n'ignore pas qu'elle est seule et unique héritière des biens de son oncle.

— Au contraire, maître Basoche, elle l'ignore complètement. Il est vrai qu'elle n'a vécu que trois semaines auprès du comte.

Soudain le notaire se frappa le front et s'écria :

— Mais je songe là. Bien que le premier mariage de Mlle de Vrignès n'ait pas été consommé, elle a droit au titre de duchesse !

— Ma fiancée y renonce, ainsi qu'à la fortune du duc de La Tour du Roc qu'elle n'a épousé que contrainte par le comte de Servas.

Maître Basoche caressa de nouveau le bout de son appendice nasal et dit à mi-voix :

— Je m'en doutais un peu : la sombre tristesse de la future duchesse m'avait frappé.

— Vous voudrez bien, maître Basoche, avertir la famille du duc décédé, de la détermination de Jeanne de Vrignès.

— Entendu. Je sais que le duc est originaire de Bordeaux... je m'informerai... Maintenant je lis que votre fiancée a trente-cinq mille livres provenant de la succession de sa mère...

— Si vous le voulez bien, nous ferons l'addition de sa fortune une autre fois, dit le lieutenant. Vous venez de m'apprendre que le comte possédait une propriété boisée dans les environs d'Anduze. Croyez-vous que son rapport pourrait faire vivre deux hommes?

— Mais certainement, car je ne suppose pas que les camisards aient détruit tout le gibier et abattu tous les arbres.

— En vous rendant à Anduze, seriez-vous assez bon, maître Basoche, pour vous charger d'une commission de Jeanne de Vrignès?

— Comment donc! mais avec plaisir, Monsieur le lieutenant.

— Eh bien, passez donc demain à l'hôtel de M. de Montrevel, vous y trouverez ma fiancée, elle vous donnera elle-même ses instructions.

— J'en profiterai pour lui faire signer une procuration. Elle peut être certaine que s'il y a lieu, ses intérêts seront bien défendus.

Sur ces mots l'officier de dragons prit congé de maître Basoche. En sortant de l'étude il se rendit chez le principal armurier de la ville :

— Messire, lui dit le lieutenant en pénétrant dans la boutique, l'arme que je vous ai commandée est-elle prête?

— Elle m'a été apportée ce matin; elle est admirable, voyez vous-même.

Et l'armurier mit dans les mains du lieutenant un fusil à double canon damasquiné; c'était une arme précieuse et rare pour l'époque, et absolument introuvable dans les petites villes de province.

L'officier s'en montra enchanté. Il régla son achat et revint à l'hôtel du maréchal.

— Ma chère Jeanne, dit-il en faisant admirer le joli fusil à sa fiancé, cette arme est superbe, et le braconnier Lafond saura l'apprécier, mais ce qui j'en suis sûr lui fera plus grand plaisir encore, c'est qu'il pourra chasser tout à son aise dans une vaste propriété bien à lui.

— Mon oncle possédait quelque futaie du côté de Servas? demanda la jeune fille.

— Non; aussi ce n'est plus auprès de son château détruit qu'il vous faudra installer les frères Lafond.

— Où donc, mon ami?

— Vous leur donnerez en toute propriété un bois immense qui est situé non loin de chez eux, entre Anduze et le pied des Cévennes.

— Ce que vous m'apprenez là, mon ami, me rend vraiment contente. Et si j'avais sous la main le jeune Dorfeuil, je l'enverrais bien vite porter la bonne nouvelle aux frères Lafond, et en même temps leur demander mon joli pigeon.

Le lieutenant apprit alors à sa fiancée que maître Basoche avait accepté de se rendre chez les deux frères.

— Ma chère Jeanne, dit-il, je vous laisserai l'itinéraire que le tabellion devra suivre pour aller sans s'égarer jusqu'à la demeure des deux vaillants garçons.

La journée s'écoula rapide, beaucoup trop rapide même, pour les heureux amants qui promirent de s'écrire chaque jour durant leur courte séparation.

Le lendemain matin, après avoir pris les derniers ordres du maréchal, Henri de Chadefaux embrassa sa fiancée, serra la main de Mme de Montrevel et monta dans le carrosse qui devait le conduire à Montpellier.

Dans l'après-midi de ce jour, maître Basoche se présenta à l'hôtel du maréchal. Il fut introduit sur-le-champ auprès de Mme de Montrevel et de Jeanne.

Celle-ci éprouva un réel étonnement en apprenant à quel chiffre élevé se montait la succession du comte de Servas.

— Et vous affirmez, dit-elle au notaire, que je suis seule héritière de cette fortune?

— Mais oui, Mademoiselle. Votre oncle ne s'est jamais marié, et comme parent il n'avait qu'une sœur : votre mère.

Au bout d'une heure d'entretien le notaire partit muni des instructions de la jeune fille.

De grand matin, le lendemain, il s'éloigna de Nîmes, monté sur une petite jument pommelée, douce et tranquille comme un mouton; il est vrai qu'elle était déjà d'un certain âge, et son cavalier ne craignait point de la voir s'emballer.

Le tabellion, n'étant pas pressé, s'accordait fort bien avec sa monture laquelle avait en horreur le galop.

Son allure préférée était le petit trot coupé de très nombreuses promenades au pas.

Si lentement qu'ils eussent marché tous deux, ils finirent tout de même par arriver au but de leur voyage.

La demie de quatre heures sonnait à la vieille horloge du village de Servas lorsque maître Basoche mit pied à terre à la porte du presbytère.

D'après les instructions de sa nouvelle et charmante cliente, sa première visite devait être pour le vieux curé de Servas. Le prêtre fit entrer le notaire dans son modeste logis, lui offrit un siège, puis s'asseyant à son tour :

— Maintenant, maître tabellion, je vous écoute?

— Vous n'avez probablement pas oublié, Monsieur le curé, le mariage que vous avez célébré au château de Servas, ni le drame terrible qui suivit la cérémonie religieuse.

— Je frémis encore lorsque je pense à ces terrifiants évènements, répondit le vieux curé.

— Le lendemain de l'incendie du château vous avez reçu la visite d'un officier qui vous a laissé quelques pistoles pour faire planter une croix sur la tombe d'une brave femme, nommée Désirée, et dire des messes pour le repos de son âme.

— Cela a été fait, répliqua le prêtre; à mon tour veuillez me permettre une question?

— Deux si vous voulez, Monsieur le curé.

— Savez-vous ce qu'est devenue la nièce de Monsieur le comte de Servas; on m'a dit ici qu'elle avait été emmenée prisonnière par les camisards.

— Erreur, Monsieur le curé; la nièce du Seigneur de Servas est actuellement à Nîmes chez le maréchal de Montrevel dont elle doit prochainement épouser l'officier d'ordonnance.

— Puisse cette nouvelle union ne pas se dénouer comme celle que j'ai moi-même célébrée au château incendié une heure après.

— Dites-moi, maintenant, Monsieur le curé : le comte de Servas, le duc de La Tour-du-Roc, et tous leurs gens tués par les camisards, ont-ils été inhumés dans le cimetière du village?

— Les soldats seulement ont été enterrés dans notre petit cimetière. Le comte a été enseveli dans sa propriété; quant au duc son corps n'a pas été retrouvé.

— Il sera resté sous les ruines, ou plutôt il a dû être carbonisé.

Sur ces mots le tabellion Nîmois se leva.

— Je vais monter jusqu'au château, ajouta-t-il, mais avant je voudrais conduire ma monture à l'auberge.

— Vous n'avez pas l'embarras du choix, il n'y en a qu'une à Servas.

Le vieux curé indiqua au notaire le chemin qu'il devait prendre pour aller à l'auberge du *Cheval-Blanc*, puis maître Basoche enfourcha sa bête et s'éloigna aussi lentement qu'il était venu.

Une heure après il gravissait tout seul le chemin à pente rapide conduisant au château.

— Je ne pourrai y faire qu'une courte station, se disait-il tout en montant; car la nuit approche, et bien que je ne sois pas sujet à la frayeur je ne me soucie pas de rester au milieu des ruines de l'ancienne demeure des seigneurs de Servas...

Il franchit le pont-levis, et regardant la tourelle au rez-de-chaussée de laquelle était la chambre du gardien qui eut le bonheur de pouvoir échapper avec quelques soldats au massacre de la garnison :

— Tiens! se dit-il, on croirait que cette tourelle est encore habitée.

Mais à peine eut-il tourné ses regards du côté opposé qu'une vive exclamation d'horreur s'échappa de sa bouche.

Du superbe château il ne restait que quelques murailles noircies; les bâtiments de service avaient été complètement détruits par le feu, des pierres énormes avaient roulé jusqu'au milieu de la grande cour.

Tout était bouleversé comme si un terrible tremblement de terre avait secoué le sommet de la colline.

Maître Basoche demeura un long moment immobile, contemplant ces murailles branlantes près desquelles il n'osait s'aventurer.

— Vrai lieu de désolation, murmura-t-il. Des fantômes doivent se promener la nuit dans ces ruines... Éloignons-nous bien vite!...

Il faisait déjà un pas de retraite quand, soudain, le bruit d'une pierre qui tombait résonna derrière lui.

Il venait inutilement de commettre un nouveau crime.

Il bondit, se retourna vivement et laissa échapper un cri de terreur.

A quinze pas environ, au milieu d'une large brèche pratiquée dans la muraille éventrée, un être fantastique venait de faire son apparition.

Debout sur un monceau de pierres, à une hauteur de trois ou quatre pieds du sol, il semblait d'une taille démesurée.

Était-ce un être vivant ou bien un fantôme?

Maître Basoche n'était pas dans une situation d'esprit lui permettant de résoudre cette question.

Tremblant de peur, les pieds comme rivés aux pavés de la cour, il regardait cet être inconnu qui, à la lueur du crépuscule, lui parut horriblement noir, et qui l'était en effet; tout à coup il le vit bouger, puis descendre lentement de son piédestal calciné.

Alors un frisson passa par tout le corps du pauvre tabellion; il parvint à s'arracher à la puissance invisible qui le tenait cloué au sol et s'élança vers le pont-levis qu'il franchit sans oser tourner la tête.

En courant, il descendit le chemin du château, maudissant pour la première fois la nature qui lui avait donné des jambes si courtes.

Il était nuit lorsque harassé, essoufflé, fourbu, il arriva à l'auberge du *Cheval Blanc*.

On lui servit à souper dans sa chambre; mais il ne mangea guère : la frayeur et la fatigue de sa course rapide lui avaient coupé l'appétit.

Quand maître Basoche se fut un peu remis il se fit cet aveu :

— Décidément je ne suis point d'une bravoure... excessive. Je crois que là-haut j'ai eu peur!... Mais aussi quel besoin avais-je de monter voir ces ruines une demi-heure avant la nuit...

Le notaire se coucha et dormit très mal.

En rêve il se voyait assailli par une infinité de fantômes dont il ne pouvait parvenir à se débarrasser.

Le lendemain il employa toute sa journée à parcourir les environs, interrogeant les uns et les autres, recherchant les différents tenanciers du comte de Servas.

Deux fois, dans le courant du jour, il crut apercevoir un grand personnage sec et maigre, tout vêtu de noir, dont la vue lui fut très désagréable, car il lui rappelait l'étrange apparition de la veille.

Il passa une seconde nuit à l'auberge; dormit cette fois assez bien; le lendemain de très bonne heure, il enfourcha sa jument pommelée, et tous deux frais et dispos prirent tranquillement la direction de la ville de Nîmes.

Maître Basoche revenait assez satisfait de sa tournée.

Il pensait bien encore à la frayeur qu'il avait éprouvée devant les ruines du château de Servas, mais ce n'était que pour en rire.

Peut-être aurait-il été de nouveau effrayé, ou tout au moins très inquiet, s'il avait eu l'idée de s'arrêter sur la route pour jeter un regard derrière lui.

Il aurait vu à un quart de lieue à peine, monté sur un beau cheval bai, un grand homme noir qui depuis l'auberge du village de Servas le suivait pas à pas comme son ombre.

Le notaire entra à Nîmes vers quatre heures de l'après-midi.

Il alla changer de vêtements, puis se rendit à l'hôtel de M. de Montrevel.

Quand il en ressortit il tenait sous son bras un fusil enfermé dans sa gaîne.

Au moment où il allait franchir le seuil de sa demeure il jeta machinalement un regard dans la rue.

Malgré lui il tressaillit.

Il avait cru voir arrêté, à cinquante pas de chez lui, l'homme noir qu'il avait entrevu deux fois aux environs de Servas.

— Ma parole ! se dit-il en refermant sa porte, j'ai encore l'esprit troublé. Je vois des hommes noirs partout !

Deux jours après il était chez les frères Lafond, remettait au braconnier le superbe fusil que lui envoyait l'ex-prisonnière du donjon de Chomérac, puis faisait part à tous deux de quelle façon généreuse Jeanne comptait acquitter sa dette de reconnaissance.

— Je vais de ce pas visiter votre propriété, dit le notaire aux deux Lafond ; voulez-vous venir avec moi ?

— Ce serait pour moi un vrai plaisir, maître tabellion, répondit Célestin, mais pour aujourd'hui cela m'est impossible.

— Mais n'ayant pas les mêmes raisons que mon frère pour garder la maison, moi je vous accompagne, dit vivement Henri.

En un clin d'œil il eut accroché sa carnassière sur son épaule, garni ses poches de munitions et reprit le fusil à double canon damasquiné.

— A votre empressement, je vois mon ami, qu'il vous tarde d'essayer l'arme que je viens de vous remettre, fit maître Basoche en sortant de la maisonnette.

— Maître tabellion, dit Célestin aidant au notaire à enfourcher sa monture, vous pourrez assurer à demoiselle Jeanne que dans une semaine au plus la blessure de son joli pigeon sera complètement guérie.

Le notaire et le braconnier partirent dans la direction d'Anduze.

Ils n'avaient pas encore parcouru une lieue que maître Basoche constata, à la honte de sa monture, que le piéton marchait deux fois plus vite que le cavalier.

— Sac à papier! s'écria le tabellion, comme vous allez rapidement messire Lafond.

— Vous vous trompez sans doute, répliqua celui-ci en riant. Vous voulez dire : Dieu! comme la jument de maître Basoche avance lentement.

Enfin, après quatre heures de marche, ils atteignirent la lizière des bois qui devaient devenir la propriété des frères Lafond.

Dix minutes ne s'étaient pas écoulées que deux coups de feu se faisaient entendre.

— Eh bien! êtes-vous satisfait de votre arme? cria le notaire au braconnier quand celui-ci ressortit du bois.

— Voilà ma réponse! fit Lafond.

Et il montra au tabellion deux belles pièces de gibier qu'il avait abattues coup sur coup.

— Votre territoire de chasse vous convient-il? demanda en riant le notaire à son compagnon.

— Je vais trouver là du plaisir et de la joie pour toute ma vie! répondit Lafond en désignant de la main les taillis.

— Vous vous arrangerez avec votre frère pour le partage, dit maître Basoche; dans quelques jours je reviendrai vous voir.

Puis il se hâta d'aller rejoindre le chemin de Quissac.

Il était encore à une bonne heure de marche de ce village, dans lequel il voulait passer la nuit, quand sa monture fit un saut de côté si brusque qu'il manqua de vider les arçons.

Un homme, armé d'un mousquet, venait soudain de se dresser à dix pas devant sa jument effrayée.

— Halte-là!... Qui vive? cria l'homme.

Le notaire se remit assez promptement, et reconnaissant à qui il avait affaire il dit à part lui :

— Bon! sans le vouloir je suis venu donner en plein dans les camisards!

— Pour la dernière fois : halte-là!... Qui vive? cria l'homme au mousquet.

— Mais mon ami, répondit le tabellion légèrement ahuri, vous voyez bien que moi et ma bête nous n'avançons ni ne reculons d'un pas. A votre premier commandement nous avons tous deux obéi.

— Qui êtes-vous? demanda le camisard en s'avançant vers le notaire.

Celui-ci tira de sa poche le sauf-conduit que lui avait remis le lieutenant de Chadefaux.

— Je me nomme maître Basoche, établi tabellion à Nîmes.

— Où allez-vous? fit d'un ton bref le camisard auquel le nom de Nîmes ne disait rien de bon.

— Je vais au village de Quissac

— Pourquoi faire?

A cette dernière question maître Basoche se dit mentalement :

— Sac à papier! voilà un camisard bien curieux!

Puis à haute voix en montrant son sauf-conduit :

— Pourquoi faire? répondit-il; mais tout bonnement pour y passer la nuit.

— Impossible!... Allez, faites demi-tour! lui cria la sentinelle.

— Ah! mais non!... je n'ai nulle envie de coucher à l'auberge de la Belle Étoile... Lisez ce papier!

Et le pauvre notaire tendait vainement son sauf-conduit au camisard qui ne semblait point décidé à le prendre.

Maître Basoche, déjà peu patient de son naturel, commençait à être fort agacé. et, quand il se trouvait dans cet état, il devenait hardi sans s'en apercevoir.

Ce fut donc d'un ton assez énergique qu'il s'écria :

— Mais sac à papier! vous lasseriez la patience d'un saint! Voilà une heure que je vous tends un sauf-conduit signé de Jean Cavalier.

— De Jean Cavalier? répéta le factionnaire incrédule; est-ce bien vrai?

— Lisez-le et vous vous en assurerez!

La sentinelle tournait le papier entre ses doigts et paraissait quelque peu embarrassée.

Au même instant s'approchèrent sept ou huit camisards; alors maître Basoche devina la cause du peu d'empressement de la sentinelle à prendre le sauf-conduit en la voyant remettre le papier à un camarade auquel elle dit :

— Tiens, frère, lis-moi donc ce qui se trouve écrit là-dessus?

Le camisard commençait à lire à haute voix quand deux cavaliers apparurent dans le chemin.

— Voilà frère Roland et le capitaine Louis! dit la sentinelle à ses compagnons.

En effet Monseigneur Louis s'avançait accompagné du lieutenant de Jean Cavalier.

— Vous avez nommé le capitaine Louis? dit le notaire; mais j'ai une lettre pour lui!

Et tirant vivement un second papier de sa poche :

— Monsieur le capitaine! monsieur le capitaine! cria-t-il.

Monseigneur Louis tourna la tête, vit maître Basoche brandissant le bras; intrigué il poussa sa monture vers le tabellion et fit signe aux camisards de s'éloigner.

— Hé! l'ami, rendez-moi mon bien! cria le notaire à celui qui avait entre les mains le sauf-conduit de Jean Cavalier.

Le camisard rendit le papier à maître Basoche près duquel il ne resta que la sentinelle et Roland.

— Que désirez-vous? demanda Monseigneur Louis au tabellion.

Celui-ci présenta sa lettre à l'allié de Jean Cavalier.

— De la part de monsieur de Chadefaux, lui dit-il en même temps.

Après avoir lu Monseigneur Louis dit en souriant au notaire :

— Maître Basoche, vous pouvez continuer votre voyage; laissez-moi seulement vous donner un bon conseil.

— Je vous écoute, monsieur le capitaine.

— Demain, sans aucun doute, il pleuvra des balles aux alentours de Quissac, évitez donc d'aller à la pluie!

— Merci, monsieur le capitaine; j'aurai soin de demeurer à l'abri... Adieu monsieur!

Maître Basoche salua Monseigneur Louis qui lui rendit courtoisement son salut, lança un coup d'œil triomphant à la sentinelle, frappa les flancs de sa jument de deux coups de talons non armés d'éperons, car le tabellion savait fort bien que ces appareils étaient absolument inutiles avec une monture comme la sienne, puis reprit sa route un instant interrompue.

Au bout de trois quarts d'heure de marche il arriva en vue du village de Quissac.

De suite il aperçut installé sur le bord du chemin, un poste de soldats de l'armée royale.

Prévoyant de nouvelles questions il tira d'avance de sa poche le parchemin revêtu du sceau du maréchal de Montrevel, et dès qu'il vit un factionnaire faire le mouvement de croiser sa baïonnette, il arrêta sa monture et allongea le bras en criant :

— Tenez ! lisez de suite mon brave !

Malheureusement il prononça ces paroles à l'instant où la sentinelle lui criait de son côté d'une voix de stentor :

— Halte-là !... On ne passe pas !

Et comme maître Basoche, croyant que le soldat allait parcourir les quinze pas qui les séparaient, restait soigneusement immobile, la sentinelle fit mine de le mettre en joue.

— Ah ! vous êtes muet, s'écria-t-elle ; attendez, je vais vous apprendre à parler.

Effrayé le notaire sauta à bas de sa monture.

— Un moment, malheureux ! cria-t-il au soldat. Comment ferai-je pour parler si vous me tuez !

Et certain que sa jument ne s'emballerait pas, il l'abandonna au milieu du chemin et alla vivement vers la sentinelle.

— Mettez de côté votre fusil, mon ami, lui dit-il en l'abordant ; c'est très imprudent de jouer avec les armes à feu.

Puis il lui tendit le parchemin.

Le factionnaire savait lire.

Deux minutes après le notaire était autorisé à gagner le village.

Il poussa un long soupir de satisfaction en mettant pied à terre devant l'auberge du *Pot-d'Étain*.

La salle commune était pleine de soldats, aussi il ne voulut pas s'y attarder.

— Hé ! notre hôte, dit-il à l'aubergiste, faites-moi donner une chambre, puis vous y ferez porter mon souper ?

— Cela me sera difficile, toutes mes chambres sont prises par messieurs les officiers, et toutes mes provisions ont été vendues aux soldats du roi.

Maître Basoche réfléchissait au moyen de sortir d'une aussi triste situation lorsqu'un cavalier qui descendait de cheval à la porte de l'auberge attira soudain son attention.

Le notaire le regarda une seconde à peine, le reconnut et faillit jeter un cri de stupéfaction.

C'était l'inconnu de Servas, c'était l'homme noir !

Celui-ci entra vivement dans la salle, sembla chercher une personne du regard, et l'ayant trouvée marcha aussitôt vers elle.

Arrivé à trois pas du tabellion nîmois, l'homme vêtu de noir plia son grand corps, sourit du mieux qu'il put et prononça lentement ces mots :

— Maître Basoche, j'ai bien l'honneur de vous saluer !

Son premier moment de surprise dissipé, le notaire demanda à l'inconnu :

— Mais qui êtes-vous donc, vous qui depuis quatre jours semblez me suivre partout ?

— Je suis votre confrère... Je me nomme maître Querluchet, tabellion à Bordeau, ancien mandataire du duc de La Tour-du-Roc.

— Sac à papier ! fit maître Basoche, je comprends maintenant pourquoi... mais nous ne pouvons causer ici, trop de gens nous écoutent...

— Vous avez raison ; je vais demander une chambre, dit maître Querluchet.

— Inutile : les logements de cette auberge sont aussi pleins que son garde-manger est vide !

— Bah ! .. nous allons bien voir cela, mon cher confrère.

Et maître Querluchet alla à l'aubergiste qui traversait la salle commune.

— Notre hôte, lui dit-il, en lui montrant deux doubles pistoles, voici quarante livres : il me faut une chambre dans cinq minutes et de quoi souper dans une demi-heure.

Les lèvres de l'hôtelier laissèrent échapper un formidable soupir de regret en lorgnant les pièces d'or qui représentaient vingt fois le prix d'une chambre.

— Hélas ! tout est plein, gémit-il. Et Votre Excellence ne voudrait pas s'accommoder d'un cabinet... sans lit ?

— Je ne tiens pas au lit, mais il me faut une table et deux sièges, répliqua maître Querluchet.

Le visage de l'hôtelier s'illumina et, avançant la main pour recevoir les deux pistoles :

— Dans cinq minutes, Votre Excellence sera installée chez elle ! dit-il avec un accent joyeux.

Un quart d'heure plus tard le tabellion nîmois et le tabellion bordelais prenaient possession d'une pièce grande comme un mouchoir de poche,

Quatre hommes armés de longues rapières entrèrent pieds nus.

dans laquelle ils durent faire des prodiges d'habileté pour arriver à s'asseoir aux deux extrémités d'une table.

— De la lumière tout de suite, dit maître Querluchet à leur hôte; et notre souper le plus tôt que vous pourrez.

Puis s'adressant à son confrère nîmois :

— J'espère bien, maître Basoche, que vous me ferez l'honneur de souper avec moi?

— Comment pourrai-je refuser une si aimable invitation !

— Et d'ailleurs, reprit maître Querluchet, je vous dois bien cela en échange de ce que vous venez de faire pour moi.

Maître Basoche regarda son long confrère avec ahurissement.

— Ce que je viens de faire pour vous ? murmura-t-il.

— Mais oui, mais oui, cher confrère, fit le notaire bordelais en souriant.

— Alors, c'est bien sans le savoir, dit ingénuement maître Basoche.

— Apprenez donc, cher confrère, que sans votre puissante... recommandation, je serais en ce moment prisonnier des affreux camisards.

Le mandataire de Jeanne de Vrignès caressa, suivant son habitude favorite, l'extémité de son nez, tout en répétant :

— Ah ! vraiment... vraiment !

— Je vous suivais, ou plutôt je vous courrais après depuis Nîmes, dit Querluchet, et je commençais à désespérer de vous rattraper...

— Votre monture va donc bien lentement ? interrompit maître Basoche en pensant à l'allure rien moins que rapide de sa jument pommelée.

— Au contraire, elle marche admirablement, mais vous aviez trois heures d'avance sur moi, car vous êtes fort matinal mon cher confrère. Enfin, aux environs d'Anduze, je pus vous retrouver... J'étais à cinq cents pas derrière vous quand vous fûtes arrêté par les camisards... Un instant après on m'arrêtait à mon tour. Je me recommandais de maître Basoche, et l'on me permettait de continuer ma route... Avec les soldats de Sa Majesté ça allait tout seul, et me voilà...

Et frappant amicalement sur le bras de son compagnon :

— Nous allons, enfin, pouvoir causer ! ajouta-t-il gaiement.

— Mais il me semble, maître Querluchet, que nous aurions pu causer... depuis quatre jours déjà ?

— Non, cher confrère, car j'ignorais qui vous étiez : vous ne m'avez pas donné le temps de vous aborder quand je vous ai aperçu... vous vous en souvenez, au château de Servas ?...

— Ah ! maître Querluchet, vous pouvez vous vanter de m'avoir fait une fière peur !

— C'est donc pour cela que vous détaliez comme un lièvre que poursuit le chasseur, dit en riant le notaire bordelais.

En ce moment l'hôlier apporta le souper de ses hôtes en s'excusant de ne pouvoir leur offrir que fort peu de chose.

— Ce peu de chose est le bienvenu, répliqua maître Querluchet, car je me meurs positivement d'inanition.

— Ainsi donc, cher confrère, dit maître Basoche au bout d'un instant, vous êtes le mandataire de la famille de M. le duc de La Tour-du-Roc ?

— J'ai cet honneur, comme vous avez vous-même l'honneur d'être celui de Nme la duchesse.

— A ce propos, maître Querluchet, répartit vivement le notaire de Jeanne de Vrignès, dès à présent je vous avertis que nous ne voulons pas plus être duchesse que nous n'acceptons pas la fortune de feu monsieur le duc.

Un étrange sourire erra sur les lèvres minces du tabellion bordelais.

— En vérité, dit-il, voici une nouvelle qui me surprend.

— Mais elle va plonger dans le ravissement les héritiers de Monseigneur... Avez-vous eu connaissance du contrat de mariage signé au château de Servas la veille du terrible drame ?

— Mais oui... quelque temps après la catastrophe... C'est votre jeune cliente qui doit être, moralement bien entendu, fort malheureuse ?

— Du tout, du tout, répéta maître Basoche avec bonhomie.

— Ah !... fit maître Querluchet. Pourtant j'aurais cru que la perte d'un oncle qui nous offre l'hospitalité, et la perte d'un époux...

— On voit bien, cher confrère, que Bordeaux est loin de Servas, dit vivement le notaire de Jeanne. Apprenez que la demeure hospitalière de notre oncle était une vraie prison, et que nous avons pris un époux avec autant de plaisir que doit en éprouver le condamné qui entend prononcer son arrêt de mort.

— Je conçois alors que l'on ne nous regrette que fort peu, répliqua maître Querluchet.

Il fit une légère pause, sembla regarder en-dessous son compagnon, puis avec un air de banale indifférence :

— Pauvre duchesse ! après les affreux événements qui se sont déroulés sous ses yeux, elle ne voudra peut-être pas se remarier.

— Erreur, mon aimable confrère, dit le tabellion nîmois.

— Ah ! madame la duchesse songerait à convoler...

— Dans un mois ce sera une chose faite ! continua maître Basoche.

Et cette fois nous épousons un jeune officier tendrement aimé.

Maître Querluchet eut un imperceptible sourire ; il allongea son grand bras par-dessus la table et serrant la main de son confrère :

— Veuillez agréer tous mes compliments ainsi que mes souhaits pour votre bonheur, fit-il avec une courtoisie qui semblait contenir une pointe d'ironie.

Puis lentement il dit encore :

— Et naturellement c'est à Nîmes que se fera le mariage ?

— Mais sans aucun doute, répliqua maître Basoche qui ignorait que l'union de Jeanne et du lieutenant devait être célébré tout près de Montpellier.

Maître Querluchet sachant maintenant tout ce qu'il voulait savoir ne fit plus de nouvelles questions à son compagnon.

Peu à peu la conversation changea de sujet, et comme à ce moment on entendait au dehors sonner la retraite, ils se mirent à causer de la guerre civile qui continuait ardente au pied des Cévennes.

Vers neuf heures du soir maître Basoche dit au notaire bordelais :

— Ma foi, à la guerre comme à la guerre ! puisque nous n'avons pas un seul lit pour nous étendre et nous reposer, je vais tâcher de dormir sur le coin de la table.

Et il appuya ses deux bras sur la table, posa sa tête sur ce nouveau genre d'oreiller et ajouta en changeant de position deux ou trois fois :

— Sac à papier ! qu'on est mal ainsi... Dites donc, maître Querluchet, lorsque vous n'en aurez plus besoin, vous soufflerez la lumière, je vous prie.

Une demi-heure plus tard, les deux tabellions, plongés dans une obscurité complète, commençait à s'assoupir.

Tout à coup ils sursautèrent en même temps.

Dans la rue des tambours battaient, des trompettes jetaient leurs sonneries stridentes ; dans l'auberge, toute sans dessus dessous, retentissait un vacarme épouvantable ; enfin, dans le lointain, on distinguait le bruit d'une fusillade.

— Sapristi ! mais on se bat ! s'écria maître Basoche.

— Ça m'en a tout l'air ! dit maître Querluchet en tournant ses regards de tous côtés afin de découvrir la fenêtre.

Mais il chercha inutilement : le cabinet n'avait qu'une seule ouverture, et c'était la porte.

— Descendons dans la salle commune ; au moins, là-bas, nous apprendrons ce qui se passe, dit le notaire nîmois à la mémoire duquel le conseil de Monseigneur Louis venait de revenir.

Au bout d'une heure le calme se rétablit dans le village.

Les camisards avaient essayé de s'emparer d'une colline non loin de

Quisac, mais après un quart d'heure de combat. ils s'étaient retirés, sans grandes pertes d'ailleurs.

— Ce sera pour demain matin, dit l'aubergiste à ses hôtes.

— Quoi donc? demanda maître Basoche.

— La vraie, la grande bataille ; j'en suis certain, Excellence.

— Sac à papier ! reprit le tabellion nîmois en caressant nerveusement et passablement inquiet le bout de son nez... Je voudrais bien m'en aller avant la bataille !

A la même heure où maître Basoche formulait ainsi son désir, Monseigneur Louis et Jean Cavalier appelaient autour d'eux les quatre lieutenants de la petite armée calviniste, et le chef des camisards leur donnait ses instructions pour le combat du lendemain.

— Nous venons d'observer les forces de nos ennemis ; le capitaine Louis et moi, escortés de cinquante hommes, nous avons pu nous avancer jusqu'à une demi-portée de mousquet des troupes du maréchal de Montrevel. Grâce au beau clair de lune, il nous a été assez facile de compter quatre colonnes d'attaque... Frères, dit Jean Cavalier en terminant, c'est ici, sur le plateau que nous occupons, que se décidera le sort de la bataille.

— Nous saurons bien empêcher l'ennemi de nous y remplacer, n'est-ce pas, frères? dit Roland s'adressant aux trois autres lieutenants.

— Nous nous serons fait tuer avant qu'il y mette le pied ! répondirent ceux-ci d'une même voix.

Le jour commençait à peine lorsque le maréchal de Montrevel, qui ne voulait pas quitter son commandement sans avoir pris sa revanche de la défaite qu'il avait essuyée, donna l'ordre d'attaquer les camisards par trois côtés à la fois.

Afin de masquer son plan et mieux tromper Jean Cavalier, il avait fait annoncer partout son départ pour Montpellier.

Il avait quitté Nîmes ostensiblement; mais arrivé à Sommières il avait subitement changé de direction et était venu rejoindre son armée échelonnée entre Lezan et Quissac sur un parcours de trois lieues environ.

Les camisards s'étaient retranchés sur le plateau ayant la forme d'un trapèze.

Deux colonnes de l'armée royale commencèrent le combat en tentant d'escalader la hauteur de face.

Une troisième colonne s'élança bientôt sur le versant de gauche, en même temps que la quatrième colonne montait à l'assaut par le côté droit de la hauteur.

Monseigneur Louis avait pris le commandement des trois bataillons et de la cavalerie de Catinat pour repousser l'attaque des deux premières colonnes ennemies.

Jean Cavalier et le lieutenant Emmanuel attendaient la troisième colonne qui, enseignes déployées et tambour battant gravissait le versant gauche du plateau ; Roland, avec deux compagnies, gardait le côté droit.

Monseigneur Louis avait disposé ses bataillons sur une longue ligne légèrement courbe épaisse de quatre rangs.

A vingt pas, derrière le quatrième rang, les deux cent cinquante cavaliers attendaient debout à la tête de leurs chevaux, et la bride à la main prêts à sauter en selle au premier signal.

L'allié de Jean Cavalier laissa arriver l'ennemi jusque sur le sommet du plateau.

— Attention ! mes enfants, cria-t-il aux camisards postés au milieu de la ligne de défense ; dès que vous aurez tiré, exécutés rapidement le mouvement que je vous ai indiqué.

Les colonnes ennemies s'avançaient au pas gymnastique ; elles n'étaient plus qu'à cent pas lorsque Monseigneur Louis leva son épée et d'une voix calme mais retentissante commanda :

— Troisième et quatrième rangs, feu !...

Quatre cents camisards déchargèrent leurs mousquets par-dessus la tête des camarades placés devant eux et qui s'étaient vivement agenouillés pour se relever non moins vivement au nouveau commandement de Monseigneur Louis :

— Premier et deuxième rangs... feu !...

A l'instant où le mari d'Yvonne prononçait ces mots, le commandant Catinat criait à dix pas derrière lui :

— A cheval !... sabre haut !...

Puis quand il eut vu que l'infanterie avait presque exécuté le mouvement qui consistait à ouvrir un passage au centre de la ligne pour la cavalerie, il cria de nouveau :

— Attention !... Au galop !... Chargez !...

Comme une trombe, les braves cavaliers de Catinat abordent le sabre à la main la tête des deux colonnes d'attaque que venaient d'arrêter brusquement les terribles décharges des fantassins.

Sans leur donner le temps de se reconnaître, ils renversent les premiers rangs.

Le désordre se met dans les deux colonnes qui reculent d'abord, puis prennent la fuite et dégringolent pêle-mêle le versant du plateau lorsqu'elles entendent les formidables clameurs que poussent les fusiliers camisards que Monseigneur Louis a formés en deux groupes et lancés sur les flancs de la cavalerie pour la soutenir.

Jean Cavalier et Emmanuel résistaient vaillamment à la troisième colonne ennemie que le Maréchal de Montrevel encourageait de sa présence.

De part et d'autre on faisait des prodiges de valeur : les catholiques voulant s'emparer du sommet de la hauteur, et les protestants ne se décidant nullement à leur céder la place.

De ce côté le combat restait incertain.

Roland défendait vigoureusement la droite du plateau.

Mais bientôt ces deux compagnies, attaquées par deux bataillons bien supérieurs en nombre, se trouvent tout à coup débordées.

Roland regarde autour de lui; il aperçoit le jeune Dorfeuil en train de recharger pour la vingtième fois son mousquet.

— Frère, lui crie alors Roland, cours demander du renfort au capitaine Louis... Tu le trouveras là-bas...

Et de la main il montrait l'extrémité du plateau où se tenait Monseigneur Louis.

Dorfeuil partit comme une flèche.

En moins de cinq minutes il fut auprès du gentilhomme qui venait justement de donner l'ordre à ses fantassins de se replier sur la hauteur.

Brièvement Dorfeuil expliqua la situation critique du brave Roland.

Monseigneur Louis prend avec lui trois cents hommes, les entraîne sur le versant de droite, puis les lance sur la quatrième colonne ennemie, qui, se trouvant brusquement attaquée par le côté avant d'avoir pu renverser les compagnies de Roland, est bientôt culbutée et refoulée jusqu'au bas du plateau.

Quelques minutes après, Monseigneur Louis tentait la même manœuvre sur le flanc des bataillons aux attaques desquels Jean Cavalier résistait toujours.

Le maréchal de Montrevel accourut.

Mais ses troupes que la résistance opiniâtre des camisards commençait à décourager, n'avaient plus le même entrain; les hommes que conduisait

Monseigneur Louis combattaient, au contraire, avec d'autant plus de vigueur qu'ils voyaient la victoire pencher de leur côté.

Enfin, le maréchal jeta un ordre, et ses trois bataillons reculèrent lentement, en bon ordre, renonçant à s'emparer du plateau, mais, à leur tour, ne se laissant pas entamer par leurs adversaires.

Monseigneur Louis et Jean Cavalier se trouvèrent bientôt réunis.

Devant eux M. de Montrevel pliait mais ne fuyait pas.

— Faites cesser le feu, dit le gentilhomme au chef des camisards ; nous allons charger à la baïonnette !

Jean Cavalier donne un ordre ; et la baïonnette au canon, les camisards se précipitent sur les soldats catholiques qui soutiennent bravement les chocs.

Jean Cavalier et Monseigneur Louis galopent aux premiers rangs de leurs troupes les encourageant de la voix et de l'exemple.

Tout à coup Monseigneur Louis roule sur l'herbe avec son cheval ; dix hommes s'élancent pour lui porter secours, mais déjà il se relève sain et sauf, et l'épée à la main reprend la place que sa chute lui avait fait perdre.

— En avant ! mes amis, en avant !

Bientôt il se trouva entouré par une quinzaine d'ennemis qui le pressaient vivement.

Jean Cavalier s'aperçut heureusement du danger que courait son allié, il se tourna vers les camisards et leur cria :

— A moi, frères !... Dégageons le capitaine Louis !

Et ensemble ils fondirent sur le cercle qui entourait le gentilhomme.

Mais, hélas ! il était déjà trop tard.

Monseigneur Louis venait d'être atteint de deux coups de baïonnette. Le premier ne lui avait fait qu'une légère blessure à l'avant-bras, mais le second lui avait troué la poitrine.

Le sang coulait abondamment par cette terrible blessure.

Soudain il chancelle, sa main lâche son épée, puis il tombe dans les bras de deux camisards qui s'étaient précipités vers lui.

Jean Cavalier saute à bas de son cheval et s'élance vers son allié dont les traits sont devenus affreusement pâles.

— Frères ! crie-t-il à plusieurs hommes, courez à la recherche du chirurgien.

Monseigneur Louis a entendu cet ordre, il lève son regard sur le jeune chef des camisards, et d'une voix déjà bien affaiblie :

Ah! troun de l'air! s'écria Faribole, voyez-donc ça, cher Monsieur Mistouflet.

— Il arrivera trop tard... je le sens ! dit-il.

Et péniblement il ajouta en portant la main au côté gauche de son pourpoint tout ensanglanté :

— Là... vous trouverez une lettre... pour ma femme... Yvonne...

Puis sa main se tendit vers Jean Cavalier qui la serra en proie à une violente émotion.

Doucement sa tête s'inclina vers l'un des deux hommes qui le soutenaient, et il murmura encore ce dernier mot :

— Adieu !.....

CHAPITRE XXXIV

OÙ FARIBOLE ET MISTOUFLET PASSENT DE LA JOIE A L'ÉPOUVANTE,
ET DE L'ÉPOUVANTE A LA STUPEUR

On se rappelle que les deux vaillants compagnons, Faribole et Mistouflet, après avoir passé sur le corps des soldats chargés de les prendre morts ou vifs, avaient rapidement disparu dans une des rues les plus étroites de Saint-Malo.

Au bout de quelques minutes de galop ils étaient hors des atteintes de Gniafon et des soldats.

Faribole mit son cheval au pas et dit à Mistouflet qui avait imité aussitôt son mouvement :

— Hé ! troun de l'air !... c'est fait !

Et de sa main gauche il frappa sur son ceinturon, montrant la place que, un quart d'heure auparavant, occupait encore le petit coffret.

— C'est fort bien, doux Jésus ! surtout si vous l'avez laissé tomber au bon endroit.

— Je vous l'assure, bagasse !... ma main l'a lâché à deux pas à peine de l'officier commandant le détachement.

— En ce moment, je l'espère du moins, le coffret est entre les mains du maudit Gniafon.

— Et vous pensez, Monsieur Mistouflet, que l'affreux nain va maintenant nous laisser un peu tranquilles ?

— Mais c'est plus que certain, messire Faribole. Que voulait-il ?... Nous empêcher de porter le coffret au roi d'Angleterre. Eh bien ! il l'a le coffret, qu'il le garde !

— Pourvu que l'idée ne lui vienne pas de voir immédiatement ce qu'il contient, murmura l'ancien maître d'armes.

— Jésus-Marie ! ce serait vraiment jouer de malheur... Mais je ne crains pas cela. Je suis sûr que l'affreux bossu n'aura rien de plus pressé que de mettre en sûreté et le petit coffre et sa précieuse personne.

— Ah ! troun de l'air ! Monsieur Mistouflet, quel nez fera Griafon lorsqu'il ne trouvera rien au fond du coffret. Je donnerais bien un an de ma vie pour être à côté de lui à ce moment-là !

— Halte ! doux Seigneur ! dit soudain Mistouflet en sautant à bas de sa monture. J'aperçois l'une près de l'autre deux boutiques que je cherche depuis un instant. Attendez-moi trois minutes

Mistouflet entra d'abord chez un charcutier dans la devanture duquel s'étalait un magnifique jambon.

Il le fit envelopper, le paya et ressortit pour entrer immédiatement chez un boulanger demeurant à côté.

Là, il choisit une couronne de pain de dimensions respectables, il allait la mettre sous son bras quand un geste du boulanger, qui sortait de son arrière-boutique en essuyant du revers de la main ses deux lèvres encore tachées de vin.

— Oh ! saints Anges du Paradis ! fit joyeusement Mistouflet, on boit donc autre chose que du cidre dans ce pays ?

— Mon Dieu, oui, Monseigneur. J'ai un frère établi à Angers qui tous les ans m'envoie du vin.

Les crus d'Anjou étaient à cette époque fort estimés, aussi ce fut avec le plus grand empressement que le bon Mistouflet, peu amateur de cidre demanda au boulanger :

— Doux Jésus ! si vous vouliez me céder deux bouteilles, vous me feriez plaisir.

— Très volontiers, Monseigneur, je vous demande cinq minutes pour aller et revenir à ma cave.

Au moment où il s'éloignait, messire Faribole, dont la patience n'était pas la vertu favorite, trouva que son compagnon mettait vraiment longtemps pour se faire servir, lui cria du milieu de la rue :

— Hé! bagasse! vous ne pouviez pas m'avertir que votre intention était de faire le pain!

Le boulanger revint avec deux bouteilles que Mistouflet porta aussitôt à son compagnon:

— Croyez-vous que j'ai perdu mon temps? lui dit-il, voici deux flacons de vin d'Anjou.

— Capededious! cela est-il possible! s'écria Faribole enchanté.

Un quart d'heure après, les deux amis étaient hors de la ville et se dirigeaient rapidement du côté de la *Rance*.

Arrivés sur le bord de la rivière ils attachèrent leurs montures aux branches d'un saule, puis s'installèrent sur l'herbe.

Leur repas achevé, ils firent la sieste une bonne heure; alors l'ancien maître d'armes dit à son élève:

— Que faisons-nous maintenant? Restons-nous ici jusqu'à la nuit, ou bien! bagasse! redescendons-nous tout doucement cette rivière?

Au lieu de répondre, Mistouflet qui, du petit tertre où il était assis, suivait depuis un moment les mouvements d'une barque remontant le cours de la *Rance*, se leva soudain en disant:

— Je ne me trompe pas, doux Jésus! c'est Morel, l'homme de la comtesse de Soissons qui s'amène là-bas.

— Bagasse! je crois que vous avez raison, répliqua Faribole en se levant à son tour.

Tous deux marchèrent à la rencontre de la barque dans laquelle étaient en effet Morel et un homme de l'équipage du *Vigilant*.

— Ah! vous arrivez à point, Messires! cria Morel dès qu'il eut reconnu les deux compagnons.

— Doux Jésus! y aurait-il du nouveau? demanda vivement Mistouflet?

— Dans une heure le *Vigilant* pourra sortir du port, car l'embargo sera levé. Remontez vite à cheval, Messires, et suivez-nous.

Trois quarts d'heure plus tard, les deux cavaliers, en longeant le bord de la rivière, et les deux marins, en suivant le fil de l'eau, arrivèrent à l'embouchure de la *Rance*. Morel cessa un instant de ramer pour hêler les deux amis.

— Ohé! Messires, leur cria-t-il; nous allons accoster ces deux bateaux qu'on a échoués sur la plage.

— Bien! mais nos bêtes? Vous ne comptez pas, bagasse! les embarquer dans votre coquille de noix?

— Confiez-les au premier venu, répondit Morel, et faites-les conduire à l'auberge de la Marine ; vous les retrouverez à votre retour.

Faribole et Mistoufflet suivirent ce conseil.

Un instant après ils prenaient place dans la barque et à cinq heures du soir ils étaient à bord du bateau le *Vigilant*.

— Hâtons-nous ! hâtons-nous ! dit le patron à Morel. Le gouverneur n'aurait qu'à changer d'avis ou à recevoir de nouveaux ordres, et nous ne pourrions plus sortir du port.

Bientôt, le vent gonflant la voile, le bateau commença à filer lentement d'abord, puis accéléra peu à peu sa course, se dirigeant droit sur l'île de Jersey.

Il y avait environ une demi-heure que le *Vigilant* était sorti de la baie de Saint-Malo lorsque Faribole, assis sur un paquet de cordages à côté de Mistoufflet, dit à Morel, debout près d'eux :

— Voyez donc le patron de notre bateau, ne dirait-on pas, bagasse ! qu'il aperçoit sur la mer quelque chose qui le tracasse.

— En effet, Messire Faribole, je vais lui demander pourquoi il est subitement devenu soucieux.

Et Morel alla rejoindre le patron du *Vigilant*.

— Votre front s'est assombri tout d'un coup, patron, lui dit-il en l'abordant. Que vous arrive-t-il ?

— Rien de bon ! avant deux heures nous aurons un grain.

Le patron montra du doigt une longue tache noire, qui, à l'ouest, semblait émerger des flots, tout là-bas à l'horizon.

— Et ma foi, ajouta-t-il, si les deux seigneurs voulaient attendre jusqu'à demain, je ferais virer de bord.

— Ils refuseront, répliqua Morel.

— Je les aurais conduits dans une crique que je connais comme ma poche ; on aurait été à l'abri de l'orage qui se prépare... Enfin, à la grâce de Dieu !

Morel retourna vers les deux passagers.

— Eh bien ! bagasse ! qu'est-ce que le patron a vu ? demanda Faribole.

— Un grain, qui se prépare.

— Un grain, dites-vous ? mais un grain de quoi ? demanda de nouveau l'ancien maître d'armes peu familiarisé avec les expressions des gens de mer.

— Nous allons avoir un coup de vent qui va, sans doute, nous faire danser un peu, dit Morel en souriant.

— Je souhaite, doux Jésus! murmura Mistouflet, que la danse ne dure pas trop longtemps, car je vous avouerai que je n'ai pas du tout le pied marin.

Une heure s'écoula.

La brise soufflait plus forte. La large bande noire montait en s'élargissant de plus en plus à l'horizon.

Soudain le jour devint très sombre : le soleil venait de disparaître derrière un épais rideau de nuages.

La mer commençait à moutonner et les vagues déferlaient avec force.

Le *Vigilant* roulait et tanguait de plus en plus.

Toujours assis sur leur rouleau de cordages, les deux passagers demeuraient maintenant silencieux.

A voir leur visage qui, par instant pâlissait, ensuite devenait pourpre, puis redevenait pâle, on aurait juré qu'ils étaient mal à l'aise. Tout à coup l'ancien maître d'armes murmura à demi-voix :

— Mille dious! ce diable de bateau saute comme une carpe.

— C'est, doux Seigneur! un exercice qui nous procure des sensations fort désagréables.

Cinq nouvelles minutes de silence et Faribole reprit en grimaçant :

— Monsieur Mistouflet, décidément ça ne va pas.

— Chez moi non plus! messire Faribole.

— Je crois, bagasse de bagasse! que mon cœur va brusquement se décrocher.

— Si nous allions nous étendre un instant dans notre cabine, Monsieur Mistouflet?

— J'allais vous le proposer, messire Faribole.

— Appuyez-vous sur mon bras, et descendons, bagasse!

Et en disant ces paroles, l'ancien maître d'armes se leva; son élève fit de même et offrit son bras à Faribole qui s'y appuya vivement et sans fausse honte : il sentait que tout tournait autour de lui.

Mais au même moment, sous le choc d'une vague énorme, le bateau eut un coup de roulis formidable, et les deux amis étroitement unis par les bras retombèrent ensemble sur le rouleau de cordages.

— Mille dious! notre traversée commence bien mal! dit Faribole.

— Ah! doux Jésus! fit Mistouflet en se relevant, je crois bien que je n'aurai jamais le pied marin.

Lentement ils atteignirent l'échelle descendant dans la cale. Faribole passa le premier et Mistouflet le suivit sans se faire prier.

— Le cap sur Granville ! cria à ce moment le patron aux deux hommes placés à la barre.

— Alors, patron, nous changeons de route ? dit Morel.

— Ce serait folie de vouloir gagner la pleine mer, répliqua le patron gardez-moi comme le ciel se couvre de noires nuées ; ce n'est pas un ..ain que nous allons essuyer mais, une véritable tempête. Puisse la Madone nous conduire jusqu'au port de Granville sans trop d'avaries.

Le *Vigilant* venait de virer sur tribord et s'élançait en bondissant sur les flots, lorsqu'une vague haute comme une colline le prit par travers se brisa contre lui avec violence et inonda le pont.

— Les vagues en pointe, prenez les vagues en pointe, cria le patron aux hommes qui tenaient la barre ; encore deux ou trois coups par le travers comme celui-là et nous coulons.

L'obscurité se fit presque subitement.

On entendait le bruit des vagues qui déferlaient avec une force de plus en plus grande.

Le patron ordonna d'allumer des fanaux.

La tempête était imminente.

Soudain un bruit sourd, semblable à un roulement de tonnerre dans le lointain arriva jusqu'à l'oreille du patron du *Vigilant*.

— Abattez la voile ! cria-t-il d'une voix vibrante.

Cet ordre était à peine exécuté que l'orage éclatait avec fureur. Le vent se mit à souffler violemment.

Le bateau dansait sur les flots soulevés qui se brisaient en écume dans leur choc retentissants et impétueux.

Le patron rejoignit à la barre les deux hommes dirigeant le bateau.

Le péril était grand, un oubli, une fausse manœuvre, et le *Vigilant* sombrait dans cette lutte terrible.

Avec courage et sang froid, le patron, possédant à fond son état, manœuvrait avec habileté son frêle bâtiment qui volait dans la direction de la côte.

Mais soudain une vague monstrueuse se dressa sur le côté du bateau, resta durant une seconde comme suspendue au-dessus de lui, prête à l'engloutir, puis avec un bruit effroyable s'abattit sur le pont.

Le bateau pivota sur lui-même, un craquement sinistre se fit entendre aussitôt suivi des cris d'épouvante.

Le craquement était produit par le mât qui venait d'être brisé à un demi-pied du pont.

Les cris étaient poussés par les deux hommes attachés à la barre à la vue du patron renversé et roulé comme un fétu de paille par l'énorme vague.

Par un hasard miraculeux, le patron fut précipité vers le câble qui retenait l'ancre et put s'y accrocher.

— Sainte Madone, notre patronne! s'écria-t-il en se relevant, légèrement contusionné par sa chute, je jure de faire brûler devant votre image un beau cierge à mon retour.

Puis il retourna rejoindre les deux hommes placés au gouvernail :

— Je l'ai échappé belle, compagnons! leur dit-il.

— Vraiment, patron, nous ne pensions plus vous revoir que dans l'autre monde, repartirent les deux marins.

Pendant une heure le vent souffla avec rage.

Peu à peu, à mesure que le *Vigilant* se rapprochait de Granville, la tempête sembla diminuer d'intensité.

Soudain une pluie torrentielle se mit à tomber.

— J'aime cent fois mieux cela, dit le patron à ses hommes ; le déluge abattra peut-être le vent.

— D'ailleurs, patron, il ne nous mouillera pas plus que nous le sommes, fit un marin en passant la main sur ses longs cheveux trempés par l'eau de mer.

Il était un peu plus de huit heures du soir lorsque le *Vigilant* se présenta à l'entrée du port de Granville.

Le patron se plaça seul à la barre, Morel demeura sur le pont, les cinq hommes d'équipage descendirent dans un canot, et, ramant vigoureusement, remorquèrent leur bateau jusqu'à une centaine de brasses d'un petit quai.

Dix minutes après, *le Vigilant*, solidement ancré, était à l'abri de la tempête qui, bien que moins violente, continuait à se faire sentir au large

Il fallut trois jours pour remplacer le mât brisé et réparer quelques autres avaries du bateau.

Ces trois jours parurent longs aux deux passagers, car, ne pouvant descendre à terre dans la crainte d'être inquiétés, ils durent demeurer pour ainsi dire prisonniers dans leur cabine.

Enfin leur bateau put reprendre la mer.

Après une semaine de traversée, durant laquelle la brise fut constamment favorable, Faribole et Mistouflet débarquèrent à Brigthon.

Le coffret était vide...

Quelques minutes après avoir posé les pieds sur le sol anglais, tous les ennuis qu'ils avaient éprouvés à bord du *Vigilant* étaient déjà oubliés.

Morel conduisit les deux compagnons dans une petite hôtellerie ; en les quittant il leur dit :

— Demeurez ici, messires ; dans une demi-heure je serai de retour.

Mais la demi-heure s'écoula, puis une heure entière, puis deux autres encore, et l'ancien officier de bouche n'était pas revenu.

Faribole qui, assez inquiet, arpentait depuis un instant la chambre mise à leur disposition s'arrêta soudain devant Mistoufflet :

— Dites-moi, bagasse ! lui demanda-t-il, connaissez-vous l'anglais, monsieur Mistoufflet ?

— Hélas ! non, répondit celui-ci ; et vous, doux Jésus ?

— Moi non plus !... Ah ! bagasse de bagasse ! nous n'avons pas songé à cela... Et Morel qui ne revient pas !

Il n'avait pas achevé que ce dernier ouvrait la porte de la chambre, et, en désignant un personnage qui l'accompagnait :

— Je vous ai fait attendre, messires ; il m'a fallu aller à plus d'une lieue de la ville pour trouver maître Godineau, notre compatriote, qui vous servira d'interprète.

— Troun de l'air ! s'écria joyeusement Faribole, grâce à vous, cher Morel, nous voilà tirés d'un cruel embarras.

— Je ne fais que suivre les instructions que m'a données la comtesse de Soissons, répliqua Morel. Maître Godineau vous conduira à Londres et vous ramènera ici où je vous attendrai.

— Maître Godineau sait-il ce que nous allons faire à Londres ? demanda Mistoufflet.

— Non, messire, répondit Godineau. Mon ami Morel m'a chargé de vous guider jusqu'au palais de sa Majesté Guillaume d'Orange ; je n'ai aucunement besoin d'en savoir davantage.

Faribole jeta un regard interrogateur à Morel.

Celui-ci comprit la muette question de l'ancien maîtres d'armes :

— Messire Faribole, dit-il aussitôt, vous pouvez avoir pleine confiance en mon ami Godineau. C'est à la générosité de la comtesse de Soissons qu'il doit d'avoir pu s'établir marchand de mercerie dans cette ville.

— Fort bien, troun de l'air ! Maintenant nous allons nous mettre en quête de trois montures, dit Faribole.

— Demain matin, à six heures précises, trois bons chevaux vous attendront tout sellés dans la cour de la poste.

— Mais alors tout va bien, bagasse ! fit l'ancien maître d'armes entièrement satisfait.

— Nous serons à Londres entre deux et trois heures de l'après-midi, messires, dit Godineau au moment de se retirer.

Le lendemain matin, Faribole, Mistoufflet et leur interprète, s'éloignaient de Brigthon au grand trot de leurs chevaux de poste.

A midi ils s'arrêtaient une demi-heure pour dîner, et à trois heures ils étaient à Londres.

Ils étaient à peine descendus de cheval qu'ils durent se remettre en selle.

— Messires, dit Morel à ses deux compagnons, Sa Majesté est depuis hier en train de chasser à cinq lieues d'ici ; Elle ne doit rentrer à Londres que dans deux ou trois jours.

— Alors, bagasse ! partons rejoindre Sa Majesté. Pour nous récompenser Elle nous invitera sans doute à prendre part à la chasse.

— Quand nous arriverons, la chasse sera terminée, messire Faribole, répliqua Mistouflet.

Mistouflet ne se trompait pas : il était presque nuit et les invités du roi d'Angleterre reprenaient le chemin du château de Sa Majesté, lorsque tous trois aperçurent un groupe de chasseurs parmi lesquels se trouvaient plusieurs officiers.

Godineau s'approcha d'eux et en leur désignant Faribole et Mistouflet leur apprit que ses compagnons arrivaient de France et étaient porteurs pour sa Majesté d'importantes nouvelles.

Cinq minutes après les deux amis et leur interprète suivaient un valet qui les conduisait jusqu'à la porte de la chaumine d'un garde-chasse dans laquelle Guillaume d'Orange s'était arrêté pour y attendre son escorte.

— Quels personnages dois-je annoncer à Sa Majesté ? demanda le valet en mettant pied à terre.

Messire Godineau transmit la demande à ses compagnons.

— Deux envoyés de Monseigneur Louis, répondit Faribole.

Le valet se fit ouvrir la porte de la chaumière.

Au bout d'un court instant il revenait et disait au marchand de mercerie :

— Sa Majesté attend vos compagnons.

Puis il s'éloigna.

Un peu émus, Faribole et Mistouflet franchirent le seuil de la maisonnette du garde-chasse.

Au moment même où la porte se refermait sur eux, un être difforme s'avançait en rampant jusqu'au pied d'un buisson, et là se redressait à demi en étouffant une horrible imprécation.

— Malédiction !... je suis arrivé trop tard ! mumura-t-il en grinçant des dents

C'était Gniafon tout frémissant de rage impuissante.

En proie à une fureur insensée il avait quitté Granville en carrosse et voyagé toute la nuit.

Arrivé à Caen il avait abandonné sa voiture pour sauter sur un cheval.

Dans la même journée il entrait à Trouville, mais sa monture surmenée était fourbue.

Moyennant dix pistoles le patron d'un bateau de pêche le conduisit en Angleterre.

Sept jours après avoir quitté Granville il était à Londres ayant une avance de plus de quarante-huit heures sur l'ancien maître d'armes et son élève.

La colère qui s'était emparée de lui en constatant que Faribole et Mistouflet ne lui avaient abandonné qu'un coffret vide, puis la rapidité de son voyage, ne lui avaient pas permis de recouvrer le cruel sang-froid avec lequel il préparait et accomplissait froidement ses crimes.

Mais quand il eut passé vingt-quatre au milieu de gens qui ne le comprenaient pas et dont il ne pouvait se faire comprendre sans le secours d'un interprète, il commença à réfléchir.

Il dut s'avouer que les pouvoirs qui en France lui permettaient de commander en maître ne lui serviraient maintenant de rien.

— Heureusement que j'ai de l'or! se dit-il; il me reste encore six cents pistoles...

Alors il rumina dix projets différents pour faire assassiner Faribole et Mistouflet dès leur arrivée à Londres.

Il n'en avait arrêté aucun quand son guide lui annonça que le roi devait partir le lendemain pour la chasse avec toute la cour.

— Je suivrai le roi et sa cour, murmura Gniafon. Ceux que j'attends ne viendront pas à Londres; ils se feront conduire là où se trouvera le prince d'Orange.

Avec l'adresse et la prudence d'un Peau-Rouge l'affreux nain parvint à suivre le roi d'Angleterre pendant les six heures que dura la chasse.

Il avait déjà pris le chemin du château afin de se choisir dans les environs un bon poste d'observation quand il apprit que Sa Majesté avait voulu s'arrêter dans la maison de son garde-chasse.

Il revint de suite sur ses pas ayant le pressentiment que les deux compagnons dont il guettait l'arrivée, ne devaient pas être loin.

On a vu qu'il ne se trompait pas.

Lorsque, sous ses yeux, la porte de la chaumière fut refermée derrière Faribole et Mistouflet, Gniafon se dit à lui-même :

— Louis XIV perdra sa couronne... ma mère sa puissance... et moi je n'aurai pas Yvonne...

Et, caché derrière son buisson, il tendit le poing vers la chaumière dans laquelle les deux fidèles compagnons de Monseigneur Louis venaient de pénétrer :

— Misérables !... murmura-t-il, vous triomphez à cette heure, mais un jour ou l'autre je me vengerai de tous les deux !...

Pendant une longue minute il demeura immobile et atterré.

Mais tout à coup son œil étincela d'une lueur fauve ; un sourire hideux, un sourire d'hyène flairant un cadavre, plissa ses lèvres épaisses, il se courba en deux et sans bruit sortit de sa cachette en ricanant :

— Satan est pour moi !... Rien n'est perdu encore !...

Et il disparut dans les taillis.

.   .   .   .

Guillaume III quitta le siège rustique sur lequel il était assis lorsque Andrews, son valet de confiance, introduisit Faribole et Mistouflet tous deux un peu émus.

— Andrews, tu me donneras de la lumière ?

— Bien, sire.

— Le roi d'Angleterre observa un instant les deux compagnons, attendant, le feutre à la main, que Sa Majesté leur adressât la parole.

— Vous êtes envoyés auprès de moi par le fils d'Anne d'Autriche ? dit-il en excellent français quand son examen fut achevé.

Faribole, évitant avec soin d'employer ses jurons favoris, répondit respectueusement :

— Oui, sire, nous avons cet honneur... Permettez-moi de vous rappeler un ancien mot d'ordre qui vous prouvera que depuis longtemps nous sommes les compagnons de Monseigneur Louis.

— Quel est ce mot d'ordre ?

— Trinité !... sire.

Et baissant la voix Faribole ajouta :

— L'or, le fer et le poison !...

En ce moment Andrews apporta une petite lampe, puis s'éloigna silencieusement comme il était venu.

Lentement l'ancien maître d'armes dégrafa le haut de son pourpoint de buffle, plongea sa main dans une poche doublée de cuir et en tira trois parchemins qu'il tendit au roi.

— Sire, lui dit-il, voici les preuves écrites que vous avez demandées à notre généreux maître.

— Ah! donnez, mon ami! s'écria Guillaume III avec un accent de véritable joie.

D'un mouvement fébrile, qui trahissait l'émotion dont il était soudain envahi, il détacha le cordon de soie liant les trois parchemins, puis, tout en les dépliant, il s'approcha de la lumière.

— Ils sont écrits en latin, murmura-t-il comme se parlant à lui-même.

L'ancien stathouder de Hollande parlait et écrivait plusieurs langues; connaissait fort bien le latin, il put déchiffrer facilement la grosse écriture couvrant les trois parchemins.

Au fur et mesure qu'il poursuivait sa lecture, la satisfaction et la joie, dont son visage s'était illuminé dès le début, devenaient plus vives.

Dès qu'il eut parcouru entièrement le premier parchemin, il le replia et d'une voix vibrante et le regard brillant :

— Mes braves compagnons, dit-il à Faribole et à Mistouflet frémissant de joie à leur tour, je vous demande trois mois pour chasser du trône de France le bâtard de la reine Anne, le misérable bourreau de l'héritier légitime de Louis le Treizième...

Et avec un accent où perçait la haine violente qu'il avait vouée à à Louis XIV, le prince d'Orange ajouta :

— L'usurpateur le bâtard, a osé emprisonner son frère et lui couvrir le visage d'un infâme masque de fer... Eh bien, nous, quand nous l'aurons arraché de son palais, nous l'enfermerons dans une cage de bronze dans laquelle on le promènera de ville en ville dans tout le beau pays de France... et c'est vous, mes braves compagnons, qui veillerez sur le persécuteur de Monseigneur Louis...

— Avec plaisir, bagasse! s'écria vivement Faribole.

A ce moment un bruit produit par le piaffement de plusieurs chevaux arriva du dehors.

Le re roi réunit dans ses mains les trois parchemins et se prépara à les glisser dans son pourpoint.

Soudain une pensée traversa son esprit :

— Vous venez de Paris ou des Cévennes? demanda-t-il.

— Des Cévennes, sire, répondit Faribole.

— Les ennemis de Monseigneur Louis savaient-ils que vous vous rendiez en Angleterre ?

— Oui, sire, et pour avoir les parchemins que nous vous avons remis, monsieur Mistouflet, mon ami ici présent, a été, bagasse ! dans l'obligation d'étrangler le marquis de Barbezieux.

— C'est vrai, doux Jésus ! murmura Mistouflet à demi-voix.

— Alors, mes braves, reprit Guillaume III, je devine ce que vous avez dû déployer de courage et d'adresse pour arriver jusqu'à moi..... Vous allez m'accompagner au château ; demain je rentrerai à Londres ; jusque-là vous aurez la garde de ces précieux manuscrits : nulle part ils ne pourraient être mieux en sûreté qu'entre les mains des deux braves qui me les ont apportés.

Et, souriant, le roi mit dans la main de Faribole les trois parchemins.

Ensuite il appela Andrews.

Le valet de confiance entra.

— Andrews, lui dit le souverain, tant que ces Français me feront le plaisir de rester auprès de moi, tu veilleras à ce qu'ils soient traités comme deux bons et fidèles alliés. De plus, pour leur donner une preuve de ma reconnaissance tu leur remettras, à chacun, cinq cents pistoles.

— Ce sera fait, sire, répondit Andrews.

Le roi se dirigea vers la porte en disant amicalement :

— Mes braves compagnons, veuillez me suivre !

Le cœur rempli de joie, l'ancien maître d'armes et son élève sortirent sur les pas de Guillaume III en échangeant ces paroles à voix basse :

— Cinq cents pistoles chacun !... Cinq mille livres !.. Mais c'est pour nous une fortune !...

Devant la chaumière du garde-chasse, cinq laquais portant des torches et vingt cavaliers attendaient rangés en bon ordre.

Immédiatement on amena au souverain son cheval favori, superbe animal dont la robe était d'une blancheur immaculée.

Soit que l'attente eut énervé la vaillante bête, soit qu'elle fût effrayée par l'éclatante lueur des torches, elle se cabrait tellement que Sa Majesté ne parvint à se mettre en selle que lorsqu'on eut fait placer trois ou quatre pas derrière le roi les porteurs de torches.

Le cortège s'ébranla et prit, au trot, la direction du château.

Guillaume d'Orange marchait seul en tête, trois porteurs de torches suivaient, puis venaient le valet de chambre Andrews, Faribole, Mistouflet et maître Godineau; derrière eux trottait l'escorte royale.

On parcourut une centaine de mètres sans incident. De temps en temps seulement on entendait la voix du roi cherchant à calmer sa monture qui bondissait à chaque instant.

— Bagasse! voilà une bête qui n'a pas l'air commode! dit à mi-voix Faribole.

Godineau traduisit cette phrase à Andrews. Celui-ci, un peu inquiet, répondit aussitôt :

— C'est étrange... jamais je n'ai vu se cabrer comme cela le cheval de mon maître... Heureusement que le prince est un habile cavalier, ajouta-t-il.

A peine achevait-il de prononcer ces paroles que la monture du roi poussa un formidable hennissement et partit à fond de train.

— Doux Jésus! fit Mistouflet, Sa Majesté n'est plus maîtresse de son cheval.

C'était vrai : le roi était entraîné par sa monture complètement emballée.

Au galop on s'élança derrière lui; mais bientôt il s'enfonça dans l'obscurité et on le perdit de vue.

— Demandez une torche? cria Faribole à Godineau.

Mais déjà Andrews arrachait un flambeau des mains d'un porteur, et, partait en bondissant suivi de Faribole et de Mistouflet.

Cette course vertigineuse durait depuis trois minutes.

Tout à coup Andrews et ses compagnons tressaillirent violemment : un cri de douleur retentissait devant eux.

— Mordious! c'est la voix du roi! s'écria Faribole.

Tous trois firent encore environ cent mètres, puis poussèrent ensemble une longue exclamation d'horreur.

Ils s'arrêtèrent en proie à une indicible épouvante.

Sous leurs regards terrifiés gisait tout sanglant Guillaume III.

A côté de lui, au pied d'un énorme chêne, son cheval était étendu sans mouvement.

On se précipita au secours du roi.

Il respirait encore; mais, à moins d'un miracle, il était perdu, car il avait la tête fendue trop profondément pour que l'on pût conserver l'espoir de le sauver.

Il était facile de deviner comment s'était produit ce terrible accident.

Maintenant, maître Tabellion, je vous écoute.

Le cheval n'obéissant plus à la main de son cavalier, était venu donner de la tête contre le tronc du chêne au pied duquel il s'était abattu assommé sur le coup.

Le roi avait été violemment projeté contre le même arbre et s'était ouvert le crâne.

Il y eut une minute de **tumulte** et d'effarement quand les cavaliers de l'escorte arrivèrent auprès du **prince** évanoui.

— Mon maître!... mon cher maître!... répétait Andrews **en sanglotant à genoux** devant le corps inanimé de Guillaume III.

Pendant qu'on construisait à la hâte une civière avec de gros branchages et une demi-douzaine de manteaux, Mistouflet alla examiner minutieusement le cheval mort.

Les paroles prononcées par le valet de chambre, lorsque son royal maître cherchait à calmer sa monture, l'avaient grandement intrigué.

Tenant de la main gauche la torche que lui avait donnée Andrews, il écarta avec les doigts de son autre main l'une des fosses nasales de la pauvre bête. Un filet de sang noirâtre venait d'attirer son attention.

Subitement il pâlit et sentit un frisson de terreur lui passer partout le corps.

D'un geste brusque, il appela Faribole.

— Qu'y a-t-il? demanda ce dernier en s'approchant.

— Un crime horrible! messire... fit Mistouflet à voix basse.

L'ancien maître d'armes eut un soubresaut de stupeur.

— Vous avez dit? murmura-t-il, croyant avoir mal entendu.

— La vérité, doux Jésus!... Courbez-vous et regardez... ajouta Mistouflet en soulevant le museau sanguinolent du cheval.

A son tour Faribole frémit de la tête aux pieds.

Son compagnon lui montrait un morceau d'amadou de la grosseur du pouce enfoncé dans une narine, et qu'il retira sous ses yeux.

— Voyez, messire Faribole, ce morceau d'amadou est à demi consumé; le sang en coulant a fini par éteindre le feu.

— Bagasse! que devons-nous faire?... Faut-il garder le secret de cette sinistre découverte?...

— Attendons, ami Faribole. Nous en parlerons d'abord au valet de chambre Andrews; nous agirons ensuite.

Le roi d'Angleterre venait d'être déposé avec mille précautions sur la civière improvisée.

L'endroit où était arrivé l'accident, ou plutôt le crime, était à peu-près à égale distance de la chaumière du garde-chasse et du château ; ce fut vers cette dernière demeure que le lugubre cortège se dirigea à pas lents et dans un pénible silence.

Mistouflet enveloppa le morceau d'amadou dans son mouchoir, puis avec son ami Faribole il rejoignit maître Godineau, et tous trois suivirent jusqu'au château l'escorte attristée.

Quatre cavaliers restèrent de garde sur le lieu de l'accident afin d'en éloigner les curieux.

— Monsieur Mistouflet, dit tout bas Faribole, ne trouvez-vous pas, comme moi, que cette tentative criminelle, coïncidant avec notre arrivée, offre quelque chose d'étrange.

— Oui, Monsieur Faribole ; et ce sont certainement des misérables à la solde de Louis XIV, dirigés par Gniafon peut-être, qui ont introduit le morceau d'amadou dans les naseaux de la monture du roi d'Angleterre.

Les deux amis et leur interprète pénétrèrent dans le château et se mêlèrent aux invités qui remplissaient une des grandes salles du rez-de-chaussée. Le royal blessé avait été porté sur son lit autour duquel deux médecins et un chirurgien s'étaient empressés d'accourir

Mais tous leurs soins furent inutiles.

Guillaume III rendit le dernier soupir entre les bras de son fidèle Andrews sans même avoir repris connaissance.

Un frisson d'effroi agita tous les nobles seigneurs anglais, toutes les grandes dames de la cour et nos trois Français, quand un officier de la garde du roi entra dans la salle basse et prononça d'une voix grave ces mots funèbres :

— Le roi est mort !

Une demi-heure plus tard, Faribole chargeait maître Godineau de dire ou de faire dire au valet de chambre Andrews que les deux français désiraient l'entretenir en particulier pour lui apprendre un fait de la plus haute gravité.

Andrews donna l'ordre de conduire les deux amis et leur interprète dans une chambre du premier étage où, un moment après, il vint les rejoindre.

Grâce à maître Godineau, la conversation s'établit sans difficulté.

— Ce que vous avez à m'apprendre a-t-il trait au terrible accident qui a coûté la vie à mon cher maître ? demanda le valet favori du prince d'Orange.

— Oui, répondit Faribole, et il s'agit d'une chose si grave que nous n'avons pas voulu en parler avant de vous avoir vu.

— Mon Dieu, vous m'effrayez Excellence.

— Ce n'est pas un accident qui a tué Sa Majesté, reprit Faribole, mais un véritable crime!

— Des preuves? dit Andrews pâle comme un mort.

Mistouflet lui présenta le morceau d'amadou :

— Voici ce que j'ai retiré moi-même des naseaux du cheval que montait le roi d'Angleterre.

Il y eut un long instant de silence.

Le valet demeurait atterré par la révélation de l'ancien maître d'armes.

Enfin, il redressa la tête et demanda par l'intermédiaire de Godineau :

— Leurs Excellences n'ont parlé de leur découverte à personne?

— A personne! répondit Faribole.

— Bien. Que leurs Excellences gardent encore le secret... Je veux moi-même rechercher les coupables; en se croyant sûrs de l'impunité ils commettront peut-être quelque imprudence qui m'aidera à les découvrir et me permettra de venger mon auguste maître.

— Les premiers instigateurs du crime qui vient d'être commis font partie de l'entourage du roi de France, dit Mistouflet.

— Leurs Excellences pensent-elles rester quelques jours en Angleterre? demanda Andrews.

— Non, répondit Faribole; nous comptons repartir dès demain. Notre place est là-bas, dans les Cévennes, aux côtés de notre maître en train de combattre les troupes de Louis XIV, et qui, maintenant que son puissant allié n'est plus, ne pourra compter que sur son épée et le bon droit pour faire triompher sa cause.

— Excellences, il me reste à exécuter une partie des derniers ordres que m'a donnés mon malheureux maître... Veuillez m'accorder un instant, dit le valet de confiance de Guillaume d'Orange.

Il sortit vivement de la chambre.

Moins de dix minutes après il revenait et, en remettant une bourse à Faribole et une seconde à Mistouflet :

— Sa Majesté voulant vous prouver sa reconnaissance m'avait chargé de vous offrir à chacun cinq cents pistoles... les voici, Excellences... Et maintenant si vous pensez que je puisse encore quelque chose pour vous, dites-le-moi; je le ferai...

— Nous vous remercions bien sincèrement, répondit Faribole... Nous ne voulons pas vous quitter sans vous promettre que nous ferons de notre côté tous nos efforts pour venger la mort de votre prince.

— Un des bandits que nous soupçonnons être le principal auteur du crime, est le plus mortel ennemi de notre généreux maître, ajouta Mistouflet.

— Si j'avais à écrire à leurs Excellences, où pourrai-je adresser mes lettres? fit demander Andrews.

Faribole, très embarrassé, ne savait guère quel endroit indiquer; Mistouflet proposa alors de donner l'adresse des deux frères Lafond.

— C'est une bonne idée, bagasse! dit Faribole. N'importe le lieu où nous serons ils sauront bien nous retrouver.

Après avoir inscrit exactement l'adresse que lui dicta maître Godineau, Andrews prit congé des trois Français et retourna auprès du lit sur lequel le prince d'Orange dormait du sommeil éternel.

De grand matin, le lendemain, l'ancien maître d'armes, son élève et le marchand de mercerie montaient à cheval et s'éloignaient rapidement du château royal.

Dans l'après-midi tous trois étaient de retour à Brigthon.

A l'hôtellerie ils retrouvèrent Morel qui avait déjà appris l'accident et la mort du roi d'Angleterre, mais naturellement ignorait que cette mort était le résultat d'un crime.

Maître Godineau invita ses compagnons à passer au moins une journée chez lui.

Faribole et Mistouflet refusèrent.

— Nous voudrions bien accepter, bagasse! répondit Faribole, mais cela nous est impossible. Il y a juste vingt jours que nous avons quitté Monseigneur Louis et nos amis, aussi ils nous tardent de nous retrouver auprès d'eux.

— Et puis, doux Seigneur! qui sait si de fâcheux événements ne se sont pas passés depuis notre départ, dit Mistouflet.

Hélas! les deux hardis compagnons étaient loin de se douter que Monseigneur Louis était tombé sur le champ de bataille, et que leur douce maîtresse Yvonne, pour laquelle ils auraient donné jusqu'à la dernière goutte de leur sang, n'avait plus reparu ni à Euzet, ni dans aucun village habité par les camisards.

A trois heures de l'après-midi, Faribole, Mistouflet et Morel montaient à bord du *Vigilant;* le mercier Godineau serrait la main de ses compagnons et retournait à terre.

Au moment où l'équipage achevait de lever l'ancre, un bateau de pêche, qui quittait son mouillage, passa à une très faible distance du *Vigilant.*

Machinalement Faribole le regarda filer.

Mais à peine ses yeux se furent-ils posés sur le pont qu'il bondit comme si un serpent l'eut piqué, et laissa échapper une exclamation de stupeur et de rage.

— A mille dious! lui... lui!...

Puis il cria à Mistouflet :

— Un pistolet!... un mousquet!... mais vite, vite!

Morel et Mistouflet, restés dans la cabine, accoururent.

— Qu'avez-vous donc, Messire Faribole dirent-ils à la fois.

L'ancien maître d'armes étendit la main vers le bateau de pêche qui s'éloignait lentement.

— Sur ce bateau... Voyez ce nain hideux, bossu, difforme?... le reconnaissez-vous? s'écria-t-il.

— Ah! doux Jésus! c'est Gniafon! fit Mistouflet.

Et de colère crispant ses poings Faribole ajouta :

— Mais, mordious! je ne pourrai donc pas écraser cette bête horrible et venimeuse!...

CHAPITRE XXXV

OU GNIAFON PREND PLAISIR A RACONTER SON DERNIER CRIME

Cinq jours se sont écoulés depuis la mort tragique de Guillaume III, roi d'Angleterre.

Depuis vingt-quatre heures Louis XIV et sa compagne, Mme de Maintenon, étaient en proie à une inquiétude mortelle.

Un rapport du gouverneur de Saint-Malo était venu leur apprendre l'incident survenu sur la place au milieu de laquelle Faribole laissa tomber son coffret.

Le gouverneur parlait aussi, dans son rapport, du mécontentement qu'avait provoqué l'embargo, que pendant toute une journée il avait mis sur les bateaux ancrés dans la baie pour obéir aux ordres d'un nommé Gniafon lequel était porteur d'un pouvoir discrétionnaire.

Mme de Maintenon était assise dans le cabinet de son royal époux, tout près d'une cheminée dans laquelle achevait de se consumer deux énormes bûches; à sa droite, assis également dans un large fauteuil, se trouvait Louis XIV l'air sombre et pensif.

M. le marquis de Barbezieux, arrivé depuis cinq minutes seulement, se tenait debout et immobile, le coude légèrement appuyé sur l'angle de la tablette de la cheminée.

Le jeune ministre observait du coin de l'œil la physionomie de son maître et voyant les nuages qui passaient sur son front :

— Ça va mal, ça va mal! répétait-il à part lui.

Brusquement le roi releva le front :

— Cet homme dont vous étiez sûr, Monsieur de Barbezieux, ce Gniafon se sera vendu au roi d'Angleterre, dit-il d'une voix dénotant un réel découragement.

— Je ne puis le croire, sire, répliqua le marquis.

— Et moi j'affirme que cela n'est pas! dit avec vivacité l'ex-veuve du poëte Scarron.

— Mais alors, Madame reprit le souverain, comment expliquez-vous cette absence de nouvelles, la disparition de cet homme dès qu'il a eu entre les mains le coffret de la Montespan?... Songez que voilà presque quatorze jours qu'il a quitté Saint-Malo pour aller à Granville.

— Je ne saurais, en effet, sire, répondit Mme de Maintenon, vous dire la cause de l'absence de nouvelles du seigneur Gniafon; peut-être les deux émissaires de Monseigneur Louis ont-ils réussi à s'emparer de lui, peut-être l'ont-ils grièvement blessé ou même tué...

Mais voyant subitement pâlir le roi elle ajouta vivement :

— Notez, sire, que ce que je vous dis là n'est qu'une simple supposition.

— Sans doute, repartit Louis XIV d'une voix sourde, mais si par hasard votre supposition était vraie, Madame, le coffret serait à cette heure en la possession du roi d'Angleterre... Et vous vous doutez bien de ce que va faire mon plus implacable ennemi?

Mme de Maintenon et le marquis de Barbezieux crurent devoir garder prudemment le silence.

D'un ton où perçait un commencement d'irritation, Sa Majesté reprit :

— Je veux savoir ce qu'est devenu ce messire Gniafon. Monsieur de Barbezieux, vous allez immédiatement donner des ordres afin qu'on retrouve ses traces.

— Bien, sire !

Barbezieux s'inclina très bas en se disant à lui-même :

— Hâte-toi de filer, marquis, il n'est que temps !... la bourrasque royale ne peut tarder d'éclater !

Il allait sortir du cabinet quand il saisit un signe d'intelligence que lui adressait, en se levant, la compagne du roi.

Il attendit.

— Mon cher sire, fit doucement Mme de Maintenon, je veux me livrer de mon côté à certaines recherches, et avant peu de temps, je l'espère, j'aurai de bonnes nouvelles à vous annoncer.

— Je vais les attendre avec impatience, madame, dit le roi en baisant galamment la main que lui tendait sa compagne.

Un quart d'heure plus tard celle-ci était enfermée dans son boudoir en compagnie du fils de Louvois.

— Pour vous avouer la vérité, Monsieur le marquis, dit Mme de Maintenon, au jeune ministre, je commence à être grandement inquiète.

— Pas plus que moi, madame, répliqua Barbezieux.

Puis avec un air de mélancolie :

— Et dire qu'il y a des gens qui voudraient être ministres !... Les malheureux ! ajouta-t-il. Depuis que j'ai succédé à M. de Louvois, mon regretté père, je n'ai pas eu une journée entière, je ne dirai pas de plaisir, mais de repos, de tranquillité !

— On m'a cependant rapporté, Monsieur le marquis, que la semaine dernière encore on vous avait vu après minuit dans certain tripot.

— En un mois, madame, je n'ai passé où vous dites que trois nuits, oui, trois nuits seulement... tandis qu'autrefois !...

— Je connais votre conduite d'autrefois, interrompit Mme de Maintenon. Mais il ne s'agit pas de cela en ce moment.

— C'est juste, Madame ; il nous faudrait retrouver le messire Gniafon.

— J'ai peur de deviner en quel lieu et à qui il est allé porter le coffret de la Montespan.

— Au roi d'Angleterre peut-être... dame, si, à lui aussi on a offert, trois millions !

Pour !a dernière fois halte-là ! qui vive ?

— Non, le messire Gniafen n'a certainement pas quitté la France...

— Alors, Madame, il est allé proposer un marché à Monseigneur Louis, dit M. de Barbezieux?

— Vous n'y êtes pas, répliqua Mme de Maintenon. Le messire Gniafon a dû retourner à Bourbon-l'Archambault, au couvent de Notre-Dame de Recouvrance, où, par ordre du roi, la femme de Monseigneur Louis est retenue prisonnière.

— Le messire Gniafon doit pourtant se douter qu'il lui sera difficile d'arriver jusqu'à elle ; tandis qu'il approcherait aisément de Monseigneur Louis.

— Je vois, mon cher marquis, que j'ai bien des choses à vous apprendre, fit Mme de Maintenon en souriant. Sachez donc d'abord que le messire Gniafon est amoureux, mais amoureux fou de dame Yvonne...

— De la femme où plutôt de la maîtresse de Monseigneur Louis ! Pas possible !

— C'est la vérité, et cet amour violent ne date pas d'hier, reprit la mère de l'affreux nain. Le messire Gniafon a réussi à s'emparer de l'enfant d'Yvonne, puis il a proposé à la jeune femme de le lui rendre en échange...

— De son amour ! acheva M. de Barbezieux en riant. Savez-vous, madame, qu'il est très fort ce vilain petit bonhomme.

— Or, Monsieur le marquis, j'ai peur que Gniafon ne soit allé offrir le coffret et les parchemins à celle qu'il aime... pour la posséder un instant il trahira sans hésiter notre gracieux souverain.

— Diantre ! diantre !... On ferait peut-être bien d'envoyer ce méchant nain à la Bastille.

— Il faudrait d'abord le retrouver. Car rien ne sera perdu tant qu'il n'aura pas donné le coffret soit à dame Yvonne, soit à Monseigneur Louis.

— Je vais envoyer de suite mes meilleurs agents à Bourbon-l'Archambault, dit le marquis en prenant congé de la compagne de Louis XIV

Restée seule, Mme de Maintenon se prit à méditer longuement.

— Si Gniafon n'a pas encore pu proposer le coffret à dame Yvonne, il sera facile de s'en emparer ; malheureusement il a eu le temps de se rendre auprès d'elle ; et les pouvoirs qu'ils possèdent, joints à son audace infernale, lui ont peut-être permis de la faire sortir du couvent.

Comme elle achevait ce soliloque, on frappa discrètement à la petite porte de son boudoir.

— Entrez ! dit-elle.

Une fille de chambre, remplaçant momentanément la jolie Germaine mariée depuis huit jours, se présenta et dit à sa maîtresse :

— Madame, c'est un nommé Gniafon qui demande...

Elle ne put en dire davantage : Mme de Maintenon s'était redressée d'un bond et lui criait :

— Faites entrer ! faites entrer !

La fille de chambre introduisit Gniafon encore tout botté et couvert de boue et de poussière.

— Je n'y suis pour personne, monsieur de Barbezieux excepté, vous entendez? dit la mère de Gniafon.

— Bien madame !

Et la remplaçante de Germaine sortit.

Mme de Maintenon attendit que la petite porte se fut refermée, puis prenant brusquement le bras de son fils :

— Gniafon, donnez-moi le coffret? s'écria-t-elle.

— Quoi ! chère maman, vous savez déjà...

— Que vous êtes parvenu à vous emparer, à Saint-Malo, du petit coffret que deux émissaires de Monseigneur portaient en Angleterre.

Le nain se mit à rire, ou plutôt à ricaner.

— Ah ! ah ! belle maman, l'amour que vous avez pour votre fils vous égare donc la cervelle au point que vous voulez le comparer à quelque héros fabuleux.

Et s'apercevant que Mme de Maintenon le regardait avec un air de profond étonnement :

— Mais oui, cornes du diable ! reprit-il, seul, un héros des temps anciens aurait été capable de s'emparer du coffret que deux aventuriers avaient mission de porter à Guillaume III... Mais vous ne savez donc pas qu'ils se seraient fait hacher en morceaux avant de se le laisser prendre.

— Alors, ce coffret... que vous aviez avec vous quand vous vous êtes embarqué pour Granville? demanda haletante la compagne du roi.

— Ce coffret, chère maman, on me l'a abandonné, on me l'a jeté pour se débarrasser de moi.

— Je devine, Gniafon : le petit coffret n'était pas celui de Montespan ou bien il était vide !

— Si, c'était bien le véritable tout taché du sang de Mme de Soissons assassiné par M. de Barbezieux; mais comme vous le dites, chère maman, le coffret était vide... Et moi j'ai été assez niais pour croire un instant qu'il avait été perdu par le bandit qui le portait.

— Ainsi les preuves que demandait le prince d'Orange?...

— Sont arrivés à destination, chère maman.

— Nous sommes perdus ! murmura à demi-voix Mme de Maintenon.

Et elle retomba comme anéantie sur un fauteuil.

— Par exemple, reprit Gniafon, je vous jure bien que si les deux aventuriers, que le diable devrait emporter! ont réussi à s'embarquer pour l'Angleterre, il n'y a pas de ma faute... Embuscade, coups de pistolet, coups d'épée, gâteaux empoisonnés, fusillade, j'ai tout employé pour les arrêter en route.

— Et vous les avez suivis jusqu'à Londres ?

— Plus loin encore ! J'étais à dix pas d'eux lorsqu'ils sont entrés dans la cabane d'un garde-chasse dans laquelle Guillaume III se reposait de sa longue course à travers les bois.

— Que faire, mon Dieu, que faire pour prévenir la catastrophe qui va bientôt fondre sur le trône de France! murmura d'une voix tremblante d'effroi la compagne de Louis XVI.

Gniafon, les lèvres plissées par un sourire narquois, regarda un instant sa mère, puis brusquement, le ton cynique :

— Ma foi, fit-il, vous pouvez remercier Dieu, ou Satan, je ne saurais vous dire lequel, de vous avoir donner un fils tel que moi !

— Que voulez-vous dire, Gniafon ?

— Simplement ceci ; que grâce à moi Guillaume III ne pourra point détrôner votre aimable époux, ni vous précipiter, ainsi que vous le redoutez, du haut des grandeurs où, avouez-le, chère maman, j'ai bien un peu contribué à vous élever.

— Cependant, s'il a reçu les preuves... il agira...

— Puisque je vous dis que non! interrompit l'horrible nain.

Et s'avançant d'un pas vers le fauteuil de sa mère, il ajouta en baissant la voix :

— Les vivants seuls agissent... les morts ne le peuvent pas !

Mme de Maintenon bondit sur ses jambes comme si elle eût été poussée par un ressort.

— Ciel ! qu'avez-vous dit ? s'écria-t-elle haletante.

— La vérité, rien que la vérité, toute la vérité !... répliqua Gniafon l'accent moqueur et cynique... Guillaume III, roi d'Angleterre n'est plus à craindre, car il est mort !...

— Mort !... mort !... répéta Mme de Maintenon, se demandant si elle était bien éveillée.

Puis blême de stupeur et d'émotion, les membres tremblants, tout le corps secoué par un frisson glacial, elle fixa ses regards effarés sur Gniafon debout et immobile devant elle.

En voyant le sourire méchant qui crispait ses lèvres sensuelles, en voyant la joie hideuse qui se peignait sur son visage livide où semblaient se combattre la bassesse et l'infamie, enfin, en voyant la lueur de triomphe brillant dans son œil ordinairement terne et mauvais, elle comprit que le misérable disait vrai et ne se jouait pas d'elle.

Soudain une pensée traversa son esprit avec la rapidité d'un éclair :

Et elle regarda le nain non plus avec stupeur, mais avec une indicible épouvante :

Il avait osé assassiner un roi !...

Un jour peut-être il aurait l'infâme audace de se débarrasser de sa mère...

Maintenant Gniafon lui faisait peur.

Toute tremblante, elle se laissa retomber plus tôt qu'elle ne s'assit dans son large fauteuil, puis elle passa la main sur son front où perlait une sueur froide.

Toujours ironique l'affreux nain la regardait.

— Eh bien ! voilà toute la joie que vous fait éprouver une heureuse nouvelle ? dit-il en ricanant.

— Alors... fit Mme de Maintenon hésitante, alors... vous avez tué Guillaume III ?

— Tué... tué ?... ce n'est pas tout à fait exact, ma chère maman... Le prince est mort par suite d'un accident.

— Mais cet accident... c'est vous...

— Oui, c'est moi qui l'ai préparé, et fort habilement ainsi que vous allez le voir... En quelques mots je vais vous conter ce qui s'est passé... Écoutez-moi donc, chère maman !

Au moment où il allait commencer le récit de son crime, on gratta à la porte du boudoir, puis la fille de chambre entra et dit que M. de Barbezieux, avant de passer chez le roi, avait une grave nouvelle à annoncer à Mme de Maintenon.

Avec une vivacité qu'on ne lui connaissait pas, le marquis pénétra dans le boudoir, et sans apercevoir Gniafon qui s'était reculé :

— Louis XIV est sauvé, madame ! s'écria-t-il sans dissimuler sa joie. Le roi d'Angleterre n'est plus de ce monde !

— Je le sais, monsieur le marquis ! répliqua le mère de Gniafon en souriant.

Maintenant sa frayeur avait disparu ; l'arrivée du ministre lui avait ramené toute sa présence d'esprit.

— Ah ! vous savez déjà ?... fit le gentilhomme avec un étonnement qui tenait de la stupéfaction.

Gniafon s'avança et son sourire de hyène sur les lèvres :

— C'est moi, monseigneur, qui suis le messager de la bonne nouvelle! dit-il en s'inclinant cérémonieusement.

— Ah! ah! messire Gniafon, votre disparition est alors expliquée : vous étiez en Angleterre!

— Et je n'y ai pas perdu mon temps, je vous prie de le croire, monseigneur, répliqua le nain.

— La lettre qui nous apprend la mort de Sa Majesté Guillaume III parle d'une chute de cheval... Est-ce vrai? demanda le ministre.

— Lorsque vous êtes entré, Monseigneur, j'allais expliquer à Madame de Maintenon non seulement comment a eu lieu l'accident mais encore comment il a été amené!

M. de Barbezieux sursauta brusquement en entendant ce dernier mot sur lequel avait appuyé Gniafon.

— Ah ça! Monseigneur, reprit le nain en regardant, l'air narquois, le marquis immobile de stupeur; ah ça! croyez-vous donc que c'est la Providence qui, pour nous sauver tous, a fait disparaître du nombre des vivants le roi d'Angleterre juste au moment où il venait de recevoir les parchemins que vous n'avez pu enlever à la pauvre comtesse de Soissons!

A ces mots, qui lui rappelait le lâche assassinat qu'il avait inutilement commis, le marquis de Barbezieux se sentit frémir et laissant tomber son regard sur le nain gouailleur :

— Affreux bonhomme, pensa-t-il, à la première occasion je te ferai disparaître... tant que tu vivras je ne serai pas tranquille!

— Veuillez vous asseoir, monsieur de Barbezieux, s'empressa de dire Mme de Maintenon. Il me tarde d'entendre le récit du messire Gniafon.

Le jeune ministre prit un siège, s'assit et le nain commença :

— Je venais de voir les deux compagnons... que Monseigneur connaît aussi bien que moi...

— Oui, Faribole et Mistouflet! murmura à mi-voix le marquis en passant machinalement la main sur son cou.

— Je venais donc de les voir pénétrer auprès du roi d'Angleterre et je me disais que tout était perdu, quand mon regard rencontra deux montures attachées au tronc d'un arbre. Une idée audacieuse me vint; je quittai sans bruit le buisson derrière lequel je m'étais caché et je me mis à la recherche de quelque vieux chêne.

— D'un vieux chêne? pourquoi cela? fit Barbezieux.

— Parce que, collées au tronc des chênes, on trouve de larges plaques d'amadou; vous ne saviez pas ça, Monseigneur ?

— J'avoue mon ignorance, répliqua le jeune ministre.

— J'eus vite trouvé ce que je désirais, reprit Gniafon. Je revins à la chaumière dans laquelle était Guillaume III. Tout semblait concourir à la réussite de mon dessein : l'obscurité se faisait peu à peu, le cheval blanc du roi était attaché avec celui d'un valet nommé Andrews, à un arbre touchant presque l'angle de la maisonnette, le laquais chargé de veiller sur les deux montures causait à une dizaine de pas et me tournait le dos...

— Je commence à comprendre, murmura tout bas le ministre.

— Il me fut donc facile d'introduire dans une des narines du cheval blanc un long morceau d'amadou enflammé.

— Et l'animal ne s'est pas cabré aussitôt?

— Attendez donc, Monseigneur... Quand je me charge d'une chose, sachez que je ne néglige rien pour qu'elle soit bien faite... Donc j'avais eu soin d'entourer l'extrémité enflammée du morceau d'amadou par un cercle ou si vous aimez mieux un anneau assez épais de même matière; de cette façon la monture de Sa Majesté ne devait sentir l'effet du feu qu'au bout de quelques minutes.

— Et le hasard a voulu que Guillaume III montât à cheval au bon moment? dit M. de Barbezieux.

— A peu près, Monseigneur. A peine avais-je placé ma mèche d'amadou que je vis dans l'avenue les porteurs de torches précédant l'escorte du roi...

... Lorsque celui-ci se mit en selle, il était temps : sa monture commençait à se cabrer. Cependant il parvint à la maîtriser et, suivi de son escorte, il prit la direction du château.

— Et naturellement vous guettiez ce qui allait résulter de votre... de votre heureuse idée, fit le marquis remplaçant par « heureuse idée » les deux mots « action criminelle » moins agréables à entendre prononcer.

— En effet, je n'étais pas loin, répliqua Gniafon; et je distinguai parfaitement les cris qui s'élevèrent lorsque la monture du roi s'emporta soudain, ainsi que la clameur que poussa l'escorte, quand le prince d'Orange fut ramassé, le crâne fendu, au pied d'un gros rouvre contre lequel, lui et son cheval étaient venus se jeter.

— Vous deviez être satisfait, seigneur Gniafon ! demanda le marquis de Barbezieux, le ton légèrement ironique.

— Pas encore, Monseigneur.

— Ah!... vraiment!...

— Le roi n'était pas mort! continua l'horrible nain.

— C'est juste, seigneur Gniafon!

— Guillaume III fut transporté dans son château. Une demi-heure plus tard on annonçait que le roi venait de mourir des suites de son terrible accident.

— Qui n'en était pas un... pour vous du moins!

— Je me rendis à Londres, reprit Gniafon. Et le lendemain matin dès que, sous mes yeux, on eut voilé l'étendard royal d'un long crêpe noir, je repris à franc étrier le chemin de Brigthon.

.. Cinq heures après, je m'embarquais pour la France... et avant tous les courriers, j'apportais ici l'heureuse nouvelle.

Se tournant alors vers sa mère :

— Croyez-vous, madame, que je n'ai pas mérité une récompense du roi de France? ajouta-t-il vivement.

— Messire Gniafon, répondit Mme de Maintenon, vous vous êtes conduit en bon et dévoué sujet de Sa Majesté, Elle ne l'oubliera pas, c'est moi qui vous l'assure.

Le marquis de Barbezieux se leva.

— Permettez-moi, madame, dit-il, d'aller maintenant annoncer l'importante nouvelle à Sa Majesté... à moins, ajouta-t-il que vous ne veuilliez vous-même avoir ce plaisir.

— Non, monsieur de Barbezieux, rendez-vous seul auprès du roi; moi j'ai encore à m'entretenir avec messire Gniafon.

Le ministre s'inclina profondément, sortit du boudoir, et deux minutes après, il était dans le cabinet de Louis XIV, qui manqua se trouver mal d'émotion et de joie en apprenant qu'il était pour jamais délivré de son implacable ennemi.

Aussitôt que le marquis se fut éloigné, Gniafon dit à Mme de Maintenon :

— Ma chère maman, si ce que vous avez à me demander ou à m'apprendre peut être ajourné à demain, je vous prierai de me permettre d'aller me reposer, car je vous avoue que je commence en avoir besoin.

— Excusez-moi, Gniafon... et allez vous reposer ; mais demain matin,

Ah! maître Guerluchet, vous pouvez vous vanter de m'avoir fait une fière peur.

à dix heures, trouvez-vous au bourg Saint-Germain, devant la maison portant le n° 3 de la rue du Chasse-Midi (1).

— Pourquoi ce rendez-vous à la campagne?

— Une surprise que je veux vous faire, répliqua Mme de Maintenon en souriant. Surtout ne quittez pas Paris sans être venu me rejoindre au rendez-vous que je vous assigne.

— Puisque vous le désirez, chère maman, je serai demain à l'heure indiquée au bourg Saint-Germain.

Sur ces mots, Gniafon salua légèrement sa mère et sortit.

Le lendemain, un peu avant dix heures du matin, un carrosse très simple sortait de Paris par la porte de Bussi et pénétrait dans le bourg Saint-Germain, qui, un an plus tard, devait être réuni à la capitale.

La lourde voiture roula cinq minutes sur les pavés de la rue du Four admirablement entretenue alors, puis atteignit l'entrée de la rue du Chasse-Midi.

Là, elle s'arrêta à quelques pas de la porte d'une maisonnette d'apparence fort coquette.

Cette jolie habitation, portant le n° 3, n'avait qu'un étage bâti sur rez-de-chaussée.

Derrière s'étendait un jardin encore assez vaste, clos par trois côtés de haies d'aubépine.

Aussitôt que le carrosse se fut arrêté, l'unique laquais qui l'accompagnait, se précipita à la portière, l'ouvrit et inclina un peu la tête quand une dame, dont il eut été impossible de voir si elle était laide ou jolie, tant la voilette qui lui couvrait le visage était épaisse, sauta assez légèrement du marche-pied sur le sol et se dirigea vers la porte de la coquette habitation.

Au même instant, sur le seuil de celle-ci, se montra Germaine, la jeune et jolie fille de chambre de Mme de Maintenon

— Je vous attendais, madame, dit-elle en s'effaçant pour laisser entrer sa maîtresse, car la dame voilée n'était autre que la compagne de Louis XIV.

Derrière Mme de Maintenon, Germaine repoussa la porte.

— Germaine, le petit Yvon, se porte-t-il toujours bien?

— Toujours, madame. La mère de Jean-Marie est en train de l'habiller pour vous le descendre.

_____

(1) Aujourd'hui « Cherche-Midi ». Cette rue, hors de Paris alors, unissait la porte de Bussi à la porte de Vaugirard.

— A propos, Germaine, voilà une semaine que tu es mariée ; la lune de miel n'est pas encore, je l'espère, arrivée à son dernier quartier ? dit en riant Mme de Maintenon.

— Non, madame ; Jean-Marie est toujours bon, aimable et empressé ; il fait tout ce qu'il peut pour m'être agréable, répondit la jeune femme en rougissant malgré elle.

En ce moment, la belle-mère de Germaine, descendant de l'étage supérieur, apparut sur les dernières marches de l'escalier de bois.

Dans ses bras elle tenait un adorable enfant dont les petites lèvres roses souriaient d'un sourire d'ange.

Ce charmant enfant était le fils d'Yvonne.

Mme de Maintenon, ignorant son nom de baptême, avait eu l'idée de supprimer deux lettres au prénom de sa mère ; et d'Yvonne on avait fait Yvon.

Après avoir caressé le bel enfant, elle demanda à Germaine :

— Sais-tu quand sera achevé le portrait d'Yvon ?

— Mais il est fait, madame. Le peintre l'a apporté lui-même ce matin.

Et la jeune femme courut vers une commode, ouvrit un tiroir et en tira une ravissante miniature du fils d'Yvonne et de Monseigneur Louis.

Cette miniature était peinte à l'huile sur une planchette ayant environ la longueur de l'index comme hauteur et, dans sa largeur, la moitié du doigt.

Elle avait été faite en quelques jours sur l'ordre de Mme de Maintenon qui voulait l'envoyer à Yvonne.

La gentillesse de l'enfant volé l'avait conquise ; et, elle qui avait donné le jour à un être affreux, à Gniafon, éprouvait à la vue du beau chérubin une sensation qu'elle ne pouvait définir.

Elle s'était dit que la douleur d'une mère privée des caresses de son enfant devait être grande.

Or, ne voulant pas rendre encore à la douce Yvonne son fils, elle avait résolu de lui envoyer son portrait.

Malheureusement l'arrivée de Gniafon allait la faire changer d'idée.

En entendant sonner dix heures, elle dit à sa fille de chambre :

— Germaine, regarde donc si tu n'aperçois pas en face de la maison messire Gniafon !

La jeune femme s'approcha de la fenêtre, écarta les rideaux blancs et regardant dans la rue :

— Madame, dit-elle aussitôt, messire Gniafon cause en ce moment avec votre cocher

— Fais-lui signe de venir me rejoindre, reprit Mme de Maintenon.

Germaine obéit.

Une minute après, Gniafon était devant sa mère.

Celle-ci lui montra le petit Yvon :

— Seigneur Gniafon, le reconnaissez-vous? lui dit-elle.

Le nain fixa son œil sur la mignonne créature qui, soudain effrayée, cessa de sourire, et cacha son visage blanc et rose contre la large poitrine de la mère de Jean-Marie.

— Oh! l'enfant d'Yvonne!... Mais comment se fait-il que je le trouve ici? s'écria-t-il d'un ton où perçait la colère qu'il ressentait de voir que, malgré sa défense formelle, sa mère avait osé faire enlever l'enfant.

— Parce que les paysans auxquels vous en aviez confié la garde ne pouvaient pas le conserver plus longtemps, dit Mme de Maintenon. C'est dans votre intérêt que je l'ai fait apporter ici, Gniafon.

Mais celui-ci connaissait trop bien sa mère pour ajouter foi à ses paroles, et mentalement il se dit :

— Elle me trompe!... mais pourquoi me fait-elle savoir en quel lieu elle a caché l'enfant?...

... Oh! je devine ; elle avait formé quelque projet que la mort du roi d'Angleterre a rendu inutile.

A haute voix, il dit à sa mère :

— Je ne vois pas, madame, quel intérêt j'ai à ce que cet enfant soit ici plutôt que là-bas?

— D'abord, m on cher Gniafon, il sera ici fort bien soigné ; puis vous oubliez que là-bas il se trouvait sur le chemin de Bourbon-l'Archambault.

Le nain eut un sourire narquois ; il n'était nullement convaincu.

— Je vous demanderai la permission, madame, reprit-il avec une humilité ironique, de vous faire respectueusement observer que ceux qui se rendaient à Bourbon-l'Archambault avaient bien autre chose à faire que de s'arrêter à toutes les portes des nombreuses maisons se trouvant sur leur chemin.

— Sans doute, mon cher Gniafon ; mais dame Yvonne pouvait fort bien, elle...

— Dame Yvonne ? interrompit vivement le nain, dame Yvonne est là-bas dans les Cévennes où elle doit se livrer à de nouvelles recherches, cela est certain ; mais pour avoir l'idée d'en faire sur le chemin que j'ai suivi de Nîmes à Saint-Germain-les-Fossés, il faudrait d'abord qu'on le lui indiquât ; c'est impossible : mes précautions étaient trop bien prises.

Mme de Maintenon ne l'écoutait plus, quoiqu'elle fît toujours semblant.

Elle réfléchissait :

— Oh ! pensait-elle, les paroles de Gniafon me prouvent qu'il ignore complètement qu'Yvonne était avec la comtesse de Soissons au chevet de la Montespan...

... Ne lui apprenons rien encore, et laissons-le retourner dans les Cévennes...

... Avant de donner suite à mes projets, attendons que le successeur de Guillame III ait laissé entrevoir ce qu'il compte faire du secret qu'il doit connaître maintenant.

Mais s'apercevant que le nain ayant fini de parler la regardait, elle dit en souriant :

— Mon cher Gniafon, pour la réussite de votre dessein, il vaut mieux, croyez-moi, que le fils d'Yvonne ait été conduit ici.

... Vous pourrez le reprendre quand vous voudrez...

— Je l'espère bien ! fit Gniafon le ton menaçant.

— Personne ne s'y opposera, continua Mme de Maintenon, comme si elle n'avait pas entendu l'interruption peu respectueuse.

... J'ai fait peindre le portrait de cet enfant, vous l'enverrez à dame Yvonne avec un mot et, je suis certaine, ajouta-t-elle en souriant, que ce cadeau, que cette preuve..... d'affection, vous gagnera ses bonnes grâces.

Et tout en parlant, elle présenta la miniature à Gniafon.

— Vous avez raison, dit brusquement celui-ci en plaçant le portrait dans la poche de son pourpoint ; seulement au lieu de le lui envoyer, je compte le porter moi-même.

Un quart d'heure plus tard, Mme de Maintenon remontait dans son carrosse et se faisait ramener au palais du Louvre.

En rentrant chez elle elle écrivit à la hâte ces lignes :

« Le Seigneur Gniafon ne sait pas que dame Yvonne se trouve en ce
« moment au couvent de N.-D. de Recouvrance; jusqu'à nouvel ordre, il
« faut qu'il l'ignore... Il doit se rendre dans les Cévennes; faites-le
« surveiller.

« F. DE MAINTENON. »

Elle cacheta ce billet et appela le laquais dont elle s'était fait accompagner.

— Cette lettre à l'instant à Monseigneur Barbezieux.

Le laquais prit le papier, s'inclina très bas et sortit rapidement.

— Et maintenant, se dit à mi-voix la femme du roi de France, attendons les nouvelles d'Angleterre !

. . . .

Le même jour, presque à la même heure où Mme de Maintenon
s'entretenait avec Gniafon dans la maisonnette du bourg Saint-Germain,
la pauvre Yvonne, portant des habits de novice, se tenait debout, triste
et pensive, devant la fenêtre grillée de la petite chambre qu'elle occupait
au dernier étage du couvent de N.-D. de Recouvrance.

Elle était prisonnière.

Seules la supérieure du couvent et la sœur tourière pouvaient communiquer avec elle.

Lorsque, après le départ de Gniafon, le marquis de Barbezieux eut
complètement repris possession de lui-même, il donna l'ordre d'enlever
le cadavre de la comtesse de Soissons et de le transporter à l'auberge du
village.

Il retourna ensuite au couvent pour parler à la supérieure.

Comme il approchait des bâtiments il entendit des cris partant du
logement de la sœur tourière.

Cette dernière criait à Yvonne :

— Qui êtes-vous? Que faites-vous ici? Comment avez-vous pu vous
introduire dans le parc?

De sa voix douce Yvonne répondit simplement :

— Je suis entrée dans ce couvent pour voir madame la marquise de
Montespan.

M. de Barbezieux arriva à la porte de la loge juste pour entendre
les paroles de la compagne de Monseigneur Louis.

Il entra et, à son tour, il lui demanda :

— Qui êtes-vous?

Yvonne devina que celui qui l'interrogeait devait être le marquis de

Barbezieux ; ignorant le drame terrible qui venait de se dérouler, elle pensa qu'il était préférable pour la comtesse de Soissons et aussi pour elle de ne point se faire connaître encore ; alors elle répondit :

— Je suis une pauvre femme bien malheureuse !

— Cela ne m'apprend point qui vous êtes !... Votre nom ? dit Barbezieux.

Au lieu de répondre Yvonne recula en pâlissant et montrant du doigt le pourpoint du gentilhomme :

— Ciel ! s'écria-t-elle, du sang !... du sang !

Le marquis devint blême, et sans bien savoir ce qu'il répondait :

— Deux bandits ont arrêté mon carrosse dans le chemin du couvent, et tandis que l'un d'eux poignardait ma compagne, l'autre essayait de m'étrangler.

— O mon Dieu ! murmura la sœur tourière. Les misérables ont-ils tué la personne qui vous accompagnait ?

— Oui, ma sœur. Le sang qui tache mon pourpoint est le sien. L'attaque a été si soudaine, et j'ai été si rapidement serré à la gorge par une sorte de colosse qu'il m'a été impossible de lui porter secours.

Yvonne avait frémi.

En elle-même elle se disait tout en regardant le visage livide du marquis :

— Le misérable ment !... L'assassin, c'est lui !

Quand une demi-heure plus tard, sur l'ordre de Barbezieux, on l'eut enfermée dans une chambre du couvent, elle chercha à reconstituer dans sa pensée la scène qui s'était passée à une courte distance du parc.

— Une discussion se sera élevée dans le carrosse entre le marquis et la comtesse ; elle aura appelé. Alors le marquis l'aura frappée de son poignard ; mais Faribole et Mistouflet devaient guetter le passage du carrosse ; pendant que le brave Mistouflet étranglait à demi M. de Barbezieux, Faribole aura reçu le coffret des mains de Mme de Soissons.

Le lendemain, la supérieure, qui venait de recevoir une lettre écrite par Barbezieux après une enquête faite à l'auberge, monta annoncer à Yvonne qu'elle était prisonnière et qu'elle ne pourrait sortir du couvent que sur un ordre signé du roi.

— J'attendrai, Madame, répondit la femme de Monseigneur Louis, je n'ai à me reprocher aucune mauvaise action, j'attendrai donc que Dieu, en la justice duquel j'ai confiance, punisse mes infâmes ennemis.

La pensée que ses fidèles et hardis compagnons galopaient vers Saint-Malo, portant le coffret au prince d'Orange, lui faisait paraître sa captivité moins cruelle.

Elle se disait aussi que par maître Exili, Monseigneur Louis apprendrait qu'elle était retenue au couvent de Notre-Dame-de-Recouvrance.

Il avait, en effet, été convenu entre elle et le vieil alchimiste, que celui-ci irait attendre la jeune femme à Saint-Germain-les-Fossés, dans la chaumière du tailleur Glandière, mais que, si au bout de dix jours Yvonne ne l'avait pas rejoint, il continuerait sa route et se rendrait auprès de Monseigneur Louis.

Ce jour-là, ainsi qu'on l'a lu plus haut, la charmante prisonnière se tenait pensive devant sa fenêtre.

Elle songeait à Faribole et à son ami Mistouflet :

— Voilà dix-huit jours qu'ils m'ont quittée, se disait-elle, même en supposant que les embûches tendues par nos ennemis leur aient fait perdre une semaine, ils doivent être en route pour revenir.

Puis elle sourit en songeant que ses deux vaillants amis sauraient bien la délivrer

Mais, soudain, son sourire disparut, elle pâlit et un frisson lui courut par tout le corps.

— O mon Dieu ! dit-elle tremblante. Mon fils est entre les mains du roi de France... cet homme ne reculera pas devant un nouveau crime... quand il se verra sur le point d'être chassé de son trône, il voudra se venger.... il fera tuer mon enfant, car c'est aussi celui de Monseigneur Louis... Ah ! il faut que je sois libre, oui libre avant l'inévitable catastrophe... libre pour défendre et sauver mon fils !...

De grosses larmes jaillirent soudain de ses beaux yeux, puis elle se laissa tomber sur un siège en murmurant anxieuse :

— Pauvre mignon ! où est-il maintenant ?... On le martyrise peut-être.

En ce moment la porte de sa chambre s'ouvrit et la sœur tourière entra tenant à la main un panier qu'elle alla poser sur une petite table.

— Mon enfant, dit-elle à Yvonne, onze heures viennent de sonner, voici votre déjeuner.

Le sang coulait abondamment par cette terrible blessure.

— Merci, ma sœur, répondit doucement la prisonnière en s'essuyant les yeux.

— Vous pleurez, ma pauvre enfant?

— Hélas! ma sœur, mon âme est triste, je me demande s'il me faudra passer ma vie entre les quatre murs de cette étroite chambre!

La sœur tourière regarda un instant la jeune femme.

La grâce touchante d'Yvonne, la douceur de sa voix, son air mélancolique mais toujours affable, avaient peu à peu gagné la sympathie de la tourière, personne très simple, peu instruite, dont les fonctions en faisaient en quelque sorte la servante des autres religieuses. Depuis trois jours, elle ajoutait en cachette des fruits, des sucreries, au frugal repas qu'elle montait deux fois par jour à la prisonnière.

La veille elle avait apporté à Yvonne un costume complet de novice pour remplacer la mauvaise robe, toute fripée que la prisonnière mettait chaque jour.

— Vous me ferez plaisir en prenant ces vêtements, avait-elle dit à la jeune femme.

Et celle-ci, pour être agréable à la sœur tourière, avait revêtu le costume de novice, sans se demander si la religieuse en le lui apportant n'avait point quelque arrière pensée.

Après avoir regardé une longue minute la pauvre Yvonne, la sœur lui dit doucement :

— La pureté de vos regards, la franchise peinte sur votre visage, me montrent, mon enfant, que vous ne m'avez pas menti en me disant que votre conscience n'était chargée d'aucune vilaine action. Aussi, je veux aujourd'hui vous faire part d'une pensée qui peut-être amènera un peu de joie dans votre cœur attristé.

— Je vous écoute, ma bonne sœur, fit Yvonne légèrement intriguée par ce prélude.

La tourière posa, à demi croisées, ses deux mains sur sa poitrine et lentement continua :

— Sans le vouloir, sans doute, vous aurez offensé Sa Majesté, le roi de France, eh bien, je crois que l'on vous pardonnerait et que l'on vous rendrait votre liberté si vous vous faisiez religieuse.

Yvonne fut sur le point de répondre que mille raisons s'opposaient à ce qu'elle prit le voile, mais une pensée rapide l'en empêcha.

Elle sembla se recueillir et réfléchir.

Si pourtant il était vrai qu'en consentant à se faire religieuse il lui serait permis d'aller et venir ?...

Ne pourrait-elle pas trouver une occasion pour s'enfuir loin du couvent !

— Ma sœur, dit-elle au bout de quelques secondes, **avant d'être autorisée à prendre le voile il faut d'abord avoir été novice ?**

— Oui, mon enfant, pendant une année.

— Ma situation de prisonnière ne m'empêchera-t-elle pas, si je fais

mon noviciat, de me promener quelquefois dans ce superbe parc?...
car je vous avoue, ma sœur, que c'est pour moi une grande privation de
ne pouvoir aller sous ces beaux arbres.

— Moi je crois, mon enfant, que vous pourrez chaque jour vous promener un instant dans les allées du parc ; de plus je demanderai à notre
mère supérieure de vous permettre de m'aider dans mes petits travaux,
cela vous distraira un peu.

— Eh bien, ma bonne sœur, reprit Yvonne de sa voix la plus douce,
informez-vous d'abord si, étant prisonnière, je puis faire mon noviciat.

— Ce soir, en vous montant votre repas, je vous dirai la réponse de
notre mère supérieure... Allons, espérez mon enfant.

Et la bonne sœur tourière s'éloigna fort contente.

Yvonne appuya son front contre les barreaux de sa fenêtre, son regard
se porta sur la campagne inondée de la lumière du soleil et tout bas elle
se dit :

— Oui, être autorisée à me promener dans le parc, pour moi le salut
est là !... Faribole et Mistouflet viendront à mon secours, si hauts que
soient ces murs je trouverai le moyen de communiquer avec mes dévoués
compagnons...

À cinq heures de l'après-midi la sœur tourière revint.

Un seul coup d'œil jeté sur son visage laissait deviner la bonne nouvelle
qu'elle apportait.

— Mon enfant, dit-elle d'une voix joyeuse, avant même d'avoir refermé
la porte, dès demain si vous le voulez, commencera votre noviçiat, après
le déjeuner il vous sera permis de descendre en ma compagnie un instant
au jardin.

Un doux et pâle sourire effleura les lèvres d'Yvonne :

— Quel est votre nom, ma sœur ? demanda-t-elle.

— En religion, sœur Philomène, répondit la tourière.

— Eh bien, ma bonne sœur Philomène, je ne sais ce que le destin fera
de moi, mais si un jour je prends le voile, je ne veux pas avoir d'autre
marraine que vous !

— Ce jour-là, mon enfant, nous serons bien heureuses toutes les
deux.

Un nuage de tristesse passa sur le front de la compagne de Monseigneur Louis, et intérieurement elle murmura :

— Si ce jour-là arrive, c'est que mon époux, mon fils, mes amis,
j'aurai tout perdu.

CHAPITRE XXXVI

OU MONSEIGNEUR LOUIS FAIT CONNAITRE LA SUPRÈME RÉSOLUTION QU'IL A PRISE

La nuit venait à grands pas. L'air était pur mais un peu froid.

Déjà les ombres s'étendaient sur les collines et dans la vallée, dans le bleu pâle du ciel on distinguait quelques étoiles, un peu de temps encore et elles brilleraient de tout leur éclat.

Faribole et Mistouflet, bien enveloppés dans leurs manteaux sombres, chevauchaient silencieusement sur la route d'Alais à Nîmes.

On n'entendait point d'autre bruit que celui des sabots de leurs montures et du frémissement léger des dernières feuilles, que le vent du nord enlevait des hautes branches des arbres bordant les deux côtés du chemin.

Depuis une demi-heure déjà, l'ancien maître d'armes et son élève marchaient au pas, botte à botte, et plongés dans une longue et profonde méditation, quand le premier releva soudain la tête et regarda son compagnon :

— C'est étonnant, bagasse ! plus j'approche du terme de notre voyage et moins je ressens le plaisir, la gaîté que je comptais éprouver.

— C'est comme moi, doux Jésus !... Tous les deux, messire Faribole, nous prévoyons la triste déception de Monseigneur Louis et de Mme Yvonne, lorsque vous leur donnerez les parchemins devenus sans doute inutiles.

— C'est vrai, bagasse ! la mort du roi d'Angleterre a détruit tous les projets de notre généreux maître.

— Aujourd'hui, comme il y a un an, Monseigneur Louis ne peut plus compter pour résister à ses ennemis, que sur sa vaillance et sur la fidélité des compagnons que vous connaissez.

— Moi, je vous jure bien, bagasse ! que cette fidélité ne se démentira jamais ! non jamais !

— Moi, j'en suis positivement certain, messire Faribole.

De nouveau les deux cavaliers chevauchèrent en silence. Puis, au bout de quelques minutes :

— Ah ! mordious ! s'écria Faribole, combien je regrette de n'avoir pas brûler la cervelle à cet affreux Gniafon, alors que nous le tenions en notre pouvoir dans la forêt de Fontainebleau.

— Certes oui, doux Jésus ! cela eût mieux valu que de le murer dans un souterrain... mais voilà, nous avions pensé qu'une mort lente et horrible serait une plus juste punition de tous ses crimes.

Tout à coup l'ancien maître d'armes étendit la main devant lui en disant :

— Attention, Monsieur Mistouflet, j'aperçois là-bas, sur la route, un groupe qui me paraît suspect.

— En effet, doux Seigneur ! il me semble voir briller une douzaine de baïonnettes.

— Si ce sont des camisards, c'est-à-dire des amis, nous n'avons rien à craindre, bagasse !

— Au contraire, messire, ils nous indiqueront de suite en quel lieu Monseigneur Louis a établi son camp.

— Si ce sont des soldats du maréchal de Montrevel, et qu'ils ne nous disent rien, nous ferons de même, n'est-ce pas ?

— Oui, messire, mais s'ils ont la funeste pensée de vouloir nous ennuyer, nous cassons la tête à deux ou trois et nous piquons droit devant nous.

La distance qui séparait les deux compagnons du groupe de gens à pied diminuait peu à peu ; bientôt à la blanche clarté des étoiles, Faribole distingua des uniformes de l'armée royale.

— Monsieur Mistouflet, dit-il vivement, ce sont des soldats qui s'avancent vers nous.

— Je les vois, mais ne dirait-on pas qu'ils emmènent des prisonniers ?

— Vous avez raison, bagasse !... Arrêtons-nous et décidons ce qu'il convient de faire.

— Si les prisonniers sont des soldats de notre allié Jean Cavalier, notre devoir est de les délivrer, dit simplement Mistouflet.

— Bien parlé, troun de l'air !... En route alors, nous reconnaîtrons facilement si ceux que les fusilliers du roi escortent sont des camisards.

Faribole et Mistouflet reprirent leur marche.

A tout hasard, ils armèrent d'avance leurs pistolets, rejetèrent leurs manteaux derrière leurs épaules et firent jouer leur rapière dans le fourreau.

A quinze pas du groupe qui s'avançait Mistouflet dit à demi-voix à son compagnon :

— Prenez la droite du chemin, messire Faribole, moi je prends la gauche.

Une demi-minute suffit pour amener les cavaliers devant le premier rang des soldats, et leur permettre de compter leur nombre et celui des prisonniers.

Le détachement ne comptait que dix fantassins commandés par un vétéran, les prisonniers, attachés deux par deux à la même corde, étaient au nombre de six, quatre d'entre eux étaient revêtus de la courte chemise des camisards.

— Hé ! capededious ! s'écria joyeusement Faribole en arrêtant son cheval sur le bord de la route, où donc conduisez-vous tout ce gibier-là, sergent ?

— A Alais ! répondit le vétéran d'un ton brusque, qui démontrait son peu de désir de tenir conversation en pleine nuit avec des inconnus.

— Pour nous pendre, sauf opposition de messires Faribole et Mistouflet ! dit soudain un des prisonniers.

A ce moment Mistouflet croisait celui qui osait parler ainsi. Un seul rang de soldats placés en file indienne les séparait. Mistouflet étouffa une exclamation de surprise.

Dans le prisonnier il reconnaissait le jeune Dorfeuil.

Tirer son couteau de sa poche tout en faisant voler sa monture et en la poussant entre les prisonniers et la moitié de leurs gardiens, puis se courber derrière Dorfeuil et trancher la corde qui lui liait les poignets, ne demanda pas plus de trente secondes à l'habile Mistouflet.

Tendant d'une main le couteau au jeune Dorfeuil et saisissant de l'autre un pistolet il cria :

— Tiens ! Dorfeuil, délivre les autres !

Au même moment le sergent couchait en joue Faribole et commandait à ses hommes :

— Feu ! sur les camisards !...

Mais il n'eut pas le temps de presser la détente de son mousquet ni de voir si son ordre était exécuté, d'un coup de pistolet tiré à bout portant Faribole l'étendit raide mort.

De son côté, Mistouflet faisait sauter la cervelle au soldat qui le menaçait de sa baïonnette, puis tirant son épée il trouait la poitrine d'un autre.

Pendant ce temps Dorfeuil coupait les liens de deux camisards, et tous trois se précipitaient sur les mousquets tombés sur la route.

D'une voix forte Faribole cria en cet instant :

« — Rendez-vous !... et je vous fais grâce de la vie !

Stupéfaits, interdits et intimidés par ce coup d'audace accompli avec une rapidité vraiment foudroyante, les huit soldats encore debout obéirent aussitôt, ils jetèrent leurs armes et se rendirent sans même tenter de se sauver par la fuite.

Dorfeuil se hâta de délier les trois autres camisards.

Le sergent et un de ses hommes étaient morts, l'autre, blessé par la rapière de Mistouflet, respirait encore.

On le posa doucement sur une espèce de civière faite avec des fusils et des vêtements, et toute la troupe se remit en route tournant le dos à Alais.

Seulement les camisards et les soldats avaient interverti les rôles : les prisonniers servaient maintenant de gardiens à leur escorte.

A quelques pas derrière la petite troupe marchaient Faribole, Mistouflet et Dorfeuil, celui-ci placé entre les deux cavaliers.

— Et maintenant, bagasse, dit l'ancien maître d'armes au jeune homme, contez-nous vite les évènements qui ont pu se passer depuis notre départ d'Euzet ?

— Mais d'abord, doux Jésus ? demanda Mistouflet, où nous conduisez-vous ?

— Au Mas de Montcarra à une lieue plus loin que Lezan, répondit le jeune homme.

— Alors c'est là que nous allons retrouver Monseigneur Louis ? reprit Mistouflet en baissant la voix.

— Oui, monsieur Mistouflet. Mais il s'en est fallu de bien peu que vous ne puissiez plus le revoir.

— Dieu ! Monseigneur Louis a été blessé ? demandèrent à la fois les deux cavaliers qui avaient tressailli et pâli.

— D'un terrible coup de baïonnette en pleine poitrine.

— Et nous n'étions pas là, mordious !... Et à présent, comment va-t-il ? dit doucement Faribole.

— Aussi bien que possible. Le chirurgien a dit hier que dans cinq ou six jours le blessé pourrait commencer à se lever.

Et le jeune homme raconta à ses compagnons la bataille de

Quissac qui se termina par la victoire des camisards ; puis il ajouta :

— Mais sur le moment la joie de beaucoup d'entre-nous fut loin d'être grande... Nous transportâmes Monseigneur Louis, qui ne faisait plus aucun mouvement, dans la chaumière du Mas de Montcarra. Durant trois jours il fut entre la vie et la mort. Enfin il reprit connaissance; sa blessure se ferma peu à peu, et hier le chirurgien annonçait au pasteur que notre cher blessé était hors de danger.

— Mais dites-moi, doux Seigneur? demanda Mistouflet ; Mme Yvonne n'est donc pas revenue près de Monseigneur Louis que vous ne nous parlez pas d'elle.

— Hélas! voilà encore une mauvaise nouvelle que je vais vous apprendre, répondit avec tristesse le jeune Dorfeuil.

En entendant ces paroles le brave Faribole et son ami Mistouflet se sentirent frémir de nouveau. Tout tremblant ils demandèrent :

— Ah ! mordious ! qu'est-il arrivé à Mme Yvonne.

— Doux Jésus! elle n'est point tombée malade?... elle n'a pas été blessée ?...

— Nous espérons bien que non... malheureusement depuis le jour où Mme Yvonne est partie avec monsieur Mistouflet, Monseigneur Louis n'a pas reçu une seule fois de ses nouvelles.

— Alors, bagasse ! elle sera restée à Bourbon-l'Archambault pour soigner Mme de Soissons.

— Non, ce ne doit pas être cela, monsieur Faribole ..

— Eh bien! que croyez-vous donc ? répliqua vivement l'ancien maître d'armes.

— Je crois, doux Jésus! reprit Mistouflet, que Mme Yvonne est prisonnière quelque part; au couvent peut-être ; car si elle était simple_ ment demeurée pour aider maître Exili à soigner la comtesse de Soissons, vous pensez bien qu'en vingt-deux jours elle aurait trouvé le moyen d'envoyer un billet à Monseigneur Louis.

— Ah ! capededious ! dès demain je veux repartir pour délivrer notre bonne maîtresse ! s'écria Faribole.

— Et moi je vous accompagnerai ! fit le grand Mistouflet.

Depuis un moment déjà la petite troupe avait abandonné la route d'Alais pour s'engager dans un chemin de traverse conduisant au hameau de Lezan.

— Sommes-nous encore loin du Mas de Montcarra? demanda Faribole à Dorfeuil.

Et avec un accent où perçait la haine violente qu'il avait vouée à Louis XIV, le prince d'Orange ajouta:

— Il nous reste à peu près deux lieues de trajet, monsieur Faribole.

— Du train dont nous allons, il nous faudra, bagasse! pour le moins deux heures!

— Si vous voulez, monsieur Faribole, dit alors le jeune Dorfeuil, nous laisserons à Lezan mes camarades et les soldats, vous me prendrez en croupe, et en vingt minutes nous serons à Montcarra.

L'ancien maître d'armes acquiesça à cette proposition, puis il demanda au jeune homme comment il se faisait qu'il le retrouvait prisonnier des soldats du maréchal de Montrevel.

— J'ai été pris ce matin, en même temps que mes compagnons, par des soldats déguisés en camisards.

— Je comprends, douxJésus, ils auront voulu essayer du stratagème qui a si bien réussi à Jean Cavalier pour s'emparer du château de Servas puis du village de Sauve.

— Le pasteur Raymond m'avait chargé de guider jusqu'au camp de notre chef établi tout près du Mas de Gafarel, mes cinq compagnons qui n'en connaissaient pas le chemin. Nous avons été rejoints par une troupe de vingt hommes que nous avions laissés approcher sans défiance, car nous les prenions pour des camisards. Tout à coup ils nous entourent, se jettent sur nous et nous font prisonniers avant que nous ayons pu nous défendre... Vous savez le reste.

— Ah! oui, bagasse! dit Faribole à Mistouflet, nous avons eu une heureuse inspiration en renonçant à coucher à Alais pour voyager en pleine nuit.

Bientôt les camisards et leurs prisonniers atteignirent les premières maisons de Lezan.

Ainsi qu'il avait été convenu, Dorfeuil quitta ses compagnons, sauta en croupe derrière Faribole d'un seul bond grâce à l'aide du vigoureux poignet de Mistouflet, et tous les trois traversèrent au grand trot le petit village endormi.

Onze heures sonnaient à ce moment à l'horloge de l'église.

Vingt-cinq minutes plus tard ils se faisaient reconnaître par les sentinelles de la compagnie que Jean Cavalier avait laissé au Mas de Montcarra pour garder et au besoin protéger son allié, et quelques secondes après ils mettaient pied à terre devant la chaumière à l'intérieur de laquelle reposait Monseigneur Louis.

Dorfeuil alla frapper d'une certaine façon aux volets d'une étroite fenêtre; au bout d'un instant les volets s'écartèrent et le buste d'une femme, tenant une petite lampe à la main, parut dans l'encadrement de la fenêtre.

Le jeune homme expliqua à voix basse qu'il amenait les deux amis dont le retour était attendu avec impatience par le blessé.

— Le capitaine Louis dort, dit la femme à Dorfeuil. Croyez-vous qu'il soit utile de le réveiller?

Dorfeuil transmit la question à Faribole.

— Gardez-vous en bien! répondit celui-ci. Nous attendrons jusqu'à demain, bagasse!

Il n'avait pas achevé que deux ou trois aboiements joyeux retentirent dans la chaumière.

— Boux Seigneur! c'est Médus qui nous souhaite la bienvenue, murmura Faribole.

— Oui, bagasse! mais il va éveiller Monseigneur Louis, répliqua l'ancien maître d'armes.

Ce fut effectivement ce qui arriva.

La femme que le pasteur Raymond avait placé comme garde auprès de Monseigneur Louis s'entendit appeler par le gentilhomme; elle alla vers lui tout en disant au brave chien de se taire.

— Qui donc arrive à cette heure? demanda le blessé.

— Monsieur le capitaine, répondit la garde, c'est le jeune Dorfeuil et les deux personnes dont vous vous informez chaque jour.

Monseigneur Louis se dressa sur son séant et d'une voix qui vibrait d'émotion il s'écria :

— Faribole et Mistouflet!... Ah! qu'ils entrent bien vite!

L'ancien maître d'armes et son élève appelés par la garde pénétrèrent seuls dans la chambre du fils d'Anne d'Autriche.

Dès qu'il vit s'avancer ses fidèles et dévoués compagnons, le blessé leur tendit ses mains qu'ils serrèrent en proie, eux aussi, à un profond attendrissement.

— Mes chers et bons amis, que je suis heureux de vous revoir! dit avec un doux sourire Monseigneur Louis.

— Ah! Monseigneur! firent ensemble les deux compagnons.

Le gentilhomme reprit avec anxiété :

— Donnez-moi vite des nouvelles de ma chère Yvonne?

— Nous avons laissé notre chère maitresse à Bourbon-l'Archambault, dit rapidement Faribole; sans doute elle aura voulu rester près de Mme de Soissons mortellement blessée.

— Quoi! la comtesse a été blessée!... mais par qui?

— Par le marquis de Barbezieux, lequel a essayé de lui voler le coffret qu'elle venait d'obtenir de madame de Montespan, reprit Faribole.

— Oh ! le misérable ! murmura le blessé.

— Mais il ne jouera plus du poignard, je puis vous l'affirmer Monseigneur, dit modestement Mistouflet.

— Tu lui as fait sauter la cervelle ?

— Non Monseigneur ; pour ne point faire de bruit je me suis contenté de l'étrangler !

Monseigneur Louis fixa un instant les visages subitement attristés de ses vaillants compagnons ; puis après une minute de silence :

— Vous êtes allés en Angleterre ? demanda-t-il.

— Oui, Monseigneur.

— Vous avez remis à Guillaume III les preuves qu'il m'avait demandées ?

— Oh ! oui, bagasse !... nous avions déposé entre les mains du roi d'Angleterre les trois parchemins que contenait le coffret,... mais...

Et l'ancien maître d'armes s'arrêta hésitant à poursuivre.

— Allons, continue, mon cher Faribole, dit Monseigneur Louis qui malgré lui se sentit frissonner d'angoisse.

Il pressentait un malheur inconnu.

— Hélas ! bagasse ! Je vais, Monseigneur Louis, vous causer une profonde déception, une grande douleur...

— Parle, Faribole ; je m'attends à quelque nouveau coup du sort ! dit doucement et tristement le blessé.

— Monseigneur... je vous rapporte les parchemins que j'avais remis au roi d'Angleterre.

Et d'une main tremblante l'ancien maître d'armes tendit au fils d'Anne d'Autriche les trois manuscrits.

Le mari d'Yvonne pâlit.

— Le roi les a-t-il lus ? demanda-t-il les lèvres frémissantes.

— Le roi en a lu un entièrement devant nous, Monseigneur...

— Alors les preuves qu'il exigeait avant de déclarer la guerre au roi de France, ne lui ont pas paru suffisantes ! fit Monseigneur Louis parlant plutôt à lui-même qu'à Faribole.

— Au contraire, répliqua celui-ci. Sa Majesté Guillaume III nous avait juré de vous aider à punir votre persécuteur qu'il comptait enfermer dans une cage de fer.

— C'est vrai, doux Jésus ! murmura tout bas Mistouflet.

— J'ose espérer que le roi d'Angleterre tiendra le serment qu'il vous a fait, dit Monseigneur Louis.

— Hélas, Monseigneur, reprit Faribole en secouant la tête, pour vous venger vous ne pourrez compter que sur vous-même... car le roi d'Angle terre est mort !

— Mort ?... Guillaume III est mort ! s'écria le mari d'Yvonne en proie à une stupeur indicible.

— Ah ! bagasse ! votre surprise est grande, Monseigneur ; mais vous n'êtes pas au bout... Sa Majesté est morte et, je vous l'assure, morte adroitement assassinée !

— Oh !... fit Monseigneur Louis pâlissant cette fois d'horreur.

— Et l'auteur de ce forfait vous le connaissez, Monseigneur, continua l'ancien maître d'armes.

Le fils d'Anne d'Autriche n'hésita pas une seconde ; un seul être lui semblait capable d'assassiner un prince régnant ; regardant ses fidèles compagnons, il leur cria :

— C'est Gniafon !

— Hé ! oui, mordious ! c'est le misérable nain !... Vraiment, Monsei- gneur, on dirait que plus un homme est criminel et méchant, plus le ciel le protège.

Monseigneur Louis courba la tête sur sa poitrine avec un air de réel accablement.

Il y eut un instant de profond silence ; Faribole et Mistouflet, debouts et immobiles à un pas du lit, contemplaient d'un regard attristé la muette douleur du malheureux gentilhomme.

Enfin il passa lentement la main sur son front pâle et glacé, et d'une voix si basse qu'à peine on l'entendit :

— A quoi bon lutter davantage !... murmura-t-il. Le sort de chacun est écrit d'avance dans le grand livre du Destin... Rien ne peut y être changé... Mon sort, à moi, est de souffrir toute ma vie !...

Puis tournant la tête du côté de Faribole et Mistouflet :

— Mes chers compagnons, leur dit-il affectueusement, si vous n'êtes point trop fatigués, vous me ferez rapidement le récit de votre voyage en Angleterre.

— Nous ne sommes nullement fatigués, monseigneur, répliqua l'an- cien maître d'armes, qui ajouta s'adressant à son ex-élève : n'est-ce pas ? bagasse !

— Pas du tout, Monseigneur, dit à son tour Mistouflet.

— En ce cas, mes amis, veuillez vous asseoir...

Doucement Monseigneur Louis, resté sur son séant, s'étendit dans son lit, plaça sa main droite derrière la tête pour la maintenir légèrement relevée et ajouta :

— Maintenant, mes braves émissaires, je vous écoute :

Faribole raconta succinctement tout ce qui leur était arrivé de Bourbon-l'Archambault à Brigthon; il parla plus longuement du terrible événement qui suivit la chasse du roi d'Angleterre, émaillant son récit de nombreux « bagasse! et mordious! » auxquels répondaient de temps à autre les « doux Jésus! et les Vierge Marie! » murmurés par la voix fluette de Mistouflet.

— Enfin, bagasse! dit l'ancien maître d'armes en terminant, grâce à un petit service que nous avons pu rendre ce soir à notre jeune ami Dorfeuil, la noire tristesse qui nous paralysait depuis notre départ d'Angleterre, nous a quitté sur la fin de notre voyage.

— En effet, doux Jésus! et je n'en suis pas fâché, murmura l'hercule Mistouflet.

Un pâle sourire passa sur les lèvres de Monseigneur Louis :

— Voyons, mon cher Faribole, dit-il, quel petit service avez-vous rendu à notre jeune ami?

— Ma foi, Monseigneur, ça ne vaut guère la peine d'en parler, fit modestement Faribole; enfin, bagasse! voilà : sur notre route nous avons rencontré Dorfeuil et cinq camisards qu'emmenaient à Alais quelques soldats; nous en avons blessé ou tué trois, les autres se sont rendus et les prisonniers ont été délivrés.

— J'avais deviné que vous veniez d'accomplir une prouesse de ce genre, dit le blessé en se mettant de nouveau sur son séant. Et à présent, mes fidèles compagnons, ajouta-t-il, voyez à vous arranger de votre mieux pour passer la nuit ici... mais avant, votre main, mes bons amis, et merci encore!...

Faribole et Mistouflet allaient se retirer, quand le premier se tourna vers Monseigneur Louis en disant :

— Monseigneur, je crois bien, bagasse! que jusqu'au jour où vous pourrez remonter à cheval, ni Mistouflet ni moi ne rejoindront Jean Cavalier; nous vous demandons alors, Monseigneur Louis, la permission de repartir dès demain pour aller chercher Mme Yvonne.

— Cela nous rendra bien heureux, Monseigneur, ajouta Mistouflet.

— Vous êtes deux braves cœurs, répliqua le gentilhomme ému jusqu'au fond de l'âme par le dévouement sans bornes des anciens aventuriers ; vous vous mettrez en route quand vous voudrez. Seulement je vous remettrai quelques lignes pour ma chère Yvonne.

Faribole et Mistouflet sortirent de la chambre et suivirent Dorfeuil qui les conduisit dans une grange dont le sol était recouvert d'un épais tapis de foin.

— Je couche ici depuis plusieurs jours, messires, leur dit-il.

— Eh bien ! troun de l'air ! vous aviez-là, mon ami, un vrai nid de plumes en comparaison de notre couchette attachée au fond d'un bateau, répliqua Faribole.

Il était jour depuis longtemps déjà lorsque le lendemain l'ancien maître d'armes et son élève ouvrirent les yeux, bâillèrent une ou deux fois en s'étirant, puis cherchèrent du regard leur jeune compagnon.

— Tiens ! capededious ! le petit Dorfeuil a disparu !

— Dame ! mon doux Jésus ! c'est qu'il est déjà tard, messire Faribole.

— Quelle heure est-il donc, bagasse ?

— Huit heures passées au bijou que m'a donné Mme Yvonne, répondit Mistouflet en regardant le cadran d'une grosse montre.

En ce moment la porte de la grange qui était entrebâillée s'ouvrit tout à fait et Dorfeuil entra :

— Avez-vous bien dormi, messires ? demanda-t-il en souriant.

— Ah ! troun de l'air ! comme une marmotte dans son trou ! s'écria Faribole.

— Et moi, Vierge-Marie ! comme un loir bien heureux, dit Mistouflet en se levant et secouant sa tête d'hercule couverte de foin.

Après avoir pansé leurs chevaux et fait eux-mêmes un brin de toilette, Faribole et Mistouflet se rendirent auprès de Monseigneur Louis.

A peine étaient-ils entrés dans la chambre du blessé, que Dorfeuil frappa rapidement à la porte tout en criant :

— Monseigneur Louis, un étranger vous apporte des nouvelles de Mme Yvonne.

— Ouvrez vite, mes amis ! dit le gentilhomme.

Il n'avait pas achevé que Mistouflet avait déjà obéi, un homme aux cheveux gris parut sur le seuil de la chambre et trois voix s'écrièrent à la fois :

— Maître Exili !

— Oui, Monseigneur Louis, oui messires, c'est moi, dit le vieil alchimiste en s'approchant respectueusement du fils d'Anne d'Autriche.

— Où est Yvonne, maître ? demanda le blessé d'une voix frémissante d'anxiété

— N'ayez plus d'inquiétude sur son sort, Monseigneur, répondit vivement Exili. Votre compagne est retenue prisonnière, il est vrai, au couvent de Notre Dame de Recouvrance, mais elle n'y court aucun danger.

— Vous me le jurez, maître Exili ? reprit le gentilhomme.

— Je vous le jure, Monseigneur ! dit avec fermeté l'alchimiste

— Avez-vous revu ma chère Yvonne depuis la mort de Mme de Montespan.

— Hélas ! non, monseigneur, mais j'ai pu avoir de ses nouvelles par la sœur tourière du couvent... Il avait été décidé que j'irais attendre Mme Yvonne au village de Saint-Germain-des-Fossés, car prudemment je m'étais enfui du couvent dès que j'eus constaté la mort de Mme de Soissons.

— Quoi ! la comtesse de Soissons est morte de la blessure faite par le poignard de Barbezieux ? interrompit Monseigneur Louis.

— La blessure était mortelle, Monseigneur, dit Exili. Je n'attendis pas pour gagner la campagne que le marquis de Barbezieux donnât l'ordre de m'arrêter.

— Comment, doux Jésus ! fit Mistouflet étonné, le marquis que j'avais étranglé est donc ressuscité ?

— Oui, messire Mistouflet, vous ne lui avez malheureusement pas serré le cou assez fort.

— Et pourtant, il était tombé à mes pieds comme une masse !... Doux Seigneur ! si j'avais su !... murmura l'hercule l'air navré.

L'alchimiste reprit, s'adressant à Monseigneur Louis, péniblement impressionné par l'annonce de la mort de la comtesse.

— Pendant douze jours j'attendis Mme Yvonne à l'endroit convenu Puis je retournai à Bourbon-l'Archambault et j'allai guetter le passage de la sœur tourière que j'avais quelquefois aperçue descendant du couvent à la ville. Ce ne fut qu'au bout de quatre jours que j'eus le bonheur de la rencontrer. Alors je la suppliai de me dire ce qu'était devenue une jeune femme qui s'était introduite au couvent pour voir Mme de Montespan mourante.

— Et la religieuse vous répondit.

— Que votre douce compagne, Monseigneur, jouissait d'une liberté relative et qu'elle était très heureuse.

Mais, mordious, je ne pourrai donc pas écraser cette bête horrible et venimeuse.

— Heureuse! ceci m'étonne, maitre Exili, répliqua l'époux d'Yvonne en hochant la tête d'un air de doute.

— Moi, je dis, bagasse! que la sœur tourière vous a trompé, mon maitre, grommela Faribole.

— C'est bien ce que sur le moment j'ai pensé, reprit Exili, mais ensuite, lorsque la religieuse m'eut appris que la jeune prisonnière avait commencé son noviciat, et qu'elle avait obtenu la faveur de faire chaque jour une promenade dans le parc, je me suis dit que Mme Yvonne jouait un rôle et préparait sa fuite.

— Je le crois comme vous, Exili, fit Monseigneur Louis. Vous avez certainement prié la sœur tourière de parler de nous à ma pauvre compagne !

— En effet, Monseigneur. Je l'ai chargée de dire à la novice que maître Exili était heureux, très heureux de la résolution prise par sa jeune *parente*... Mme Yvonne a dû vite comprendre pourquoi.

— Je vous remercie, mon cher Exili, dit doucement Monseigneur Louis, je suis maintenant délivré d'une cruelle angoisse.

— Eh bien, troun de l'air ! dans huit jours, Monseigneur, Mme Yvonne sera auprès de vous, dit Faribole.

— Ce sera difficile, messire, prononça le vieil alchimiste.

— Pourquoi donc, bagasse !... Trois jours pour aller, deux jours pour faire évader Mme Yvonne au moyen d'une échelle de corde fixée au mur du parc par de solides crampons, et trois jours pour revenir ici, ça fait bien mon compte.

En ce moment on frappa à la porte de la chambre, puis Dorfeuil entra.

— Qu'y a-t-il, mon ami ? demanda le blessé.

— Monseigneur Louis, répondit le jeune homme, deux cavaliers viennent d'arriver en même temps...

Et tendant deux plis au gentilhomme, il ajouta :

— Cette lettre est de Jean Cavalier... celle-ci vous est adressée par le lieutenant de Chadefaux... Les deux envoyés attendent une réponse de Monseigneur.

Faribole, Mistouflet et Exili allaient suivre Dorfeuil qui se retirait, mais Monseigneur Louis s'aperçut de leur mouvement et les arrêta en leur disant :

— Restez, mes amis, maître Exili me servira de secrétaire, et vous, mes deux fidèles compagnons, vous aurez de suite le plaisir d'avoir des nouvelles de votre mignonne amie, Jeanne de Vrignès.

— En effet, bagasse ! cela me fera grand plaisir, dit Faribole.

— Pas plus qu'à moi-même, doux Jésus ! fit Mistouflet.

Monseigneur Louis ouvrit d'abord la lettre de l'officier de dragons, puis après avoir parcouru quelques lignes :

— Votre gentille protégée ne vous oublie pas, dit-il aux deux amis, écoutez ce que m'écrit M. de Chadefaux au nom de sa fiancée.

— Nous écoutons, Monseigneur.

Lentement et à haute voix le gentilhomme lut le passage suivant :

« ... Mme Yvonne et messires Mistouflet sont attendus au plus tard
« mercredi prochain, c'est-à-dire dans quatre jours, à l'habitation de
« plaisance que possède M. le maréchal de Montrevel, à une lieue de
« Montpellier sur le chemin de Sommières, et cela, pour assister à la
« signature du contrat de mariage qui aura lieu dans la soirée du
« 14 novembre, ainsi qu'à la bénédiction nuptiale qui sera donnée aux
« nouveaux époux le lendemain 15, à midi précis, dans l'église Saint-
« Roch, à Montpellier... »

En souriant Monseigneur Louis dit à l'ancien maître d'armes et à son
élève !

— Au bas de cette lettre, et écrit de la main de votre protégée, je lis
que le bonheur de Mlle de Vrignès ne serait pas complet si, dans le cas
où Mme Yvonne n'était malheureusement pas de retour du voyage
qu'elle devait faire, ses deux bons amis Faribole et Mistouflet n'assistaient à son mariage...

— Bagasse de bagasse! moi je voudrais bien! dit vivement Faribole,
mais cela ne nous est pas possible... N'est-ce pas, Monsieur Mistouflet?

— En effet, messire, comme vous je serais heureux de revoir
la gentille demoiselle Jeanne, mais attendre jusqu'au 15 novembre
cela augmenterait de cinq grands jours la captivité de notre chère
maîtresse.

— C'est bien pour ça, bagasse! dit à mi-voix Faribole.

Puis s'adressant au fils d'Anne d'Autriche :

— Monseigneur, vous voudrez bien expliquer à demoiselle Jeanne
que nous ne refusons pas son invitation, oh! non, bagasse! mais que
nous avons dû aller au secours de Mme Yvonne.

Il y eut un moment de silence durant lequel Monseigneur Louis se
prit à réfléchir, puis, après avoir relu un passage de la lettre du lieutenant
de dragons :

— Mes braves compagnons, écoutez-moi, dit-il. Maître Exili vient de
me jurer que ma chère Yvonne ne courait aucun danger, eh bien, je suis
persuadé que, si malgré la distance qui nous sépare, elle pouvait nous
entendre et se faire entendre, elle vous répondrait ceci :

« Rendez-vous à l'invitation de Jeanne de Vrignès, et afin que son
bonheur ne soit troublé par aucun nuage, cachez-lui la cause de mon
absence, vous viendrez ensuite me délivrer.

— Ainsi, Monseigneur, vous pensez que nous devons nous rendre à
Montpellier? demanda l'ancien maître d'armes.

— Oui, mes amis. Je dirai plus, ajouta le blessé, il le faut... Le lieutenant m'apprend que le maréchal de Montrevel a le plus vif désir de voir de près les deux rudes adversaires des dragons de Rosarges, je vous donnerai un mot pour le maréchal, et je vous prierai de faire votre possible pour gagner ses bonnes grâces... plus tard je vous dirai pourquoi.

— C'est bien, Monseigneur, nous sommes prêts à vous obéir, et avec plaisir, troun de l'air!

— Certainement, doux Jésus! mais je songe-là à une chose que nous allions oubliée, fit Mistouflet l'air soucieux.

— Voyons cette chose qui semble le tracasser, mon cher Mistouflet, dit avec bonté et un doux sourire l'époux d'Yvonne.

— Dans deux jours, trois jours au plus tard, il faudra nous mettre en route, eh bien, Monseigneur, il nous est impossible de nous présenter au milieu du beau monde, qu'il ne manquera pas d'y avoir au mariage de demoiselle Jeanne, avec les habits que nous portons actuellement.

— Capededious! c'est vrai, nos pourpoints de buffle tachés et portant les marques de plus d'un coup d'épée, feraient triste figure à côté des frais costumes de velours ou de soie.

— N'ayez point d'inquiétude, mes braves, vous revêtirez chacun un beau costume flambant neuf. Vous les trouverez tout prêts en arrivant à l'habitation de plaisance du maréchal...

Et comme les deux amis regardaient Monseigneur Louis avec un commencement de stupéfaction, le gentilhomme ajouta :

— Faribole prendra les mesures de Mistouflet, Mistouflet rendra le même service à Faribole, vous me les donnerez pour que je les joigne à ma lettre au lieutenant de Chadefaux... le reste le regarde.

— Ah! je devine, doux Jésus! la mignonne demoiselle s'est souvenue que depuis l'incendie du Mas de Courine où nous avons perdu nos portemanteaux, nous ne possédions que deux pauvres costumes, et elle veut nous faire la gracieuseté de nous en offrir un.

— Tu l'as dit, mon brave Mistouflet, répliqua Monseigneur Louis... Mais voyons maintenant la lettre de Jean Cavalier.

Le fils d'Anne d'Autriche parcourut rapidement le court billet de son allié, lequel s'informait d'abord de sa santé, puis lui annonçait que M. le maréchal de Villars, qui depuis quelques jours avait remplacé M. de Montrevel dans son commandement, venait de quitter Nîmes à la tête de cinq compagnies de dragons et se portait sur Nozières ou le Mas-des-Gardies, il allait marcher à sa rencontre.

Après avoir lu, Monseigneur Louis pria maître Exili d'apporter près de son lit une petite table sur laquelle se trouvait tout ce qu'il fallait pour écrire, et, quand il se fut installé, il lui dicta deux lettres : Une pour Jean Cavalier, et l'autre, beaucoup plus longue pour M. de Chadefaux.

Dans l'après-midi, le chirurgien qui soignait Monseigneur Louis, vint rendre visite au blessé.

— Allons, cela va bien, très bien même, dit-il, aussi M. le capitaine je vous permets de vous lever demain, deux heures pour commencer... Mais pas d'imprudence, et dans une huitaine de jours vous pourrez faire au dehors de courtes promenades.

Le chirurgien serra la main du gentilhomme et partit.

Un instant après Monseigneur Louis fit appeler Dorfeuil, et quand celui-ci fut arrivé.

— Sais-tu, lui demanda-t-il, où est allé le pasteur Raymond?

— Frère Raymond devait se rendre à Boissières, puis retourner au souterrain des bois d'Euzet, répondit le jeune homme.

— Demain, mon ami, reprit l'allié de Jean Cavalier, tu iras à Euzet trouver frère Raymond, tu lui diras que je le prie de venir me voir le plus tôt qu'il pourra, et malheureusement j'aurai à lui apprendre une bien mauvaise nouvelle.

Deux jours après, le 14 novembre, dès quatre heures du matin, Faribole et Mistouflet montaient à cheval et au pas, car l'obscurité de la nuit et l'épais brouillard qui enveloppait toute la campagne ne leur permirent point de marcher plus vite, ils allèrent rejoindre à Quissac la route conduisant à Montpellier.

Ils avaient calculé qu'ils arriveraient à l'habitation de plaisance de M. de Montrevel entre deux et trois heures de l'après-midi. Ils auraient donc le temps de se préparer pour assister à la signature du contrat de mariage de leur petite amie.

Dans la soirée de ce même jour, le pasteur Raymond arriva au Mas de Montcarra.

Il trouva Monseigneur Louis levé et l'attendant.

Le gentilhomme, le ministre protestant et le vieil alchimiste s'enfermèrent dans la chambre de la chaumière.

D'une voix grave et empreinte d'une profonde tristesse le fils d'Anne d'Autriche dit au pasteur :

— Frère Raymond, notre cause est perdue : Guillaume III, notre allié est mort... Nos ennemis l'ont tué.

Et rapidement il fit le récit du terrible accident qui coûta la vie au roi d'Angleterre.

— Frère Raymond, ajouta-t-il quand il eut terminé, je vais maintenant vous faire connaître la résolution que j'ai prise, mais avant laissez-moi vous poser deux questions.

— Je vous écoute, Monseigneur Louis.

— Frère Raymond, en votre âme et conscience croyez-vous que sans l'appui des souverains étrangers il me sera possible de revendiquer la place usurpée par mon frère et de chasser celui-ci de France?

La tête penchée sur sa poitrine le ministre protestant réfléchit quelques secondes, puis relevant le front :

— Monseigneur Louis, dit-il, en mon âme et conscience je vous répondrai : Non, vous ne le pourrez pas !

D'une voix toujours basse et grave le mari d'Yvonne reprit :

— Frère Raymond, la mort tragique du prince d'Orange va permettre au misérable qui règne sur la France d'amener au pied des Cévennes une partie des troupes qu'il avait dû masser sur la frontière du nord...

— Cela n'est que trop certain, murmura le pasteur.

— Croyez-vous, frère Raymond, que Jean Cavalier pourra sortir vainqueur de la lutte ?

— Le courage de nos frères est toujours aussi grand qu'au début de la révolte, mais pour soutenir la guerre il nous faudrait de l'argent, et malheureusement notre trésor s'épuise.

— Frère Raymond, dit Monseigneur Louis en désignant l'alchimiste, souvenez-vous que maître Exili sait fabriquer de l'or, il vous procurera autant de pistoles que vous en désirerez, mais ce qu'il ne pourra pas vous procurer ce sont des soldats !

— Cela est vrai, Monseigneur Louis, répliqua le pasteur. Mais nous devons continuer la lutte jusqu'au bout. Et si le Seigneur donne à nos troupes une nouvelle et complète victoire, nous offrirons de déposer les armes à la condition expresse qu'on nous accordera la liberté de conscience.

— Le roi de France refusera peut-être, frère Raymond.

— Alors nous combattrons jusqu'à l'épuisement de nos forces... Tous nos frères ont fait le sacrifice de leur vie, Monseigneur

— Ce sacrifice ne sera point nécessaire, frère Raymond, répliqua le gentilhomme.

... Écoutez-moi : je possède trois parchemins, preuves indéniables

que je suis le fils légitime et l'héritier du roi Louis Treizième. Eh bien,
ces preuves que mon frère adultérin paierait de plusieurs millions si
les caisses du royaume n'étaient pas vides, je veux les lui abandonner...

— Ah! Monseigneur Louis, vous feriez ce suprême sacrifice, vous
renonceriez pour vous et vos descendants aux droits légitimes que vous
avez au trône de France!... s'écria le pasteur protestant en regardant le
gentilhomme avec une sincère admiration.

— Oui, frère Raymond, répondit gravement Monseigneur Louis. Je
ne demanderai en échange que trois choses : le roi me rendra mon fils ;
il fera remettre en liberté ma chère Yvonne ; il accordera aux protestants
des Cévennes le libre exercice de leur culte.

— Monseigneur Louis, demanda non sans une vive émotion le ministre protestant, vous avez longuement réfléchi avant de prendre une
aussi grave résolution?

— Oui, frère Raymond, j'ai longuement réfléchi ; voilà pourquoi ma
résolution est et restera inébranlable, répondit Monseigneur Louis.

Le pasteur se leva, tendit ses deux mains au gentilhomme d'une voix
vibrante il reprit :

— Monseigneur Louis, avec mes frères, je veux prier Dieu, notre
Maître à tous, qu'il donne au fils d'Anne d'Autriche autant de bonheur
que jusqu'à ce jour vous avez eu de grandes douleurs et passé des heures
malheureuses !

— Merci, frère Raymond, répliqua l'allié de Jean Cavalier. Le seul
souhait que je forme est de pouvoir vivre désormais entre mon fils et ma
chère compagne...

Il ajouta avec un accent de profonde tristesse :

— Trop de sang a déjà coulé, trop de gens ont déjà péri en associant
leur existence à la mienne... je ne veux pas que les rares amis, que les
fidèles et dévoués compagnons qui me restent, perdent la vie ou la
liberté... Je laisse à la justice de Dieu la tâche de punir les crimes de
mes ennemis...

Il était minuit.

Le ministre protestant serra une dernière fois la main du fils d'Anne
d'Autriche en lui disant :

— A demain, monseigneur, que Dieu vous protège et vous garde !

Puis il sortit de la chambre avec Exili et passa dans une petite pièce
au fond de laquelle Dorfeuil lui avait dressé un lit de camp.

— Ah ! croyez-moi, maître, dit d'une voix émue, le pasteur à l'alchimiste, la France ne serait pas aujourd'hui épuisée et ruinée, ses enfants ne s'entre-détruiraient pas, si le trône était occupé par l'héritier de Louis XIII, par l'homme bon, brave et généreux qui souffre sous ce toit de chaume !

. . . .

CHAPITRE XXXVII

ESTCE UN HOMME ?... UN SPECTRE ?.. OU UN REVENANT ?...

Bien qu'il fût plus de neuf heures du matin à l'horloge placée sous le toit de la tourelle de la coquette maison de plaisance du maréchal de Montrevel, trois flambeaux de cire éclairaient le petit boudoir de la maréchale.

— Oh ! l'affreux, le vilain brouillard ! s'écria d'un ton désolé la charmante Jeanne de Vrignès, en écartant pour la dixième fois au moins les rideaux d'une fenêtre donnant sur un grand parc.

— En effet, mignonne, dit en souriant Mme de Montrevel ; mais, peut-être, serait-il moins affreux et moins vilain, si deux personnes qui, je crois, répondent aux noms de Faribole et Mistouflet, ne cheminaient pas en ce moment sur la route.

— Mon Dieu, mais s'ils venaient à s'égarer ! reprit Jeanne en revenant près de sa protectrice assise devant la cheminée.

— Cela n'est pas à craindre, ma chère enfant... Le chemin de Quissac à Sommières est déjà connu de messires Faribole et Mistouflet : vous n'avez pas oublié que notre beau lieutenant nous a conté que c'est entre ces deux villages que vos amis ont si bien, ou plutôt si mal arrangé les dragons de Sa Majesté.

— Je ne l'ai pas oublié, madame.

— Et de Sommières à Montpellier, reprit Mme de Montrevel, on n'a qu'à suivre la route toujours tout droit ; cette route passe au pied de la

Mort !... Mort !... répéta Mme de Maintenon, se demandant si elle était bien éveillée.

colline sur laquelle est bâtie notre habitation; vos amis s'informeront naturellement, et s'amèneront ici les yeux fermés.

— Ma foi, madame, dit Jeanne en souriant à son tour, perdus dans l'épaisseur du brouillard, c'est bien comme si tous deux marchaient les yeux fermés.

En cet instant un coup de cloche indiquant que quelqu'un venait de franchir le seuil de la porte du parc et se dirigeait vers l'habitation retentit dans le lointain.

— Eux, sans doute. qu'on signale! murmura la jeune fille.

— Je ne crois pas, mignonne; il faudrait, pour arriver si tôt, qu'ils se fussent mis en route hier soir.

Cinq minutes s'écoulèrent, puis la porte du boudoir s'ouvrit et une chambrière annonça :

— Monsieur le lieutenant de Chadefaux.

Le bonheur peint sur son visage, l'espoir au cœur, le brillant officier de dragons entra.

— Venez vite, mon cher lieutenant, dit aussitôt la maréchale, venez m'aider à chasser le noir souci de cette pauvre enfant.

— Mon Dieu, vous m'effrayez, madame, fit en riant M. de Chadefaux qui comprit rien qu'au sourire de la maréchale que le motif d'inquiétude de sa fiancée ne pouvait être bien grave.

— Mon cher lieutenant, continua Mme de Montrevel, si le brouillard persiste, vous allez être obligé de monter à cheval pour vous mettre à la recherche de messires Faribole et Mistouflet que Mlle de Vrignès suppose perdus en chemin.

— Se perdre, des gaillards pareils! répliqua le jeune officier; mais, ma chère Jeanne, on leur mettrait un triple bandeau sur les yeux qu'ils arriveraient quand même jusqu'ici sans s'être égarés une seule fois.

Un nouveau coup de cloche retentit à la grille du parc.

— Ce ne sont pas eux : il est encore trop tôt, mignonne, dit la maréchale en entendant sonner la demie de dix heures.

Puis s'adressant à l'officier de dragons :

— Mais enfin, mon beau lieutenant, dit-elle, qu'est-ce donc que ces deux hommes pour lesquels, vous et ma chère Jeanne, éprouvez une si grande sympathie?

— Deux hommes bien simples, madame, répondit le fiancé de Jeanne, et que je vous dépeindrai en trois mots : ce sont « deux cœurs « d'or! »

— Des cœurs de lion aussi? ajouta avec malice madame la maréchale.

— Des cœurs de lion aussi, oui madame, dit en s'inclinant légèrement le lieutenant; ils l'ont plus d'une fois prouvé !

— Le préféré de notre chère Jeanne se nomme, je crois Faribole? reprit Mme de Montrevel.

— Mon amitié est égale pour tous les deux, madame, dit la blonde jeune fille.

Et gentiment elle ajouta :

— Monsieur Faribole m'a conservé mon fiancé qu'il aurait pu tuer dix fois s'il l'avait voulu, et M. Mistouflet m'a rendu à ce même fiancé en me faisant évader du donjon de Chomérac.

La porte du boudoir s'ouvrit à ce moment et la chambrière qui avait annoncé M. de Chadefaux parut sur le seuil :

— Madame, dit-elle, la jeune fille que vous avez choisie pour devenir la camériste de Mlle Jeanne est là.

— Ah! très bien. Conduisez-la dans une chambre qu'elle occupera jusqu'à son prochain départ...

La chambrière fit demi-tour pour s'éloigner ; mais sa maîtresse l'arrêta en lui disant :

— Non, attendez !... Introduisez ici cette jeune fille.

Et s'adressant à l'officier.

— Sans vous consulter, monsieur de Chadefaux, nous avons arrêté, hier, une fille de chambre; vous allez pouvoir nous dire si notre choix a été heureux.

Pour la troisième fois la porte du boudoir fut ouverte et une adorable brunette paraissant avoir dix-sept à dix-huit ans entra, fit quelques pas, et s'arrêta baissant les yeux, tout intimidée.

— Approchez mon enfant, lui dit Mme de Montrevel ; le fiancé de votre maîtresse désire vous connaître.

La jeune fillette s'avança encore de deux pas en tortillant de ses dix doigts le coin de son tablier.

— Eh bien, mon cher Henri, comment la trouvez-vous? demanda Mlle de Vrignès à son fiancé.

— Mais, en vérité, je la trouve charmante, répondit sincèrement le lieutenant en se tournant vers la maréchale.

Ce compliment indirect donna, sans doute, un peu de hardiesse à la brune fillette car elle osa risquer un rapide coup d'œil du côté de l'officier.

Mais à peine son regard se fut-il levé sur lui, qu'elle eut, malgré elle un brusque mouvement et sur son joli visage se peignit un vif étonnement qui n'échappa pas à Mme de Montrevel.

— Mon enfant, dit en souriant celle-ci, votre maître ne sera pas bien terrible... On va vous conduire à votre chambre, allez...

La jeune fille sortit et rejoignit la chambrière.

— Et quel est le nom de votre future confidente, ma chère Jeanne? demanda M. de Chadefaux.

— Elle se nomme Suzette, répondit la mignonne fiancée. Son nom est gentil, n'est-ce pas?

... La pauvre enfant enfant est orpheline; elle m'a plu tout de suite, et d'avance je suis persuadée que j'en serai contente, ajouta-t-elle.

— Une question, mon cher lieutenant? dit la maréchale : Est-ce que vous ne souvenez pas d'avoir déjà vu le joli visage de cette enfant?

— Ma foi non, madame.

— Eh bien, elle doit vous connaître... Mais j'y songe; il n'y a pas très longtemps que vous êtes allé à Cette.

— En effet, madame, j'y suis allé deux fois à quelques jours d'intervalle, dit le fiancé de Jeanne.

— Vous avez dû vous arrêter à l'auberge du *Faisan-d'Or*, et c'est là que Suzette vous aura vu.

— C'est bien possible, madame... Mais cette enfant était donc fille d'auberge avant de passer au service de ma chère Jeanne?

— Non, Suzette n'était pas fille d'auberge; elle était fille d'aubergiste, ce qui n'est pas tout à fait la même chose, répliqua Mme de Montrevel...

... Nous avons le temps de vous conter son histoire avant le dîner, ajouta-t-elle; et puis, pendant que nous causerons le brouillard se dissipera et messires Faribole et Mistouflet arriveront, je l'espère.

— Et cela va me permettre, mon cher Henri de vous faire connaître une nouvelle bonne action de notre généreuse protectrice, dit vivement Jeanne à son fiancé.

— Alors mignonne, à vous la parole! fit la maréchale.

— Je vous écoute ma chère Jeanne, dit le lieutenant.

— Hier, vous le savez, madame la maréchale m'emmena à Montpellier. A peine étions-nous depuis dix minutes chez madame la...

— La marquise de Risiparien, prononça Mme de Montrevel, voyant l'hésitation de Jeanne.

— Le nom ne me revenait pas, fit celle-ci.

... Madame la marquise nous dit donc soudain : « A propos !... mademoiselle de Vrignès a-t-elle déjà fait choix d'une fille de chambre ? »

... Madame la Maréchale répondit non.

« Alors, j'ai votre affaire ! reprit vivement Mme de Risiparien : une orpheline honnête et courageuse, qu'un grand malheur vient tout récemment de frapper. »

— Chère Jeanne, interrompit M. de Chadefaux, je devine le malheur de Suzette : elle a perdu son pè e.

... Mais... et voilà ce que je ne comprends pas, pourquoi n'a-t-elle pas cherché à vendre l'auberge ; la maison du *Faisan-d'Or* m'a paru bien tenue et bien achalandée...

— Laissez continuer Jeanne et vous allez comprendre, mon cher lieutenant, répliqua Mme de Montrevel.

— La pauvre Suzette, mon ami, poursuivit Mlle de Vrignès, n'a pu vendre l'auberge du *Faisan-d'Or* parce que celle-ci a été entièrement détruite par un incendie, il y a un mois à peine.

— Et rien de ce qu'elle possédait n'a pu être sauvé ?

— Absolument rien, mon cher Henri. C'est même en voulant disputer un sac d'écus aux flammes qui dévoraient sa maison, que le père de Suzette a été tué par la chute d'une énorme poutre.

— Et maintenant cette jeune fille se trouve réduite à se louer comme servante... elle n'a plus de parents peut-être ?

— Si, mon ami, reprit Jeanne ; elle a encore un oncle qui fait, à Paris, le commerce d'épicerie ; mais il n'est pas riche paraît-il ; aussi je crois que Suzette sera plus heureuse comme fille de chambre auprès de moi, que domestique chez son oncle.

En ce moment midi sonna.

Deux ou trois minutes après on vint annoncer que Mme la maréchale était servie.

Henri de Chadefaux offrit son bras à Mme de Montrevel et la conduisit dans la salle à manger.

Le déjeuner fut tout intime.

M. le maréchal était chez le gouverneur de Montpellier qui, ce jour-là, traitait quelques vieux compagnons d'armes.

Mme de Montrevel se trouvait placée entre les deux fiancés qui se souriaient heureux en échangeant de longs regards de tendresse.

Après avoir, pendant un instant, pris plaisir à contempler les jeunes beaux amoureux assis à sa table, la bonne et vieille maréchale dit à l'officier d'ordonnance de M. de Montrevel :

— Mon cher lieutenant, le front de votre mignonne fiancée s'est enfin déridé : il est vrai que l'affreux brouillard a presque complètement disparu, ajouta-t-elle en souriant ; nous allons bientôt voir arriver nos pourfendeurs de dragons?

Tandis que la maréchale et les futurs époux parlaient de Faribole et de Mistouflet, ces derniers achevaient de dîner dans la salle commune d'une hôtellerie de Sommières.

Sur les mâles visages des deux rudes compagnons on pouvait facilement lire une grande contrariété.

— Bagasse de bagasse ! grommelait l'ancien maître d'armes ; midi sonne et nous n'avons pas pu dépasser Sommières !

— Que voulez-vous, doux Jésus ! c'est la faute du brouillard et aussi des horribles chemins que nous avons suivis.

— Mais, mordious ! jamais nous n'arriverons avant la nuit, monsieur Mistouflet ?

— Je crois que si, messire d'ailleurs, voyez : le brouillard s'élève assez rapidement.

— Hé ! bagasse ! ce n'est pas trop tôt ! s'écria Faribole.

Et il appela l'hôte pour régler leur dépense.

— Dites-moi, maître hôtelier, combien y a-t-il d'ici à Montpellier ; mais, bagasse ! ne vous trompez pas !

— Monseigneur, il y a exactement sept lieues et demie.

— Le chemin est-il bon, doux Jésus? demanda Mistouflet.

— Oui, monseigneur ; c'est peut-être le mieux entretenu de tous les chemins de la région, répondit l'aubergiste.

— Alors en route, Monsieur Mistouflet, dit Faribole en se levant ; nos bêtes ne sont pas bien fatiguées ; nous irons à une allure de trois lieues à l'heure et n'arriverons pas encore trop tard là-bas.

Ils se mirent en selle et partirent au grand trot.

— Et dites donc, bagasse ! s'écria au bout d'un instant l'ancien maître d'armes.

— Quoi donc, messire.

— Vous savez que Monseigneur Louis nous a bien recommandé de ne point dire que nous avons combattu dans les rangs des camisards, car, capededious ! ça produirait mauvais effet parmi les officiers que le lieutenant de Chadefaux aura invités.

— Vous avez raison, Seigneur Jésus!

— Eh bien, Monsieur Mistouflet à la recommandation de notre généreux maître je veux en ajouter une.

— Ajoutez, messire.

— Evitez bien, lorsque nous serons avec tout le beau monde de la noce, de dévider votre chapelet de litanies; et surtout pas de jurons, bagasse!

Cette recommandation fit sourire Mistouflet, et il proposa à son ami la convention suivante :

— Nous sommes riches, messire; si vous voulez bien, je vous donnerai une pistole pour le premier mot proscrit que je laisserai échapper, deux pistoles pour le second, quatre pour le troisième et ainsi de suite, en doublant toujours le dernier nombre...

— Alors, bagasse! Vous me devrez beaucoup d'argent à la fin de la journée, Monsieur Mistouflet?

— Il est bien entendu, messire, que de votre côté vous ferez de même chaque fois que votre langue s'oubliera?

— Naturellement, bagasse!... Quand commencerons-nous?

— Mais dès maintenant, si vous voulez, messire.

— Dès maintenant, soit, répliqua le maître d'armes en riant; le trajet nous paraîtra moins long en jouant à nous donner des gages, comme dans « Pigeon vole! » vous savez bien baga... non, vous savez bien!

Ils firent silencieusement trois ou quatre cents pas, puis Faribole dit tout à coup :

— Il est regrettable, bagasse! que...

— Très regrettable pour vous, en effet, interrompit Mistouflet : vous me devez déjà une pistole!

— C'est vrai... mais je jure bien que je ne vous en devrai point d'autres.

— Ne jurez pas, messire... et dites-moi ce que vous trouvez très regrettable?

— Il est regrettable que Mme Yvonne ne soit pas avec nous, car alors cape... (je n'ai pas fini, ça ne doit pas compter), car alors la journée que nous allons passer, demain, avec les jeunes mariés, serait pour nous une journée de joie complète.

— En ce bas monde, messire, il en est de la joie comme du bonheur, ni l'un ni l'autre ne nous arrivent complets, dit sentencieusement Mistouflet.

— Hé! oui, bagasse! cela est malheureusement vrai.

— Une et deux font trois! messire.

— Déjà trois pistoles!... comme ça va vite, murmura l'ancien maître d'armes en se jurant intérieurement de mieux se surveiller.

En atteignant le bas de la colline à mi-côte de laquelle on apercevait la coquette habitation du maréchal de Montrevel, Mistouflet dit en la montrant à son compagnon :

— Doux Jésus! je crois que nous voici arrivés!

— Ah! bagasse! fit vivement Faribole, à votre tour vous avez perdu une pistole, Monsieur Mistouflet.

— C'est vrai, répondit celui-ci, mais vous, messire, vous me devez cent quatre-vingt-douze pistoles ou mille neuf cent vingts livres!

L'ancien maître d'armes bondit sur sa selle en entendant prononcer ce chiffre énorme, et il regarda son élève avec un réel ahurissement.

— Mille neuf cent vingts livres? répéta-t-il.

— Mon Dieu oui, messire. Vous avez laissé échapper huit jurons... je vous ferai le compte quand vous voudrez.

Il n'était pas loin de quatre heures lorsque le gardien-portier fit retentir un coup de cloche annonçant l'arrivée des deux cavaliers aux valets du maréchal.

Faribole et Mistouflet n'étaient plus qu'à une dizaine de pas du perron quand au haut de celui-ci se montrèrent le lieutenant de Chadefaux et sa fiancée.

— Ah! les voici! dit joyeusement la mignonne jeune fille.

On échangea de cordiales poignées de main ; puis l'officier de dragons demanda :

— Comment se porte le capitaine Louis?... nous n'avons appris qu'il avait été blessé à Quissac que par sa dernière lettre.

— Le capitaine va aussi bien que possible... il commence à se lever, répondit Faribole.

— Donnez-moi vite des nouvelles de mon amie Yvonne? dit Mlle de Vrignes à Mistouflet.

— Monseigneur Louis espère bien, et nous aussi, doux Jésus! que Mme Yvonne sera de retour de son voyage dans une douzaine de jours au plus tard.

— Dans quinze jours nous irons au Mas de Montcarra, n'est-ce pas, cher Henri? dit toute caline la mignonne fiancée.

— Vous savez bien, ma chère Jeanne, que j'ai promis de toujours faire selon votre volonté.

Ciel! s'écria-t-elle, du sang! du sang!

Le lieutenant et sa fiancée conduisirent les nouveaux venus dans une jolie chambre du second étage.

— Vous voici chez vous, mes amis, dit l'officier de dragons.

Puis ouvrant la porte d'une pièce contiguë à la chambre ;

— Et ici, ajouta-t-il, vous trouverez les diverses choses apportées par le tailleur, le chapelier et le bottier. Vous choisirez ce qui ira le mieux.

Et il montra à Faribole et à Mistouflet agréablement surpris, deux costumes complets, plusieurs paires de chaussures et quatre feutres ornés de plumes noires.

Sur une table on apercevait encore tout un nécessaire de toilette.

— Nous vous laissons maintenant, mes amis, dit le lieutenant. Dans une heure je viendrai vous prendre pour vous présenter à M. le maréchal.

— Ah! bagasse! j'allais oublier que je suis porteur d'un billet que Monseigneur Louis vous prie de remettre à M. le maréchal.

Tout en parlant Faribole tira de son pourpoint une lettre et la donna à l'officier de dragons.

Aussitôt que M. de Chadefaux et Mlle de Vrignès se furent éloignés, nos deux compagnons procédèrent lentement à leur changement de costume.

Les chausses et les pourpoints faits sur mesure allaient parfaitement; les chapeaux étaient de différentes dimensions : ils n'eurent qu'à les essayer et adopter ceux qui les coiffaient le mieux.

Au bout de trois quarts d'heure ils étaient complètement transformés.

— Ah! troun de l'air! s'écria Faribole, quelle belle étoffe et comme ce pourpoint me siéd bien!

— Voyez donc, Jésus-Marie! comme le mien est élégant; vraiment il me va à merveille! dit Mistouflet en se tournant et se retournant devant une grande glace.

— Franchement, bagasse! moi j'hésite à me reconnaître! dit l'ancien maître d'armes qui, assez coquet de son naturel, ne se lassait pas de s'admirer.

Il est juste de dire que les deux amis de Jeanne avaient tout à fait grand air dans leurs nouveaux costumes, d'une nuance plutôt un peu sombre, mais qui avait été choisie avec intention.

Ils étaient encore en train d'échanger leurs joyeuses impressions lorsque le lieutenant de Chadefaux vint les rejoindre.

— Vous êtes prêts, mes amis? leur dit-il en entrant.

— Tout prêts et on ne peut plus satisfaits, troun de l'air!

— C'est la vérité, Monsieur le lieutenant, dit Mistouflet.

M. de Chadefaux conduisit l'ancien maître d'armes et son élève à M. de Montrevel.

Il ouvrit lui-même la porte du petit salon dans lequel attendait l'ex-commandant en chef de l'armée des Cévennes en disant :

— Monsieur le maréchal, j'ai le plaisir de vous présenter mes deux anciens adversaires devenus mes amis.

Le maréchal se leva et fixant son œil observateur sur ses nouveaux

hôtes, dont l'attitude fière sans être choquante, loin de là, lui plût
beaucoup.

— Approchez, leur dit-il, que je vois de plus près les rudes gaillards
qui ont eu l'audace de détruire une demi-compagnie de mes meilleurs
dragons.

Et quand Faribole et Mistouflet se furent avancés de quelques
pas :

— Savez-vous bien, ajouta-t-il souriant, que j'ai presque envie de
vous féliciter de votre adresse et de votre audace !

— Ce serait vraiment faire beaucoup d'honneur à deux modestes
soldats, Monsieur le maréchal, répliqua Faribole avec une charmante
simplicité.

— Ça toujours été pour moi un vrai plaisir que d'admirer la vaillance
non seulement chez mes amis, mais aussi chez mes adversaires. Eh bien,
mes gaillards, vous me permettrez de vous dire que le récit de vos
prouesses m'a émerveillé.

— Ah ! Monsieur le maréchal, venant de la part d'un brave officier,
ces paroles nous feraient assurément plaisir, mais prononcées par le
maréchal de Montrevel, dont la réputation de bravoure est bien connue
en France, elles nous transportent d'aise et de contentement.

Cette phrase de Mistouflet renfermant une adroite flatterie fut loin de
déplaire au maréchal.

Il sourit et répliqua :

— Avec des adversaires comme vous, il m'était à peu près impossible
d'être vainqueur des camisards... Et naturellement, mes braves, ajouta-t-
il, vous étiez à la bataille d'Euzet ?

— Hé ! oui, bagasse ! dit vivement Faribole, le capitaine Louis nous
avait chargé de nous emparer de votre artillerie.

— Morbleu ! Monsieur de Chadefaux, dit le maréchal en se tournant
en riant vers le jeune officier, vous voyez bien que c'est à vos amis que je
dois d'avoir été battu.

— Il faut leur pardonner, Monsieur le maréchal, fit le lieutenant, un
sourire sur les lèvres.

— Je leur pardonnerai s'ils me font une promesse !

— Parlez, Monsieur le maréchal, répliqua vivement Faribole, et si
nous le pouvons... n'est-ce pas, Monsieur Mistouflet ?

— Oui, doux Jésus ! si nous le pouvons, nous ferons la promesse que
désire Monsieur le maréchal, dit Mistouflet.

— Eh bien, mes braves, reprit M. de Montrevel, vous allez me promettre de répondre à mon appel si j'ai jamais besoin de vous pour remplir une mission dangereuse et difficile.

— Monsieur le maréchal, dit Faribole avec une certaine vivacité, si un jour vous nous faites appeler, et que notre chef, le capitaine Louis, nous dit : « Partez, vous le pouvez, » nous vous promettons, bagasse ! de venir nous mettre entièrement à votre disposition.

— Avec plaisir, fit simplement Mistoufflet.

— A la bonne heure ! s'écria M. de Montrevel, j'aime les gens qui me répondent avec une telle franchise.

Il était six heures et demie quand on passa dans la salle à manger. Les invités de Mme et M. de Montrevel n'étaient pas nombreux'; en raison du deuil de Jeanne la lecture du contrat devait se faire en présence de quelques intimes seulement.

Autour de la table somptueusement servie, dont la vue seule quintupla la joie de Mistoufflet, très gourmand, on se le rappelle sans doute, on ne comptait que Faribole et son ami, le gouverneur de Montpellier et son épouse, le marquis et la marquise de Risiparien et enfin maître Basoche, le tabellion nîmois.

A huit heures précises tout le monde passa dans le grand salon brillamment éclairé par seize cires brûlant dans de hauts candélabres à plusieurs branches.

. Dans le large corridor conduisant de la salle à manger au salon de réception se tenait un laquais portant un flambeau, non loin de lui, et placées sur le seuil d'une porte, se trouvaient trois jeunes servantes, curieuses comme toutes les filles d'Ève, et avides de voir, parmi elles était la jolie Suzette.

Tout à coup, au moment où Faribole et Mistoufflet, marchant côte à côte, passaient devant le porteur de flambeau, la brune Suzette tressaillit brusquement, pâlit et ne retint qu'à grand peine l'exclamation prête à jaillir de ses lèvres.

Puis reculant d'un pas pour cacher son trouble étrange, elle appuya ses deux mains sur son cœur comme pour en comprimer les battements violents et mentalement murmura :

— Mon Dieu ! je ne me suis point trompée... c'est M. Faribole que je viens d'apercevoir ?

Une rapide réflexion traversa son esprit :

— Mais alors, se dit-elle, c'est un ami de mon futur maître ou de ma future maîtresse...

La pâleur de son visage fut soudain remplacée par une vive rougeur, et dans ses beaux yeux noirs, encore pleins de tristesse une minute auparavant, brilla un doux rayon de joie.

Assis devant un guéridon sur lequel étaient étalés de nombreux parchemins, maître Basoche lisait d'une voix lente et intelligible, contrairement aux habitudes des notaires, le contrat que devait signer avec leurs témoins, M. Henri-Paul-Louis de Chadefaux, chevalier de Lakau, capitaine-lieutenant de dragons, officier d'ordonnance de M. le maréchal de Montrevel, et Mlle Jeanne-Suzanne de Vrignès...

Il n'était pas fait mention de son premier mariage avec le duc de la Tour du Roc, considéré comme nul.

Le futur apportait en dot un superbe domaine situé dans la Bourgogne, etc...

La future apportait, elle, les biens immenses qu'elle avait hérité de son oncle Emmanuel, comte de Servas, etc...

A l'exception des deux époux, assis l'un près de l'autre et se souriant, les regards chargés de tendresse et de bonheur, tous les assistants écoutèrent religieusement la lecture du contrat de mariage.

Puis, le tabellion se leva, trempa le bec de sa plume d'oie dans un superbe encrier de bronze et s'adressant au jeune officier de dragons :

— Monsieur Henri de Chadefaux, dit-il, veuillez signer le premier... Voyez, ici...

— Très bien, maître Basoche, fit le marié en prenant la plume.

Et d'une écriture droite et lisible il mit au bas de l'acte sa signature qu'il accompagna d'un simple paraphe.

— Veuillez faire de même de ce côté... ici, reprit le notaire en désignant un nouvel endroit en tête de la marge.

Le lieutenant signa une seconde fois.

— Mademoiselle Jeanne de Vrignès veuillez signer à votre tour? dit encore maître Basoche.

Jeanne s'avança un peu émue et prit la plume que le tabellion lui présentait.

Au même instant la porte du salon s'ouvrit et une voix sonore, qui n'appartenait à aucun des gens du maréchal annonça :

— Le duc de La Tour du Roc !...

Et le premier mari de Jeanne de Vrignès, vieilli de dix ans, les joues creuses, redressant son grand corps décharné, entra en s'appuyant sur le bras d'un homme portant comme lui l'épée au côté.

Il n'existe aucune expression capable de rendre l'effet que produisit la soudaine apparition du vieux duc.

Ce fut comme un coup de tonnerre qui déchire les nuages, comme l'ouragan qui les chasse.

Durant une seconde le lieutenant et sa fiancé restèrent dans l'attitude de deux personnes qui verraient un cadavre se dresser dans sa bière.

Puis, les yeux dilatés par une stupeur indicible, fixant le duc de la Tour du Roc, immobile au milieu du salon, Henri de Chadéfaux laissa échapper ce seul mot :

— Vivant!!...

Jeanne était devenue pâle comme la mort.

Tout son corps tremblait.

Soudain elle poussa un faible soupir, sa tête se renversa en arrière et, raide, immobile, elle tomba sur le parquet.

Elle était évanouie.

Le lieutenant, le notaire et Mme de Montrevel se précipitèrent pour la relever.

Le maréchal sonna vivement ses gens.

La pauvre Jeanne fut couchée sur un sofa, et l'on s'empressa de lui prodiguer des soins.

Pendant un instant Faribole et Mistouflet demeurèrent comme pétrifiés, regardant le duc d'un œil effaré.

Enfin Mistouflet put murmurer à mi-voix :

— Voyons... est-ce un homme?...

— Ou un spectre?... dit Faribole.

— Ou un revenant!... fit à côté d'eux le tabellion effrayé.

. . . .

Quelques lignes sont nécessaires pour expliquer cette résurrection du premier mari de Mlle de Vrignès.

On se rappelle que Roland, le lieutenant de Jean Cavalier, un instant avant qu'on incendiât le château de Servas, avait fait enlever de la salle à manger les corps du comte, du vieux duc et des deux témoins de ce dernier; en les transportant dans la cour, les camisards s'étaient aperçus que l'un des gentilshommes respirait encore, mais ils n'avaient pu s'occuper de lui.

Ce gentilhomme était le duc de la Tour du Roc.

Le lendemain, alors que l'incendie achevait de consumer l'immense château, et que les habitants du village de Servas, terrifiés par l'audace des camisards, se tenaient enfermés dans leurs demeures, deux hommes osèrent s'aventurer jusqu'auprès des ruines fumantes.

L'un était le gardien du pont-levis qui avait réussi à s'enfuir avec quelques soldats ; l'autre était un parent du vieux duc.

Il devait de n'être point tombé sous les coups des camisards maîtres du château, à un accident survenu à son carrosse et qui lui fit perdre une dizaine d'heures dans un petit village.

Les deux hommes ayant reconnu que le vieux duc n'était pas mort le transportèrent dans la chambre du gardien du pont-levis ; puis dès que la nuit fut tombée, ils le mirent sur une civière qu'ils fabriquèrent eux-mêmes, et avec de nombreuses précautions le portèrent à plus de deux lieues de Servas dans une métairie où un médecin vint soigner les terribles blessures du vieux gentilhomme.

Le duc éprouvait une terreur si grande des camisards que, aussitôt qu'il se sentit un peu mieux, et malgré l'opposition du médecin, il exigea que son parent l'emmenât loin de la région sillonnée par les bandes de Jean Cavalier.

Le voyageur moribond rencontré sur la rive du *Gardon* par Nékao et le colosse qui conduisaient à Chomérac la malheureuse Jeanne, n'était autre que le duc de la Tour du Roc.

Le duc fut installé à Rodez où les soins intelligents qu'on lui donna l'arrachèrent à la mort.

Malheureusement les chirurgiens ne purent lui rendre la parole.

Il ne pouvait désormais prononcer, et très difficilement encore, que des mots d'une seule syllabe.

Dès qu'il l'avait pu, il avait donné l'ordre de faire des recherches pour savoir ce qu'était devenue Jeanne de Vrignès.

On se rappelle la rencontre devant les ruines du château de Servas de maître Basoche et de maître Querluchet.

Ce dernier voulant connaître le personnage qui avait visité tous les fermiers du comte de Servas l'avait suivi d'abord à Nîmes puis à Quissac.

Par maître Querluchet le duc de la Tour du Roc avait appris le mariage prochain de la mignonne duchesse, qui naturellement se croyait veuve, avec le lieutenant de Chadefaux.

Six jours avant la date fixée pour la célébration du mariage de la nièce du comte de Servas, le duc de la Tour du Roc, accompagné de son parent, avait quitté Rodez et, par petites étapes, s'était rendu à Montpellier...

De cette ville, après quelques heures de repos, il s'était fait conduire à l'habitation de plaisance du maréchal de Montrevel.

Au laquais à qui le duc et son parent laissèrent croire qu'ils étaient invités à la lecture du contrat, et qui leur demandait quels noms il devait annoncer le parent du duc répondit :

— Introduisez-nous seulement... cela suffira.

Mais au moment où il franchit le seuil de la porte il vit le tabellion tendre sa plume à Mlle de Vrignès; alors il cria le nom du duc de la Tour du Roc.

On a vu le coup de foudre que ce nom produisit; on vu également que l'apparition du vieux gentilhomme à l'entrée du salon provoqua ces trois questions :

— Est-ce un homme?... est-ce un spectre?... est-ce un revenant?...

La gentille Suzette et trois autres servantes étaient accourues à l'appel du maréchal; elles secondèrent de leur mieux Mme de Montrevel et la marquise de Risiparien cherchant à faire revenir de son évanouissement la malheureuse Jeanne.

M. de Montrevel marcha vers le duc, et d'une voix frémissante qui décelait l'irritation à laquelle il était intérieurement en proie :

— Ainsi, vous êtes le duc de la Tour du Roc? demanda-t-il.

— Ou-i... répondit d'une voix nasillarde le vieux gentilhomme.

— Nous venons, Monsieur... commença vivement le parent du duc.

Mais le maréchal l'arrêta en lui disant :

— Qui êtes-vous d'abord, Monsieur?

— Le comte de Vihale, parent de M. le duc de la Tour du Roc, répondit l'interpellé.

— Et que voulez-vous? reprit le maréchal d'un ton bref.

— Prévenir un malheur; c'est-à-dire empêcher la nièce du comte de Servas de devenir bigame.

Tandis que s'échangeaient ces paroles, le vieux duc avait tiré ses tablettes qui maintenant ne le quittaient plus, et sur un feuillet avait tracé ces mots au crayon :

« Le nommé Faribolé ici présent pourra attester que je suis bien le duc de la Tour du Roc blessé par lui dans le chemin de Servas. »

Puis il déchira le feuillet et le tendit au maréchal tout en désignant de son autre main l'ancien maître d'armes.

Après voir lu, M. de Montrevel mit l'écrit sous les yeux de ce dernier tout pâle de rage contenue.

— Oui, Monsieur le duc, je vous reconnais pour être celui qui a tenté de me faire assassiner par son laquais, non loin du château de Servas... Et je ne le cache pas, bagasse! je n'ai qu'un regret : c'est de ne vous avoir point tué alors que je vous tenais au bout de mon épée...

Mort! Guillaume est mort! s'écria le mari d'Yvonne, en proie à une stupeur indicible.

A ces paroles prononcées avec véhémence, Suzette s'était brusquement tournée vers Faribole, elle fut effrayée en voyant les éclairs de colère qui passaient dans les regards du dévoué défenseur de Jeanne de Vrignès.

La pauvre amante du lieutenant de Chadefaux reprenait peu à peu ses sens.

Mme de Montrevel pria le maréchal d'emmener un instant le duc et son compagnon dans une autre pièce, afin qu'elle ait le temps de donner un peu de courage et quelques conseils à sa malheureuse protégée.

Le maréchal de Montrevel retourna vers le duc et le comte de Vihale :

— Veuillez me suivre, Messieurs, leur dit-il froidement.

Puis, plus doucement, il ajouta s'adressant au notaire.

— Maitre Basoche, veuillez nous accompagner ?

— Je suis à vos ordres, Monseigneur ! répondit le tabellion.

Et il suivit les deux gentilhommes que M. de Montrevel emmena dans son appartement particulier.

Tout en suivant le corridor, conduisant du grand salon chez lui, le maréchal se disait :

— Il ne sera pas impossible, je l'espère, de faire annuler le mariage de Mlle de Vrignès avec ce vieux duc... Mais il va vouloir emmener sa femme, cela n'est que trop certain... Oh ! j'y songe ! je pourrai gagner du temps en exigeant qu'il me montre les actes établissant qu'il est bien l'époux de la protégée de la maréchale... or, tous les actes ont dû être brûlés avec le château de Servas.

Cette réflexion diminua un peu la sourde irritation grondant en lui, et ce fut d'une façon assez courtoise qu'il montra des sièges au duc et à son parent.

Puis, après un court moment de silence :

— Monsieur le duc, dit-il, je veux dès maintenant vous prévenir que Mme de Montrevel, qui a pris sous sa protection Mlle de Vrignès, ne vous permettra d'emmener celle-ci que lorsque vous lui aurez prouvé que vous avez des droits sur elle.

— J'ai-ai-a-ac-te, fit péniblement le duc en se tournant vers son parent comme pour lui dire d'expliquer sa pensée.

— Monsieur le maréchal, dit alors le comte de Vihale, Monsieur le duc possède l'acte de mariage rédigé par le curé de Servas... il est donc conforme à la nouvelle loi.

Il ajouta, en voyant le duc tirer de son pourpoint un parchemin et le donner au maréchal :

— La large tache rougeâtre que vous voyez sur le dernier feuillet, provient du sang qui a coulé des blessures de M. le duc, il avait sur lui ce parchemin quand il a été frappé à la gorge et à l'épaule par les camisards.

Le maréchal remit le parchemin au notaire, en lui disant :

— Examinez cet acte, maître Basoche.

Le tabellion regarda attentivement le sceau de la paroisse de Servas et la signature tremblée du curé, puis il lut rapidement l'acte.

— Eh bien, maître Basoche? fit M. de Montrevel, quand celui-ci lui rendit le parchemin.

— Eh bien, cet acte est parfaitement régulier, Mlle de Vrignès l'a signé de tous ses noms et prénoms : il est inattaquable, répondit maître Basoche comme à regret.

En effet, le brave tabellion eût donné en ce moment ses honoraires d'une année, rien que pour trouver un point lui permettant de contester la validité de l'acte de mariage.

En entendant la réponse de maître Basoche, un sourire de triomphe plissa les lèvres pâles du vieux duc, et rapidement il traça sur ses tablettes quelques lignes qu'il remit au maréchal.

Celui-ci lut :

« Si Madame la duchesse de la Tour du Roc est en état de me suivre, je désire la conduire à Montpellier. »

— Fort bien, Monsieur, dit le maréchal.

Puis il sonna.

Un laquais se présenta presque aussitôt.

— Portez immédiatement ce billet à Mme de Montrevel, ordonna-t-il, vous attendrez la réponse.

Le maréchal plia en quatre le papier du gentilhomme et le donna au laquais qui sortit rapidement.

Moins de trois minutes après, il revenait et disait à son maître :

— Monseigneur, Madame la maréchale fait réponse que Mlle de Vrignès vient d'être transportée dans sa chambre, et qu'elle aura besoin pour se remettre de douze heures de repos au moins.

— Très bien!... ne vous éloignez pas, dit M. de Montrevel.

— Monsieur le duc accorde à Madame la duchesse les douze heures de repos demandées, fit vivement le comte de Vihale.

— Monsieur le duc est généreux! répliqua le maréchal avec une mordante ironie.

— Je-les-a-a-cor-de, bégaya le vieux duc.

Il déchira un nouveau feuillet de ses tablettes après avoir écrit ces deux lignes :

« Si dans douze heures Madame la duchesse refusait de me suivre, « j'aurais recours à l'autorité de Sa Majesté. »

Ce n'est pas parce qu'il connaissait la disgrâce du maréchal que le duc avait osé écrire ces mots renfermant une menace, mais bien parce qu'il était en proie à une terrible jalousie : depuis longtemps il savait que Jeanne de Vrignès et le lieutenant de Chadefaux s'aimaient, et maintenant il frémissait en pensant que les deux jeunes gens habitaient sous le même toit.

Après avoir lu, le maréchal froissa le feuillet de papier dans sa main eut un imperceptible haussement d'épaules, puis s'adressant au laquais :

— Reconduisez Monsieur le duc et Monsieur le comte, ordonna-t-il

— A demain, Monsieur le maréchal, dit le comte de Vihale en prenant le bras de son parent et en se dirigeant vers la porte.

— A demain, Messieurs, répliqua froidement le maréchal.

Le duc et son parent sortirent.

Dès que la porte se fut refermée, M. de Montrevel demanda au tabellion qui depuis un moment semblait tout pensif :

— Maître Basoche, trouvez un moyen qui nous permette de faire rompre l'union monstrueuse d'un vieillard et d'une jeune fiile, presque une enfant?

— Je n'en vois qu'un Monseigneur.

— Quel est-il, maître Basoche?

L'Eglise a déjà annulé quelques mariages pour cause d'extrême débilité sénile; il s'agit donc de prouver que le vieux duc, auquel on ne donnerait guère plus de six mois à vivre, est absolument incapable de remplir ses devoirs d'époux.

— Je vous comprends, maître Basoche... Mais tout cela demandera beaucoup de temps?

— Cela est vrai, Monseigneur. Mais, en usant des relations que vous avez conservées avec le haut clergé, je crois, qu'en moins d'un an, on pourrait obtenir de Notre Saint-Père le pape l'annulation du mariage de Mlle de Vrignès.

— Nous essayerons de votre moyen, maître Basoche; ce qui ne

m'empêchera pas d'en employer un autre, si j'en trouve l'occasion, dit M. de Montrevel.

— Oserai-je, Monsieur le maréchal, vous demander à mon tour quel est ce moyen que vous espérez employer?

— Mon moyen serait radical, maître Basoche... Je voudrais obliger le duc à me provoquer en duel... et je vous assure bien que je le tuerais!

— Je n'en doute pas, Monseigneur, dit le tabellion en souriant. Seulement le duc de la Tour du Roc ne voudra jamais se battre.

Il était dix heures du soir, lorsque le gouverneur et son épouse, le marquis et la marquise de Risiparien et maître Basoche, plus ou moins douloureusement impressionnés, s'éloignèrent de l'habitation du maréchal et retournèrent à Montpellier.

Le lendemain matin, de très bonne heure, la gentille Suzette entra dans la chambre de sa jeune maîtresse.

— Suzette, dit aussitôt Jeanne de Vrignès, si je suis dans l'obligation de suivre cet homme que je n'ai épousé que contrainte, et que je croyais mort, voudras-tu rester avec moi?

— Oh! Madame, croyez-vous que j'irai vous abandonner, maintenant que vous voilà malheureuse.

— Peut-être n'écoutes-tu en ce moment que ton cœur généreux, reprit Jeanne avec douceur; mais songe, Suzette, que si tu pars avec moi, il te faudra vivre à peu près comme une recluse.

— Je ne veux pas vous quitter, répliqua avec simplicité la gracieuse jeune fille.

— Merci Suzette. Je tâcherai d'adoucir ta captivité... Et puis tu ne seras pas pour moi une suivante, mais une amie, une sœur, dit Jeanne en tendant sa petite main à sa chambrière.

— Vous êtes vraiment trop bonne pour moi, Madame... Aussi je vous promets de seconder de toutes mes forces vos amis qui trouveront bien l m yen de vous délivrer du joug de votre méchant duc.

— Hélas! mon enfant, dit Jeanne en essuyant deux grosses larmes qui perlaient aux bords de ses paupières, Mme de Montrevel, ma généreuse protectrice, m'a bien assuré que mon mariage serait un jour annulé, malheureusement il s'écoulera des mois avant que je sois redevenue libre.

— Qui sait, Madame!... Moi je crois que M. Faribole pourra...

— Ah! dis-moi vite, Suzette, interrompit Jeanne; mes bons amis Faribole et Mistouflet ne sont point partis?

— Non, Madame; et bien certainement ils ne s'en iront pas avant de vous avoir dit adieu.

— Oui, c'est vrai... Ah! Suzette, tu ne peux pas soupçonner tout ce que ces deux hommes ont déjà fait pour moi.

— Je ne sais pas ce qu'ils ont déjà pu faire pour Madame, répliqua la jeune fille; mais je suis bien sûre qu'ils ne vous laisseront pas longtemps au pouvoir de Monsieur le duc.

— Hélas! ni leur courage ni leur adresse ne pourront rien! ma bonne Suzette? fit tristement Jeanne.

— Mon Dieu, Madame, M. Faribole est bien capable de tuer Monseigneur... Ah! si vous aviez vu, Madame, quelle fureur étincelait dans ses yeux lorsqu'il a crié à votre vieil époux : « Oui, je n'ai qu'un regret, c'est de ne vous avoir pas tué alors que je vous tenais au bout de mon épée! »

— Mon ami Faribole s'est déjà battu avec le duc qui voulait le faire assassiner, murmura la pauvre Jeanne.

Pendant quelques secondes elle resta silencieuse; elle semblait réfléchir; puis, soudain, se parlant à elle-même :

— O mon Dieu! dit-elle, mon cher Henri va sans doute vouloir, lui aussi, se battre avec le duc... Si un malheur survenait...

Alors, toute frissonnante, elle se tourna vers sa chambrière :

— Suzette, ajouta-t-elle vivement, va trouver M. de Chadefaux et dis-lui que je le prie de venir me rejoindre chez Mme de Montrevel.

— Bien Madame, fit Suzette.

Mlle de Vrignès et sa cameriste sortirent ensemble.

Jeanne se rendit chez la maréchale, qui se préparait justement à passer chez sa protégée; Suzette se mit à la recherche de l'officier de dragons.

Ne l'ayant pas trouvé dans sa chambre, elle alla s'informer de lui auprès des gens de M. de Montrevel.

— Monsieur le lieutenant de Chadefaux est en ce moment avec Monseigneur le maréchal, répondit un laquais.

— Bien, je l'attendrai, dit la jeune fille.

Au même instant Faribole parut.

— Hé! bagasse! je vais l'attendre aussi, fit-il. Mais dites-moi, ma belle enfant, ajouta-t-il s'adressant à Suzette, c'est vous qui êtes spécialement attachée au service de Mlle Jeanne?

— Oui, Monsieur Faribole... et nous parlions de vous et de votre ami, il n'y a qu'un instant, dit la fillette en rougissant.

Puis baissant la voix et avec un adorable sourire :

— J'ai affirmé à ma maîtresse, ajouta-t-elle, que vous trouveriez bien le moyen...

— De la débarrasser de son affreux duc? interrompit Faribole, Ah! oui, bagasse! Je ne lui demande pour cela que quelques jours!

Il y eut un court silence; l'ancien maître d'armes regardait la brune jeune fille et l'on voyait qu'il faisait des efforts pour se rappeler où il avait déjà vu ce joli visage et ce frais sourire.

Suzette vint à son aide, et son cœur battant plus vite elle dit timidement :

— Monsieur Faribole, est-ce que vous avez oublié celle que vous avez protégée contre les insultes de deux dragons ivres, là-bas... à Cette?

— Capededious! je me souviens maintenant... seulement.. seulement je suis encore tout troublé de la chose d'hier, et je ne trouve pas ton nom, dit l'ancien maître d'armes cherchant dans ses souvenirs.

— Je suis Suzette... Suzette Peschaud, de l'auberge du *Faisan d'Or*.

— Ah! bagasse! cette fois, j'y suis! C'est toi qui, en me cachant, m'as permis d'échapper au capitaine de la milice poursuivant un marin déserteur.

— Alors ce marin, ce n'était pas vous?...

— Moi, bagasse! je n'ai jamais été marin de ma vie!... Quand tu m'as vu, j'en portais le costume, c'est vrai... mais j'ai tâté de la mer, et je te jure bien... Seulement, bagasse! il ne s'agit pas de ça en ce moment... Je voudrais bien parler à Mlle Jeanne?

— Elle est auprès de Mme la maréchale, dit Suzette; mais vous aurez le temps de l'entretenir avant son départ... Vous savez sans doute, Monsieur Faribole, que j'accompagne ma jeune maîtresse?

— Ecoute-moi bien, Suzette, fit soudain l'ancien maître d'armes; je voudrais pouvoir suivre demoiselle Jeanne, malheureusement cela m'est impossible : j'ai auparavant un autre devoir à remplir; mais aussitôt libre, je partirai vous rejoindre.

— Monsieur Faribole il vous faudra prendre garde à M. le duc... S'il allait de nouveau chercher à vous faire assassiner...

— On prendra ses précautions, bagasse! Seulement, Suzette, j'ai peur qu'au bout de quelques jours le duc ne te renvoie, alors je ne pourrai peut-être plus communiquer avec demoiselle Jeanne.

— Laissez-moi faire, Monsieur Faribole; j'ai une idée, et je pense que le méchant duc ne me renverra pas... Mais je dois en parler d'abord à ma chère maîtresse.

En ce moment, le lieutenant de Chadefaux sortit du cabinet du maréchal.

Il échangea une cordiale poignée de main avec Faribole.

— Monsieur, lui dit aussitôt Suzette, ma jeune maîtresse vous prie de l'aller rejoindre dans l'appartement de Mme la maréchale.

— J'y vais à l'instant, Suzette. .

Puis s'adressant à l'ancien maître d'armes :

A tout à l'heure, cher Monsieur Faribole, ajouta l'officier de dragons

Cinq minutes plus tard, il était auprès de Jeanne et de Mme de Montrevel.

Toutes deux furent frappées de l'altération des traits du malheureux lieutenant.

— Mon Dieu! comme il doit souffrir! pensa la vieille maréchale.

— C'est à moi à lui donner du courage pour supporter le malheur qui nous frappe! se dit Jeanne.

Et tendant ses deux petites mains à celui qu'elle aimait :

— Mon cher Henri, fit-elle avec un navrant sourire, nous étions trop heureux... De nouveau nous allons être séparés; mais nous puiserons dans notre amour la force de supporter courageusement cette épreuve du ciel; nous attendrons patiemment que sonne l'heure de nous voir réunis...

— Hélas! chère Jeanne, cette heure-là sonnera-t-elle jamais! fit douloureusement Henri de Chadefaux.

— Oui, mon ami, oui!... Ayez comme moi confiance dans l'avenir... Je serai votre femme... pour nous les beaux jours renaîtront!...

— Croyez ce que vous dit Jeanne, mon cher lieutenant, prononça d'une voix affectueuse Mme de Montrevel. Votre séparation ne sera pas éternelle. Jeanne vous aime; elle ne sera jamais, vous entendez bien, mon ami, elle ne sera jamais la femme du vieux duc.

— Oh! non, jamais! je le jure encore! s'écria Jeanne avec une expression d'horreur.

Le lieutenant demeurait sombre et silencieux; il paraissait pensif.

Doucement sa mignonne amante lui prit la main :

— Henri, lui dit-elle, avant de vous quitter j'ai un serment à vous demander, ou, si vous aimez mieux, une prière à vous adresser?

— Parlez, ma chère Jeanne.

— Peut-être avez-vous déjà conçu le dessein de vous battre en duel avec le duc; eh bien, cela est impossible! Même s'il venait à vous pro-

Quoi! la comtesse est morte de la blessure faite par le poignard de Barbezieux.

voquer, je ne veux pas que vous vous battiez avec lui... S'il allait vous tuer...

— Oh! il ne le pourrait pas! interrompit M. de Chadefaux.

— Non, non, je ne veux pas! reprit avec énergie la pauvre Jeanne; car s'il venait à vous tuer, que deviendrais-je? je vous l'ai dit : c'est votre amour qui me soutiendra dans l'affliction... Et si, au contraire, le

duc était tué par vous, est-ce que je pourrais devenir votre femme?...
Non! Une barrière de sang s'élèverait entre vous et moi et cette barrière
je n'aurais jamais le courage de la franchir.

— Mon cher lieutenant, dit la maréchale, vous devez écouter Jeanne;
sa peine sera assez grande sans vouloir l'augmenter par la douloureuse
pensée que quelque jour amènera une fatale rencontre entre vous et le
duc de la Tour-du-Roc.

— Mon ami, dit Jeanne de sa voix douce et mélodieuse quoique
bien triste, vous me promettez de ne jamais vous battre en duel avec
celui dont je ne serai jamais la femme que de nom?

— Je vous le promets, chère Jeanne, fit le lieutenant après une
courte hésitation.

La cloche placée à la porte du parc tinta trois coups : c'était le signal
convenu entre le gardien-portier et la maréchale pour avertir cette
dernière qu'on venait chercher Jeanne de Vrignès.

En effet, il était près de dix heures, et, depuis la veille, huit heures
du soir, les douze heures accordées par le duc de la Tour-du-Roc allaient
bientôt être écoulées.

— Mignonne, venez dans la salle à manger; vous y retrouverez vos
bons amis, dit affectueusement la maréchale.

Dans la salle à manger, Faribole et Mistouflet attendaient depuis
quatre ou cinq minutes leur mignonne amie.

— Ah! bagasse! dit Faribole en serrant la petite main de Jeanne,
vous pouvez compter sur nous, allez!

— Et puis, doux Jésus! appuya Mistouflet, moi je dis que les
camisards blancs étaient autrement redoutables que le duc et tous ses
gens.

Une collation fut servie; mais ni les uns ni les autres ne lui firent
honneur : la tristesse et le chagrin avaient emporté bien loin l'appétit de
tous.

A onze heures, les malles contenant le linge et les effets de Jeanne
et de Suzette se trouvaient solidement attachées après le carrosse.

On n'attendait plus que les deux voyageuses.

C'était le comte de Vihale, le parent du duc, qui était venu chercher
la malheureuse petite duchesse.

M. de Montré et lui demanda s'il pouvait lui dire dans quelle ville
ou dans quel château le duc de la Tour-du-Roc comptait emmener sa
jeune femme.

— Mais certainement, Monsieur le maréchal, répondit le comte ; mon parent doit conduire Mme la duchesse à Bordeaux, en passant par Albi, Montauban et Agen, où l'on s'arrêtera une semaine ; dans un mois ou deux, quand il sera tout à fait rétabli, le duc se rendra à Paris. Il possède un superbe hôtel **rue du Pas-de-la-Mule** ; vous pourrez y trouver Mme la duchesse, s'il vous plaît de l'aller voir, Monsieur le maréchal.

— Mais je l'espère bien, Monsieur, répliqua M. de Montrevel.

Mme la maréchale avait voulu que les adieux des deux amants se fissent dans la salle à manger.

— Mes enfants, leur dit-elle en dissimulant de son mieux l'émotion qui l'étreignait à la gorge, vous avez promis d'avoir du courage ; allons, embrassez-vous une dernière fois, c'est moi qui vous le permets.

Pâle et frémissant, le lieutenant serra dans ses bras la mignonne jeune fille, qui, pour tenir la promesse faite à sa protectrice, ne parvenait qu'à grand'peine à **refouler les larmes qui emplissaient ses beaux yeux bleus.**

— Adieu, Jeanne ! murmura l'officier.

— Au revoir ! vous voulez dire, mon cher Henri, fit Jeanne en contraignant ses lèvres à sourire.

Mais en même temps elle serra fortement d'une main le bras de la maréchale comme pour lui dire :

— Mes forces sont à bout... emmenez-moi !...

M. de Montrevel mit lui-même en carrosse Jeanne de Vrignès et la maréchale, qui devait accompagner la pauvre duchesse jusqu'à Montpellier ; le comte de Vihale y monta à son tour, puis Suzette.

Un instant après le lourd carrosse s'éloignait et le maréchal venait rejoindre dans la salle à manger le lieutenant de Chadefaux auquel, dans un langage un peu différent, Faribole et Mistouflet adressaient leurs protestations d'amitié et leurs encouragements.

— Hé ! oui, bagasse ! lui disait Faribole, laissez-nous d'abord tirer Mme Yvonne du couvent où elle est prisonnière, et nous accourrons nous mettre à votre disposition.

— Et alors, doux Seigneur ! ce qui vous est interdit de faire, Monsieur le lieutenant, l'un de nous deux le fera.

Tandis que des valets d'écuries sellaient leurs montures, l'ancien maître d'armes et son élève montèrent dans leur chambre et roulèrent en paquets les habits qu'ils avaient quittés la veille, avec une adresse qui montrait l'habitude qu'ils avaient de faire semblable ouvrage.

Un quart d'heure plus tard, ils prenaient congé du maréchal de Montrevel qui les accompagna quelques pas, puis ils montaient à cheval.

Le lieutenant de Chadefaux voulut aller avec eux jusqu'à la grille du parc.

Le malheureux officier marchait entre ses deux amis comme un corps sans âme.

— Voyons donc, bagasse! lui dit amicalement Faribole, il faut vous faire une raison, Monsieur le lieutenant; d'abord à ce qui est arrivé vous n'y pouvez rien, puis, capededious! demoiselle Jeanne n'étant pas morte, le mal n'est point irréparable; n'est-ce pas messire Mistouflet?

— Mais certainement, doux Jésus! répondit l'hercule; et la preuve c'est que nous nous engageons à le réparer.

Mais l'infortuné amant secouait tristement la tête.

Hélas! son beau rêve s'était envolé et il n'avait pas la force de regarder au-delà de son espérance évanouie.

Ils étaient arrivés à la grille du parc.

— Je sais que je puis compter sur vous, mes amis, dit le lieutenant en serrant les mains de ses compagnons; mais que voulez-vous! il me semble que quelque chose en moi est brisée... et un pressentiment me dit que ma chère Jeanne est perdue pour jamais!...

— Mordious! chassez vite des idées pareilles, s'écria Faribole; moi au contraire je vous dis : Espérez!

— Mais oui, doux Jésus! ajouta Mistouflet. Et puis, Monsieur le lieutenant, je dois vous avouer que je me suis juré de ne point faire le grand voyage dans l'autre monde avant d'avoir assisté, dans celui-ci, à votre mariage avec demoiselle Jeanne.

Un pâle sourire effleura les lèvres de l'officier.

— Merci encore, mes amis, dit-il. Peut-être irai-je vous retrouver dans quelques jours... Et maintenant adieu!

— Adieu, Monsieur le lieutenant, firent à la fois les deux compagnons.

Puis, en donnant de l'éperon à leurs montures, ils tournèrent leurs regards vers l'officier et lui dirent encore :

— Espoir, courage!... Courage, espoir!...

CHAPITRE XXXVIII

CE QUI SE PASSA ENTRE FARIBOLE, MISTOUFLET ET GNIAFON
A L'AUBERGE DU CYGNE-BLANC

Dans la petite chambre de la chaumière du Mas de Montcarra, qu'éclairait une lampe de cuivre, autour d'une table recouverte d'un tapis, Monseigneur Louis et maître Exili étaient assis.

Ce dernier écrivait sous la dictée du gentilhomme.

— Maintenant, Monseigneur, par quelle formule de salutation voulez-vous que je termine cette lettre?

— Nous écrivons à une femme, maître Exili.

— C'est vrai, Monseigneur; mais elle est la compagne de l'usurpateur, c'est-à-dire votre ennemie aussi.

— Qu'importe, maître; écrivez cette simple phrase.

Et Monseigneur Louis dicta :

« J'ai l'honneur d'être, Madame la marquise, votre très respectueux serviteur. »

Puis quand le vieil alchimiste eut écrit le dernier mot :

— Et à présent, maître d'Exili, passez-moi votre plume que je signe...

D'une main ferme, le fils d'Anne d'Autriche mit sa signature au bas de la lettre qu'il destinait à Mme de Maintenon.

Ensuite il la plia, la plaça dans une double enveloppe qu'il scella de quatre larges cachets de cire rouge.

— Voilà qui est fait, dit-il. Je n'ai plus qu'à attendre l'homme de confiance que j'ai demandé à monsieur le maréchal de Montrevel.

Le savant alchimiste n'écoutait plus le gentilhomme; il semblait plongé dans une profonde rêverie.

— Eh bien, maître Exili, à quoi songez-vous ainsi? demanda au bout d'un instant Monseigneur Louis.

Le vieillard releva le front et, tout pensif encore :

— Monseigneur, répondit-il, je suis en train de me demander s'il n'eût pas été habile d'ajouter à votre lettre un post-scriptum...

— Et lequel?

— Une simple ligne de menace que Mme de Maintenon aurait seule comprise...

— Non, maître Exili, répliqua Monseigneur Louis. Je ne livrerai les trois parchemins que lorsque ma femme et mon enfant m'auront été rendus... Si on refuse d'accepter ma proposition, ce que je ne crois pas, eh bien, nous verrons à reprendre la lutte.

En ce moment un bruit de voix se fit entendre hors de la modeste maisonnette.

— Dieu me pardonne! dit Monseigneur Louis en se levant, il me semble reconnaître la voix de Faribole... Comment se fait-il qu'il revienne déjà!

— Le mariage de la demoiselle de Vrignès a sans doute été reculé, fit Exili. J'entends vos amis, Monseigneur...

Et il ouvrit vivement la porte de la chambre.

A la tristesse de leur visage, Monseigneur Louis comprit à l'instant même qu'il devait être survenu quelque malheur.

— Que vous est-il arrivé, mes amis? leur demanda-t-il d'une voix anxieuse.

— A nous, rien, Monseigneur... C'est à demoiselle Jeanne et puis au lieutenant de Chadefaux aussi, bagasse! dit Faribole en mâchonnant sa moustache.

— Alors, leur mariage?..

— Rompu... devenu impossible, Monseigneur.

— Oui, doux Jésus!... le duc de La Tour-du-Roc n'est pas mort! dit Mistouflet.

Durant une bonne minute, Monseigneur Louis resta muet de surprise; puis à mi-voix et tristement:

— Pauvre demoiselle Jeanne!.. murmura-t-il.

Et secouant la tête, il ajouta:

— Maître Exili, je commence à croire que nous courons tous après une proie insaisissable, le bonheur n'habite plus en ce monde!

— Depuis longtemps j'ai pensé cela, Monseigneur!

— Ainsi, mes amis, reprit l'époux d'Yvonne, le vieux duc de La Tour-du-Roc, que l'on croyait enfoui sous les ruines du château de Servas, est vivant?

— Hélas! oui, Monseigneur. Il m'a parlé, bagasse! et je lui ai répondu..

Et l'ancien maître d'armes raconta dans tous ses détails l'événement aussi douloureux qu'imprévu, qui était arrivé la veille dans l'habitation de plaisance de M. de Montrevel.

Comme il achevait son récit, le jeune Dorfeuil, que Monseigneur Louis avait envoyé le matin à la maisonnette des environs d'Euzet, revint précédé du brave chien Médus qui, maintenant guéri, bondissait de plaisir.

— Monseigneur, dit le jeune homme en entrant, vous pourrez retourner dans votre demeure quand vous le voudrez. Tout y est en bon ordre.

— Mais mon ami, répliqua Monseigneur Louis. As-tu des nouvelles de Jean Cavalier ?

— Oui, Monseigneur. Il a eu hier un vif engagement avec les dragons du maréchal de Villars.

— Et le résultat ?

— Quelques morts et de nombreux blessés des deux côtés, mais il n'y a eu ni vainqueurs ni vaincus...

— Alors, bagasse ! c'est un combat à recommencer, dit Faribole.

On servit le repas du soir. Ils allèrent se mettre à table et soupèrent tous ensemble.

Depuis son retour, Médus, le nez en l'air, semblait chercher quelqu'un.

— Serait-ce, doux Jésus ! Mme Yvonne, que Médus cherche de tous côtés? fit Mistouflet.

Le bon chien vint poser sa grosse tête sur la cuisse de l'hercule et fixa ses yeux sur les siens ; son regard signifiait clairement :

— Mais oui, c'est Mme Yvonne ; pourquoi ne la ramenez-vous pas cette fois encore ?

— Hein ! j'ai deviné, reprit Mistouflet caressant l'animal ; patiente quelque jours et tu verras ta bonne maîtresse.

L'intelligente bête comprit certainement, car elle fit entendre plusieurs petits cris joyeux et s'éloigna en agitant vivement la queue.

— Monseigneur Louis, dit Faribole, Mistouflet et moi, nous comptons partir demain à la première heure pour aller retrouver Mme Yvonne.

— Très bien, mes chers compagnons. A votre retour vous vous rendrez directement à notre ancienne demeure. C'est là-bas que je vous attendrai.

— En ce cas, ami Dorfeuil, dit aussitôt Faribole en montrant son pourpoint neuf, vous voudrez bien y faire porter vos beaux habits qui vous ont été offerts par demoiselle Jeanne.

— Je vous le promets, messire Faribole, répondit le jeune camisard. Pourtant j'aurai été heureux d'aller avec vous au secours de Mme Yvonne ?...

— Hé ! bagasse ! je ne demande pas mieux ; vous pourrez sans doute nous être utile... seulement, voilà : il ne restera personne auprès de Monseigneur Louis, répliqua l'ancien maître d'armes.

— Messire Faribole, dit alors maître Exili, emmenez votre ami en mon lieu et place ; il est jeune et fort, tandis que moi je suis vieux et ne saurais être bon à grand chose.

— Je vous remercie, maître Exili ! dit vivement Dorfeuil.

Le lendemain, dès qu'il fit jour, Faribole, Mistouflet et leur jeune ami, se mirent en selle.

Au moment où ils s'éloignaient, Médus s'élança hors de la chaumière et accourut en bondissant.

Les trois cavaliers arrêtèrent leurs montures.

— Qu'en faisons-nous, bagasse ! Est-ce que nous l'emmenons ? demanda Faribole à ses compagnons.

— Ma foi, doux Jésus ! nous pouvons le laisser venir, il nous sera peut-être utile, on ne peut pas savoir ! répondit Mistouflet qui aimait beaucoup le gros chien.

— Alors en route, prononça Faribole.

— Médus, tu viens avec nous, dit Dorfeuil, nous allons chercher Mme Yvonne.

Le vaillant animal comprit parfaitement les paroles de son maître, il lui répondit en poussant des aboiements joyeux, puis il partit devant en gambadant.

Au lieu d'aller rejoindre directement la route d'Alais, ils se rendirent d'abord à la maisonnette d'Euzet pour y prendre les cordes et les crochets qui leur étaient nécessaires.

A peine étaient-ils entrés dans l'humble demeure que la paysanne, à laquelle Yvonne en partant avait confié la garde de la chaumière, remit à Faribole un petit paquet.

— Messire Faribole, lui dit-elle, on m'a apporté ceci pour dame Yvonne, hier dans l'après-midi, une heure environ après le départ de notre frère Dorfeuil.

— Bon, je lui remettrai le paquet, dit Faribole, seulement, bagasse ! ajouta-t-il, vous ne savez pas qui l'envoie ?

— Si fait, messire, répliqua la domestique, l'homme qui me l'a apporté m'a dit qu'il venait de la part du seigneur Gniafou.

La jeune fille s'avança encore de deux pas en tortillant de ses dix doigts le coin de son tablier

A ce nom exécré, Faribole et Mistouflet bondirent comme s'ils eussent été piqués en même temps par une bête venimeuse.

Dorfeuil, lui, devint tout pâle, car il savait que l'affreux nain était le principal auteur de l'assassinat de sa vieille mère au Mas de Couriac.

A la vue de l'effet produit par le nom qu'elle avait prononcé, la paysanne resta interloquée et la bouche ouverte.

— Vous avez bien dit Gniafon? lui cria soudain l'ancien maître d'armes en crispant le poing.

— Mais... oui... balbutia la servante dont la stupéfaction disparut pour faire place à un vague sentiment d'effroi.

— Ah ! mordious de mordious! continua Faribole; je gage que c'est une nouvelle canaillerie de l'horrible nain.

— Moi, j'en suis à peu près sûr, dit à mi-voix Mistouflet.

— Bagasse de bagasse ! que faire?

— Dame! doux Jésus! le cas est embarrassant .. Cependant, cependant.....

— Capededious !... cependant quoi? s'écria Faribole.

— Passons d'abord dans notre ancienne chambre, dit Mistouflet, je vous dirai ensuite ce que je pense.

— Maintenant, bagasse! parlez? fit vivement l'ancien maître d'armes quand tous les trois se furent enfermés.

— Eh bien, voilà, doux Jésus ! ce paquet mince et carré doit contenir une longue missive donnant un nouveau rendez-vous à Mme Yvonne... Aussi, messire Faribole, à votre place je n'hésiterais pas à en prendre connaissance...

— Tout de suite?... sans en parler avant à Monseigneur Louis?

— Parfaitement, messire Faribole; et si je ne me trompe pas, si dans une lettre Gniafon fixe un rendez-vous; nous y courons dès ce soir, nous tuons le maudit nain, et nous allons ensuite délivrer Mme Yvonne.

— Hé ! bagasse! vous avez raison; aussi je n'hésite plus.....

Et, de la pointe de son poignard, Faribole fit sauter les attaches du paquet et le déplia.

Alors un même cri échappa à tous les trois :

— Oh! le joli portrait!... comme il ressemble bien à l'enfant de Mme Yvonne.

Et pendant une longue minute, ils regardèrent la ravissante miniature avec un étonnement qui tenait de la stupéfaction.

— Bagasse de bagasse! s'écria Faribole au bout d'un instant, ce n'est pas l'horrible nain qui a pu avoir la pensée de faire peindre un si joli portrait.

— Qui sait, doux Jésus ! Gniafon possède la malice de son patron, je veux dire du Diable... fit Mistouflet.

Et apercevant la lettre qui accompagnait la miniature :

— Tenez, messire Faribole, ajouta-t-il, voyez donc ce qu'il y a d'écrit sur ce papier.

L'ancien maître d'armes déplia la lettre.

— Regardons d'abord la signature, dit-il. Ah ! bagasse ! vous aviez raison, Monsieur Mistouflet... Ce billet est envoyé par Gniafon.

La lettre n'était pas très longue, mais elle contenait une effrayante menace.

Le nain prévenait Yvonne qu'il l'attendait pendant huit jours, pas une demi-journée de plus, au village de Nozières, à l'hôtellerie du *Cygne-Blanc*, il renonçait à exiger d'elle, ce qu'elle savait, en échange de son enfant, toutefois il y mettrait une condition.

— Il terminait en disant qu'Yvonne pouvait se faire accompagner d'une femme, et que d'ailleurs elle n'aurait rien à craindre, mais que, si par hasard ses deux anciens compagnons l'escortaient, l'ordre était donné d'arrêter ceux-ci...

Enfin, que si elle ne venait pas, son enfant serait noyé.

Un moment de silence suivit la lecture de la lettre que Faribole fit à voix basse.

Le front dans ses mains Mistouflet réfléchissait. Tout à coup il s'écria en regardant son ex-patron :

— Doux Jésus ! bonne Vierge Marie ! grand Saint Clodomir, mon bon patron, cette fois il ne nous échappera pas.

— Ah ! troun de l'air ! vous m'avez fait peur, monsieur Mistouflet, je croyais que vos litanies n'allaient pas finir... Mais, dites-moi, bagasse ! est-ce le maudit nain qui ne nous échappera pas ?

— Oui, doux Seigneur ! je vous jure que cette fois la gorge du misérable Gniafon fera connaissance avec la moitié de la lame de mon épée.

— Une prière, monsieur Mistouflet ? fit Georges Dorfeuil d'une voix toute frémissante.

— Parlez, doux Jésus !

— Je veux venger la mort de ma mère.. Aussi, je vous en prie donnez-moi un rôle dans le plan que vous allez arrêter avec monsieur Faribole ?

— Je le veux bien, mon ami, répliqua doucement l'hercule ; seulement

si vous nous accompagnez jusqu'à l'intérieur de l'auberge, nous n'aurons
personne pour nous aider à fuir dans le cas où nous viendrions malheureusement à échouer.

— Alors, monsieur Mistouflet, je renonce à vous accompagner
jusqu'auprès de Gniafon, dit le jeune homme; j'aurais trop de peine s'il
vous arrivait malheur à l'un ou à l'autre.

— D'ailleurs, Jésus-Marie! reprit l'hercule, je vous promets, mon
ami, que dame Dorfeuil sera vengée et bien vengée!

— Mais oui, bagasse! laissez-nous faire, dit Faribole.

— Nous allons dîner ici, poursuivit Mistouflet; car pour entrer à
Nozières il nous faut attendre la nuit.

— Maintenant, monsieur Mistouflet, contez-nous votre projet? dit
l'ancien maître d'armes.

— Écoutez donc, doux Jésus!

Et rapidement Mistouflet expliqua à ses compagnons comment ils
devraient s'y prendre pour arriver vers Gniafon, s'emparer de lui, puis,
avant de le tuer, lui faire avouer en quel lieu il avait caché le fils
d'Yvonne et de Monseigneur Louis.

— Seulement, mon doux Seigneur! fit-il en terminant, je ne sais
trop si nous pourrons trouver les effets nécessaires à notre déguisement....

— C'est la chose la plus facile du monde, monsieur Mistouflet, dit
Dorfeuil en se levant. Je vous demande trois quarts d'heure pour vous
procurer vos deux costumes.

— Où donc irez-vous les chercher, mon ami?

— Aux magasins d'Euzet. Une des galeries du souterrain est réservée
pour recevoir les vêtements et les étoffes de toutes sortes que les camisards trouvent dans les villes qui tombent en leur pouvoir.

— Eh bien, allez, ami Dorfeuil, dit Mistouflet; pendant ce temps
messire Faribole et moi nous nous occuperons du dîner.

Le jeune homme remonta à cheval et partit au galop dans la direction
du bois d'Euzet.

L'ancien maître d'armes et son élève restèrent un instant encore à
discuter le projet qu'ils venaient d'élaborer, puis ils se mirent en devoir,
aidés de la vieille servante, de préparer le repas du midi.

Les trois quarts d'heure, demandés par Dorfeuil pour aller à Euzet,
n'étaient pas écoulés, que des aboiements joyeux annonçaient le retour
de Médus et de son maître; puis celui-ci entrait dans la maisonnette
portant sous son bras un gros paquet qu'il déposa sur la table.

— Voilà vos costumes, monsieur Mistouflet, dit-il à l'hercule ; et ma foi, on pourrait croire que celui que vous devez revêtir a été fait pour vous. Vous en serez satisfait.

Un instant après, ils se mirent à table.

Le dîner achevé ils retournèrent dans la chambre appartenant aux deux compagnons de Monseigneur Louis.

Lorsque, une heure plus tard, ils en ressortirent, la vieille domestique laissa échapper une vive exclamation de surprise.

Faribole et Mistouflet étaient absolument méconnaissables.

L'ancien maître d'armes, le visage frais et rose, complètement imberbe, s'était transformé en une forte et agréable paysanne.

Mistouflet, les mains jointes sur sa large poitrine, une soutane posée sur ses habits, et coiffé d'un chapeau noir, ressemblait à un bon gros curé de campagne.

Environ trois heures avant la nuit, ils prirent au petit pas de leurs monture le chemin de Mozières.

Le pseudo-curé marchait en tête, puis venaient côte à côte la fausse paysanne et Dorfeuil, ce dernier portant devant lui les rapières de ses deux compagnons.

Médus allait et venait sur les flancs de la petite cavalcade.

Les rares passants croisant celle-ci étaient étonnés de l'audace ou de l'imprudence de ce curé, qui osait se promener aussi tranquillement dans une campagne occupée par les camisards.

Leur étonnement aurait été autrement plus grand, s'ils avaient pu entendre les jurons que, parfois, laissait échapper la grosse paysanne.

Il était à peu près nuit, quand ils s'arrêtèrent à un quart de lieue du petit village de Nozières.

A une vingtaine de pas du chemin se trouvait une haie épaisse séparant deux prairies.

Ils y conduisirent leurs montures.

— Et maintenant, Dorfeuil, dit Mistouflet au jeune homme, vous allez nous attendre caché ici ; pour vous aider à prendre patience vous garderez avec vous Médus.

— Partez, Monsieur Mistouflet ; vous me retrouverez fidèle à mon poste, répliqua Dorfeuil.

— Si notre plan échoue, reprit l'hercule, et si l'on nous poursuit, nous reviendrons au pas de course tout en faisant entendre cinq ou six coups de sifflets ; alors vous vous hâterez d'amener nos montures au milieu du chemin.

— Vous serez ponctuellement obéi, Monsieur Mistouflet.

— Alors, doux Jésus! continua celui-ci, s'adressant à Faribole, partons! je me tiendrai à une centaine de pas derrière vous.

— En avant, bagasse! et mort au maudit Gniafon! dit à voix basse l'ancien maître d'armes.

Un quart d'heure plus tard une paysanne entrait dans le village de Nozières et se faisait indiquer l'hôtellerie du *Cygne blanc.*

Moins de deux minutes après elle, un curé, à la physionomie joviale, demandait à son tour le chemin de l'auberge dans laquelle le misérable Gniafon avait donné rendez-vous à Yvonne.

En ce moment même, le méchant nain, assis devant un bon feu de bûches, se trouvait seul dans la plus belle chambre de l'hôtellerie du *Cygne blanc.*

Il paraissait pensif et inquiet.

— Yvonne viendra-t-elle? se demandait-il. Oui, je le crois, car mon billet était de nature à la rassurer... Pourvu que les deux hardis aventuriers qui se sont constitués ses gardes du corps ne l'accompagnent pas... Certes toutes mes précautions sont prises pour les faire arrêter en même temps qu'Yvonne, mais je préfère cent fois qu'ils ne viennent pas... Lorsque leur maîtresse sera en mon pouvoir je me servirai d'elle pour les attirer dans un piège dont ils ne sortiront pas vivants.

Gniafon avait ourdi un perfide projet qui lui aurait livré la pauvre Yvonne sans défense possible, et lui aurait permis d'assouvir ses désirs de brute.

Naturellement son infâme dessein ne pouvait pas réussir puisque la compagne de Monseigneur Louis était prisonnière au couvent de Notre-Dame-de-Recouvrance.

Mais le misérable nain l'ignorait.

Peu à peu, en se répétant : « Elle viendra! » son inquiétude s'était dissipée; maintenant, l'œil fixé sur les bûches qui pétillaient en se consummant, il souriait d'un sourire de démon...

Son infernal sourire eut vite disparu, s'il avait pu voir et reconnaître les traits d'une forte paysanne qui venait d'entrer dans la salle commune de l'auberge à peu près vide de clients, et était allée s'asseoir à une table, tournant sans affectation le dos à la lumière.

D'une voix très basse, un peu enrouée, cette paysanne qui n'était autre que messire Faribole, commanda qu'on lui servit un simple bouillon et une demi-bouteille de vin.

Tandis qu'une servante plaçait devant l'ancien maître d'armes les deux choses demandées, Mistouflet entrait dans l'auberge, traversait lentement la salle et se dirigeait vers l'hôte, qui, son bonnet à la main, s'avançait vivement en disant :

— Je suis le serviteur du ministre de Dieu... Que désire-t-il?

— Peu de chose, doux Jésus! répondit Mistouflet; une chambre avec un bon lit, mais tout de suite.

— Suivez-moi, Monsieur le curé, répliqua l'hôtelier.

Cinq minutes après, Mistouflet se trouvait installé dans une chambre du premier étage.

— Monsieur le curé veut-il qu'on lui monte à souper? demanda humblement l'aubergiste.

— Non, mon ami, je ne veux qu'une chose : me coucher afin de me reposer. Demain matin, je ferai deux repas au lieu d'un.

— En ce cas, bonne nuit, Monsieur le curé, dormez bien!... Ah! si vous aviez froid, il y a du bois dans la cheminée, vous n'auriez qu'à y mettre le feu.

L'hôtelier sortit et retourna dans la salle commune.

Faribole ayant pris son bouillon et bu la moitié d'un verre de vin, l'appela d'un geste; puis avec une petite voix :

— Notre hôte, dit-il, faites-moi donner une belle chambre; c'est pour ma maîtresse qui doit venir dans la nuit.

— Bien, ma fille...

— Attendez! reprit Faribole. Ma maîtresse a rendez-vous ici avec messire Gniafon... un nain légèrement bossu... Mais est-il arrivé au moins?

— Oui; messire Gniafon est ici depuis trois jours.

— Déjà!... Si ma maîtresse avait su!... fit la pseudo-paysanne en suivant l'hôte qui, une lumière et une clef à la main, se dirigeait vers l'escalier conduisant à l'étage supérieur.

Et quand tous deux furent parvenus à l'entrée du corridor du premier étage :

— Maître hôtelier, reprit tout bas Faribole, indiquez-moi dès maintenant la chambre de messire Gniafon; car il me faudra, cette nuit, ou demain de bonne heure, l'aller trouver de la part de ma maîtresse.

Un étrange sourire erra sur les lèvres de l'hôtelier, mais comme il marchait devant Faribole, celui-ci ne put l'apercevoir.

— Le seigneur Gniafon occupe cette chambre, la plus belle de ma maison, dit l'aubergiste en montrant du doigt une porte; la chambre que je vais donner à votre maîtresse n'est pas bien loin de la sienne... les deux se touchent!

Et introduisant sa clé dans une serrure il ajouta :

— La voici... Vous allez voir qu'elle est assez confortable... Entrez?

La fausse paysanne entra dans la chambre à la suite de l'hôtelier.

Au même instant, dans une pièce à côté, ce qui témoignait du peu d'épaisseur de la cloison, on entendit cette invocation :

— Ah! mon doux Jésus! Seigneur du ciel! faites que jusqu'à demain, je dorme comme un bienheureux!

— Bon! pensa Faribole, je sais où trouver Mistouflet.

Aussitôt que l'hôtelier se fut éloigné, il ouvrit sans bruit la fenêtre et plongea ses regards au dehors.

— Très bien, bagasse! se dit-il. Cette fenêtre donne sur la rue, et si je suis dans l'obligation de m'en aller par-là, le saut ne présentera aucun danger... Douze pieds au plus!...

Il attendit une dizaine de minutes, puis il sortit de sa chambre et alla frapper à la porte de Mistouflet.

Le pseudo-curé ouvrit avec précaution, fit entrer Faribole, et referma soigneusement sa porte.

— Parlons à voix basse ! dit Mistouflet à son ami.

— Vous avez raison, bagasse! ces cloisons sont plus minces que des feuillets de papier.

— Avez-vous demandé, doux Jésus! dans quelle chambre loge le maudit Gniafon?

— Certainement, bagasse!... Ma chambre est placée entre la sienne et la vôtre ; nous n'aurons pas beaucoup de chemin pour aller le pincer, dit Faribole.

Et détachant un mantelet court mais très épais qui lui recouvrait les épaules :

— Voici ma cape de paysanne, ajouta-t-il, elle nous servira pour étouffer les cris de l'affreux bonhomme.

— Il faudrait, Jésus-Marie! s'assurer d'abord s'il est chez lui.

— C'est très facile ; attendez-moi, bagasse!

Faribole entrebâilla la porte, écouta, et, n'entendant nul bruit dans le corridor, il se glissa rapidement dans sa chambre qui était à gauche de celle de Gniafon.

Un moment après il rejoignait son compagnon.

— Eh bien? doux Jésus! questionna Mistouflet.

Les deux hommes le transportèrent dans la chambre du gardien du pont-levis.

— Eh bien, bagasse! le nain est chez lui... Je l'ai entendu tisonner son feu, répondit l'ancien maître d'armes.

— Ah! il a du feu chez lui!... Parfait alors, il nous fera gagner un bon quart d'heure... Si nous avons besoin de bûches, nous en viendrons chercher ici... Maintenant, allons!

— Un dernier mot, bagasse! dit Faribole en arrêtant son ami par le bras.

— Voyons ce mot, Seigneur-Jésus !

— C'est moi, monsieur Mistouflet, qui veux tuer Gniafon !

— Alors, Sainte Vierge des anges! répliqua Mistouflet en souriant, je le tuerai après vous, ça fera deux fois! De cette façon nous serons sûrs qu'il n'en reviendra pas!

Sans bruit les deux compagnons sortirent de la chambre, refermèrent la porte et allèrent se poster de chaque côté de celle de leur ennemi.

Doucement Faribole frappa quatre ou cinq petits coups à la porte.

Une minute s'écoula.

Tout à coup Faribole e. Mistouflet tressaillirent violemment, leurs poings se crispèrent et ils ne retinrent qu'avec peine l'exclamation de rage prête à s'échapper de leurs lèvres frémissantes.

Un bruit de pas se faisait entendre à l'extrémité du corridor; plusieurs personnes gravissaient l'escalier de bois.

L'ancien maître d'armes dit vivement à voix basse :

— Mille dious! on vient... notre coup est manqué!...

Il n'avait pas achevé que la porte de la chambre de Gniafon tourna sur ses gonds en produisant un léger grincement, et le nain, croyant que c'était un valet lui apportant son souper, montra sans défiance sa face hideuse.

Faribole bondit sur le misérable et lui jeta son épaisse cape sur la tête.

Gniafon voulut crier; mais son adversaire lui enfonça avec le poing un morceau d'étoffe dans la bouche.

Mistouflet entra derrière Faribole, referma la porte et poussa le verrou.

Tout ceci s'était exécuté avec une rapidité foudroyante.

L'horrible nain tenta vainement de résister à Faribole.

Pendant quelques secondes il envoya des coups de pieds à droite et à gauche, il chercha à mordre la main qui maintenait la cape sur sa bouche; puis soudain il devint immobile et resta un moment presque inerte.

Mistouflet avait noué autour de son cou ses doigts d'hercule, et l'avait à demi étranglé.

— Enfin! doux Jésus! le voilà un peu tranquille... Vite, messire Faribole, passez-moi un mouchoir?

— Voici, messire Mistouflet... Et n'ayez pas peur de serrer, répliqua l'ancien maître d'armes.

Mistouflet enleva le mantelet qui couvrait entièrement la tête de

Gniafon, et plaça sur sa bouche, en guise de bâillon, le mouchoir qu'il fixa avec une adresse étonnante.

Il retroussa ensuite sa longue soutane, ce qui permit de voir les pistolets et les poignards passés dans sa ceinture, et tira de ses poches de grosses ficelles.

Aidé de Faribole, il ligotta d'abord les mains, puis les pieds de l'affreux nain; ils le placèrent ensuite sur une chaise et le maintinrent assis.

L'ennemi d'Yvonne reprenait peu à peu connaissance; mais comme cela ne se faisait pas assez vite, Mistouflet alla prendre un cruchon plein d'eau et lui en envoya avec force la moitié au visage.

Le remède fut radical : Gniafon eut un mouvement brusque de la tête, et l'œil qui lui restait s'ouvrit soudain.

— Ah! mille dious! s'écria Faribole d'une voix sourde en enlevant son bonnet de paysanne, ah! mille dious! cette fois nous te tenons, serpent, et c'est fini, tu ne mordras plus jamais personne!

Le misérable nain fixa son œil hagard, dilaté par une indicible épouvante, sur l'ancien maître d'armes qu'il avait peine à reconnaître.

— Ma parole, doux Jésus! on dirait que tu ne nous remets pas? murmura Mistouflet.

Et sa main s'abattit si lourdement sur l'épaule du cruel Gniafon que celui-ci glissa de son siège; mais l'hercule l'empoigna par le bras et sans le moindre effort le remit d'aplomb.

— Tiens-toi tranquille, infâme assassin! reprit Mistouflet.

Et pour la seconde fois il releva sa soutane, tira de sa poche le portrait de l'enfant d'Yvonne et de sa ceinture un long poignard.

Puis s'adressant à Faribole :

— Nous n'avons point de temps à perdre; si vous voulez bien, doux Jésus! nous allons commencer immédiatement son interrogatoire.

— Mais certainement, messire Mistouflet. Seulement, bagasse! si nous lui ôtons son bâillon, il va crier comme porc...

— Aussi, Jésus-Marie, nous nous garderons bien de le lui enlever C'est par écrit qu'il nous répondra; d'ailleurs il n'aura que peu de mots à écrire... Je vais lui donner ce qu'il faut pour ça.

Sur une table se trouvaient plusieurs feuilles de papier, de l'encre et une plume.

Mistouflet apporta la table devant Gniafon.

— Il faut lui rendre la liberté d'un bras? fit Faribole

— C'est juste, doux Jésus!... mais on le surveillera.

Rapidement Mistouflet délia les deux poignets de leur ennemi.

— Tenez-lui le bras droit pendant que je rattacherai l'autre le long de son corps? dit-il à son compagnon.

En moins de deux minutes l'opération était faite.

— Et maintenant, bagasse! prononça Faribole à voix basse, hâtons-nous d'interroger cet avorton... Montrez-lui le portrait.

Mistouflet plaça devant Gniafon la miniature représentant le fils d'Yvonne et de Monseigneur Louis.

— Est-ce toi qui as fait faire cette peinture? questionna l'ancien maître d'armes.

L'œil de l'affreux nain se fixa sur le portrait de l'enfant, mais il ne fit pas un geste, pas un mouvement.

— Réponds d'un signe de tête, sinon, mordious!...

Et Faribole leva sa main droite armée d'un poignard.

Au même instant on frappa légèrement à la porte de la chambre :

— C'est moi, Monseigneur, dit l'hôtelier.

— Silence, doux Jésus! fit très bas Mistouflet. Empêchez-le de bouger.

Puis se pinçant les narines, afin d'imiter la voix légèrement nasillarde de Gniafon, il se tourna vers la porte :

— Que voulez-vous?... demanda-t-il.

— Monseigneur veut-il que je lui fasse monter son souper? reprit l'hôtelier.

— Non... tout à l'heure! dit Mistouflet d'un ton bref.

— Bien Monseigneur.

On entendit les pas de l'aubergiste qui s'éloignait.

Mistouflet se tourna vers son compagnon :

— Messire Faribole, je vais enlever les chaussures de Gniafon et lui attacher les jambes un peu plus haut.

— Faites, messire Mistouflet, moi je continue... dit Faribole.

Et s'adressant au nain :

— Que ce soit toi ou un autre qui aies fait peindre ce portrait, tu sais parfaitement dans quel lieu se trouve le fils de Mme Yvonne... Voilà du papier... Indique-moi où est l'enfant?... Dépêche-toi, bagasse!... Tu refuses, maudite bête! ajouta-t-il en voyant le misérable demeurer immobile.

— Patience, doux Seigneur! dit Mistouflet; maintenant que je l'ai déchaussé, laissez-moi arranger le feu... nous verrons bien s'il refusera longtemps...

Il alla vers la cheminée, prit les pincettes et retourna l'une après l'autre les deux grosses bûches complètement embrasées.

Gniafon le regarda et comprit.

Alors un frisson d'épouvante secoua tout son corps, sa face hideuse devint livide, un souffle de terreur hérissa ses cheveux fauves.

D'un geste brusque il s'empara de la plume d'oie, la trempa dans l'encre et l'approcha du papier placé devant lui.

Mais au moment où il allait écrire une réflexion soudaine traversa son cerveau, et ses doigts s'écartèrent laissant glisser la plume sur la table

— Si j'écris en quel endroit est caché l'enfant, pensa-t-il, je signe ma condamnation à mort... au contraire, tant qu'ils ne sauront rien, ils ne me tueront pas... Gagnons du temps : on peut venir à mon secours...

Il reprit alors la plume et traça cette ligne unique :

« En échange de l'enfant aurai-je ma liberté? »

A peine Faribole eut-il lu ces mots que, oubliant qu'il pouvait être entendu du corridor, il s'écria d'une voix forte :

— Mordious de mordious! mais il est fou!...

— Pas si haut, doux Jésus! murmura vivement Mistouflet.

Malheureusement ce conseil arriva trop tard : le juron de l'ancien maître d'armes venait d'être entendu par l'hôtelier qui, au moment où il fut poussé, se préparait à frapper à la porte de la chambre.

— Oh! se dit-il en collant son oreille contre le trou de la serrure, ce n'est point la voix du seigneur Gniafon... Que se passe-t-il?

Il écouta; mais il n'entendit plus qu'un chuchotement confus.

A pas de loup il s'éloigna.

Un court instant après il revenait serrant dans sa main deux clés.

Avec mille précautions il en introduisit une dans la serrure de la porte de la chambre donnée au gros curé.

Pendant ce temps Faribole et Mistouflet discutaient à voix basse.

— Messire Faribole, pour retrouver l'enfant de Mme Yvonne nous pouvons ajourner notre vengeance!

Et tout en parlant Mistouflet lançait à son ami un regard qui voulait dire :

« Approuvez mes paroles et laissez-moi faire! »

L'ancien maître d'armes comprit le regard de son élève sans toutefois deviner sa pensée.

— Soit! dit-il, nous ajournerons notre vengeance... mais, bagasse! que le nain écrive bien vite le renseignement demandé...

Et il brandit furieusement son poignard.

Mistouflet se tourna vers Gniafon et d'un ton grave :

— Sur mon salut éternel, prononça-t-il lentement, je jure de couper tes liens et de t'abandonner sur le bord d'un chemin aussitôt que nous aurons rendu son fils à notre maîtresse.

En montrant du doigt la fenêtre il ajouta :

— Nous allons t'emporter loin de l'auberge, nous te confierons à la garde des camisards, et lorsque nous aurons retrouvé l'enfant que tu as volé, je tiendrai le serment que je viens de faire.

Malgré toute son astuce, toute sa ruse, Gniafon ne devina sans doute pas l'intention de Mistouflet : l'hercule, en effet, promettait bien de couper les liens de l'affreux nain, mais il ne comptait faire cela qu'après avoir poignardé son infâme ennemi, et c'est son cadavre qu'il devait abandonner sur le bord d'un chemin.

Pour la seconde fois Gniafon prit la plume et écrivit rapidement :

« L'enfant est tout près de Paris, chez dame Jean-Marie, bourg Saint-Germain, n° 3. »

Après une seconde de réflexion il ajouta ces mots :

« Munissez-vous du portrait, sans quoi on ne vous rendra pas l'enfant. »

Faribole prit le papier et son visage s'illumina de joie :

— Enfin! troun de l'air! s'écria-t-il; nous savons donc où l'on a caché l'enfant d'Yvonne... Tenez, Monsieur Mistouflet, rangez ceci dans la poche de votre pourpoint.

Et tout en parlant il remit à son compagnon le portrait de l'enfant et le papier contenant l'adresse de dame Jean-Marie.

— Maintenant bagasse! continua-t-il en riant, rien ne s'oppose à ce que nous exécutions la première partie de notre projet avant d'emmener loin d'ici le seigneur Gniafon.

— En effet, Jésus-Marie; seulement hâtons-nous un peu...

— Prenez-le par les jambes, bagasse!... Nous les chaufferons cinq minutes!

— Laissez, Monsieur Faribole, je me charge de l'installer...

Et Mistouflet enleva de dessus sa chaise le nain qui, blanc comme un suaire, tenta à peine de résister, et sans hésitation, sans l'ombre d'un remords, il le coucha devant la cheminée les deux pieds posés sur les bûches en feu.

En sentant la morsure des flammes la figure livide du nain se contracta horriblement, et, quoique solidement maintenu par les mains nerveuses de l'hercule, tout son corps exécuta un soubresaut.

— Ne bouge pas, vermine! lui souffla Faribole. Tu ne comprends donc pas, bagasse! que cette petite opération, qui n'est qu'un bien faible échantillon des tortures que tu subiras en enfer en juste punition de tes crimes, que cette opération, dis-je, est nécessaire et n'a pour but que de t'empêcher de te servir de tes jambes, eh oui, bagasse! dans le cas où la fantaisie te prendrait de nous brûler la politesse durant notre abscence.

Le nain ne l'écoutait plus.

Il mordait son bâillon, poussait des hurlements intérieurs, tordait ses membres garottés en des convulsions atroces; malgré la chaleur du brasier incandescent, son front et ses tempes étaient inondés d'une sueur froide.

Brusquement tout son corps devint immobile.

Son oreille, que la pression du genou de Mistouflet sur sa gorge obligeait à rester appuyée sur le plancher, venait de percevoir distinctement un bruit de pas dans la chambre contiguë à la sienne et qu'une simple porte de communication fermée au verrou isolait l'une de l'autre.

— Monsieur Faribole, demanda Mistouflet, voyez à votre montre si les cinq minutes sont écoulées?

L'ancien maître d'armes n'eut pas le temps de regarder l'heure.

Sous une poussée formidable, la porte faisant communiquer les deux chambres s'abattit avec fracas, brisée par le milieu, et cinq soldats suivis de l'hôtelier se précipitèrent au secours de Gniafon.

D'un bond, Mistouflet, agenouillé, se redressa et sauta sur son poignard qu'il avait déposé sur la table.

Sur le seuil de la porte brisée, cinq nouveaux adversaires, la baïonnette au bout du canon, apparaissaient venant renforcer leurs camarades

D'un coup d'œil Mistouflet et Faribole comprirent que privés de leurs terribles rapières ils ne pourraient résister longtemps à leurs nombreux ennemis.

Soudain l'hercule saisit de la main gauche un soldat qu'il venait de blesser mortellement d'un coup de poignard, et le tenant devant lui en guise de bouclier il recula vers la croisée en disant à son compagnon :

— Vite, vite, doux seigneur! ouvrez la fenêtre!...

En moins de deux secondes celle-ci fut ouverte.

— Sautez dans la rue, Messire Faribole!

— Après vous, Monsieur Mistouflet! répondit d'un ton ferme l'ancien maître d'armes.

Mistouflet, connaissant l'entêtement de son ami, ne perdit pas son temps à discuter, il mit la lame de son poignard entre ses dents, saisit par la gorge et la ceinture son vivant bouclier et les bras raidis fit un bond en avant.

Ce mouvement brusque, rapide et inattendu, renversa le premier rang des soldats et força le second à reculer en désordre.

Prompt comme l'éclair Mistouflet courut à la fenêtre, enjamba la barre d'appui, se suspendit par les mains, et avant que ses adversaires se fussent relevés, il se trouva sain et sauf sur le pavé de la rue.

Faribole aurait eu, lui aussi, le temps de fuir par la fenêtre; malheureusement il aperçut Gniafon que l'hôtelier, après l'avoir tiré à deux pas de la cheminée, était en train de délier; alors il poussa un cri de fureur :

— Toi, serpent, il faut d'abord que tu meures!...

Et quittant la fenêtre il ne fit qu'un saut vers la cheminée, se baissa, repoussa violemment l'aubergiste qui roula par terre, et de la main droite armée de son poignard il frappa le nain en lui criant :

— Tiens, démon!... Va rejoindre Satan!...

Puis il bondit vers la croisée... Il était trop tard !

Si rapidement qu'il eut accompli sa vengeance, les soldats renversés par Mistouflet avaient eu le temps de se remettre debout.

Aussi, au moment où Faribole saisissait la barre d'appui et allait enjamber la fenêtre, huit adversaires sautèrent sur lui et le firent glisser sur ses genoux.

Il se vit perdu.

Alors, se cramponnant à la barre, il cria de toutes ses forces à Mistouflet qui l'appelait d'en bas :

— Je suis pris!... fuyez!... sauvez Madame Yvo...

Il ne put en dire davantage... D'un coup de crosse un soldat l'avait aux trois quarts assommé.

Un râle de hyène joyeuse, un ricanement satanique se fit soudain entendre.

C'était Gniafon qui se soulevant souillé de sang disait aux soldats :

— Ne le tuez pas... je veux à mon tour le faire griller à petit feu!... Lancez-vous à la poursuite de l'autre...

L'horrible nain n'avait été blessé que légèrement par le coup de poignard de Faribole.

Quand il vit le bras de celui-ci s'abaisser pour le frapper, il exécuta un demi-tour sur lui-même, et l'arme de son adversaire au lieu de l'atteindre en pleine poitrine ne lui fit qu'une large entaille dans le côté droit des reins.

Un instant après le lourd carrosse s'éloigna.

Tandis qu'on emportait dans la chambre voisine l'ancien maître d'armes sans connaissance, l'hôtelier et un valet déposaient avec précaution le nain sur son lit; puis le garçon d'auberge partait tout courant à la recherche du médecin de Nozières.

— Ah! les brigands!... dans quel état ils vous ont mis, seigneur Gniafon! dit avec compassion l'aubergiste à son hôte.

— Oh! mes jambes... mes jambes! gémit le nain en grinçant les dents dans une affreuse grimace.

— Heureusement, seigneur Gniafon, que vous m'aviez averti de me tenir sur mes gardes et de surveiller tous les voyageurs se présentant dans mon hôtellerie, et de les faire arrêter s'ils me paraissaient suspects...

— Ventre du diable! que je souffre, interrompit le cruel ennemi d'Yvonne. Enveloppez-moi les pieds dans des linges mouillés.

Le maître de l'auberge s'empressa d'obéir.

Au bout d'un instant il reprit :

— Vers sept heures du soir une paysanne est arrivée et, après une courte station dans la salle commune, elle m'a demandé une chambre pour y attendre sa maîtresse, qui avait rendez-vous avec vous, seigneur Gniafon...

— Je vous avais donné l'ordre de faire arrêter immédiatement la femme qui demanderait à me parler... les soldats étaient prévenus! dit brutalement Gniafon.

— C'est vrai, Excellence, répliqua humblement l'hôtelier; mais comme vous m'aviez dit aussi que la femme qui vous demanderait serait probablement accompagnée d'une servante, j'ai cru bien agir en attendant que la maîtresse de la paysanne fut arrivée, pour les faire arrêter toutes les deux ainsi que vous m'en aviez donné l'ordre.

Après une légère pause il continua :

— Je venais pour la seconde fois vous demander si vous vouliez qu'on vous montât votre souper quand, en approchant de votre porte, j'entendis un juron qui n'était point poussé par votre voix... Alors, pris d'un soupçon, j'allai chercher mes doubles clefs et sans bruit j'ouvris successivement la chambre donnée à un prêtre... à un faux curé!... puis celle mise à la disposition de la paysanne... une fausse paysanne aussi...

L'aubergiste leva ses deux bras vers le plafond et l'air à la fois piteux et comique :

— Je me suis laissé bêtement joué, dit-il; mais tout autre hôtelier l'aurait été comme moi.

Puis il reprit l'explication de sa conduite.

Il dit sa surprise en constatant que la chambre du curé et celle de la paysanne étaient vides; alors sans plus tarder il était allé chercher les soldats, les avait fait monter sans bruit et ayant le pressentiment que le seigneur Gniafon courait un danger, il avait ordonné d'enfoncer la porte de communication.

— Enfin, Excellence, dit-il en terminant, vous voudrez bien admettre qu'il n'y a nullement de ma faute si l'un des deux brigands, qui vous ont martyrisé et voulaient vous tuer, a réussi à s'échapper.

— C'est bon! fit Gniafon dont le visage se contracta sous l'action de sa souffrance. Mais cornes du diable! ajouta-t-il, votre chirurgien de malheur habite donc au bout du monde!...

Comme il prononçait ces paroles le garçon d'auberge parti depuis vingt minutes reparut et annonça :

— Notre maître, voilà le médecin-vétérinaire.

Un homme d'une cinquantaine d'années, à la physionomie un peu austère, pénétra dans la chambre et s'approcha du nain.

Puis après avoir examiné les brûlures des pieds et la blessure du dos :

— Seules les brûlures sont graves, dit-il. Si vous suivez exactement mes prescriptions, dans un mois vous pourrez marcher...

— Ventre du diable! hurla Gniafon avec un geste de fureur qui effraya le médecin; vous voulez que je demeure un mois au lit!

— Je ne vous ai pas dit, messire, de demeurer continuellement au lit; vous pourrez vous...

— Taisez-vous! interrompit brutalement le nain. Il faut que dans huit jours je sois à Paris... Hâtez-vous de me panser!

Le chirurgien fut sur le point de dire au blessé que de se mettre en voyage dans son état serait une grande imprudence, mais aussitôt il pensa :

— Après tout, que cet insolent fasse comme il voudra... je l'ai prévenu, ma conscience est tranquille.

Tandis que le valet de l'auberge courait à la recherche du médecin, le brave Mistouflet, sa soutane retroussée jusque sous les bras, s'élançait à travers les rues de Nozières et se trouvait bientôt hors du village.

Là, il s'arrêta une minute pour respirer, écouter si on ne le poursuivait pas, et en même temps enlever son habit d'ecclésiastique.

Puis, d'une allure rapide, il continua son chemin.

A environ deux cents pas de l'endroit où Dorfeuil devait se tenir avec les chevaux, il siffla trois fois.

Le jeune camisard accourut aussitôt amenant sur le chemin les trois montures.

— Je commençais à être inquiet! dit-il en détachant les bêtes.

Puis s'apercevant que Mistouflet s'avançait seul :

— Monsieur Faribole, ne revient pas avec vous? ajouta-t-il.

— Hélas! doux Jésus! messire Faribole ne reviendra pas! fit tristement Mistouflet.

— Ciel! votre compagnon a été gravement blessé, tué peut-être? s'écria avec une violente émotion Dorfeuil qui ressentait une sincère amitié pour l'ancien maître d'armes.

— J'espère bien que non, doux Seigneur, répliqua Mistouflet; c'est déjà assez qu'il ait été pris... Oh! je trouverai bien le moyen de l'arracher d'entre les mains de nos ennemis...

— Monsieur Mistouflet, dit vivement le jeune camisard, je suis prêt à vous seconder; et vous savez que le danger ne m'effraye pas!

Debout à côté de son cheval, le coude appuyé sur la selle, Mistouflet réfléchit pendant un moment; puis s'adressant tout à coup à son compagnon :

— Dorfeuil, dit-il, je vais vous accompagner jusqu'à une centaine de pas du village de Nozières, et pendant que je garderai les chevaux vous irez vous renseigner aux alentours de l'auberge du *Cygne blanc*.

— Allons, Monsieur Mistouflet.

Et le jeune homme se disposa à se mettre en selle; mais l'ami de Faribole l'arrêta soudain en disant :

— Attendez! Je crois entendre, doux Jésus! comme un bruit de galop... On a sans doute lancé des cavaliers à ma poursuite.

Et se baissant rapidement, il colla son oreille contre le sol. Au bout d'une demi-minute à peine il se releva :

— Non, dit-il, on ne me poursuit pas : un seul cavalier galope sur ce chemin.

Il sauta en selle.

— A cheval! ajouta-t-il, et vite à Nozières!

En ce moment, le brave chien Médus poussa un aboiement joyeux en regardant dans la direction opposée au village.

Maintenant, on entendait distinctement le trot cadencé d'un cheval se rapprochant rapidement.

— Monsieur Mistouflet, Médus nous signale l'arrivée d'un ami... Il ne se trompe jamais!

Le jeune homme achevait à peine que la silhouette d'un **cavalier**

apparut soudain, fit encore quelques pas, et, s'arrêta brusquement. Le
voyageur nocturne venait d'apercevoir l'obstacle formé par Mistouflet,
Dorfeuil et leurs bêtes qui occupaient toute la largeur de l'étroit
chemin.

— Holà ! braves gens, cria la voix du cavalier, un peu de place, je
vous prie ?

Au son de cette voix, nos deux compagnons tressaillirent et dirent
ensemble :

— Monsieur le lieutenant de Chadefaux !

Et faisant volter sa monture Mistouflet s'écria :

— Ah ! doux Jésus ! c'est le ciel qui vous envoie, monsieur le
lieutenant !

— Quoi, monsieur Mistouflet, c'est vous que je rencontre ici, alors
que Monseigneur Louis vous croit sur la route de Clermont ? fit avec un
visible étonnement l'officier de dragons.

— Venez vite à Nozières, monsieur de Chadefaux, en chemin je vous
expliquerai... dit Mistouflet, et vous pourrez peut-être délivrer mon ami
Faribole.

— Comment, ce brave Faribole est prisonnier ?

— Hélas ! oui, monsieur le lieutenant, mais je vous en prie,
partons.

Tout en marchant, Mistouflet fit à l'officier le récit de leur aventure
dont le résultat eût été heureux sans l'arrestation de Faribole.

Il lui conta comment ils avaient appris que Gniafon se trouvait à
l'auberge du *Cygne-Blanc*, comment ils s'étaient emparé du nain auquel
ils avaient arraché l'adresse de la personne qui avait reçu en garde le fils
d'Yvonne, il lui dit enfin comment ils avaient été brusquement surpris et
attaqués par une dizaine de soldats.

Ils arrivèrent devant les premières maisonnettes de Nozières. Le lieutenant et le jeune Dorfeuil pénétrèrent seuls dans le village, Mistouflet,
tenant en main le cheval du pauvre Faribole, alla les attendre sous deux
gros noyers plantés à quelques pas du chemin.

Leur absence dura une demi-heure.

— Eh bien ! monsieur de Chadefaux ? demanda d'une voix pleine
d'anxiété le brave Mistouflet.

— Eh bien, mon ami, tranquillisez-vous, répondit l'officier, Faribole
sera conduit demain matin à Nîmes. J'ai recommandé au sergent
qui doit commander son escorte de traiter avec humanité son prisonnier.

— Mais, doux Jésus ! ne pourrais-je pas, demain, avec l'aide de Dorfeuil, essayer de le délivrer ?

— Vous n'y parviendriez pas, car son escorte sera composée de quinze hommes bien armés...

« Laissez-moi faire, mon cher Mistouflet, ajouta amicalement l'officier de dragons. Je me rends justement à Nîmes, j'y ai laissé des amis qui jouissent d'une certaine influence, je leur parlerai en faveur de notre vaillant Faribole.

— Il faut qu'on me le rende, doux Jésus ! car voyez-vous, monsieur de Chadefaux, Mistouflet sans son compagnon Faribole, c'est comme un homme ayant perdu un bras !

— Avant huit jours, reprit l'officier, j'aurai vu Mme la marquise de Maintenon et, d'avance, je suis certain qu'elle m'accordera la mise en liberté de notre ami commun.

— Pauvre Faribole ! murmura l'hercule. Il m'en coûte, doux Jésus ! de m'éloigner en le sachant entre les mains de nos ennemis.

— Peut-être, pourrai-je le voir demain, dans tous les cas, on lui apprendra que le lieutenant de Chadefaux s'occupe de le faire remettre en liberté. Je suis persuadé qu'alors il sera moins inquiet que vous, mon cher Mistouflet.

Celui-ci tendit sa large main à l'officier de dragons.

— Monsieur le lieutenant, dit-il, d'avance je vous remercie de tout mon cœur de ce que vous ferez pour mon pauvre compagnon...

— Que me parlez-vous de remerciements, interrompit M. de Chadefaux. N'ai-je donc pas, mon cher Mistouflet, à m'acquitter d'une dette sacrée... croyez-vous que j'oublierai jamais ce que mon brave Faribole et vous avez fait pour ma malheureuse Jeanne ! Partez sans trop d'inquiétude, mon ami, allez tirer de son couvent Mme Yvonne, courez au bourg Saint-Germain chercher son fils... Vous me retrouverez, sans doute, là-bas, auprès de ce cher enfant.

Le lieutenant, Mistouflet et Dorfeuil se serrèrent la main et se séparèrent, l'officier pour aller coucher à Nîmes, et nos deux compagnons pour se rendre à Alais.

— Ami Dorfeuil, nous doublerons les étapes jusqu'à Bourbon-l'Archambault, dit Mistouflet. Il faut que dans quarante-huit heures nous soyons en train d'explorer les alentours du couvent qui sert de prison à Mme Yvonne

CHAPITRE XXXIX

OÙ LE BRAVE MISTOUFLET A LA DÉSAGRÉABLE SURPRISE
DE RENCONTRER SON ENNEMI ROSARGES

Trois heures de l'après-midi venaient de sonner à l'horloge de la cathédrale de Nîmes, lorsque le lieutenant de Chadefaux enfourcha un vigoureux cheval de poste.

Il sortit de la ville au petit trot, puis s'élança bientôt au galop sur la route de Lyon.

Deux jours auparavant, c'est-à-dire le lendemain du départ de l'habitation de plaisance de M. de Montrevel de sa bien-aimée Jeanne de Vrignès, maintenant duchesse de la Tour-du-Roc, le maréchal s'était enfermé dans son cabinet avec son officier d'ordonnance et lui avait dit :

— Voyons, mon cher lieutenant, vous allez me faire le plaisir de redevenir le vaillant et courageux garçon que j'ai connu...

— Ah! monsieur le maréchal, tout mon courage m'a abandonné... prononça avec tristesse le pauvre officier.

Et plus bas, avec un sombre abattement, il ajouta comme se parlant à lui-même :

— Oui, aujourd'hui, je voudrais être mort!...

— Lieutenant! lieutenant! fit le maréchal avec une aimable gronderie. Redevenez un homme! ne vous laissez pas abattre ainsi... « Espoir et patience, » vous a dit la maréchale, moi je vous dirai de même : « Patientez, espérez et ayez confiance en nous : nous vous rendrons celle que vous aimez. » Et maintenant, mon ami, ajouta le maréchal; comme il est nécessaire que vous vous éloigniez quelque temps de cette demeure et que votre esprit soit occupé, je vais vous envoyer en mission à Paris.

— Je suis prêt à partir, monsieur le maréchal.

— Mon cher lieutenant, en vous disant que je vous envoie en mission, je m'exprime mal, c'est un de vos meilleurs amis qui m'a demandé de mettre à sa disposition un homme de confiance.

— Quel est cet ami, monsieur le maréchal.

— Celui que vous nommez le capitaine Louis, et auquel les deux gaillards que vous m'avez présentés donnent le titre de Monseigneur.

— Et c'est à Paris que je dois aller ! demanda M. de Chadefaux.

— Oui, Mais vous vous rendrez d'abord au Mas de Montcarra, où notre, où plutôt mon ex-adversaire, blessé au combat de Quissac, doit vous attendre avec impatience.

— Dans une heure, je me mettrai en route, monsieur le maréchal.

En effet, à onze heures du matin, le jeune officier de dragons prenait congé de M. de Montrevel et partit rapidement.

Quatre heures plus tard, il serrait la main de Monseigneur Louis qu'il trouvait assis, se chauffant au soleil, devant la chaumière du Mas.

Le mari d'Yvonne fut douloureusement impressionné à la vue du visage pâle, abattu, découragé de l'officier, sur lequel se peignait l'atroce souffrance morale qu'il avait endurée et endurait encore.

Monseigneur Louis conduisit l'amant de Jeanne dans sa chambre, puis de sa voix un peu grave et affectueuse :

— Cher monsieur de Chadefaux, lui dit-il, j'ai appris hier le malheur qui est soudain venu frapper celle que vous aimez et vous frapper cruellement aussi... Nul, plus que moi, croyez-le, ne saurait compatir à votre affliction.

— C'est vrai, monsieur le capitaine, dit tristement l'officier de dragons, sur vous aussi le malheur s'est abattu !

— Mon cher lieutenant, vous seriez épouvanté si je vous faisais le récit de mes douleurs, et rares, ou bien rares sont les hommes qui ont eu à souffrir ce que, moi, j'ai souffert moralement et physiquement.

Il y eut un moment de profond silence.

Puis le fils d'Anne d'Autriche passa deux fois la main sur son front comme pour en chasser les nuages qui l'obscurcissaient et s'adressant à son hôte :

— M. le maréchal de Montrevel a dû vous dire que c'est à Paris que je veux vous prier d'aller.

Tout ceci était exécuté avec une rapidité foudroyante.

— Oui, monsieur le capitaine, mais le maréchal ne m'a pas fait connaître l'objet de ma mission.

Monseigneur Louis prit dans le tiroir de la table près de laquelle il était assis, la lettre écrite par Exili et scellée de larges cachets rouges, et la remettant au lieutenant :

— Vous porterez ce pli à Mme de Maintenon, dit-il, je lui demande de me rendre ma chère Yvonne et mon enfant en échange de trois parchemins d'un prix inestimable pour le roi.

Puis lisant une interrogation muette dans les regards de l'officier :

— J'aurais pu écrire directement au roi, ajouta-t-il, mais il me répugne trop de m'adresser à ce... (il allait dire à ce misérable), à cet homme pour lequel je n'éprouve que haine et mépris. D'ailleurs Mme de Maintenon aura, autant que son royal époux, le désir de posséder les parchemins qui sont entre mes mains.

— Monsieur le capitaine Louis, fit soudain le lieutenant, voulez-vous me permettre une question, qui, sans doute, vous paraîtra indiscrète, mais qui trouvera son excuse dans l'amitié sincère que j'ai pour vous ?

Un mélancolique sourire passa sur les lèvres pâles de Monseigneur Louis.

— Votre question est d'avance excusée, dit-il doucement, et, si je puis y répondre, je le ferai avec plaisir.

— Eh bien, mon cher capitaine, la question que je voudrais vous adresser est celle que plus d'une fois ma pauvre Jeanne et moi nous nous sommes faite : Quel est donc le vrai nom, la vraie personnalité de ce gentilhomme bon, brave et généreux, auquel les deux principaux chefs des camisards : Jean Cavalier et le pasteur Raymond, ne parlent qu'avec respect, quel est donc ce gentilhomme que M. de Louvois aurait voulu faire prisonnier en sacrifiant au besoin des centaines de soldats, cet homme enfin, auquel les uns donnent le titre de Monseigneur, et que nous, nous appelons simplement le capitaine Louis ? ..

Le fils d'Anne d'Autriche plongea ses regards dans ceux de l'officier de dragons, et d'une voix grave, mais qui vibrait malgré lui :

— Monsieur le lieutenant, dit-il, si j'avais le malheur de répondre à votre question, si je vous faisais connaître aujourd'hui le secret de ma naissance, vous ne sortiriez de l'audience, que la Maintenon et le roi vous accorderont au Louvre, que pour entrer à la Bastille.

— Ciel ! que me dites-vous ! s'écria M. de Chadefaux en frissonnant.

— La vérité, mon cher lieutenant... Mme de Maintenon vous demandera, j'en suis persuadé, si vous *connaissez* Monseigneur Louis. Il faut, retenez bien mes paroles, il faut que vous puissiez lui répondre : « Je jure, sur l'honneur, que je ne connais le capitaine Louis que comme un loyal adversaire de M. de Montrevel. »

Puis en souriant il ajouta :

— Mon cher lieutenant, plus tard, quand il n'y aura plus aucun danger pour vous à connaître mon secret, je vous l'apprendrai, et, je vous le répète, vous frémirez à mon récit.

— Je vous avouerai, monsieur le capitaine Louis, que vos paroles m'ont fortement intrigué... Maintenant quelles sont vos instructions ?

— Très simples, mais tout d'abord laissez-moi vous faire une dernière recommandation : Quand vous serez à Paris, ne me désignez jamais que sous l'appellation de capitaine Louis, le mot de « Monseigneur » vous porterait préjudice en laissant supposer que vous êtes de mes amis, car eux seuls me nomment Monseigneur Louis.

— C'est donc un crime que d'être votre ami ? dit l'officier de dragons.

— Oui, pour trois personnes, répondit le gentilhomme :

Et d'une voix si basse que le lieutenant l'entendit à peine :

— Et ces trois personnes sont, ajouta-t-il : le roi, sa compagne et son ministre, le marquis de Barbezieux.

— Merci de m'avoir prévenu, mon cher capitaine... Si vous n'avez point d'autres recommandations, je me mettrai en route immédiatement, je coucherai à Nîmes, et demain à la première heure je partirai en poste.

— J'espère, je dirai même que je suis certain que Mme de Maintenon acceptera la proposition que je lui fais, ce sera peut-être vous, mon ami, qui serez chargé de me ramener ma chère Yvonne et mon fils et de recevoir en échange les parchemins que je possède, en ce cas soyez prudent, défiez-vous des oreilles indiscrètes.

Sur ces mots, Monseigneur Louis se leva, M. de Chadefaux l'imita et tous deux sortirent de la chaumière.

Durant une dizaine de minutes encore, ils s'entretinrent de l'expédition entreprise par Faribole et Mistouflet pour délivrer Yvonne, le gentilhomme avoua que malgré l'habileté extraordinaire de ses braves et ingénieux compagnons, il ne croyait pas qu'il leur fût possible de faire évader sa compagne du couvent de Notre-Dame de Recouvrance.

Après avoir échangé une cordiale poignée de main avec Monseigneur Louis, le lieutenant sauta en selle et s'éloigna rapidement.

Il comptait arriver à Nîmes vers huit heures du soir, mais il n'avait pas prévu sa rencontre avec Mistouflet et Dorfeuil.

A Nîmes, il employa toute sa matinée à visiter des anciens amis et quelques personnes influentes afin de les intéresser au sort du pauvre Faribole.

Puis il s'élança au galop sur la route de Lyon.

Il avait déjà parcouru un peu plus de sept lieues, quand la nuit le surprit dans un village où était établi un relais de poste.

Comme il mettait pied à terre devant l'hôtellerie de la *Croix-de-Fer*, qui était en même temps l'hôtel de la *Poste*, il vit deux valets qui, avec des précautions infinies, sortaient d'une voiture de voyage un homme malade ou blessé et le transportaient dans la salle commune.

Derrière eux le lieutenant pénétra à son tour dans la salle. A la clarté de plusieurs flambeaux, il put apercevoir le visage du voyageur que les valets posaient doucement sur un siège, mais presque aussitôt il détourna de lui ses regards et, en dissimulant avec peine un geste d'horreur et de répulsion, il alla s'asseoir à l'autre extrémité de la salle, puis il se fit servir à souper.

Le voyageur dont le visage hideux avait provoqué de la part de l'officier de dragons un geste de dégoût, n'était autre que Gniafon.

Dans la matinée de ce même jour, le nain s'était rendu de Nozières à Nîmes dans un carrosse.

Il avait donné des ordres sévères pour que l'on surveillât étroitement Faribole, qui devait être enfermé quelques heures plus tard dans un cachot de la prison Saint-Charles, il s'était ensuite fait conduire à l'hôtel de la *Poste*.

Après avoir dîné, il s'était fait porter dans une chaise de poste, et à une heure de l'après-midi, il avait quitté Nîmes se rendant à Paris.

A l'hôtel de la *Croix-de-Fer*, il s'était arrêté pour manger et changer de chevaux.

— A souper!... et rapidement! commanda Gniafon d'un ton hautain dès que les valets l'eurent placé devant une table.

Pendant qu'on s'empressait de le servir, le maître de poste s'approcha de lui.

— Son Excellence est blessée? dit-il.

— Oui, répondit le nain ; un accident... aux deux pieds...

Avec une horrible grimace et après avoir poussé une imprécation de douleur et de rage, il ajouta :

— Ventre du diable ! que je souffre !...

— Son Excellence va pouvoir se reposer ici toute la nuit, dit le maître de poste.

— Non !... dans une heure je repars, répliqua brusquement Gniafon...

— Impossible ! fit simplement l'hôtelier en tournant le dos à son arrogant voyageur dont le ton et les manières l'avaient froissé.

— Impossible ?... et pourquoi cela ? cria le nain.

Le maître de poste se dirigeait vers le lieutenant de Chadefaux ; il s'arrêta et désignant un homme d'une quarantaine d'années qui achevait de souper :

— Pourquoi Excellence? répondit-il, parce que ce voyageur est arrivé avant vous et qu'il va prendre les deux derniers chevaux qui me restent.

— Vous mettrez les chevaux à ma chaise de poste ; je le veux! cria Gniafon avec colère.

— Les règlements s'y opposent, répliqua simplement l'hôtelier.

L'affreux nain frappa du poing sur la table :

— Moi je vous dis que vous me donnerez vos deux chevaux! hurla-t-il... Service du roi !...

Et, tirant un parchemin de la poche de son pourpoint, il le jeta sur la table en s'écriant :

— Lisez cet ordre... et vous m'obéirez! Il faut que dans cinq jours je sois à Paris.

Un peu intimidé par les mots « service du roi » le maître de poste prit le parchemin.

Il pâlit soudain en lisant les dix lignes au bas desquelles se trouvaient les signatures de Louis XIV et de l'ancien ministre Louvois.

Puis il rendit le parchemin à son hautain voyageur, et, s'inclinant humblement, il dit d'une voix qui tremblait un peu :

— Veuillez excuser mes paroles, seigneur Gniafon... je suis un modeste mais fidèle serviteur de Sa Majesté... je ferai mettre mes chevaux à votre chaise de poste dès que vous m'en donnerez l'ordre.

La salle basse de l'hôtellerie était petite, aussi le lieutenant de Chadefaux entendit parfaitement la réponse que le maître de poste fit d'ailleurs à haute voix.

Il laissa échapper un mouvement de surprise en entendant prononcer le nom de Gniafon.

— Oh! se dit-il à lui-même, voilà donc ce cruel ennemi de Mme Yvonne; je devine pourquoi il a si grand hâte d'être à Paris : il voudrait y arriver avant Mistouflet et emporter dans un autre lieu le fils du capitaine Louis.

Il resta un instant pensif, puis il reprit :

— Il faut que je me sois acquitté de ma mission avant que cet affreux bossu ait pu accomplir le dessein qu'il médite. Une fois l'enfant de Mme Yvonne sous ma protection, je défie ce seigneur Gniafon de me l'enlever.

M. de Chadefaux acheva rapidement son repas et, au lieu de passer la nuit à l'auberge de la *Croix-de-Fer*, ainsi qu'il en avait eu l'intention, il demanda un bidet de poste.

Un quart d'heure après il se mettait en selle et repartait au grand trot dans la direction de Lyon.

Quelques instants plus tard on transportait Gniafon dans sa chaise de poste.

— Allez rondement ! cria-t-il au postillon.

Et tandis que sa voiture roulait sur la route assez belle, il murmurait tout en grinçant les dents de rage :

— Dieu, que je souffre !... Mais patience, je me vengerai !... Ah ! maudit Faribole, tu m'as fait brûler les pieds; eh bien, c'est ton corps tout entier que je veux faire griller à petit feu... Empêchons d'abord cet autre aventurier, qui se nomme Mistouflet, de m'enlever l'enfant d'Yvonne...

Un éclair brilla dans son regard de bête fauve :

— Yvonne ! ajouta-t-il. Ah ! celle-là ! qui ose se jouer de moi... Tôt ou tard... elle mourra de ma main !...

. . . .

Le même jour, et à peu près à la même heure, où le lieutenant de Chadefaux descendait de cheval dans la grande cour de l'hôtel de la Poste, à Lyon, Mistouflet et son compagnon Dorfeuil entraient dans la ville de Gannat, patrie du célèbre M. de la Palice.

Il était midi à la montre de Mistouflet.

— Mon ami, dit-il à Dorfeuil, nous allons nous arrêter dans la première hôtellerie qui se rencontrera sur notre chemin; et nous accorderons à nos montures, ainsi qu'à nous-mêmes, deux heures de repos.

— Nos vaillantes bêtes l'ont bien gagné, monsieur Mistouflet.

— Nous emploierons ces deux heures de la manière suivante, continua l'ami de Faribole : Nous commencerons par nous garnir l'estomac au moyen d'un bon repas, ce qui donnera des forces nouvelles, puis nous nous mettrons en quête d'un fripier.

— Vous voulez acheter d'autres vêtements, monsieur Mistouflet?

— Mais oui, doux Jésus ! mais pas pour moi; nous les achèterons pour vous, mon ami.

— Comment, pour moi ? s'écria le jeune homme étonné.

— Quand je dis pour vous, mon cher Dorfeuil, je veux dire des vêtements appropriés à votre taille.

— Alors je devine ; vous les destinez à madame Yvonne?

— Tout juste, Seigneur-Jésus! répliqua Mistoufflet... Nous devons prendre nos précautions, ajouta-t-il en baissant la voix, car vous pensez bien que si notre chère maîtresse a déjà revêtu l'habit de novice, son costume ne lui permettrait guère de chevaucher sur la monture de notre pauvre Faribole.

— Vous avez raison, monsieur Mistoufflet. Et je constate une fois de plus que toujours vous prévoyez, vous pensez à tout.

En ce moment ils arrivaient près d'une maison à deux étages du rez-de-chaussée de laquelle s'échappaient, par les fenêtres ouvertes, des odeurs les plus exquises.

Mistoufflet leva vivement la tête et ses regards rencontrèrent une plaque de tôle nouvellement peinte qui, placée au-dessus d'une porte cochère, reluisait sous les rayons tièdes du soleil.

— Halte! dit-il ; voilà notre affaire.

Puis il sauta lestement à bas de sa monture.

Dorfeuil s'empressa de l'imiter.

Lorsque, sous ses yeux, les trois chevaux eurent été convenablement installés dans les écuries, Mistoufflet alla rejoindre dans la salle de l'hôtellerie son jeune compagnon, qui, d'après les instructions reçues, venait de commander un plantureux repas.

Un instant après ils faisaient honneur à un quartier de mouton cuit et doré à point, ainsi qu'aux différents plats qui se succédèrent devant eux.

En remplissant les verres pour la seconde fois, le bon Mistoufflet poussa un formidable soupir.

— Pauvre Faribole! murmura-t-il, que n'es-tu là pour partager avec nous ce réconfortant repas...

Et choquant son verre contre celui de Dorfeuil :

— Allons, ajouta-t-il, buvons à la santé de notre infortuné ami..... c'est, hélas! tout ce que nous pouvons faire pour lui en ce moment.

Leur dîner achevé, ils se rendirent chez un marchand d'habits que l'hôtelier leur avait indiqué.

Ils achetèrent un costume neuf et complet, puis revinrent à l'auberge.

A deux heures ils remontèrent à cheval et s'éloignèrent rapidement dans la direction de Bourbon-l'Archambault.

Il était presque nuit quand ils entrèrent dans cette jolie petite cité.....

Mistouflet choisit une auberge qui était tout à l'opposé de celle dans laquelle, un mois et demi auparavant, il était venu avec Yvonne, rejoindre Faribole et maître Exili qui les attendaient.

Après s'être fait donner une belle chambre, Mistouflet commanda à l'hôtelier de leur préparer à souper pour huit heures ; puis il sortit accompagné de Dorfeuil et du brave chien Médus.

— Remarquez bien le chemin que nous allons suivre, dit-il à voix basse au jeune camisard ; car demain, dans l'après-midi, vous retournerez tout seul rôder autour du parc du couvent de Notre-Dame-de-Recouvrance.

Après trois quarts d'heure de marche ils atteignirent le parc.

Ils en firent lentement le tour, examinant attentivement, à la clarté des étoiles, les murs de clôture hauts de plus de quinze pieds.

Puis ils rentrèrent à leur auberge.

Le lendemain, vers une heure de l'après-midi, par un beau soleil qui faisait ressembler ce jour-là, un des derniers du mois de novembre, à une tiède journée de printemps, Dorfeuil et Médus allaient et venaient. courant et jouant tous deux, au pied du mur clôturant la partie ouest du parc dans laquelle se trouvaient les plus gros arbres.

Maître Exili avait signalé cet endroit du parc comme étant celui où se faisait habituellement la promenade quotidienne des religieuses et des novices du couvent.

Depuis une bonne demi-heure déjà, Dorfeuil jouait avec Médus qu'il observait avec la plus grande attention.

— Médus ! Médus !

Tout à coup il vit le superbe animal frissonner puis devenir brusquement aussi immobile qu'une statue.

Il prêta l'oreille pour tâcher de surprendre un murmure de voix ; mais n'entendant aucun bruit il dit tout bas :

— Qu'y a-t-il donc, mon bon chien ?

L'intelligente bête fit alors un bond vers lui, le regarda, les yeux dans les yeux, l'espace de dix secondes, et s'élança vers le mur contre lequel il se dressa en y appuyant ses pattes de devant ; puis, la queue frétillante, et poussant des aboiements joyeux, il tourna la tête vers son maître comme pour lui dire :

— De l'autre côté de ce mur se trouve celle que nous venons chercher !

Le jeune homme comprit la mimique de son chien ; il devina que sous

Le moment était propice.

les grands arbres dont il apercevait les sommets dépouillés de feuilles, la douce Yvonne se promenait en ce moment.

Alors il dit par deux fois et assez fort pour être entendu de la prisonnière :

— Médus ! Faribole !... Médus ! Faribole !...

Puis, le cœur battant à coups précipités, modérant les éclats de voix de son chien, et écoutant d'une oreille avide, il attendit anxieux.

— Mme Yvonne, m'a-t-elle entendu ?... pourra-t-elle me répondre ? se disait-il.

Un quart-d'heure s'écoula.

— Allons ! murmura-t-il tristement, je n'ai pas été entendu, ou bien Mme Yvonne ne se promène jamais seule...

A peine achevait-il de prononcer ces mots qu'un projectile sillonna l'espace à trois ou quatre pieds au-dessus du chaperon du mur, et alla tomber à quelques pas de lui et de Médus.

Dorfeuil étouffa un cri de joie ; puis il s'élança vers l'objet qui rebondissait sur l'herbe et vivement le ramassa.

C'était une feuille de papier dans laquelle se trouvait enveloppée, en guise de lest, une énorme châtaigne.

— C'est de Mme Yvonne ! pensa le jeune camisard.

Il ne se trompait pas ; le papier jeté de l'intérieur du parc était, en effet, un billet écrit depuis plusieurs jours par la prisonnière en prévision de l'arrivée de ses hardis et fidèles amis.

Le jour même où la sœur tourière avait appris à Yvonne qu'elle avait rencontré un vieillard qui, après s'être informé du sort de la jeune femme, avait paru très heureux de la décision prise par cette dernière qui voulait se faire religieuse, la compagne de Monseigneur Louis s'était dit avec une joie très vive :

— Oh ! maintenant je suis certaine d'être bientôt tirée de ce couvent... Mes bons amis, Faribole et Mistouflet, vont accourir aussitôt que maître Exili les aura rejoints et leur aura indiqué le lieu où je suis retenue...

Elle avait alors longuement réfléchi et cherché par quel moyen elle pourrait correspondre avec eux.

— Sans le vouloir la bonne sœur tourière aura grandement aidé à mon évasion : elle a dit, en effet, à maître Exili, que chaque jour je serais autorisée à me promener un instant dans le parc ; mes dévoués amis viendront naturellement rôder près des murs ; soit par une chanson, soit par des mots de reconnaissance, ils m'annonceront leur présence...

Après avoir mesuré du regard la hauteur des murailles elle avait ajouté mentalement avec un sourire amené par la réflexion suivante :

— Bien hauts sont ces murs de clôture; mais mon brave Faribole et mon hardi Mistouflet se feront un jeu de les escalader...

Mais l'escalade ne pourra s'opérer que la nuit ; il me faut donc leur fixer une heure et l'endroit précis où je les attendrai...

Or, le seul moyen c'est de leur écrire...

Dès le lendemain, Yvonne offrit à la sœur tourière de lui dresser la liste des différentes choses que tous les deux ou trois jours elle allait acheter au village.

La religieuse accepta, et, comme elle écrivait fort mal, elle trouva admirables les fines pattes de mouches de la complaisante novice.

Celle-ci mit à profit une absence de cinq minutes de la religieuse pour tracer le billet destiné aux deux compagnons dont elle attendait l'arrivée prochaine.

Le jour où Dorfeuil, obéissant scrupuleusement aux instructions donnés par Mistouflet, se rendait derrière le parc du couvent, et, tout en allant et venant, criait de temps à autre le nom de Médus, Yvonne et deux jeunes filles, portant comme elle le costume de novice, descendaient dans le parc inondé de soleil, vers une heure et demie; puis, leur livre de prières à la main, se promenaient ensemble sous les grands arbres à une vingtaine de pas environ des murs de clôture.

Yvonne, placée un peu en arrière de ses jeunes compagnes, marchait à pas lents depuis quelques minutes, les yeux rivés sur les pages de son livre, mais ses deux oreilles aux écoutes, lorsque soudain elle tressaillit malgré elle.

Un bruit, encore confus, ressemblant à des appels et à des aboiements joyeux, s'élevait en dehors du parc et se rapprochait assez rapidement.

Tout à coup elle pâlit de joie, et bien qu'elle se fût promis d'éviter tout mouvement pouvant attirer l'attention sur elle, elle dut s'arrêter un moment et appuyer une main sur son cœur comme pour en comprimer les palpitations.

Le jeune Dorfeuil venait de crier deux fois :

— Médus!... Faribole!...

Et elle avait distinctement entendu ces mots et parfaitement reconnu la voix qui les avait prononcés.

Elle seule comprit que c'était un signal.

Vivement elle reprit sa marche interrompue et dissimula son émotion, car au même instant ses compagnes faisaient demi-tour pour revenir sur leurs pas.

— Je suis sauvée! pensait Yvonne. Georges Dorfeuil est là, derrière ce mur, et mes vieux amis Faribole et Mistouflet ne sont pas loin !

En croisant les deux novices, elle échangea quelques mots avec elles, puis elle resta un moment immobile, le regard brillant et fixé sur un feuillet de son livre comme si son esprit eut été soudain captivé par un passage intéressant.

Mais en réalité elle ne lisait pas : elle méditait.

Puis elle glissa sa main droite dans sa poche pour s'assurer que le papier qu'elle avait préparé s'y trouvait bien.

— Vingt à vingt-cinq pas me séparent de la clôture du parc, murmura-t-elle en même temps. Je suis trop loin pour pouvoir lancer avec chance de succès mon billet au jeune Dorfeuil... Comment faire pour me rapprocher du mur sans éveiller des soupçons chez mes deux compagnes?... Elles reviennent; marchons et attendons...

Yvonne reprit lentement sa promenade en remarquant avec soin l'endroit qu'elle quittait.

Dix minutes plus tard, elle revenait au même point.

Maintenant on n'entendait plus, s'élevant de l'autre côté du mur, que les légers aboiements de Médus.

— Dorfeuil est toujours là, pensa la jeune femme; il attend!...

Elle jeta autour d'elle un rapide coup d'œil.

Les deux novices marchaient au milieu de l'allée; elles s'éloignaient lentement.

Le moment était propice...

Yvonne courut vers le mur, s'arrêta à cinq pas de celui-ci et, adroitement, lança avec force hors de l'enceinte du parc son billet qu'elle avait roulé autour d'une châtaigne dérobée à la sœur tourière.

Son geste était à peine exécuté qu'elle frissonna de crainte.

Les jeunes filles avaient de nouveau fait demi-tour et la regardaient.

Juste, à ce moment, un moineau vint se poser par terre à trois pas d'Yvonne.

Celle-ci poussa un soupir de soulagement et, le bras allongé, la main ouverte, elle s'élança vers l'oiseau comme si elle comptait le saisir.

Et tous deux, l'une courant et l'autre sautillant, furent en quelques secondes au milieu de l'allée.

Arrivé là, l'oiseau battit des ailes et s'envola en pipitant jusque sur une haute branche.

Alors, un frais éclat de rire échappa aux jeunes novices, qui avaient suivi tous les mouvements d'Yvonne poursuivant l'oiseau.

— Vous l'avez manqué, ma sœur! lui dirent-elles.

— Hélas! oui, et au moment où je croyais le prendre, répliqua Yvonne en simulant un vif désappointement.

L'horloge du couvent tinta deux coups.

— Deux heures! dit l'une des novices; notre promenade est finie rentrons bien vite.

En cet instant le cri du hibou retentit à une courte distance.

— Dorfeuil a lu mon billet, pensa Yvonne, ce soir je serai libre!...

Et, précédant ses compagnes, elle rentra au couvent.

. . . .

— Doux Jésus!... seulement deux heures et demie!

Ces paroles dénotant un commencement d'ennui ou d'impatience étaient murmurées par le brave Mistouflet qui, depuis un bien long moment, se tenait nonchalamment accoudé sur la barre d'appui de la fenêtre de sa chambre, et laissait ses regards errer au hasard dans une rue relativement assez large mais fort peu passagère.

Soudain, il se redressa, et son œil devenu subitement fixe demeura pendant une minute attaché sur un personnage qui s'avançait rapidement dans la direction de son auberge.

— Bon! voilà le camarade Dorfeuil! reprit Mistouflet.

Et à mi-voix il ajouta :

— Doux Seigneur! Tendre Vierge Marie! Saints anges du paradis! faites qu'il m'apporte une bonne nouvelle.

Le jeune homme arrivait courant presque.

Dès qu'il aperçut Mistouflet debout à sa fenêtre, il leva vivement la main en agitant le billet d'Yvonne.

En voyant la joie qui se peignait sur le visage de Dorfeuil, l'hercule devina que le papier qu'il lui montrait devait être une lettre de la femme de Monseigneur Louis.

Il referma sa fenêtre et courut ouvrir sa porte.

Médus entra en bondissant dans la chambre; aussitôt après lui son maître y pénétra à son tour.

— Eh bien? doux Jésus! dit Mistouflet.

— Heureuse, très heureuse nouvelle! s'écria joyeusement le jeune homme. Tenez! lisez vite, Monsieur Mistoufflet.

Et il tendit son papier à son grand compagnon.

Celui-ci le prit et lut à voix basse :

« Mes bons amis,

« Depuis plusieurs jours je vous attends!...

« Revenez ce soir vers huit heures, et placez-vous en observation
« près de l'endroit où ce billet sera tombé. Je vous signalerai ma
« présence en imitant de mon mieux le cri du hibou que je répéterai
« deux fois. Si à dix heures vous n'avez rien entendu c'est qu'il m'aura
« été impossible de sortir de ma chambre... Vous reviendriez le lende-
« main à la même heure. Soyez prudents.

« Yvonne. »

— Doux Jésus! dit Mistoufflet en repliant le billet; tout va bien, et cette nuit, je l'espère, ami Dorfeuil, nous galoperons avec notre chère maîtresse sur la route de Paris.

Puis, il se fit raconter par le jeune camisard comment il s'y était pris pour indiquer à Mme Yvonne que ses amis veillaient aux alentours du couvent, épiant le moment favorable pour la délivrer.

Aussitôt qu'ils eurent soupé, Mistoufflet enroula autour de son corps une longue corde dont une extrémité était armée de deux crampons d'acier, s'enveloppa de son manteau, dit à Dorfeuil de prendre ses pistolets, puis ils s'éloignèrent de l'auberge escortés de Médus marchant à côté de son jeune maître.

Un brouillard assez épais, comme il s'en forme souvent à la fin de l'automne après une belle journée de soleil, couvrait complètement la campagne.

Mais le compagnon de Mistoufflet avait trop bien remarqué en quel endroit ils devaient venir attendre le signal d'Yvonne pour commettre une erreur.

Lorsque huit heures sonnèrent à l'horloge du couvent, l'hercule et le camisard, retenant son chien par le collier, étaient depuis plus de vingt minutes en observation devant le mur du parc.

Adossés au tronc du même arbre, ils attendaient sans trop d'impa-tience.

La nuit était très noire; seules les quelques paroles qu'ils échangeaient à voix basse en troublaient le profond silence.

Une demi-heure s'écoula rapidement.

Nul bruit ne se faisait entendre.

Mistouflet et son jeune compagnon ne disaient plus rien; tous deux paraissaient rêveurs.

Puis neuf heures tintèrent lentement.

Soudain Dorfeuil fit un brusque mouvement et posa sa main sur le bras de Mistouflet.

— Eh bien! qu'y a-t-il? doux Jésus? demanda l'ami de Faribole.

— Monsieur Mistouflet, regardez Médus... Il va nous annoncer l'arrivée de notre maîtresse.

Le vaillant animal, qui pendant une heure était resté couché à peu près immobile aux pieds de son maître, venait de se dresser brusquement sur ses quatre pattes en poussant un faible grognement.

— Voyons, Médus, est-ce Mme Yvonne? dit à demi-voix le jeune camisard.

Le gros chien tourna vers lui sa tête intelligente, agita deux ou trois fois sa belle queue, puis se recoucha tout bonnement indiquant ainsi qu'il ne se passait rien qui méritât d'attirer leur attention.

— Quelque paysan attardé qui rentre chez lui, murmura Dorfeuil à demi-voix.

La demie de neuf heures retentit bientôt.

Le calme le plus complet continuait de régner sur la campagne.

Seulement le brouillard commençait à disparaitre peu à peu.

— Doux Jésus! plus qu'une demi-heure! dit Mistouflet.

Et il se mit à marcher un moment, allant de l'arbre au mur du parc, et du mur à l'arbre, afin de se dégourdir les jambes.

Enfin l'horloge du couvent sonna dix heures.

Comme la dernière vibration du dixième coup s'éteignait dans l'air, Mistouflet dit à Dorfeuil :

— Regagnons notre auberge, mon ami; nous reviendrons ici demain soir!

— Attendons encore un instant, Monsieur Mistouflet; si pourtant Mme Yvonne allait venir.

— Jésus-Marie! elle ne viendra pas mon garçon... Je connais notre chère maîtresse; elle nous a écrit d'attendre jusqu'à dix heures; elles ont sonné : il est inutile de rester ici davantage. Partons!

— Partons! répéta Dorfeuil; et espérons que nous serons plus heureux demain.

A grands pas, ils reprirent le chemin de Bourbon-l'Archambault.

Trente minutes après, ils traversaient la petite cité endormie et rentraient dans leur auberge, beaucoup moins joyeux qu'ils n'en étaient partis trois heures auparavant.

Le lendemain soir, dès sept heures et demie, Mistouflet, Dorfeuil et leur compagnon Médus, se plaçaient en observation au même endroit que la veille.

Et malheureusement, comme la veille aussi, ils attendirent en vain le signal qui devait leur annoncer la présence, derrière le mur du parc, de leur maîtresse Yvonne.

Ce soir-là, dix heures étaient sonnées depuis longtemps à l'horloge de la maison des religieuses, quand ils se décidèrent à regagner leur auberge.

Le troisième jour ils partirent à cheval et une heure plus tôt.

Ils devaient aller chevaucher un moment sur la route de Paris avant de prendre la direction du couvent de Notre-Dame de Recouvrance, afin de dépister leur hôte un peu trop curieux et qui, intrigué par leurs sorties nocturnes, semblait vouloir les suivre.

— Maître hôtelier, dit Mistouflet en sortant de l'auberge; nous allons au-devant d'un jeune garçon qui, depuis deux jours au moins, devrait nous avoir rejoints.

Nous souperons en revenant.

Puis ils s'éloignèrent au petit trot.

A une lieue de la ville, ils tournèrent bride et, traversant champs et prairies, allèrent reprendre leur poste derrière le parc du couvent.

Cette nuit-là, ils rentrèrent à leur auberge en proie à un réel découragement.

Ils commençaient à désespérer de pouvoir jamais délivrer la pauvre Yvonne.

— Doux Jésus! murmurait Mistouflet avec inquiétude; que peut-il bien se passer là-bas?... Je donnerai cinq ans de ma vie pour le savoir... J'ai peur, ami Dorfeuil.

— Peut-être, dit celui-ci, Mme Yvonne aura-t-elle été aperçue me lançant son billet par-dessus le mur.

— Demain, à midi, vous retournerez avec Médus explorer les alentours du parc.

— J'allais vous le proposer, Monsieur Mistouflet, répliqua le jeune camisard.

Pendant trois autres nuits ils allèrent attendre Yvonne.

Et rien, toujours rien... aucun signal ne se fit entendre.

Trente secondes après, la compagne de Monseigneur Louis se trouvait hors du parc

Dans l'après-midi du septième jour, Mistouflet, agité par de sombres pressentiments, prit soudain une résolution fort grave.

— Ami Dorfeuil, dit-il à son compagnon, quoiqu'il puisse en résulter, nous tenterons cette nuit l'escalade des murs du couvent.

— Commandez, Monsieur Mistouflet; je vous obéirai.

A sept heures un quart ils quittèrent à pied leur auberge.

Les ténèbres étaient épaisses; une pluie glacée tombait fine et serrée avec une persistance inquiétante.

Enveloppés dans leurs manteaux et adossés contre leur arbre, tous deux immobiles et presque silencieux, attendirent pendant plus d'une heure avec une constance vraiment stoïcienne.

Neuf heures tintèrent lentement.

Mistouflet compta les coups à demi-voix, puis s'adressant à son jeune camarade :

— Le sort en est jeté, dit-il; je vais m'introduire dans le parc. Vous, mon ami, vous vous placerez à cheval sur le mur et vous continuerez à veiller.

En parlant, Mistouflet détacha son long manteau qu'il déposa au pied de l'arbre, puis il déroula sa corde et s'avança jusqu'à trois pas de la muraille.

Il passa son poignet gauche dans une boucle faite d'avance à l'une des extrémité de la corde, prit ensuite dans sa main droite l'autre extrémité à laquelle étaient fixés les crochets d'acier, et lança ceux-ci par-dessus la haute clôture.

Puis doucement il tira à lui la corde; elle céda d'abord, mais tout à coup se tendit, devint raide sous l'attraction des doigts de Mistouflet.

— Très bien, doux Jésus! dit joyeusement l'hercule. Du premier coup les crampons se sont attachés au chaperon du mur.

— Voulez-vous me permettre de monter le premier? demanda Dorfeuil s'avançant vers Mistouflet.

Comme il prononçait ces mots, le cri monotone du hibou s'éleva de l'intérieur du parc.

Au même instant Médus bondissait vers son maître et poussait des aboiements joyeux.

— Silence! mon bon chien, silence! dit vivement l'ami de Faribole.

Et s'adressant au jeune camisard :

— Doux Seigneur! c'est notre maîtresse, ajouta-t-il. Répondez à son signal : vous êtes plus habile que moi!

Alors Dorfeuil imita par deux fois, avec une rare perfection, le cri de l'oiseau nocturne.

Mistouflet se suspendit des deux mains à la corde et s'éleva vivement.

En moins d'une minute il atteignit le chaperon du mur sur lequel il se hissa à la force du poignet.

Aussitôt que sa tête de colosse eut dépassé l'arête de pierre, il plongea son regard dans le parc en appelant à voix basse :

— Madame Yvonne?... Madame Yvonne?

Une forme humaine s'approcha du mur en courant.

— Me voici, mon bon Mistouflet! répondit une voix douce et bien connue qui semblait trembler d'émotion.

—. Ah! sainte Vierge Marie! ma chère maitresse, nous allons donc enfin vous délivrer.

Tandis que s'échangeaient ces paroles, Dorfeuil grimpait à son tour le long de la grosse corde et venait se placer à califourchon sur le mur à côté de l'hercule.

— Madame Yvonne, reprit Mistouflet, passez votre pied dans la boucle que j'ai préparée au bout de la corde; vous serrez ensuite celle-ci avec vos deux mains.

Et il fit glisser la corde à l'intérieur du parc.

Yvonne se hâta de suivre ses indications, puis levant la tête :

— C'est fait, mon ami, dit-elle.

— Tenez bon, doux Jésus! je vais vous enlever doucement...

Mistouflet pencha légèrement son buste et manœuvrant avec adresse ses mains vigoureuses il attira jusqu'à lui la prisonnière aussi facilement qu'il eût monté un tout jeune enfant.

— Ami Dorfeuil, tenez la corde pendant que je passerai mes mains sous les bras de Madame Yvonne.... Vous tenez bon?

— Oui monsieur Mistouflet, répondit le jeune homme.

— Attention, doux Jésus!

Et il enleva Yvonne qu'il plaça assise sur le chaperon du mur les jambes pendant hors de l'enceinte du parc.

— Merci Mistouflet!.. merci monsieur Georges! murmura la jeune femme en tendant les mains à ses sauveurs.

Bondissant et se dressant contre la muraille Médus aboyait joyeusement.

— Vite Dorfeuil, empoignez la corde, laissez vous glisser à terre et faites taire votre chien, commanda Mistouflet.

Et quand le jeune homme lui eut obéi :

— A votre tour, madame Yvonne, continua-t-il. Replacez votre pied dans la boucle et je vais vous descendre de la même manière que je vous ai montée.

Trente secondes après la compagne de Monseigneur Louis se trouvait debout hors du parc et recevait les caresses en quelque sorte furieuses du brave Médus.

En un clin d'œil Mistouflet eut rejoint sa maitresse et le jeune camisard.

— Vite, madame Yvonne, enveloppez-vous dans mon manteau.

Et joignant l'action à la parole il couvrit si bien la jeune femme qu'il eut été impossible, non seulement d'apercevoir le costume de novice dont elle était revêtue, mais encore de distinguer les traits de son visage enfoui sous l'épais capuchon

— Faribole ne vous a donc pas accompagnés? demanda Yvonne pendant que Mistouflet et Dorfeuil l'enveloppaient de la tête aux pieds.

— Hélas! doux Jésus! répondit l'hercule, notre pauvre Faribole est en ce moment enfermé dans une prison de Nîmes... Mais je vous en prie, ajouta-t-il, ne restons pas une seconde de plus ici... Retournons à l'auberge; en chemin je vous apprendrai une heureuse nouvelle, et... deux bien mauvaises aussi, hélas!...

— Partons, mes amis! dit Yvonne.

Mistouflet voulait l'emporter dans ses bras, mais elle s'y opposa en disant qu'elle éprouvait le besoin de marcher.

D'une main elle tint, légèrement retroussé, son manteau un peu long pour sa taille, passa son bras sous celui de son grand compagnon et répéta pour la seconde fois :

— Partons, mes amis!

Quand ils eurent parcouru une cinquantaine de pas, Mistouflet dit à la jeune femme :

— Madame Yvonne, je vais vous annoncer d'abord la bonne nouvelle...

— Non, mon ami, interrompit Yvonne. Apprenez-moi d'abord les mauvaises... car j'ai le pressentiment qu'il s'agit de ceux que j'aime... Voyons la première?

— La première, madame Yvonne, c'est que depuis trois semaines, Guillaume d'Orange, roi d'Angleterre, est mort.

La compagne de Monseigneur Louis fut obligée de s'arrêter court, tellement sa surprise et son émotion furent grandes.

En tremblant elle demanda à Mistouflet :

— Comment Monseigneur Louis a-t-il appris cette nouvelle qui détruisait toutes ses espérances?

— Mieux que Faribole et moi nous ne l'avions redouté... Et vraiment, Seigneur Jésus, il a supporté vaillant ce rude coup!

Yvonne reprit sa marche et demeura un instant pensive et rêveuse.

— Voyons, maintenant, la seconde de tes mauvaises nouvelles, mon cher Mistouflet? dit-elle à mi-voix.

— Ah! celle-là va vous étonner aussi, ma chère maîtresse...

Votre amie, Jeanne de Vrignès ne pourra pas épouser le lieutenant de Chadefaux.

— Et pourquoi cela? demanda Yvonne qui était à mille lieues de soupçonner ce qui s'était passé chez le maréchal de Montrevel.

— Parce que son mari, le vieux duc de la Tour-du-Roc est ressuscité !...

— Quoi! le duc que tout le monde croyait mort...

— Ne l'était malheureusement pas, madame Yvonne, reprit avec un accent sincèrement désolé le bon Mistouflet.

Et s'apercevant qu, la tristesse gagnait de plus en plus la jeune femme, il se hâta d'ajouter :

— Madame Yvonne, écoutez à présent l'heureuse nouvelle : Nous savons en quel lieu Gniafon a caché votre enfant.

La compagne de Monseigneur Louis serra nerveusement le bras de Mistouflet.

— O mon Dieu ! s'écria-t-elle, pourrais-je enfin retrouver mon fils tant chéri !

— Oui, doux Jésus ! oui, madame Yvonne. Et ce soir même, dès que vous aurez changé de vêtements, nous nous mettrons en route... et dans trois jours vous le presserez dans vos bras.

En quelques mots Mistouflet apprit à Yvonne comment Faribole et lui s'étaient rendus eu son lieu et place au rendez-vous que le misérable Gniafon lui avait assigné au village de Nozières.

Comme il achevait son récit, ils atteignaient l'auberge sur le seuil de laquelle leur hôte se tenait en observation, malgré la pluie qui ne cessait pas de tomber.

En ce moment, neuf heures sonnaient à l'horloge de l'église de Bourbon-l'Archambault.

— Enveloppez-vous bien, madame Yvonne, dit à voix basse Mistouflet. Pendant que Dorfeuil vous conduira dans notre chambre, et vous donnera le costume acheté pour vous, moi je m'occuperai de faire seller nos trois montures.

Précédée du jeune camisard, Yvonne traversa la salle commune et grimpa à l'étage supérieur, sans que l'hôtelier ni la servante, qui remit un flambeau à Dorfeuil, aient pu supposer que ce nouveau personnage fût une femme.

— Cette fois, vous ramenez le compagnon que vous attendiez avec tant d'impatience? dit en souriant l'aubergiste à Mistouflet.

— Heureusement, doux Jésus! répliqua celui-ci. Nous devrions depuis aujourd'hui midi être tous trois à Clermont-Ferrand.

— Je m'explique alors votre impatience, mon cher hôte.

— Vous allez me faire le compte de ce qui vous est dû. Pendant ce temps, aidé de votre valet d'écurie, je sellerai nos bêtes.

— Mais vous n'allez pas repartir sans souper? s'écria vivement l'aubergiste.

— Non certes! mais nous aurons vite fait, répliqua Mistouflet.

— J'avais donné l'ordre de tenir votre repas tout prêt... Est-ce que votre nouveau compagnon soupera avec vous?

— Non, il sortait de table quand nous l'avons retrouvé chez un paysan dont la femme est de notre pays.

L'aubergiste appela son garçon d'écurie et lui ordonna d'allumer une lanterne et de seller les montures de ses hôtes.

Au moment même où Mistouflet allait sortir de la salle commune et suivre le valet, un formidable juron retentit hors de l'auberge, et deux cavaliers, ruisselant d'eau, souillés de boue jusqu'aux épaules, entrèrent comme une trombe par la porte laissée ouverte.

Mistouflet n'eut que bien juste le temps de se jeter de côté pour éviter d'être renversé par le choc des nouveaux arrivants.

— Cornes du diable! s'écria celui qui pénétra le premier dans l'auberge, quel chien de temps!...

Au son de cette voix, Mistouflet eut un soubresaut de surprise, et sans affectation se dissimula en passant derrière son hôte.

D'un ton de commandement le cavalier reprit :

— Holà! maître hôtelier, un bon feu immédiatement, et de quoi souper ensuite... Si dans dix minutes, le repas n'est pas prêt, je mets ton auberge à feu et à...

La fin de sa phrase expira dans sa gorge.

Il venait de voir et de reconnaître dans Mistouflet son ancien camarade d'aventures, qui, les bras croisés sur sa large poitrine, se plantait hardiment à la place de l'hôtelier, lequel effrayé par la menace du cavalier, reculait tout tremblant.

— Ventre de Dieu!... C'est Mistouflet! exclama-t-il.

— Mon Dieu, oui, messire Rosarges, répliqua le colosse, c'est votre cher ami, qui s'aperçoit que vous n'avez pas changé : toujours arrogant avec les gens qui ne peuvent ou n'osent se défendre...

— Qu'est-ce à dire?... fit Rosarges en posant la main sur son épée.

— Pas si haut, doux Jésus! interrompit Mistouflet, sans s'émouvoir du geste et du regard de son ennemi intime, je vous dis, messire Rosarges, que tant que je serai dans cette auberge vous ne mettrez rien, ni à feu, ni à sang.

— Mille cornes de cinq cents diables, s'écria le major, nous avions déjà un ancien compte à régler, messire Mistouflet, eh bien, demain, nous règlerons le tout ensemble.

— Tout de suite, si le cœur vous en dit, mon cher Rosarges! répliqua en souriant Mistouflet.

— Impossible, mon cher, impossible!... sans cela... Vois-tu, ami Mistouflet, je suis actuellement chargé d'une mission importante.

— Par le roi, peut-être? dit Mistouflet railleur.

— Parfaitement, mon cher, parfaitement... répliqua Rosarges en prenant des airs d'importance. Je tiens directement de monseigneur le marquis de Barbezieux, ministre du roi, la mission que j'ai l'honneur de remplir et que je veux mener à bonne fin...

— Oh! je n'en doute pas, doux Jésus!... à moins pourtant, reprit d'un ton moqueur l'hercule, à moins pourtant qu'elle ne se termine aussi malheureusement que la mission que M. de Montrevel t'avait confiée... avec ses superbes dragons!

— Ah! tripes du diable! cria le major, devenant subitement furieux, je me suis juré de vous passer, à toi et à Faribole, ma rapière à travers le corps... Et dès demain je commencerai!

— Par ton vieil ami Mistouflet, n'est-ce pas! dit celui-ci. Hélas! mon pauvre Rosarges, continua l'hercule, je suis vraiment désolé d'être dans l'obligation de te priver du plaisir que tu ne manquerais pas d'éprouver en faisant de ma poitrine un fourreau pour ton épée, mais, moi aussi, j'ai une mission importante à remplir. Dans vingt minutes, je serai déjà loin ; cependant, doux Jésus! je ne veux pas repartir sans te promettre que, un peu plus tôt ou un peu plus tard, notre petit compte se trouvera réglé.

— Monseigneur, si vous voulez bien!... dit humblement l'hôtelier en désignant des deux mains à Rosarges une table chargée de plusieurs plats qu'il avait placés devant la cheminée dans l'âtre de laquelle pétillait en se consumant un énorme fagot.

— A la bonne heure, notre hôte, dit le major, allant rejoindre le deuxième cavalier, qui, assis et les jambes allongées devant le feu, séchait tranquillement ses hauts-de-chausses.

En ce moment Dorfeuil, qui depuis le commencement de la conversation des deux adversaires se tenait debout au fond de la salle, s'approcha de l'ami de Faribole.

— Monsieur Mistouflet, lui dit-il tout bas, j'ai comme un vague soupçon que c'est pour Mme Yvonne que votre ennemi est venu dans cette ville sur l'ordre du marquis de Barbezieux.

— Vous ne vous trompez peut-être pas, doux Jésus! Voyez si nos chevaux ont été sellés .. moi je remonte pour m'entendre avec notre chère maîtresse.

Deux minutes après, il frappait doucement à la porte de la chambre dans laquelle un quart d'heure avant s'était enfermée, pour changer de vêtements, la compagne de Monseigneur Louis.

— Qui va là? demanda Yvonne.

— C'est moi, Mistouflet!

Aussitôt, on entendit la clef tourner dans la serrure, et la porte s'ouvrit.

— Entrez, mon ami, reprit Yvonne. Nous partirons lorsque vous voudrez : je suis prête... Voyez, je ne suis point trop mal.

Le costume de cavalier que Mistouflet avait acheté pour elle lui allait fort bien; elle avait même si charmante tournure, qu'il est probable que l'on n'eut pas hésité longtemps à reconnaître une femme.

— M dame Yvonne, prononça Mistouflet, en refermant la porte de la chambre, le major Rosarges est dans la salle basse.

— Vous a-t-il reconnu?

— Dès son arrivée, car je ne me suis pas caché... Mais, doux Jésus! pe mettez-moi une question.

— Parlez, mon bon ami?

— Etes-vous certaine, madame Yvonne, que personne, là-bas au couvent, ne vous a vue descendre dans le parc?

— Absolument certaine. En sortant de la loge de la sœur tourière, avec laquelle j'ai pris mon repas du soir, ce qui m'arrivait quelquefois, j'ai contourné le bâtiment en rasant les murailles; et la nuit était si noire, le temps si mauvais, que personne n'a pu ni ne pouvait m'apercevoir fuyant sous les arbres.

— Au jour seulement, on constatera votre disparition?

— Oui, mon ami; et comme j'ai eu soin de fermer à clef la porte de ma chambre, on ne s'apercevra guère de ma fuite que vers huit ou neuf heures du matin.

— Nous avons donc, doux Jésus! toute la nuit devant nous. Alors, madame Yvonne, vous voudrez bien attendre encore quelques instants

Presque aussitôt une fenêtre s'ouvrit pour laisser passer une tête coiffée d'un immense bonnet de coton

dans cette chambre. Dès que Rosarges aura quitté la salle d'en bas, je viendrai vous chercher.

— Va, mon ami. Médus restera pour me tenir compagnie.

— Ah! mon doux Seigneur! j'ai un objet qui mieux que notre brave chien vous aidera à prendre patience.

Tout en parlant, Mistouflet ouvrit son pourpoint et tira d'une poche le portrait du fils d'Yvonne.

— Tenez! ma chère maîtresse, ajouta-t-il en lui donnant la jolie peinture.

Une exclamation de surprise et de joie échappa à la jeune femme.

Puis elle couvrit de baisers fous, passionnés, le portrait de son enfant, et demanda d'une voix frémissante :

— Mistouflet, Mistouflet! comment as-tu pu te procurer cette ravissante miniature.

— Tout à l'heure, madame Yvonne, tout en chevauchant, je compléterai le récit que je vous faisais en vous amenant ici...

Mistouflet redescendit vivement dans la salle commune.

Dorfeuil lui annonça que les trois chevaux étaient sellés.

— Alors, soupons mon ami, répliqua-t-il; nous nous mettrons en route aussitôt après.

L'hercule et le jeune camisard s'attablèrent.

Au bout d'une vingtaine de minutes, ils entendirent le major Rosarges s'écrier :

— Holà! notre hôte, nos chambres sont-elles prêtes?

— Oui, Monseigneur, répondit l'hôtelier.

Rosarges et son compagnon se levèrent de table, et, précédés de la servante portant deux flambeaux, ils se dirigèrent vers l'escalier conduisant au premier étage.

A peine le major eut-il mis le pied sur la première marche, qu'il s'arrêta et, se retournant :

— Un renseignement, maître hôtelier, dit-il. Savez-vous à quelle heure se lèvent les nonnes du couvent de Notre-Dame de Recouvrance?

En entendant cette question, Mistouflet tendit vivement l'oreille, et échangea un rapide regard avec Dorfeuil.

— Ma foi, Monseigneur, dit l'hôtelier à Rosarges, il m'est difficile de répondre à votre demande... Cependant j'ai entendu dire que les nonnes du couvent n'étaient pas trop matineuses.

— C'est bon! vous me réveillerez demain à sept heures.

— Je vous le promets, Monseigneur.

Mistouflet écouta l'escalier de bois craquer sous les bottes de son ancien compagnon, puis il dit à demi-voix à Dorfeuil :

— Vous aviez deviné juste, doux Jésus! La mission de Rosarges consiste, cela ne fait aucun doute, à emmener madame Yvonne loin du couvent où depuis un mois elle était prisonnière.

Après avoir versé entre les mains de son hôte le montant de leurs dépenses à l'auberge, Mistouflet dit à haute voix au jeune camisard :

— Ami Dorfeuil, allez chercher nos montures et amenez-les devant la porte; pendant ce temps j'irai réveiller notre petit compagnon qui maintenant doit être un peu reposé.

Dix minutes plus tard, Yvonne, se courbant légèrement sous prétexte de caresser Médus, passait devant l'hôtelier, et traversait la salle suivie de Mistouflet qui portait empaquetés sous son bras les vêtements de novice de la jeune femme.

En un clin d'œil ils furent en selle; au pas ils sortirent de Bourbon-l'Archambault, et s'élancèrent bientôt à une allure assez rapide sur le grand chemin de Bourges.

La pluie glacée cessa peu à peu de tomber; une bise aigre lui succéda et chassa une partie des nuages couvrant le ciel qui, pendant quelques heures, reparut tout parsemé d'étoiles.

Lorsqu'ils arrivèrent à l'entrée du village de Sancoins, l'aube terne et froide commençait à percer les brumes du matin.

Devant la porte encore verrouillée d'une auberge de modeste apparence, Mistouflet commanda de faire halte.

— Nous avons mis, dit-il à Yvonne, onze ou douze lieues entre votre personne et les murs du couvent. C'est déjà, doux Jésus! un petit bout de chemin. Nous allons entrer dans cette auberge pour nous y reposer jusqu'à dix heures; puis, après avoir dîné rapidement, nous irons rejoindre la route de Paris.

Dorfeuil poussa sa monture près des valets de la petite hôtellerie et heurta fortement avec la crosse d'un pistolet.

Presque aussitôt une fenêtre s'entr'ouvrit pour laisser passer une tête coiffée d'un immense bonnet de coton et en même temps une voix demanda :

— Qu'est-ce donc? Qui frappe de si grand matin?

— Pour l'amour de Dieu! ouvrez vite, cria Mistouflet; tous, nous tombons de fatigue et un peu d'inanition.

Une exclamation joyeuse sembla s'échapper de dessous le bonnet de coton qui disparut vivement de la fenêtre.

Cinq minutes ne s'étaient pas complètement écoulées que la porte de l'auberge s'ouvrit avec une vivacité qui faisait bien augurer des dispositions hospitalières de l'hôtelier envers les voyageurs.

— Entrez! messeigneurs, entrez!... Nulle part vous ne sauriez être mieux traités que chez moi!... s'écria le maître de l'auberge.

Et tandis qu'Yvonne, suivie de Mistouflet, pénétrait dans la salle, il ajoutait en lui-même :

— Grand saint Pierre! quelle aubaine!... Trois beaux cavaliers à la fois... alors que depuis plus d'une semaine, je n'ai même pas reçu la visite du plus modeste voyageur!

Et se frottant joyeusement les mains, l'honnête aubergiste se dit encore :

— Aussi, comme je vais me rattraper aujourd'hui avec les hôtes que le ciel m'envoie!...

CHAPITRE XL

DE QUELLE FAÇON IMPRÉVUE SE TERMINE LA MISSION DU MAJOR ROSARGES...

Quatre jours avant celui où nous venons de voir la charmante Yvonne, costumée en cavalier, entrer avec ses deux compagnons dans le joli village de Sancoins, le marquis de Barbezieux pénétrait, dès neuf heures et demie du matin, dans le coquet boudoir de Mme de Maintenon.

— Qu'avez-vous donc de si pressant à m'annoncer, monsieur le marquis, dit la compagne de Louis XIV au ministre qui s'inclinait profondément devant elle.

— Je viens, madame, vous annoncer l'arrivée d'un officier de M. le maréchal de Montrevel...

— Vous plaisantez, monsieur le marquis ! interrompit Mme de Maintenon.

— Attendez, madame ! s'empressa de répliquer M. de Barbezieux qui comprit fort bien le sens caché de l'interruption de la marquise. Croyez, madame, que je ne me serais pas permis de venir vous déranger à une heure aussi insolite, s'il ne s'agissait que de l'arrivée d'un courrier ordinaire.

— Quelles nouvelles nous apporte-t-il ?

— Il vous le dira lui-même, madame ; il attend dans votre antichambre que vous vouliez bien lui accorder une minute d'audience afin de vous remettre un pli de la part du capitaine...

Le marquis s'arrêta une seconde pour augmenter l'effet que devait produire le nom qu'il allait prononcer.

— Du capitaine ?... répéta légèrement intriguée Mme de Maintenon...

— Je voulais dire, reprit le ministre, de la part de Monseigneur Louis...

La marquise ne put retenir un vif mouvement de surprise.

— Une lettre de Monseigneur Louis, adressée à moi personnellement ? s'écria la compagne du roi de France.

— Oui, madame... Vous plaît-il de recevoir l'envoyé de Monsieur le maréchal de Montrevel.

Mme de Maintenon ne répondit pas mais frappa vivement par deux fois sur un timbre d'argent.

Une portière se souleva et Germaine parut.

— Fais entrer sur le champ l'officier qui se trouve dans l'antichambre ! ordonna la mère de Gniafon.

La cameriste sortit.

Deux minutes après, la portière se soulevait de nouveau et le lieutenant Henri de Chadefaux entrait dans le boudoir.

Il s'inclina respectueusement devant la compagne de Louis XIV, puis lui tendant un pli scellé de larges cachets rouges :

— Madame, dit-il, par ordre de M. le maréchal de Montrevel, j'ai l'honneur de vous apporter cette lettre qui vous est adressée par M. le capitaine Louis, principal lieutenant de Jean Cavalier.

D'une main qu'agitait un imperceptible frémissement, la marquise de Maintenon prit la missive de Monseigneur Louis, la décacheta et lut pour elle seule ce qui suit :

« A Madame la Marquise de Maintenon »

« Madame,

« Frappé dans mes affections les plus chères, et comprenant que je
« dois, aujourd'hui, m'incliner devant la volonté de Dieu, j'ai pris la
« résolution de renoncer à faire valoir les droits que vous connaissez
« Madame...

« Je suis donc prêt à m'engager :

« 1° A remettre à la personne que vous désignerez, les trois par-
« chemins que contenait le coffret de Mme la marquise de Mon-
« tespan...

« 2° A quitter la France pour n'y jamais revenir...

« Voici à quelles conditions :

« 1° Mon épouse légitime et mon fils me seront rendus au moment
« même où je livrerai les parchemins.

« 2° Dans le délai de trois mois, un édit accordera la liberté de
« conscience aux Protestants des Cévennes, et terminera ainsi une
« longue lutte fratricide...

« Persuadé, Madame, que vous saurez faire accepter mes propositions,
« j'ai l'honneur d'être,

« Madame, votre très respectueux serviteur.

« Signez : LOUIS. »

Immobile à quelques pas de Mme de Maintenon, M. de Chadefaux put
suivre sur le visage de celle-ci les phrases diverses de l'émotion qu'elle
éprouva en lisant la lettre du fils d'Anne d'Autriche.

Après avoir subitement pâli, puis légèrement rougi, le front de la
compagne de Louis XIV s'illumina d'un rayon de joie.

— Madame de Maintenon paraît fort satisfaite ; tout va bien ! pensa le
jeune officier qui l'observait.

— Tenez, monsieur le marquis, lisez ! dit la femme du roi en tendant
vivement le papier au ministre.

Barbezieux ne se fit pas prier, car il brûlait de savoir ce que Monseigneur Louis pouvait bien écrire et proposer à Mme de Maintenon...

Celle-ci, tandis qu'il lisait, demanda à l'officier de dragons :

— Étiez-vous déjà dans les Cévennes, Monsieur, lorsque le nommé
Jean Cavalier s'est mis à la tête des Réformés insurgés ?

— Oui, Madame, répondit, simplement M. de Chadefaux en s'inclinant.

Et se rappelant les recommandations de prudence de Monseigneur Louis, il se tint sur ses gardes.

En observant l'officier du coin de l'œil, Mme de Maintenon reprit :

— Il me souvient d'avoir lu dans plusieurs rapports, que le principal, sinon le véritable chef des camisards, était le capitaine Louis... Que savez-vous de cet homme? Je serais bien aise d'obtenir des renseignements positifs sur cet allié de Jean Cavalier ?

— Tout ce que je sais, madame, répliqua M. de Chadefaux, c'est que M. le maréchal de Montrevel tient le capitaine Louis pour un loyal et habile adversaire.

— On prétend, insista Mme de Maintenon, que ce capitaine a eu un passé mystérieux... Vous n'avez jamais entendu dire qu'il eût été enfermé dans une prison d'État ?

— Sur ma foi de gentilhomme et de soldat, je vous assure, madame, que jamais nouvelle semblable n'a été dite devant moi, répondit le lieutenant avec un accent de sincérité qui ne permettait pas de douter de sa parole.

M. de Chadefaux ignorait, en effet, que Monseigneur Louis avait été enfermé dans la citadelle de Pignerol, puis dans l'île Sainte-Marguerite.

— Que comptez-vous faire, madame ? dit à ce moment le marquis de Barbezieux en rendant la lettre de Monseigneur Louis.

— M'entendre avec le roi tout d'abord, répliqua Mme de Maintenon...

Puis se tournant vers l'amant de Jeanne de Vrignès :

— Monsieur le lieutenant, ajouta-t-elle, dans une heure, à l'hôtel de monsieur le marquis, vous recevrez des ordres de Sa Majesté.

— Bien, madame !

Et, après avoir salué respectueusement la compagne de Louis XIV, l'officier de dragons sortit du boudoir.

La lourde portière était à peine retombée derrière lui, que, d'un ton joyeux et quelque peu moqueur, Mme de Maintenon dit au ministre :

— Eh bien, monsieur le marquis, avais-je raison de croire que, en retenant dame Yvonne au couvent de Notre-Dame de Recouvrance, et en gardant sous ma main son enfant, on obtiendrait un meilleur résultat qu'en employant des espions et des soldats.

Barbezieux s'inclina galamment :

— Votre succès, madame, sera complet, je l'espère... Pourtant, il est une des conditions posées par Monseigneur Louis, qu'il me semble difficile d'accepter...

— L'édit accordant aux Réformés la liberté de conscience ?

— Oui, madame... Sa Majesté n'y consentira jamais! prononça Barbezieux en secouant lentement la tête.

— Mon cher ministre, répliqua Mme de Maintenon, je m'aperçois que M. de Louvois, votre père, a fort négligé votre éducation... politique.

— Hélas! ce n'est que trop vrai, madame!

— Voyons, que demande Monseigneur Louis? reprit en souriant la mère de Gniafon. La promesse qu'un édit sera signé dans les trois mois... Eh bien, cette promesse je veux la faire, moi... Je vais m'engager par écrit, et formellement, d'amener Sa Majesté à accorder aux protestants des Cévennes la liberté qu'ils réclament...

Elle fit une légère pause et continua :

— Conseillée par moi, Sa Majesté, promettra d'examiner avec la plus grande bienveillance la réclamation des Réformés... Maintenant si, par hasard dans trois mois, après avoir mûrement réfléchi, Sa Majesté refuse de signer l'édit dont nous parle Monseigneur Louis, je n'aurai pas été heureuse, pas assez persuasive... voilà tout !

— Vraiment, madame, murmura de Barbezieux, votre petit doigt possède à lui seul autant de science diplomatique que tous nos hommes d'état réunis.

Mme de Maintenon sourit à cette flatterie, puis elle dit au jeune ministre :

— Rendez-vous à l'instant auprès du roi. Dans quelques minutes j'irai vous rejoindre.

Le marquis salua profondément et se retira.

Restée seule, la compagne de Louis XIV relut la lettre de Monseigneur Louis et se prit à réfléchir.

Au bout d'un moment elle se leva en se disant à elle-même :

— Oui, donnons d'abord à notre ennemi une preuve de confiance... quand ses parchemins seront en notre pouvoir nous verrons ce qu'il conviendra de faire... Allons chez Sa Majesté.

Les vitres du parloir tremblèrent et la religieuse pensa mourir de frayeur.

Elle se dirigeait vers la porte lorsque soudain une réflexion l'arrêta :

— N'oublions pas le seigneur Gniafon, reprit-elle. Tout serait compromis s'il venait à nous enlever le fils de dame Yvonne.

Elle revint vers le guéridon et fit résonner deux fois le timb· d'argent.

A ce double appel, la jolie Germaine se présenta :

Liv. 230. — Fayard, frères, éditeurs.

— Germaine, dit Mme de Maintenon, ton mari viendra-t-il au Louvre aujourd'hui?

— Jean-Marie est déjà arrivé, madame.

— Très bien. Écoute-donc : Tu vas lui dire que je veux qu'il retourne immédiatement au bourg Saint-Germain. Il veillera jour et nuit sur l'enfant que je vous ai confié...

— O ciel! que craignez-vous, madame? demanda vivement Germaine, apeurée à la pensée que le chérubin qu'elle aimait déjà de tout son cœur courait quelque danger.

— Ma fille, répondit Mme de Maintenon, je crains que le seigneur Gniafon n'enlève l'enfant sans m'avoir avertie... Et je veux que ton mari empêche cet enlèvement... Il me comprendra. Va maintenant.

Germaine sortit pour transmettre à Jean-Marie l'ordre de sa maîtresse. Mme de Maintenon se rendit chez son royal époux.

L'entretien entre Louis XIV, sa compagne et le marquis de Barbezieux, ne dura guère qu'une demi-heure.

Le roi et le ministre acquiescèrent à tout ce que proposa l'intrigante marquise, persuadés qu'elle parviendrait facilement à obtenir les manuscrits, seules preuves constatant que Monseigneur Louis était le fils de Louis XIII et de la reine Anne d'Autriche, et par conséquent le véritable héritier du trône de France.

Sur l'ordre de son maître, le ministre s'assit devant un secrétaire, écrivit quelques lignes dictées par Mme de Maintenon, les signa, les fit ensuite signer par le roi, apposa sur le parchemin le sceau de l'État, puis s'éloigna rapidement.

— Madame, dit Louis XIV à sa belle compagne, permettez-moi de vous répéter que vous êtes mon bon Génie... l'Ange gardien de ma couronne.

— Sire, répliqua l'ancienne veuve du poète Scarron avec une humilité parfaitement simulée, je fais de mon mieux pour vous prouver mon éternelle reconnaissance.

— Ne parlons point de cela... Mais dites-moi, Madame, ne pensez-vous pas qu'il serait prudent de garder mon... mon frère, prononça très bas le monarque, oui, de le garder à portée de notre main?

— Sire, lorsque le prince Louis nous aura livré ses parchemins, il ne sera plus à craindre.

— Cela ne fait rien... Il me semble que s'il était à la Bastille...

— Sire, dit vivement Mme de Maintenon, vous m'avez permis d'agir à ma guise et, de plus, vous avez promis de m'obéir!

— Aussi, Madame, repartit le roi en s'inclinant, mes paroles ne sont-
elles que de simples réflexions faites à haute voix.

Tandis que Louis XIV et sa compagne s'entretenaient quelques
instants encore, le marquis de Barbezieux regagnait à la hâte sa demeure.

Comme il gravissait les degrés du perron de son superbe hôtel, un
officier en sortait.

Sur son visage se peignait un visible désappointement.

A la vue du ministre, il s'arrêta brusquement, rapprocha ses talons,
et salua d'une façon qui était beaucoup plus servile que militaire.

Barbezieux lui jeta un regard et le reconnut aussitôt :

— Le major Rosarges? dit-il en s'arrêtant.

— Oui, Monseigneur... Je venais humblement vous demander une
occupation quelconque... afin de gagner un peu d'argent...

— Suivez-moi! interrompit le marquis de Barbezieux.

Rayonnant, l'ancien soudard, dont l'escarcelle était depuis plusieurs
jours complètement vide, suivit, à cinq pas de distance, le ministre qui
le conduisit dans son cabinet de travail.

Barbezieux s'assit; le major demeura debout son feutre à la main.

— Messire Rosarges, connaissez-vous le village de Bourbon-l'Archambault? demanda tout à coup le ministre.

— Monseigneur, sans vouloir me flatter, je puis dire que je connais
à peu près tous les villages de France.

— En effet, j'oubliais, messire Rosarges, que votre ancienne profession vous obligeait à explorer un peu toutes les contrées.

— Que voulez-vous, Monseigneur; il fallait bien vivre, répondit le
major en baissant les yeux.

Barbezieux tendit à Rosarges le parchemin que le roi avait signé une
demi-heure auparavant, et en même temps lui expliqua la mission qu'il
allait avoir à remplir.

Puis il écrivit un ordre sur un second parchemin qu'il remit tout
ouvert au major.

— A Bourges vous prendrez dix cavaliers, lui dit-il. Voici l'ordre.

— Bien, Monseigneur!

Le ministre donna ensuite à Rosarges une bourse renfermant cinquante louis, puis le congédiant du geste :

— Vous avez trois jours pour vous rendre au couvent de Notre-
Dame de Délivrance, prononça-t-il.

— Dans trois jours j'y serai Monseigneur, dit le major Rosarges.

Et il sortit à reculons en saluant très bas plusieurs fois.

Moins d'une heure après il galopait sur la route d'Orléans.

Dans la matinée du troisième jour il arrivait à Bourges.

Sans perdre une minute, il allait chez le gouverneur de la ville qui, après avoir lu l'ordre dont Rosarges était porteur, mit à sa disposition un solide carrosse et une escorte de dix cavaliers.

Le major espérant arriver à Bourbon-l'Archambault avant la nuit, ne prit avec lui qu'un bas officier afin de paraître un personnage d'importance, confia au plus ancien des cavaliers le soin de lui amener l'escorte et la lourde voiture, et repartit à toutes brides.

Le mauvais état de la route, la pluie, qui par instant tombait avec force, et l'obscurité de la nuit, lui firent perdre deux bonnes heures.

On se rappelle que c'est en jurant et pestant que Rosarges pénétra dans l'auberge occupée par Mistouflet, Yvonne et Dorfeuil.

Le lendemain, au moment où le premier coup de huit heures sonnait, l'hôtelier heurtait vivement à la porte de sa chambre.

Il se leva, s'habilla, se fit servir une large tranche de viande froide, et, vingt minutes après, suivi du sous-officier qui l'avait accompagné, il se dirigeait au petit trot vers le couvent de Notre-Dame de Recouvrance.

Le gardien-portier le guida jusqu'auprès de la sœur tourière, qui le pria d'attendre quelques instants car Madame la supérieure n'était pas encore levée.

— Cornes du... bœuf! dit Rosarges, qui se trouvant dans une maison de religieuses n'osa pas jurer le nom du diable; je n'ai nullement besoin de votre supérieure.

Elle peut demeurer toute la journée au lit.. Seulement, portez lui ceci.

Et remettant un parchemin à la tourière il ajouta, le ton emphatique :

— C'est une lettre du roi!...

Tenant religieusement entre ses dix doigts, qui tremblaient un peu car ils portaient un pli de Sa Majesté Louis XIV, la nonne se hâta d'aller retrouver dans sa chambre Madame la supérieure laquelle grandement étonnée, se mit sur son séant pour recevoir le parchemin timbré aux armes du roi des Français.

— Sœur Philomène, dit tranquillement la supérieure du couvent après avoir pris connaissance de la lettre du souverain, vous allez monter dans la chambre de votre protégée...

— De la novice Yvonne? fit la sœur tourière.

— Oui, sœur Philomène; vous lui direz qu'elle fasse de suite ses préparatifs de départ.

— Quoi! ma mère, la novice Yvonne, va nous quitter?

— Mon Dieu, oui... Ordre du roi! Hâtez-vous d'obéir.

— J'y vais, ma bonne mère... Vierge Marie, moi qui espérais...

La supérieure interrompit la tourière en la rappelant :

— Sœur Philomène, reprit-elle, vous donnerez, à la novice Yvonne, vêtements, linge blanc et autres objets dont elle pourrait avoir besoin pour un voyage d'une semaine... C'est l'ordre.

— Bien, ma mère! répondit la sœur tourière en s'éloignant.

Cinq minutes après elle frappait à la porte de la petite chambre que pendant plusieurs jours avait occupée Yvonne.

N'obtenant aucune réponse elle heurta plus fort en appelant la jeune femme.

— Sœur Yvonne, dit-elle, ouvrez... c'est moi, sœur Philomène.

Mais la novice persistait à garder le silence.

Alors très inquiète, apeurée même, la bonne tourière redescendit vivement pour chercher une seconde clef de la chambre, disant aux nonnes que le bruit et la curiosité avaient attirées dans le corridor :

— Sœur Yvonne doit être dangereusement malade; voilà un quart d'heure que je frappe à sa porte et que je l'appelle, mais elle ne me répond pas.

Ce fut escortée d'une quinzaine de religieuses que la sœur tourière pénétra un moment après dans la chambre d'Yvonne.

Un cri de stupéfaction échappa à la tourière, de vives exclamations furent poussées par les nonnes en constatant que la petite chambre était vide.

En quelques minutes la moitié du couvent fut sens dessus dessous.

Comme une trombe, la bonne sœur Philomène se précipita dans l'appartement de Madame la supérieure.

Celle-ci tressauta d'effroi :

— Etes-vous folle, ma sœur, de me causer une frayeur pareille! s'écria-t-elle sévèrement. Voyons, que vous arrive-t-il?

Suffoquée par la course et par l'émotion la tourière ne put répondre tout de suite; enfin, après avoir respiré bruyamment elle balbutia :

— Ma mère, excusez-moi... mais si vous saviez...

Et, faisant un effort, elle ajouta tout d'une haleine :

— Bonne mère, la novice Yvonne a disparu!...

La supérieure, oubliant l'air important, majestueux, qu'elle gardait toujours avec ses inférieures, exécuta un bond formidable sur son lit.

— Yvonne a disparu?... C'est impossible! s'écria-t-elle... Et Sa Majesté.

qui me la réclame!... Allons, ma sœur, ajouta-t-elle, courez, mais courez donc!... cherchez-la partout... il faut qu'on la retrouve!...

Ahurie, éperdue, levant les bras vers le ciel, la pauvre tourière s'élança à la recherche de sa protégée.

Mais naturellement Yvonne demeura introuvable.

Pendant ce temps la supérieure s'était habillée. Elle se fit coiffer à la hâte et, émue et inquiète elle aussi, elle alla rejoindre au parloir le major Rosarges.

A peine avait-elle posé sa main fine et blanche sur le bouton de la porte qu'elle tressaillit violemment, frémit de tous ses membres et, pendant quelques secondes, fut obligée de s'appuyer contre la muraille pour ne pas tomber.

Elle venait de distinguer la voix terriblement furieuse de l'envoyé du roi qui, sans songer qu'on pouvait l'entendre, égrenait, arraché par l'impatience, tout son vocabulaire d'ancien soudard :

— Ah! tripes du diable!.. mille millions de tonnerres de Dieu! je crois que l'on se moque de moi!.. jurait-il.

Toute tremblante, la supérieure entra dans le parloir.

Rosarges parut se calmer soudain.

— Veuillez, monsieur l'officier, m'excuser de vous avoir fait attendre, murmura la religieuse en essayant de sourire.

— C'est bon, c'est bon, dit Rosarges. Vous avez prévenu dame Yvonne qu'aujourd'hui même...

Un geste de désespoir de la supérieure l'interrompit.

— Est-ce que dame Yvonne refuserait d'obéir à l'ordre du roi? demanda-t-il avec une certaine inquiétude.

— Dame Yvonne n'aurait pas osé refuser... mais...

— A la bonne heure, ventre de biche! s'écria le major en respirant plus facilement... Je vais chercher un carrosse et je reviens, ajouta-t-il en faisant un pas vers la porte.

— Inutile, monsieur l'officier, dit la supérieure, après avoir rassemblé tout son courage. Dame Yvonne a disparu du couvent...

Les vitres du parloir tremblèrent, et la religieuse pensa mourir de frayeur, tellement fut terrible le juron que laissa échapper Rosarges.

Il fit quelques pas en réfléchissant, puis vint se planter devant la supérieure qui, défaillante, avait dû s'asseoir sur un siège :

— Ah ça! madame, n'est-ce point une plaisanterie que vous me contez là? demanda-t-il.

Au même instant on frappa à la porte du parloir et le jardinier du couvent entra.

Il tenait dans ses mains la corde dont s'était servi Mistouflet pour délivrer Yvonne.

— Madame la supérieure, dit-il, voici ce que j'ai trouvé accroché au mur du parc... Elle pendait à l'extérieur.

— Une corde?.. ô mon Dieu! murmura la religieuse anéantie.

— Mille cornes de cinq cents diables! jura Rosarges. Moi je devine ce qui s'est passé!..

Et, bousculant le jardinier, il s'élança hors du parloir, bondit jusqu'à son cheval et sauta en selle, criant à son compagnon qui, un instant, crut que le major était devenu fou :

— Au galop! tonnerre!.. au galop!.. Nous arriverons peut-être encore à temps!

Pour aller du couvent à l'auberge il mit à peine un quart d'heure.

Comme il en approchait, il vit s'arrêter devant la porte le carrosse et les cavaliers qu'il avait laissés à Bourges.

— Holà! l'hôtelier; accourez à l'instant! cria le major en sautant de son cheval sur le seuil de la porte.

— Qu'y a-t-il, Monseigneur? fit l'aubergiste peu rassuré.

— Messire Mistouflet, c'est-à-dire le cavalier avec lequel j'ai eu une discussion hier, n'est plus ici certainement?

— Non, Monseigneur. Il est parti avec ses deux compagnons, hier à dix heures du soir.

— Ventrebleu! cria Rosarges. Partis depuis douze heures!.. Voyons, l'hôtelier, avez-vous remarqué si l'un des compagnons de messire Mistouflet ne ressemblait pas un peu à une femme?

— A une femme, Monseigneur?

— Mais oui, cornes du diable! Messire Mistouflet a enlevé une jeune femme du couvent!.. Comprenez-vous?

L'hôtelier ouvrit d'abord de grands yeux et, pendant une dizaine de secondes, demeura bouche béante, puis, tout à coup, une pensée traversa son cerveau; alors, se frappant le front :

— Monsieur l'officier, dit-il au major; depuis huit jours messire Mistouflet logeait ici avec un seul camarade. Tous les soirs ils sortaient à sept heures et ne rentraient que tard dans la nuit. Or, hier, ils sont revenus dès deux heures et demie ramenant avec eux un troisième compagnon qui était de petite taille.

— Mordieu! c'était donc Yvonne... je l'avais deviné... Par le nom de Satan! jura Rosarges, il faut que je la retrouve...

— Monseigneur, hasarda l'hôtelier, messire Mistouflet m'a bien dit où ils se rendaient, mais j'ai peur qu'il ne m'ait trompé.

— Voyons, où allaient-ils?

— A Clermont-Ferrand, Monseigneur.

— Ventredieu! nous allons de suite nous en assurer!

Et, s'adressant aux cavaliers qui avaient envahi la salle basse :

— A cheval, tout le monde! ordonna-t-il.

Un quart d'heure plus tard, les cavaliers divisés par groupes de trois, s'élançaient sur les chemins de Clermont-Ferrand, de Moulins et d'Orléans, s'arrêtant à la porte de toutes les maisonnettes pour demander des renseignements. Un habitant de Bourbon-l'Archambault dont la demeure était tout à l'entrée du village, se rappela qu'au moment où il verrouillait les volets de sa fenêtre, il avait entendu le galop de plusieurs chevaux ainsi que les jappements joyeux d'un chien.

Ce renseignement fut aussitôt rapporté à Rosarges qui, lorsque ses dix cavaliers l'eurent rallié, les entraîna, suivis du carrosse, sur la route d'Orléans

A quatre heures, n'ayant plus avec lui que neuf hommes, car l'un d'eux très mal monté était resté en arrière avec la lourde voiture, il entrait dans le bourg de Sancoins.

Depuis midi, Yvonne, Mistouflet et Dorfeuil étaient partis de cette petite localité.

Pendant cinq longues minutes. Rosarges jura, blasphéma, tempêta.

Il aurait bien voulu continuer sur-le-champ sa poursuite, mais se souvenant de ce qui lui était arrivé sur la route de Cette à Quissac avec ses dragons, il se résigna à accorder aux chevaux plutôt qu'aux cavaliers trois heures et demie de repos.

Le carrosse destiné à Yvonne, et le cavalier resté en chemin, rejoignirent la petite troupe comme Rosarges commandait à celle-ci de prendre la direction d'Orléans.

En traversant le village de la Guerche, le major apprit par deux colporteurs que ceux qu'il poursuivait galopaient sur la route de Paris.

— Tripes du diable! s'écria-t-il. Si je ne les arrête pas avant qu'ils aient atteint la capitale, je suis un homme perdu. Dans sa colère le marquis de Barbézieux est capable de m'envoyer à la Bastille.

Exactement soixante-dix heures après son évasion du couvent de

En effet, à quelques pas du coude de la rue, une maison haute de deux étages était en feu.

N.-D.-de-Recouvrance, Yvonne et ses deux compagnons traversaient le Loing sur un pont de pierre et entraient dans le tout petit village de Moret pour y passer la nuit.

Tout en soupant avec son appétit habituel, Mistouflet disait à la femme de Mgr Louis :

— Nous approchons madame Yvonne. Encore une quinzaine de lieues et nous serons au bourg Saint-Germain.

— Ah! qu'il me tarde d'y arriver, mon bon Mistouflet, fit doucement Yvonne.

— Demain, doux Jésus! entre onze heures et midi nous y serons; je vous le promets... Seulement nous devrons nous remettre en route avant le jour, ajouta l'élève de Faribole.

Le souper vivement achevé tous les trois gagnèrent les chambres qu'on leur avait préparées.

A trois heures du matin ils quittaient l'auberge et à la blanche clarté des étoiles se dirigeaient au trot vers Paris.

Rosarges et six cavaliers dont les montures étaient à demi fourbues, entraient dans Moret par le côté sud au moment où Yvonne et ses dévoués compagnons en sortaient par le côté opposé.

Vers sept heures du matin ces derniers traversaient le bourg de Cesson dont toutes les maisonnettes bordaient alors les deux côtés de la route.

Soudain Mistouflet eut un léger tressaillement, il tendit l'oreille, puis il dit de sa voix fluette :

— Halte! mon doux Jésus!... Ecoutons!

Ils s'arrêtèrent. Au bout d'une minute l'hercule demanda :

— Eh bien! n'entendez-vous rien?

— Si, mon ami, répondit Yvonne; j'entends un bruit sourd, qui semble se rapprocher.

— On dirait une charge de cavalerie, murmura Dorfeuil.

— Madame Yvonne, on nous poursuit; Rosarges a réussi à retrouver nos traces, dit Mistouflet.

— Tenez! ajouta-t-il en étendant la main dans la direction du village, le voici qui accourt à la tête de plusieurs cavaliers... En avant!... Nous avons sur eux un quart de lieue d'avance ; nous avons eu soin de ménager nos bêtes, aussi ils ne nous atteindront pas.

Trois quarts d'heure après ils arrivaient à Brunoy. Il furent obligés de ralentir l'allure de leurs chevaux, car la rue qu'ils suivaient était envahie par une centaine de personnes de tous les âges et de les sexes courant vers le centre du village.

Au petit trot il tournèrent un coude de la rue. Alors une même exclamation échappa brusquement à tous les trois.

— Malheur de malheur! murmura Mistouflet en arrêtant sa monture.

Puis soudain, après un rapide coup d'œil jeté sur les côtés de la rue, il dit vivement :

— Pas une seule issue devant nous!... Volte-face, doux Jésus! Tandis qu'il en est encore temps encore.

Et joignant l'action au commandement il fit exécuter un demi-tour à son cheval pour revenir sur ses pas, car la rue assez étroite à cet endroit là, se trouvait entièrement barrée par une pompe à incendie que manœuvraient dix forts gaillards, et par une double rangée de gens formant « la chaîne. »

En effet, à quelques pas du coude de la rue, une maison haute de deux étages était en feu. Du premier coup d'œil Mistouflet avait vu qu'il serait impossible de se frayer un passage parmi les sauveteurs; aussitôt il avait commandé demi-tour afin de venir prendre une ruelle adjacente qu'il avait remarquée.

Yvonne et Dorfeuil allaient imiter le mouvement de leur grand compagnon, lorsqu'une formidable clameur se fit entendre.

— Des échelles !... apportez des échelles !... criaient des voix d'hommes.

— Sauvez-les! sauvez-les! suppliaient des femmes qui, éperdues et tremblantes d'effroi, désignaient une bonne vieille et une fillette d'une dizaine d'années penchées sur l'appui d'une fenêtre du second étage.

— Au secours!... au secours! disaient la grand'mère et sa petite-fille en tendant les bras vers la foule terrifiée.

Il était impossible d'arriver jusqu'aux malheureuses : le rez-de-chaussée de la maison n'était qu'une fournaise, l'escalier de bois n'existait plus; déjà de larges langues de flammes s'échappaient par les deux croisées du premier étage.

La vieille femme et la fillette devaient périr brûlées ou asphyxiées avant que les sauveteurs aient eu le temps de lier ensemble plusieurs échelles pour monter les arracher à la mort.

Plus rapide que l'éclair cette réflexion se fit dans l'esprit de la généreuse Yvonne; d'un mot elle arrêta Mistouflet, et lui montrant de la main les malheuses qui folles de terreur appelaient au secours de toutes leurs forces :

— Mon ami, lui dit-elle, il faut les sauver...

Et, voyant le geste de son compagnon, elle ajouta vivement :

— Par le même moyen que tu as tiré Jeanne de Vrignès du donjon de Chomérac.

— Je vous obéis, doux Jésus! murmura Mistouflet. Mais pendant ce temps, les autres... Enfin! à la grâce de Dieu!

En disant ces mots, il mit pied à terre, confia sa monture au jeune camisard qui resta à cheval à côté d'Yvonne, et s'enfonça dans les rangs des curieux et des sauveteurs en criant :

— Place! place, mes amis!...

Hommes et femmes s'écartèrent vivement devant l'hercu'e Ils devinaient que cet étranger allait employer quelque moyen extraordinaire pour sauver celles que menaçaient les flammes.

Devant la maison en feu, Mistouflet s'arrêta; il plia en deux son épais manteau, le posa sur ses bras allongés devant lui, et levant la tête il cria à la vieille femme :

— Allons, vite, doux Jésus; envoyez-moi l'enfant... elle n'a rien à craindre.... Hàtez-vous!

Mais la grand'mère sembla hésiter.

— Dame Louit! dit soudain un vieillard placé près de Mistouflet, jetez-nous votre petite-fille. Dans une minute vous ne le pourrez plus!

On entendit dame Louit recommander à la fillette de fermer les yeux; puis on vit un jeune corps tourbillonner dans le vide et tomber dans les bras du colosse qui le reçut avec beaucoup d'adresse.

— Maintenant à vous, ma bonne femme! cria l'élève de Faribole. Seulement dépêchez-vous, doux Jésus!

Il y eut quelques secondes d'effrayant silence.

Sauveteurs et curieux, personne n'osait plus ni bouger, ni même respirer. Tous les yeux s'étaient fixés sur la vieille femme qui venait de grimper sur le bord de la fenêtre.

Tout à coup, des cris de joie se firent entendre, et de bruyants applaudissements éclatèrent de toutes parts.

Le vaillant Mistouflet déposait debout, près de la fillette, dame Louit encore toute tremblante d'émotion. La grand'mère et sa petite fille étaient sauvées...

Tandis qu'on se remettait à manœuvrer la pompe à incendie et que les sceaux et les arrosoirs recommençaient à circuler, passant de mains en mains, le vieillard, qui semblait jouir d'un certain ascendant sur les habitants du village, accompagna Mistouflet jusqu'à sa monture.

— Messire, disait-il à l'hercule, au nom des pauvres gens que vous venez de sauver de la mort, je vous remercie...

Mistouflet l'imterrompit soudain et lui dit :

— Voulez-vous nous rendre un immense service?... Obtenez que la foule qui emplit cette rue nous fasse un étroit passage.

— Je vais essayer, répliqua le vieillard.

Juste à ce moment un terrible juron éclata à une quinzaine de pas derrière eux.

C'était le major Rosarges qui, en tournant l'angle de la rue se voyait obligé d'arrêter son cheval.

— Cornes du diable!... Halte! commanda-t-il. Le passage est barré.

Mais presque aussitôt il laissa échapper une exclamation de joie. Devant lui se trouvaient ceux qu'il poursuivait.

Mistouflet posa sa large main sur l'épaule du vieil habitant de Brunoy; puis, lui montrant les cavaliers qui s'arrêtaient derrière leur chef :

— Il est trop tard, doux Seigneur!... Cependant, ajouta-t-il, vous pourrez encore nous être utile...

Et rapidement il lui dit à voix basse quelques mots.

— Messire, ils exécuteront tout ce qu'il vous plaira de leur commander!...

— Bien!... Dès que l'incendie sera éteint, ajouta encore Mistouflet.

Et d'un bond, il sauta en selle.

A ce moment, le major tenant à la main un papier déplié, s'avançait seul vers Yvonne.

— Halte-la! lui cria soudain Mistouflet. Un pas de plus, ami Rosarges, et je te brûle la cervelle.

En parlant, il leva sa main droite armée d'un pistolet et visa le major. Dorfeuil fit de même; immobile devant celui-ci, le brave Médus se mit à grogner sourdement en montrant ses crocs et, n'attendant que l'ordre de son maître pour s'élancer sur Rosarges.

Ce dernier retint d'abord son cheval, puis, soulevant son feutre, il salua la jeune femme qui le regardait plus étonnée qu'inquiète :

— Dame Yvonne, dit-il d'un ton légèrement emphatique, j'ai l'honneur d'être votre respectueux serviteur... Loin de vous vouloir du mal, j'ai été chargé de veiller sur votre personne et de vous protéger jusqu'au village habité par votre... époux, près duquel j'ai l'ordre de vous conduire...

— Ah! ça, que dit-il donc, doux Jésus! murmura Mistouflet ahuri et n'en pouvant croire ses oreilles.

L'étonnement d'Yvonne s'était changé en stupéfaction. Rosarges s'en aperçut aisément; alors, tendant son papier à la jeune femme :

— Vous ne me croyez pas? fit-il. Eh bien, veuillez lire cet écrit; il contient les instructions de Monsieur le marquis de Barbézieux.

Mistouflet poussa sa monture vers celle du major, prit le papier et le remit à la femme de Monseigneur Louis.

Au bout d'un instant, tout en lisant, Yvonne dit à son compagnon :

— Si invraisemblable que cela paraisse, la chose est réelle, mon ami.

Le major Rosarges doit me conduire dans les Cévennes avec les plus grands égards...

Les cavaliers que nous voyons ici ne sont pas pour m'arrêter mais bien pour me défendre et me protéger.

— Euh! euh! fit Mistouflet en hochant la tête d'un air de doute; attendez, madame Yvonne, nous allons bien voir.

Il replaça son pistolet à sa ceinture et, s'adressant au major :

— Nous voulons bien croire, messire Rosarges, que vous êtes animé à notre égard de la plus grande bienveillance... mais il faut nous le prouver...

— Mille diables! interrompit l'ancien soudard, comment voulez-vous que je vous prouve cela?

— Ah! doux Jésus! le plus facilement du monde, riposta Mistouflet. Madame Yvonne a une toute petite course à faire au bourg Saint-Germain, près de la porte de Buci. Vous allez nous accompagner, et vos hommes vous suivront à cinquante pas... Ça vous va-t-il?

— C'est impossible, messire Mistouflet; j'ai reçu l'ordre de conduire dame Yvonne vers les Cévennes, et je l'y conduirai !

— Même si je refuse de vous suivre? demanda Yvonne d'une voix moqueuse.

— Vous ne pouvez pas refuser, dit vivement le major. J'ai là six cavaliers, et j'en attends d'autres qui escortent un carrosse.

— Doux Seigneur! murmura l'hercule, si vous croyez qu'ils nous font peur... Nous nous défendrons, mon vieil ami.

— Et puis, messire Rosarges, appuya Yvonne, si par hasard je suis, je ne dirai pas tuée, mais seulement blessée dans le combat, que répondrez-vous à monsieur de Barbézieux quand il vous demandera si vous avez eu grand soin de moi?

— Ventredieu! c'est vrai! fit l'aventurier rendu perplexe par cette pensée que si, en se défendant, Yvonne était tuée, il lui serait impossible de remplir sa mission.

Alors, il demanda brusquement à la jeune femme :

— Combien de temps croyez-vous rester au bourg Saint-Germain ?

— Une demi-heure peut-être, répondit Yvonne.

— Et nous reprendrons la route du Midi, fit Mistouflet... Maintenant, pour aller à Saint-Germain, nous voyagerons en voiture ; de cette manière on ne pourra reconnaître ni madame Yvonne, ni vous, mon vieux Rosarges. Hein ! dites que je ne suis pas gentil !

— Eh bien, mordieu ! j'accepte la proposition. Mais où diable trouverons-nous un carrosse ? dit le major.

— Ce soin me regarde, répliqua Mistouflet. Allez avertir vos cavaliers.

Après avoir adressé quelques mots à Yvonne, il mit de nouveau pied à terre et rejoignit le vieil habitant de Brunoy, avec lequel il causa à voix basse pendant plusieurs minutes.

— Alors, doux Jésus ! je puis compter sur vos jeunes gens ? dit tout bas l'élève de Faribole en serrant la main du vieillard.

— Oui, messire. L'incendie est presque éteint ; vous pouvez aller m'attendre à l'auberge du Cor-d'argent ; dans une demi-heure je vous enverrai un carrosse et quinze gaillards qui, je vous l'assure, n'auront pas froid aux yeux.

— Merci encore, doux Jésus !... Tout se passera bien, je l'espère.

Un quart d'heure plus tard, Yvonne, Mistouflet et Dorfeuil étaient tous trois assis dans une petite salle réservée de l'auberge du Cor-d'argent.

Là, à mi-voix, afin de n'être pas entendu par des oreilles indiscrètes, le compagnon du pauvre Faribole expliqua le projet audacieux qu'il venait de former.

Il était d'avance sûr du succès grâce au concours que les jeunes gens du pays devaient lui prêter.

Une demi-heure s'écoula. Tout à coup, le bruit d'une lourde voiture roulant sur les pavés, se fit entendre.

Un carrosse ayant ses rideaux de cuir à moitié baissés, s'arrêta devant la porte cochère de l'auberge.

— Ayez de l'audace, madame Yvonne, dit Mistouflet en se levant, et la chose s'exécutera sans effusion de sang.

Yvonne se leva à son tour et, glissant dans sa poche le poignard à lame courte mais effilée que Dorfeuil lui remit :

— Tu seras content de moi, mon bon ami, dit-elle en souriant.

Tous trois passèrent dans la salle commune. Le cocher du carrosse s'approcha de Mistouflet et lui donna un petit paquet enveloppé de papier grossier.

— Messire, lui dit-il, vous trouverez là-dedans ce que vous avez demandé à mon maître.

— Tu sais où nous allons ?

— Oui messire. Au bourg Saint-Germain, près de Vaugirard, n'est-ce pas ? dit le cocher.

— C'est bien ça, doux Jésus !... Maintenant, sortons ! Je vais inviter Rosarges à monter en voiture.

Depuis un moment l'ancien geôlier de Mgr Louis attendait avec ses cavaliers à quelques pas de l'auberge du Cor-d'Argent. En voyant sortir Mistouflet suivi d'Yvonne et de Dorfeuil, il donna l'ordre à ses hommes de se mettre en selle, et marcha vivement vers le carrosse.

Une vingtaine de jeunes gens du village, formant deux groupes et s'entretenant à mi-voix, occupaient les bas côtés de la rue à droite et à gauche de la voiture. Rosarges, loin de se demander si c'était la curiosité, ou bien une tout autre cause, qui les avait réunis là, les remarqua à peine.

Mistouflet, au contraire, les observa et les compta d'un rapide regard, puis se dit en lui-même :

— Tous de forts gaillards... c'est parfait, doux Jésus !

Il ouvrit ensuite la portière du carosse et invita le major à y prendre place. Celui-ci refusa.

— Je n'en ferai rien ! répondit-il en s'inclinant devant Yvonne. Honneur au sexe charmant !... ajouta-t-il avec un sourire et un grand geste qui avaient la prétention d'être galants.

Yvonne monta en carrosse, Rosarges suivit et s'assit en face d'elle ; Mistouflet y entra à son tour et se plaça à la gauche de son ancien ancien compagnon d'aventures.

Il referma avec soin la portière ; et comme l'intérieur de la voiture se trouvait soudain plongé dans une demi-obscurité :

— Mon cher Rosarges, dit-il, veuillez donc relever le rideau de votre côté... On se croirait dans une prison !

— Vous avez ma foi raison, répliqua le soudard

Et tournant le dos à Mistouflet qui le guettait, il s'empressa de remonter le rideau de cuir ; et quand il l'eut fixé :

— Voilà qui est fait, dit-il ; au moins on...

Il ne put achever sa phrase.

Avec une adresse et une rapidité surprenantes, Mistouflet lui avait posé sur la bouche un bâillon préparé d'avance. En même temps,

Diable! Diable! murmura-t-il pensif, voilà une vilaine invention qui n'est pas faite
pour faciliter mon évasion.

Yvonne lui avait appuyé la pointe de son poignard si vivement sur la
gorge qu'une gouttelette de sang perla sous l'acier.

— Un mot, un geste et tu es mort! dit Mistouflet en serrant le bâillon.
Ne compte pas sur tes cavaliers pour te porter secours... ils ne le
pourraient pas. Tous ces braves gens qui entourent notre carrosse, et qui
sous leurs habits dissimulent des armes, n'ont été postés ici que pour
nous prêter main-forte.

Et souriant il ajouta : ·

— Eh bien, mon vieux Rosarges, que dis-tu de ce bon tour !

Et comme le major, revenu de sa surprise, faisait le geste de vouloir repousser le poignard dont la pointe touchait toujours sa gorge, l'hercule lui saisit rapidement les deux poignets et les ramena derrière le dos en disant :

— Imprudent !... Voyons, sois raisonnable, doux Jésus ! Nous ne te voulons aucun mal ; mais n'ayant qu'une médiocre confiance en toi... et tu sais bien pourquoi, nous jugeons utile de prendre quelques petites précautions afin de pouvoir terminer tranquillement notre voyage.

Tout en parlant, il avait d'une main passé autour des poignets de son prisonnier une ficelle grosse et solide.

— Madame Yvonne, dit-il à la jeune femme, veuillez donc faire ici un double nœud... et ne craignez pas de serrer fort.

Yvonne posa son arme sur la banquette et fit ce que lui commandait le brave Mistouflet.

Comprenant que toute résistance serait inutile, Rosarges se résigna et se laissa lier les bras docilement. Mais les regards furibonds qu'il lançait à son ancien compagnon indiquaient clairement qu'il comptait bien se venger un jour.

Mistouflet approcha sa tête de colosse de l'ouverture de la portière et s'adressant aux jeunes gens qui le regardait :

— Merci, mes amis... au revoir, au revoir, dit-il.

Ensuite il cria au cocher :

— Maintenant en route ! Et ne nous arrêtons plus, doux seigneur !

Le carrosse s'ébranla dans la direction de Paris ; se conformant à l'ordre reçu les six cavaliers le suivirent en se tenant à une distance de cinquante pas.

Immédiatement derrière la lourde voiture trottait le jeune Dorfeuil aux côtés duquel gambadait le brave chien Médus.

— J'aurais pu, ami Rosarges, te ficeler comme un saucisson, dit au bout d'un moment Mistouflet en montrant le paquet que lui avait remis le cocher et dans lequel se trouvait encore une corde ; mais je crois que c'est inutile... Écoute, doux Jésus ! si tu continues à être sage, je promets de t'enlever ce mouchoir qui doit gêner ta respiration.

A dix heures du matin le carrosse franchissait la Seine ; midi sonnait comme il traversait Bicêtre et par le même chemin de traverse prenait la direction de la barrière Saint-Jacques.

— Sommes-nous encore loin de Saint-Germain ? demanda à Mistouflet la douce Yvonne dont le cœur battait de plus en plus fort à mesure qu'elle se rapprochait du bourg où elle espérait retrouver son enfant.

— Dans une petite demi-heure nous y serons, madame Yvonne, répondit l'ami de Faribole.

Puis s'adressant au major Rosarges auquel il avait depuis longtemps enlevé son bâillon :

— Tu sais, mon vieux camarade, qu'on peut avoir confiance en ma parole; eh bien, je te promets qu'aussitôt madame Yvonne installée dans cette voiture avec son fils, nous reprendrons tous ensemble la route la plus directe pour retourner au pied des Cévennes... Là, es-tu content? mon doux Jésus !

Rosarges fit entendre un grognement que Mistouflet prit pour une réponse affirmative.

Moins d'un quart d'heure après, ils atteignaient le bourg Saint-Germain.

Subitement, le lourd carrosse s'arrêta.

— Quel numéro m'avez-vous dit, Messire? demanda la voix du cocher.

— Numéro trois! cria Mistouflet.

La voiture roula quinze pas à peine et s'arrêta de nouveau. En même temps, le cocher annonçait :

— Messire, nous sommes arrivés!

Mistouflet ouvrit la portière, descendit vivement et tendit la main à Yvonne pour lui aider à mettre pied à terre. Rosarges demeura immobile au fond du véhicule.

Toute pâle d'émotion, le cœur battant à rompre sa poitrine, la jeune mère attacha ses regards sur la coquette demeure de Jean-Marie.

— Jésus-Seigneur! murmura tout bas Mistouflet, la maisonnette est petite mais gentille... Ce n'est pas Gniafon qui l'a dénichée...

Et en lui-même il ajouta avec une vague inquiétude :

— Le maudit nain nous aurait-il donné une fausse adresse!

— Viens, mon ami? lui dit tout à coup Yvonne.

Mistouflet frappa trois ou quatre coups contre la porte de la maisonnette. Presque aussitôt, elle s'ouvrit, et sur le seuil apparut la jolie Germaine.

— Que désirez-vous, Messeigneurs? demanda-t-elle en souriant.

— Nous venons vous demander quelques renseignements, dit Yvonne d'une voix très douce et légèrement tremblante.

Un peu étonnée, Germaine se recula en disant :

— Veuillez entrer, Messeigneurs !

Au moment où Yvonne posait le pied sur le seuil de l'habitation, Médus passait devant elle comme une flèche, bondissant jusqu'au fond de la pièce et là, devant une porte fermée, se mettait à aboyer joyeusement.

— Il est là!... mon fils est là!... s'écria Yvonne.

Et, toute défaillante, elle entra dans la maisonnette, suivie de Mistouflet.

Celui-ci repoussa la porte sans s'être aperçu qu'un carrosse aux portières armoriées venait de s'arrêter derrière la voiture qui les avait amenés du village de Brunoy.

Un gentilhomme descendit de ce beau carrosse, marcha droit vers celui dans lequel le major Rosarges se prélassait, quoiqu'il n'eut pas précisément lieu d'être satisfait, approcha son visage de l'ouverture de la portière, et, avec un sourire railleur :

— Tous mes compliments, messire Rosarges, dit-il; vous vous acquittez admirablement des missions que l'on vous confie !

Le major eut d'abord un soubresaut formidable :

— Mon... monseigneur... de... de Barbézieux! bégaya-t-il.

Puis, anéanti, il s'écroula sur les coussins de la lourde voiture.

D'un ton devenu hautain et sévère, le marquis de Barbézieux dit au soudard qui aurait voulu se trouver à mille lieues sous terre :

— Je viens de voir entrer dans cette maison un cavalier qui ressemble fort à messire Mistouflet... Me suis-je trompé?

— Non, Monseigneur... c'est bien lui!

— Et son petit compagnon? N'est-ce point dame Yvonne travestie ! reprit de Barbézieux.

— Si, Monseigneur ! répondit le major d'une voix mourante.

— Qui donc vous a donné l'ordre de la conduire de Bourbon-l'Archambault à Saint Germain?

— Hélas ! Monseigneur, répliqua piteusement Rosarges, dame Yvonne est venue ici malgré moi, je vous l'assure bien.

— Pourtant j'aperçois votre escorte ou plutôt une partie de votre escorte.

— Ah! Monseigneur... je me suis laissé jouer par ce bandit qu'on nomme Mistouflet...

Et le pauvre Rosarges montra au jeune ministre ses deux poignets dont l'hercule avait un peu desserré les liens, mais s'était bien gardé de détacher complètement.

Malgré lui, Barbézieux se mit à rire, car il devinait quelque chose de drôle dans la mésaventure du major, prisonnier de celle dont il aurait dû être le surveillant.

— Messire Rosarges, reprit le ministre, il est inutile de vous dire que votre mission est terminée, et que je vais donner à un autre le commandement de l'escorte qui accompagnera dame Yvonne. Mais, désirant vous demander quelques explications, vous allez quitter immédiatement ce carrosse et passer dans le mien.

— Bien, Monseigneur! murmura Rosarges.

Et, cachant de son mieux ses mains ligotées, il sortit de la voiture, cent fois plus honteux qu'un renard qu'une poule aurait pris.

Le marquis de Barbézieux s'était dirigé vers la maisonnette de Jean-Marie. Comme il ouvrait la porte, Yvonne disait à Germaine :

— Mon enfant est ici!... Ah! je vous en supplie, laissez-moi voir... laissez-moi embrasser mon fils!...

. . . .

CHAPITRE XLI

OU LE PAUVRE FARIBOLE S'ADRESSE A LUI-MÊME DE FURIEUX REPROCHES

Tandis que Mistouflet et le jeune Dorœuil, désolés de l'arrestation de leur vaillant compagnon, chevauchaient silencieusement sur la route de Clermont-Ferrand, se rendant au couvent de Notre-Dame-de-Recouvrance, le pauvre Faribole, le front entouré d'une large bandelette, était amené à Nîmes et immédiatement incarcéré dans un cachot de la prison Saint-Charles.

L'ancien maître d'armes, assis sur un méchant escabeau, était en proie à une fureur épouvantable.

Ce n'était point après l'hôtelier de Nozières, ni après les soldats qui l'avaient arrêté et conduit à Nîmes, ni après le geôlier qui le tenait enfermé, que le pauvre Faribole en avait. L'objet de sa colère, celui à qui il adressait de cruels reproches, c'était lui-même!

— Ah! mille dious de mille dious! disait-il en se frappant la poitrine;

misérable Faribole, vous n'êtes qu'un maladroit, un être inutile!... Eh!
oui, bagasse! vous êtes indigne de la confiance de Monseigneur Louis!...

Après une légère pause, il reprit avec rage :

— Quoi! capé de dious! je tenais sous ma main le maudit Gniafon
étroitement ligotté; je pouvais, d'un seul coup, débarrasser la terre d'un
misérable... et je l'ai manqué!... Jamais, bagasse! non jamais! je ne me
pardonnerai cette coupable maladresse!...

Il se dit encore que si maintenant il était en prison, il n'avait que ce
qu'il méritait pour avoir laissé échapper le bourreau de Monseigneur
Louis, le mortel ennemi d'Yvonne.

Faribole, qui croyait bien avoir tué Gniafon d'un coup de poignard,
avait éprouvé, le matin même en quittant l'auberge de Nozières, entre
vingt soldats armés jusqu'aux dents, car on craignait une tentative ayant
pour but de délivrer le prisonnier... Faribole avait, disons-nous, éprouvé
une terrible désillusion suivie d'une minute de rage insensée, à la vue
de l'affreux nain que deux valets portaient doucement dans un carrosse.

— Maudit Faribole! lui avait crié le misérable bossu, je vais me
rendre au bourg Saint-Germain, et lorsque j'aurai transporté autre part
l'enfant que tu connais, je reviendrai te trouver... et je te promets
quelques surprises; avant de t'envoyer au gibet, je veux faire envelopper
tes bras et tes jambes dans du coton imbibé d'huile, j'y mettrai moi-même
le feu et je verrai les flammes dévorer tes chairs jusqu'aux os...

A cette effrayante menace, l'ancien maître d'armes ne répondit qu'en
haussant fortement les épaules. Trois heures plus tard, il était enfermé
dans la principale prison de Nîmes.

Vers le milieu de la soirée, le directeur de la prison entra dans sa
cellule, suivi d'un porte-clef et de deux gardiens. Il demanda au
prisonnier :

— C'est bien vous qui vous nommez Faribole?

— C'est moi... Vous ne le saviez pas, bagasse?

— Taisez-vous! fit brusquement le directeur qui déploya un long
parchemin, puis ajouta :

— Ecoutez : vous êtes accusé d'avoir eu l'audace de conspirer contre
le gouvernement de Sa Majesté Louis le Grand, roi de France... Ce
crime est toujours puni de mort...

Le directeur de la prison laissa tomber un regard sur Faribole qui
resta assis et impassible, ensuite il continua :

— Vous êtes encore accusé d'avoir porté les armes contre les soldats de Sa Majesté et d'avoir, hier, dans une auberge, assassiné deux hommes... le crime est également puni de mort...

Un violent geste de dénégation échappa au prisonnier accusé d'assassinat, mais il se contint et ne répliqua pas un mot.

— Enfin, poursuivit le directeur, il est démontré que vous êtes un fanatique réformé, un hérétique militant. Or tous les suppôts de Satan sont voués à la roue ou au bûcher.

— Voyons, bagasse! est-ce tout? demanda l'ancien maître d'armes impatienté.

— Vous êtes un bien grand criminel, messire Faribole, reprit le directeur de la prison. Cependant, si vous vouliez revenir à de bons sentiments, vous convertir à la religion catholique, je suis certain que Monseigneur Fléchier, notre éminent évêque, ne refuserait pas d'adoucir votre malheureux sort.

— Hé! bagasse! nous verrons plus tard! s'écria Faribole.

— C'est bien... En attendant que la grâce vous ait touché, vous allez être conduit dans une autre partie de la prison.

Le directeur fit un signe aux gardiens qui prirent le prisonnier par les bras et l'entraînèrent dans un cachot humide situé au rez-de-chaussée des sombres et immenses bâtiments.

Au fond du cachot, qui ne mesurait guère plus de trois ou quatre pas dans tous les sens, se trouvait une couche de paille; entre la noire muraille et cette litière on voyait une énorme pièce de bois à peine équarrie au milieu de laquelle était scellée une lourde chaîne.

Enfin, à l'extrémité de cette chaîne était fixé un cercle de fer, sorte de carcan plus large que la main, dans lequel on enserrait la cheville de la jambe droite des malheureux prisonniers.

En un clin d'œil le pied droit de Faribole fut entravé. Malgré lui il fit une grimace arrachée par la douleur quand le porte-clefs ferma le cercle de fer au moyen d'un solide cadenas.

Un moment après le directeur de la prison sortait du cachot avec le geôlier et les deux gardiens.

Resté seul, l'ancien maître d'armes s'assit sur son lit de paille, et là, les coudes appuyés sur ses genoux, le menton dans ses mains, il demeura assez longtemps plongé dans une triste et sombre méditation.

— Hélas! pensait-il, ma situation me paraît s'aggraver bien rapidement... Et cependant le lieutenant de Chadefaux a intercédé pour moi... Il l'avait promis, donc il l'a fait!... Alors, bagasse! je me demande quel traitement on m'octroyerait si l'on avait pas parlé en ma faveur.

Petit à petit sa rêverie suivit un autre cours.

Et lorsque le léger abattement, nous ne disons pas découragement car un semblable sentiment ne pouvait pénétrer dans une âme aussi fortement trempée que celle du vaillant Faribole, donc, lorsque le léger abattement qui avait succédé à sa profonde déconvenue se fut dissipé, il n'eut plus qu'une seule pensée : celle de s'évader de sa prison.

— Oui, mordious! je m'échapperai de ce cachot!... Je n'attendrai pas pour cela le retour du maudit Gniafon!

En prononçant le nom de son perfide ennemi, il se leva soudain oubliant qu'il avait la jambe droite entravée. Mais la douleur qui résultat de son brusque mouvement, vint aussitôt le lui rappeler.

— Aïe! bagasse de bagasse! s'écria-t-il; cet animal de porte-clefs a vraiment serré trop fort.

Il reprit la position qu'il avait quittée, allongea sa jambe et contemplant, non sans tristesse, l'anneau de fer et la lourde chaîne qui l'empêchaient de s'éloigner de sa couche de paille.

— Diable! diable! murmura-t-il pensif; voilà une vilaine invention qui n'est pas faite pour faciliter mon évasion.

— Et non, mordious! ajouta-t-il. Comment briser ou ouvrir ce cercle de fer?... Le geôlier ne voudra jamais me confier la clef du cadenas!... Ah! bagasse, si j'avais seulement eu la précaution de glisser une lime dans la poche de ma robe...

Voilà encore un vêtement qui va me gêner pour m'en aller d'ici... Ç'a été une idée de Mistouflet... Mais je jure bien que désormais je ne me séparerai plus de ma bonne épée!

Ainsi qu'on le voit par ces réflexions, le brave maître d'armes ne doutait nullement d'arriver un jour où l'autre à s'échapper de sa prison.

Pendant une partie de la nuit et toute la matinée du lendemain, il se creusa la cervelle pour trouver d'abord le moyen de se débarrasser de sa lourde et pesante chaîne.

A onze heures et demie, le porte-clefs lui apporta son maigre repas consistant en un morceau de pain, une écuelle de petites fèves et de l'eau pure; c'était l'ordinaire de la prison.

A la vue de son déjeuner, le pauvre Faribole esquissa une grimace; mais bientôt il sourit au geôlier et son visage s'illumina d'un rayon de joie qu'il s'empressa de dissimuler.

Puis, ayant quitté sa robe de paysanne, il revêtit en un clin d'œil les effets du gardien.

L'espoir venait d'envahir entièrement son cœur ; le moyen qu'il cherchait vainement depuis la veille était trouvé ; et il devait réussir... il le croyait !

La porte de son cachot s'était à peine refermée derrière le porte-clefs qu'il répétait tout joyeux :

— Ah ! troun de l'air ! je suis bien près d'être délivré !.., Je reverrai bientôt dame Yvonne et mes vieux amis.

Et ce dernier mot lui rappelant son fidèle compagnon, il ajouta avec un légitime orgueil, en se touchant le front du bout de l'index :

— Non bagasse ! ce n'est pas mon gros Mistouflet qui aurait trouvé ce que je tiens là !

Ce fut avec une grande impatience que le prisonnier attendit la deuxième visite du gardien qui, vers cinq heures devait lui apporter son frugal souper. Enfin il distingua le bruit de ses pas.

Vivement il s'assit sur son lit de paille, enfouit son front dans ses mains et se plongea dans une rêverie si profonde qu'il n'entendit pas, ou plutôt ne parut pas entendre, la voix du porte-clefs qui lui disait en s'avançant :

— Voici votre repas du soir, messire !

Faribole n'ayant fait aucun mouvement, il lui toucha légèrement l'épaule tout en disant :

— Eh bien ! messire Faribole, à quoi pensez-vous ?

L'ancien maître d'armes redressa le front et regarda le geôlier comme une personne qui vient d'être brusquement réveillée.

— Ah ! c'est vous, mon ami ! dit-il d'un accent doux et un peu triste.

— Ma foi, messire, vous étiez réellement absorbé...

— Oui, c'est vrai, bagasse !... Je réfléchissais à vos paroles de ce matin, mon ami. Mes yeux commencent à se désiller ; je crois que je deviendrai un fervent catholique.. si Dieu me conserve l'existence.

— Bien, très bien ! répliqua le porte-clefs ; dès demain je préviendrai le directeur de la prison.

— Non, mon ami, attendez un jour ou deux, dit vivement Faribole ; j'ai besoin d'interroger encore ma conscience.

— Comme vous voudrez, messire ; moi je vous promets de faire mon possible pour adoucir votre détention, reprit le geôlier qui, bien que gardien de prison, était au demeurant un brave homme.

Le lendemain soir, le porte-clefs se présenta le visage souriant :

— Messire Faribole, dit-il, je viens d'être nommé au poste de gardien en chef. Aussi à dater d'après-demain, je n'aurai plus le plaisir d'apporter vos repas.

A ces mots, Faribole se sentit pâlir malgré lui, et, évitant de laisser percer la mortelle inquiétude qui l'envahissait.

— Je vous félicite bien sincèrement, bagasse! repondit-il... Mais dites-moi, votre successeur sera-t-il... bon, compatissant!... comme vous?

— Euh! euh! murmura le guichetier, j'ai bien peur que non, messire. Il passe plutôt pour être très dur envers les prisonniers.

— Diable! pensa Faribole, si je veux sortir de mon cachot, il faut que je me hâte d'employer la ruse que j'ai trouvée.

Et regardant le porte-clefs :

— Demain matin, interrogea-t-il, c'est vous, mon ami qui viendrez encore m'apporter mon déjeuner?

— Oui messire... Mais soyez sans crainte, la promesse que je vous ai faite de parler au directeur, je la tiendrai.

— Merci, mon ami. A demain! dit doucement l'ancien maître d'armes.

Cette nuit-là, le pauvre Faribole ne dormit guère. Il attendit le jour avec impatience et même avec une certaine anxiété. Sa ruse allait-elle réussir, ou allait-elle piteusement échouer?

Enfin il entendit sonner lentement huit heures; la lumière du jour entra peu à peu dans son cachot par une étroite ouverture percée dans la sombre muraille.

— A l'œuvre, bagasse! murmura-t-il. J'ai trois heures devant moi, c'est plus qu'il ne m'en faut!

Alors il quitta sa robe de paysanne, enleva son petit jupon, puis sa chemise. Il mit de côté ces deux derniers objets et se hâta de reprendre le premier vêtement.

— Bigre! dit-il en frissonnant, je ne vais pas avoir trop chaud aussi légèrement vêtu. Heureusement que douze heures passent encore assez rapidement.

Quand il se fut rhabillé, il s'assit sur la pièce de bois scellée au mur, prit dans ses doigts une certaine quantité de paille qu'il comprima, tordit et forma une masse ayant l'épaisseur et la longueur de sa jambe. Il roula ensuite autour de la paille ainsi arrangée sa chemise et son jupon en ayant soin de serrer le tout fortement.

Puis il déchaussa son pied gauche resté libre, retira son bas et, lentement, patiemment, parvint à introduire dans celui-ci la paille qu'il avait d'abord façonnée en forme de jambe.

Un instant il contempla son ouvrage et souriant de satisfaction :

— Pas mal, capé dé dious! pas mal, dit-il; le pied laisse bien un peu à désirer, mais quand j'y aurai fixé mon épaisse chaussure, un homme plus fin que mon geôlier pourrait s'y tromper.

Après avoir tâtonné, il réussi à « chausser » la fausse jambe qu'il venait de se confectionner, fort habilement ma foi; et il était à peu près impossible, rien qu'en la regardant, de deviner que c'était un membre factice, d'autant plus que le cachot était loin d'être bien éclairé: Faribole comptait sur cette absence de clarté pour aider à la réussite de son audacieuse supercherie.

— Allons, ça va! troun de l'air! murmurait-il en tournant et retournant son œuvre entre ses mains... Seulement le plus difficile me reste à faire. Et d'abord, bagasse! Voyons comment je pourrais bien me mettre cette jambe...

— Car il ne faudrait pas, ajouta-t-il en riant, que le porte-clefs s'aperçut que je possède trois jambes... Ça pourrait l'effaroucher et le faire fuir, le brave homme.

Pendant plus d'une demi-heure, le pauvre Faribole s'ingénia pour fixer à son genou gauche sa belle jambe artificielle. Enfin il y parvint et joyeux il s'écria en rabattant sa robe sur le membre qu'il s'était créé:

— Mistouflet, mon vieil ami, je te dois réparation : ton idée de me faire revêtir des habits féminins va me servir merveilleusement; grâce à cette robe je pourrai cacher aux yeux de mon geôlier ma jambe gauche, et ne lui laisser voir que juste ce qu'il faudra de ma jambe de paille.

Bientôt la vieille horloge de la prison tinta lentement. Faribole compta onze coups.

— Onze heures, bagasse! se dit-il; encore un instant de patience et, j'en suis presque certain, j'aurai aux trois quarts reconquis ma liberté.

Il s'assit tout au milieu de son lit de paille, replia sous lui sa vraie jambe gauche et allongea son membre factice à côté de sa jambe droite retenue prisonnière par la lourde chaîne.

Un quart d'heure s'écoula. Faribole était aux écoutes; n'entendant aucun bruit, mais éprouvant de douloureuses crampes dans sa jambe repliée, il la dégagea en se couchant sur la hanche; à mi-voix il murmura :

— Bagasse de bagasse! qu'un homme est donc mal à l'aise avec trois jambes!

Soudain un bruit sourd arriva de dehors. Vivement il reprit sa première position et il attendit.

Son attente ne fut pas de longue durée; la porte de son cachot s'ouvrit et le gardien entra.

L'ancien maître d'armes était tellement persuadé que sa ruse devait réussir qu'il vit s'approcher le geôlier sans éprouver la plus légère émotion; son cœur, en ce moment, ne battait pas plus vite que quelques heures auparavant.

Il fit seulement entendre une faible plainte.

— Bonjour, messire Faribole, dit le porte-clefs: voici votre déjeuner... et voyez, je vous apporte un morceau de viande rôtie.

— Je vous remercie, mon ami, répliqua le prisonnier d'une voix bien triste; mais je n'aurai point le courage de faire honneur à votre repas.

— Ça ne va donc pas, Messire? demanda le gardien compatissant.

— Je souffre, bagasse!... ma jambe droite... fit le malin Faribole en poussant un nouveau gémissement... Ah! mon ami, si vous vouliez.. ajouta-t-il en levant sur le geôlier un regard suppliant

Réellement chagriné, l'autre se gratta plusieurs fois le derrière de la tête tout en disant:

— Je comprends, Messire... malheureusement ce que vous me demandez n'est pas possible; ce sera sans doute mon successeur qui vous apportera ce soir votre souper, et je vous l'ai dit, c'est un homme sévère, méchant même; il s'apercevrait bien vite que votre jambe n'est plus entravée, et il me ferait casser, jeter en prison.

Le prisonnier laissa échapper une plainte beaucoup plus forte que les précédentes et avec un accent de profond abattement:

— Ah! mon ami, dit-il, vous avez été bon pour moi, aussi je préférerais souffrir encore... plus que je ne souffre, plutôt que de vous attirer la moindre punition. Pourtant, bagasse! je crois qu'il y aurait moyen de faire cesser la douleur que j'éprouve...

— Mon Dieu, Messire, je ne demanderais pas mieux, mais je ne vois pas comment...

— Si, écoutez! interrompit Faribole, qui voulait immédiatement profiter des bonnes dispositions du gardien. Détachez ma jambe droite et faites passer le cercle de fer à ma cheville gauche... bientôt, je ne souffrirai plus du tout en restant entravé.

— C'est vrai... mais... je ne sais si je dois... murmura l'autre indécis.

— Voyons, mon ami, qu'est-ce que cela peut faire que la chaîne soit fixée à cette jambe de préférence à l'autre?

— Le règlement, messire, dit que c'est la jambe droite qui doit être bouclée, répliqua le geôlier.

— Un règlement peut être modifié, mon ami... Et puis, souvenez-vous que lorsque j'ai été enfermé dans ce cachot, le directeur de la prison était à côté de vous... je pourrais donc dire que c'est avec son assentiment que les entraves ont été placées à ma jambe gauche.

· Et voyant que le gardien était bien près de céder à sa prière, il se hâta de pousser un gémissement long et douloureux.

— Ah! mon ami, si vous saviez combien je souffre! répéta-t-il.

Brusquement, le futur gardien-chef se décida.

Il prit une petite clef attachée à sa ceinture et se mit à genoux à côté de Faribole.

— Allons, Messire, je vais faire ce que vous demandez... mais il faut vraiment que ce soit vous...

Et il introduisit la clef dans le cadenas, ouvrit l'anneau de fer et l'enleva de la cheville du prisonnier.

— Ah! mon ami, que vous êtes bon! cru devoir s'écrier Faribole, il me semble que je souffre déjà moins.

Un éclair de triomphe brillait en ce moment dans ses yeux; fort heureusement, le geôlier ne s'aperçut de rien.

— Écartez un peu votre jambe gauche, Messire, dit-il.

Légèrement, en se servant adroitement de sa main, Faribole éloigna de sa jambe droite le membre factice, autour duquel le porte-clefs passa la bouche de fer et la fixa en fermant le cadenas.

— Là, Messire, êtes-vous satisfait? demanda le brave homme en se relevant.

— Ami, répliqua l'ancien maître d'armes avec un accent de sincérité, je vous jure que je n'oublierai jamais ce que vous venez de faire pour moi. ·

Le porte-clefs sortit du cachot.

Alors, notre prisonnier lâcha son membre factice, et exécuta un saut de joie sur les deux jambes qui étaient bien à lui.

Sa supercherie avait obtenu plein succès; encore quelques heures et son évasion serait un fait accompli.

— Ah! troun de l'air! disait le brave Faribole, je pourrai donc revoir monseigneur Louis, continuer de protéger madame Yvonne, et aider encore de mes conseils mon cher ami Mistouflet.

Mais soudain, sa joie fut tempérée par une rapide réflexion :

— La première partie de mon plan d'évasion est exécutée, se dit-il... Reste la seconde! Et, bagasse! c'est certainement la plus difficile... Si je pouvais seulement explorer les abords de ma prison !

Il essaya vainement de jeter un regard au dehors; l'ouverture de la muraille servant à donner un peu d'air et de lumière au cachot était percée beaucoup trop haut.

Tout ce qu'il put apercevoir, ce fut une portion d'un grand mur sur lequel, à ce moment, le soleil projetait ses rayons.

— Capé dé dious! exclama-t-il, je ne vois pas quel chemin je suivrai pour m'en aller loin d'ici.

Il retourna s'asseoir et se prit à réfléchir longuement. Puis il se mit en devoir de retirer, sans détruire son ouvrage, le jupon qu'il avait roulé autour de la jambe de paille.

— Je ne puis déchirer ma robe pour en faire un bâillon, pensa-t-il, car, alors, je me trouverais dans le costume d'Adam; il me faudra donc employer ou le jupon ou ma chemise.

Et, pendant plusieurs heures, il s'occupa avec persévérance à couper, ou plutôt à déchirer au moyen de ses ongles, sans dépasser la limite formée par l'anneau de fer, le jupon dont il allait avoir besoin.

Ce fut un véritable travail de patience : mais, quel prisonnier, préparant son évasion, ne possède pas cette vertu au suprême degré.

L'obscurité se fit peu à peu dans le cachot.

Chaque fois que l'horloge sonnait l'heure, Faribole comptait les vibrations de la cloche.

A mesure que le moment critique approchait, il se sentait devenir nerveux, un peu inquiet; il éprouvait un sentiment vague, pénible qu'il ne pouvait définir.

— Mais bagasse! se disait-il, est-ce que par hasard ce serait un pressentiment de malheur?.. Est-ce simplement un peu trop d'anxiété en me demandant si mon souper me sera apporté par mon aimable geôlier ou par son successeur...

Il est certain, mordious! que je préférais mille fois recevoir la visite de ce dernier, fût-il méchant comme un tigre... Car je serais vraiment désolé s'il arrivait quelque chose de fâcheux au brave homme qui, sans le vouloir, j'en conviens, m'aura aidé à recouvrer ma liberté.

La demie de cinq heures sonna...

Au dehors aussi bien qu'au dedans de la prison, l'obscurité était complète. Bientôt Faribole entendit un bruit de voix venant de la cour qui s'étendait devant son cachot.

— Les gardiens commencent la distribution des repas du soir, pensa-t-il en se tenant immobile au-dessous de l'ouverture de la muraille.

Puis il alla prendre le bâillon qu'il avait préparé et se postant debout derrière sa porte :

— Et maintenant, bagasse! se dit-il à demi-voix, aide-toi, ami Faribole... et peut-être que le ciel t'aidera!

Et prêt à bondir il attendit.

Dix minutes qui lui parurent bien longues s'écoulèrent. Puis son oreille aux aguets, entendit distinctement un bruit de pas.

Subitement il pâlit, plutôt de rage que d'effroi...

— Malédiction! murmura-t-il; je vais avoir affaire à deux hommes!.. et je suis sans arme!.. Comment leur résister?

Il n'eut pas le temps de faire de longues réflexions; une clef entrait dans la serrure, puis la lourde porte grinçait en tournant sur ses gonds rouillés, un filet de lumière glissait jusqu'au fond du cachot, et le geôlier, tenant d'une main sa lanterne et de l'autre le maigre souper du prisonnier, y pénétrait à son tour.

L'homme était seul, et il était inconnu de Faribole.

Prompt comme la pensée, l'ancien maître d'armes s'élança sur lui.

Pris à l'improviste et les mains embarrassées, le nouveau geôlier se trouva bâillonné avant d'avoir pu faire un geste pour s'y opposer.

Vivement Faribole referma la porte du cachot, se demandant si le bruit de la lanterne que le gardien venait de laisser tomber n'avait pas été perçu par son collègue qui grimpait à l'étage supérieur.

Revenu de son saisissement, fort compréhensible on en conviendra, le geôlier voulut se jeter sur son adversaire; mais il était trop tard.

En moins de dix secondes Faribole avait tiré son mouchoir tordu d'avance en corde et passé autour du cou du gardien.

Le visage de celui-ci devint tout à coup violacé, puis le malheureux s'affaissa comme une masse aux pieds de l'ancien maître d'armes qui desserra vivement le mouchoir : il n'avait pas l'intention d'étrangler le gardien.

— Ne perdons pas une minute, bagasse! se dit Faribole.

Le geôlier demeurait sans connaissance, aussi le prisonnier pût-il aisément lui enlever son pourpoint, ses hauts-de-chausses et ses bottes.

Puis, ayant quitté sa robe de paysanne, il revêtit en un clin d'œil les effets du gardien.

Il lui prit ensuite son trousseau de clefs; celles-ci étaient au nombre de huit dont une très petite.

— Capé dé dious! fit l'ancien maître d'armes, mais c'est la clef du cadenas qui ferme l'anneau de ma jambe de paille!

Deux femmes, la mère et la fille, cette dernière paraissant avoir trente ans. .

Alors une nouvelle idée traversa son esprit :

— J'aurai le temps de le boucler avant qu'il soit tout à fait revenu à lui... Dépêchons-nous bagasse !

Et, sans plus tarder, il ôta le cercle de fer qui enserrait le membre qu'il avait fabriqué, le plaça autour de la cheville du geôlier qui commençait à reprendre ses sens, et fit jouer la clef dans le cadenas en disant :

— Té! troun de l'air! comme cela je n'aurai besoin que de lui ligotter les deux poignets afin qu'il n'arrache pas son bâillon.

Son regard tomba sur la jambe artificielle.

Vivement il la ramassa, enleva la chaussure et le bas, puis se servit d'une partie de la paille pour faire un lien et attacher les deux bras du geôlier qui juste à ce moment ouvrit les yeux.

Il serait presque impossible de dépeindre l'indicible stupéfaction que le pauvre homme éprouva en se voyant, le pied entravé, au lieu et place du prisonnier.

Un instant il fixa sur Faribole un regard ahuri, hébété, semblant dire : « Est-ce que je rêve? »

Il put bientôt constater qu'il n'avait pas rêvé.

Le prisonnier commença par enfouir dans sa poche son bas, qu'il ne ne voulait pas abandonner, car il espérait que si l'on ne devinait pas la supercherie qu'il avait employée, personne ne pourrait prouver que le geôlier nommé gardien-chef s'était montré trop compatissant; puis il alla prendre la lanterne, fit un aimable salut à celui qu'il quittait et s'empressa de sortir du cachot.

Une minute après il était dans une cour.

Il souffla sa lanterne.

La lune venait de se lever et éclairait suffisamment tous les objets. Il s'orienta.

Sur trois côtés de la cour, qui avait la forme d'un rectangle assez allongé, s'élevaient des bâtiments : le quatrième côté était fermé par un mur par-dessus lequel émergeaient les hautes branches de plusieurs arbres.

En rasant la muraille plongée dans l'ombre, Faribole se dirigea vers le quatrième côté de la cour.

En arrivant au mur de clôture, il faillit laisser échapper une vive exclamation.

Il venait d'apercevoir, tout à l'encoignure de l'un des bâtiments, un épais tuyau de descente servant à amener les eaux du toit dans une rigole longeant le mur de clôture.

On pouvait donc aisément, avec un peu d'adresse, atteindre le chaperon de celui-ci en grimpant après le tuyau.

— Vive dious! fit-il joyeusement, voilà une conduite qui a été construite exprès pour faciliter mon évasion.

En deux enjambées il fut à l'angle de la cour.

Déjà ses doigts s'accrochaient à la conduite, et il allait commencer son ascension, lorsqu'un regard qu'il leva vers le ciel l'arrêta soudain.

— Pas d'imprudence, pensa-t-il, une fois à cheval sur le mur je me trouverai en pleine lumière... Attendons que la lune soit masquée par un nuage.

Quelques minutes s'écoulèrent, puis très rapidement la nuit devint presque noire.

La lune, submergée pour un instant dans l'écume d'un large nuage, avait cessé d'éclairer la prison et ses alentours.

Avec une grande agilité, le professeur de Mistouflet grimpa jusqu'au sommet du mur de clôture et se mit à genoux sur l'arête de pierre.

De nouveau il consulta le ciel.

— Très bien ! bagasse !... j'ai le temps ! pensa-t-il.

Et marchant, ou plutôt rampant sur ses genoux et sur ses mains, il parcourut presque toute la longueur du mur.

Devant un arbre dont une grosse branche frôlait le mur, il s'arrêta, se mit à plat ventre, empoigna le branchage et se laissa glisser.

La branche plia sous le poids de Faribole mais heureusement ne se brisa pas.

Un instant après l'ancien maître d'armes touchait le sol au pied du grand arbre.

A ce moment la lune reparaissait.

— Ça y est, troun de l'air !.., mais où suis-je par exemple ! se dit-il en regardant autour de lui. Dans un verger bien sûr ! ajouta-t-il en apercevant de nombreux arbres fruitiers. Et certainement clos de mur de tous les côtés. Voyons un peu !

Ayant la précaution de rester constamment dans l'ombre de la muraille ou des arbres, il arriva sans encombre à l'angle de l'enclos.

Là se trouvait une sorte de hangar en bois n'ayant point de porte. Aussi, du premier coup d'œil il vit, à demi couchée sur des outils de jardinage, une échelle, un peu courte il est vrai, mais néanmoins d'une longueur suffisante pour permettre à l'évadé d'atteindre le chaperon du mur.

Un quart d'heure après, Faribole posait le pied sur les pavés d'une rue de Nîmes ; il était sauvé, il était libre.

Huit heures résonnaient dans le lointain au moment où il franchissait les portes de la ville et d'un pas accéléré s'élançait sur la route d'Alais.

Arrivé à une lieue de Nozières où, l'on s'en souvient, il avait été arrêté, il se jeta à travers champs pour contourner le village.

Il avait calculé, qu'en marchant toute la nuit d'un pas soutenu, il lui faudrait une dizaine d'heures pour atteindre la chaumière des environs d'Euzet,

— Monseigneur Louis doit y être installé à présent puisqu'il devait quitter le Mas de Montcarra deux jours après nous... En avant! bagasse!... et, aujourd'hui même, si Monseigneur le permet, je partirai ventre à terre rejoindre Mistouflet et madame Yvonne.

Malheureusement pour le calcul et le nouveau projet du pauvre Faribole, tout le pays compris entre le Mas des Gordies, le village de Servas et la route d'Uzès était occupé par les troupes du maréchal de Villars. Il eut bientôt le regret de le constater.

— Mais alors, bagasse! murmura-t-il en se voyant pour la seconde fois arrêté dans sa marche par le « Qui vive? » d'une sentinelle, si tous les quarts d'heure on me crie la même chose, jamais je n'arriverai à la maison d'Euzet.

Et, se tenant immobile dans l'ombre d'une haie, il se prit à réfléchir.

Au bout d'un moment il se dit avec un hochement de tête :

— Chercher à passer ce serait de la folie. On m'arrêterait... Et naturellement on voudra savoir ce que vient faire au milieu des troupes un gardien de prison. Décidément, bagasse! il me faut allonger mon chemin de quatre ou cinq lieues... C'est plus prudent!...

Et revenant sur ses pas pour aller prendre la route d'Alais ;

— Oui, mordious! ajouta-t-il mentalement, je préfère quelques heures de fatigue de plus à un repos forcé avec une chaîne au pied!

Au jour, Faribole se trouvait entre le Mas des Gordies et Alais.

Malgré lui son pas s'était ralenti.

Des tiraillements d'estomac vinrent lui rappeler que, depuis vingt heures bientôt, il n'avait pris absolument aucune nourriture.

Il fouilla dans ses poches espérant y découvrir quelque monnaie.

— Rien! bagasse! fit-il à demi-voix; le geôlier auquel j'ai emprunté ces vêtements n'était pas plus riche que moi... Au lieu de m'arrêter dans une auberge je demanderai un morceau de pain dans la première métairie que je rencontrerai; on ne me le refusera pas!

Une demi-heure plus tard, il poussait la porte et pénétrait dans une masure dont tout à l'intérieur laissait deviner la grande misère de ses habitants.

Deux femmes, la mère et la fille, cette dernière paraissant avoir trente ans, logeaient dans cette pauvre maisonnette.

Elles firent asseoir Faribole et placèrent sur une méchante table la moitié d'une miche de pain noir et un vase plein d'eau.

C'était là tout ce que les malheureuses pouvaient offrir à leur hôte.

Le cœur serré par tant de dénûment, l'ancien maître d'armes fut bientôt rassasié.

Il allait se lever quand son regard tomba sur une casaque d'homme que la plus jeune des deux paysannes était en train de racommoder.

Une idée lui vint aussitôt :

— Mes braves femmes, dit-il tout à coup, ne pourriez-vous pas me prêter des vêtements : je voudrais aller rejoindre mon maître aux environs d'Euzet, or avec le costume que je porte la chose m'est impossible.

La vieille femme regarda fixement son hôte, et baissant la voix :

— Les soldats du roi occupent le pays, c'est donc eux que vous craignez? demanda-t-elle.

— Oui, répondit Faribole en se levant. Voulez-vous, ajouta-t-il, me donner les habits que je vous demande; je vous promets en échange dix écus.

— Ciel! dix écus! tu entends mère? prononça la fille.

— Va chercher les vêtements du père, dit la vieille femme à celle-ci.

Puis s'adressant à Faribole.

— Frère, ajouta-t-elle, mon mari, quoique déjà âgé, combat dans les rangs de Jean Cavalier, depuis un mois nous sommes sans nouvelles...

— Eh bien, bagasse! interrompit Faribole, je m'engage à vous en faire envoyer par la personne qui vous apportera la somme promise.

— Nous sommes pauvres, bien pauvres!... et pourtant, frère, nous n'accepterons point d'argent en échange des vêtements que nous vous vous offrons.

Et la vieille femme prit des mains de sa fille les effets que celle-ci apportait et les tendit à l'ancien maître d'armes.

— C'est bon, bagasse! au lieu d'argent je vous enverrai autre chose qui bien certainement vous fera plus plaisir que dix écus.

En cet instant la fille de l'hôtesse poussa une exclamation de terreur qui fit sursauter la vieille mère.

— Mon Dieu! qu'y a-t-il? interrogea cette dernière.

— Les dragons, les dragons !... regardez, ils viennent ici, s'écria la fille.

Faribole s'approcha d'une étroite fenêtre et vit, en effet, une cinquantaine de cavaliers en tête desquels étaient deux officiers qui, au petit trot, s'avançaient vers la masure.

Fuir, Faribole comprit que c'était impossible : les soldats royaux n'étaient plus qu'à trente ou quarante pas. Alors se tournant vers les paysannes :

— Du calme, bagasse !... je grimpe au-dessus pour changer d'habits. Vous direz que je suis votre neveu... laissez-moi faire ; vous n'avez rien à craindre.

Et il s'élança vers l'escalier ou plutôt vers l'échelle conduisant au faîte de la pauvre chaumière.

Brusquement il s'arrêta et se retournant vivement :

— Mordious ! dit-il à la vieille femme, vite votre nom et celui de votre fille ?... un neveu ne les connaissant pas, ça paraîtrait louche !

— Je me nomme Coutelle et ma fille Claudine, répondit l'hôtesse.

L'ancien professeur de Mistouflet était à peine arrivé au haut de l'escalier qu'on heurtait violemment à la porte du rez-de-chaussée.

Tout en enlevant lestement son pourpoint de geôlier et le remplaçant par la casaque du paysan, il prêta une oreille attentive.

Les deux officiers suivis d'un seul dragon étaient entrés dans la chaumière.

L'un était le commandant de Granval et l'autre son lieutenant.

— Placez une table près cette croisée et apportez deux sièges ? ordonna M. de Granval au dragon.

— Bon ! pensa Faribole, ce n'est pas moi que l'on cherche... Ces officiers sont venus ici pour y rédiger sans aucun doute un rapport.

Il avait deviné juste.

Le commandant s'assit devant la table et sans plus se soucier des deux femmes debout et immobiles au bout de la pièce, il tira ses tablettes et dit à son subordonné :

— En outre des notes que je vais écrire je veux tracer deux petits plans. Tandis que vous en porterez un à M. de Menon, j'enverrai l'autre à M. de Courten.

Il y eût dix minutes environ de complet silence. M. de Granval écrivait.

Depuis une semaine, il commandait un corps de troupes fort de neuf cents hommes. Ayant appris par des espions que Jean Cavalier avec une partie de sa petite armée, avait projeté une expédition sur le territoire d'Uzès, il avait pris ses dispositions pour s'y opposer.

Agenouillé au sommet de l'étroit escalier, évitant de faire le plus petit bruit, Faribole attendait impatient les oreilles aux écoutes.

Ses ordres écrits, M. de Granval dit à son lieutenant :

— Les nombreux et récents succès qu'IL a remportés l'ont rendu un peu trop confiant, je le sais...

Faribole devina que le pronom « il » désignait le chef des camisards.

M. de Granval continuait :

— Demain, à la pointe du jour IL se trouvera complètement enveloppé, si le double mouvement de M. de Courten et du commandant de Menon est cette nuit adroitement exécuté.

— Il faut espérer qu'il en sera ainsi! dit le lieutenant.

— Té! bagasse! moi je ne pense pas comme vous! murmura à part lui l'ancien maître d'armes.

— Voici mes plans et mes instructions, reprit le commandant.

Faribole entendit le bruit que firent les officiers en repoussant leurs escabeaux puis celui de leurs éperons quand ils sortirent de la maisonnette. Tout joyeux il se dit :

— Ils s'en vont, troun de l'air!... Dans quelques instants, moi, j'en ferai tout autant... pour aller avertir l'allié de Monseigneur Louis.

Vingt minutes après, le dernier casque des dragons ayant disparu, il prit congé des deux femmes en leur recommandant de vite faire brûler le costume qu'il avait quitté, puis vêtu en paysan, il s'éloigna rapidement de la misérable chaumière.

Au bout de trois heures de marche à travers la campagne, il atteignit un chemin creux, et alla donner en plein dans une embuscade de camisards.

— Parfait! J'y suis bagasse! dit-il à haute voix sans s'émouvoir des regards de ceux qui l'entouraient.., Hé! camarades conduisez-moi à Jean Cavalier, ou bien au lieutenant Rolland? ou...

— Non, non, inutile, bagasse! s'écria-t-il tout-à-coup.

Et il voulut sortir du cercle formé par les camisards, mais une dizaine de mains s'abattirent sur ses bras et ses épaules et le forcèrent de demeurer en place.

— Rolland, lieutenant Rolland! cria-t-il d'une voix de stentor.

L'ami et le premier lieutenant de Jean Cavalier venait à l'instant de se hisser sur un talus à quinze ou vingt pas de l'endroit où se trouvait Faribole.

En s'entendant appeler, Rolland sauta de son observatoire dans le chemin et s'avança vivement vers le cercle des camisards qui, voyant approcher un de leurs chefs, s'écartèrent aussitôt.

L'ancien maître d'armes en profita pour se porter en avant,

— Hé ! troun de l'air ! s'écria-t-il, comme vous arrivez bien !

Rolland reconnut le fidèle compagnon de Monseigneur Louis.

— Quoi ! vous ici, Monsieur Faribole ? dit-il sans cacher son étonnement.

— Moi-même, bagasse ! et je crois que vous n'aurez pas à regretter ma visite... Mais conduisez-moi à votre général ; puis je vous demanderai de me servir quelque chose pour apaiser ma fringale, car mordious ! depuis vingt-quatre heures, je suis à peu près à jeun.

— Mon cher Monsieur Faribole, répliqua Rolland en souriant, Cavalier est à une bonne demi-lieue d'ici ; voulez-vous partager mon modeste déjeûner, je vous conduirai ensuite à notre chef.

— Capé dé dious ! je veux bien... pour vous dire la vérité, c'est depuis quatre jours que je jeûne...

— Vraiment ! fit le camisard en se dirigeant avec son compagnon vers une petite habitation. Est-ce indiscret de vous demander d'où vous sortez Monsieur Faribole ?

— Vous ne le devineriez jamais, bagasse !... Je sors tout simplement de la plus vieille prison de Nîmes.

Et en quelques mots l'ancien maître d'armes fit à l'ami de Jean Cavalier le récit de son évasion.

Comme il achevait, tous deux entraient dans la salle basse d'une chaumière.

Moins de cinq minutes après ils étaient à table.

— Maintenant Monsieur Faribole, peut-on savoir quelle importante communication vous avez à faire à notre général ?

Avant de répondre l'ami de Mistouflet désigna du regard plusieurs camisards occupés au fond de la pièce et, à demi voix :

— Êtes-vous sûr de ces hommes ? demanda-t-il.

— Oui, comme de moi-même ! répondit Rolland

— Si je vous dis cela, bagasse ! c'est que parmi vos soldats se trouvent des espions, et s'ils m'entendaient, le plan que je veux proposer à Jean Cavalier, ne pourrait réussir.

— Hélas ! Je sais comme vous qu'il y a parmi nous de faux frères, répliqua Rolland ; mais les hommes qui sont ici sont des anciens. Vous pouvez parler sans crainte.

Alors Faribole répéta à son compagnon la conversation qu'il avait surprise trois heures auparavant dans la masure de Courtelle ; il s'informa

Oui, je suis l'homme que les soldats de Sᵗᵉ Marguerite appelaient « Le Masque de Fer. »

de ce qu'était devenu ce dernier, puis expliqua le projet qu'il voulait soumettre au chef des camisards.

— Et si, capé de dious! dit-il en terminant, l'affaire réussit, M. de Granval qui espère prendre Jean Cavalier pourrait bien lui-même, être pris avec une partie de ses hommes.

Trois quarts d'heure plus tard, Faribole conduit par Rolland, arrivait auprès de Cavalier qui fût heureux de recevoir le vainqueur du terrible capitaine Poul.

Rapidement l'ancien maître d'armes renouvela la seconde partie du récit fait à Rolland. Ensuite ils discutèrent tous les trois le plan de bataille élaboré par Faribole.

Jean Cavalier dit en serrant la main du compagnon de Monseigneur Louis :

— Monsieur Faribole, je ne vois qu'un moyen de vous remercier : c'est de vous offrir le commandement des compagnies qui devront occuper le point le plus difficile à défendre.

— Hé! troun de l'air, j'accepte avec plaisir, dit vivement l'ancien professeur de Mistouflet. Vous me ferez donner des armes et un bon cheval.

Faribole et Jean Cavalier employèrent l'après-midi de ce jour à visiter le terrain sur lequel ils comptaient battre les troupes royales.

Quelque peu harassé, le brave Faribole se coucha de bonne heure et s'endormit profondément, rêvant qu'il remportait une brillante victoire sur les ennemis de l'allié de Mgr Louis.

Peut-être son rêve eût-il été moins beau si, avant de se livrer au sommeil, quelqu'un lui eût appris que M. de Granval venait de recevoir un important renfort de deux cents miquelets de Lalande.

A sept heures du matin, le lendemain, bien qu'il fit à peine jour, le combat commença sur les trois points à la fois.

Faribole avait pour adversaire le commandant de Granval.

Il avait posté en tirailleurs les trois cents hommes que lui avait confiés Cavalier derrière une haie, et à une centaine de mètres d'une petite rivière dont le pont étroit était gardé par un poste de camisards.

La bataille était engagée depuis une demi-heure à peine lorsqu'un coureur apporta un billet à Faribole.

— Ça marche, bagasse! ça marche! murmura ce dernier après avoir lu les deux lignes que lui envoyait le chef des protestants.

Et immédiatement il donna à ses hommes l'ordre de se replier de l'autre côté de la rivière.

Ce mouvement avait assez bien commencé, quand arrivèrent comme deux avalanches les intrépides miquelets que Lalande avait divisés en deux colonnes.

En entendant le cri de guerre « Tue!... tue!... tue!... » que poussaient leurs terribles adversaires, les camisards éprouvèrent cette panique soudaine, irraisonnée, que nul n'a jamais pu expliquer, et leur mouvement de retraite se changea brusquement en une débandade.

Faribole laissa échapper une exclamation de rage, puis il lança son cheval au milieu du pont, et là, montrant l'ennemi, il cria aux fuyards :

— Où donc allez-vous?... C'est de l'autre côté que l'on se bat... Si vous n'êtes pas des lâches, bordez la rivière, et feu sur les soldats royaux!... je vous jure que moi vivant ils ne franchiront pas ce pont!

Et sautant à bas de son cheval qui était grièvement blessé, il attendit sans broncher, son épée d'une main et un pistolet de l'autre, le choc de la première compagnie des miquelets.

Rappelés au sentiment de l'honneur par la voix vibrante du vaillant Faribole, les camisards débandés se rallièrent; une dizaine se précipitèrent pour défendre l'entrée du pont; les autres se défilèrent le long du cours d'eau et dirigèrent un feu nourri sur leurs adversaires.

— A la bonne heure, bagasse! s'écria Faribole.

Dix fois les miquelets s'élancèrent tête baissée pour forcer le passage du pont, et dix fois ils durent reculer devant les feux de salves que les camisards exécutaient au commandement précis de l'ancien maître d'armes qui avait remplacé son épée par un mousquet.

Soudain une formidable clameur retentit à une courte distance Jean Cavalier et Roland avaient réussi à tourner le commandant de Granval qui, à son tour, battit précipitamment en retraite.

Et, sans la bravoure des miquelets de Lalande, que le vaillant Faribole ne put s'empêcher d'admirer, la retraite des troupes royales se serait transformée en une véritable déroute.

Une heure après la bataille, le chef des camisards félicita publiquement son allié, puis lui demanda quelle récompense il désirait.

— Aucune, bagasse!... je n'ai fait que mon devoir, répondit le dévoué serviteur de Mgr Louis.

Mais, subitement, une pensée lui vint; alors, se frappant le front :

— Bagasse! c'est une idée! ajouta-t-il vivement. Je voudrais bien quelque chose tout de même; si vous n'avez pas cela ici, vous pourrez l'envoyer chercher au souterrain d'Euzet.

— Parlez, cher monsieur Faribole? dit en souriant Cavalier.

— Je voudrais un quartier de porc fumé, un grand sac de pommes de terre, et au moins un double-boisseau de farine, reprit Faribole.

— Dans une demi-heure vous aurez ce que vous désirez, répliqua le chef des camisards.

— C'est parfait, troun de l'air !... Maintenant, il ne nous reste plus qu'à demander au lieutenant Rolland s'il a des nouvelles du soldat Coutelle dont je lui ai parlé hier.

— Oui, monsieur Faribole; le vieux Coutelle fait partie de la compagnie d'Emmanuel. Voulez-vous que je le fasse appeler?

— Mais tout de suite, bagasse! Les provisions que vous allez me donner sont destinées à sa femme et à sa fille... Vous voudrez bien lui prêter un cheval ou toute autre bête de somme, afin qu'il les porte dès aujourd'hui,

Vers onze heures du matin, Faribole prit congé de Jean Cavalier et, monté sur une superbe bête, cadeau du chef des camisards, il se dirigea rapidement vers le bois d'Euzet.

Trois heures plus tard, il mettait pied à terre devant la maison habitée par Mgr Louis.

Celui-ci retint difficilement un cri d'étonnement en voyant apparaître seul et bizarrement accoutré, son chef Faribole.

— D'où diable viens-tu, mon ami? lui demanda-t-il en souriant et en lui tendant cordialement la main.

— Je viens d'aider votre allié à administrer une nouvelle correction aux soldats du roi de France.

— Et Mistouflet, qu'en as-tu fait?

— Il a été plus heureux que moi, Monseigneur; il a pu continuer sa route et aller délivrer madame Yvonne, pendant que l'on me conduisait sous bonne escorte aux prisons de Nîmes.

— Comment! tu as été mis en prison? s'écria le gentilhomme avec stupéfaction.

— Mais oui, Monseigneur; et j'y suis resté, bien malgré moi, bagasse! trois journées et demie...

Il y aura ce soir quarante-huit heures, qu'ayant assez... et même trop, pour dire vrai! de leurs plats de fèves, de leur pain et surtout des entraves qu'ils ont eu la gentillesse de me mettre au pied, je suis parti sans leur en demander la permission!

— Et sagement tu as fait, mon cher Faribole, dit en souriant Mgr Louis.

Puis, lui désignant un siège :

— Assieds-toi là, mon brave ami, ajouta-t-il, et conte-moi de suite ce qui t'est arrivé ?

Le professeur de Mistouflet s'exécuta de bonne grâce.

Il dit au gentilhomme pourquoi, avec ses deux compagnons, il était allé au village de Nozières ; interrompit une minute son récit pour s'adresser, ainsi qu'il l'avait déjà fait dans sa prison, de furieux reproches ; il termina en parlant du combat auquel il avait pris part dans la matinée de ce jour.

— Il est probable, mon cher Faribole, dit doucement Mgr Louis, que la victoire que tu viens de remporter sur les troupes du maréchal de Villars sera la dernière.

— Qui vous fait croire cela, Monseigneur ?

— Dans trois semaines ou un mois, nous serons sans doute hors du pays de France.

Pendant un instant, le brave Faribole demeura muet d'étonnement, puis, quand il put parler :

— Nous allons quitter la France ! murmura-t-il ; mais alors, monseigneur Louis, vous renoncez donc à... à ce que vous savez ?

— Oui, mon ami, il le faut... je le dois ! Aussitôt que l'on m'aura ramené ma femme et mon fils, nous prendrons le chemin de l'exil...

Cependant, toi et mon cher Mistouflet, vous ne serez nullement obligés de nous suivre, continua Mgr Louis ; je connais les engagements que vous avez pris envers mademoiselle de Vrignès...

— Jamais, non jamais, bagasse ! ni Mistouflet, ni moi, nous ne vous abandonnerons, Monseigneur... Seulement, je vous prierai de m'accorder quelques jours ; juste le temps de rendre veuve, et pour tout de bon, cette fois, la pauvre demoiselle Jeanne.

Faribole demanda ensuite au gentilhomme l'autorisation d'aller rejoindre à Bourbon-l'Archambault son ami Mistouflet.

— Écoute-moi, cher Faribole, répondit Mgr Louis. Depuis quatre jours au moins, Mistouflet et le jeune Dorfeuil sont arrivés là-bas. Ils ont eu le temps de tirer du couvent ma chère Yvonne ou de juger que l'entreprise était impossible...

— Ah ! Monseigneur, rien, non rien n'est impossible à mon ami Mistouflet.

— Oui, avec de la patience, comme il nous l'a dit plus d'une fois, reprit Mgr Louis ; mais tu oublies qu'il lui fallait aussi arriver près de mon fils avant le misérable Gniafon.

— C'est vrai, bagasse !

— Crois-moi, mon ami, tu ne parviendrais pas à le rejoindre; il vaut mieux attendre son retour ici.

Faribole resta avec Mgr Louis.

Trois jours après, tous deux se promenaient lentement autour de la maisonnette, car, bien que la blessure du gentilhomme fut guérie, celui-ci ne pouvait pas encore faire de bien long trajet, lorsqu'ils aperçurent un cavalier suivant au grand trot le chemin qui aboutissait à la modeste habitation.

Le fils d'Anne d'Autriche le reconnut aussitôt et devint subitement pâle.

A mi-voix, se parlant à lui-même, il murmura :

— Quelles nouvelles m'apporte-t-il?...

Au même instant, Faribole s'écriait :

— Hé! troun de l'air! c'est monsieur le lieutenant de Chadefaux!

Moins de deux minutes après, une vive exclamation de surprise retentissait.

Elle était poussée par l'officier de dragons à la vue de l'ancien maître d'armes qu'il croyait en prison.

Vivement, il mit pied à terre et tendit au mari d'Yvonne un pli scellé d'un cachet rouge aux chiffres de Mme de Maintenon.

— Monsieur le capitaine Louis, dit-il, je ne vous apporte aujourd'hui que de bonnes, très bonnes nouvelles.

— Merci, monsieur de Chadefaux, répliqua le gentilhomme.

Et, lui faisant signe de le suivre dans l'humble maisonnette :

— Veuillez, je vous prie, m'accompagner, ajouta-t-il.

M. de Chadefaux tira un parchemin de sa poche et, le donnant à Faribole qui prenait sa monture pour la conduire à l'écurie :

— Tenez, mon ami, lui dit-il; voici l'ordre qui enjoint au gouverneur de Nîmes de vous remettre sur-le-champ en liberté. Il est devenu inutile puisque la chose est faite.

— Si je suis libre, bagasse! répliqua Faribole, je vous assure bien que ni le gouverneur, ni le directeur de la prison n'y sont pour rien !

L'officier de dragons suivit Mgr Louis dans une chambre de la chaumière. Là, à mi-voix, l'époux d'Yvonne lut la missive de Mme de Maintenon.

Puis, s'adressant au lieutenant qui le regardait avec un étonnement qui tenait beaucoup de la stupéfaction :

— Vous êtes intrigué, n'est-ce pas?... Vous vous demandez ce que peuvent bien contenir trois parchemins en échange desquels le roi de

France me rend ma femme et mon enfant enlevés d'après ses ordres, cela est certain ..

Puis me promet d'accorder aux Réformés le libre exercice de leur culte...

Et enfin m'offre cent mille livres, à la condition que j'irai habiter loin du pays de France !...

— Oui, monseigneur Louis, je vous avoue que je suis intrigué au dernier point.

— Mon cher lieutenant, reprit le gentilhomme avec un mélancolique sourire, rien ne s'oppose plus à ce que je vous fasse connaître le secret de ma naissance ; mais avant, permettez-moi une question.

— Je vous écoute, monseigneur Louis.

— Vous venez d'entendre que c'est à Lyon que je dois me rendre ; avez-vous reçu l'ordre de m'y accompagner ?

— Non, Monseigneur. Avec la remise entre vos mains de la lettre de madame de Maintenon, ma mission est terminée.

— Tant mieux, mon cher lieutenant ; au moins je ne craindrai plus que quelque événement fâcheux vous arrive à cause de moi...

Mgr Louis prit sur sa poitrine les précieux parchemins :

— Et maintenant, écoutez... continua-t-il d'une voix basse et grave :

Ces manuscrits contiennent les preuves irréfutables que je suis le fils de la reine Anne d'Autriche et du roi Louis Treizième...

En entendant ces deux derniers mots, l'officier ne put retenir le cri de suprême étonnement qui jaillit de ses lèvres.

Ses yeux, grandement dilatés, se fixèrent, sans pouvoir s'en détacher, sur le mâle visage de son interlocuteur ; pour la première fois, il remarquait l'étrange ressemblance qui existait entre Mgr Louis et Louis XIV.

Pendant un instant, il demeura debout, troublé, ému et sans voix. Au plus profond de son être, quelque chose lui disait : « Ce gentilhomme ne te trompe pas... c'est lui qui devrait être ton roi, ton auguste maître ! »

Puis, à demi voix, se parlant à lui-même, il murmura :

— Mais alors l'autre ? celui qui règne !...

Mgr Louis entendit l'interrogation que se posait l'officier.

— L'autre... mon frère, n'est qu'un bâtard, dit-il gravement ; il est né des œuvres de Mazarin...

Il y eut entre les deux gentilshommes un moment de silence. Le lieutenant de Chadefaux le rompit le premier. En s'inclinant avec respect, il prononça d'une voix que l'émotion faisait vibrer :

— Monseigneur Louis, écoutez ma prière dictée par une amitié sincère : Ne quittez pas la France !... ne renoncez pas à vos droits! Dès aujourd'hui, vous êtes mon seul roi. Mon épée, ma vie et ma modeste fortune, tout est à vous!

Les yeux de Mgr Louis s'humectèrent de larmes. Il tendit ses deux mains au jeune officier et, secouant sa tête au fin profil :

— Ami, je vous remercie, dit-il; je vous avais bien jugé : vous êtes un grand cœur. Mais je refuse votre offre généreuse...

Et quand, sur le geste amical qu'il lui fit, l'amant de Jeanne de Vrignès se fut de nouveau assis :

— Mon cher lieutenant, je vais vous dire la lutte que pendant plusieurs années, j'ai soutenue contre l'usurpateur... Vous apprendrez ce que j'ai souffert, alors que prisonnier de mon ennemi, on a eu l'infâmie de m'enfermer la tête dans une sorte de casque ou plutôt d'ignoble cage de fer...

— Quoi! s'écria M. de Chadefaux en frissonnant, c'est donc vrai, ce mystérieux prisonnier d'État dont on parlait à mots couverts et auquel je ne voulais pas croire, ce prisonnier a existé!...

— Oui, mon ami, dit avec une sombre tristesse Mgr Louis. Et ce prisonnier mystérieux dont il était défendu de chercher à voir les traits sous peine de mort, c'était moi...

... Oui, je suis l'homme que les soldats de l'île Sainte-Marguerite appelaient : « *Le Masque de Fer!* »

. . . .

CHAPITRE XLII

OÙ LA RAGE DE GNIAFON ÉGALE SA STUPÉFACTION

Le même jour et à peu près à la même heure où, dans l'humble maisonnette d'Euzet, le fils d'Anne d'Autriche faisait le douloureux récit de son existence au lieutenant de Chadefaux, ému par les malheurs du gentilhomme et stupéfait d'admiration par les téméraires prouesses de Faribole et de Mistouflet, le misérable Gniafon, seul dans une chambre

Pourquoi, demanda brutalement Gniafon, le chirurgien qui me soigne n'est pas venu ce matin.

d'une superbe hôtellerie bâtie au centre de la ville de Lyon, poussait des hurlements de rage insensée.

— Ah! la perfide, l'horrible, l'infâme créature!... Et elle se dit ma mère!... elle me trahit après tout ce que j'ai fait pour elle!...

Brandissant furieusement le poing, il ajoutait en blasphémant :

— Par le nom du diable! je me vengerai!... Oui, oui! et ma vengeance sera si terrible que tous en seront épouvantés!..

Et son œil, injecté de sang, exprimait une haine féroce, vraiment hideuse.

Il ne voulait rien moins que d'assassiner Mme de Maintenon, sa mère. Que lui importait un crime de plus !

Par un billet, reçu depuis un quart d'heure à peine et qui lui était adressé par son espion grassement payé, lequel était tout simplement le valet de chambre du marquis de Barbézieux, l'affreux nain avait appris que sa victime, Yvonne, était allée au bourg Saint-Germain et qu'elle s'était rencontrée avec le ministre dans la demeure de Jean-Marie.

Le rapport de l'espion ajoutait que M. de Barbézieux devait bientôt partir pour un voyage de plusieurs jours, accompagner dame Yvonne à laquelle l'enfant enlevé par Gniafon avait été rendu.

Et tout en relisant le billet, le nain se disait :

— Barbézieux n'aurait rien osé faire sans l'ordre de Mme de Maintenon. C'est donc une nouvelle machination de mon intrigante mère... Elle m'a joué en m'envoyant dans les Cévennes, car elle savait bien qu'Yvonne n'y était pas. Que manigance-t-elle encore !

Parbleu ! je le devine, reprit-il presque à haute voix. Elle veut échanger Yvonne contre les parchemins de monseigneur Louis... C'est fini ! Yvonne m'échappe ; désormais, je ne peux espérer l'avoir que par la violence... Je l'aurai !... mais avant, il faut que je me débarrasse de ma mère. J'irai à Paris.

Et, en prononçant ces paroles, il frappa violemment sur un timbre placé à portée de sa main.

Une jeune servante accourut aussitôt.

— Pourquoi, demanda brutalement Gniafon, le chirurgien qui me soigne n'est-il pas venu ce matin ?

— Je n'en sais rien, Monseigneur.

— Qu'on l'envoie chercher à l'instant. Je veux qu'il vienne de suite, vous entendez ?

— Bien, Monseigneur, répliqua la servante.

En s'éloignant lestement, elle murmura :

— Et dire que je suis obligée de me montrer aimable avec un singe, un monstre pareil !... Notre maître prétend que c'est un riche et puissant seigneur ; mais moi, je ne puis pas le croire !

Bien qu'il souffrît horriblement, et malgré les observations du médecin de Nozières qui avait pansé ses profondes blessures, on sait que Gniafon avait voulu se rendre à Paris, non pas à petite journée, mais en poste, espérant arriver à destination avant Mistouflet.

Mais il ne put dépasser le relais de Lyon. Ses deux pieds étaient affreusement enflés, tuméfiés. Une fièvre intense le faisait grelotter d'une manière épouvantable. On le transporta de sa voiture à l'hôtellerie du Lion-Rouge, située tout près de la maison de poste.

Le chirurgien qu'on manda auprès du nain ne lui cacha pas que dans l'état où étaient ses jambes, il ne devait pas songer à poursuivre son voyage avant au moins un mois.

Gniafon s'était résigné. Mais quand il eut pris connaissance de la lettre de son espion, il se dit que jamais il n'aurait la patience d'attendre que sa guérison fut complète. Il voulait donc repartir et se faire accompagner par le chirurgien.

Mais ce dernier lui ayant affirmé que jamais ses brûlures ne lui permettraient d'arriver à Paris, il fut contraint de rester à l'hôtellerie. Pendant une heure, il jura, blasphéma, maudissant sa mère, chargeant d'imprécations Yvonne et ses fidèles compagnons.

Tandis qu'il se démenait comme un possédé, la charmante Yvonne, assise au soleil dans le jardin de Jean-Marie, ne pensait guère à son cruel ennemi. Elle avait retrouvé son fils tant chéri. Maintenant, elle était heureuse!

Et son bonheur eut sans doute été parfait sans une étrange sensation d'inquiétude qu'elle ne parvenait pas à chasser de son âme.

Le brave Mistouflet, qui veillait constamment sur elle et son enfant, vit le sombre nuage qui, ce jour-là, assombrissait ses doux regards.

— Madame Yvonne, quelque chose vous tracasse, n'est-ce pas? lui demanda-t-il affectueusement.

— C'est vrai, mon ami; mais je suis folle d'avoir peur!...

— Vous avez peur, dites-vous? fit vivement l'hercule. Et, de qui donc, Seigneur-Jésus!

La jeune femme promena rapidement ses regards autour d'elle, puis, n'apercevant rien de suspect :

— Mon bon Mistouflet, dit-elle, j'éprouve comme le pressentiment d'un malheur inconnu... je me forge sans doute des idées, mais...

Brusquement, elle baissa la voix.

— Mais, reprit-elle, je me demande si la bienveillance que vous témoignent Mme de Maintenon et le marquis de Barbézieux ne cache pas un piège.

— Mon Dieu, madame Yvonne; moi, je ne crois pas cela. Si monsieur de Barbézieux ne nous avait pas fait connaître la grave résolution prise par monseigneur Louis, nous pourrions nous étonner du changement subit de nos ennemis...

— Le bourreau de mon époux, l'usurpateur triomphe! murmura Yvonne, mais si bas que son compagnon l'entendit à peine.

Le brave Mistouflet continuait :

— Eh bien, doux Jésus! moi, maintenant... et je ne dis pas cela pour vous tranquilliser, madame Yvonne, maintenant je trouve qu'ils ne seront jamais assez aimables envers la compagne de celui qui, par l'abandon de trois écrits précieux, va leur permettre de rester les maîtres incontestés de la France...

— Sans avoir à trembler de crainte à chaque heure du jour! dit à mi-voix la femme de Mgr Louis.

— Mais oui, doux Jésus! murmura le bon Mistouflet, c'est parfaitement ce que je voulais dire... Allons, chassez votre inquiétude. Vous savez, d'ailleurs, que nous repartons après-demain, et que c'est moi qui dois commander votre escorte.

— Oui, jusqu'à Lyon où monseigneur Louis et Faribole viendront nous rejoindre, dit Yvonne en caressant son fils.

Mistouflet demeura rêveur pendant un instant; puis, mordillant sa moustache, mouvement qui indiquait chez lui une certaine inquiétude :

— Pourvu qu'aucun accident fâcheux ne soit arrivé à messire Faribole, dit-il doucement. Je le connais; il n'aura peut-être pas eu la patience d'attendre le retour de monsieur de Chadefaux qui a obtenu sa mise en liberté.

La femme de Mgr Louis et son compagnon étaient encore dans le jardin, lorsque la mère de Jean-Marie vint dire qu'un cavalier apportait à Mistouflet l'ordre de se rendre à l'hôtel du marquis de Barbézieux.

— Bien, doux seigneur! fit l'élève de Faribole. Le temps d'aller à l'auberge seller mon cheval et j'y cours.

Dix minutes après, il entrait dans Paris par la porte de Buci et se dirigeait au grand trot vers la demeure du ministre.

Barbézieux le reçut dans son cabinet de travail.

— Messire Mistouflet, dit-il à celui-ci, je vous fais appeler pour vous avertir que mon projet de conduire à Lyon l'enfant de dame Yvonne, va subir une légère modification.

— Ce sera alors la deuxième, Monseigneur, fit en souriant Mistouflet.

— C'est juste, messire Mistouflet. Je devais d'abord me rendre seul à Lyon avec Jean-Marie et sa femme qui se serait occupée du petit. Mais l'arrivée inattendue de dame Yvonne nous a fait changer d'intention.

— Et maintenant, Monseigneur ?

— Maintenant, Je ne pars plus... du moins pas avec vous! reprit le marquis de Barbézieux.

— Rien de changé pour le reste, alors? questionna Mistouflet.

— Non, Messire, répliqua le ministre. Trois jours me suffiront pour régler l'affaire qui va me retenir ici. Vous partirez donc sans moi; mais, comme je compte voyager deux fois plus vite que vous, il est probable que je vous rattraperai non loin de Lyon

Barbézieux tendit à Mistouflet un pli fermé.

— A présent, prenez ce parchemin, ajouta-t-il.

— Qu'est-ce donc, doux Jésus! murmura l'élève de Faribole.

— Ne vous accompagnant pas, dit M. de Barbézieux, vous auriez besoin de cet ordre pour vous faire donner dans les villes que vous verrez indiquées en marge, les six cavaliers qui doivent composer votre escorte.

— Très bien, Monseigneur... Est-ce tout? demanda Mistouflet.

— Il me reste à vous donner l'argent du voyage, car les hommes et les chevaux mangent, n'est-il pas vrai?

— Habituellement, monseigneur... en France, du moins, répliqua en souriant Mistouflet qui, on le sait, mangeait autant que trois.

— Voici trente-cinq pistoles que le major Rosarges à dû me rendre et dont il n'avait d'ailleurs plus besoin.

Et Barbézieux remit une petite bourse à Mistouflet.

— Monseigneur, dit celui-ci en empochant l'argent; est-ce indiscret de vous demander ce que mon ennemi Rosarges est devenu?

— Il se repose actuellement au Fort-l'Évêque des fatigues que lui a values une trop rapide poursuite, fit en riant le marquis de Barbézieux.

— Alors, doux Jésus! j'attendrai qu'il sorte pour régler avec lui un petit compte... Au revoir, Monseigneur

Et Mistouflet, après avoir salué aussi correctement que l'eût fait un courtisan de Son Excellence, sortit du cabinet et alla rejoindre sa monture.

Un quart d'heure plus tard, il mettait pied à terre devant la porte de l'auberge où il avait momentanément élu domicile avec Dorfeuil, puis retournait auprès d'Yvonne.

Le surlendemain, à neuf heures du matin, un carrosse escorté de six chevaux-légers s'arrêtait devant la maisonnette de Jean-Marie. Près la porte, veillant sur trois montures, Dorfeuil se tenait en observation.

La femme de Mgr Louis et Mistouflet, prêts à partir, attendaient à l'intérieur de la coquette habitation.

— Madame Yvonne, le carrosse est arrivé, dit le jeune Dorfeuil en ouvrant la porte,

Mistouflet s'avança et, regardant dans la rue ;

— Hé! doux Jésus! dit-il, on nous fait beaucoup d'honneur : pour nous escorter on nous donne des cavaliers de la maison du roi.

— Et tous bien armés, monsieur Mistouflet,

— C'est vrai, mon ami. Aussi, doux Seigneur! le maudit Gniafon peut placer sur notre route tous les bandits qu'il voudra, je ne les crains pas!

Mistouflet et Dorfeuil, transportèrent sur la voiture deux grandes malles contenant les effets et du linge achetés la veille, puis ils se mirent en selle. Sur le seuil de la maisonnette, Yvonne tendit sa petite main à Germaine et à la sœur de Jean-Marie.

— Je vous remercie, leur dit-elle, du plus profond de mon cœur, des bons soins que vous avez donnés à mon fils.

— Ma belle-mère et moi, nous l'aimions déjà beaucoup, répliqua la camériste de Mme de Maintenon. Le portrait que vous avez bien voulu nous laisser sera pour nous un charmant souvenir.

Puis, Germaine ayant mis deux nouveaux baisers sur les joues roses du beau bébé, Yvonne monta dans le carrosse, installa son enfant à côté d'elle, Médus se coucha à ses pieds, et l'on ferma la portière.

Superbe dans le pourpoint neuf qu'il avait endossé, redressant sa haute taille, Mistouflet se plaça fièrement à la tête des chevau-légers et, de sa voix fluette, commanda :

— En avant!... au trot!

Et la lourde voiture se mit en marche, suivie par le jeune camisard, tenant en main la monture d'Yvonne.

On s'arrêta une heure et demie à Brunoy, pour dîner et permettre à la compagne de Mgr Louis d'aller remercier le vieil habitant de ce village qui avait si gracieusement prêté son carrosse pour conduire Rosarges à Paris.

Il était nuit lorsque, à cinq heures du soir, on arriva à Melun.

On devait y rester jusqu'au lendemain et repartir dès la pointe du jour après avoir changé d'escorte.

Après qu'ils eurent soupé, Mistouflet installa Yvonne et son enfant dans la plus belle chambre qu'il put trouver dans l'auberge où ils étaient descendus. Avec une respectueuse sollicitude, il demanda à la jeune femme :

— Et maintenant, madame Yvonne, cette vilaine inquiétude qui, là-bas à Saint-Germain, ne voulait pas vous quitter, commence-t-elle à disparaître.

La voyageuse hésita une seconde, puis de sa voix douce :

— Mon cher Mistouflet, répondit-elle, placée sous ta sauvegarde j'aurais tort d'éprouver pour moi, ou pour mon fils, un sentiment d'inquiétude. Près de toi, je ne crains rien !

Yvonne fit cette réponse pour ne pas chagriner son compagnon toujours si bon pour elle; mais loin d'avoir disparu, son pressentiment qu'elle ressentait depuis plusieurs jours, semblait augmenter à mesure qu'on avançait vers Lyon.

Aussi quand elle fut seule avec son enfant elle murmura en couvrant le chérubin de vives caresses :

— Oh! cher mignon, ce n'est pas pour toi mais pour ton père que j'éprouve une mortelle crainte... O mon Dieu ! ajouta-t-elle, vous m'avez rendu mon enfant, allez-vous maintenant me prendre mon époux... Monseigneur Louis!

. . . .

Ce même soir, dans la chaumière d'Euzet, Mgr Louis et Faribole achevaient leurs préparatifs de départ.

Ils devaient de très bonne heure, le lendemain, se mettre en route pour aller rejoindre à Lyon, Yvonne et Mistouflet, et prendre avec eux le chemin de l'exil.

Le lieutenant de Chadefaux avait annoncé à Mgr Louis que sa compagne ne tarderait pas à arriver. Le gentilhomme avait alors décidé de prendre immédiatement ses mesures en vue de leur voyage. Il acheta le vieux carrosse qui l'avait amené du Mas de Montcarra à Euzet, puis il envoya Faribole au camp de Jean Cavalier pour prier le chef des camisards de le venir voir avec le pasteur Raymond.

L'ancien maître d'armes était également allé au souterrain d'Euzet au fond duquel Exili se préparait à fabriquer de la fausse monnaie, et avait prévenu l'alchimiste de leur prochain départ.

— J'accompagnerai d'abord Mgr Louis à Genève, puisque c'est, bagasse! sur les bords du lac de cette ville que nous devrons désormais habiter. Je me rendrai ensuite à Paris, seul ou avec Mistouflet, pour y guetter l'arrivée du vieux duc de la Tour du Roc...

— Messire Faribole, avait répondu Exili en remettant à l'ami de de Mistouflet un passe-partout, vous connaissez la boutique d'apothicaire située place de la Bastille, vous savez qu'elle donne accès à un refuge bien caché, en voici la clef ; la maison est à votre entière disposition.

Trois nouveaux jours s'écoulèrent. Jean Cavalier et le ministre protestant étaient venus remercier le gentilhomme de tout ce qu'il avait fait pour les calvinistes des Cévennes.

Mgr Louis commençait à s'inquiéter de ne point recevoir des nouvelles de sa compagne, lorsqu'un jeune cavalier se présenta à la maisonnette d'Euzet.

C'était Jean-Marie que le marquis de Barbézieux avait mis aux ordres d'Yvonne afin que celle-ci pût envoyer une lettre à son mari.

La jeune femme annonçait qu'elle avait retrouvé son fils et qu'elle se rendait avec lui directement à Lyon, accompagnée de Mistouflet et du ministre auquel devraient être livrés les parchemins de Mgr Louis.

Yvonne terminait sa longue lettre en indiquant à Faribole toutes les choses qu'elle désirait qu'on lui apportât d'Euzet.

Enfin l'heure de partir sonna. Mgr Louis monta dans le vieux carrosse, en face de lui prirent place le pasteur Raymond et maître Exili qui avaient voulu accompagner le gentilhomme jusqu'à la route d'Alais à Nîmes. Faribole grimpa sur le siège du cocher, rassembla les rênes dans ses mains, puis le lourd véhicule se mit en marche lentement.

Vers une heure de l'après-midi on atteignit la grande route.

Le fils d'Anne d'Autriche se sépara de ses compagnons qui tout émus lui dirent adieu, puis il continua son chemin s'éloignant au grand trot des montagnes des Cévennes qu'il ne devait plus jamais revoir.

Quatre jours après il arrivait à Lyon.

Le premier coup de onze heures du matin sonnait au clocher d'une église voisine, comme Faribole arrêtait son carrosse dans la cour de l'hôtellerie du Lion-Rouge qui devait à son ancienne réputation d'avoir été choisie par Barbézieux pour s'y rencontrer avec Mgr Louis.

Tandis que des valets d'écurie s'empressaient de dételer les chevaux de la voiture, l'hôtelier se portait vivement au devant du voyageur dont l'air de noblesse lui fit une meilleure impression que celle produite par la vue du vieux carrosse démodé,

— Monseigneur, commença-t-il en s'inclinant.

Mais d'un geste, le gentilhomme l'interrompit, et lui demanda :

— Dites-moi maître hôtelier, une jeune femme avec son enfant et deux compagnons, de plus ayant avec elle un chien noir superbe, devait descendre chez vous... Est-elle arrivée?

— Pas encore, monseigneur.

Il eut bien voulu aller jusqu'à la fenêtre afin de plonger son regard dans la rue.

— Elle arrivera sans doute aujourd'hui, reprit Mgr Louis. Vous me ferez donner un appartement ayant au moins trois chambres.

Un moment après, il s'installait avec Faribole dans une pièce du premier étage et commandait qu'on leur servît à dîner.

Tout en mangeant, l'ancien maître d'armes expliqua à Mgr Louis le dessein qu'il avait formé d'aller bientôt provoquer le duc de la Tour-du-Roc, et d'un heureux coup d'épée, faire le bonheur de Mlle de Vrignes et de M. de Chadefaux.

— Il y a encore quelqu'un, bagasse! que je serais bien heureux de rencontrer, ajouta-t-il, c'est le misérable Gniafon. Lorsque j'aurai tué cet être horrible, je quitterai la France sans regret.

Le brave Faribole était loin de se douter que Gniafon, l'infâme ennemi qu'il voulait punir de tant de crimes, se trouvait en ce moment à quelques pas de lui.

La chambre occupée par le nain était en effet contiguë à celle qui avait été donnée à Faribole; une simple cloison en maçonnerie légère séparait les deux pièces.

Mgr Louis et son compagnon, assis près d'une large cheminée dans l'âtre de laquelle flambait un gai feu de bois, car en ce jour de décembre le froid se faisait sentir, s'entretenaient depuis une heure environ, quand un bruit montant de la rue attira leur attention.

Ils prêtèrent l'oreille.

Tout à coup, ils tressautèrent, et, comme si un même ressort les eût poussés, en une seconde ils se trouvèrent debout.

— Ce sont eux!... s'écria Mgr Louis qui courut vers la fenêtre.

— Je le crois, troun de l'air! fit joyeusement l'ancien maître d'armes en rejoignant le gentilhomme.

Le front contre les vitres, ils regardèrent avidement dans la rue.

Ils ne s'étaient point trompés!

Le brave Mistouflet, à la tête d'une escorte de six dragons qu'il venait d'arrêter de la voix et du geste, faisait volter sa monture et la poussait vers la portière d'un beau carrosse près duquel le jeune Dorfeuil descendait de cheval.

Mgr Louis, quittant brusquement la fenêtre, se précipita hors de la chambre, suivi de son fidèle Faribole. En moins d'une minute, tous deux furent dans la salle basse dont la porte, donnant sur la rue, était ouverte.

Sur le seuil de cette porte, le maître de l'hôtellerie du Lion-Rouge, son couvre-chef à la main, venait de se placer. Derrière lui, se pressaient les servantes et les valets que le bruit de la cavalcade avait attirés.

A peine Dorfeuil avait-il ouvert la portière que son chien. Médus, s'élançait d'un bond sur le pavé; puis Yvonne apparaissait, mettant son enfant dans les bras que lui tendait le jeune camisard, posait la pointe de sa chaussure sur le marchepied et, légère, sautait sur le sol.

— Par la madone de Fourvières! pensa l'hôtelier, c'est la voyageuse attendue par le gentilhomme arrivé vers midi.

Et, descendant l'unique marche qui précédait l'entrée de sa maison, il s'inclina jusqu'à terre ainsi qu'il convenait devant une personne qui, à en juger par sa suite et son équipage, devait être une des plus nobles dames de France.

Une seule chose l'étonnait : c'est la simplicité du costume d'Yvonne qui, avant de quitter Saint-Germain, avait repris les vêtements de son sexe.

Au moment où Yvonne passait devant l'hôte plié en deux, Mgr Louis écartait le triple rang formé par les domestiques et atteignait le seuil de la porte.

Alors un même cri de joie, de bonheur et d'amour s'échappait des lèvres des deux époux.

— Monseigneur Louis!... s'écria la jeune femme en se jetant dans les bras frémissants de celui-ci.

— Yvonne!... chère Yvonne! je vous revois enfin! murmura le gentilhomme en embrassant tendrement sa douce et charmante compagne.

— Et lui aussi, notre fils, vous le revoyez! reprit Yvonne.

Et, se tournant vers Dorfeuil qui entrait dans la salle derrière elle, Yvonne fit passer son enfant des bras du jeune homme dans ceux de Mgr Louis.

Et, ce fut pendant une minute un tableau charmant que celui que présenta la vue d'un beau gentilhomme au visage pâle d'émotion, couvrant de douces caresses un superbe enfant, le sien, sous les regards brillant de satisfaction et de joie de l'heureuse mère.

— A la bonne heure! fit à l'oreille de sa voisine la jeune servante qui trouvait que Gniafon était plus laid qu'un singe ; à la bonne heure! voilà un fier gentilhomme que je servirais avec plaisir... tandis que je n'en puis dire de même du nain horrible qui me *dégoûte!*

— Venez, ma chère Yvonne, dit doucement Mgr Louis en se dirigeant vers l'escalier conduisant à l'étage supérieur.

Après avoir serré cordialement la main de Dorfeuil, Faribole sortit de la salle basse et s'avança vers Mistouflet qui avait mis pied à terre et achevait de donner ses instructions à un des dragons de l'escorte.

— Capé dé dious! s'écria-t-il, vous vous mettez bien, monsieur Mistouflet. Vous voilà commandant des soldats du roi!

— Depuis Paris, messire Faribole; mais je vais bien vous étonner, doux Jésus!...

— Hé! bagasse! je le suis déjà pas mal! interrompit l'ancien maître d'armes en riant... Mais pardon, continuez, mousieur Mistouflet?

— Eh bien! Seigneur-Jésus! je voulais vous dire que je dois le commandement que j'exerce à un événement qui a obligé le major Rosarges de me céder sa place.

— Pauvre Rosarges! fit le brave Faribole avec un accent de compassion que les curieuses et indiscrètes servantes, arrêtées sur le pas de la porte, durent croire absolument sincère

— Et je parie, bagasse! continua Faribole, que l'événement survenu est un joli coup d'épée dont vous avez gratifié le major!

— Hélas! non, répondit Mistouflet le ton profondement navré. Par deux fois, j'en ai eu l'occasion et le désir...

— Mille dious! pourquoi ne l'avez-vous pas fait?

— J'avais promis à dame Yvonne, que je devais conduire au bourg Saint-Germain, d'être un modèle de prudence...

A ce moment, l'hôtelier s'approcha du groupe formé par les deux compagnons de Mgr Louis et le jeune camisard.

— Monsieur le capitaine... commença-t-il en s'inclinant.

— Hein! quoi! bagasse! dit Faribole étonné.

Mistouflet tourna vivement la tête pour voir si un officier n'était pas entré sans qu'on l'eût entendu; n'apercevant personne, il comprit que c'était lui-même qui était le capitaine interpellé.

Alors, courbant légèrement son torse d'hercule :

— Que disiez-vous, mon cher hôte? Parlez, doux Jésus! fit-il de sa voix fluette et l'air tout à fait aimable.

— Oh! pensa l'hôtelier, voilà un officier pas fier du tout...

Puis, à haute voix et le sourire aux lèvres :

— Monsieur le capitaine, dit-il, vous avez voyagé par une température humide et froide; aussi ai-je supposé qu'il ne vous déplairait pas de prendre un gobelet de vin chaud...

— Et vous avez donné l'ordre d'en préparer? doux jésus!

— En effet, monsieur le capitaine.

— Eh bien, cher hôte, vous avez eu une très bonne idée, reprit Mistouflet. Vous allez d'abord en offrir aux dragons qui m'accompagnaient;

puis, lorsque j'aurai salué Monseigneur, vous nous en monterez dans une chambre, pour moi et mes deux amis.

Et il désignait Faribole et Dorfeuil.

— Très bien, monsieur le capitaine, répliqua l'hôtelier en s'inclinant.

Cinq minutes après, l'ancien maître d'armes, son élève et Dorfeuil, précédés de Médus, entraient dans l'appartement de Mgr Louis.

— Approche, mon ami, dit aussitôt le gentilhomme à l'hercule; je veux te remercier des mille soins dont tu as entouré madame Yvonne et son enfant pendant tout le cours de votre voyage.

— Oh! Monseigneur... voulut protester le brave garçon.

— Je veux aussi, continua le mari d'Yvonne, te féliciter du sauvetage opéré par toi à Brunoy, et enfin t'adresser, et à ton compagnon Dorfeuil également, mes félicitations pour l'habileté et la patience dont vous avez fait preuve au couvent de Notre-Dame-de-Recouvrance.

Et, en disant ces mots, Mgr Louis tendit une main à son cher Mistouflet et l'autre au jeune camisard.

Debout près d'Yvonne qui, assise devant la cheminée, tenait son enfant sur ses genoux, Faribole paraissait un peu troublé; un observateur attentif aurait deviné qu'il avait une demande sur les lèvres, mais qu'il hésitait à l'articuler.

A la fin, pourtant, ayant fait un effort, il dit soudain :

— Madame Yvonne, à mon grand regret, je n'ai pu suivre Mistouflet et le camarade Dorfeuil qui ont eu la joie de vous tirer de votre couvent, aussi, n'est-ce pas comme récompense que je voudrais que vous me permettiez de... de...

— Allons, achève, mon brave Faribole, dit Yvonne avec un doux sourire destiné à l'encourager.

— Eh bien, madame Yvonne, reprit le professeur de Mistouflet, je voudrais embrasser votre fils, bagasse!...

— Ah! mon bon ami, tiens, embrasse-le, s'écria Yvonne.

Et, plus émue qu'elle ne le laissait paraître, elle leva le visage blanc et rose de son enfant jusqu'à la hauteur de la bouche de Faribole.

Mgr Louis arrêta son regard sur son cher et vaillant compagnon; puis il sourit. C'est qu'il connaissait intimement son Faribole, et il pensait qu'il venait de faire l'éloge de Mistouflet devant son ancien professeur, mais qu'il n'avait pas fait celui de ce dernier devant son élève.

Il résolut de réparer sur-le-champ cet oubli et de ramener la joie dans le cœur du très susceptible Faribole.

— Ma chère Yvonne, dit-il avec un rapide clignement de l'œil, notre ami se trompe en vous disant qu'il n'a droit à aucune récompense ; moi je prétends le contraire.

— Nous vous écoutons, mon cher Seigneur ! fit Yvonne en souriant.

— Écoutez et vous verrez que notre brave Faribole a, lui aussi, fait preuve d'autant d'adresse et de courage.

Et Mgr Louis raconta l'évasion de l'ancien maître d'armes et le brillant combat qu'il avait soutenu avec les camisards contre les soldats du maréchal de Villars.

On félicita Faribole, et le léger chagrin que, malgré lui il ressentait quand une parole de Mgr Louis ou d'Yvonne lui faisait supposer que le gentilhomme ou la jeune femme avait plus d'amitié pour Mistouflet que pour lui, ce léger chagrin disparut et la physionomie du brave garçon redevint gaie et souriante.

— Maintenant, ma chère Yvonne, demanda Mgr Louis à sa compagne, pourriez-vous me dire pourquoi, alors que vous me l'aviez annoncé dans votre lettre, monsieur le Marquis de Barbézieux ne vous accompagne pas ?

— Mon cher Seigneur, répondit Yvonne, l'avant-veille de notre départ de Saint-Germain, monsieur de Barbézieux m'a fait avertir par Mistouflet qu'une affaire imprévue allait le retenir à Paris deux ou trois jours, mais qu'il nous rejoindrait à Lyon et peut-être même avant que nous ayons atteint cette ville.

Et ma foi, ajouta-t-elle joyeusement, je vous avoue que j'ai été on ne peut plus contente de cette absence du ministre, car, bien qu'il m'ait rendu mon fils, sa personne m'est tout à fait antipathique, pour ne pas dire odieuse.

Mgr Louis se tourna vers Dorfeuil :

— Mon cher Georges, lui dit-il d'une voix affectueuse, tu sais déjà que j'ai choisi les environs de Genève pour y vivre désormais. Je serais, certes, fort heureux si tu te décidais à me suivre ; mais quitter son pays pour toujours, c'est souvent un grand sacrifice... aussi, je n'ose pas te le demander...

— Monseigneur Louis, répliqua vivement le jeune camisard, je suis orphelin ; rien ne m'attache au pays qui m'a vu naître. Au contraire, j'ai pour vous, Monseigneur, et pour madame Yvonne, si dévouée, si généreuse, une profonde affection...

— Je le sais, mon ami ! fit à mi-voix Yvonne.

Dorfeuil tourna ses regards vers Faribole et Mistouflet.

— Et puis, continua-t-il, j'ai encore pour tous deux **une sincère amitié** qui n'a d'égale que mon admiration pour leur bravoure ; aussi, monseigneur Louis, je vous demande comme grâce la faveur de vous accompagner.

— Merci, mon cher Dorfeuil, prononça doucement le fils d'Anne d'Autriche, tu nous accompagneras et resteras auprès de nous.

Puis, tout bas et avec un sourire :

— Chère Yvonne, murmura-t-il, le bonheur de vivre entre une femme et un fils adorés, et entouré de trois braves cœurs dont je connais le dévouement et l'affection sans bornes, ce bonheur, ma chère Yvonne, ne vaut-il pas cent fois plus qu'une couronne ?

— Oui, mon cher Seigneur !...

Et ses beaux yeux humides de tendresse, la voix vibrante d'amour, elle ajouta gravement :

— Oui, oui !... Et je vous l'assure, mon ami, votre compagne qui vous adore toujours, votre fils qui vous aimera et vous respectera, tous deux sauront bien vous aider à oublier le sacrifice que vous avez fait pour eux !...

Pendant que Mgr Louis et Yvonne, heureux en ce moment comme depuis longtemps ils ne l'avaient été, formaient de beaux projets, un être infâme, un misérable complotait dans la chambre voisine, contre leur bonheur.

C'était Gniafon, l'horrible nain incendiaire et assassin !

Lui aussi avait entendu le bruit produit par le cliquetis des sabres des dragons et par les sabots de leurs chevaux quand, vers deux heures de l'après-midi, l'escorte commandée par Mistouflet s'était arrêtée devant l'hôtel du Lion-Rouge.

— Que diable est-ce cela ? s'était-il dit.

Il eut bien voulu aller jusqu'à la fenêtre afin de plonger son regard dans la rue ; mais il était cloué sur une chaise longue non munie de roulettes et, comme il lui était impossible de poser les pieds par terre, il dut attendre, pour se renseigner, qu'un valet ou une servante vînt dans sa chambre.

Mais, quand une heure plus tard, la domestique attachée à son service monta voir s'il n'avait besoin de rien, au lieu de lui répondre, il s'empressa de lui demander :

— J'ai entendu le bruit d'une troupe de cavaliers ; est-ce ici qu'ils sont descendus ?

— Oui, Monseigneur, répliqua brièvement la servante. .

— Ces cavaliers étaient-ils nombreux ?

— Non, Monseigneur ; six dragons seulement escortant un carrosse...

Et, regardant en-dessous le nain difforme, elle ajouta, le ton plaisant et malicieux :

— Par exemple, ils étaient commandés par un bel homme... un cavalier superbe, qui porte le joli nom de Mistouflet.

— Hein; tu as dit Mistouflet, s'écria Gniafon.

Et, oubliant l'état de ses deux pieds, il les posa brusquement sur le plancher et se dressa comme s'il allait bondir sur son ennemi.

Mais aussitôt un hurlement de rage et de douleur jaillit de sa bouche affreusement convulsée par la souffrance aiguë que son mouvement lui fit éprouver, et il retomba sur son siège en poussant une horrible imprécation.

La jeune servante, effrayée, recula jusqu'à la porte.

— Tripes du diable! reste ici et réponds!... lui cria le nain furieux.

Et quand, toute tremblante, elle se fut avancée de quelques pas :

— Une femme était dans le carrosse?

— Oui, Monseigneur... une femme et un enfant.

— Mordieu! c'est Yvonne... on lui a rendu son fils, murmura Gniafon.

Et, grimaçant, il demanda à la servante :

— Un gentilhomme n'accompagnait-il pas cette femme?

En adressant cette question, il pensait au marquis de Barbézieux.

— Non, Monseigneur, répondit la fille d'auberge. Le gentilhomme l'attendait ici avec un nommé Faribole; ils...

Un cri de stupeur poussé par l'affreux bossu, lui coupa la parole.

— Ah! ça... mais il devient fou? pensa-t-elle en reculant de nouveau vers la porte.

— Cornes de Satan! fit Gniafon en se démenant; voyons, la fille, tu dois te tromper... le compagnon du gentilhomme ne peut pas se nommer Faribole!

— Dame, Monseigneur, je ne lui ai pas demandé son nom, mais j'ai parfaitement entendu messire Mistouflet l'appeler ainsi.

L'ennemi d'Yvonne réfléchit un instant, puis il se dit :

— Parbleu! c'est bien cela : Barbézieux a eu le temps d'envoyer l'ordre de remettre en liberté le brigand que moi, j'avais fait jeter en prison... Bien, bien, je me souviendrai...

— Monseigneur n'a plus rien à me demander? dit la servante.

— Non, laisse moi! répliqua brusquement le nain.

— Oh! avec le plus grand plaisir, pensa-t-elle en sortant vivement de la chambre de Gniafon.

Celui-ci demeura assez longtemps rêveur. Il se disait à lui-même :

Avez-vous compris? demanda Barbézieux qui avait parlé pendant une demi-heure.

— Barbézieux, agissant naturellement d'après le conseil de ma mère, aura certainement exigé que Monseigneur Louis se sépare de Jean Cavalier... Va-t-il continuer de résider au pied des Cévennes? Je ne le crois pas... Il faut que je sache en quel lieu il va aller habiter... Où il sera, je retrouverai Yvonne...

Ah! ventre du diable! jura-t-il, je ne pourrai rien entreprendre par

moi-même tant que les blessures de mes pieds ne seront pas guéries...
Mais en attendant, je puis faire suivre Yvonne par un garçon intelligent.

Alors, il agita une sonnette placée près de lui.

— Que l'hôtelier monte me trouver à l'instant? dit-il au valet qui
accourut à son appel.

Cinq minutes plus tard, le maître de l'hôtellerie s'inclinait humblement
devant Gniafon en lui disant :

— Vous m'avez fait demander, Monseigneur?

— Oui... j'ai besoin d'un homme habile et discret, pour le charger
d'une commission difficile. Pour la remplir, il lui faudra peut-être quinze
jours, mais je le paierai généreusement.

— Un jeune homme de dix-neuf ans, à cause de son âge, ne serait
sans doute pas agréé par Monseigneur?

— Mais si, maître hôtelier, pourvu qu'il soit intelligent.

— Pour ça, il l'est, Monseigneur. On trouve même qu'il a un peu trop
de malice. Ainsi, à moi qui suis son oncle, il m'a joué plus d'un tour
pendable, le gredin!

— C'est bon! interrompit Gniafon, envoyez-moi immédiatement votre
neveu.

— Il ne demeure pas ici, Monseigneur; mais je vais de suite le faire
appeler, et, si on le trouve chez sa mère, dans une demi-heure il sera près
de vous.

— En ce cas, allez vite, mille cornes du diable! s'écria le nain
impatient de faire surveiller Yvonne.

L'hôtelier s'inclina très bas et sortit.

Comme il revenait dans la salle du rez-de-chaussée, un laquais
portant la livrée du gouverneur de Lyon, y entrait et s'informait si un
gentilhomme, qui devait s'appeler le capitaine Louis, ainsi qu'une jeune
femme voyageant avec une escorte de dragons, étaient arrivés à l'hôtel
du Lion-Rouge.

— Oui, répondit l'hôte. Le gentilhomme est arrivé ce matin, et la
jeune femme il y a deux heures à peine.

Le laquais remercia et repartit rapidement.

Mais trois quarts d'heure après, il se présentait de nouveau et
demandait à être conduit vers le capitaine Louis auquel, disait-il, il avait
une lettre à remettre.

— Suivez-moi, mon garçon, fit le maître de l'hôtellerie.

Et lui-même guida le laquais jusqu'auprès du fils d'Anne d'Autriche
et de sa compagne Yvonne.

— Qui m'adresse ce pli? demanda le gentilhomme en prenant le papier que lui tendait le valet.

— Monseigneur le marquis de Barbézieux, descendu il y a une heure environ à l'hôtel de Monseigneur le Gouverneur.

Et, en inclinant la tête, le laquais ajouta :

— J'ai l'honneur d'attendre la réponse de monsieur le capitaine.

Mgr Louis parcourut rapidement des yeux le billet que lui envoyait le marquis, puis il le passa à Yvonne qui le lut à son tour.

— C'est bien, dit Mgr Louis, prévenez monsieur de Barbézieux que dans un instant je serai à l'hôtel de Monsieur le Gouverneur.

Aussitôt que la porte se fut refermée sur le laquais, la douce Yvonne, envahie de nouveau par un sombre pressentiment, murmura en laissant aller sa tête sur l'épaule de son mari :

— J'ai peur, monseigneur Louis... j'ai peur pour vous !..

— Pourquoi, ma chère Yvonne; parce que je vais me retrouver en présence du fils d'un de ceux qui m'ont le plus fait souffrir ?... j'y suis obligé pour lui livrer les parchemins promis...

— Ne pourriez-vous pas attendre à demain? dit tout bas la jeune femme.

— Non, chère aimée, répliqua Mgr Louis d'une voix pleine de tendresse. J'ai pris l'engagement d'honneur de remettre mes précieux manuscrits aussitôt que vous et mon fils vous m'auriez été rendus... Or, Barbézieux sait que depuis deux heures déjà vous êtes près de moi.

— C'est vrai, monseigneur Louis, et le fils de Louis XIII doit sans retard tenir ses engagements... et pourtant j'ai peur...

— Allons, chassez toute crainte, ma chère Yvonne. Mes braves gardes du corps, Faribole et Mistouflet vont m'accompagner.

Et, relevant doucement la tête de sa compagne, le gentilhomme la baisa au front longuement.

Il appela ensuite Faribole et Mistouflet qui causaient avec Dorfeuil dans la chambre voisine.

— Mes chers amis, leur dit-il avec un beau sourire, je me rends à l'hôtel du Gouverneur où m'attend le marquis de Barbézieux. Vous allez m'accompagner.

— Très bien, bagasse! fit vivement Faribole; car, voyez-vous, Monseigneur, le fils de Louvois ne m'inspire aucune confiance.

— Veux-tu bien te taire! répliqua le gentilhomme.., Vous allez tous deux prendre vos armes pour tranquilliser madame Yvonne qui redoute un événement fâcheux...

— Toujours, doux Jésus! dit à voix basse Mistouflet.

En souriant, Mgr Louis reprit :

— Moi je suis certain que si nous avons à nous défendre, ce ne sera que contre des malandrins qui voudraient nous enlever les cinquante mille livres que vous allez rapporter, mes amis.

— Je croyais, Monseigneur, dit Faribole, que le marquis de Barbézieux devait vous verser cent mille livres.

— En effet, mon ami. Mais les caisses de l'État sont à peu près vides. Aussi, le reste de la somme promise ne pourra m'être compté que dans quelques mois.

L'ancien maître d'armes et son élève descendirent aux écuries suivis du jeune Dorfeuil. Cinq minutes après, celui-ci revenait et annonçait à Mgr Louis que les chevaux étaient sellés.

Le gentilhomme embrassa tendrement son fils et sa compagne.

— Ma chère Yvonne, Dorfeuil va rester auprès de vous... Dans une heure, peut-être avant, je serai de retour...

Puis il sortit de l'appartement.

Lorsque la jeune femme, debout devant la fenêtre, le vit s'éloigner avec Faribole et Mistouflet, elle murmura mentalement :

— Je sens autour de moi comme un grand vide... Il me semble que monseigneur Louis part pour un long... bien long voyage...

Lentement, elle revint vers la cheminée.

— Allons, je suis folle! ajouta-t-elle presque à haute voix.

Et, serrant sur son cœur son enfant chéri, elle l'embrassa cent fois, espérant ainsi chasser le sentiment de terreur contre lequel sa raison essayait en vain de lutter.

La demie de quatre heures retentit soudain; et la nuit se fit très rapidement.

CHAPITRE XLII

OU LA MALHEUREUSE YVONNE FAIT LE SERMENT DE SE VENGER

Deux jours après le départ d'Yvonne et de ses compagnons du bourg Saint-Germain, le marquis de Barbézieux sortait, entre une heure et demie et deux heures de l'après-midi du palais du Louvre où il venait d'avoir un long entretien avec le roi Louis XIV et Mme de Maintenon, puis montait dans son carrosse armorié en disant au laquais qui l'attendait debout à la portière :

— A l'hôtel, et rapidement!

Le valet transmit cet ordre au cocher qui enveloppa ses deux chevaux d'un magistral coup de fouet.

Les nobles bêtes partirent au galop, et, moins de cinq minutes après, s'arrêtaient devant le perron de la superbe demeure du ministre.

Avant de pénétrer dans son cabinet, Barbézieux demanda à l'officier de service :

— J'ai fait mander monsieur le gouverneur de l'île de Sainte-Marguerite... Est-il arrivé ?

— Oui monsieur, répondit l'officier; et, me conformant à vos ordres je l'ai conduit dans le salon bleu.

— C'est bien, monsieur, fit Barbézieux qui se hâta d'entrer dans son cabinet de travail.

Sans prendre la peine de s'asseoir il traça rapidement sur un parchemin portant le sceau de l'État cette ligne :

» Ordre de remettre en liberté le major Rosarges. »

Puis il signa et, tenant le parchemin entre ses doigts, passa dans le salon bleu où M. de Saint-Mars attendait dans une attitude quelque peu méditative.

L'ex-geôlier de Mgr Louis se leva vivement en voyant la lourde tenture masquant la porte s'écarter pour laisser passer son supérieur. Et le saluant profondément :

— Monseigneur m'a fait l'honneur de me demander?...

— Oui, monsieur de Saint-Mars, répliqua le jeune ministre.

Et lui désignant un siège et s'asseyant lui-même :

— Mais veuillez vous asseoir, car j'ai à vous entretenir assez longuement, ajouta-t-il.

Le gouverneur de l'île Sainte-Marguerite s'inclina et dit en prenant un siège :

— Je suis aux ordres de monseigneur!

— Il est inutile, monsieur de Saint-Mars, reprit Barbézieux d'un ton glacial qui fit soudain passer un frisson dans les veines de son auditeur, il est inutile, je crois, de vous répéter que Sa Majesté est toujours fort mal disposée à votre égard.

— J'avoue humblement, monseigneur, que j'ai mérité pour mon manque de surveillance, les reproches de Sa Majesté.

— Je suis bien aise [de vous voir dans cette disposition d'âme, fit le ministre avec une imperceptible raillerie, ce que j'ai à vous apprendre vous affectera sans doute un peu moins...

— Une nouvelle disgrâce? demanda presque à voix basse et en pâlissant le cruel bourreau de Mgr Louis.

— Mon Dieu, oui, répliqua le marquis de Barbézieux,

Et après une légère pause en observant son compagnon du coin de l'œil.

— Monsieur de Saint-Mars, ajouta-t-il, j'ai le regret de vous annoncer que vous n'êtes plus gouverneur de l'île de Sainte-Marguerite.

La pâleur de M. de Saint-Mars s'accentua, il courba lentement la tête, mais ne prononça pas un mot.

Barbézieux laissa tomber sur lui un long regard.

— Mais ce n'est pas tout... continua-t-il au bout de deux ou trois secondes d'observation.

Brusquement le gouverneur destitué releva le front, et, de ses yeux remplis d'inquiétude, interrogea le ministre.

Celui-ci poursuivait toujours avec une sage lenteur:

— Sa gracieuse Majesté m'a donné l'ordre de vous envoyer à la Bastille, mon cher monsieur de Saint-Mars.

Au mot de Bastille, l'ex-geôlier de Mgr Louis, le bourreau de Mlle de Brévannes, ne pût réprimer un tressaillement nerveux.

— Moi... moi, enfermé à... à... balbutia-t-il tout tremblant.

Barbézieux eut un étrange sourire.

— Mon Dieu! monsieur de Saint-Mars, vous devez bien penser que... sachant tout ce que vous savez... Vous me comprenez n'est-ce-pas?.. Sa Majesté, aujourd'hui qu'elle n'a plus confiance en vous, ne peut vous laisser vous promener dans tout le royaume.

— J'ai pourtant rendu quelques services à Sa Majesté, murmura timidement M. de Saint-Mars.

— On ne les a pas oubliés, répliqua le ministre; aussi, il ne tient qu'à vous, monsieur...

— De ne pas aller à la Bastille? répliqua l'ex-gouverneur en interrompant bien involontairement son supérieur.

— Je n'ai point dit cela, reprit vivement le marquis. Vous irez à la Bastille... il le faut. Mais au lieu d'y être envoyé comme prisonnier, il ne tient qu'à vous d'y entrer comme gouverneur.

Le visage livide de M. de Saint-Mars se colora légèrement, un long soupir de soulagement s'échappa de ses lèvres et il demanda :

— Dites-moi, monseigneur, ce que je dois faire pour rentrer en grâce auprès du roi.

M. de Barbézieux promena son regard dans le salon, puis rapprochant son siège de celui de son subordonné :

— Écoutez attentivement, monsieur, répondit-il.

Et à voix basse il expliqua à M. de Saint-Mars le projet formé et arrêté une heure auparavant entre Louis XIV, Mme de Maintenon et lui-même.

— Avez-vous bien compris? demanda Barbézieux qui avait parlé pendant près d'une demi-heure.

— Oui, monseigneur, répliqua de Saint-Mars, et j'ose vous affirmer que vous serez content de moi.

— Très bien, monsieur, fit le ministre en souriant, je commence à croire que vous serez gouverneur de la Bastille.

Puis lui remettant l'ordre écrit d'élargir l'honnête Rosarges.

— Vous aurez besoin d'un officier pour commander votre escorte, reprit-il, vous allez vous rendre sur le champ au Fort-l'Évêque, là, vous trouverez un individu que vous connaissez bien : le major Rosarges.

— En effet, monseigneur, je le connais depuis de longues années, répartit M. de Saint-Mars.

— Vous lui expliquerez notre dessein, et vous ajouterez que s'il échoue par sa faute, il paiera de sa tête sa maladresse.

— Bien monseigneur.

— Soyez tous deux ici à la nuit tombante, reprit le ministre en se levant. Nous quitterons ensemble Paris. Il faut que sous trois jours nous soyons rendus à Lyon.

M. de Saint Mars s'inclina très bas et sortit.

Deux heures plus tard il revenait accompagné de Rosarges.

Des chevaux attendaient tout sellés dans les écuries; des valets les amenèrent près du perron; presque au même instant parut le marquis de Barbézieux enveloppé dans un ample et épais manteau.

Il se mit en selle, Saint-Mars et Rosarges l'imitèrent, et sans escorte ni laquais ils s'éloignèrent rapidement dans la direction de la barrière de Fontainebleau.

Vers onze heures du matin, trois jours après avoir quitté Paris, ils arrivèrent à l'entrée du petit village de Neuville distant de quatre lieues seulement de Lyon.

Subitement ils firent halte en apercevant, arrêté devant l'unique auberge de la localité, le carrosse et l'escorte d'Yvonne.

— Oh ! ils n'ont pas voyagé trop vite, dit le marquis de Barbézieux à ses compagnons. Nous serons à Lyon avant eux.

Ils revinrent sur leurs pas jusqu'à un chemin de traverse dans lequel ils s'engagèrent au galop.

Moins de cinq minutes après, ayant contourné le village, ils reprenaient de nouveau la grand'route de Lyon.

A midi et demi ils entraient dans la seconde ville de France et une vingtaine de minutes plus tard, descendaient de cheval dans la cour de l'hôtel du gouverneur.

Avant même de songer à prendre quelque nourriture, quoiqu'ils fussent à jeun depuis la veille, de Saint-Mars et Rosarges se hâtèrent de préparer avec une habileté infernale, un honteux guet-apens dans lequel ils espéraient faire tomber le loyal fils d'Anne d'Autriche.

Pendant ce temps le marquis de Barbézieux s'enfermait avec le gouverneur de Lyon.

Enfin à l'heure où la charmante Yvonne descendait de carrosse et s'élançait palpitante de bonheur dans les bras de son cher mari, de Saint-Mars rejoignait le ministre et lui disait :

— Monseigneur, tout est prêt ; maintenant « Il » peut venir !..

. . . .

Vingt-cinq minutes environ après avoir quitté l'hôtellerie du Lion-Rouge, Mgr Louis, Faribole et Mistouflet, traversaient une petite place demi-circulaire et s'arrêtaient à deux pas d'une sentinelle gardant la porte de la vieille demeure du comte Gaston de Darlay, qui était à cette époque gouverneur de la ville.

Une cour assez vaste s'étendait devant la façade principale de l'hôtel : derrière celui-ci se trouvait une sorte de jardin rectangulaire au fond duquel s'élevaient les bâtiments consacrés aux écuries, remises et logement de la valetaille.

Enfin, derrière ces bâtiments, on voyait une seconde cour fermée par une large porte charretière.

Cette porte donnait sur un chemin qui longeait la Saône dont les eaux jaunâtres roulaient à une quarantaine de mètres à peine.

La sentinelle, postée à l'entrée de la grande cour, avait d'avance reçu des instructions, car, au moment où Mgr Louis et ses compagnons arrêtaient leurs montures, elle frappait deux coups de crosse de mousquet contre la porte massive en criant :

— Ouvrez !..

L'un des battants tourna lentement sur ses énormes gonds livrant

Tu mens! mille dious! tu mens! clama Faribole qui saisit le valet à la gorge et le secoua rudement.

passage aux trois cavaliers, qui pénétrèrent aussitôt dans la cour éclairée par les lueurs tremblotantes de deux lanternes.

Gravement planté sur la plus haute marche du perron, un valet de pied semblait guetter leur arrivée.

Il s'avança vivement vers Mgr Louis lorsque celui-ci sauta à bas de son cheval, et s'inclinant respectueusement :

— Que Mgr daigne me suivre, dit-il ; j'ai l'ordre de le conduire dans le cabinet de Monseigneur le gouverneur.

Faribole mit la bride de son cheval dans la main de son ami Mistouflet, puis dit au gentilhomme :

— Moi, bagasse ! je demande à monseigneur la permission de le suivre ?

— Jusque dans l'antichambre, si tu veux, mon cher Faribole, répondit le mari d'Yvonne ; mais tu comprends bien que tu ne peux m'accompagner dans le cabinet du gouverneur.

— Eh bien, bagasse ! je vous attendrai à la porte...

Precédé du valet de pied et suivi de l'ancien maître d'armes, Mgr Louis gravit les degrés du haut perron et pénétra dans la demeure du comte de Darlay.

Une minute après il était introduit par le laquais dans une petite pièce où attendaient, assis devant un bon feu, le marquis de Barbézieux et le gouverneur de Lyon.

Les trois gentilshommes se saluèrent en même temps.

Mgr Louis paraissait très calme, son visage restait impassible ; pourtant un éclair d'inimitié, bien légitime du reste, avait traversé ses regards en apercevant le fils de son plus cruel bourreau.

Le marquis de Barbézieux était un peu pâle, mais la victime de Louvois n'y fit aucunement attention, pas plus qu'au léger tremblement nerveux qui agitait les membres du comte de Darlay.

— Monseigneur Louis, prononça le jeune ministre en s'inclinant avec respect, je vous ai écrit pour quelles raisons je ne pouvais vous remettre aujourd'hui que la moitié de la somme due par Madame la marquise de Maintenon...

— C'est bien, monsieur, interrompit froidement Mgr Louis ; madame de Maintenon a déjà rempli la première partie de l'engagement contenu dans une lettre écrite de sa main ; j'ose espérer qu'avant trois mois sera rendu l'édit qui mettra fin à la guerre des Cévennes... A mon tour de tenir ma promesse.

Le fils d'Anne d'Autriche tira alors les parchemins qu'il avait précieusement serrés sur sa poitrine, et les étalant sur un guéridon :

— Voici la rançon de ma compagne et de mon enfant, ajouta-t-il avec un air de suprême grandeur qui fit ouvrir de grands yeux au gouverneur, car Barbézieux s'était bien gardé de lui faire connaître la véritable personnalité de Mgr Louis.

Le ministre prit les parchemins et les serra dans la poche intérieure de son pourpoint.

— J'ai de plus, pris l'engagement de quitter la France, estima l'époux d'Yvonne ; dans huit jours j'aurai franchi la frontière.

— Bien, monseigneur, répliqua très bas le marquis de Barbézieux.

Puis, de la main il désigna au comte de Darlay deux sacs remplis de doubles pistoles ; le gouverneur appuya immédiatement sur un timbre, et un laquais entra.

— Portez ces sacoches aux compagnons de monseigneur, ordonna-t-il.

Le valet obéit. Mgr Louis allait le suivre.

— Je ferai respectueusement remarquer à monseigneur, dit alors M. de Barbézieux en s'inclinant, qu'il est nécessaire que je sache le lieu exact où monseigneur compte résider, et s'il continuera à se faire appeler le « capitaine Louis ? »

— J'ignore encore le nom du hameau ou du village que je choisirai pour m'y fixer avec les miens ; je vous le ferai savoir... Comme au pied des Cévennes, je m'appellerai simplement le capitaine Louis.

— Très bien, monseigneur !

En disant ces mots, Barbézieux s'inclina de nouveau devant le fils d'Anne d'Autriche qui le salua froidement et se dirigea vers la porte.

Tournant le dos au ministre il ne vit pas l'étrange sourire qui plissa les lèvres de ce dernier.

Déjà Mgr Louis avait soulevé la lourde portière, lorsque le gouverneur fit soudain résonner par quatre fois et très rapidement le timbre placé sur le guéridon.

C'était un signal convenu d'avance.

Brusquement la porte du cabinet s'ouvrit et deux hommes, deux colosses, précédant M. de Saint-Mars, apparurent sur le seuil.

Les deux hommes bondirent sur Mgr Louis ; et tandis que l'un d'eux le serrait à la gorge, l'autre lui jetait sur la tête un épais capuchon, le lui enfonçait jusqu'aux épaules et le fixait ensuite en l'attachant autour du cou du mari d'Yvonne au moyen d'une forte ficelle.

— Lâches !... prononça Mgr Louis.

Mais à demi étranglé, étouffé, il ne put ajouter un autre mot, ni faire le moindre geste pour se défendre.

En moins de deux minutes, ses bras et ses jambes se trouvèrent étroitement ligottés.

Saint-Mars prit un flambeau et se tournant vers ses acolytes :

— Maintenant, suivez-moi ? fit-il d'un ton bref.

Les deux hommes saisirent l'infortuné fils d'Anne d'Autriche par les épaules et par les pieds, et d'un pas rapide suivirent l'ex-gouverneur de l'île Sainte-Marguerite qui les guidait et les éclairait.

Derrière eux marchaient le marquis de Barbézieux et le comte de Darlay.

M. de Saint-Mars leur fit traverser le jardin, puis le couloir coupant en deux parties les communs, puis la seconde cour.

Durant tout le trajet, qui demanda plusieurs minutes, pas une seule parole ne fut prononcée.

Près de la porte charretière qui était ouverte stationnait un carrosse.

Dans un angle de la cour dix cavaliers se tenaient immobiles à la tête de leurs chevaux et la bride au bras.

Rosarges les commandait.

En un clin d'œil Mgr Louis fut mis dans la voiture ; puis les deux colosses se placèrent à ses côtés et de Saint-Mars s'assit sur la banquette du fond.

M. de Barbézieux referma lui-même la portière.

Au même instant, sur un signe du Major, les cavaliers sautaient en selle.

Avec cinq hommes, Rosarges se porta devant le carrosse, les cinq autres se placèrent derrière, et, dans un silence lugubre on sortit de la cour.

Bientôt on franchit la Saône ; une demi-heure après, on arrivait à Vaise.

A l'entrée de ce bourg, attendait depuis plus d'une heure un carrosse qui, comme celui dans lequel était enfermé Mgr Louis, était escorté par dix cavaliers. Deux hommes en occupaient l'intérieur.

En passant à côté de ce carrosse, Rosarges arrêta sa monture pendant quelques secondes : le temps de jeter un ordre aux deux hommes penchés à la portière.

Les deux voitures et les escortes, se suivant à une vingtaine de pas d'intervalle, traversèrent le bourg, mais là, elle se séparèrent : Saint-Mars, emmenant son prisonnier, s'élançait au triple galop sur la route de Nevers; le second carrosse continuait à suivre, au petit galop la route conduisant directement à Paris.

C'est le marquis de Barbézieux qui avait eu l'idée des deux véhicules. Il s'était dit que Faribole et Mistouflet chercheraient à rejoindre Mgr Louis, et que tout naturellement ils se mettraient à la poursuite du carrosse roulant sur la route de Paris.

Lorsqu'ils s'apercevraient de leur erreur, il serait sans doute trop tard pour se lancer sur une autre piste; et M. de Saint-Mars pourrait amener son prisonnier sans encombre jusqu'à la Bastille.

On a lu plus haut que le brave Faribole aurait voulu accompagner Mgr Louis et surtout ne pas le quitter d'une seule minute.

Mais sur la prière du gentilhomme, prière qui, pour lui, était un ordre, il s'était arrêté dans l'antichambre, et s'était posté à l'entrée du long corridor qui desservait toutes les pièces du rez-de-chaussée.

L'oreille aux aguets, la main sur la poignée de son épée, il attendit une dizaine de minutes sans trop d'impatience; puis il commença à grommeler :

— Bagasse de bagasse!.. je donnerais quelque chose pour voir ce qui se passe dans le cabinet du Gouverneur.

Et il se mit à aller et venir à l'entrée du corridor, se rapprochant insensiblement de la porte par laquelle Mgr Louis avait disparu.

Cinq nouvelles minutes s'écoulèrent.

Maintenant, sans même s'en être aperçu, à force de s'éloigner de l'antichambre, il se trouvait au beau milieu du couloir.

— Capé dé dious! murmura-t-il en suspendant soudain ses allées et venues, comme Monseigneur reste longtemps... Il y a bien sûr plus d'une demi-heure qu'il est avec Barbézieux...

Bagasse de bagasse! ajouta-t-il en agitant nerveusement ses doigts; j'ai envie, malgré la défense de Monseigneur Louis, d'aller l'attendre à la porte de ce maudit cabinet... Mordious! tant pis, c'est plus fort que moi... j'y vais!

Et déjà il faisait un pas en avant, quand une porte s'ouvrit, et un laquais tenant dans ses bras deux sacoches pleines de pièces d'or parut à l'extrémité du corridor.

Un peu interdit, Faribole demeura immobile. En l'apercevant, le valet lui dit à demi-voix et avec un large sourire :

— Hé! Messire, veuillez donc me débarrasser de l'un de ces petits... ils sont lourds s'ils ne sont pas gros!

L'ancien maître d'armes s'empara d'un sac de pistoles.

— Très bien, bagasse! fit-il; je sais ce que c'est. Venez, mon garçon, nous allons les mettre en sûreté.

Et, suivi du laquais, il rejoignit rapidement Mistouflet resté dans la grande cour. Tout en marchant, il se disait à lui-même :

— Ami Faribole, tes suppositions étaient fausses; tu formais des jugements téméraires... Barbézieux a beau être un coquin, ne valant pas mieux que son père, il aura compris que pour la tranquillité de son royal maître, il était préférable de laisser monseigneur Louis vivre heureux et paisible loin de France.

En arrivant sur le perron, il éleva au-dessus de sa tête la sacoche qu'il tenait, disant joyeusement :

— Regardez, monsieur Mistouflet!. . en voici une!...

— Et en voilà une autre! fit à son tour le laquais.

— Passe-les moi, doux Jésus! répliqua vivement l'hercule. Je veillerai sur les deux, et j'espère qu'il n'en restera pas une en route, ainsi que cela nous est arrivé... non loin d'une rivière.

— Ça bagasse! c'est une pierre dans mon jardin, dit en riant Faribole; mais j'en ai tant jeté dans le vôtre, mon cher ami, que je ne puis trouver à redire lorsque vous m'en renvoyez quelques-unes... pour que j'en aie sous la main!

— Je vois, doux Seigneur! que vos folles idées de tout à l'heure sont à peu près dissipées.

— C'est vrai, troun de l'air!... Mais vous voudrez bien convenir, monsieur Mistouflet, que le souvenir de ce qui est survenu à la comtesse de Soissons n'était pas fait pour m'inspirer confiance en la promesse du Marquis que... vous connaissez!

— Voila les deux sacoches solidement attachées à ma selle, dit Mistouflet. Bien téméraire serait celui qui oserait, doux Jésus! essayer de me les enlever.

— Je ne crains pas cela, bagasse! Maintenant, je retourne guetter la sortie de Monseigneur... il ne peut tarder, je pense!

Et le brave Faribole alla reprendre son poste dans l'antichambre. Mais, hélas! celui qu'il aurait voulu défendre même au péril de sa vie, était depuis cinq minutes déjà, prisonnier de ses traîtres et lâches ennemis...

Une demi-heure s'écoula. Tout semblait mort dans les appartements du Gouverneur de Lyon.

En proie à une inquiétude extrême, l'ancien maître d'armes allait et venait dans le long corridor comme un lion enfermé dans une cage.

Puis six heures tintèrent lentement... Et Mgr Louis ne reparaissait toujours pas!

Alors, n'y tenant plus, tout frémissant d'angoisse, Faribole marcha délibérément vers la porte du cabinet de travail du comte de Darlay.

— Mille dious! fit-il presque à haute voix, ce profond silence n'est pas naturel. Je veux savoir ce qui se passe ici!

Et du poing il frappa plusieurs fois contre la porte. Soudain, celle-ci s'ouvrit et un valet de pied apparut.

— Qu'y a-t-il ?... Que demandez-vous, dit-il le ton assez hautain.

— Ce que je demande, bagasse! répliqua Faribole, je demande à parler à Monseigneur, à mon maître.

En écartant violemment le domestique, il pénétra dans le cabinet.

— Comment! personne! s'écria-t-il en pâlissant.

— Messire, dit alors le valet auquel la leçon avait été faite, votre maître est sorti il y a un quart d'heure à peine avec monseigneur de Barbézieux et Monsieur le Gouverneur...

— Tu mens! mille dious! tu mens! clama Faribole qui saisit le valet à la gorge et le secoua rudement. Monseigneur ne serait pas parti sans nous prévenir!

— Lâchez-moi!... Vous m'étranglez! bégaya le laquais.

— Dis-moi la vérité, ou je te brûle la cervelle, bagasse!

Et prenant un pistolet à sa ceinture, Faribole l'appuya sur le front du pauvre diable qui, plus mort que vif, murmura :

— Oui, Messire, je vous dirai.., ce que je sais...

— Parle! et hâte-toi, ou sinon... cria l'ami de Mistouflet.

Un geste terrible compléta sa pensée.

— Eh bien, Messire, s'empressa de répondre le laquais à voix très basse afin de n'être entendu que de son terrible interlocuteur, votre maître a été arrêté ici même par deux hommes qui, après l'avoir bâillonné, l'ont emporté...

— Où, voyons... réponds? cria Faribole tremblant de rage.

— Pas si haut, Messire, je vous en prie...

— Parle, mais parle donc? interrompit l'ancien maître d'armes.

— Les deux hommes ont traversé le jardin, reprit le laquais; et je suis à peu près certain qu'ils ont du sortir par la porte qui donne sur le bord de la Saône.

— Oh! le misérable marquis, comme il a su nous tromper! dit Faribole. Mais patience!...

Il replaça son pistolet et demanda encore :

— Connais-tu les deux hommes qui ont emporté mon maître?

— Non, Messire; je ne sais que le nom du gentilhomme qui les a amenés ici.

— Vite, quel est le nom de cet homme?

— Monsieur de Saint-Mars... répondit le valet de pied.

— Lui! s'exclama Faribole avec épouvante. Alors tout est perdu!...

Et, en courant, ou plutôt en bondissant, il traversa le corridor et l'antichambre, puis, arrivant sur le perron :

— Trahison!... trahison! cria-t-il à Mistouflet.

Celui-ci qui. gagné par l'impatience, se préparait à aller rejoindre son vieil ami, poussa une sourde exclamation de stupeur :

— Monseigneur Louis? interrogea-t-il.

— Prisonnier!... emmené par Saint-Mars!...

Et, s'élançant sur son cheval, il ajouta :

— Vous allez retourner à l'hôtellerie... Vous annoncerez avec ménagements la nouvelle à madame Yvonne .. dans une demi-heure je pense vous rejoindre.

Ils se firent ouvrir la porte de la cour et sortirent.

Faribole mit sa monture au galop et, longeant les murailles, contourna la vaste demeure du Gouverneur et se dirigea vers la Saône.

— Ah! mordious de mordious! criait-il, je tuerai le misérable marquis ou j'y perdrai mon nom!

. . . .

Un grand silence régnait dans la chambre occupée par Yvonne à l'hôtellerie du Lion-Rouge.

Depuis plus d'une heure, Mgr Louis était parti. La jeune femme avait couché son enfant sur un lit, puis était revenue s'asseoir devant la cheminée, et, la tête penchée sur sa poitrine, était tombée dans une profonde méditation.

Assis dans l'angle le plus reculé, Dorfeuil demeurait immobile, n'osant interrompre les sombres et douloureuses pensées qu'il devinait au cœur de sa bonne maîtresse.

Une tristesse poignante avait envahi la compagne de Mgr Louis...

Jamais, non jamais, même le jour où elle trouva la maisonnette du mas de Couriac incendiée, la vieille mère Dorfeuil assassinée et son enfant, à elle, enlevé avec Jeanne de Vrignès, non jamais elle n'avait éprouvé pareille chose...

C'était comme une désespérance inexprimable qui s'emparait d'elle..

Je fais le serment de consacrer les années qui me restent à vivre au châtiment
de Louis quatorzième, roi de France.

Tout à coup, l'horloge d'une église sonna six heures.

Les tintements du bronze firent tressaillir Yvonne ; elle releva le front
et murmura à mi-voix :

— Rien, toujours rien !. . Ils ne reviennent pas !...

— Madame Yvonne, dit Dorfeuil en le levant, voulez-vous que je
coure jusqu'à l'hôtel du Gouverneur ?

— Non, mon ami... je vais attendre une heure encore, et si je n'ai revu personne, je me rendrai moi-même **auprès du** Gouverneur de Lyon.

Quelques minutes s'écoulèrent lentement. Maintenant une angoisse mortelle glaçait jusqu'au fond de l'âme la compagne de Mgr Louis.

— Un malheur est arrivé!... se disait-elle mentalement. Sans cela ils seraient tous trois de retour.

Soudain, elle tressauta violemment.

Elle venait d'entendre un bruit cadencé, précipité, le bruit de plusieurs chevaux lancés au galop.

De seconde en seconde, ce bruit grandit, puis cessa brusquement.

Un cavalier, conduisant par la bride une deuxième monture, venait de s'engouffrer sous la porte cochère de l'hôtellerie.

Yvonne se leva d'un bond et, frémissante d'émoi, attendit que la porte de la chambre s'ouvrit.

Son attente ne fut pas de longue durée.

Mistouflet entra, serrant sous le même bras ses deux sacoches.

Il avait préparé **un** pieux mensonge afin de ne pas être obligé d'annoncer brutalement à la jeune femme le nouveau malheur qui la frappait.

Mais l'éclair de rage qui étincelait dans ses regards habituellement si doux, et l'altération de ses traits le trahirent.

Avec un sourire forcé, il dit à Dorfeuil en lui remettant les sacs de pistoles :

— Cinquante mille livres!... Vrai, doux Jésus! c'est long à compter...

Il ne put en dire davantage.

Yvonne lui posait ses deux petites mains sur ses épaules et, le regardant les yeux dans les yeux :

— Monseigneur Louis! où est Monseigneur Louis? demanda-t-elle d'une voix vibrante.

— Madame Yvonne, veuillez m'écouter... je vous en supplie... murmura l'hercule ému et troublé.

— Mistouflet! s'écria la jeune femme avec un accent déchirant, un malheur est arrivé... ne me cache rien!... Va, tu peux tout me dire, je serai forte...

Et, se raidissant contre la douleur poignante qui lui brisait le cœur :

— Mistouflet, ajouta-t-elle, qu'est devenu monseigneur Louis!

— Hélas! doux Jésus! je ne le sais pas encore, madame Yvonne.

— Ne me trompes-tu pas? dit la malheureuse jeune femme.

Soudain, une pensée terrifiante traversa son esprit; alors, devenant plus pâle que la mort, elle s'écria :

— Mistouflet! Mistouflet! tu me caches la vérité... On a voulu arrêter monseigneur Louis... il s'est défendu... et il a été tué!...

— Non, madame Yvonne, non, répliqua l'hercule... Monseigneur Louis est vivant, je vous le jure!...

— Mais alors, où est-il? interrompit Yvonne.

— De Saint-Mars l'a emmené loin de la maison du Gouverneur de Lyon; et Faribole est reparti pour retrouver leurs traces.

Une heure plus tard, on percevait de nouveau le galop d'un cheval qui s'arrêta bientôt devant l'hôtellerie.

Quelques secondes après, on entendait le plancher du corridor craquer sous des pas rapides, puis l'ancien maître d'armes pénétrait dans l'appartement.

— Eh bien, doux Jésus! dit Mistouflet en le voyant entrer.

— Eh bien bagasse! répondit Faribole, j'arrive de Vuise, car j'ai poussé jusque-là, et j'ai appris que deux carrosses escortés de vingt cavaliers avaient pris la route de Paris.

— Je devine, doux Jésus! on emmène monseigneur Louis à la Bastille, fit à voix basse Mistouflet.

— C'est ce que je me suis dit, bagasse!... L'infâme Saint-Mars doit être dans une voiture avec Monseigneur... la seconde est certainement occupée par Barbézieux..

— Ah! pourquoi ne l'ai-je pas étranglé quand je le tenais!

— Patience, monsieur Mistouflet, reprit gravement Faribole, c'est moi qui veux punir le Marquis de son infâme trahison.

Yvonne demeurait silencieuse : elle réfléchissait.

Tout à coup, elle se tourna vers ses dévoués compagnons et leur dit :

— Mes amis, dès demain nous nous mettrons en route pour nous rendre à Paris.

— C'est bien notre intention, madame Yvonne, répliqua Faribole.

— Ne voulant pas me séparer de mon enfant, il faudra, mes chers compagnons, qu'aussitôt arrivés là-bas vous me trouviez pour lui un asile où Gniafon ne pourra point pénétrer.

— L'asile est tout trouvé, et vous le connaissez madame Yvonne, répliqua Faribole. C'est le refuge souterrain, aussi introuvable que somptueusement installé, de maître Exili.

— Tu as raison, mon ami; je l'avais oublié, dit Yvonne. Puis elle ajouta :

— Mais ce n'est pas tout : Pour prendre soin de mon fils et veiller sur lui lorsque je serai obligée de m'absenter, je voudrais une servante bonne, honnête, aimant les enfants, et surtout d'une discrétion à toute épreuve...

— Heu! heu! doux Jésus! murmura Mistouflet, à moins de dénicher une femme muette... et encore! vous ne trouverez pas.

— Vous faites erreur, monsieur Mistouflet, dit vivement Dorfeuil, moi je connais la personne que demande notre maîtresse.

— Parle mon ami? fit doucement Yvonne.

— Cette femme vous la connaissez : c'est tout simplement l'honnête Clémence que vous avez laissée à la maisonnette d'Euzet et qui vous était toute dévouée.

— En effet, répliqua Yvonne, cette servante avait une sincère amitié pour moi... Elle a trente-cinq ans, je crois, peu jolie, mais forte et courageuse; sans inquiétude je pourrais lui confier mon fils... mais voudra-t-elle venir à Paris?

— Madame Yvonne, je puis hardiment vous répondre que oui; elle sera même très heureuse de rentrer à votre service.

— Alors, mon cher Dorfeuil, comme je vais te prier de retourner à Euzet pour remettre un billet à Exili, tu m'amèneras Clémence.

— Bien, madame Yvonne, répartit le jeune camisard; mais veuillez me dire où se trouve à Paris, la maison de messire Exili?

— Madame Yvonne? fit vivement Mistouflet.

— Mon bon ami?

— Permettez-moi, doux Jésus! une petite observation?

— Nous t'écoutons, mon ami?

— Eh bien, madame Yvonne, ce n'est pas à la maison d'Exili que Dorfeuil devra venir nous rejoindre; vous n'ignorez pas que sa boutique d'apothicaire est depuis longtemps fermée, il faudrait donc pour que notre jeune camarade pût nous retrouver, que l'un de nous restât en faction à l'intérieur attendant son arrivée... Nous aurons autre chose à faire doux Jésus!

— Hé! oui, bagasse? répondit Faribole :

Mistouflet continua :

— Tandis que s'il se rendait, en arrivant à Paris, directement à l'auberge du « Lapin-Blanc », qui est située à l'entrée du faubourg Saint-Antoine...

Ici l'hercule se tourna vers Dorfeuil :

— Retenez bien ces noms, mon ami...

Puis il reprit :

— Tandis que, disais-je, que s'il se rendait directement à l'auberge du « Lapin Blanc », il serait sûr d'y rencontrer M. Faribole ou moi-même.

— Vous avez donc l'intention d'y habiter? demanda Yvonne.

— Oui et non, répondit Mistouflet. Nous n'y coucherons pas, mais nous y prendrons nos repas, une fois par jour au moins..

— Tu as quelque projet en tête, n'est-ce pas mon ami?

— Oui, madame Yvonne.

— Pour délivrer Monseigneur Louis? bagasse!

— Naturellement, messire, répliqua Mistouflet. Vous savez aussi bien que moi que l'auberge du « Lapin-Blanc » est fréquentée par de nombreux ouvriers du faubourg.

— Parfaitement!... et je devine que vous avez l'intention de lier connaissance avec eux, dit Faribole.

— En effet... Or je crois que le meilleur moyen de mériter leur confiance, c'est de vivre au milieu de ces braves gens, de leur causer souvent, et de trinquer quelquefois avec eux.

— C'est vrai, bagasse! c'est vrai!

— Madame Yvonne est-elle également de mon avis? demanda Mistouflet à la jeune femme, qui depuis un instant semblait réfléchir.

Elle redressa brusquement la tête.

— Oui, mon bon ami, répondit-elle. Dorfeuil voudra bien amener Clémence à l'auberge du faubourg Saint-Antoine.

— C'est entendu, madame Yvonne, fit le camisard. Quand faudra-t-il me mettre en route?

— Demain matin, mon ami, répondit la femme de Mgr Louis. Je vais de suite te donner l'argent nécessaire pour ton double voyage.

Et s'adressant à Faribole et Mistouflet :

— Dites-moi, mes amis? A quel chiffre s'élève ce que nous possédons?

— Madame Yvonne, dit l'ancien maître d'armes, nous avons fait tantôt notre compte : Mistouflet avait trois cent quarante pistoles; moi, six cents, plus dix écus de trois livres.

— N'oubliez pas, doux Jésus! fit vivement l'hercule, que nous avons là cinquante mille livres!...

— L'or de mes ennemis! s'écria Yvonne; jamais, non jamais je ne toucherai à cet or maudit !

— Pour vivre, nous n'en aurons pas besoin, dit doucement Mistouflet, mais il nous sera très utile pour arriver à tirer monseigneur Louis de la Bastille. Plus tard, je vous expliquerai mon idée, et, ma foi, je la crois très bonne.

— Mon cher Faribole, dit alors Yvonne, vous remettrez vingt-cinq doubles pistoles à Dorfeuil; il vous rapportera ce qu'il n'aura pas dépensé.

Puis, s'adressant au jeune camisard :

— Si, contrairement à ce que nous espérons, Clémence ne pouvait te suivre à Paris, je te laisse le soin de me trouver parmi les coréligionnaires du pasteur Raymond, lequel ne refusera pas de t'aider, une brave fille pour garder mon fils.

— Je ferai selon votre désir madame Yvonne.

En ce moment, on frappa à la porte de l'appartement. Dorfeuil ouvrit et l'hôtelier du Lion-Rouge entra.

— Excellences, dit-il en saluant de la tête, la demie de sept heures vient de sonner, voulez-vous que je vous fasse monter à souper ?

— Mais certainement, notre hôte, murmura Mistouflet.

— Bien, monsieur le capitaine; je ne vous demande que cinq petites minutes, reprit l'hôtelier en se retirant.

Malgré les affectueux conseils de ses fidèles compagnons, Yvonne ne fit guère honneur au repas qui leur fut servi. Elle ne s'assit un moment à table que pour donner un peu de nourriture à son jeune enfant.

Le souper achevé, et ce soir-là il fut vite expédié, la compagne de monseigneur Louis demeura seule dans la chambre. Elle coucha son fils puis, se plaçant devant une table, écrivit une lettre de trente lignes à peine que Dorfeuil devait porter à Exili.

Elle priait le vieil alchimiste de venir la rejoindre à Paris aussitôt que cela lui serait possible, car, ajoutait-elle, elle ne pouvait sans son concours entreprendre l'œuvre de vengeance qui allait être le but de son existence.

— Oui, murmura-t-elle en cachetant son billet, justice et vengeance ! voilà désormais ma devise...

Elle se leva, s'approcha du grand lit dans lequel dormait en souriant, comme doivent sourire les anges, son adorable enfant, et le contempla avec des regards pleins de tendresse.

Puis, tout bas, avec un accent d'effrayante énergie :

— Deux hommes au cœur vaillant vont essayer de te rendre ton père... moi, cher enfant, je veux le venger!... oui le venger!...

Va, reprit-elle le regard chargé d'éclairs, épouvantable sera ma vengeance... Un être infâme, un parjure, ayant usurpé une couronne, est le principal coupable, c'est lui que je frapperai, non dans sa personne... il ne souffrirait pas assez... mais dans ses enfants et petits-enfants qu'il aime tant, dit-on...

Et, la main droite étendue, elle ajouta encore :

— Je fais le serment de consacrer les années qui me restent à vivre, au chatiment de Louis quatorzième... roi de France !...

Quelques minutes après, elle embrassait son fils et s'étendait près de lui.

Au moment même où la malheureuse Yvonne faisait le serment de se venger et de punir le bourreau de Mgr Louis, le neveu de l'hôtelier, un garçon de dix-huit à dix-neuf ans, au visage imberbe et rusé, sortait de la chambre de Gniafon et redescendait dans la salle basse de l'hôtellerie.

— Dis-donc, Julien, est-ce que tu ne pourras pas, à moi seul bien entendu, faire connaître quelle sorte de mission t'a confiée monseigneur Gniafon ?

— Je vous conterai ça plus tard, mon oncle ; pour l'instant, je cours chez ma mère me munir de quelques effets indispensables... Veuillez m'attendre ; avant que la onzième heure sonne, je serai de retour.

Le jeune garçon sortit et s'éloigna en courant.

Trois quarts d'heure après, vêtu très proprement, et portant sous son bras un petit paquet, il revenait à l'hôtellerie du Lion-Rouge, causait un instant avec son oncle, puis se faisait donner une chambre en lui répétant tout bas cette recommandation :

— Surtout, mon oncle, si par hasard la jeune dame du premier manifestait l'intention de repartir avant le jour, accourez vite me prévenir.

— Tu peux dormir tranquille, Julien : ni la jeune dame, ni ses compagnons ne s'en iront sans que je t'aie averti de leur départ.

— Merci mon oncle.

Julien était levé depuis longtemps, lorsque le lendemain matin, un peu après huit heures, Mistouflet descendit trouver son hôte.

— Holà ! maître hôtelier ? appela-t-il.

— Voilà, monsieur le capitaine !

— Dites-moi, demanda Mistouflet, les six dragons qui m'accompagnaient hier, sont-ils repartis, à la pointe du jour, ainsi que je leur en avais donné l'ordre ?

— Oui, Messire le capitaine, répondit l'hôte.

— Fort bien, doux Jésus !... maintenant, écoutez ?

— J'écoute votre Seigneurie de toutes mes oreilles.

— Je vais envoyer à l'hôtel du Gouverneur la voiture que j'escortais hier; mais avant vous ferez transporter les deux malles qui s'y trouvaient sur le vieux carrosse qui a amené mon... supérieur.

— Ce sera fait, monsieur le capitaine... mais votre Seigneurie songerait-elle à nous quitter?

— Oui, doux Jésus!... Je suis obligé de repartir aujourd'hui même Seulement je voudrais que vous me rendissiez un service?

— Dix, vingt, cinquante! tous les services que monsieur le capitaine daignera me demander, répliqua l'hôtelier.

— Un seul me suffira. Il faut, Seigneur Jésus! que vous me procuriez sur-le-champ un cocher pour conduire madame Yvonne.

— Un cocher? j'ai votre affaire, monsieur le capitaine; c'est mon neveu... un peu jeune peut-être, mais adroit comme un singe. Il est justement sans place.

— Alors tout est pour le mieux, dit Mistouflet. Je lui donnerai un écu par jour, plus une indemnité de retour de cinquante livres.

— Vous êtes vraiment généreux, monsieur le capitaine. Je vais appeler mon neveu et je vous l'enverrai.

Et, tout en s'éloignant, l'hôtelier ajouta mentalement :

— Si mon coquin de Julien n'est pas content de moi, c'est qu'il est difficile à satisfaire!

A dix heures sonnantes, le vieux carrosse acheté par Mgr Louis s'ébranlait lentement et sortait de la cour de l'hôtel du Lion-Rouge.

Le siège du cocher était occupé par Julien; dans l'intérieur de la lourde voiture étaient Yvonne et son fils, lequel s'amusait à taquiner le brave Médus; Faribole et Mistouflet suivaient à cheval.

Depuis une demi-heure, leur jeune camarade Dorfeuil galoppait sur la route d'Avignon.

Au moment où le carrosse franchit la porte cochère de l'hôtellerie, la compagne de Mgr Louis murmura en baisant le front de son enfant chéri.

— Pauvre mignon! aurons-nous la joie de revoir ton malheureux père?... Dieu seul le sait!...

CHAPITRE XLIII

DERNIÈRE RENCONTRE DE FARIBOLE ET DE BARBÉZIEUX

On était au 2 janvier.

Vingt-neuf jours s'étaient écoulés depuis le soir où monseigneur Louis, trop loyal pour douter de la parole d'un adversaire, s'était présenté,

Arrivé devant une maison n'ayant qu'un seul étage.....

sans défiance à l'hôtel du comte de Darlay, gouverneur de Lyon.

Traîtreusement arrêté sous les yeux du digne fils de Louvois, il avait été jeté dans un carrosse et, en moins de quatre-vingt douze heures, tant le voyage fut rapide, amené à Paris et enfermé à la Bastille.

Ce matin-là, en s'éveillant, les parisiens furent tout surpris à la vue de l'immense parure blanche que leur bonne ville avait revêtue pendant la première nuit de cette nouvelle année.

Neuf heures finissaient de sonner à la vieille horloge de l'église Saint-Paul, lorsqu'un homme enfoui dans un large manteau lui descendant jusqu'aux talons, débouchait de la rue Saint-Antoine et s'engageait sur la place de la Bastille.

Arrivé devant une maison n'ayant qu'un seul étage, et construite dans un renfoncement presque obscur de la place, il s'arrêta, fit tomber la neige attachée aux semelles de ses chaussures, puis poussa une porte basse et pénétra dans un étroit couloir.

Bien que celui-ci fût plongé dans une obscurité à peu près complète, l'homme au manteau trouva sans aucune difficulté une autre petite porte qu'il ouvrit vivement et referma de même après en avoir franchi le seuil.

Maintenant il se trouvait dans une pièce dont l'aspect étrange eut certainement fait frissonner plus d'un mortel. Une ou deux secondes, il tâtonna le plancher du pied, se baissa, souleva une trappe et disparut par l'ouverture béante.

Il descendit un escalier de quarante marches et fut bientôt arrêté par un mur épais; alors il étendit la main, toucha du doigt une légère aspérité de la muraille dont une partie pivota sur elle-même comme par enchantement.

Il franchit cette issue secrète et se trouva dans une sorte de longue antichambre faiblement éclairée.

Au même moment, un chien superbe bondit vers lui en poussant plusieurs jappements :

— Tout beau, Médus! tout beau, mon ami, fit l'homme en caressant la tête de l'intelligent animal.

Soudain, une voix joyeuse s'écria :

— Ah! bagasse! voilà maître Exili!...

Et, sortant d'une fort jolie chambre, Faribole s'avança vivement au-devant de l'homme au manteau, qui n'était autre que le vieil alchimiste, et lui demanda :

— Eh bien! qu'avez-vous appris?... est-ce pour aujourd'hui?

— Oui, monsieur Faribole, si vous le voulez ce sera pour ce soir, répondit Exili.

— Si je le veux, mordious!... mais depuis trois semaines je n'attends que le moment, bien heureux pour moi, où je pourrai me rencontrer avec le marquis de Barbézieux.

— Ce moment est arrivé, monsieur Faribole; écoutez, voici ce que j'ai appris par un laquais du ministre.

Tout en parlant, Exili était entré dans la chambre de son compagnon ; il s'assit et reprit :

— Le marquis de Barbézieux, estimant qu'après avoir beaucoup travaillé avec le roi pendant la seconde quinzaine de décembre, il avait droit à quelques heures de repos, vient de décider qu'il prendrait quatre ou cinq jours de congé...

— Eh bien, moi, troun de l'air! interrompit Faribole, je veux lui en accorder un qui sera... éternel!

L'alchimiste poursuivit :

— Cet après-midi, malgré la neige et le froid, Barbézieux, accompagné d'une demi-douzaine d'amis et de quelques femmes, naturellement, quittera Paris pour se rendre dans la maison qu'il s'est fait bâtir en plein champs, entre Versailles et Vaucresson...

— Je sais, bagasse! tout au bout du parc de Saint-Cloud, et qui a coûté cher, dit-on!

— En effet, deux millions, monsieur Faribole... Dans cette demeure princière, il se livrera à une de ces orgies qui rendent les hommes plus vils qu'une brute immonde.

— Peut-être n'en aura-t-il pas le temps! répliqua Faribole.

Puis, serrant la main de l'alchimiste :

— Maître Exili, ajouta-t-il, je vous remercie du renseignement. Dès que nous serons débarrassés de Barbézieux, et tout en guettant l'occasion de pincer l'horrible Gniafon, nous nous occuperons de délivrer monseigneur Louis.

— L'entreprise sera difficile, monsieur Faribole.

— Sans doute, bagasse! mais non pas impossible!

Il ajouta, en sortant de la chambre :

— Allons rejoindre madame Yvonne et Mistouflet.

Deux minutes après, l'ancien maître d'armes et le vieil alchimiste pénétraient dans une vaste pièce somptueusement meublée dans laquelle se trouvaient réunis la femme de Mgr Louis, son enfant, le gros Mistouflet et la servante cévénole, Clémence, amenée à Paris par le jeune Dorfeuil

Bien cachés dans le magnifique logis souterrain d'Exili, Yvonne et ses amis étaient pour le moment à l'abri des perfidies de Gniafon qui, depuis une semaine faisait rechercher de tous côtés la jeune femme et ses compagnons.

On se rappelle que l'affreux nain avait chargé le neveu de l'hôtelier du Lion-Rouge de suivre Yvonne et de lui faire connaître le lieu où cette dernière comptait résider.

Julien, devenu le cocher de celle qu'il devait surveiller, avait, sans incidents, conduit à Paris la jeune mère et son enfant. Au bout de sept journées de voyage, il avait arrêté son carrosse dans la vaste cour de l'auberge du Lapin-Blanc.

Les chevaux rentrés à l'écurie et la vieille voiture remisée, Mistouflet avait dit à l'espion de l'affreux Gniafon :

— Tiens, mon garçon, prends cette bourse. Madame Yvonne t'avait promis cinquante livres comme indemnité de route, n'est-il pas vrai ?

— Oui, Messire.

— Eh bien, doux Jésus ! elle t'en accorde soixante. Es-tu content ?

Au lieu de manifester la moindre joie, le jeune garçon avait rougi, baissé la tête, et, les yeux obstinément fixés sur le plancher de la pièce dans laquelle ils causaient, s'était mis à tourner son chapeau entre ses deux mains.

— Ah ça ! qu'as-tu donc, doux Seigneur ? avait demandé l'hercule étonné par son attitude étrange.

— J'ai, messire Mistouflet, j'ai que...

Et Julien avait hésité à dire ce qu'il éprouvait en ce moment.

Ah, c'est que, n'étant point un mauvais garçon, il comprenait qu'il avait été coupable en n'avouant pas à Yvonne qui, pendant près d'une semaine, s'était toujours montrée si douce, si bonne envers lui, et maintenant se montrait si généreuse, qu'il n'avait accepté d'être son cocher que pour l'épier et faire connaître son refuge à un homme qui lui voulait du mal.

En le voyant ainsi troublé, Mistouflet avait repris :

— Voyons, Jésus-Marie ! si tu désires encore quelque chose, explique-toi, parle sans crainte ?

Le jeune garçon se décida soudain.

— Messire Mistouflet, avait-il dit, je ne mérite pas les bontés que dame Yvonne me témoigne.

Et, rapidement, les yeux baissés, il avait répété la conversation qu'il avait eue chez son oncle avec l'ennemi d'Yvonne.

— Il est inutile de vous assurer, messire Mistouflet, avait-il ajouté en terminant, que je ne fournirai aucun renseignement au seigneur Gniafon.

Mistouflet lui avait répondu :

— Au contraire, mon garçon, il faudra lui en fournir beaucoup, mais faux, par exemple !... Ainsi, doux Jésus ! tu lui diras que madame Yvonne est descendue à l'auberge du Vieux Chêne...

— Où se tient cette auberge ?

— Dans la rue Saint-Honoré. Tu auras soin de lui dire encore que messire Faribole et moi, nous sommes immédiatement repartis pour... pour retourner dans les Cevennes, parbleu !

Et le jeune Lyonnais, rusé et intelligent, avait promis au bon Mistouflet de suivre ponctuellement ses instructions, lesquelles, dans la pensée de l'hercule, devaient amener dans les parages du Vieux-Chêne, le maudit Gniafon qu'il comptait surprendre avec l'aide de Faribole.

Dans la nuit qui suivit leur arrivée à Paris, l'ancien maître d'armes et son élève avaient conduit Yvonne et son enfant au souterrain d'Exili. Le lendemain matin, ils étaient revenus à l'hôtel du Lapin-Blanc et avaient convenu avec maître Mathieu, leur hôte, du prix de leur pension et de celle de leurs montures.

Quant au vieux carrosse et aux deux chevaux qui l'avaient traîné, ils les avaient vendus.

Par exception, le 2 janvier, jour dont nous parlons dans ce chapitre, Faribole et Mistouflet dînèrent, à midi, avec Yvonne, le savant Exili et Dorfeuil.

Mais, vers une heure et demie, ils prirent congé de leur compagne qui leur recommandait d'être prudents, puis sortaient du souterrain, traversaient la place de la Bastille en jetant un long regard sur la sombre prison où gémissait monseigneur Louis, et se rendaient à l'auberge de maître Mathieu pour y prendre leurs chevaux.

Il était un peu plus de trois heures quand ils franchirent la barrière de Saint-Cloud et s'engagèrent au pas sur la route toute blanche de neige dont l'épaisseur dépassait quatre pouces.

— Heureusement, bagasse ! que nous ne sommes pas pressés, dit Faribole en retenant sa monture dont le pied venait de glisser sur le sol glacé.

— En effet, doux Jésus ! répliqua son compagnon; pourvu que nous nous trouvions là-bas entre six et sept heures, ce sera, je pense, assez tôt.

La nuit commençait à tomber quand ils traversèrent la Seine sur l'étroit pont de Saint-Cloud.

A l'extrémité du pont, Mistouflet fut obligé de placer sa monture derrière celle de Faribole, car le passage était aux trois quarts barré par un carrosse en détresse.

Le cocher jurait et pestait tout en cinglant de sa lanière de cuir son attelage qui soufflait bruyamment, donnant un violent coup de collier et... demeurait à la même place.

En longeant la lourde voiture immobile, Faribole laissa tomber son regard sur un laquais et sur une accorte soubrette qui s'étaient vivement écartés pour permettre aux cavaliers de passer.

Un léger cri échappa à la camériste.

Faribole étouffa avec peine une exclamation de surprise.

Il avait reconnu dans l'accorte soubrette, la gentille Suzette, la femme de chambre de Jeanne de Vrignès, qu'une union monstrueuse avait fait la duchesse de la Tour-du-Roc.

Déjà l'ancien maître d'armes ouvrait la bouche pour lui exprimer le plaisir qu'il avait de la revoir, lorsqu'il en fut empêché par un regard et un geste rapide de la jeune fille qui, en se portant un peu en arrière du laquais, mit un doigt sur ses lèvres, comme pour dire :

— Pas un mot... vous ne me connaissez pas!

Faribole comprit. Il arrêta son cheval, se pencha vers Mistouflet qui n'avait pas encore aperçu Suzette, et murmura quelques paroles à voix basse.

L'hercule agita la tête en signe d'acquiescement et, se tournant vers le carrosse, le regarda un instant.

Une des roues de derrière s'était enfoncée dans une profonde ornière et se trouvait en quelque sorte calée par la neige accumulée tout autour.

On avait essayé d'alléger la voiture en enlevant les cinq énormes malles qui la surchargeaient ; mais malgré les efforts réunis de deux laquais et de l'intendant Bourlaud, un gros bonhomme assez laid, le lourd véhicule n'avait pu démarrer.

Les deux cavaliers sautèrent à bas de leurs montures, et Mistouflet dit aux gens du duc de la Tour-du-Roc :

— Ne vous lamentez pas comme cela, doux Jésus ! en deux temps et trois mouvements nous allons sortir la roue de l'ornière.

Puis, après un coup d'œil à Faribole :

— Seulement, veuillez m'aider !...

Et il fit passer du côté opposé à celui où se tenait Suzette, maître Bourlaud, les valets et le cocher.

Alors, pendant que Mistouflet plaçait ces derniers devant une roue en leur recommandant de tirer à eux à son commandement, puis se glissait plié en deux sous la voiture immobilisée, Faribole demandait rapidement à Suzette :

— Et la demoiselle de Vrignès ?

— Elle est en route avec le duc... dans une semaine ils seront à Paris. Nous les précédons pour mettre un peu d'ordre dans l'hôtel.

— Rue du Pas-de-la-Mule ?

— Oui... Vite, votre adresse, messire Faribole ?

— Auberge du Lapin-Blanc, à l'entrée du faubourg Saint-Antoine. L'hôtelier nous connaît.

— Bien, messire, reprit vivement Suzette. Maintenant une importante recommandation.

— Voyons ça, Bagasse !

— Méfiez-vous de tous les gens de Monsieur le duc, surtout de l'intendant Bourlaud.

— C'est compris, bagasse !... Si la demoiselle Jeanne avait besoin de moi, tu sais où me trouver.

— Encore un mot, Messire... Avez-vous des nouvelles de monsieur de Chadefaux ?

— Non ! mais je compte le voir bientôt.

A ce moment, Mistouflet jugeant qu'il avait suffisamment amusé les gens du duc, cria soudain :

— Attention !... tirez !

Et en même temps, il soulevait sans effort apparent l'arrière-train du carrosse que les autres tirèrent vivement de côté.

L'intendant remercia chaleureusement Mistouflet; celui-ci rejoignit Faribole, puis les cavaliers sautèrent en selle, adressant un sourire à la jolie soubrette qui leur faisait une belle révérence, et s'éloignèrent lentement.

Toutefois ils n'allèrent pas loin.

Ils avisèrent une modeste auberge dans laquelle ils entrèrent après avoir ordonné qu'on mit leurs montures à l'écurie, mais sans les desseller.

Il était quatre heures et demie; la nuit était venue. Ils allèrent s'asseoir dans un angle de la salle et, en vidant deux bouteilles, s'entretinrent à voix basse.

Une heure plus tard, ils sortaient de l'auberge en disant qu'ils reviendraient dans une vingtaine de minutes pour reprendre leurs montures. Un instant après ils s'enfonçaient dans les ténèbres en suivant un sentier qui conduisait à la demeure du marquis de Barbézieux.

— Allons doucement, bagasse! et ne nous égarons pas, dit Faribole à son compagnon qui le suivait à trois pas de distance.

— Jusqu'à présent, doux Jésus! vous n'avez pas dévié de la ligne droite.

— Ça ne fait rien, bagasse! un rayon de lune ne serait pas de trop, grommela l'ancien maître d'armes.

Au bout de cinq minutes de marche, il s'arrêta tout à coup et, le bras allongé dans la direction d'une lueur qui brillait à trois au quatre cents pas devant eux :

— Regardez donc, monsieur Mistouflet, dit-il, il me semble que j'entrevois là-bas de la lumière.

— En effet, doux Jésus! A présent nous pouvons avancer hardiment sans crainte de nous égarer.

Mistouflet se plaça à côté de son ami, et tour deux, accélérant le pas, reprirent leur marche à travers la campagne couverte d'un immense tapis de neige.

Un instant après, ils atteignaient la demeure complètement isolée du marquis de Barbézieux.

Ils arrivaient à point : la fête, fête de licence organisée par le ministre de Louis XIV, allait commencer.

Dans une pièce de dimensions moyennes, dont les murs étaient pour ainsi dire capitonnés de soie, sous un plafond rose pâle où des Nymphes à peu près nues et de jolis amours prenaient leurs ébats, une table était servie.

Les invités de Barbézieux étaient au nombre de onze : cinq gentilshommes et six jeunes femmes ayant les bras, les épaules et même la poitrine à l'air.

Le Marquis venait de s'asseoir à gauche d'une provocante jeune fille aux cheveux noirs et aux regards brillants comme des étoiles, lorsqu'un laquais entra en disant :

— Monseigneur, deux gentilshommes arrivent à l'instant et...

— Deux gentilshommes! interrompit Barbézieux un peu étonné, car, à ses invités exceptés, il n'avait annoncé à personne qu'il allait festoyer dans sa maison de campagne.

— Voyons, le nom de ces importuns! ajouta-t-il vivement.

— Ils ne me l'ont pas dit, Monseigneur.

— Va le leur demander!

pas,
neige
qu'e
relà
tem
dui
per
l'e
d
m
d
e

Le combat ne dura guère plus de deux ou trois minutes.

— Je l'ai fait, Monseigneur, se hâta de dire le laquais; mais l'un d'eux m'a simplement répondu...

Brusquement, il s'arrêta, hésitant à achever.

— Eh bien! qu'attends-tu donc? fit Barbézieux.

— C'est que... je ne sais si je dois répéter à Monseigneur la réponse de cet inconnu.

— Moi, je te l'ordonne! parle! s'écria le marquis fronçant légèrement le sourcil.

— Alors, voici Monseigneur, reprit le laquais; à ma question, l'inconnu m'a dit : Annonce à ton maître deux cavaliers qui sont plus dignes que lui d'être des gentilshommes.

Avec un ensemble parfait, tous les invités du ministre firent entendre un vif et long murmure.

D'un geste, l'amphitryon les apaisa, puis souriant :

— La façon aimable dont parlent de moi les nouveaux venus n'est pas pour m'encourager à leur accorder ici l'hospitalité, chose que d'ailleurs je n'avais nullement l'intention de faire.

Et, se tournant vers le valet immobile :

— Quelle tournure ont ces deux cavaliers? demanda-t-il.

— Mon Dieu, Monseigneur, ils m'ont paru avoir assez grand air. Ils ont bonne mine; leurs costumes quoiqu'un peu sombres, sont assez élégants.

— Qui diable peuvent être ces hommes? fit à mi-voix le marquis intrigué. Je veux le savoir!

Il se leva et, s'adressant à sa compagne puis à tous les autres :

— Ma toute belle, et vous mes joyeux hôtes, dit-il, veuillez m'excuser... cinq minutes me suffiront pour renvoyer mes visiteurs aussi importuns que peu courtois.

Et, précédé du laquais, il passa dans la vaste antichambre où Faribole et Mistouflet, leurs manteaux cavalièrement rejetés derrière l'épaule, avaient en effet fort bon air dans les costumes que leur avait gracieusement offerts leur mignonne amie, Jeanne de Vrignès.

Le fils de Louvois ne put retenir un geste de surprise en reconnaissant les fidèles compagnons de monseigneur Louis.

— Hein! bagasse! dit Faribole avec un sourire ironique, monsieur le Marquis ne s'attendait pas au plaisir de nous voir.

— Franchement non! mes chers amis, répliqua Barbézieux du même ton moqueur que l'ancien maître d'armes.

On sait déjà que le jeune ministre ne manquait ni d'esprit ni de courage, et que lorsqu'il se trouvait en partie de plaisir et n'avait pas encore trop bu, il devenait toujours le plus charmant homme du monde.

Bien qu'il dût se dire que les deux amis n'étaient certainement point venus le relancer à l'extrémité du parc de Saint-Cloud pour lui débiter des choses agréables, il ne ressentit aucune inquiétude en les apercevant.

Il les regarda en souriant.

— Vous voyez, reprit-il d'un air aimable, que je ne vous dissimule point ma pensée.

— C'est sans doute la première fois, doux Jésus!

Barbézieux ne se formalisa pas de cette réflexion faite devant lui à haute voix, il se contenta de lancer un rapide coup d'œil à Mistouflet, puis, toujours souriant :

— Je regrette, dit-il, de ne pouvoir disposer que de quelques instants; veuillez donc m'expliquer le plus brièvement possible l'objet de votre visite... inattendue?

— Nous aurons vite fait, bagasse! Écoutez-donc...

Et, changeant brusquement de ton, Faribole ajouta, assez haut pour être entendu des valets aux écoutes :

— Nous venons vous dire, monsieur le Marquis, que vous êtes un lâche... un fourbe... un assassin!...

A ces mots énergiquement scandés, Barbézieux pâlit soudain, un long frémissement courut en lui de la tête aux pieds; il ouvrit la bouche pour parler, mais il n'en eut pas le temps.

D'une voix qui résonnait comme un clairon, l'ancien maître d'armes poursuivait :

— J'ai dit lâche et fourbe parce que vous avez odieusement menti aux promesses que vous aviez faites à une malheureuse femme, parce que vous avez employé un honteux guet-apens pour vous emparer d'un loyal adversaire...

— C'est vrai, doux Jésus! appuya Mistouflet.

— J'ai dit assassin, continua avec force Faribole, parce que c'est sous votre poignard qu'est tombée, à Bourbon-l'Archambault, la comtesse de Soissons !...

— Marquis de Barbézieux, ajouta-t-il en étendant la main, j'ai juré de te punir de ta perfidie... Allons, bagasse! défends-toi!..

Et, en disant ces mots, il tira son épée.

A ce moment les invités du ministre se montrèrent à l'entrée de l'antichambre.

Se tournant vers eux, Mistouflet demanda vivement :

— Parmi vous s'en trouve-t-il un qui soit assez brave pour oser lui servir de second ?

Et de la main il désignait le marquis plus blanc qu'un suaire.

Un gentilhomme, âgé d'une trentaine d'années, fit quatre pas en avant et vint se placer à côté de son hôte ; puis en tirant son épée :

— Je suis à votre disposition ! cria-t-il à Mistouflet.

Barbézieux avait rapidement reconquis tout son sang-froid :

— Je vous remercie, mon cher Florimond, dit-il à son ami ; mais vous pouvez remettre votre épée au fourreau... nous ne nous battrons pas avec ces deux hommes.

Faribole s'avança d'un pas.

— Ah ! vraiment, bagasse ! s'écria-t-il avec une mordante ironie, vous ne vous battrez pas !... Quand je vous le disais que vous n'étiez qu'un lâche !...

— Tiens ! marquis, ajouta-t-il brusquement, je te vois trembler de peur dans tes chausses... tu m'écœures !...

Effectivement, le corps de Barbézieux tremblait, non de peur, mais de colère.

Faribole, qui, tout en parlant, l'observait, voyant les efforts du ministre pour se contenir, se dit en lui-même :

— Allons-y, troun de l'air !.. usons du grand moyen... S'il n'éclate pas, j'en serai réduit à lui brûler la cervelle.

Et alors regardant bien en face son adversaire :

— Marquis de Barbézieux, dit-il froidement, ta couardise doit faire honte à tes invités ; devant eux je veux te donner la seule chose que tu mérites... Tiens !..

Une véritable clameur retentit, Barbézieux laissa échapper un rugissement et fit sauter son épée hors du fourreau.

Faribole venait de lui cracher en plein visage.

— Ah ! c'en est trop ! misérable, je vais te tuer ! cria le ministre hors de lui.

L'ancien maître d'armes sourit et, tombant en garde :

— Dans ce cas, mordious ! répliqua-t-il railleur, je te conseille d'être un peu plus calme, monsieur le marquis !

Un silence, qui avait quelque chose d'effrayant, se fit subitement.

Maintenant on n'entendait plus dans la vaste antichambre que le bruit produit par le froissement de quatre épées.

Du contact de l'acier, des myriades d'étincelles jaillissaient entre Barbézieux, son ami et leurs terribles adversaires.

Le combat ne dura guère plus de deux ou trois minutes.

Tout à coup le marquis se rejeta en arrière, lâcha son épée, porta sa main gauche à sa poitrine, puis s'écroula sur le parquet en prononçant ces mots :

— Je suis mort !

Au même instant, son second tombait atteint dans le ventre par l'arme de Mistouflet.

On se précipita pour relever Barbézieux.

Mais tous les soins qu'on essaya de lui prodiguer devaient être inutiles.

La rapière de Faribole lui avait traversé le cœur.

Il expira dans le court trajet de l'antichambre à son lit sur lequel ses invités le transportèrent.

Pendant un temps encore assez long, une confusion inexprimable régna parmi les hôtes et les valets du marquis de Barbézieux.

Les jeunes femmes que celui-ci avait invitées étaient furieuses.

En elles-mêmes, elles accablaient d'imprécations les deux bandits (Faribole et Mistouflet) qui avaient si brusquement anéanti une partie de plaisir qui ne devait pas durer moins de quatre jours.

Avant d'avoir commencé, la fête était finie !

Bien tranquillement, sans qu'on fît seulement attention à leur sortie, l'ancien maître d'armes et son compagnon, s'étaient éloignés de la maison de plaisance du ministre de Louis XIV.

Il était un peu plus de minuit quand, après avoir confié leurs montures aux valets d'écurie de l'auberge du Lapin-Blanc, ils regagnèrent le logis souterrain de maître Exili.

Yvonne et le vieil alchimiste attendaient, en proie à une anxiété assez vive, le retour des dévoués amis de Mgr Louis.

Un léger aboiement de Médus annonça leur arrivée.

Yvonne se leva vivement et allant vers eux :

— Eh bien ? fit-elle seulement.

— Eh bien ! troum de l'air ! Barbézieux a reçu le châtiment qu'il méritait, répondit Faribole.

— Et maintenant, doux Jésus ! murmura Mistouflet, moi je vais m'occuper de celui de notre dernier ennemi... Je réclame la faveur de punir Gniafon.

— Ce plaisir là, bagasse ! sera pour celui d'entre nous qui, le premier, rencontrera le maudit bossu.

En quelques mots, Faribole raconta ce qui s'était passé dans la maison de l'assassin de la comtesse de Soissons.

Puis il ajouta joyeusement :

— L'année commence bien, troun de l'air ! et je n'ai pas perdu ma soirée !

— Nous non plus mon ami, fit tout bas Yvonne.

Et elle adressa à l'alchimiste un long regard qui voulait dire :

— Bientôt, grace à votre concours, je pourrai tenir le terrible serment que j'ai fait : venger monseigneur Louis !

CHAPITRE XLIV

OU L'ON CONSTATE QUE Mme DE MAINTENON N'A RIEN PERDU DE SON ASTUCE.

Il était huit heures du matin.

Mme de Maintenon était encore couchée dans un grand lit bas d'une richesse extrême, quand la porte de sa chambre s'ouvrit soudain, et Germaine, la jeune femme de Jean-Marie, dit vivement avant même d'avoir été interrogée :

— Madame, madame, Sa Majesté vous fait prier de passer dans son appartement aussitôt que vous serez levée !

La compagne du roi se souleva légèrement sur le coude et, regardant sa fille de chambre préférée :

— Il est donc survenu cette nuit quelque grave événement ? demanda-t-elle.

Tout en faisant cette question elle pensait ;

— Cela n'est pas possible... J'en aurais été informée soit par monsieur de Barbézieux, soit par des gens à moi, bien avant sa gracieuse Majesté.

— Mon Dieu, madame, répondit la jolie cameriste, une fâcheuse nouvelle circule depuis un moment, mais ce n'est peut-être pas pour cela que...

— Apprends-moi de suite cette fâcheuse nouvelle ? interrompit Mme de Maintenon en se mettant sur son séant.

— Eh bien, madame, on dit que monseigneur de Barbézieux a été tué dans sa maison de Saint-Cloud.

— Le marquis de Barbézieux a été tué ! répéta la mère de Gniafon avec l'accent de la plus vive surprise.

— Cette nouvelle rencontre, paraît-il, beaucoup de sceptiques, ajouta Germaine.

— Vite, habille-moi ! lui dit sa royale maîtresse en se laissant glisser hors du lit.

Puis, pendant que la jeune femme l'enveloppait dans une sorte de peignoir garni de dentelles précieuses :

— Dis-moi, Germaine, reprit-elle, sait-on comment et par qui monsieur de Barbézieux a été tué ?

— Non, madame. Du moins ceux qui m'ont annoncé cette mauvaise nouvelle ne le savaient pas.

Les appartements de la marquise de Maintenon communiquaient avec ceux du roi de France par un corridor particulier long d'une vingtaine de pas seulement.

Aussi, deux minutes après avoir quitté sa camériste, la marquise pénétrait dans la chambre de son auguste époux qu'elle trouvait pour ainsi dire affaissé dans un large fauteuil.

En apercevant sa compagne, le roi se souleva à demi

— Madame, dit-il aussitôt, veuillez m'excuser si aujourd'hui, je ne me suis point rendu chez vous ; mais je suis fort souffrant et, de plus, très effrayé par la nouvelle qu'on est venu m'apporter. il y a environ une demi-heure.

— Sire, demanda madame de Maintenon, cette nouvelle, qui vous annonce la mort de monsieur de Barbézieux, est-elle confirmée ?

Sa Majesté tendit un billet à son interlocutrice :

— Malheureusement oui, madame. Lisez ces deux lignes, écrites par Fagon, mon médecin... On est venu le chercher cette nuit, vers onze heures... Quand il est arrivé à Saint-Cloud, le corps du marquis de Barbézieux était déjà froid.

— Vous a-t-on appris, sire, comment il est mort !

— D'un coup d'épée qui lui a traversé le cœur, répondit le monarque Et, baissant la voix, il ajouta :

— Son adversaire était, j'en suis certain, un des deux hommes que... monseigneur Louis envoya en Angleterre.

— Mon cher Sire, qui vous fait croire cela ? dit tout bas Mme de Maintenon qui, elle aussi, pensait que Faribole et Mistouflet n'étaient pas étrangers à la fin de Barbérieux.

Toujours à voix basse, le roi reprit :

— Ce qui m'assure, madame, que je ne me trompe pas, c'est une phrase prononcée par l'adversaire du marquis un instant avant le fatal duel.

— Et cette phrase sire ?

— La voici, madame... « Assassin de madame de Soissons, lâche et fourbe, je vais te punir de ta perfidie ! »

Puis, comme se parlant à lui même, le puissant souverain ajouta :

— L'audace des compagnons de « mon frère » est sans bornes... Ah ! si j'avais pour veiller sur ma personne deux hommes aussi braves, aussi fidèles, aussi dévoués que le sont ces aventuriers, mes jours et mes nuits s'écouleraient plus tranquilles.

Il y eut un silence de quelques secondes.

Ce fut Louis XIV qui le rompit.

Regardant sa compagne qui semblait rêveuse, il lui dit avec un accent où perçait un regret :

— Vous vous souvenez madame, que, il y a un mois, lorsque fut décidée l'arrestation de... *lui*... j'étais d'avis qu'on arrêtât aussi les nommés Faribole et Mistouflet... Vous étiez madame, d'une opinion contraire, et Barbézieux aussi... le malheureux l'a payé cher.

— Sire, répliqua madame de Maintenon avec un sourire étrange, j'avais le pressentiment que le fils de Louvois mourrait d'un coup d'épée. Mais si le roi peut regretter la mort de son ministre, le... frère de Monseigneur Louis ne le doit pas...

Et elle ajouta, mais si bas que c'est à peine si on l'entendit:

— Barbézieux ne pourra pas trahir *notre* secret dans un moment d'ivresse, ni le vendre !... Or, aujourd'hui que les parchemins qui auraient pu prouver que le *prisonnier* avait des droits à la couronne, ont été réduits en cendres sous vos yeux ; vous sire, et moi, votre humble compagne, nous resterons seuls de tous ceux qui ont connu le secret de la naissance du fils légitime de la reine Anne d'Autriche...

— Vous oubliez, madame, les deux aventuriers dont je viens de vous parler. Les cachots de la Bastille sont muets, je veux les y envoyer mais pour cela il faut que je les fasse arrêter... Je vais immédiatement en donner l'ordre.

Louis XIV fit un mouvement pour quitter son fauteuil, mais Mme de Maintenon lui posa doucement sur le bras sa main blanche et effilée.

— Sire, dit-elle vivement, veuillez patienter quelques jours. Lorsque le moment sera venu de vous débarrasser de messire Faribole et Mistouflet, je vous l'annoncerai aussitôt... J'ai encore besoin d'eux.

— Vous avez besoin d'eux madame? répéta le roi de France avec un étonnement qui n'était pas simulé.

Gniafon entra, marchant à l'aide d'une béquille.

— Mon Dieu, oui, sire, répliqua en souriant la mère du Gniafon. Plus tard je vous expliquerai cela.

Puis elle ajouta assez vivement :

— D'ailleurs, croyez-moi, cher sire, ces deux hommes ne sont guère à craindre à présent... Ils sont si peu de chose !

Sa Majesté ne pensait sans doute pas de même, car Elle hocha lentement la tête tout en disant :

— Cela ne fait rien madame ; je serai plus tranquille quand je saurai que ces deux hardis aventuriers se trouvent pour jamais enfermés dans une oubliette de la Bastille.

— Maintenant sire, voulez-vous me permettre de vous demander si vous avez choisi celui qui devra succéder à monseigneur de Barbézieux ?

— Je n'ai pas eu le temps d'y songer, madame, répondit le roi.

Et après une légère pause :

— Voyons madame, ajouta-t-il en ayant l'air de réfléchir, à quel personnage pourrions-nous bien offrir la charge éminente de secrétaire d'État de la guerre ?

— Vous la donnerez, sire, répondit sans hésiter la marquise, à monsieur de Chamillart.

— Alors, madame, il faudra lui retirer le ministère des finances qu'il dirige depuis une semaine seulement.

— Du tout, sire, reprit madame de Maintenon, vous réunirez dans sa main les deux ministères, ou plutôt, fit-elle avec un sourire, dans votre propre maison, sire, car vous connaissez monsieur de Chamillart : c'est un homme très doux et un peu faible de caractère...

— Mais d'une force extraordinaire au billard ! interrompit Sa Majesté qui demeurait toujours en admiration devant les fins carambolages du contrôleur général des finances.

— Vous avez raison, sire ; mais comme c'est la seule force qu'il possède, vous pouvez être persuadé qu'il n'aura jamais d'autre volonté que la vôtre.

— C'est une affaire entendue, madame, nous donnerons à monsieur de Chamillart la charge de Barbézieux.

— Le ministre des finances est en ce moment à Montfermeil ; avec votre permission, je l'enverrai chercher ?

— Faites madame, répondit simplement le roi.

Un instant après, madame de Maintenon regagnait son appartement.

Après avoir tracé rapidement une quinzaine de lignes sur un carré de papier qu'elle plia et cacheta avec soin, elle sonna sa femme de chambre.

— Germaine, ordonna-t-elle, vite ce billet à Jean-Marie... qu'il le porte de suite à monsieur de Chamillart qu'il trouvera au bourg de Montfermeil.

La cameriste prit le papier que lui tendait sa maîtresse et sortit.

Restée seule, madame de Maintenon s'assit près de la cheminée dans laquelle un feu de bois assez vif jetait sa flamme et sa chaleur, et se prit à réfléchir.

— Mes prévisions se sont réalisées plus tôt que je ne le pensais, disait-elle mentalement; les compagnons de monseigneur Louis ont déjà frappé le marquis de Barbézieux... demain ils atteindront *l'autre*.

Et l'« autre » signifiait Gniafon.

Mon Dieu oui, cette femme au cœur rempli d'ambition, dans lequel la fibre maternelle n'avait jamais vibré, cette femme, qui, par son astuce, par l'intrigue, et en mettant à profit plus d'un crime horrible, était parvenue à s'élever du dernier au premier degré de l'échelle sociale, souhaitait la mort de Gniafon.

Le nain, était il est vrai, un être monstrueux, n'ayant presque plus figure humaine, mais il n'en était pas moins le véritable fils de cette mauvaise mère.

Seulement celle-ci n'avait plus besoin de « l'autre ». Au contraire, aujourd'hui elle en avait peur.

Quelques jours après la honteuse arrestation de monseigneur Louis, elle avait songé à se débarrasser de Gniafon en le faisant enfermer à la Bastille, mais elle avait vite abandonné cette idée.

Elle avait craint, et avec juste raison, que le nain, se voyant perdu, ne trouvât le moyen de révéler qu'il était fils adultérin de l'ancienne veuve du poète Scarron. La marquise de Maintenon se savait haïe et méprisée par le peuple, elle n'ignorait pas que même dans l'entourage du roi elle comptait de nombreux ennemis; aussi elle avait préféré attendre que de commettre une imprudence dont les suites pouvaient être terribles.

Et ce matin-là, assise devant un bon feu, elle pensait :

— Les morts ne parlent pas... laissons messire Faribole ou son compagnon Mistouflet poursuivre leur œuvre de vengeance. Nous verrons ensuite ce que nous ferons d'eux.

Et c'est parce qu'elle espérait, qu'elle était même certaine, que tôt ou tard Gniafon tomberait sous les coups des compagnons de monsei-

gneur Louis, qu'elle s'était par deux fois opposée à l'arrestation des
ennemis de l'affreux nain.

Le premier coup de dix heures sonnait comme la jolie Germaine,
ayant exécuté l'ordre de sa maîtresse, revenait auprès de celle-ci et rapidement lui annonçait :

— Madame, le seigneur Gniafon demande à vous parler pour une
affaire de la plus haute importane.

— C'est bien; fais-le entrer... Tant que durera notre entretien, je n'y
serai pour personne ; tu m'entends?

— Oui madame.

Germaine s'éloigna un instant; madame de Maintenon se dit :

— L'explication sera sans doute orageuse. Tachons d'être adroite!

Gniafon entra, marchant à l'aide d'une béquille. Sur un signe de sa
maîtresse, la cameriste tira un siège devant la cheminée et sortit de la
chambre.

La mère et le fils s'observèrent en silence durant quelques secondes.
Puis d'une voix doucereuse :

— Veuillez vous asseoir, seigneur Gniafon, dit madame de Maintenon.

Le nain s'installa sur le siège que lui désignait sa mère, mais ne desserra pas les dents.

Un peu étonnée, et même effrayée par le mutisme et aussi par l'expression de froide méchanceté que présentaient les traits de son fils, la
compagne de Louis XIV reprit doucement :

— Il vous est donc arrivé un accident, seigneur Gniafon?

— Vous le voyez bien! répliqua brutalement le nain.

Et d'une voix sifflante :

— Ah! ma mère, s'écria-t-il, vous vous êtes moquée de moi, vous
m'avez trompé, mais prenez garde... prenez garde!...

Madame de Maintenon allait protester, Gniafon l'arrêta :

— Taisez-vous! lui dit-il rudement. En me laissant aller dans les
Cévennes, alors que vous saviez fort bien que dame Yvonne n'y était pas,
vous avez été cause que deux brigands m'ont surpris et m'ont fait subir
une terrible torture.

— O mon Dieu! crut devoir murmurer la marquise.

— Je vous dois donc les souffrances atroces que, pendant plus d'un
mois, j'ai endurées, cloué sur un lit d'auberge...

Et avec un ricanement d'hyène, Gniafon ajouta :

— Quand je dois, je paye... Donc ne craignez rien, ma mère, vous ne
perdrez nullement pour attendre.

— Vous êtes injuste envers moi, seigneur Gniafon...

— Ah ! vraiment, interrompit celui-ci. Oseriez-vous dire que ce n'est pas d'après vos ordres que l'enfant d'Yvonne, de cette Yvonne que j'aime comme un fou, je ne vous l'ai pas caché, a été rendu à sa mère ?

— J'obéissais aux ordres du roi, répliqua madame de Maintenon. Sa Majesté voulait éloigner monseigneur Louis de Jean Cavalier, elle désirait aussi les parchemins que... vous savez...

— Alors on a vite échangé ceux-ci contre dame Yvonne et son fils... Comment faire pour atteindre le but que je poursuis depuis si longtemps, maintenant qu'elle a près d'elle son mari et son enfant !

— Je vois, seigneur Gniafon, que vous ignorez bien des choses.

— Lesquelles, s'il vous plaît ?

— D'abord monseigneur Louis n'est plus auprès d'Yvonne.

— Où donc est-il ?

— A la Bastille, seigneur Gniafon... Pensez-vous à présent que, pour obtenir un pareil résultat, je pouvais refuser d'indiquer à Sa Majesté, le lieu où avions caché le fils d'Yvonne, qui est aussi celui de monseigneur Louis.

Le nain ne répondit pas tout de suite : il était abasourdi par le coup d'audace de sa mère, car il était persuadé (mais pour une fois il se trompait), que celle-ci était l'instigatrice du guet-apens exécuté à Lyon, et que le marquis de Barbézieux n'avait été qu'un instrument entre ses mains.

Enfin il dit avec une mordante ironie :

— Mes compliments, chère maman ; vous êtes décidément très forte !

Puis redevenant soudain arrogant :

— C'est fort beau tout cela ; mais vous saviez que je comptais sur l'enfant pour amener la mère à être un jour à moi !

— Qui vous empêche, mon cher Gniafon, habile comme vous l'êtes de vous emparer de nouveau de l'enfant.

— Ah ! cornes du diable ! si vous croyez que c'est facile. Surtout maintenant que dame Yvonne se cache à Paris.

Mme de Maintenon ferma à demi les yeux pour dérober l'éclair de joie qui soudain y brilla.

— Oh ! pensa-t-elle, dame Yvonne est à Paris, Gniafon le sait... Dans peu de temps, je ne craindrai plus rien de lui.

Et vivement elle reprit à haute voix :

— Afin de vous prouver que je n'ai jamais tenté d'aller contre vos projets, je veux vous aider à reprendre le fils d'Yvonne... Vous reste-t-il beaucoup d'argent ?

— Beaucoup, non ! mais il m'en reste encore.

— Eh bien, seigneur Gniafon, ne vous gênez pas avec moi, quand vous en aurez besoin vous n'aurez qu'à m'avertir... Pour surveiller dame Yvonne, je vais mettre à votre disposition trois ou quatre des plus habiles agents de ma police secrète.

— J'accepte avec empressement, répliqua le nain. Je leur donnerai le signalement des deux aventuriers entre les mains desquels je ne tiens pas à retomber.

— Vous voulez sans doute parler des nommés Faribole et Mistouflet ? demanda Mme de Maintenon.

— Oui.

— Alors, seigneur Gniafon, je puis vous dire que vous aurez fort peu de chose à craindre de leur part.

— Et pourquoi cela, chère maman ?

— Tout simplement parce qu'ils vont être traqués par la police de Sa Majesté, qui a donné des ordres pour qu'ils soient promptement arrêtés et jetés dans un cachot de la Bastille. Ignorez-vous donc le nouveau crime qu'ils ont commis ?

Gniafon regarda sa mère avec étonnement :

— Ah !.. fit-il ; voyons ce crime ?

— Hier, en pleine fête, ils ont tué M. le marquis de Barbézieux. Aussi vous devez deviner la fureur de sa Majesté, dit Mme de Maintenon.

Tout ce qu'elle venait de débiter à son fils n'était qu'un tissu de mensonges ; mais elle mentait avec tant d'habileté que Gniafon qui cependant la connaissait bien, se laissa tromper.

Ce fut d'un ton considérablement radouci qu'il lui dit en se levant :

— Je veux bien ajouter foi à vos paroles. Mais rappelez-vous, ma mère, que je ne vous pardonnerai les souffrances endurées par votre faute que lorsque dame Yvonne aura été à moi...

— J'ai dit !... au revoir, chère maman ! ajouta-t-il en se dirigeant vers la porte.

— Allons, tout va bien, fort bien même ! murmura la femme de Louis XIV aussitôt que le nain se fut éloigné. Je ferai la leçon à mes agents, et s'ils découvrent messires Faribole et Mistouflet ce ne sera pas pour avertir Gniafon de se tenir sur ses gardes.

. . . .

Ce même jour, vers dix heures du matin, M. de Saint-Mars, depuis un mois gouverneur de la Bastille, était assis devant un bureau, placé entre les deux fenêtres d'une chambre assez vaste qu'il occupait au premier étage de la sombre prison, et achevait de rédiger un bulletin qu'il destinait au ministre de la guerre.

Saint-Mars avait reçu l'ordre d'adresser régulièrement chaque matin au marquis de Barbézieux, un rapport relatant tout ce que le *prisonnier* avait dit ou fait la veille ainsi que l'état de sa santé.

Ce matin là, le rapport du geôlier de monseigneur Louis ne contenait que ces lignes :

« Hier, deuxième jour de janvier, le prisonnier s'est levé tard;
« jusqu'au soir, étendu sur son fauteuil, il est demeuré à peu près
« immobile. Il a touché à peine à sa nourriture et n'a pas prononcé deux
« paroles... Paraît légèrement abattu.

Le gouverneur « Saint-Mars »

Après avoir relu son court bulletin, M. de Saint-Mars le cacheta et frappa deux fois sur un timbre pour appeler un gardien.

Presque aussitôt, la porte de la chambre s'ouvrit, mais le personnage qui entra, en mettant son feutre à la main, n'était pas un porte-clés.

C'était le major Rosarges.

— Monseigneur... dit-il en s'avançant l'échine servilement courbée.

— Ah! c'est vous, major? fit de Saint-Mars. Qu'y a-t-il?..

— Un valet de chambre de sa Majesté vient d'apporter pour vous ce billet.

Et tout en parlant Rosarges tendait un papier à son supérieur.

Rapidement le gouverneur de la Bastille fit sauter le cachet et parcourut des yeux trois petites lignes écrites par la compagne du roi.

Le mouvement de surprise qu'il eut en lisant n'échappa pas au major qui l'observait.

— Encore du nouveau, je parie! pensa ce dernier.

— Monsieur de Barbézieux est mort! dit Saint-Mars en repliant le billet. Madame la marquise de Maintenon m'avertit que c'est directement à elle que je dois désormais envoyer mon rapport quotidien.

— La mort de monseigneur le ministre de la guerre a été trop soudaine pour être naturelle, murmura Rosarges.

— Peut-être, approuva le gouverneur.

Et donnant son rapport cacheté à son subordonné :

— Madame de Maintenon est au Louvre, ajouta-t-il, faites lui porter ce pli sur le champ.

— Si monseigneur daignait me le permettre je me rendrais au Louvre moi-même... La fin si brusque de M. le marquis m'intrigue ; je voudrais m'informer...

— Eh bien, allez, major ; mais soyez de retour dans une heure

Rosarges s'inclina très bas et s'éloigna très rapidement.

Trois quarts d'heure plus tard il rentrait à la Bastille et montait retrouver M. de Saint-Mars, lequel se disposait à se rendre auprès de monseigneur Louis, car l'heure du déjeuner allait bientôt sonner et, ainsi qu'à l'île Sainte-Marguerite, c'était le gouverneur qui servait lui même son prisonnier à table.

— Monseigneur, dit Rosarges en rejoignant son supérieur, je sais comment est mort monsieur le marquis de Barbézieux.

— Voyons, dépêchez-vous... de quoi est-il mort ?

— D'un coup d'épée, monseigneur, répondit le major

— Et sait-on qui lui a fourni ce coup d'épée ?

— On l'ignore encore, monseigneur : mais je soupçonne quelqu'un de notre connaissance.

— Les compagnons de notre prisonnier ? fit M. de Saint-Mars.

— Oui monseigneur. On ne me sortira pas de la tête qu'il y a du Faribole là-dessous. Quel autre, sauf Mistouflet, aurait eu l'audace de frapper le puissant ministre de Sa Majesté.

— Vous devez avoir raison, major, dit à demi-voix le gouverneur pensif.

En ce moment une horloge tinta onze coups.

— Onze heures sonnent ; suivez-moi major. reprit il en sortant de son appartement.

Cinq minutes après, les deux misérables geôliers pénétraient dans la chambre de l'infortuné fils d'Anne d'Autriche. Celui-ci, le visage couvert d'un masque de velours noir, se tenait debout devant une croisée, regardant machinalement voltiger les blancs flocons de neige qui commençaient à tomber.

En un instant Rosarges eut dressé sur une petite table le couvert du prisonnier : puis il posa devant M. de Saint-Mars un panier de provisions apporté par un gardien lequel s'était retiré sans être entré dans la chambre.

— Monseigneur veut-il se mettre à table ? fit respectueusement Saint-Mars en s'inclinant devant Mgr Louis.

Celui-ci quitta la fenêtre, vint s'asseoir devant la petite table et, servi

Et vous frappez sans exception tous les membres de la famille de Louis XIV

par son geôlier, mangea du bout des dents sans adresser ni un regard, ni une parole au gouverneur de sa prison.

— Monseigneur, dit au bout d'un moment Saint-Mars, comme il ne m'a pas été défendu de vous faire connaître les événements qui se passent au dehors, je veux vous annoncer une nouvelle assez importante...

Grimaçant un sourire, il termina par ces mots :

— Et qui vous fera probablement plaisir !

— Non!... dit seulement le prisonnier.

— Apprenez donc, monseigneur, reprit M. de Saint-Mars, que monsieur de Barbézieux n'est plus de ce monde. Il a été tué hier soir dans sa maison de Saint-Cloud.

Monseigneur Louis lui jeta un regard à travers son masque.

— Je ne vous trompe pas, continua le gouverneur de la Bastille. Et savez-vous comment il a rendu son âme?... Par une ouverture que l'épée d'un nommé Faribole lui a faite dans la poitrine.

— Il m'a vengé, pensa Mgr Louis.

Puis, à haute voix, d'un ton grave, il dit à M. de Saint-Mars :

— Mon vaillant compagnon a châtié un de mes perfides ennemis... Tôt ou tard il saura bien atteindre les autres.

— Vous croyez, monseigneur? fit de Saint-Mars.

— Je ne veux point parler de vous, monsieur, répliqua le prisonnier d'un ton de raillerie amère. Votre châtiment a commencé le jour où j'ai été conduit ici...

Et avec une assurance qui fit passer un glacial frisson par tout le corps de son ancien bourreau :

— Monsieur de Saint-Mars, ajouta-t-il, vous ne sortirez de la Bastille que lorsque j'en sortirai moi-même. Autant que moi vous êtes prisonnier dans cette forteresse... Plus que moi sans doute vous êtes ici misérable, car, jour et nuit, vous devez être torturé par une énervante et terrible angoisse...

Le gouverneur de la Bastille ébaucha un geste de dénégation.

Monseigneur Louis reprit plus vivement :

— Ne dites pas le contraire! Chaque matin et vingt fois par jour vous vous demandez en tremblant si, de désespoir, je ne me suis pas brisé la tête contre la muraille. Oh, croyez-moi, monsieur de Saint-Mars, soignez bien votre prisonnier afin qu'il vive longtemps encore... Je ne vous donne pas vingt-quatre heures pour venir me rejoindre dans la tombe le jour où j'y descendrai...

Et, le regardant fixement, il dit encore :

— Le secret que vous possédez est mortel... et vous en mourrez !... monsieur de Saint-Mars.

A ces paroles qui résonnèrent à ses oreilles comme une sinistre prophétie, le gouverneur de la Bastille pâlit, et le sourire d'ironie qui plissait ses lèvres fut remplacé par une grimace d'épouvante.

Il y eut un court silence.

— Major, enlevez ce couvert, fit brusquement Saint-Mars, voyant que le prisonnier ne mangeait plus.

— De suite, Monseigneur, répliqua Rosarges qui se hâta d'obéir.

Mais tout en replaçant dans le panier la vaisselle d'argent et les restes du repas de ... r Louis, il murmurait à part lui :

— Cornes du diable! ce que je viens d'entendre m'a donné la chair de poule... C'est que moi aussi je connais, pour mon malheur, une partie du mortel secret!

Quelques minutes après, Saint-Mars, en proie à une vague inquiétude, s'éloignait rapidement accompagné de Rosarges.

Demeuré seul, monseigneur Louis, tomba dans une profonde rêverie.

Il songeait à l'infamie de ce misérable roi, que certains courtisans osaient appeler « le Grand », et qui venait de descendre plus bas que le dernier de ses valets en manquant honteusement à sa parole.

— Fou, pauvre fou! que je suis, pensait le prisonnier. Comment ai-je pu ajouter foi aux promesses de ce fourbe... Il m'avait rendu ma femme et mon enfant, mais c'était pour mieux masquer une odieuse trahison...

Qu'est devenue ma douce compagne Yvonne?... L'amour qu'elle a pour son fils sera-t-il assez puissant pour l'empêcher de prêter son concours à mon cher Faribole et à mon brave Mistouflet qui, je ne le sais que trop, vont de nouveau tenter l'impossible pour me rendre la liberté...

Et le malheureux gentilhomme frémissait de crainte en pensant aux dangers que tous ceux qu'il aimait allaient encore courir pour mettre à exécution leur généreux et presque impossible projet.

Mais sa crainte aurait été autrement grande, elle se serait changée en véritable épouvante si, par quelque pouvoir surnaturel, il avait pu observer de sa prison les manipulations étranges auxquelles, en ce moment même, Yvonne et maître Exili se livraient dans le laboratoire secret de l'alchimiste.

La jeune femme, un peu pâle, maintenait sur un charbon ardent, au moyen d'une pince spéciale, une toute petite capsule d'argent dans laquelle bouillonnait un liquide épais et verdâtre que maître Exili agitait d'une main en se servant d'une baguette de verre.

— Le résidu que nous allons obtenir, disait le vieil alchimiste à sa compagne, nous fournira un poison terrible que nous pourrons employer sous deux formes différentes.

— Les deux seront-ils nécessaires! répliqua Yvonne.

Exili reprit en désignant une minime quantité de poison qu'il avait un instant auparavant retirée de la capsule d'argent et misedans un petit flacon :

— Sous cette forme liquide, une fois filtré, ce poison pourra facilement être mélangé à une boisson quelconque... Trois gouttes dans un verre suffiront pour donner la mort...

De l'extrémité de sa baguette de verre, il prit un peu du poison brûlant qui devenait noirâtre à mesure qu'il épaississait, et le montrant à Yvonne :

— Encore cinq ou six minutes et je le retirerai du feu, dit-il. En refroidissant, ce mélange va devenir sec et dur comme un morceau de brique. Je n'aurai plus qu'à le broyer minutieusement pour le réduire en poudre très fine.

— Cette poudre nous servira pour empoisonner la duchesse de Bourgogne? demanda Yvonne d'une voix sourde qui cependant décelait une résolution immuable.

— L'œuvre de justice que nous allons entreprendre, madame Yvonne, et à laquelle je désire m'associer de tout mon pouvoir, sera longue et dangereuse à accomplir.

— Qu'importe pour moi, mon ami. J'ai juré de venger monseigneur Louis... je tiendrai mon serment !

— Et nous frapperons sans exception tous les membres de la famille de Louis XIV ?

— Oui, maître Exili ! nous les frapperons tous, sans en excepter un seul ! répondit Yvonne avec une farouche énergie.

Le premier que j'ai condamné, c'est le fils unique du roi : c'est monseigneur le Dauphin !...

... Nous ferons disparaître ensuite Monsieur le duc de Bourgogne, petit-fils de notre cruel ennemi...

... Puis je veux que la mort frappe successivement le duc de Bretagne, le duc de Berry et le duc d'Anjou...

... J'ai condamné aussi madame la duchesse de Bourgogne... Je veux que Louis XIV pleure des larmes de sang... Il a été sans pitié pour monseigneur Louis : pour mon époux bien-aimé .. A mon tour je serai sans pitié pour ce lâche et déloyal adversaire...

Et, lorsque les uns après les autres, tous ceux que le roi de France aime seront tombés sous ma main vengeresse, s'il ne me rend pas le père de mon enfant, eh bien! je sens en moi assez de courage, de volonté, d'énergie, pour arriver jusqu'à ce puissant souverain et lui verser le poison qui le couchera dans la tombe...

D'une voix nette, fière, stridente, et les regards étincelants, elle lança encore ces mots :

— Alors le serment que j'ai fait sera accompli... Monseigneur Louis aura été vengé, terriblement vengé !

— Oui, madame Yvonne, terriblement vengé ! répéta Exili, mais ce ne sera que justice.

. . . .

CHAPITRE XLV

POURQUOI FARIBOLE REVINT LA MINE ALLONGÉE A L'AUBERGE DU LAPIN-BLANC

— Vous êtes bien absorbé, monsieur Faribole ? A qui ou à quoi songez-vous donc, doux Jésus !

— Je songe là, bagasse ! que nous voilà au commencement du mois de février, et que monsieur de Chadefaux ne nous a pas encore donné signe de vie. Que pensez-vous de ce retard, ami Mistoufflet ?

— Je pense, doux Seigneur ! que si Monsieur le lieutenant n'est pas venu nous rejoindre, c'est... qu'il en aura été empêché !

— Voilà, bagasse ! une vérité de monsieur de La Palice, qui me... renseigne parfaitement !

Et sur ces mots, l'ancien maître d'armes quitta le siège sur lequel il rêvait depuis un moment, et se mit à aller et venir entre les deux lits de la chambre assez grande qu'il partageait avec son ex-élève, Mistoufflet, dans le somptueux logis souterrain d'Exili.

A demi accroupi près de la porte, l'hercule achevait de graisser ses immenses bottes qu'il avait promenées la veille à travers la boue liquide et la neige fondue, dans les rues de Meudon où la compagne de monseigneur Louis l'avait envoyé afin de se procurer des renseignements sur les allées et venues du Dauphin.

Le sort en était jeté. C'est par le fils de Louis XIV qu'Yvonne allait commencer son œuvre terrifiante de justice et de vengeance.

Brusquement Faribole s'arrêta au milieu de la chambre et se tourna vers son vieux compagnon d'aventures :

— Il y a, bagasse! encore autre chose qui me chiffonne, dit-il en tortillant énergiquement sa moustache.

— Et laquelle? Seigneur-Jésus!

— C'est de ne pouvoir apprendre ce qu'est devenu cet affreux Gniafon... Notre jeune cocher, vous savez bien, bagasse! le neveu de l'hôtelier de Lyon, vous a écrit il y a plus de trois semaines, que le maudit nain, à peu près guéri, était parti pour Paris...

— Où il se cache actuellement, monsieur Faribole, dit vivement Mistouflet. Mais vous n'ignorez pas qu'il joint, à la cruauté du tigre et à la couardise du chacal, la prudence du serpent.

— Cela est vrai, mordious!

— Aussi, reprit le compagnon de Faribole, nous pouvons être certains, que bien qu'on ne l'aperçoive pas, il surveille les alentours de l'auberge du Vieux-Chêne.

— Et nous aussi, nous faisons surveiller l'auberge. Malheureusement, nous n'avons que le camarade Dorfeuil pour s'occuper de ça. Voilà pourquoi il me tarde de voir arriver le lieutenant; il ne refusera pas de nous aider dans nos recherches, et comme il n'est certainement pas connu de Gniafon, le nain ne se cachera point à son approche.

— Il m'est venu une idée, messire Faribole.

— Contez-la moi, monsieur Mistouflet?

L'hercule, ayant terminé l'astiquage de ses bottes, les rangea dans un angle de la chambre, puis, revenant vers son ami :

— Eh bien, voici, doux Jésus! dit-il. Nous prierons madame Yvonne, dès que monsieur de Chadefaux sera ici, de se rendre rue Saint-Honoré, et de se montrer ostensiblement à l'auberge du Vieux-Chêne. Le lieutenant guettera sa sortie et la suivra à une certaine distance...

— Bon! je devine votre idée, bagasse! interrompit Faribole. Gniafon, ou plutôt un de ses espions s'attachera aux pas de madame Yvonne pour savoir en quel lieu elle habite.

— C'est plus que certain, doux Seigneur!

— Alors, poursuivit Faribole, monsieur de Chadefaux pourra facilement remarquer celui qui se sera mis à suivre notre chère maîtresse ; et lorsque celle-ci l'aura suffisamment promené dans un tas de petites rues, le lieutenant rejoindra l'homme, le saisira au collet et, comme à ce moment-là, nous aurons soin de ne pas être cachés trop loin, il nous l'amènera, et, mordious! quand l'espion sera entre nos mains, il faudra bien qu'il nous dise où nous pourrons trouver son misérable patron.

— C'est à peu près cela, doux Jésus! répliqua Mistouflet en souriant.

Une pendule sonna dix heures.

— C'est samedi, aujourd'hui, monsieur Mistouflet, dit Faribole; nous allons demander à madame Yvonne l'autorisation de passer, non seulement la journée, mais aussi toute la soirée, en la compagnie des braves ouvriers du faubourg Saint-Antoine.

Une demi-heure plus tard, l'ancien maître d'armes et son ami ouvraient la porte basse donnant sur la place de la Bastille et s'éloignaient rapidement dans la direction de l'auberge du Lapin-Blanc.

Ainsi qu'ils le faisaient chaque jour, ils se rendirent d'abord aux écuries pour s'assurer que leurs montures ne manquaient de rien.

— Ah! Jésus-Marie! voyez donc la magnifique bête, messire Faribole, dit tout à coup Mistouflet en désignant un cheval attaché à quelques pas du sien.

— Bagasse de bagasse! s'écria Faribole, j'ai rarement vu animal plus beau.

Et, pendant cinq bonnes minutes, il demeura en contemplation devant la noble et superbe bête, ne pouvant s'empêcher d'admirer, avec la passion d'un connaisseur, la perfection de ses formes.

A peine nos deux compagnons avaient-ils mis les pieds dans l'intérieur de l'auberge que leur hôte accourut vers eux.

— Messires, leur dit-il aussitôt, un cavalier qui assure être de vos amis, vous attend ici depuis une heure.

— Bagasse! c'est le lieutenant, fit l'ancien maître d'armes s'adressant à son élève.

Puis, se retournant vers l'hôtelier :

— Maître Mathieu, ajouta-t-il, menez-nous bien vite vers ce cavalier.

— Vous le trouverez dans le cabinet qui vous est réservé, Messires. Pensant vous être agréable, je me suis permis de l'offrir à votre ami, répliqua maître Mathieu.

— Vous avez bien fait, mordious! s'écria Faribole qui gravissait déjà l'escalier de bois conduisant à l'étage supérieur.

Suivi de Mistouflet, il s'engagea dans un étroit couloir ; arrivé à peu près vers le milieu de celui-ci, il s'arrêta devant une porte et frappa plusieurs coups secs, tout en annonçant :

— C'est nous, troun de l'air! ouvrez vite monsieur le lieutenant.

Le bruit d'un siège qu'on repousse brusquement se fit entendre, puis, la porte du cabinet s'ouvrit et l'amant de Jeanne de Vrignès parut.

— Ah! mes amis, que je suis heureux de vous revoir! dit-il.

Et. en même temps, il serrait cordialement les mains des anciens aventuriers qui répondirent ensemble :

— Pas plus que moi, bagasse !

— Et moi aussi, doux Jésus !...

M. de Chadefaux avait remplacé l'uniforme d'officier de dragons qu'il portait habituellement, par un costume civil très simple, mais de drap fin dévoilant la qualité de gentilhomme de celui qui l'avait revêtu.

L'expression mélancolique de son mâle visage laissait facilement deviner la douleur de son cœur brisé.

Un pâle sourire glissa sur ses lèvres lorsque, la porte du cabinet refermée, il dit en approchant deux chaises de la cheminée dans laquelle flambait un joyeux feu de bois :

— Il paraît, mes amis, que je suis ici chez vous... vous me permettez de vous en faire les honneurs...

Puis, quand l'ancien maître d'armes et son compagnon se furent assis :

— Et maintenant, reprit-il, donnez-moi des nouvelles de monseigneur Louis et de sa charmante compagne, madame Yvonne ?

A peine avait-il achevé qu'il voyait le front de Mistouflet s'assombrir soudain, et distinguait l'éclair de colère qui passa dans les regards du brave Faribole.

— Madame Yvonne n'aurait-elle pas été remise en liberté ? interrogea-t-il avec inquiétude.

— Si fait, monsieur le lieutenant, répondit Faribole. Ce soir nous vous conduirons auprès de notre maîtresse qui est en sûreté avec son fils dans une demeure introuvable appartenant à maître Exili.

— Alors un malheur est survenu à monseigneur Louis ? reprit vivement M. de Chadefaux.

— Oui, doux Jésus ! murmura très bas Mistouflet, tandis que son compagnon menaçait de son poing crispé un ennemi invisible.

— Prisonnier, peut-être ? prononça en tremblant d'émoi le pauvre amant de mademoiselle de Vrignès.

— Oui, prisonnier... enfermé à la Bastille ! rugit d'une voix sourde l'ancien maître d'armes.

Le lieutenant de Chadefaux devint tout pâle. Il n'ignorait pas que la sombre et terrible prison avait déjà servi de tombeau à plus d'un malheureux prisonnier, et il se disait que l'homme qui y avait fait jeter monseigneur Louis (et il devinait pour quelle cause), ne lui en ouvrirait jamais les portes.

Seigneur cavalier, me dit-elle....

D'une voix très basse, Faribole reprit :

— Monsieur le lieutenant, monseigneur Louis vous a fait connaître le secret de sa naissance; il vous a appris l'infamie de « son frère » : eh bien! ce misérable vient de se rendre coupable d'un nouveau crime et d'une odieuse trahison... Écoutez, monsieur de Chadefaux.

Et rapidement il raconta au jeune officier le guet-apens de Lyon dont il avait pu, aidé de Mistouflet, reconstituer les phases honteuses.

Il termina d'une voix plus sourde encore :

— Mais nous avons juré de délivrer monseigneur Louis... et nous n'avons pris pension dans cette auberge que pour préparer son évasion.

M. de Chadefaux tendit les mains aux deux compagnons :

— Mes amis, leur dit-il d'un ton vibrant, je veux être des vôtres !... Je ne suis plus officier d'un roi que maintenant je méprise : j'ai donné ma démission... Disposez donc de mon épée, de ma modeste fortune et de ma vie pour aider à la délivrance de monseigneur Louis.

— Hé! bagasse ! vous êtes un brave cœur ! dit Faribole en pressant énergiquement la main du généreux officier.

A ce moment on frappa à la porte du cabinet. Mistouflet alla ouvrir et la face rubiconde de l'hôtelier se montra dans l'encadrement.

— Messire, demanda-t-il, descendez-vous dans la salle commune pour y dîner, ou préférez-vous que je vous fasse servir ici?

— Pour causer nous serons mieux ici, dit Mistouflet.

— Vous avez raison, bagasse !

Et, répondant à maître Mathieu, Faribole ajouta :

— Ma foi, notre hôte, vous nous ferez servir à dîner dans ce cabinet. Il y a si longtemps que nous n'avons vu notre ami, que nous avons encore des tas de choses à nous dire.

— Compris, messire, répliqua l'hôtelier en refermant la porte.

Un instant après, une servante et un valet vinrent dresser le couvert. Pendant les allées et venues que ces apprêts nécessitèrent, nos trois amis causèrent de choses indifférentes.

Puis maître Mathieu reparut, portant triomphalement de chaque main deux plats exhalant un parfum appétissant qu'il déposa sur la table.

Dès qu'il fut ressorti, Faribole dit au jeune officier :

— Maintenant, Monsieur le lieutenant... vous me permettez de vous appeler ainsi, maintenant, monsieur le lieutenant, parlons un peu de vous.

— Hélas! mes amis, fit avec tristesse l'amoureux de mademoiselle de Vrignès, pendant deux mois j'ai vécu à peu près comme un malheureux dont l'âme aurait abandonné le corps. Dès qu'on m'a appris que ma chère Jeanne avait quitté Bordeaux pour se rendre à Paris, j'ai pris congé du maréchal de Montrevel, et je me suis mis en route pour venir vous rejoindre et me rapprocher d'elle.

— Laissez-nous faire, doux jésus! dit en souriant le bon Mistouflet : en attendant d'être en mesure d'exécuter avec succès le projet que nous préparons sans bruit, nous allons nous occuper de rompre la chaîne qui attache votre mignonne Jeanne à son mari ressuscité!

— Parfaitement, mordious!... Moi je n'attendais que votre arrivée pour aller provoquer mon ancien adversaire du château de Servas, ajouta Faribole.

— Vous vous rappelez, mes chers amis, que je me suis laissé **arracher** un serment que l'honneur m'a obligé à tenir ?

— Oui, monsieur le lieutenant : mais s'il vous est interdit de vous battre avec le duc, nous ne sommes pas dans le même cas, répliqua Mistouflet.

— Bien au contraire, bagasse ! j'ai promis à la gentille demoiselle de Vrignès de réparer la maladresse que j'ai commise en ne tuant pas, alors que j'étais dans mon droit, le duc de la Tour-du-Roc, qui, vous le savez, a essayé de me faire assassiner.

— En quoi pourrai-je vous être utile ?

L'entrée de l'aubergiste qui apportait un nouveau plat, suspendit pendant un instant la conversation.

Mais Faribole répondit bientôt :

— Vous nous serez utile, monsieur le lieutenant, en nous procurant deux seconds choisis parmi les meilleurs gentilshommes de votre connaissance. Le vieux duc a pu juger qu'il n'était pas assez fort à l'épée pour avoir raison de moi; aussi, pour égaliser les chances, je veux lui proposer de se faire accompagner sur le terrain par deux amis.

— Ne craignez-vous pas, monsieur Faribole, que le duc de la Tour-du-Roc ne se refuse à accepter votre provocation?

— Non, monsieur le lieutenant, je ne crains point cela, répondit l'ancien maître d'armes.

— Il possède, Vierge-Marie ! un moyen infaillible pour obliger les plus récalcitrants à s'aligner avec lui, dit en souriant Mistouflet.

— Et c'est vrai, bagasse ! Ainsi, tenez, il y a quelques semaines, je suis allé trouver un gentilhomme qui, moins d'une minute après avoir refusé de se battre, sautait sur son épée en me criant : « **Je vais vous tuer !** »

— Seulement c'est le contraire qui est arrivé, doux Jésus!

— Le nom de votre adversaire?

— François de Barbézieux, répondit Faribole.

— Je ne saurais vous dire pourquoi, mon ami, mais j'ai pensé à **vous** lorsque la nouvelle annonçant la fin du ministre m'est parvenue, reprit doucement le lieutenant.

— J'avais juré de le punir de sa honteuse trahison : j'ai tenu **mon** serment, répliqua l'ancien maître d'armes.

Changeant de ton il continua :

— A présent, bagasse ! nous allons nous occuper du vieux duc de la Tour-du-Roc. Je n'ai pas juré de le tuer, j'ai seulement promis : mais c'est presque la même chose !

Ils s'entretinrent ensuite des événements des Cévennes.

M. de Chadefaux apprit à ses compagnons que Jean Cavalier avait eu le malheur d'essuyer, à une semaine de distance, deux échecs ; il ajouta que les hostilités entre les camisards et les troupes catholiques se trouvaient momentanément suspendues par suite de l'énorme quantité de neige qui était tombée vers la fin du mois de Janvier.

Vers cinq heures du soir, Faribole, qui venait de faire au lieutenant une description complète du refuge souterrain d'Exili, se leva en disant :

— Monsieur de Chadefaux, la nuit commence à tomber. Mistouflet **va** vous guider jusqu'auprès de madame Yvonne : mois je suis obligé **de** rester à l'auberge du Lapin-Blanc pour passer la soirée avec quelques ouvriers dont je suis en train de devenir le sincère ami.

Il ajouta en baissant la voix :

— Mistouflet et moi nous préparons lentement, mais sûrement, **une** belle émeute populaire, à la faveur de laquelle nous espérons bien, mordious ! délivrer monseigneur Louis.

— Nous ne rêvons rien moins, doux Jésus ! que de faire attaquer. prendre et démolir la Bastille, ajouta Mistouflet.

— Folie sublime, mes amis, dit tout bas le lieutenant.

— Peut-être ! firent ensemble l'ancien maître d'armes et son élève.

M. de Chadefaux et Mistouflet quittèrent ensuite l'auberge. Un quart d'heure après, ils pénétraient dans la demeure souterraine du vieil alchimiste, salués par les abois joyeux du gros chien Médus qui veillait jour et nuit à l'entrée de l'antichambre.

L'amant de Jeanne de Vrignès passa la soirée entière en compagnie d'Yvonne et d'Exili.

A dix heures du soir, seulement, il retourna rejoindre à l'auberge du

Lapin-Blanc, Faribole et Mistouflet, qu'il trouva en grande conversation avec une trentaine d'ouvriers de différentes professions.

Ayant aperçu le lieutenant qui traversait la salle commune, Faribole se leva, paya les six bouteilles qu'il avait vidées avec Mistouflet et une demi-douzaine de consommateurs, et dit à haute voix, de façon à être entendu de tout le monde :

— Samedi prochain, si j'ai le plaisir de vous revoir ici, je vous raconterai, bagasse! comment, dans une ville de la Flandre orientale, un millier de braves travailleurs comme vous, ont réussi à s'emparer d'une forteresse qui commandait la ville, et, par ce coup d'audace, sont parvenus à faire supprimer une partie des impôts qui les écrasaient et les plongeaient dans la misère.

Enfin, ayant serré la main de deux ou trois braves gens avec lesquels ils avaient, quelques jours auparavant déjà lié connaissance, Faribole et Mistouflet sortirent de la salle commune et allèrent retrouver le lieutenant de Chadefaux.

— Mes amis, leur dit aussitôt celui-ci, madame Yvonne m'a généreusement offert l'hospitalité pour toute la durée de mon séjour à Paris; mais, ne voulant pas abuser de ses bontés, j'ai refusé.

J'ai donc l'intention d'élire domicile dans cette auberge, sauf avis contraire de votre part, mes chers compagnons.

— Moi je crois, doux Jésus! que vous pouvez demeurer ici, répliqua Mistouflet; l'hôte est un fort honnête homme.

— Et puis, bagasse! fit à son tour Faribole, outre que nous pourrons vous voir tous les jours, vous n'êtes guère qu'à une dizaine de minutes de l'hôtel du vieux duc de la Tour-du-Roc.

— Alors, c'est parfait. Je reste le pensionnaire de maître Mathieu.

Et il appela l'aubergiste.

— Monseigneur me fait demander? dit ce dernier en accourant, son bonnet à la main.

— Oui, mon hôte; pour vous prier de me donner une chambre? répondit M. de Chadefaux.

— Elle est toute prête, Monseigneur, repartit maître Mathieu avec un large sourire qui fendit jusqu'aux oreilles sa grosse figure réjouie. Espérant que votre Seigneurie me ferait l'honneur de passer la nuit chez moi, je lui ai réservé une jolie chambre qui touche au cabinet où n'entrent jamais que messires Faribole et Mistouflet.

— C'est très bien, mon hôte, dit le jeune officier; je vois que je ne serai pas trop mal servi. Maintenant j'ai deux recommandations à vous faire.

— Parlez, Monseigneur.

— Je n'aime point que les valets et les servantes s'arrêtent pour écouter à ma porte. Je couperai les oreilles aux premiers que je surprendrai.

— Je préviendrai mes gens, Monseigneur.

— Enfin je vous recommande mon cheval, continua M. de Chadefaux. Je désire qu'on ait pour lui encore plus de soins que pour son maître.

— Monseigneur peut avoir confiance en moi, fit l'hôtelier.

— Bagasse! dit vivement Faribole, elle est à vous, mon lieutenant, cette admirable bête que j'ai aperçue à l'écurie?

— C'est un cadeau de Monsieur le maréchal de Montrevel. répliqua l'officier de dragons.

En souriant, il ajouta :

— Je n'ai pas besoin de vous dire, mes chers amis, que si l'un de vous désirait monter « Ouragan » c'est le nom de mon cheval, il est à son entière disposition.

Faribole et Mistouflet remercièrent leur aimable compagnon, l'accompagnèrent jusqu'à sa chambre et là, prirent congé de lui en convenant de se retrouver le lendemain à midi.

— Entendu, mes amis, fit le lieutenant de Chadefaux. Et dès que nous aurons dîné, je m'occuperai de vous procurer deux seconds.

— Et nous, bagasse! nous irons ensuite provoquer le vieux duc de la Tour-du-Roc.

Sur ces derniers mots ils se séparèrent.

Le lendemain matin, comme la demie de onze heures sonnait à l'horloge de la Bastille, Faribole et Mistouflet, entièrement enveloppés dans de longs manteaux, car il tombait une pluie fine, glacée, mêlée de neige, faisaient leur entrée dans la salle basse de leur auberge.

Quelques instants après, ils s'asseyaient autour d'une table dans la chambre de M. de Chadefaux qui leur rendait le dîner qu'ils lui avaient offert la veille.

Lorsque deux heures eurent sonné, l'officier de dragons dit à ses hôtes :

— Voulez-vous attendre ici le résultat de mes démarches, ou préférez-vous m'accompagner, mes chers amis?

— Nous vous accompagnerions avec plaisir, répondit Faribole; mais pour la réussite d'un autre projet pour lequel nous voulons réclamer votre concours, il ne faut pas que le seigneur Gniafon, un rusé ennemi, se doute même que nous nous connaissons.

— Bien. En ce cas, mes amis, reprit le lieutenant, nous éviterons avec soin de nous montrer ensemble au dehors... Je vous laisse; j'espère être de retour dans une heure.

— Prenez votre temps, capé dé dious! Depuis ma visite à la vieille prison de Nîmes. je possède une grande quantité de patience, dit en riant Faribole.

— Et moi, Seigneur Jésus! j'en ai toujours eu à revendre, murmura en souriant le gros Mistouflet.

M. de Chadefaux ceignit son épée, jeta son manteau sur ses épaules, et partit à la recherche de deux amis qni voulussent bien accepter d'être les seconds de Faribole. Et il espérait les trouver aisément car, à cette époque, les gentilshommes refusaient rarement une partie de ce genre.

Après le départ de l'officier de dragons, l'ancien maître d'armes et son élève, persuadés que le mari de Jeanne de Vrignès ne refuserait pas de se battre dans les conditions qu'on devait lui proposer, examinèrent entre les différents endroits qu'ils connaissaient, celui qui leur paraissait le mieux approprié pour une rencontre de six adversaires.

— Si vous m'en croyez, doux Jésus! opina Mistouflet, c'est encore derrière le Luxembourg que vous serez le mieux.

— Vous avez peut-être raison; l'endroit est des plus tranquilles: et puis, troun de l'air! ça me rappellera ma première affaire et ma première victoire à Paris.

— Vraiment, messire Faribole?

— Comme j'ai l'honneur de vous le dire, monsieur Mistouflet. Désirez-vous que je vous raconte la chose?

— Certainement, doux Jésus! Ça nous aidera à attendre le retour de monsieur de Chadefaux.

— Écoutez donc, bagasse! L'histoire n'est d'ailleurs pas très longue...

C'était trois ou quatre mois avant que je devinsse votre patron, cher monsieur Mistouflet.

— Oh! alors, repartit celui-ci, il y a déjà quelques années de cela!

— Hélas! oui; c'est étonnant, capé de dious! comme nous vieillissons vite, murmura l'ancien maître d'armes avec un léger accent de regret.

Puis il reprit d'un ton enjoué :

— Mais revenons à mon affaire... Donc, bagasse! je me trouvais certain après-midi, sur le coup de deux heures, dans un modeste cabaret disparu aujourd'hui; je crois que les réflexions auxquelles je me livrais n'étaient rien moins que gaies : ma bourse était vide, et vous-

auriez pu secouer tous mes habits pendant vingt-quatre heures sans craindre de voir s'en échapper le pauvre plus petit sol...

— Depuis, doux Jésus ! interrompit Mistouflet, vous et moi nous nous sommes vus plus d'une fois dans semblable situation.

— C'est vrai, bagasse ! et sans notre bonne étoile qui nous a fait rencontrer monseigneur Louis... Mais je reprends : J'étais donc tristement assis dans le dit cabaret, songeant à aller troquer mon pourpoint alors tout neuf, contre un autre, datant de l'époque des Rois Mages, mais auquel le fripier aurait joint une pistole en moins...

— J'en doute, Jésus-Marie !... Juif ou chrétien, les fripiers sont bien trop voleurs !

— C'est juste !... Je continue, seulement ne m'interrompez plus, monsieur Mistouflet, sinon mon histoire, si courte qu'elle soit, ne sera pas achevée la semaine prochaine.

Et Faribole poursuivit :

— Je songeais donc à aller troquer mon pourpoint neuf contre un vieux, quand une jeune fille, une cameriste au minois fripon, entra dans le cabaret et, n'apercevant nul autre consommateur que moi, s'avança vivement de mon côté, un papier à la main.

— Seigneur cavalier, me dit-elle... Elle avait vu du premier coup d'œil que je portais l'épée, ensuite que je n'avais point l'air d'un manant et enfin que... bref elle n'avait pas l'embarras du choix puisque j'étais seul... Seigneur cavalier, me dit-elle donc, voudriez-vous porter ou faire porter cette lettre rue de l'Abbaye-Saint-Germain... il y a une pistole pour le commissionnaire.

— C'était se montrer généreux !

— Aussi, troun de l'air ! je me levai d'un bon et je tendis la main pour recevoir... la lettre, la lettre seulement, monsieur Mistouflet !

— Mais je n'en doute pas !... répliqua l'hercule avec un imperceptible et fin sourire.

— Ma belle enfant, dis-je vivement à la suivante, donnez moi la missive... Mon laquais...

— Hein ? doux Jésus ! interrompit Mistouflet malgré lui.

— Mon Dieu, oui, j'eus l'audace de lui dire : « *Mon laquais* » profitera de la pistole que vous offrez si généreusement ; mais ce sera moi qui, pour un seul regard de vos beaux yeux, porterai votre lettre.

— Vous êtes galant, Seigneur cavalier, me répondit la jolie fille en accompagnant ses paroles non pas d'un seul regard, mais d'une douzaine,

En effet, le vieux duc n'était plus, pour ainsi dire, que l'ombre de lui-même.

si bien que, eût-elle oublié la récompense promise, je serais allé quand même faire sa commission.

— Elle eut toutefois l'heureuse idée de vous donner, avec la lettre, la belle pièce d'or ? dit Mistouflet.

— En effet, bagasse ! avoua Faribole. Je glissai l'une et l'autre dans ma poche ; j'accompagnai la soubrette jusque sur le pas de la porte, et nous nous séparâmes, elle pour retourner chez sa maîtresse, et moi pour courir rue de l'Abbaye-Saint-Germain.

— Chez qui alliez-vous?

— Chez monsieur le comte de Michelain. Justement il était en son hôtel où il habitait avec sa mère. C'était un homme de taille moyenne, pouvant avoir vingt-cinq ans. Je lui remis la lettre et j'attendis.

— Quoi donc, doux Jésus?

— Ma foi, je n'en savais rien; mais vous allez voir que je fis bien d'attendre... Le comte brisa le cachet et parcourut rapidement la lettre des yeux. Quand il eut terminé, il s'écria avec un accent de rage difficile à décrire :

— Oh! les misérables, les misérables!... je tuerai l'un ou l'autre aujourd'hui même!

— Vous aviez là une belle occasion d'offrir vos services, messire Faribole, prononça à demi-voix Mistouflet.

— Aussi, capé dé dious! je ne la laissai pas échapper. Je la saisis par les cheveux... je veux dire que je proposai immédiatement au comte de lui servir de second s'il voulait me faire cet honneur. Il me regarda un instant, puis me demanda :

— Votre nom, Monsieur!

Alors, sans hésiter, je lui répondis carrément :

— On me nomme le « chevalier de Faribole » et je suis tout à votre service, Monsieur!

— Chevalier, me dit alors le comte en s'emparant de son chapeau, veuillez m'accompagner... Nous allons corriger comme ils le méritent, deux hommes qui ont osé insulter une femme que j'aime.

— Toujours les femmes, doux Jésus!... Dieu seul peut savoir le nombre de ceux qui se sont fait tuer pour elles! dit sentencieusement l'hercule.

Faribole reprit :

— Il était environ trois heures quand nous sortîmes de l'hôtel du comte. Nous eûmes la chance de retrouver ceux que nous cherchions.

La demie de quatre heures venait de sonner, lorsque monsieur de Michelain et moi, nous pénétrâmes dans un petit terrain vague derrière le Luxembourg.

— Vous sauriez bien reconnaître l'endroit?

— Mais certainement, bagasse!... Trois ou quatre minutes après, nous arrivaient à leur tour ceux que le comte avait invité. Ah! capé dé dious ! ce fut une jolie partie, je vous en fiche mon billet, cher monsieur Mistouflet.

— Je vois ça d'ici, répliqua ce dernier.

— Nos adversaires étaient de rudes gaillards, continua Faribole ; nous soutînmes vaillamment l'assaut. Malheureusement, le comte de Michelain faiblit peu à peu devant des attaques multipliées et bien dirigées. Soudain il tomba à la renverse.

— Tué, doux Jésus !

— Non, mais il n'en valait guère mieux, bagasse !... Son adversaire vint se joindre au mien et je me vis brusquement deux hommes sur les bras. Cette nouvelle situation m'obligea à serrer mon jeu. Et ma foi, je ripostai à leurs attaques avec tant d'adresse et de sang froid, que l'un après l'autre ils tombèrent gravement blessés.

— Je vous adresse mes sincères compliments !

— Alors, bagasse ! je me précipitai vers le comte. Il n'était pas mort. En toute hâte je courus chercher du secours. Je trouvai de braves gens qui improvisèrent une civière et, conduite par moi, transportèrent le blessé rue de l'Abbaye-Saint-Germain.

— Un bon quart d'heure de chemin, fit Mistouflet.

— On mit plus longtemps que ça, dit Faribole... En arrivant à l'hôtel du comte, j'allai d'abord prévenir sa mère avec ménagements ; puis on porta le blessé dans sa chambre, où, pendant quinze jours, il demeura entre la vie et la mort. Moi je m'installai à son chevet, et... jusqu'au moment où il put se lever, je fus logé chez lui.

— C'était votre récompense, doux Jésus ! murmura Mistouflet avec un sourire. Et, ajouta-t-il, cette agréable situation dura ?

— Un mois et une semaine, cher ami. Elle aurait duré davantage, si j'avais voulu suivre le comte quand son chirurgien l'envoya en convalescence au fond de la Bretagne. Mais je préférais rester à Paris. Je l'avouai franchement au comte ; je lui dis aussi que mon intention était de m'y établir professeur d'escrime. Il eut la générosité de m'offrir cinquante pistoles pour ouvrir une petite salle d'armes.

— C'était gentil cela !

— Quelque temps après, poursuivit Faribole, j'eus le plaisir de devenir votre patron... Vous connaissez le reste !

— Oui, Seigneur Jésus ! Devenu votre élève, nous connûmes des jours de prospérité, pas beaucoup !... puis vinrent les heures de misère, lesquelles nous semblèrent longues comme des années.

Mistouflet venait de prononcer ces paroles, lorsque la porte s'ouvrit et le lieutenant de Chadefaux parut.

— Mes amis, dit-il en entrant, j'ai été assez heureux pour trouver du premier coup deux anciens camarades, qui se feront un plaisir d'aller au rendez-vous que vous leur fixerez.

— Parfait, troun de l'air! s'écria joyeusement Faribole. J'espère maintenant que le reste marchera tout seul.

— Mes deux amis sont de vaillants jeunes gens, reprit M. de Chadefaux. L'un, le plus âgé, a vingt-six ans; il se nomme Achille de Pierrefort.

— Deux beaux noms, Seigneur Jésus! qui doivent être prédestinés! opina doucement Mistouflet.

— Je ne sais si vous serez vainqueur sur toute la ligne, mon cher Faribole, dit en souriant l'officier de dragons; mais je puis vous affirmer que mon ami Achille ne montrera pas ses talons à son adversaire.

L'ancien maître d'armes ne comprit pas l'allusion, mais comme il ne doutait aucunement de la bravoure du camarade de M. de Chadefaux, il répondit aussitôt :

— Cette pensée ne m'est même pas venue, monsieur le lieutenant.

Le jeune officier reprit :

— Mon second ami n'a que vingt-deux ans. Il vient d'être nommé cornette par monsieur de Chamillart, le nouveau ministre... Il s'appelle Louis de Michelain.

En entendant ce nom, Faribole tressauta d'étonnement.

— Capé dé dious! s'écria-t-il, est-ce que votre ami, monsieur le lieutenant, serait un parent du comte de Michelain ?

— Oui, mon cher Faribole, mon ami qui a pris le titre de marquis après la mort de son père, est le cousin germain du comte de Michelain. Je viens de vous dire que M. de Chamillart l'avait nommé cornette ; je dois ajouter que cette faveur lui a été accordée à la demande du comte qui est un intime du ministre de la guerre.

— Tiens, tiens ! fit Mistouflet. Mais alors, doux Jésus ! sans le vouloir, messire Faribole, vous avez contribué à la nomination du jeune marquis de Michelain.

— En effet, bagasse ! puisque c'est grâce à moi que monsieur de Chamillart est devenu ministre à la place de Barbézieux.

— Cette réflexion m'est venue, dit M. de Chadefaux ; mais je me suis abstenu d'en faire part à mon ami.

— Voyons, bagasse ! quelle heure est-il ? fit tout à coup l'ancien maître d'armes.

— Bientôt quatre heures, messire Faribole, répondit Mistouflet. Nous avons le temps de nous présenter avant la nuit à l'hôtel de monsieur le duc de la Tour-du-Roc.

— Allons-y tout de suite ! monsieur Mistouflet.

Les deux compagnons se levèrent et prirent leurs manteaux.

— Je vous attends ici, mes amis, leur dit le lieutenant. Si un heureux hasard permettait que vous vissiez la gentille Suzette, annoncez lui mon arrivée à Paris.

— Et, Jésus-Marie ! elle s'empressera d'aller porter cette nouvelle à demoiselle Jeanne, sa pauvre maîtresse.

— S'il y a moyen, bagasse ! dit Faribole au jeune officier, votre petite commission sera rapidement faite... A tout à l'heure !

L'ancien maître d'armes et son grand compagnon prirent pedestrement le chemin de la demeure du vieux mari de leur amie Jeanne de Vrignès.

L'hôtel du duc de la Tour-du-Roc était situé à l'angle de la rue du Pas-de-la-Mule et d'une ruelle aboutissant derrière la place Louis XIII.

C'était une construction massive, datant déjà de plus d'un siècle.

Elle avait ses portes en ogive, deux tourelles à encorbellement, ses fenêtres à croix de pierre avec quelques moulures ; elle comprenait deux étages élevés sur rez-de-chaussée.

La porte principale de l'hôtel donnait rue du Pas-de-la-Mule. A gauche du porche voûté se trouvait la loge du suisse, tout à côté, les cuisines. A droite de la cour, on apercevait un large perron.

Au premier étage se trouvaient les appartements du vieux duc et de la jeune duchesse, séparés par une immense salle à manger et un vaste salon de réception.

Revenue des offices depuis une demi-heure environ, la charmante amie d'Yvonne s'était enfermée dans son boudoir en compagnie de sa fidèle cameriste Suzette.

Assise près d'une haute fenêtre ayant vue sur la rue, Jeanne tournait machinalement les pages d'un livre. Bientôt elle le posa sur ses genoux : sa pensée n'était décidément pas à sa lecture. Puis elle laissa ses beaux regards rêveurs aller se perdre au dehors.

Bien que ce jour-là fut un dimanche, le temps était si mauvais que les promeneurs ou les passants étaient très rares dans la plupart des rues.

La rue du Pas-de-la-Mule était absolument déserte lorsque, entre quatre heures et quatre heures et demie, deux hommes s'y engagèrent marchant d'un pas assez rapide.

Pendant une minute, les yeux de la jeune duchesse suivirent les courageux piétons qui s'avançaient dans la direction de l'hôtel.

Tout à coup elle se redressa comme mue par un ressort et poussa en même temps un léger cri.

— Ciel ! qu'y a-t-il, chère maîtresse ? dit vivement la camériste en s'approchant inquiète.

— Regarde Suzette ? fit Jeanne en écartant le rideau de la croisée.

La gentille Suzette regarda. Alors elle pâlit soudain d'émotion, puis ses joues se teintèrent de rose, et elle murmura :

— Ah!.. Monsieur Faribole !... et monsieur Mistouflet...

Quinze secondes s'écoulèrent.

Et la jolie fille de chambre reprit d'une voix tremblante d'émoi :

— Oh ! madame, ils pénètrent dans l'hôtel !...

Jeanne de Vrignès retomba sur son siège et pâlissant à son tour :

— Mon Dieu ! dit-elle à demi voix. Que va-t-il se passer ?... Suzette j'ai peur !

La jeune camériste qui déjà courait vers la porte s'arrêta brusquement.

— Que craignez-vous donc, chère maîtresse ? demanda-t-elle en revenant.

— Je ne sais... Mes bons amis viennent ici pour... monsieur le duc. Que va-t-il résulter de leur visite !

— Rien de malheureux pour vous, ma bonne maîtresse ; ni pour eux!.. fit vivement Suzette.

Puis, tout bas, avec un malicieux sourire :

— Ni pour *lui* !... ajouta-t-elle.

La pâleur de Jeanne disparut soudain, et fut aussitôt remplacée par une adorable couleur rosée.

— Chère maîtresse, reprit l'orpheline, je cours me placer sur leur passage pour avoir quelques nouvelles.

Jeanne de Virgnès lui sourit et, faisant un geste charmant :

— Va, mon enfant; va !... et dis leur que je pense toujours à... eux tous !

Suzette ouvrit la porte et, légère comme un oiseau, elle s'échappa du boudoir de la pauvre duchesse.

En moins d'une minute elle atteignit une immense antichambre le long de laquelle étaient rangées des banquettes, de velours. En y arrivant elle poussa malgré elle un profond soupir de déception.

Faribole et Mistouflet n'étaient pas encore là; mais en revanche elle aperçut, assis sur une banquette l'intendant Bourland qui en voyant s'approcher la brune fillette, se leva vivement :

— Charmante Suzette, dit-il, je n'avais pas encore eu le plaisir de vous voir aujourd'hui.

— Que voulez-vous, monsieur Bourland, madame la duchesse m'a obligé de dîner dans sa chambre.

A ce moment Faribole et Mistouflet, arrêtés un instant par le suisse, apparurent au sommet du large escalier aboutissant à une extrémité de l'antichambre.

— Ciel ! que vois-je ? reprit Suzette avec un air de surprise admirablement simulée. Mais je ne me trompe pas, ce sont les cavaliers que nous avons rencontrés au pont de Saint-Cloud !

Maître Bourland fit un pas au-devant des visiteurs :

— Messeigneurs, dit-il, je suis on ne peut plus charmé de vous voir ici... Mais par quel hasard...

— Hé ! bagasse ! monsieur l'intendant, ce n'est point le hasard qui nous amène ici ! interrompit Faribole.

— Ah ! fit le gros homme en roulant des yeux étonnés.

— Nous venons, reprit l'ancien maître d'armes, pour entretenir monsieur le duc d'une affaire de la plus haute importance.

— Je ne sais si mon maître pourra vous recevoir, répliqua l'intendant; depuis deux ou trois jours, il ne va pas bien.

— Allez toujours vous en informer, mon ami ; vous lui annoncerez deux futurs compagnons de monsieur le marquis de Michelain.

— Très bien, messeigneurs, j'y cours.

Et maître Bourland s'éloigna en effet très rapidement.

La gentille Suzette, qui s'était retirée un peu à l'écart, s'avança bien vite en posant un doigt sur ses lèvres pour rappeler aux amis de sa maîtresse qu'il leur fallait être prudents.

Elle leur dit, parlant à voix basse :

— Ma maîtresse vous a aperçus descendant la rue... Moi j'accours auprès de vous pour avoir des nouvelles de monsieur de Chadefaux, de dame Yvonne et de monsieur le capitaine Louis.

— Le capitaine Louis est absent, se hâta de répondre Faribole qui voulait cacher à la mignonne duchesse le nouveau malheur arrivé à son premier protecteur et ami.

Madame Yvonne se porte assez bien, ajouta-t-il vivement; elle a retrouvé son fils... Monsieur le lieutenant de Chadefaux est depuis avant-hier à Paris ; il a l'espoir de rencontrer un de ces jours, soit à l'église, soit à la promenade, notre demoiselle Jeanne.

Pour Faribole comme pour Mistouflet la duchesse de la Tour-du-Roc était toujours la mignonne demoiselle Jeanne, leur petite amie et leur protégée.

— La chose est facile, répliqua Suzette avec un fin sourire. Tous les dimanches, à onze heures précises, nous nous rendons à la chapelle Saint-Gilles.

— Compris ! dit Faribole à mi-voix.

La jeune fille poursuivit :

— Dites encore à monsieur de Chadefaux que le premier jour où le soleil le permettra, nous irons nous promener du côté des Tuileries... Chut ! j'entends le gros Bourland, je me sauve !...

En disant ces mots, Suzette adressa un charmant sourire à Mistouflet qui la contemplait en silence, puis un doux regard à Faribole, et, toute rose de plaisir sans doute, elle s'esquiva.

Au même instant la voix de l'intendant se fit entendre.

— Venez messeigneurs, disait-elle monsieur le duc m'a donné l'ordre de vous conduire dans le grand salon.

Nos deux compagnons suivirent maître Bourland qui les introduisit dans une pièce aussi vaste que somptueusement meublée.

Presque aussitôt une porte s'ouvrit en face d'eux, et le duc de la Tour-du-Roc entra en s'appuyant sur une canne.

Alors deux exclamations bien différentes partirent en même temps :

— Vous ! prononça le vieux gentilhomme sur un ton de colère.

— Malheur ! fit d'une voix sourde Faribole, stupéfait et désappointé.

Et se tournant vers Mistouflet, il lui lança un regard qui signifiait clairement :

— Cet homme n'a plus que le souffle... Tout combat avec lui est impossible !

En effet, le vieux duc n'était plus, pour ainsi dire, que l'ombre de lui-même, tellement il paraissait maigre et décharné. A voir sa figure hâve, ses yeux vitreux, sa démarche languissante, on lui aurait donné sans hésiter quatre-vingt-dix ans.

Un éclair de rage brilla dans son regard, et un peu de force sembla lui revenir quand il reconnut, dans l'un de ses visiteurs, son adversaire, aujourd'hui un ennemi, du château de Servas.

— Que...ve...ve...nez...vo.., bégaya-t-il.

Mais ne pouvant pas arriver à s'exprimer malgré les violents efforts

Vivement, il quitta son pilier, s'approcha du bénitier.

qu'il faisait il tira de sa poche, d'un geste brusque, ses tablettes qui désormais ne le quittaient plus et griffonna :

« Que me voulez-vous? Que venez vous faire ici? ».

Puis il tendit l'écrit à l'intendant tout interloqué à la vue de la fureur subite de son maître. Des mains de Bourland le papier passa dans celles de Faribole.

Après avoir lu, ce dernier dit d'un ton légèrement railleur :

— Vous me demandez, monsieur le duc, ce que je viens faire en votre hôtel? Eh! bagasse! je viens tout bonnement prendre des nouvelles de votre santé...

Le vieux gentilhomme fit un mouvement d'impatience.

— Calmez-vous, reprit l'ancien maître d'armes; je n'ai qu'un mot à vous dire et je me retire aussitôt avec mon compagnon.

Il s'avança d'un pas et, changeant de ton :

— Monsieur le duc, continua-t-il, si grand que soit mon désir de vous tuer, je me vois dans l'obligation d'ajourner mon dessein. Il n'entre point dans ma pensée de vous assassiner; or, vous obliger à vous battre actuellement, ce ne serait pas autre chose qu'un assassinat.

Le vieux duc n'écoutait déjà plus : il écrivait :

« Je ne me battrai jamais avec vous! »

Faribole, après avoir lu ces mots que lui passa Bourland, se mit à rire :

— Ah! vous croyez cela, bagasse!... Permettez-moi de vous affirmer que vous vous trompez... Si vous refusiez, moi je n'hésiterais pas à vous accuser en public d'avoir voulu me faire assassiner par votre laquais embusqué derrière une haie...

— Je dé...dé...men...ti...rai! prononça difficilement le duc.

— Possible, bagasse! mais, pour assurer que je ne dis que la vérité, je compte sur monsieur Achille de Pierrefort et monsieur le marquis de Michelain : croyez-vous que l'on doutera de la parole d'honneur de ces deux gentilhommes?

Le vieil époux de Jeanne laissa échapper un geste de menace et de rage impuissante.

— Au plaisir de vous revoir, monsieur le duc, lui dit Faribole en s'inclinant cérémonieusement. Dans un mois, sauf empêchement grave, je reviendrai prendre des nouvelles de votre santé.

Il salua une seconde fois et, précédé de Mistouflet qui avait assisté bien tranquillement à cette courte scène, il sortit de l'immense salon. Cinq minutes après tous deux s'éloignaient de l'hôtel.

Dès qu'il fut seul avec Bourland, qui se tenait inquiet auprès de lui, le duc de la Tour-du-Roc traça d'une main frémissante quelques lignes sur ses tablettes.

— Lis!... dit-il en donnant à l'intendant le feuillet de papier.

Et vivement le gros homme lut :

« Si jamais ces aventuriers osent remettre les pieds à l'hôtel, je vous donne l'ordre de les faire chasser par mes laquais. »

— L'ordre de monseigneur sera exécuté, le cas échéant, fit maître Bourland.

Mais, songeant à la force herculéenne de Mistouflet, il ajouta mentalement ;

— Seulement, comme ça ne se passera pas sans quelques bras ou jambes endommagés, j'aurai soin de me tenir à l'écart.

Faribole et Mistouflet se dirigeaient d'un pas rapide vers la rue du faubourg-Saint-Antoine,

Ils marchèrent silencieux. Parti fort satisfait, presque joyeux, de l'auberge du Lapin-Blanc, l'ancien maître d'armes y revenait la mine allongée, l'air réellement navré.

Il avait espéré pouvoir bientôt annoncer à Jeanne, sa petite amie : « Vous êtes libre; avant un an monsieur de Chadefaux sera votre époux! » Malheureusement un seul coup d'œil jeté sur le visage émacié du vieux gentilhomme avait suffi pour faire envoler son espoir. Le duc n'était pas en état d'aller sur le terrain.

Répondant à une interrogation mentale, Faribole dit à mi-voix :

— Aura-t-il la force de tenir une épée, non pas d'un mois, il ne faut pas y songer, mais seulement dans trois mois?

— Heu ! heu !doux Jésus! fit Mistouflet qui avait entendu ; je crois p'utôt, messire Faribole, que dans trois mois le vieux duc reposera pour longtemps à plusieurs pieds sous terre.

— Capé dé dious ! puissiez-vous dire vrai mon ami. Je ne vous cache pas qu'il me répugnerait d'envoyer un coup d'épée à un ennemi vaincu d'avance.

Ils rejoignirent à l'auberge le lieutenant de Chadefaux.

— Oh! mes amis, dit celui-ci en en voyant entrer les deux compagnons, je lis dans vos regards et sur vos visages que vous ne m'apportez pas une bonne nouvelle.

— C'est vrai, bagasse ! répliqua l'ancien maître d'armes, mais si la nouvelle que je vous apporte n'est point celle que j'espérais, vous pourriez bien en recevoir sous peu, une autre qui vous remplira de joie.

— Mais oui, seigneur Jésus !

Lorsque Faribole eut expliqué au jeune officier pour quelle cause toute rencontre avec le duc se trouvait ajournée, M. de Chadefaux dit aux anciens aventuriers :

— Je ne sais, mes amis, si ma chère Jeanne recouvrera sa liberté par la mort du vieillard auquel la violence l'a enchaînée, ou par l'annulation de son mariage, annulation que madame la Maréchale de Montrevel croit certaine, mais ce que je sais bien, c'est qu'il me sera impossible de vivre sans revoir celle que j'aime.

— Ah ! sainte vierge Marie, répliqua vivement Mistouflet, vous ferez mieux que revoir demoiselle Jeanne ; vous pourrez lui parler !

Un rayon de joie illumina le visage attristé du lieutenant.

— Je pourrai la voir !... lui parler ? murmura-t-il.

— Souvent même, troun de l'air !

— Où et comment? demanda l'officier de dragons d'un voix qui tremblait de joie et d'émotion.

Avec son beau sourire, l'hercule répondit :

— Vous pouvez voir demoiselle Jeanne, vous placer auprès d'elle et lui parler tous les dimanches et fêtes, en allant faire vos dévotions dans la chapelle Saint-Gilles.

— Je n'aurais garde d'y manquer, mes amis !

— Demoiselle Jeanne assiste, paraît-il à l'office de onze heures, reprit Mistouflet.

— Mais ce n'est pas tout, fit à son tour Faribole. La gentille Suzette, qui nous a appris ce que Mistouflet vient de dire, a ajouté que le premier jour où le soleil daignera briller dans le ciel bleu, elle accompagnera sa maîtresse au jardin des Tuileries.

— Allons, mes amis, répliqua le lieutenant, je vois que j'avais tort en disant que vous m'apportiez une mauvaise nouvelle. Et de plus je constate avec joie que j'aurai auprès de ma chère Jeanne une alliée fidèle.

— En effet, bagasse ! la jolie Suzette, moi j'en suis sûr, vous sera aussi dévouée qu'elle est adroite et fine.

Et Faribole ajouta avec conviction :

— Il pourra dire qu'il est un heureux coquin celui qui passera l'anneau de mariage au doigt de cette charmante fille.

Mistouflet ouvrait la bouche pour prononcer quelques paroles, mais une réflexion rapide traversa sans doute son cerveau, car ses lèvres se refermèrent sans avoir proféré aucun son.

Seulement, sous le regard du jeune officier qui vit son mouvement, il devint plus rouge qu'une fillette embrassée pour la première fois dans un petit coin par son amoureux.

CHAPITRE XLVI

OU LE CHATIMENT DE L'USURPATEUR COMMENCE

Le dernier coup de dix heures du matin que venait de jeter dans les airs l'horloge du beffroi de la Bastille, vibrait encore, lorsque, à une quinzaine de pas de la sombre prison, le lieutenant Henri de Chadefaux qui courait presque tant son allure était rapide, s'arrêta brusquement en laissant échapper un geste de surprise.

Devant lui venaient de s'arrêter deux personnes.

L'une était Yvonne dont la tête fine et gracieuse émergeait à demi d'un épais et large manteau brun dans lequel la jeune femme disparaissait à peu près tout entière.

L'autre personne était maître Exili. Ainsi que sa compagne, un ample manteau sombre l'enveloppait des oreilles aux talons. Il était coiffé d'un chapeau dont les larges bords étaient maintenus relevés par des fils noirs invisibles.

Quels vêtements portait ce matin là la femme de Monseigneur Louis ? quel costume avait revêtu l'alchimiste ?... Leurs manteaux étaient si hermétiquement fermés que l'œil le plus exercé n'aurait rien pu apercevoir ni rien deviner.

Le lieutenant souleva son feutre et salua respectueusement Yvonne contre laquelle il avait failli se heurter.

Un pâle sourire glissa sur les lèvres de la jeune femme, puis elle dit à l'amant de Jeanne de Vrignès :

— Où courez-vous donc ainsi, cher monsieur de Chadefaux ?

— A la chapelle St-Gilles, madame Yvonne ! c'est aujourd'hui dimanche... un jour heureux pour moi !

— En effet, murmura Yvonne d'une voix grave. Vous allez revoir celle que vous aimez,..

Et levant ses beaux yeux devenus subitement humides vers les murs de la terrible forteresse, elle ajouta en elle-même :

— Mais moi, reverrai-je jamais celui que j'aime et qui, comme un criminel est enfermé là?...

Le lieutenant saisit le regard de tristesse que la compagne de Mgr Louis jetait sur la sombre prison, il devina la pensée de son cœur endolori ; alors très bas et la voix émue :

— Espérez, madame Yvonne, murmura-t-il. Vous reverrez votre époux... Vos amis ont juré de vous le rendre !

— Et moi de le venger pensa Yvonne.

A haute voix elle reprit:

— Je ne veux pas vous retenir davantage, monsieur de Chadefaux. Allez retrouver votre bien-aimée Jeanne, et dites-lui... dites-lui. répéta-t-elle en baissant la voix, qu'elle prie aujourd'hui pour son amie !

— Je lui transmettrai votre demande, madame.

Le jeune officier s'inclina en saluant, puis s'éloigna rapidement.

— Venez, maître Exili, dit Yvonne à son compagnon. Si Dieu est pour nous, cette journée verra le commencement de notre œuvre de justice.

Dix minutes plus tard, la femme de monseigneur Louis et le vieil alchimiste entraient dans la cour de l'auberge du Lapin-Blanc, au milieu de laquelle un carrosse de louage stationnait tout attelé.

Près d'une portière, Dorfeuil et Faribole attendaient en s'entretenant à voix basse.

L'ancien maître d'armes aperçut presque aussitôt Yvonne et son compagnon. Il toucha vivement le coude du jeune Cévenole en lui disant;

— A ton siège, bagasse ! et ne nous verse pas en chemin.

— Ne craignez rien, monsieur Faribole, répliqua Dorfeuil.

Et avec une grande agilité, il grimpa sur le siège du cocher, tandis que Faribole aidait sa maîtresse à monter en voiture, puis y pénétrait à son tour dès que maître Exili eut pris place à côté de la jeune femme.

Dorfeuil rassembla les guides, toucha légèrement son attelage de la mèche de son fouet, et le lourd carrosse sortit de la cour au pas de ses deux chevaux.

— Dans une heure et demie vous serez à Meudon, madame Yvonne, fit à voix basse l'ancien maître d'armes.

Pendant que la compagne de Mgr Louis traversait Paris et s'éloignait de son fils chéri sans inquiétude, car elle l'avait confié aux soins de Clémence et du brave Mistouflet, le lieutenant de Chadefaux arrivait devant le porche de la chapelle Saint-Gilles.

Il s'arrêta un instant pour consulter le cadran de sa montre,

— Dix heures vingt minutes seulement ! se dit-il avec étonnement. Il doit-être plus que cela... elle ne marche pas !

Alors il approcha la montre de son oreille et, non sans regret, put constater que le mécanisme fonctionnait au contraire admirablement.

— Mon Dieu, comme les aiguilles tournent donc lentement aujourd'hui ! murmura-t-il.

Puis il poussa un soupir et pénétra dans le lieu saint. Un silence profond et une demi-obscurité y régnaient.

Il alla s'adosser à un pilier près duquel se trouvait placé le bénitier, et là, les yeux rivés sur les deux étroites portes du tambour de la chapelle il attendit debout et immobile.

Bientôt il entendit une cloche tinter un coup. C'était la demie de dix heures. Une quinzaine de minutes, longues comme des siècles, s'écoulèrent. Quelques fidèles commencèrent à entrer ; peu à peu la petite église s'emplit : puis le bedeau alluma les cierges de l'autel.

Onze heures allaient sonner.

L'impatience qui dévorait le jeune officier s'était d'abord changée en anxiété ; puis l'anxiété s'était transformée à son tour en mortelle angoisse.

— Elle ne vient pas ! se disait-il tristement.

Tout à coup il sentit un vague frisson lui passer par tout le corps, et une sueur froide mouilla son front.

L'horloge venait de tinter onze coups. Un prêtre, l'étole passée au cou, s'agenouilla sur la première marche de l'autel, un jeune enfant de chœur agita une clochette et la messe commença.

Et Jeanne de Vrignès n'avait point paru.

Le pauvre amoureux passa la main sur son front moite, et, la gorge contractée par une sensation douloureuse, indéfinissable, il murmura.

— C'est fini... elle ne viendra pas maintenant !...

A peine avait-il soupiré ce dernier mot que la petite porte de la chapelle s'ouvrit pour laisser entrer la mignonne duchesse de la Tour-du-Roc, suivie de sa fidèle cameriste.

Le lieutenant ne retint qu'avec peine un long cri de joie.

Vivement il quitta son pilier, s'approcha du bénitier de marbre, y mit deux doigts et, tout pâle d'émotion, étendit légèrement le bras vers sa Jeanne adorée.

La jeune femme, dont les regards n'avaient pu encore s'habituer à la demi-obscurité qui régnait dans la chapelle, s'avançait sans apercevoir celui qu'elle aimait. Soudain, au moment où elle approchait du bénitier elle se sentit doucement tirée par le bras et entendit la voix de Suzette lui dire rapidement à l'oreille :

— Il est là !...

Au même instant elle levait les yeux sur l'officier de dragons qui lui souriait.

Bien que Jeanne s'attendît à trouver là M. de Chadefaux, qu'elle souhaitât même ardemment de le revoir, en l'apercevant elle se sentit défaillir et fut obligée de s'appuyer sur le bras de Suzette.

Fort heureusement elle se remit presque aussitôt. Ses beaux regards humides se posèrent une seconde sur les yeux brillants de son amant, et, après avoir touché de sa main tremblante les doigts qui lui présentaient l'eau bénite, fit en souriant le signe de la croix.

Suzette se signa à son tour en disant :

— Suivez-nous !

La jolie et rusée cameriste avait d'avance arrêté dans son esprit l'endroit où elle placerait les deux jeunes amoureux, afin que ceux-ci pussent causer un instant sans être gênés par des voisins indiscrets.

Suivie de sa maîtresse, derrière laquelle marchait M. de Chadefaux, elle se dirigea vers un confessionnal qui se trouvait adossé à la muraille de la chapelle.

Un siège inoccupé était près de la muraille; Suzette le désigna à Jeanne qui, rougissante et troublée, s'y agenouilla; le lieutenant se plaça à sa droite et la cameriste se tint debout derrière eux.

— Je pense qu'ils seront contents de moi ! pensa l'adorable fillette en souriant malgré elle. Nulle part ils ne pourraient être mieux.

Devant les deux amants, devenus soudain timides à présent qu'ils se sentaient si près l'un de l'autre, se trouvait le confessionnal; à gauche de Jeanne était la muraille; à côté du lieutenant se tenait bien une dame d'un certain âge, mais soit qu'elle fut absorbée par l'office divin, soit que, bonne et généreuse, elle ne voulut pas empêcher les jeunes amoureux d'échanger leur douces confidences, elle ne regarda pas une seule fois de leur côté.

Ayant appelé à lui tout son courage, Henri de Chadefaux se pencha légèrement vers sa jolie compagne et dit très bas :

— Jeanne !...

Au son de cette voix aimée, la mignonne duchesse tressaillit brusquement; son cœur se mit à battre d'une façon désordonnée.

Le lieutenant reprenait :

— Ma chère Jeanne, avant de vous dire que je vous aime toujours,

Maître Exili, dit alors Yvonne, notre déguisement ne laisse certainement rien à désirer

que je n'aimerai jamais que vous, j'ai une prière à vous adresser de la part de votre meilleure amie.

— De madame Yvonne? demanda Jeanne à voix basse.

— Oui, de la part de madame Yvonne. Je l'ai croisée en me rendant ici.

— Ah! elle sait... murmura la duchesse en rougissant.

— Oui, ma chère Jeanne, dit le lieutenant; pouvais-je lui cacher l'immense joie qui emplissait mon cœur en songeant que j'allais bientôt vous revoir.

— Moi aussi... à cette pensée, j'étais heureuse !

— Merci, ma chère aimée !... fit l'officier de dragons d'une voix qui tremblait bien fort.

Après une légère pause, il reprit :

— Donc, ce matin, madame Yvonne, sachant que je devais vous voir, m'a dit textuellement : « Allez retrouver votre bien-aimée Jeanne, et dites-lui qu'elle prie aujourd'hui pour son amie ? »

La jeune duchesse redressa légèrement sa petite tête, puis, levant ses doux regards sur son compagnon : :

— Cher Henri, lui dit-elle, permettez-moi de prier de suite pour ma bonne amie Yvonne

— Faites, ma Jeanne adorée !

Et tandis que la jeune femme, bien heureuse en ce moment et délicieusement troublée, adressait une courte prière au Maître de toutes choses, le lieutenant se prit à contempler le gracieux visage de sa bien-aimée, sa bouche mignonne, fraîche comme le corail humide, et les boucles blondes qui tremblottaient sur son front.

La messe continua assez rapidement.

— Jeanne, dit au bout d'un instant l'officier en s'inclinant de nouveau vers la duchesse, Jeanne, je ne puis vous dire ce que j'ai souffert depuis le jour néfaste où un vieillard, usant de ses droits d'époux, vous a emmenée loin de moi...

— Moi aussi j'ai souffert, moi aussi j'ai pleuré, mon cher Henri. Sans l'amitié de Suzette, je serais morte de désespoir.

— Dites-moi, Jeanne, vous m'aimerez toujours ? demanda le jeune officier.

— Toujours ! répondit la mignonne duchesse d'une voix faible comme un souffle.

Pendant quelques secondes, elle tint son front soudain empourpré, caché dans son livre d'heures ; puis, toute confuse d'avoir parlé d'amour dans le lieu saint, elle dit vivement :

— Henri, madame de Montrevel, ma généreuse protectrice, viendra-t-elle au printemps à Paris ?

— Oui, ma chère Jeanne... Ainsi que madame la Maréchale vous l'a promis ; elle quittera le midi dans les premiers jours d'avril. Elle ne nous oublie pas. Et là-bas, à Montpellier, elle s'emploie de tout son pouvoir, afin d'obtenir l'annulation de votre mariage. Maître Basoche la seconde de son mieux.

— Les journées s'écouleront moins tristes pour moi, maintenant que vous avez ramené l'espoir dans mon cœur.

— Moi, ma bien-aimée Jeanne, maintenant que je vous ai vue, je sens que le mien emportera d'ici du bonheur pour toute une semaine... Mais que les jours vont me sembler longs jusqu'à dimanche. Car dimanche je vous reverrai, n'est ce pas?

— Oui, Henri, mais à une condition?

— Je l'accepte d'avance, chère Jeanne! répondit vivement le lieutenant, heureux de la promesse de son amie.

Un sourire un peu malicieux erra sur les lèvres de la blonde duchesse.

— Eh bien, cher Henri, vous viendrez m'attendre ici même, mais vous ne m'adresserez aucune parole d'amour.

— Oh! Jeanne! murmura l'officier de dragons.

Et, en disant ces mots, il avait l'air tellement navré que la gentille Suzette, qui du coin de l'œil observait les deux amoureux, ne put s'empêcher de penser :

— Mon futur maître vient sûrement de demander un nouveau rendez-vous; est-ce que ma chère maîtresse le lui aurait refusé?

La duchesse reprenait :

— Henri, vous avez d'avance accepté la condition que je vous impose.

— Mais, chère Jeanne, j'étais si loin de m'attendre à cette condition-là... Ne pourriez-vous point la changer?

— Je m'en garderai bien, mon ami, répliqua Jeanne doucement. Voyez, la messe est finie, et... c'est comme si je n'y avais pas assisté. Or, vous n'ignorez pas que c'est un gros péché.

L'officiant venait de prononcer à haute voix :

— *Ite, missa est !*...

Et les fidèles ainsi congédiés se hâtaient de quitter leurs bancs.

La réponse du lieutenant se perdit dans le brouhaha qui se produisit alors. En souriant il avait murmuré :

— Ma chère Jeanne, la bonté de Dieu est infinie : il vous pardonnera!

Puis avec un accent de tendre prière :

— Avant de nous séparer, ajouta-t-il, laissez-moi presser votre main?...

— La voici, mon ami, fit Jeanne aussitôt.

Et gentiment elle abandonna sa petite main aux doigts frémissants.

de celui qu'elle aimait; en même temps elle lui sourit tout en le regardant d'un œil caressant.

— Oh! ma Jeanne, dit le lieutenant d'une voix un peu tremblante, vous êtes bonne, et je vous adore!

— Chut!... sortons, mon ami, fit la jeune duchesse vivement

Suzette leur dit tout bas :

— Non, ne sortez pas ensemble; ce serait une grave imprudence. Il ne faut pas que monsieur de Chadefaux s'en aille par le même chemin que nous.

— Tu as raison, Suzette, fit le lieutenant.

— Un dernier mot, cher Henri... Quand pensez-vous revoir madame Yvonne? demanda Jeanne en se dirigeant à petits pas vers la porte.

— Ce soir peut-être; demain certainement, répondit M. de Chadefaux

— Voudrez-vous lui dire, reprit Jeanne, que ce serait un grand bonheur pour moi si je pouvais, au moins une fois, la rencontrer ici.

— Madame Yvonne ne refusera pas de m'accompagner un dimanche, répliqua le lieutenant en s'inclinant respectueusement.

Jeanne lui rendit son salut, puis, lui ayant adressé une dernière fois un bien doux regard, elle sortit de la chapelle Saint-Gilles avec sa dévouée Suzette.

Un quart d'heure après, elles franchissaient toutes deux la porte cochère de l'hôtel. Comme elles traversaient la vaste antichambre, maître Bourland s'avança et dit en saluant :

— Monsieur le duc, se trouvant assez bien aujourd'hui, aura l'honneur de dîner avec madame la duchesse.

— Bien, monsieur Bourland.

Et d'un pas rapide la duchesse gagna son appartement.

Dès que Suzette eut refermé la porte, la jeune femme murmura en laissant échapper un geste de vive contrariété :

— Hélas! voilà le réveil. J'espérais prendre tranquillement mon repas ici, et l'importun désir de Monsieur le duc va m'obliger de subir sa désagréable compagnie pendant plus d'une heure. J'ai bien peur, ma bonne Suzette, ajouta-t-elle avec un soupir, j'ai bien peur que cela suffise pour gâter toute ma joie.

— Il est certain, ma chère maîtresse, que votre vieux hibou...

Suzette s'interrompit pour reprendre bien vite :

— Oh! veuillez m'excuser, Madame...

Jeanne sourit et répliqua doucement :

— Le qualificatif que tu viens de donner à Monsieur le duc est tout à fait celui qui lui convient... Si je porte son nom, tu sais bien que c'est contre ma volonté ; aussi je considère Monsieur le duc, non pas comme un mari, il ne le sera jamais ! mais comme un ennemi, presque un geôlier !

Ces derniers mots, Jeanne les prononça avec une certaine vivacité .. De sa voix douce et mélodieuse, elle reprit :

— Mais, qu'allais-tu me dire, ma bonne Suzette ?

— J'allais vous dire, chère maîtresse, que votre vieux hibou de duc aurait eu une inspiration heureuse en demeurant dans son lit toute la journée.

— Que veux-tu, ma pauvre amie ; même sans s'en douter, il trouve moyen d'augmenter l'aversion que j'ai pour lui.

A ce moment on frappa deux petits coups à la porte ; la camériste ouvrit et un laquais annonça que Monseigneur attendait madame la duchesse dans la salle à manger.

— Madame rejoint à l'instant Monsieur le duc, dit Suzette.

Moins de cinq minutes après, Jeanne s'asseyait devant une table somptueusement servie, en face du duc de la Tour-du-Roc.

Malgré le profond ennui qu'elle éprouvait de se trouver en tête à tête avec le vieux gentilhomme dont la conversation, on le sait, manquait totalement de charme, Jeanne avait, ce jour-là, tant de joie au cœur, que son visage ordinairement mélancolique était souriant, et que ses grands yeux couleur d'azur, rayonnaient.

Ce changement ne pouvait pas échapper au regard observateur du vieux duc ; dissimulant l'étonnement qu'il en ressentait, il demanda en bégayant :

— Vous pa..rai..raissez fo.. ort satis..fai..aite ?

— Moi ?

— Ou..i, vous ma..a..da..me ; qui..i donc a..avez-vous.. vu ?

La duchesse pâlit malgré elle ; l'angoisse remplaça soudain la joie qui emplissait son cœur.

— O mon Dieu ! pensa-t-elle, m'aurait-il fait épier par un de ses maudits laquais ?

Pour esquiver une réponse et aussi pour cacher le trouble qui l'envahissait, elle dit en accompagnant ses paroles d'un geste vague :

— Je vous en prie, Monsieur le duc, servez-vous de vos tablettes, mais ne prononcez pas de longues phrases... Vous ne sauriez croire combien ces mots coupés, hachés, ne sortant qu'avec peine de votre bouche, font souffrir mes oreilles et me fatiguent.

Le vieux duc inclina légèrement la tête en signe d'acquiescement ; il prit ensuite ses tablettes, écrivit deux lignes et les poussa sous les yeux de la duchesse.

Après avoir lu, celle-ci répondit :

— Je vous assure, Monsieur le duc, que ni en allant à la chapelle Saint-Gilles, ni en revenant à l'hôtel, je n'ai fait la rencontre de quelque personne de connaissance.

— Ah !...

— Mais je ne vous cacherai pas, continua la jeune femme, que j'ai éprouvé une sorte de plaisir, de contentement, à la vue du beau soleil qui brillait à midi et qui brille encore un peu, événement que je commençais à croire impossible à Paris où, depuis que nous y sommes, la neige, la pluie et les brouillards se sont succédé, vous ne direz pas le contraire, sans interruption.

Le vieux gentilhomme inclina la tête sans répondre ; mais il se dit en lui-même :

La duchesse ne me cache-t-elle point quelque chose ? Ne se rencontrerait-elle pas par hasard avec ces aventuriers qu'elle a connus au château de Servas ?... Je la ferai surveiller chaque fois qu'elle se rendra aux offices.

Aussitôt le dîner terminé, la duchesse demanda la permission de rentrer chez elle. Son mari ne s'y opposa pas.

En entrant dans son boudoir, elle trouva sa cameriste en train de ranger des chiffons. Bien vite, elle lui demanda :

— Suzette ?

— Madame ?

— Dis-moi : sur mon visage on peut donc lire que mon cœur est joyeux depuis que je l'ai revu ?

La brune Suzette regarda sa mignonne maîtresse, et, avec un malicieux sourire :

— Ma foi, en ce moment du moins, on ne peut guère y lire qu'un léger contentement ; tandis que ce matin, en sortant de la chapelle, vos joues adorablement roses, vos regards brillants, laissaient deviner que vous aviez eu grand plaisir durant la sainte messe.

Un nuage passa sur le front de la duchesse.

— Suzette, murmura-t-elle, choisir une église pour me rencontrer avec celui que j'aime, c'est peut-être très mal ?

— Ne croyez pas cela, chère maîtresse, répliqua vivement la brune orpheline. Nombre de rendez-vous se donnent dans les chapelles, et échanger des chastes serments d'amour n'offensent point le bon Dieu, au contraire !

— Tu crois, Suzette ?

— J'en suis sûre ! répondit hardiment la jeune cámériste. Mais, chère maîtresse, ajouta-t-elle, pourquoi me demandiez-vous si on lisait la joie sur votre visage ?

— Je te demandais cela parce que Monsieur le duc m'a adressé une question qui m'a fort effrayée sur le moment.

Et Jeanne répéta à Suzette, qui était pour elle une amie plutôt qu'une servante, toute la conversation qu'elle avait eue avec le duc pendant le dîner.

— Vous lui avez habilement répondu, chère maîtresse, dit alors la jeune fille ; bannissez donc toute inquiétude ; il ne sait rien, ne peut rien savoir et ne saura jamais rien !

Mais en elle-même elle ajouta, moins tranquille qu'elle ne cherchait à le paraître :

— Il faudra que j'ouvre l'œil ; notre « vieille momie » pourrait b'en nous faire suivre et nous jouer quelque mauvais tour !

. . . .

Pendant que la mignonne Jeanne s'entretenait dans son boudoir avec la gentille Suzette, la douce Yvonne, accompagnée de maître Exili, allait et venait à quelques pas d'une large grille fermant l'entrée d'une avenue qui conduisait à la superbe demeure du Dauphin, fils unique de Louis XIV (1).

Sorti de Paris par la porte de Vaugirard, le carrosse d'Yvonne, conduit par Dorfeuil, avait assez facilement gagné le plateau de Meudon, bien qu'il eut été obligé de suivre des chemins en fort mauvais état.

Après avoir traversé une partie du bois bien triste avec ses grands arbres dépourvus de feuillage, Dorfeuil arrêta la lourde voiture au point de jonction de deux chemins qui se coupaient presque à angle droit.

— Madame Yvonne, nous allons descendre ici, dit maître Exili en ouvrant la portière.

Le vieil alchimiste, puis la jeune femme mirent vivement pied à terre ; non moins vivement, ils enlevèrent leurs sombres manteaux qui les enveloppaient, et les jetèrent à Faribole resté seul dans le carrosse de louage.

— Alors, bagasse ! c'est derrière l'église de Sèvres que nous devrons vous attendre ? fit l'ancien maître d'armes.

_____

(1) Le Dauphin avait, de son mariage avec la princesse Victoire de Bavière, trois fils : 1· Le *duc de Bourgogne* qu- eut deux fils : le duc de Bretagne et le duc d'Anjou. — 2· *Philippe* plus tard roi d'Espagne sous le nom de Philippe V. — 3· Le *duc de Berri.*

—. Oui, mon cher Faribole, répondit Yvonne; nous y serons à la tombée de la nuit... A ce soir, mes amis !

Et, escortée d'Exili, elle s'engagea dans l'étroit chemin qui conduisait au château de Meudon.

Si le lieutenant de Chadefaux qui, en cet instant, allait le cœur joyeux rejoindre Mistouflet dans le logis souterrain de la place de la Bastille, s'était trouvé sur le passage de l'amie de sa chère Jeanne et de l'alchimiste, il aurait hésité longtemps avant de les reconnaître.

Yvonne était vêtue d'une mauvaise jupe dont les couleurs primitives avaient depuis plusieurs années disparu. Une espèce de fichu rapiécé lui couvrait la moitié de la tête ; ses mains, toujours si blanches, paraissaient maintenant brunes et ridées.

Exili avait revêtu un costume d'un aspect si misérable que plus d'un mendiant aurait refusé de l'endosser. Ses joues et son menton disparaissaient sous une longue barbe inculte. Quelques mèches de cheveux blancs s'échappaient de dessous son chapeau démodé qui était enfoncé jusqu'aux sourcils. Sa main serrait un long bâton.

Enfin, ses paupières aux trois quarts fermées laissaient entrevoir une ligne blanche sans regard.

Des paysans qui les croisèrent dans le chemin qu'ils suivaient, exprimèrent à haute voix la triste impression que tous deux produisaient :

— Ce sont de pauvres mendiants, dit l'un d'eux.

— Un malheureux aveugle que dirige sa fille, ajouta un autre

La jeune femme et son compagnon entendirent ces paroles.

— Maitre Exili, dit alors Yvonne, notre déguisement ne laisse certainement rien à désirer.

L'alchimiste, dont les paupières s'étaient relevées aussitôt que les paysans eurent passé, répondit en souriant :

— Se transformer en mendiants n'est point difficile ; d'ailleurs j'ai eu le temps, depuis ma jeunesse, de devenir habile dans l'art de se travestir. Plus de cent fois j'y ai été contraint pour échapper aux poursuites de mes ennemis.

Au bout d'une demi-heure de marche, ils arrivèrent devant une large avenue à l'extrémité de laquelle s'élevait le magnifique château, où un siècle et demi plus tôt, Rabelais, curé de Meudon, venait lire au milieu d'une brillante compagnie, les chapitres de son *Pantagruel*.

Il pouvait être une heure de l'après-midi ; la température était relativement douce pour la saison, par moments le soleil apparaissait entre deux nuages et laissait tomber ses pâles rayons sur les futaies et sur la campagne engourdie.

Elle enleva de son doigt la bague meurtrière.

Yvonne et Exili s'arrêtèrent quelques minutes près de la grille fermant l'avenue de château.

— On n'aperçoit absolument personne, maître Exili dit à voix basse la femme de Mgr Louis, après avoir regardé de tous côtés.

— Monseigneur doit être encore à table, répliqua l'alchimiste; mais soyez persuadée, madame Yvonne, qu'il fera dans l'après-midi sa promenade habituelle.

— Attendons!

— Tenez, madame Yvonne, asseyez-vous sur cette borne; moi je m'installerai sur l'autre, dit Exili en désignant deux blocs de pierre légèrement arrondis qui étaient placés de chaque côté de la grille.

La jeune femme n'était pas assise depuis quinze minutes, quand elle se redressa et se mit à se promener de long en large en disant à son vieux compagnon :

— Décidément, j'aime mieux marcher, mon ami. J'éprouve comme un commencement d'énervement.

Exili leva son regard observateur sur Yvonne qui lui parut être un peu pâle. Il lui dit doucement :

— Voulez-vous que nous remettions à un autre jour ce que nous sommes venus faire ici?

— Non, mon ami, répondit vivement la jeune femme. Lorsque vous me signalerez l'approche du Dauphin, vous me verrez immédiatement redevenir calme.

Et s'arrêtant un court instant près de son compagnon, elle ajouta très bas :

— N'ayez nulle inquiétude, ma main ne tremblera pas !

Après avoir jeté un rapide regard sur une bague très ancienne que, ce jour-là elle portait au doigt, elle reprit sa monotone promenade.

Une demi-heure s'écoula.

Tout à coup Yvonne tressaillit; elle s'arrêta brusquement et, entre les barreaux de fer ouvré de la grille, plongea ses yeux étincelants dans l'avenue du château de Monseigneur.

— Les gens du Dauphin se réveillent-ils? demanda Exili.

— Oui, mon ami; j'aperçois trois montures que des valets tiennent en main au bas du perron.

— Le soleil qui brille aujourd'hui à sans doute décidé Monseigneur de faire sa promenade à cheval au lieu de sortir en carrosse.

— Cela me permettra de m'approcher plus aisément de lui, répliqua à voix basse la jeune femme.

— Il est bien entendu, madame Yvonne, que vous ne prendrez la main de Monseigneur qu'à son retour au château?

— Oui, mon ami. Mais peut-être s'arrêtera-t-il en sortant pour nous jeter une aumône?

— Je ne crois pas, dit Exili. Vous savez que le Dauphin n'est ni charitable, ni généreux; je ne lui demanderai rien quand il sortira et il s'empressera de passer; vous verrez.

— A tout hasard, je veux me tenir prête, murmura Yvonne.

Et avec précaution, elle tourna en dedans le chaton de sa bague.

— Une recommandation, madame Yvonne, fit toujours à voix basse le vieil alchimiste.

— Je vous écoute, mon ami?

— Le Dauphin sera probablement ganté. En ce cas, ayez soin d'appuyer assez fortement sur le chaton... Au contraire, une légère pression suffira si la main est nue.

— Attention, mon ami... les cavaliers sont en selle... ils partent...

— Le Dauphin est blond, son teint est assez coloré, ses traits assez durs, reprit Exili debout devant sa borne.

— Il est encore trop loin pour que je puisse distinguer son visage....

Les trois cavaliers s'avancent bien lentement... Ah! en voici un qui prend le trot... dit Yvonne.

Et, s'éloignant un peu de la grille, elle vint se placer à gauche de son compagnon qui abaissa vivement ses paupières.

Le cavalier que la femme de Mgr Louis venait de voir s'élancer au trot, était allé avertir le portier. Bientôt les deux côtés de la grille s'ouvrirent en faisant entendre un long grincement, et le Grand Dauphin, fils unique de Louis XIV, passa devant les pseudo-mendiants sans même leur accorder un regard.

Puis il s'éloigna dans la direction de Chaville, suivi de ses deux valets à cheval.

Le portier referma lentement la grille et regagna sa maisonnette.

Le faux aveugle, aussi immobile qu'une statue, attendit cinq ou six minutes, puis tournant la tête vers sa compagne :

— Eh bien, que vous avais-je dit! murmura-t-il à mi-voix.

— Combien de temps dure ordinairement la promenade du Dauphin? demanda Yvonne sur le même ton.

— Environ deux heures, répondit Exili. Il ne faut donc pas compter le revoir avant trois heures et demie.

Yvonne s'assit en face de son compagnon, et, en échangeant de temps à autre de courtes phrases, tous deux attendirent patiemment.

La demie de trois heures sonna enfin à l'horloge du château.

— Le moment approche! dit le pseudo-aveugle.

— Je suis prête répondit Yvonne.

Et elle alla de nouveau se placer à gauche de maître Exili.

Quatre heures tintèrent lentement.

Mais Monseigneur ne revenait pas. Le temps était beau; il en profitait pour prolonger sa promenade.

Une dizaine de minutes s'écoulèrent encore. Puis, presque subitement, le bruit des sabots d'un cheval frappant le sol durci par la gelée, se fit entendre, et, au tournant du chemin de Chaville, un valet du Dauphin apparut, arrivant au galop.

Près de la grille il arrêta sa monture; sans mettre pied à terre, il souleva et laissa retomber par quatre fois le lourd marteau de fer placé au-dessus d'une serrure massive.

Le portier accourut.

Au même instant, le fils du roi de France apparaissait, allant au pas et suivi à distance respectueuse par son second valet.

Yvonne se tenait debout et silencieuse à côté d'Exili.

Lorsque le dauphin ne fut plus qu'à trois pas de la grille ouverte, la jeune femme marcha vers lui.

De ses deux mains réunies elle lui tendit une petite liasse d'étroites bandes de papiers sur le recto desquelles on pouvait lire, grossièrement imprimées, une dizaine de lignes, qui avaient la prétention de prédire sans erreur possible, à celui, ou à celle, qui les lisait tout ce que lui réservait l'avenir.

— Monseigneur... monseigneur! répéta doucement Yvonne.

Au même instant, derrière elle, le faux aveugle marmottait d'une voix lamentable, traînante et pleurarde :

— Ne m'oubliez pas, s'il vous plaît?... ne m'oubliez pas, mes bons seigneurs!...

Le dauphin arrêta son cheval, prit dans sa poche une pièce de monnaie, et tendit la main vers la vendeuse de « bonne aventure ».

La main de monseigneur était dégantée. A la seconde même où il tirait une des bandes de papier retenues par les doigts d'Yvonne, celle-ci eut un brusque sursaut.

En même temps elle laissait échapper un léger cri, comme si le mouvement que fit le cheval du prince, en tournant sa grosse tête vers elle, l'eut soudain effrayée.

Au moment où Yvonne sursautait en poussant son léger cri d'effroi, sa main droite heurtait celle du dauphin et le chaton de sa bague rencontrait le petit doigt de l'héritier du roi.

Ce contact n'eut que la durée d'une seconde à peine, et cependant si le prince avait eu la pensée de regarder son doigt, il aurait pu voir, sur la deuxième phalange, une gouttelette de sang sortie d'une piqûre imperceptible que venait de lui faire avec sa bague la fausse mendiante.

Vivement celle-ci se recula, et en se baissant pour ramasser la pièce de monnaie tombée sur le chemin, elle balbutia un remerciement inintelligible.

Le dauphin toucha son cheval de l'éperon et franchit la grille de l'avenue; Yvonne retourna près d'Exili qui continuait à répéter de sa voix lente et monotone :

— Ne m'oubliez pas, mes bons seigneurs ?..

Le portier du château referma avec bruit la porte grillée, puis s'en alla, et tout redevint silencieux. Alors le pseudo-aveugle ouvrit les yeux et ses lèvres murmurèrent :

— Eh bien?...

— Eh bien, maître, répondit Yvonne d'une voix si sourde qu'Exili l'entendit à peine, eh bien, le fils de notre ennemi rentre chez lui en emportant le germe d'un mal inconnu qui le tuera.

Elle enleva doucement de son doigt la bague meurtrière, essuya le chaton avec précaution, puis plaça le bijou dans un petit écrin et le glissa au fond de sa poche.

— Et maintenant, mon ami, partons! reprit-elle en lançant un dernier regard dans la direction de la demeure du dauphin.

Le vieil alchimiste posa sa main gauche sur l'épaule droite de la jeune femme, tâta machinalement le sol de l'extrémité de son bâton, et, tous deux, marchant à petits pas, s'éloignèrent de la grille du château de monseigneur.

Une dizaine de minutes plus tard, ils atteignaient un étroit chemin qui descendait vers la Seine.

Ils s'y engagèrent et pressèrent le pas, ne le ralentissant que lorsqu'ils rencontraient quelques rares habitants du village de Meudon.

Cinq heures sonnaient comme ils arrivaient à Sèvres.

Allant et venant derrière la vieille église, ils trouvèrent Faribole et

Dorfeuil qui, fidèles au rendez-vous les attendaient. Ils s'avancèrent lentement vers eux. En les abordant Exili tendit son chapeau.

— La charité s'il vous plait? bredouilla-t-il.

Et pendant que Faribole faisait le simulacre de chercher de la menue monnaie dans sa poche, puis de la jeter dans la coiffure de l'alchimiste, Yvonne murmurait à voix basse :

— Il fait trop jour encore pour que nous puissions monter ici en voiture. Nous allons prendre la direction du pont de Saint-Cloud; dans une demi-heure la nuit sera tombée, alors vous viendrez nous rejoindre. Ne vous pressez pas !

— Très bien, bagasse!

Yvonne et son compagnon poursuivirent leur route.

L'ancien maître d'armes et le jeune Dorfeuil se promenèrent encore un instant aux environs de l'église, puis ils retournèrent à l'auberge où ils avaient laissé leur carrosse de louage.

Il était un peu plus de cinq heures et demie lorsqu'ils rejoignirent Yvonne et Exili à cent pas du pont de Saint-Cloud.

La nuit était venue, le chemin était désert; la femme de monseigneur Louis et son vieux compagnon purent monter en voiture sans que personne ne les aperçût.

A sept heures précises, Dorfeuil arrêtait le carrosse à l'entrée du faubourg Saint-Antoine pour permettre à Yvonne et à ses compagnons de mettre pied à terre, et continuait ensuite son chemin jusqu'à l'auberge du Lapin-Blanc.

Le lieutenant de Chadefaux était au domicile souterrain de l'apothicaire, et, tout en causant avec Mistouflet, s'amusait à faire sauter sur sur ses genoux l'enfant d'Yvonne, quand celle-ci arriva suivie d'Exili et de Faribole.

— Madame Yvonne, dit l'officier de dragons à la jeune femme qui avait pris son fils dans ses bras et le couvrait de ses caresses, ce matin j'ai eu le bonheur de revoir ma chère Jeanne; elle m'a chargé de vous transmettre avec ses meilleures amitiés une petite demande.

Yvonne eut un charmant sourire :

— Veuillez m'accorder cinq minutes pour changer de vêtements, et je suis à vous, dit-elle à l'amant de son amie.

M. de Chadefaux s'inclina galamment.

La compagne de Mgr Louis mit son enfant dans les bras du géant Mistouflet et passa dans sa chambre.

— Monsieur le lieutenant, à mon tour je vous demanderai quelques minutes, fit Exili en souriant, car je ne pourrai réellement pas dans ce costume, rester en votre aimable compagnie.

Et tout en parlant il enleva son manteau.

L'amoureux de Jeanne de Vrignès étouffa une exclamation de vive surprise, et son regard interrogea l'alchimiste.

— La vue de mon étrange déguisement vous étonne, monsieur le lieutenant, dit maître Exili. Madame Yvonne vous contera elle-même pourquoi je me suis transformé ainsi.

Puis il sortit.

Une minute après, il entrait dans sa chambre doucement éclairée par une lampe bizarre, qui s'était allumée seule et instantanément au moment où la porte s'ouvrait.

Avant de changer de vêtement, il tira de sa poche l'écrin dans lequel Yvonne avait enfermé sa bague, et qu'elle lui avait remis en allant de Meudon à Sèvres; après avoir glissé une main dans un gant épais, il s'approcha de la lampe, sortit la bague de l'écrin et ouvrit le chaton en se servant de la pointe d'un canif.

— Ingénieuse et terrible invention! murmura-t-il à demi-voix; et qu'il faut donc peu de chose pour tuer un homme!

Pendant un instant il examina le précieux bijou qu'il avait acheté un jour qu'il visitait Florence, il y avait de cela une vingtaine d'années.

Le marchand qui le lui avait vendu lui avait expliqué et démontré que la turquoise ornant le chaton était creuse.

Lorsque l'on appuyait la pierre précieuse sur un objet peu résistant sur la paume de la main par exemple, du centre de la turquoise sortait une sorte de dard ressemblant à la pointe d'une aiguille, mince et piquant comme elle.

Bien que très étroit le dard était creux et par l'ouverture existant à son extrémité on pouvait faire sortir le liquide qu'on plaçait dans la cavité de la pierre précieuse, rien qu'en exerçant sur celle-ci une faible pression.

On devine aisément quelle arme terrible devenait une pareille bague si le liquide était un poison mortel.

Le dard vous piquait sournoisement, et en même temps le poison s'infiltrait dans le sang par la piqûre. Quelques heures après on éprouvait un malaise étrange... et enfin la mort survenait lentement, sans qu'il fût possible d'en découvrir la cause.

Après avoir replacé la bague dans son écrin, Exili enferma celui-ci dans le tiroir de son secrétaire, puis se hâta de changer de costume. Un quart d'heure plus tard il rejoignait le lieutenant et ses deux compagnons.

Presque au même instant le brave chien Médus annonçait par ses aboiements joyeux l'arrivée de son ami Dorfeuil.

Le lendemain de ce jour inoubliable pour Yvonne, monseigneur le dauphin s'éveilla vers sept heures du matin avec des violents maux de tête. Il passa ses mains sur son front en disant:

— Qu'ai-je donc? Il me semble que j'ai le crâne en feu... Un peu d'exercice me fera sans doute du bien.

En prononçant ces derniers mots il allongea la main vers une sonnette d'argent posée sur sa table de nuit et l'agita vivement

Son premier valet de chambre accourut aussitôt.

— Quel temps fait-il aujourd'hui ? lui demanda le dauphin.

— La température est, ce matin, un peu fraîche, monseigneur : mais je crois que la journée sera aussi belle que celle d'hier.

— Bien, fit l dauphin.

— Monseigneur a-t-il l'intention de se lever maintenant: sept heures viennent seulement de sonner, dit le valet.

— Oui ; tu vas m'habiller tout de suite ; tandis que j'écrirai quatre ou cinq invitations que tu porteras toi-même à Versailles où se trouve actuellement la cour, tu iras prévenir maître Noirin que je veux courir le loup aujourd'hui.

— A quelle heure monseigneur ?

— Entre midi et une heure, répondit le dauphin en se glissant hors de son lit.

Vers onze heures le dauphin se mit à table avec quatre gentilhommes qui avaient accepté de l'accompagner à la chasse au loup.

La demie de midi sonnait lorsqu'un laquais vint annoncer à Monseigneur que les chevaux et la meute, dont on entendait d'ailleurs les abois, attendaient dans la grande cour du château.

— Alors, en route, messieurs ! dit le dauphin en se levant.

Et, précédant ses invités, il quitta la salle à manger et descendit dans la cour.

Comme il allait se mettre en selle et posait le pied dans l'étrier que lui tenait un piqueur, il éprouva un étourdissement subit et, pour ne pas tomber, il dut s'accrocher au bras de son serviteur.

— Ciel ! que vous êtes pâle, monseigneur? s'écria ce dernier avec effroi.

Sire, Monseigneur n'est plus !...

Effectivement, le visage du dauphin toujours si coloré était devenu en un instant plus blanc que sa collerette.

L'étourdissement dissipé il voulut monter à cheval ; mais il fut obligé d'y renoncer : ses jambes semblaient vouloir se dérober sous lui.

— Messieurs, dit-il à ses invités qui l'entouraient, veuillez m'excuser et ajourner de vingt-quatre heures cette partie de chasse. Demain, je l'espère, je serai complètement remis.

Il regagna ensuite son appartement, en s'appuyant sur l'épaule de deux gentilshommes.

Vers le milieu de l'après-midi une nouvelle faiblesse le prit et on dut le coucher. Son valet de chambre lui demanda :

— Monseigneur désire-t-il que je fasse avertir Sa Majesté?

— Non, non, répondit le dauphin avec vivacité.

Et, un peu plus doucement, il ajouta :

— En vérité, ne dirait-on pas que je suis sur le point de trépasser !...

Dans la nuit la fièvre se déclara. Le lendemain seulement, se sentant plus mal, le prince consentit à envoyer un laquais à Versailles et à mander près de lui, Fagon, le médecin du roi.

Ce fut d'une voix qui tremblait d'inquiétude que Louis XIV demanda au messager de son fils :

— Le dauphin est-il en péril ?

— Oh! non, sire, répondit le laquais.

— Cela ne fait rien, je veux l'aller voir, reprit le souverain : j'emmènerai Fagon avec moi.

On sait déjà que Louis XIV, tout égoïste qu'il était, adorait son fils et surtout ses petis-fils.

Il voulait donc se rendre immédiatement au château de Meudon ; mais madame de Maintenon l'en dissuada.

— Croyez-moi, sire, lui disait-elle, vous allez effrayer Monseigneur bien inutilement. Son état n'est point grave, on vous l'a dit. Et d'ailleurs c'est le médecin et non pas vous que le dauphin réclame... Sire, laissez maître Fagon se rendre seul auprès de lui.

Le pauvre roi, entièrement sous la domination de son astucieuse compagne, détourna la tête, dissimula un long soupir de regret, mais n'alla pas au château de Meudon.

Toute la journée il demeura sombre et triste, allant et venant dans ses somptueux appartements, sans parvenir à chasser les pressentiments d'un malheur prochain qui le hantaient depuis le matin.

A la tombée de la nuit il reçut de Fagon ce laconique billet qu'il lut en pâlissant affreusement.

« Sire,

« Etat de Monseigneur assez grave... depuis midi il a le délire...
« Maladie étrange, inconnue... »

                                                    « FAGON »

D'une main qui tremblait légèrement, Louis XIV essuya la sueur froide dont son front était mouillé, puis, d'un ton bref, il ordonna :

— Mon carrosse sur-le-champ.

Madame de Maintenon n'osa pas, cette fois, s'opposer à la visite que voulait faire le roi ; mais quand un officier vint annoncer que la voiture de Sa Majesté était prête, elle lui dit en feignant une inquiétude qu'elle n'éprouvait pas :

— Sire, permettez-moi de vous accompagner à Meudon. Vous allez être obligé de traverser une partie du bois en pleine nuit ; aussi, jusqu'à votre retour je serais dans des transes mortelles, si je restais à Versailles.

— Venez donc, Madame, répondit le roi en réprimant un mouvement d'impatience.

Cinq minutes après, Louis XIV et la marquise de Maintenon montaient en voiture et le cortège s'ébranlait au grand trot.

Vingt cavaliers flanqués de piqueurs portant des torches précédaient le carrosse doré du Souverain ; quinze autres cavaliers le suivaient ; puis, roulaient derrière l'escorte, quatre ou cinq voitures dans lesquelles s'était empilée la suite de Leurs Majestés.

Il était un peu plus de sept heures lorsque le cortège royal franchit la grille du château de Meudon.

Fagon accourut au-devant de Louis XIV.

— Comment va-t-il ? demanda vivement celui-ci au médecin.

— Un peu mieux, Sire, répondit Fagon en marchant à côté de son maître. La fièvre a considérablement diminué ; mais une chose m'inquiète...

— Laquelle ? interrompit le roi.

— Le visage et le bras droit de Monseigneur continuent à enfler d'une façon extraordinaire... Tous les remèdes que j'ai employés ont été impuissants à enrayer le mal.

Pâle d'anxiété et d'émotion, Louis XIV pénétra dans la chambre de son fils. Vivement il s'approcha du lit, et, pendant quelques secondes, il fixa son regard plein de terreur sur le visage horriblement tuméfié du dauphin.

Puis d'une voix basse, dont le ton frémissant décelait la torturante angoisse qui étreignait son cœur de père, il demanda :

— Souffrez-vous beaucoup, mon fils ?

Le dauphin releva à demi et avec difficulté ses paupières enflées, regarda le roi, et répondit très bas :

— Non, Sire... j'éprouve comme un anéantissement complet...

Et ses yeux se refermèrent malgré lui.

Louis XIV, douloureusement impressionné, resta une demi-heure au chevet du dauphin. Madame de Maintenon lui fit demander s'il voulait souper au château de Meudon avant de retourner à celui de Versailles.

— Je souperai ici, répondit-il; mais je ne retournerai point ce soir à Versailles.

Il resta à Meudon. Et l'ancienne veuve du poète Scarron, maugréant contre son royal époux, dut y rester aussi.

Le lendemain matin l'état du malade empira. On le cacha au roi, car Mme de Maintenon avait donné des ordres afin qu'on *n'effrayât pas inutilement* Sa Majesté.

A midi Louis XIV se mit à table. Tout à coup le médecin Fagon, l'œil effaré, les traits décomposés par l'épouvante, apparut sur le seuil de la salle à manger.

En l'apercevant, le roi se leva d'un bond comme s'il eût été poussé par un ressort; tout son corps frissonna, et d'une voix éperdue :

— Le dauphin?... s'écria-t-il.

— Hélas ! sire, il n'y a plus aucun espoir de le sauver! répondit Fagon plus pâle que la mort.

En entendant ces mots, Louis XIV chancela, devint pâle comme un linge et, les genoux ployés par le choc de l'émotion, il tomba ou plutôt s'écroula dans le fauteuil qu'il venait de quitter.

On s'empressa autour de lui. Dès qu'il se sentit capable de marcher, il se rendit auprès de son fils, qui déjà ne reconnaissait plus personne.

L'agonie du dauphin dura une heure.

Rompant le silence lugubre qui régnait dans la chambre, la voix de Fagon s'éleva soudain, faisant tressaillir tous les assistants :

— Sire, Monseigneur n'est plus !...

Sous le poids de ce premier malheur, Louis XIV courba le front. Ses lèvres murmurèrent douloureusement ces deux mots :

— Mon fils !...

Puis ses jambes tremblèrent sous lui, et de nouveau il tomba en faiblesse...

Le châtiment prévu et annoncé par Yvonne venait de commencer.

.   .   .   .

CHAPITRE XLVII

OU FARIBOLE ET MISTOUFLET ARMENT LES OUVRIERS DU FAUBOURG SAINT-ANTOINE

Trois mois s'étaient écoulés depuis le jour où le Dauphin, enlevé par une maladie inconnue des médecins, avait rendu le dernier soupir en présence du roi de France douloureusement frappé dans son affection paternelle.

Ce jour-là, deuxième dimanche du mois de mai, le soleil brillait dans un ciel d'azur ; l'air était tiède, on sentait une poussée de la sève printanière, qui gonflait les bourgeons, monter au cœur des plantes et au tronc des arbres.

Les nombreux promeneurs qui sillonnaient la route ensoleillée, allant de la barrière de Picpus à la lisière des bois de Vincennes, avaient un air de fête ; tous paraissaient heureux de cette renaissance de la nature qui leur faisait oublier le long et rigoureux hiver qui avait osé se prolonger pendant près d'une demi-année.

Vers trois heures de l'après-midi, un petit groupe de cinq personnes s'acheminait doucement dans la direction de Vincennes, respirant avec plaisir l'air pur et vivifiant qui arrivait des grands-bois.

En tête marchaient Yvonne et le lieutenant de Chadefaux, causant à voix basse. Derrière eux venait la domestique cévenole Clémence, qui s'amusait à faire trottiner le fils de sa maîtresse. Les compagnons Faribole et Mistouflet fermaient la marche.

De temps à autre, ces deux derniers s'arrêtaient quelques secondes pour échanger un mot et une cordiale poignée de main avec de braves ouvriers endimanchés.

— A demain, sans faute ? disaient Faribole et Mistouflet.

— A demain ! répondait le promeneur interpellé par l'ancien maître d'armes ou par son élève.

Une vingtaine de fois la même scène se renouvela.

— Ma foi, bagasse ! dit à un certain moment Faribole à son compagnon, je crois que demain soir la salle de l'auberge du Lapin-Blanc sera pleine.

— Tant mieux, doux Jésus ! répliqua à demi-voix Mistouflet. Si nous voulons que notre projet réussisse, nous ne devons pas attendre davantage pour le mettre à exécution.

— Vous avez raison ; il nous faut agir, troun de l'air !... Les circonstances nous sont d'ailleurs favorables.

— On ne peut plus favorables, messire, reprit Mistoufflet toujours à voix basse. Le prix du pain augmente tous les jours... les Parisiens commencent à murmurer...

— Hé ! bagasse ! ils n'ont point tort, interrompit l'ancien maître d'armes.

Après avoir jeté un regard autour d'eux, Mistoufflet reprit :

— Vous savez déjà que les terribles gelées du mois de janvier ont fait périr : dans le midi, tous les oliviers, et, dans la moitié de la France, presque tous les arbres fruitiers.

— Les pauvres habitants sont à plaindre !

— Et les habitants des grandes villes aussi, messire. La famine sévira sur eux plus durement encore que sur les cultivateurs.

— Alors, bagasse ! le mécontentement deviendra général.

— Surtout, messire, si le roi a la fâcheuse idée d'établir l'impôt dont nous a parlé messire Exili.

— Ah ! oui, l'impôt dit du « dixième ». Eh bien ! bagasse ! si le roi donne suite à son idée, nous saurons en profiter.

— Parfaitement, doux Jésus ! Et voilà pourquoi je vous disais tout à l'heure qu'il faut nous tenir prêts à mettre à exécution notre hardi projet.

— Si vous voulez, monsieur Mistoufflet, nous déciderons ce soir, avec le lieutenant et messire Exili, du jour où nous devrons agir.

— Entendu ! répliqua l'hercule.

Tandis que l'ancien maître d'armes et son ami échangeaient cette conversation, qui laissait soupçonner le dessein qu'ils avaient formé de délivrer Mgr Louis, Yvonne et le lieutenant de Chadefaux s'entretenaient de la mignonne duchesse de la Tour-du-Roc et de son vieil époux.

L'officier de dragons disait à sa compagne :

— Oui, madame Yvonne, à mesure que le duc voit sa santé compromise se rétablir, sa brusquerie diminue et son amabilité pour sa jeune femme augmente.

— Mon amie s'en est aperçue ? fit Yvonne en souriant.

— Mais oui, Madame... Ma chère Jeanne et moi nous allons pouvoir profiter de ce changement d'humeur.

Et baissant la voix comme s'il eût craint d'être entendu par une oreille indiscrète, le lieutenant ajouta, l'air rayonnant :

— Jeudi prochain je reverrai encore ma douce amie... Elle a obtenu l'autorisation d'assister une fois par semaine au salut à Marie qui, durant le mois de mai, est chanté tous les soirs en la chapelle Saint-Gilles

— Vous m'avez dit, reprit Yvonne, que madame de Montrevel, accompagnée d'un tabellion de Nîmes, était venue faire signer à mon amie une demande en séparation de corps.

— Oui, Madame. Et maître Basoche que j'ai vu avant-hier, espère que d'ici à trois semaines ou un mois, ma chère Jeanne aura obtenu un jugement qui lui permettra d'aller attendre auprès de madame la Maréchale, la bulle du pape qui annulera son maudit mariage.

En ce moment ils arrivaient à la lisière du bois de Vincennes.

— Faisons demi tour et rentrons doucement, mes amis, dit Yvonne. Bébé doit commencer à être fatigué? ajouta-t-elle s'adressant à Clémence.

— Deux fois déjà j'ai voulu le porter, répondit celle-ci ; mais il s'y est opposé.

Et de nouveau elle se baissa pour prendre l'enfant.

Mais aussitôt le capricieux petit être se débattit, frappa vivement des pieds contre le sol, puis brusquement tendit ses deux bras vers Mistouflet comme pour lui demander protection.

Le colosse sourit et, effleurant de sa large main les noirs cheveux du bel enfant :

— C'est avec ton ami Clodomir que tu veux aller, n'est-ce pas? lui dit-il en le caressant. Eh bien, viens, doux Jésus!

Avec un petit cri joyeux, le fils d'Yvonne passa des bras de Clémence dans ceux de Mistouflet.

C'était amusant, et charmant aussi, de voir avec quelles précautions l'hercule portait son frêle et léger fardeau.

Il se prêtait de la meilleure grâce du monde au jeu de son mignon compagnon qui prenait un vrai plaisir à lui tirer ses longues moustaches, et poussait même l'audace jusqu'à s'attaquer à ses cheveux et à ses grosses oreilles.

Ayant cédé sa place à la servante cévénole, Faribole marchait à côté de l'officier de dragons, lorsque celui-ci lui demanda :

— Vous ne savez toujours pas ce qu'est devenu le seigneur Gniafon?

— Hélas! non, bagasse! répondit l'ancien maître d'armes l'air navré.

Puis, plus vivement, il reprit :

— Et pourtant, pendant trois mois, je l'ai assez cherché; Mistouflet et le camarade Dorfeuil ont fait de même... Deux fois madame Yvonne s'est présentée en plein jour à l'auberge du Vieux-Chêne, puis en est repartie espérant qu'elle serait suivie par quelque espion ; or, vous le savez, mon lieutenant, puisque vous étiez chargé de veiller sur madame Yvonne, ç'a été deux courses inutiles.

— A la demande de Faribole, j'ai écrit au jeune neveu de l'hôtelier de Lyon, dit la femme de Mgr Louis. Il m'a répondu que depuis le départ de Gniafon de l'auberge de son oncle, personne n'avait plus entendu parler de lui.

— Aussi, bagasse ! nous sommes sur le point de croire que l'affreux bossu est mort et enterré. En disparaissant il nous vole, à Mistouflet et à moi, le plaisir de le punir comme il le méritait ; et, capé dé dious ! ça me rend furieux...

— Eh bien, moi, reprit M. de Chadefaux, je crois, sans oser l'affirmer bien entendu, que la disparition de votre ennemi pourrait avoir une tout autre cause que celle que vous pensez.

— Laquelle donc, mon lieutenant ?

— Vous m'avez dit, mon cher Faribole, que le nain vous avait suivi usqu'en Angleterre pour tâcher de vous dérober les trois parchemins que vous portiez là-bas.

— Ah ! le gredin ! murmura l'ancien maître d'armes presque avec rage, en a-t-il assez employé des ruses de toutes sortes pour nous arrêter en route.

— Je me suis donc dit, reprit le lieutenant, que le seigneur Gniafon exécutait les ordres de...

Il baissa la voix pour prononcer :

— De Louis XIV, et peut-être de madame de Maintenon.

— Eh ! oui, bagasse !

— Je crois donc, mon cher Faribole, que les puissantes personnes que je viens de vous nommer, craignant une indiscrétion du nain, lui ont fermé la bouche en l'envoyant pourrir dans quelque prison... Qui sait ? à la Bastille, peut-être !

— Cette pensée m'était venue, monsieur de Chadefaux, fit à demi-voix Yvonne. Mais... et je ne saurais guère vous expliquer cela... mais il me semble que quelque chose en moi me dit : Prends garde ! ton misérable ennemi te guette dans l'ombre !

Ces paroles furent suivies d'un assez long silence. Yvonne, le lieute-nant de Chadefaux et Faribole marchèrent un instant tout pensifs et rêveurs.

Tous trois songeaient au perfide Gniafon devenu introuvable.

Le signalement du colosse répondait exactement à celui que possédait l'espion. Aussi
ce dernier emboîta immédiatement le pas à l'élève de Faribole...

Ah ! le sentiment vague, instinctif, qui semblait conseiller à **Yvonne** de prendre garde à elle, ne la trompait malheureusement pas.

La jeune femme et ses compagnons, qui allaient et venaient si tranquillement parmi de paisibles ouvriers, étaient loin de soupçonner qu'un homme les suivait pas à pas depuis l'auberge du Lapin-Blanc, où il se tenait en observation depuis la veille.

Cet homme, vêtu comme les ouvriers du faubourg Saint-Antoine afin de pouvoir passer inaperçu au milieu d'eux, était un des espions particuliers de madame de Maintenon.

Celle-ci, ainsi qu'elle l'avait promis, avait mis à la disposition de son fils Gniafon trois agents de police très habiles. Munis des signalements donnés par le nain, ils s'étaient lancés à la recherche d'Yvonne et de ses deux compagnons redoutés, Faribole et Mistouflet.

Dans l'après-midi du samedi, c'est-à-dire la veille de cette belle journée de printemps où nous retrouvons Yvonne et ses amis en train de se promener, l'un des limiers de la police secrète de Mme de Maintenon avait, par un pur hasard, croisé sur la place de la Bastille, Mistouflet se rendant à l'auberge du **Lapin-Blanc**.

Le signalement du colosse répondait exactement à celui que possédait l'espion. Aussi ce dernier emboîta immédiatement le pas à l'élève de Faribole et le suivit jusqu'à l'auberge du faubourg Saint-Antoine près de laquelle il se tint plus d'une demi-heure en observation.

Ne voyant pas ressortir Mistouflet, il se dit que l'hercule devait loger dans cette hôtellerie. Sa décision fut rapidement prise : il entra dans la salle commune, et tout de suite demanda à louer une chambre pour une quinzaine.

Maître Mathieu installa l'agent de police, qui s'était fait passer pour un ouvrier en quête de travail, dans un cabinet ayant vue sur la cour de l'auberge. Dans la soirée, il avait pu apercevoir Mistouflet, auquel était venu s'adjoindre Faribole, attablé avec plusieurs consommateurs dans la salle basse.

— Bon ! s'était-il dit, les deux compagnons que nous recherchons depuis assez longtemps, ont leur domicile ici-même. Maintenant il me reste à découvrir la jeune femme qui répond au nom d'Yvonne. Messire Gniafon y tient beaucoup.

Le lendemain, sur les deux heures de l'après-midi, l'agent vit entrer dans l'auberge, Yvonne, accompagnée de Clémence portant dans ses bras le fils de monseigneur Louis, et de Faribole et Mistouflet.

Il éprouva alors un vif contentement mêlé d'un peu de surprise pourtant, parce qu'il ne comprenait pas comment les deux compagnons avaient pu sortir sans que lui, qui les guettait depuis le matin, s'en fut aperçu.

Il ignorait qu'il ne couchaient pas à l'auberge.

Lorsque, un quart d'heure plus tard, Yvonne, qui était venue prendre en passant Henri de Chadefaux, se dirigea vers la barrière de Picpus, le limier, craignant qu'elle ne revînt pas au « Lapin-Blanc » après sa . promenade, s'empressa de la *filer*.

Mais ce dimanche-là, la femme de Mgr Louis avait accepté l'invitation du lieutenant, qui avait ordonné à son hôtelier de préparer un superbe repas pour l'amie de sa chère Jeanne et pour ses compagnons.

Tous revinrent donc à l'auberge, ce qui fit croire à l'agent de police qu'Yvonne demeurait sans aucun doute dans la maison de maître Mathieu.

Le limier soupa de très bonne heure puis sortit.

Il se rendit directement au Louvre, pénétra sans difficulté dans le palais à peu près inhabité, car le roi et la cour étaient toujours à Versailles et grimpa jusqu'à la porte d'un petit logement pratiqué sous le comble.

Là habitait Gnafon.

L'agent frappa quatre coups à intervalles inégaux. Presque aussitôt la porte s'ouvrit et un jeune laquais montra son visage rose et imberbe dans l'encadrement.

— Ton maître y est-il ? lui demanda l'espion

— Oui, messire Livedis, répondit le valet.

— Vite, va lui dire que j'ai du nouveau à lui annoncer, répliqua l'agent en entrant dans le logement assez coquet que Mme de Maintenon avait fait donner à son fils.

Moins de cinq minutes après, l'espion était en présence de l'horrible nain qui lui disait vivement :

— Eh bien, messire Livedis !

— Eh bien, répondit celui-ci, j'ai pu suivre aujourd'hui, durant plusieurs heures, dame Yvonne.

Une flamme s'alluma dans l'œil du misérable bossu.

— Vous avez découvert sa demeure ? demanda-t-il anxieux.

— Oui, seigneur Gnafon ; du moins tout me fait croire que dame Yvonne loge avec son enfant et une servante à l'auberge du Lapin-Blanc.

— Dans quel quartier ?

— Dans le faubourg Saint-Antoine, à cinq cents pas environ de la Bastille, répondit l'agent de police.

— Bien, je devine pourquoi ! murmura l'ennemi d'Yvonne comme se parlant à lui-même.

Puis il reprit brusquement :

— Et les deux aventuriers, Faribole et Mistouflet, les avez-vous découverts ?

— Pas encore, seigneur Gniafon, répondit l'espion sans hésiter.

Il mentait effrontément ; mais il obéissait à l'ordre de Madame de Maintenon qui avait bien recommandé à ses agents secrets de ne point faire connaître à Gniafon en quel lieu s'étaient réfugiés Faribole et le géant Mistouflet.

On sait la raison de cet ordre de la mère du nain.

Celui-ci, après avoir réfléchi pendant un instant, dit à l'homme qui, dans une attitude respectueuse se tenait devant lui :

— Il faudra dès demain vous installer à l'auberge du Lapin-Blanc.

— C'est déjà fait, seigneur Gniafon !

— Ah !... c'est très bien ! Momentanément vous cesserez de rechercher les deux aventuriers dont je vous ai donné le signalement.

— Comme vous voudrez.

— Vous ne vous occuperez que de dame Yvonne, continua Gniafon. Vous allez la surveiller une semaine entière, car j'ai besoin de connaître : premièrement, à quelles heures de la journée elle sort ; secondement, ce quel côté elle dirige ses pas de préférence.

— Aujourd'hui, seigneur Gniafon, dit l'agent secret, dame Yvonne avait choisi le bois de Vincennes pour but de sa promenade.

— Et elle était seulement accompagnée d'une servante ?

— Je vous demande pardon, seigneur Gniafon ?

— Est-ce qu'elle se ferait escorter par quelque laquais ? demanda vivement l'horrible nain.

— Non, seigneur Gniafon, ce n'était pas un laquais qui accompagnait dame Yvonne ; c'était un beau cavalier qui paraît avoir de vingt-cinq à vingt-huit ans.

— Comment était-il vêtu ?

— Comme un riche bourgeois ou commerçant,.. Il ne portait pas l'épée au côté ; mais il en a certainement le droit, car je vous assure que ses manières sentent d'une lieue le vrai gentilhomme.

— Habite-t-il l'auberge ?

— Je ne sais pas encore, répliqua l'espion ; le temps m'a manqué pour m'en assurer

— Vous tàcherez de m'avoir des renseignements sur cet homme, reprit le nain ; vous me les apporterez à la fin de la semaine.

— Bien, seigneur Gniafon... Vous n'avez pas d'autres instructions à me donner ?

— Non... Mais vous reste-t-il assez d'argent, messire Livedis ?

— Pas beaucoup, répondit ce dernier ; j'en ai dépensé pas mal dans toutes mes courses, et, de plus, j'ai dù payer une quinzaine d'avance le loyer de la chambre que j'occupe à l'auberge.

— Eh bien, voici encore cent livres, dit Gniafon.

Et il mit dix pièces d'or dans la main que lui tendit son espion ; en même temps il ajoutait :

— Je vous donnerai dix autres pistoles si je suis satisfait de vos services. Maintenant allez !

Messire Livedis glissa l'or dans sa poche et sortit on ne peut plus content : il avait menti en disant à Gniafon qu'il avait déjà dépensé beaucoup d'argent, quand, au contraire, il avait à peine touché à la somme qu'il avait reçue pour se mettre en campagne.

Tout en descendant les sombres escaliers du Louvre, il faisait le compte de ce qu'il avait déjà gagné en travaillant pour Gniafon, et il se disait, fort joyeux :

— Vingt pistoles plus les dix que je viens de recevoir, cela me fait un total de trois cents livres... Ça va, le métier est bon ! Et si ma maîtresse, madame de Maintenon, nous défend quelque temps encore de parler au seigneur Gniafon de messires Fabibole et Mistouflet, j'espère bien augmenter ma fortune d'une quarantaine de livres.

D'un pas rapide il se dirigea vers la Bastille.

— Que diable le seigneur Gniafon, affreux comme il est, peut-il bien vouloir à une femme aussi gentille que dame Yvonne, car elle est gentille cette particulière là...

Après un instant de réflexion, messire Livedis ajouta philosophiquement :

— A quoi bon me creuser la cervelle. Qu'il fasse de dame Yvonne ce qu'il voudra, ça ne me regarde pas... Rentrons nous coucher ; et demain, de bonne heure, en route pour Versailles.

Le lendemain, dès sept heures du matin, il quittait l'auberge du faubourg Saint-Antoine en disant qu'il allait chercher du travail, et se rendait au marché aux herbes qui se tenait à l'entrée de la rue Saint-Denis. Il découvrait là un maraîcher qui pour un prix bien modique le prenait avec lui dans sa carriole et le conduisait jusqu'à Versailles où était la cour.

A dix heures, l'agent était introduit par Germaine auprès de Mme de Maintenon.

En quelques mots il la mit au courant de tout ce qu'il avait fait à Paris depuis une dizaine de jours; puis il lui demanda si elle maintenait son ordre au sujet des deux compagnons d'Yvonne.

— Oui, toujours, répondit Mme de Maintenon. Lorsque le moment sera venu de faire connaître au seigneur Gniafou où demeurent messires Faribole et Mistouflet, je vous avertirai.

— Bien, Madame.

Et l'agent salua jusqu'à terre allant à reculons vers la porte.

Soudain, sa maîtresse le rappela.

— Attendez! lui dit-elle. Sans interrompre la surveillance dont vous êtes chargé, vous pourrez m'avoir certains renseignements.

— Je suis à vos ordres, Madame, fit Livedis en s'inclinant très bas.

— Votre auberge du faubourg Saint-Antoine est naturellement située en plein quartier ouvrier.

— En effet, Madame.

— Eh bien, reprit Mme de Maintenon, je tiens absolument à savoir ce que le peuple parisien pensera d'un édit que Sa Majesté vient de signer et qui sera publié partout cet après-midi.

— Il me sera facile d'avoir les renseignements que Madame la Marquise désire : l'auberge du Lapin-Blanc étant fréquentée par de nombreux travailleurs.

D'un geste, la compagne du roi congédia son agent secret.

Midi finissait de sonner lorsque celui-ci revint chez maître Mathieu. Il se fit servir à dîner et reprit son service d'espionnage.

Depuis un quart d'heure à peine, l'ancien maître d'armes et son élève étaient venus rejoindre Henri de Chadefaux, en compagnie duquel ils prenaient leurs repas deux fois par jour.

— Il y a du nouveau, bagasse! dit Faribole en s'asseyant entre Mistouflet et l'amant de Jeanne de Vrignès.

— Dites-le moi vite, mon cher Faribole.

— Eh bien, voilà la chose, reprit ce dernier. Maître Exili, qui trouve le moyen de tout savoir, et avant tout le monde... par exemple, bagasse! je ne saurais vous dire comment il s'y prend...

— Cela ne fait rien, dit en souriant le lieutenant.

— Donc maître Exili, en revenant ce matin vers onze heures,

annoncé à madame Yvonne, et à nous, naturellement, que Louis XIV avait signé l'ordonnance qui établit l'impôt *du dixième* dans tout le royaume de France.

— Aussi, doux Jésus ! cette nouvelle nous a fait plaisir, murmura Mistouflet de sa voix douce et fluette.

— Les Français en général, et les Parisiens en particulier, ne diront probablement pas comme vous, mon cher Mistouflet, répliqua le lieutenant.

— Heureusement, doux Seigneur !

— Dès aujourd'hui, capé dé dious ! reprit Faribole en baissant un peu la voix, nous allons nous occuper d'armer les braves gens qui, je le crois, sont prêts à combattre avec nous.

— Dame, doux Jésus ! leur intérêt est de nous prêter leur aide pour faire réussir notre audacieux projet.

— Parfaitement, bagasse ! s'écria Faribole. Aussi je suis à peu près sûr que la plupart des ouvriers du faubourg n'hésiteront pas à nous suivre.

— Vous avez certainement remarqué, messire Faribole, dit à demi-voix Mistouflet, qu'un forgeron, nommé ou plutôt surnommé Jupiter, semblait avoir un grand ascendant su ceux qui fréquentent cette auberge et qui, presque tous, sont nos amis ?

— J'ai remarqué cela, fit le lieutenant.

— Et moi aussi, bagasse ! Et je me suis même dit, monsieur Mistouflet, en voyant votre nouvel ami Jupiter, qui est aussi grand, aussi gros et aussi fort que vous, s'il ne l'est pas plus, qu'en manœuvrant tous deux la même poutre, en guise de bélier, vous pourriez aisément enfoncer les portes de la Bastille.

— Ma foi, doux Jésus ! répliqua l'hercule en souriant, c'est précisément dans cette intention que je me suis appliqué à gagner les bonnes grâces du vigoureux forgeron. Seulement...

— Eh bien !... seulement quoi ? demanda l'ancien maître d'armes.

— Seulement, Seigneur-Jésus ! messire Jupiter ne voudra pas nous prêter son concours sans connaître à fond notre but et notre pensée.

— Vous croyez ?

— J'en suis convaincu, messire. J'ai observé, étudié mon ami Jupiter ; je le tiens pour un homme généreux autant que brave. Aussi, mon avis est que nous devrions, à lui seul, avouer que nous voulons délivrer monseigneur Louis.

— Diable ! c'est à voir cela, dit Faribole, devenant perplexe.

Et s'adressant soudain à l'officier de dragons :

— Et vous, monsieur de Chadefaux, demanda-t-il, êtes-vous du même avis que Mistouflet ?

— Mon Dieu oui, mon cher Faribole, répondit le lieutenant; on peut fort bien, ajouta-t-il, avouer à messire Jupiter que c'est pour tirer de la Bastille votre maître et mon ami, que nous avons formé le projet de nous emparer de la terrible prison.

— Alors, bagasse ! on lui dira l'affaire.

— Bien entendu, poursuivit le lieutenant, on ne lui fera rien connaître du passé de monseigneur Louis. On lui apprendra simplement que notre malheureux ami a été enfermé à la Bastille à l'instigation d'un puissant personnage qui se vengeait ainsi.

Après une légère pause, l'officier reprit :

— Il faudra bien faire comprendre à messire Jupiter que la prise et la démolition de la sombre forteresse, qui est en somme une menace perpétuelle envers les parisiens serait une action extrêmement heureuse pour eux.

— Je me charge de cela, monsieur le lieutenant, dit alors Mistouflet. Le forgeron est intelligent et il comprendra vite tout ce que le peuple pourra tirer de la prise de la Bastille.

— Maintenant, mes amis, reprit Henri de Chadefaux, comment comptez-vous opérer la distribution des armes que vous tenez cachées dans la maisonnette que j'ai louée pour vous à Bagnolet?

— J'ai déjà songé à cette distribution, dit Mistouflet.

— Eh bien, bagasse ! répliqua Faribole, puisque vous avez déjà une idée, veuillez nous la dire, nous la discuterons ensuite.

— Ecoutez donc, doux Jésus !

Puis, parlant à voix basse :

— Vous savez, reprit-il, que nous disposons de trois cent vingt mousquets, de soixante baïonnettes et de deux cents pistolets. J'ai pensé qu'il serait possible de les introduire dans Paris en les plaçant dans une charrette chargée de paille.

— Bon ! je vous comprends, interrompit Faribole. Mais il faudra faire plusieurs voyages, ajouta-t-il.

— J'ai calculé que trois suffiraient, dit Mistouflet. La charrette entrerait dans Paris par une porte; les armes seraient remises à une vingtaine d'ouvriers que nous désignerait messire Jupiter; puis ces vingt ouvriers se chargeraient de les distribuer à leur tour à leurs camarades;

Ah ! bagasse ! s'écria Faribole, si jamais les Parisiens devenaient maîtres
de la Bastille...

opération qui, de cette façon, pourrait être faite rapidement et sans
éviter l'attention des gens du lieutenant de police...

— C'est parfait, troun de l'air !

— Enfin, la charrette toujours chargée de paille, car nous en possédons fort peu, sortirait de Paris par une porte opposée à celle par laquelle
elle serait entrée. Voilà mon idée !

— Elle est excellente, monsieur Mistouflet, dit l'officier de dragons, et, de même que notre ami Faribole, je trouve que tout est parfaitement combiné.

Le colosse ajouta encore :

— En commençant la distribution des armes après-demain soir, elle serait terminée vendredi, et l'on pourrait fixer au dimanche matin l'attaque de la Bastille.

— C'est convenu, bagasse! Le plus tôt sera le mieux!

Après avoir dîné, les trois amis se séparèrent. Faribole et Mistouflet descendirent à l'écurie et sellèrent leurs chevaux.

Le lieutenant de dragons se rendit rapidement au jardin des Tuileries avec l'espoir d'y rencontrer celle qu'il aimait.

Malheureusement, bien qu'il fit un temps superbe, sa chère Jeanne ne se montra pas à la promenade ce jour-là.

De la maison de maître Mathieu, l'ancien maître d'armes et son ami s'étaient rendus chez un métayer demeurant sur la limite des bourgs de Montreuil et de Bagnolet.

Ce fermier s'engagea à mettre à la disposition des deux aventuriers, pendant trois soirées consécutives, une charrette et un cheval, moyennant la somme de quinze écus qui lui furent versés tout de suite.

Les deux compagnons s'en revinrent ensuite à Paris.

Mais en voyant la direction que lui faisait prendre Mistouflet, Faribole demanda tout à coup :

— Eh bien! capé de dious! où donc me conduisez-vous?

— A la barrière d'Italie, répondit l'hercule. Là-bas, doux Seigneur! nous trouverons une demi-douzaine de maquignons.

— Bagasse! je sais... il faut, en effet, pour monseigneur Louis, deux belles et vigoureuses bêtes.

— Pour cette fois, messire Faribole, nous ne nous occuperons pas de leur beauté. Et pourvu qu'elles aient du jarret et du souffle, nous ne leur demandons rien autre.

— Combien donc m'avez-vous dit qu'elles auront à fournir d'une seule traite?

— Environ vingt-et-une lieues, Messire.

— Bagasse! c'est quelque chose.

Chez le premier marchand de chevaux auquel ils s'adressèrent, ils eurent la chance de trouver deux bêtes de race anglaise dont ils devinrent acquéreurs après un minutieux examen.

On les ferra aussitôt sous leurs yeux, puis ils les emmenèrent eux-mêmes à l'auberge du Lapin-Blanc.

Cinq heures venaient de sonner à l'horloge de la Bastille lorsqu'ils pénétrèrent dans le faubourg Saint-Antoine. Des hommes, des femmes et des enfants dont le nombre croissait à vue d'œil, discouraient dans la rue avec animation.

— Hé! troun de l'air! dit à demi-voix Faribole. Regardez donc, monsieur Mistouflet; ce doit être l'annonce du nouvel impôt établi par sa gracieuse Majesté, qui commence à produire l'effervescence sur laquelle nous comptons.

— C'est plus que certain, doux Jésus! Aussi tout va bien!

Après avoir mis leurs chevaux à l'écurie, ils se disposaient à retourner au logis d'Exili, quand maître Mathieu les arrêta au passage; le brave aubergiste avait l'air furieux.

— Croyez-vous, messires, leur dit-il avec vivacité, croyez-vous que les ministres du roi ont osé mettre un nouvel impôt sur les biens que chacun possède; comme si nous avions pas déjà assez de tous ceux qui existent et qui écrasent le pauvre monde.

— Il faut croire que non! répliqua en souriant Mistouflet.

— Le pain, la viande et toutes les denrées vont devenir hors de prix! continua l'aubergiste... Et puis, messires, si ce n'était que cela! ajouta-t-il avec un désespoir comique.

— Qu'y a-t-il donc encore, bagasse!

— Oh! messire Faribole, il y a que je viens d'acheter, avec les économies que j'ai eu tant de mal à amasser, une propriété qui me coûte vingt-cinq mille livres.

— Je vous félicite, doux Seigneur!

— Il n'y a pas de quoi, messire Mistouflet, répliqua maître Mathieu dont l'air furieux fit place à un air profondément navré. Songez donc qu'avec ce nouvel impôt, maudit, monstrueux, exorbitant, il me faudra verser au Fisc deux mille cinq cents livres!

— Un joli denier, bagasse!

— Mais dans toute l'année, messires, mon auberge me rapporte à peine cette somme... Comment vais-je faire, grand Dieu!

Et redevenant soudain furieux l'honnête aubergiste s'écria:

— Tous les mêmes! les ministres du roi: des monstres qui ne pensent qu'à pressurer le pauvre peuple!

Mistouflet sourit et, se penchant à l'oreille de son hôte:

— Ne vous désolez pas, lui dit-il tout bas; personne ne payera le nouvel impôt, c'est moi qui vous l'affirme.

Puis l'hercule et son ami Faribole s'éloignèrent laissant maître Mathieu considérablement ahuri par cette phrase mystérieuse.

— Qu'a-t-il voulu dire? murmura-t-il en les regardant disparaître dans la foule. Ah ! s'il disait vrai, doux Jésus !... Tiens ! voilà que je parle comme messire Mistouflet ! ajouta-t-il vivement.

Et il rentra dans son auberge.

Sans s'attarder en chemin, Faribole et Mistouflet avaient regagné leur demeure souterraine.

— Madame Yvonne, dit l'ancien maître d'armes en abordant la jeune femme qu'il trouva dans le salon avec le vieux alchimiste : tout semble vouloir marcher selon nos prévisions.

— Mais oui, seigneur Jésus ! ajouta Mistouflet. Et si la chance nous favorise un peu, dimanche, vers midi, monseigneur Louis sera libre !

— Avez-vous, mes amis, pris vos mesures pour que mon cher seigneur puisse passer en Angleterre, si vous êtes assez heureux pour le tirer de sa sombre prison ?

— Oui, madame Yvonne, répondit Mistouflet. Nous avons acheté deux chevaux qui, je l'espère, pourront franchir en une dizaine d'heures la distance qui sépare Beauvais du hameau de Ault, le petit port sur la Manche où maître Exili connait le propriétaire d'un bateau.

Puis s'adressant à l'alchimiste :

— Messire Exili, vous nous avez promis de vous rendre à Ault ; vous plairait-il de vous mettre en route mercredi au lever du soleil ?

— Je partirai quand vous voudrez, mon ami.

— Vous pourriez aller tout doucement avec Dorfeuil jusqu'à Beauvais, reprit l'hercule. Puis, dans cette ville où notre jeune camarade devra rester avec les montures qu'on lui aura confiées, vous prendriez la poste jusqu'à Abbeville. D'Abbeville il vous sera facile je pense de vous faire conduire à Ault.

— Je ferai ainsi que vous venez de dire, répliqua Exili. Si par hasard je ne retrouvais pas le pêcheur dont je vous ai parlé, je m'occuperais sur-le-champ de louer un bateau et son équipage.

— Choisissez-en un qui ne danse pas trop sur les vagues, dit vivement Faribole, qui n'avait pas oublié les facheux incidents de son dernier voyage en Anglet r e.

— C'est vous, qui allez accompagner monseigneur Louis ? demanda l'alchimiste en souriant.

— Oui, troun de l'air ! c'est moi qui conduirai notre généreux maître à Beauvais d'abord, où Dorfeuil nous attendra avec ses cheveaux tout sellés, puis de Beauvais directement à la mer.

— A quelle heure pensez-vous arriver ? dit Exili.

— Ça dépendra du plus ou moins de temps que nous mettrons pour entrer à la Bastille, répondit Faribole.

En supposant que nous ayons pu délivrer monseigneur Louis vers deux heures dimanche, nous serions à Beauvais à minuit, et à Ault le lundi matin, entre dix et onze heures·

— Et toi, mon brave Mistouflet ? fit doucement Yvonne.

— Moi, doux Jésus ! je resterai ici pour veiller sur vous et sur votre fils jusqu'au moment où vous pourrez sans danger, aller rejoindre monseigneur Louis.

— J'espère bien, bagasse ! s'écria Faribole, que moi, j'aurai eu le temps de revenir à Paris pour vous escorter avec Mistouflet.

— Maintenant, madame Yvonne, reprit l'hercule, nous avons une demande à vous adresser ?

— Parle mon bon ami ?

— Voudriez-vous, doux Jésus ! venir passer, ce soir vers huit heures, un instant au Lapin-Blanc ?... Je désirerais vous présenter un compagnon forgeron dont le concours nous est absolument nécessaire pour arriver à tirer monseigneur Louis de la Bastille.

— Il porte le nom de Jupiter, et je crois bien qu'il est plus fort que Mistouflet, dit en riant Faribole.

— C'est bien, mon ami, fit la femme de Monseigneur Louis, j'irai vous rejoindre chez maître Mathieu.

— Oh ! je viendrai vous chercher, madame Yvonne, repartit l'hercule ; et si, par hasard, une circonstance imprévue s'y opposait, monsieur de Chadefaux viendrait à ma place.

Une heure plus tard, l'ancien maître d'armes et son ex-élève rejoignaient à l'auberge du faubourg Saint-Antoine, l'amant de leur mignonne amie Jeanne de Vrignès.

— Hélas ! elle n'est point venue aux Tuileries ! dit tout désolé l'officier de dragons à ses amis.

Aussitôt qu'ils eurent fini de souper, tous trois descendirent dans la salle commune et s'y arrêtèrent quelques instants.

Ils ne remarquèrent pas avec quelle attention les observait un ouvrier, ou plutôt un homme vêtu en ouvrier, qui n'était autre que messire Livedis, assis dans le fond de la salle.

— Mon ami Jupiter n'arrivera sans doute pas avant une demi-heure, dit Mistouflet à ses compagnons ; je vais aller faire un tour dans la rue et écouter la conversation du bon peuple parisien.

— Je vous accompagne, fit le lieutenant de Chadefaux.

— Et moi aussi, bagasse ! Notre monde sera là quand nous reviendrons.

Ils sortirent de l'auberge et, à pas lents, remontèrent la rue dans la direction de la barrière.

L'espion de Gniafon se hâta de payer la dépense qu'il venait de faire, puis sans affectation, sortit derrière eux et les suivit en se tenant à une dizaine de pas.

Il eut un moment de perplexité lorsque, une demi-heure plus tard, ceux qu'il surveillait se séparèrent devant la maison de maître Mathieu.

Mentalement il se demanda :

— Faut-il rentrer à l'auberge avec messire Faribole ? Vaut-il mieux suivre ces deux compagnons qui descendent vers la Bastille ?

Brusquement il se décida pour cette dernière idée. En quelques enjambées il rattrapa Faribole et le lieutenant de Chadefaux. Et comme la nuit était complètement venue, il se tint à cinq ou six pas d'eux seulement pour ne pas les perdre de vue.

Il les vit s'enfiler dans l'étroit et noir couloir, au bout duquel était l'escalier qui conduisait au premier et unique étage surmontant la boutique de l'apothicaire.

Après un coup d'œil jeté sur la misérable maisonnette l'agent se dit en lui-même :

— Que diantre peuvent-ils bien venir faire dans cette bicoque ?... Nous tâcherons de savoir ça plus tard. Pour le moment contentons-nous de guetter la sortie de messire Faribole et de ce gentilhomme que mon hôtelier appelle « le capitaine. »

En effet, maître Mathieu avait, par flatterie sans doute, cru devoir changer le grade de son locataire ; il ne l'appelait jamais que « monsieur le capitaine », et naturellement les valets employaient entre eux ce qualificatif pour désigner le jeune officier.

Faribole, en entrant dans la salle basse du Lapin-Blanc, avait de suite aperçu messire Jupiter.

Il alla vers le forgeron, lui serra cordialement la main, et, s'asseyant en face de lui :

— Eh bien, bagasse de bagasse ! que dites-vous, messire Jupiter, de cette nouvelle preuve de bonté que sa Majesté, le roi de France, vient d'octroyer à son peuple ?

— Je dis, messire Faribole, répondit le forgeron d'une voix sourde et grave, je dis que le roi trouve apparemment qu'il n'a pas assez d'ennuis avec ses ennemis ; il veut s'en créer d'autres avec les Français.

— Vous avez bien raison, bagasse !... On prétend, et moi je le crois, que c'est la Maintenon qui a trouvé, qui a inventé ce nouvel impôt du *dixième !*

— Ça ne m'étonnerait pas ! répliqua messire Jupiter.

Et baissant soudain la voix :

— Plus d'une fois j'ai entendu mon regretté père dire, en parlant d'elle, que c'était une « gueuse ! »

— Et il ne se trompait, bagasse ! Mon ami Mistouflet pourra vous affirmer qu'elle a eu l'audace de faire voler l'enfant d'une malheureuse femme dont elle a fait jeter le mari à la Bastille.

— En voilà un bâtiment que j'aurais du plaisir à démolir ! fit un ouvrier maçon assis à gauche du forgeron.

— Hé ! capé dé diou ! la chose pourrait bien se faire... Il suffirait de s'entendre ! dit assez haut Faribole.

— Alors, messire, reprit sérieusement le maçon, si vous pensez que des hommes décidés parviendraient à prendre cette maudite prison, je suis prêt à tenter l'aventure.

— Ah ! bagasse ! s'écria Faribole, si jamais les Parisiens devenaient maitres de la Bastille, c'est pour le coup qu'ils auraient une belle occasion de faire supprimer la moitié des impôts établis par le roi ou ses ministres si peu aimés.

— C'est ma foi vrai ! murmurèrent trois ou quatre voix autour de l'ancien maitre d'armes.

A ce moment la porte de salle commune s'ouvrit brusquement et Mistouflet entra.

— Voilà votre compagnon, dit le forgeron à Faribole qui était assis le dos tourné à la porte de la rue.

— Messire Jupiter, fit Mistouflet en tendant la main à celui-ci, je voudrais bien causer un instant avec vous... mais pas ici, là-haut, dans une chambre, si cela ne vous contrarie pas ?

— Pas le moins du monde, camarade, répliqua le forgeron en se levant. Montrez-moi le chemin et je vous suis.

— Venez donc, doux Jésus !

Suivi de Jupiter et de Faribole, l'hercule se dirigea vers l'escalier conduisant à l'étage supérieur ; et tout en gravissant les degrés de bois :

— Messire Jupiter, ajouta-t-il, j'ai parlé de vous à la femme de mon infortuné maitre ; elle assistera à notre entretien.

— Comme vous voudrez, dit le forgeron.

Une minute après tous les trois pénétraient dans la chambre assez vaste de M. de Chadefaux, et Mistouflet présentait à Yvonne son nouvel ami Jupiter.

Lorsque tous se furent assis, la femme de Monseigneur-Louis prit la parole et, d'une voix douce et un peu triste, dit au forgeron qu'elle avait formé le projet de délivrer son mari enfermé depuis six mois à la Bastille et de sauver en même temps les nombreuses victimes des puissants du jour emprisonnées injustement.

Elle ajouta en fixant son limpide regard sur celui de messire Jupiter qui l'écoutait avec recueillement :

— Mon brave ami Mistouflet, m'a parlé de vous comme étant un homme bon et généreux, sur le courage duquel on peut compter. Il m'a dit aussi que vous possédiez une réelle influence sur la plupart des travailleurs du faubourg Saint-Antoine.

— Sur un petit nombre de camarades seulement, dit Jupiter.

Yvonne poursuivit :

— Les ouvriers sont mécontents, et ce n'est pas sans raison. S'ils voulaient me prêter leur concours pour délivrer mon époux ; s'ils se sentaient le courage de s'emparer de la Bastille, je suis convaincue que, victorieux, ils obtiendraient tout ce qu'ils voudraient du roi.

— Sûrement, bagasse ! appuya Faribole.

— Messire Jupiter, reprit doucement Yvonne, voulez-vous aider mes amis à sauver le père de mon enfant, à me rendre mon mari ?... Je vous en garderai toute ma vie une sincère reconnaissance.

Il y eut un court silence.

La jeune femme et ses dévoués compagnons attendaient anxieux la réponse de messire Jupiter.

S'il refusait de les seconder, il serait sans doute bien difficile de réunir un nombre d'ouvriers suffisant pour tenter, avec chance de succès, une attaque contre la sombre forteresse parisienne.

Enfin, d'une voix lente et grave, le forgeron répondit à la demande de la compagne de Mgr Louis :

— Pour s'emparer de la Bastille il faudrait des armes ?

— Nous possédons déjà plusieurs centaines de fusils et de pistolets, dit vivement Mistouflet.

— Et je puis disposer de cinq mille livres pour en acheter d'autres ainsi que des munitions, ajouta Yvonne.

— Il ne nous manque donc, bagasse ! que des hommes courageux, dit l'ancien maître d'armes.

— Des hommes, je me charge de vous en trouver ! fit le forgeron.

Il eut vite fait de les faire changer de place pour venir jouer avec lui.

— Ah! merci mon ami, merci mille fois, pour cette bonne promesse s'écria Yvonne.

Et d'un geste charmant elle mit ses deux petites mains dans les grosses mains calleuses de Jupiter.

— Oui, je vous en trouverai des hommes, et de solides! reprit celui-ci plus ému qu'il ne voulait le laisser paraître. Mais vous avez un plan préparé d'avance?... Quel est-il?

— Ecoutez, doux Jésus! dit alors Mistouflet; vous allez voir qu'il n'est pas trop mal combiné.

Et, pendant un quart d'heure environ, l'élève de Faribole expliqua de quelle manière ils comptaient distribuer aux ouvriers du faubourg Saint-Antoine les armes qu'ils tenaient cachées dans une maison de Bagnolet, et comment ils espéraient s'emparer par surprise d'une porte de la forteresse.

Messire Jupiter approuva le plan qu'on venait de lui soumettre.

Il promit de se trouver avec une douzaine de compagnons, le mercredi à la nuit tombante, dans un endroit désert qu'il indiqua lui-même comme étant le plus favorable pour procéder tranquillement à l'enlèvement des armes que Faribole et son ami amèneraient.

Puis les deux colosses, Mistouflet et Jupiter, descendirent ensemble dans la salle commune pour y vider une bouteille de vin de Suresnes.

Neuf heures avaient sonné.

— Il est tard, je retourne vite auprès de mon fils, dit Yvonne en jetant sur sa tête une mantille noire.

— Permettez-moi de vous reconduire jusqu'à votre porte, fit en souriant le jeune officier de dragons.

La femme de Mgr Louis, le lieutenant et l'ancien maître d'armes sortirent de l'auberge en passant par la porte cochère pour ne pas traverser la salle commune.

La rue était maintenant à peu près déserte. Comme ils allaient atteindre la place de la Bastille, Yvonne perçut vaguement derrière eux un bruit de pas.

Elle eut l'intuition qu'un espion les épiait. Sans interrompre sa marche elle tourna vivement la tête; mais, l'obscurité étant complète, elle ne put apercevoir l'agent de police de Mme de Maintenon qui les suivait, en effet, depuis l'auberge.

— Prêtez l'oreille sans vous arrêter, dit-elle à voix très basse à ses deux compagnons.

— Qu'y a-t-il donc! bagasse!

— Je crois que quelqu'un nous suit, reprit Yvonne. Dès que j'aurai refermé la porte du couloir, vous reviendrez brusquement sur vos pas et vous tâcherez de voir le visage de la personne que je sens derrière nous depuis un instant.

— Très bien, bagasse ! fit très bas Faribole ; je vais la bousculer comme par mégarde, et pendant que je m'excuserai nous pourrons la dévisager.

Ils arrivaient devant la boutique de maître Exili.

— Au revoir, monsieur de Chadefaux, dit rapidement Yvonne, tandis que Faribole appuyait le doigt sur un ressort de l'étroite porte du corridor, laquelle s'entrebâilla toute seule.

La jeune femme disparut et ses compagnons firent demi-tour. Au même instant ils crurent apercevoir devant eux une forme humaine qui s'emblait s'éloigner.

— Halte ! fit tout bas le lieutenant en retenant Faribole par le bras

— Mais un particulier vient de bouger devant nous !

— Oui, monsieur Faribole. Or comme nous n'avons croisé personne sur cette place, c'est qu'on nous suivait, dit Henri de Chadefaux.

Puis reprenant sa marche :

— Retournons au Lapin-Blanc, ajouta-t-il ; mais ne faisons point de bruit : à notre tour nous allons suivre celui qui nous épiait.

Dix minutes plus tard, grâce à la clarté qui s'échappait au travers des vitres de la croisée de la salle basse, ils purent voir la silhouette d'un ouvrier qui poussait la porte et entrait dans la maison de maître Mathieu

— Nous le tenons ! dit le lieutenant.

Au même moment la porte de salle s'ouvrit de nouveau pour laisser sortir Mistouflet et messire Jupiter.

— Y a-t-il encore beaucoup de monde ? demanda l'officier à l'élève de l'ancien maître d'armes.

— Quatre ou cinq personnes seulement, répondit Mistouflet.

— Alors ça va bien ! reprit le lieutenant. Mon cher Faribole, ajouta-t-il, demain je vous répéterai ce que j'aurai appris concernant notre homme.... Au revoir mes amis !

Et il entra vivement dans la salle.

Quatre ouvriers étaient encore attablés. Henri de Chadefaux se dirigea vers son hôte qui, seul à une table, était en train d'écrire ses comptes.

— Maître Mathieu, lui dit-il à voix basse, connaissez-vous les clients qui causent dans ce coin là-bas ?

— Oui, ce sont des menuisiers

— Bien. Maintenant dites-moi: un homme n'est-il pas entré ici au moment où mon ami Mistouflet allait sortir?

— Effectivement, monsieur le capitaine. C'est un ouvrier sans travai'.

— Ah!.. Et le connaissez-vous?

— Ma foi non! répondit maître Mathieu un peu étonné par les questions de son pensionnaire.

— Demeure-t-il ici depuis longtemps? demanda le lieutenant.

— Depuis samedi soir seulement. Comme il m'a payé sa chambre d'avance je ne me suis pas inquiété de savoir qui il était. Il m'a dit s'appeler Livedis; cela m'a suffit.

Parlant plus bas encore, l'officier reprit:

— Eh bien, moi je suis sûr que cet homme n'est qu'un faux ouvrier. Il est venu loger chez vous maître Mathieu, pour m'espionner et espionner Faribole et Mistouflet.

— Sarpejeu! si je...

— Pas si haut, cher hôte, interrompit vivement le lieutenant... Dès demain matin il faudra faire surveiller le sieur Livedis. Avez-vous, parmi vos valets, un garçon intelligent qui serait capable de le suivre au moins pendant une journée?

— Oui, monsieur le capitaine. J'ai un petit gâte-sauce qui s'acquittera adroitement de cette mission.

— Je le récompenserai. Recommandez lui de n'en parler à aucun de vos gens... Demain soir il me dira ce qu'il aura vu ou appris.

— Très bien, monsieur le capitaine.

Un moment après M. de Chadefaux entrait dans sa chambre et se mettait au lit.

Le lendemain matin, aussitôt que l'agent de Guiafon eut fait son apparition dans la salle commune, maître Mathieu appela près de lui son apprenti cuisinier, un gamin qui paraissait avoir une quinzaine d'années, et lui dit à l'oreille:

— As-tu bien regardé la tournure du locataire de la chambre numéro vingt-trois; sauras-tu le suivre sans le perdre au milieu des passants?

— Pas de danger que je le laisse échapper notre maître. D'abord j'ai de bons yeux, puis, si je ne suis pas grand, je ne suis pas bête, vous le savez bien! fit le gamin dont les regards pétillaient de malice.

Maître Mathieu lui glissa une pièce de monnaie dans la main en disant à voix basse:

— Tiens! prend ça. Si par hasard le sieur Livedis ne rentrait pas dîner il faut que tu puisses t'acheter de quoi manger.

— Merci, notre maître; vous non plus vous n'êtes pas bête : vous pensez toujours à tout!

— Attention! fit vivement l'aubergiste; le voilà qui sort de la salle.

— Bon! il descend du côté de la Bastille. Je vais lui laisser prendre vingt pas d'avance et je ne le lâche plus .. Au revoir notre maître... Vous pouvez me remplacer devant les fourneaux!...

Et, en riant, le gamin parisien s'élança hors de l'auberge.

Tout à marchant à petits pas les yeux attachés sur l'agent secret, qui ne se doutait nullement qu'à son tour il était épié, le petit gâte-sauce murmurait :

— Ah! chouette alors! on va pouvoir flâner dans les rues une partie du jour. Quel bonheur!.. Vrai, c'est un rêve!

Et il se pinçait le gras du bras pour s'assurer qu'il était bien éveillé.

— Mais non, je ne dors pas! reprit-il justement.

Malheureusement à peine avait-il traversé la place de la Bastille, que la joie qu'il ressentait en pensant à la longue promenade qu'il comptait faire, reçut une douche qui la diminua considérablement.

Messire Livedis était allé s'adosser contre un mur, à trente pas environ de la boutique toujours close de l'apothicaire, et ne quittait pas des yeux la porte de l'étroit couloir.

— Attendons et observons! se disait-il. Dans cette misérable maison habite dame Yvonne, et peut être aussi les deux compagnons, Faribole et Mistouflet...

Il interrompit son soliloque pour promener un rapide regard tout autour de lui.

— Oui, je le crois, reprit-il mentalement. Seul le gentilhomme, dont j'ignore encore le nom, mais que je finirai par connaître, loge à l'auberge du « Lapin-Blanc ».

Il se dit encore en entendant sonner neuf heures :

— Je vais rester ici jusqu'à midi; si dame Yvonne ne s'est pas montrée, j'irai vivement manger un morceau sur le pouce, et je reviendrai prendre mon poste d'observation.

Arrêté dans un angle de la place, à une courte distance de messire Livedis, le marmiton de Maître Mathieu commençait à montrer des signes d'impatience et même de mauvaise humeur.

— Ah ça! faisait-il à demi-voix, est-ce qu'il va demeurer longtemps collé contre cette muraille... C'est qu'il m'a tout l'air de s'y trouver bien!

Et avec une inquiétude comique il regardait l'agent immobile.

Au bout d'un quart d'heure qui lui parut aussi long qu'une semaine, le gamin pousse un soupir.

— Allons! se dit-il l'air navré, il n'y a pas d'erreur: il s'est changé en borne!.. Drôle de distraction!...

Ah! ajouta-t-il que ne puis-je me glisser derrière lui armé d'une broche en guise d'aiguillon; comme je te lui dégourdirais les « guibolles! »

Et sa main s'agitait en avant et en arrière avec une vivacité qui ne laissait aucun doute sur le contentement qu'il aurait éprouvé à aiguillonner messire Livedis pour le faire décamper.

Dix autres minutes s'écoulèrent.

— Voyons! murmura le gamin, se parlant à lui-même, à *tourniller* comme un mouton toujours au même endroit, l'autre finira par me remarquer, et si, à la fin, il se décide à s'en aller plus loin, ce qui malheureusement n'est guère probable, il se défiera et trouvera peut-être moyen de me planter au tournant de quelque ruelle... Diantre! diantre!

Et il se gratta l'oreille cherchant une inspiration.

— Il faut que je trouve un *truc* qui me permettra de rester ici tout en ayant l'air de m'occuper.

Il mit la main dans sa poche, en tira son mouchoir et le regardant, après l'avoir déployé:

— Rien qu'un, ce n'est pas assez! fit-il avec une gimace. Si j'en possédais seulement deux, je me mettrais sur-le champ camelot et je saurais conserver longtemps ma marchandise!...

Parlant à demi-voix il ajouta:

— Allons! allons! dirais-je; c'est mes deux derniers.. pour les finir je les laisse, vendus ensemble, à un demi-écu!...

Oh? alors, comme les acheteurs fileraient vite, et ne me masqueraient pas longtemps cet « ostrogoth » qui maintenant s'arc-boute contre cette pauvre muraille comme si elle l'avait prié de la soutenir...

En ce moment Livedis fit un mouvement comme s'il allait se mettre en marche.

— Tiens! tiens! dit joyeusement le gamin, est-ce que tout de même... Hélas! non, ajouta-t-il presque aussitôt en voyant l'agent reprendre sa première position... Mais que regarde-t-il donc?

Ce que Livedis regardait, c'était le jeune Dorfeuil qui, un grand panier au bras, se rendait chez le boucher et le boulanger.

— Inutile de suivre ce garçon, pensa l'espion en s'adossant de **nouveau** au mur. Il va aux provisions : cela me prouve que dame Yvonne demeure dans cette bicoque.

Livedis étaient loin de soupçonner que dessous la pauvre maison qu'il appelait une bicoque se trouvaient des pièces vastes, admirablement décorées, dont l'ameublement était luxueux.

Le gamin, intelligent et rusé, avait, lui aussi, aperçu Dorfeuil sortant du corridor de la maison d'Exili.

Il ne tarda pas à remarquer avec quelle persistance Livedis regardait toujours le même point, c'est à dire la porte du corridor ; alors s'appliquant une taloche :

— Tiens ! attrape ! se dit-il en même temps. Tu n'est qu'une bête, propre tout au plus à faire tourner la broche de maître Mathieu... Comment tu n'as pas compris tout de suite que si ton bonhomme restait collé là-bas, c'est qu'il avait des raisons pour cela !

Brusquement il fit un saut de joie.

— Oh ! quelle idée : dit-il presque à haute voix ; sans trop m'ennuyer je vais pouvoir guetter mon particulier.

Et vif comme un écureuil il partit dans la direction de deux garçons de onze et douze ans qu'il venait d'apercevoir jouant aux billes à une cinquantaine de pas du fossé de la Bastille.

Il eut vite fait de les décider à changer de place pour jouer avec lui. Il donna au plus grand une pièce blanche pour courir acheter des billes qu'ils se partagèrent fraternellement.

Cinq minutes après les trois gamins commençaient une longue partie à vingt pas de l'espion de Gniafon.

Un peu avant onze heures, Faribole et Mistouflet traversèrent la place se rendant à leur auberge.

Livedis, prudent comme un serpent, dissimula son visage en tournant lentement devant son nez son chapeau à larges bords.

Lorsqu'il eut entendu sonner la demie de onze heures il se dit *in petto* :

— Ma foi, je sens des tiraillements dans l'estomac ; allons dîner. Nous reviendrons tout à l'heure.

Et à grands pas il se dirigea vers l'entrée du faubourg Saint-Antoine.

Le marmiton, qui n'avait pas cessé un seul instant de le guetter, poussa un soupir de satisfaction : lui aussi commençait à avoir faim.

— Hé ! les amis, dit-il à ses partenaires auxquels il abandonna généreusement ses billes, revenez cet après-midi, nous ferons ensemble de nouvelles parties.

— Entendu ! répondirent les petits.

Un instant plus tard, messire Livedis s'installait dans la salle du « Lapin-Blanc, » tandis que le gamin de maître Mathieu entrait dans l'auberge par la porte ouvrant sur la cour.

— Eh bien ? interrogea tout bas l'hôtelier.

Le gâte-sauce eut une moue significative :

— Eh bien, not' maître, répondit-il, ma promenade a manqué d'agrément... *Il* ne m'a pas mené plus loin que la Bastille ! Aussi je ne suis pas content.

Et en quelques mots il dit à maître Mathieu ce qu'il avait fait, ce qu'il avait vu et les pensées qui lui étaient venues.

— Suis-moi ? fit alors l'aubergiste.

Une minute après ils entraient tous deux dans la chambre du lieutenant Chadefaux qui achevait de dîner avec ses amis.

Puis, dès que le gamin eut refermé la porte :

— Monsieur le capitaine, dis vivement maître Mathieu, vous ne vous êtes point trompé en supposant que mon locataire du troisième n'était qu'un maudit espion.

— Vous avez appris du nouveau ? demanda l'officier.

— Veuillez interroger mon marmiton, monsieur le capitaine ; moi je redescends surveiller le sieur Livedis.

— Un mot, doux Jésus ! fit vivement Mistouflet.

— Je vous écoute, messire ? dit l'aubergiste en revenant vers ses hôtes.

— Ne dites rien, mais absolument rien à votre locataire qui puisse lui donner à entendre que vous savez ce qu'il fait chez vous. Je vous expliquerai ce soir pourquoi.

— Comme vous voudrez, messire Mistouflet, répliqua l'hôtelier ; pourtant j'aurais été bien aise de lui dire ce que je pense.

Maître Mathieu sortit, puis le lieutenant interrogea le jeune garçon. Satisfait de l'intelligence dont celui-ci avait fait preuve, il lui mit dans la main un écu en lui disant :

— Voici pour te récompenser. Je suis très content de toi ; lorsque j'aurai des commissions un peu difficiles je te chargerai de me les faire.

— Monseigneur le capitaine est généreux, fit le gamin ; je vais vite manger un morceau puis retourner surveiller messire Livedis.

— Ce n'est plus la peine, mon ami. Nous savons tout ce que **nous** désirions savoir.

— Ah ! eh bien, alors, si j'étais... dit le marmiton hésitant.

Ah ! Messieurs, si vous saviez ce qui est arrivé !

— Si tu étais?... Allons, parle, bagasse ! s'écria Faribole.

Avec un air futé le gamin dit tout d'une haleine :

— Si monsieur le capitaine voulait me donner l'ordre d'aller, par exemple jusqu'aux Tuileries, maître Mathieu ne pourrait pas s'y opposer, et, moi, ça me rendrait le plus heureux des *hommes*.

Ce dernier mot fit rire de bon cœur Henri de Chadefaux.

— Tu as donc une folle envie de t'aller promener ?

— Oh ! oui, monsieur le capitaine ; il y a bien trois mois qu'elle me tient. Et si aujourd'hui je laisse échapper l'occasion qui se présente, j'ai bien peur de ne point voir les Tuileries cette année.

— Diable ! fit le lieutenant en riant. Dis-moi, ajouta-t-il, comment te nommes-tu ?

— Friquet, pour vous servir, monsieur le capitaine ! répondit le marmiton en saluant d'une façon comique.

— Eh bien ? *monsieur* Friquet, reprit l'officier égayé, je vous ordonne d'aller vous promener, où il vous plaira, mais jusqu'à quatre heures seulement ; car maître Mathieu pourrait avoir besoin de vous.

— Merci de tout mon cœur, monsieur le capitaine ; je vais m'en payer pour une demi-année !

Et sur un geste du lieutenant, le gamin sortit en sautant de joie.

— Maintenant, Seigneur-Jésus ! nous sommes fixés, dit Mistouflet : le faux ouvrier est un agent du maudit Gniafon.

— Et c'est madame Yvonne qu'il a guettée toute la matinée. Heureusement, bagasse ! qu'elle n'est pas sortie.

— Mes amis, dit Henri de Chadefaux, il ne faut plus que l'amie de ma chère Jeanne mette le pied dehors sans être accompagnée par l'un de nous.

— Jusqu'à lundi il nous sera impossible de chercher à surprendre le nain, dit Mistouflet.

— On ne sait pas, bagasse ! opina l'ancien maître d'armes. S'il ne se tenait pas caché trop loin, j'aurais bientôt fait d'aller lui passer mon épée à travers le ventre !

— Ce soir, doux Jésus ! nous ferons subir un interrogatoire à son espion ; et demain nous le conduirons dans un endroit sûr.

— A Bagnolet, je parie ?

— Tout juste, monsieur Faribole.

Ce jour-là les trois amis passèrent l'après-midi au Lapin-Blanc, mais ils n'y soupèrent pas. Ils prirent leur repas du soir au logis d'Exili, en compagnie de l'alchimiste et du jeune Dorfeuil, qui le lendemain matin, devaient partir pour Beauvais.

Il était dix heures du soir quand l'officier de dragons, l'ancien maître d'armes et son ex-élève revinrent du faubourg Saint-Antoine.

— Notre homme est-il dans sa chambre ? demanda Henri de Chadefaux à maître Mathieu.

— Il n'est pas encore rentré ? répondit celui-ci.

— Mille dious ! pourvu qu'il n'ait pas eu vent de quelque chose !
murmura Faribole.

Il avait à peine achevé sa phrase que messire Livedis faisait son
entrée dans la salle commune.

— Suivez-moi, doux Jésus ! dit vivement Mistouflet à ses compagnons.

Quand ils furent parvenus au sommet de l'escalier, l'hercule reprit
à voix basse :

— Je guette ici notre homme pour l'arrêter au passage ; allez nous
attendre dans le cabinet.

— Alors, bagasse ! vous n'avez pas besoin de moi? dit Faribole.

— Non, je puis faire seul, répondit Mistouflet. Cependant, doux
Jésus ! veuillez préparer un bâillon, dans le cas où l'envie lui prendrait
de vouloir révolutionner toute l'auberge.

Et il se posta au milieu de l'étroit palier du premier étage.

Messire Livedis, qui naturellement était à cent lieues de se douter
qu'il avait été vu surveillant les approches du refuge d'Yvonne, rentrait
se coucher dans la plus parfaite quiétude.

Sa physionomie portait même l'empreinte d'une certaine satisfaction
intérieure.

Il arrivait au Louvre, et il avait vu Gniafon, lequel lui avait donné
une pistole de gratification qui ne devait point compter sur la somme
promise en récompense de ses services.

Le nain avait été quelque peu étonné en voyant arriver, vers huit
heures et demie du soir, son espion qu'il n'attendait nullement.

— Je ne comptais pas vous revoir avant la fin de la semaine, dit
Gniafon à Livedis. Avez-vous donc du nouveau à me communiquer?

— Oui, seigneur Gniafon... Tout d'abord je vous dirai que dame
Yvonne habite une pauvre maison située dans l'angle sud de la place de
la Bastille.

— Ah ! ce n'est donc pas à l'hôtellerie ainsi que vous me l'aviez
assuré avant-hier?

— Pardon, seigneur Gniafon, je vous ai dit que je « croyais... »
Mais aujourd'hui j'affirme que dame Yvonne, son enfant et une servante,
demeurent dans une petite maison de la place de la Bastille.

Puis il lui dit ce qu'il avait fait la veille et durant toute cette journée.
Il ajouta ensuite :

— Maintenant, seigneur Gniafon, comme il m'est impossible d'aller
demain à Versailles, voudriez-vous vous charger de prévenir Mme de

Maintenon que des événements, qui peuvent devenir graves, se préparent sûrement à Paris...

— Quels événements, messire Livedis ?

— Les ouvriers du faubourg Saint-Antoine s'agitent ; ils n'acceptent pas le nouvel impôt qui vient d'être établi... En un mot, seigneur Gniafon, il y a de l'émeute dans l'air.

— C'est bien, messire ; retournez à votre auberge· Moi je me rendrai, demain auprès de madame la marquise, et je lui apprendrai ce qui se passe dans le faubourg.

Ils échangèrent quelques mots encore, puis messire Livedis prit congé du nain et revint au « Lapin-Blanc. »

Après avoir traversé la salle commune, il demanda la clef de sa chambre et un flambeau à un valet, qui lui donna les objets d emandés et d'un pas tranquille s'engagea dans l'escalier.

Comme il posait le pied sur le palier du premier étage, Mistouflet se dressa soudain à son côté :

— Mille excuses, doux Seigneur ! lui dit-il : mais seriez-vous assez aimable pour m'accorder un instant d'entretien ?

Et tout en prononçant ces paroles avec une politesse exagérée, l'hercule débaraseait de son flambeau l'agent un peu interloqué et de sa main droite lui saisissait le bras, le mettant ainsi dans l'impossibilité de s'enfuir.

L'agent n'y songeait pas d'ailleurs. Il était intelligent et rusé. Loin de se formaliser de la façon un peu sans gêne avec laquelle le traitait son interlocuteur, il lui sourit et répondit :

— Certainement, monseigneur, et même avec plaisir !

Et il suivit docilement Mistouflet qui pensait :

— Toi, mon gaillard, tu dois être de première force en ton vilain métier ; mais je te tiens et tu ne nous nuiras pas de sitôt,

Il le fit entrer dans le cabinet où le lieutenant de Chadefaux et Faribole attendaient assis près d'une table sur laquelle brûlait une cire.

— Messire Livedis, prenez donc la peine de vous asseoir ? dit Mistouflet en désignant un siège à l'agent.

Celui-ci s'inclina et en s'asseyant.

— Vous êtes vraiment trop aimable monseigneur !...

Puis il ajouta en jetant un regard du côté de l'ancien maître d'armes lequel tournait entre ses doigt un épais mouchoir :

— Et maintenant, messeigneurs veulent-ils me faire l'honneur de me dire ce qu'ils désirent d'un pauvre diable comme moi ?

Faribole adressa un signe à son vieil ami pour lui indiquer qu'il pouvait commencer l'interrogatoire de l'espion.

— Dites-nous donc un peu, messire Livedis, demanda doucement Mistouflet, quel plaisir vous trouvez à contempler pendant des heures entières, certaine maison de la place de la Bastille?

— Ils m'ont guetté! pensa l'agent.

Et à haute voix, l'air souriant, il répondit :

— Je puis assurer à messeigneurs que loin d'avoir éprouvé du plaisir en restant planté toute la journée devant la demeure de *dame Yvonne*... et il appuya sur ces deux mots... j'ai trouvé que mon occupation était aussi ennuyeuse que monotone.

— Vous avouez, sire Livedis, fit Henri de Chadefaux, que vous espionnez madame Yvonne et sans doute mes amis et moi?

— Pas vous, monseigneur! répliqua sans rien perdre de son air calme et souriant.

— Et pour le compte de qui travaillez-vous, doux Jesus! demanda Mistouflet.

— Je n'ai aucune raison pour vous le cacher... Je suis au service du seigneur Gniafon.

— Nous le savions parfaitement, bagasse! s'écria Faribole ; mais, ajouta-t-il, le maudit bossu a donc bien peur de nous qu'il n'ose plus montrer sa hideuse face dans les rues?

— En effet, messire *Faribole,* le seigneur Gniafon vous redoute fort, répliqua Livedis ; il ne sort du Louvre que rarement, et jamais la nuit!

Mistouflet échangea avec le lieutenant un regard qui voulait dire :

— Sans l'avoir demandé nous connaissons la retraite du nain.

Puis s'adressant à l'agent :

— Je crois, doux Jésus! que nous pourrons nous entendre sans être obligés de recourir à des moyens violents... Répondez-donc: Depuis combien de jours surveillez-vous la maison de la place de la Bastille?

— Depuis ce matin seulement.

— Est-ce bien vrai, doux Seigneur?

— Absolument vrai!... Ce n'est que depuis hier, je pourrais même dire depuis ce matin, que je sais où demeure dame Yvonne.

— Gniafon connait-il le domicile de notre maitresse? demanda Mistouflet en observant l'espion du coin de l'œil.

Livedis hésita une seconde, puis il répondit carrément :

— Non, Messire : il n'aurait pu apprendre cela que par moi... or, depuis une semaine je n'ai pas vu le seigneur Gniafon.

Mais son hésitation, si courte qu'elle eût été, n'avait pas échappé à Mistouflet qui se dit en lui-même :

— Cet homme ment!... Il ne faut donc pas se fier à ce qu'il nous raconte.

Puis il se leva en disant à l'agent stupéfait ?

— Vous pouvez vous retirer, messire Livedis...

— Alors, c'est tout ?... murmura celui-ci regardant l'hercule.

— Oui, doux Jésus! c'est tout... pour aujourd'hui! nous reprendrons cet entretien un peu plus tard.

Seulement, ajouta-t-il, comme nous ne voulons pas, pour le moment du moins, que vous puissiez envoyer vos renseignements au misérable bossu, vous resterez prisonnier dans votre chambre, où ailleurs, tant que nous le jugerons nécessaire.

— Tout simplement, bagasse !

— Permettez que je vous accompagne, messire Livedis, reprit Mistouflet en s'emparant du flambeau qu'il avait posé sur la cheminée.

L'agent réprima une grimace, mais ne pouvant ni fuir ni résister, il fit contre mauvaise fortune bon cœur, et se laissa enfermer à double tour dans le cabinet qu'il occupait au dernier étage.

Cinq minutes après, l'hercule rejoignait l'ancien maître d'armes ; puis les deux compagnons souhaitaient une bonne nuit au lieutenant et se hâtaient de retourner au logis souterrain d'Exili.

En quelques mots, Faribole raconta à Yvonne et à l'alchimiste ce qui venait de se passer ; il termina en disant :

— Demain soir nous conduirons notre homme dans la maison de Bagnolet.

Mais il se trompait. Il ne devait pas avoir, le lendemain, le plaisir d'enfermer l'espion de Gniafon dans la petite habitation louée hors de Paris par le lieutenant de Chadefaux.

Lorsque, dès six heures du matin, Faribole, Mistouflet, Exili et le jeune Dorfeuil, ces deux derniers portant une valise, arrivèrent à l'auberge du Lapin-Blanc, ils virent accourir maître Mathieu qui, levant les bras vers le ciel, s'écria avec émotion :

— Ah ! Messires, si vous saviez ce qui est arrivé !

De suite Mistouflet pensa à l'espion :

— Sire Livedis a trouvé moyen de sortir de sa chambre? dit-il.

— Oui, messire Mistouflet !

— Tonnerre de dious ! jura Faribole. Nous voilà dans de beaux draps!

— Comment a-t-il pu s'echapper? demanda l'hercule.

— En passant par la fenêtre de son cabinet, répondit l'aubergiste. Il s'est servi des draps de son lit en guise de corde.

— Impossible, doux Jésus !... sa chambre est au troisième étage ?

— C'est vrai, Messire ; mais il avait remarqué qu'il était possible d'atteindre le bord du toit des écuries qui se trouvent au-dessous.

— Et à présent, bagasse ! notre homme court !..

— Oh ! non, messire Faribole ; ça lui serait difficile ! répondit maître Mathieu avec un gros rire.

— Expliquez-vous, Seigneur Jésus !

— Voilà, messire Mistouflet... Votre espion a pu atteindre le bord du toit ; mais là son pied a dû glisser, et ma foi il est tombé la tête la première sur le pavé de la cour où il s'est tué net.

— C'est fâcheux ! murmura Mistouflet.

— Nous le plaindrons une autre fois, dit Faribole... Maître Mathieu, avez-vous fait manger et boire nos bêtes ?

— Oui, Messire, répondit l'aubergiste.

Mistouflet et Dorfeuil sellèrent vivement les deux chevaux achetés le lundi précédent ; Faribole fit quelques recommandations à Exili ; puis le vieil alchimiste et le jeune Cévénole se mirent en selle et s'éloignèrent rapidement de l'auberge.

Aussitôt après avoir dîné, le lieutenant de Chadefaux et Faribole partirent à pied pour se rendre chez le paysan de Montreuil qui devait leur prêter une charrette et son attelage.

A cinq heures de l'après-midi, ils étaient à la maison de Bagnolet où Mistouflet et messire Jupiter vinrent les rejoindre. Ils transportèrent sur leur véhicule le tiers de leurs armes qu'ils avaient cachées dans l'habitation, les dissimulèrent habilement sous de la paille et, à la nuit tombante, s'acheminèrent doucement vers Paris.

Les compagnons de Jupiter attendaient depuis quelques instants dans le terrain vague que le forgeron leur avait assigné comme lieu de rendez-vous, quand la charrette chargée de mousquets et de pistolets s'arrêta au milieu d'eux.

A la blanche clarté des étoiles, la distribution des armes commença aussitôt. En vingt minutes elle fut achevée. Puis Mistouflet dit à Jupiter et à ses camarades :

— Merci, compagnons ! A demain, au même endroit et à la même heure !

D'une seule voix, les ouvriers répondirent :

— Comptez sur nous !... Nous serons exacts !

Et par différents côtés ils s'éloignèrent, emportant les armes qu'ils devaient à leur tour distribuer à leurs camarades du faubourg Saint-Antoine.

— Et nous, à l'auberge ! fit Mistouflet.

A ce moment, l'horloge d'une église voisine jeta dans le grand silence de la nuit la demie de dix heures.

CHAPITRE XLVIII

L'INCIDENT DE LA CHAPELLE SAINT-GILLES

Ce soir-là la nef de la chapelle Saint-Gilles était pleine de fidèles des deux sexes venus pour écouter le sermon d'un jeune prédicateur, qui devait prêcher durant tout le mois de mai.

Après le sermon, des cantiques devaient être chantés en l'honneur de la Madone.

Bien que la cérémonie religieuse ne dût commencer qu'à huit heures précises, on avait vu, dès sept heures un quart, le lieutenant Henri de Chadefaux pénétrer dans le petit temple catholique à demi éclairé par les lueurs tremblotantes de quelques cierges.

Il s'était vivement dirigé vers un confessionnal qu'il devait bien connaître, extérieurement, du moins, car depuis deux mois il venait chaque dimanche se poster auprès de lui.

Il s'était ensuite emparé de trois sièges pour lui tout seul, puis s'était assis sur l'un d'eux et, avec une attention et une patience angéliques, avait pendant plus d'une demi-heure veillé sur les deux autres.

Il les gardait pour les offrir à la duchesse de la Tour-du-Roc et à sa gentille cameriste et amie, Suzette Peschaud.

Le dimanche précédent, sa chère Jeanne lui avait dit en rougissant un peu, que le duc, son vieil époux, lui avait accordé l'autorisation d'assister une fois par semaine, le jeudi, au sermon prêché en la chapelle Saint-Gilles.

Huit heures sonnaient quand Jeanne et sa fidèle Suzette franchirent le seuil du saint lieu et, passant derrière les fidèles, agenouillés,

Non, Monsieur, je ne suis pas votre femme et je ne le serai jamais ! Vous le savez bien.

gagnèrent la muraille de gauche qu'elles longèrent jusqu'à l'endroit où se tenait le lieutenant.

Elles firent une courte prière.

Peu à peu le siège de l'officier de dragons se rapprocha de celui de la jeune duchesse.

L'officier, peu à peu aussi, exécutait le même mouvement. Bientôt son pied rencontra la fine chaussure de son amante : lentement, il s'inclina vers celle-ci, et tout bas, bien bas, murmura :

— Jeanne, je vous adore !...

La jeune femme devint soudain toute rose ; ses paupières battirent vivement sur ses beaux yeux humides de bonheur et, baissant un peu plus son adorable petite tête, elle dit d'une voix douce comme un chant d'oiseau :

— Oh !... Henri, vous oubliez vos conventions !...

— C'est vrai, pardonnez-moi !

Un ravissant sourire de la mignonne duchesse indiqua au lieutenant qu'il était déjà pardonné.

Henri de Chadefaux reprit, toujours très bas :

— Puisque, ma chère Jeanne, il m'est défendu de vous dire ici que je vous aime ardemment, follement... je ne vous le dirai pas !... Mais tout à l'heure, avant de nous séparer, je vous demanderai... oh ! bien peu de chose pour vous...

— Et quel est ce « peu de chose », cher Henri ? fit la jeune femme à demi-voix.

— Me promettez-vous de me l'accorder ?

— Oui, si je le peux, répondit Jeanne avec un sourire qui contenait la plus douce des promesses.

— Vous le pouvez, ma chère aimée, reprit l'officier de dragons.

— Parlez donc, mon ami.

— Eh bien, chère Jeanne, vous me permettrez de vous accompagner une vingtaine de pas hors de la chapelle...

— Je puis vous permettre cela.

— Mais ce n'est pas tout, fit vivement le lieutenant.

— Ah !... vous voudriez obtenir davantage ? murmura la duchesse.

— Oui, chère Jeanne ; avant de vous quitter, je vous supplierai de m'accorder un baiser... un seul !

— Un baiser !... en pleine rue. Vous n'y songez pas, Henri !

— Depuis huit jours je ne songe qu'au moyen d'obtenir cette faveur, répliqua l'officier... Et puis, sauf Suzette, personne ne nous verra : dans la rue, il fait si noir !

A cet instant, le prédicateur monta en chaire.

— Jeanne, vous ne me refuserez pas ? supplia Henri de Chadefaux.

— Peut-être !... répondit la blonde duchesse d'une voix si basse que son amant l'entendit à peine.

Il se fit dans la chapelle un grand bruit de sièges qu'on déplace. Puis quand les fidèles se furent assis, quand un profond silence régna dans le petit temple, le prédicateur commença son sermon.

Il prêcha pendant une demi-heure.

Ce laps de temps parut horriblement long au lieutenant de Chadefaux qui fut obligé d'interrompre le doux entretien qu'il tenait avec sa Jeanne bien-aimée.

Heureusement que pour compenser son gros chagrin, la duchesse lui abandonna une petite main qu'il put presser dans la sienne durant toute la durée du sermon.

Dès qu'il fut terminé, avant même que le prédicateur eut quitté la chaire, l'officier dit à sa compagne :

— Mon adorée, en m'accordant le baiser que je vous ai demandé. vous me donnerez le courage et la patience dont j'aurai besoin pour rester jusqu'à jeudi prochain sans vous revoir.

— Dimanche, vous ne viendrez pas ?

Cette interrogation de la mignonne duchesse fut prononcée d'une voix tremblante qui décelait à la fois tant d'inquiétude, de regret et d'amour. que le beau lieutenant en fut délicieusement ému jusqu'au plus profond de son cœur

Tendrement il répondit :

— Hélas! non, ma chère aimée... Dimanche je ne serai point libre. Mes braves compagnons, Faribole et Mistouflet doivent exécuter, pour assurer le bonheur de monseigneur Louis et de madame Yvonne, un projet conçu depuis longtemps. Je leur ai promis mon concours.

— Vous avez bien fait, mon ami.

— Si pourtant, pour une cause imprévue, notre entreprise était ajournée, je serais ici à onze heures.

Jeanne demanda, l'âme vaguement agitée :

— L'entreprise dont vous me parlez ne présentera, je l'espère, aucun danger pour vous ?

— Soyez sans inquiétude, ma douce amie... Jeudi soir vous me

retrouverez ici même vous attendant, le cœur rempli d'espoir, de joie et
d'amour...

Et se penchant près de son oreille rose, il ajouta :

— Et peut-être aurai-je une heureuse nouvelle à vous annoncer !

L'office religieux allait être achevé. Suzette dit à sa maîtresse :

— Sortons de suite toutes les deux. Monsieur de Chadefaux restera
une minute encore.

— Il désire nous accompagner quelques pas, répliqua Jeanne.

— C'est une imprudence que vous allez commettre, dit tout bas
Suzette qui se sentait inquiète sans trop savoir pourquoi.

— Je vous quitterai à vingt pas de la chapelle, fit le lieutenant.

— Sortons vite alors ! reprit Suzette.

La duchesse et sa jolie cameriste abandonnèrent leurs sièges et,
suivies d'Henri de Chadefaux, se dirigèrent vers la sortie.

Tout à coup, à quatre ou cinq pas de la porte, Suzette s'arrêta brusquement en pâlissant, et, d'un mouvement instinctif, retînt sa maîtresse
par le bras.

— Qu'y a-t-il ? murmura la duchesse étonnée.

Mais au lieu de lui répondre, la brune orpheline se tourna vers le
lieutenant qui venait derrière elles, et rapidement lui dit :

— Monsieur le duc est ici !... Éloignez-vous, de grâce ! ou nous
sommes perdues !...

L'officier de dragons fit deux pas en arrière.

Il était trop tard : le duc qui s'avançait l'avait aperçu.

A la vue de son mari, ou plutôt de l'homme dont, contre son gré, elle
portait le nom, la pauvre petite duchesse trembla de tous ses membres,
un frisson courut en elle de la tête aux pieds, une sueur froide inonda
son front.

Le regard courroucé que le vieux duc darda sur elle, la terrifia.

L'émotion qu'elle ressentit fut si violente, que soudain sa tête, plus
pâle qu'un suaire, se renversa en arrière, son corps chancela, et sans un
cri, sans un soupir, elle s'évanouit.

Sa camériste la reçut dans ses bras. Henri de Chadefaux aurait voulu
se porter au secours de celle qu'il aimait, mais il lut dans le rapide coup
d'œil que lui lança Suzette, une si éloquente prière qu'il recula lentement
en murmurant ;

— Oui, pour ma chère Jeanne, il faut que je m'éloigne... Le duc ne
m'a peut-être pas aperçu... Mais pourquoi est-il venu ce soir ?...

Et tout en se pesant mentalement cette question il se dissimula derrière les personnes qui entouraient la duchesse, sa camériste et le duc dont les regards étincelaient de fureur.

Il y eut dans cette partie de la chapelle, pendant que Suzette, aidée de deux femmes obligeantes, faisait respirer des sels à sa maîtresse, un moment de trouble, de confusion fort compréhensibles.

Enfin lorsque, au bout de dix minutes de soins, Jeanne reprit ses sens, le duc ordonna d'un geste à la soubrette de soutenir sa maîtresse, et de la conduire hors de la chapelle où se trouvait une chaise à porteurs dont il s'était servi pour venir surprendre sa femme.

En proie à une vive agitation intérieure, serrant dans sa main frémissante la poignée de son épée, le lieutenant se dit en regardant s'éloigner son amante :

— Ah ! pourquoi lui ai-je juré sur l'honneur de ne jamais me battre avec le duc !

Et furieux de s'être laissé arracher ce serment, il se dirigea à longues enjambées vers le faubourg Saint-Antoine.

Tout en marchant il réfléchissait au brusque incident qui allait fatalement briser le bonheur que Jeanne et lui éprouvaient en se rencontrant une fois par semaine.

— Mais qui donc, se demandait-il, a pu faire connaître au vieux duc que ma douce amie et moi avions des entrevues qui n'étaient ni cachées ni coupables.

C'était Jeanne elle-même, ou plutôt la joie qui brillait dans ses yeux lorsqu'elle rentrait à l'hôtel après avoir vu celui qu'elle aimait ; cette joie qu'elle ne savait pas dissimuler, avait éveillé les soupçons du vieux gentilhomme très jaloux, on le sait déjà.

Celui-ci avait d'abord fait suivre la duchesse quand elle allait à la messe, par un laquais déguisé en grison.

Le domestique ayant affirmé au duc que pas une seule fois la jeune duchesse n'avait été abordée dans les rues par un cavalier, il se dit que ce devait être dans la chapelle même que les amants se donnaient leurs rendez-vous.

Il voulut en avoir la certitude. Il chargea son intendant Bourland de s'entendre avec une femme du peuple qui, moyennant quelques écus, suivait la duchesse et sa camériste dans l'intérieur de la petite église, et les épierait sans éveiller leur défiance.

Ce soir-là, soir néfaste pour Jeanne et Henri de Chadefaux, la femme aux gages de Bourland, avait vu la duchesse aller rejoindre, près du confessionnal, le lieutenant de dragons. Vivement elle était ressortie de la chapelle, et, courant presque, s'était rendue à l'hôtel du duc qui l'attendait avec impatience.

— Eh bien ! avait demandé le vieux gentilhomme.

— Ils sont ensemble !...

Le duc, à ces mots avait bondi : puis il avait demandé à son intendant sa chaise à porteurs, et s'était fait conduire à la chapelle Saint-Gilles pour confondre ceux qu'il nommait de « misérables coupables. »

Mais l'évanouissement subit de Jeanne avait fort heureusement pour lui, beaucoup plus que pour les deux amants, empêché un scandale que sa colère aurait fait éclater.

La pauvre duchesse fut ramenée à l'hôtel du vieux duc, toute tremblante de crainte et de confusion.

La gentille Suzette n'était guère moins effrayée que sa jeune maîtresse ; mais en voyant l'émoi de celle-ci, elle recouvra sa présence d'esprit, grâce à un puissant effort de volonté, et se prépara à défendre de son mieux la duchesse contre la rage de son époux.

En pénétrant dans l'hôtel Jeanne murmura vivement à l'oreille de sa dévouée cameriste :

— Je vais m'enfermer dans ma chambre... ne me quitte pas !

— Ne craignez rien, madame, dit Suzette.

Ensuite elle pensa, avec raison, que puisqu'une explication était inévitable entre le duc et sa femme, mieux valait qu'elle eut lieu le soir même.

Et mentalement elle se dit :

— Oui, il est préférable que le duc nous fasse une scène tout de suite. Car je connais ma pauvre maîtresse : tant que l'orage qui nous menace n'aura pas crever, elle restera dans un état d'inquiétude et d'énervement bien douloureux pour elle.

A peine la petite duchesse de la Tour-du-Roc eut-elle pénétré dans son appartement, que l'intendant Bourland vint annoncer avec un embarras qui était réel, que monsieur le duc voulait sur le-champ parla à madame.

— Je suis souffrante... commença Jeanne.

Mais Suzette l'interrompit doucement :

— Oh ! madame, fit-elle en lui lançant un regard qu'elle comprit, ne refusez pas à monsieur le duc l'entretien qu'il réclame... il vaut mieux chercher à apaiser sa colère que l'exciter.

— Eh bien, soit ! dit Jeanne s'adressant à maître Bourland ; j'attends

ici monsieur le duc ; mais il voudra bien se rappeler que je suis souffrante, et abréger le plus possible notre entretien.

— Je répéterai textuellement à monsieur le duc les paroles de
madame la duchesse.

Et Bourland s'inclina respectueusement, ouvrit la porte et sortit.

— Mon Dieu ! que va-t-il se passer ! murmura la jeune femme toute
tremblante.

— Chère maîtresse, dit affectueusement Suzette, pourquoi vous effrayer
ainsi ?... Monsieur le duc n'osera point vous frapper, si grande que
soit sa fureur... Il ne pourra pas crier ; c'est à peine s'il peut prononcer
deux sons à une demi-heure d'intervalle...

Puis souriant et baissant la voix :

— Seulement je vais sans doute être obligée de me défendre, de me
disculper. Évitez avec soin de laisser percer votre étonnement, si je dis
à monsieur le duc que je me suis opposée de tout mon pouvoir, bien que
ce soit tout le contraire, à votre première rencontre avec monsieur de
Chadefaux.

— Tu fais bien de me prévenir, murmura Jeanne de Vrignès en
souriant malgré elle.

— J'entends monsieur le duc ; vite asseyez-vous bien tranquillement
dans ce fauteuil et... n'ayez pas peur !..

On frappa à la porte du boudoir ; Suzette courut ouvrir, et le duc
entra, les traits décomposés par la colère, l'air menaçant.

La duchesse se leva lentement, glissant sous ses longs cils un regard
angoissé du côté de son mari ; ses mains agitées d'un léger tremblement
trahissaient son émotion.

— Pauvre maîtresse ! pensa Suzette qui l'observait.

— Ma-ma-da-me... cria le duc en se démenant comme un possédé.
Mais comprenant qu'il n'arriverait jamais à exprimer par la parole
tout ce qu'il pensait de la conduite de la duchesse, il tira brusquement
de son pourpoint ses inséparables tablettes et écrivit ces mots :

« Est-ce ainsi, madame, que vous avez souci de votre honneur et du
mien ?... »

Puis il déchira le feuillet de papier et d'un geste automatique il le
tendit à Jeanne.

La jeune femme parcourut l'écrit des yeux.

— Monsieur le duc, fit-elle lentement, n'ayez nulle inquiétude pour
mon honneur : Je saurai le garder, je vous le jure !

— Ah !... oui !... prononça difficilement le vieux gentilhomme.

Jeanne poursuivit :

— Quant à votre honneur, permettez-moi de vous dire que je ne m'en soucie guère... Je ne suis pas de votre famille !

Le duc traça rageusement cette ligne :

« Vous êtes ma femme, madame !... »

Après avoir lu, Jeanne répliqua avec énergie :

— Non, monsieur, je ne suis pas votre femme, et je ne la serai jamais ! vous le savez bien !...

— Tiens, tiens ! pensa Suzette ; mais ma chère maîtresse, en présence de cette vieille momie en fureur, est plus brave que je ne l'aurais supposé... Tant mieux !

Et du fond du boudoir où elle se tenait immobile, profitant de ce que le duc, qui d'ailleurs lui tournait le dos, était en train de griffonner sur ses tablettes, elle adressa à Jeanne deux signes rapides et éloquents qui voulaient dire :

— C'est bien ! c'est très bien !.. continuez !

Le duc de la Tour-du-Pin tendit brusquement à sa femme le billet qu'il venait d'écrire d'une main qu'agitait un tremblement fébrile.

— Li-i-sez !... bégaya-t-il.

Afin d'être entendu de Suzette, Jeanne lut à haute voix :

— « Madame, votre conduite est indigne, honteuse. Mais je saurai mieux vous surveiller ».

Désormais vous ne sortirez plus de cet hôtel qu'accompagnée par moi-même. Je ne veux pas que vous puissiez voir votre amant, un petit gentillâtre, un officier sans fortune !

Jeanne froissa le papier dans ses doigts et regardant le duc :

— Monsieur, lui dit-elle, si par le mot « amant » vous voulez désigner un galant homme qui aime d'un amour ardent, passionné, autant qu'honnête et pur, une jeune femme qui lui a donné son cœur et sa foi : oui, monsieur de Chadefaux est mon amant !

Le duc eut un geste de rage.

Les regards brillants, les joues teintées de rose, la mignonne duchesse continua avec une vivacité qui surprit agréablement Suzette, mais amena une grimace sur les lèvres du duc :

— Permettez-moi de vous dire encore, monsieur, que vous employez des moyens pitoyables pour tenter de rabaisser à mes yeux celui que j'aime et que vous ne pourrez m'empêcher d'aimer !...

Vous savez aussi bien que moi que cet officier sans fortune, ce petit gentillâtre, est d'aussi bonne maison que la vôtre, monsieur le duc :

Ah ! Monseigneur, ayez pitié de moi ! pardonnez-moi.

Celui-ci voulait répliquer, mais la jeune femme l'arrêta vivement d'un geste.

— Laissez-moi achever ! poursuivit-elle. Vous prétendez m'imposer votre odieuse présence chaque fois que je voudrai sortir ?... Eh bien, monsieur, je vous déclare franchement que je préfère demeurer prisonnière dans votre hôtel, plutôt que d'aller faire la plus courte promenade en votre désagréable compagnie.

— C'est... bi..ien !.. fit le vieillard furieux.

Et il écrivit hâtivement les lignes suivantes :

— « Moi, vivant, je ne souffrirai pas qu'on touche jamais à mon honneur. Puisque vous avez encouragé les insolentes prétentions d'un faquin, je veux le mettre dans l'impossibilité de me tourner en ridicule. J'irai le provoquer ! »

La petite duchesse ne put s'empêcher de frissonner en lisant ces mots :

— Quoi ! s'écria-t-elle, vous voulez le provoquer !..

Le vieux duc fit de la tête un signe affirmatif et bégaya furieux :

— Et je le..,tu...u...erai !

— A votre aise, monsieur, dit Jeanne avec un sourire mystérieux autant qu'ironique.

Puis elle ajouta vivement :

— Mais je suis souffrante, j'ai besoin de repos ; permettez que je rentre dans ma chambre.

Et sans donner à son époux le temps de prononcer un mot elle s'inclina légèrement et sortit du boudoir.

Suzette allait suivre sa maîtresse. D'un geste brusque le duc l'arrêta.

— Toi ! res...te ! clama-t-il.

La camériste tomba à genoux et, avec un effroi admirablement simulé, elle s'écria :

— Ah ! monseigneur, ayez pitié de moi !... pardonnez-moi !... je ne suis pas fautive ; je ne voulais pas accompagner madame quand elle se rendait à la chapelle Saint-Gilles... j'ai même eu l'intention d'avertir monsieur le duc... Mais...

Le vieux gentilhomme l'interrompit d'un geste autoritaire qui semblait dire :

— Mais tu ne l'as pas fait !... Pourquoi ?

— Si je n'ai rien dit à monseigneur, reprit Suzette toujours agenouillée, c'est que madame la duchesse, devinant mon intention, m'a menacée de me chasser...

Elle se releva et, courbant la tête, elle ajouta confuse :

— Madame m'a ensuite promis une récompense si je gardais le secret de ses entrevues... Mais je jure bien à monsieur le duc que si madame s'était rencontrée avec ce jeune homme autre part qu'en public, j'aurais prévenu monseigneur.

Le vieux gentilhomme mit sous les yeux de la soubrette ses tablettes sur lesquelles il venait de tracer ces mots :

— « Tu me jures sur ton salut éternel, qu'*ils* ne se sont jamais vus autre part que dans le lieu où je les ai surpris ce soir ? »

— Oui, monseigneur, je vous le jure ! répondit Suzette avec un accent de sincérité qui ne permettait pas de douter de sa parole.

La fureur du duc s'apaisa subitement.

En ce moment résonna dans la chambre de Jeanne le tintement d'une sonnette appelant la camériste.

— Vous permettez, monseigneur ?

Et, en prononçant ces mots d'une voix encore craintive, la rusée Suzette désignait de la main la chambre de sa maîtresse.

— A...at...tends !... fit le duc.

Et rapidement il écrivit :

— « Combien madame la duchesse t'avait-elle promis pour ne me rien dire ? ».

— Madame n'avait pas fixé le chiffre de la récompense, répondit la jeune fille, après avoir lu la demande du gentilhomme.

Baissant timidement les yeux elle ajouta presque suppliante :

— Si monseigneur daigne me pardonner, je saurai reconnaître sa bonté, sa générosité, en le tenant désormais au courant de toutes les actions de madame la duchesse.

Pour la seconde fois la sonnette de Jeanne se fit entendre.

Le duc eut, ou plutôt crut avoir, une inspiration de génie : il tira une petite bourse de sa poche, la mit dans la main de la camériste, et articula ces deux monosyllabes :

— Prends !... Va !...

— Ah ! monseigneur, fit Suzette en souriant, je ne serai plus assez sotte pour hésiter entre vous et madame la duchesse !

Puis, ayant fait une gracieuse révérence, elle pénétra vivement dans la chambre de la pauvre Jeanne de Vrignès.

Le vieux duc de la Tour-du-Roc regagna alors son appartement en se frottant les mains de satisfaction.

— Allons ! se disait-il, j'ai pu mettre fin aux folles amours de la duchesse avant qu'un accident irréparable ne m'ait atteint... Je vais songer au moyen de me débarrasser de ce petit officier de dragons... quant à ma femme, maintenant que j'ai acheté sa camériste, je suis sûre d'être tenu au courant de ses moindres démarches...

Et complètement rassuré il entra alors dans sa chambre et sonna son premier valet.

Mais il est probable qu'il eut été bien moins tranquille s'il avait pu entendre les paroles qu'en ce même instant prononçait Suzette.

La brune fillette disait en riant à sa jeune maîtresse.

— La victoire nous reste !... une victoire complète. Vous, madame, vous avez su répondre au tigre qui croyait vous dévorer, avec une habileté, une énergie qui m'on vraiment réjouie.

— Je suis encore étonnée de mon audace, ma bonne Suzette ! dit Jeanne en souriant.

— Ma foi, moi aussi ! avoua ingénument la gentille cameriste.

Elle poursuivit en baissant un peu la voix et en montrant à Jeanne la bourse fort bien garnie que lui avait donnée le duc :

— Notre vieux geôlier cacochyme m'a offert ceci pour m'encourager à persister dans les bonnes bonnes dispositions que j'ai déjà manifestées à son égard. Je crois que cet or nous sera quelque jour très utile.

— Le duc t'a chargé de m'espionner ?

— C'est moi qui me suis offerte pour remplir les nouvelles fonctions que monseigneur ne pouvait manquer de créer en son hôtel. En allant au devant de son désir je gagnais sa confiance et l'empêchais de me remplacer près de vous par une autre suivante.

— Oh ! ma bonne Suzette, je me serais formellement opposée à ton renvoi, dit vivement Jeanne.

— J'en suis convaincue, ma chère maîtresse. Mais si vous voulez bien m'écouter, dès demain, en présence de monsieur le duc ou de ses gens, vous affecterez de me tenir rigueur.

— Je ferai ce que tu voudras, ma pauvre amie.

Tout en causant Suzette avait aidé sa maîtresse à se dévêtir et à se mettre au lit.

Avant de se retirer elle lui dit doucement :

— Ne vous désolez pas trop du petit malheur survenu ce soir. Je vais chercher, et je trouverai, je l'espère, le moyen de correspondre secrètement avec monsieur de Chadefaux.

— Mais si l'on te surveille, ma chère Suzette ?

— Oh ! je m'y attens bien, répliqua en riant cette dernière. Mais on tâchera de ne point commettre d'imprudence... allons, à demain, ma chère maîtresse.

Et sur ces mots, Suzette passa dans sa petite chambre qui était contiguë à celle de la duchesse.

Restée seule, Jeanne se dit en pensant au lieutenant de Chadefaux :

— Notre bonheur n'a pas eu une longue durée ! A présent c'est fini :

tant que je serai sous la tutelle du duc, nous ne pourrons plus nous revoir... Pauvre Henri ! son affliction doit être profonde...

La jolie duchesse ne se trompait pas : son amant était en ce moment en proie à un violent désespoir.

De la chapelle Saint-Gilles il s'etait rendu directement à l'auberge du Lapin-Blanc où il était arrivé la mort dans l'âme.

— Perdue... perdue de nouveau, pour moi ! murmurait-il en se laissant tomber plutôt qu'il ne s'assit sur un siège de sa chambre.

Il demeura un assez long moment accoudé sur une table, et le front caché dans ses mains.

Il songeait à sa Jeanne bien-aimée.

Et le pli que la rêverie creusait entre ses deux sourcils, au-dessus d'un regard désolé et inquiet, accusait l'importance des idées qui se pressaient dans son cerveau.

Soudain, redressant son front pâle, il murmura d'une voix saccadée :

— Jamais je ne pourrai attendre le retour de maître Basoche... Les tourments que j'endure... l'affreuse jalousie qui me ronge lorsque je pense que ma Jeanne est au pouvoir d'un homme que je hais et contre lequel je ne puis rien, ne me le permettraient pas !...

Après une pause il reprit :

— Si le jugement d'où doit dépendre le bonheur de ma pauvre amie et le mien tarde encore d'être rendu, eh bien je l'enlèverai de la demeure du misérable duc..

Oui, ma Jeanne fuyera avec moi... nous irons nous réfugier tous les deux dans quelque coin ignoré du monde...

Au moins là, ajouta-t-il, nous jouirons en liberté du droit de nous aimer !... Nous serons heureux!

En ce moment un grand bruit se fit dans la cour de l'auberga.

C'était Faribole et Mistouflet ramenant la charrette, qui, pour la seconde fois, venait de leur servir au transport des armes qu'ils avaient distribuées aux compagnons du forgeron Jupiter.

Henri de Chadefaux se leva vivement et descendit dans la cour rejoindre ses deux amis.

A la lueur d'une lanterne, Mistouflet distingua la sombre tristesse qui était peinte sur le visage du jeune officier.

— Doux Seigneur! murmura-t-il aussitôt, que vous est-il arrivé monsieur le lieutenant?

— Le duc nous a fait suivre et épier, et ce soir il nous a surpris à la chapelle Saint-Gilles !

— Ah! bagasse de bagasse! s'écria Faribole, à cause du voyage que... vous savez... je vais être forcé d'ajourner la visite que je dois faire au geôlier de demoiselle Jeanne!

— Avec votre permission, monsieur Faribole, moi j'irai rue du Pas-de-la-Mule en votre lieu et place? dit Mistouffet.

— Je vous la donne mon ami; mais j'y mets une condition, bagasse! c'est que vous n'accorderez au duc aucun quartier!

— Je m'en garderais bien, monsieur Faribole.

Les trois amis échangèrent une cordiale poignée de main, puis le lieutenant remonta dans chambre tandis que l'ancien maître d'armes et son ex-élève regagnaient leur logis.

Le lendemain, vers huit heures du matin, en descendant à l'office, Suzette Peschaud se rencontra avec l'intendant Bourlaud.

Celui-ci, qui avait toute la confiance de son maître, savait déjà que la jeune fille s'était tournée du côté du duc qu'elle s'était engagée à renseigner exactement.

Cependant le vieux gentilhomme, fort méfiant de sa nature, craignant quelque trahison de la part de la cameriste, avait donné l'ordre à son intendant de la faire surveiller étroitement. Et dès le matin même, Bourlaud s'était mis à épier Suzette.

En apercevant le gros homme qui rôdait entre les appartements du duc et de la duchesse, l'orpheline pensa :

— Oh! déjà en observation. Est-ce que monseigneur aurait réfléchi et aurait trouvé que j'ai fait un peu trop rapidement volte-face?

Puis avec son plus gracieux sourire :

— Bonjour, monsieur Bourland, dit-elle vivement.

— Bonjour demoiselle Suzette, fit l'intendant avec un regard joyeux et un empressement qui laissait deviner que la jolie fille ne lui était pas indifférente.

Prenant un petit air mystérieux et baissant la voix il ajouta :

— Monsieur le duc m'a parlé de vous!... Et vraiment je suis on ne peut plus heureux de la résolution que vous avez prise... Vous ne le regretterez pas : monseigneur est généreux!...

— J'en ai déjà eu la preuve, répliqua Suzette à demi-voix.

— Voulez-vous me permettre une question? dit l'intendant.

— Deux si cela vous fait plaisir, monsieur Bourland.

— Je sais, demoiselle Suzette, que vous n'aimez pas beaucoup monseigneur... Mais aimez-vous l'argent ?

— Ma foi, monsieur Bourland, je vais vous répondre bien franchement :

— Vous me ferez plaisir !

— Oui, j'aime l'argent, car j'en connais la valeur ! Vous ignorez sans doute, monsieur Bourland, qu'avant le double malheur qui m'a obligée d'entrer au service de madame la duchesse, je dirigeais avec mon père une jolie hôtellerie.

— Je sais, demoiselle Suzette, que vous ne sortez pas d'une pauvre famille... que vous pourriez, que vous devriez même, viser plus haut que la position de femme de chambre !

Un sourire étrange, malicieux, erra sur les lèvres roses de la jolie fillette, et fixant son beau regard sur l'intendant :

— Ainsi, monsieur Bourland, dit-elle doucement, cela ne vous étonnerait pas si je vous avouais que j'ai l'espoir de sortir de la condition où, pour vivre, j'ai dû descendre ?

— Oh ! du tout, demoizelle Suzette. Et si vous vouliez me permettre de vous aider à en sortir plus vite, je.....

— Qui sait ! monsieur Bourland, interrompit en souriant Suzette ; peut-être ferai-je appel à votre générosité... En attendant je vais tâcher d'obtenir le plus que je pourrai de monsieur le duc en le servant fidèlement bien entendu...

Elle ajouta parlant très bas :

— Pour gagner la somme dont j'ai besoin pour pouvoir exécuter le projet que j'ai fait, je suis prêt à surveiller madame nuit et jour... Vous m'avez dit que vous pensiez que je n'aimais pas monseigneur...

— Vos paroles me l'ont fait croire, du moins !

— Voyons, cher monsieur Bourland, raisonnons un peu. Ma maîtresse et son mari vivent en se regardant comme chien et chat...

— C'est la vérité !

— Moi, je me trouve spécialement attachée au service de madame. C'est elle qui me paye mes gages, qui de temps à autre me fait quelques cadeaux...

Est-ce que mon intérêt ne m'obligeait pas d'être de son parti plutôt que de celui de monsieur le duc qui, jusqu'à hier, ne m'avait pas donné ça !

En prononçant ce dernier mot, Suzette frotta d'un mouvement rapide l'ongle de son pouce sous sa dent.

— Maintenant, charmante Suzette, votre intérêt est d'être de *notre* côté, fit l'intendant en se donnant un air d'importance.

— Oh ! je vous assure, monsieur Bourland, qu'aussitôt que j'eus compris que je pourrais tirer de beaux profits en passant à monseigneur, je n'ai pas hésité longtemps.

Le gros intendant approcha sa bouche de l'oreille de la jeune fille et lui murmura cette phrase mystérieuse :

— Suzette, si vous le voulez, à la fin de cette année, vous n'aurez qu'un mot à dire pour avoir, à vous, une petite fortune qui vous permettra de vivre libre et j'en suis sûr très heureuse.

La rusée soubrette lança à son interlocuteur une œillade incendiaire qui, plus que les paroles qui l'accompagnaient, fit bondir de joie et d'espoir le cœur de maître Bourland.

— Si un mot suffit pour devenir heureuse, pourquoi ne le pronouce-rais-je pas ? dit-elle en souriant.

Moins d'une demi-heure après cette conversation, Suzette entrait dans la chambre de la jeune duchesse, tandis que Bourland s'empressait d'aller rejoindre le vieux duc.

— Chère maîtresse, dit la camériste en s'approchant du grand lit à baldaquin où toute rêveuse Jeanne était étendue, je viens de m'entretenir avec ce gros bêta d'intendant qui, sans s'en douter bien entendu, pourra nous aider à correspondre avec nos amis.

— En as-tu donc trouvé le moyen, ma bonne Suzette ?

— Peut-être bien... Vous savez que j'ai un oncle établi marchand de comestibles et d'épices à Paris ?

— Il habite rue Saint-Denis, je crois ? dit Jeanne en se soulevant sur le coude.

— Oui, madame, rue Saint-Denis, numéro 15... Or depuis bientôt cinq mois que je suis à Paris, je ne lui ai fait que deux pauvres petites visites. Aussi, ce matin, me suis-je dit que c'était mal de négliger ainsi un parent.

— Ce qui veut dire, ma bonne Suzette que tu voudrais la permission de t'absenter pour l'aller voir le plus tôt possible.

— En effet, chère maîtresse, je désirerais cette permission ; mais j'attendrai jusqu'à lundi pour retourner rue Saint-Denis. Je craindrais, en me hâtant trop, que maître Bourland ne trouvât pas naturel ce réveil subit d'affection pour mon oncle.

— Et c'est par son intermédiaire que tu espères correspondre avec mes amis qui sont aussi les tiens ?

— Mon Dieu oui, et je crois, ma chère maîtresse que mon oncle ne

Tenez, Suzette, voici d'avance la pistole promise par Monsieur le Duc, dit l'intendant.

refusera pas de me rendre ce petit service en récompense des affaires
superbes qu'il pourra faire grâce à moi.

— Ma foi, je t'avouerai que je ne te comprends pas, dit Jeanne en
souriant.

— Je vais m'expliquer, madame, fit Suzette en souriant à son tour. Il
faut tout d'abord que je vous dise qu'il ne tient qu'à moi de devenir d'ici
à quelques mois dame Suzette Bourland.

— Tu plaisantes, ma bonne amie! dit Jeanne en riant. Comment toi,
jolie, mignonne et franche, tu deviendrais la femme de ce gros homme
pas très beau, ni très jeune, mais sournois et infatué de sa personne?...
C'est impossible!

Suzette sourit à son tour.

— C'est en effet impossible, ma chère maîtresse, et pour plusieurs
raisons. Mais je me suis bien gardée de le dire à l'intendant. Au contraire, je lui ai donné à entendre que l'offre qu'il me faisait me souriait
beaucoup... et le *serin* le croit!

— Es-tu rusée, ma bonne Suzette! Tu es bien capable de faire aller
à ton gré maître Bourland. Toutefois il ne serait pas prudent de le mettre
dans notre secret.

— Ce n'est pas mon intention. Je veux simplement, sous prétexte de
participer aux bénéfices qu'il réalise en volant « honnêtement » monsieur
le duc, je veux, dis-je, lui proposer de choisir mon oncle comme fournisseur.

— Lequel, sachant que c'est par toi, par ta protection, qu'il gagne
une nouvelle et riche pratique, ne pourra rien te refuser.

— Je l'espère bien, chère maîtresse. C'est rue Saint-Denis que je
porterai les lettres destinées à monsieur de Chadefaux ou à monsieur
Faribole; et c'est chez mon oncle que nos amis adresseront, à mon nom,
de temps à autre un petit mot.

Tandis que les deux jeunes femmes continuaient leur causerie et
arrangeaient de belle façon le vieux hibou, qui était le duc, et le gros
ventru, vocable qui désignait l'intendant, celui-ci affirmait à son maître
que la gentille Suzette était bien réellement acquise au parti de monseigneur.

Et maître Bourland en était entièrement convaincu.

— Elle ne m'a pas caché, disait-il au duc, que c'est dans l'espérance
que monseigneur se montrera généreux envers elle, qu'elle passera ses
nuits et ses jours à épier madame la duchesse.

Le duc, qui était encore au lit, demanda d'un signe ses tablettes et y traça ces lignes :

— Suzette doit savoir où demeure notre petit officier de dragons... tu lui offriras une pistole en échange de cette adresse que j'ai besoin de connaître aujourd'hui même.

Après avoir lu Bourland dit à son maître :

— Monseigneur aura cet après-midi l'adresse qu'il désire. Si par hasard Suzette ne la connaissait pas, comme c'est une fine mouche, elle trouvera le moyen de se la faire indiquer.

A midi et demi Suzette rejoignit à l'office les laquais et les servantes qui étaient en train de dîner. Elle alla s'asseoir à côté de maître Bourland qui lui dit à l'oreille :

— J'ai quelque chose à vous demander de la part de monseigneur. Après le repas vous m'accompagnerez dans le grand salon.

— Bien volontiers, monsieur Bourland, répondit Suzette.

Une heure après, en effet, l'intendant et la camériste pénétraient ensemble dans l'immense salle de réception.

— Et maintenant, parlez, je vous écoute, monsieur Bourland ? dit aussitôt la charmante jeune fille en arrêtant sur le gros homme un regard très doux.

L'intendant prit un petit air malin.

— Je crois, jolie Suzette, dit-il en souriant, que les services que vous rendrez à monseigneur pourront vous rapporter une jolie somme.

— Tant mieux, tant mieux !

— Ainsi, reprit l'intendant, vous allez pouvoir empocher une pistole rien qu'en me donnant une adresse.

— Parlez vite ; j'ai hâte de gagner votre belle pièce d'or !

— Savez-vous où demeure monsieur le lieutenant de Chadefaux ?

— Hélas ! non, répondit d'un ton désolé la gentille Suzette, qui voulait réfléchir avant de donner l'adresse qu'elle connaissait parfaitement.

Puis avec vivacité :

— Mais je le saurai ! reprit-elle souriant. Il me suffira de conseiller à madame d'écrire un billet que je me chargerai de faire parvenir à son amoureux... et que je m'empresserai de vous remettre pour monsieur le duc.

— Voilà une bonne idée, demoiselle Suzette.... Vous ne pensez pas que madame la duchesse refuse de suivre votre conseil ?

La rusée fillette balança son buste une seconde en minaudant, sourit, puis regardant le gros homme :

— Ah ! monsieur Bourland, que vous connaissez donc peu le cœur des femmes... des femmes qui aiment ! Mais madame va me combler d'amitiés et de promesses quand je lui aurai dit que j'ai trouvé le moyen de faire parvenir une ligne à son amant.

— Tenez, Suzette, voici d'avance la pistole promise par monsieur le duc, dit l'intendant.

Et il mit dans la main de la cameriste une pièce d'or que la jeune fille glissa vivement dans la poche de son tablier avec un sourire affecté, destiné à masquer le dégoût que lui inspirait la générosité du maitre de Bourland.

Cinq minutes plus tard la soubrette était auprès de sa maitresse ; et, naturellement la première chose qu'elle lui dit, ce fut la demande que venait de lui faire l'intendant.

— Tu ne lui as pas donné l'adresse de monsieur de Chadefaux ? fit Jeanne soudain effrayée.

— Non, madame, répliqua Suzette ; j'ai voulu vous en parler avant.

— C'est probablement pour envoyer une provocation à mon pauvre Henri que le duc voudrait obtenir son adresse.

— Ah ! chère maîtresse, s'écria l'orpheline en riant, si j'étais sûre que ce fût pour cela, comme j'irais vite dire à monsieur le duc où demeure notre beau lieutenant.

Et elle ajouta avec finesse :

— Vous seriez bientôt veuve, je vous en réponds !..

— Tu oublies, ma bonne amie, dit la duchesse, que monsieur de Chadefaux m'a juré de ne jamais se battre avec le duc.

Debout près d'une fenêtre, Suzette demeura un instant songeuse

— Ma chère maîtresse, dit-elle soudain, il faut me permettre de donner à sire Bourland l'adresse demandée.

— Mais il la fera connaitre au duc ?

— Je n'ai pas l'intention de le lui défendre. Ecoutez-moi, madame. En faisant connaitre à monseigneur le lieu où demeure monsieur le lieutenant, je lui prouve que je me suis bien franchement mise de son côté... Et puis, l'adresse qu'il désire, il peut l'avoir aisément.

— Comment, ma chère Suzette ?

— Par madame la maréchale de Montrevel. Bien que le gros Bourland ne soit pas un puits... j'allais dire un tonneau... d'intelligence, l'idée de s'adresser à votre protectrice peut fort bien lui venir ; et ma foi il ne lui sera pas difficile de se renseigner.

— C'est vrai, murmura Jeanne.

— Laissez-moi donc, ma chère maîtresse, gagner la confiance de monsieur le duc. Et pour cela, vous allez, je vous prie m'écrire un petit billet insignifiant que vous cacheterez avec soin, puis sur lequel vous mettrez l'adresse de votre futur époux, et moi, dans la soirée, je le glisserai dans la main de maître Bourland.

Jeanne alla s'asseoir devant son secrétaire, un ravissant petit meuble en bois des îles, puis plaçant sous ses doigts une feuille de papier parfumé, elle dit à sa cameriste :

— Je veux bien suivre ton conseil, ma bonne Suzette ; mais tu vas me dicter les choses *insignifiantes* qui, cela est certain, ne passeront jamais sous les yeux de monsieur de Chadefaux.

— Soit, écrivez donc... Il n'est pas nécessaire d'en mettre bien long ?...
Et la brune Suzon dicta ce qui suit :

« Monsieur le lieutenant,

« Je suis une femme bien malheureuse... A peine vous ai-je retrouvé « que je vous perds de nouveau. Chercher à nous revoir serait une « folie... Mais si vous pouviez me faire parvenir de vos nouvelles, cela « adoucirait les peines de mon âme. Ma cameriste Suzette m'est toute « dévouée ; adressez-lui vos lettres, si vous ne trouvez pas d'autres « moyens pour les faire arriver jusqu'à moi.

« Celle qui se dira toujours votre amie, votre sœur,
« JEANNE DE VRIGNÈS »

— Ces quelques lignes, ma chère maîtresse, surtout ces deux mots, « votre sœur » sont capables de faire tomber la colère de Monsieur le duc et de chasser sa jalousie.

— J'en doute Suzette ! répliqua la duchesse.
Elle cacheta la lettre, puis y traça la suscription :

« Monsieur le lieutenant de Chadefaux, à l'hôtellerie du *Lapin-Blanc*, faubourg Saint-Antoine. »

La cameriste prit la lettre en disant à Jeanne :

— Ce soir je la remettrai à l'intendant et j'en profiterai pour lui parler de mon oncle de la rue Saint-Denis.

Lorsque sonna l'heure du souper, Suzette fit semblant de guetter maître Bourland. Dès qu'elle vit celui-ci venir de son côté, elle se dirigea vivement vers lui, et le croisant :

— J'ai le poulet ! dit-elle à mi-voix.

— Donnez-le moi ? fit l'intendant sur le même ton.

— Non, pas ici. Quelque servante pourrait nous voir, soupçonner la vérité et pour prendre ma place aller tout rapporter à Madame.

— Personne, vous le savez, n'a le droit d'entrer sans moi dans le salon de réception... Nous y serions bien tranquilles. Voulez-vous que je vous y attende? dit maître Bourland.

— Oui. Dans une heure, j'irai vous y rejoindre, répondit Suzette.

Puis elle retourna lestement auprès de la duchesse dans l'appartement de laquelle elle soupait chaque soir.

Une heure plus tard ainsi qu'elle l'avait promis, elle rejoignait l'intendant et lui remettait la lettre de sa maîtresse.

— C'est très bien, demoizelle Suzette, lui dit maître Bourland; continuez à servir Monsieur le duc avec le même zèle et, je vous le répète, vous n'aurez pas à vous en plaindre.

— Cher monsieur Bourland, vous vous montrez si aimable et si bon envers moi que cela m'encourage à vous faire part d'une idée qui, si vous vouliez, vous rapporterait gros !

— Dites-moi bien vite votre idée, ma charmante Suzette?

— La voici : Lorsque Madame la duchesse m'a demandé comment je m'y prendrais pour faire parvenir à son amoureux la lettre que je lui conseillais d'écrire ; je lui ai répondu que ce serait par l'intermédiaire d'un oncle que j'aime beaucoup.

— Est-ce qu'il ne tient pas un commerce de...

— Mon oncle est marchand de denrées coloniales, reprit vivement Suzette. L'idée m'est donc venue, en songeant, monsieur Bourland que vous étiez libre de choisir vous-même les fournisseurs de la maison de Monseigneur, de vous prier de penser à mon parent, qui naturellement nous ferait une remise considérable sur toutes les marchandises qu'il livrerait pour le compte de Monsieur le duc.

— Décidément, demoizelle Suzette, je crois que nous avons été créés l'un pour l'autre...

— N'est-ce pas, cher monsieur Bourland ? fit la jeune fille avec un sourire dont l'ironie échappa au gros bonhomme... Nous avons les mêmes goûts, les mêmes idées...

— J'allais vous le dire, jolie Suzette !

— Alors, vous prendrez mon oncle comme fournisseur ?

— Oui. Je vais lui écrire de venir dès lundi pour s'entendre avec *nous...*

Je dis nous, charmante Suzette, parce que je vous considère comme étant mon associée en... attendant mieux.

— Ah! monsieur Bourland, répliqua Suzette en minaudant, vous êtes, comment dirai-je ?... Vous êtes la crème des hommes !... Mais je me sauve. A demain !...

Et vivement elle s'esquiva en appuyant une main sur sa bouche pour contenir l'éclat de rire qui menaçait de s'en échapper.

Le gros intendant sortit à son tour du grand salon et se rendit près de son maître tout en se disant avec fatuité :

— Je vois que ma personne est loin de déplaire à demoiselle Suzette. Elle ne m'aime pas encore sans doute ; mais ça viendra !

Et se frottant les mains il ajouta :

— Quelle charmante petite femme ça me fera !... Bourland, mon ami, vous êtes décidément un heureux coquin !

Le vilain bonhomme se voyait déjà le seigneur et maître de la gentille fillette.

Le lendemain, entre neuf heures et demie et dix heures du matin, Suzette rencontra dans l'antichambre l'intendant qui, drapé dans un épais manteau, allait sortir de l'hôtel.

— Il fait aujourd'hui un temps abominable, monsieur Bourland, lui dit-elle en souriant. Où donc allez-vous ?

— A l'auberge du Lapin-Blanc, ma belle Suzette.

— Porter la lettre de madame la duchesse ?

— Non pas ! Je vais tout bonnement m'assurer que le lieutenant de Chadefaux demeure bien à l'adresse indiquée.

Et Bourland sortit.

Trois quarts d'heures après il était de retour à l'hôtel. Après avoir remis à un laquais son chapeau et son manteau trempés par la pluie, il allait retrouver son maître qui l'attendait dans son cabinet.

Aussitôt son dîner terminé, le duc donna l'ordre d'atteler deux chevaux à son carrosse.

— J'ai réfléchi, monsieur Bourland, dit-il à son intendant ; puisque je suis décidé à me débarrasser de certain gentillâtre, il est inutile que j'attende à lundi pour me rendre où vous savez.

Suzette ayant entendu du bruit dans la cour s'approcha d'une fenêtre et vit le vieux duc monter en voiture.

— Où peut-il bien aller par un temps à ne pas mettre un chien dehors ? se demanda-t-elle vaguement inquiète.

Elle revint dans l'appartement de la duchesse à laquelle elle annonça la sortie du maître de Bourland ; mais elle ne lui dit pas qu'elle venait d'être brusquement assaillie par un sombre pressentiment qui semblait l'avenir d'une catastrophe prochaine.

CHAPITRE XLIX

Autour de la Bastille le troisième dimanche de mai

Le matin de ce beau jour du mois de mai, le ciel n'avait pas une tache à sa nappe d'azur.

Pendant la nuit le vent de l'est avait complètement chassé les larges et noires nuées qui, la veille, s'étaient trop longuement obstinées à arroser les malheureux Parisiens désagréablement surpris par ce nouveau déluge.

Le dernier coup de sept heures sonnait au palais du Louvre, comme monsieur de Chamillard, ministre des finances et de la guerre, pénétrait dans les appartements de Mme de Maintenon,

Bien que l'heure fut relativement matinale, la compagne de Louis XIV était levée. Elle donna l'ordre d'introduire le visiteur dans son boudoir et s'y rendit presque aussitôt.

— Eh bien, monsieur de Chamillard, les nouvelles sont-elles aujourd'hui un peu meilleures que celles d'hier?

Le ministre hocha lentement la tête :

— Pas beaucoup madame, répondit-il. Les derniers rapports signalent que le faubourg Saint-Antoine est plus calme...

— Les nouvelles sont bonnes dans ce cas? interrompit la mère de Gniafon.

— Attendez, madame, reprit un peu vivement M. de Chamillard. Si le faubourg Saint-Antoine paraît plus calme, en revanche, l'agitation augmente rapidement parmi les ouvriers du faubourg Saint-Denis et du quartier du Temple.

— Est-ce grave ?

— Pas encore, madame, mais la situation peut le devenir ; d'autant

Venez, Monseigneur, ici vous n'êtes plus en sûreté.

plus que les deux régiments d'infanterie actuellement à Paris commencent à murmurer, réclamant leur solde.

— C'est afin de pouvoir la leur payer que j'ai engagé Sa Majesté à envoyer sans retard sa vaisselle à la Monnaie, dit Mme de Maintenon.

Puis elle demanda vivement :

— Combien a-t-elle produit ?

— Quatre cent mille livres, madame, répondit le ministre.

— C'est moins, bien moins que je le pensais ! fit la compagne du

roi sans chercher à dissimuler son désappointement. Monsieur de Chamillard, ajouta-t-elle, vous allez immédiatement faire porter dix mille
livres à chacun des régiments d'infanterie.

— Très bien, madame... Nous avons parlé hier d'envoyer une compagnie de mousquetaires à la barrière de Picpus en prévision des troubles
que l'on redoutait dans le faubourg Saint-Antoine...

— Il faudra l'envoyer, dit Mme de Maintenon. Mais au lieu de traverser le faubourg, elle se rendra à son poste en passant par Bercy...
Enfin, par prudence, vous consignerez les troupes.

— C'est déjà fait, madame : Sa Majesté m'en ayant donné l'ordre hier
soir. Mais je crois que le seul moyen de calmer promptement le peuple
parisien, ce serait de rapporter purement et simplement l'édit qui établit
l'impôt du « dixième. »

— Auriez-vous déjà, monsieur de Chamillard, donné ce conseil-là au
roi ?

— Non, madame. Seulement, Sa Majesté ayant exigé que je lui dise
franchement ce que je pensais du nouvel impôt, j'ai dû lui avouer que
je le trouvais extrêmement impopulaire.

Le ministre s'entretint un moment encore avec Mme de Maintenon
puis se retira pour envoyer au capitaine des mousquetaires noirs l'ordre
de conduire sa compagnie à la barrière de Picpus, et faire porter aux
colonels des régiments d'infanterie la solde due à leurs hommes.

Un peu avant neuf heures, la petite-fille d'Agrippa d'Aubigné quitta
son appartement et passa chez son royal époux.

Elle trouva Louis XIV sombre et préoccupé.

Il y avait à peine cinq minutes qu'elle était dans la chambre du roi,
quand on gratta à la porte qui, par un corridor particulier, communi-
quait avec son boudoir.

— Ce ne peut-être que ma camériste de confiance, dit Mme de Maintenon à Sa Majesté.

Et elle commanda d'entrer.

C'était Germaine, en effet ; elle amenait un agent du lieutenant de
police qui avait demandé à voir la femme du roi pour lui faire une communication de la plus haute gravité.

— Qu'on l'introduise immédiatement ! ordonna Louis XIV.

Germaine fit entrer l'agent qui s'inclina jusqu'à terre.

— Parlez ! dit vivement le souverain.

Le policier se redressa à demi et dit, d'une voix encore oppressée par
la rapidité de la course qu'il venait de faire :

— Sire, plusieurs milliers d'ouvriers armés se préparent à attaquer la Bastille !...

Le roi et sa compagne pâlirent affreusement.

Durant quelques secondes, **Louis XIV** demeura immobile comme un homme foudroyé.

Madame de Maintenon congédia vivement l'agent en lui disant avec un geste hautain :

— C'est bien !... Sortez !

Sa Majesté regarda sa compagne avec des yeux où se peignait une terreur indicible, puis d'une voix rauque :

— Vous avez entendu, madame, s'écria-t-il ; on attaque la Bastille !

Et parlant plus bas :

— On va délivrer Monseigneur Louis !...

.   .   .   .

L'agent de police avait exagéré en annonçant que plusieurs milliers d'ouvriers s'étaient armés pour attaquer la Bastille.

Le nombre de ceux qui possédaient des armes fournies par Faribole et Mistouflet, ou achetées avec l'argent qu'ils avaient distribué par l'entremise du forgeron Jupiter, leur nombre, disons nous, ne dépassait pas douze cents hommes.

Dès six heures du matin, **Faribole** et Mistouflet, un peu émus, mais pleins de confiance dans le succès de leur hardie entreprise, prenaient congé d'Yvonne.

En tendant une main à chacun de ses vaillants et dévoués compagnons, l'épouse de Mgr Louis leur dit :

— Amis, vous allez une fois de plus risquer votre vie pour la délivrance de notre infortuné prisonnier... J'aurais voulu, comme à Pignerol, comme à l'île Sainte-Marguerite, pouvoir vous seconder ; mais aujourd'hui je suis mère, je dois veiller sur mon enfant...

— Hé ! bagasse ! moi je suis bien aise que ce devoir vous empêche de nous suivre. Vous ne sauriez croire, madame Yvonne, combien je tremblais en voyant les dangers que vous couriez à nos côtés.

— Moi je pourrais vous avouer la même chose, doux Jésus ! murmura à demi-voix Mistouflet.

— Je ne vous retiens plus, **mes amis**. Allez donc !... et d'avance, merci ! oui, du plus profond de mon cœur, merci !

L'ancien maître et son élève allèrent rapidement rejoindre au « Lapin-Blanc » le lieutenant de Chadefaux.

Ils trouvèrent celui-ci en train de surveiller le pansage de leurs trois montures.

— Mon cher monsieur Faribole, dit l'officier en caressant le magnifique cheval que lui avait donné le maréchal de Montrevel, je vous prie d'accepter *Ouragan* ; cela vous fera une bête de rechange dans le cas où un accident surviendrait à l'une de vos montures.

— J'accepte, bagasse ! dit Faribole.

Puis à voix basse :

— Avec une bête pareille, ajouta-t-il, Monseigneur Louis n'aura pas à craindre d'être atteint si on se lance à sa poursuite.

Un quart d'heure après, ils montaient tous trois dans l'appartement de l'amant de Jeanne de Vrignès et maître Mathieu se hâtait de leur servir à déjeuner.

— A quelle heure votre ami Jupiter doit-il amener ses compagnons ? demanda le lieutenant à Mistouflet.

— A sept heures précises. Afin de ne pas attirer l'attention des sentinelles, nous nous approcherons de la Bastille par groupes de cinq ou six personnes et par des côtés différents.

—Et puis, bagasse ! en quelques coups de hache nous coupons les chaînes du pont-levis ; nous nous élançons dans la cour extérieure ; les six cents ouvriers que nous avons armés accourent et ensemble nous nous précipitons vers la porte de la forteresse que Mistouflet et Jupiter auront vite enfoncée à coups de bélier.

— Le succès de notre entreprise dépendra de la rapidité avec laquelle nous aurons pu nous emparer de l'entrée de la première cour, dit Mistouflet en montrant un plan de la Bastille que maître Exili avait lui-même dressé.

— Il est certain, mes amis, dit Henri de Chadetaux, qu'une fois les portes de la forteresse enfoncées, les cent quinze hommes qui composent la garnison, si braves soient-ils, ne pourront pas résister à cinq ou six cents adversaires déterminés.

— Sûrement bagasse ! Et nous prendrons la Bastille tout aussi facilement que les Frondeurs l'ont fait il y a cinquante ans, alors que nous n'étions pas encore au monde.

En ce moment sept heures sonnèrent.

— Si vous voulez bien, doux Jésus ! fit Mistouflet se levant, nous irons attendre messire Jupiter dans la salle commune.

— Parfaitement bagasse !

Les trois amis descendirent.

Cinq minutes ne s'étaient pas écoulées que le forgeron entrait vivement dans la salle basse de l'auberge, et, laissant la porte ouverte, désignait de la main une sorte de haquet que deux vigoureux gaillards poussaient devant eux :

— Me voici, camarade, dit-il à Mistouflet ; et sur cette étroite charrette se trouve une pièce de bois qui ne demande qu'à être habilement manœuvrée.

— Vous avez des haches ? dit Faribole.

— Oui, messire, répliqua le forgeron, nous en possédons une douzaine ; elles sont cachées sur le haquet.

— Alors, doux Jésus ! en route !

— Maître Mathieu, dit rapidement Faribole, faites sortir nos montures dans la cour et veillez sur elles.

— Soyez sans inquiétude, messire ; je me souviens de toutes vos recommandations, répliqua l'aubergiste.

L'ancien maître d'armes rejoignit ses amis et le forgeron qui s'éloignaient à grands pas.

Tout près de la place de la Bastille, dans une ruelle que le guetteur ne pouvait point apercevoir de son poste d'observation, deux charrettes, chargées de planches et de quelques sacs pleins de terre, stationnaient entourées d'une dizaine d'ouvriers.

Elles étaient destinées à faire une barricade.

Mistouflet et ses compagnons avaient prévu le cas où le roi enverrait des troupes au secours de la garnison de la Bastille, et ils avaient pris leurs mesures pour les arrêter à l'entrée de la place au moins pendant le temps qu'ils mettraient, eux, pour délivrer Mgr Louis.

C'était le lieutenant de Chadefaux qui avait été chargé de faire dresser le retranchement sur le point qu'il jugerait nécessaire d'après les avis que lui apportaient les hommes postés dans les rues débouchant sur la place.

A lui aussi était confié le soin de diriger et d'encourager les défenseurs de la barricade.

Sa mission, pour être moins difficile que celle échue à Faribole et à Mistouflet, n'en était pas moins dangereuse, et exigeait de la décision, de l'adresse et du courage.

A l'entrée du faubourg Saint-Antoine, Faribole et Mistouflet s'arrêtèrent une seconde pour échanger une poignée de mains avec le lieutenant qui devait demeurer en observation devant la première maison.

— A tout à l'heure, bagasse ! dit Faribole.

— Je ne vous dis pas adieu, car je compte fermement vous revoir aujourd'hui, murmura Mistouflet.

— J'ai cet espoir aussi, mes chers amis ! répliqua le jeune officier

Puis il ajouta à demi-voix :

— Allez sauver monseigneur Louis !... Et que Dieu vous protège et vous aide !...

Messire Jupiter et ses deux camarades, forgerons comme lui, conduisirent le haquet, sur lequel se trouvait une énorme poutre disssimulée sous une toile grise, jusqu'à une vingtaine de pas du pont-levis de la prison. Là ils s'arrêtèrent.

Tandis que ces compagnons s'adossaient nonchalemment à leur étroit véhicule, Jupiter promenait lentement son regard tout autour de lui.

Il vit, arrivant par cinq ou six côtés, les trente camarades dont il répondait comme de lui-même. Ils s'approchèrent peu à peu du pont-levis de la Bastille.

Leurs petits groupes s'avançaient sans être trop remarqués grâce au nombre déjà grand des familles d'ouvriers qui, voulant profiter entièrement d'une journée qui s'annonçait magnifique, traversaient la place se dirigeant vers la Seine ou vers le faubourg pour gagner ensuite la pleine campagne.

Marchant très lentement, l'ancien maître d'armes et son élève croisèrent le forgeron.

— Dirigez-vous vers le corps de garde, leur dit vivement Jupiter. Dans cinq minutes nous pourrons commencer l'attaque.

Autour de la terrible prison, le mouvement, l'animation semblaient s'accroître de minute en minute. Le faubourg Saint-Antoine, qui paraissait si paisible un quart d'heure auparavant, s'était, en un clin d'œil, comme par enchantement, rempli de gens armés qui descendaient vers la Bastille.

Soudain, un coup de sifflet lancé par messire Jupiter éclata brusquement sur la place.

Henri de Chadefaux, qui n'attendait que ce signal, se hissa sur les épaules de deux robustes compagnons de Jupiter et cria à la foule arrêtée devant lui :

— Camarades, l'heure de la justice vient de sonner. Emparons-nous de la Bastille, démolissons de fond en comble cette sombre forteresse qui est pour le peuple l'emblème toujours menaçant de l'arbitraire et de l'oppression...

Camarades, écoutez le cri de l'humanité et de la miséricorde... Camarades, à la Bastille !...

Une clameur, retentissante, terrible, formidable, monta dans les airs. Cinq cents voix répétaient ce cri :

— A la Bastille !... A la Bastille !...

. . . .

Ce matin-là, seul dans la chambre que, depuis de longues semaines, il occupait dans la sinistre prison, monseigneur Louis était, depuis son lever, plongé dans une sombre méditation.

Il se tenait affaissé dans un fauteuil, accoudé sur une petite table, et cachait son front dans ses mains.

Ah ! qu'il était changé !

Jamais, peut-être, son visage pâle et si mélancolique, n'avait présenté une telle expression de profonde tristesse, de cruel abattement et de si grande désespérance.

Il songeait à sa douce Yvonne, à son fils chéri, à ses fidèles et vaillants amis qu'il ne reverrait plus !

— O mon Dieu ! murmura-t-il.

Et, levant vers le ciel ses yeux pleins d'une immense tristesse, comme pour reprocher au maître de toutes choses de le frapper aussi durement, il ajouta d'une voix tremblante :

— Mais qu'ai-je donc fait pour que le Destin s'acharne sur moi !... De quel crime me suis-je donc rendu coupable ?...

Et le malheureux gentilhomme laissa de nouveau tomber son front glacé dans ses doigts frémissants.

Il comptait les jours de douleurs, les nuits de tortures morales et physiques qui composaient la moitié d'une existence, que, dans son désespoir, il souhaitait voir bientôt s'achever, lorsqu'un bruit confus, une sorte de bourdonnement, arriva à son oreille.

Il redressa la tête et écouta.

Brusquement il tressaillit. Il venait d'entendre une clameur sourde qui semblait monter de la place.

D'un bond il se leva, courut vers son étroite fenêtre, l'ouvrit vivement et prêta une oreille avide.

Alors il perçut distinctement ce cri formidable et menaçant :

— A la Bastille !

Une flamme passa dans son regard, mais s'éteignit aussitôt ; et secouant lentement la tête :

— Espérer encore ?... quelle folie ! murmura-t-il.

Et, le visage attendri, révélant une violente émotion, il reprit parlant presque à haute voix :

— Mon cher Faribole et toi, mon brave Mistouflet, du plus profond de mon âme je vous remercie de cette nouvelle preuve de dévouement que vous me donnez aujourd'hui... Ah ! je devine votre généreux projet : vous espérez pouvoir me délivrer à la faveur d'une émeute... Mais il faudrait vous emparer de la Bastille... et c'est impossible !

Soudain un bruit de pas précipités se fit entendre dans le long corridor conduisant à la chambre du prisonnier.

Une clé grinça dans la serrure, la porte massive, poussée avec violence, s'ouvrit brusquement, et deux hommes plus blancs qu'un suaire, les traits contractés par l'épouvante, se précipitèrent dans la pièce.

L'un était M. de Saint-Mars, dont les yeux étaient dilatés par une terreur indicible ; l'autre était le major Rosarges plus effrayé encore que son supérieur.

Le gouverneur de la Bastille courut vers monseigneur Louis. Son effarement était tel qu'il oublia le respect qu'il devait, par ordre de Louis XIV, au frère de celui-ci.

— Votre masque, monseigneur ; remettez sur-le-champ votre masque !... lui cria-t-il d'une voix que la peur faisait vibrer.

Un sourire de mépris plissa les lèvres du prisonnier.

Saint-Mars lui tendit son masque de velours noir.

— Mais votre main tremble, monsieur le gouverneur ? dit le mari d'Yvonne avec une mordante ironie. Que se passe-t-il ?

— Une émeute vient d'éclater... Les Parisiens attaquent la porte extérieure de la Bastille ! balbutia de Saint-Mars.

— Craignez-vous donc qu'ils me délivrent ?

— Non... monseigneur... ou du moins ils ne vous délivreront pas vivant ! J'ai reçu l'ordre de vous brûler la cervelle plutôt que de vous....

Une nouvelle clameur montant de la place l'interrompit.

— De grâce, Monseigneur, supplia-t-il, hâtez-vous ! hâtez-vous !...

Voyant que le prisonnier avait enfin caché son visage sous son masque, il ajouta en lui prenant le bras :

— Venez, Monseigneur, venez !... ici vous n'êtes pas en sûreté !

Le fils d'Anne d'Autriche repoussa brusquement la main de son geôlier, épousseta froidement la place où sa manche avait été touchée, puis avec un geste de souveraine grandeur :

— Montrez-moi le chemin, monsieur ?

Saint-Mars s'inclina et, sans prononcer d'autres paroles, sortit de la chambre suivi de monseigneur Louis escorté par le major Rosarges marchant en tête de quatre hommes armés de mousquets.

Moins de dix minutes après l'infortuné gentilhomme se trouvait

L'un était Monsieur de Saint-Mars.

enfermé dans un cachot puant et humide, dans lequel le jour ne pouvait pénétrer que par une étroite meurtrière.

Auprès de lui était resté le subordonné de Saint-Mars.

Et, chose étrange, c'était le gardien, qui tremblait, alors que le prisonnier était calme et impassible.

Oui, un léger tremblement agitait tous les membres de Rosarges.

Le misérable avait peur. Et ce n'était pas sans raison. Il savait de quoi étaient capables ses anciens compagnons d'aventure, Faribole et Mistouflet. Et il pensait :

— Si par malheur tous deux réussissent à s'introduire dans la Bastille, ils sauront bien découvrir Monseigneur Louis, devraient-ils pour cela démolir la prison pierre par pierre... Ils me découvriront également... alors ils me tueront sans merci !

A cette pensée il sentait une sueur froide inonder son front.

Et il prêtait avidement l'oreille pour tâcher de saisir quelque bruit extérieur lui permettant de deviner ce qui se passait.

Tout à coup le bruit d'une décharge de plusieurs fusils le fit frémir de la tête aux pieds.

— Dieu ! que faire pour me sauver ? se dit-il mentalement.

Dans la demi-obscurité, son regard craintif rencontra l'élégante silhouette de l'illustre prisonnier.

Comme un éclair une pensée traversa son cerveau. Il enleva vivement le feutre dont il était couvert, et faisant un pas vers Mgr Louis :

— Monseigneur ?... dit-il d'un ton humble et larmoyant.

Le gentilhomme ne répondit pas.

Avec plus d'humilité encore Rosarges reprit :

— Monseigneur, je dois paraître à vos yeux un être bien vil, bien inhumain, bien méprisable... et vous ne pourrez sans doute jamais me pardonner le mal que je vous ai fait...

Le prisonnier le regarda avec étonnement.

— Oui, Monseigneur, j'ai été bien coupable en me rangeant du côté de vos ennemis. Mais hélas ! à cette époque j'ignorais... tout ce que j'ai appris depuis...

— Où voulez-vous en venir ? interrompit le fils d'Anne d'Autriche que la platitude de son gardien écœurait.

— Je voudrais, Monseigneur, continua le major en courbant la tête, je voudrais vous supplier de me sauver la vie !

— Expliquez-vous ?

— Il est certain, Monseigneur, que si reculé que soit le cachot où monsieur le gouverneur a cru devoir vous conduire, vos amis sauront vous retrouver. Ce qui me le prouve, c'est qu'il m'a enfermé avec vous, Monseigneur, en m'ordonnant de vous tuer d'un coup de pistolet avant qu'on ait eu le temps de forcer cette porte.

Le mari d'Yvonne haussa légèrement les épaules.

Rosarges poursuivit avec vivacité cette fois :

— Oh ! Monseigneur, je vous jure bien que jamais je n'aurais osé commettre ce crime !... Et puis, je sais combien vous êtes grand et généreux, Monseigneur. Et si vous vouliez me promettre que, sous vos yeux, vos amis ne me tueront pas, c'est avec satisfaction que j'assisterai à votre délivrance.

— Tu crains leur juste vengeance? fit le gentilhomme avec mépris.

— Oui, Monseigneur, dit très bas Rosarges. Et je vous supplie humblement de me sauver d'une mort certaine.

La voix du misérable tremblait de frayeur. Le prisonnier en eut pitié, et d'un ton grave il lui dit :

— Je n'ai jamais rendu le mal pour le mal. Si Dieu veut que mes chers compagnons arrivent jusqu'à moi, je vous donne ma parole, monsieur Rosarges, que le jour de ma délivrance ne sera point celui de votre châtiment ni de votre mort.

— Ah ! merci, merci ! Monseigneur, répéta le major.

Et, sachant que la parole de Monseigneur Louis était unechose sacrée, il poussa un immense soupir de soulagement.

— Faribole et Mistouflet peuvent venir maintenant. Je ne les crains plus !

Et, tranquille désormais sur son sort, il prêta de nouveau l'oreille au bruit des coups de feu qui par instant se faisaient entendre.

Mais que se passait-il sur la place de la Bastille ?

La sinistre forteresse allait-elle tomber entre les mains des ouvriers du faubourg Saint-Antoine ?

Au coup de sifflet strident qu'avait lancé le forgeron Jupiter qui, avec Faribole et Mistouflet, se trouvait à ce moment en face de la poterne de l'ouest, celle qui devait être la première surprise et enlevée, trente compagnons de l'hercule s'étaient précipités comme un seul homme vers le corps de garde installé à gauche de la poterne.

En un clin d'œil, et avant même qu'ils eussent le temps de se servir de leurs mousquets, les soldats du poste étaient faits prisonniers, désarmés et enfermés avec soin.

Faribole, Mistouflet et Jupiter, aidés de leurs compagnons parvinrent à se hisser sur le petit toit du corps de garde.

Le forgeron détacha alors une grosse corde qu'il avait enroulée autour de son corps, la saisit solidement dans ses deux mains et dit à l'ancien maître d'armes :

— A vous d'abord, monsieur Faribole.

Celui-ci empoigna la corde, et se laissant glisser doucement, eut bientôt mis le pied dans l'étroit chemin de ronde qui longeait la muraille de la première cour, dite cour extérieure.

Cette cour, en effet, s'étendait entre le premier pont-levis, visible de la place, et le large fossé intérieur sur lequel était jeté un second pont-levis donnant, celui-là, accès dans la terrible prison.

On voit qu'il fallait que Faribole et Mistouflet, fussent d'audacieux et intrépides compagnons, pour croire qu'ils parviendraient avec l'aide des ouvriers du faubourg, à surmonter les obstacles qui se dressaient entre eux et celui qu'ils voulaient délivrer.

Mais ils étaient braves jusqu'à la témérité.

Et puis ils s'étaient juré de rendre Monseigneur Louis à l'amour de la malheureuse Yvonne. S'ils échouaient, ils recommenceraient encore. Et le succès finirait bien par couronner leurs efforts.

Ils avaient la foi, et leurs cœurs étaient pleins d'espoir !

— J'y suis, bagasse ! cria Faribole en touchant le sol.

— A mon tour, doux Jésus ! murmura Mistouflet en se suspendant à la corde que retenait Jupiter sans plus bouger que s'il avait été de pierre ou de bronze.

En deux minutes le colosse eut rejoint l'ancien maître d'armes.

Bravement ils s'élancèrent vers le premier pont-levis.

Le forgeron aida encore six de ses camarades à se glisser du toit du corps de garde dans le chemin de ronde. Ils coururent vers Faribole et Mistouflet qui les attendaient pour attaquer à coups de hache les chaînes de l'étroit pont-levis.

Faribole se hissa sur les épaules de deux hommes, Mistouflet grimpa sur celles de deux autres forts gaillards et le bruit de l'acier frappant les anneaux de fer résonna soudain.

A ce même moment, sur l'une des tours de la forteresse, émergeant des créneaux, apparurent quarante ou cinquante canons de mousquets.

On les vit s'abaisser dans la direction du petit fossé, et l'on entendit le commandant de : « Feu ! »

Puis une formidable détonation retentit, couvrant les clameurs que poussaient ceux qui avaient envahi la place de la Bastille.

Un juron et un cri de douleur répondirent presque aussitôt à la mousqueterie des soldats du roi de France.

Le juron s'était échappé de la bouche du brave Faribole qui venait d'avoir le bras droit traversé par une balle.

— Je suis touché, mordious ! dit-il en laissant tomber sa cognée.

— Moi j'ai l'épaule fracassée, murmura en roulant sur le sol un des hommes debout dans le chemin.

Rapidement ses camarades l'emportèrent vers le mur du corps de garde, l'attachèrent à la corde de Jupiter et sur le signal qui lui fut donné, le forgeron attira sur le petit toit l'ouvrier blessé et le remit entre les mains des compagnons restés sur la place.

Un quart d'heure déjà s'était écoulé.

Et pendant ce temps, les événements se précipitaient.

Des guetteurs avaient été postés à l'extrémité des voies aboutissant sur la place de la Bastille.

Ils avaient reçu l'ordre d'accourir auprès du lieutenant Henri de de Chadefaux, aussitôt qu'ils apercevraient se dirigeant de leur côté une troupe quelconque de soldats.

Le premier qui accourut vers l'officier de dragons fut un tout jeune homme dont le poste d'observation était établi dans la rue Saint-Antoine, en face la rue Saint-Paul.

— Capitaine, capitaine ! voici les soldats !

— De quel côté, mon ami ? demanda le lieutenant.

— Ils arrivent par le quai et la rue Saint-Paul.

— Cavaliers ou fantassins ?

— Ce sont des fantassins, capitaine. Mais ils sont nombreux.

Henri de Chadefaux fit un signe à un groupe qui stationnait à une dizaine de pas de la première maison du faubourg.

— Hardi ! camarades, cria-t-il en même temps. Construisons une barricade rue Saint-Antoine !

Les compagnons de l'officier s'attelèrent aux deux charrettes chargées de sacs de terre et de grosses planches et, en courant, traversèrent la place.

En quelques minutes, et comme par enchantement, une barricade s'éleva sur toute la largeur de la rue Saint-Antoine.

Comme on la terminait un autre guetteur se présenta devant le lieutenant de dragons.

— Une compagnie de gardes du corps arrive par la barrière de la Villette ! s'écria-t-il vivement.

— Elle aurait été mieux inspirée en ne s'amenant que dans une demi-heure, fit le jeune officier en riant.

Puis après avoir confié la défense du retranchement à une vingtaine d'hommes armés de fusils, il cria à ceux qui l'entouraient :

— Holà! camarades, que tous ceux qui ont des piques ou sont armés de baïonnettes me suivent...

Il n'avait pas achevé cet ordre qu'un troisième guetteur accourut auprès de lui et presque hors d'haleine lui dit:

— Monsieur le capitaine..... une compagnie de mousquetaires noirs descend au pas le faubourg Saint-Antoine !

Un rapide nuage passa sur le front d'Henri de Chadefaux, un pli se creusa entre ses sourcils et, devenant songeur :

— La situation devient grave! pensa-t-il. Mais comment le ministre a-t-il pu prendre si rapidement ses mesures pour enrayer dès le début le soulèvement du faubourg !...

Devinant son inquiétude le guetteur reprit :

— Les mousquetaires mettront plus d'un quart d'heure pour atteindre la place car la rue est encombrée par la foule qui commence à ne plus pouvoir bouger tant elle devient compacte.

— Capitaine, capitaine, regardez ? s'écria un ouvrier debout derrière la petite barricade.

L'officier se retourna brusquement et vit, s'avançant au grand trot, un cavalier qui agitait d'une main un long parchemin déplié.

A trois pas du retranchement il s'arrêta.

— Ouvriers et artisans de Paris ! cria-t-il d'une voix sonore, le décret établissant l'impôt du *dixième* est annulé !

Puis lentement il lut un nouvel édit signé du roi, rapportant la loi promulguée deux jours auparavant.

Comme une traînée de poudre cette nouvelle vola à travers la place et de bouche en bouche gagna le faubourg.

Une voix perçante, fort probablement la voix d'un agent de police, s'écria tout à coup :

— Bravo !... Victoire pour nous !... Vive le roi !

Et le peuple parisien, frondeur dans l'âme, mais mobile autant que joyeux, rieur et bon enfant, oubliant déjà le dessein qu'il avait formé quelques heures plus tôt répéta ce cri :

— Victoire pour nous ! Vive le Roi !

Ah ! madame de Maintenon les connaissait bien tous ces braves gens dont elle se moquait si souvent.

Et, le matin même, dès l'arrivée des premiers rapports annonçant l'agitation qui se manifestait dans plusieurs quartiers, elle avait dit à son royal compagnon :

— Sire, les parisiens éprouvent le besoin de crier un peu. Abolissez l'impôt créé dernièrement et vous les entendrez répéter : « Vive Louis le Grand ! »

Sa Majesté hésita un moment.

Mais quand Elle eut appris que ses sujets mécontents se dirigeaient en armes vers la place de la Bastille, Sa Majesté prit peur et, saisissant un parchemin préparé, annula d'un seul trait de plume le décret par lequel avait été promulgué un impôt exorbitant et impopulaire.

Puis, son habile et rusée compagne avait lancé dans toutes les rues des agents chargés d'annoncer l'abolition de l'impôt.

La victoire fut pour Mme de Maintenon.

Dès les premiers cris de satisfaction et de joie que poussa la foule massée autour de la Bastille, le lieutenant de dragons comprit que c'en était fait du généreux projet de ses amis.

Réduits à leurs seules forces ils ne pouvaient plus espérer délivrer Monseigneur Louis.

Quatre ou cinq coups de mousquet éclatèrent en ce moment.

— Sauvons au moins Faribole, Mistouflet ainsi que Jupiter et ses compagnons ! s'écria le lieutenant.

Et il s'élança vers la poterne en face de laquelle le forgeron et quelques camarades se tenaient le fusil à la main, guettant les soldats qui par instant montraient leurs têtes au-dessus des murs crénelés de la forteresse.

— Messire Jupiter, lui cria-t-il, rappelez sur le-champ vos amis ou tous sont perdus !

— Une des chaînes du pont-levis est déjà brisée et l'autre ne tardera pas à céder, répliqua l'hercule.

— Trop tard, mon ami !... Les troupes arrivent par trois côtés !

— Nous avons cinq cents camarades armés qui les empêcheront d'approcher de la place, reprit Jupiter.

— Non, non. Regardez derrière vous et voyez ce qui se passe : l'impôt est aboli et le peuple est pour le roi !

— Dieu ! est-ce possible !

— Vite, messire Jupiter, continua le lieutenant, filez dans la direction de la Seine avec les hommes restés fidèles. Mais par le ciel, ne tirez plus un coup de feu !...

Et courant vers le petit fossé il cria à Faribole :

— Ami, la place va être cernée. Le peuple ne vous secondera pas ! Sauvez-vous, tandis qu'il en temps encore !

Et comme l'ancien maître d'armes ne semblait point vouloir l'écouter il lui cria de nouveau :

— Faribole, Mistouflet, je vous en supplie, revenez ! Vous allez être pris ou tués... Entendez-vous : la foule crie : Vive le roi !... Amis, songez à dame Yvonne ! Hâtez-vous ! hâtez-vous !,.

Une exclamation de rage échappa à Faribole. Cependant il écouta la voix de la raison, et dit à Mistouflet et à ses compagnons :

— Partons donc, mordious ! puisqu'en restant ici nous nous ferions massacrer inutilement.

Mais nous aurons notre revanche !... ajouta-t-il furieux.

Ils revinrent tous au pied du mur du corps de garde. Faribole voulait ne remonter que le dernier par le chemin aérien au bout duquel se tenaient Jupiter et le lieutenant de Chadefaux. Mais Mistouflet exigea que son ami, dont la blessure immobilisait le bras, se servît avant lui de la corde pour se sauver du danger qui les menaçait.

Mais cela ne se fit pas sans discussion !

— Allons, bagasse ! à vous ? dit d'abord l'ancien maître d'armes.

— Vous êtes blessé, monsieur Faribole ; moi je ne le suis pas.

— Qu'importe. Grimpez donc, bagasse !

— Non, patron. Après vous seulement !

— Vous n'êtes pas né en Bretagne, monsieur Mistouflet ; vous êtes cependant plus têtu que tous les Bretons réunis !

Et Faribole se décida à se suspendre au cordage pendant que son élève lui disait :

— L'entêtement, doux Jésus ! est dans certaines circonstances une bonne et heureuse qualité.

Après son ami, le brave Mistouflet se hissa à son tour sur le toit du corps de garde, puis sauta sur le sol.

Tandis que Jupiter et ses compagnons, suivant le conseil du lieutenant, s'éloignaient dans la direction de la Seine, Faribole, Mistouflet et de Chadefaux contournaient la place et s'arrêtaient bientôt à la porte du couloir de la maison d'Exili.

A ce moment le régiment d'infanterie apparaissait à l'entrée de la rue Saint-Antoine et s'avançait lentement après avoir démoli facilement la barricade que personne ne défendait.

La foule acclama les soldats du roi. Sa satisfaction était visible : l'impôt du dixième n'existait plus, et elle croyait réellement que c'était

Jeanne de Vrignès.

son attitude menaçante qui avait fait capituler Sa Majesté, ses Ministres et la Maintenon.

Un homme dont le contentement était grand aussi, c'était Saint-Mars. Sa joie égalait la peur qu'il avait éprouvée.

Vingt minutes environ après avoir enfermé lui-même Monseigneur Louis et Rosarges dans un cachot retiré, il revenait auprès du fils d'Anne d'Autriche, toujours calme et impassible.

— Monseigneur, lui dit-il, le danger, qui nous menaçait tous a heureusement disparu.

Le prisonnier garda le silence. Mais le major poussa un énorme soupir et demanda à son supérieur :

— L'attaque a échoué ? Les émeutiers se sont enfuis ?

— L'affaire n'était sans doute pas sérieuse. En ce moment la populace acclame les troupes de Sa Majesté. Nous avions vraiment tort de nous effrayer, dit M. de Saint-Mars.

Puis s'inclinant devant l'époux d'Yvonne :

— Monseigneur, ajouta-t-il, je vais avoir l'honneur de vous reconduire dans votre chambre.

Tout en suivant son geôlier, Mgr Louis se disait à lui-même :

— Le projet de mes vaillants compagnons était irréalisable. Dieu veuille que ni l'un ni l'autre n'aient été blessés par les coups de mousquets qui ont été tirés.

Le généreux gentilhomme s'inquiétait plus du sort de Faribole et de Mistouflet que du sien propre, qui pourtant allait se trouver aggravé à la suite des événements qui venaient de se dérouler.

Ce fut la rage et le désespoir dans l'âme, que l'ancien maître d'armes se présenta devant Yvonne tremblante d'anxiété.

La vue de ses deux amis et défenseurs, qui s'avancèrent le visage attristé, suffit pour indiquer à la jeune femme que le projet qu'ils avaient fait d'entrer dans la Bastille avait échoué.

Une larme de douloureux regret roula dans ses yeux sombres, puis elle tendit la main à chacun d'eux en murmurant simplement :

— Pauvres et chers amis !...

Presque aussitôt elle s'aperçut que l'ancien maître d'armes avait la manche de son bras droit tachée de sang.

— Ciel ! s'écria-t-elle alors, vous êtes blessé, mon brave Faribole !

— Ce n'est rien, bagasse ! répliqua celui-ci.

Sa blessure n'était assurément pas très grave, mais elle le faisait atrocement souffrir et demandait à être pansée sans retard.

La douce Yvonne voulait elle-même donner sur le champ ses soins à son vaillant compagnon, lorsqu'une sourde exclamation les fit se retourner...

Par les fissures du volet qui fermait la lucarne de la chambre, sorte de grenier où ils se trouvaient, Mistouflet, désirant s'assurer que le secret du refuge, dans lequel ils s'étaient jetés si promptement à l'abri, échappait aux recherches de leurs adversaires, s'était mis à suivre attentivement les mouvements de la multitude qui encombrait encore la place et surtout les allées et venues des soldats, sillonnant les alentours de la Bastille, enlaçant la foule, la séparant en groupes parmi lesquels ils espéraient découvrir quelques émeutiers, lorsque, soudain, il s'était rejeté en arrière et, pâle, tremblant, désignant du doigt la scène, qui avait attiré son attention et causé son émoi, à Yvonne et à Faribole, accourus près de lui à son appel :

— Voyez là !... là !... fit-il avec une expression de rage impuissante...

A leur tour, ils ne purent retenir un cri de même stupeur, de même angoisse et une même pâleur monta à leur visage, lorsqu'ils entrevirent ce qui se passait au dehors.

Entre une double haie de soldats, mousquetons aux poings, le lieutenant de Chadefaux, était entraîné à travers la foule vers la Bastille...

L'amant de Jeanne de Vrignès était le prisonnier des gens du roi qui, du reste, n'aurait aucune pitié pour un gentilhomme, quel que fut son rang, pris les armes à la main parmi les émeutiers du faubourg...

— Oh! mon Dieu! balbutia Yvonne, le malheureux est perdu!

— Mais, troun de l'air! jura Faribole, comment ce malheur est-il arrivé? M. de Chadefaux nous suivait, était sur nos talons et en entendant se refermer sur nous la porte du couloir, j'étais persuadé que c'était lui qui...

Il s'interrompit, pour reprendre aussitôt avec un nouveau juron.

— Ah! bagasse de bagasse! on dirait qu'il nous sait là, et qu'il veut nous envoyer son adieu... troun de l'air ma foi! je n'y tiens plus, advienne que voudra... mais il ne sera pas dit que, moi, Faribole, de Marseille, je n'aurai rien tenté pour arracher ce brave gentilhomme aux griffes de ces drôles!

Et, l'épée nue au poing, oubliant sa blessure, il allait s'élancer, lorsque la main robuste de Mistouflet, s'abattant sur son bras, le cloua sur place...

En effet, au moment de franchir le pont-levis de la sinistre forteresse dont les portes allaient, sans doute, pour toujours se refermer sur lui, le lieutenant avait tourné la tête vers la maison où ils savaient que ses amis étaient à l'abri de tout danger et, comme s'il eut deviné que, réduits à l'impuissance, ils assistaient avec désespoir à la première phase du long martyre qd'il devait subir, il leur rappelait dans un dernier regard fier et énergique, de ne point oublier cette autre victime qui, plus douloureusement qu'entre les murs d'un cachot, allait souffrir et gémir sous l'œil implacable de son impitoyable géôlier; le duc de la Tour-du-Roc...

— Pauvre Jeanne! murmura Yvonne qui, le visage inondé de larmes, se laissa tomber sur les genoux comme pour implorer encore cette miséricorde divine dont, si souvent déjà, elle avait en vain évoqué le secours...

— Troun de l'air! s'était écrié Faribole, rendu plus furieux tant par l'attitude désespérée de leur compagne que par l'incroyable impertinence de son élève dont les doigts le maintenaient ainsi que dans un étau, troun de l'air, si vous ne me lâchez pas, Monsieur Mistouflet, je vous troue la panse comme à un coquin que vous êtes!...

— Non, patron, riposta tranquillement Mistouflet qui avait déjà reconquis tout son sang-froid...

— Et qui m'en empêchera, mordious de mordious! hurla le maître d'armes en essayant péniblement de soulever son arme malgré la blessure de son bras.

— Votre blessure d'abord, patron! puis moi. ensuite Mme Yvonne et enfin la raison qui est la meilleure des raisons...

— Au diable! Monsieur Mistouflet, le moment n'est pas de plaisanter..,

— Aussi, maître, je raisonne simplement...

— Sur quoi?

— Sur ceci: puisque, selon votre propre expression, M. de Chadefaux était sur nos talons, quand nous nous réfugiâmes ici, il est à penser que les gens qui l'ont arrêté à la porte même de cette maison, y reviendront avec la certitude d'y découvrir les amis, les complices de leur prisonnier... Or, supposez, patron, qu'ils aient la mauvaise inspiration de mettre immédiatement leur idée à exécution, je ne vois pas trop ce que nous pourrions faire pour leur échapper, mais je sais bien que nous serions plus en sûreté dans la chambre souterraine que dans ce grenier ouvert à tous les vents...

— Eh bagasse! grommela Faribole obligé de se rendre à la justesse de ce raisonnement. abandonner ainsi ce brave gentilhomme est une lâcheté...

— Simplement, de la prudence, patron...

— De la prudence! de la prudence!... ah! mordious! si je ne me sentais pas le bras tout engourdi par cette maudite écorchure...

— Et l'enfant de Madame Yvonne?... insinua Mistouflet certain de convaincre son compagnon par ce dernier argument.

Faribole eût, en effet, un sursaut.

— Ah! troun de l'air! fit-il, c'est vrai! je suis hors de combat et, malgré vos biceps d'hercule, vous n'êtes pas de force, Monsieur Mistou-

flet, à défendre contre une horde de ces bandits, une femme et un enfant...
vous avez raison, déguerpissons ! mais mordious, ces coquins auront de
mes nouvelles... plus tard !

Et, remettant son épée au fourreau, il s'approcha d'Yvonne et lui
touchant doucement l'épaule :

— Madame dit-il..! nous ne pouvons songer pour l'instant à sauver
M. de Chadefaux... nous sommes nous même en péril... vous plairait-il
de descendre près de votre enfant...

Ce dernier mot produisit sur Yvonne l'effet d'une commotion électrique...
elle se leva d'un bond et, sans mot dire suivit ses compagnons...

Quelques minutes après, ils se retiraient dans le refuge qu'Exili avait
su rendre inpénétrable, introuvable.

Ils y entraient à peine que Faribole, pâlissant soudain, chancela et
pour ne pas tomber, fut obligé de s'arc-bouter à la muraille...

— Troun de l'air ! bégaya-t-lt, est-ce que je vais m'évanouir comme
une femmelette ?...

Yvonne et Mistouflet étaient déjà près de lui et le soutenant :

— Mon Dieu ! s'écria la première, vous êtes blessé plus grièvement
que vous ne le croyiez vous-même...

— Je ne sais pas... mais.. tout danse autour de moi... une faran-
dole...

— C'est la fièvre, patron... il faut vous coucher...

Et, sans attendre l'assentiment de son professeur, Mistouflet l'enleva
dans ses bras, l'étendit sur un lit, dégrafa son pourpoint et mit à nu
l'épaule qu'avait trouée horriblement la balle d'un mousquet...

Faribole, docile comme un enfant, s'était laissé faire... du reste, des
paroles sans suite s'échappaient de ses lèvres... le délire commençait à
s'emparer de lui...

Avec une habileté et un sang-froid que, depuis longtemps, les périls
de sa vie aventureuse avait développés en elle, Yvonne lava la plaie
béante, parvint à arrêter l'hémorrhagie qui épuisait le blessé et appliqua
un pansement qu'elle maintint à l'aide de fortes bandes...

Quand elle eut terminé, elle voulut prendre place à son chevet près
de Mistouflet... mais celui-ci sachant de quelle nature un peu trop expan-
sive et libre pouvaient être les divagations inspirées par le délire à son
patron, s'y opposa :

— Non, madame Yvonne, fit-il, laissez-moi seul maintenant près de
lui... je le veillerai, je le soignerai... ne me privez pas de cette besogne
qui est pour moi et un droit et un devoir.

Yvonne hocha tristement la tête et se retira près du lit où, dans un paisible sommeil que ne pouvaient parvenir à troubler, les haines, les colères, les luttes qui l'entouraient, un enfant dormait, un doux sourire aux lèvres...

Elle s'assit là, lourdement, brisée, anéantie, désespérée...

Ainsi. c'était à cela qu'aboutissaient tant d'années de courage, d'héroïsme, d'abnégation, d'amour !

Monseigneur Louis était voué à une mort hideuse entre les murailles de cette sinistre prison dont l'ombre s'étendait jusque sur la misérable maison où, cachée, tapie au fond d'une cave, elle était obligée, elle-même, de vivre, de se claquemurer, de s'ensevelir comme une criminelle poursuivie par la justice du roi ou une maudite marquée pour le malheur par le doigt de Dieu !

Car qu'étaient devenus la plupart de ceux-là qui avaient épousé une cause cependant si noble et si sainte ?

Et, comme en une vision rapide, passèrent en l'esprit de la malheureuse femme, les fantômes du chevalier de Rohan, de la Treaumont, de la marquise de Villiers, du prince Guillaume d'Orange, de Van Eden, du chevalier de la Barre, du comte de Brevannes. de Suzanne, de frère Chrysostome et... enfin de sa mère, à elle, de cette tendre et bonne dame Jeanne que l'abandon de sa fille, la privation de ses caresses avaient tuée...

Et, brusquement Yvonne tressaillit comme si elle s'éveillait d'un lugubre cauchemar... elle releva la tête... ses yeux étincelaient d'une flamme ardente de vengeance et de haine ..

Mais. peu à peu, le feu sombre de son regard s'éteignit... son front se courba plus bas encore et ses lèvres prièrent :

— Que votre volonté soit faite, mon Dieu !... mais si pour apaiser votre courroux, il vous faut une nouvelle victime, prenez-moi, Seigneur. moi qui lâchement, odieusement, ai frappé le fils innocent des crimes de son père.

Et affaissée sous le poids du remords qui l'accablait, elle demeura là, inerte, l'œil fixe, halluciné, revoyant aussi le cadavre du dauphin Monseigneur le duc de Bourgogne...

Et, dans cette chambre souterraine au seuil de laquelle expiraient les bruits du monde, régna un profond silence que parfois interrompaient seuls les mots heurtés, saccadés, arrachés à Faribole par le délire de la fièvre et le rhythme lent, régulier et doux de la respiration de l'enfant endormi...

Non! Dieu ne s'était pas détourné de ces pauvres gens, mais leur mauvais génie planait encore sur eux!...

...Dans un coin de la place encore encombrée d'une foule grouillante acclamant les soldats et proclamant la magnanimité du roi, une chaise à porteur était déposée à terre...

Derrière la vitre de la portière, s'encadrait la tête difforme, monstrueuse de Gniafon dont l'œil sauvage, rivé à la maison d'Exili, brillait d'une joie hideuse...

Puis, tout-à-coup, le nain appela ses valets, leur donna l'ordre de le ramener au Louvre et il se rejeta dans le fond de sa chaise, en grommelant, la bouche grimaçante en un rictus sardonique :

— Cette fois, je la tiens ! elle ne m'échappera pas !

Pendant un instant, le mystérieux personnage resta courbé sur elle.

CONCLUSION

CHAPITRE PREMIER

OU FARIBOLE PLEURE TANDIS QUE MISTOUFLET RIT ET COMMENT ILS FINISSENT
TOUS DEUX PAR S'AMUSER BEAUCOUP...

La nuit tombait...

Dans une chambre vaste, spacieuse de l'hôtel appartenant au duc de la Tour du Roc, dans un lit à haut baldaquin, Jeanne de Vrignès était étendue.

A la lueur d'une veilleuse dont la flamme tremblottait, son visage aux lignes si pures, si délicates, ressortait tout pâle, sur la blancheur des oreilles.

Lentement, sans souffrance, sans agonie, elle se mourait ainsi qu'une fleur, qu'un souffle d'orage a flétrie, courbée, brisée.

Deux jours auparavant, le duc, accompagné de Bourland, avait pénétré près d'elle, et sans autre préambule, s'asseyant, les jambes croisées, le buste raidi, le regard enfiévré par une joie farouche, avait dit à son intendant :

— Ra...racontez !

Et alors, sans détours, peut-être inconscient de l'épouvantable supplice qu'il infligeait à la jeune femme, Bourland avait commencé :

— « D'après les indications de Mlle Suzette, la femme de chambre de Madame la duchesse, je savais où habitait M. le lieutenant de Chadefaux.. à plusieurs reprises, je me rendis à l'auberge du Lapin Blanc, tout heureux de faire connaissance, incognito, avec cet estimable gentilhomme... estimable ? du moins, je le croyais, mais je fus vite détrompé, en apprenant par des indiscrétions récoltées de côté et d'autre. que cet officier n'était qu'un chef de rebelles prêt à se révolter contre les ordres et l'autorité de Sa majesté dont moi je suis l'humble mais dévoué serviteur...

de cette différence de goûts entre nous, naquit naturellement en moi le désir d'être utile au roi auguste que je vénère et que M. de Chadefaux voulait combattre...

je fis part de mes intentions à M. le duc qui, luimême en prévint M. de Chamillard, notre illustre ministre de la guerre... celui-ci daigna m'adjoindre quelques soldats pour m'aider à convaincre le gentilhomme-émeutier des dangers d'une conspiration si peu honorable pour lui...

En compagnie de mon escorte, je me dirigeais donc vers le domicile de M. de Chadefaux, lorsque, dans le faubourg Saint-Antoine, je me heurtai à de nombreuses troupes du roi... des coups de feu retentissaient... la révolte avait lieu... je tombais en plein combat... je n'hésitai pas... je m'élançai en avant ; je parvins sur la place au moment même où, vaincus, cernés de toutes parts, les rebelles s'enfuyaient et j'eus le bonheur d'apercevoir mon gentilhomme, se faufilant à travers la foule, vers une boutique d'apothicaire...

je courus sur ses traces... je le rejoignis au moment où, il allait pénétrer dans cette maison et je m'apprêtais à lui manifester l'indignation que m'inspirait sa déloyale conduite, lorsque les soldats qui m'accompagnaient et m'avaient suivi pas à pas, se jetèrent sur lui et s'en emparèrent...

il ne fit, du reste, aucune résistance... se contenta de refermer la porte du couloir dans lequel, une seconde plus tard, il eut disparu, et doucement, se laissa conduire à la Bastille...

— A la Bastille ! s'etait écriée Jeanne de Vrignès avec un accent déchirant de désespoir...

Et comme Bourland, effrayé sans doute par la pâleur mortelle qui soudainement avait envahi les traits de la jeune duchesse, se taisait...

— Conti...tinuez ! avait bégayé le duc...

— Oni, Madame la duchesse, avait repris l'intendant, à la Bastille, d'où il ne sortira que pour monter sur l'échafaud... car le crime contre la sûreté de l'Etat, le crime de lèse-Majesté que M. de Chadefaux a commis sont inévitablement punis de la peine de mort...

Sans un mot, sans un geste, Jeanne de Vrignès avait roulé inanimée, comme une masse, sur le tapis de la chambre, tandis que le duc se levant tranquillement sonnait la femme de chambre et s'éloignait au bras de son intendant, après avoir dit froidement à Suzette :

— Voyez !... je crois que Ma...Madame la du...duchesse est souf... frante !

Avec un cri d'effroi, la pauvre et dévouée Suzette s'était jetée sur le corps de sa maîtresse, l'avait emporté, étendu dans le lit et, à force de soins, était parvenue à le ramener à la vie.

Mais, depuis deux jours et deux nuits qu'elle veillait près d'elle, il lui semblait impossible de raviver l'intelligence, la raison de la jeune femme...

L'âme n'habitait plus ce corps inerte...

La poitrine soulevée par un souffle à peine perceptible, les yeux grands ouverts, fixes, hallucinés, Jeanne de Vrignès restait insensible à tout appel, à toute parole et elle était demeurée figée dans la même immobilité rigide, glaciale, lorsque ce soir-là, le duc de la Tour du Roc, sortant de son indifférence, de sa froideur habituelles, avait paru s'émouvoir enfin de cet état alarmant de sa victime et, le front creusé d'une ride, avait, en quittant la chambre, ordonné à Suzette de s'enquérir d'un médecin.

Il y avait cinq minutes de cela et la femme de chambre, hésitant entre l'envie d'exécuter cet ordre qui répondait si bien à son propre désir et la crainte de laisser sa maîtresse seule, se décidait enfin à sortir, lorsqu'elle s'arrêta, clouée au seuil de la porte, par un appel de la duchesse qui, d'une voix faible, douce comme une plainte avait prononcé son nom.

— Suzette !..

D'un bond, celle-ci fut près du lit et jeta une exclamation de folle joie.

Une légère rougeur colorait les joues de la malade et une lueur d'intelligence brillait dans le regard qu'elle fixait sur sa fidèle servante.

— Ah ! Dieu soit béni ! s'écria celle-ci, vous êtes sauvée, madame !

— Non ! murmura faiblement Jeanne, non ! je le sens... je me meurs... et cette mort loin de m'effrayer, me rend heureuse...

Et, saisissant une main de Suzette :

— Mais, ajouta-t-elle, avant de mourir, je voudrais revoir quelqu'un de ceux que j'ai aimés et apprendre de sa bouche, l'effroyable malheur qui me frappe...

— Madame veut parler?...

— D'Yvonne... de Mistouflet... de Faribole...

— Faribole?

— Ne sais-tu point où ils habitent?

— Je l'ignore, madame.

— M. de Chadefaux me l'avait confié... il se sont réfugiés dans une petite maison de la place de la Bastille là où se trouve précisément cette officine d'apothicaire devant laquelle on a arrêté..

— Ce renseignement me suffit, madame, mais quand désirez-vous que je m'enquiers...

— Ce soir même...

— Ce soir?

— Oui ! car qui sait si demain je serai encore de ce monde.

— Oh, madame!

— Aussi je t'en prie, ne tarde pas plus longtemps à exaucer ce suprême vœu, ce dernier désir... M. le duc t'a ordonné de quérir un médecin dont la science sera impuissante à me guérir... va Suzette, va... amène près de moi un des braves et fidèles amis de mon fiancé... celui-là du moins, me rendra la mort encore plus douce.

— Oui! oui ! ma chère maîtresse ! fit Suzette éclatant en sanglots, je vous obéis et vous jure qu'avant une heure je serai de retour avec un de ceux que vous désirez.

Et après avoir mis un baiser ardent sur la main presque diaphane de sa maîtresse, elle s'élança hors de la chambre, se précipita dans le grand escalier, traversa la cour, franchit la porte de l'hôtel et remonta, en courant la rue déserte, à cette heure, du Pas-de-la-Mule.

Mais, brusquement, elle s'arrêta pétrifiée de peur, et incapable d'un appel, d'un cri, la gorge étreinte par une horrible angoisse, recula, s'adossa à la muraille d'une maison...

Deux hommes, lui barrant le chemin, avaient surgi devant elle...

Silencieusement, ils avançaient... puis, lorsqu'ils ne furent plus qu'à un pas de la soubrette, à demi-morte de frayeur, d'un même mouvement brusque, ils écartèrent le pli du manteau qui, rejeté sur l'épaule, leur cachait le bas du visage...

Alors un phénomène étrange se produisit en Suzette... subitement, le sang afflua à ses joues... sa poitrine se leva comme soulagée instantanément du poids qui l'oppressait... un rayon de joie indicible illumina son front et elle s'écria :

— Vous ! vous !

— Silence, mademoiselle, silence !... fit l'un des inconnus...

Et l'entraînant sous le porche sombre d'une maison voisine...

— Mademoiselle, reprit-il d'un ton bas et rapide, nous avons la plus grande précaution à prendre et peu de temps à perdre... répondez donc simplement à mes questions... Votre maîtresse?

— Est mourante...

— A-t-elle auprès d'elle un médecin?

— Non !... M. le duc m'avait donné l'ordre d'en chercher un...

— Est-ce le motif de votre sortie ?

— Oui ! en ce qui concerne le duc...

— Bien !

— Mais ma maîtresse...

— Je devine... vous vous rendiez place de la Bastille...

— Oui...

— Où sont donc les appartements du duc?

— Dans l'aile droite de l'hôtel...

— Ceux de la duchesse?

— A côté... mais séparés par un salon et une autre pièce...

— Vous en avez les clefs?

— Les voici !..

Le mystérieux personnage prit et garda le trousseau de clefs que Suzette lui tendait et reprit :

— Est-il possible de pénétrer dans l'hôtel autrement que par l'entrée principale ?

— Oui ! par une petite porte pratiquée dans le mur qui entoure le parc...

— La clef ?

— Est dans ce trousseau... la voici...

— Bien !... et... de là ?

— Il vous sera facile, par un escalier de service, s'ouvrant sur le parc même, de gagner le premier étage et, de là, les appartements de la duchesse.

— A merveille... en ce cas, Mademoiselle, attendez mon retour ici ; j'espère qu'avec le compagnon que je vous laisse, vous n'aurez point de peur.

— Oh ! non ! Monsieur.

Laissant son acolyte et Suzette seuls, l'inconnu se dirigea vivement vers l'hôtel du duc de la Tour du Roc, s'engagea dans une ruelle qui le longeait jusqu'à ce qu'il eût trouvé la porte qui lui avait été indiquée, l'ouvrit, la referma, et, à pas lents, furtifs, se glissant dans l'ombre des arbres et des taillis du parc, gagna l'entrée de l'escalier de service ; il s'y faufila et, retenant son souffle, étouffant le bruit de ses pas, parvint, sans avoir été aperçu, dans le couloir sur lequel s'ouvraient les appartements...

Il alla droit à une porte sous laquelle filtrait un mince filet de lumière, l'ouvrit, la poussa, la referma sur lui... il était dans la chambre de Jeanne de Vrignès...

Mais, malgré les précautions minutieuses qu'il avait prises, celle-ci avait entendu le bruit presque imperceptible qu'avait causé son entrée...

Sans changer d'attitude, elle demanda doucement :

— Est-ce déjà toi, Suzette ?...

Sans répondre, l'étrange visiteur s'était avancé au chevet du lit...

Jeanne eut une sourde exclamation à la vue de cet homme enveloppé dans un large manteau et la tête couverte d'un chapeau dont les larges bords rabattus couvraient le haut de la figure...

— Qui êtes-vous ? dit-elle essayant de se soulever sur sa couche...

— Celui que vous avez demandé ? répondit-il..,

— Un médecin ! fit-elle en retombant sur son oreiller.

— Non !... regardez !...

Et, d'un mouvement rapide, il écarta les plis de son manteau et releva son feutre.

Le même cri de stupeur qui avait échappé à Suzette, sortit de la gorge de la duchesse qui se dressa, effarée, sur son séant :

— Vous ! vous ! balbutia-t-elle...

— Ecoutez-moi ! répliqua-t-il simplement.

Et, se penchant vers elle, il lui glissa à l'oreille des phrases brèves, courtes, rapides.

Et, au fur et à mesure qu'il parlait, le visage de la jeune femme se ranimait, rayonnait d'une espérance folle, d'un bonheur inespéré, et, en même temps, la vigueur renaissait en elle comme si chacun des mots, prononcés par l'inconnu, lui eut rendu une étincelle de vie.....

Et quand il eut achevé, elle s'écria :

— Oh ! oui ! oui ! donnez ! donnez !...

Il prit sur une petite table un gobelet qu'il emplit d'eau, sortit de dessous son pourpoint une fiole minuscule, la déboucha et laissa tomber quelques gouttes du liquide qu'elle contenait dans le verre, et le tendant à Jeanne de Vrignès...

— Vous n'avez pas de crainte ? demanda-t-il.

— Voyez !... fit-elle...

Et, d'une main assurée, elle porta le verre à ses lèvres et en vida à demi le contenu...

L'autre eut à peine le temps de ressaisir le gobelet et de le replacer sur la table... ✦

Jeanne, devenue subitement d'une pâleur livide, cadavérique, était retombée déjà lourdement en arrière et, les yeux fermés, ne bougeait plus...

Pendant un instant, le mystérieux personnage resta courbé sur elle,

Votre franchise ne peut atteindre que les coupables....

l'examinant avec la plus extrême attention. puis, sans doute, satisfait de son examen, il se releva, se drapa dans son manteau, sortit de la chambre avec les mêmes precautions, regagna l'escalier dérobé et se retrouva dans le parc sans avoir fait la moindre rencontre...

Quelques minutes après, il rejoignait Suzette, causant tranquillement avec l'homme en compagnie duquel elle était restée

— Tenez ! Mademoiselle, lui dit-il en lui remettant son trousseau de clefs, maintenant veuillez nous conduire en l'hôtel de M. le duc...

— Quoi !... vous voulez ?...

— Le duc ne vous a-t-il pas ordonné de ramener un médecin ?

— Sans doute ! mais...

— Je serai celui-là...

— Mais...

— Avec l'aide indispensable qui m'accompagne en toutes mes visites.

— Ne craignez-vous pas...

— Le duc ne m'a jamais vu et c'est à peine si, jadis, il a aperçu notre ami...

— C'est vrai !... mais encore une fois...

— Il y va du salut de votre maîtresse...

— Oh ! je sais bien que si quelqu'un est capable de la sauver, c'est vous... mais si le duc soupçonnait...

— Dans quelques instants, le duc, au contraire, tremblera devant moi...

— En ce cas... je n'hésite plus... venez...

— Une dernière recommandation, mademoiselle.

— Parlez !

— Quoique vous voyiez, vous entendiez, ne vous alarmez de rien !... vous me le promettez !...

— De tout cœur.

— C'est bien ! nous vous suivons...

Et, cette fois, par la grande porte, ils pénétraient dans l'hôtel...

— C'est le médecin et son aide que monseigneur m'a envoyé chercher pour madame la duchesse glissa, Suzette à l'oreille du portier qui s'inclina gravement devant les deux personnages engoncés plus que jamais dans leurs lourds manteaux...

Et, comme, dans l'escalier, ils croisaient un valet, la femme de chambre lui dit :

— Vite ! prévenez M. le duc que le médecin est près de madame...

Quelques instants après, ils entraient dans la chambre où, dans son lit, Jeanne de Vrignès gisait, immobilisée dans la rigidité d'un cadavre.

Suzette s'en approcha vivement.

— Madame ? appela-t-elle.,.

Pas de réponse...

— Madame ? madame ? reprit-elle.

Et, inquiète de ce silence et de cette immobilité, elle prit une des mains de sa maîtresse...

Mais, aussitôt, elle se rejeta en arrière avec un épouvantable cri de douleur, de détresse, de désespoir...

La main, qu'elle avait touchée, était froide, glacée, inerte.

— Oh ! s'écria la femme de chambre, avec une horreur indicible, madame est morte ! madame est morte !...

L'un des inconnus s'était approché à son tour. il s'était débarrassé de son manteau, de son chapeau...

C'était un vieillard mince, de petite taille, à demi courbé par l'âge, son front était haut, sillonné de rides profondes, et de longues mèches de cheveux blancs, laissant voir le sommet du crâne en partie dénudé, lui retombaient presque sur les épaules... de larges lunettes abritaient ses yeux d'où jaillissait un regard aigü, pénétrant...

L'autre impassible, immobile, était resté près de la porte

— Oui ! fit le vieillard de ce ton monotone presque indifférent de l'homme familiarisé de longue date avec pareil spectacle, oui, en effet cette femme est morte...

— Mo... morte ! fit une voix comme un écho...

Et, au même instant, le duc parut au seuil d'une porte latérale...

— Monseigneur le duc de la Tour du Roc, sans doute ? fit le soi-disant médecin en quittant le chevet du lit pour s'avancer vers le gentil-homme.

— Oui !... oui ! bégaya celui-ci...

Et, s'adressant à Suzette, demeurée pétrifiée, fixant de ses yeux hagards, fous, le vieil homme qu'elle avait, elle-même, introduit près de sa maîtresse :

— Bour... Bourland !... fit le duc en se laissant tomber sur une chaise.

Suzette comprit et sortit chancelante...

— Monseigneur ! avait repris le vieillard en s'inclinant profondément devant son important client, cette domestique est venue trop tard réclamer le secours de ma science... cette personne... votre parente sans doute Monseigneur ?

— Oui !... oui !...

— Votre fille, peut-être ?... ah ! malheureux père...

— Non !... non ! articula péniblement le duc, c'est ma... ma... femme !...

— Oh ! pardon, Monseigneur ! j'aurais dû en effet deviner...

Il fut heureusement tiré d'embarras par l'arrivée de Bourland que ramenait Suzette...

L'intendant alla droit à son maître.

— Monseigneur ! fit-il en s'inclinant...

— Voy... Voyez ! dit le duc en lui désignant le corps de Jeanne de Vrignès.

— Madame ne va pas mieux ? demanda l'autre.

— Mo... morte...

— Morte ? se récria Bourland en se reculant comme s'il eût eu peur de cette mort.

— Hélas ! fit le médecin qui, penché au-dessus du lit, palpait examinait soigneusement la morte, comme s'il eut espéré y découvrir un reste de vie...

Mais, soudain, il se redressa et, d'une voix dont il s'efforçait en vain de déguiser le trouble, l'émotion :

— Ah ! Monseigneur ! ah ! Monseigneur ! s'écria-t-il, ceci est effrayant, horrible, monstrueux...

— Ah ! mon Dieu ! qu'y a-t-il encore ? s'exclama Bourland tandis que son maître demeurait incapable de prononcer un mot.

— Il y a, Monseigneur, répliqua le médecin, en assurant d'un geste machinal ses lunettes sur son nez, il y a qu'un crime inique, épouvantable a été commis ici...

— Un cri... crime ! parvint à balbutier le duc effaré.

— Un crime ! firent en même temps les voix de l'intendant et de Suzette.

— Sur ma foi de chrétien et, en ma conscience d'honnête homme, reprit le vieillard en redressant haut son buste, j'atteste et j'affirme que Mme la duchesse de la T_ur du Roc a été empoisonnée !

Le duc se leva d'un bond et, le visage livide, la bouche entr'ouverte sans qu'un son put sortir de sa gorge étreinte par une indicible et subite terreur, il promena autour de lui ses yeux fous, hagards, comme si, en ceux qui l'entouraient, il eut déjà soupçonné des juges prêts à l'accuser de ce crime.

Et, sous le coup d'une même et vague frayeur, Bourland s'était affaissé, laissé tomber sur les genoux, murmurant d'une voix hébétée :

— Morte !.. empoisonnée !... ce n'est pas moi le coupable ! non ! ce n'est pas moi !

Soudain le silence lugubre qui, provoqué par cette révélation et cette étrange attitude du duc et de son intendant, pesait lourdement sur les uns et les autres, fut interrompu par plusieurs coups frappés à la porte ; et, presqu'aussitôt, un homme parut, s'arrêtant au seuil de la chambre, considérant avec une curieuse inquiétude les personnes en face desquelles, il se trouvait si inopinément.

C'était M° Basoche.

Sous son bras, il portait un volumineux paquet de dossiers, maintenus par une bretelle, et, à son visage tout d'abord gai et souriant, on eut deviné qu'il était messager d'une bonne nouvelle si ses traits ne se fussent aussitôt assombris au fur à mesure qu'il comprenait, en la détaillant, la scène qu'il avait sous les yeux.

Cependant, quoique un peu gêné par le silence qui accueillait son entrée, il s'avança, saluant de droite et de gauche et s'inclinant devant le duc de la Tour du Roc :

— Monseigneur ! dit-il, pardonnez-moi de m'introduire ainsi près de vous à l'improviste, mais je n'ai rencontré en votre hôtel aucun valet pour m'annoncer... je m'appelle : M° Basoche et suis le tabellion chargé des intérêts de Mlle Jeanne de Vrignès... or, Monseigneur, je suis venu vous apprendre une nouvelle, bien fâcheuse pour vous... Sur les instances de Mme la maréchale de Montrevel et, bien que, à la suite d'échecs successifs dans les Cévennes, son mari soit tombé en disgrâce, sa Majesté Louis XIV a daigné prendre connaissance des circonstances dans lesquelles s'est accompli votre mariage et, y relevant certains cas de nullité, a décidé que liberté pleine et entière serait rendue à Mlle Jeanne de Vrignès... je vous apporte, Monseigneur, les actes qui constatent et autorisent...

— Inutile, Monsieur le tabellion, interrompit gravement le vieux médecin, la volonté du roi s'est manifestée trop tard, voici quelle a été celle de Dieu !

Et, d'un geste solennel, il désigna le corps de la duchesse...

M° Basoche flageola sur ses jambes, laissa échapper ses dossiers qui s'éparpillèrent, pêle-mêle, sur le plancher, et il se précipita vers le lit en sanglotant:

— Ah! malheureuse femme !.. pauvre martyre !..

— Martyre ? dites-vous ! reprit le vieillard, ce mot dans votre bouche, monsieur le tabellion, est synonyme d'accusation.

— Je ne vous comprends pas! fit M° Basoche en se relevant.

En quelques mots, l'autre le mit au courant de l'affreuse vérité.

— Mais, se récria le digne notaire, c'est impossible !... cette chère enfant si charmante, si douce, n'avait pas d'ennemi !.

— Qui sait? répondit le médecin, fort sceptique par profession, sans doute.

Et, d'un signe, appelant près de lui Suzette qui, prostrée sur elle-même, les mains jointes, se croyait le jouet d'un rêve, d'une hallucination :

— Mademoiselle, lui dit-il, répondez-moi franchement, sans détours... dans quel état se trouvait votre maîtresse lorsque vous l'avez quittée..?

— Mais... elle était fort souffrante...

— Incapable de quitter son lit.

— Ah ! certes oui !

— Vous a-t-elle parlé?

— Oui, Monsieur.

— Que vous a-t-elle dit?.. Oh ! ne craignez rien pour vous ! votre franchise ne peut atteindre que les coupables et je ne pense pas que vous vouliez les soustraire à la justice du roi...

— A la justice du roi ! balbutia Bourland à demi-mort de peur.

— Monsieur, répondit Suzette à voix basse, rapide mais très distincte, madame la duchesse qui avait grande confiance en moi, m'avait chargée d'une mission tout intime...

— Quelle mission?

— Persuadée que les soins d'un médecin lui étaient désormais inutiles, elle m'avait priée, non pas d'exécuter les ordres de M. le duc à ce sujet, mais de me rendre près de certaines personnes qu'elle aimait beaucoup et dont la présence à son chevet eût été pour elle une grande joie... aussi, je me serais empressée de satisfaire son désir, si le hasard ne vous avait mis sur ma route...

— Cela prouve déjà qu'à nul moment, votre maîtresse n'a eu l'intention de mettre elle-même un terme à ses souffrances...

— Oh! Monsieur !... Madame était trop pieuse pour que pareille pensée...

— En outre, de votre propre aveu, elle était trop affaiblie pour quitter sa couche, donc toute idée de suicide doit être écartée, car il est impossible que ce gobelet soit venu là tout seul...

Et, tout en parlant, le médecin saisit le verre resté sur le guéridon, y versa quelques gouttes d'un liquide enfermé dans un flacon qu'il avait tiré de sa poche et aussitôt le mélange prit une teinte bleuâtre caractéristique.

— Or, reprit-il, voilà la preuve que dans l'eau contenue dans ce verre, on a versé du poison... il y a donc eu crime, comme je l'affirmais et non suicide...

Et, changeant de ton, après avoir replacé le verre sur la petite table :

— Mademoiselle, demanda-t-il encore, combien de temps a duré votre absence ?

— Un quart d'heure à peine, répondit Suzette.

— Quelqu'un autre que vous, pouvait-il pénétrer près de Mme la duchesse ?

— La porte de cette chambre était rigoureusement interdite aux autres domestiques ..

— En sorte que votre maîtresse ne recevait...?

— Que M. le duc et parfois M. Bourland...

— Bourland ?..

— L'intendant de Monseigneur...

— Où est cet homme?

— Devant vous, Monsieur.

Le médecin sembla remarquer seulement la présence de l'intendant qui, toujours agenouillé, avait cependant relevé la tête lorsque Suzette avait prononcé son nom...

Le vieillard fixa sur lui son regard aigü, pénétrant, et lentement, s'avança vers Bourland qui, subjugué, les yeux dilatés par un horrible effroi, rampant sur les genoux, se reculait devant lui comme devant un spectre, lui posa rudement une main sur l'épaule et, d'un ton sec, vibrant, lui dit :

— C'est vous qui êtes l'assassin !

L'intendant bondit, se leva, se rejeta en arrière et, livide, les cheveux hérissés, se récria :

— Moi ! Moi ! non ... non !... jamais !... ce n'est pas moi !

— Alors tu nies être entré dans cette chambre !

— Oui... c'est-à-dire... non !...

— Explique-toi...

— J'y suis venu.. quand Monseigneur m'a fait mander.

— Quand ?

— Il y a une heure.. du reste, Mlle Suzette peut l'affirmer. .

— Mais non ! se défendit la femme de chambre, quand je suis accourue à l'appel de M. le duc, j'ai trouvé Madame évanouie, gisant sur le parquet, j'ignore ce qui s'est passé entre elle et vous... mais, c'est depuis ce moment, que Madame la duchesse a été comme morte...

— Ah ! ah ! ricana le médecin...

— Mais, Monsieur! s'exclama Bourland affolé par cette déclaration dont il pressentait la gravité, mais je n'ai fait que répéter a Mme la duchesse ce que Monseigneur m'avait ordonné de lui apprendre, c'est-à-dire l'arrestation de M. Chadefaux et sa condamnation probable à mort...

— M. de Chadefaux ?.. fit le vieillard.

— Oui ! un officier dont Madame était amoureuse... ce qui fait que Monsieur le duc... par jalousie...

— C'est bien ! interrompit le médecin...

Et, allant droit au duc de la Tour du Roc qui, les membres frissonnants, le visage blême, semblait glacé dans le mutisme qui l'empêchait d'intervenir dans ces différents colloques dont la tournure devenait si menaçante pour lui :

— Monseigneur ! dit-il s'inclinant à peine, les quelques paroles de cet homme m'ont ouvert les yeux,.. mais, quel que soit le rang d'un coupable, mon devoir à moi, est de le désigner à la justice du roi...

— La jus... justice... ! bégaya le duc devinant que tous les soupçons se portaient sur lui, mais je... je... suis in...nocent...

— Monseigneur ! je n'ai pas le droit d'accuser... cependant...

— Ce... cependant...

— Tout vous accuse, hélas !...

— Moi !... moi !...

— Vous seul avez pu pénétrer dans la chambre de Mme la duchesse en l'absence de sa femme de chambre que vous avez éloignée sous le prétexte de quérir un médecin... donc, tout tend à prouver que c'est votre main qui a versé le poison dans ce verre placé sur ce guéridon et que Mme la duchesse ne pouvait être allée prendre elle-même... Concluez, Monseigneur.

— Et, intervint Me Basoche en secouant douloureusement la tête, il y a là une coïncidence bien étrange et surtout fort accablante pour vous, Monseigneur ! car la mort de Mme la duchesse survient à l'heure même où la volonté du roi rendait à Mlle Jeanne de Vrignès une liberté dont, sans aucun doute, elle eut usé pour céder au penchant irrésistible de son cœur...

Sans plus insister, le médecin prenait déjà son chapeau et allait se retirer pour mettre, sans doute, à exécution ce qu'il considérait comme un devoir, lorsque le tabellion, secouant l'accablement dans lequel l'avait plongé la mort de sa chère cliente, le retint vivement et l'arrêtant par le bras :

— Où vous rendez-vous donc ? lui demanda-t-il.

— Chez Monsieur le lieutenant général de police, répliqua l'autre sans sourciller ?

— Dans quelle intention ?

Le duc de Tour du Roc y prit place presqu'aussitôt

— Eh ! mais, monsieur le notaire ! dans l'intention bien naturelle et fort juste de lui faire ma déclaration...

— C'est-à-dire ?

— De lui révéler le crime commis en cette maison, de lui en fournir les preuves et même lui en indiquer l'auteur ou, tout au moins, lui communiquer mes soupçons à ce sujet.

— Eh ! bien, moi, monsieur le docteur, je m'y oppose...

— Vous... vous... y... opposez ! scanda sèchement le médecin.

— Ou plutôt, reprit doucement M° Basoche, je vous prie de m'entendre avant de donner suite à votre dessein...

— Ceci est une autre affaire, parlez, Monsieur le tabellion, je vous écoute.

— J'avoue que, comme à vous, la culpabilité de Monsieur le duc me paraît suffisamment démontrée...

Il fut brusquement interrompu par le duc de la Tour du Roc qui, lui incrustant dans le bras ses doigt crispés, râla sourdement :

— Non... je... je... ne suis... pas... pas... coupable.!. in... infamie !

— Hélas ! monseigneur ! reprit M° Basoche, en admettant même votre innocence, les apparences qui s'élèvent contre vous et vous accablent sont telles qu'aucune justice n'oserait vous absoudre... Personne n'ignore que Mlle Jeanne de Vrignès n'avait pas d'autre ennemi que vous... non seulement M. le maréchal de Montrevel et sa femme peuvent en faire foi mais encore tous ceux qui sont à votre service, Mlle Suzette, Bourland lui-même en témoigneront...

— Ah ! certes ! et avec plaisir ! s'écria l'intendant qui, dans sa joie d'être mis hors de cause, s'empressait de lâcher son maître.

— Sans compter, reprit le notaire, mon propre témoignage et en plus et surtout les affirmations du docteur... ainsi donc, monseigneur, quoique vous fassiez, quoique vous inventiez pour vous défendre, vous serez condamné, j'en suis certain... le roi, lui-même, se laissera convaincre et ne vous pardonnera pas un tel crime...

Le raisonnement de M° Basoche était d'une logique si serrée que le duc de la Tour du Roc comprit qu'en effet, il était perdu et tenterait vainement de se disculper, car il prévoyait, lui, l'intervention, en cette affaire de personnages dont le tabellion oubliait l'importance... il se rappelait que Jeanne de Vrignès avait eu jadis d'autres défenseurs qui, à leur tour, deviendraient de terribles accusateurs !...

Et, vaincu, terrifié, affolé, il se laissa lourdement, la tête entre ses mains, retomber sur une chaise.

— Ainsi donc, monsieur, reprit le notaire, en s'adressant au docteur, je ne veux pas essayer de disculper monsieur le duc ou implorer votre indulgence en sa faveur, mais permettez-moi de réclamer votre pitié pour cette pauvre morte !

— Que voulez-vous dire ?

— Jeanne de Vrignès a beaucoup souffert durant sa vie ; consentirez-vous encore à ce que le nom qu'elle a porté et qui sera inscrit sur sa tombe soit un nom deshonoré, maudit, et que son cadavre subisse le poids de ce deshonneur, de cette malédiction !

Sans répondre, le médecin inclina, pensif, sa vénérable tête, auréolée de cheveux blancs...

Et alors, tandis que, penchée contre le visage marmoréen de sa maîtresse, Suzette semblait murmurer à son oreille quelque prière ou quelques paroles que nul ne pouvait entendre, tandis que Bourland, plus rassuré, épiait cependant encore, avec une certaine inquiétude, l'homme que le médecin avait désigné comme son aide et qui, toujours enveloppé dans les plis de son manteau restait impassible, silencieux, appuyé au chambranle de la porte, tandis que le duc, intéressé soudain par le débat dont il était l'objet, suivait d'un regard avide les impressions que reflètaient les traits des deux interlocuteurs, Mᵉ Basoche se mit à conter au vieillard l'existence si triste de Jeanne de Vrignès, lui retraça les désillusions, les persécutions, les infortunes dont elle avait été victime et surtout l'odieux sacrifice d'amour qui lui avait été imposé :

— Oui, dit-il en terminant, cette pauvre femme a beaucoup souffert et il était dans sa destinée de ne point goûter de bonheur en ce monde, mais, monsieur, je connaissais la magnanimité, la noblesse de cette grande âme et je suis sûr d'être son interprète en vous suppliant de ne point jeter les secrets de sa vie en pâture à la curiosité publique, de ne pas profaner cet amour qu'elle avait profondément au cœur, en l'étalant devant la barre d'un tribunal, bref, c'est pour elle seule, monsieur, par respect pour son passé et pour que de nouvelles haines, d'autres vengeances, nées de ce crime ne troublent point le repos de sa tombe que je vous conjure, non pas d'absoudre le duc de la Tour du Roc, mais de l'abandonner au silence des remords, qui souvent, punissent le coupable plus cruellement encore que la justice des hommes.

Pieusement, comme si chaque parole du notaire eût éveillé en lui un souvenir douloureux ou un sentiment d'inaccoutumée compassion, une sorte de recueillement, le vieux médecin avait écouté le récit de Mᵉ Basoche puis, quand celui-ci eût terminé, il releva son front qu'il avait tenu courbé sous le poids de ses méditations et, de son regard vif et clair qui brillait étrangement derrière ses grosses lunettes, fixant son interlocuteur.

— Monsieur le tabellion. fit-il gravement, quoiqu'il en coûte à ma conscience, je me tairai... ce que vous m'avez appris sur cette malheureuse femme, m'a touché profondément et je m'explique maintenant pourquoi vous la considérez comme une martyre ! toutefois, pour ne compromettre aucun de nous et ne point éveiller les soupçons que pourrait provoquer une mort aussi foudroyante et que ne manqueraient pas de susciter les amis non prévenus de la duchesse, il est urgent d'aviser au moyen de cacher la vérité à tous, en forgeant une fable que nul ne puisse mettre en doute.

Me Basoche se recueillit pendant un instant, puis s'adressant au duc qui, dans la pensée d'en être tiré à si bon compte, approuvait fort en lui-même les scrupules du médecin et du notaire :

— Monseigneur, lui dit-il, vous possédez, je crois, un domaine dans les environs d'Étampes ?

— Oui ! oui ! articula-t-il moins difficilement.

— Ce château est-il habitable ?..

Le seigneur de la Tour du Roc fit signe à son intendant de répondre :

— Oh ! non ! monsieur le tabellion ! fit ce dernier avec l'empressement d'un homme fort désireux de se concilier les bonnes grâces de gens dont l'autorité lui semblait plus rassurante que celle du duc, oh ! non, car, il y a de longues années que Monseigneur n'y a paru et le portier, un vieux sourd, à qui en est uniquement confiée la garde, a laissé le parc sans entretien et les bâtiments du château tombent en partie en ruines la partie la mieux conservée est encore la chapelle...

— Ah ! il y a une chapelle ? demanda Me Basoche.

— Oui, Monsieur ! et dans laquelle le curé de la paroisse voisine, vient, par habitude, dire la messe de temps à autre.

— Très bien ! fit le notaire interrompant le verbiage de l'intendant décidé à parler, sans interruption pendant une heure, pour prouver son zèle :

Et, se tournant vers le médecin :

— Voici de quelle façon on pourrait agir, reprit-il ; M. le duc, prétextant le peu de santé de la duchesse à laquelle le médecin aurait ordonné le grand air de la campagne, donnera immédiatement ses ordres pour qu'on attelle sa voiture de voyage... M. Bourland et votre aide transporteraient le corps de la duchesse dans ce carrosse où M. le duc daignerait prendre place en notre compagnie, tandis que l'intendant et Mlle Suzette nous suivraient dans une autre voiture...

— Soit !.. ce plan est judicieusement combiné, mon cher tabellion, vous n'oubliez qu'une seule chose.

— Laquelle ?

— C'est que, pendant ce trajet que les meilleurs chevaux mettront quelques heures à parcourir, nous risquons d'être arrêtés par d'honnêtes ou malhonnêtes gens dont la curiosité serait singulièrement intéressée par la vue du cadavre que nous transportons ainsi... or, la moindre indiscrétion à cet égard peut nous perdre.

— Ce qui revient à dire qu'il nous faudrait une escorte ?

— Certainement.

— Diantre ! fit Mᵉ Basoche en se grattant le bout de l'oreille d'un air tout décontenancé, c'est qu'il nous sera fort difficile de trouver plusieurs hommes d'épée dont la discrétion nous sera assurée...

— Oh ! deux hommes nous suffisent et tenez, Mᵉ tabellion, ne vous inquiétez pas plus longtemps de ce détail... J'ai eu, dans ma clientèle, deux braves garçons, fort habiles escrimeurs qui, en reconnaissance des soins que je leur ai donnés, ne se refuseront pas, je l'espère, à nous rendre ce service...

— Alors à merveille !.. répliqua le notaire.

Et, revenant au duc :

— Je pense, Monseigneur, dit-il, que notre projet aura votre approbation, car, dans ce château, perdu au milieu de la campagne, et entouré de personnes qui autant que vous, auront intérêt à garder soigneusement ce secret, il vous sera facile d'assurer que, n'ayant pu résister aux fatigues du voyage, Mme la duchesse a expiré entre vos bras... moi, le notaire, je serai là pour dresser l'acte mortuaire et vous aurez à votre disposition un médecin pour confirmer vos dires... donc, Monseigneur, êtes vous prêt à nous suivre ?

— Oui ! oui ! bégaya le duc...

Et, à son intendant :

— O... obé... beissez ! fit-il.

Bourland se précipita au-dehors pour donner les ordres nécessaires à ce voyage et, en même temps, en donner les raisons convenues aux autres valets.

Pendant son absence, le duc de la Tour du Roc, en apparence impassible, ne cessa de réfléchir à la situation qui lui était faite et qu'il était obligé de subir de la part de gens qui, une heure auparavant, lui étaient totalement inconnus.

Un germe de méfiance fermentait en son esprit sans cesse appliqué aux actions mauvaises...

Il se répétait que la mort de sa femme, survenue si brusquement, devait cacher un mystère dont il cherchait en vain l'énigme...

Certes, il ne repoussait pas l'idée d'un crime... mais, s'en sachant

innocent, il s'efforçait d'en deviner la raison, les intérêts, avec la certitude
d'en découvrir, par cela même, les auteurs.

Un nom lui montait aux lèvres : « de Chadefaux », mais, en outre
que ce gentilhomme, étroitement gardé et surveillé à la Bastille, n'eut
pu même pas s'assurer la complicité de quelque gueux capable de tous
les meurtres, il se refusait à admettre que, désespéré d'être pour toujours
séparé de celle qu'il aimait, le lieutenant de dragons avait préféré la
mort de sa fiancée au tourment de la savoir en la puissance d'un autre
homme...

D'autre part, malgré les assertions du médecin, la possibilité du suicide lui apparaissait plus logique, plus nette... mais, là, encore il se
heurtait à la difficulté insurmontable de prouver le fait...

Le mieux était donc pour lui de se soumettre aux exigences de ces
deux imbéciles dont l'honnêteté, les convictions, les sentiments lui
importaient fort peu...

Le principal était qu'il fut débarrassé de ce cadavre si compromettant
sans que rien de fâcheux en résultât pour lui ; car, au fond, il était
obligé de convenir que les suppositions, émises par M. Basoche, étaient
assez vraisemblables pour que, dans le cas où la justice se mêlerait de cette
affaire, il ne lui fut pas aisé de convaincre ses juges de sa complète
innocence.

En outre, la mort de Jeanne de Vrignès triplait sa fortune par l'héritage des biens nombreux et d'excellents rapports que la jeune fille lui
avait apportés en dot.

Et cette perspective, finissant par effacer toute autre considération et
prédominer sa méfiance, lui fit envisager l'avenir sous un aspect qui rendit le calme à son esprit et amena un sourire discret à ses lèvres minces
et pâles.

Il était dans ces bonnes dispositions, lorsque Bourland reparut annonçant que les deux carrosses attendaient devant le perron de l'hôtel...

— C'est bien ! dit le médecin en remettant son chapeau et s'enveloppant dans son large manteau, faites ce que je vous ai dit.

Et s'adressant à l'homme immobile comme une statue :

— Aidez ! ajouta-t-il d'un ton bref en désignant le corps de la
duchesse.

L'autre s'approcha du lit au pied duquel Suzette s'était agenouillée
pour prier, après avoir vêtu sa maîtresse d'un ample et chaud peignoir,
souleva, sans effort apparent, le cadavre, le mit debout, le maintint en
dessous d'un bras tandis que Bourland, malgré une superstitieuse et

invincible répugnance, le soutenait de l'autre côté et, sans même avoir dérangé un pli de son manteau, emporta Jeanne de Vrignès.

Comme s'ils aidaient une malade trop faible pour diriger elle-même ses pas, ils descendirent ainsi avec leur fardeau, le grand escalier, traversèrent le vestibule, à peine éclairé, dans lequel se tenaient les valets inclinés respectueusement, et l'aide du médecin installa seul le corps de la morte dans l'intérieur du carrosse dont Bourland avait vivement ouvert la portière...

Le duc de la Tour du Roc y prit place presqu'aussitôt, Mᵉ Basoche l'y suivit, mais, avant de monter à son tour, le vieux médecin se tourna vers son silencieux compagnon :

— Mon ami, lui dit-il, tu dois te souvenir des deux braves garçons dont j'ai parlé tout-à-l'heure,.. tu sais leur demeure ?

— Oui, maître ! répondit l'autre d'une voix sourde.

— Eh ! bien ! va les quérir sur le champ ; ordonne leur, de ma part de se munir d'armes, de monter à cheval et de nous rejoindre sur la route d'Orléans... quant à toi, tu garderas ma maison, en attendant mon retour.

Et sans s'inquiéter d'une réponse, il franchit le marchepied du carrosse et en referma lui-même la portière...

Pendant ce temps, Suzette était installée seule dans l'autre voiture car, au dernier moment, il avait été décidé que l'intendant conduirait lui-même l'attelage, de façon à éviter la présence d'un autre domestique... L'autre cocher serait, du reste, congédié dès leur arrivée au château d'Etampes.

Un instant après, les deux carrosses, enlevés par des chevaux vigoureux, disparaissaient au tournant de la rue du Pas-de-la-Mule, tandis que l'aide du médecin quittait l'hôtel à son tour et s'enfonçait dans les ténèbres épaisses de la nuit.

. . . .

L'aubergiste de l'hôtel du « Lapin blanc » dormait depuis longtemps de ce calme sommeil d'un juste, doublé d'un propriétaire tranquillisé par l'abolition de l'impôt du dixième, lorsque des heurts violents, ébranlant la porte de sa maison, le réveillèrent en sursaut et, l'arrachant à ses rêves dorés, le firent bondir hors du lit.

Il se précipita à sa fenêtre, l'ouvrit, se pencha en dehors pour reconnaître le fâcheux intrus qui troublait, avec un tel sans gêne, son doux repos, mais, n'entrevoyant qu'une masse noire, confuse, aux formes cependant puissantes, il se contenta de demander prudemment.

— Eh! qui va là?

— Moi! lui répondit-on.

— Qui vous?

— Un de vos clients...

— Votre nom?

— Eh! maître Mathieu, croyez-vous qu'au temps qui court, il est toujours prudent de jeter son nom aux quatre coins de la rue...

— C'est que... je n'ai plus de chambre à donner...

— Cela m'est égal! puisque j'ai la mienne et j'espère bien, maître cabaretier, que vous n'auriez point osé en disposer sans ma permission.

— Oh! certainement! fit l'aubergiste... une minute, je vous prie, et je cours vous ouvrir...

Et après avoir, en hâte, passé son pantalon et endossé sa veste, il se décida à descendre, en murmurant tout perplexe :

— Mais qui, diantre, cela peut-il être...

Et, pour plus de sûreté, il s'arma d'un lourd tisonnier placé au coin de l âtre de la salle du bas après avoir eu soin d'allumer un flambeau...

Ainsi rassuré, autant par la lumière que par son arme, le digne hôtelier se décida à tirer les verrous, à faire jouer le pène de la serrure... et, pour n'être pas pris à l'improviste, il se rejeta aussitôt en arrière, se mettant sur la défensive.

Mais il n'eut pas plutôt aperçu son client qui, après avoir refermé la porte, s'était vivement débarrassé de son chapeau, de son manteau qu'il laissa échapper son tisonnier et jeta un cri de surprise:

— Monsieur Mistouflet !

— Eh! oui, maître Mathieu! fit ce dernier avec un sourire béat, doux Jésus, quelle mouche vous a donc piqué ce soir pour laisser vos clients bailler si longtemps à votre porte et les recevoir au bout d'un tisonnier ?

— Ah! si j'avais su que c'était vous... mais d'où venez-vous donc à pareille heure !

— De me promener, maître Mathieu ..

— Par cette nuit noire...

— Comme mes idées, hélas, maître Mathieu...

— Ah! oui! crut devoir ajouter l'aubergiste avec un long soupir... ce pauvre M. de Chadefaux.. un si digne gentilhomme... quel malheur !

— Non! ce n'est pas cela !

— Eh! quoi donc, messire?

Mlle de Vrignès est morte !...

— Nos chevaux ?

— Vos chevaux ?

— Eh ! oui ! depuis trois jours que je n'ai mis les pieds chez vous, je tremble à la pensée qu'ils n'ont peut-être pas eu leur pitance... !

— Oh ! M. Mistouffet !... mais je leur aurais donné leur avoine jusqu'à leur mort... rien qu'en souvenir de vous.

— Merci, maître Mathieu !... merci !.. vos paroles me vont droit au cœur... mais sont-ils en état de fournir une longue traite ?

— Tous les trois..

— Deux me suffiront... je laisserai *Ouragan* à l'écurie.

— Une fameuse bête !

— Oui !.. mais voulez-vous me tenir les autres tout prêts à être montés...

— Dans un quart-d'heure...

— Dix minutes, maître Mathieu.

— Va pour dix minutes ! donc, dans dix minutes, ils seront sellés et vous attendront dans la cour...

— Bien !... en outre, vous me préparerez une de ces vieilles bouteilles de vin blanc,

— De la Meuse ?

— Oui !

— Ah ! ce vin-là n'a pas son pareil pour chasser le brouillard...

— Et les idées noires, maître Mathieu, et, Jésus-Marie, Dieu sait si les miennes ont besoin d'être éclaircies... à tout-à-l'heure... je reviens dans un instant...

— J'attends votre retour, M. Mistouflet...

Celui-ci sortit, tête-nue, en pourpoint, contourna le coin de la place de la Bastille, longea, dans l'ombre des auvents, les maisons en face desquelles se dressait la forteresse, s'arrêta devant la demeure d'Exili, fit jouer le ressort secret qui en faisait mouvoir la porte, pénétra, par le couloir, dans la boutique de l'apothicaire et, un instant après, entrait dans la chambre souterraine, séparée en deux parties par une mince cloison construite depuis que, à la suite du retour d'Exili et de Dorfeuil, ce refuge cachait un plus grand nombre d'habitants...

Sur la pointe des pieds, pour ne pas éveiller Yvonne qui sommeillait à côté du berceau de son enfant, il se dirigea vers l'endroit où Faribole dormait à poings fermés dans un lit presque contigü à celui où reposait le jeune Cévenol.

Doucement, Mistouflet secoua son maître jusqu'à ce que celui-ci ouvrit un œil étonné...

Alors, avant que Faribole ait lâché quelques jurons, pour témoigner sa mauvaise humeur d'être réveillé ainsi à pareille heure, son compagnon se pencha vers lui et lui glissa à l'oreille :

— Du silence patron ! il s'agit de choses graves !...

— Ah ! bah ! fit Faribole à mi voix en se mettant sur son séant, et quelles sont ces choses, M. Mistouflet ?

— Je ne puis vous les expliquer ici..

— Alors. allons ailleurs, bagasse !...

Et il faisait déjà mine de se lever lorsque l'autre le retint respectueusement en lui disant :

— Un mot d'abord, s'il vous plait, patron...

— Dites en deux même... cela me plaira encore, M. Mistouflet...

— Souffrez-vous encore de votre blessure ?

— Pas du tout ! lorsque, il y a deux jours, après nous avoir vainement
attendus et se doutant de quelque anicroche, Maître Exili revint de
Beauvais avec le jeune Dorfeuil, ce digne savant mit sur ma plaie une
emplâtre de sa composition qui, en même temps qu'elle m'escamotait la
douleur comme une muscade, me laissait une cicatrice belle à ravir...

— Alors, votre bras...

— Est encore un peu perclus mais...

— Cela ne vous empêcherait pas de monter à cheval...

— Ça, vous moquez-vous, M. Mistouflet... ! je ne tiens pas en selle
avec les mains.

— De manier l'épée, au besoin !...

— Eh ! non, mordious ! avec un peu d'exercice...

— Du reste, patron, je crois que cet exercice ne sera pas nécessaire..

— Ah çà, bagasse ! est-ce pour me conter de pareilles sornettes que
vous me tirez de mon sommeil...

— Habillez-vous, patron, et prenez vos armes...

— Ah ! ah ! alors c'est sérieux...

— Dites plutôt : curieux, patron,

— l t a nusant ?

— Au possible.

— Ah ! troun de l'air, M. Mistouflet, vous m'intriguez avec vos airs
de sainte Nitouche... nous allons bien voir de quoi il en retourne !..

En un tour de main, Faribole enfila son haut-de-chausses, son gilet,
son pourpoint, chaussa ses bottes éperonnées, boucla son ceinturon, jeta
un manteau sur ses épaules et d'un coup de poing, enfonça son chapeau
sur la tête :

— Et maintenant, fit-il, tout goguenard, je suis à vos ordres, M. Mistouflet.

— Un instant, patron !

Et, sans attendre d'acquiescement à sa demande, Mistouflet réveilla
doucement le jeune Dorfeuil.

— Mon garçon, lui dit-il, quand il put l'entendre, nous vous quittons
pour un jour à peine... car, dès demain, nous serons de retour, vers la

nuit ... Si Mme Yvonne s'inquiète de notre absence, rassure-la en lui répétant mes paroles et en y ajoutant que nous somme partis pour une expédition dont l'issue, je l'espère, lui causera une grande joie... tu m'as bien compris!

— Oui, M. Mistouflet.

— Eh! bien! au revoir!... soyez sans inquiétude... du reste, depuis notre tentative sur la Bastille, tout est calme de ce côté... personne ne connait cet asile.,. donc, il n'y a rien à craindre... à bientôt...

Et, après avoir serré la main de son ami, il s'éloigna suivi, pas à pas, par Faribole qui, à l'exemple de son compagnon, prenait les mêmes précautions pour s'esquiver sans bruit...

Mais il n'était pas dans le caractère du maître d'armes d'accepter volontiers de si mystérieuses allures, aussi il était à peine dehors, marchant à côté de Mistouflet, qu'il s'écria :

— Çà! M. Mistouflet, vous sortez sans manteau, sans chapeau, presque tout nu ! où me conduisez-vous donc, troun de l'air!

— A l'enterrement, patron !

— Hein !... mais vous avez perdu la tête, bagasse !

— Pas encore !... heureusement, doux Jésus! quoique ce ne soient pas les occasions qui m'aient manqué, fit Mistouflet, en se frottant les mains et en riant de façon discrète...

— Oui! je le sais bien! mais encore une fois, voulez-vous m'expliquer ce que signifie ce mic-mac?... comment, mord'ous, vous avouez que nous allons à l'enterrement et vous vous tordez de rire d'une façon indécente...

— Je vous expliquerai tout. patron, mais entrons d'abord,

Ils étaient devant l'auberge du «Lapin blanc ».

A peine entré, le premier, Faribole promena ses regards autour de lui et. apercevant l'aubergiste qui, assis près d'une table où étaient posés une bouteille et des verres, l'accueillait en souriant, il fronça violemment le sourcils et d'un ton furieux, s'adressant autant à l'hôtelier qu'à Mistouflet :

— Troun de l'air, s'écria-t-il, auriez-vous l'impudence, l'un ou l'autre, de vous moquer de ma personne?... qu'est-ce à dire ?... pensez-vous que vous m'aurez impunément tiré de mon sommeil pour m'inviter à des ripailles dont je n'ai nul souci... Çà, maître Mathieu, voulez-vous donc que je vous coupe les oreilles...

Cette menace, accentuée par une mimique expressive, n'eut d'autre résultat que de plonger l'aubergiste dans un tel effroi qu'il s'enfuit, sans

demander son reste, et courut se réfugier dans sa chambre, non sans
avoir crié du haut de l'escalier :

— M. Mistouflet, vos montures sont prêtes...

— Ainsi donc ! fit Faribole déjà radouci à la pensée que son compagnon
ne lui avait pas menti à ce sujet, ainsi, il est donc vrai que nous allons
chevaucher ?

— Tout est vrai, patron ;

— Tout ?... eh ! bagasse, pas l'enterrement, je suppose, M. Mistouflet.

— L'enterrement aussi, doux Jésus...

Et Mistouflet de sa voix fluette dans laquelle sonnait un joyeux éclat
de rire ajouta, en débouchant la bouteille et en emplissant les verres :

— Et ma foi, patron, si vous le voulez bien ! nous boirons à la santé
des croque-morts.

— Des croque-morts !.., bagasse, M. Mistouflet, vous avez la plaisanterie funèbre ce soir, fit Faribole qui, séduit par les chatoyants reflets
du vin blanc, porta toutefois son verre à sa bouche et le vida d'un trait.

Mistouflet eut un nouvel et bruyant accès d'hilarité en ajoutant :

— Mais, patron, cette santé-là ... c'est la nôtre !...

— Hein ! vous dites...? s'écria Faribole interloqué...

Mistouflet emplit de nouveau les verres jusqu'au bord avant de
reprendre :

— Je dis, patron, que, cette nuit, nous ferons office de fossoyeurs...

— De fossoyeurs... à cheval ?... balbutia le maître d'armes, absolument abasourdi.

Et, soudain, les allures de Mistouflet, courant les rues, tête nue, laissant
une partie de ses vêtements à l'auberge, sa gaîté exubérante, incohérente
l'éclairèrent sur la nature de ces excentricités extraordinaires.

— Bagasse ! pensa-t-il, mais il a bu !... il est ivre !...

Et se drapant majestueusement dans la pose d'un magister admones-
tant son élève :

— M. Mistouflet, dit-il, votre conduite est celle d'un galopin... vous
courez le guilledou... vous avez découché cette nuit... c'est honteux ! à
votre âge ! voulez-vous me dire, je vous prie, en quel mauvais lieu, vous
abritez vos débauches malsaines...?

— A l'hôtel du duc de la Tour du Roc, patron.

— Hein ?... s'écria Faribole qui eut un éblouissement de stupeur,
vous êtes parvenu à vous introduire dans le repaire de cette vieille hyène !
et dans quelle intention, s'il vous plaît, avez-vous, sans mon assentiment
tenté pareille aventure ?

— Afin de voir Mme la duchesse.

— Mlle Jeanne de Vrignès?

— Oui, patron.

— Et vous l'avez vue?

— Oui, patron.

Faribole eut un haut-de-corps violent, ses traits se crispèrent, ses moustaches se hérissèrent sur ses lèvres.

Aussi, tandis que, lui, s'adonnait tranquillement aux douceurs du sommeil, son élève, sournoisement, hypocritement, s'était glissé, en tapinois, jusques auprès de l'amie d'Yvonne, de la fiancée du lieutenant de Chadefaux, il avait pu voir Suzette, il avait pu parler avec Mlle de Vrignès enfin prendre peut-être avec elle des mesures pour traiter le vieux duc ainsi qu'il le méritait et tout cela, sans lui, sans son aide, sans son approbation, sans même s'être donné la peine de lui en ouvrir la bouche.

Faribole se sentait gravement atteint dans sa dignité, sa supériorité de maître, par cette outrecuidance, mais, d'autre part, son amour-propre. son orgueil lui interdisaient de rien laisser paraître de sa hardiesse...

Ce fut d'un ton qu'il s'efforçait de rendre indifférent, qu'il reprit :

— Mme la duchesse connait-elle l'arrestation de M. de Chadefaux?

— Oui, patron.

— Qui la lui a apprise?

— Son mari...

— C'est un cuistre.

— Oui, patron.

— Mais elle?...

— Oh! patron! toujours aussi bonne, aussi charmante... et tenez, patron, voulez-vous boire à sa santé?

Et, joyeusement, Mistouflet avala le contenu de son verre....

Machinalement, Faribole l'imita, esquissa une grimace de satisfaction et continua :

— Je voulais précisément vous demander, M. Mistouflet, comment cette fâcheuse nouvelle a été accueillie par Mlle de Vrignès...

— Mlle de Vrignès? fit Mistouflet en se frottant gaiement les mains l'une contre l'autre...

Et, il ajouta, en partant d'un bruyant éclat de rire :

— Mais, patron, Mlle de Vrignès est... morte!

Du coup, Faribole laissa échapper son verre qui se brisa en mille morceaux sur les dalles de la salle, et ébahi, stupéfié, se demandant s'il ne devenait pas fou ou s'il n'était point ivre, lui-même, il fixa des yeux effarés, hagards, sur Mistouflet qui, le visage épanoui, coloré, rayonnant, le regardait en souriant, plus joyeux que jamais, et il ajouta d'une voix guillerette :

— Et, patron, c'est elle que nous enterrons cette nuit!...

Le maître d'armes demeurait pétrifié... mais, peu à peu, ses muscles se détendirent... sa poitrine se souleva, comme un soufflet de forge, pour exhaler un soupir puissant... et, les yeux toujours fixés sur son élève, cette fois, avec une tendre expression de pitié, de commisération, de douleur, il s'affaissa sur une chaise...

Le doute n'était plus possible pour lui... ce qu'il avait pris pour les suites de l'ivresse n'était que la conséquence du délire,.. son malheureux compagnon était devenu fou... fou à lier...

A cette pensée, une larme perla à ses paupières :

— Mon pauvre Mistouflet!... murmura-t-il d'un ton plein d'une affectueuse indulgence, fou! lui! dont je croyais la tête assez solide pour enfoncer une muraille sans se faire de bosse! Ah! le malheur est sur nou s!... quel dommage! un si bon élève!... pauvre! pauvre ami!... car, après tant d'années vécues ensemble, je l'aime bien au fond, ce malheureux pitchoun!... allons!... tâchons de le ramener à la raison par la douceur... ne le contrarions pas!... flattons sa manie!...

Et, se levant, prenant les mains de Mistouflet, les lui serrant avec force...

— Ah! troun de l'air! fit-il de cette voix douce et caressante dont on apaise les caprices d'un enfant, c'est un grand malheur, n'est-ce pas mon bon ami ?

— La mort de Mlle de Vrignès? répliqua gaiement Mistouflet.

— Oui! hélas! bagasse!

— Mais non... au contraire, patron!

— Ah!... c'est le contraire...

— Mais oui!... patron!...

— Oui, oui ! je me trompais, Mistouflet... certainement, c'est un grand bonheur, une joie inespérée, une chance de tous les diables.

Et, en lui-même, il ajouta :

— Le pauvre garçon... il a, décidément, la cervelle sans dessus dessous...

— Eh bien, patron, reprit Mistouflet, vidons ce fond de bouteille...

— Oui, Mistouflet, oui !... vidons ce fond de bouteille !...

— Et maintenant... à cheval...

— Oui, Mistouflet, à cheval !...

— Nous allons rejoindre les carrosses.

— Certainement ! nous les rejoindrons, Mistouflet...

— Et, arrivés à Étampes...

— Ah ! nous allons à Étampes ?

— Mais oui !

— C'est vrai ! imbécile que je suis... je l'avais oublié... oui... nous nous allons à Étampes...

— Et nous enterrons la duchesse.

— Voilà !... Mistouflet, vous avez raison...

Tout en causant ainsi, Mistouflet avait repris son manteau, son chapeau, avait entraîné Faribole dans la cour où piaffaient les deux chevaux que leur avait harnachés M. Mathieu, avait sauté en selle et, après avoir franchi la porte charretière, s'était lancé au galop, accompagné botte à botte, par le maître d'arme qui, le couvant d'un œil, empreint d'une indicible tendresse, murmurait dans ses moustaches mouillées des pleurs qui coulaient le long de ses joues :

— Le malheureux !... il a la manie de l'enterrement !... ne le contrarions pas... et puis, bagasse, le grand air lui fera peut-être du bien !

Un peu, en-dehors de la ville d'Étampes, sur l'un des côteaux aux pieds desquels serpentent les sinuosités de la rivière « la Juine », s'élevait le château, aujourd'hui disparu, appartenant au duc de la Tour du Roc.

Déjà, à cette époque, ainsi que l'avait affirmé Bourland, le vieux manoir tombait en ruines... ses tourelles qui flanquaient le bâtiment massif s'étaient écroulées, et le corps principal du logis, crevassé de longues et larges lézardes qui avaient disjoint les pierres, ouvert les murailles à toutes les intempéries des saisons, offraient le lamentable aspect d'une demeure abandonnée, depuis longtemps inhabitée et vouée, à bref délai, à la destruction complète...

Le parc n'était plus qu'un inextricable fouillis de grands arbres, d'arbustes, de taillis, de plantes parasites, enchevêtrés les uns dans les autres, envahissant les allées, les pelouses, détruisant, anéantissant ce que le travail de l'homme avait créé pour l'embellir...

A une vingtaine de mètres du château, au milieu d'un de ces fourrés presque impénétrables, la chapelle dressait encore ses murs à peu près indemnes de ces ravages du temps, et que la construction en eut été plus solide, soit qu'elle eut été protégée par le dôme de verdure qui lui formait une sorte de voûte, soit par la ceinture d'arbres énormes et élevés qui l'enserrait de toutes parts... les vitraux de ses fenêtres gothiques étaient intacts et, dans l'intérieur, à part de légers effrite-

Vous allez comprendre... nous sommes arrivés, vous pouvez descendre de cheval.

ments des piliers et des murailles causés par l'humidité constante, rien n'accusait ce délabrement, cet abandon dont tout le reste du domaine offrait un si lamentable spectacle...

On devinait que ce coin du parc n'était point tout à fait délaissé ainsi, du reste, que l'attestaient les traces de pas assez récents, empreintes sur le sable du sentier qui, de la porte de la chapelle, rejoignait la grande avenue, bordée de marronniers superbes, par laquelle on regagnait la grille, à double battant, qui fermait l'entrée de cette demeure seigneuriale.

À gauche de cette entrée, était bâti un pavillon, composé d'un rez-de-chaussée et d'un étage, où, avec la philosophie d'un ermite, habitait dans la solitude, l'isolement le plus complet, l'unique gardien du château...

Celui-ci, d'un âge fort avancé, se plaisait dans cet oubli où le laissait son maître...

Libre de lui-même, de ses actes, il se contentait, pour vivre, de cultiver, malgré ses infirmités, le petit enclos qui enserrait sa maisonnette, attendant, sans autre distraction que la visite hebdomadaire du curé du village voisin, le moment où il s'éteindrait doucement au murmure des prières dites par le digne prêtre qui l'enterrait sans bruit, comme il avait toujours vécu...

Content de son sort, ce vieux serviteur avait coutume de se coucher à la nuit tombante et de se lever avec le soleil, aussi soit qu'il fût dans le plein de son sommeil, soit qu'en réalité, il eut l'oreille dure, ainsi que l'avait prétendu Bourland, n'entendit-il pas le son de la cloche qu'à la grille d'entrée, on secouait à toute volée...

Les lumières de deux carrosses brillaient dans la nuit, au bord de la route.

— Sonnez ! sonnez plus fort, Monsieur, cria Bourland du haut de son siège au cavalier qui cependant s'acquittait de cette tâche avec une force capable de rompre en deux la chaîne de la cloche, sonnez encore, ce vieil imbécile est sourd comme un cruchon...

— Il est de fait, doux Jésus ! murmura l'homme, que s'il n'était pas sourd, il serait capable de le devenir au vacarme dont je le gratifie.

Et Mistouflet, empoignant la grille, sans cesser de carillonner, l'ébranla à tour de bras...

L'autre cavalier, resté en arrière des voitures, planté comme un i sur son cheval, n'était pas revenu encore de la stupéfaction qu'il avait éprouvée, en constatant que la folie de son compagnon délirait sur des réalités...

En dehors de la barrière Saint-Jacques, ils avaient, en effet, rejoint les carrosses annoncés et, avec un bond de stupeur qui avait failli le désarçonner, Faribole n'avait pas tardé, en se penchant vers les portières des voitures qu'ils escortaient, à reconnaître, dans la première, le duc de la Tour du Roc, dans la seconde, Suzette, et, sur le siège, conduisant magistralement son attelage, Maître Bourland dont il n'avait point oublié la physionomie...

— Bagasse de bagasse ! avait-il balbutié en mordillant sa moustache, mais je ne suis point éveillé !... je dors dans la chambre de la maison d'Exili... je suis devenu somnambule et je rêve tout ce que je vois, tout ce que je fais !...

Et, pour s'arracher à ce cauchemar, il s'était pincé le bras jusqu'au sang.

— Aïe ! mordious ! non ! je ne rêve pas ! s'était-il écrié en se frottant la chair endolorie, eh ! bagasse ! je me suis fait un bleu dont je sens la cuisson !... troun de l'air ! est-ce que c'est moi qui serais devenu fou !...

Et, après un instant de réflexion, il avait ajouté, subissant cette conclusion avec le fatalisme d'un mahométan :

« — Evidemment ! c'est réel... j'ai perdu la tête!... je suis atteint de ramollissement cérébral... il n'y a pas à le nier... bagasse !... quel malheur ! enfin, résignons-nous... acceptons ce qui est... ne nous contrarions pas !...

Et, machinalement, passivement, il avait continué à chevaucher près des carrosses jusqu'au moment où ceux-ci s'étaient arrêtés devant la grille du chateau...

— C'est un peu extraordinaire cependant ! se disait-il alors, j'entends fort bien le son de cette cloche... je me rends parfaitement compte que c'est Mistouflet qui la secoue de telle façon qu'il va la fêler... et je saisis nettement le but de tout ce tapage ! c'est pour appeler quelque valet... la preuve est que le voilà ce valet et qu'il a même une tournure bien drôle, avec ses jambes cagneuses, son dos voûté, sa figure parcheminée, son nez qu'il pourrait mordre si ses mâchoires avaient des dents... Et! troun de l'air! la grille tourne sur ses gonds, nous entrons, nous suivons une large avenue au bout de laquelle j'aperçois la façade d'une construction... mais bagasse de bagasse, si je juge si clairement, si sagement des choses, c'est que je ne suis pas encore tout à fait fou !.,. alors?

Alors se penchant vers Mistouflet qui, derrière les voitures, trottait paisiblement à côté de lui :

— M. Mistouflet ! interpella-t-il brusquement.

— Patron ? fit celui-ci dont la face s'épanouissait dans un sourire de plus en plus large.

— Vous êtes bien Mistouflet, n'est-ce pas ?

— Ah ! seigneur Jésus, je n'ai jamais cessé de l'être jusqu'à présent.

— Serions-nous à Etampes?

— La petite ville est derrière nous...

— Nous pénétrons dans un parc?

— Fort mal entretenu même.

— Cette maison est même un château ?

— Des plus délabrés, patron.

— Qu'est cela dans le bois ?

— Une chapelle.

— C'est là que nous nous rendons ?

— Oui, patron.

— Dans quel but ?

— L'enterrement.

— M. Mistouflet ?

— Patron ?

— Lequel de nous deux est idiot ?

— Ni l'un, ni l'autre, patron.

— Cependant, je ne comprends pas...

— Vous allez comprendre... nous sommes arrivés... vous pouvez descendre de cheval.

Faribole suivit cet avis et, imitant chaque geste, chaque acte de son élève, attacha sa monture an tronc d'un arbre...

A ce moment, du premier carrosse, arrêté à l'entrée du sentier qui conduisait à la chapelle, sortirent trois hommes dont deux portaient entre leurs bras une forme humaine dont la blancheur des vêtements tranchait vigoureusement sur le noir de la nuit.

— Qu'est-ce cela ? balbutia Faríbole abasourdi.

— La morte.

— Qui ?

— Mlle Jeanne de Vrignès.

Le maître d'armes en était arrivé à ce degré d'ahurissement où l'on accepte, sans broncher, les choses les plus invraisemblables... il ne sourcilla donc pas à la réponse de Mistouflet et se contenta de grommeler entre ses dents :

— Je ne comprends pas davantage !...

Mais, soudain, il retint à grand'peine une exclamation prête à s'échapper de ses lèvres.

Un rayon de la lune, filtrant à travers les feuillages touffus, avait frappé en plein visage, un de ceux qui transportaient le corps de la duchesse...

— Mais, troun de l'air ! fit-il toutefois, les yeux écarquillés par une indicible stupéfaction, cet homme-là c'est...

— Le médecin, patron, interrompit Mistouflet avec un rire muet, c'est le médecin qui a empoisonné la duchesse...

— Empoisonné la duchesse !... lui ! ah ! bagasse !

Et, soudain, s'allongeant sur le sommet du crâne un formidable coup de poing.

— Ah ! triple sot, niais, brute, imbécile que je suis ! grommela-t-il, dire que je n'avais pas deviné que cette aventure n'avait d'autre but...

— Que de vous rendre témoin d'une expiation bien méritée ! fit une voix près de lui.

Il se retourna d'un bloc :

— Mlle Suzette ! s'écria-t-il .. ah ! troun de l'air !...

Mais, il n'eut pas le temps de donner libre cours aux expansions que lui inspirait la présence de la jeune soubrette, Mistouflet venait de lui dire, l'entraînant par le bras :

— Venez, patron ! on a besoin de nous !...

Le carrosse qui avait amené le duc de la Tour du Roc et le corps de sa femme, filait déjà dans l'avenue, regagnant Paris, tandis que Bourland remisait le sien et les chevaux tant bien que mal sous une voûte à demi éboulée.

Les autres acteurs de cette scène avaient disparu dans la chapelle.

En y entrant à leur tour, Faribole et Mistouflet virent le vieux médecin fort occupé à allumer la lampe suspendue devant le sanctuaire tandis que Me Basoche soutenait le corps de la duchesse...

Suzette, agenouillée, priait dans un coin.

Le duc de la Tour du Roc, adossé à un pilier, assistait impassible à ces lugubres préparatifs.

A ce moment, le médecin, ayant terminé les siens, vint droit aux deux inséparables compagnons.

— Merci d'être venu, messire Faribole ! fit-il à mi-voix au premier.

Et comme le maître d'armes ouvrait la bouche pour répondre :

— Combien vous faudra-t-il de temps pour construire un cercueil ? leur demanda le vieillard.

— Mais deux heures à peine, répondit Faribole tout heureux de comprendre à peu près ce dont il s'agissait, mais à condition de trouver des planches et des outils...

— Bourland vous en donnera...

— L'intendant ?

— Oui ! mais agissez de façon à ce qu'il ne vous reconnaisse pas.

— Oh ! il nous a à peine vus jadis.

— N'importe ! dites-lui de se mettre en quête d'un matelas et de l'apporter ici afin d'y étendre, en attendant, le corps de la duchesse...

je le retiendrai ensuite dans la chapelle de façon à ce que vous puissiez travailler tranquillement... allez, mes amis... nous n'avons pas un instant à perdre...

Dix minutes après, au rez-de-chaussée du château, dans une salle à peu près respectée par la ruine, Faribole et Mistouflet, munis de marteaux, de clous, de scies et de planches que Bourland s'était empressé de leur procurer, s'escrimaient à qui mieux mieux à tailler, à rogner, à prendre des mesures...

— Quelle longueur? demanda Faribole.

— Mettez cinq pieds six pouces, patron.

— Il est si haut que cela?

— Dam, c'est un grand personnage.

Le maître d'armes s'esclaffa de rire tandis que Mistouflet, faisant chorus, ajoutait :

— Ah! doux Jésus! je ne l'ai pas mesuré... mais, à vue de nez...

— Et quelle largeur? fit Faribole qui semblait prendre un plaisir énorme à son ouvrage.

— Oh! il est maigre.

— Comme un échalas, troun de l'air!

— Oui, patron!...

— Alors, en lui confectionnant un étui à clarinette, cela fera merveilleusement l'affaire, bagasse de bagasse!

— Ah! seigneur Jésus, répliqua doucement Mistouflet, quand je vous disais, patron, que vous seriez un admirable croque-mort!

— Eh! oui! c'est vrai, M. Mistouflet, mais, troun de l'air, il faut dire que jamais enterrement ne m'aura procuré pareille joie!...

A l'heure fixée, Mistouflet, suivi de Faribole qui, discrètement, alla s'agenouiller près de Suzette, entrait dans la chapelle et, au pied même de l'autel, déposait le cercueil dans lequel devait reposer Jeanne de Vrignès...

Aidé de M⁰ Basoche, il enleva, de dessus le matelas, où il avait été p'acé tout d'abord, le corps de la duchesse et l'étendit doucement au fond de la bière, garnie intérieurement d'étoffes et de draps pliés de façon à former une couchette...

Cela fait, ils regagnèrent le fond de la chapelle, où se trouvaient déjà le médecin et Bourland gardant le silence le plus profond, absorbés tous deux dans une même et pieuse méditation.

Le duc de la Tour du Roc restait seul près de l'autel en face du cercueil où gisait maintenant celle qu'il avait si longtemps persécutée de sa haineuse jalousie.

Il s'était agenouillé sur l'unique prie-Dieu qui ornait la chapelle.

Priait-il ou songeait-il ?

Nul n'eut pu mettre une épithète au recueillement dans lequel il semblait plongé.

Cependant, peu à peu, à l'indifférence avec laquelle il avait, tout d'abord, accueilli cette mort, succédait, en lui, une sorte de crainte encore mal définie, de malaise, qu'il ne parvenait pas à dominer...

Seul, en face de ce cadavre rigide, il avait peur !..

Et c'était bien là le seul sentiment qu'il pouvait éprouver, car, si, jadis, un caprice des sens, une passion sénile l'avaient entraîné à désirer, à vouloir la possession, les caresses de cette enfant, il n'avait, jamais, en réalité, éprouvé d'affection sincère, de tendresse vraie, d'amour, en un mot, pour Jeanne de Vrignès...

Plus encore : lorsque, à la suite des événements survenus au château de Servas, une commotion cérébrale, compliquant les blessures qu'il avait reçues, avait brisé le peu de vigueur physique qui lui restait, l'avait terrassé pendant de longs jours sur sa couche dont il n'était sorti qu'affaissé, courbé, gardant, dans un coin de son cerveau, le germe du mal auquel il succomberait un jour et qui, pour le maintenir sous le coup d'une incessante menace, lui avait laissé le bégaiement d'un paralytique, il avait accusé la jeune fille de cette faiblesse, de cette impuissance, de cette mortelle crainte. il en avait reporté sur elle toutes les rancunes de sa vieillesse, et, c'était, avec l'âpre jouissance de les satisfaire, de la faire souffrir à son tour, de lui rendre en tortures morales, toutes les douleurs que son corps avait subies, qu'il avait exigé la réalisation, l'exécution de cette union dont il ne pouvait plus espérer, non-seulement aucune joie, mais aucune volupté...

Et, maintenant, que le but de sa haine était atteint, il tremblait.

Il tremblait, car, pour lui, cette mort était réellement le résultat d'un suicide par lequel sa victime avait voulu se soustraire à un plus long supplice...

C'était donc bien lui qui l'avait tuée, et c'était bien sa main qui, si elle n'avait pas versé le poison, avait couché, dans cette bière, cette douce et frêle créature...

Et, soudain, dans le majestueux silence de ce lieu sacré, devant l'autel dont la clarté, tombant du lampadaire, se reflétait sur le Christ d'or, surmontant le tabernacle, il était pris d'une sensation, étrange, indéfinissable qui l'étreignait à la gorge, l'hallucinait, l'épouvantait...

Étaient-ce là ces remords dont on avait parlé autour de lui, et dont il avait souri ?

Non !.. mais, comme tout coupable mis en présence de sa victime il était pris d'un effroi insurmontable, irraisonné, qui ne se dissiperait que lorsque ce cadavre aurait disparu de devant ses yeux.

Et, ployé sur sa chaise, le front bas, craintif, il attendait….!

Soudain, il releva la tête…

Un frisson d'horreur courut dans ses veines…

Une pâleur livide couvrit son visage…

Il lui avait semblé que, de ce cercueil, sortait le bruissement d'une voix…

Il écouta, haletant…

Faible comme une plainte, caressante, comme une pieuse litanie, la voix murmurait ces versets d'Église, ce chant de mort :

— *De profundis, clamavi ad te, Domine…*

Lentement, comme soulevé par une force inconnue, les cheveux hérissés sur la tête, les tempes mouillées d'une sueur froide, l'œil hagard, éperdument rivé à ce sinistre cercueil, le duc se dressait, crispant ses doigts sur le dossier de son prie-Dieu…

Le chant funèbre continuait doucement…

Et, fou d'épouvante, halluciné, les lèvres, délivrées par un prodige, le duc répéta nettement les premiers mots du *De profundis*..

Cette scène était effrayante et, tout-à-coup, elle devint terrifiante…

L'aube naissait, et, filtrant à travers les vitraux antiques, le jour jetait ses premières lueurs dans la chapelle, laissant traîner de grandes ombres, dans les bas côtés, derrière les hauts piliers…

Un de ces rayons tombait en plein sur la bière placée devant l'autel…

Alors, dans la lumière blanche, se dessina une apparition fantastique, merveilleuse, céleste…

Nimbée de cette clarté transparente, semblable à la Vierge qui, les yeux levés vers Dieu, avec un sourire de bonheur ineffable, quitte son tombeau pour s'élever dans l'espace infini, vers le ciel, Jeanne de Vrignès se levait de son cercueil…!…

Au fur et à mesure qu'elle était apparue, le duc de la Tour du Roc, les bras tendus en avant, comme pour repousser cette infernale vision, le corps rejeté en arrière, les jambes ployées, reculait pas à pas…

Et, soudain, il jeta un cri éperdu, atroce, déchirant…

Sans un mot, dans une mimique terrible de majesté et de vérité,

Maître Exili

Jeanne de Vrignès avait abaissé son bras et comme si elle eut voulu le marquer pour la justice et le châtiment de Dieu, elle le désignait du doigt...

Le duc avait roulé à terre... et restait étendu, inerte les bras en croix sur les dalles froides du sanctuaire...!

. . . .

D'un même élan, les spectateurs de cette scène surnaturelle, s'étaient précipités vers l'autel...

D'un bond, Suzette s'était jetée, en sanglotant de joie, aux pieds de sa maîtresse, que Mᵉ Basoche et le médecin, avec une force extraordinaire pour leur âge, avaient enlevée du cercueil où elle avait dormi quelques heures lugubres...

— Ah ! maître Exili, tout ceci n'est-il donc point un rêve affreux ! s'écria, en se laissant tomber dans les bras du docteur, Jeanne de Vrignès qui, maintenant, tremblait de tous ses membres comme s'ils eussent été encore engourdis par le froid de cette mort dont l'aile l'avait frôlée.

— Non ! répliqua Exili, c'est là au contraire, Madame, une heureuse réalité... car vous êtes sauvée !

Et, avec l'aide de Mᵉ Basoche qui, en son for intérieur, avec une évidente satisfaction, élaborait déjà une série d'actes notariés, il l'entraîna, l'emmenant vers le pavillon du concierge où, dans une chambre bien close, elle pourrait recevoir, de Suzette, les soins que nécessitait son état.

Car Jeanne de Vrignès ressentait encore les effets du puissant narcotique que, en pénétrant près d'elle, sous les traits d'un médecin quelconque, pour la persuader d'avoir recours à ce moyen de salut, Mᵉ Exili lui avait versé.

Ce subterfuge avait, du reste, dépassé les espérances de ce dernier.

Faribole et Mistouflet n'en revenaient pas, tandis que, dans la chapelle, chacun de leur côté, ils examinaient, palpaient, pinçaient, chatouillaient le corps étendu devant eux.

— Eh ! troun de l'air ! fit Faribole en se relevant, qu'en dites-vous, Monsieur Mistouflet ?

— Je pense, patron, que ce digne gentilhomme devait, depuis son bas-âge, avoir une peur bleue des revenants.

— Bleue ! n'est pas le mot exact, Monsieur Mistouflet, car les nobles traits de Monseigneur le duc de la Tour du Roc ont pris une teinte : jus de réglisse.

— C'est vrai, patron, et il en est mort, doux Jésus !

— Bagasse ! ce que c'est que de nous, hé, Monsieur Mistouflet.

— Jésus-Christ l'a dit : *Tu es pulvis...*

— Hein ?

— C'est du latin... çà veut dire : « l'homme n'est pas grand'chose. »

— Possible, Monsieur Mistouflet ! mais, troun de l'air, si votre Jésus-Christ avait parlé le français et qu'il ait connu cet homme-là, il aurait dit : « que c'était un rien du tout !... »

— Certainement, patron !

— Car, en somme, qu'était-ce que ce vieux-là, mordious ?

— Un bien vilain bonhomme, Seigneur-Jésus !

— Qui, de son vivant, avait le visage jaune d'un cocu...

— Des épaules torses.

— Des jambes cagneuses, comme celles d'un singe.

— Une laide peau racornie sur une poitrine sans cœur et un ventre sans entrailles...

— Et Môssieu faisait le beau sire ! bagasse !...

— Il jouait de la prunelle !...

— Et se croyait encore capable d'un autre jeu !... mordious !

— Et, pour cela, torturait une pauvre créature innocente, doux Jésus !...

— La martyrisait, la faisait mourir à petit feu, troun de l'air !... il était si heureux de la croire morte que, quand il l'a vue revenir à la vie, il s'en est flanqué une suffocation et les quatre pattes en l'air comme un chien qui a avalé un os de travers...

— C'est le doigt de Dieu !

— Vous vous fourrez le vôtre dans l'œil jusqu'au coude, en disant cela, Monsieur Mistouflet.

— Parce que, patron ?

— Parce qu'il a suffi d'une simple petite vénette pour faire craquer quelque chose dans la vieille cervelle de ce poltron et l'envoyer *ad patres* !...

— Vierge Marie, vous parlez latin, patron !

— Comme Jésus-Christ lui-même, Monsieur Mistouflet !... mais pour obéir, en français, aux divins préceptes du fils de Dieu : « Rendons, à notre prochain, le bien pour le mal », Monsieur Mistouflet, achevons notre tâche.

— C'est-à-dire, patron ?

— Puisque Monseigneur le duc de la Tour du Roc était si laid de corps et d'âme, qu'il en faisait mal à le voir, enterrons-le, nous l'avons assez vu... le diable se chargera du reste !

— *Amen !* fit Mistouflet en se signant dévotement...

Ils enlevèrent le cadavre du duc et l'étendirent dans le cercueil où avait reposé Jeanne de Vrignès...

— Troun de l'air ! s'écriait Faribole en procédant à cette opération, savez-vous, Monsieur Mistouflet, que vous avez un fameux nez !

— Je ne m'en plains pas, patron ! répliqua modestement Mistouflet.

— Voyez cela !... cette bière est, à une ligne près, à la mesure de cet excellent duc...

— Ah ! doux Jésus ! je lui devais bien cela, soupira Mistouflet, car c'est la première fois que le digne homme couche dans le même lit que son épouse !...

— Monsieur Mistouflet ! fit gravement Faribole, le mariage est un sacrement de l'Eglise..... n'en calomniez pas les conséquences, troun de l'air !...

Et, ayant achevé leur besogne, ils allaient franchir le seuil de la chapelle où, dans son cercueil, gisait, abandonnée de tous, la dépouille mortelle du tout-puissant seigneur de la Tour du Roc, lorsqu'ils se heurtèrent à un corps étendu en travers de la porte...

— Bagasse ! s'exclama Faribole, encore un dont la cervelle a été disloquée...

Mais, au coup de pied dont l'avaient heurté les deux hommes, le pseudo cadavre s'était, d'un bond, dressé sur ses jambes, en criant :

— Oui ! moi aussi !... je suis mort ! qu'on m'enterre.., puisque tout le monde est mort !...

— Bourland ! firent ensemble les voix du maîtres d'armes et de son élève...

C'était en effet l'intendant.

Déjà ébranlée par la secousse qu'avait produite sur elle la pensée du crime dont la duchesse avait été victime et dont, un instant, il avait été soupçonné, la raison du malheureux n'avait pu résister au choc des émotions, de la terreur que lui avaient causées la vue de Jeanne de Vrignès, sortant de la tombe comme un fantôme, et le spectacle de la mort effrayante, foudroyante du duc de la Tour du Roc...

Sans un cri il s'était laissé tombé à terre, là où Faribole et Mistouflet le retrouvaient, n'ayant plus qu'une idée fixe qu'il exprimait en disant :

— Je suis mort !...

Le pauvre Bourland était devenu fou !...

Et, poursuivi soudain par cette délirante hallucination, dont il avait accueilli l'intervention de Faribole et de Mistouflet, il s'était élancé éperdûment au-dehors et avait disparu à travers les ronces, les broussailles, les fourrés épais du parc abandonné, courant droit devant lui.

— Bagasse !... fit Faribole se remettant vite de la surprise qu'il avait éprouvée, voilà le bras droit du duc qui se sauve à toutes jambes...

— Hum ! patron !... voilà une métaphore un peu risquée...

— Une méta... quoi ?

— Méta... phore, patron !

— Monsieur Mistouflet, parce que, jadis, vous fûtes élève-calotin, vous vous croyez le droit de vous servir d'expressions puisées dans votre ancien bréviaire, mais qui ne signifient rien... toutefois j'avoue, quoique je me reconnaisse aussi savant clerc que vous, que, cette fois, ma défi-nition n'était pas juste...

— Le fait est, patron, qu'un bras... avec des jambes...

— Il ne s'agit pas de cela, Monsieur Mistouflet... que vous ai-je dit au sujet de la cause qui a entraîné le trépas du duc ?

— Qu'une vieille cervelle peut craquer par suite d'une simple ve-nette...

— Eh ! bien ! ajoutez-y, Monsieur Mistouflet, que la même venette, agissant sur une cervelle plus jeune, la détraque simplement et vous aurez une formule exacte, digne d'avoir été émise par Mᵉ Diafoirus lui-même et dont la justesse vous est prouvée en ce moment, par la folie de M. Bouland qui s'enfuit, là-bas, comme s'il avait à ses trousses, tous les croque-morts de France et de Navarre.

Comme aplati par la supérioré des connaissances scientifiques de son maître, Mistouflet se mit à suivre Faribole, en silence, la tête courbée respectueusement.

Mᵉ Exili avait attendu que Jeanne de Vrignès fût remise complète-ment de la terrible épreuve, dont elle avait si vaillamment accepté les dangers, pour lui en apprendre les résultats...

Elle ignorait même, en effet, les actes qu'elle avait accomplis alors que son esprit était encore sous l'influence de la torpeur qui avait endormi tout son être et c'est machinalement, inconsciemment, que sa voix avait murmuré le psaume funèbre, que son corps s'était dressé hors du cercueil, que son bras s'était tendu vers son mari et, accoudée à l'oreiller du lit qui meublait à peu près seul la chambre du garde, elle écoutait ce récit, se refusant parfois à y croire....

— Quant à votre mari, madame ! continuait Exili, la terreur, qu'il a ressentie à votre résurrection, l'a jeté à terre dans un état si piteux que je doute fort qu'il s'en relève jamais...

— Le duc ?.. mais... il est mort, doux Jésus.

— Et enterré, mordious !...

Cette double nouvelle, dont une seule était suffisamment explicite, était lancée par les voix joyeuses de Faribole et Mistouflet qui paraissaient sur le seuil de la chambre...

— Mort ! répéta Jeanne de Vrignès, en se dressant sur son séant...

— Hélas ! oui, Madame ! fit Mistouflet d'un ton pleurard... le digne homme a passé, de vie à trépas, tout doucettement et sans douleur, Vierge-Marie !

— Ah ! oui, bagasse ! il n'a même pas dit : ouf !.. surenchérit Faribole... en somme, voyez-vous, madame, c'était un triste sire, car, on ne s'en va pas, comme cela, sans souhaiter le bonsoir à la compagnie et surtout, faire ses adieux à sa veuve.

Ce dernier mot fit tressaillir profondément la fiancée du lieutenant de Chadefaux...

Veuve !.. ce mot n'était-il pas, pour elle, synonyme de délivrance, de joie, de bonheur, d'espérance, d'avenir !..

Et, cependant, Jeanne se laissa retomber sur l'oreiller et, le visage entre ses mains, éclata en longs sanglots...

Ah ! c'est que cette délivrance, cette joie, ce bonheur, cette espérance se brisaient, en elle, au seul souvenir de celui avec lequel elle eut voulu les partager et qui, cruellement, souffrait, se désespérait entre les quatre murs d'un cachot de la Bastille.

Tous, respectant cette douleur poignante, se taisaient, se sentant, sans doute, incapables de la consoler, lorsque, sans paraître s'en émouvoir, Faribole demanda à Exili :

— Maître, n'est-il pas dans la loi qu'une mort doit être constatée par plusieurs témoignages ?

— Sans doute, reprit le vieil alchimiste surpris de cette question.

— Alors, comme pour des raisons que vous savez. ce n'est ni vous, ni moi, ni Mistouflet qui pouvons servir de témoins, il ne reste plus que M. Basoche.

— Et le concierge...

— Eh ! troun de l'air ! il est si sourd qu'il n'arrivera jamais à comprendre comment il se fait que Mme la duchesse, qui était au plus bas, se porte maintenant à merveille et que Monseigneur le duc de la Tour du Roc, qui se portait fort bien pour son âge, est, à cette heure, transformé à l'état de cadavre.

— Le duc s'est tué, en tombant de cheval, voilà notre réponse que rend valable ma déclaration comme médecin.

— Oui ! intervint Me Basoche, mais messire Faribole a raison, car si votre certificat ne comporte que votre signature, il m'en faut deux au bas de mes actes notariés.

— Mais ! doux Jésus ! dit Mistouflet à son tour, laissera-t-on mettre en terre ce pauvre défunt sans lui accorder les prières de l'Eglise ?

— Peuh! pour ce que ça lui servira dans l'autre monde! fit Faribole en haussant les épaules.

— En tous cas, le prêtre peut nous servir en ce monde-ci, doux Jésus.

— Parfait, interrompit Me Basoche, la signature du prêtre qui entraînera la conviction du concierge, me suffira...

— Très bien! fit Faribole, on enverra, tout-à-l'heure, l'un chercher l'autre... c'est une affaire entendue... mais il y en a d'autres à conclure.

— Lesquelles? demanda Exili.

— Deux...

— La première?

— Mme la duchesse, d'abord, bagasse!.. et ensuite M. de Chadefaux que personne n'oublie ici, je le suppose, troun de l'air!...

Tous relevèrent la tête...

L'accouplement de ces deux noms résumait, en effet, la situation présente et l'avenir.

Jeanne de Vrignès, elle-même, sécha ses larmes et releva son front pâli.

— Or donc, reprit Faribole en se campant un poing à la hanche tandis que de l'autre main, il caressait les crocs de sa moustache, voici ce que je propose : lorsque les actes de M. le tabellion seront en règle, que, devant la noblesse d'Etampes, M. le curé aura dit sa messe et que Monseigneur le duc de la Tour du Roc aura été enseveli dans le tombeau de ses ancêtres ou... autre part, je crois qu'il serait bon qu'à l'issue de la cérémonie, Mme la duchesse se rendît pendant le temps de son veuvage, dans quelque coin retiré de province où les indiscrets tels que Gniafon et bien d'autres, n'auraient point idée d'aller troubler son recueillement et son repos... Me Basoche et Mlle Suzette ne se refuseraient certainement point à l'y accompagner, et séjourner près d'elle pour la distraire, la consoler de ses infortunes jusqu'au jour où un autre plus autorisé se chargera de ce soin...

Jeanne de Vrignès, haletante, devinant, aux battements de son cœur, les promesses, implicitement contenues dans les paroles de Faribole, se glissa hors du lit et, à demi-courbée, anxieuse, les yeux étincelants d'espoir, attendit que le maître d'armes expliquât toute sa pensée...

— Eh! mais, certainement! avait répondu le notaire, ce me sera grand honneur et douce joie d'être admis en amitié par Mme la duchesse...

— Oh! Madame! avait dit Suzette en mettant un baiser ardent sur la main de sa maîtresse, je serai heureuse de ne point vous quitter, d'être près de vous, de vivre de votre vie!...

— Donc! troun de l'air! ça marche comme sur des roulettes!... reprit Faribole, flatté de cette approbation unanime...

Et se rengorgeant plus encore tout en s'inclinant devant Jeanne de Vrignès :

— Alors, Madame! fit-il, autre affaire réglée..... demain, après-demain, bref! quand il vous plaira, vous montez en carrosse, en compagnie de vos suivants, et vous vous réfugiez... au château de Brévannes...

— Au château de Brévannes! s'écrièrent-ils tous...

— Eh! oui! bagasse!... c'est une demeure assez agréable qui m'a laissé quelques bons souvenirs... hé, Monsieur Mistouflet... vous vous en souvenez ?

— Oh! oui, patron! fit l'autre avec un gros soupir...

— Je ne sais plus trop à qui il appartient, reprit Faribole, car le comte de Brévannes est mort ainsi que sa fille, son unique héritière, mais, précisément parce que, depuis fort longtemps, il est inhabité, abandonné et, pour d'autres raisons qu'il serait oiseux de vous conter en ce moment, ce domaine jouit d'une réputation qui en écarte indistinctement tous les gens du voisinage.

— Mais, objecta Me Basoche, nous n'avons aucun droit de nous y établir...

— Pas tant de scrupules, Monsieur le tabellion, interrompit Faribole, car je vous en octroie l'autorisation, au nom de Madame Yvonne et de Monseigneur Louis qui y ont vécu et retourneront y vivre encore, je l'espère, de longues années.

— Que voulez-vous dire, M. Faribole ? demanda anxieusement Jeanne de Vrignès.

— Que quand nos amis, les plus chers, en auront assez des miasmes de Paris, c'est dans ce domaine qu'ils iront, en hâte, réclamer le grand air pur qui manque en ce moment, à leurs poumons.

— Qu'espérez-vous donc ?

— Qu'après l'enterrement de feu Monseigneur le duc, s'il se fait fait aujourd'hui, mais, autrement, de toutes façons, Me Exili consentira, dès ce soir, à prendre une leçon d'équitation...

— Moi, monter à cheval! fit le vieil alchimiste.

— Oh! messire! la fatigue ne sera pas bien grande pour vous... en allant au petit trot, dans cinq heures environ, nous serons à Paris.

Une heure après, ils franchissaient la barrière Saint-Antoine

— Vous retournez à Paris, ce soir même ? s'écria Jeanne...

— Oh ! madame ! tout simplement pour nous assurer que la Bastille est toujours à la même place...

— Ah ! je comprends votre généreuse pensée ! fit Mlle de Vrignès, en s'élançant vers Faribole et lui serrant les deux mains avec force... vous espérez donc les sauver ?

— Peuh !... j'ai une toute petite idée derrière la tête...

— Ah! messire Faribole, si vous réussissez, comment m'acquitterai-je jamais de la dette de reconnaissance que j'aurai contractée envers vous!...

— Je vous le dirai plus tard... Madame!... fit-il avec effort, soudain fort troublé.

Et une furtive rougeur colora ses joues... cet embarras, cette timidité échappèrent aux yeux de tous, sauf de Mistouflet :

— Ah! doux Jésus! fit en lui-même celui-ci qui devina la cause de cette émotion en suivant la direction qu'avaient prise les regards de son maître. Doux Jésus!... voilà le patron qui ouvre des yeux blancs, comme ceux d'un merlan frit, et fait le gros dos, comme un matou qui miaule au clair de la lune... Vierge Marie!... cette fois, j'en suis sûr, il doit avoir la cervelle quelque peu détraquée... il faudra que je lui demande ce que, à son âge, produit ce détraquement là... il a oublié de le dire dans sa formule!...

Quelques heures après, les châtelains des environs et tout Etampes étaient instruits de l'accident de cheval qui avait coûté la vie au noble duc de la Tour du Roc, s'empressaient d'accourir, de présenter leurs condoléances à la veuve qu'ils ne connaissaient, du reste, pas plus que le défunt, et le prêtre qui, de temps à autre, pour joindre l'agrément d'une petite promenade à l'accomplissement de son devoir, venait dire la messe dans la chapelle déserte, était accouru des premiers, muni, pour officier devant le public d'élite, de ses plus beaux ornements sacerdotaux...

La cérémonie funèbre avait été fixée au lendemain...

Le vieux concierge était littéralement affolé... jamais il n'avait vu tant de gens... et, pour bien des raisons, il ne savait plus auquel entendre! puis sa maison, sa chambre étaient envahies... ses habitudes étaient bouleversées de fond en comble.

Aussi, lorsque le soir même, il vit Faribole, Mistouflet et Exili, fidèles à leur promesse, faire leurs adieux à Jeanne de Vrignès et à Mr Basoche, monter à cheval et prendre la route de Paris, il poussa un soupir d'espoir :

— En voilà déjà trois de moins! se dit-il, mais a-t-on idée d'une chose pareille !... mon maître ne revient ici que pour mettre tout sens dessus dessous, s'y faire tuer sottement alors qu'il lui eut été si facile d'en faire autant à Paris, sans déranger personne... Ah! les maîtres les voilà bien !... ils n'ont aucune prévenance même pour leurs plus vieux domestiques!!...

Deux jours après, les vœux du bonhomme étaient exaucés...

Le corps du duc de la Tour du Roc avait été inhumé en grande pompe... Un carrosse était venu prendre la duchesse, sa suivante et Me

Basoche qui avait soigneusement régularisé tous les actes de son ministère et le digne concierge avait, avec un grognement de profonde satisfaction, refermé la grille d'entrée à double tour, avec le ferme espoir
de n'avoir plus jamais à la rouvrir aussi au large...

. . . .

L'avant-veille, malgré les difficultés qu'il éprouvait à soumettre à un
pareil exercice ses jambes ankylosées par l'âge, Me Exili s'était mis en
selle assez allégrement et avait chevauché sans trop de peine, entre
Faribole et Mistouflet.

Du reste, pendant tout le long de la route, il s'était fort égayé de la
verve intarissable du maître d'armes, qui, enorgueilli d'avoir eu, en une
seule journée, de si excellentes inspirations, se livrait, à tout propos, à
des divagations aussi extravagantes que divertissantes.,

— Oui ! lui dit enfin Exili, tous vos projets sont magnifiques, mais
je désirerais fort connaître la petite idée... toute petite...

Faribole faisait de vains efforts pour se souvenir.

— Celle de derrière la tête... messire Faribole !

— De derrière la tête ? maître Exili... mais c'est que j'en ai
beaucoup, même de ce côté là, troun de l'air !.

— Je répète les expressions mêmes dont vous vous êtes servi pour
l'annoncer à la duchesse...

— Ah ! ah ! j'y suis ! s'écria-t-il.

Et partant d'un formidable éclat de rire...

— Eh, bagasse ! la chose est plaisante !... car c'est vous, messire
Exili, qui me l'avez inspirée...

— La toute petite idée ?... de derrière la tête?...

— Oui, Messire...

— Alors, je suis d'autant plus curieux de la connaître...

— Et il est juste que je ne vous en fasse pas mystère... donc, voici
ce que je me suis dit : Certes, Messire Exili est un habile homme !...
mais il n'est pas plus infaillible que le pape !...

— Certainement ! fit Exili en riant.

— Donc, il aurait pu se tromper.

— Cela m'est arrivé déjà.

— Avoir la main trop lourde,

— Où voulez-vous en venir ?

— Et, par exemple, verser, dans le verre de Mlle de Vrignès, plus de
gouttes de son soporifique qu'il n'en fallait...

— En voilà une idée.

— Une simple supposition, messire... je suppose toujours... donc, je suppose que vous ayez commis cette erreur...

— Après?

— Eh! bien! mordious, qu'est-ce qu'il en serait résulté après! messire?

— Eh! messire Faribole, il serait arrivé que la duchesse ne se serait plus réveillée.

— Autrement dit: elle serait morte?

— Sans aucun doute, mais. .

— Messire Exili, quelle est la dose de votre drogue que l'on doit verser pour obtenir le sommeil?

— Dix gouttes à peine,... mais...

— Donc, avec quinze ou vingt gouttes, crac! çà y est, bagasse!... on est mort!

— Eh! oui!... mais...

— Eh! bien! messire Exili, il ne me reste à vous demander qu'une chose.

— Laquelle?

— Une fiole de votre élixir.

— Ça, maître Faribole, auriez-vous l'intention de vous débarrasser de quelqu'un?

— Eh! non! messire!... répliqua Faribole riant, plus fort que jamais, il s'agit d'une expérience que je veux tenter...

— Une expérience?...

— Votre drogue empêche-t-elle les gens qui dorment de ronfler?

— Eh! eh! je le crois, mais par ma foi, je l'ignore!

— Alors messire, je veux m'en assurer sur Mistouflet...

— Sur moi! patron! se récria celui-ci.

— Oui! monsieur Mistouflet, conclut Faribole avec la gravité d'un chanoine, vous ronflez d'une façon indécente, et comme souvent, je suis votre camarade de lit, je tiens à vous guérir de cette mauvaise et désagréable habitude, troun de l'air!

Mistouflet ne répliqua pas car, de même qu'Exili qui, en riant, promit le flacon désiré, il avait compris que son compagnon avait une toute autre petite idée... derrière la tête...

Leur voyage s'accomplissait ainsi gaiement, mais autant pour éviter une plus longue fatigue à Exili que pour raccourcir la distance, ils prirent un chemin de traverse passèrent la Seine dans un bac, gagnèrent

Charenton, en gravirent la pente sur laquelle s'étageaient les maisons de ce village et accélérèrent l'allure de leurs montures.

Tous trois, en effet, avaient la même hâte de rentrer dans Paris, de poursuivre l'œuvre à laquelle l'un et l'autre s'étaient consacrés tout entiers.

Une heure après, ils franchissaient la barrière Saint-Antoine...

Ils avaient devant eux les masses sombres et lourdes des tours de la Bastille qui, formidables complices des crimes de Louis XIV, dominaient, menaces incessantes, les toits du faubourg.

Bien que le soir tombât, ils s'engagèrent dans une des ruelles étroites qui sillonnaient les alentours de la forteresse afin de ne pas attirer sur eux l'attention des gens du voisinage et surtout des espions, rôdant, sans cesse, dans les alentours, depuis la récente émeute des ouvriers...

Dix minutes après, ils débouchaient sur la petite place qui s'élargissait devant l'entrée de la sinistre forteresse...

Dans un même regard, dans une même pensée, leurs regards se portèrent vers l'endroit où s'élevait la demeure d'Exili...

Et, alors, le sang se figea dans leurs veines, leurs yeux se dilatèrent d'épouvante, leurs visages se couvrirent d'une pâleur mortelle, leurs bouches glacées se refusaient à articuler le cri d'horreur qui angoissait leur poitrine et, subitement, immobilisés dans une attitude de statues, ils demeuraient là, pétrifiés, anéantis, médusés...

La maison avait disparu.., et, sur son emplacement, éventrant d'un grand trou noir le pâté de maisons voisines, s'ouvrait, béant, un espace où, parmi un monceau de cendres, brûlantes encore, apparaissaient, lugubres, des pierres calcinées, des fers tordus par le feu, des poutres à demi carbonisées.

L'incendie avait promené là ses effrayants ravages...

Et soudain, un même nom vint aux lèvres des trois hommes.

— Yvonne !... Madame Yvonne !...

Ils ne s'inquiétaient même point du fils de Monseigneur Louis, car ils sentaient bien que, d'une façon ou de l'autre, la mère n'avait pas abandonné son enfant...

Et étaient-ils donc ensevelis, tous deux, sous ces ruines fumantes ? avaient-ils trouvé là, tous deux, une mort horrible dont la seule pensée leur faisait dresser les cheveux et courir un même frisson de stupeur dans les membres ?

Cette cruelle incertitude, ce doute effroyable, étaient, pour eux, une torture telle qu'ils n'eussent pu, sans risquer de devenir fous, en prolonger plus longtemps les affres délirantes...

Sans dire un mot, mais sous l'entraînement d'une même impulsion, ils enfoncèrent leurs éperons dans le ventre de leurs chevaux, traversèrent la place en quelques bonds furieux, sautèrent à terre et se ruèrent dans la salle déserte de l'auberge du « Lapin blanc » où Maître Mathieu, seul en ce moment, s'occupait gravement à fourbir ses couteaux de cuisine...

La soudaine irruption des trois hommes l'arracha à cette occupation et lui fit lever la tête :

— Vous ! s'écria-t-il en les reconnaissant, malgré l'altération de leurs traits.

Faribole était déjà près de lui et, le saisissant au poignet :

— Que s'est-il passé ? demanda-t-il d'une voix sourde, rauque.

— Ah ! fit le digne aubergiste en portant à ses yeux un coin de son tablier, ah ! messeigneurs ! il est arrivé un de ces malheurs auxquels on ne peut penser sans pleurer...

— Parleras-tu, cabaretier de l'enfer ! râla le maître d'armes...

— Oui ! oui ! répliqua vivement Mᵉ Mathieu en essayant de se dégager de l'étreinte qui lui broyait le bras, et, d'abord, il faut vous dire qu'il n'y a pas de ma faute !... comme tous les autres du quartier, quand on a crié: « au feu », j'ai couru sur la place. Dam ! je ne pouvais d'autant moins me refuser à faire la chaîne, à remplir mon devoir, que la boutique de l'apothicaire était voisine de mon auberge ; quand je revins, après que tout fut fini, je voulus m'assurer que je n'avais rien à craindre chez moi des flammèches qui avaient voltigé de tous côtés... je courus aux écuries !!... malédiction ! pendant mon absence, des voleurs s'y étaient introduits et s'étaient emparé de... d'*Ouragan*, le si beau cheval que...

— Mais le feu... la maison... interrompit Faribole.

— Ah ! voilà... ça été terrible !... il y avait à peine deux heures que, en compagnie de messire Mistouflet, vous aviez quitté mon auberge, lorsque, n'ayant pas jugé bon de me recoucher, car il est mauvais pour la santé de reprendre un sommeil interrompu, mon attention fut attirée par des bruits de pas et des éclats de voix assez nombreuses venant du côté de la place... puis, ce furent des cris, des imprécations telles que, croyant à une nouvelle émeute ou, tout au moins, à l'arrestation mouvementée de quelques malfaiteurs, je me mis à ma fenêtre... tous mes voisins en avaient fait autant et comme je m'informais, près de l'un d'eux, de ce qui arrivait : — Ma foi, me répondit-il, je n'en sais rien, mais ce qui me paraît louche, c'est que le poste de la Bastille ne s'en inquiète pas et ne se donne pas même la peine de se déranger. — Il parlait encore quand, soudain, un jet de flammes fusa dans l'air, et presque aussitôt des voix crièrent : « le feu !... c'est le feu !... »

Ainsi que je vous l'ai dit, Messeigneurs, je ne fus pas long à descendre et à courir vers l'endroit où l'incendie était signalé...

Ma foi ! j'avoue n'y rien comprendre encore ! je n'avais pas mis deux minutes à m'y rendre et, quand j'y arrivai, non seulement les flammes avec une rapidité vertigineuse, incompréhensible, dévoraient déjà, de la base au toit, la maison de l'apothicaire, mais un tas de gens, venus de je ne sais où, en encombraient les abords ; tout ce monde-là allait, venait s'agitait sans avoir l'air de songer à prendre des mesures pour enrayer l'incendie... et voilà que, tout à coup, quelques-uns s'élancent, comme des fous, dans la fournaise et disparaissent au milieu des tourbillons de fumée...

— Or, reprit le cabaretier en clignant malicieusement de l'œil vers Faribole et Mistouflet après un silence pendant lequel il avait repris haleine, or, comme j'étais en droit de croire que cette demeure n'était plus habitée, je me suis mis à leur crier : « N'exposez donc pas votre vie ainsi inutilement ! il n'y a personne là-dedans ! » — Personne ! fit près de moi, un personnage que je n'ai jamais vu par ici, vous vous trompez mon bonhomme !... une femme, un enfant et un jeune garçon sont enfermés là, on vient d'entendre leurs cris et ces braves gens vont tenter l'impossible pour les sauver.

Mon sang ne fit qu'un tour !... une femme !... un enfant !... il n'y avait pas certes à en douter... car à travers le voile épais de fumée, j'aperçus vaguement, une silhouette de femme qui paraissait se débattre au milieu des flammes et... ah ! Messeigneurs ! je n'oublierai jamais l'horrible spectacle que j'eus alors sous les yeux... la toiture s'effondra tout entière, une gerbe immense de flammes incendia, une dernière fois le ciel... une clameur d'angoisse, de désespoir, déchira l'espace... puis... le feu s'éteignit graduellement ; un silence lugubre se fit dans la foule qui, machinalement, se découvrit, tandis que des femmes s'agenouillaient et se signaient... Les malheureuses victimes avaient disparu, écrasées, broyées, pulvérisées par les décombres, rougies, calcinées jusqu'aux os par les flammes... Ah ! Messeigneurs ! tenez ! quand j'y pense, je ne puis m'empêcher d'en pleurer encore !...

Une sueur froide au front, le visage livide, incapables, par l'excès même de leur douleur, de verser une larme, Faribole et Mistouflet étaient, l'un près de l'autre, tombés, anéantis, foudroyés, sur un banc...

Yvonne !... le fils de Mgr Louis ! Dorfeuil ! disparus dans cette catastrophe épouvantable ! morts de cette mort affreuse, hideuse, de ce supplice inouï, atroce, dans lesquels s'anéantissaient si complètement leurs êtres qu'on n'en pourrait même pas recueillir les ossements et leur donner le repos d'une tombe où auraient prié et pleuré, les souvenirs et les tristesses de ceux qui eussent été seuls à les ensevelir...

Seuls !... et, en effet, à ce mot qui, comme un fer rouge, pénétrait au profond de leur cœur, Faribole et de Mistouflet, se sentaient torturés atrocement à la pensée qu'après tant d'années de luttes, de misères, de courageux efforts, qu'ils avaient partagées avec ceux dont les heures d'espoir, les minutes de bonheur, toute la vie enfin avaient été les leurs, ils étaient rejetés, tous deux, dans l'isolement de leur existence, dans le délaissement de toute tendresse, de toute affection !...

Et ils se retrouvaient là, effondrés sur eux-mêmes, le corps épuisé, l'âme meurtrie, perdus dans l'indifférence de tous, sans but, sans autre avenir que celui prochain, d'errer, sans feu ni lieu, dans les rues, de bouges en bouges, comme au temps jadis où, le ventre affamé, le cœur vide, ils traînaient leurs guenilles dans la boue des chemins et prêtaient leur épée à de honteuses besognes...

Soudain, leurs mains se cherchèrent, se rencontrèrent, s'étreignirent... d'un même mouvement, ils se levèrent et, la gorge étreinte d'une souffrance, d'une angoisse indicibles où pleurait leur immense désespoir :

— Mistouflet ! dit le premier.

— Faribole ! fit le second...

Et, sanglotants enfin, ils tombèrent dans les bras l'un de l'autre...

Et, quand, s'arrachant à cette accolade fraternelle qui resserrait plus encore les liens de la vieille amitié qui les unissait, ils se retournèrent pour prendre les ordres ou les conseils d'Exili, ils eurent une même exclamation d'étonnement.

Le vieil alchimiste avait disparu.

CHAPITRE II

LA MÈRE ET LA FEMME

Lorsque, une heure et demie environ après le départ de Faribole et de Mistouflet, Yvonne s'était levée et habillée, elle avait appris, de la

Tout à coup, elle avait tressailli.

bouche du jeune Dorfeuil, l'équipée de ses deux inséparables compagnons,
elle en avait été non-seulement surprise, mais même mécontente ; car
elle se croyait blessée de cette sorte de méfiance dans laquelle elle avait
été tenue par le silence gardé par les deux aventuriers sur leurs projets...

   Au fond d'elle-même, ce sentiment n'était pas celui qu'elle ressentait
réellement ; mais, au moment où la fatalité, s'appesantissant sur elle
plus lourdement encore, la séparait violemment de tous ceux qu'elle

aimait, elle éprouvait de ce nouvel isolement, de ce nouvel abandon, une sensation étrange, un pressentiment indéfinissable.,.

Il lui semblait que l'adversité ferait ainsi, peu à peu, le vide autour d'elle pour mieux la frapper à son tour...

Certes! elle ne craignait rien pour elle, étant prête à toutes les luttes, à tous les sacrifices, à toutes les douleurs, mais, sans elle, que deviendrait le pauvre petit être, fait de sa chair, de son sang et dont, un à un, les défenseurs disparaissaient...

Et, l'esprit obsédé de cette pensée, de cette crainte, elle s'était assise près du berceau où, en souriant, dormait son enfant et, le buste penché au dessus de lui, le bras arrondi autour de sa tête, comme pour le défendre de toute atteinte, elle était demeurée là, pensive, attristée, les yeux tendrement fixés sur lui, lorsque tout-à-coup, elle avait tressailli, s'était levée et allant à Dorfeuil qui achevait de s'habiller :

— N'as-tu pas entendu ? lui demanda-t-elle.

— Quoi donc, madame?..

— Il m'avait semblé percevoir le heurt d'une porte...

Et s'interrompant brusquement, tendant l'oreille :

— Mais non ! avait-elle repris, je ne me trompe pas ! écoute... on est entré dans la maison...

Des pas lourds, distincts, résonnaient, en effet, sur les dalles du couloir et presque aussitôt retentirent sur le plancher de la boutique...

— Oui, madame! vous avez raison ! fit Dorfeuil, ce sont, probablement, messires Faribole et Mistouflet qui sont de retour, plus tôt qu'ils ne l'espéraient, sans doute..

— Non ; d'abord, le jour est à peine levé, et Mistouflet n'est pas homme à remettre ainsi une affaire assez importante pour l'obliger à nous quitter au milieu de la nuit.... puis, les gens qui sont, là-haut, vont, viennent, comme s'ils se livraient à de minutieuses recherches.... ce ne sont donc point nos amis....

— On a découvert la trappe, madame.. car, je viens d'entendre qu'on en rabattait le volet...

— On descend....

— On pénètre dans le couloir...

— Les voix sont nombreuses....

— Qu'est ce bruit ?

— Oh ! il n'y a plus à douter, Dorfeuil, les hommes qui sont là sont des ennemis, car ces bruits sourds dont tu t'étonnes, proviennent des heurts des mousquets dont la crosse sonde les murailles....

Sans mot dire, Dorfeuil bouclait déjà son ceinturon autour de sa taille, s'assurait que l'épée jouait facilement dans le fourreau, passait à sa ceinture des pistolets dont il avait renouvelé l'amorce et reprenait sa place au côté d'Yvonne qui, repliée sur elle-même, suivait attentivement la manœuvre de ceux en qui elle devinait des adversaires...

Le tumulte qui avait envahi soudainement le couloir souterrain s'était, peu à peu, apaisé...

— Ils n'ont point découvert le secret de notre retraite ! fit Dorfeuil déjà rassuré, et, comme là-haut, ils ne découvriront que les bocaux, le mortier et le crocodile empaillé de Me Exili, ils ne tarderont pas à s'éloigner..

— Peut-être ! avait répondu Yvonne à qui l'expérience avait appris la ténacité de ses ennemis...

Et elle avait aussitôt ajouté :

— Du reste ! rien de plus facile que de nous en assurer...

Elle était allée dans une encoignure de la chambre souterraine... là, pendaient deux tuyaux en caoutchouc, terminés par un cornet acoustique et dont les autres extrémités devaient s'ouvrir, invisibles, dans quelque coin sombre de la boutique de l'apothicaire...

C'était là encore une nouvelle invention d'Exili à qui, grâce à ce moyen, il était permis d'entendre tout ce qui se disait à l'étage supérieur...

Yvonne en porta un à son oreille et tendit l'autre à Dorfeuil..

Aussitôt, ils perçurent nettement les paroles que ces visiteurs suspects échangeaient entre eux...

— Non ! messire ! disait l'un, le couloir dans lequel nous sommes descendus n'aboutit à aucune issue secrète...

— Il est fermé de tous côtés par des murs dont aucun ne sonne le creux... nous avons eu soin de nous en assurer, fit un autre...

— Ma foi ! messire ! déclara un troisième, nous n'avons pas été plus heureux, nous, dans nos recherches au grenier.. nous avons tout mis sens dessus-dessous, soulevé les tuiles du toit, arraché les lames du plancher et... pas plus d'indices ni de traces que sur ma main... s'il est de poil, le gibier que vous chassez, messire, a changé de terrier ; s'il est de plume, il s'est envolé...

— Non !... répliqua une voix dont le timbre net, tranchant, arracha un cri de stupeur à Yvonne...

— Gniafon !... balbutia-t-elle, tandis que son regard, soudain apeuré, se glissait vers le berceau de l'enfant...

— Gniafon ! avait répété Dorfeuil, les dents serrées, le poing crispé.

— Non ! avait repris le nain, ceux que je cherche sont là, j'en suis sûr... et je veux les avoir, morts ou vivants vous m'entendez !

— Mais encore, messire, faudrait-il savoir où ils se cachent ?

— Ici même, je vous le répète...

— Messire ! je réponds que si une aiguille s'était perdue dans le grenier, je l'aurais retrouvée.

— Messire ! j'affirme que les caves sont vides et je n'en serais pas remonté de si tôt, ayant pour habitude d'en visiter les tonneaux...

— Et, par ma foi, ce n'est pas parmi les bocaux qui ornent si mal cette vilaine boutique que vos gens ont trouvé une cachette, messire !...

— Cherchez encore !... du reste, je descends avec vous dans ce couloir souterrain dont la présence ne me dit rien qui vaille !... vous autres, visitez, fouillez encore par ici !...

Des pas ébranlèrent de nouveau l'escalier de bois, les murailles du couloir retentirent encore des coups violents dont on la heurtait et même la partie du mur qui, pivotait sur elle-même, fermait l'entrée de la chambre souterraine, fut sondée à coup de crosses... mais, inutilement, car aucun heurt ne frappa le ressort qui faisait mouvoir cette porte secrète...

Malgré l'épaisseur des pierres qui la défendaient de son ennemi acharné, Yvonne entendit gronder la voix furieuse, criarde, menaçante de Gniafon...

— Ils ne sont pas loin ! j'en jurerais ! hurlait-il, exaspéré par l'inutilité de ces recherches... cherchez encore !... là !... là !...

Et, plus violents que jamais, les coups de crosse s'abattaient sur cette seule partie de la muraille...

Enfin, après un quart-d'heure, de cette nouvelle et aussi infructueuse tentative, les acolytes du nain se lassèrent et Gniafon, lui-même, fut obligé de se rendre à l'évidence...

L'asile où s'étaient réfugiés ses victimes, resterait introuvable...

Mais, il n'était pas moins certain pour lui que Faribole, Mistouflet et Yvonne n'avaient pas quitté la demeure d'Exili...

Depuis cette journée d'émeute où, à la lucarne de la maison, il les avait aperçus, il avait établi, aux alentours, une surveillance, incessante, de tous les jours, qui l'autorisait dans son opiniâtreté...

Quand il était remonté dans la boutique où ses hommes s'étaient de nouveau rassemblés, il était dans un état de rage, de fureur indescriptibles...

— Eh ! bien ! messire ? fit ironiquement un des coupe-jarrets dont il avait fait ses complices, eh ! bien !... avez-vous acquis la preuve que nous rentrerons chez nous bredouilles.

Le nain avait vu le sourire qui accompagnait cette raillerie, il en blêmit de colère... ces manants le tournaient en risée...

— Que vous ai-je promis ? leur avait-il demandé de son ton rude, impérieux...

— Vingt pis'oles à chacun, si nous réussissions, messire !... et cinq seulement en cas d'échec...

— Quelle somme préférez-vous ?

— Ah ! la belle question, messire !... mais la plus forte, pardieu !...

— Vous pouvez encore la gagner.

— Que faut-il faire, messire ?

— Que vous ai-je dit ?

— De vous aider à vous débarrasser de gens qui vous gênaient... mais puisque le diable les protège au point de les rendre invisibles...

— Et qu'ai-je ajouté, il n'y a qu'un instant ?

— Q'il vous les fallait...

— Morts ou vivants.

— Le résultat est le même pour nous messire, car qu'ils vivent ou,..

— Ils vivent.

— Ah ! vous le savez...

— Et je jure sur ma part d'enfer, qu'ils n'ont point quitté d'ici...

— Alors, messire ?

— Il faut qu'ils y restent...

— Eh mais ! il nous semble, messire, qu'ils ne s'empressent point d'en sortir...

— Tant mieux pour nous, car, dans cinq minutes, le voudraient-ils, qu'ils ne le pourraient plus...

— Nous ne vous comprenons par messire...

— Le feu.

— Le feu !

— Eh ! oui ! pillez, brisez tout ici, si cela peut vous plaire, mais je veux qu'avant deux minutes, vous promeniez l'incendie aux quatre coins de cette cambuse... tant pis pour ceux qui resteront dessous !... car en admettant même que les flammes ne puissent les atteindre, la fumée ou les murs écroulés se chargeront de changer en tombeau le lieu qu'ils ont choisi pour vivre,.. à l'œuvre donc, mes garçons !... et je vous promets un fameux bouquet d'artifices, car l'alcool et les autres substances, contenues dans ces bocaux, contribueront à alimenter votre feu de joie !...

à l'œuvre... quant à moi, je me retire dans le corridor de cette maison maudite jusqu'à ce que les flammes m'en chassent, car, jusqu'au dernier moment, je veux jouir de cet intéressant spectacle !

Des hurrahs frénétiques accueillirent cette inique et monstrueuse proposition d'une vengeance bien digne du monstre qui l'avait conçue...

Et Yvonne, restée aux écoutes, le regard affolé maintenant d'épouvante, entendit les misérables se ruer au pillage avec des vociférations forcenées, le fracas des meubles éventrés, des verres brisés, puis la course rapide des hommes, fuyant avec leur butin, suivie presque aussitôt de crépitations secs, des bruissements de l'incendie, dont les flammes, s'allongeant, se tordant, comme des serpents de feu, devaient déjà enlacer la demeure d'Exili...

Soudain une buée épaisse filtra par les interstices, si imperceptibles fussent-ils, dont les rainures de la porte secrète traversaient la muraille...

Les prévisions de Gniafon se réalisaient... la fumée âcre, suffocante, allait emplir la chambre souterraine, envelopper Dorfeuil, Yvonne, son enfant et les coucher là comme dans une tombe...

Dans quelques minutes, l'horrible et impitoyable fléau aurait accompli son œuvre.

D'un bond, Yvonne fut au berceau de son enfant...

— Mon fils ! s'écria-t-elle, en le serrant contre sa poitrine comme pour le protéger contre cette mort affolante... mon fils !...

Mais, subitement, avec un calme soudain, un sang-froid d'autant plus effrayant que, chaque seconde, qui s'écoulait, les rapprochait de l'instant fatal, elle enveloppa son enfant dans les couvertures du lit, adoucissant son effroi par de chaudes caresses et, le mettant entre les bras de Dorfeuil...

— Nous allons sortir... fit-elle d'une voix précipitée, rapide... nous atteindrons encore, je l'espère, l'escalier qui conduit là-haut... je me jetterai dans le couloir... je m'offrirai à Gniafon... pendant ce temps, vous vous glisserez derrière moi... vous vous échapperez à la faveur de ces tourbillons de fumée qui cacheront votre fuite... et, tandis que Gniafon et les autres s'occuperont de moi... vous courrez à l'auberge de Me Mathieu... vous sauterez sur un cheval qui avait été destiné à Mgr Louis... et, sans trève ni repos, vous gagnerez, avec mon fils, le château de Brevannes.

— Mais, Madame !..

— Pas une hésitation.,. où nous sommes perdus tous trois !

Et, ainsi qu'elle l'avait exigé, Yvonne ouvrit la porte, se faufila dans le corridor souterrain, gravit l'escalier, malgré la fumée qui l'étourdissait, l'aveuglait, traversa d'un bond la boutique en flamme, et, brusquement, se présenta devant Gniafon qui, pas à pas, reculait en ricanant, devant l'incendie..

— C'est moi ! lui dit-elle, je suis à toi !... prends-moi !..

Le nain eut un affreux hurlement de triomphe, mais craignant qu'Yvonne ne fut suivie par ses compagnons habituels et dont il tenait soigneusement à éviter la rencontre, il cria à ses bandits :

— A moi ! à l'aide !

Mais sans attendre leur intervention, il bondit sur Yvonne et voulut la saisir entre ses bras, comme un tigre saisit sa proie entre ses griffes: mais déjà la courageuse femme avait sorti de dessous son corsage un poignard qu'elle y avait caché avant de quitter la chambre d'Exili, et, le tirant hors de son fourreau, le pointant à un pouce de la gorge de Gniafon.

— Encore un pas et je te tue! fit-elle d'un ton si calme et si ferme à la fois que le nain recula...

Puis, remettant, avec un sourire de pitié et de dédain, l'arme dans sa gaîne...

— Je me livre à toi de plein gré, fit-elle, donc toute violence est inutile.

Et le repoussant au-delà de la porte :

— Marche! je te suis... ajouta-t-elle.

Et, aux hommes qui arrivaient, en ce moment, près d'eux, les éloignant d'un geste :

— Messire Gniafon n'a plus besoin de vous, dit-elle, il a ce qu'il désire...

Soudain, son visage rayonna, un éclair de joie illumina ses yeux... elle venait d'apercevoir Dorfeuil, qui chargé de son précieux fardeau, se glissait inaperçu et se perdait dans la foule...

Certaine maintenant du salut de son enfant, Yvonne ne tremblait plus et, tout au contraire, l'énergie, le courage, l'audace, la folle bravoure dont jadis elle avait donné tant de preuves, renaissaient en elle plus vivaces, plus téméraires encore...

La douceur, les puérilités, les faiblesses de la mère qui, près de son enfant, s'effraye pour lui, s'affolle ou s'humilie, n'avaient plus existé en elle, dès l'instant où sa vie était seule menacée.

Pour se défendre elle-même, elle était redevenue déjà la jeune fille adroite et brave, la femme résolue ou astucieuse, selon les circons-

tances et qui, jadis, désarmait Faribole, se battait mieux qu'un mousquetaire, intriguait comme Mme de Maintenon elle-même, se glissait à
l'Ile Sainte-Marguerite, jusques dans le cachot de Monseigneur Louis,
se moquait de Rosarges, le blessait, trompait le marquis de Barbézieux
et le marquis de Saint-Aignan et frayait, l'épée à la main, un passage
au véritable héritier du trône de France.

Ce revirement dans l'état d'âme d'Yvonne s'était opéré avec plus de
rapidité encore que sa fuite de la chambre souterraine... et elle ne
s'inquiétait pas plus des rugissements du feu qui maintenant dévorait la maison d'Exili, de la base au faîte, que des grognements
rauques de Gniafon dont l'œil la couvait d'un regard d'ardente haine...

Un nouveau sourire hautain monta à ses lèvres, puis, brusquement,
se rapprochant de son persécuteur et passant son bras sous le sien :

— Messire Gniafon ! fit-elle avec un ricanement, il deviendrait
dangereux pour nous de rester plus longtemps ici... tu as voulu m'avoir...
me voici !... emmène-moi !...

Mais elle démentit elle-même immédiatement ses dernières paroles,
car ce fut-elle qui entraîna le nain avec une force irrésistible, hors la
foule qui, aveuglée par les épais tourbillons de fumée, ne put rien
remarquer de ce court incident...

Ils tournaient déjà le coin de la place, comme le toit de la maison
s'effondrait, à la grande clameur des badauds...

Et, au même moment, Yvonne disait à son persévérant séducteur :

— Gniafon ! ou plutôt messire, puisque, depuis notre dernière
entrevue, tes hauts faits t'ont, paraît-il, gagné ce titre... donc, messire,
tu ne dois point ignorer que je n'aime pas me promener à pied et que,
dans tout enlèvement, il faut une voiture... où est la tienne ?... car, tu
en as une, n'est-il pas vrai ? à moins toutefois, que ta noblesse ne soit
de trop mauvaise origine pour oser la montrer en carrosse !...

Le nain ne répliqua pas, mais, du doigt, désigna un carrosse, arrêté
à une cinquantaine de mètres plus loin...

Yvonne y alla droit, en ouvrit elle-même la portière, y poussa
Gniafon en lui disant :

— Les nobles infirmes jouissent de toutes les prérogatives même
sur les femmes !

Puis, elle monta, à son tour, après avoir indiqué simplement au
cocher comme but de sa course :

— A l'endroit où vous savez !

Ce pauvre ami a été atteint d'un étourdissement.

Et tranquillement, souriante, les yeux fixés sur Gniafon, elle s'accota dans le fond de la voiture.

Le carrosse avait déjà, au trot allongé des deux chevaux, parcouru une assez longue distance, sans que le nain parût tenir à rompre le silence dans lequel il se renfermait.

C'est qu'il ne se méprenait pas à l'attitude, aux allures d'Yvonne... il savait trop bien, par l'expérience qu'il en avait acquise, avec quelle résolution, quelle hardiesse et surtout quelle inflexible rigueur, cette femme, aux apparences si frêles, s'acharnait à la réussite des projets qu'elle avait conçus...

Jadis, il l'avait domptée, soumise, la ployant sous la menace, sans cesse suspendue sur son enfant, et il avait, par avance, escompté les mêmes affolements de son cœur, ces mêmes et craintives tendresses maternelles, pour la ressaisir encore désespérée, résignée, vaincue...

Et, maintenant, dans ce tête-à-tête qu'il avait voulu, dans cette prise de possession à laquelle il avait voué sa vie, il commençait à trembler, car, il se sentait pris à son propre piège et plutôt le prisonnier de cette femme que son maître .. il devinait instinctivement que si ce qui, jusque là avait été la garantie de sa puissance, la raison de son impunité, avait disparu; il était perdu et, en lui-même, il en était arrivé à se repentir amèrement de n'avoir point songé, au milieu du désordre causé par l'incendie et malgré la stupeur de son trop facile triomphe, à réunir ses hommes, à s'en être formé une escorte dont la présence, en le rassurant, eut interverti les rôles.

Au fur et à mesure qu'il y réfléchissait, le danger dans lequel il s'était jeté, en étourneau, lui apparaissait plus net, plus grave, plus inévitable... peu à peu, la cause vraie de l'impassibilité, du sang-froid, des bravades que, sans nul doute, affectait Yvonne, se dégageait, précise, de ses réflexions...

L'enfant de Monseigneur Louis, Faribole, Mistouflet, Exili et le jeune Cévenole, avaient été ensevelis sous les décombres de la maison incendiée, et Yvonne, échappée par miracle à cette même mort, s'était livrée, pour assouvir terriblement, sur leur cruel ennemi, la vengeance que criait cette hécatombe.

Un frisson de terreur courut dans ses veines, car, en ce cas, la femme en qui il avait soulevé une pareille haine, la mère qu'il avait livrée à un semblable désespoir, serait sans pitié, sans miséricorde....

Et, dans le sourire dont se crispaient les lèvres d'Yvonne, dans l'étincellement de ses regards ironiques, il croyait voir l'assurance implacable d'un châtiment horrible, inexorable, auquel il lui semblait impossible de se soustraire...

Un nouveau ricanement de la jeune femme l'arracha à cette perspective peu rassurante.

— Çà ! messire Gniafon ! lui dit-elle, pourquoi donc la réalisation si inespérée de ton plus beau rêve, t'inspire-t-elle de si fâcheuses idées

noires que ta mine s'en allonge outre mesure !... tu fais la grimace à ta
conquète... peste, cela est indigne d'un galant gentilhomme !

Et comme le nain ne lui répondait que par un rauque grognement
de dépit :

— Mais si obscures que soient tes pensées, reprit-elle, je les lis,
comme en pleine clarté... et veux-tu que je t'en donne la preuve ?...
Gniafon, tu as peur !... oui, peur de moi, c'est-à-dire d'une femme qui,
réduite à la plus affreuse désespérance, n'hésiterait pas à te plonger
dans la poitrine le couteau dont elle t'a déjà menacé.

Et avec un rire discret :

— Certainement, continua-t-elle, ce petit désagrément t'arriverait si,
quelque jour, tu te laissais, imprudemment, entraîner à quelques
sottises par ta mauvaise tête.... du reste, une simple égratignure suffirait
pour t'en punir, car la pointe de ce poignard a été trempée dans un
poison, composé par Exili dont tu n'ignores pas les talents en cette
matière.... Mais, aujourd'hui, tu n'as rien à craindre de moi.... tout au
contraire, j'espère que nous deviendrons les meilleurs amis du monde.

Gniafon, stupéfait, effrayé d'un pareil langage, darda son œil louche
sur la physionomie souriante de la jeune femme :

— Et, reprit cette dernière, veux-tu la raison de ce pacte que je te
propose ?... rien de plus simple... je ne te crains plus !..

— Prends garde, Yvonne ! rugit sourdement le nain, tu te crois
forte parce que ton enfant est mort...

— Mort ! répliqua-t-elle en éclatant de rire, mais, mon pauvre
messire, les grandeurs, la fortune, la noblesse t'ont tourné la tête !...
mon fils est sous bonne garde et en sûreté dans une retraite où j'irai le
rejoindre lorsque j'aurai réglé définitivement les quelques petites affaires
qui m'obligent encore à ne point quitter Paris.

Gniafon eut un violent sursaut... sa bouche se tordit dans une
contraction rapide... l'accent d'Yvonne était sincère... il ne pouvait s'y
tromper... du reste, la jeune femme s'empressa de lui enlever ses derniers
doutes, s'il en avait encore, en lui contant de quelle façon Dorfeuil avait
quitté la maison d'Exili....

— Quant à Faribole, à Mistouflet et au vieil alchimiste à qui tu
espérais, sans nul doute, réserver le sort qui t'attend en enfer, j'ai le
regret de t'apprendre qu'ils m'avaient quittée, cette nuit, pour se promener
au clair de la lune — que veux-tu, mon pauvre gentilhomme, ajouta-t-
elle se riant de l'atroce déception que grimaçaient les traits de Gniafon,
notre grand général de Villars qui vient de sauver la France envahie, a

connu, lui-même, les déboires de la défaite !.. puis, de quoi te plaindrais-tu, toi ! puisque tu ramènes le trophée que tu ambitionnais le plus...

Et après s'être penchée à la vitre du carrosse :

— Mais, reprit-elle changeant de ton, nous sommes en pleine campagne ! où ton cocher me fait-il donc l'honneur de me conduire, messire Gniafon ?

Le dépit, la colère, la rage, dont Yvonne, avec une railleuse complaisance, s'était plus à exciter en lui la violence, avaient, tout d'abord plongé le nain dans une sorte d'hébétude, de prostration qui l'empêchaient de rugir ses rancunes, sa haine, de riposter, à ces ironiques défis, par l'aveu des menaces, des représailles dont l'exécution prochaine germait déjà dans son cerveau en feu, mais par un effort inhumain, il parvint à secouer cette torpeur, à se ressaisir, à reprendre possession de lui-même, c'est à dire à redevenir ce monstre, à face humaine, si redoutable en ses ruses hypocrites, si féroce dans son implacable et froide cruauté ..

Ses traits se détendirent subitement, sa physionomie reprit son masque hideux et sardonique de démon, et ce fut d'une voix enjouée qu'il répondit à la question d'Yvonne :

— Eh ! par l'Enfer ! le maraud me croit en bonne fortune et ne se gêne pas pour vous faire trouver longue une route que j'estimerais toujours trop courte moi, si les suppositions de ce maître drôle étaient vraies !

Yvonne dévisagea son interlocuteur et comprit facilement le motif du changement qui s'était opéré dans l'esprit du nain ; ce qui ne l'empêcha pas de répliquer gaiment :

— Mais, mon cher messire, qui vous empêche de lui donner raison ?...

Malgré l'indifférence, le cynisme qu'il s'était promis de garder, Gniafon ne fut pas maître d'un tressaillement.

— Ça ? se demanda-t-il serait-elle devenue folle ?

— A moins toutefois, avait-elle déjà ajouté, à moins que l'endroit où nous allons soit maintenant trop peu éloigné...

— Nous nous rendons à Versailles ! répondit le nain en la fixant d'un regard méfiant.

— A Versailles ? répéta-t-elle en battant des mains, ah ! je m'applaudis de l'idée que j'ai eue de ne point contredire l'ordre que tu avais donné à notre automédon, car mon plus vif désir, jusqu'à présent irréalisé, a toujours été de visiter le château...

— Ce n'est point là précisément ou je vous mène, interrompit froidement Gniafon...

— Et où donc, je te prie ?

— Je possède, en plein milieu de la forêt, un pied-à-terre fort convenable, par ma foi, surtout dans les circonstances présentes, car, dans la solitude poétique du bois, au gazouillement des oiseaux, aux bruissements discrets des feuilles, à l'ombre des hautes futaies, aux doux murmures des ruisseaux, il sera délicieux, charmant de promener nos amoureuses langueurs, de sceller plus étroitement le pacte de mutuelles tendresses que vous avez été la première à proposer...

Mais il était dit que, ce jour-là, l'ironie, pas plus que toute autre vilenie, ne devait réussir à Gniafon, car, avant qu'il ait même eu la pensée de s'interposer, Yvonne avait baissé, d'un mouvement brusque, rapide, le carreau du carrosse et avait crié au valet :

— Dans la cour du palais de Versailles !

Et, avec la même promptitude, elle avait relevé la vitre.

L'œil strié de raies sanguinolentes, l'écume à la bouche, le visage effrayant de fureur, le nain s'était dressé à demi, et, comprenant la maladresse que lui avait fait commettre cette inutile satisfaction de raillerie, tendant ses mains crochues, comme pour en enserrer le cou de la jeune femme, hurlant des mots inarticulés qui eussent été incompréhensibles pour le cocher alors même que celui-ci eût pu les entendre, il voulut bondir sur Yvonne, mais d'un simple regard, celle-ci arrêta son élan.

Dans ce regard acéré, froid comme une lame d'épée, il avait lu son arrêt de mort qu'accentuait encore le geste de son ennemie qui, lentement, avait porté la main à la garde de son poignard...

Les poings crispés, fou de rage, rugissant d'une colère impuissante, les lèvres pâles, frémissantes, il retomba en arrière, soudain apeuré, maîtrisé, dompté...

Yvonne le tint, pendant quelques minutes, sous la puissance de cette troublante fascination.

Puis, avec l'enjouement le plus naturel, comme si rien de cette terrible scène muette ne se fût passé, elle répliqua :

— Ah ! messire Gniafon !... tu as tort de cultiver ainsi la poésie de la nature, d'en admirer si fort les beautés idéales, car cette malencontreuse manie a failli t'inspirer une de ces sottises dont je t'ai appris les désagréables conséquences... Comme tous les poètes, aurais-tu le cerveau faible et la mémoire courte ? enfin je t'excuse encore pour cette fois... mais, je te le conseille, dans ton intérêt, renonce à ces mauvaises façons qui trahissent en toi un rustre, un manant... et puisqu'il est convenu que nous faisons échange d'amitié, il est inutile de nous quereller, de nous chercher noise, dès le début... il eut été peu galant de ta part de refuser à exaucer le premier désir que je formule... donc, plus de ces difficultés entre nous... nous allons au château de Versailles !

— Et, moi je te le répète également, grommela sourdement Gniafon, prends garde, Yvonne ! prends garde !...en ce moment, je suis à ta merci puisque, en fait de sottises, j'ai commis celle de te laisser une arme entre les mains... mais tu ne dois pas avoir oublié, non plus toi, combien je te hais... donc, prends garde pour plus tard !...

— Ah ! bien ! voilà mal répondre aux avances que je te fais, beau messire !... mais, tant pis ! tu as voulu que je m'attache à toi, je ne te quitterai plus et je te suivrai comme ton ombre... même chez ta majestueuse et gracieuse mère !

— Hein ! que dis-tu ! s'écria le nain, en sursautant sur la banquette de velours...

— D'abord, perds donc cette vilaine habitude de bondir, à tout propos comme un chat-tigre ! aie le respect de ton rang, la dignité du nom illustre que porte cette digne matrone...

— Quoi, tu sais.?

— Que tu es le fils de Mme de Maintenon, cette épouse chérie de notre grand Louis XIV?... mais oui !... depuis que j'ai quitté le château de Brévannes, j'ai beaucoup voyagé et, en voyageant, on apprend une foule de choses aussi intéressantes que celle-là...

— C'est un secret qui tue, celui-là !

— Bah ! il en est un autre, non moins mortel, que nous connaissons tous deux... ce qui ne nous empêche pas de vivre encore l'un et l'autre et même, en ce moment, en assez bonne intelligence !... mais, rassure-toi, Gniafon ! je comprends à merveille les scrupules qui retiennent cette digne dame de reconnaître, en public, pour son fils, un bâtard tel que toi.., je ne lui en ouvrirai pas la bouche, même en particulier...

— Comment ! en particulier?

— Mais, mon pauvre Gniafon, tu as l'air tout ébaubi de ce que je te dis... je te croyais cependant assez d'esprit pour comprendre que ma visite au palais de Versailles avait un autre but que celui de m'extasier sur les beautés de toute cette maçonnerie et la majesté du roi qui en fait le plus bel ornement.

— Quel but avez-vous donc?

— D'offrir mes hommages à cette auguste et vénérée Mme de Maintenon...

— Vous oseriez?.....

— Seule? oh! non! je ne suis pas assez grande dame pour manquer de pudeur, à ce point; mais, je suis certaine qu'elle ne refusera pas cette faveur à celui qui près d'elle se chargera de la solliciter pour moi...

— Qui?

— Toi...

— Moi!...

— Eh! oui! pour me présenter devant elle et me ménager son plus favorable accueil, pouvais-je m'adresser à un protecteur plus influent que son fils...

— Ah! Yvonne!... je devine ta pensée, les projets que tu médites!... n'espère pas que je prêterai mon aide à pareille machination...

— Mais si! mais si, Gniafon!... je te connais mieux que tu ne te connais toi-même!... au fond, tu es un excellent homme, fort serviable et dévoué à tous, et à qui les moyens violents répugnent par-dessus tout...

— Soit! raille! raille encore, Yvonne!... mais veux-tu un bon conseil?

— Volontiers!

— Renonce à une vengeance de ce genre...

— Me venger?... de Mme de Maintenon?... je n'y songe aucunement... je désire, au contraire, entrer à son service, être une de ses plus fidèles servantes...

— Avant même que tu aies dépassé la grille du château, je jure de te livrer aux gardes du roi!...

— Ah! bah!...

— Je n'aurai point ainsi la satisfaction, longtemps rêvée, de te torturer moi-même jusqu'à la mort; mais, du moins, j'aurai la joie de te voir rouée en place de grève et pendue aux fourches de l'abbaye de Montfaucon!...

— Gniafon!... mon cher messire! fit la jeune femme, après un instant de silence, veux-tu un bon avis?

— Je n'en ai que faire!

— Renonce à ce beau projet...

— Jamais!...

— Alors, tu es las de la vie?

— Moi?

— Certainement!... car, avant même que tu aies prononcé un mot, esquissé un geste de menace, en quel instant que ce soit, je jure, moi, de te piquer sans miséricorde, de la pointe de ce poignard... or, mon

beau messire, le poison qu'elle instille dans les veines, tue si promptement
qu'il me faudra penser et dire que tu es mort d'une attaque d'apoplexie
ou de la rupture d'un anévrysme... je me désolerai tant et si bien sur
ton cadavre que les gens qui viendront pour te relever, me plaindront
fort et n'en sauront pas davantage ..

— Maudite !...

— Tu m'insultes ! oh! ingrat ! moi qui, par mes conseils de
prudence, de sagesse, en t'obligeant à réfléchir, m'efforce de te garder
aux tendres sollicitudes de ta vertueuse mère !... eh ! bien ! malgré cette
méchante ingratitude, je veux, jusqu'au bout poursuivre mon œuvre de
salut et t'arracher, même malgré toi, à la torture, au gibet de Montfaucon pour le cas où tu échapperais à une mort subite, regrettable
assurément, mais, mille fois préférable à l'autre...

— Je ne crains pas celle-là !

— Vraiment !... alors j'admire ton courage, ta fermeté ! bravo,
Gniafon ! tu fais fi du chevalet, de la roue, de l'écartèlement, de la
potence.

— Je ne les redoute pas, parce qu'on ne peut m'y condamner,
moi !...

— Oh ! oh ! dans ce sens, ton erreur est grave, mon joli messire !...
car suppose qu'on me livre à ces supplices, moi, je n'hésiterai pas pour
en obtenir la grâce, de révéler tout ce que je sais et, entre autres choses,
qu'un certain Gniafon, ancien valet du comte de Brévannes, connaît,
mieux que personne, l'existence d'un gentilhomme nommé Monseigneur Louis et sait, surtout les liens qui unissent ce seigneur à un
certain roi, du nom de Louis XIV, et je ne me gênerai pas pour ajouter
que ce susdit Gniafon colporte ce mystère aux quatre coins de la
France... or, je doute fort que sa Majesté le roi, très chatouilleux sur
le bon renom de sa famille, ne s'offusque point de pareilles calomnies et
n'en mette l'auteur dans l'impossibilité de les continuer...

Donc, le meilleur moyen d'imposer silence aux bavards étant de leur
serrer une corde de chanvre autour du cou, après leur avoir fait absorber
par le bourreau quelques pintes d'eau pour leur laver la conscience, je
crains bien, mon pauvre Gniafon, de t'avoir pour voisin dans la salle des
tortures de la Bastille ou du Grand-Chatelet et pour vis-à-vis dans le
menuet qu'on nous fera danser au bout d'une potence... pèse bien mes
arguments, Gniafon, avant de te livrer aux coups de ta mauvaise tête;
car, pour obtenir l'indulgence du grand roi, ne compte pas trop sur ton
titre de bâtard de Madame son épouse...!

Mon fils ? fit Mme de Maintenon

— Damnée !... grinça le nain entre ses dents serrées...

— Et, décide-toi vite, mon noble cavalier, acheva Yvonne en riant aux éclats, car j'aperçois devant nous la façade du château et, dans une minute, nous en franchirons la grille... conviens, Gniafon, que la route ne t'a pas semblé longue et que, pour toi, ma compagnie a été une bonne fortune !...

Puis, le plus naturellement du monde, elle porta la main à la poignée de son arme qu'elle sortit à demi de sa gaine et, un sourire aux lèvres, fixa un regard de défi sur son mortel ennemi..,

Le carrosse tourna... passa la porte d'entrée du château.

Gniafon n'avait pas bougé...

La voiture fila rapidement le long de la grande cour et s'arrêta...

Yvonne avait saisi le nain par le bras dans une étreinte dont il ne pouvait que difficilement se dégager...

— Un mot ! un geste ! et tu es mort ! lui souffla-t-elle à l'oreille..,

Et, au valet du roi qui s'était empressé d'accourir pour baisser le marchepied...

— Aidez-moi, je vous prie, dit-elle tranquillement, car je ne puis seule soutenir mon malheureux ami qui, déjà fort souffrant, a été pris en arrivant d'un étourdissement, d'une indisposition subits...

Le domestique empoigna Gniafon sous l'autre bras...

Le fils de la veuve Scarron était blême, livide, il chancelait sur ses jambes, il tremblait comme une bête fauve, prise au piège ; la résolution, le sang-froid, l'audace de celle dont les doigts se crispaient sur son poignet, le subjuguaient, le fascinaient, l'épouvantaient de telle sorte qu'il put à peine répondre à la question qu'Yvonne lui posait, devant le laquais, avec une touchante sollicitude :

— Etes-vous mieux, mon bon ami ? lui demanda-t-elle toute gracieuse dans son apeurement.

— Oui ! oui !.., put-il enfin articuler...

— Alors ! fit la jeune femme au valet qui obéit en s'inclinant profondément, laissez-nous ! nous nous rendons chez Mme de Maintenon et nous connaissons le chemin de ses appartements !

Et quand ils furent seuls :

— Voyons, messire, noble bâtard de la seconde reine de France, ne tremble pas ainsi... on croirait que tu as peur de recevoir le fouet de la main royale de ton auguste maman, fit-elle à voix basse, mais avec un sourire empressé.

Et d'un accent impérieux et sur le même ton :

— Gniafon ! ajouta-t-elle menaçante, marche !... je te suis !...

Et, à haute voix avec une grâce charmante :

— Prenez mon bras, Monseigneur ; car ce m'est un grand honneur et une douce joie d'avoir été choisie par vous pour guider vos pas encore chancelants...

Le nain n'eût pas une hésitation, une révolte, un murmure ; il obéit passivement à celle qui, par un acte d'audace inouïe, lui imposait ainsi

su volonté et tenait sa vie entre ses mains, mais sous les sourcils
embroussaillés qu'une ride profonde arquait violemment, son œil brillait de sinistres lueurs, à la pensée que, dans ce palais regorgeant de gens
de police, de soldats, de gentilhommes, tous à la dévotion de Mme de
Maintenon, il ne pouvait, lui, plus puissant encore que l'épouse du roi,
par le secret qui les liait, oser appeler l'aide d'un de ceux-là, pour le défendre d'une femme !...

Et, tout en marchant, vers les appartements de l'illustre veuve
de Scarron, il frémissait près d'Yvonne de la rage hargneuse du tigre qui,
se rapetissant sous la cravache du dompteur, guette le moment où il
pourra bondir et étancher dans le sang de son maître, la soif de ses
rancunes, de sa haine !

Dans le vestibule qui précédait l'entrée des appartements réservés à
la marquise, un valet les prévint que Mme de Maintenon, occupée aux
exercices de piété dont, depuis quelque temps déjà, elle offrait à la cour
le spectacle touchant, ne consentirait pas, selon toute probabilité, à les
recevoir.

— Vous est-il même défendu de lui annoncer quelques visites parti-
culières? lui demanda Yvonne.

— Oui, Madame ! répliqua le laquais, à moins, toutefois, qu'il s'agisse
de faits particulièrement graves ou que les visiteurs soient en l'intimité
de Mme la marquise... or, ces personnages favorisés me sont tous connus
et..

— Tous ? répondit Yvonne, vous vous trompez !

Et désignant son compagnon qui gardait un silence farouche :

— Car vous paraissez ignorer que ce gentilhomme est un des plus
intimes familiers de Mme de Maintenon.

— En effet, Madame, je n'ai jamais eu l'honneur...

— C'est bien ! interrompit sèchement le nain, prévenez la marquise
qu'un sieur Gniafon veut être reçu immédiatement par elle.

Et, comme surpris autant de cette formule brutale de demande que
du nom roturier de celui qui l'exprimait ainsi, le valet se redressait avec
une dignité hautaine :

— Allez, mon garçon! fit Yvonne avec un sourire gracieux, et soyez
certain que Mme de Maintenon n'hésitera pas un seul instant à nous
recevoir... il ne faut pas toujours se fier aux apparences... il est d'autres
titres plus influents que ceux de noblesse... seulement veuillez annoncer
que Messire Gniafon est accompagné d'une personne qu'elle a grand
intérêt à recevoir et à connaître !...

La veuve du poète Scarron, l'ancienne et persévérante solliciteuse du Louvre, la pauvresse recueillie, hébergée par charité chez une ouvrière des Halles, Françoise d'Aubigné enfin, devenue l'épouse du roi Louis-le-Grand, par une suite de faveurs incroyables et incompréhensibles pour tous, s'était retirée dans l'oratoire luxueux où, chaque jour, sous prétexte de dévotion, elle se livrait en secret, à la lecture des rapports que ses policiers particuliers lui adressaient sur les affaires politiques et les intrigues de la cour, lorsque le valet de service dans l'antichambre vint lui annoncer la singulière visite de ces manants, dont la prétention ridicule lui avait fait lever dédaigneusement les épaules.

Le nom de Gniafon tomba, comme un coup de foudre, dans cette pieuse et calme retraite où Mme de Maintenon se croyait depuis longtemps, à l'abri de toutes menaces de la part de ce gênant et vivant souvenir de son misérable passé.

La disparition soudaine de son fils, son absence prolongée, lui avaient fait espérer que la mort l'avait enfin délivrée de ce joug sous lequel elle avait ployé jadis, mais que, désormais, elle n'était plus d'humeur à subir !

Elle était trop puissante à cette heure, pour trembler devant un pareil avorton; d'un signe, elle pouvait se débarrasser à jamais.

Mais, en même temps, elle était trop prudente, sachant avec quel infernal génie, le nain dressait ses moyens de défense, pour agir sans l'entendre, c'est-à-dire sans avoir, auparavant, percé les desseins de son ancien allié et s'en servir au profit des siens sans crainte d'un scandale ou de calomnies que ses nombreux ennemis de la cour sauraient exploiter habilement.

Gniafon était, pour elle, le seul mais le plus redoutable danger qui put encore nuire, dans l'esprit du roi, à son influence, à sa réputation, à cette sorte de vénération que ses dehors de piété lui avaient acquise...

Elle avait cru l'obstacle disparu ; il renaissait, elle le briserait, cette fois sans pitié ;

— Quelle est la personne qui accompagne cet homme ? demanda-t-elle sans que son visage reflétât la moindre expression des sentiments qui l'agitaient.

— Une femme, Madame la marquise. Elle n'a pas dit son nom, prétendant simplement que Mme la marquise avait grand intérêt à la recevoir, à la connaître.

Mme de Maintenon réfléchit pendant quelques instants.

Qu'elle était cette inconnue?... une complice de Gniafon, sans aucun doute et, par conséquent, une ennemie pour elle !

Après tout, que lui importait ! elle n'avait peur que de la révélation d'un secret, et de ce secret Gniafon en était le seul maître... tant pis pour cette aventurière, si elle en avait été la complice ! car, les oubliettes de la Bastille étaient assez profondes pour étouffer le bruit de ces deux voix !...

— Faites-les entrer de suite ! fit-elle enfin.

Et, alors que le valet se retirait, stupéfait de cet ordre, elle s'assit dans un large et haut fauteuil, prit un livre dans la lecture duquel elle parut s'absorber tandis qu'au contraire, son regard anxieux, glissant sous les paupières à demi baissées, se fixaient hypocritement sur la porte de l'oratoire.

Elle n'eut même pas un tressaillement à la vue de Gniafon qui, toujours soutenu par Yvonne était introduit près d'elle.

— Vous avez désiré me voir ? me parler ? lui demanda-t-elle en examinant anxieusement et attentivement celle qui l'accompagnait.

— Non, Madame ! répliqua celle-ci dont les traits avaient subitement revêtu une expression de fermeté, d'énergie qui troubla étrangement la quiétude de la marquise, non Madame ! c'est moi qui, contre son gré, ai conduit ici votre fils.

— Mon fils ? fit Mme de Maintenon dont les sourcils se contractèrent violemment.

— Madame ! reprit fièrement Yvonne, le mensonge est inutile entre nous... je vous en apporte la preuve.

— Qui êtes vous donc?

— La femme de monseigneur Louis...

Malgré l'empire qu'elle possédait sur elle-même, la femme de Louis XIV ne put retenir une exclamation de stupeur et une pâleur livide s'étendit sur son visage.

— Cet aveu, continua la courageuse femme, vous prouve, madame, qu'en me hasardant près de vous, grâce au crédit de Gniafon, j'ai pris des mesures pour n'avoir rien à redouter de vous, si puissante que vous soyez...

Et, lâchant le bras de Gniafon, elle fut d'un bond près de la marquise et, lui posant une main sur l'épaule :

— Madame la marquise ! fit-elle votre fils sait par lui-même, qu'au moindre appel, au moindre cri, à la moindre résistance, je puis vous étendre morte à mes pieds... vous savez vous-même que les poisons d'Exili ne pardonnent jamais !

— Exili... balbutia Mme de Maintenon tremblant de tous ses membres...

— Donc, Madame, votre vie m'appartient, et je jure Dieu d'en disposer sans miséricorde, si vous vous refusez à obéir à quoique que ce soit de ma volonté.

— Qu'exigez-vous de moi ?

— D'abord ceci :

Et, se penchant vers la marquise, elle lui glissa à l'oreille quelques mots qui firent étinceler, d'un éclair rapide, les yeux de Mme de Maintenon.

— Rien de plus facile, répliqua celle-ci avec une crispation des lèvres qui ressemblait assez à un sourire sardonique, permettez-moi seulement d'écrire l'ordre nécessaire.

Yvonne, sans trop s'éloigner, poussa près d'elle une table sur laquelle étaient disposés un écritoire et divers parchemins.

La veuve Scarron saisit une plume, traça rapidement une simple phrase, la signa, frappa sur un timbre et remettant l'écrit à un laquais accouru à son appel :

— Ceci immédiatement à son adresse !.. je veux la réponse dans cinq minutes ! dit-elle.

Mais maintenant qu'il était libre et débarrassé de la crainte de cette mort horrible dont, à son tour, sa mère était menacée, Gniafon n'était pas homme à ne point user de cette liberté pour reprendre l'avantage que, par sa faute, il avait un instant perdu.

Peu lui importait que Mme de Maintenon payât de sa vie une imprudence qu'il n'avait pas osé commettre lui-même.

Du reste, il avait surpris l'expression de joie haineuse, qui quoique rapide, avait crispé les traits de la veuve Scarron, aux quelques mots qu'Yvonne lui avait murmurés et, comme il se rendait parfaitement compte de l'aversion et surtout des rancunes impardonnées que ses exigeantes contraintes avaient suscitées depuis longtemps dans le cœur de sa mère, il éprouvait l'instinctif pressentiment d'être peut-être l'objet de cet ordre si pressant et, en conséquence, si gros de menaces.

De toutes façons, il comprit que toutes ses espérances de vengeance, toutes les satisfactions de la haine si ardemment espérées, si patiemment poursuivies, seraient déçues, s'il ne se hâtait d'intervenir.

Prudemment, il se dirigea vers la porte, l'entr'ouvrit de façon à pouvoir, d'un bond, échapper à toute surprise et, certain désormais de n'avoir plus rien à craindre, il eut un rire strident, vibrant comme le sifflement d'un reptile, et de sa voix rauque, cassée. chevrotante, métallique :

— Eh ! eh ! fit-il, je vois avec le plus grand plaisir que celle que, depuis de longues années, j'avais choisie pour femme, s'entend à merveille avec sa belle-mère dès leur première entrevue ! maintenant que je suis sûr du parfait accord qui règnera dans le sein de notre paisible famille, je vous laisse, toutes deux, aux tendres épanchements, aux chastes confidences qui vous sont nécessaires pour mieux vous apprécier l'une et l'autre et prouver en outre, à ma chère maman, que mon choix a été des plus heureux dans la bru que mon amour lui a donnée pour compagne et dont elle a pu déjà estimer les précieuses qualités de sang-froid et d'aplomb..

Mais, comme ma présence sous le même toit où va s'abriter ma fiancée, prêterait à la médisance et ferait jaser les mauvaises langues, malgré la pureté actuelle de mes intentions et la vertu insoupçonnable de l'ange gardien de cette chère enfant, je me retire jusqu'au jour prochain de mon mariage, jusqu'à l'heure bénie entre toutes où le chapelain du roi passera l'anneau de notre alliance à un doigt de cette main qui, aujourd'hui, risque imprudemment de s'égratigner elle-même à la pointe du poignard dont elle menace méchamment de pauvres créatures sans défense.

Et, se redressant sur ses jambes torses, il ajouta d'un ton qui fit frémir Mme de Maintenon mais n'amena qu'un sourire de dédaigneuse pitié sur les lèvres d'Yvonne :

— Seulement, je vous préviens, ma chère et noble maman, que j'ai attendu trop longtemps ce jour et cette heure pour consentir à de nouveaux retards !.. persuadez donc, dans votre propre intérêt, à ma tendre fiancée, à ma future épouse, que le bonheur de notre union doit se réaliser le plus promptement possible ; car, par l'enfer ! je jure que si, demain au plus tard, le roi, à votre prière, ne me fait point mander près de lui pour m'annoncer, lui-même, la bonne nouvelle, je me charge, moi, de lui faire parvenir, sur la femme qu'il a épousée, des détails de toute nature qui l'intéresseront à plus d'un titre et dont il saura tirer profit pour sauvegarder sa dignité, son honneur sa gloire et son nom, s'il ne veut pas que, le lendemain même, chaque gentilhomme de sa cour sache à quelle catin a été sacrifiée sa majesté royale... !... Donc chère maman, je crois pouvoir me retirer sans crainte ni défiance, car votre propre sécurité me répond du consentement de la veuve de Monseigneur Louis. ! à bientôt ! mes deux âmes !

Et la bouche grimaçant un hideux sourire, une main sur son cœur, de l'autre balançant son feutre dont les longues plumes balayaient le tapis de la chambre, il s'inclinait dans une courbette pleine d'un respect ironique lorsque, brusquement, il chancela, fléchit sur les jarrets et s'abattit comme une masse.

Dans son âpre désir d'exhaler, dès qu'il s'était cru hors de toute atteinte, la bile, le venin, le fiel qui s'étaient amassés en son impuissante rage pendant tout le temps que, sous la menace d'Yvonne, il avait été obligé de la contraindre, de la renfermer en lui-même, Gniafon s'était oublié et surtout avait oublié le court délai que Mme de Maintenon avait fixé pour l'exécution de ses ordres...

Sa haine le perdait, car, au moment où il s'apprêtait à quitter l'oratoire, quatre hommes, profitant de ce que la porte en était ouverte, s'étaient, sans bruit, avancés sur le seuil, jetés sur le nain qui leur tournait le dos et, avec une dextérité remarquable, se mettaient en devoir de ligotter bras et jambes de leur prisonnier avant que celui-ci fut revenu de la surprise d'une aussi prompte agression.

En vain il essaya de se relever, de se débattre sous la poigne solide qui le maintenait étendu ; il se tordait comme un serpent à demi écrasé, il tentait de happer entre ses mâchoires monstrueuses les mains qui pesaient sur lui, sans autre résultat que de sentir les cordes, qui le garrotaient, lui entrer plus profondément dans les chairs et les poings de ses adversaires se crisper plus étroitement à sa poitrine.

Alors, fou de fureur, écumant de rage, grimaçant comme un démon, il hurla :

— Ah ! suppôts de l'enfer !... maudites femelles ! vous m'avez trahi, vendu !.. vous croyez me tenir... mais.. !..

La voix s'éteignit subitement dans sa gorge.

— Baillonnez-le ! avait ordonné froidement la marquise de Maintenon.

Et aussitôt une poire d'angoisse avait été, de force, introduite dans la bouche de Gniafon, lui brisant les dents, l'étouffant, lui mettant à la commissure des lèvres, une bave sanguinolente...

La bête féroce était prise au piège et, cette fois, sans nul espoir de s'en échapper car la rancune et l'intérêt de l'orgueilleuse et vindicative épouse de Louis XIV feraient, pour l'y garder, mieux que les vengeances qui jusqu'alors avaient été impuissantes à l'abattre...

Du reste, Gniafon devait s'en rendre compte, car, son œil, en qui se condensait toute l'expression de sa rage, de sa haine, dardait un regard farouche, effrayant sur Mme de Maintenon.

Faribole et Mistouflet s'acharnaient à trouver une piste, un indice, une trace, qui leur échappaient sans cesse.

— A la Bastille ! ordonna tranquillement celle-ci et tendant une lettre de cachet, revêtue par avance du sceau royal, au chef des gardes de police que la Veuve Scarron avait instruit de leur mission par l'ordre remis à son laquais.

Et, négligemment, elle ajouta :

— Vous ferez remarquer au gouverneur de la Bastille la mention : « prisonnier à oublier » qui est inscrite en marge de cet ordre d'écrou...

— Bien ! Madame ! fit l'homme.

— Et pour que M. de Saint-Mars comprenne mieux encore ma pensée, vous la lui compléterez en lui disant que je ne veux plus entendre parler jamais de ce prisonnier et qu'il en répond au roi sur sa tête... ajoutez même que Sa Majesté ne tient pas à entretenir longtemps aux frais de l'Etat ce nouveau pensionnaire de la Bastille... allez, Messieurs !...

— Par le Christ ! fit, dès qu'ils furent dans l'antichambre, un des hommes qui transportaient Gniafou, par le Christ ! j'aime mieux être dans ma peau que dans la tienne, mon bonhomme ! car M. de Saint-Mars n'est pas tendre pour ceux qui lui sont recommandés de cette façon-là !...

Lorsque la porte s'était refermée sur eux, Mme de Maintenon s'était tournée vers Yvonne qui, accoudée au dossier du fauteuil de la marquise, avait assisté à cette scène, sans donner, dans un sens ou dans l'autre, la plus petite marque d'émotion.

— Madame ! lui dit la Veuve Scarron, je crois avoir satisfait votre désir, mieux et plutôt que vous ne l'eussiez espéré sans doute.

— Madame ! répliqua sèchement Yvonne, dans cet empressement, cette hâte, cette rapidité et surtout cette discrète prudence que l'on a mis à s'emparer de Gniafou, n'y a-t-il pas eu de votre part, plutôt que le désir de me satisfaire, une ardeur bien compréhensible de profiter de cette circonstance, aussi heureuse pour vous qu'imprévue, d'assouvir, sans risque de scandale, vos propres inimitiés et vous débarrasser en votre fils d'un témoin gênant ?

— Je ne vous comprends pas, Madame ! fit la marquise les lèvres pincées.

— Des explications de cette nature m'entraîneraient trop loin pour aujourd'hui, Madame ! je vous les réserve pour plus tard...

— Pour plus tard ? que signifie ?

— Qu'à dater de ce moment, Madame, j'ambitionne l'honneur de m'attacher à vos pas, d'être, sans cesse, près de vous, de vous tenir, sans relâche, sous la menace que je vous ai déjà faite !...

— Vous me menacez, moi !

— Vous ! oui, Madame !...

— Cependant, ne vous ai-je point obéi, en faisant jeter Gniafou à la Bastille ?

— Il y expiera les crimes dont il s'est rendu coupable... mais, vous, Madame, n'en avez-vous pas aussi à expier ou à réparer...

— Moi... je... balbutia effarée la femme de Louis XIV.

— Madame de Maintenon, continua Yvonne implacable, lorsque, aux environs de l'église Saint-Eustache, dans la misérable chambre que vous deviez à la charité d'une pauvre femme du peuple, d'une obscure ouvrière, vous reçutes la visite de Mme de Montespan, de la comtesse de Soissons et du chevalier de Lorraine, un pacte fut conclu entre vous et eux, pacte qui vous liait, en outre, au chevalier de Rohan et au sort de celui que vous appelez encore : Monseigneur Louis ; le secret dont dépendaient la puissance et même l'existence de ce dernier, était l'origne même de cette alliance sur laquelle chacun de vous étayait son ambition... mais, vous aviez élevé la vôtre au-dessus de toutes les autres et, pour y atteindre, vous n'hésitâtes pas à monter sur les cadavres de vos complices...

Et comme la marquise, devenue blème, esquissait un geste pour l'interrompre, protester peut-être de son innocence.

— Je vous le répète, Madame ! reprit Yvonne, le mensonge est inutile entre nous, car je n'ignore rien des causes qui ont entraîné, successivement la mort du chevalier de Rohan, du chevalier de Lorraine, du marquis d'Effiat, de la comtesse de Soissons, de la marquise de Montespan et de bien d'autres de vos anciens alliés plus obscurs que ceux-là...!... ce sont là les victimes que vous avez sacrifiées, sans remords comme sans scrupules, au triomphe de vos désirs insatiables, de votre ambition démesurée... oh ! ne tentez point de le nier, Madame ! j'ai les preuves de tout ceci !

Et baissant la voix,

— Ah ! madame la reine de France, ajouta-t-elle avec une amère raillerie, votre conscience est de celles qui ignorent le remords, le repentir, car votre voix n'a pas eu un tremblement, vos lèvres un frémissement, votre cœur un battement, votre cerveau un souvenir, lorsque, pour ordonner un supplice mérité, vous avez prononcé le nom d'un homme qui n'a cessé d'être le bourreau, l'assassin d'un innocent...

— Quel homme ?

— Saint-Mars !,.. oui, Saint-Mars, c'est-à-dire l'exécuteur ignoble et vil de vos basses œuvres qui, à Piquerol, à l'île Sainte-Marguerite, et maintenant à cette même Bastille où vous avez envoyé votre fils, s'est complu chaque jour, aux souffrances, au martyre de celui que j'aime et qui, en m'épousant, n'ayant point de nom, de titres à me donner, m'a donné le soin de sa vengeance, de ses justes revendications... Vous comprenez donc n'est-ce pas, qu'à cette heure, je ne suis près de vous que pour vous arracher cette dernière victime, exiger sa liberté, vous disputer sa vie !...

Et tirant le poignard empoisonné de sa gaîne et le plaçant sous les yeux de Mme de Maintenon.

— Réfléchissez, Madame !... car je le jure, sur mon âme, si Monseigneur Louis meurt dans sa prison, vous, vous ne sortirez pas vivante du château de Louis XIV !

CHAPITRE III

Le fils de frère Chrysostome

Comme si tout bruit se fut anéanti sur l'épaisse couche de neige qui s'entassait dans les avenues, couvrait les toits des maisons et qu' eut été ensevelie toute vivante animation sous ce vaste et blanc linceul, un silence lourd, morne, lugubre pesait sur Versailles, attristant ses rues désertes, isolant même le palais du grand roi dans une solitude, une tristesse profondes...

Pas un passant dans la ville ! et des fenêtres du château, cependant brillamment eclairées, n'arrivait au-dehors aucun éclat de voix..,

On eut dit une cité morte dont le palais eut été habité par des ombres..,

Au coin d'un carrefour, sous le porche d'une maison, élevée en face l'entrée principale du château, deux hommes cependant, frileusement enveloppés dans leurs manteaux, se livraient avec ardeur à cet exercice, relativement utile pour rappeler la chaleur dans les membres engourdis et qui consiste à battre la semelle.

— Brrou ! fit enfin l'un d'eux fatigué sans doute de ce manège dont il ne tirait pas les bénéfices espérés, je crois, monsieur Mistouflet, que nous usons bien inutilement le dessous de nos bottes, déjà fortement éculées et que, par ce froid, à ne pas mettre un chien dehors, une bonne flambée de fagots ferait bien mieux notre affaire !

— Oh ! oui patron ! approuva l'autre en poussant un soupir capable de faire tourner les ailes d'un moulin.

— Vous me direz à cela, Monsieur Mistouflet, continua son interlocuteur, que la pensée du manteau d'une cheminée bien chauffée entraine logiquement celle d'une maison, d'une auberge quelconque...

— Oui, patron !

— Vous avez raison, bagasse !... mais, il est non moins logique

d'avouer que, si nous ne pouvons goûter les avantages attachés à un logis
c'est que nous ne pouvons nous en offrir un si petit qu'il soit.

— Hélas ! Seigneur-Jésus !

— Car avouons-le aussi franchement, M. Mistouflet, si nos poches ont
froid, c'est qu'elles ne sont point suffisamment garnies !

— Oh ! patron ! la bise s'y engouffre tout à son aise.

— Et, si je vous comprends bien, vous commencez à trouver ce sans-
gêne désagréable ? hé, troun de l'air !

— Seigneur-Jésus !... depuis plus d'un mois que cela dure !

— Soyons exacts, mordious ! tout compte fait, voici, aujourd'hui. le
quarante-deuxième jour, nuits comprises, que nous errons à l'aventure
sans sou ni maille et le plus souvent le ventre vide, alors que nous avons
la chair de poule par tous les membres ! est-ce juste, M. Mistouflet ?

— Oui, patron ! mais c'est bien long aussi !

— Eh ! bagasse ! eussiez-vous consenti à ce que M. Mathieu vous offre,
comme à un mendiant, la nourriture et l'hospitalité jusqu'à la fin de
vos misères !... mordious ! je me serais, pour ma part, fait un scrupule
de ruiner ce brave homme qui nous fit crédit. pendant huit jours !

— Ah ! messire Faribole, il nous devait bien cela !

— Heiu ! voilà que vous osez prétendre que ce digne aubergiste était
notre débiteur ! bagasse, M. Mistouflet, le besoin vous inspire des idées
peu catholiques !

— Oh ! Seigneur-Jésus ! on peut-être païen quand il s'agit d'un
cheval.

— Quel cheval ?

— Ouragan...

— La monture que M. de Chadefaux avait réservée pour l'évasion de
Monseigneur Louis ?

— Et que M· Mathieu a eu la sottise de se laisser voler...

— Eh ! bien ! après ? troun de l'air ! quand il serait resté dans ses
écuries, en serions-nous moins malades !

— Oh ! oui ! patron !

— Parce que ?

— Nous l'aurions mangé.

— Mangé ? qui ?

— Ouragan.

— Ouragan ? troun de l'air !

— Or, comme par un pareil froid, la viande se conserve à merveille
et qu'à nous deux, avec des ménagements, nous eussions mis plus d'un

mois à manger tout un cheval, j'en conclus que, sans la sottise de M. Mathieu...

— M. Mistouflet, votre argument pèche par la base.

— Parce que, patron ?

— Certes ! tout cheval est une noble bête dont peuvent s'emplir le ventre les cavaliers qu'il a portés sur son dos... mais vous oubliez, M. Mistouflet, que l'honneur de le porter et d'en disposer après appartient à un personnage dont vous semblez perdre le souvenir !

— Oh ! non patron ! je n'oublie rien ! mais j'ai de rudes tiraillements dans l'estomac !

Ces deux vagabonds qui grelottaient sous la bise glaciale qui perçait leur manteau en guenilles, leurs haut-de-chausses rapiécés, leurs bottes crevassées et qui claquaient des dents, criaient froid et famine, étaient en effet, les amis, les compagnons dévoués d'Yvonne.

Depuis la nuit fatale où celle-ci avait disparu et où eux-mêmes avaient appris, de la bouche de Me Mathieu, l'effroyable malheur qui les frappait, Faribole et Mistouflet, avec une patience, une ténacité, une énergie que décuplait leur désespoir, avaient parcouru, fouillé, scruté Paris dans ses faubourgs les plus lointains, dans ses ruelles les plus sombres, s'acharnant à trouver, dans les quartiers riches ou dans les plus misérables, une piste, un indice, une trace qui leur échappaient sans cesse.

Au fur et à mesure que l'inutilité de leurs recherches s'imposait, malgré eux, à leurs raisonnements, à leurs convictions, un découragement de jour en jour plus profond, les ramenait à l'auberge de Me Mathieu dans laquelle après avoir vidé leur escarcelle jusqu'au dernier sou, ils étaient restés jusqu'au moment où ils avaient compris eux-mêmes, qu'ils ne pouvaient pas user plus longtemps de la généreuse bienveillance de leur hôte.

Et ils étaient partis à l'aventure, sans but, sans ressources !

Et, au compte de Faribole, il y avait quarante deux jours de cela !

Comment avaient-ils vécu jusque là? ils l'ignoraient eux mêmes ou du moins n'en gardaient aucun souvenir !...

Pouvaient-ils se rappeler la croûte de pain ramassée au coin d'une borne, le sou trouvé, par hasard, dans le ruisseau, l'aumône rare d'un passant, apitoyé par leurs mines souffreteuses et leurs pourpoints en lambeaux ?

Quoiqu'il en fut, ils s'étaient jusqu'alors refusé à demander à la

violence, à la rapine, au vol, les quelques écus qui leur eussent donné
du pain et un abri...

Leur conscience s'était épurée au contact des sentiments de probité, de
noblesse, de grandeur, d'abnégation dont, en dépit des adversités, des
injustices, des misères de sa vie, Mgr Louis leur avait donné tant
d'exemples...

Son amitié leur avait rendu la notion exacte du droit et du devoir et
les avaient rachetés à ce passé misérable auquel ils ne songeaient plus
sans qu'une rougeur de honte leur monta au front.

Soldats il avaient été, soldats ils étaient redevenus avec cette différence qu'ils apportaient le concours de leurs robustes bras, de leurs
vaillantes et loyales épées, au service, à la cause du véritable héritier
de Louis XIII, de leur roi légitime et ils persévéraient encore dans l'idée
rigoureuse d'effacer les fautes de jadis, en poursuivant, avec une énergie
inébranlable, le châtiment des crimes odieux dont le bâtard de Mazarin
avait taché la pourpre royale !

La veille, sous le pont de Sèvres où, dans leur courses errantes, ils
avaient échoué, une idée était venue à Faribole en regardant mélancoliquement couler le fleuve qui charriait de gros glaçons.

— Monsieur Mistouflet, avait-il dit, à son compagnon rencoigné, tout
grelottant, sous une arche du pont, savez-vous ce que c'est que la Seine,
le Rhin, la Loire, la Garonne et principalement le Rhône ?

— Oui patron, ce sont des fleuves !

— Parfaitement, troun de l'air ! or, supposez que, comme celui-ci,
les autres charrient également des morceaux de glace... eh ! bien !
bagasse, malgré leur éloignement respectif, il n'en est pas moins vrai
que tous ces glaçons, venus du nord, du centre et du midi, se retrouve-
ront dans un même élément...

— Dans la mer, oui, patron !...

— Or, suivez bien mon raisonnement, M. Mistouflet ! les passions
auxquelles nous obéissons, ne ressemblent-elles point à ces fleuves !

— Oui patron ! elles entraînent des pauvres êtres, tout gelés comme
nous, vers cette immensité qui, pour nous, est la mort !...

— Mordious, M. Mistouflet ! arrêtons-nous en route et supposons
qu'elles nous conduisent simplement à Versailles !

— A Versailles ?

— Eh ! bagasse ! tout seul, vous iriez à tous les diables ! contentez-
vous donc de me suivre encore, M. Mistouflet... Quel est notre unique
passion, en ce moment?...

— Retrouver Madame Yvonne.

— Donc, c'est vers elle que notre fleuve doit nous charrier.

— Oui patron !

— Or, quelle est sa passion à elle ?

— Sauver Mgr Louis.

— Parfait ! mais troun de l'air, pour le bien de l'un, ne faut-il point le mal de l'autre ?

— De l'autre ?

— De Louis XIV, bagasse !... autrement dit pour que l'un revienne, il faut que l'autre disparaisse.

— Oui, patron !

— Or, où habite le roi ?

— A Versailles.

— Versailles sera donc l'endroit où la passion de Mme Yvonne l'entraînera pour prier le roi régnant de céder sa place au prisonnier de la Bastille, donc, comme en résumé, l'entraînement de nos passions est le même, c'est dans cette ville que notre fleuve doit nous porter pour avoir quelque chance de nous retrouver tous réunis, comme ces glaçons, en un but unique, indiqué fatalement par la force de la logique.

— Ah ! seigneur Jésus ! s'était écrié Mistouflet avec une admiration sincère, tandis que mes idées se gèlent dans ma cervelle, vous, patron, vous raisonnez comme un Dieu !

— Peuh ! quand on est de Marseille !... s'était contenté de répondre Faribole.

Et, regaillardis par cette lueur d'espérance, ils s'étaient mis en route, malgré leur fatigue, encore accrue, durant ce long trajet à pied, par l'état épouvantable des chemins.

Et, à cette heure, bien qu'ils eussent fait même l'impossible pour obtenir un renseignement, un indice, une trace, ils se retrouvaient dans une rue de Versailles, pris du même découragement, brisés du même désespoir, affolés de la misère plus grande encore dans laquelle les rejetait la suprême déception de tous leurs efforts.

Les dernières paroles qui, comme un aveu de déchirante détresse, avaient échappé à Mistouflet, étaient allées droit au cœur de Faribole.

— Troun de l'air ! mon pauvre Mistouflet, lui avait-il dit, tu souffres donc bien que tu oses te plaindre !

Un soupir fut la réponse du malheureux homme dont les membres amaigris, le visage livide attestaient de façon cruelle, les privations, les

Il s'arrêta net, tira son épée et se mit en garde.

souffrances que jusqu'alors ils avaient endurées sans un murmure, sans une plainte.

— Eh ! bagasse, mon brave compagnon ! avait continué Faribole avec une gaieté feinte sous laquelle il déguisait mal ses propres angoisses, ton ventre avait pris un embompoint dont eut été jaloux feu frère Chrysostome dont l'âme est en paradis... l'excès de graisse est signe de vieillesse ! ne te plains donc pas d'avoir rajeuni, mordious !

Mais la plaisanterie s'arrêta soudain sur ses lèvres, bleuies par le froid... Mistouflet avait chancelé et, comme privé déjà de sentiment, s'était laissé glisser à terre, et, avant que Faribole ait eu le temps de le soutenir, il gisait étendu, rigide comme un cadavre, sur le sol glacé.

Phénomène étrange, presque inexplicable, mais qui a été constaté dans maints cas identiques, cet homme courageux cependant, d'une vigueur exceptionnelle, d'une force herculéenne, à la poitrine large, aux membres musculeux, à la stature de géant, offrait moins de résistance physique et morale aux assauts de la faim et du froid que l'autre qui, long comme une perche, maigre comme un clou, la peau collée sur les os, mais sec, nerveux, énergique, narguait la froidure, riait au nez de la faim, avec la verve et l'accent gouailleurs de tout bon méridional !

— Troun de l'air ! fit celui-ci apeuré par la soudaine faiblesse du colosse, mais ce pauvre Mistouflet a dit vrai.. !.. il se meurt de besoin !...

Et, se penchant sur lui, lui tâtant la figure et les mains :

— Bagasse !.. grommela-t-il, il est tout raidi et froid comme s'il était gelé,

Il se releva, dégrafa son manteau, couvrit soigneusement le corps de son compagnon et murmura :

— Mordious ! je ne peux pourtant pas le laisser là, crever ainsi de misère, comme un chien, au coin d'une borne... non ! non ! troun de l'air ! il faut sauver ton vieux camarade, même au prix de ton inutile carcasse, tu entends, mon ami Faribole...

Et après avoir lâché cette virulente apostrophe qu'il s'adressait à lui-même, il se secoua pour chasser l'engourdissement qui s'emparait de lui, et dont il frissonnait sous son pourpoint troué, puis, regardant autour de lui :

— Et dire, bagasse ! que, dans cette ville maudite, il ne passera pas un chat...

Il s'interrompit net... à travers la grille du château, il avait aperçu un personnage, aux allures de gentilhomme qui, après avoir traversé la grande cour du palais, regagnait la sortie à longues enjambées...

Faribole ramena son regard sur le corps toujours inanimé de Mistouflet...

— Allons ! pour lui ! il le faut ! fit-il, et si Dieu ne me pardonne pas à moi, du moins mon pauvre Mistouflet ira en paradis rejoindre frère Chrysostome, car, tous deux, ils auront tenu leurs serments d'honnêtes hommes..

Il porta la main à la garde de son épée, et s'assura que la lame en jouait bien dans le fourreau :

— Après tout ! ajouta-t-il, mon bras est si faible et ma main si bien engourdie que le péché que je commets ne sera pas bien grand, car, troun de l'air, il y a vingt chances sur vingt pour que je sois lardé de part en part, avant d'avoir dit : ouf !

Et, cependant, il sortit de l'ombre dans laquelle il s'était tenu jusqu'alors et, résolument, s'avança à la rencontre du gentilhomme qui, en sortant du château, venait précisément de son côté...

A la vue de Faribole dont le maintien dénotait suffisamment les mauvaises intentions, il s'arrêta net, tira son épée et se mettant en garde :

— Ah ! ah ! fit-il avec un rire nerveux, Sa Majesté Louis XIV ne se contente pas de mépriser, d'insulter devant tous, les gens qui croient en sa parole, il les fait encore assassiner, dans un coin de sa bonne ville, par des spadassins à sa solde !... bien ! bien ! je vais lui rappeler qui je suis, moi !

Puis, tout surpris de l'attitude de son adversaire qui, les bras croisés sur sa poitrine, n'osait pas faire un mouvement pour relever l'arme qu'il tenait, suspendue à son poignet par la dragonne :

— Çà ! reprit-il baissant lui-même la pointe de son épée, que veux-tu, maraud ?

— Bon ! fit tranquillement Faribole, voilà une expression qui me prouve que vous êtes gentilhomme.

— Après ?

— Alors, monseigneur, je tiendrais à savoir si les gentilhommes que sa Majesté Louis XIV insulte et méprise, sont gens de cœur.

— C'est-à-dire ?

— Vous me croyez un assassin ?

— Par ma foi ! je ne puis distinguer ton visage mais je pense qu'il n'est pas celui d'un bénédictin.

— Il est, en tout cas, celui d'un homme que sa Majesté Louis XIV n'aimerait point beaucoup voir en face du sien !

— Hein ? tu dis... ?

— Monseigneur, voici trois jours et trois nuits que je suis sans pain, sans feu ni lieu... dans un coin de cette porte, un compagnon de misère, pour le salut duquel je donnerais mon dernier souffle de vie, agonise de froid et de faim... je n'ai donc pas grand temps à un long récit, mais, pour vous prouver que je ne suis pas un de ceux-là qui tuent au nom et selon le bon plaisir du roi, voici mon épée, Monseigneur.

Et, la prenant par la pointe, il en tendit la garde à son adversaire :

— Tudieu! mon pauvre garçon ! ceci est une autre affaire ! répliqua celui-ci d'un ton ému.

Et, remettant son arme au fourreau :

— Garde ton épée, ajouta-t-il, car, si tu dis vrai, il sera peut être encore, de bonne besogne pour elle.

Et, tirant, de la poche de son pourpoint, un filet de soie à travers les mailles duquel brillait un nombre respectable de pièces d'or :

— Voici ma bourse, dit-il, prends la, sans remords! car, dès qu'il ne m'a plus été possible de les défendre ouvertement, je me suis fait un devoir de soulager les malheureux dont le roi se refuse à entendre les plaintes...

Pour Faribole, ce don inespéré était plus que le salut, que la vie, c'était l'espoir, la possibilité de reprendre la tâche à laquelle il s'était si obstinément attaché...

L'émotion qu'il en ressentit fut plus forte contre lui que ne l'avaient été les atteintes du froid et de la faim...

Il tomba à genoux devant celui que, comme un sauveur, la Providence mettait sur son chemin au moment où elle semblait l'abandonner complètement :

— Ah ! Monseigneur ! Monseigneur ! fit-il la voix tremblante, merci ! merci mille fois !.. car, sans votre généreuse intervention, je crois, troun de l'air, que j'allais faillir à mes serments d'honneur !

Ce juron dont, par habitude, Faribole eut certainement agrémenté la plus fervente et la plus pieuse des prières, fit tressaillir le gentilhomme des pieds à la tête...

Il s'avança d'un pas, cherchant à distinguer les traits de son singulier adversaire et, tandis que celui-ci, fort stupéfait à son tour, se relevait lentement :

— Ton nom ? lui demanda-t-il anxieusement.

— Oh ! Monseigneur ! il ne vous apprendra pas grand'chose.. je m'appelle : Faribole.

— Faribole ! s'écria l'autre dans une exclamation de stupeur indicible.

Et lui saisissant les deux mains, les pressant dans les siennes.

— Vous! vous ! ici !.. dans cet état !...

Et sans lui laisser le temps de placer un mot :

— Et votre compagnon qui est là mourant... serait-ce Mistouflet?

Du coup, Faribole en vit trente-six chandelles...

— Eh! oui... bagasse! balbutia-t-il, c'est... Mistouflet!.. mais comment. .

— Ah! venez! venez! vite!.. s'écria l'autre, l'auberge où je suis descendu est ici près.. je ne veux pas que vous souffriez ainsi une seconde de plus.

Et avec une force irrésistible, avant que Faribole ait eu le temps de se reconnaître, il l'empoigna, l'entraîna, le porta presque, courut ainsi à la porte d'une hôtellerie voisine, l'ouvrit, se précipita dans la salle basse, vers l'aubergiste effaré, et saisissant celui-ci au collet il lui dit, scandant chaque phrase :

— A quelques pas d'ici... sous le porche d'une maison, un homme est étendu mourant.... envoyez vos garçons le prendre sur une civière... je veux qu'avant cinq minutes, il soit transporté dans ma chambre et que mon souper soit servi...

Et revenant à Faribole, il le poussa dans une pièce particulière dont il referma la porte sur lui, alluma un flambeau, d'un geste enleva son manteau, fit sauter son feutre et s'écria :

— Me reconnaissez-vous?

— Jean Cavalier!... ah! troun de l'air! bégaya Faribole.

Et aphone, hébété de surprise et de joie, il s'affaissa lourdement sur une chaise, les bras ballants, la bouche béante, les yeux écarquillés.

Certes, au cours de sa carrière si accidentée, l'ancien maître d'armes, avait éprouvé des émotions de toutes sortes, mais aucune n'égalait celle-là !... Il n'en revenait pas! et il y avait de quoi! car le personnage, qu'il avait devant lui, ne ressemblait guère, autrement que par le visage, au protestant fanatique dont les victoires avaient ébranlé le trône de Louis XIV.

— Evidemment, se disait Faribole, en s'efforçant de recouvrer son sang-froid et d'analyser ce qu'il éprouvait, évidemment, le fait d'avoir connu jadis un homme, de l'avoir perdu de vue depuis si longtemps qu'on ne s'en souvienne même plus ou qu'on le croie mort, pour se rencontrer nez à nez avec lui juste au jour et à l'heure où l'on se vendrait corps et âme pour une tranche de pain et un morceau de flanelle, voilà déjà qui n'est pas banal... ensuite, mordious, retrouver à Versailles, sortant du château du roi, un monsieur à qui, autrefois, ce même roi eut fait, volontiers, cadeau d'une potence, cela sort encore un peu de l'ordinaire... mais ce qui me passe, me dépasse, me surpasse, c'est que ce

bandit des Cévennes, ce chef de rebelles, ainsi que l'appelait M. le Maréchal
de Montrevel, ait troqué sa chemise de Camisard, pour ce pourpoint
magnifique orné des insignes superbes du grade de colonel dans les
armées de Sa Majesté Louis XIV dont si souvent il a étrillé les dragons
en faveur de Mgr Louis !...

Jean Cavalier, devinant ce qui se passait dans l'esprit de l'inséparable compagnon du « Masque de fer » eut un sourire de douloureuse
amertume ! Du reste, les pensées de l'un et de l'autre prirent aussitôt
un autre cours, car, alors que des servantes et l'hôtelier lui-même
achevaient de garnir la table, deux valets de l'auberge entraient portant
sur un brancard le corps toujours inerte de Mistouflet.

Faribole voulut se précipiter pour s'assurer le premier que le
malheureux vivait encore, mais, épuisé, à bout de forces lui-même, il
put à peine se soulever de dessus sa chaise.

— Troun de l'air ! gémit-il, en retombant, une vieille femme de
cent ans me flanquerait à terre d'une simple chiquenaude !

— Mangez ! buvez tout à votre aise, messire Faribole et ne vous
occupez point d'autre chose, lui dit Jean Cavalier.

Et d'un signe, il ordonna à l'aubergiste de pousser la table près
du maître d'armes, non loin du feu qui flambait joyeusement dans l'âtre.

Puis aux valets :

— Aidez-moi ! dit-il.

Mistouflet, fut, en un tour de main, dépouillé de ses loques, et étendu
dans le lit... Sur l'ordre de l'ancien chef des Camisards, on apporta des
briques chaudes, tandis que les robustes garçons de l'auberge friction-
naient vigoureusement ce corps dont la rigidité et le froid étaient ceux
d'un cadavre... enfin, après plusieurs efforts infructueux, Jean Cavalier
parvint à lui desserrer les dents et à lui faire ingurgiter quelques
cuillerées de bouillon et de vin brûlants...

— Ah ! mon pauvre Mistouflet ! murmurait Faribole, la bouche
pleine, car il n'avait pu résister à la tentation des plats et des bouteilles
placés devant lui, ah ! bagasse ! pourvu qu'il ne soit pas mort !... je ne
m'en consolerais jamais !... eh ! mordiou, je ne suis pas une femmelette !...
mais, troun de l'air, j'ai là quelque chose dans la gorge qui m'empêche
d'avaler... Non ! je ne pourrai pas manger, tant qu'il demeurera les
yeux fermés comme cela et avec sa peau violette comme une robe
d'archevêque... bagasse ! on a beau dire ! mais, quand on a vécu
ensemble, côte à côte, pendant plus de vingt ans, on ne se fait pas à

l'idée de se quitter pour toujours, comme cela, du jour au lendemain... mon pauvre vieux compagnon !

Et, d'un coup de pouce, Faribole écrasa, au coin de son œil, une larme qui s'obstinait à en sortir ; mais, tout à coup, il se souleva à demi et jeta un cri de joie éperdu.

Sous l'influence des soins énergiques qui lui étaient prodigués, Mistouflet avait entr'ouvert les paupières... un soupir profond s'était exhalé de sa poitrine et un peu de sang, courant à fleur de peau, avait coloré ses joues pâles...

Jean Cavalier s'était redressé :

— C'est bien ! dit-il aux valets et à leur maître, retirez-vous... ce gentilhomme est maintenant hors de danger !... j'en réponds !

— Sauvé ! ah ! troun de l'air ! je ne suis pas cagot, mais sur ma part de paradis, je jure de brûler un cierge à Notre-Dame de Délivrance, quand je retournerai à Marseille ! s'écria Faribole qui, en attendant, lampa, sans aucune difficulté à la gorge, un verre plein d'excellent bourgogne...

En effet, dix minutes après, pendant lesquelles l'ancien camisard n'avait pas cessé de l'alimenter à petites doses, Mistouflet se dressait sur son séant, promenait autour de lui des regards vagues où il y avait encore un peu de cette inconscience de la mort qui l'avait frôlé de si près, et demandait :

— Où suis-je donc ?

Mais, presque aussitôt, ses traits pâles s'éclairèrent d'un sourire, il avait reconnu son « patron » qui, des gouttes de vin perlant comme des rubis aux pointes de ses moustaches, lui répondait par un même sourire et la caresse de ses yeux brillants d'une joie expressive.

— Ah ! troun de l'air ! s'écria ce dernier, voyez-vous, M. Mistouflet, cela porte malheur de parler de l'immensité dans laquelle vont se perdre les glaçons humains, car vous avez failli ne pas en revenir et vous ne seriez point encore dégelé sans...

Un cri de stupéfaction lui coupa la parole ; Mistouflet avait aperçu celui qui, demeuré près de son chevet, l'avait *dégelé* selon l'expression pittoresque de Faribole, et il l'avait reconnu en s'écriant :

— Jean Cavalier !

Et, malgré la défaillance qui le fit encore chanceler en sautant hors du lit, il voulut, malgré les objurgations du camisard, se lever, rester debout devant celui qu'il considérait, qu'il estimait, qu'il respectait comme l'allié, l'ami dévoué de Mgr Louis.

— Ah! bagasse, laissez-le faire! Monsieur Cavalier, fit Faribole en riant, ce bon Mistouflet nous revient de l'autre monde avec tous ses défauts dont le principal est un entêtement à rendre jaloux un mulet. . mais, mordious, Monsieur Mistouflet, soyez décent, en tout cas... car vous n'avez pas vos culottes et les trous de votre chemise sont trop larges pour être discrets... mettez au moins, vos bottes, troun de l'air! achevez votre toilette, bagasse!

La résurrection de son ami, le bonheur de le voir *dégelé*, inspiraient à messire Faribole des propos si égrillards que Jean Cavalier ne put s'empêcher d'en rire, mais quand Mistouflet, eut, plus complètement que ne l'y invitait Faribole, réparé le désordre de sa toilette, il le prit sous le bras, le conduisit à un fauteuil près de la cheminée, près de la table et le contraignant à y prendre place.

— Asseyez-vous là, Mistouflet, lui dit-il gravement, car si vous n'avez pas oublié qui je suis, je me souviens, moi, de ce que vous avez fait, là-bas, dans les Cévennes, pour le triomphe de notre cause...

Et, s'asseyant à son tour, s'accoudant à la table, soutenant sa tête d'une main, les yeux fixés mélancoliquement sur les flammes du foyer, il ajouta douloureusement :

— Et, au contraire de tant d'autres, vous n'en avez jamais désespéré ni l'un ni l'autre, vous, Faribole, vous, Mistouflet!

— Eh! mordious! fit l'ancien maître d'armes dont la faconde ne se ressentait déjà plus du froid et de la faim, il me semble que les affaires n'ont point tourné trop mal pour vous, Monsieur Cavalier...

— Vous voulez dire ?

— Troun de l'air! ne portez-vous point les insignes de colonel dans les régiments de Sa Majesté très catholique.

Jean Cavalier redressa la tête... un éclair terrible de colère brilla dans ses yeux et, tout en les tenant fixés sur Faribole :

— Voici ce que j'en fais! dit-il d'une voix rauque.

Et arrachant de son pourpoint, un à un, les galons, les rubans, les dentelles, les broderies qui l'ornaient, il les jeta au feu avec un geste de mépris...

Puis comme si, au fur et à mesure qu'il se dépouillait ainsi, sa colère se fut calmée, il reprit d'un ton presque caressant en s'adressant à Faribole :

— Je vous expliquerai plus tard ce qui me pousse à en agir ainsi, mais auparavant, mon brave ami, contez-moi les événements qui vous sont survenus depuis votre départ des Cévennes et dites-moi de suite ce

Le pasteur Raymond fut pendu à l'entrée d'un village protestant.

que sont devenus ceux pour qui un éternel souvenir est gravé dans mon cœur : Monseigneur Louis et dame Yvonne...

A son tour, la physionomie du maître d'armes prit une expression de rage farouche et de sombre désespoir... son front se plissa, arquant les sourcils sous lesquels étincelèrent des regards de haine :

— Monseigneur Louis, dit-il d'une voix sourde, a été, contre toutes les lois d'honneur, jeté dans un cachot de la Bastille dont Saint-Mars est le gouverneur et Rosarges, le bourreau !... Quant à dame Yvonne, Dieu seul peut-être sait quels sont ses souffrances, son nouveau martyre !

Et lentement, par phrases hachées, saccadées, comme si, à chaque mot, il repassait, pas à pas, à chaque station de ce long et douloureux calvaire, il fit le récit des infamies, des hontes, des trahisons, des lâchetés dont le « Masque de fer » avait été encore victime de la part de Louis XIV et, enfin du lâche attentat, du crime dont ni lui, ni Mistouflet n'avaient su défendre Yvonne...

— Car, ajouta-t-il en terminant, lorque deux jours après, nous pûmes fouiller, un à un les décombres de l'incendie qui avait dévoré la maison d'Exili et pénétrer dans le caveau souterrain que la fumée seule avait atteint, nous acquîmes la certitude que ni elle, ni son enfant, ni votre compatriote Dorfeuil n'avaient trouvé la mort dans cette épouvantable catastrophe !... Le cadavre de Médus seul y était resté... que sont-ils devenus ? nous l'ignorons encore... car toutes nos recherches nous avaient amenés là dans cette misère où vous nous avez recueillis... mais, troun de l'air ! mes pressentiments ne me trompent pas.. je jurerais que cet incendie, que cette disparition sont œuvres de ce maudit et damné Gniafon !... — Ah ! bagasse ! conclut Faribole en assénant sur la table un coup de poing dont la vigueur était de bonne augure pour l'état de la santé du maître d'armes, bagasse ! si ce bandit me tombe jamais entre les mains !... troun de l'air !... ah ! mes pitchouns... je ne vous dis que cela !... il s'en souviendra pendant toutes les éternités possibles et imaginables !

— Ah ! Seigneur Jésus ! accentua Mistouflet de sa voix douce et onctueuse, je lui déchiquetterais volontiers la chair morceau par morceau !...

Par cette perspective dont il caressait sa vengeance, on voit que la convalescence de Mistouflet marchait également à grands pas.

Après avoir écouté en silence, presque religieusement, ce long récit, Jean Cavalier restait plongé dans une profonde rêverie au cours de laquelle des soubresauts, comme des frissons, le secouaient par intervalle, et il prononçait des mots sans suite que Faribole essayait en vain de relier pour en comprendre le sens :

— Oui ! oui ! murmurait-il, l'avenir... le devoir... Monseigneur Louis... la lutte sans merci... tout était là... enfin rien n'est perdu !... mais, cette fois... impitoyable... acharné... plutôt la mort... la honte et le mépris...

Fort intrigué à la fois par ce manège et n'admettant pas qu'un homme cause tout seul tandis que, dans la compagnie qni l'entoure, il en est d'autres qui ne demanderaient pas mieux que de bavarder en même temps, Faribole se risqua à prendre sa part de cette singulière conversation, en disant, d'un ton insinuant :

— Et serai-je indiscret de vous demander, à mon tour, des nouvelles de toutes ces aimables personnes que nous avons eu l'honneur de connaître dans les Cévennes ?

Le son de cette voix rappela Jean Cavalier à lui-même, il releva la tête, et, n'ayant perçu que le bruit des paroles sans en avoir compris le sens !

— Que disiez-vous, Faribole ? interrogea-t-il.

L'ancien maître d'armes, fort satisfait intérieurement du résultat obtenu, s'empressa de répondre :

— Je m'intéressais au sort d'Emmanuel, de Catinat, de Roland, vos charmants lieutenants qui...

— Ils sont morts...

Faribole fit une grimace de désappointement et reprit :

— Je me souviens des deux frères Lafond...

— Tués, eux aussi, dans un des derniers combats...

— Mais... mais... le pasteur Raymond doit-être en bonne santé ! fit timidement le maître d'armes qui, devant ces réponses peu rassurantes, se promit de s'en tenir à cette dernière question.

— Le pasteur Raymond, répliqua tristement Jean Cavalier, tomba entre les mains des dragons du maréchal de Villars... on le pendit à un arbre, puis, quand son cadavre fut froid, on le décapita, et sa tête fut plantée en haut d'une pique à l'entrée d'un village protestant...

— Ah ! doux Jésus ! murmura Mistouflet, un homme si bon et si instruit...

— Mais alors, s'écria Faribole en roulant des yeux effarés, de tous les Camisards, il ne reste plus que vous !..

Jean Cavalier eut, à ces mots, un sourire d'amertume et de tristesse :

— Oui, fit-il les sourcils froncés, et beaucoup ont conclu de là que j'étais un faux-frère, un traître !... les niais !... parce que je jugeais la résistance impossible, ils m'ont accusé de lâcheté !... et parce que, sur la parole du roi, et celle de M. le maréchal de Villars dont la douceur, la clémence ont fait plus que ses armes pour apaiser nos révoltes, j'ai consenti à signer un traité qui garantissait à nos frères le libre exercice de leur culte et le respect de leurs droits, de leurs propriétés, parce qu'enfin, ainsi que l'avait estimé Mgr Louis lui-même, j'estimais que cette lutte fratricide avait coûté assez de larmes et de sang, je fus traité de renégat et d'ambitieux...

Or, je veux que vous me jugiez, à votre tour, vous qui m'avez vu à l'œuvre.

Et, après s'être tu pendant quelques instants comme pour recueillir ses pensées, il reprit :

— Nous ne fûmes pas heureux dans les combats qu'après le départ de Monseigneur Louis, nous livrâmes à différentes reprises aux soldats du roi... Le découragement, la lassitude ou plutôt l'impérieux besoin de revoir leurs chaumières, leurs familles, de reprendre le calme travail de leur existence passée, avaient creusé de larges vides dans notre troupe déjà fort amoindrie, dans ses meilleurs éléments, par les furieuses attaques dont le maréchal de Montrevel voulait nous faire payer sa disgrâce. En outre, M. de Villars, son successeur dans le commandement de l'armée royale, promettait grâce entière aux protestants révoltés et mettait fin aux exactions, aux dragonnades qui avaient appauvri, ruiné, désolé les Cévennes... beaucoup d'entre nous se laissèrent gagner par ces promesses et nous abandonnèrent...

Il ne resta bientôt, autour de moi, que trois ou quatre cents hommes... cependant, malgré ces multiples déceptions qui, à n'en pas douter, étaient, pour moi, les préludes de la défaite, je voulais résister encore, lutter toujours et je n'aurais pas complètement désespéré de vaincre si une dernière catastrophe, plus terrible que toutes les autres, ne se fut abattue sur nous.

Le souterrain d'Euzet dans lequel, non seulement nous recueillions nos malades, mais où nous avions réuni nos munitions, nos poudres, nos armes, nos vivres, fut découvert, par des miquelets du roi qui tuèrent, sans pitié, nos blessés et pillèrent nos magasins de fond en comble... c'était la ruine de nos espérances... dans le même temps, j'appris (hélas ! je sais maintenant combien cette nouvelle était fausse), j'appris que Monseigneur Louis avait accepté pour lui, sa femme, son enfant et, en outre, pour les libertés de notre religion, la transaction que lui avait proposée Louis XIV...

Du même coup, notre résistance n'avait plus de but... J'en informai les principaux chefs qui me restaient et, d'accord avec eux, je résolus de déposer les armes... j'eus une entrevue avec le maréchal de Villars, qui, après avoir pris les ordres du roi, nous signa un traité en vertu duquel nos temples étaient relevés et nos privilèges nous étaient rendus tels qu'ils existaient avant la révocation de l'Edit de Nantes...

Ma tâche était finie... et j'acceptai le titre de colonel dans les armées du roi, distinction dont Sa Majesté voulait, paraît-il, honorer, en ma personne, le parti protestant, si courageux, si persévérant et si noble dans ses revendications!...

Le ton de Jean Cavalier s'était animé, en prononçant ces dernières phrases, mais presqu'aussitôt, l'ancien chef des Camisards, une moue dédaigneuse aux lèvres, reprit d'une voix creuse, rauque où parfois vibrait l'éclat de ses sourdes colères, de ses amères rancunes :

— En admettant même, qu'aux premiers instants, mon amour-propre, mon orgueil aient été caressés d'un souffle d'ambition auquel si peu restent insensibles, non, mille fois non ! je n'ai été ni un lâche, ni un renégat, mais un de ces naïfs dont la crédulité devient, en certains cas, plus qu'une faute... et cette faute je l'ai commise, puisque j'ai cru à la parole de Louis XIV !

Ah ! j'en ai été bien puni, tout le premier, car personne ne saura jamais ce que j'ai souffert depuis le jour où j'ai endossé cet uniforme qui me brûle comme une tunique de Nessus ! et il y a des années de cela !...

Mais mon cœur se soulève des affronts, des injures, des infamies dont on m'a abreuvé... et aujourd'hui, je me retrouve tel que j'étais auparavant et tel que j'aurais dû rester, car, ce soir même, d'un mot, Sa Majesté Louis XIV m'a rappelé à moi-même en me faisant souvenir de mon origine... et de la sienne !...

Oui ! oui ! je suis prêt à endosser de nouveau le rude sarreau de toile de nos montagnards sous lequel j'ai servi la cause du vrai roi de France, de Monseigneur Louis !... je ne suis plus un colonel à la solde d'un Louis XIV... je me contente de redevenir : Jean Cavalier, le boulanger d'Anduze...

Et il tendait ses mains à Faribole et à Mistouflet, lorsqu'il remarqua l'effarement dont subitement s'étaient empreints les traits de leur visage...

— Ah ! ça ! fit-il tout surpris de cette étrange attitude, qu'avez-vous donc ?

— Ah ! Seigneur-Jésus !.. serait-il possible !... murmura Mistouflet.

— Troun de l'air ! je me refuse à y croire comme au mystère de l'incarnation ! balbutia Faribole..

Et, tous deux, la figure pâle, les yeux ardents, ils dévisageaient Jean Cavalier de telle sorte que, se méprenant sur la cause de leur stupeur, l'ancien chef des Camisards leur expliqua :

— Sur les instances du maréchal de Villars qui sans cesse a été pour moi plein d'égards et dont la démarche lui avait été inspirée par le désir de m'être plutôt utile qu'agréable, Louis XIV avait enfin consenti à ce que je paraisse à sa cour... ce soir, devait avoir lieu la présentation... je vins donc à Versailles et me mêlai à la foule des courtisans qui, avant le coucher du roi, encombraient les antichambres...

Lorsque le roi parut, M. de Villars me fit passer au premier rang et attira sur moi l'attention de Sa Majesté... Louis XIV s'arrêta devant moi, me toisa des pieds à la tête d'un air dédaigneux et, tandis qu'autour de nous, les nobles courtisans ricanaient à l'envi, il me tourna le dos, après avoir dit d'un ton dont je n'oublierai jamais le hautain mépris. — « Ah ! ah ! c'est là ce petit boulanger d'Anduze !... » (1) et il passa... !

C'est alors que, fou de rage et de colère, je me précipitai hors du château et en vous rencontrant, eus la pensée qu'après m'avoir insulté, ce tout-puissant monarque, voulait me faire assassiner !...

Pendant cette explication, Faribobole et Mistouflet avaient eu le temps, sans doute, de recouvrer leur présence d'esprit, si étrangement troublé, car le premier, sans autre préambule, s'empressa de demander au camisard :

— Ainsi, bagasse, vous êtes du village d'Anduze ?...

— Oui ! répondit Jean Cavalier de plus en plus surpris.

— Vous y aviez établi une boulangerie ?

— Non !... j'étais simple garçon boulanger.

— Y a-t-il, dans ce village deux boutiques du même genre ?

— Non !... mais pourquoi ces questions ?...

— Alors votre patron, c'était votre père ?...

Une ombre de tristesse assombrit la physionomie de Jean Cavalier...

— Mon père ? dit-il sourdement, non !... je ne l'ai jamais connu...

— Jésus-Marie ! balbutia Mistouflet.

— Bagasse de bagasse !... ah ! troun de l'air ! en voilà une histoire ! jura Faribole en gesticulant à tort et à travers.

— Mais... enfin !... demanda le Cévenole

— Une dernière question... ou plutôt deux encore ! interrompit Faribole dont la voix vibrait d'une émotion singulière. .

— Parlez !...

— De votre prénom, vous vous appelez ?

— Jean.

— Jean... et rien de plus... Non ?

(1) Historique.

— Jean... tout court... mais, mordious, ce nom de : Cavalier.

— M'a été donné parce que, dès mon plus jeune âge, j'avais la passion des chevaux et qu'à seize ans, j'étais réputé dans la contrée, comme le meilleur cavalier...

— Ah ! troun de l'air ! tout s'explique... tout se...

Et soudain, laissant retomber ses bras et tandis qu'une expression de mélancolie profonde, se répandait sur ses traits, Faribole reprit avec la lenteur que met dans les paroles l'évocation de pénibles souvenirs :

— Jean ! fit-il, permettez-moi de vous donner désormais ce simple nom, car je vais vous en donner la raison... Jean, Monseigneur Loüis vous a-t-il conté ce que la haine de Louis XIV avait inventé de tortures contre lui, avant qu'il ait trouvé un refuge, hélas trop momentané, dans les montagnes des Cévennes ?

— Le pasteur Raymond m'en fit souvent un récit détaillé qui m'apprit, entre autres choses, le dévouement, la bravoure, l'héroïsme dont vous, Faribole et vous, Mistouflet, vous donnâtes des preuves merveilleuses tant au donjon de Pignerol, aux îles Ste-Marguerite que dans le combat soutenu avantageusement par vous et les protestants contre les dragons du roi.

— Dans les environs du château de Brévannes, n'est-il pas vrai ?

— Oui ! je crois me souvenir...

— A la porte même de l'auberge de la Couronne...

— Sans doute ! mais je vous avoue que ce détail...

— Retenez-le bien ! pour ne jamais l'oublier, Jean.

— Et pourquoi ?

— Je vais vous le dire... je ne sais si les actes que Mistouflet et moi avons commis de ci de là dans l'intérêt de Monseigneur Loüis peuvent être taxés de dévouement, de bravoure, d'héroïsme, mais, si vous le jugez ainsi, il est juste d'en faire une part pour un homme qui, plus que nous, a mérité ces éloges... car, lui, il est mort en défendant l'héritier légitime du trône de France, et, cela, non point par ambition, dans l'espoir d'une récompense quelconque, mais par devoir par abnégation et surtout par amitié.

— De qui voulez-vous donc parler?

— D'un de nos compagnons qui, depuis l'époque de notre tentative infructueuse au château de Piquerol jusqu'à l'instant fatal, où, sous nos yeux, devant l'auberge de la Couronne, il a été tué par un lâche assassin, n'avait cessé, modestement mais héroïquement, d'exposer sa vie avec la seule pensée de racheter, à ce prix, les fautes de son passé.

— Qui était donc cet homme?

— Un de ces malheureux qui, comme Mistouflet et moi, sont, dès leur enfance, les jouets d'une fatalité qui, après les avoir abandonnés, dans la rue, au caprice de toutes les infortunes, les pousse dans cette vie d'aventures où, chaque jour, ils ont une lutte à soutenir pour obtenir un morceau de pain...

Tantôt soldats, tantôt détrousseurs de grand'route, ballottés entre les scrupules de leur conscience et les nécessités de l'existence, ayant le cœur aussi vide que la poche, n'aimant rien parce qu'il ne sont aimés de personne, on les voit sous la casaque du spadassin, la rapière au poing, l'insulte à la bouche, pour les rencontrer, le lendemain, sous la robe de capucin, marmottant des prières pour le salut de leur âme...

C'est, sous cette robe de bure, que nous rencontrâmes : frère Chrysostôme.

— Frère Chrysostôme? fit Jean Cavalier, était-ce donc un véritable moine?

— Oui et non! répliqua mélancoliquement Faribole dont le langage se poétisait singulièrement à ces âpres souvenances de misères dont son propre passé comptait un si grand nombre, oui et non! car sa religion était faite d'un amour matériel dont il avait connu toutes les joies, toutes les douceurs, comme aussi toutes les tortures et les désillusions...

Le désespoir de cet amour, le remords d'une grande faute et aussi le hasard de ses courses errantes le firent entrer dans ce cloître de Pignerol dont l'arrachèrent les espérances de nouvelles amitiés, de nouvelles affections et surtout une arrière-pensée de retrouver celui qu'il avait perdu.

— Il faut, Jean, que vous connaissiez cette courte histoire d'amour.

— Moi?... m'intéresse-t-elle donc particulièrement?

— Oh! oui! Seigneur-Jésus! répondit doucement Mistouflet.

— Frère Chrysostome, reprit Faribole, avait rencontré, un jour, dans les environs de Nîmes, une jeune femme dont il s'était épris violemment et dont il se croyait aimé... Cette tendresse l'avait arrêté au bord de cet abîme où, du vagabondage, on tombe dans le crime...

L'existence avait, désormais, pour lui, un but; elle lui imposa bientôt des devoirs lorsque la naissance d'un fils vint mettre le comble à son bonheur... il rêva pour cet enfant des destinées auxquelles il n'eut jamais lui-même osé aspirer... il le voulut riche, puissant, heureux!... mais la réalisation de pareils rêves ne s'obtient que par de lourds sacrifices... frère Chrysostôme se les imposa avec une sorte de joie... il résolut de tenter fortune... il s'expatria... partit seul pour l'Amérique!...

Il essayait, mais en vain, de calmer le remords qui jour et nuit le poursuivait.

Vous dire ce que furent là-bas sa vie, ses luttes, serait inutile,... pendant deux ans, au mépris de tous les dangers, il s'acharna à la poursuite de cette fortune qui lui échappait sans cesse... bref! désespéré, à demi mort de fatigue et de chagrins, il n'eût plus qu'un rêve : revoir ceux pour lesquels il s'était sacrifié et revenir partager avec eux le rude travail qui leur donnerait du pain....

Hélas! ce retour fut, pour le malheureux, la fin de tous ses rêves, la mort de son âme... Il s'était traîné, exténué, mourant, jusqu'à la porte de la petite maison où, à Nîmes, sa femme et son enfant devaient impatiemment l'attendre...

La porte en était fermée et ne devait plus s'ouvrir pour lui... des passants des voisins le recueillirent là et lui apprirent, ne le reconnaissant pas, ce qu'était devenue la femme à qui il avait confié sa vie....

Elle était partie avec un homme qui était devenu son époux.

On disait d'elle bien d'autres choses et entre autres, qu'elle s'était impudemment moquée jadis d'un naïf à qui elle avait attribué une paternité qui ne lui appartenait pas... !..

Alors, au cœur de l'infortuné, affreusement torturé dans tout ce qu'il avait eu de plus cher au monde, germa, grandit, une haine farouche dans laquelle il engloba et la mère et l'enfant...

Celle-ci habitait un village voisin, frère Chrysostôme s'y rendit.... il la vit accablant de caresses ce fils dont lui n'avait plus le droit d'approcher le berceau.... Alors une pensée surgit dans son cerveau en délire... il se dit que cette femme devait, en perdant cet enfant, souffrir le pareil martyre à celui qu'il avait enduré, lui, et qui le torturait encore...

Pendant la nuit, il s'introduisit, comme un voleur, dans la maison, enleva son fils, s'enfuit avec lui, à travers la montagne, fou, éperdu, hébété d'une vengeance criminelle, il l'abandonna dans la rue du premier village qu'il traversa et, comme un maudit, ayant peur, peut-être déjà de son crime, il se sauva sans détourner la tête....

Faribole s'interrompit... et, après quelques instants d'un silence qu'aucun n'avait osé interrompre, il reprit, scandant chaque mot !

— Ce village s'appelait : Anduze...

— Anduze ! s'écria Jean Cavalier dont la gorge haletait...

— Et la maison au seuil de laquelle frère Chrysostôme avait lâchement abandonné son enfant, était celle d'une boulangerie...

— Ah ! mon Dieu !... fit l'ancien Camisard devenu horriblement pâle, je crois... vous... comprendre... cet enfant....

— S'appelait... Jean !

D'un bond Jean Cavalier s'était mis debout, étreignant sa poitrine de ses doigts crispés... il chancela... et, d'une voix presque éteinte, balbutia...

— Moi !.... mon père... c'était....

— Oui ! Jean ! oui ! ajouta lentement Faribole, oui ! ce père que vous n'avez jamais connu et qui, malgré sa faute, vous a tant aimé, c'était frère Chrysostôme...

Et, tandis que Jean Cavalier, retombé lourdement sur sa chaise, se cachait le visage entre ses mains et éclatait en sanglots, Faribole reprit :

— Ne le maudissez point, Jean, et ne méprisez pas votre mère.. car, plus tard, et ce fut la plus horrible expiation pour votre malheureux père, frère Chrysostôme apprit que tout ce qu'on lui avait raconté jadis était faux... ah ! troun de l'air ! les bavards de village ne s'imaginent point combien un mauvais coup de langue a souvent de méchantes et terribles conséquences.

Votre mère, Jean, croyant perdu celui qu'elle aimait sincèrement, après avoir attendu son retour vainement pendant deux années et craignant la misère, qui s'avançait, à grands pas, menaçante pour son fils, avait consenti à ce mariage dans le seul intérêt de ce dernier.

La disparition de son enfant, la conduisit, un mois après au tombeau...

— Ma mère ! ma pauvre mère ! elle que j'aurais tant aimée ! balbutia Jean Cavalier au milieu de ses sanglots...

— Votre père, continua Faribole, avait atteint la frontière d'Italie dans la course errante, affolée, par laquelle il essayait, mais en vain, de calmer sa cruelle désespérance et surtout le remords qui, jour et nuit, le poursuivait, l'obsédait de la pensée de l'enfant, innocent de toute faute, lâchement abandonné à la charité, à l'aumône d'un passant quelconque.

Il avait beau se dire que le délaissement dans lequel il avait été lui-même, si injustement, rejeté, l'autorisait à l'injustice de cet autre abandon : sa conscience implacable le condamnait...

Passant près d'un cloître, aux environs de Pignerol, il y alla frapper pensant trouver, dans le recueillement de la prière, le calme, le repos, l'oubli de son âme en détresse.

La porte s'en ouvrit devant lui... il devint frère-lai...

Mais, la fausse piété de ces moines, aux mœurs italiennes, n'était point faite pour lui inspirer de purs sentiments de pénitence, de contrition !...

Après avoir souffert des injustices, des lâchetés, des mépris des autres hommes, il apprit, près de ceux-là, l'indifférence, l'égoïsme de cette religion qui ne daignait pas compatir aux douleurs, aux angoisses de son repentir.

Là, il retrouva les vices communs à l'espèce humaine : le sanctuaire sacré lui apparaissait comme la scène d'un théâtre, où, dans des cérémonies pompeuses, s'étalaient un faste, un luxe, un orgueil où il ne sentait pas la présence d'un Dieu...

De là au doute puis à la négation des choses les plus saintes, il n'y avait qu'un pas à franchir...

Sous sa robe de capucin, frère Chrysostôme devint athée ou plutôt simplement impie, car, au fond du cœur, et malgré ses blasphèmes, il gardait la religion de cet amour, de cette femme, de cet enfant à qui il avait consacré toute sa vie et que, pendant une seule heure, heure de folie aveugle, il avait reniés !...

Du reste, le feu de cette unique passion envers les seuls êtres qu'il eut aimés, couvait simplement sous la cendre de ses souvenirs, comme aussi la droiture, la bonté, la croyance en de généreuses idées n'étaient point complètement éteintes en son cœur, car une étincelle suffit pour rallumer, raviver en lui les nobles sentiments que la nature y avait mis.

Quand, à la suite de notre rencontre, sur la route de Pignerol, nous lui cûmes appris à quelle cause nous avions voué nos efforts, il en épousa loyalement presque avec joie, les risques, les dangers et les misères... en son pauvre cœur endolori, l'amitié qu'il nous témoignait, ainsi qu'à Mme Yvonne et à Mgr Louis adoucissait l'amertume de ses affections passées... et sa joie comme ses espérances ne connurent plus de bornes lorsque, après l'évasion de Mgr Louis, nous rencontrâmes les premiers groupes des protestants révoltés... il avait entendu quelques mots des projets échangés entre le fils de Louis XIII et le pasteur Raymond, et, dans ces mots, avait été prononcé celui des Cévennes.

Ce nom renfermait tout le dernier espoir de sa vie... car frère Chrysostôme n'aspirait plus qu'à une pensée, qu'à un bonheur ineffables pour lui, retrouver son fils et, avant de mourir, le presser dans ses bras et implorer son pardon !

La réalisation de ce beau rêve lui fut refusée.

Et cependant il avait assez grandement expié sa faute pour être heureux, ne fut-ce qu'un jour, mais la main d'un bandit, d'un infâme valet à la solde de Louis XIV, lui enleva cette suprême consolation ou plutôt, poussé par ses besoins de dévouement, d'héroïsme, il accepta, lui même, ce sacrifice sans un murmure, sans une plainte.

Jean Cavalier avait relevé la tête et fixait ardemment ses yeux, encore baignés de larmes, sur Faribole qui, après un instant de morne silence, reprit tristement ;

— A une demi-lieue à peine du château de Brévannes, devant l'auberge même de la Couronne, la troupe protestante du pasteur Raymond, qui escortait Mgr Louis et Mme Yvonne, avait été rejointe et assaillie par les dragons du roi, sous la conduite de ce major damné qui, aux îles

Sainte-Marguerite, avait été le bourreau le plus acharné du « Masque de
fer »... La défaite complète des soldats royaux ne faisait plus aucun doute
pour nous... Monseigneur Louis et Mme Yvonne, si longtemps séparés
l'un de l'autre, se tenaient enlacés, oubliant dans l'effusion de leurs tendresses, le danger qui grondait encore, lorsqu'un cavalier, lancé à toutes
brides, arriva sur eux comme une trombe furieuse... Je le vis, je le
reconnus, et, au sourire infernal que grimaçait sa face hideuse, je
devinai sa pensée... l'épée à la main, il se ruait sur ses victimes qu'il
voulait frapper d'un même coup... un flot d'ennemis m'en séparait
encore... J'étais impuissant à les secourir... et, j'eus, soudain, une
exclamation de folle rage... l'arme de ce démon s'était levée, abaissée et
un cri d'agonie avait immédiatement suivi ce lâche assassinat... Mistouflet et moi nous nous précipitâmes... alors, Jean, l'un et l'autre nous nous
mîmes à genoux pour prier et pleurer... sur le sol, aux pieds de ceux
qu'il avait sauvés d'une mort certaine, inerte, couvert de sang, la poitrine ouverte, gisait frère Chrysostôme...

Dès les dernières phrases, Jean Cavalier, frissonnant, angoissé,
s'était dressé peu à peu et, maintenant, debout, horriblement pâle, il
haletait, écoutant encore...

— Lui aussi, continuait lentement Faribole, il avait compris
l'horrible dessein de cet infâme lâche.... et alors, avec un héroïsme, si
grand en sa simplicité, il s'était jeté entre Mgr Louis, Mme Yvonne et
leur cruel et perfide ennemi et noblement, sans une hésitation, il avait
offert au coup mortel ce cœur à qui l'amitié, l'affection avaient rendu de
nouveaux et purs battements...

Une heure après, dans une salle du château de Brévannes où nous
l'avions transporté, frère Chrysostôme mandait près de lui Mgr Louis et
Mme Yvonne, leur confessait sa faute et, jusques au dernier moment,
ayant l'âme soucieuse de son fils, il nous le recommandait à tous... puis,
lorsque chacun de nous lui eut fait le serment solennel d'exaucer sa
prière et son dernier vœu,.. content, il eut un sourire, prononça votre
nom et rendit sa grande âme à Dieu...... Mgr Louis, le jugeant, dès ici-
bas, digne de tout respect comme de toute miséricorde, voulut que, selon
son désir, frère Chrysostôme reposât en terre chrétienne....

La tombe de votre père s'élève, Jean, près de celle d'une autre martyre,
la mère de Mme Yvonne, contre le mur même de la chapelle du château
de Brévannes !..

Les larmes s'étaient taries, séchées, au feu dont brillaient étrangement les yeux de Jean Cavalier....

Une ride profonde à son front blême, livide, mais sans un seul tressaillement, il s'avança, d'un pas automatique, vers Faribole et Mistouflet, leur prit une main, les étreignit nerveusement et, d'une voix rauque, caverneuse.. !

— Merci, à vous, amis, qui fûtes les compagnons de frère Chrysostôme, merci de m'avoir appris quel était ce père qui m'a tant aimé et qui en a tant souffert mais dont, à cette heure, j'ai le droit, en me disant son fils, d'être fier ! mais maintenant, ce n'est point le pardon, que je ne lui eus jamais refusé, que je veux porter sur cette tombe, élevée pour mes prières et mes éternels regrets, c'est l'exécution d'un serment que, en vous écoutant, je me suis fait à moi-même.

— Quel serment ! s'écria Faribole en ouvrant de gros yeux étonnés.

— Vous avez oublié, dans votre récit, une chose essentielle, Maître Faribole ! répondit Jean Cavalier avec un sang-froid sous lequel se déguisait mal l'émotion d'une colère conténue...

— Quoi donc, Jean ?

— Me dire un nom.

— Lequel, troun de l'air !

— Celui de l'homme qui, si lâchement, assassina mon père !..

— Bagasse ! c'est vrai !.. mais ne t'en inquiète pas, mon pitchoun, car, mordious, j'ai un petit compte à régler avec ce particulier là et, troun de l'air, que j'y perde ma langue, si je ne lui en fais pas payer bientôt les intérêts et le principal !

— Je veux savoir ce nom.

— Après tout, je n'y vois aucun inconvénient... il s'appelle : Rosarges.

— Que fait-il ?

— Eh ! bagasse ! il continue son doux métier de bourreau, cet excellent bon !

— C'est-à-dire ?

— Qu'il garde Mgr Louis.

— A la Bastille ?

— Eh ! oui, mordious !.. St-Mars, comme gouverneur, et lui, comme major, ne se quittent pas plus que les deux doigts d'une même main...

— A moins qu'on en coupe un ! fit observer doucement Mistouflet.

— M. Mistouflet, riposta Faribole, votre remarque manque de la logique la plus élémentaire, car, du moment où on serait à même d'en retrancher un, je ne vois pas pourquoi, on ne ferait pas subir à l'autre la même opération...

— C'est vrai, patron ! avoua franchement Mistouflet.

— Maître ! fit Jean Cavalier qui, pendant ce débat, s'était recueilli, lorsque vous étiez à Paris où habitiez-vous ?

— A l'auberge du « Lapin-Blanc » ! seulement...

— Seulement ?

— Je crois que, pour le moment il ne serait pas prudent pour nous d'y remettre les pieds, répondit Faribole, en échangeant un coup d'œil d'intelligence avec Mistouflet.

— Je le crois, Seigneur Jésus ! soupira celui-ci.

— Cette auberge est située...? demanda l'ancien Camisard.

— A l'angle même de la place, juste en face l'entrée de la Bastille.

— Bien ! mais pour quelle raison, hésitez-vous à y retourner ?

— Hum ! fit Faribole embarrassé de l'explication, c'est que... évidemment, Me Mathieu est un excellent homme... mais... que lui reprochons-nous M. Mistouflet...?

— Le cheval, patron. !

— Eh ! oui ! bagasse !. c'est cela. !.. le cheval !

— Quel cheval? interrogea Jean Cavalier ne comprenant rien à ces explications bizarres.

— Une excellente bête, riposta Faribole ou plutôt une bête qui eut été plus excellente, encore, bagasse, si, au lieu de se la laisser prendre, stupidement, Me Mathieu eut songé à la convertir en gigots, côtelettes. biftecks, ragouts qui ne nous eussent pas coûté un rouge liard, puisqu'ils appartenaient à Mgr Louis, mais nous eussent copieusement nourris sans que nous soyons obligés de manger la cuisine de notre hôte, en la payant de la reconnaissance de notre estomac.

— Je vous comprends, Me Faribole, dit Jean Cavalier, dès demain, nous nous rendrons à Paris.

— Ah! ah! fit le maître d'armes en jetant sur ses bottes un regard inquiet.

— Et nous descendrons à l'auberge du " Lapin-blanc " ajouta l'ancien chef des Camisards.

— Mais, c'est que... troun de l'air...

Il n'acheva pas... Jean Cavalier avait frappé sur un timbre et disait à l'hôtelier accouru à cet appel :

— Préparez une chambre pour chacun de ces gentilshommes.

— Bien, Monseigneur, fit l'hôtelier enchanté de l'aubaine.

— Est-il un fripier dans les alentours?

— La porte où a été ramassé ce gentilhomme, fit l'hôtelier, en désignant Mistouflet, est précisément celle de cette boutique...

— Ah ! troun de l'air ! s'écria Faribole, décidément, M. Mistouflet, les trous de votre culotte ont un flair merveilleux, ils se sentaient dans le voisinage d'un tailleur et n'en voulaient pas quitter...

— Dès demain, à l'aube, avait repris Jean Cavalier, vous le préviendrez d'apporter à ces messieurs des costumes neufs et complets.

— Oh ! Monseigneur ! mon voisin le fripier a un tel assortiment qu'il peut, sans aucune difficulté, équiper un gentilhomme de pied en cap.

— Bagasse ! voilà qui tombe bien ! murmura Faribole qui, après ses bottes, examinait douloureusement son feutre bossué et crevassé.

— En outre, il nous faudra deux chevaux.

— Ils seront à la disposition de Monseigneur à l'heure que Monseigneur indiquera.

— Sept heures du matin... vous nous éveillerez une heure auparavant.

— Bien, Monseigneur.

Et se tournant vers Faribole et Mistouflet qui s'étaient levés...

— Si vous voulez me suivre, mes gentilhommes, ajouta-t-il, je vous conduirai à vos chambres.

— Troun de l'air, ce n'est pas de refus, mon garçon, car bien que je n'ai pas été gelé, moi, je n'en goûterai pas moins les douceurs d'un bon édredon.

Faribole prit le bras de Mistouflet sous le sien et passèrent le seuil de la porte accompagnés de Jean Cavalier qui, après leur avoir serré la main, leur dit simplement mais, d'un ton dont Mᵉ Faribole remarqua l'étrangeté.

— A demain !

Quand il fut seul, le fils de frère Chrysostôme resta longuement immobile, les bras croisés sur la poitrine, le front pensif, les yeux perdus, fixés dans le vide, comme s'il y eut distingué les images de ces deux êtres qu'il réunissait dans une même tendresse ; puis il alla au chevet de son lit, s'agenouilla et, la tête entre ses mains s'abîma dans le pieux recueillement d'une prière ou des souvenirs évoqués.

. . . .

Le lendemain, en pénétrant à l'heure indiquée dans la salle commune de l'auberge, il ne put retenir un sourire à la vue de Faribole et de Mistouflet, gourmandant à qui mieux mieux les valets et les servantes empressés autour d'eux...

Le maître d'armes, la tête haute, couverte d'un feutre gris orné de superbes plumes rouges lui retombant plus bas que la nuque, la poitrine

Jean Cavalier enfermé jour et nuit dans sa chambre...

bombée, la taille cambrée, une jambe en avant, le jarret tendu, en
une pose de suprême élégance, se prélassait dans un magnifique
justaucorps de velours cramoisi réhaussé de passements d'or, agrémenté
de flots de rubans en soie cerise, dans un haut-de-chausses de même
étoffe et de même couleur, dans des bottes molles montant au-dessus
des genoux et aux talons desquelles sonnait une paire d'éperons aux
larges molettes de fin acier...

Et, sur le tout, retenu aux épaules par le nœud d'une double tresse à fils d'argent, un manteau gris, lourd, long, épais, se drapait majestueusement, soulevé légèrement à gauche, en haut par la garde, en bas par la pointe de l'épée...

Et, tantôt fripant les dentelles de son jabot ou de ses manchettes, tantôt frisant les longues pointes de ses moustaches, Faribole se mirait dans une glace qu'un valet lui tenait devant lui et disait, d'un ton de supérieure arrogance :

— Troun de l'air! Françoise, Jeanneton, voyez donc à ce bouton que ce faquin de fripier n'a pas suffisamment consolidé... et ce ruban... faites bouffer!.., mordious! faites bouffer encore!.. Firmin, coquin de valet, resserrez donc les gourmettes de mes éperons... Elles ne tiennent pas, bagasse!

Dans un coin, Mistouflet paraissait énorme, doublé de volume et, la face congestionnée sous un feutre flambant neuf mais sans ornement autre qu'une simple plume de faisan, faisait des efforts inouïs avec l'aide de deux garçons d'auberge pour endosser une casaque de laine épaisse de près d'un demi pouce...

— Ah! Seigneur-Jésus soufflait-il tout ruisselant de sueur, jamais ça n'entrera... tirez ferme!.. ouf!...

— C'est que, mon gentilhomme! fit un des valets à bout de souffle lui-même, c'est que vous avez déjà une chemise de grosse flanelle.

— Oui... la flanelle est chaude!...

— Un gilet et un tricot de laine...

— La laine est un bon tissu qui tient fort chaud.

— Un pourpoint et un justaucorps de ce même tissu...

— Oui! oui! Jésus-Marie! le justaucorps a bien passé... mais cette casaque maudite...

Un effort eut lieu encore et Mistouflet poussa un soupir de satisfaction :

— Ouf! fit-il... nous avons eu du mal... mais je suis entré dedans tout de même...

Sauf les bottes qui, toutefois, étaient garnies intérieurement d'une fourrure, Mistouflet était vêtu, du haut en bas, d'un double et même triple vêtement en laine...

Cet accoutrement lui donnait les apparences d'un mastodonte et le gênait quelque peu dans le moindre de ses mouvements, mais, du moins, il ne risquait plus d'être *gelé* et ce souci du froid avait primé en lui toutes les autres considérations...

— Je vois avec plaisir que vous êtes satisfaits de votre fripier ! dit Jean Cavalier en entrant...

Faribole décrivit sur la pointe d'un pied une gracieuse pirouette et, dans un geste magistral enlevant son feutre tandis que d'un mouvement, non moins cavalier, il rejetait un pan de son manteau sur l'épaule...

— Monseigneur ! fit-il en s'inclinant avec non moins de grâce, le maître coquin a, en effet, des habits d'assez coquette tournure pour nous permettre de faire quelque bonne figure aux côtés de Monseigneur...

Mistouflet s'avança ou plutôt sembla rouler vers eux :

— Ah ! Seigneur-Jésus !... fit-il à son tour avec un large sourire de remerciement et de béatitude, je puis vous assurer que jamais je n'ai eu aussi chaud....

Il y avait de quoi ! car, par dessus sa triple cuirasse de laine, il avait jeté un manteau qui, par l'épaisseur et la lourdeur, ne le cédait en rien à celui de Faribole.

Jean Cavalier tira de la poche de son pourpoint une bourse gonflée de pistoles et la remettant à l'aubergiste :

— Avec ceci, lui dit-il, tu paieras toutes mes dépenses et celles de ces gentilshommes.

L'hôtelier se confondit en remerciements... il y avait là, en plus des sommes dues, de quoi payer, encore, à Mistouflet une dizaine de surtouts de laine...

— Nos chevaux ? demanda l'ancien Camisard...

— Ils attendent Vos Seigneuries, devant ma porte, Monseigneur...

Cinq minutes après, Jean Cavalier montait à cheval, Faribole sautait en selle avec l'aisance et la légèreté d'un jeune homme, Mistouflet, poussé au bas du dos par un valet d'écurie, se hissait sur sa monture et tous trois, prenaient, au petit trot, la route de Paris...

...Me Mathieu ne fut pas médiocrement surpris de voir descendre chez lui, en pareil équipage, les deux aventuriers qui, un mois auparavant, en étaient partis sans sou ni maille, mais, avec le flair de tous ses confrères, devinant que la fortune souriait de nouveau à ses clients, il leur fit l'accueil empressé de tout bon créancier, séduit par la perspective inespérée de rentrer dans une somme d'argent, considérée depuis longtemps comme perdue.

— Bien ! fort bien ! lui dit Faribole avec une majesté protectrice en mettant pied à terre devant l'auberge, vos salamalecs me prouvent que vous avez gardé de nous un excellent souvenir... cela ne m'étonne pas, bagasse ! car nous sommes gentilshommes de conséquence ; vous n'en avez jamais douté et je ne puis mieux reconnaître vos bons sentiments et votre confiance, à notre égard, qu'en vous payant ce que nous vous devons... noblesse oblige, troun de l'air !

Et, tirant quelques écus de la bourse que lui avait donnée Jean Cavalier et qu'il n'avait eu garde d'oublier dans les poches de son haut-de-chausses en loques, il s'était princièrement acquitté de sa dette de reconnaissance.

Quant à Mistouflet, son premier soin, en pénétrant dans l'auberge du « Lapin-Blanc » avait été de réclamer, à grands cris, une boisson glacée...

Malgré la froide température du dehors, son corps ruisselait de sueur, et après avoir failli être *gelé*, il risquait de mourir de trop grande chaleur...

Jean Cavalier avait exigé que la fenêtre de la chambre qui lui était réservée, donnât sur la place et l'entrée de la Bastille...

Me Mathieu s'était empressé de le satisfaire, en lui disant :

— Monseigneur a grandement raison... l'animation de la rue et de la place est fort intéressante à certaines heures et, si Monseigneur veut s'y distraire, il ne pouvait mieux choisir...

— Dites-moi, lui avait simplement répondu l'ancien Camisard, connaissez-vous les êtres de la Bastille ..

— Monseigneur parle des soldats, des invalides, des porte-clefs, des gardiens...

— De ceux, plutôt, qui les commandent...

— M. de Saint-Mars ?... j'avoue, Monseigneur, que je ne l'aperçus jamais qu'en carrosse et...

— N'en est-il point d'autres ?...

— Il y a : le major Rosarges...

— Celui-là vous est-il mieux connu ?

— Oh ! certainement, Monseigneur ! car, parfois, ce digne gentil-homme daigne honorer ma maison de sa présence.

— Sort-il souvent de la forteresse ?

— Tout au moins, une fois la semaine.

— Quel jour ?

— Le jeudi...

— Nous sommes aujourd'hui ?

— Mardi, Monseigneur.

— Eh bien ! Me Mathieu, faites en sorte de guetter sa prochaine sortie et prévenez-le qu'un personnage de qualité désire avoir avec lui, dans la salle basse de votre auberge, un entretien intéressant.

— Bien, Monseigneur ! mais le major est méfiant par métier et s'il s'enquiert auparavant du nom de...

— Vous lui direz que celui qui le demande est Jean Cavalier, colonel d'un régiment de Sa Majesté.

L'hôtelier s'inclina plus profondément en disant :

— Bien, Monseigneur..

— Au surplus, M⁰ Mathieu, comme la conversation que j'aurai, par la suite, avec le major, doit être tenue secrète, sauf pour mes deux compagnons, vous vous arrangerez de façon à ce que la salle commune de votre auberge soit à ce moment vide de tout indiscret.

— Les ordres de Monseigneur seront scrupuleusement exécutés.

Pendant deux jours, Faribole et Mistouflet, se morfondant dans une inaction qui commençait à leur peser d'autant plus que Jean Cavalier, enfermé, nuit et jour, dans sa chambre, paraissait devoir la prolonger encore, essayaient de distraire leur ennui par de longues et interminables parties de dés au cours desquelles, tout en buvant, ils baillaient à s'en désarticuler les mâchoires...

Ce matin-là, la monotonie de leur distraction favorite s'aggravait encore de l'absence de tout client...

Dans la vaste pièce du rez-de-chaussée, ils étaient seuls, l'un en face de l'autre, en contemplation mélancolique devant leurs verres pleins d'un excellent vin blanc, lorsque Faribole, accentuant son dépit d'un coup de poing qui fit danser verres et bouteilles sur la table, s'écria :

— Troun de l'air ! M. Mistouflet, que faisons-nous ici ?

— Nous buvons, patron !

— Erreur ! cette bouteille est encore aux trois quarts pleine, mordious !...

— Je vous ai gagné hier au soir trente-deux parties de dés et si vous désirez prendre votre revanche, patron...

— Eh ! bagasse ! que le diable vous emporte vous et tous les jeux de la création ! n'avons-nous pas mieux à faire que perdre notre temps à pareilles billevesées... Certes, Jean est un excellent garçon dont je goûte fort les procédés à notre égard... mais je veux, sur l'heure, m'en expliquer avec lui, car, troun de l'air, il oublie...

— Je n'oublie rien, M⁰ Faribole, interrompit le fils de frère Chrysostome qui, au même instant, paraissait au seuil d'une porte intérieure, et M⁰ Faribole, je vous en apporte la preuve...

— Alors, vive Dious ! soyez le bienvenu, fit l'ancien maître d'armes avec un sourire, car, bagasse, je crois que, nonobstant le velours, les broderies, les aiguillettes, les rubans qui la parent, ma maigre carcasse eut ressemblé à celle d'un hareng saur desséché, tandis que le ventre de Me Mistouflet prend, en pareille oisiveté, des proportions inquiétantes pour la longueur de son ceinturon...

— Et cependant, j'ai retiré mon tricot de laine ! hasarda timidement Mistouflet...

Jean Cavalier était adossé au montant d'une fenêtre voisine de la porte et, tout en plongeant, à travers les vitres, son regard dans la rue, avait repris...

— Oui ! et, parce que je me souviens de ce que jadis mon père a fait pour Mgr Louis, aujourd'hui, je veux à mon tour, tout tenter, pour arracher le « Masque de fer » aux horreurs de sa prison.

— Troun de l'air ! s'écria Faribole en se levant d'un bond.

— Jésus-Marie ! balbutia Mistouflet à demi-suffoqué d'émotion.

— Que faut-il pour y parvenir ?... de l'audace, n'est-ce pas ? car, souvent ce sont les entreprises les plus hardies, les plus folles qui ont les plus grandes chances de réussir... voici donc ce que j'ai décidé... un homme, dont les fonctions lui ouvrent toutes les portes de la Bastille, va venir ici... je l'attends... d'une façon ou de l'autre, je m'empare de ses vêtements... grâce à cette substitution, je pénètre dans la forteresse, je m'introduis près du gouverneur et, le poignard sous la gorge, je le contrains à me livrer Mgr Louis, à nous accompagner jusqu'à cette auberge d'où, tandis que vous lui faites les honneurs d'une hospitalité due à son rang, le prisonnier et moi nous nous échappons à toutes brides !....

— Ah ! Seigneur-Jésus ! murmura Mistouflet avec admiration, voilà un plan que nous n'eussions pas eu l'idée de concevoir...

— Eh ! oui bagasse ! nous vieillissons, tous deux, mordious ! fit Faribole qui mâchonnait nerveusement une pointe de ses moustaches... mais, troun de l'air, reste à savoir si le particulier en question est personnage assez important pour jouir ainsi de la liberté d'aller et venir, à toute heure dans cette damnée forteresse, où, mordious, j'ai failli me rompre les os !,..

— Vous allez le savoir, Mr Faribole... car voici cet homme !... fit froidement Jean Cavalier, maintenant en place, d'un geste impérieux, le maître et l'élève qui allaient se précipiter, l'un et l'autre près de lui.

Presque au même instant, la porte de l'auberge s'ouvrait d'une large poussée et, le chapeau sur l'oreille, la démarche hardie, un personnage grand, bien découplé, la figure rude, rubiconde, pénétrait dans la salle.

— Rosarges... ah! troun de l'air! ah! Jésus Marie: s'écrièrent en même temps Faribole et Mistouflet.

A la vue de ses deux anciens compagnons qui, pour lui, étaient devenus deux adversaires implacables, le major de la Bastille avait eu, machinalement, un mouvement de retraite.

Mais déjà Jean Cavalier, passant derrière lui, avait refermé la porte à double tour et en avait poussé les verrous dans leur gâche...

Rosarges comprit qu'il était pris dans une souricière dont il ne s'échapperait pas facilement.

Mais il voulut payer d'audace et, malgré lui, faisant contre fortune bon cœur :

— Ah! ah! fit-il avec un ricanement, tout en portant la main à la garde de son épée, on m'annonce un vaillant officier et fidèle sujet de sa Majesté, et je me trouve en présence d'assassins !... fort bien !...

— Que dis-tu, langue de vipère ! s'écria Faribole en imitant le geste de son ennemi.

— Je dis que, quant on se met trois contre un, on n'est que des lâches et...

— Troun de l'air !...

Mais, avant que le maître d'armes eut fait sauter son épée hors du fourreau, la main du camisard s'était posée sur son bras :

— M° Faribole, lui dit-il en même temps, c'est au nom de Jean Cavalier que le major Rosarges est venu ici, c'est à moi, Jean Cavalier de lui répondre.

Et comme Faribole ouvrait la bouche pour protester :

— Oserez-vous discuter les droits que j'ai sur cet homme ? lui demanda-t-il sévèrement.

— Non !... certainement que... mais, bagasse...

— Veuillez donc, vous et Mistouflet, vous ranger contre cette table et nous laisser expliquer sans intervenir.

— Soit ! fit impatiemment Faribole, mais... enfin commencez la danse, moi je me charge de la continuer si besoin est, mordious !...

Et, les sourcils froncés, se drapant, fier, provoquant, dans son manteau, le maître d'armes attendit, tapotant fièvreusement du pied, tourmentant, d'un poing rageur, la poignée de son épée.

Mistouflet avait ouvert son couteau, découpé une branche de fagot, puis un bout carré de carton et, assis sur un escabeau, se plongeait dans la grave occupation d'effiler son morceau de bois d'un côté et d'en fendre légèrement l'autre extrémité.

Pendant ce temps, Jean Cavalier, resté entre la porte et Rosarges disait à ce dernier :

— Vous parliez, il n'y a qu'un instant, d'assassin et de lâches ! je vous ai prié, major Rosarges, de vous rendre à mon invitation précisément dans le but d'établir entre nous, la valeur exacte de ces mots...

— Je ne vous comprends pas, Monsieur ! fit Rosarges arrogant.

— Je m'explique !... comment appelez-vous un homme qui en frappe un autre alors que ce dernier est désarmé, sans défense ?

— Eh ! pardieu ! fit le major ne sachant où son adversaire voulait en venir, dans tous les pays du monde cet homme est un lâche...

— Et un assassin...

— Oui ! si vous y tenez !

— En ce cas, quel châtiment mérite ce lâche, cet assassin ?

— Et ! pardieu ! monsieur ! répliqua Rosarges mis en méfiance par cette question, eh ! pardieu ! cela est affaire de justice et m'importe peu !...

— Pardon ! major Rosarges ! vous vous trompez ! j'admets que les sentences de la justice vous soient indifférentes, mais la façon dont, entre deux hommes d'épée, se juge un pareil crime doit vous intéresser particulièrement.

— Encore faut-il que de ces deux hommes l'un ait le droit de punir et l'autre mérite de l'être.

— Précisément ! et nous remplissons parfaitement ces conditions, l'un et l'autre.

— Moi ?... Vous ?...

— Eh ! oui ! major Rosarges ! cherchez bien en votre mémoire et je suis certain que, parmi toutes les lâchetés que vous avez sur la conscience, vous vous rappellerez de celle que vous avez commise sur la route de Dijon, à l'auberge de la Couronne, alors que, avec une férocité inouïe, vous vous acharniez à la perte de Mgr Louis et de ceux qui s'étaient dévoués à sa cause...

— Ah ! bien ! répliqua le major après avoir réfléchi pendant un instant, vous parlez sans doute, de ce mendiant, de ce vagabond, de ce va-nu pieds, que les autres appelaient : frère Chrysostôme !... un ancien capucin de Pignerol.

— Précisément !

— Eh ! c'était un niais, un imbécile qui, en se faisant tuer sottement, me fit manquer un des plus jolis coups d'épée de ma vie !... pardieu,

Le gentilhomme tira de son pourpoint une lettre qu'il remit à Faribole.

vous, Monsieur Jean Cavalier, colonel des régiments de Sa Majesté, en quoi peut vous intéresser le sort de cette canaille?...

Bien que très-maître de lui, Jean Cavalier avait blémi affreusement il s'approcha, à pas lents, mit un doigt sur le bras de Rosarges, et, malgré le frémissement de ses lèvres pâles, articula froidement:

— Je vais vous le dire... l'ancien capucin, frère Chysostôme, ce mendiant, ce vagabond, ce va-nu-pieds, ce niais, cet imbécile, cette canaille, était le père de Jean Cavalier, colonel dans l'armée du roi Louis XIV.

— Votre père ! s'écria Rosarges en reculant d'un pas.

— Comprenez-vous maintenant pourquoi j'ai dit à M° Faribole que, seul, j'avais le droit, avant de vous tuer comme un chien, de vous marquer au visage du mépris que méritent les lâches, les assassins de votre espèce.

Et, avant que le major ait eu le temps de le prévoir, l'ancien Camisard avait tiré son épée, et, du plat de la lame, en avait cinglé la figure de son adversaire et, se mettant en garde, disait froidement à celui-ci :

— Maintenant, défendez-vous,.. car, bien que vous en soyez indigne, je veux vous tuer face à face et, cela, pour le plaisir de vous voir mourir !

D'un bond, Rosarges, s'était jeté en arrière, avait arraché son arme du fourreau puis, écumant de rage, rugissant de colère, s'était précipité sur Jean Cavalier en lui criant :

— Ah ! fils de gueux !.... je vais t'envoyer rejoindre ton père d'un coup de cette même épée qui l'a tué !....

— Mordious ! avait grommelé Faribole d'un ton satisfait, ce Rosarges est un âne qui ignore les premiers principes de l'escrime...... pour se fendre, il a l'air de ruer en avant !... quelle ganache !... je l'enfilerais comme une mauviette avec la simple broche de M° Mathieu.

Mistouflet continuait paisiblement son travail, en dessinant, sur son morceau de carton, un énorme chiffre.

Et, cependant, la lutte qui s'était engagée, près de lui, avait, dès le début, pris l'allure d'un combat acharné, d'un duel sans merci...

Les épées des deux hommes étincelaient, voltigeaient, se froissaient, glissaient sournoisement l'une sur l'autre avec des frémissements de reptiles, se raccourcissaient pour s'allonger brusquement, dardant leur pointe au cœur, ou s'enlacer dans un accouplement hideux d'où surgirait la mort...

Malgré la dédaigneuse appréciation de Faribole, Rosarges était un escrimeur terrible dont la fougue, l'impétuosité n'excluaient pas les ruses, les habiletés....

L'inexpérience de Jean Cavalier et, par conséquent, son infériorité, dans une telle lutte, était manifeste...

Certainement, au milieu d'une bataille, d'une mêlée sanglante où les balles, les baïonnettes, les sabres sont aveugles, sa bravoure, son intrépidité faisaient merveille, mais là, dans cet engagement corps à corps où la science, la pratique des armes jouaient un rôle prépondérant, il était certain qu'il pouvait à grand'peine défendre sa vie....

Il le comprit, du reste, lui-même et, dédaignant les précautions les plus élémentaires, il se jeta éperdûment sur Rosarges, se fendant à fond, poitrine découverte...

Faribole eut une sourde exclamation de rage... le pied de Jean Cavalier avait glissé, lui faisant perdre l'équilibre....

Un éclair jaillit... l'épée du major ripostait...

Mais cette chute, qui pouvait perdre l'ancien Camisard, le sauva, tout au contraire ; dans la riposte, la lame de son adversaire avait passé au-dessus de lui, dans le vide...

Alors, Jean Cavalier se releva d'un bond, se rua à la gorge de Rosarges, y enfonça ses ongles et, déjà se servant de son épée comme d'un poignard, il allait lui en traverser la poitrine, lorsqu'un coup violent fut frappé à la porte...

Le major qui, ainsi maintenu dans l'impuissance de se servir de son arme, n'en pouvant frapper cet adversaire qui faisait corps avec lui, se sentait perdu, eut un instinctif cri de désespoir, de détresse :

— A moi ! hurla-t-il, à moi !...

Un nouveau heurt plus violent eut lieu et, espérant un secours, Rosarges cria encore :

— A l'aide !... A moi !...

Une voix répondit du dehors :

— Ouvrez, au nom du roi !...

— Ah ! s'écria Rosarges, on vient à mon secours !... tu vas me payer cher tes insultes, damné bâtard de capucin !

— Ceux qui viennent te sauver au nom du roi, arriveront trop tard ! rugit Jean Cavalier, car, moi, je te tue, au nom de mon père...

Et la lame de son épée s'enfonça jusqu'à la garde dans la poitrine du major...

Celui-ci écarta les bras, lâcha son arme, ouvrit la bouche, eut un râle et, abandonné par son adversaire, roula sur le plancher de la salle, où, en une seconde, s'étala une large mare de sang.

Alors, l'épée nue à la main, Jean Cavalier alla à la porte, l'ouvrit au large et s'effaçant :

— Entrez, maintenant ! dit-il avec le plus grand calme.

Et désignant le corps étendu :

— Et si c'est cet homme que vous cherchez, vous pouvez enlever son cadavre...

Le cavalier, qui pénétrait ainsi dans l'auberge, était vêtu de l'uniforme des mousquetaires du roi...

Il jeta un regard indifférent sur le cadavre qu'on lui offrait ainsi et, avec le coup d'œil d'un fin connaisseur, admirant la blessure :

— Tudieu! fit-il tranquillement, voilà un joli coup d'épée! et j'aurais éprouvé un grand plaisir à en voir pratiquer le secret! mes compliments, cher monsieur... monsieur?...

— Jean Cavalier... répondit le Camisard stupéfait de cette entrée en matière.

— Ah! mordieu! pourvu que vous n'ayez pas tué celui pour lequel je venais ici!...

— Qui donc, Monsieur?

— Un certain messire Faribole.

— Moi! s'écria le maître d'armes en s'avançant ahuri.

— Ah! ah! fit le mousquetaire, c'est vous, messire! alors, enchanté que vous ne soyez pas le cadavre... car j'eusse été fort embarrassé de vous remettre ce pli...

Et le gentilhomme tira de dessous son pourpoint une lettre scellée d'un large cachet rouge qu'il remit à Faribole qui le regardait, la bouche béante, les yeux écarquillés, la main tendue timidement...

— Un... billet... pour moi?... bégaya-t-il...

— Pardieu! voyez vous-même l'adresse : « Messire Faribole, à l'auberge du Lapin blanc, près la Bastille » — or, la forteresse est là ; sur l'enseigne de cette hôtellerie se prélasse l'image d'un superbe animal de la classe des rongeurs et d'une immaculée blancheur, vous vous reconnaissez vous-même pour le destinataire de mon courrier... donc... prenez, messire, puisque cette lettre est à vous !

— Mais... troun de l'air !... d'où me vient-elle...? car, bagasse, je ne connais...

— De la cour, messire. .

— De Versailles ?

— De Sa Majesté...

— Du... du... du... du roi!...

— Ou pour être plus exact : de Mme de Maintenon...

— De la marquise... de Main... de Main... mais, mordious de mordious! je ne l'ai jamais vue de ma vie...

— Cela, mon cher monsieur Faribole, n'est pas mon affaire!... répliqua le mousquetaire en riant, lisez-la, déchirez-la, faites-en des papillotes ou des cornets... je m'en lave les mains et comme je sais que, d'une façon ou de l'autre, il n'y a pas de réponse... que, d'autre part, j'ai pris rendez-vous avec une noble dame qui me veut quelque bien, permettez-moi de vous tirer ma révérence...

Et, après avoir salué les trois hommes d'un coup de chapeau magistral, il se retira, en disant à Jean Cavalier tandis qu'il frôlait le cadavre de Rosarges :

— Tudieu, Monsieur ! le joli ! coup d'épée !... mes compliments, mon cher Monsieur, mes sincères compliments !

Et, tout guilleret, il était remonté à cheval et s'éloignait au galop..

Faribole s'était enfin décidé à ouvrir la lettre mystérieuse... mais il en avait à peine, parcouru le contenu qu'il la laissait échapper, en dévidant, d'une haleine, le chapelet de ses jurons favoris :

— Ah ! troun de l'air, s'écriait-il les bras levés au ciel, ah ! bagasse de bagasse, mordious de mordious ! pour une surprise, en voilà une surprise ! si jamais je m'attendais à celle-là...! . ah ! troun de l'air de troun de l'air....

Et Mistouflet, qui tenait dans sa main le bout de bois dans lequel il avait fiché son morceau de carton, tomba, tout hébété, sur un escabeau, après avoir lu les quelques mots de la lettre qu'il avait ramassée et murmura à son tour :

— Ah ! Jésus-Seigneur ! Jésus-Marie.. !... St-Anasthase, mon vénéré patron et tous les saints du Paradis !.. pour une nouvelle renversante !. ça, c'est vrai, en voilà une fameuse !.

Mais Jean Cavalier, après avoir pris connaissance de la missive secrète, dit simplement et gravement, en se découvrant·

— C'est la justice de Dieu qui commence !..

— Ah ! Vierge-Marie ! c'est vous qui avez raison, M. Jean ! fit doucement, Mistouflet qui avait recouvré ses sens...

Et, s'agenouillant près du cadavre déjà froid de Rosarges, il planta dans l'orifice même de la blessure par laquelle était partie cette laide âme, le morceau de bois effilé où, sur le carton qui le surmontait, s'étalai un gros chiffre tracé au charbon :

— Et d'*un* ! fit-il en se relevant...

CHAPITRE IV

COMMENT SE RÉALISA LA PROPHÉTIE DU CARDINAL DE MAZARIN TROUVÉE,
PAR LOUIS XIV, AU FOND D'UNE CASSETTE.

La famine, la misère qui, par cet hiver des plus rigoureux, jetaient, sur le pavé des rues, toute une populace, hurlant de souffrances, crevant dans les ruisseaux, n'étaient pas les seules calamités dont étaient assombries les dernières années du règne de Louis XIV.

Les caisses même du trésor royal s'étaient vidées pour soutenir les frais d'une guerre qui avait amené l'ennemi jusques aux portes de Marly....

Et un long cri de stupeur avait retenti d'un bout à l'autre de la France lorsqu'on s'était aperçu que plus de la moitié de tout cet or était de fausse fabrication...

Un affolement général s'en était suivi... des émeutes, des révoltes avaient éclaté en plusieurs villes... on accusait hautement les personnages les plus puissants de la cour et le roi lui-même, d'être les auteurs de cette falsification qui provoquait la banqueroute, la ruine du pays....

L'or, jadis obtenu dans les souterrains des gorges d'Apremont par les procédés chimiques d'Exili, s'était peu à peu répandu dans tout le royaume, se substituant ainsi aux pièces de bon aloi qui avaient pris le chemin de l'étranger.

Louis XIV avait répondu à ces calomnies en envoyant (exemple suivi immédiatement par toute la cour) sa vaisselle d'or et d'argent à la fonte, et en disant au maréchal de Vilars à qui il confiait sa dernière armée :

— Je n'exige pas que vous battiez l'ennemi, mais que vous l'attaquiez. Si la bataille est perdue, vous me l'écrirez à moi seul ; je monterai à cheval ; je passerai à Paris, votre lettre à la main ; je connais les Français, je vous conduirai deux cent mille hommes et je m'ensevelirai, s'il le faut, avec eux sous les ruines de la monarchie.

— Quoi ! Votre Majesté reparaîtrait dans les camps !

— Oui ! j'ai l'honneur d'être le plus ancien soldat de mon royaume, c'est à moi de donner à l'armée l'exemple du dévouement et, si nos revers continuent, je convoquerai toute ma noblesse, je la conduirai en Flandre où tout loyal gentilhomme se fera sans doute, une tâche glorieuse de sauver ma couronne ou de mourir avec moi en la défendant.

Ce mouvement d'héroïsme n'avait point empêché la cour de songer à se retirer derrière la Loire ; déjà Mme de Maintenon avait fait des dispositions secrètes pour qu'en cas d'alerte, la famille royale pût se rendre promptement à Chambord et, informée que des partis allemands ou hollandais s'étaient avancés jusqu'à Noyon, la marquise avait ordonné des relais sur la route du Blésois, afin que la retraite de Sa Majesté et des princes fut assurée, lorsque le maréchal de Villars, par sa victoire de Denain, remportée sur les troupes du prince Eugène, sauvait la France et assurait à nos frontières une intégrité que confirmèrent bientôt le traité d'Utrecht et la paix de Rastadt.

Mais la tristesse des mauvais jours avait laissé une empreinte ineffaçable au cœur de tous, et, dans le palais de Versailles, régnait un morne et lourd accablement.

Le roi ne connaissait plus le sourire... un ennui mortel, fait peut-être aussi de remords, pesait sur lui et sur toute la cour, malgré les recherches de distraction dont Mme de Maintenon cherchait à égayer son royal amant et époux et parfois, dans l'amertume de ses vaines tentatives, elle s'écriait :

— Ah ! quel supplice d'avoir à amuser un homme qui n'est plus amusable !

Et c'est alors qu'en désespoir de cause, elle s'était affublée de cette réputation d'austérité, de piété dont elle promenait les exemples de Versailles à la maison de Saint-Cyr, couvent de jeunes filles de haute noblesse dont elle s'était attribuée la direction.

Et, dans ce vaste palais dont les fêtes bruyantes étaient bannies, où dans la crainte d'en troubler l'accablant silence, le monotone recueillement, les courtisans passaient sur la pointe des pieds, furtifs comme des ombres, où les conversations prenaient le ton et les murmures de prières, l'existence de Louis XIV que n'éclairaient plus les rayons de son soleil, se faisait, de jour en jour, plus sombre, plus triste, plus lugubre.

Parfois cependant sa physionomie s'éclairait d'un pâle sourire à la joie des enfants qu'avait laissés le Dauphin dont la mort si brutale, si mystérieuse, hantait encore parfois ses nuits sans sommeil.

Le Dauphin avait laissé trois fils : le duc Philippe d'Anjou, devenu roi d'Espagne en renonçant à la couronne de France ; le duc de Berri marié à une princesse d'Orléans, et le duc de Bourgogne à qui sa femme Marie-Adélaïde de Savoie avait donné deux fils : le duc de Bretagne et le duc d'Anjou.

Par la mort de son père, le duc de Bourgogne était devenu le Dauphin de France...

Le caractère enjoué, les saillies, l'esprit, les gentillesses et les câlineries de la femme de ce dernier plaisaient fort à Mme de Maintenon et au roi dont elle avait seule le secret de dérider le front pensif, morose...

Dans cette cour si majestueuse de souverain ennui, d'accablante monotonie, la duchesse de Bourgogne mettait l'éclat de sa gaieté, de son entrain, de ses rires que les échos des longs couloirs, des galeries, des salles pompeuses, s'étonnaient de répéter...

Le soir même du jour où Yvonne s'était si audacieusement introduite dans le Palais de Versailles et s'était imposée à la marquise de Maintenon de façon à ce que celle-ci fut sous le coup d'une perpétuelle menace, Louis XIV s'était fait annoncer chez sa favorite devenue son épouse grâce à Bossuet qui depuis longtemps, en compagnie du Père Lachaise, (1) était allé prêcher sa propre oraison funèbre dans le sein du Paradis.

En pénétrant dans le salon où la veuve Scarron recevait, Sa Majesté s'était languissamment étendue à-demi sur une chaise longue et, après les premières banalités d'usage, avait remarqué la présence d'Yvonne qui, fidèle à sa promesse, ne quittait la marquise pas plus que son ombre....

Le moindre fait, dans l'uniformité exaspérante de cette vie royale, était matière à conversation...

— Eh ! disait le roi, avez-vous donc une nouvelle suivante, Madame?...

— C'est, en effet, une fille fort dévouée que j'ai attachée à mon service particulier, avait répliqué Mme de Maintenon.

— Elle n'est plus de tout jeune âge mais à figure fort avenante...

Et, voulant, sans doute, donner à leur conversation un tour plus confidentiel, il fit comprendre, d'un signe, à son épouse, qu'elle ait à éloigner ce témoin gênant, mais la Veuve Scarron s'empressa d'ajouter :

— Oh ! Sire ! cette fille est d'une discrétion absolue et je prie Votre Majesté de m'accorder la faveur de la garder près de moi.

_____

(1) Le Père La Chaise, jésuite confesseur du roi, fut enterré à Paris dans la superbe propriété qui lui appartenait et qui, de nos jours, est devenue, le *Cimetière du Père La Chaise.*

La duchesse était rentrée dans sa chambre.

Le roi se garda bien d'insister, il resta silencieux pendant un assez long temps, puis d'un ton lamentablement triste, la voix pleurarle, il reprit :

— Nous avons de bien mauvaises nouvelles d'Espagne, ce jourd'hui...

— Oui !! je le sais..., Sire !...

— Notre petit-fils, Philippe, y défend difficilement son trône...

— Dieu le secourra, Sire...

— Eh ! sans doute, Madame, mais je compte aussi beaucoup sur les talents militaires de M. le duc de Vendôme, le général en chef des armées espagnoles...

— Comment ! Votre Majesté ignore donc !...

— Quoi ?

— Oh ! j'hésite à apprendre à Votre Majesté l'affligeante nouvelle qu'un courrier d'Espagne m'apporta ce matin.

— Parlez ! je vous en prie, Marquise.

— C'est que, Sire, c'est là un grand malheur !...

Louis XIV pâlit :

— N'importe ! fit-il avec un geste découragé, ne le saurai-je point tôt ou tard !...

— Sire ! le duc de Vendôme est mort ..

— Mort !... s'écria le roi en se redressant...

— Hélas ! dès le lendemain d'une simple indisposition, les symptômes devinrent si alarmants et d'une nature si étrange que des soupçons d'empoisonnement s'offrirent à l'esprit de toute la suite du duc. On s'empressa de le traiter en conséquence mais la maladie fit des progrès plus rapides que les secours ; en quelques heures, M. de Vendôme fut à la dernière extrémité ; il ne put même signer un testament qu'il avait fait dresser.

Le roi avait blêmi plus encore à ce mot de poison qui lui rappelait la fin si douloureuse, si foudroyante, si tragique de son fils :

— Grand Dieu ! s'écria-t-il, qu'ai-je donc fait au ciel pour mériter le déchaînement contre moi de toutes ses rigueurs !

Et de grosses larmes roulèrent dans les yeux de Sa Majesté, tandis qu'un vague et triste sourire montait aux lèvres d'Yvonne...

Mais la douleur du roi ne put prendre une plus longue extension, car la porte du salon venait de s'ouvrir et la duchesse de Bourgogne, sautillante, la figure animée, rieuse, était entrée, disant :

— J'apprends que Votre Majesté tient un grand conseil de cabinet et s'occupe d'affaires d'Etat, je viens apprendre la politique et m'y ennuyer en votre compagnie,... voilà...

Puis s'avançant en exquissant un pas de menuet :

— Sire ! fit-elle, ne prétend-on point qu'en politique, il faut savoir danser sur tous les tons... voyez... j'ai d'excellentes dispositions !

Et, après avoir envoyé un amical salut à la marquise, elle s'approcha du roi en éclatant de rire, mais en apercevant les larmes qui coulaient encore des yeux de Sa Majesté...

— Çà, sire ! fit-elle, la raison d'État serait-elle si malade que Votre Majesté pleure comme à un enterrement.

— Hélas ! ma fille, répliqua-t-il larmoyant, M. le duc de Vendôme est mort.

— Le pauvre homme !... c'est regrettable sans doute pour lui..., mais vraiment est-il tellement à regretter,... il était paresseux, d'une malpropreté répugnante... Votre Majesté ne se souvient-elle pas que les chiens du duc n'avaient pas d'autre chenil que le lit de leur maître où les chiennes faisaient librement leurs petits à ses côtés et lui-même ne se contraignait en aucune manière dans cette couche commune avec sa meute.

— Duchesse ! fit Mme de Maintenon.

— Pouah ! le vilain homme ! n'affirme-t-on pas que, pour se faire la barbe, il prenait un bassin réservé à une toute autre destination et prétendait que cette simplicité de mœurs rappelait les beaux jours de l'antiquité. (1)

Ce verbiage amusait, distrayait le roi, sur les genoux duquel la duchesse de Bourgogne s'était assise.

Et après l'avoir embrassé, elle se mit à lui tirer la peau des joues, les oreilles et le nez en riant aux éclats, puis, tout d'un coup, elle s'écria ;

— Ah ! Sire ! à défaut de votre couronne, je suis certaine que vos cheveux m'iraient à merveille.

Et, saisissant d'un doigt délicat l'énorme perruque de Sa Majesté, elle s'en affubla lestement et se mit à frotter avec la main la tête chauve du grand roi. (2)

— Allons ! fit celui-ci en riant de manière à faire bondir son ventre et madame de Bourgogne, Arlequin n'est pas mort !

Et, tout-à-coup, changeant de sujet :

— A propos, sire ! fit-elle gardant la perruque sur sa tête, votre Majesté se souvient-elle du cadeau que me fit M. le duc d'Orléans ?

— Une tabatière, je crois.

— Magnifique !

— Eh ! bien ?

— Depuis ce matin, je l'ai perdue et c'est en vain que mes filles l'ont cherchée de tous côtés...

(1) Historique.
(2) Historique..

— On la retrouvera...

— Oh! j'en suis certaine!..., car il y a quelques heures, j'ai pris un nouveau domestique...

— Ah! ah! une nouvelle folie...

— Non! un savant... sire!

— Un savant comme domestique!...

— Pendant plus d'une heure, nous nous sommes distraits, l'un et l'autre, à déchiffrer de vieux grimoires...

— Oh! oh! ce savant ne doit pas être si vieux que ses parchemins.

— Vous allez le voir, Sire.

Et, sans attendre la permission, elle courut à la porte du salon, l'ouvrit et cria :

— Venez, Dominique! venez!

Dominique entra..,

C'était un petit vieux, tout courbé, tout ratatiné, tout ridé, dont la calvitie dépassait, en beauté relative, celle de Sa Majesté... et quand il s'inclina jusqu'à terre, on ne vit plus de ce petit homme que son crâne luisant comme une bille d'ivoire...

Et, cependant à sa vue, Yvonne avait ressenti un choc au cœur.

Sous les lunettes qui chevauchaient sur son nez, les regards du savant valet étaient allés droits, pénétrants, aigus à la jeune femme et, soudainement, celle-ci en avait été frappée, émue étrangement...

Quel était donc ce domestique...?

— Eh! bien, Sire! fit la duchesse en éclatant de rire, Votre Majesté me reprochera-t-elle encore la trop grande jeunesse de mon entourage?

Et, s'adressant au valet :

— Dominique, dit-elle, avez-vous lu dans les astres ainsi que je vous l'avais ordonné.

— Oui, madame la duchesse. répondit-il de plus en plus incliné.

— Et que vous a répondu la lune ?

— Que le soleil ne se cacherait point avant que madame la duchesse ne trouve une chose sur laquelle elle ne compte pas...

— Ma tabatière ! s'écria la duchesse en éclatant de rire... quand je le disais à Votre Majesté... Dominique est un puits de science et je vous le recommande, Sire, si jamais vous avez à y puiser des prédictions pour l'avenir de la politique.

Et, après avoir salué gracieusement la marquise, la laissant en tête à tête avec Louis XIV dont elle replanta de travers la perruque sur l'occiput, elle entraîna son *puits de science*, en disant :

— Venez, Dominique !... je veux savoir comment vous avez interrogé la lune et de quelle façon elle vous a répondu !

Yvonne avait été tout d'abord séduite par la sympathie, faite de légèreté, de gaieté et d'enfantillages, que dégageait autour d'elle cette femme jeune encore ; mais, peu à peu, sa physionomie avait repris sa sombre gravité et son regard était redevenu froid, au fur et à mesure que sa pensée, touchée par cette scène familiale, se reportait vers cet infortuné prisonnier de la Bastille à qui avaient été volés de pareils sourires, ces joies, ces bonheurs d'une famille.

Certes, malgré les meurtrissures et l'endolorissement de son âme, la femme de Mgr Louis rejetait loin d'elle l'idée d'une de ces vengeances dont, dans un moment de folle révolte, elle avait frappé le Dauphin... ce crime même lui faisait horreur à cette heure... mais, cependant, elle ne pouvait sans écouter les nouveaux et sourds grondements de sa haine, assister à ce tranquille repos de conscience, à cette impunité toute puissante dont jouissaient les deux êtres qui, froidement criminels, eux, avaient été si implacables dans leurs haines, dans leurs vengeances, dans leurs ambitions...

Mais, tout en se refusant à toute sensiblerie ridicule qui l'eut, peut-être, empêchée de poursuivre, sans faiblesse, envers Mme de Maintenon et le roi Louis XIV, le hardi projet qu'elle avait conçu et d'où dépendaient la liberté et la vie du « Masque de fer », elle ne pouvait se défendre d'un frémissement, comme d'un frisson de terreur au souvenir de l'homme qui, sous les traits du valet Dominique, était parvenu à s'introduire dans le palais de Versailles...

De cet homme, elle n'avait saisi qu'un regard, mais, dont l'éloquente expression avait suffi pour lui persuader qu'avec cet énigmatique personnage, une effrayante et menaçante inimitié s'était glissée parmi la famille royale...

Du reste, cette fatale conjecture devait se réaliser plus tôt que Yvonne ne l'avait pensé car, il y avait à peine une demi-heure que la petite-fille du roi avait quitté le salon de Mme de Maintenon, lorsque la porte s'en ouvrit brusquement et un officier de la maison du duc de Bourgogne parut tout pâle, effaré, sur le seuil :

— Qu'y a-t-il donc? fit Louis XIV fronçant le sourcil à cet oubli complet de l'étiquette.

— Sire... un événement... grave... malheureux...

— Quel événement?...

— Madame la Duchesse de Bourgogne, Sire !...

— Eh ! bien ! madame la dauphine nous quitte, il y a quelques minutes.

— Son Altesse se meurt, sire !

D'un bond, Louis XIV s'était dressé et, tremblant de tous ses membres, chancelant à tel point que Mme de Maintenon se précipita pour le soutenir, il était demeuré sur place, anéanti, foudroyé, puis, subitement, comme un fou, il se releva, se raidit, et affolé, éperdu, se rua à travers les appartements, vers la chambre de la duchesse de Bourgogne...

Et, défaillant, à demi-mort, il tomba au chevet du lit de la malheureuse où, déjà le duc de Bourgogne, agenouillé, sanglotait, tandis que, dans un coin, leurs enfants, le duc de Bretagne et le duc d'Anjou examinaient avec apeurement, cette scène dont, trop jeunes, ils ne pouvaient comprendre toute l'horreur...

Et, au seuil de la porte, dans un même mouvement, Mme de Maintenon et Yvonne, qui avaient suivi le roi, s'agenouillèrent à leur tour...

Voici ce qui s'était passé :

Au moment de rentrer dans sa chambre, la duchesse, ayant à écrire une lettre fort pressée, avait congédié son valet Dominique et, pour prendre ce qui lui était nécessaire, était entrée dans un petit boudoir voisin qui, en même temps, lui servait de cabinet de toilette.

Et un cri de surprise et de joie lui avait presque aussitôt échappé ; sur une petite table, bien en vue, était placée la fameuse tabatière dont elle avait tant déploré la perte.

Elle s'en empara, l'ouvrit... la petite boîte était remplie d'un excellent tabac d'Espagne...

Or, la duchesse avait un défaut : elle prisait... la tabatière n'était pas seulement pour elle, un magnifique bijou, mais encore, un objet de nécessité.

Ce fut donc avec un empressement enfantin qu'elle y puisa une prise qu'elle huma avec volupté.

Puis, reposant la tabatière, elle était retournée dans sa chambre et allait s'asseoir devant son bureau, lorsqu'un frisson terrible l'avait secouée des pieds à la tête, tandis qu'une fièvre intense s'allumait dans ses veines.

Inquiète, elle avait appelé ses filles qui étaient accourues, en même temps que Madame de Lévi une de ses dames d'honneur...

— Couchez-moi, avait-elle dit aux premières, je me sens mal à l'aise...

Et tandis que les suivantes la déshabillaient, elle avait conté, à Mme de Lévi, la surprise agréable qu'elle venait d'éprouver et fait une éloge pompeux du cadeau qui lui avait été offert par le duc d'Orléans...

— Je l'ai laissée sur la table, dans mon boudoir, avait-elle ajouté, veuillez donc, je vous prie me la chercher.

La dame d'honneur y courut mais en revint les mains vides... la tabatière avait de nouveau disparu...

— Voilà qui est étrange, avait murmuré la duchesse.

Presque aussitôt, elle eut un cri de souffrance aigüe... le bourdonnement d'un vertige emplissait son cerveau et elle éprouvait une douleur sourde, vive et fixé à la tempe...

Inquiète, Mme de Levi voulait qu'on prévint le duc et le roi... mais elle s'y opposa, voulant, disait-elle, que Sa Majesté ignorât qu'elle prenait du tabac, mais bientôt une sorte de délire s'empara d'elle, assiégeant de sombres pensées cette imagination où jamais, jusqu'alors, une seule idée triste n'avait eu accès (1).

Son Altesse royale se mit à pousser de rauques soupirs, en se tenant la tête entre les mains :

— Oh ! délirait-elle, je m'éteins !... Bientôt, je le sens, la cour me regrettera... Je vous vois déjà, mesdames, avec votre grand habit.,. et puis, le deuil sera jeté là dans un coin d'une garde-robe et je serai oubliée... comme tant d'autres princes qui ont respiré l'encens... quelques jours... quelques heures... après quoi ils ont été dormir éternellement sous le marbre... éternellement... le Dauphin ! oh ! lui, quand je serai morte, je suis sûr qu'il épousera une sœur grise, ou bien une tourière des filles repenties...

C'est alors que Mme de Lévi avait envoyé tout d'abord quérir Fagon, le médecin du roi, puis le duc de Bourgogne et enfin Louis XIV.

Tout espoir était perdu !

La malheureuse princesse agonisait, malgré les efforts du médecin accouru à son chevet.

Dès le premier examen, il avait reconnu tous les symptômes d'un empoisonnement, mais il luttait en vain contre les effets terribles de cette substance toxique...

---

(1) Tous ces détails historiques sont tirés de la chronique de l'Œil de Bœuf, par Touchard-Lafosse.

La dauphine était dans le coma.., des râles sourds, rauques déchiraient sa gorge... des crispations terribles tordaient ses membres...

Soudain, un calme étrange succéda aux spasmes effrayants de cette agonie.

Les yeux de la duchesse brillèrent d'un éclat extraordinaire... elle se souleva sur son séant... aperçut Louis XIV et le dauphin, leur tendit ses deux mains encore agitées par une terrible convulsion et proféra d'une voix faible :

— Souvenez-vous de moi, quelquefois...

Et, aussitôt, elle se renversa en arrière, retomba lourdement sur les oreillers....

On entendit un craquement dans toutes ses articulations....

Marie-Adelaïde de Savoie, duchesse de Bourgogne, dauphine de France, n'était plus !...

Louis XIV était en proie à une telle douleur, la seule profondément sentie qu'il ait éprouvée de sa vie, qu'on dut l'arracher à ce lugubre spectacle, l'emmener dans ses appartements...

Le duc de Bourgogne, les yeux hagards, fous, s'était précipité sur le corps de sa femme, couvrait son visage de baisers éperdus et des larmes qui ruisselaient de ses yeux...

Puis, brusquement, il courut à Fagon et l'empoignant au bras, il le secoua violemment.

— Mais, s'écria-t-il, c'est impossible !... vous vous trompez !... elle n'est pas morte...

— Hélas, Monseigneur,..

— Mais... enfin.,. il y a une heure à peine... la duchesse était en pleine santé...

— Aussi, Monseigneur, la mort de Mme la Dauphine n'est-elle pas naturelle...

— Un crime ! bégaya le duc...

— Un empoisonnement, Monseigneur.,.

— Ah ! s'était alors écriée Mme de Lévi, Mme la Duchesse m'a parlé d'une tabatière...

— Où est-elle ?

— Disparue.

— Mme la Duchesse y avait-elle puisé du tabac ?

— Oui !

— Voilà la vérité, Monseigneur ! avait dit tristement le médecin Fagon dont les premiers soupçons se trouvaient ainsi confirmés.

Prévenez M. de la Reynie, notre lieutenant de police

Deux autres personnes avaient entendu ce propos : Mme de Maintenon et Yvonne...

— Le poison ! avait balbutié la première, devenue livide...

— Dominique ! avait pensé l'autre...

..... Dans la nuit même, alors que la veuve Scarron se tenait en prières dans son oratoire où, près d'elle, Yvonne s'abîmait dans le pieux recueillement d'une sombre rêverie, des cris, un nouveau tumulte emplirent le château de Versailles...

Une sinistre nouvelle circulait, éveillant le palais, pénétrant jusqu'aux deux femmes.

Le duc de Bourgogne était saisi d'une forte fièvre... d'affreux symptômes se déclaraient, et, cette fois, les signes du poison paraissaient évidents. (1)

Mme de Maintenon s'était levée brusquement, et, son regard attaché sur Yvonne dont la physionomie s'assombrissait plus encore :

— Madame ! lui dit-elle tristement, le malheur est entré avec vous dans cette demeure...

— Madame ! lui répondit la femme de Mgr Louis, je suis innocente de ces crimes, vous le savez... n'accusez donc de tout ceci que les propres crimes et de vous et du roi,.. car cette expiation vient de la justice de Dieu !

Et, toutes deux, sombres, silencieuses également, gagnèrent les appartements du duc qui déjà étaient emplis d'une foule de courtisans accourus, éperdus, à cette fatale nouvelle : (2)

« Le corps du prince était couvert, ici de tumeurs, là de dartres et de pustules livides ; il ressentait dans les entrailles un feu dévorant et d'horribles déchirements :

« — Je brûle, disait Son Altesse Royale ; mais ce sera bien pis dans ce lieu où nos âmes sont purifiées. »

« Soudain le Dauphin entendit un bruit sourd dans l'appartement situé au-dessus du sien...

« C'était le cercueil de sa femme qu'on clouait !...

« Les yeux de l'infortuné se remplirent de larmes :

« — Un instant encore, dit-il en élevant ses mains jointes vers l'endroit où retentissaient les coups..., je te rejoindrai bientôt !...

« Le mourant prit ensuite son bréviaire et se mit à prier à demi-voix.

« Dès que minuit eut sonné, la messe que Son Altesse Royale attendait avec impatience, fut dite dans sa chambre.

« Une secrète terreur s'était emparée des courtisans, qui assistaient

(1) Nous rappelons à nos lecteurs, que dans ces pages et les suivantes, nous n'inventons rien ; ces faits, historiques, sont relevés, mot par mot, dans les chroniques de Touchard-Lafosse.

(2) Ici nous citons textuellement le récit fait par Touchard-Lafosse dans ses : Chroniques de l'Œil-de-Bœuf.

à cet office, en entendant cette psalmodie pieuse au-dessous des lieux où reposait une morte et près du lit d'un agonisant.

« Le prêtre semblait remplir son ministère sacré entre la vie et l'éternité…

« Le Dauphin communia au courant de la messe et reçut l'extrême-onction, quand tout fut terminé et, après une nuit qui appartint moitié à la prière, moitié à l'agonie, ce prince mourut à huit heures et demie du matin…

« Il n'avait pas souffert longtemps… ses entrailles étaient entièrement consumées !… »

. . . .

Le surlendemain, cet effroyable vent de mort qui subitement, s'était abattu sur la famille royale, touchait encore une nouvelle victime.

« Un troisième Dauphin de France était au tombeau ! (1)

« Le pauvre petit duc de Bretagne mourut d'une prétendue rougeole…

« Où veut donc s'arrêter, grand Dieu ! le destin funeste qui épuise le sang de Louis XIV ou le crime qui moissonne tous les enfants de ce malheureux roi ?

« Les médecins ont déclaré que la maladie du jeune duc de Bretagne s'était annoncée par les mêmes symptômes que celle de son père et que l'ouverture du corps avait donné lieu aux mêmes observations.

— Maman, disait cet enfant à sa gouvernante pendant la courte maladie qui l'emporta, le voyage de Saint-Denis (2)… n'est pas un trop joli voyage !

« Apparemment, l'infortuné s'était senti mourir… !

. . . .

Pendant quelque temps le redoutable fléau parut vouloir suspendre ses coups, mais une mort plus rapide encore que les autres vint frapper brusquement le dernier petit fils de Louis XIV : le duc de Berri (3).

« Le duc de Berry est mort à Marly, sans maladie, sans cause apparente, au sein de la plus robuste santé. Mais les explications ne manquaient jamais à la cour, pays où la vérité est le plus rare de tous les biens.

« Le prince a, *dit-on*, avoué au père de La Rue, son confesseur, qu'étant à la chasse, quelques jours avant celui où il parlait, il s'était

(1) Nous reprenons encore ce récit.
(2) Où étaient enterrés les rois et les princes de sang royal.
(3) Récit de Touchard-Lafosse.

rompu une veine dans l'estomac en voulant retenir son cheval qui avait fait une grande glissade...

« Son Altesse croyait même que sa poitrine avait porté avec violence sur le pommeau de la selle et que telle était la cause de sa mort.

« Quand le prince eut cessé de parler, il prit le crucifix que tenait son confesseur, le baisa plusieurs fois ; puis ayant appuyé sur son cœur l'image du sauveur, il expira dans cette attitude...

« Personne dans le monde ne croit à l'accident de la glissade et du pommeau de la selle...

« C'est bien, selon le bruit général, dans la forêt et le jour indiqué par le duc de Berri qu'il rencontra la mort : mais elle s'offrit, dit-on, à lui sous un autre aspect...

« Je me rends ici l'écho de la renommée

« Le duc avait poursuivi longtemps un loup ; il avait chaud et éprouvait une soif ardente, lorsqu'il rejoignit la duchesse sa femme, qui suivait cette chasse.

« — Vos gens, Madame, auraient-ils sur eux quelque boisson, quelque liqueur ? dit-il à la princesse en l'abordant.

« — Oui, Monsieur, j'ai sur moi un flacon d'un ratafia exquis, paraitil ! répondit Madame de Berry en présentant à son mari une petite bouteille recouverte de maroquin rouge.

« — Ah ! donnez ! reprit le malheureux prince qui saisit cette bouteille avec avidité.

« — Comment trouvez-vous cette liqueur dont je n'ai pas encore goûté ? demanda la duchesse.

« — Fort bonne ! répondit M. de Berri, en riant, et en rendant à sa « femme le flacon vide.

« — Bonne chasse donc ! répondit la duchesse.

« Et ils s'étaient éloignés au galop chacun de leur côté. »

Mais ce que ne disent pas les chroniques, c'est que, quelques instants avant leur départ pour cette chasse, la duchesse de Berri avait reçu ce flacon des mains d'un valet qui, depuis quelques jours, c'est-à-dire après la mort de la duchesse de Bourgogne dont il avait été le serviteur préféré, était entré à son service...

— Merci ! Dominique ! lui avait-elle dit en se mettant en selle...

. . . .

La couronne de France, vacillante sur la tête de Louis XIV, n'avait plus pour héritier qu'un enfant de cinq ans.

Ce brillant héritage qui franchissait ainsi deux générations, était promis au duc d'Anjou, l'arrière et unique petit-fils du grand roi !

Ce Dauphin de la France, de cette France aux portes de laquelle frappaient toutes les calamités, ce prince, appelé à cicatriser tant de plaies qui pouvaient encore s'aggraver, était un faible enfant dont vingt ambitieux attireraient peut-être, à eux, la pourpre royale !

Tandis que le même char funèbre portait à Saint-Denis les cadavres du père, de la mère, de l'enfant, tandis que les souterrains, où dormaient tant de fils de Saint-Louis, s'ouvraient pour engloutir à la fois quatre de ses descendants, Louis XIV, vieilli, courbé, affaissé, ne quittait plus sa chambre que pour se faire transporter, de temps à autre, chez Mme de Maintenon pour gémir, pleurer et trembler avec elle....

Car ce deuil, qui, de son voile funèbre, avait enveloppé tout le château de Versailles, avait réveillé en son âme des terreurs, des remords depuis longtemps assoupis...

Il se souvenait de la mort de sa mère Anne d'Autriche expirante dans l'isolement, l'abandon le plus absolu.... de sa rencontre avec ce fils pour lequel la reine-mère avait réclamé des titres et des droits dans son dernier soupir ! et, dans la continuelle insomnie de ses nuits, il revoyait cet homme, au visage toujours caché sous un masque de fer, dont sa haine avait fait un malheureux prisonnier à la merci de bourreaux tels que Saint-Mars et Rosarges...

Et, dans son sommeil, ce même fantôme se dressait au chevet de son lit comme le spectre vengeur de toutes les iniquités et des lâchetés commises jadis, se levant pour affirmer les vengeances dont il frappait cette famille qui avait usurpé ses titres, volé son foyer.

Et, alors, il s'éveillait, le front couvert d'une sueur froide, haletant et n'osant tremper ses lèvres dans le breuvage qui, chaque soir, était laissé près de lui, de peur d'y puiser le germe de cette mort hideuse qui, si implacablement, fauchait autour de son trône...

Il ne disait rien ni de ses terreurs, ni de ses rêves à Mme de Maintenon, mais, dans les silences brusques qui tombaient parfois au milieu de leurs entretiens, dans leurs regards qui se baissaient, se fuyaient, apeurés, mais significatifs, leurs mêmes pensées, leurs mêmes craintes s'associaient, se comprenaient.

Car l'épouse du grand roi, ainsi déchu, sans ressentir de pareils remords, était, sans cesse elle-même, sous le coup de semblables frayeurs, de semblables hallucinations.

Et, cependant, elle eut dû être plus rassurée, étant délivrée de ce joug menaçant sous lequel elle avait tremblé pendant de longs jours...

... Depuis la veille, Yvonne avait disparu...

Mais, Mme de Maintenon supposait, avec juste raison, que la femme de Mgr Louis n'avait pas dû renoncer ainsi bénévolement au projet qui l'avait amenée, d'une façon si inattendue et si hardie, au château de Versailles et près d'elle, afin d'obtenir par la violence, par la menace, la liberté du « Masque de fer ».

Jugeant les autres selon ses propres sentiments, elle se disait que la série des crimes, dont était endeuillée la maison du roi, était les conséquences inévitables de la haine, des vengeances dont cette femme avait voulu les frapper, les terrifier tous, et devinant qu'elle en serait atteinte à son tour, un jour ou l'autre, elle vivait dans une angoisse perpétuelle, accrue de la disparition même de cette ennemie implacable dont elle serait ainsi la victime sans pouvoir même prévoir d'où et comment lui viendrait cette mort qu'elle sentait déjà rôder autour d'elle.

Les sinistres évènements qui s'étaient succédé à la cour avec une rapidité foudroyante, avaient été sans nul doute, les causes du silence et de l'inaction dans lesquels cette Yvonne s'était renfermée jusque-là à son égard, mais l'instant devait être prochain où, de l'ombre dans laquelle elle était rentrée, jailliraient, comme autant de coups de foudre, et ses revendications, et ses colères.

Comme tous les criminels qui, eux, n'hésitent pas à donner la mort, elle avait, elle, une peur horrible de mourir et, cette peur était si prépondérante, qu'elle dominait en elle toutes les autres considérations et de sûreté de l'Etat et d'intrigues politiques...

De la détention perpétuelle de l'héritier légitime des rois de France dépendait le repos, voire même le salut du royaume... cela était vrai !... cela était juste ! cela était très bien ! mais de la minute où ce repos, ce salut, cette vérité, cette justice menaçaient de lui coûter la vie, Mme de Maintenon était une femme trop avisée pour ne pas sacrifier toutes les raisons d'Etat possibles à son propre et seul intérêt...

Elle s'était pénétrée de ces excellentes dispositions lorsque, au déclin du jour, on vint la prévenir que Sa Majesté, désirant avoir un entretien avec elle, s'était fait porter dans le petit salon où, pour la dernière fois, la malheureuse duchesse de Bourgogne s'était follement amusée de la calvitie de son royal grand père.

— Cette visite tombe à merveille ! fit Mme de Maintenon à l'annonce qui lui en était faite...

Elle avait instantanément redonné à sa physionomie son masque

d'habituelle et impassible gravité et rien ne trahissait en elle les terribles
affres qui torturaient son esprit, lorsqu'elle s'assit en face de Louis XIV,
étendu sur la chaise longue qu'il ne quittait presque plus...

— Madame, lui dit ce dernier d'un ton lent, triste, monotone, pardonnez-moi de troubler votre pieuse retraite, de mes chagrins, de mon
deuil, mais, comme le malheureux qu'une simple goutte d'eau suffit à
ranimer, j'ai soif de vos paroles, de vos consolations, de vos conseils
d'où je puis récolter une parcelle d'espoir.

— Les chagrins, le deuil de Votre Majesté ne sont-ils pas miens ?
répondit-elle les yeux baissés hypocritement.

— Certes, oui ! je connais la grandeur de vos sentiments, la noblesse
de votre cœur !... vous pleurez mes larmes, vous êtes désespérée de mon
désespoir, et, en en prenant une large part, vous me soulagez du poids
écrasant de ces malheurs qui pèsent sur ma triste existence... je vous
en remercie, Madame, et vous en aime plus encore...

Et, prenant un ton de plus familière intimité :

— Mais, ma chère et bonne reine, dites-moi franchement, sans
détours, ce que vous pensez de ces catastrophes successives qui s'abattent
inexorablement sur les nôtres... devons-nous en accuser seulement une
fatalité aveugle ?...

Mme de Maintenon eut un imperceptible mouvement de satisfaction..
le roi amenait de lui-même le sujet de leur conversation sur un terrain
qu'elle n'eut pu mieux choisir, aussi elle s'empressa de répondre, tout
en donnant à sa voix une expression douloureuse :

— Non, Sire ! hélas ! non !

— Alors, selon vous... il y aurait : crimes.

— Ou, du moins ; vengeances, représailles, Sire.

— Vengeances ? mais, en quoi, mon fils, mes petits-fils, ma petite-
fille et ce pauvre innocent : le duc de Bretagne, ont-ils mérité de pareilles
haines ?... Des représailles ? mais de quelles rigueurs ont-ils été
coupables ?... Quelles injustices ont été leurs crimes ?... Quels ennemis
se sont-ils suscités ?...

— Eux ? aucun, Sire...

— Eh ! bien ?...

— Mais vous, Sire.

— Moi !

Mme de Maintenon se pencha à l'oreille de Louis XIV.

— Votre Majesté a-t-elle oublié le " Masque de fer ".

— Lui !

Et le roi ne pût s'empêcher de blêmir bien que cette accusation nette, précise, formelle, interprétât ses propres soupçons, donnât raison à ses rêves, à ses cauchemars.

— Mais, répliqua-t-il sur le même ton et après un instant de pénible silence, mais, *il* est à la Bastille et ses anciens complices ont tous disparu.

— Tous ?... Non, Sire !

— Cependant de ceux qui connaissaient ce secret d'Etat, il ne reste plus que vous et moi... Louvois, Barbezieux, le prince d'Orange, roi d'Angleterre, ont suivi dans la tombe la marquise de Montespan, la comtesse de Soissons, le chevalier de Rohan, le chevalier de Lorraine...

— Ceux dont je parle à Votre Majesté n'occupent ni une situation ni un rang de cette importance.

— S'agirait-il de cet être difforme, de ce nain hideux... de ce : Gniafon, si je me souviens bien, qui, ancien valet du comte de Brévannes...

— Non, sire ! Cet homme finit ses jours dans une oubliette de la Bastille.

— Serait-ce Saint-Mars ? le major Rosarges...

— Non, Sire !

— Qui, enfin ?

— La femme de Mgr Louis...

Louis eut un sursaut de stupeur tandis que son visage exprimait un indicible effarement...

— Sa femme ?...

Puis, soudain, éclairé par les souvenirs qui se réveillaient dans son esprit :

— N'est-ce point, dit-il vivement, n'est-ce point cette fille qui, aussi bien à Paris qu'à Pignerol, aux îles Sainte-Marguerite et dans les Cévennes fut, sous divers déguisements, la plus acharnée, la plus obstinée auxiliaire de... cet homme ?... Oui ! oui ! je la vis moi-même, lorsqu'on la ramassa, blessée, sur la route de Lyon, alors qu'en compagnie de Saint-Mars et de Rosarges, je m'étais lancé à la poursuite de ce prisonnier...

— Eh, Sire, vous l'avez revue depuis...

— Je ne le crois pas, fit le roi fouillant dans sa mémoire, je me rappelle qu'elle et son enfant furent le prétexte dont Barbezieux se servit, fort habilement, par ma foi, pour nous faire rentrer en possession de certains actes faux, mais dangereux, identiques à ceux que, jadis, j'a-

Quelques instants après, elle pénétrait dans la chambre de Louis XIV...

vais trouvés au fond d'une cassette laissée par Mazarin à la reine-mère, Anne d'Autriche et, en même temps, pour s'emparer à nouveau de cet aventurier et le remettre entre les mains de Saint-Mars dont la fidélité m'est une sûre garantie qu'il ne s'en est pas échappé... N'avais-je pas ordonné, en outre, que cette femme et son enfant fussent de même enfermés jusqu'à la fin de leur vie dans quelque autre prison non moins secrète ?

— Il est vrai, Sire !...

— D'autre part, le lieutenant de Chadefaux, qui eut pu être le confident de ce secret, a été arrêté parmi les émeutiers du faubourg St-Antoine et, ce matin même, j'ai donné ordre que son procès soit instruit par le seul M. de St-Mars... c'est vous dire que cet excellent gouverneur l'enverra demain ou après-demain au plus tard à l'échafaud... enfin, pour vous prouver que je n'oublie aucun des acolytes de ce misérable bâtard qui a osé se dire : mon frère, je vous citerai encore ces deux vagabonds, coupe-jarrets, mendiants, va-nu-pieds qu'on appelait, il me semble : Faribole et Mistouflet... !

— C'est exact, Sire..

— Or, n'ont-ils pas eux-mêmes, été exécutés comme rebelles lors de cette même émeute des ouvriers du faubourg... ?

— Les rapports de police en faisaient foi, du moins ! assura hypocritement Mme de Maintenon, car elle savait pertinemment qu'elle avait elle-même falsifié ces rapports de façon à ménager les deux hommes sur lesquels elle avait compté jadis pour être débarrassée de la gênante personne de son fils...

— En ce cas, Madame, reprit le roi, j'ignore vraiment à quels autres de nos ennemis, c'est-à-dire à quels autres complices du « Masque de fer » vous faites allusion et je comprends moins encore comment il m'eut été possible de revoir cette femme qui, si elle n'y est morte déjà, ne sortira jamais vivante du cloître où elle sera ensevelie avec notre secret...

— Sire ! on a donc caché à votre Majesté que non-seulement cette femme s'était échappée du couvent de Bourbon l'Archambault, qu'elle avait retrouvé son fils mais encore que, lors de l'arrestation de son amant en l'hôtel du gouverneur Gaston de Darlay, elle avait pu quitter Lyon sans encombre...

— Mordieu ! que m'apprenez-vous là, Madame ?

— La vérité, Sire !.. et, qui plus est, elle parvint depuis à dépister les recherches les plus minutieuses, entreprises par la police et... d'autres gens, jusqu'à ces jours derniers où...

— Elle a été prise !

— Où votre Majesté l'a vue...

— Moi !.. mais impossible, vous dis-je..!. l'avoir vue quand cela ?.. où ?

— Ici même.

— Ici !...

— Votre Majesté se souvient de cette nouvelle suivante dont Elle me fit compliment il y a peu de jours..

— C'est-à-dire le jour même où, en sa présence, cette pauvre duchesse de Bourgogne s'égaya, hélas ! si fort à mes dépens..? oui.. je me souviens... eh ! bien?

— C'était elle...?

— Qui... qui cela ?

— Cette.. Yvonne ! cette femme du prisonnier de M. de St-Mars...

— Elle !.. au château de Versailles... près de vous.. !...

Et, dans un sursaut violent que lui causait sa stupeur, Louis XIV se dressa sur son séant, n'en croyant pas ses oreilles...

Alors, rapidement, mais en détails, Mme de Maintenon lui conta avec quelle extraordinaire audace, Yvonne s'était introduite dans le palais et par quelles terribles menaces, elle s'était imposée dans son intimité même...

— Ah ! s'écria le roi, affolé par ces révélations, je comprends tout!.. c'est elle n'est-ce pas, c'est cette misérable qui a tué mes enfants... mort de Dieu! il me faut sa vie et celle de son fils, arrachées, lambeaux par lambeaux, dans les supplices les plus effroyables pour me payer la vie de ceux que j'ai perdus...

Et, se levant sans aide, sous le coup d'une colère terrible, il se dirigeait vers une table et allait frapper sur un timbre qui y était placé lorsque, d'un geste respectueux mais ferme, Mme de Maintenon arrêta sa main

— Qu'allez-vous faire, Sire? demanda-t-elle vivement.

— Je veux qu'avant cinq minutes, cette femme me soit amenée pieds et poings liés.

— Impossible, Sire !

— Pourquoi? n'est-elle pas encore parmi vos filles?.. en ce château?

— Non, sire! depuis hier, elle a disparu...

— N'importe ! dussé-je ordonner que l'on remue ciel et terre, il me la faut, vous dis-je !

— Sire ! avant d'écouter vos justes colères, vos légitimes ressentiments que votre Majesté daigne m'entendre.

— Soit...

— Sire! je crains pour votre Majesté ce même crime qui a frappé les siens.

Louis XIV pâlit affreusement et se recula, comme s'il voyait cette mort se dresser soudain devant lui...

— Pour... pour moi ! bégaya-t-il...

— Et pour d'autres personnes qui, je le crois, vous sont chères, Sire !..

— En êtes-vous donc... menacée... madame !..

— Sire ! le poignard de cette femme ne m'eut point épargnée hier, si j'eusse parlé à Votre Majesté ainsi que je le fais aujourd'hui, mais demain, dans quelques heures peut-être, qui sait, si, de quelque façon inconnue mais certaine, je ne serai pas victime de ce qu'elle considèrera comme une trahison.

— Raison de plus, Madame, pour que des ordres immédiats et sévères soient donnés...

— Inutile, Sire ! cette femme est un démon contre lequel toutes les rigueurs seront inefficaces !..

— Mais alors, comment vous en protéger ? m'en défendre ?

— Par la miséricorde, Sire ! par le pardon !

— Quelle miséricorde ? Quel pardon ? fit Louis XIV les sourcils froncés...

Mme de Maintenon se laissa glisser aux pieds du roi et, agenouillée, les mains jointes, tendues vers lui, la voix tremblante.

— Sire ! Sire ! sanglota-t-elle, songez que vos jours, si précieux, dépendent de votre clémence... et la vie de Votre Majesté n'est-elle point, pour tous, trop nécessaire au salut, à la gloire de son royaume, au bonheur de ses sujets, pour qu'Elle ne fasse pas grâce à un autre d'une existence, désormais vouée à l'oubli, à la stérile inaction.

— De qui parlez-vous, Madame ?

— Sire ! la juste expiation, dont Votre Majesté a châtié les errements de Mgr Louis, arme, seule encore, ces bras qui se lèvent pour frapper...

— Eh ! bien ?

— Eh ! bien, Sire ! pour les désarmer...

— C'est la liberté, la vie de... mon frère que vous demandez, Madame ! s'écria Louis XIV avec un sourd rugissement de colère...

— C'est la vôtre, Sire, que j'achète en échange...

— Non ! non !.. la douleur et la peur vous égarent, Madame !.. non ! non ! quoiqu'il arrive, le « Masque de fer » ne sortira jamais vivant de la Bastille...

— Sire ! prenez garde !

— Madame !.. répliqua orgueilleusement Louis XIV en redressant la tête, vous oubliez qui est devant vous, je crois !..

— Sire !.. en grâce...

— Assez sur ce sujet, Madame!.. je suis roi pour punir ceux qu'en ma justice souveraine, j'ai condamnés, et non pour me déshonorer en d'inutiles et lâches compromissions!..

Mme de Maintenon s'était relevée et, pendant une seconde, un pli méchant avait crispé ses lèvres minces et pâles, mais cette expression mauvaise et menaçante s'était aussitôt effacée de son visage, car, elle était trop rusée et trop habile intrigante pour continuer à plaider une cause qu'elle sentait perdue.

— Ah! Sire! fit-elle, les yeux baignés de larmes, Votre Majesté a raison mais qu'elle daigne croire que cet expédient suprême m'était inspiré seulement par mon souci grand de son existence... Sire! pardonnez-moi de vous aimer tant!..

— Oh! Madame! je serais injuste de vous garder rancune de cette sollicitude que, sans cesse, vous m'avez prouvée... mais, rompons sur ce sujet qui m'est pénible.

— Soit, Sire! je vous abandonne votre prisonnier, en admirant l'héroïsme qui vous fait préférer la sûreté de l'Etat à votre propre sécurité...

Louis XIV ne fut pas maître d'un tressaillement qui ne passa pas inaperçu de la marquise...

— Mais, Sire, reprit celle-ci, permettez-moi de solliciter une autre faveur...

— Envers qui?..

— Envers moi, Sire!

— Parlez, Madame,

— Votre Majesté va ordonner l'arrestation de cette femme.

— Sur l'heure, Madame,

Et, sans plus hésiter, Louis XIV frappa sur le timbre, placé à sa portée, et à l'officier de service accouru à cet appel...

— Monsieur, dit-il, qu'on prévienne immédiatement, M. d'Argenson, notre lieutenant de police, d'avoir à se rendre immédiatement en notre cabinet où je retourne à l'instant.

L'officier salua, s'inclina et sortit.

— Je vous écoute, Madame! reprit le roi s'adressant à Mme de Maintenon.

— Sire, fit celle-ci, l'intention de Votre Majesté est de faire conduire cette femme à la torture.

— Où on lui appliquera, séance tenante, la question ordinaire et extraordinaire.

— Votre Majesté espère des aveux.

— Dites que je suis certain, que je veux en obtenir...

— Sire, votre certitude, votre volonté comptent sans l'énergie indomptable de cette... Yvonne...

— Tant pis ! elle souffrira davantage... voilà tout !

— Mais elle aura tû le nom de ses complices.

— En a-t-elle ?

— J'en jurerais.

— Alors, je ne vois pas comment on parviendrait à lui délier la langue.

— En me laissant causer avec elle, Sire.

— C'est-à-dire ?

— Qu'avant d'user de rigueurs envers elle, elle me soit amenée.

— Vous avez un projet, Madame.

— Qui consiste simplement, Sire, à surprendre ses secrets, en lui laissant croire que Votre Majesté s'est rendue à mes prières...

— Eh ! eh !.. bien imaginé, par ma foi !

— J'assure à Votre Majesté que la joie de son âme à apprendre la délivrance de son amant fera plus sur elle, pour amener des indiscrétions, que les souffrances infligées à son corps...

— C'est convenu, Madame ! je donnerai à d'Argenson des instructions en conséquence...

Et, après avoir mis un galant baiser sur la main de son épouse, Louis XIV s'étendit sur sa chaise, sonna ses valets et se fit emporter ainsi dans ses appartements...

Dès son départ, une contraction des traits avait donné à la figure de la marquise une expression de rudesse, de méchanceté inouïes et le regard, qu'elle fixait sur la porte par laquelle avait disparu le roi, s'était peu à peu chargé d'une rage, d'une haine inexorables...

— Ah ! bien ! fit-elle à mi-voix, voilà une manière de m'aimer qui me dégage singulièrement de toute reconnaissance envers ce triste Sire !.. Je m'évertue à lui faire comprendre, sur tous les tons, qu'il s'agit pour moi d'une question de vie ou de mort, et, avec une désinvolture vraiment royale, il y répond par des phrases creuses, des mots dénués de tout sens mais, en revanche, tout bouffis de son orgueilleuse sottise !... très bien !.. parfait ! qu'il fasse donc, tout à son aise, son grand roi !.. son roi soleil ! mais comme je ne tiens nullement, moi, à partager cette lumineuse grandeur qu'un simple souffle de vengeance peut éteindre, je vais prendre mes précautions pour n'être point inquiétée dans l'ombre plus rassurante dont il me coûterait trop cher de sortir......

Et, la démarche aussi légère que la conscience, elle se dirigea vers son oratoire...

La nuit était complètement venue... Des flambeaux éclairaient discrètement cette retraite calme, paisible où Mme de Maintenon devait se croire à l'abri, désormais, de tout danger, de toute tentative, car, s'il le fallait, elle était bien décidée à ne plus la quitter de jour ni de nuit...

Et, dès l'instant, elle mit sa prudente idée en pratique, en se faisant servir là son souper et donnant l'ordre d'y dresser son lit...

Une heure après, le bruit de cette réclusion volontaire se répandait dans la foule des courtisans et les émerveillait à qui mieux mieux sur cette piété, cette austérité de la grande favorite qui confinait sa vie entre les murailles d'un oratoire...

Et comme si elle eut prévu et voulu mériter cette recrudescence de sa sainte renommée, Mme de Maintenon, devant les valets qui desservaient sa table et qu'elle savait les plus indiscrets colporteurs de ses moindres actes, s'empressa d'aller s'agenouiller sur son prie-Dieu et d'activer sa digestion au recueillement d'une pieuse méditation.

Elle demeura ainsi, la tête entre ses mains, jusqu'à ce qu'elle soit seule ; puis, se relevant et prenant, machinalement, le livre de prières, placé sur ce prie-Dieu, elle s'assit dans un large et confortable fauteuil et feuilleta d'un doigt, distrait, les pages de l'Evangile, mais, soudain, sa main trembla, son œil effaré, hagard se fixa éperdûment sur la marge d'une de ces pages où, au crayon, étaient tracés ces quelques mots :

« Cette nuit, Louis XIV ira rendre compte à Dieu de ses crimes... demain, veuve Scarron, marquise de Maintenon, ce sera ton tour. »

Et, pétrifiée, anéantie, médusée par cette terrible et menaçante prophétie, la marquise, tremblant de tous ses membres, laissa échapper le livre qui roula sur le tapis...

— Demain !... Demain !... bégayait-elle, la gorge convulsée par une affolante angoisse...

Et ses dents claquaient de terreur, tandis que, glacée, stupéfiée, incapable d'un mouvement, elle demeurait là, dardant ses yeux, démesurément entr'ouverts, hypnotisés, hallucinés, sur ce livre, gisant à ses pieds et où, pour elle, n'était plus inscrit que cette seule phrase fatale dont les mots étaient tracés en lettres de feu...

Qui les avait écrits-là ?... comment sans éveiller aucune attention, aucune suspicion, avait-on pu pénétrer en cet oratoire où, sauf les gens de service dont le dévouement absolu lui était prouvé, nul étranger, nul ami, n'étaient admis...

Elle ne cherchait même pas à élucider ce troublant problème, toutes ses pensées, tout son être étaient concentrés sur ce mot unique;

— Demain ! demain !

Du reste, de même qu'en son esprit, elle n'émettait aucun doute sur la réalisation prochaine de cette menace, de même elle avait une certitude absolue sur celui ou plutôt sur celle qui exécuterait ce qui était écrit là :

— Yvonne !.. la femme de Monseigneur Louis !..

Ses pressentiments ne l'avaient donc pas trompée, lorsque, en présence de Louis XIV, au cours de leur dernier entretien, elle avait affirmé que, quelques heures plus tard, elle serait, peut-être, la victime marquée pour le châtiment !..

Et ce monarque imbécile, ce fantoche de roi agitant Sa Majesté comme un hochet ridicule, s'était refusé à la croire, se drapant faussement dans le mépris d'une mort qui, en réalité, lui donnait, jusqu'aux moelles, un frisson de terreur !..

Il avait voulu stupidement sauvegarder le prestige de sa couronne, l'honneur de son trône, l'intégrité de sa prétendue vertu, de sa fausse gloire !..

Ah ! bien ! il allait savoir ce que valait tout cela lorsque le poison, circulant déjà dans ses veines, lui brûlerait le front, lui tordrait les membres, lui rongerait son cœur plein de vanité, d'orgueil, comme aussi d'infamie et de lâchetés !..

Car le sot acharnement, dont il poursuivait injustement le fils légitime de Louis XIII et à qui il devrait cette fin tragique, n'avait-il pas, en somme, comme origine, cette âpre ambition de régner, entraînant à sa suite tout un cortège imposé de passions, de vices, d'injustices, de déloyautés, de mensonges, de persécutions et de crimes?

Tout était là !.. la peur de n'être plus le maître lui avait masqué celle de la mort. Ah ! mais ! que lui importaient à elle, cette puissance, cette royauté, cette rivalité de nom, de légitimité, de descendance royale.

— Demain ! disait la haine inexorable...

Et, brusquement, résolument, Mme de Maintenon se leva toute pâle, toute blême encore, mais sans un tremblement, sans une hésitation elle frappa sur un timbre...

Une servante parut.

— M. d'Argenson ! dit-elle d'une voix sourde, saccadée.

Philippe, duc d'Orléans, régent de France.

— Madame désire que Monsieur le lieutenant de police...

— Faites-le prévenir d'avoir à se rendre immédiatement près de moi.

— Bien, Madame...

Et elle allait sortir lorsqu'un cri de stupéfaction lui échappa.

— Qu'y a-t-il? demanda vivement la marquise, émue de la moindre surprise.

— M. d'Argenson ! fit la soubrette se rangeant, pour livrer passage à celui qui se présentait d'une façon si opportune.

La porte s'était déjà refermée sur lui...

Le lieutenant de police qui, le second, en France, occupait cette charge créée par Louis XIV, se tenait incliné très bas devant celle dont, de par ses titres et qualités, il ne devait point ignorer la situation réelle près du roi.

— M. d'Argenson... commença Mme de Maintenon.

Elle s'interrompit net...

Le lieutenant de police avait relevé la tête, et la pâleur de son visage, l'effrayante altération de ses traits, et sa contenance gênée, embarrassée avaient immédiatement frappé celle qui, par son mariage secret, était devenue de fait, la reine de France.

— Qu'avez-vous donc ? interrogea-t-elle anxieusement...

— Madame, fit d'Argenson cherchant ses mots, je suis envoyé près de Votre Majesté...

Bien que fort flattée intérieurement de ce titre que, parfois déjà, du reste, d'habiles flatteurs lui avaient donné, elle répliqua assez vertement...

— Vous êtes devant Mme de Maintenon, ne l'oubliez pas, Monsieur.

L'autre courba l'échine plus profondément encore et reprit :

— C'est que, Madame, la fâcheuse nouvelle dont ma mauvaise étoile a voulu que je sois porteur, touche en vous, Madame, des sentiments qui... que...

La marquise eut un haut-le-corps violent... un frisson courut dans ses membres... un tremblement la secoua convulsivement des pieds à la tête... et, elle dut s'appuyer, de la main, sur un meuble, pour ne pas chanceler...

— Le... le roi, n'est-ce pas, M. d'Argenson ? parvint-elle à articuler...

Et se remettant de son trouble, dominant cette faiblesse d'autant plus vite et facilement qu'elle devinait la terrible vérité...

— Le roi... est souffrant, peut-être ? ajouta-t-elle.

— Oui, Madame...

— Oh ! Cette indisposition, sans nul doute, passagère, n'est pas pour me surprendre ni m'inquiéter, car Sa Majesté me fit l'honneur, cet après-midi, de me rendre visite et déjà Elle se plaignait de ces douleurs vagues qui, de temps à autre, la tourmentent quelque peu...

En se laissant aller, dès le début et sans plus amples explications, à l'explosion d'un désespoir qui devait paraître sincère, la marquise se fut trahie en donnant la preuve qu'elle n'ignorait rien de l'origine, de la gravité de ce mal dont M. d'Argenson hésitait tant à lui révéler le mystère...

Avec son habileté habituelle, son art consommé de la dissimulation, son hypocrisie, elle avait aussitôt saisi cette nuance à apporter à sa désolation, à son deuil et avait, en conséquence, mis à sa réponse cette indifférence rassurée...

Mais, en elle-même, au fond de son âme, la vérité l'effarait, la terrifiait, la torturait... Louis XIV mourait, mourait ainsi, à l'heure, à la minute, qu'avait marquées la main de l'assassin...

Et alors... elle ?...

— Demain ! avait tracé le même arrêt de mort...

Et, cependant, elle eut la force, l'incroyable duplicité d'amener un sourire à ses lèvres prises d'un frémissement presque imperceptible...

— J'ai la douleur de vous annoncer, Madame, avait repris le lieutenant de police, que l'état de Sa Majesté a empiré aussitôt après son repas du soir et que de graves symptômes...

— Vous m'effrayez d'Argenson !

— Hélas, Madame, fasse le ciel que Fagon, le médecin ordinaire de Sa Majesté se trompe !

— Que dit Fagon?

— Il prétend reconnaître en Sa Majesté les symptômes... que... dont M. le duc et Mme la duchesse de Bourgogne...

— Ce médecin est fou! s'exclama Mme de Maintenon, jouant son rôle à merveille.

Et haussant les épaules :

— Car, en France, on ne trouverait point un homme qui consentirait à être régicide...

— Cependant, Madame ; Sa Majesté, se jugeant elle-même très mal, fit mander, il y a une demi-heure, Mgr Philippe, duc d'Orléans...

— Eh! bien! le duc d'Orléans est neveu de Sa Majesté et cette entrevue n'est point à ce point étonnante qu'on doive s'en alarmer.

— C'est que, Madame, Sa Majesté lui a dit devant les personnages de la cour assemblés autour de son lit. — « Mon neveu, vos droits à la régence sont reconnus par mon testament... Je vous recommande le royaume et la personne du roi futur..., s'il vient à manquer... vous serez le maître et la couronne vous appartient (1)... »

(1) Historique.

— Eh! quoi! Sa Majesté s'occupe de politique et Fagon le traite comme un agonisant!..

— Le roi, Madame, s'est fait amener, il y a quelques minutes, le duc d'Anjou (1), le fit mettre sur son lit et lui dit : — « Mon fils, vous allez « être bientôt roi d'un grand royaume. Ce que je vous recommande le « plus est de ne jamais oublier les obligations que vous devez à Dieu ; « souvenez-vous que vous lui devez tout ce que vous êtes. Tâchez de « conserver la paix avec vos voisins; j'ai trop aimé la guerre, ne « m'imitez pas en cela, non plus que dans les trop grandes dépenses « que j'ai faites et dans l'amour excessif des plaisirs que j'eus... et que « je n'ai peut-être pas assez expié. Prenez conseil en toute chose et « cherchez à connaître le meilleur pour le suivre toujours. Soulagez vos « peuples le plus que vous le pourrez et faites ce que j'ai eu le malheur « de ne pouvoir faire moi-même (2). »

La marquise avait baissé la tête et commençait à essuyer quelques larmes.

— Puis, continua d'Argenson qui, pour prévenir Mme de Maintenon du malheur qui la frappait, se croyait obligé de faire tout l'historique des derniers moments de Louis XIV, puis Sa Majesté dit à M. de Pontchartrain, secrétaire d'Etat ; « Dès que je serai mort, vous expédierez un « ordre pour faire porter mon cœur à la maison professe des Jésuites et « l'y faire placer de la même manière que celui du feu roi mon père (3) . « — Et, au marquis de Dangeau qui fut un des familiers de Sa Majesté : « Aussitôt que j'aurai rendu le dernier soupir et qu'on aura annoncé ma « mort sur le balcon de ma chambre selon la forme accoutumée, *le roi* « sera conduit à Vincennes. Mais, j'y pense, Cavois n'a jamais distribué « les logements dans ce château, où la cour n'a jamais séjourné depuis « de longues années. — Dans cette cassette, ajouta le malade en la « désignant du doigt, on trouvera le plan des appartements de Vincennes ; « qu'on le prenne et qu'on le porte au grand maréchal des logis, il lui « servira à sa répartition...!

Et aux médecins qui proposaient à Sa Majesté de faire l'amputation de la jambe déjà gangrenée : « Ce moyen prolongera-t-il ma vie? demanda-t-elle froidement. — Oui, Sire, répondit l'un d'eux, quelques jours, peut-être quelques semaines. — Cela ne vaudrait pas la souffrance

(1) Agé de cinq ans... il devait régner sous le nom de Louis XV.
(2) Louis XV avait fait écrire sur vélin ces paroles de son bisaïeul; on dit qu'elles furent toute sa vie attachées au chevet de son lit. — Il ne profita guère de ces conseils. (Remarque de l'auteur).
(3) Toutes les paroles du roi, rapportées dans ce récit, sont historiques.

que cela me coûterait, répliqua Sa Majesté...; que la volonté de Dieu soit faite!.. » Et apercevant à ce moment deux domestiques qui pleuraient au pied de son lit, le roi leur dit : — « Pourquoi ces larmes? mon âge n'a-t-il pas dû vous préparer à ma mort? m'avez-vous cru immortel (1)? »

Mme de Maintenon avait relevé la tête... ses yeux étaient secs de larmes.... Il lui paraissait impossible que, devant une mort qui eut été certaine, inévitable, le roi gardât une telle présence d'esprit, un tel sang-froid, un tel calme, une telle sérénité....

N'était-ce donc là qu'une comédie?

— Eh! Monsieur d'Argenson, fit-elle, la meilleure preuve que tous se trompent sur la gravité de ce mal, c'est que Sa Majesté si chrétienne ait, avant tout, demandé les sacrements de l'Église...

— Le père Le Tellier (2) est près du roi et lui a donné le viatique et l'extrême-onction....

— Et quand toute la cour se presse autour de ce lit de mort, moi, je n'y suis point appelée..

— Sa Majesté a voulu que vous ne fussiez prévenue qu'au dernier moment, Madame, afin de vous éviter le spectacle de cette agonie qui.....

— Venez! fit Mme de Maintenon avec une brusquerie incrédule faite pour donner à d'Argenson, une haute idée de cette incommensurable douleur qui se refusait à croire possible un tel malheur...

Quelques instants après, elle pénétrait dans la chambre de Louis XIV et, à la vue du roi, dont le visage affreusement ravagé déjà par les effets du poison attestait à lui seul l'état désespéré du moribond, elle eut un cri effroyable de détresse, et se précipita, éplorée, tomba, défaillante, à genoux au chevet du lit de son époux qui lui prit une main et ayant fait signe à ceux qui l'entouraient de se retirer un peu à l'écart lui dit, d'une voix éteinte, entendue seulement par le père Le Tellier, en prières près de là :

— Je ne regrette que vous, Madame (3) ; je ne vous ai pas toujours rendue heureuse, mais tous les sentiments d'estime et d'amitié que vous méritez, je les ai toujours eus pour vous.

Et, avec une vive émotion, il ajouta :

— Ce qui me console, en vous quittant, c'est l'espérance que nous nous rejoindrons bientôt dans l'éternité.

(1) Tous ces détails, rigoureusement historiques sont empruntés aux « chroniques de l'Œil-de-bœuf, par Touchard-Lafosse.
(2) Jésuite fanatique, qui avait succédé au Père La-Chaise.
(3) Historique.

Puis, rappelant d'un signe les courtisans nombreux qui affectaient une douleur, en réalité, loin de leur cœur :

— Messieurs, dit-il, je meurs dans la foi et la soumission de l'Eglise ; je ne suis pas instruit des matières qui la divisent ; j'ai suivi les conseils qu'on m'a donnés ; j'ai fait uniquement ce qu'on a voulu ; si j'ai mal fait, mes guides seuls en répondront devant Dieu, que j'en prends à témoin.

Et au maréchal de Villeroy qui pleurait au chevet de son lit, il dit en se retournant vers lui.

— C'en est fait ! adieu, mon ami, il faut nous quitter !

Puis, aux autres seigneurs de sa cour :

— Messieurs, leur dit-il, je vous fais mes adieux ; veuillez me pardonner les mauvais exemples que je vous ai donnés... Priez pour moi !

Et, il prononçait, tout cela, avec un courage, un accent de fermeté, une absence d'émotion, de crainte qui donnaient un formel démenti aux présomptions de la marquise de Maintenon... !

Celle-ci avait oublié que, dans les veines de cet homme, coulaient deux sangs : celui de Mazarin qui lui avait communiqué ses bassesses, ses veuleries, ses ambitions, mais aussi celui d'Anne d'Autriche dont il avait, quoique bâtard, l'orgueil indomptable de race et la chevaleresque énergie !...

Mais il est probable que sa fin eut été moins superbe, s'il avait connu la triste nouvelle qui, comme une traînée de poudre, s'était, en une minute, communiquée dans la foule des assistants...

On disait que le jeune duc d'Anjou râlait dans son berceau, à quelques pas du lit où agonisait son arrière-grand-père...

Ce fut le signal de l'ingratitude...

La couronne revenait au duc d'Orléans !... et, en un clin d'œil, les appartements de ces deux rois expirants furent abandonnés, désertés...

Et alors, à son lit de mort, sans en savoir la cause réelle, Louis-le-Grand reconnut la méprisable versatilité des courtisans, l'indifférence des enfants qu'il avait eus, avec la Montespan, de ses parents, et aussi l'ingratitude de sa favorite qu'il avait faite son épouse, la fausseté du prêtre qui prétendait l'avoir guidé sur la voie du ciel...

Car, dès que cette nouvelle était parvenue à leurs oreilles, Mme de Maintenon et le Jésuite Le Tellier, s'étaient empressés de se dérober, de fuir à leur tour...

Ils se heurtèrent au seuil de la chambre :

— Voyez-vous ! fit la marquise d'un air méprisant, le rendez-vous qu'il me donne !... cet homme n'a jamais aimé que lui !... (1)

— Eh ! Madame ! répliqua le père jésuite, moi, je suis revenu, vingt fois à la charge près du roi, dans le but de lui faire signer un papier tendant à forcer le conseil de régence et le parlement à soutenir la bulle *Unigenitus* et, on me repoussait, me traitant de forcené, déclarant avec aigreur qu'on ne souffrirait pas qu'on parlât davantage à Sa Majesté de cette constitution qui la tuait !... je cours chez le duc d'Orléans !...

Au pied de la couche funéraire, le curé de Versailles restait seul récitant les prières des agonisants auxquelles le roi répondait d'une voix forte tandis que, dans un coin, des valets pleuraient...!

Le grand roi ne trouvait d'êtres sensibles autour de lui que sous la livrée ! (2)

Mme de Maintenon avait, en hâte, regagné ses appartements et s'était réfugiée dans son oratoire...

Du pied, elle repoussa, en entrant, le missel resté, entr'ouvert sur le tapis de la chambre et dont la sentence mystérieuse recevait la première partie de son exécution.

Son parti était pris... elle fuirait, cette nuit même, sans perdre un instant, ce château où la mort, la mort inévitable la guettait, dans quelque coin....

Elle s'enfermerait dans ce couvent de St-Cyr dont elle calfeutrerait si bien les portes qu'aucune haine, aucune vengeance ne sauraient ni la suivre, ni l'atteindre....

Que lui importait, qu'en leur agonie dernière, Louis XIV ou le duc d'Anjou réclamassent sa présence, ses soins, ses consolations !..

Pour elle, il s'agissait de sauver sa vie et certes, elle n'irait pas la compromettre par une sensiblerie aussi ridicule que dangereuse.

D'un mouvement sec, elle sonna.

Un valet parut, s'inclinant :

— Mon carosse.. dans dix minutes... je pars pour St-Cyr... on s'occupera de mes malles plus tard... allez ! ordonna-t-elle d'un ton hâtif, impérieux...

Le laquais ne broncha pas, ne bougea pas...

— Qu'est-ce à dire ? fit-elle, tout-à-coup menaçante...

Mais, soudain, les yeux écarquillés, la bouche béante, le front livide,

(1) M. Bolduc, premier apothicaire du roi, assura avoir entendu ces paroles de Mme de Maintenon.

(2) Historique.

elle recula comme devant un spectre, un fantôme.... puis, haletante, elle tomba à genoux,.....

D'un revers de main, le domestique qu'avec un peu plus d'attention, elle eut reconnu tout d'abord pour le savant Dominique dont la duchesse de Bourgogne s'était tant éprise, avait enlevé sa perruque, et, maintenant, le front chauve, la bouche railleuse, les yeux ardents derrière les lunettes qui les voilaient, secouant ses cheveux blancs tombant sur les épaules, restant à demi courbé, il reprenait sa physionomie naturelle, son attitude habituelle :

— Exili !.. avait râlé la marquise, ne pouvant exhaler, que ce nom, de sa poitrine étreinte d'une peur, d'une angoisse inexprimables...

— Moi-même ! dit le vieil alchimiste en s'avançant tranquillement.

Puis, s'asseyant dans le large fauteuil de la favorite, croisant ses jambes l'une sur l'autre, joignant ses mains sur son ventre, tournant paisiblement ses pouces l'un autour de l'autre, il continua, fascinant, de son regard aigu, la marquise prête à défaillir, se sentant perdue :

— Je vois, chère Madame, que ma présence vous cause quelque petite émotion... je ne m'en étonne pas, en connaissant la raison... vous avez bonne mémoire, marquise, je suis heureux de le constater d'abord par ce fait que dès mon apparition, vous avez donné à ma personne son nom juste, ensuite par cette attitude de suppliante qui est, en somme, la seule que vous puissiez prendre en souvenir de votre passé et dans les circonstances présentes....

— Grâce ! grâce ! pitié ! parvint enfin à articuler péniblement Mme de Maintenon.

— Eh ! Madame ! vos prières comme vos supplications sont bien tardives... car elles vous sont inspirées plus par la phrase écrite par moi dans votre livre d'heures que par le repentir sincère de vos crimes !...

— Grâce ! Miséricorde ! implora la marquise, se traînant sur les genoux.

— Figurez-vous, Madame, continua Exili impassible, que depuis bientôt trente ans, j'ai entendu s'élever, autour de moi, ces mêmes cris sans que, jamais, ils aient été entendus de ceux à qui ils s'adressaient, et par une inconcevable fatalité, ceux qui les poussaient étaient des êtres à qui j'avais voué toutes les affections, les amitiés de ma vie.... Je ne vous citerai que deux de ceux-là, Madame : Mgr Louis et Yvonne !..

— Pitié ! pitié !..

— Oui ! certes ! j'en aurais eu et j'en aurais encore, s'il en avait été accordé quelque peu au fils légitime de Louis XIII et à cette innocente et

Après avoir traversé sans encombre ni difficultés les autres guichets,
ponts-levis et cours...

douce créature qui a lié sa vie à la sienne... mais qu'en avez-vous fait,
vous, la courtisane éhontée, l'ambitieuse sans remords, la mère sans
entrailles qui, avec la cruauté d'une louve, a guidé son louveteau dans
les mêmes cruautés et l'a lancée, bête féroce, ignoble de haine, sur le
bonheur de ces deux pauvres martyrs...!...

Sans pitié, Louis XIV a pris à Mgr Louis et son nom et ses titres et sa
liberté et sa mère !...

Sans pitié, ce bâtard a élevé sur les marches du trône les petits-fils d'un Mazarin tandis qu'il traînait l'héritier légitime de ce trône de cachots en cachots, de tortures en tortures, qu'il jetait sa femme derrière les grilles d'un cloître et livrait leur enfant, c'est-à-dire le vrai, le seul petit fils de Louis XIII au hasard de la rue...

Eh ! bien ! sans remords, j'ai remplacé, ici-bas, la justice de Dieu ; j'ai maudit Caïn et j'ai frappé lui et les siens jusqu'en sa troisième descendance...

Sans pitié, vous, Françoise d'Aubigné, la coureuse de villes, la fille prête à s'offrir au passant, ramassant son ambition dans la boue du ruisseau, vous avez calomnié, trahi, vendu ceux qui vous avaient tiré de votre fange et essuyé votre honte à leur honneur... !, .

Sans pitié, vous avez excité la passion brutale, bestiale, hideuse du monstre que vos flancs avait porté, contre les pures tendresses, le saint et respectable amour de deux êtres déjà unis dans les mêmes souffrances, dans les mêmes persécutions...

Sans pitié ! vous avez entendu leurs plaintes, vous avez suivi leur long calvaire...

Et maintenant, Mme de Maintenon, c'est vous qui osez implorer ma miséricorde !... trop tard, marquise, Exili a appris à tuer et à ne plus pardonner !... Veuve du roi Louis XIV, à votre tour, vous allez mourir !..

— Non ! fit une voix dont l'accent triste et grave les fit tressaillir tous deux.

Ils se retournèrent dans un même mouvement.

Yvonne était dans l'oratoire où elle avait pénétré sans bruit...

La marquise de Maintenon se releva d'un bond et avec la prescience du désespoir, devinant que sa vie dépendait de cette femme dont elle avait été l'ennemie la plus cruelle :

— Sauvez-moi ! s'écria-t-elle en se précipitant près d'Yvonne, en se serrant affolée contre elle, sauvez-moi !...

— Monseigneur Louis !... fit simplement celle-ci, en fixant froide-ment la marquise...

— Oui ! oui ! haleta la marquise.. oui... je comprends... de son salut dépend le mien... !

— Oui !...

— Oh ! mon Dieu ! que faut-il faire ?.. dites !... parlez... !... mais parlez donc !...

— Signez ceci !...

— Mme de Maintenon bondit sur le parchemin qu'on lui tendait,

courut à son secrétaire, prit une plume et sans même lire le contenu de
la lettre, la signa...

— Cachetez-là ! ordonna encore Yvonne.

La marquise obéit passivement.

— Appelez un officier de service auquel vous confierez ce pli pour
être remis à celui auquel il est destiné...

Sans une hésitation, Mme de Maintenon frappa sur un timbre.

— Cette lettre sans retard à son adresse ! dit-elle à l'officier prévenu
par le laquais.,.

Puis, se retournant vers Yvonne :

— Et.., que décidez-vous... de moi ? demanda-t-elle, la voix angoissée.

— Vous en avez décidé, vous-même, Madame.

— Je puis me retirer à St-Cyr.

— Vous quitterez Versailles, au lever du jour ; d'ici-là, vous n'aurez
rien à craindre... mais vous resterez enfermée dans cet oratoire jusqu'à
ce que, moi-même, je vienne vous en ouvrir la porte.

— Vous me promettez la vie sauve...?

— Oui, Madame ! vous serez libre de vous repentir jusqu'à votre mort
dans la paix du couvent que vous avez choisi... là, sont des âmes jeunes
et pures, dirigez-les vers le bien, vers la justice, vers Dieu, si vous voulez
obtenir sa miséricorde, comme nous vous accordons la nôtre...

Et allant à Exili qui s'était levé et paraissait fort maussade :

— Il nous reste à nous-même à racheter les crimes que nous avons
commis, lui dit Yvonne.

— Oh ! oh ! fit le vieux savant, voilà un bien gros mot qui cependant
ne charge pas ma conscience outre mesure.

— Oui ! mais la mienne me reproche sans cesse l'empoisonnement du
Dauphin...!... j'ai cru, comme vous dans un moment de folie, au droit
de tuer son semblable, de se substituer au maître puissant qui, ayant
donné la vie, a seul le droit de la reprendre.... j'ai eu tort...! je me
repens et, je croirai n'avoir jamais obtenu mon pardon tant qu'en
échange je n'aurai pas sauvé une autre existence...

— Eh ! mais ! il me semble qu'en pardonnant à Mme de Maintenon...

— Je parle de la vie d'une créature innocente.

— Oh ! oh ! de Louis XIV...? fit ironiquement Exili... en ce cas, je le
regrette, mais...

— Je parle du duc d'Anjou

— Du seul Dauphin de France qui reste....

— De cet enfant de cinq ans dont le berceau a déjà été entouré de tant de deuils et que je veux, m'entendez-vous, Exili, que je veux arracher à la mort que vous lui avez versée.

Et, comme Exili esquissait un geste d'indifférence :

— Ne vous êtes-vous pas demandée par quel miracle vous m'avez retrouvée ici, moi que vous croyiez ensevelie sous les décombres de votre maison? lui demanda-t-elle.

— J'ai appris que ce miracle s'appelait : Gniafon.

— Oui ! mais ce que vous ignorez c'est que mon enfant a été sauvé aussi !... et ne serait-ce point attirer sur lui la malédiction de Dieu que refuser à un autre le salut qui a été accordé au mien ?

— Oh ! moi ! fit Exili hésitant encore, je ne suis qu'un pauvre vieil alchimiste pour qui les problèmes de la divinité, de ses bénédictions et de ses malédictions sont plus insolubles que la recherche de la pierre philosophale ou de la quadrature du cercle...! mais, il s'est trouvé que la modeste science que j'ai acquise, pouvait être utile à la cause d'un honnête homme dont les revendications sont loyales, droites et sincères et par ma foi ! j'avoue que je ne serai guère plus croyant en la justice de votre Dieu, tant que ce Dieu favorisera les usurpateurs et les criminels aux dépens de l'innocence, de l'équité et du droit...!..

Pour toute réponse, Yvonne lui glissa à l'oreille quelques mots qui le firent bondir en un sursaut de stupeur :

— Oh ! oh ! s'écria-t-il, en ce cas, c'est une autre affaire !... et puisque votre bon Dieu se décide à être juste, ne soyons pas de reste avec lui... les bons comptes font les bons amis !... venez, Mme Yvonne ! et, par ma foi, j'en profite pour expérimenter un contre-poison dont, jusqu'à présent, je n'ai pas eu occasion de faire usage... essayons-en sur le duc d'Anjou, puisque duc d'Anjou est et doit être encore...

Et avant de refermer la porte à double tour, saluant Mme de Mainnon restée droite au milieu de l'oratoire, il lui dit avec son rire de petit vieux :

— Effacez la phrase que j'ai inscrite sur votre livre de prières, madame la marquise, car lorsque vous le rouvrirez rien ne vous empêchera de prier pour moi...

. . . .

Au-dehors, le jour était venu depuis longtemps, mais déchirait avec peine l'épais brouillard d'hiver qui assombrissait la terre d'un voile d'ombre glacé et humide.

Une lueur pâle, vague, indécise, filtrait à travers les interstices des rideaux fermés qui ornaient les fenêtres de la chambre où Louis XIV agonisait.

Le moribond était seul.

Le prêtre de Versailles qui avait dit les dernières prières, s'était retiré dans un cabinet voisin pour y prendre un peu de repos et les valets, fatigués de leur longue veille, étaient partis dès les premières heures du matin.

Le roi, dont la puissance avait fait trembler les autres rois, dont la cour émerveillait l'Europe par son éclat, la munificence, le faste de ses fêtes, gisait là, abandonné à ses râles, à ses souffrances, comme jadis au palais Cardinal, la reine mère Anne d'Autriche avait été délaissée dans mort.

Si, malgré les spasmes de son agonie, il pouvait se souvenir, quelle amère désillusion pour ce roi, mais aussi quelle terrible leçon pour ce fils dénaturé qui avait insulté le dernier soupir de sa mère !

Sa respiration se faisait courte, brève, haletante, c'était la fin... et, cependant, il restait les yeux grands ouverts, perdus, avec une fixité étrange, effrayante, dans le vide au-delà duquel il voyait peut-être déjà l'infini, l'inconnu.

Soudain, il eut un tressautement, fit un effort pour se dresser sur son séant, mais retomba impuissant sur sa couche funèbre ; son visage s'était couvert d'une sueur froide s'ajoutant à celle que la mort, mettait déjà à son front...

Une hallucination terrifiante hantait tout à coup les dernières minutes de sa vie...

Là, près de lui, un fantôme avait surgi, et, nimbé de la lueur blafarde qui jetait une demi-obscurité dans la chambre, s'était avancé, puis arrêté au chevet de son lit, l'enveloppant d'un regard profond et pénétrant...

Et c'était sa propre image qu'il avait devant lui... il reconnaissait son visage, sa taille, son attitude... mais le front de ce spectre s'auréolait de longs cheveux blancs...

Et tout à coup, une voix creuse, basse, comme si elle eut été assourdie par un masque parla à son oreille :

— Louis, roi de France, disait-elle, te souviens-tu de ton passé et, s'il t'en souvient, t'en repens-tu ?... l'heure a sonné pour toi de paraître devant le grand juge qu'implore sans doute pour toi, en ce moment, l'âme de ta mère, apeurée par la justice de Dieu, car celui-ci te demandera tout d'abord : « Caïn, qu'as-tu fait de ton frère ? »

Louis XIV eut un râle sourd, et de la main, esquissa un geste vague comme pour repousser l'implacable vision.

— Louis, roi de France, continua la voix, pour le repos de tes dernières minutes comme pour le salut de ton âme, sache donc que ce frère te pardonne ! il te pardonne lui, pour qui tu n'as eu aucune miséricorde ! car, tandis que tu ceignais ton front de sa couronne, tu mettais sur le sien un épouvantable masque de torture ; car alors que tu t'enorgueillissais ta vie de tous les luxes, de tous les plaisirs, de toutes les fortunes, tu le laissais, lui, gémir, pleurer et se souvenir entre les quatre murs d'un cachot...

Traître, imposteur, à la parole donnée à une mourante, bourreau de ton frère qui avait mis sa main loyalement dans la tienne, tu serais un maudit si le ciel n'avait permis que ce frère vienne à ton lit de mort, recevoir ton dernier soupir et te punir de son pardon...

Oui ! Louis ! meurs en paix, car si la couronne de ses ancêtres lui a été refusée, le fils de Louis XIII a maintenant une couronne de cheveux blancs que le martyre lui a donné et qu'il ne veut point souiller d'une seule ambition..

Repose en paix, roi de France... ton arrière petit-fils te succèdera, car, parce qu'il en a souffert lui-même, l'enfant légitime d'Anne d'Autriche sait trop sur quelles souffrances des autres, sur quelles trahisons, sur quelles bassesses et sur quelles misères est étagé un trône, pour vouloir désormais s'y asseoir... il y renonce pour lui et ses descendants et il prend à témoin de son serment ce Dieu qui l'entend, qui est près de toi !... Louis, roi de France, la puissance royale sera donc morte dès à présent et pour lui et pour toi...

La prophétie que tu trouvas jadis dans la cassette qui fut volée à ton frère, se réalise donc ainsi : — « Nés le même jour, ces enfants mourront le même jour » — Vêtu de la pourpre de nos rois, tu descends, toi, dans l'ombre de la tombe, lui s'ensevelit dans l'obscurité du monde !... A toi le repos du ciel, à lui le repos de l'oubli..., car Dieu est juste : à l'heure même où il délivre ton âme, il a redonné la liberté au prisonnier de la Bastille, au « Masque de fer »... repose en paix ! ton frère te pardonne !

Louis XIV, comme galvanisé par une secousse électrique, les yeux hagards, hors de l'orbite, se dressa à demi, les bras étendus en avant, et poussa un cri déchirant de détresse, d'angoisse !...

A cet appel, des gens surgirent de tous côtés... des valets porteurs de flambeaux, des courtisans, de grands seigneurs, qu'une heureuse nouvelle rappelait au palais de Versailles : « le duc d'Anjou était hors de danger »... et tous, humbles, rendus subitement au respect, à la vénération, au deuil du grand roi qui allait mourir, s'agenouillèrent, tandis que le cardinal de Rohan, accouru des premiers, bénissait le moribond, retombé sur sa couche après avoir promené ses regards effarés autour de lui, dans tous les recoins de la chambre...

La vision avait disparu...

Alors, peu à peu, un sourire monta à la bouche de Louis XIV, son front rayonna d'une joie céleste... un repentir sincère embellissait cette âme, prête à s'envoler vers la miséricorde divine... les lèvres du roi remuèrent.., il priait pour ce frère dont la voix de Dieu lui avait apporté le pardon...

Puis, tout-à-coup, d'un dernier regard, il caressa ceux qui, agenouillés, priaient pour lui et il dit avec une sérénité auguste : (1)

— Allons, voici le moment !... je sens que la vie m'échappe ; j'avais cru qu'il était plus difficile de mourir.

On entendit un soupir prolongé...

Louis XIV avait vécu !

CHAPITRE V

COMMENT FARIBOLE ET MISTOUFLET EN ARRIVÈRENT A TROUVER ET A PROUVER QUE LA BASTILLE ÉTAIT CONTRAIREMENT A SA RÉPUTATION UN ENDROIT CHARMANT ET UN LIEU DE PLAISIRS...

En quittant l'auberge où ils laissaient à Me Mathieu le soin de donner au corps du major Rosarges, la sépulture qui lui conviendrait le mieux, c'est-à-dire de l'envoyer dormir, la nuit prochaine, au fond de l'eau qui croupissait dans les fossés de la Bastille, Faribole, Mistouflet et Jean Cavalier s'étaient dirigés vers l'entrée de la forteresse.

Faribole, drapé superbement dans les plis de son beau manteau gris, le feutre coquettement incliné sur l'oreille, les précédait d'un pas, allant tête haute, un poing à la hanche, l'épée retroussée dans une démarche lente, fière, souveraine...

(1) Historique.

Il s'avançait comme un de ces fameux conquérants d'Asie, faisant une entrée pompeuse et solennelle dans les murs d'une ville prise, soumise.

Derrière lui, Mistouflet se frottait vigoureusement les mains l'une contre l'autre en soupirant béatement.

— Ah! Seigneur-Jésus! c'est un prodige!... c'est un miracle!... mais c'est aussi une bien vilaine histoire pour ce bon Monsieur de St-Mars.

A l'entrée du pont-levis, une sentinelle avait baissé son mousquet et menaçant, de la pointe de la baïonnette, la poitrine de Faribole avait crié :

— Passez au large !

— Eh! mordious l'ami! répondit dignement l'ancien maître d'armes, redressez donc votre clarinette et prévenez votre officier que des gens de conséquence veulent lui parler.

Le soldat intimidé par ces allures et ce ton de grand seigneur, obéit en criant :

— A la garde !

Le chef de poste, suivi de quelques hommes en armes accourut à cet appel.

— Monsieur, lui dit Faribole en lui remettant le parchemin que lui avait apporté le courrier du roi, veuillez prendre connaissance de ceci.

L'officier en avait à peine parcouru le contenu que, enlevant son chapeau, s'inclinant très bas pour rendre la lettre revêtue du sceau royal, disait :

— Je suis aux ordres de Monseigneur.

Et se tournant vers le corps de garde, criait à son tour :

— Aux armes !...

— Du calme, Monsieur! du calme! lui dit Faribole avec un magnifique geste de grandeur, eh! troun de l'air! nous ne voulons point que notre arrivée mette toute la Bastille sens dessus dessous... la modestie sied mieux aux grandes choses comme aux grands hommes...

Il avait franchi le pont, suivi de Mistouflet et de Jean Cavalier, et après avoir inspecté d'un coup d'œil connaisseur, les soldats rangés sous la voûte, en une double haie, sur leur passage :

— Monsieur, dit-il à l'officier, faites rentrer au poste ces braves garçons qui seront mieux près du feu de leur poêle que sous cette voûte, et veuillez, je vous prie, nous accompagner avec quatre de vos hommes.

Et, au moment où après avoir, grâce à la présence de l'officier, traversé sans encombres ni difficultés les autres guichets, pont-levis et cours, ils atteignaient le perron précédant l'entrée de l'hôtel habité par le Gouverneur, il reprit :

La question des brodequins.

— Laissez notre escorte ici... mais veuillez nous suivre vous-même, car je crois que M. de Saint-Mars sera quelque peu surpris de notre visite, et pour le cas où cette surprise lui donnerait la mauvaise inspiration de mal nous recevoir, je vous chargerais de le rappeler au respect et a l'obéissance dus par tous aux ordres du roi...

— Bien, Monseigneur ! fit l'officier, mettant l'épée à la main.

Et, Faribole, se penchant à son oreille, avait ajouté :

— Car nous sommes quelque peu en froid avec M. de Saint-Mars, et sa disgrâce lui sera d'autant plus sensible que c'est moi qui la lui apporte... et, bagasse, je le connais, il a très mauvais caractère, cet excellent bon !

Cet « excellent bon », comme disait Faribole, était dans un petit salon, paisiblement enfoui dans un vaste fauteuil, devant l'âtre et, levé dès le réveil et l'ouverture des portes, c'est-à-dire dès six heures du matin, il s'abandonnait à cette douce somnolence qui suit un sommeil trop tôt interrompu, lorsque, au bruit de la porte, tournant sur ses gonds, il s'éveilla dans un sursaut et, de fort méchante humeur, demanda sans se retourner :

— Qui donc se permet de s'introduire près de moi, sans y être appelé ?

— Moi ! Monseigneur ! fit l'ancien maître d'armes qui s'était avancé puis arrêté au milieu du salon, gardant son feutre sur la tête et se campant fièrement sur ses hanches...

D'un bond, Saint-Mars s'était mis debout et la figure bouleversée par l'indicible stupeur que lui causaient, et la présence et la vue de son rude adversaire, dont il n'avait jamais oublié l'énergie et les audaces :

— Vous ! s'écria-t-il, vous !... ici !...

— Eh ! oui, fit-on de l'air ! répliqua Faribole avec un sourire hautain, et permettez-moi de vous présenter deux de mes amis, l'un, ce brave Mistouflet qui, à Pignerol, fut un aumônier, un confesseur dont vous avez gardé certainement quelque souvenir ; l'autre, M. Jean Cavalier, ancien colonel des armées du roi dont les exploits dans les Cévennes ont dû certainement parvenir à vos oreilles... Et, sur ce, mon cher M. de Saint-Mars, comment vous portez-vous, vous-même depuis que j'ai eu l'honneur de vous voir ?

Le Gouverneur ne répondit pas, se refusant à croire que, en cette Bastille gardée par un si grand nombre de soldats, de geoliers et contre laquelle s'étaient brisés les efforts et la rage de maintes émeutes populaires, ces trois hommes avaient pu s'introduire en maîtres ou simplement en gens libres ; du reste, la présence de l'officier de poste était, pour lui, une preuve du contraire : Faribole, Mistouflet et cet ancien chef des camisards lui étaient amenés comme prisonniers.

Il eut un rire qui grinça comme le ricanement d'un démon.

— Eh ! mais, répliqua-t-il, ma santé est prospère, maître Faribole, et ceci vous prouve que le séjour de cette forteresse n'est point si malsain qu'on veut bien le dire.

— Eh! bagasse! je n'en ai jamais douté...

— Il est vrai de dire qu'il existe quelque différence entre la vie que mène le Gouverneur et celle de ses prisonniers.

— C'est bien mon avis, troun de l'air!

— Du reste vous pourrez mieux en juger d'ici quelques jours.

— Mais, mordious! c'est que je tiens à m'en assurer dès maintenant.

— A merveille!

Et M. de Saint-Mars se tournant vers l'officier :

— Qu'on conduise ces hommes aux oubliettes de la tour de la Bertaudière, dit-il.

L'officier ne bougea pas.

— Pardon! Pardon! mon cher Monsieur de Saint-Mars, intervint doucement Faribole, je crois que vous faites une petite erreur.

— Pas d'explications!...

— Ah!.. très bien!... parfaitement!

Et l'ancien maître d'armes se tournant vers le chef de poste.

— Conduisez cet homme dans une oubliette de la tour de la Bertaudière, dit-il.

— L'officier s'avança et sans s'incliner :

— Votre épée, monsieur! fit-il à M. de Saint-Mars...

Celui-ci bondit en arrière et les sourcils froncés :

— Ça, Monsieur! êtes vous fou! s'écria-t-il.

— Pas d'explications! dit gravement Faribole.

— Votre épée! répéta l'officier d'un ton menaçant!

— Ah! pardieu! s'écria M. de Saint-Mars, c'est une trahison...

Et, dégainant, il allait appeler à l'aide lorsque Faribole lui dit tranquillement.

— Eh! oui, Monsieur de Saint-Mars... car le fait, pour vous, de désobéir à un ordre du roi constitue, en effet, une trahison dont vous aurez à répondre, en outre, de certaines autres questions que j'aurai l'honneur de vous adresser.

— Un ordre du roi!

— Que voici! et dont Monsieur l'officier connaît déjà la teneur.

Et tandis que M. de Saint-Mars prenait, d'une main tremblante, le manuscrit qu'on lui tendait :

— Eh! mordious! reprit maître Faribole, je consens à m'expliquer pour vous prouver que, dans les fonctions dont Sa Majesté daigne m'honorer, je n'apporterai point la désinvolture dont vous faites preuve... bagasse! comme, sous votre direction, il y aura quelque différence entre l'existence du Gouverneur et celle de ses prisonniers, mais vous jugerez par vous-même, cher Monsieur, que nous mettrons beaucoup plus de formes pour la faire apprécier.

Monsieur de Saint-Mars ne songeait guère à relever les ironies dont le souffletait chaque mot de Faribole !

Les cheveux dressés sur la tête, l'œil fou, hagard, la face livide, crispée, il ne pouvait détacher ses regards du parchemin dont les caractères nets, tracés d'une main ferme, se fondaient, dans l'affolement de son délire, en une masse noire, confuse d'où ne surgissait que cette phrase, effrayante et incompréhensible pour lui : — « Ordre du roi ».

Cet ordre était ainsi conçu :

« Par la présente, Louis, quatorzième du nom, roi de France et par
« délégation de son pouvoir royal à Mme la marquise de Maintenon,
« mande et ordonne à tous ses féaux et fidèles sujets, et en ce qui
« concerne chacun d'eux, d'avoir à prêter leur aide, concours et
« assistance, pour l'exécution des ordres suivants : Le sieur Faribole,
« assisté de telle force qu'il lui plaira d'employer, se rendra sur l'heure
« en notre château de la Bastille, en prendra le gouvernement et
« commandement et afin que nul n'en ignore s'autorisera, dans ses
« fonctions, de cette lettre qui lui tient de brevet...

« Même et principalement à l'égard de M. de Saint-Mars, son
« prédécesseur, le sieur Faribole usera de tels moyens et mesures dont
« il jugera à propos de se servir pour le bien de notre service et le
« salut de notre royaume.

« En conséquence, le sieur Faribole se fera indiquer les cachots
« des prisonniers dont, confidentiellement, il lui a été parlé, les mettra
« incontinent en liberté avec ordre pour eux de se rendre en mon palais
« de Versailles.

Signé : Louis, roi de France. »

En dessous de cette signature, celle de Mme de Maintenon la corroborait, appuyées l'une et l'autre par des cachets et le sceau royal dont on ne pouvait mettre en doute l'authenticité.

Du reste, M. de Saint-Mars ne songeait pas à la nier, malgré l'effarement, la terreur, que lui causait un ordre qui non seulement était pour lui, une terrible défaveur, un effrayant danger de par celui-là même qui était chargé de l'exécuter, mais encore constituait une renonciation complète, absolue, de la part de Louis XIV, non seulement aux bénéfices si chèrement achetés mais à la sécurité même de son règne... la liberté du « Masque de fer », équivalait à un désaveu formel de tout un passé de luttes, de crimes, à la négation des droits ou plutôt de l'infamie en vertu desquels la couronne de France avait échu au fils de Mazarin...

Et, envisageant d'une seule pensée, les conséquences de pareilles hypothèses, Saint-Mars, fort du secret d'Etat dont il était non seulement dépositaire mais encore responsable, s'écria :

— Non! non! Sa Majesté ne peut pas avoir donné de tels ordres...

— Je ne sais pas, fit l'ancien maître d'armes, ce que le roi peut, mais ce qu'il veut est ceci : « même et principalement à l'égard de M. de Saint-Mars, son prédécesseur, le sieur Faribole usera de tels moyens et mesures dont il jugera à propos de se servir pour le bien de son service et le salut du royaume... » or, M. de Saint-Mars : c'est vous; de même que le sieur Faribole; c'est moi... par conséquent, je juge à propos, moi Faribole, d'ordonner d'abord que le dit M. de Saint-Mars rende son épée...

— Jamais! fit le gouverneur de la Bastille, aveuglé par une rage folle.

Et, comme si, en cette foule de gens qui l'entouraient et devaient lui obéir, il eut été certain de ne trouver ni un serviteur, ni un défenseur, ni un ami, il cria d'une voix désespérée :

— Rosarges! Rosarges! à moi! à l'aide!

— Eh! troun de l'air! s'exclama Faribole impatienté, il est inutile de crier comme un putois pris au piège... votre digne major ne viendra pas vous tirer de là, par l'excellente raison que l'épée de notre ami Jean Cavalier lui a ouvert les portes de l'enfer où je vous envoie le rejoindre vous-même, M. de Saint-Mars, si, dans une minute, vous n'avez pas obéi aux ordres du roi.

— Jamais! jamais! m'entendez-vous! s'écria le gouverneur perdant toute prudence, jamais je ne vous livrerai le lieutenant de Chadefaux, et encore moins ce Mgr Louis que j'ai ordre de tuer, moi, plutôt que de le rendre.

— Ah! bagasse! je crois que j'y ai mis assez de patience et de forme! eh! bien, troun de l'air! tant pis pour toi, M. de Saint-Mars, c'est toi qui l'as voulu, ne t'en plains pas!...

Et ouvrant une fenêtre qui donnait sur la cour où étaient restés les soldats :

— Ici, vous autres! leur commanda-t-il...

Et quand, une seconde après, ils parurent sur le seuil du salon...

— Emparez-vous de cet homme, désarmez-le! fit-il... et, s'il regimbe par trop, ne vous gênez pas pour lui trouer quelque peu la peau... une égratignure de plus ou du moins, ça n'a pas d'importance, car, bagasse, je me charge, moi, de lui en faire bien d'autres...

St-Mars comprit, sans doute, le sens de ces dernières paroles et se rendit enfin un compte exact du danger de sa situation et d'une inutile résistance...

Avant que les soldats fussent sur lui, il jeta son épée aux pieds de leur officier...

— A la bonne heure! fit tranquillement l'ancien maître d'armes, je commence à espérer que nous finirons par nous entendre et je vois que M. de St-Mars a moins mauvais caractère qu'il n'en montre. .

Et à l'officier:

— Veuillez vous retirer avec vos hommes, Monsieur, dit-il, et, en passant, nous envoyer le gardien-chef et deux geôliers.,

Puis, après avoir brisé sur son genou l'épée de St-Mars et jeté les morceaux dans la cour, il s'installa dans le fauteuil du gouverneur, remit dans la poche de son pourpoint, la précieuse lettre royale que St-Mars avait abandonnée sur une petite table, et se croisant les jambes l'une sur l'autre:

— Mon cher Monsieur, dit-il, nous nous connaissons de longue date et, mordious, le ciel me confonde si, lors de notre première rencontre hors la barrière St-Jacques, je pensais qu'un jour j'aurais l'honneur de vous revoir et de prendre votre place à la Bastille! or, en souvenir de nos vieilles relations, je n'abuserai pas de ma situation ni de la vôtre et je juge inutile de rappeler à votre mémoire, qui est excellente, l'entêtement dont Mistouflet et moi, nous vous avons donné déjà quelques preuves.. donc, ne m'obligez point à avoir recours aux moyens et mesures dont, à la Bastille, on est abondamment pourvu pour délier les langues... M. de St-Mars, veuillez nous conduire de bon gré, au cachot de M. le lieutenant de Chadefaux et ensuite à celui de Monseigneur Louis...

Me Faribole, avec la complaisance de l'homme qui prolonge une vengeance longtemps espérée pour mieux en savourer le plaisir, avait le tort de laisser ainsi, par son bavardage, le temps de réfléchir à un adversaire qui, comme M. de St-Mars, était capable, alors qu'il était perdu irrémissiblement, de choisir une victime pour l'entraîner dans sa perte....

En effet, l'ancien gouverneur ne pouvait plus avoir une illusion sur le sort qui l'attendait... qu'il se refusât à parler, il s'exposait à toutes les cruautés de la torture... qu'il parlât, c'était également la mort... mais, en ce dernier cas, une mort rapide, foudroyante, exempte des souillures du bourreau et qui lui permettait d'être fidèle, jusques au bout, au serment fait jadis au Marquis de Louvois et à Louis XIV...

Un éclair de joie haineuse brilla, aussitôt éteint, dans ses yeux enfoncés profondément dans l'orbite, et voilés par ses épais sourcils en broussailles... mais, ce fut d'un ton froid, dédaigneux, qu'il répondit :

— Vous êtes les plus forts !.. donc, je n'ai qu'à me soumettre !.

— Bravo, troun de l'air ! quand je disais que vous n'aviez pas pour un sou de rancune !.. alors, allons-y.

Et, comme au seuil de la porte, au-delà de laquelle étaient discrètement et respectueusement restés les deux geôliers, le porte-clefs en chef paraissait, l'échine ployée dans une attitude servile qui attestait qu'en le prévenant de l'ordre de Faribole, l'officier l'avait aussi instruit du rôle et de l'importance de ce dernier, l'ancien maître d'armes ajouta :

— Ces messieurs voudront bien nous guider...

Et il se levait déjà lorsque Mistouflet intervint et, de sa voix douce, fluette, demanda :

— Voulez-vous me permettre une question, patron ?

— Eh ! mordious ! fit Faribole riant aux éclats, de son piteux jeu de mots ; à la Bastille, Monsieur Mistouflet, on en autorise deux : la question ordinaire et extraordinaire.... de laquelle, s'agit-il ?

— De la dernière, patron.

— Hein ! fit Faribole avec un sursaut de surprise, et pour qui, je vous prie...?

— Pour ce bon M. de Saint-Mars, patron !

— Monsieur Mistouflet, l'empressement que M. l'ex-gouverneur met à exécuter les ordres du roi, lui évite la torture, ainsi que je le lui ai promis... je n'ai qu'une parole, M. Mistouflet... ne l'avez vous donc point entendue !

— Si, patron ! mais j'ai vu aussi.,.

— Quoi ?

— Les yeux de M. de Saint-Mars.

— Eh ! mordious ! est-ce une plaisanterie, M. Mistouflet ?

— Non, patron.

— Alors, bagasse ?

— C'est de la prudence...

— Çà ! vous faites des rébus, troun de l'air

— Des réflexions, patron...

— Lesquelles, M. Mistouflet ?

— Patron ! les yeux de M. de Saint-Mars ont eu, tout à l'heure, un regard dont je connais la valeur...

— Ah! ah! et cette valeur?...

— Représente une pensée dans le genre de celle qui, aux îles Sainte-Marguerite, m'a procuré un plongeon dont j'avais grande chance de ne pas revenir, doux Jésus...

— C'est-à-dire?

— Patron, si vous tenez à connaître la valeur de ce nouveau regard, fouillez donc les poches de M. de Saint-Mars...

Mistouflet avait à peine achevé que le bourreau de Mgr Louis bondissait sur Faribole, tirait un poignard, dissimulé sous son pourpoint, et le levait, s'écriant, furieux, forcené :

— Ah! maudit suppôt de Satan! damné bandit! puisque je suis deviné et que je ne puis avoir la vie de ton Mgr Louis, dn moins, j'aurai la tienne...

Mais la prudente méfiance de Mistouflet était trop éveillée pour qu'un seul des mouvements de M. de Saint-Mars lui échappât... D'un coup de poing formidable, asséné sur le bras de l'agresseur, l'ancien capucin de Pignerol, fit sauter en l'air l'arme menaçante et, d'un revers de main, aplatit l'ex-gouverneur sur le parquet de la chambre...

— Eh ! bagasse, fit Faribole, époussetant les dentelles de son jabot froissé, bagasse ! sans vous, M. Mistouflet, voilà une petite traîtrise qui allait me faire passer un bien vilain quart-d'heure! du moins, elle aura eu l'avantage de nous fixer sur les vraies et aimables intentions de mon honorable prédécesseur... ne soyons donc pas plus longtemps en reste d'amabilité et de franchise avec lui !...

Et, se tournant vers le porte-clefs :

— Faites ligoter étroitement par vos hommes, cet estimable M. de Saint-Mars...

Celui-ci n'essaya pas de résister... il avait espéré pouvoir s'échapper, sauter par la fenêtre restée entr'ouverte et s'enfuir à la faveur de l'émotion, causée par ce meurtre, et du trouble, de la perturbation que l'arrivée d'un nouveau gouverneur avait dû jeter dans les services de la prison ; mais, le peu de courage dont il était capable, s'était épuisé à cette dernière et inutile tentative, et, maintenant, qu'il ne pouvait plus garder le moindre doute sur le sort que lui réservaient des hommes énergiques, comme Faribole et Mistouflet, il tremblait, s'affolait de cette peur de la mort qui rend les lâches, capables, pour se sauver de toutes les ignominies, de toutes les trahisons ! .. il n'avait plus

Ces réflexions n'étaient qu'un écho de l'opinion publique.

l'espérait du moins), qu'une seule façon d'obtenir l'indulgence, la miséricorde de ses ennemis : leur livrer les secrets pour lesquels, il avait,
selon lui, suffisamment exposé sa vie... En somme, il n'avait pas pour
devoir d'être plus royaliste que le roi et, du moment où Louis XIV lui-
même le relevait de ses fonctions, il eut été plus que naïf de sa part de
persévérer dans ses serments.

Le résultat de ces judicieux raisonnements fut qu'il chercha à s'attirer les bonnes grâces de ses vainqueurs, et, comme Faribole ouvrait la bouche pour donner un ordre dont la teneur lui était connue par avance, il s'empressa de dire :

— Il est inutile de me porter à la chambre des tortures, interrogez-moi, je vous répondrai...

— Qu'en dites-vous, M. Mistouflet?... Vous avez regardé l'œil de M. de Saint-Mars?

— Oui, patron.

— Est-il de bon aloi?

— Eh! eh!... couci-couça!... patron!... et je lui préfère la face rubiconde du geôlier en chef qui peut nous donner loyalement les renseignements que M. de Saint-Mars ne nous offre... que...

— Que d'un œil! eh! troun de l'air, vous avez raison, M. Mistouflet.

Et faisant signe au porte-clefs d'approcher, Faribole lui demanda :

— En quel cachot est enfermé le « Masque de fer »?...

— Le « Masque de fer », répéta l'homme roulant de gros yeux ahuris à la franchise desquels il n'y avait pas à se méprendre.

— Eh! bagasse!... n'as-tu jamais entendu parler de ce prisonnier dont la tête est recouverte d'une carapace de fer...

— Vaguement, Monseigneur!... car, ici, il y avait peine de mort pour celui qui en eut seulement causé...

— Alors, mordious, tu ne l'as jamais vu?

— Jamais.

— Troun de l'air! s'écria Faribole effaré d'apprendre en quel effrayant silence, en quel mortel isolement était enseveli Mgr Louis, alors coquin de sort! tu ignores en quel endroit de la Bastille, il se trouve.

— Absolument...

— Et le lieutenant de Chadefaux, bagasse!...

— Je ne connais aucun nom, Monseigneur.... quand un prisonnier entre ici, on lui donne le numéro de son cachot et tout est dit... mais, votre seigneurie veut parler, peut-être, de l'homme qui nous fut amené, il y a un mois environ?

— Eh! oui! bagasse!... car il y a mois à peu près, qu'il fut pris.

— En ce cas, Monseigneur, c'est le nº 0 de la Bertaudière...

— Quelle pétaudière?

— Bertaudière, Monseigneur; c'est le nom de la tour dont l'oubliette la plus profonde porte le nº 0.

— L'oubliette la plus profonde... ah! troun de l'air!... le numéro zéro!

— Cet homme se trompe, interrompit M. de St-Mars, M. le lieutenant de Chadefaux, occupe le n° 2...

— Tiens, tiens! fit Faribole, en se dandinant, je crois que c'est cet exellent M. de St-Mars qui a parlé et veut, sans doute, nous faire mettre le doigt dans l'œil.

— Je ne vous trompe pas, reprit le gouverneur décidé à tout révéler afin de se soustraire à la torture, et Mgr Louis habite la cellule n° 3 de la même tour...

— Vous avez vu l'œil, Monsieur Mistouflet?

— Oui, patron! et je crois qu'il dit vrai!..

— Ne vous est-il pas facile de vérifier l'exactitude de mes paroles? fit Saint-Mars...

— Cher monsieur et honorable prédécesseur, répliqua dignement Faribole, votre observation égale en profondeur la veuette qui vous l'inspire.., permettez-moi donc de profiter de ces bonnes dispositions pour vous demander tout d'abord combien vous avez de chevaux en vos écuries?

— Six!

Six! troun de l'air! voilà un luxe presque indécent, en ces temps de misère où il est encore, comme jadis, tant de gens qui n'ont même pas le quart d'une seule de ces mauvaises bêtes à se mettre sous la dent... N'est-il pas vrai, monsieur Mistouflet?

Un long soupir d'approbation fut la seule réponse de ce dernier.

— Or donc, mon bon M. de Saint-Mars, reprit Faribole, si vous le voulez bien, je vais donner l'ordre à un de ces braves garçons de seller cinq de vos chevaux et les tenir prêts à être enfourchés, au bas même de votre perron!... le second de vos anciens serviteurs vous tiendra compagnie jusqu'à notre retour où Mgr Louis choisira lui-même, pour vous, le genre de supplice que méritent les hautes fonctions dont vous vous êtes, depuis longtemps, acquitté si noblement... Donc, à bientôt, mon cher collègue, ne vous ennuyez pas trop pendant notre absence... prenez patience à la perspective des petits agréments qui, d'ici peu, vous sont réservés...

Et se tournant vers le geôlier en chef, il ajouta majestueusement:

— Maintenant, bonhomme, conduis-moi dans la Pétaudière!

Et il sortit, marchant côte à côte avec Jean Cavalier, tandis que, les suivant, Mistouflet se retournait sur le seuil de la porte pour dévisager une dernière fois M. de Saint-Mars, surveillé par un geôlier et maugréait entre ses dents:

— Je sais bien que Me Faribole est un homme de beaucoup d'esprit et de sagesse, mais, Jésus-Marie, rien ne m'enlèvera de l'idée, qu'avec une canaille comme ce bon M. de Saint-Mars, il eut été plus prudent de le remercier de ses renseignements en lui offrant avant tout, quelques tours d'estrapade et de chevalet qui lui eussent cassé bras et jambes.

. . . .

Il est utile de rappeler, ici, en quelques mots les plans de la Bastille (1).

« L'entrée de la Bastille était située à l'extrémité de la rue Saint-Antoine.

« Après un corps de garde avancé et toujours bien gardé, deux « ponts levis conduisaient à la première cour où était situé l'hôtel du « gouverneur. La cour et l'hôtel étaient séparés de la forteresse par un « large fossé. Deux autres ponts levis et cinq portes ayant des corps de « garde, conduisaient à la grande cour, au milieu de laquelle était une « fontaine. Cette cour était séparée du dernier corps de garde par une « forte et haute barrière.

« Après avoir franchi cette barrière, on avait à sa droite les loge- « ments des officiers de la garnison ; puis venaient la tour de la *Comté* « la tour du *Trésor* et la tour de la *Chapelle.*

« Au centre d'un grand bâtiment qui s'élevait au fond de la grande « cour était une allée qui conduisait à une autre cour appelée : cour du « *Puits...*

« En face de ce grand bâtiment, de l'autre côté de la grande cour, « était la tour dite de la *Liberté* ; venait ensuite la chapelle, puis la tour « de la *Bertaudière* et la tour de la *Barinière..*

« Lorsque en traversant l'allée qui séparait en deux le grand « bâtiment, on entrait dans la cour du *Puits*, on avait à droite : la « tour du *Coin* et, à gauche, la tour du *Puits.*

« De cette disposition générale, il résultait que quatre des tours fai- « saient face à Paris, et les quatre autres au *faubourg* Saint-Antoine.

« Le dessus de ces tours, réunies par des murailles épaisses et aussi « élevées qu'elles, formait une terrasse garnie de plusieurs pièces de « canons et sur laquelle quelques prisonniers privilégiés pouvaient se « promener.

« Chacune des huit tours, dont nous venons de parler, formait en « quelque sorte une prison particulière composée de cinq étages, on « avait donné au cinquième étage le nom de *calotte* et ces calottes étaient

(1) Histoire de la Bastille, éditée chez MM. Fayard, 78, Boulevard St-Michel.

« un séjour horrible que les prisonniers redoutaient autant que les
« cachots. Les autres étages étaient percés de fenêtres, mais les murs
« étaient si épais que ces fenêtres étaient presque entièrement masquées
« et le plus grand nombre d'entre elles étaient, en outre, garnies à l'ex-
« térieur de planches en forme de hotte.

  « A l'entrée de chaque tour, étaient une sorte de geôle où se tenaient
« en permanence, deux porte-clefs »...

  Guidés par le geôlier en chef, Faribole, Mistouflet et Jean Cavalier
durent donc passer sur un pont-levis devant un des corps de garde intérieur, pour pénétrer dans la grande cour qu'ils parcoururent jusqu'à mi-
chemin, car la tour de la Bertaudière occupait le milieu de la *muraille*
qui faisait face au faubourg Saint-Antoine, entre la tour de la Liberté et
la tour de la Barinière.

  Quand, avertis par leur chef, les gardiens de la geôle leur eurent
ouvert la porte et qu'ils se trouvèrent dans la tour même dont les lourdes
pierres, rongées par l'humidité, avaient été témoins de tant d'iniquités,
de souffrances, de martyres, il leur sembla qu'un manteau de glace
s'abattait sur leurs épaules et un froid mortel se glissa jusqu'à leur
cœur.

  — Brrou, fit Faribole secouant, le premier, cette pénible impression,
çà manque de gaieté ici, troun de l'air !

  L'escalier était coupé de distance en distance, par de fortes portes,
dites de sûreté que l'un des gardiens de la Tour, muni d'un falot, ouvrit
l'une après l'autre jusqu'au deuxième étage.

  — Nous voilà au cachot nº 2, Monseigneur ? fit le porte-clefs en chef.

  — Eh mordious ! fit l'ancien maître d'armes, entrons-y, car bien qu'il
soit encore de très bon matin, je suis sûr que le prisonnier ne sera pas
fâché d'être réveillé par notre visite.

  Les verrous grincèrent dans leurs gâches, l'énorme clef tourna dans
la serrure et Faribole s'avança sur le seuil.

  — Qui va là ! demanda une voix, venant du fond de la cellule.

  Le maître d'armes arracha la lanterne des mains du geôlier, l'éleva à
hauteur de son visage et faisant quelques pas...

  — Eh ! troun de l'air, M. de Chadefaux, fit-il joyeusement, c'est votre
serviteur !

  Un cri de stupeur et de joie tout à la fois, accueillit cette réponse...
un homme surgit de l'obscurité profonde et, s'élançant les mains tendues :

  — Vous ! Faribole ! ici !

— Eh bagasse ! oui ! M. de Chadefaux ; ce matin, il me prit fantaisie de faire une petite promenade d'agrément et j'ai choisi cet endroit pour venir m'y divertir avec ces deux compagnons que je vous présente...

— Jean Cavalier !... Mistouflet ! s'écria le fiancé de Jeanne de Vrignès...

Ils s'étaient avancés à leur tour, et tandis que Jean Cavalier serrait la main de l'officier ébahi, en une chaude étreinte, Mistouflet se confondait en salutations profondes tout en disant :

— Eh oui ! Jésus-Marie ! c'est moi, Monseigneur ! ainsi que messire Faribole a eu l'honneur de vous le dire, nous nous promenons... nous visitons la Bastille... et c'est fort curieux, fort intéressant... l'endroit est assez pittoresque !

— Ah çà ! s'écria M. de Chadefaux, suis-je fou !

— Non ! bagasse ! vous êtes libre, voilà tout.

— Libre ?

— Par ordre du roi...

— Le roi ?... mais...

— Mon cher Monsieur de Chadefaux, intervint Jean Cavalier à voix basse, il s'est passé sans doute, à Versailles, des événements extraordinaires que nous ignorons nous-mêmes, car Faribole a reçu, il y a une demi heure à peine, un ordre bizarre, étrange, incompréhensible, en vertu duquel lui sont octroyés le droit et le pouvoir d'agir en la Bastille, comme s'il en était le gouverneur et de vous rendre à la liberté vous et Mgr Louis.

— Moi !... Lui !... mais, vous ignorez... non ! il est inadmisible, impossible que Louis XIV ait signé un tel ordre.

— Eh ! mordious ! interrompit Faribole, je ne sais pas si c'est le roi qui a signé réellement, mais si vous le voulez bien, mon lieutenant, nous vérifierons l'authenticité de cette signature, un autre jour... pour le quart d'heure, il s'agit d'en profiter et de prendre, après, la poudre d'escampette...

— Vous avez donc appris où est Mgr Louis.

— Oui ! d'une façon assez assez drôle... il est enfermé au-dessus de vous...

— Montons ! alors !

Faribole alla droit au geôlier en chef et lui mettant sous les yeux la dernière phrase de l'ordre revêtu du sceau royal et désignant l'officier :

— Monsieur, fit-il, est un de ceux dont Sa Majesté a daigné me parler confidentiellement.

Le porte-clés s'inclina très bas.

— L'autre prisonnier est-il celui qui occupe le cachot au-dessus? demanda-t-il.

— Eh! oui, mordious, seulement, un ordre, mon garçon.

— J'écoute, Monseigneur.

— Pour une raison dont je suis seul juge, tu resteras sur le palier avec ton porteur de lanternes et ne chercheras ni à voir ni à entendre.

— Bien, Monseigneur.

— Une désobéissance te coûterait la tête, mon pitchoun!... secret d'Etat, rien que cela! coquin de sort!...

L'autre se courba jusqu'à terre, écrasé par l'importance que, par cette révélation, prenait à ses yeux, son nouveau gouverneur.

Bien que le jour pointât à peine, Mgr Louis était déjà levé... il avait allumé plusieurs flambeaux et le feu préparé dans l'âtre de la cheminée...

A la Bastille, comme à Pignerol et aux Iles Sainte-Marguerite, on avait voulu par la richesse de l'ameublement, le luxe des tentures, la richesse des vêtements, du linge, des dentelles, déguiser l'implacable rigueur de cette horrible captivité dans laquelle se mourait lentement le fils de Louis XIII !

Mais, depuis la mort de l'inexorable Louvois, le masque de fer qui, pendant de longues années, avait pesé sur ce front royal, avait été remplacé par un masque de velours fixé au moyen d'un ressort, qui s'étendait depuis le front jusqu'à la nuque...

Mgr Louis pouvait s'en délivrer lui-même, mais par ordre de Saint-Mars, il ne devait le quitter qu'à la tombée de la nuit pour le reprendre au lever du jour...

C'était là, la principale cause du réveil matinal du gouverneur qui venait s'assurer, par lui-même de l'exécution de cet ordre auquel le mari d'Yvonne ne songeait pas à se soustraire, car il savait, par expérience, quel redoublement de rigueur eut été la conséquence du moindre refus...

Assis dans un fauteuil, accoudé à une table, le visage libre de son masque, Mgr Louis rêvait, perdu, comme chaque jour, dans les souvenirs de ce passé dont les courtes joies s'étaient changées désormais pour lui, en une perpétuelle torture qui le tuait lentement,

car sa pensée pleurait sur le bonheur de toute sa vie envolé à jamais...
sur Yvonne ! sur son fils !

Ses traits n'avaient rien perdu de leur finesse, de leur majestueuse
et mâle beauté ; c'est à peine si l'âge avait mis quelques rides à son front,
mais, le malheur, plus encore que les années, avait blanchi complète-
ent sa longue chevelure...

Et, ce matin-là, sa rêverie était si profonde, en son désespoir, qu'il
n'avait pas entendu la porte de son cachot tourner sur ses gonds ni les
pas de quatre hommes, pénétrant près de lui, pour s'arrêter, inclinés,
chapeaux bas, et silencieusement émus, demeurer derrière son fauteuil,
lorsque le timbre d'une voix le fit se réveiller en un violent sursaut :

— Sire ! avait-on dit...

Et, d'un bond, il se redressa, regarda, effaré, hagard, ceux qui se
tenaient devant ses yeux, et, passant une main sur son front comme pour
en chasser l'hallucination d'un rêve :

— Faribole !... Mistouflet !... M. de Chadefaux !... Jean Cavalier !
balbutia-t-il...

— Eh ! oui ! troun de l'air !... avait murmuré l'ancien maître d'armes
dont le propre trouble paralysait l'éloquence...

— Ah ! Jésus-Marie, Sire ! c'est vous ! bégayait Mistouflet qui s'était
agenouillé comme devant une idole...

— Sire ! disait M. de Chadefaux, profondément incliné.

Seul, Jean Cavalier s'avança la tête haute, puis fléchissant un genou
devant celui qui, avant d'être le soutien du protestantisme, avait été le
protecteur de son père :

— Sire ! dit-il gravement, les desseins de Dieu sont si impénétrables
que parfois on l'accuse, on méconnait sa justice, mais je le bénis moi,
le fils de ce vagabond, à qui, pour le repos de son corps, vous avez
donné un coin de terre sainte, de ce pauvre hère, dont vous avez consolé
la dernière minute d'agonie, en ouvrant, pour le bonheur de son âme,
l'espoir du pardon divin, je le bénis de m'avoir choisi pour être de ceux
qui viennent à vous à l'heure, où sa toute puissante volonté vous ouvre
les portes de votre prison, vous rend à la liberté, au bonheur, vous
redonne le grand royaume de vos illustres aïeux.

— La liberté ? le bonheur ? répéta Mgr Louis se reculant d'un pas,
prêt à défaillir sous le coup de la poignante émotion qui le frappait ainsi
à l'improviste.

— Sire ! reprit Jean Cavalier en se relevant, les minutes sont pré-
uses... il vous faut fuir au plus tôt.

Ils s'adoraient comme au premier jour.

— Fuir? est-ce donc une évasion?

— Eh! troun de l'air. Sire! intervint Faribole qui ne pouvait tenir longtemps sa langue, je ne saurais vous expliquer exactement une chose à laquelle nous ne comprenons rien, nous-mêmes... mais que Votre Majesté daigne lire ceci:

Et il remit le parchemin, revêtu du sceau royal au prisonnier, et celui-ci en eut à peine parcouru le contenu qu'il s'écria d'une voix vibrante:

— Eh! bien! je comprends tout, moi... car tout cela est l'œuvre de celle qui, une fois de plus encore, a risqué sa vie pour sauver la mienne!... Yvonne! Yvonne!

— Ah! troun de l'air! grommela Faribole en décochant, à la dérobée, un coup de poing à son compagnon... faut-il que vous soyez bête, M. Mistouflet, pour n'avoir pas eu cette pensée-là!

— Patron, vous avez raison! avoua doucement Mistouflet qui eut pu cependant faire remarquer à son maître que cette bêtise leur était commune.

— Il n'y a donc pas à hésiter, Messieurs, reprit Mgr Louis, rendons-nous à Versailles sans perdre un instant, car qui sait à quel prix ma chère compagne a acheté cet ordre du roi...

— Sire! fit Faribole avec empressement, des chevaux attendent Votre Majesté, M. de Chadefaux et Jean Cavalier, qui vous serviront d'escorte, dans la cour même de mon hôtel...

— A quelle auberge?...

— Eh! bagasse, Sire! le gouverneur de la Bastille n'est point logé en une piètre hôtellerie... je suis dans mes meubles, avec garantie du gouvernement, troun de l'air!

Malgré la gravité de la situation, Mgr Louis ne put réprimer un sourire et, pris de la hâte d'avoir le mot de cet énigme, d'être rassuré sur le sort de celle qui, sans cesse, s'était dévouée pour lui, il se couvrit, et jeta un manteau sur ses épaules:

— Sire, lui dit Faribole qui avait griffonné rapidement quelques mots sur une feuille de papier qu'il remit au prisonnier, voici l'ordre de vous laisser passer vous et vos compagnons...

— Mais et vous? lui demanda Mgr Louis...

— Je vous demanderai la permission, Sire, d'exercer encore quelque peu des fonctions qui ont le don de me divertir considérablement... Mistouflet et moi, nous avons à causer d'affaires de l'Etat et autres, avec mon aimable prédécesseur qui doit s'ennuyer de notre absence...

— Soit! partons!... mais vous me jurez de ne point commettre d'inutiles imprudences, Faribole?

— Des imprudences, Sire! ah! bagasse! je ne puis, dans mes fonctions, donner d'aussi mauvais exemples à mes gens!... je vous jure que, Mistouflet et moi, nous serons graves comme des papes!...

Ils sortirent du cachot dont les gardiens, fidèles à leur consigne, s'étaient tenus éloignés.

— Attendez-nous dans la geôle de la tour! leur commanda majestueusement Faribole.

Et il descendit à la suite de Mgr Louis, de Jean Cavalier et du lieutenant de Chadefaux que précédait Mistouflet, prêt à répondre à toute surprise. Il ne s'en produisit aucune, et ce fut, sans même la moindre observation des factionnaires, qu'après avoir traversé la grande cour et la barrière, ils atteignirent la cour de l'hôtel du gouverneur devant lequel piaffaient les chevaux, empruntés aux écuries de M. de Saint-Mars.

Les trois hommes sautèrent en selle, sans mot dire... Mgr Louis tendit simplement sa main à Faribole qui la baisa, respectueusement incliné, chapeau bas, ainsi que Mistouflet et il se dirigea, suivi du lieutenant de Chadefaux et de Jean Cavalier, vers le dernier corps de garde au-delà duquel était le dernier pont-levis de la forteresse, c'est-à-dire la liberté!...

Faribole et Mistouflet, cloués sur place par l'attente anxieuse du dénouement espéré les suivait d'un regard inquiet, retenant leur souffle.

— Ouf!... souffla enfin Faribole tout en se frottant vigoureusement les mains l'une contre l'autre, ça a marché comme sur des roulettes, troun de l'air!...

— Ah! doux Jésus! exhala à son tour, Mistouflet dans un soupir de soulagement, pourvu que ça roule de la même façon jusqu'à la fin.

— C'est-à-dire, Maître Mistouflet?...

— Jusqu'à ce que nous les ayons rejoints, patron!

En effet, Mgr Louis et ses deux compagnons avaient franchi, sans difficultés, sur la simple présentation de l'ordre signé par Faribole les derniers obstacles qui les séparaient de la délivrance et le nouveau gouverneur et son acolyte les avaient vus se perdre au galop dans le lointain de la rue Saint-Antoine...

— Eh! mordious! répliqua l'ancien maître d'armes à l'observation de son élève, vos paroles, Monsieur Mistouflet, ne manquent pas d'une certaine logique et j'avoue éprouver dans les jambes des picotements...

— Alors, patron, allons-nous en!

— Monsieur Mistouflet!

— Patron!

La haute charge, dont je suis honoré, me crée des devoirs auxquels je ne saurais mentir... Le diable m'emporte si je comprends un mot à ce qui m'a valu cet honneur, mais, comme j'ai dans l'idée qu'on me demandera bientôt ma démission, je veux, avant de la donner moi même, laisser une trace inoubliable de mon passage à la Bastille, comme chef suprème.

— C'est vrai, patron ! j'oubliais que M. de Saint-Mars...

— Mon honorable prédécesseur, étant sous bonne garde, a le temps de nous attendre... Monsieur Mistouflet, il m'est venu une autre idée, et c'est étonnant ce que la grandeur, la gloire, la fortune et la Bastille m'en inspirent...

— Oh ! moi, patron, la Bastille ne m'en donne qu'une seule...

— Laquelle, Monsieur Mistouflet ?

— Celle de m'en aller autre part.

— M. Mistouflet, vous êtes un être craintif et surtout peu curieux.

— Curieux ?

— M. Mistouflet, que pensez-vous du n° 0 de la tour de la Bertaudière ?

— Je pense, patron, que, dans le cachot qui porte ce numéro, on ne doit pas jouir de tous les plaisirs de la vie...

— C'est exact ! Monsieur Mistouflet... donc, celui qui, pour le quart d'heure y est enfermé, selon la révélation de mon gardien chef, doit éprouver le besoin de varier un peu la monotonie de son existence.

— Ah ! oui ! doux Jésus !... mais celui-là est, peut-être, un affreux gredin...

— Que diriez-vous, M. Mistouflet, si cet affreux gredin n'était autre que Me Exili...

— L'alchimiste !... ah ! Vierge Marie !

— *Mon* gardien-chef, ne nous a-t-il pas dit que le prisonnier de l'oubliette y était enfermé depuis un mois ?

— Oui, patron.

— Vous savez compter, M. Mistouflet, puisque vous avez failli être curé... donc, depuis le jour où sa maison a été incendiée, que dame Yvonne a disparu et que votre savant n'a plus donné signe de vie, il s'est écoulé... ?

— Un mois, patron.

— Concluez, M. Mistouflet.

— Ah ! Jésus-Seigneur !... c'est, en effet, peut-être bien lui !...

— Cette formule d'expression contient encore un doute que je n'ai pas, moi, M. Mistouflet... donc, nous descendons dans le 0 de cette Pétaudière de l'Enfer, nous en extrayons ce digne savant et nous le prions de mettre ses talents d'homme de science à notre service pour assaisonner notre dernier entretien avec cet excellent M. de Saint-Mars...

— Patron, vous avez raison !...

Tout en discourant de la sorte, Faribole et Mistouflet avaient repris le chemin qu'ils avaient suivi et s'étaient retrouvés dans la geôle où, dès qu'ils avaient paru à l'entrée de la tour, le gardien-chef s'était empressé de les introduire.

— Mon bonhomme, dit Faribole à ce dernier, je veux, avant mon déjeuner, m'ouvrir l'appétit par une dernière promenade...conduis-nous au n· 0.

— Quoi ! Monseigneur désire...

— Faire mon devoir... fais le tien, geôlier! fit Faribole complétant sa réplique par un geste d'une souveraine dignité qui mit le comble au respect des gardiens.

Le porte-clefs reprit sa lanterne... ouvrit une porte et les devança sur les premières marches d'un escalier qui, tournant en spirales, paraissait s'enfoncer sous terre comme une vis gigantesque...

Faribole et Mistouflet s'y étaient à peine engagés qu'ils s'arrêtèrent net... une odeur nauséabonde, fétide, les prenait à la gorge, les asphyxiait.

— Troun de l'air ! fit le premier en se bouchant le nez, ça ne sent pas bon !...

— Ah! Seigneur-Jésus, remarqua Mistouflet en éternuant, on s'est trompé de numéro...

— Pas d'incongruités de cette sorte !... Sachez, bagasse, M. Mistouflet, que les misères des hommes se comptent du numéro 0 au numéro 100 !

Et sur cette boutade qui rappelait son compagnon au respect humain, Faribole suivit le gardien-chef...

Après avoir descendu une quarantaine de marches, celui-ci s'arrêta, et, tirant d'énormes verrous, faisant jouer le pène de deux gigantesques serrures, rabattant une barre de fer, ouvrit la porte basse de l'oubliette...

Et comme Faribole, le nez de plus en plus enfoui sous un pli de son manteau, allait y pénétrer :

— Que Monseigneur veuille bien attendre que l'air se soit renouvelé, lui dit le geôlier, car voici un mois que cette cellule n'a pas été ouverte !...

En effet, l'aspect de ce lieu était horrible, épouvantable !...

C'était une sorte de caveau dont la voûte était si basse qu'il était impossible de s'y tenir debout, il n'avait que quatre pieds de long sur quatre de large, on ne pouvait non plus s'y coucher entièrement ; l'humidité y était telle que l'eau semblait filtrer à travers les murs ; le sol n'était qu'une vase infecte où l'on ne pouvait mettre le pied sans qu'il s'enfonçât jusqu'à la cheville, il n'y avait ni fenêtre ni lucarne, ni meurtrière; l'air n'y arrivait que par dessous la porte qui effleurait simplement le sol et la plus profonde obscurité y régnait sans cesse.

Le porte-clefs avait eu raison : en entrant, de suite, dans cette oubliette où, depuis un mois, se putréfiaient des immondices de toutes sortes, Faribole eut été suffoqué par les miasmes délétères qui viciaient l'air et rendaient la respiration difficile jusqu'à ce que les poumons se fussent habitués à cette épaisse et infecte atmosphère.

Le geôlier qui, une seule fois par jour, apportait la nourriture du prisonnier, se contentait de jeter, par l'ouverture du guichet pratiqué dans la porte, la croûte de pain dur et noir, qui, avec un cruchon d'eau, permettait au prisonnier de prolonger son martyre, en acceptant de prolonger son existence...

Il était rare, du reste, que le malheureux condamné à une pareille torture, y survécut plus de quinze jours... or, il y avait plus d'un mois que celui-là résistait à son supplice.

— Troun de l'air! pensa Faribole à qui le geôlier avait, à voix basse, donné ces détails, il n'y a qu'un savant, comme Me Exili, qui soit capable d'un pareil tour de force!...

Rien, du reste, n'attestait la présence d'un homme dans le cachot... on n'entendait même pas le souffle d'une respiration... le prisonnier devait s'être réfugié dans l'encoignure la plus sombre de cette obscure oubliette, s'y être tapi et, de là, avec la peur d'une bête fauve surprise, épier ceux qui ne pouvaient venir à lui que pour lui imposer d'autres tortures...

— Maintenant! avait dit le gardien, nous pouvons entrer, Monseigneur.

Et, par un surcroît de prudence justifiée par la crainte d'une révolte, toujours admissible, chez un malheureux arrivé aux dernières limites du désespoir, il s'était avancé le premier et, après avoir promené autour de lui les reflets de son falot, les fixait dans un angle du cachot.

Là, en effet, sur des débris de paille, sordide comme un tas de fumier, l'homme était accroupi, ramassé sur lui-même, l'éclair de l'œil croisant la lueur de la lanterne, scintillait, seul, comme un charbon allumé, au milieu de cette masse confuse, informe...

Faribole, suivi pas à pas par Mistouflet, s'avança, regarda et, soudain, un cri, dont l'accent, l'expression sont intraduisibles, lui échappa:

— Gniafon! hurla-t-il...

— Gniafon! bégaya Mistouflet, hébété de stupeur...

Un sourd et rauque grogrement leur répondit... et, dans l'ombre, dans l'horreur de cet épouvantable lieu, ce grondement avait quelque chose de si lugubre, sinistre et menaçant à la fois que Faribole, lui-même, recula d'un pas, et porta la main à la garde de son épée.

— Gnrufon! répéta-t-il...

Mais, cette fois, sa voix avait pris une intonation toute autre... elle chantait! elle exultait!... et, en proférant ce nom maudit, elle résumait victorieusement tout ce passé d'infamies, de cruautés, de crimes qui était, jusques-là, resté impuni et dont les terribles comptes allaient enfin pouvoir se régler...

Maintenant le visage de Faribole s'était épanoui dans un sourire indéfinissable... son front rayonnait et, coquettement, il relevait les crocs de sa moustache...

— Ah! ah! fit-il enfin, au grand ébahissement du porte-clefs, ah! ah! enchanté, cher Monsieur, d'avoir pu constater, par moi-même, que votre santé n'a pas trop souffert de cette captivité, trop dure en réalité... car, enfin, je suis sûr que si, avec votre habileté qui m'est connue, vous ne fussiez parvenu à prendre quelques-uns des rats qui vous tiennent compagnie et dont vous vous êtes nourri, il y a longtemps que vous seriez mort de faim... mordious! j'en eusse été tout marri... car, vous ne sauriez croire quel intérêt je vous porte!.,. eh! bagasse!... vous méritez mieux que cela...

Et levant son chapeau, lui tirant une élégante révérence :

— Mon cher Monsisur, ajouta-t-il, nous avons beaucoup de choses à nous dire, mais, vraiment, vos appartements manquent trop du nécessaire, permettez-moi donc de me retirer pour vous en faire préparer un antre qui sera plus... convenable pour notre entretien...

Et, lorsque le geôlier, stupéfait eut, sur son ordre, refermé la porte de la cellule :

— Mon bonhomme, lui dit-il, je ne suis on ne peut plus satisfait de ma visite!... je viens de retrouver, là, un personnage que, depuis de longues années, je tiens en estime particulière, sans avoir pu jamais la lui témoigner selon mes désirs!... bagasse! je veux profiter aujourd'hui de la circonstance inespérée qui exauce enfin mes vœux les plus chers!...

— Monseigneur peut donner à son protégé le cachot n° 9 ou n° 3 qui, l'un et l'autre, sont libres! fit le gardien se méprenant aux paroles de son gouverneur.

— Peuh! répliqua Faribole avec une moue expressive, un cachot est toujours un cachot.

— Il est des chambres spéciales où les prisonniers privilégiés...

— C'est cela! mon bonhomme, c'est cela!... Je veux que ce prisonnier soit privilégié et lui fournir une chambre plus spéciale que les autres spéciales, bagasse!

— Bien, Monseigneur, mais je ne vois pas laquelle...

— La voyez-vous, vous, monsieur Mistouflet...?

— Il me semble l'apercevoir, patron...

— Quelque chose dans le genre : " la chambre des tortures " par exemple...

— Ah! Jésus-Marie! celle-là a bien, en effet, sa spécialité...

— Et cette spécialité répond exactement à vos désirs, n'est-ce pas, monsieur Mistouflet?

— Elle doit être convenablement meublée, patron!

— Je l'espère, troun de l'air!...

Et se tournant vers le porte-clefs, complètement ahuri :

— Où se trouve ce séjour enchanteur? demanda-t-il.

— La chambre des tortures? balbutia l'autre.., dans la partie basse de la tour de la Liberté.

— De la Liberté! bagasse! le mot est charmant... et, pour s'y rendre...

— Toutes les tours communiquent et aboutissent à cette salle même par un couloir souterrain... en voici la porte près de vous, Monseigneur.

— Eh bien! ouvrez-là! conduisez-nous dans la chambre spéciale... prévenez le bourreau que je l'y attends et veuillez nous y apporter doucement, avec mille précautions, ce prisonnier privilégié... va, bonhomme, va! j'ai plusieurs façons à moi, de me servir pour les autres, de la *Liberté*.

Et, content de son jeu de mots, Faribole fit signe à Mistouflet de le suivre dans le souterrain dont le geôlier avait ouvert l'issue

La chambre de la torture dans laquelle pénétraient les deux compagnons de Mgr Louis et où, quelques minutes après, vint les rejoindre le tortionnaire attaché à la Bastille, était désignée en argot de la prison, sous le nom bien caractéristique de : chambre du *dernier mot*.

Cette pièce, éclairée par une lampe sépulcrale, était tendue de noir, et l'on n'y voyait que des instruments de supplice : haches, poignards, chaînes, réchauds, tenailles à torture, chaises de fer, chevalets!...

— Eh! Eh! bagasse! fit Faribole à Mistouflet après avoir examiné en détail tout ce lugubre attirail, eh! eh!... vous aviez raison... l'ameublement ne laisse rien à désirer.

Le bourreau, désireux de faire preuve de ses talents variés devant le nouveau gouverneur, avait déjà allumé les réchauds, dans lesquels plongeaient fers et tenailles, disposé le chevalet, préparé les coins de fer, lorsque les trois geôliers de la tour de la Bertaudière entrèrent, portant Gniafon, ligotté solidement et, sur un signe du tourmenteur, l'étendirent sur le chevalet...

Soudainement, Faribole était devenu grave... imité dans chacun de ses gestes par Mistouflet; il se découvrit, s'avança vers Gniafon et, étendant la main au-dessus de lui, il dit d'un ton resté ferme :

— En mon âme et conscience, devant vous, que je prends à témoins de mon serment, devant Dieu qui m'entend et nous jugera tous un jour, comme il va juger ce malheureux qui va mourir, je jure que, par ses crimes, ses persécutions, ses lâchetés, ses ignominies, je jure que cet homme a mérité, en expiation de tous ses forfaits, les tortures et le châtiment qui lui seront infligés... les souffrances qu'il doit endurer ne sont que le prix des souffrances qu'il a prodiguées autour de lui... la justice des hommes le veut ainsi, puisse celle de Dieu lui en épargner d'autres !...

— Je le jure, ajouta Mistouflet.

Et d'une voix qui vibra plus grave encore, presque solennelle, Faribole ajouta :

— Car, l'homme doit s'incliner et oublier devant la mort qui frappe son prochain... donc, Gniafon !... je te pardonne, à toi qui vas mourir !...

— Je te pardonne, Gniafon ! fit Mistouflet...

Et, au bourreau, Faribole reprit, se retirant dans un angle de la pièce :

— Et, maintenant, bourreau... fais ton office !...

Déjà, l'œil habitué à l'obscurité profonde de son cachot, Gniafon avait reconnu ses deux ennemis, lorsqu'ils avaient pénétré près de lui, et malgré la prostration de ce véritable ensevelissement où sa mère, inaccessible même à la pitié innée en toute femme, l'avait jeté vivant, il avait compris à l'attitude, aux paroles de l'ancien maître d'armes, qu'il devait perdre ce suprême espoir de liberté, de vengeances qui, en dépit de toute vraisemblance, l'avait fait vivre, pendant un mois, au fond d'une oubliette infecte, horrible !

Mais alors que ses adversaires ignoraient la cause, la raison de leur victoire, de leur triomphe, de ce revirement dans les destinées du trône, il en avait deviné immédiatement, lui, l'origine, l'auteur :

— Yvonne ! avait-il crié dans un emportement de colère, de rage.

Car, pour lui, aucun doute n'existait: l'intervention hardie de la femme de Mgr Louis, sa présence au château de Versailles, cet ascendant, plein de menaces, dont il avait été la première victime et qu'elle exerçait sur Mme de Maintenon, devaient avoir eu pour conséquences la venue à la Bastille et l'autorité de Faribole et de Mistouflet.

Et, lorsque ceux-ci, par un suprême scrupule de leur conscience, eurent, par serment, affirmé leur oubli des crimes, leur pardon des injures, Gniafon, à cette heure terrible de l'expiation, se tordit encore dans sa fureur impuissante, et, la bave aux lèvres, la haine au cœur, des imprécations à la bouche, hideux de rage, il hurla, sous la main du bourreau qui l'étendait sur le chevalet :

— Et moi, je vous hais... je vous hais toujours, je vous haïrai jusqu'à mon dernier soupir, je vous maudis et vous maudirai encore au-delà de la tombe, du fond de l'enfer, vous tous, à qui j'eusse voulu arracher la vie lambeaux par lambeaux et... je ne vous aurais pas pardonné... j'aurais ri de chacune de vos douleurs, moi !... car...

Il acheva sa phrase dans un horrible hurlement...

Le tortionnaire avait saisi une des pinces chauffées à blanc dans l'énorme brasier, et, entre les mâchoires de cet épouvantable instrument de torture, avait tenaillé la chair de la victime...

Dès lors, ce fut une scène digne de cet enfer que le monstre avait évoqué dans ses dernières paroles... ce fut une lutte effrayante, indescriptible, entre les cris de souffrances arrachés par la torture, et les vociférations, les insultes, les blasphèmes que Gniafon trouvait encore la force, l'infernale énergie, de proférer, de vomir.

— Canailles ! bandits ! rugissait-il, oui... oui... déchirez mon corps... tuez-moi !... mais vous n'aurez pas mon âme !... et, par Satan, cette âme me survivra pour satisfaire mes vengeances, mes haines !... ah ! ah ! Yvonne maudite !... ah ! ah ! Mgr Louis !... vos nuits seront souvent sans sommeil car mon souvenir troublera vos rêves et votre repos... vos amours seront sans bonheur car mon âme de damné planera sur elles... je vous hais !... je vous hais !...

Une puanteur de chairs brûlées emplissait la chambre du *dernier mot*, et bientôt l'âcre odeur du sang se mêla aux miasmes de cette épouvantable atmosphère...

Le bourreau appliquait au misérable nain la *question des brodequins*, enfonçant, à grands coups de marteau, des coins de fer entre les jambes maintenues par le chevalet... et les os craquaient, se brisaient, et un flot de sang jaillissait à chaque nouvelle meurtrissure...

La voix de Gniafon se fit plus voilée, plus indistincte...

Faribole et Mistouflet, livides tous deux, s'épongeaient le front couvert d'une sueur froide...

Nés pour de vaillants combats, de grands et loyaux coups d'épée, leur cœur se soulevait, répugnait à cette repoussante et hideuse besogne du bourreau... et, n'y tenant plus, Faribole allait s'interposer, lorsque le tourmenteur se redressa, et, tout haletant lui-même, lui dit :

— Monseigneur, j'ai fait pour le mieux, mais, le patient était déjà fort affaibli sans doute, par une longue captivité... et, il n'y a pas de ma faute, si la torture n'a pas duré plus longtemps...

— Vous dites ?... fit l'ancien maître d'armes en s'avançant vivement.

— Cet homme est mort, Monseigneur.

— Mort!... enfin!...

Et un même soupir de soulagement s'échappa de la poitrine de Faribole et de Mistouflet.

— Patron! fit celui-ci à mi-voix, nous pouvons nous en aller maintenant.

— Non! répliqua le « patron », il faut encore qu'une dernière œuvre de justice s'accomplisse.

Et, en lui-même, il ajouta :

— De cette façon, quoiqu'il arrive maintenant, Mgr Louis pourra vivre tranquillement puisqu'il sera mort.

Et, sur cette singulière conclusion, se tournant vers les porte-chefs, demeurés à l'écart :

— Portez-moi ce cadavre au cachot n° 3, ordonna-t-il.

Quelques minutes après, le corps de Gniafon, rigide, affreusement mutilé, méconnaissable, était transporté dans la tour de la Bertaudière et reposait sur le lit de Mgr Louis.

— Que l'un de vous, commanda Faribole aux porte-clefs, aille quérir le sieur Beith, chirurgien de la Bastille... les autres attendront mes nouveaux ordres sur le palier.

Et, quand il eut été obéi, se tournant vers Mistouflet :

— M. Mistouflet, lui dit-il, n'est-il pas juste que celui-là par qui Mgr Louis a tant souffert, emporte, jusque dans sa tombe, la preuve de son crime.

— Ah! patron! je vous comprends et vous admire! de la sorte nul ne pourra savoir...

— Peuh! vous vouliez de la prudence, en voilà! ce nain damné servira, par sa mort, au repos de celui qu'il a tant persécuté durant toute sa vie... troun de l'air! si, du fond de l'enfer où elle est déjà, sa fameuse âme voit ce qui se passe, elle va faire une drôle de grimace!

Tout en causant, Faribole avait pris le masque de fer que Mgr Louis avait laissé sur une table et, aidé de Mistouflet, l'appliquait sur la tête de Gniafon...

Ils achevaient à peine cette cette opération qui, en effet, était une juste peine du talion, lorsque le chirurgien parut :

— Monsieur, lui dit Faribole, un grave événement vient d'arriver; le prisonnier masqué est mort (1).

— Voilà qui est étrange! dit le sieur Beilh, car, lorsque, il y a deux jours, je le saignai en présence de M. de St-Mars, je lui trouvai le pouls bon et toutes les apparences d'un homme en bonne santé.

— Sieur de Beilh, fit superbement l'ancien maître d'armes, vous avez fait votre office et n'avez charge que d'exécuter maintenant les ordres que le roi m'a chargé de remplir.

— Mais, Monsieur le gouverneur, ne serait-ce pas mon office, à cette

(1) Cette conversation est tirée d'un document inédit, d'autant plus important qu'il a été écrit par un témoin oculaire de cette scène historique.

heure, de voir le décédé? car vous savez qu'il est des morts apparentes qui trompent les gens n'ayant pas métier de s'y connaître.

— Vous n'avez métier ici que de faire selon ma volonté et devez tenir pour être ce que je dis : la dite personne étant morte nonobstant les secours que vous lui avez portés, tels que saignées et remèdes convenables, vous allez inscrire ce décès au registre, à ce destiné, avec mention des dits faits... et signerez.

— Mais je ne saurais dire ou écrire de quelle maladie il est mort, ne lui en ayant pas trouvé; non plus, je ne puis écrire son nom, ne l'ayant jamais su.

— Ne peut-on mourir à tout âge d'apoplexie?

— Oui certes.

Faribole réfléchit pendant une seconde, puis, prenant le premier nom qui ui venait à l'esprit, il ajouta avec un sang-froid imperturbable :

— A donc, le sieur... *Marchiali*, prisonnier en la Bastille, où il avait été amené du château de Sainte-Marguerite, est mort, ce jour'hui, en ce dit château de la Bastille, d'une apoplexie, nonobstant secours et saignée à lui faite. Voilà ce qu'il faut écrire et signer, sieur Beilh, comme c'est la volonté du roi, et la mienne, qu'il soit fait et votre devoir de faire.

Et ainsi fut fait, le dit sieur Beilh, encore peu accommodant qu'il fut, n'était pas pourtant en humeur de perdre sa charge, et il poussa la soumission jusqu'à aller, sur le champ, en l'église de St-Pol, écrire et signer les mêmes choses sur les registres extra-mortuaires de cette paroisse.

Dès qu'il eut disparu, Faribole rappela les geôliers, leur ordonna d'ensevelir le corps du défunt, avec son masque, dans un linceul de toile neuve et de le transporter immédiatement en l'église voisine de St-Paul...

Puis, il fit descendre dans la cour du Puits tous les meubles et effets qui avaient servi au défunt, y compris le lit tout entier avec les matelas, draps et paillasse, les chaises, tables, les fenêtres et la porte même du cachot, et devant lui les fit brûler, déclarant aux porte-clefs qu'il y aurait peine de fouet et cachot à perpétuité pour celui qui tenterait d'en dérober quelque objet.

Enfin, il ordonna que les barreaux et grilles fussent ôtés, portés à la forge et remplacés par d'autres. que la chambre fut regrattée et blanchie à neuf de bout à fond, que l'argenterie, cuivre, étain, ayant servi au prisonnier défunt, fussent fondus et que les choses casuelles, comme bouteilles, verres, assiettes, fussent brisées et jetées dans les latrines...

Et alors seulement, comme les autres geôliers revenaient lui annonçant que le corps de Gniafon était descendu dans une fosse, ouverte pour un autre, dans le cimetière de St-Paul, Faribole se frotta vigoureusement les mains l'une contre l'autre avec une visible satisfaction et, passant son bras sous celui de son compagnon :

— Mordious, lui dit-il, voilà une matinée bien remplie! et je vois que, maintenant, il est l'heure de prier ce bon Mgr de Saint-Mars de nous offrir à déjeûner. Qu'en dites-vous, M. Mistouflet?

— Je dis, patron, que tous ces petits divertissements m'ont creusé l'estomac...

— Eh ! troun de l'air ! M. Mistouflet, vous voyez qu'à la Bastille on s'amuse bien... quand on sait s'y prendre...!

Seulement, ils ne devaient pas en goûter longtemps les plaisirs, car, en rentrant dans le salon de l'hôtel du gouverneur, une surprise, un peu prévue par Mistouflet, les y attendait...

St-Mars, soudoyant son gardien, s'était enfui avec lui...

Ils s'étaient emparés des deux chevaux que s'étaient réservés ses adversaires, et, mettant à profit le désarroi causé par l'arrivée et les agissements du nouveau gouverneur, s'étaient échappés de la Bastille par une poterne dont la sentinelle ignorait sans doute, la disgrâce de l'ancien maître de la forteresse...

— Ah ! troun de l'air ! s'écria Faribole, faisant avec ses bras un moulinet furieux, dire que, par la faute de ce coquin-là, je suis obligé d'abandonner, sans demander mon reste, des fonctions que je remplissais si bien !... gagnons le large Mistouflet, ou, bagasse, nous risquerions fort de ne plus nous amuser beaucoup ici.

Mistouflet ne se le fit pas dire deux fois... et, un instant après, a sa grande stupéfaction, mais sans oser en rien laisser paraître, l'officier, qui les avait reçus à leur arrivée, vit son nouveau gouverneur et son major franchir le pont-levis, détaler à toutes jambes, entrer à l'auberge du « Lapin blanc », en ressortir à cheval et s'éloigner à toutes brides, comme s'ils eussent eu tous les geôliers de la Bastille à leurs trousses..

...Ils ne ralentirent la vitesse de leurs montures qu'après avoir descendu au triple galop, la rue Saint-Antoine au risque d'écraser les passants qui, dans toute la longueur de la chaussée, formaient des groupes nombreux, compacts, dont l'animation, l'exubérante gaieté éclataient comme en un jour de fête.

— Mordious ! que se passe-t-il donc ?... fit Faribole à haute voix...

— Eh ! mon gentilhomme ! répliqua en éclatant de rire, un passant qui avait entendu cette question, eh ! il y a qu'une fameuse nouvelle rend le peuple plus joyeux et heureux qu'il ne l'a jamais été... Louis XIV est mort ! ça n'est pas trop tôt !...

— Troun de l'air ! s'écria Faribole en enfonçant les éperons dans les flancs de son cheval, pour une nouvelle fameuse, celle-là en est une !... au galop jusqu'à Versailles, M. Mistouflet, car si le roi est mort... Vive le roi !...

— Et vive notre reine Yvonne ! Jésus-Marie ! dit doucement Mistouflet en imitant l'exemple de son patron...

Et, en une course vertigineuse, ils traversèrent le parvis Notre-Dame où ils purent juger toutefois que les réflexions précédentes, sur le décès de Louis XIV, n'étaient qu'un écho de l'opinion publique.

CHAPITRE VI

LE SOLEIL APRÈS L'ORAGE

La vision que, avant sa mort, Louis XIV avait eue, n'avait rien de surnaturel; c'était bien son frère, c'était le fils de Louis XIII et d'Anne d'Autriche, c'était le « Masque de fer » qui, dès son arrivée au château de Versailles où Yvonne l'attendait, avait été conduit par celle-ci, au chevet du roi mourant et, par son généreux pardon, avait consolé cette sinistre agonie.

Dès que cette pauvre Majesté avait rendu l'âme, Yvonne, fidèle à sa promesse, avait assisté au départ de la marquise de Maintenon qui, peut-être la plus coupable de tous, survivait à toutes les fautes, à tous les crimes et avait pour abriter le repos de sa vieillesse et de son âme, le recueillement du cloître de Saint-Cyr (1).

Dans le trouble, l'agitation, le tumulte des courtisans qui encombraient le palais du roi, la disparition de la pseudo-reine passa inaperçue de même que la présence d'Yvonne, de Mgr Louis et de ses compagnons...

Le « Masque de fer » eut voulu assister aux obsèques de cet homme qui, bien qu'il eut été son bourreau, avait été, lui aussi, l'enfant d'Anne d'Autriche, mais les feux de joie que le peuple allumait déjà sans vergogne sur la route de Saint-Denis, les chansons, les cris par lesquels il manifestait hautement son allégresse d'être délivré d'un roi qui l'avait ruiné, les manifestations bruyantes par lesquelles il insultait ce deuil et ce cadavre, le détournèrent de ses premières intentions:

— Vois, ma chère Yvonne, dit-il, ce que valent ce trône, cette couronne, cette puissance qui m'ont valu, à moi, tant de persécutions !... Viens, épouse adorée, viens cacher notre amour dans la solitude où il a germé et d'où n'approcheront plus les haines des hommes.

Et, montant avec Yvonne et Exili dans un carrosse qui leur avait été préparé, ils avaient fui, escortés par Jean Cavalier et le lieutenant de Chadefaux, ce lieu maudit où, autour d'un berceau, se pressaient déjà de nouvelles ambitions, de nouvelles rivalités !...

(1) Elle y mourut à l'âge de quatre vingt-quatre ans !

Avant de partir, ne avait eu soin de laisser, à un laquais sûr, un billet pour être rem Faribole et Mistouflet qu'elle instruisait ainsi du but de leur voyage.

C'est ainsi que oi, en arrivant au château de Versailles, prirent, tout joyeux, et en la route de Dijon, sans s'occuper autrement de résoudre ce problè la succession au trône de France.

Le lendemain, le lever du jour, comme ils traversaient la partie de la forêt de Fon bleau qui entoure le village de Bois-le-roi, leurs montures firent, e ne temps, un tel écart que Faribole, qui avait failli passer par dessus te de sa bête, lâcha un juron énergique mais eut aussitôt après un amation de surprise.

En travers de oute, le corps d'un cheval, à demi dévoré, était étendu près du vre de son cavalier dont un bras et une jambe manquaient...

— Voyez don que c'est, M. Mistouflet ! fit l'ancien maître d'armes.

Mistouflet m ed à terre, alla au cadavre, le retourna et s'exclama :

— Jésus-Mar est M. de St-Mars... il a été en partie dévoré par loups.

— Eh ! trou l'air ! voilà qui est extraordinaire ! je croyais que les loups ne se ma ient pas entre eux ! s'écria Faribole...

Mais, malgr doute émis par cette singulière oraison funèbre, c'était bien là le corps l'ancien gouverneur de la Bastille... Lorsque, à Versailles, il avai pris la mort de Louis XIV, il avait supposé, surtout d'après ce qu'il t vu à la Bastille, que Mgr Louis allait lui succéder et, craignant les ésailles de ce dernier, il avait voulu gagner une province du Midi possédait de grands biens... En traversant là forêt de Fontainebleau pleine nuit, son cheval s'était abattu et, l'un et l'autre étaient deven la proie des bêtes fauves, affamées par ce terrible hiver.

Deux jour rès, ils arrivaient au château de Brévannes où le lieutenant de Ch aux avait retrouvé Jeanne de Vrignès berçant l'enfant d'Yvonne et Mgr Louis. Nous renonçons à peindre le tableau qu'offraient tous êtres que l'amour réunissait enfin dans un même bonheur.

Le soir ne, Jean Cavalier les quittait en compagnie de Dorfeuil attaché à s rtune ; il avait compris que son ambition, un instant assoupie en cœur, mais que réveillaient, en lui, plus ardente, les souvenirs de erre, n'avait plus de place à ce foyer où régnait la seule passion du re, du repos de l'oubli. (1)

— Je ve lui avait dit Mgr Louis en recevant ses adieux, je veux que mon fi ignore toujours sa trop haute origine, il ne sera qu'un simple gent omme, mais ce sera un homme heureux...

Un an rès, le prêtre du village du l'Armençor unissait dans la chapelle du teau, complètement restauré, le lieutenant de Chadefaux

(1) Il mo quelques années après, en Angleterre où il avait occupé, dans l'armée, un g assez élevé.

et la veuve du duc de la Tour du Roc, et en même temps il bénissait l'union de Suzette et de Faribole.

Eh! oui, pour toute récompense de son long dévouement, l'ancien maître d'armes avait, avec l'assentiment de la femme de chambre, sollicité cette unique faveur de Jeanne de Vrignès.

— Jésus-Marie! avait murmuré Mistouflet qui, onctueusement, servait la messe du curé, les jours de fêtes et dimanches, Jésus-Marie, je m'étais bien douté que mon patron finirait dans la peau d'un propriétaire.

Et, en effet, Faribole avait reçu, en cadeau de noces, l'ancienne métairie de dame Jeanne, où quand, à la veillée, le fils de Mgr Louis venait parfois pour entendre conter des histoires par son « bon ami », il commençait son récit par cet invariable début:

— Quand j'étais gouverneur de la Bastille... Ah! trun de l'air!...

Mgr Louis et Yvonne s'aimaient comme au premier jour, et, souvent, lorsqu'en chevauchant à travers les grands bois, ils enlaçaient leurs mains, rapprochaient leurs fronts, le même nom dans lequel ils avaient mis désormais tout leur avenir, tout leur bonheur, toute leur vie, montaient à leurs lèvres.

— Notre enfant!...

Un jour, Yvonne fit, une rougeur de honte aux joues, l'aveu de son attentat sur le Dauphin...

— Louis XV! lui répondit simplement son époux, lui rappelant que le salut de cet enfant royal avait effacé toute trace de crime...

Du reste, plus rien n'existait de ce lugubre passé.., depuis quelques mois. Exili dormait son dernier sommeil sous un arbre séculaire du parc du domaine de Brévannes...

Vers la fin de l'année suivante, le lieutenant de Chadfaux, habitant un château en Flandre, et.., devenu, par un héritage, marquis de Sainte Croix, annonçait à ses amis qu'il était père d'une petite fille qu'il appelait: Madeleine... ou plus simplement: *Manon.* (1)

Après de si sombres orages, le soleil brillait au-dessus de ces humbles heureux!

(1) Voir les « Amours de Manon » par *Edmond Ladoucette*, chez MM. Fayard frères, éditeurs, boulevard Saint-Michel, 78.

FIN